# 广陵潮（上）

李涵秋 著

凤凰出版社

图书在版编目（CIP）数据

广陵潮 / 李涵秋著. -- 南京 : 凤凰出版社,
2014.4
ISBN 978-7-5506-1122-1

Ⅰ. ①广… Ⅱ. ①李… Ⅲ. ①长篇小说—中国—现代
Ⅳ. ①I246.5

中国版本图书馆CIP数据核字(2014)第057491号

书　　名　广陵潮
著　　者　李涵秋
责任编辑　王爱荣
出版发行　凤凰出版传媒股份有限公司
　　　　　凤凰出版社(原江苏古籍出版社)
　　　　　发行部电话025-83223462
出版社地址　南京市中央路165号,邮编:210009
出版社网址　http://www.fhcbs.com
经　　销　凤凰出版传媒股份有限公司
照　　排　江苏凤凰制版有限公司
印　　刷　江苏凤凰新华印务有限公司
　　　　　中国江苏南京经济技术开发区尧新大道399号,邮编:210038
开　　本　718×1005毫米　1/16
印　　张　61
字　　数　1025千字
版　　次　2014年4月第1版　2014年4月第1次印刷
标准书号　ISBN 978-7-5506-1122-1
定　　价　58.00元(全二册)

# 出版说明

“广陵”是扬州的古称。秦汉时期，长江上的广陵潮便已是一大名胜奇观。时间也与现在的“八月十八钱塘观潮节”大致相同，都是在中秋之际。南朝乐府民歌《长干曲》云：“逆浪故相邀，菱舟不怕摇。妾家扬子住，便弄广陵潮。”作者李涵秋以此作为书名，一是因为故事发生在扬州，但更是想用这气势恢宏的“广陵潮”来反映清末民初那个风起云涌的年代。

中国现代文学史上说起民国文学有“三潮”——《广陵潮》《人海潮》《歇浦潮》，认为属于当时的“鸳鸯蝴蝶流派”文学。其实，认真读完，会发现《广陵潮》固然可归入“鸳鸯蝴蝶流派”这一大的范畴，但它自有其特质，准确地说，应该属于社会小说。《广陵潮》最初名《过渡镜》，首先在李涵秋编的《公论新报》上发表过二三回。辛亥革命爆发后，李涵秋从汉口回到扬州，又在镇江某报上续登了几回，1914 年改名《广陵潮》开始在上海《大共和报》《神州日报》连载。《广陵潮》最初由上海国学图书室出版，后由震亚书局印行，曾印过十七版，颇受时人喜爱。

《广陵潮》以鸦片战争至五四运动的许多大事件为背景，展现了中国社会七十年间的稗官野史，使当时中下层社会的民间风情、闾巷习俗，跃然纸上，这部清末民初的社会风情录，通俗幽默，读来非常有趣。著名作家张恨水在 1946 年为《广陵潮》再版作序时曾经说过：“我们若肯研究三十年前的社会，在这里一定可以获得许多材料。”

作者本意是要将小说写成鸦片战争至五四前夕中国从封建社会向半封建半殖民地社会转变的一面镜子。小说以扬州为背景，详尽描述了清末民初时期扬州云、伍、田、柳四家的盛衰荣辱、悲欢离合，像辛亥革命、洪宪丑剧、张勋复辟以及白话文运动等这些清末民初的大事，在书中都有形象的反映。所以说，这部小说最大的贡献在于描写现实人生，规模宏大，开创了长篇社会言情小说的体例。

《广陵潮》的创作受到多方影响，时有夸张的笔法，穷形极相地刻划人物，这点能看出清末“谴责小说”如《官场现形记》的影响，但此书又不像“谴责小说”那么愤激，充斥着口号和谩骂。从艺术手法上看，更受《红楼梦》的影响，小说以云、伍两家为中心，以爱情、婚姻为主线，自然地把所有的人物和情节串联起来。全书虽然人物众多，头绪纷繁，却井然有序。小说的语言很有地方特色，叙述语言颇有幽默感。《广陵潮》在艺术上的成就，也是它深受读者喜爱的重要原因。胡适在《建设的文学革命论》中就认为，《广陵潮》是属于“上等的”。瞿秋白在《鬼门关以外的战争》中也认为，在“新出的白话小说”中，《广陵潮》“至今还占领着市场”。

《广陵潮》作者李涵秋(1873～1923)，清末民初文学家，多才多艺，被称为维扬小说的泰斗。名应漳，字涵秋，号韵花，别署“沁香阁主人”。扬州人。20 岁中秀才。1921 年赴上海，主编《小时报》，同时为《小说时报》及《快活林》等报刊撰写小说。次年秋，辞职回扬州，不久病逝。此书是李涵秋创作时间最长、用力最勤的作品。作者从 1908 年开始写作，直至 1919 年才全部完成，历时达十二年，是作者毕生精力的结晶。

此次整理出版，以上海震亚书局第十七版为底本，参校以前的各版。一些词句讹误已径改。因为作品产生于民国初年，一些词语的用法和现在不尽相同，比如当时“他”“她”“它”是不分的；书中还使用了一些方言，像“掳掇掳掇”“烟雾涨气”等，整理时一般都不做改动；至于有的通假字等，既不影响阅读，也一并保留原貌。不当之处，敬请指正。

# 目　录

## 上册

## 下册

# 第一回 避灾荒女仆择主 演迷信少妇求儿

扬州廿四桥，圮废已久，渐成一小小村落。中有一家农户，黄姓，夫妇两口，种几亩薄田，为人诚朴守分。乡下人不省得表号名字，人见他无兄无弟，顺口呼他为黄大，呼他女人为黄大妈。年纪都在三十以外。自食其力，与世无争，倒也快快活活。谁知世界上大富大贵，固然要有点福泽来消受他；就是这夫耕妇锄，日间相帮着辛苦，夜晚一倒头睡在一张床上，也是不容易的。偏生这一年由冬徂春，无一点雨泽，田土坼干，眼见不能种麦。等到四月底，才降点雨，合村赶着种了小秧。谁知久晴之后，必有久阴，又接二连三地下了四五十天的大雨，田庐淹在那泽国之中，一年收成，料想无望。

乡间风俗，做女人的除农忙时在家，其余都投靠城里人家做生活。今年遭这场天变，都纷纷赶入城里去了。黄大夫妇亦商议到这一层。先是黄大要出去，留妻子在家看守门户。他女人说："使不得。你虽然是个男子汉，应该靠着筋力寻饭吃的，但我家祖传耕种度活，原不曾要给人家使唤；你又性情粗卤，那撑前伺后，是断断不会随机应变，徒然玷污了自己清白。还是让我进城看看光景，如有合巧人家，倒不在乎多钱。能有肯待我点体面，不做那推奴使婢的气象，我便暂且栖一栖身。你在家等水退了，种些粮食。气候转了，我仍然回来厮守着，才是长策。"黄大是无可无不可，便照依他女人说法。他女人便连夜收拾。次早，别着黄大，一径进城，投入媒婆家来。

那媒婆头一天便送他到一大乡绅家里。他看见男女仆从，倒也不少。但是当女仆的，无一不油头粉面，嘴唇上抹着浓浓的胭脂，已是心中有些诧异。及至开过午饭，便嘻天哈地去寻觅门房里大爷，谈一会，笑一会，骂一会，甚至两下打倒在铺上，缠得钗横发乱，着实不解他们是何主意。次日，便死也不肯进这门来了。

媒婆不得已，又送他到一家，是个大钱铺里管事的，现有三两个粗笨小厮，倒也规规矩矩。进来时，主人尚未起身，一时间忽然呼新来仆妇递茶食碟子。黄大妈推房门进去，床上帐子已经钩起，一眼看见两个人并头睡在床上，不由得吃了一吓，觉得生剌剌地不很好。私念："我往常也同黄大有时在一处睡，倒不觉得什么，如何今日看着人倒怪可丑的?"遂止了脚步，不敢上前。谁知那主母反发作起来，骂他不懂规矩，不上前伏侍。黄大妈知他不避人，遂垂手叫了一声"太太"，然后递茶递水，忙了一早晨。主人出门之后，主母又开了烟灯，命黄大妈敲腿捶背，磨折不了。黄大妈倒也不是嫌烦，实在看这光景，不是过日子人家模样，次日，也就不肯再去。

第三日，又到一家，这一家可被黄大妈看上了。主人姓云名锦，开座小小绣货铺子。妻秦氏。年纪都平头三十岁，并未生有子女。铺子离家约数十步远，云锦在铺时多。秦氏美而贤。使一女仆，因要回家分娩，才打算另雇。黄大妈一进门，前仆早已将主人家情形说个透彻。黄大妈再察看主母为人，真是和蔼可亲，这才安心住下。秦氏操持家政，每日茶饭，有铺中小倌取送。偶逢佳节良辰，或有时新饮食，便命黄大妈招呼云锦回家小酌。琴瑟十分和谐。春花秋月，也就算得陆地神仙了。但是人心最是一件极坏的东西，每遇不曾经历过的境遇，他千方百计，总要想到。他夫妇结婚已近十年，秦氏总未生产过，说他有病，也没病。云锦倒也不甚介意。他夫人便时常求神问卜，忙个不了，倒象生小孩子，肚子里是不疼的。加之秦氏娘家老母最关心这个爱女，家中虽然儿子也生了孙子，总觉得没有个外孙子尚是缺陷，东打听，西打听。忽然打听得西门外有个牛大汪，牛大汪有一个叶姑姑，是城隍庙里叶太爷的孙女儿，不肯嫁人。叶太爷时常回家附在他身上，断人祸福，求财得财，求子得子；就是命中或注定无财无子的，那叶太爷都可以同城隍老爷商议商议，借得来给他。因此，城乡轰动，小小三间茅草棚，倒也十分热闹。这叶太爷的历史，大约外乡人亦不甚明白。相传其人生时，在扬州府县里当差。死后一灵不泯，仍然在阴间府县里当差。城隍庙里塑着他老人家一座泥像，倒是须眉毕肖。还有许多大户人家儿女，拜在他名下做子孙，真可算得生辱死荣。闲话且不必絮絮说他。

但说秦氏老母一闻此信，喜得睡不成觉，打算代女儿借一个儿子，便约同秦氏到叶姑姑家去。其时正是九月中旬。扬州俗例，每逢二、六、九月，为观音菩萨诞期，善男信女，无一不到观音山进香。观音山离城十数里，却同叶姑姑家是顺路。秦氏告知云锦，遂择定十九日出城逛一天。

却喜这日天气晴和。预先制成一个大黄布口袋，装着许多香烛纸马，袋面上写着"朝山进香"四个大字。命云锦在家看守门户，自己同黄大妈雇一乘小车，先到母家约着老母。出广储门，一路上衰杨白草，已有深秋景况。红日才中，刚到山脚。游人虽多，总不及六月里热闹。母女二人下车，虔虔诚诚步行上山。黄大妈扶着秦氏，车夫背着口袋。只见那两旁乞丐，胡嚷乱吵；还有穷小子跟着人，走一步磕一个头地要钱。进香的人也不理他。他见人不理，甚至于无所不骂。

行到大殿廊下，齐齐排着十数个蒲团，是因为人多等不及，挨次行礼的意思。其中便有那浮荡子弟，专门赶着年轻妇女，人家才跪下去，他便溜在上首一齐行礼，活象人家新人拜花烛一般。拜完了，又等别的妇女，他又乘空靠着去磕头。一天之内，观音菩萨受他的头要算最多。观音是最慈悲的，想总有一点好处给他。秦氏见此情形，实在不好意思上去磕头，等了一会，总等不着不共男人磕头的时候，那一双小脚，也就站苦了。老太太不省得这个道理，只是催着他上去。秦氏当人前又不好直说出来，只管迟迟疑疑。黄大妈已经看出，便道："不妨。"遂一手搀着秦氏，一手搀着老太太，就叫老太太跪在上首蒲团，让中间一个蒲团给秦氏跪，自己遂跪在下首。好容易这才把观音拜过，不曾给人讨去便宜。老太说："后面还有一个送子观音堂，真是百求百应。"说着，便先进去。秦氏携着黄大妈，也再进去。其中倒没有男子来混磕头；就有，不过进来望望，顺便看看女人而已。里面妇人实在不少，你拜我跪，络绎不绝。还有那四五十岁的老妇人，也虔诚祷祝，想是不曾生育过的，又怕男人娶妾，大约不得已而为此。最可怪的，又有十七八岁的雏鬟，也在那里含羞带笑地磕头。要说他是求子，真是没有的道理。代他细想，想是预先要与菩萨定下几个男女，省得将来嫁给婆家再忙求子，可就嫌迟了。

秦氏行过礼，觉得乏得很，便在椅子上歇息歇息。恰好有一个小和尚捧着金漆盘子，里面放着两杯茶送过来，安置在几上，两眼还望着秦氏眯眯地笑。忽然，他老母又伸手在佛龛子里，遮遮掩掩地拿出一朵纸花来，也不告诉秦氏，便代他插在头上。据老太的意思，要不是今日约定到叶姑姑家去借儿子，定然还要将龛子里的泥娃子偷一个给秦氏；只是恐怕叶太爷多心，说你既向我借儿子，又为什么偷观音面前的儿子？那就弄成两不好看了。这是老年人阅历深沉的道理。

秦氏坐在旁边，眼看着许多妇女抱着签筒，摇个不了。其中有一个少妇，看去大约不出二十岁，人材十分姣俏，也求了一签，递给一个半老妇人。那妇人便交在一个管签的和尚手里。这和尚生得肥头大脸，眉毛修得如新月一样齐齐整整，想是每天拿刷子刷的。接过来，且不去取签条，口里忙嚷着："少奶奶请这边来。"幸亏那少妇便盈盈的秋波一转，走上前去；不然，和尚若真个要上前来扯他，那可就不成模样了。和尚口内说道："这是三十五签，大吉，大吉。"一面便在壁上摘下一张签条来，又向那少妇问道："少奶奶可是问子息的？"少妇便似笑非笑，把头一扭，说道："你只管照签上的话断便是了，什么子息不子息！"说着，脸上又微微一红。和尚急忙缩口道："不是小僧罗嗦，只因这签十分灵应，我念给少奶奶听，少奶奶如是问子息，这真奇妙极了。头一句是：'江郎文藻本来奇'。这个江郎，就是大唐朝殷开山的小姐嫁给陈公子，生了一个小少爷，小姐把他淌在江里的故事。"

和尚说话之时，便有许多妇女一齐围拢过来，排着一个大圈子，要听和尚讲签。那和尚便十分得意，便从陈公子到任被劫说起，说到陈玄奘出家。正在讲得高兴，忽有一个小和尚来传他午饭。他忙回答道："我今日冒了点风，喉咙疼得紧，万万不能吃饭。"又忙望着众人道："诸位小姐、少奶奶，爱听只管听，让我把和尚讲出来，和尚底下还有好玩的哩。"他原是无心的话，便有那伶俐妇女望着地下一啐，倒走去大半。和尚毫不省得，仍又重新讲起。旁边有些促狭鬼笑道："大和尚吃饭喉咙疼，讲话喉咙倒不疼？"一句话提醒了那少妇，倒不过意起来，便说："大师父歇着罢。"和尚又忙说："少奶奶放心，小僧此时已不疼了。"到底把那签上四句讲个透彻，方才罢休。

和尚讲到这时候，秦氏等人大约已离牛大汪不远。缘秦氏虽是经纪人家妇女，颇娴闺训，今日出来，实因求嗣心切，见方才和尚这种情形，已觉十分懊恼，急忙催老母下山。依着老太，倒颇愿听这些故事，一路还同秦氏讲那淌来僧。他也不知江郎是个什么人，可是那大唐陈玄奘不是？

说着，不觉已到叶姑姑门口，柳树下颇也歇着几辆车轿。一进门，一个小院落，歪腿板凳，横七竖八，摆了几张。草屋里烟雾腾腾，焚着些贡香。檐前围着好些人，见有女客来，便赶着望里面招呼。秦氏随老母进去，已有几家女眷在内。见屋内供着神座，黄幔子遮着，也不辨是像是牌位。一个四十多岁的女人，头上扎着一幅黄绸子，身穿黄布道装，正躺在一张铺上，眼睛闭得紧紧的，嘴里自言自语说道："呀！可怜，可怜。一个泥像，好好地放在屋檐口，脊背上被雨漏滴成一个大烂洞。""请你们弄点黄泥，代我弥补弥补。你的黄泥要卖几个钱？"停了一会，又说道："你也要得太多了，我给你一串钱罢。"又似同人争论，又听见添到两串钱。一会醒过来，欠伸坐起，还细细地揉一会眼睛，望着旁边一个男子说："适才你听见了不曾？"那男子道："听见了。可能求求仙姑，再减少些？"叶姑姑说："如何能减？你看你老子的像上一个大洞，比核桃还大，怎怪不害瘩背？两串钱，还是因为那人是我爸爸的徒弟，才肯答应的。”

正说话间，旁边又走上一妇人，抱着一个小孩子，有三岁光景，脸上瘦得一条条，无一点血色，鼻翅只管掀起掀起，送在仙姑手里。仙姑端详了一回，又咕噜望着小孩子念了几句，说：“等我下去，代你们看看是个什么缘故，你听着罢。”腿一伸，可又昏过去了。半晌，忽然叫起来，说，“了不得！了不得！小孩子的像，如何放在他娘前头？趁此处没有人，等我代他搬一搬。”停一歇，又说道：“这可好了。”良久不听见声息。此时屋里屋外的人俱静悄悄的，不敢高声。忽然听见仙姑嚎啕大哭，口里嚷着：“我再不敢了，青天爷爷开恩罢。”又见仙姑弯过双手，护着脊背。其时便有仙姑的母亲也哭起来，说：“这是女儿私地里救世，被城隍老爷查着，用刑拷打了，你们看他不是鞭背吗？”吓得一屋子里人你望着我，我望着你。好容易不听见仙姑哭声，一会醒来，便坐不起身来，睡着喊疼。又望方才那个女人说道：“你的儿子放心罢，我把他的小像移在你的像后面，管保成人长大，送你的终了。只是我这五十下皮鞭子，白白吃苦了。”那妇人十分不过意，在头上拔下一根簪子，递给仙姑。

仙姑收了，掖在怀里，才望着秦氏母女，问为什么事来的。老母便代秦氏说求子的话。仙姑细细将秦氏一估量，开口便说：“还是求个女儿呢，求个男儿呢？如要我抱个男娃娃给你，定价十串文；女娃娃只要五串文。总包你易长易大。”老太再三讲明，要个男娃娃，给五串文。仙姑答应了，便命秦氏在叶太爷前磕头祝告一番。遂在床席底下摸出一块雄黄来，说是雄精，带在贴身，包管生男。

黄大妈在旁看着，真象他主母已经生了儿子一般，好不动心，也打算求一个，又不好意思说出口。仙姑明白，说道：“这位奶奶也要娃娃吗？你是下等人，只要你两串文，这是顺便人情，不能为例。”老太说：“可是的，黄大妈也没有生育，自然也求一个。但你穷苦，我代你求求仙姑，给一串文罢。你快些拜拜叶老爷。”黄大妈果然也拜了。仙姑又摸一块雄黄出来，比秦氏的小一半。

主仆两人心中甚喜。时已日落，遂辞别仙姑出来。老太戏着黄大妈道：“求子事小，你不回去，哪里有子来呢？此处离你家不远，今日不必进城罢。”黄大妈只管嘻嘻地笑，望着他主母。秦氏为人素来和厚，细思母亲之言，深有道理，遂真个命黄大妈回去歇三五天来不迟。黄大妈好生感激，遂径自回家去了。这里母女上车，仍进广储门而来。进了城，已是万家灯火。秦氏一径先到母家。

看官，趁他母女尚在街上走的这个当儿，我先把秦氏母家叙一叙。原来秦氏母家是本县里的总书，世承其缺，家道颇也殷实。父亲已亡故多年。母郑氏。生一子两女。儿子名洛钟，娶的邑中何秀才女儿，已生了两个儿子：长汝龙，八岁；次汝虎，五岁。秦氏还有一妹，依次序行三，家里便称他为三姑娘，今年十九岁，字与同邑伍家，尚未出阁。正在家同嫂子谈着母亲，何以尚不回家？知道姐姐必然同来，已预备好几样肴馔。洛钟又命人送了十几斤螃蟹到家。汝龙弟兄听得祖母同大姑母上观音山回来，必然带些玩意儿，跳跳跃跃，非常高兴。又把螃蟹捉了一只，命仆妇将大钳子摘去，用绳子系了一只小爪子。那小爪子又不禁系，断了下来，还剩了七个小爪子，如飞跑去。汝虎嚷着赶着，又滑了一个筋斗，哭起来。三姑娘笑得花钗乱颤，才将汝虎抱在膝上哄着他，已见母亲同姐姐进来，笑拍汝虎说："你看大姑母回来了，买了一个好鬼脸子给你戴呢。"老太说："虎儿哭的什么事？想必又是你的娘打你，等我来捶他。"汝龙说："不是，是他自己跌了筋斗。"老太也不听见。何氏已从上屋里出来，迎着老太，又笑说："大姑娘辛苦了。"秦氏笑道："今儿可真疲困了。"一面命人开发了车价，叫将车上要物儿取来。小弟兄七手八脚，你抢木刀，我抢花鼓子，吵得一屋子沸腾。

老太歪在炕上，弯过一手捶腰。秦氏坐下，跷起脚左捏右捏，笑道："并没走多路呀，这两条腿怎生抬不起来？"遂将今日事情，一一告诉他姑嫂。说到仙姑被刑，真个叫人害怕。三姑娘笑道："什么仙姑，活活地见鬼！我请问你：你可看他背上伤痕吗？"秦氏道："他穿着衣裳，谁还揭起来看他？"三姑娘道："可又来，你又不曾看见他，他嚷疼你就相信吗？"老太听了，忙说："阿弥陀佛！三丫头你可不许这样毁谤僧道。那仙姑活灵活现，为救了别人，倒累着自己吃苦。你又不曾看见，你只管乱说。且不要说别的，那叶太爷为人一生忠直，死了自然成神，断没有个叫自己孙女儿来骗人的道理。"何氏也说："宁可信其有，不可信其无。但愿千灵万应，龙儿的大姑妈回去生个弟弟，可就有喜蛋吃了。"三姑娘只是抿着嘴笑。一会子，家人已搬上晚膳来。

晚膳已毕，三姑娘道："姐姐可在家住几天罢。"老太道："今晚必要送他回去，要回来改天再回来。"秦氏想到母亲先对黄大妈说的话，不禁一朵一朵的红云，只顾从两颊上泛出来，回说："我今晚不回去。"老太听见此言，很不以为然，把脸一沉，说道："大姑娘，你不要胡闹，菩萨是哄得的吗？你今儿出来，是为的甚事？"说着，即命仆人雇轿子送姑奶奶回去。何氏已悟其事，也不便强留。秦氏不得已，含羞握着三姑娘的手搭讪道："我前日着人请你描的五幅盘寿的花样子，你还不代我描出来？过一天我接你，你带来罢。"三姑娘答应着，同嫂子望着秦氏上轿。

秦氏到了自家门首，仆妇搀出来。秦氏忽见门斜掩着，推门直入。客厅里又无灯火，心下诧异，口里便嚷：“门为何开着不关？”一言未毕，瞥见暗地里蹿出一个毛绒绒黑段子出来，向秦氏面上扑去。秦氏大叫一声：“啊呀！”扑地向仆妇身上倒下。

欲知后事，且阅下文。

# 第二回　宦途水淡公子下场　异想天开女儿剖腹

当时仆妇急把秦氏抱住，只听门外轿夫喊着："捉住了，捉住了！"其时云锦在屋里已大惊，携灯出来，见秦氏无恙，心略放下，便向门外问轿夫道："是个什么东西？"只见轿夫揪住一人，打了几下耳光。那人再不出声。那个轿夫提了轿灯一照，说："原来是时大少爷，放他去罢。里面可失落东西不曾？"云锦又忙至客厅一查，说不差物件。轿夫才一松手，向时大少爷屁股后踢了一脚，说："滚你的蛋罢。"时大少爷一溜烟去得无影无踪。

这时大少爷，说也可怜。原籍湖南人。祖父在四川做过一任知府，凑积了几个钱，便代儿子捐了个知县，分发江苏，在扬州当了几年保甲差使。为人倒也不曾作过什么大孽，不过喜欢闹点阔脾气。生平爱吃个鸡鸭嗉子，据他说很有点松子香，每天宰鸡鸭，单取那嗉子炒一碗，便就要费二三十只鸡鸭。至于衣裳，十分讲究。绫罗绸缎尽管选那上等时式的，固不用说了，他每逢看见出了一种新花样，便命二爷去买。买得不合式，便揪着二爷打一顿，打过便把买的衣料赏他。买来给成衣做，做得不合式，甚至把成衣打几十板子，打过也把做的料赏他，又重做。以后人知道他的性子，倒乐于挨几下打，反落一身衣料。衣裳穿过一次，便不高兴再穿。弄得卸事之后，居然两袖清风，时运又不济，遂流落扬州。不几年，一病呜呼死了。

时大少爷是个纨绔公子，肩不能担，手不能提，小时又不肯读书，父母相继故后，薄薄宦囊，眼见得典尽卖绝。初时尚有父亲的朋友，略为资助。但是官场是势尽则交绝，后来也就无人理会他了。事隔多年，时大少爷已成了乞丐，日间沿门托钵，夜里便睡在土地祠内。有一天，夜色朦胧，时大少爷忽然要大解。街上已绝人迹，他便蹲在墙脚下徜徉。远远听见查街保甲委员喝道而来，时大少爷怕人看见，站起身，一步一步躲在一家铺门下。偏生这位委员眼快，问是什么人。旁边便走过几个虎役，把他拖在轿前。时大少爷吓得只管抖，一句话回不出来。委员问着他，他也只管答应“是是是”；委员骂着他，他也只管答应“是是是”。据他的意思，是因为官场里的仪节应该如此，到了这步田地，还想要同委员闹个官样文章。谁知那委员勃然大怒，喝叫：“打！”从役便扯下时大少爷，打了十几下板子。时大少爷疼不过，哭求道：“请老爷看我父亲面上饶我罢。”委员先前还不理他。他又嚷说：“我家父亲当日也常在街上打人，今日不料儿子也被人打了。”委员心中一动，便命不打，扯过来问他究竟是谁？他才将父亲官衔、名字说出来。委员才知道是时某人的儿子，心中反不好意思，命带回局内。次日，便派他一个职事：看守街巷口的栅栏子。

后来这位老爷去后，又换了委员，那时大少爷又不会钻谋，居然一个看守栅栏子的差使会被人夺去了。嗣后，便做些鼠窃狗偷的勾当。所以扬州城中，无一人不晓得有个时大少爷做贼。今日傍晚撬开云锦家的门，便躲在客厅里，本意等人静之后下手。不料偏遇见秦氏回家一嚷，他吓慌了，自己把头发散开，蒙在脸上，望外一蹿。秦氏一闪过去，他便从秦氏身旁跑了。秦氏静了一会，心里犹突突地跳。云锦打发轿夫去后，秦家女仆也走了。夫妇这才将门关好，点着灯照了又照。秦氏心里想：“幸亏依着老太的话回来。”但是夫妇今日不无小受些惊恐。至于枕席上曾否遵依着老太的意思，却是做书的不得而知了。

不到几日，黄大妈已进城，又带了些花生、山芋以及家里自酿的酒来。看看岁暮，日短夜长，秦氏遂命黄大妈将三姑娘接来盘桓盘桓。因为三姑娘略识几字，秦氏买了些小说书，如什么《天雨花》呀，《再生缘》呀，灯下无事，三姑娘便唱给秦氏听。黄大妈也坐在一旁。一时听到那公子避难的时候，便你也淌眼，我也抹泪。

有一晚，恰好说到夫妇团圆，三姑娘便有点瞌睡不说了。黄大妈代他们铺了衾枕，姊妹二人两头坐着。黄大妈笑问道：“说起团圆来，三姑娘可有喜期不曾？”秦氏道：“有了，明年七月初七。”因回头问三姑娘道：“你的鞋花可绣出多少了？”三姑娘先听见黄大妈问喜期，他便扯了被角，将脸蒙得紧紧的。此时见姐姐问他的鞋子，他才笑着摇摇头。秦氏又长叹道：“做了女人，真不值得，自家好好的姊妹，一到大来，便各走各的路。还记得我那年出嫁，三姑娘才九岁，见我坐上花轿走了，还疑惑我是偶尔出门走走，便扯着娘的衣服，问姐姐几时回家。偏生我嫁的时候，三天回门不利，等到九天才回门。他一看见我，好生欢喜，说我为甚不带他一齐出门去？我虽然拿话哄着他，晚上我可又要走了。三姑娘拖着我死不肯放。其时我的心里好难过。正难分解，后来母亲假要打他，硬拖硬扯，才让我上轿。我在轿子里真个不由得痛哭起来，比出嫁那一天还伤心。转眼之间，他也要出嫁了。一出了嫁，有了儿女，就还象今日这样长远在一起聚聚，都不容易了。我不知道那些男人家，修得做了个弟兄，这可该白头到老，好好地在一处了；偏又你生姜，我皂荚，鸡争鹅斗，必定要闹到分家而后已。这又是安着什么心呢？”说着也就淌下泪来。三姑娘听得姐姐这般说，也就呜呜咽咽。黄大妈道：“大凡弟兄分家，大约不是做弟兄愿意的，总由于各人娶了妻子。弟兄是一个娘生的，那妯娌要晓得就不是一个娘生的了，陌生的人做了妯娌，自然各存意见。男人再爱听听女人的话，有多少不生疏起来？依我的意见，人家有兄弟几个，便觅那有姊妹几个的……”

话未说完，忽然听得大门外人声一阵沸腾，便听见多少脚步乱响，吓得三人面目变色，天气又冷，那牙齿不由得索索落落抖个不了，甚至连浑身都簸战起来。还是黄大妈说：“不用着慌，等我出去看看，是为甚事。”便掖着衣服出去。秦氏赶忙下床，口里抖着说：“料想是有火烧……”那底下再也抖不出来。一手拖着三姑娘，意思是叫他赶紧下床。谁想三姑娘两条腿比棉花还软，这只腿才挪动，那只腿可又摇个不住，急得拿手按着他，越按越摇。哭倒不曾哭，只是干急。好容易听见黄大妈进来，口里说着：“不相干，不相干。”秦氏忙问：“是熄了吗？”黄大妈道：“不是火，是一个大星。”三姑娘在床上急得骂道：“是个什么星？这些人这样闹法，可不要把人吓死吗？”秦氏也不由笑起来，问究竟是个什么星。黄大妈说：“我一走上街，只见人都朝西首空地上跑，我便也跟着。原来西北角上有颗大星，似个小月亮一般，尾上一道白光，有三五丈长。人起先本来不晓得，只因有一个老头儿，扶着一个六七岁的小孙子，到空地上出恭，忽然那小孙子喊道：‘好个大月亮！’老头儿想：‘今夜是腊月初三，哪里会有月亮？’抬头一望，不由得大惊，冒冒失失喊道：‘了不得！’小孙子被老头儿一吓便哭。旁边有几个人走过来问问，老头儿便指手划脚说道：‘苕帚星，同咸丰六年的苕帚星一样，眼见又要有刀兵了。’于是一传十，十传百，弄得家家大惊小怪。此时空地上还站了有几百人。这个星真怪。不信你看，屋外头都照得亮亮的。”秦氏这才止住了抖，说：“由他去罢，等杀得来再说，我可禁不起冻了。”彼此才都安睡。不提。

谁知这件事，由年底闹起，一直闹到春初。适值其时英人犯我广东，鹤唳风声，渐渐闻有取道浙江下窥江苏之意。扬州得此消息，有一种富厚人家，便打算避兵，迁居入乡。凡有女儿已经许给人家的，都催着人家来娶。那秦老太更是着急，一面命洛钟在里下河一带觅屋舍，一面请媒人向伍家商议，要将女儿婚期提前两月。伍家原系盐商，此时虽已歇手，然家资颇亦丰富。老人家名伍士元。元配夫人已故，现今太太是卜氏。原是继室，儿子名晋芳，却与秦家姑娘是同庚，父母钟爱非常。晋芳却也生得一表不俗，家里也请着先生读书。他父亲听见秦家之议倒也乐从，况且也预备迁家避兵，带着媳妇走，省得心悬两地。遂慨然应许，择定四月初四日过门。

谁知晋芳一闻此信，大为不然，在母亲前絮絮叨叨说："不必着忙，就是七月里不能成婚，迟一二年也不妨事。况且我此时读书要紧，娶了媳妇就要分心。父亲便答应，我也不答应。"他母亲反好笑他，也只当小孩子家痴话。谁知晋芳另有心事。因为晋芳住宅前，有一个箍桶店。店东是个蠢物，半路上娶了一个堂客，夫妻俱为五十岁的人。那堂客前夫生了一个女孩带在身边，名小翠子，刚刚才得十五岁，出落得有十分人材。晋芳起先看在眼里，很爱他，便常常在自家门口，你看我，我看你，始而望着笑，继则答腔说话。便有那仆从要讨小主人欢喜，帮着他千方百计地勾搭入港。蠢物天天挑着担子上街，也不理会。那女孩子的母亲，先还着恼，后闻晋芳家是个富户，也就想靠着女儿发迹了，不但不防闲女儿，而且公然命晋芳在他女儿房里，整日整夜地相处。在他母亲，也不过想着女儿将来做个偏房。他女儿心里不然，倒并不晓得讲究名分，只是不要晋芳再亲近第二个人，便是他老实主意。先闻晋芳七月里娶亲，已闹过几次，说："你既同我好，你为甚又要同人好？"晋芳正打算七月里不肯娶亲，忽然又听见改了日期，更比七月里来得快，好生着急，又一五一十告诉翠子。

翠子越想越恼。他小孩子的脾气，知道还有十几天，晋芳就有了别人了。思前想后，打了一个主意："总要教晋芳同我拆不开，才免得他被别人占去。"便于这一夜，问晋芳道："你可真爱我？"晋芳说："怎么不真？我心里如若有第二个人，教我霎时便死了去。"小翠道："我虽然知道你的心，但你既然娶了亲，你便不爱他，他如若爱起你来，那你可就保不住不爱他了。千想万想，总不放心。你如真爱我，你明日代我买一把飞快的刀子来。你如不依我，我把你的肉咬一块下来才甘心。"说着，那眼泪直涌，一口真个咬住晋芳的肩膀。晋芳忙答应："我依你，我依你。我书房里有一把东洋小刀，锋利无比，头都割得下来。我晓得你想是要同我一处死，我也情愿。我们死了，同我父亲多要些纸钱，在阴司里寻一处好好房屋，有便宜丫鬟买一个伏侍你。钱不够用，你刺绣是好的，便绣些针线出售出售。但是阴司里不知可讲究锦绣的东西？就是一层，父母养了我，想再看见我，可就不容易了。"说到此，也伤心哭起来了。小翠听他一番言语，倒破涕笑起来，说："不是，不是，并不要你死，你明日依着我办便了。”

连日，伍家张灯结彩，虽是兵信紧急，不敢十分热闹，然而究竟尚在传闻，不比兵临城下，那婚姻仪节倒也不肯简略。晋芳看见这种情形，倒更觉得心如芒刺。知道的，猜着他因为意中有人；不知道的，还只当他少年持重，倒是不可多得的子弟。

红日才西，晋芳心里贴挂着小翠，便暗地将一把东洋小刀掖在怀里。一上灯，又溜到小翠这边来，看见小翠坐在灯下，双眉紧蹙。见晋芳走来，便托母亲买了些酒肴，对面坐下。晋芳轻轻在怀里将刀取出来，递在小翠手里。小翠拿过来，起身望枕头底下一放，复又望着晋芳道：“我心里也没别的想头，我总不肯让你再靠着第二个人，我要你一生一世都靠着我。然而我是我，你是你，终究没有一个不离开的道理。我此时只想同你两个人合并成一人，你可情愿？”晋芳道：“情愿是情愿，但是怎样才能合并得起来呢？”小翠道：“你莫要害怕。我听见人家常说，两个人能把肉割开来，合在一处，他自然会长合了缝。我想同你把肚腹割开来，合在一处，让他疮口完复，可不是就分拆不开了吗？”

晋芳听了，沉吟一会，说：“不好，不好。”小翠说：“好也这样办，不好也是这样办。你不愿意，我也不强你，我就把我这颗头割下来交给你。我也不要你同我到阴司里住家，我就算不看见你再同别人好了。”晋芳道：“不是别的不好，我也想这样办法，但是两下合在一处，吃饭怎么吃呢？”小翠笑道：“那可不要紧，一碗饭我同你靠着一块儿吃。”晋芳道：“穿衣服呢？”小翠又笑道：“做衣裳时，将下面开一条缝。”晋芳道：“不好，不好。我以后要上街走走，也要累着你一处走了，成个什么样子？岂不被人笑煞？”小翠道：“呸！只要你我两人如意，管他们笑不笑？”晋芳又踌躇了一会，脸上一红，又低低附耳说了一句。小翠听到这一句，愣了一愣，半晌，咬着牙道：“也顾不了许多，我只愿同你永不离开，便不做那件事也愿意的。”晋芳又道：“还是不好。依你合在一处，别的都不打紧，我想，我们两个人将来临死的时候，总不会一齐儿死，假如死了一个，这一个如何说法呢？难道还抱着一个死尸活在世上不成？”小翠道：“亏你想得到，会想到死的时候。你如若有一天死了，我便陪你一齐死，你好好地答应了罢。”

说着，便布置了半会。等晋芳卧上床去，小翠真个将刀在晋芳小肚子上直割下去。晋芳疼得怪喊起来。

欲知后事，且听下文。

# 第三回　鹤唳风声避兵亡爱妾　疑神见鬼赏月病高年

说时迟，那时快，晋芳肚上已剨了二寸多长一条大口子。小翠到了此时，便紧咬牙关，实行他的主意。看官，大凡人情到极处，便痴到极处。小翠这个主意，无论他下手时薄薄一条血痕，断无联合之理；即使果然联合，将来在世上真做个比目之鱼，比翼之鸟，倒要算得个地老天荒一桩奇事了。可怜一对痴儿女，闹到结果，不过他两人身上，每人多了一条纪念痕迹罢了。

看看到了喜期前一天，晋芳傍晚沐浴已毕，换了装新衫裤，抽了个空儿，跑到小翠家中。小翠一见他便要哭。晋芳笑嘻嘻说："我明天晚上定然静睡，但是告诉你也不相信。我想了一个法子：你亲手代我将裤带子缝着，那怕过十天，我要换这条裤子，再叫你拆。你看好不好？"小翠先不肯，细想倒也有理，遂真个取过红丝线，先将他裤腰折好，密密缝着，又把裤带子也代他缝着。晋芳道："停会子还要陪客上席，我可不能多耽搁了。"遂一径又回家来。

且说小翠次早魂梦中，忽然被一阵吹打惊醒，心里突突地跳个不住。勉强起来梳洗，又接接连连地听见爆竹声、鼓笛声、轿马嘈杂声。一时性起，恨不得将两个耳朵捶烂。越要他听不见，他偏要听见，急得坐又不是，立又不是，无情无绪地睡在床上。他母亲还叫他出来看看热闹。他气愤愤地回道："我要死了！你不要喊我，你看你的热闹罢。"他母亲心里想："这小妮子真怪了，这个醋吃得真不在理呀。"暗暗倒反好笑。四月里昼天极长，依小翠心里还嫌着太短，只求天公不要把那轮红日落下去便好，偏生的转眼之间，沉沉地黑下来。小翠模模糊糊，如同做了什么亏心事一般。刚刚要小解，预备去上马桶，蓦地震耳的三声大炮，金鼓交作，人声鼎沸，中间还夹杂着满街小孩子喊着："看新娘子，看新娘子！"他这一听，也忘了小解，猛向椅上一坐。心里又不是苦，又不是气，只觉得辣痛得很，头一晕，悠悠荡荡，一时倒反耳根清净。

好一歇醒转，觉得门外已不甚喧闹，不由得长长地叹了一口气，牙齿咬着樱唇，已深深有两粒米深的小印，他也一分不觉得痛。晚膳也不用，便和衣倒在床上。偏生会胡思乱想，脸上又微微觉得热起来。好容易将一夜挨了过去，又恨晋芳还不出来。他也不想想，晋芳此时如何得出来呢？一直看着天亮了好半会，晋芳才过来，不及开口，先把缝线叫小翠验看。小翠看了，点了点头，仍是无精打采。便拿剪刀替晋芳拆了，说道："我不能连你大小便都管住你，只要你始终如一罢了。"晋芳笑道："我到临睡的时候再过来，你替我缝上好不好？"小翠回眸一笑，点点头。

谁知不曾到十天上，晋芳刚从小翠家出来，忽然看见各家店铺子，慌慌张张地都把铺门一扇一扇上着。街上走路的人都不多，远远听得又有些妇人小孩子哭声，却又是天色阴阴的。一时又见一位武官骑着马，带着二三十个亲兵，都是刀枪森严，由北向南而去，不由得吓了一跳。跑到门首，早见家人伍贵，一把拖着他说："少爷还不回来，老太爷急得了不得。今日有急报来，洋人已到了镇江，此时各城门都已闭了。少奶奶才回去辞行，明日我们趁早半天开北门的时候出城哩。"晋芳听了，吓得直望里跑。

且说三姑娘自嫁过来之后，头一夜觉得新郎不甚同他亲热，可怜做了女孩儿，也不敢有甚别的想头。日间暗地隔着纱帐子偷看，一看新郎，颇甚惬意。然而到了第三夜、第四夜，仍是如此，心里也就有点不快。偶然从那天光大亮的时候，瞧着晋芳不曾醒，他便欠起身来，只见那裤腰上密密针线缝着。三姑娘这个疑团，真正无从捉摸。幸亏他陪嫁过来的仆妇，在他家下人跟前探得小翠的事，暗里告诉他一番，他才悟出这个道理。红愁缄骨，绿恨侵眉，也就终日没点笑容。这天回家来辞行，又要离着家人，随着一个毫不疼热的夫婿走去，这一哭也就很沉痛的。母亲虽然知道晋芳不肯务正，也还猜不到他心中的委曲，不过以暂时躲避，不久平静，再回来相聚的话安慰他。此时各家历乱，料理行装，三姑娘不曾多耽搁，又回去了。

当夜城中真个草木皆兵。偏生那一颗苕帚星，隐在云里，还是闪闪地亮。天色才明，城守衙门里照例放了一个明炮。谁想这一声炮，吓得满城的人大惊小怪，霎时间街上便潮涌起来，抛男落女，悲呼之声，惨不忍闻。府里太守会同两县，赶紧出示安民，哪里安得住。虽然拣那要紧的城门闭了，僻静城门是要让人出入的，所以开了西门、北门两处。就这两个城门，不知搬出多少人家。秦、伍两家，即将随身细软的东西打叠出去，其余仍留着老家人们看守，便也于此日出城。但云锦夫人本拟同母亲一齐下乡，后因云锦须要照料店事，不能舍之而去。夫妇相恋，迟了几日，风声愈紧。黄大妈出了个主意，请主母在他家暂歇。此时秦氏居然怀了五个月身孕，云锦实在忧心，然除了此法，又不敢让秦氏住在城里，只好亲自将秦氏送出西门，在黄大妈家左近，赁了一处房屋，粗粗安置。又看见黄大妈为人颇甚忠厚，主仆况且相得，便重重托了黄大妈，自己仍回城中。

整整乱了两三个月，其实也不曾有一个洋兵进城。后来打听得洋人已经讲和，镇江虽然被了一番蹂躏，幸喜不曾延及扬州。等到七八月，各家也就陆续回来。云锦此时也打算去接秦氏。可巧七月里，黄大妈生了一个男孩子，尚未满月，不能随着秦氏进城。秦氏在乡间住了几时，倒觉菜黄秧绿，大可怡情，况且看看也要足月，同云锦商酌，不如等分娩后再行回去。云锦只得进城，请了他岳母来照应他。老太另带了仆妇，备了许多应用的物件，遂向秦氏这边来。

那黄大虽是一个村夫，却禀性雅淡，于自己屋后辟了一块小小荒畦，种了许多菊花。有一天，在一个尼庵里折了几干桂花，说要送给主人去。秦老太便托他顺路到伍家，看可回家不曾。黄大骑上小驴子，先到云锦店里。云锦留他吃着饭，谈及秦府三姑少爷。云锦说："前天看他骑着马慌慌张张进城，据说女眷们尚未回来。饭后我同你一齐去。"黄大遂又分了些桂花，偕云锦径向伍家而来。云锦命黄大先在门房候着，自己进去，只不见晋芳接出来。方待要问，忽迎面出来一个小童说道："少爷跌闪了，请卧室内会罢。"云锦心想："这准是前日在马上跌了。"匆匆进房，只见晋芳依在床上，右腿扎系着。云锦道："骑得好马，今日吃着马的苦了。筋骨要紧不要紧？"晋芳笑道："不过磕伤了一块。并不是骑马跌的。好哥哥，你来得正好，我闷得慌，请略坐坐，我们闲谈一会。大姐姐还不曾进城吗？我因为跌了，不能再去接我母亲。昨日已打发人到泰州去接，今晚不回家，明日他们一准回家。"云锦说："回来也罢了。内人恋着乡下风景，要等分娩后才回。前天又将岳母接去照应。老太记挂得你紧，今日命黄大来看你，还带了好桂花来，恰好给你消遣罢。"

晋芳遂命人将黄大唤来。黄大见了问"少爷好"。又问："少爷怎生闪了？"其时已有家人将桂花插好在瓶里，送到房里来。晋芳道："多谢你。回去见老太太替我请安。三小姐明日大约也要回来了。回去不必说我跌着。"黄大诺诺而退。忽听门外人语喧闹，正是全眷都回，忙着开发车轿，伍老太早同着媳妇进房来。云锦上前见了老太，遂出外去见伍士元，少顷同着黄大回去。此时伍太太同三姑娘自然着忙，问着晋芳："怎生好好会跌了？"晋芳支吾了两句。家下仍然忙着医治。

晚间，三姑娘戏问着小翠。看官须知道，晋芳自三四月以来，料想同他夫人断不是还缝着裤带子睡觉的了。见三姑娘问他,便叹了一口气,说:"你还不知道我为甚跌了的呢,说来你莫要笑我。我们动身时,不是我想携着他走,又怕老人家嗔责,遂私地同他母亲议定,在泰州我先代他租下房子,他们随后来。以后总没有个消息。前日我可忍不住了,所以骑了一匹快马,赶到家一问。谁知这个死蠢货实在糊涂,说当日他有一个最好朋友,叫什么'满天飞',是个大把势,代他将母女两人送到泰州,至今未知下落。你想,我这一吓,真可不小。思前想后,这事一定不妙,我当时便呆了,光在那大厅上来回地踱,踱了有几百个圈子。不知后来怎生又踱到天井里,又踱了几十个圈。咳!不晓得什么糊涂东西,把个金鱼缸安在西首角上。"三姑娘听到此,笑得哈哈地说:"不用说了,我晓得,准是少爷踱高兴了,碰在金鱼缸上。但是这缸,我先记得是你特地命伍升从后院子里抬到此处的。据你这一说,这个糊涂东西真糊涂极了。"晋芳也笑起来。三姑娘又说道:"这坏丫头,丢了也好。"晋芳道:"哎呀!你又为甚骂他?我知道你准是还记着他缝裤带的仇。你这人也看不开,你横竖只当迟嫁了半个月呢。"三姑娘听了,望着晋芳重重一啐。晋芳自此后,遂日日打听小翠消息,如同石沉大海。那蠢货倒不甚在意,少了两人倒省些吃用。惟有晋芳暗暗地哭了几回,还胡乱做了几首诗吊他。

不几天,云家忽送了许多喜蛋来,说是八月二十日生了个女儿。秦氏弥月之后,也就携着黄大妈仍然回城居住。一霎时家中添了两个小孩子,倒也热闹。

谁知秦氏母亲这一番由乡中回来,染着风寒,到家这一天,便发起烧来。致病缘由,说也好笑。老太因为第二天要动身回家,忽然高兴,命黄大进城买了好些酒菜。其时正是九月望后,凉月是大好的。夜间命把桌子挪到屋后小圃上赏月,同秦氏吃了一会。秦氏因听得房中小孩子哭,便起身进去。黄大妈侍立在背后。老人家已有点懵懂,猛睁眼向那边远树林中望去,似乎有多少黑影子闪来闪去,便吓得寒毛直竖起来,说:"黄大妈,你可看见吗?"黄大妈笑道:"不是什么,是树影子被西风刮得摇。"话尚未毕,忽听得西首乱塚丛中,起了一阵怪风,接连看见满地绿阴阴的磷火,耳边似乎还听见鬼嚎。老太这一惊,站起来,便扶着黄大妈进去。黄大妈连说:"这不要紧,是乡里常有的。"老太哪里肯信,一进房便上床睡了。秦氏还同黄大妈笑了一会。谁知次日到家,真成了病。洛钟同何氏赶紧延医诊看。

洛钟两个儿子,都已上学,恰好从的先生便是自家的舅舅,叫何其甫,是江都一个秀才。妻顾氏,染了痨病,在床时多,下床时少。闻得秦老太在乡下遇了鬼,那顾氏便同汝龙说:"你家祖母准是染邪,你去请舅舅查查《玉匣记》,包管一查便好。"其甫听了，遂将《玉匣记》查出，而且将批字的朱笔画了两道符，嘴里还咕噜咕噜，把“乾元亨利贞”颠倒念了几十遍。汝龙拿回来，如法炮制。次日，又不见效。

秦氏同三姑娘听见，都忙忙回来。秦氏到晚间便背地装了一碗清水，将三根筷子插在水里，口里请着各位祖宗。提着哪一位，如筷子端然不倒，便就是哪一位作祟，名字叫做“站水碗”。恰好秦氏喊着“父亲”，那筷子便站着。大家知道父亲回来，遂买了许多纸锭烧着。秦氏还流着眼泪说：“既然是父亲，可不能同母亲作闹，请回去罢。”说了几遍，那筷子偏不倒。俗例是筷子不倒，祖宗不走。大家猜着，想是父亲舍不得走，又烧了些纸钱，仍然不走。各人又不敢硬赶着父亲。谁知汝虎等得不耐烦了，走上前，跷起脚来一踢，连水碗滚了几步，哈哈大笑起来，被娘打了一下，他也不哭，笑得跑了。

老太接连病了三四天，时而昏沉谵语。何氏等夜夜点着香，替老太叫了几回魂，总不见效。到第七天上，格外沉重。医生也都不肯开方子。云锦同伍晋芳也时常来探问，同洛钟商议预备替老人家端整后事。那洛钟只含着眼泪，不忍心就办。

连日算闹得沸翻盈天。汝龙、汝虎也不去上学了。仆人上下，也照应不到他两个人。汝龙略解人事，倒也常在房里，帮着照看。那汝虎生得肥白可爱，亦极会淘气。这一天，听见祖母药里要用梨汁，父亲命人去买。他见一时没人答应，自家拿了几十个钱，径跑上街去买梨，也不曾有人留心到他。一直等到大家都吃晚膳，查问起来，哪里有汝虎的踪迹？这一惊非小，连忙着人满街寻找，毫无影响，直急得他姑嫂要死。洛钟也自着急，然一心在母亲身上，他也顾不及，只命人分头向各亲友家查问。汝龙见兄弟丢了，只是痛哭痛闹，要自己上街去找。何氏同他姊妹拖着他，哭道：“可使不得，已经一个丢了，还禁得你再出去。”此时，云、伍两家已闻此信，命人四处找寻。洛钟急得无法，又深恐母亲听见，命人不用着慌，休惊了老太，后再慢慢打听小孩子。姑嫂哪里肯依，弄得水米不沾唇，闹了一夜。次日，仍然无一毫形迹。第二夜，大家坐着，面面相觑。时方三更天气，忽然见一个仆妇直喊进来说：“老爷，不好了！自己死了。”这一句话，吓得大家真个魂飞天外，魄散九霄。

要知后事，且阅下文。

## 第四回 失儿得儿酿成惨剧 死女生女演出新闻

何氏便先大哭起来。还是三姑娘骂着那仆妇，问道："糊涂东西，你可说明白了，老爷怎生自杀？"仆妇喘着说道："我刚刚到后面有事去，忽见院子门关着。我朝门缝里一张，只见老爷面如白纸一般，坐在地上，只是喷血，都将衣服染红了。旁边一张桌子点上好几支蜡烛，故我看得清楚。姑太太们快点去罢，此时老爷不知怎样了。"三姑娘一听，心里明白，然不由得眼睛一酸，那泪珠直滚下来。回头看他嫂子，想是早经去了，也便起身向后进走去，早见家人们抬着洛钟进房睡下。原来洛钟连日心如油沸，母亲病势不好，儿子又丢了。细想总是自己所作之孽，遂想到割股一层。并不是博那孝子名誉，原思借此一刀，便死了也好。他也并不依着割股方法，拿刀去割那膀臂上肉，只咬牙一刀，将一个中指生生切下。十指连心，焉得不痛晕过去？其实，他刀子飞下时，他中指也就飞出去，自己并不知道。及至家人们赶紧请了外科医生来，上了药，将痛定住，他才醒转，命人找那手指，煎汤给母亲喝。合家点着火把，将一个院子翻转来，也不曾见个指头。三姑娘暗地命人哄着他，说已经煎好给母亲吃了。

说也奇怪，秦老太便从这一天起，日有起色。洛钟闻得，也甚欢喜。惟家中内外科医生，忙得十分热闹。何氏、秦氏、三姑娘等人，才算放下了心。又思念到汝虎身上，终日泪不曾干。晋芳已经接了三姑娘几次，何氏便也催着回去。秦氏也为着小孩子累人，见母亲病体已痊，哥哥指创亦好，也就回去了。

先是秦老太有时问着汝虎，人人都拿话瞒着他。后来给汝龙说出，老太只急得寻死觅活，说："都是因为我这个老苦命，偏生害着瘟病，把个娇滴滴的孩儿走失。"又骂何氏为甚不赶紧找，又命洛钟写着告白满街满巷贴起来。其时上海只有一家《申报》馆，也便将告白登上，终没有影响出来。老太同何氏镇日里儿天儿地地哭。平时弟兄两人一路上学散学，今日仅看见汝龙，自然触目伤情，便过年也不曾热闹。

幸亏后来老太得了一梦，梦见汝虎长成，居然中了状元，在街上骑着马游街。老太在旁看着，喜得不顾死活，奔上前要扯状元下马，被状元手下人一推，跌在街上，才跌醒了，将此梦说给何氏听。又说："常听见古书上多有此等事，小时丢了，一样被官宦人家收去，将来功名富贵，更较在家长大的好。"因此，婆媳两人倒反欢喜起来，便将那愁肠割了大半。

光阴易逝，转眼又是第二年长夏。那秦氏生的女孩子，已近周岁，学着说话。便是那黄大妈的儿子，亦甚可喜。秦氏每日间调笑孩儿取乐，颇可怡情。一日，云锦回来，说洛钟约他到苏州去。因为何其甫的夫人病已临危，娘家住在苏州，何其甫请洛钟一行，顺便将他岳母接来。洛钟知道云锦也须到苏州办货，便来纠合他同行，省得路中寂寞。云锦往年都是托人去办货，今见洛钟要去，也便高兴想到苏州逛逛。秦氏听了不以为然，意思说六七月间天气炎热，何必多此跋涉。然而又因为是自家哥哥来约的，不能回他，只得连日忙着代云锦打叠行装。

择了良辰，郎舅二人便过镇江来。依着洛钟，便要搭轮船到上海。那云锦是个安分人，说："洋鬼子的船，究竟坐不得，有许多不方便，不如由内河叫只船去。"洛钟依了。走了好多天，看看已近阊门，开发了船钱登岸，觅下旅店。次日，便访到顾氏娘家，投了信，说定了耽搁三天，同顾氏母亲一齐上路。云锦便日日到绣货大铺子里发买货物。

洛钟在旅店独坐无事，恰好离城河不远，将近晚凉，独自沿着河散步。柳阴碧绿，蝉声犹自聒得人耳聋。信步走了一里多远，见河里有一群小孩子洗浴，你捧着水泼我，我激着水淋你，兀自看得好笑。猛不防前边板桥柱下，系着一只小船，忽然听见有孩子叫着父亲，宛如汝虎声音，吃了一惊。定睛看去，可不是汝虎是谁？赤着臂膀，戴了一个大红兜子，向自己这边招手，连呼连喊，还带着有点哭声。洛钟一听，惊喜交并。正待上前，忽见舱里走出一个老妇，劈头揪着汝虎，向舱里掷去，遂不听见叫唤。洛钟神魂一呆，想："此船必是拐子无疑。我若向前去问他，他必不认，非唤着当坊地保不可。"一转念，遂急回旧路，想约云锦齐来。走不几步，脚都有点发软起来。

事有凑巧，恰好云锦迎面走到身旁，一把扯住洛钟，问他："何故发呆？头脸上汗直滴。"洛钟才觉心志宁静，将适才所见之事，告诉云锦。云锦大惊，说："事不宜迟，我同你去，恐迟了贼人开船走了。"二人遂飞也似跑至前岸，果然那小船正要荡桨。云锦大呼那小船："不许开！"见那荡桨的是个彪形大汉，生得一脸横肉，满嘴是湖南声口，说："老子开老子的船，你不许开待怎么？"云锦说："我要在你船上查个人。"大汉怒起来，居然将船拢岸，说："你们来查，如查不出来怎样？"说着，那老妇也站在后艄上骂。云锦见他这般嘴硬，倒反疑惑洛钟看错了。洛钟也不及辩白，遂跳上船，嘴里喊着："我的汝虎孩儿，你快出来。"再一细看，哪里有汝虎影子，倒看见有三五个小孩子，男女不一，都是面带土色，垂头一声儿不敢言语。横竖不过豆瓣子大的船，知他也没别处藏，自己问着自己："莫不是做梦吗？"其时，云锦亦已跳在船上，相对默无一言。那大汉便要来扭洛钟。

云锦忽然看见有一个女孩子，八九岁光景，望着自己努嘴，似乎叫自己揭他身旁一扇舱板。云锦还恐汝虎藏在舱板里，遂伸手一揭。不揭犹可，揭开一看，可怜一个粉团似的小儿，早已被强人剁成三五块，云锦吓得几乎跌出舱外。洛钟早看见一颗小头颅，正是汝虎，不由大哭起来。这一吵闹，早惊动沿岸人家，齐来探望。便是适才洗澡诸小儿，都浮着水，扒到船窗外来看。这才大家揪着那船上母子二人，送入县里。地方上保甲，并将船上小儿一齐带去。当时元和县知县姓巫，人颇精明，并不耽搁，即传伺候坐堂。母子毫不隐讳，直认拐带无辞。知县命地方上将汝虎尸骸埋葬，所拐小儿暂交官媒寄养。内中惟有一个女孩子，是拐子的外孙女，家里父母均死，无人领养。洛钟感着他指点的恩惠，情愿当堂领去。那女儿生得颇秀丽可爱，今年八岁。问他名字，说叫银儿。依着洛钟恋恋不舍。洛钟痛子心切，就将他当做子女一般，决定带回扬州。

各事料理清楚，顾氏的老娘，还带着一个小孙女儿，一共五人，另雇了一只船，仍奔原路回来。惟有洛钟痛着汝虎，在船上闷闷不乐。奇怪那银儿十分伶俐，一张小嘴，会说会笑，带着点湖南口音，人听见还有点不大懂他的话。他见人不懂，越发咕咕唧唧说个不了。云锦问他道："我家汝虎怎样到你们船上的？"银儿道："去年有一天，我也不晓得是落在什么地方，只听见我家婆婆口里说着那条街是有个什么凹子的。那街上有个卖鱼婆子认得我婆婆，傍晚间将你家娃子抱来。你家娃子怪会闹的，乱哭乱骂。以后被我舅舅打了两天，我舅舅又拿出刀来吓他，他才不敢啼哭。后来便哀求我舅舅送他回去，说他家姓秦，送他回去，他家里准多给钱。还说祖母是最欢喜他的，这几天祖母不知可好了不曾？说着又要哭，把我舅舅望了一望，又忍住了。可怜这时候船走了几天，他还不晓得呢。他偏生欢喜我，我便同他在一处玩。"银儿说着，又拍手跺脚，说："我那死舅舅实在坏，若不把他杀了，此时我们一路在船上，岂不有趣？"

洛钟听着他说，心里如刀割一般。云锦也流下泪来。顾氏的老娘便问他道：“怎生好好杀了他的？你为甚不拦住你舅舅呢？”银儿伸了伸舌头，说：“我还敢拦他！他是恼着他喊了人，被我婆婆拖入舱的时候，他已经吓得不敢开口了。我那舅舅凶神似地将他揪住，就要把刀望下劈。可怜你家娃娃还拿一只小手来挡刀，谁知碰着刀，那白藕似的一只膀子，早掉下来了。接连几刀，把我们几个人吓得只管抖。你们上船，是我恨着我舅舅，我才暗暗告诉你，还怕我舅舅明儿不依我呢。”

此时洛钟早已睡在炕上。云锦也不忍再听，遂止住银儿不许说了。那顾氏的母亲，望着自已孙女儿道：“你可提着耳朵听听，下次可还溜上街去？”那女儿嘻嘻一笑，遂同银儿睡去了。

不多几日，到了扬州。洛钟同云锦商议，回去且缓些将汝虎的事告诉家中。又嘱咐银儿说：“不许提着一字。”银儿答应了。此时洛钟先托云锦将银儿送到自已家中。又雇了轿子，亲自将顾氏母亲并小女孩送到何其甫家来。

顾氏母亲的轿子刚刚歇下，猛一抬头，看见大门上糊着白纸，门楼子里坐着许多男仆，有在那里包石灰卷子的，有在那里拿着白布结彩球子的，还有三五个乐人坐在凳上。顾氏母亲心里便突突地跳。跨进二门，又见对厅上坐着好几位客，七八个和尚夹在里面，两手夹着钟磬，是个等时候的模样。

原来顾氏的母亲是个泼寡妇，有个儿子不甚长进，自己靠着放放利债过日子，家道却还过得。素来不大合式这个女婿，说女婿看不起他。后闻得女儿有病，也不来看视，准备着女儿一死，同男家闹个天翻地覆。今见何家来给信说，他女儿垂危，已经打定主意。可巧今日才到，便见了此等情形，知道女儿定然是死了，又急又气，不由得从二门外大哭进来，一路乱滚。那小女孩儿也吓得怪哭。滚进堂屋，见屋里已摆了一口棺材，那盖子斜放在上面；房门口一个化纸钱的瓦盆，纸灰飞了一地；花花绿绿的，还有许多女眷。他也只当不曾见，跳起身子，双手将棺材盖望地下一推，大哭说：“我的儿呀，他家忍心将这种薄皮材打发你呀！”一眼瞧见房里死尸停在床上，脸上盖了一张纸钱，脚边点着一盏昏惨惨的灯，不禁放声大哭。跑上前抱着，一声肉、一声儿地痛哭。那一双脚，几乎把地板打通了。还骂着：“我那狠心杀材的女婿，你躲在哪里去了？”

其时，大众人等，有一半认不得他，深以为怪。内中有洛钟的夫人，是知道嫂子的母亲来了，见他这样闹法，又气又好笑，走上来把顾老太用力一扯，说：“你老人家把眼睛睁大些，不要白闹了。”说毕，便硬扯老太出来。那顾龙太还骂着说：“都是你们这些做小姑子的，把我一个娇滴滴女儿逼杀了。”这个当儿，众人才会过意来，人人都掩着嘴笑。幸亏那顾老太忽地将死尸脸上纸钱揭去，细细一望，原来是个男子，嘴上还有胡须，这才自己懊恼不已，偏生又把人家棺材打翻了。便见有几个穿孝衣的男女，围着他问：“为甚事得罪了你姓顾的，到人家来闹丧？这场官司不打是不得干休。”顾老太羞得紫筋暴涨，好容易才看见洛钟同他女婿走过来。

原来洛钟进门之时，也疑惑是顾氏死了，刚在前庭周旋了一回。忽地有人来告诉他，顾氏老太这番误认的缘由。他急忙偕着何其甫进来，先向人家说了一大篇话，说：“老太新从远路而来，实在是不晓得其中细情，冒失是有的，明儿我们来赔罪。”说着，那阴阳先生已报道了时辰，那鼓乐便吹起来。和尚的钟磬震天地响，人家也不暇来淘着闲气，先去忙丧事去了。便有仆人七手八脚，把棺材安好。

顾老太随着众人走入后一进，他女儿还勉强坐在房门口喊他。顾老太道：“我今日真昏了，为何闹出这个笑话来？”何氏在旁笑得拢不起嘴来说：“你老人家也太着忙了，便是嫂子有个三长两短，你老人家也该看着哥哥面上，也不能泼天泼地骂成个狗血喷头。便我也无辜地被你老人家骂了一顿，真是哪里的晦气。”说罢又笑。顾老太也不禁笑起来，说：“好姑奶奶，我老昏了，姑奶奶不要记着我。我也是心里急坏了。”洛钟同何其甫听了，也在旁边笑。顾老太问他女儿道：“前面死的究竟是谁？”他女儿道：“是同住的一家，姓汪，昨日老人家在外吃酒，晚上回来发痧死了。”又叹了一口气道：“我这病不知几时才能够死哩。”大家此时才坐下各叙各的话。

顾老太这件事传出去，人家都当着新闻笑个不了。

且说洛钟在何其甫家，略将汝虎的事告诉何氏。何氏哭得肝肠寸碎。何其甫在旁边听着，急得将两个大白眼翻来翻去。听到说老婆子揪着汝虎望舱里拖，自己拿着指头在桌上画着，先低低说：“左右皆曰可杀。”又听到查出汝虎尸骸，又画着说：“大夫皆曰可杀。”后来又听见母子两个还狠狠地骂人，又喊起来说：“国人皆曰可杀。”说完了，又用着那哼八股的调子，悠悠扬扬念起来道：“杀之不足，剐之有余。剐之不足……”他意思还想接一句，谁知念了半天，总想不出一句再比剐还利害的，只好接连说了几句：“剐！剐！剐！”人见他这呆容可掬，又仿佛是学那老鸦声音，转觉好笑。

洛钟又叮嘱何氏：“千万不要告诉母亲。连汝龙面前都不必提起。若母亲问起银儿，便说在路上得的。”何氏答应了。回家看见银儿也甚欢喜，便细细问他：“家里还有甚人？你家姓什么？你外婆家姓什么？”银儿笑道：“我家也姓秦。外婆家姓雷。我家父亲出外当兵，外婆将我的娘和我便带出来。后来把我娘嫁了别人，还得了好些钱。”秦老太听了，深为叹息，同何氏说：“难得他也姓秦，你不如收他做个女儿罢，这小孩子怪可怜的。我们将银儿带得好好的，但愿我家虎儿在外，也遇着好人家收了，也好好地带他，这可谢天不尽了。”何氏听了，不由眼泪直淌，赶紧忍住，笑对银儿道：“你以后就给我做女儿罢。”银儿乖巧，随即望着老太同何氏磕了几个头，便赶着汝龙叫哥哥。晚间洛钟回来，知道此事，笑说道：“但是这一来，反是以德报怨了。”此话休提。

不曾过了有两三个月，那顾氏果然一命呜呼。他母亲因为上次这场笑话，反倒不好再同何其甫吵闹，不过争论点衣衾丧制，倒也情情理理。幸喜何其甫家也无别人，诸事顺从，算将就把顾氏安置已讫，顾老太也就回着苏州去了。

到了十一月十五日，恰好是秦老太太六十整寿。十天前，秦氏便同三姑娘回来住着，帮着料理事务，夜间姊妹两个便住在一个房里。秦氏的小女儿生得怪标致的，三姑娘最喜欢他。先是秦氏顺口都喊他做小丫头，便向三姑娘说：“就请你姨娘代我家小丫头取个名字罢。”三姑娘想了一想说：“就叫做春儿罢。连表字我都代他取了，就叫做绣春。”此时三姑娘正在净桶上小解，伸手去摸纸，偏生一张都没有了，便喊银儿去拿纸来。银儿答应跑去。停一会，见何氏拿着有百十张纸来。三姑娘笑道：“要这许多做甚？”何氏笑道：“恐怕夜头早晚，你姑娘要用，好预备着。”秦氏笑道：“他可用不着了，你不知道他已有了三个月吗？”何氏笑说：“原来如此。”三姑娘羞得脸上通红说：“你信大姐姐的话，他前儿告诉我，他才真是的呢。”何氏笑道：“你们二位都不必争论，大约总是时候了。在我看来可不用瞒人，瞒人是要养丫头的。”说着笑走了。

转眼十五已到，十分热闹，是不必说了。厅上是玩十锦杂耍，还带了许多妓女，吹弹歌舞，闹得有趣。偏生这一天云锦被人灌了几杯酒，他本来量窄，洛钟遂命人送他回去了。

客散之后，家下收拾才毕，要睡觉的时候，忽有云家的小厮来敲门，说要赶紧接秦氏回去。

欲知后事，且阅下文。

# 第五回　误参苓庸医蝎毒　歌芣苢恶妇蛇心

秦家听了，深为惊异，便问着来人，是姑爷醉坏了不成？小厮道："不光是醉，是吐了许多血出来。"洛钟听了，握手咂嘴说："不好！"遂到里面告诉了秦氏。秦氏大惊，连夜带了孩儿，坐上轿子回家。看见云锦倒不觉得怎样，惟摸着他身上肌骨发热。

天一亮，秦老太也同洛钟来看视，又带了许多秘方来，问着云锦。云锦说："心里热得很，似乎有点惶惶似的。"秦氏赶紧命人请了市上一位名医。这医生浑名叫做"活死人"。别人猛然听了，似觉不甚入耳。然而其中有个道理。这位先生医道倒也精通，加着这十年内正走一派好运，酿成一种坏脾气，不但十元八元同人家争论，就是遇见人家请他诊病，任你再请得早些，他都要迁延到日落时候，点着许多灯笼火把，才上街东跑西跑，跑得十分高兴。便是人家病势危急，叩求他早来一刻，他是宁可看着别人没命，不可坏着自家旧例。巧巧他的名字叫做郝子仁，人便顺口叫他"活死人"。云锦家里这一天清早便去请了"活死人"，偏生"活死人"他最好吃酒，适在亲友家应酬。一直等到二更之后，那"活死人"吃了一顿喜酒，舌头已经发硬，眼睛已经昏花，坐了一乘四人抬的飞轿，到了云家，坐下来先足足喝了七八杯茶。幸亏"活死人"酒入肝经，虽然半醉，脸是铁青的，人倒不觉得他是喝醉酒的模样。

云锦坐在旁边，先伸出左手请"活死人"诊脉。"活死人"神志已经昏乱，倒也知道把三个指头搭在云锦脉上。只是不曾留心，把寸、关、尺三处只诊了两处，空着一个指头，远远放在尺脉之下。捺而又捺，捺了好一会功夫，捺不到尺脉。心里一惊，长长地把舌头一伸，赶忙放下，口里说道："再请过左手来，看看心肝的脉怎样。"他也不晓得刚才诊的原是人家的左手。病人也不及详察，又将那只手伸过来。这可更奇诧了，他三个指头全然不放在脉道上了，脉道在大指这一边，他反诊到小指这一边来。真把"活死人"吓死了，心想："这人不过才染人痨症，如何便虚怯到这种田地？右手尺脉已经断绝，可知他肾家亏损已极。如何左边肝脉亦毫无捉摸？乙癸同源，既已肝肾双亏，这非用竣补不可。”于是开了一个药方，其中便用了许多参、苓以及狗肾、肉苁蓉等药。此时病人家盼着医生，如请到神仙一般，医生去后，赶紧将药配好，煎出来浓浓灌了云锦一碗。大家这一夜便不曾合眼。

次日清晨，云锦果然好了许多，血也不吐了。洛钟才放心回去，只留下老太在此，帮着秦氏伏侍病人。自然又将“活死人”请了来诊视。“活死人”今日酒却醒了，摸着云锦的脉，果然突突跳个不住，几乎把自己手指都弹动了。知道昨日之药，未免太热，遂又改了方法，专用了些茯苓、山药、海藻、地骨皮等凉补之药。自此以后，云锦虽不再吐血，转变成个日间潮热、夜间盗汗、胁下胀痛、干嗽无痰的弱症。

秦氏等见云锦虽一时不能痊愈，然而只求不再吐那些鲜红的血来吓人，也就算是郝先生大大的功效。所以做医生要运气好，倒不一定讲究医理。诸君看云锦一个活跳少年，不过伤了点酒，呛出几口血来，硬生生地被“活死人”温补、凉补几剂药，将积热反遏覆下去，弄成个极虚极怯的少年老人，他家中还提着“活死人”名字感激不尽，这又从哪里说起呢？云锦时好时歹，迁延有半年之久，日渐瘠瘦，眼看见不能起床。秦氏日夜焦愁，再另请医生诊视，病已成形，便是仙丹，也终难济事了。

且说云锦自有病后，店事便不能常常照料，交代几个店伙，终放心不下。猛想起一个好友，从小时曾在一处学过商贾。此人姓田名焕，因穷困无事，避居在乡。特修好一信，着人将田焕请至，嘱他总管店事。田焕此时正苦无人延聘，有这机会，欣然从事。到店不上几个月，便将自己的一个妻子也接来店中居住。三天五天便来探望云锦一次，见云锦精神略好些，他到店便闷闷不乐；一听见云锦病势加重，他这一天便非常快活，买些大鱼大肉，夫妇两口便对酌起来。

不上半年，又交四月初旬，天气骤热，云锦困顿床褥，自恐难保。一日，命秦氏将他扶在窗口，靠着一张桌子坐下。寂无聊赖，便把春儿抱在膝上，不禁簌簌的眼泪落下来。春儿在云锦膝上只管跳跃，云锦觉得腿压得很痛，便将春儿递在秦氏手里，喘着气唤道：“春儿的娘呀，我万一有个长短，你母女如何措置？”说着便又喘了一会，又说：“你腹中又要临盆了，若能生个男孩子，你还有点想头；若是再生个女儿，岂不是更添了一累吗？”秦氏听了云锦一番话，肝肠已断，喉间堵塞，一句话也答不出来。云锦长叹了一声，也就不言语了。谁知病人心里是不能着急的，看云锦此时虽长叹不语，心里非常焦急，肝火一旺，眼前便陡然漆黑，口一张，便有块紫血直射在秦氏袖上。秦氏大惊，便顾不得孩子，急急将春儿放下，赶上前扶住云锦，问他觉着怎么样？云锦已一声不能言语，惟有瞪目直视，两颧渐渐飞红。秦氏吓得魂魄俱散。可巧黄大妈又因为替云锦配药上街去了，云锦看看要倒，秦氏支持不住。

正在为难，恰好秦氏的母亲正命了一个仆妇送一篓枇杷来给云锦，看见如此情形，急忙上前，同秦氏将云锦抬放在床上。秦氏早放声痛哭。云锦只管望秦氏摇头，似乎叫他不要着急的意思。这仆妇一面赶紧将黄大妈唤回，一面就奔回去告诉老太。老太听见，不由得眼泪直淌，口里只管说："如何是好？我家大姑娘如何是好？"连裙子都忘记系了，坐了一乘小轿，直望云家而来。随后，何氏同三姑娘也赶着来。便连田焕的妻子周氏，也来帮着照应一切。殡殓衣服，俱连夜赶做。延至清晨，那云锦一口气接不上来，便真个舍着娇妻幼女而去了。秦氏悲痛，几番死去活来。接连便有田焕、秦洛钟、伍晋芳，还有许多亲友，都携着一卷纸钱，掼在灵床面前，大家磕头。秦氏搀着春儿，匍匐在地。那春儿过一会便站起来，跑在床前，拖着他父亲衣袖，要他父亲抱。见父亲不理他，他便扶床哀哀地哭。此时把旁边何氏同三姑娘以及黄大妈并诸仆妇，都看得无限伤心，忍不住也陪着秦氏痛哭。便是周氏也就凄惶万状，一把将春儿抱过来，搂在怀里，说："好姑娘，你不要引你母亲伤心了。你这般可痛的娃子，若我侥幸生个男孩子，我定然要你做媳妇儿。"春儿见有人抱着他，抬头一望，见是周氏，他便闹起来，不要他抱。周氏好生不快，狠狠地在春儿膀子上掐了一下，说："才夸赞你好的，你为甚又闹起来？"便将春儿望床边上一放，一头正碰在床栏杆上，春儿格外大哭。众人闹嚷之中，也不觉察。唯有黄大妈一旁冷眼看得清楚，心里颇大不然，便赶紧将春儿拖在身边。

一时收殓成制，不必细赘。唯有讣闻上须要用着儿子出名。虽不知秦氏胎里是男是女，然凡事总要向好处上着想。洛钟遂特地到他舅子何其甫家，请何其甫代秦氏腹里孩子起个学名。何其甫此时正忙着续弦下聘，恰好请了几位女亲，在家里编彩花。何其甫正拈着一枝麒麟送子的绒花，见洛钟说了此话，便笑嘻嘻道："喏，喏，就叫做云麟罢。这叫做眼前妙谛，不是我才大心细，恐怕还没有别的人想得到呢。"洛钟也笑道："好极，好极。承你吉语，舍妹包管生个男孩。"

说罢，才要望外走，忽被何其甫拖着袖子说："来来来，我想起一句话来，正要同你说。前天说那个六十四块洋钱，我千思万想，我须只出六十块洋钱。留下那四块洋钱，开发开发仆人也是好的。如若他家不允，我们搁着就不谈罢。你是我的至亲，你须代我打算，不犯着拿我的钱应酬别人呀。"洛钟道："你也太小气了，四元洋钱能值多少，难道便把大事耽搁了不成？我此时也不暇同你长谈，舍妹那边还急等着我呢。”

洛钟正待起身，忽见何其甫猛然站起来，将一只手向桌上一拍，说：“不好了！不好了！”这一拍不打紧，几乎不把在座几位女眷吓煞。洛钟也猜不出他是什么意思，才待问他，早见他又接着说道：“我请问你，你今日是打哪里来的？”洛钟道：“这又奇了，你难道不晓得我打舍妹那里来的？”他又说：“你妹夫是死了不曾？”洛钟道：“今早便死了。”何其甫不住摇头搓手说：“可又来，你妹夫是死了，你从死人家里出来，也不回家去跨一跨火，就跑到我这里来。我这里正忙喜事，你又絮絮叨叨，请我代死人的儿子起名字，还累我把喜花儿说这种不吉利的话。上茅坑还要图个顺遂，你这个是安的什么心？我已经出过一件事，可不能再……”说到此处，便忙住口，只急得将一根一根的红筋暴涨起来。洛钟也悟出他这个道理，心里觉得冒失了些，默默无言。还是别的女眷想出一个法子，命仆人在柴房里抱了一捆柴，折断了堆在门口，用火烧得烘烘的，叫洛钟先站出去跨过火，又跑进来。何其甫仍觉得怏怏不乐。

洛钟回至云家，一切料理已毕。忙了几天，诸客各散。只有老太舍不得秦氏，依然留着未去。

不到一月，秦氏分娩甚急。俗例是有灵柩在家，妇人不能生产，恐怕热血冲丧，与人家大有不利。秦氏老母本意接女儿回家去分娩，又恐怕儿媳心里不愿。总之世上做母亲的，没有不爱着女孩儿，甚至爱女儿反比爱儿子的心较重。无如既有儿子，遇着这大些的事体，也就委委曲曲，顺着儿子这边。这也是世情常态，不足深论。

秦氏思来想去，想到自家的店里，有两重住房，只好权且搬进去住一住，等分娩之后，再行回来。便叫黄大妈去告诉田焕。田焕听了，很不以为然，说：“一个店铺里，何能容着妇人家进来分娩？”对着黄大妈，脸上气色便不甚好看。恰好他妻子周氏走出来听见此事，忙对黄大妈说：“这件事好极了。论理店本是云家的，莫说你家太太暂住在这里分娩，便是搬进来长住，也是应当。明日便请太太过来罢，不要误了事，倒反不好了。”黄大妈见周氏说得情情理理，也就欣然回去告诉秦氏。秦氏收拾收拾，便命黄大妈将些应用物件，先一起一起地往店里搬。

周氏将黄大妈送出之后，丢了一个眼色，叫田焕进去。田焕心里很怨着周氏答应秦氏搬进来，气忿忿地望着周氏道：“好了，店主人进来了，你昨天拿的些胭脂、粉扑以及绣花枕头、品金荷包等物，说要送你姐姐的，可替我藏严密些，不要露出马脚，此处便栖身不住了。”周氏望着田焕，重重地啐了一口，道：“蠢货！你懂得什么？

店是姓云的，难不成你就想拦着他不进来吗？万一人家起了疑心，那才真是栖身不住呢。我有我的神机妙算，你如何得知？你如晓得这些得风转舵、顺水推舟的作用，你倒不因为百十块洋钱，弄得闲了十几年了。”田焕听见他妻子说有神机妙算，便忙含笑上前，左一揖，右一揖，请他妻子说给他听。周氏笑道：“你莫忙，等晚间再告诉你。此时墙有缝，壁有耳，你出去望望，恐怕有人进来。”田焕真个走到廊下一望，果然黄大妈正捧着许多盆桶走来。田焕好生吃惊，更佩服他妻子先见。周氏见黄大妈进来，说：“你来得好，我已命人将对过房间收拾停当了。你一人搬这些物件，如何忙得来，等我唤几个小倌帮着你。”黄大妈笑道：“多谢奶奶。可用不着，明日我家太太雇人搬呢，我不过顺便带些零碎物件罢了。”说着走进房，将各物放下，也就去了。

田焕一到晚间，便同妻子进房。周氏笑对田焕道：“你可想得他这一座店铺么？”田焕道：“店是人家的，我就是想他，他如何能给我？”周氏道：“只要用心，铁杵成针。如今秦氏是做了寡妇了，料想他也不能支持店务，必须请一个人代他管理，如今不是已请了你吗？然而天下没有不散的筵席，他如今一天不合式你，你难道不许他另请别人？我本来有个主意：我现今已怀了五六个月身孕，倘若是生一儿子，便定然骗着他把春儿给我做媳妇。他一次不允，我跪求一次，他两次不允，我跪求两次，总要把他求得允了。你想他又没有别的亲人，还怕他不把这座店铺双手送给我们做嫁女儿的奁赀？今却不料那痨病短命鬼生生地多事，又在他肚里种下一个孽根。便再生个女儿，已是分了春儿怜爱，那店便有些靠不十分老稳；何况再生个男孩子，那我们可就要打断妄想了。前街稳婆王老老，是我嫂子妹妹的姑婆，论他每年至少要害三五百个小儿的生命。他一年三次唱香火会，酬谢催生娘娘，还暗暗把个数目告诉娘娘，叫娘娘替他超度超度，不要同他作祟呢。我为云家娘子的事，早经嘱咐过几次了。先还想在他家动手，谁知他反要搬到这里，这是恐怕我老娘照应不及，把一盘肉酱送到我刀俎上来。莫使老娘生气，便连他这条命都一齐送给阎罗王座下，那时不怕春儿会飞上天去。”

周氏正说得高兴，猛听窗外有脚步响，赶忙住口，问了一声：“是谁？”便听见答应道：“是我，我搬两盆万年青来镇地的。”周氏听见又是黄大妈，心中倒吃一吓。又不禁大怒，跑出房外，口里骂着：“小倌，为何前面有人进来，都不通报一声？”黄大妈冷笑道：“这也难怪他们，我是常常进来惯的。”周氏道：“你奶奶进来，原自不妨。万一是个强盗、贼、娼根、淫妇、死囚、杀胚、亡八蛋、混帐东西，也冒冒失失地不给人晓得，直望里面闯魂，一家有一个主，一庙有一个神，小男妇女，谁家没有个避人的私事？懂得的呢，原不理会什么；遇着那小心眼的，可不还要悄没声儿听一听？这些做小倌的，只晓得茶来伸手，饭来张口，还要私下捞摸几个铜钱。一到晚间，店里闭了门，他们就东闯街，西掠巷，看个女人儿，买个糖饼儿，嗑个瓜子儿。坏是坏极顶了，懒是懒成精了。便是你奶奶常来惯的，他们就不能跑进来说一声？难道两条腿扣着铁链子不成？”黄大妈听见周氏这一番撒野的话，早被他噤住，一句话也不敢回答，低着头跑回去了。这一边秦老太同秦氏忙着搬家，那一边何氏便替三姑娘忙着送礼。

欲知后事，且阅下文。

# 第六回 痴公子肠断达生编 新嫁娘祸胎马桶盖

三姑娘也是五月里分娩。先一个月前，秦老太已雇着成衣在家内动工，替小孩子忙催生的衣服，单的、夹的、棉的、皮的，鞋子、帽子、袍子、袄子，都从落地的时候尺寸做起，直做到十岁的时候尺寸为止，光彩夺目，锦绣辉煌。更配着金锁、金圈。择了一个好日子，奏着鼓乐，绕转好儿条街，直向伍家送去。先前秦氏生春儿的时候，却没有这种华丽。固然那时兵信紧急，然而老太的意思，亦因为云锦不过一个经纪人家，比不得伍府是个盐商，伍晋芳此时又新捐了一个花翎五品衔候补知县，也就不得不势利起来。即如此次秦氏也将分娩，老太不过亲自携了十元洋钱交给秦氏，自家料理。何氏先本打算双双接他姊妹二人回来一趟，行个过街的仪节。秦氏自觉悲苦，不愿意回来。老太不得已，暂舍了秦氏，恰好回家过端阳节。便于五月初六日，命仆妇去接三小姐过街，顺便吃馊粽子。三姑娘欢欢喜喜，告诉了公婆，坐上轿子回家去了。

三姑娘到了家，便有那龙儿同银儿两个大孩子拖着扯着，你说生个弟弟，他说生个妹妹，闹得不得开交。何氏笑向老太道："我猜三妹妹准是个男孩子，你看他小肚子上尖堆堆的，象个斧头一样。"老太笑道："这却难以预定。我当日怀三姑娘在腹中的时候，人人都猜是个男孩子，我就不信。因为他在肚里怪动的，动得太厉害，便保不定是个女胎，因为女生外向，他两手两脚都在外面，所以动起来，俱是七上八下。男孩子抱娘生，脊背朝外，动只是一处动。我怀龙儿的父亲，便是这个样儿。"因回头问三姑娘道："你觉得腹中动得怎样？"三姑娘笑道："我也不懂他是个什么东西。说他大动，他也有时小动；说他乱动，他也有时不动。只好等生下来再看罢。"说得何氏笑起来。

那龙儿听他们谈心，怔了好一会，忽拖着他母亲问道："人都说女人家会生小孩子，小孩子究竟从女人家哪里生出来的？好母亲，你可告诉我。"众多仆妇听他问这一句，引得哄堂大笑。何氏忙板着脸骂他道：“呸！混帐东西，不许乱说。”龙儿道：“这有什么说不得呢？若是说不得，你们也不该在此说生小孩子的话了。”三姑娘笑得一把将龙儿拖在面前说：“我告诉你，我小时候也问过祖母的。祖母说，小孩子是打从胳肢窝里生下来的。”龙儿笑道：“我不信，我也不曾见着我娘胳肢窝下有个洞。好娘娘，你将你的胳肢窝给我看一看。”说着便来卷三姑娘的袖子，要看他胳肢窝有洞没洞。大家这一笑，笑得钗横鬓乱。三姑娘忍笑将龙儿推过一边。还是银儿走过来，拖着龙儿说：“我有胳肢窝，你要看，我们过一会洗澡给你看，就晓得了。”两个人才携着手跑了。

秦老太看见小孩子闹得很乐，不由得想起春儿来，一迭连声命人到云家去接春儿。春儿来时，身上穿了一件淡青芙蓉罗褂子，白纺绸大脚裤，水墨凉鞋，挑着一路白茉莉朵儿。碧青头皮，衬着四围乌溜溜的短发，刚刚齐到耳后。因为带孝，不曾抹着胭脂，愈显得他妩媚天然。手里拎着一个绿绒裹的假粽子。见过众人，还补拜了昨天的节，便斯斯文文地站在三姑娘身旁。三姑娘将他望怀里一抱，那眼泪不禁如断线珍珠一般直望下滚，哽咽问道：“春儿呀，你母亲在家可好？”春儿点点头说：“我母亲亦很记挂着姨娘呢。”此时秦老太早拿着袖子在那里擦眼泪，说：“好乖乖，你下来快同龙哥哥他们去玩玩罢。玩得热闹，今儿就不用回去，在这里过几天。”春儿道：“我要回去的，我母亲一个人在家，我怕他想着我。我在这里热闹，我母亲定在家里冷清呢。”何氏又将他搂过来说：“好个娃子，你母亲有了你，要解释许多愁烦呢。”秦老太同三姑娘也就连声赞叹。

日落的时候，黄大妈便来接春儿。又告诉老太说：“今夜须要请老太太过去，日间已有了消息了。”老太会意。恰好伍家接三姑娘的轿子已到，大家乱着。早见何氏忙着捧出一大盘鸡蛋，煮得热腾腾的，自己拈了一枚递给三姑娘，笑说：“三妹妹，请用一枚喜蛋，任凭咬一头。我插了一枝绣花针儿在内，瞧三妹妹是吃个针尖，是吃大针鼻？”老太笑道：“好，好。我倒忘记了。三姑娘快来，这是真有点灵验的。”三姑娘含笑，随意接在手内，咬了一口，那蛋里面恰好明晃晃地露出一个针尖。众人齐声喝彩说：“恭喜，恭喜！三小姐准定添个长命百岁的小少爷儿。”黄大妈抱着春儿也笑了。三姑娘归去之后，秦老太也便收拾收拾，同春儿坐了轿子，到秦氏住的店里来。

三姑娘回去，卜氏问长问短。晋芳恰好也从外面走进，口里嚷：“天气好热，我要洗澡。”又笑向三姑娘说：“你今日回来得早。”三姑娘便将秦氏要临产的话告诉他。晋芳笑道："你呢？"话未说完，忽见三姑娘蛾眉双蹙，便望后一进自己卧房里走。卜氏并未留神。晋芳大惊，也就跟着三姑娘进房。三姑娘便望床上一躺，微微有些呻吟。晋芳忙着上前，先握一握三姑娘的手，又在他额头上用手按着问道："你为甚的这个样儿？不是今日路上受了暑气了？"三姑娘摇摇头说："腰疼得紧，你不用扰我，让我睡一睡便好。"晋芳也便在旁边凉榻上坐下。还是房里用的仆妇瞧出光景，对晋芳道："怕少奶奶是要分娩了。"晋芳惊得跳起来说："当真吗？"又跑到三姑娘身旁，悄问道："可是不是？"三姑娘道："我不晓得。"晋芳急道："你不晓得，难道我会晓得？"仆妇说："少爷不用着忙，等我告诉太太去。"说着便笑跑了。

卜氏闻言大惊。随即招呼上下仆婢，传齐了门口爷们，命两个去请王老老，另外更接了几个老老。又命两人去到秦家报信，接老太到来。内里便煨参燕汤、桂圆汤，煮细米粥，染红蛋，丫头们叠草纸、调红糖，忙得十分热闹。三姑娘果然愈疼愈紧，坐卧不安。卜氏急得说："稳婆们如何还不来？"晋芳怒骂道："这些狗娘养的实在可恶！等我骑匹马喊他去。"才说到此，那王老老已进了门，先望太太、少爷请了安，说："少奶奶几时觉的？"卜氏道："差不多有一点钟了。"王老老进房，先把三姑娘中指试了一会喜脉，叫三姑娘伏在他肩膀上。脉试过了，说："时候还早呢。"又命人提一桶热水来，将床底下脚盆拖出，搁上一块朱漆红板子，倾了半桶热水在里面。又笑向晋芳道："少爷请在外暂避一避，我替少奶奶试试水，看在什么时候添一小少爷。"晋芳道："我在房里有什么要紧？"三姑娘咬着牙说："不许你在这里。"卜氏笑道："晋芳你自然出去，你在这里又有何用？"晋芳才趑趄出来，还隔着板壁悄悄地听。引得仆婢都暗地窃笑。停一会，到秦家的爷们已回，说："老太太已到云府去了，云府太太也要分娩，万不能分身前来。少太太即刻就来。"此时伍士元已知媳妇要分娩，坐在书房静候消息。

别的老老陆续俱到，你一句，我一句，有的说可以上盆，有的说还要等一会。三姑娘先前还忍痛不敢呻唤，到此已渐不能支，也就呻吟不绝。晋芳一会儿跑进房，一会儿又跑出房，或是负着手，或是跺着脚，急得满头是汗。

人报何氏已到，卜氏便迎出来。何氏笑着进来说："可巧呀，姊妹两人约齐了来给人忙。"进来看见王老老说："王老老，你在这里呢，我家大姑娘也是你的事呀。"王老老笑道："可不是的，我才从家里出来，还吩咐我媳妇说，云太太那边如若有信来，叫他一边把信给我呢。"晋芳见了何氏说："请舅嫂看看他，可要紧不要紧？"何氏笑道："姑少爷说哪里的话，这有什么要紧？瓜熟蒂自落，生儿育女，古之常理，不用说这些呆话。”晋芳道：“我看他疼得太利害，怕他禁不起呀。”卜氏道：“晋芳，你不必着急，你倒是在家神面前点点满堂香烛，磕磕头，保佑媳妇早生早养。”晋芳道：“有理，有理。”说着，便去烧香去了。

何氏见三姑娘一阵紧似一阵，大家商议抱他上盆。时已入夜，房里秉了灯火。谁知三姑娘上盆，足足有一个时辰，小儿并未落地。三姑娘疼得娇啼宛转，几不欲生。大家又将他放在床上歇一歇。换过热水，又上了一次盆，依然如故，便都有些惊慌起来。晋芳听得此信，更吓得魂不附体，先前三姑娘上一次盆，他磕一次头，后来三姑娘不曾上盆，他也自然而然地在那里磕头。参燕汤、桂圆汤，早经煨好，一总还不曾用。于是便各出主意，有的说某家催生符最灵，又是某家樟木可以借来烧一烧。那晋芳一声儿也不言语，面上吓得雪白，忙忙地在橱柜里检出一本书，翻几遍又看几遍。旁人还当他借着书消遣，也不理会。大家胡乱吃了点晚饭。

有三更时分，三姑娘在盆上更疼得利害，几乎晕了过去。催生符已经取来高高悬着，樟木亦烧了好半截。众老老七手八脚，开抽屉，开橱门，开箱子的铜锁，口里还齐喊着：“黄毛丫头，黑毛小使，快快抱一个来给我。”伍士元又迭次命人进来问讯。洛钟也因为不放心，亦亲自过来探视，见过伍士元，便进内室。见晋芳仓皇失措，看见洛钟也忘记迎接。倒是何氏看见洛钟前来，告诉他说：“三姑娘头生，自然艰难些，并没什么变象，谅不妨事。”又悄语：“洛钟，你看三姑爷此时还在那里捧着一部书看，不知他看的是什么书？”洛钟笑着走过来，偷眼一瞧，原来晋芳面前放了一本《福幼达生编》。晋芳见洛钟来，不觉忘情说：“大哥，你过来看看，古人的书不可不信服的。”一面说，一面指着一条给他看，道：“夫妇受孕，近分娩之期，务宜异床。否则男精污满妇人胞衣，胞衣愈积愈厚。小儿欲出，必以舌自舐其胞，胞厚则有时急不得出，恐有难产之患。”又说道：“兄弟便坐此病，今日累他受此苦痛，按之寸心，如何忍受？”说着声音便有些哽咽起来。洛钟被他说得脸上通红，笑道：“你放宽心些，舍妹谅不至有碍。”

洛钟退出之后，房内势甚危迫。王老老已经忙得汗出如雨，可巧他媳妇来给信，说周氏几次来催王老老前去，替秦氏接生。王老老此时正在吃紧，如何能去？这个当儿，房里高呼递参燕汤、桂圆汤，命大家不许动一动脚步，一时屏息无声。早听得房里小儿呱呱而啼，便不听见三姑娘呻唤。王老老笑道：“恭喜太太，添了一位孙小姐千金。”卜氏道：“托天庇佑，大小无恙，便是个姑娘也好的。”大家忙着，将三姑娘伏侍上床。卜氏正要叫晋芳再在神前磕头，忽地不知晋芳去向。互相诧异，前后寻觅，不见踪迹。一直寻到后面厨房里，好笑那晋芳呆呆地立着，双泪如雨。众人告诉说：“少奶奶无恙，已经上床了。”晋芳听了这一句，那眼泪越发来得汹涌，几乎不嚎啕起来。家下人交头接耳，私相讪笑说：“不曾见过我家少爷到这般婆子气。”晋芳哭了一会，又怕人笑，擦了眼泪，奔至前面，先跑至三姑娘床前。见三姑娘依在一个枕上，虽是颜色憔悴，然却无所痛苦，便附着耳朵低问道：“此时觉得好些吗？”三姑娘点点头。

连日忙着买化毒丹、甘草、勾藤胡、黄连，替小儿开口，以及洗三汤饼，俱极热闹。伍士元亲自替孙女儿起一个名字，叫做淑仪。背地里晋芳又告诉三姑娘说：“我前日正在灶前许愿，允刊刻《达生编》三千部。谁知愿才出口，便听人说，你小儿已生。我痛定思痛，不知哪里有这许多眼泪来？”三姑娘听了，亦甚感激。此处且按下不表。

却好同年同月同日同时，那秦氏便生了一个男孩子。这个男孩却因为淑仪与他同年同月同日同时，幸免一场大难。王老老受了周氏密嘱，前回书中已曾言过，谅诸君亦还不曾忘却。此事唯有义仆黄大妈曾在周氏窗下窃听。窃听之后，要想告诉主母，又深恐主母吃惊，若是不搬进店中，又实实无别法可想。自己遂打定主意，却于秦氏分娩这一夜，秦老太命黄大妈去请王老老，黄大妈故意在外旋转了一次，却不曾去。后来临盆危急，黄大妈越发不理会秦老太，便自己独任其难，两只手臂染成猩血飞红，才把云麟小官官接下。还被秦老太骂得烟雾瘴气，他也不辩白一辩白。唯有周氏急得要命，几次打发小馆去请王老老。那王老老恰好正在伍家出力，不得分身，遂把周氏一番毒计阴谋，化得无形无影。以后秦氏一饮一食，俱是黄大妈亲手调理，井井有条。云、伍两家彼此接得喜信，各各欢喜，自不必说。

且说仪征十二圩，盐船林立。中有一家姓童，弄船的老夫妇两口，膝下有个女儿，名字叫做瑞花。恰好第二天出嫁，嫁给仙女庙陈姓米行。夕阳临江，熏风徐至。童老头子请了左船右舟的好朋友，大鱼大肉，摆在船头上，吃得快乐。江面巨枭拔鲸大王孟海华，手下有七八千徒弟，多一半与童老头子相好。是晚小舟如织，很为热闹。

次日清晨，童老头子自家带了女孩儿，另外雇了一只船，沿着江，向内河一带开去。行抵万福桥，时已曛黑。老头子先将船系在一个热闹地方，便打发两个伙计给信到陈家，命他家打轿子来接。

瑞花是洒脱惯的，不耐烦舱里闷气，便悄悄地开了一面窗子，向岸上瞧看景致。

事有凑巧，岸上走过两个少年来。都是玄色长衫，宽袍大袖；一条辫子，松了有五六寸长；手里握着一柄黑油扇子，扇柄上还插了一枝茉莉花。其中一个看了瑞花一眼，说：“老三，你看好个雌儿，若得与他刮得一刮，准管有好味道。”又一个说道。“捺刮利，捺不得捺刮利。船头上那个老家伙，恶眉恶眼，不是好惹的。常老二，你不要乱想心思，防着人家给棒槌你吃。”两人笑着走着，也就离了瑞花的船。瑞花是个江湖上的女子，有什么不懂得，便喃喃地骂道：“吹了瘟头的，不要在这里撒野！你想来调戏老娘，你的梦还不曾醒呢。”那个王老三听见瑞花骂他，急得跳转来望着瑞花道：“哪里来的小娼妇，别人怕你，老子是不怕你。”一句话未完，猛地船上跳过一个人，捧起王老三一只腿，一直跌到河坎底下，说：“不济事的脓包，你也想来打光棍。”

常老二见光景不好，也顾不得王老三，撅起屁股一溜烟跑到一家小酒铺里。那酒铺里并没多客，只有靠东一张桌上，坐了有五六个人，一见常老二，说：“老二这壁坐。为甚事这般张皇失措的？”常老二道：“诸位弟兄们，今晚不能畅聚了，快快起来，大家去救王三哥，吃了亏了。”遂喘吁吁地将适才之事告诉他们。

座中有个粗眉大眼的胖子，左颧上簇着一搭毛茸茸的青痣。他是仙女镇上一个开浴堂的老板，年纪不过四十左右，姓马名彪，绰号“肉团鱼”。手下鱼龙混杂，也有二三十徒弟。当时听了常老二的话，勃然大怒，将身上一件夏布背褡倏地剥去，跳起来说：“大家快走！”于是一窝蜂正待发脚，忽见王老三踉踉跄跄地进来，额头上有些血迹，两条腿湿淋淋的。马彪开口便问：“老三，你怎么吃了人的苦了？”王老三道：“不要紧，不要紧，跌个把筋斗算什么屁事。诸位哥哥，你晓得那个雌儿是谁？原来就是陈小剥皮的堂客。陈小剥皮还说今日请我们吃喜酒，却不道我倒先吃了他丈人老子一顿打。他丈人原来是拔鲸大王手下一个头目，叫童老幺，颇有些膂力，怪不得我对付不过他。如今我打听得他们接亲的接亲，送嫁的送嫁，好不高兴。我们且缓一缓，等晚饭之后，大家齐打伙儿去闹新娘子。兄弟们有本事的，想个法儿，弄点小苦给那个丫头尝一尝，便算是代兄弟报仇。”众人齐道：“老三说得有理。”马彪道：“不可，这与新娘子有什么相干？你吃他老子打，就该还打他老子。况且已知是小陈的亲戚，说开罢了，还闹什么故典？”说得王老三同常老二默默无语。马彪同众人吃了几杯酒，别着众人自走了。

此时大家见马彪已去，你一句，我一句，商议着要去闹亲。时已二更，便都向陈剥皮家一路行来。王老三只顾望秧田里看，是要寻觅什么物件一般。忽见那秧田里有些蠕蠕地动，一望是条二尺来长的小花蛇。低下头，顺便捞住他，那蛇昂头吐舌。大家笑道："老三太顽皮了，这个东西惹他做甚？"王老三笑道："等我带了去给陈家新娘子瞧瞧，看这蛇是双眼是独眼？"说得大家笑起来。王老三把蛇团团望腰间袋子里一收。到了陈家米行门首，因为做喜事，万寿司巡检还派了几个鸦片烟鬼子的亲兵，替他把守大门。看见王老三等，大家一笑，让着进去了。那巡检老爷有五十多岁，穿着一领旧纱外褂，众多米行老板恭恭敬敬陪着他，在那里吃酒。王老三等一阵罗唣，见陈老剥皮、小剥皮殷勤款接，大家也就不好意思作恶，说说笑笑，便要出去。便是王老三腰里一条蛇，也不容他拿得出来。正在踌躇，一眼看见靠床一个簇新马桶，知是新娘子的，挤过去从扰攘之中，暗暗将桶盖揭起，把蛇放进去。心想："这丫头会骂人，让你被蛇咬一口，你才知道老三利害呢。"走出来还看见那童老幺在那里拿大碗喝酒，彼此不相照会，各各散了。一宿无话。

次日，新娘子下床，第一件要事是小解，因为一夜把一泡大尿都忍在肚里，胀得几乎要流出来。他哪里知道，王老三同他玩了一个玩意儿，忙忙地坐上马桶，如珠走盘，如瀑归壑，正尿得畅快。可怜那蛇昨夜忽然地堕入这黑暗世界，正在那里纵横驰荡，猛又被这一泡又臊又热的尿劈头淋着，你想他虽非蛟龙得云雨，也就要趁势上天。无如瑞花之臀，将马桶压得完风不透，要想钻隙而出，哪里能够？奋力望上一钻，不偏不倚，偏偏钻入那无底壑里去了。

陈小剥皮在床上正在养神，猛听得新娘子大叫一声，吓得魂不附体。

欲知后事，且阅下文。

# 第七回 白虎当头县官笞秃婿 红鸾错配娇女嫁书呆

陈小剥皮从床上跳下，早见童瑞花口张目瞪，直挺挺地躺在马桶旁边，裤子尚未系好。再拿手摸他鼻息，已经没有气了，把个陈小剥皮的灵魂儿，从泥丸宫一直飞到爪哇国，开了房门，直往外跑。此时恰好天色才亮，外面守夜女眷正因没有消遣，大家拼起两桌点点湖的牌局，桌上残灯犹明。猛然见陈小剥皮直跳出来，大家吃了一惊，问他缘故。他吓得一句话说不出来，引着众人向他房里去。于是男女仆从，都一哄而进，看见这种奇事，互相惊奇诧异。便有女人把马桶盖好，将新娘子仍然抬至床上，周身验视，并无伤损。陈老夫妇便哭起来，说道："别的不打紧，白白地花了许多钱，娶个媳妇，刚刚来得一天，忽又翘了辫子了。雀子头上有多大点脑子呢，昨儿竖的抬进门，今儿横的抬出门，一出一进，象这样快法，有多少家私也不够用呀！"屋里闹得沸腾。

那童老幺昨晚吃得烂醉，正同几个伙计睡在前面柜台上，酣呼不醒。有人告诉他女儿已死，他还喃喃地说："诸位不必开心，枉口白舌的，说这些晦气话做甚？"后见人说得认真，他才一翻身跳下柜台，掖了短衫，直望女儿房里跳，果然见女儿死了。他也不哭，便问陈小剥皮，女儿是怎样死的？陈小剥皮将今早情形说了一遍。童老幺冷笑道："我倒不曾听见人家撒尿会撒死了的，若是撒尿会撒死人，那世上男女可不用生着这撒尿的东西了。总是你这小东西不知安的什么心，一晚上便弄死他了。你不偿我女儿的命，更有谁偿他的命？"说着伸过钵子大的拳头，拖着小剥皮便望下捶打。幸亏店里人多，还有些挑脚夫，做好做歹，将童老幺拖到前面。

童老幺开口便是一千串钱埋葬费。老剥皮听了，吓得舌头伸了有五寸长，说："他女儿好好死的，我又不曾害死他。他开口就是一千八百，他把我当做财主看待。是的，我收殓他女儿，他不许过问，我另外送他五百铜钱，雇只船过江。他也要回头想想，他女儿若是早死一天，难不成这笔钱还要我出？"众人往返说了几次，无如亲家二人的意思相悬太远，弄得结局还是你揪着我，我揪着你，一路进城，向江都县里来打官司。天气炎热，死尸不能久搁，当着地保草草地先用一口薄材收了，不曾封钉，好等江都县来相验。

此事一传，通镇的人纷纷猜测，说无缘无故，一个新娶的堂客会撒尿撒死了，这倒轻易不曾见过。唯有那王老三暗暗吃惊，知道是那条蛇的缘故。自念："我与他本无冤仇，不过弄个把戏同他开心，想不到他竟会把命丢了。"又听得老剥皮同童老幺去打官司，说："这个老剥皮，平时一毛舍不得拔，今番也要叫他破破悭囊呢。"自己走上街，顺路走过陈家门首，见里面静悄悄的，想是都进城去了。恰好看见街旁一担西瓜，抓了几十文，买了两个，用一方大手巾一头扣着一个，望肩上一掼。另外又包了一包油鸡板鸭。走回家去，命他妻子烫了一壶烧酒。他有五岁小儿子便来搬这西瓜，嚷着要吃。王老三便叫妻子去拿一柄刀来。正待切这西瓜，门外忽有几个人来喊他。王老三回头遂嘱咐妻子："将酒菜收好，停会子我回家来再吃。"自己便随着他们去了。

原来门外喊的不是别人，乃是他相好弟兄。有常老二在内，并不同王老三多话，但说："是师父马彪叫我来传你的，师父同别的弟兄均在都天庙立等。"王老三一听，说："原来如此，师父是要我去了。我已知道我的罪，该去。"又望常老二道："二哥，你家弟媳妇同侄儿，一切拜托二哥了。"众人说道："老三只管去，这些小事，都有兄弟们，不用老三记挂。"王老三笑道："好，好。"便飞也似跑了有六七里，来到一处荒僻无人的古庙。墙垣剥落，一进山门，鸽子粪把地都铺满了，天井里蓬蒿有二三尺深。早见马彪坐在大殿上，还有许多少年侍立两旁。马彪见王老三已来，略抬了抬身，说："老三，好你的手段太辣了，犯了我们无故杀人的法律。老三自己斟酌罢。"王老三道："师父说得是。请师父赏徒弟一件家伙用一用。"马彪便在身边掷下一把两刃尖刀。王老三接在手里，好在衣裳单薄，自解开小襟，对准心口，一刀刺入，鲜血直冒。王老三早随着童瑞花，一路去念"捺刮利，捺不得捺刮利"去了。马彪跳起身，说："好！好！"便有人将王老三尸骸切成十几块，用一个蒲包装好，埋在墙角下，更把地上血迹揩抹干净。一声呼啸，各各散去。不提。

陈老剥皮一直被童老幺拖进西门。他儿子小剥皮放心不下，也便跟来。后头还随着地保，以及店里的伙计。到了县衙，书办差役见是陈老剥皮同人打官司，大家欢喜，先围拢来，将两造拖在一个小烟馆里，问起案由，便想代他们撕掳。无如童老幺执意不允。大家也因为这是人命案子，遂也不敢怠慢。一面代他写好禀状递进去，一面便是烟酒饭菜，闹得不亦乐乎。童老幺既是苦主，又没有钱，大家也不甚理会他，都来吓诈这老剥皮。老剥皮如割自己的肉一般，满口告苦，说："家里穷得精光，实在费用不起。"可怜他此时一件厚布小褂，被汗湿得如水淋一般，人劝他脱一脱，他死命不肯。原来他膀子上戴了一只藤镯，包了有半截金子，深恐脱了小褂，被人看出来，说他有钱。后来热得十分难受，好容易装着解手，背地里悄悄抹下，又苦于没处掩藏，急得满头是汗。良久，想了一条妙计：将头上一根打辫子的红绳子解下来，把藤镯系在大腿上。事过之后，他回去毕竟将这只藤镯上金子剥下来，换成洋钱收着，说有钱究竟办不得这样浮而不实的东西，徒然惹人耳目。此是后话，休提。

且说那江都县姓全名福，是个镶红旗人，两榜出身。接到禀状时，正同一个朋友围棋消遣，忙忙推了棋盘，说："这还了得！"刻不容缓，传齐了差役，立刻坐堂传讯。两造各执一辞，全福不能决断。随又将小剥皮唤到案前，说："你们均皆有理，本县也不能偏向一边。但是这童瑞花究竟当夜同你在一处，你说不曾害他，你恁着本县发个誓，本县就相信你。"小剥皮道："这有何不可？小的娶着妻子，原是为传宗接代，为甚好好谋死他？如小的果真谋死他，叫小的将来割了辫子做和尚，永远绝子绝孙！"全福道："很好，很好。且退过一旁，等本县下乡相验。"于是又传齐了夫役，还当堂叮嘱了一番，说："本县下乡，丝毫不得需索。若查出取了民间一丝一粟，本县打你们两条狗腿。"只听两旁差役，齐齐地暴雷也似一个大诺。

正待起马，猛地大家失声叫怪，人人把辫子紧紧拖在面前放着，还有用手握住不敢松放的。全福大怒查问，便有人拖着小剥皮跪在面前，说："他适才发的誓，转眼便应了誓了，他在人丛之中，忽地辫子被人剪了半截去。"全福一看，果然好好一根辫子，只剩得半截，拍案大怒，说："原来你这光棍真是谋死童瑞花的。本县最相信的是发誓，冥冥在下，赫赫在上，你只能欺本县，不能欺神明，快快扯下去，替我打这光棍。"吓得陈小剥皮赶忙分辩说："目下外面正闹白莲教，我们乡下象这样剪辫子的事很多，小的想是也遇着这种邪祟了。"全福越发大怒，说："本县读圣贤书，哪里听过这种屁话？邪不胜正，便是有白莲教，也不敢到本县地方上来。快打，快打！"陈小剥皮好不冤枉，足足吃了二百板子。这才吆喝着一路下乡。四名亲兵，八名差役，二名仵作，一名挑茶担子的，一名罩伞，四名轿夫，两名跟人，两匹跟马，还有许多鼓锣扛牌的小幺儿。才出衙门，早在各茶社里用大缸子喝茶。怕事的便送几百文给他们，省得闹事。上了路遇着人家，有什么便取什么，小猪子还被他们生生捉了几只去，那鸡鸭更用不着说了。

迤逦行来，到了陈家米行。四围瞧看热闹的人，早围了一个大圈子。陈家搭了一个芦席棚，官厅上面高高贴着“一品当朝”四个大字。全福坐下来，先将本坊地保唤上来。地保望上一跪，全福问道：“你叫什么名字？”答道：“小的叫赵大。”又问：“你地方上为何出这件命案？”赵大道：“是。”又问：“你这狗头该打不该打？”赵大又道：“是。”全福便说：“扯下去。”赵大又接连答应几个“是”，退下几步，把身子旁过来，自己扯了裤子，望地下一伏，便走过两名执刑的，用板子敲着他臀腿。赵大那声气是练就的，只有喊“老爷高升”，再没有别的言语。打毕了，塞好裤子，恭恭敬敬上来替全福请个安，口里还说：“谢谢大老爷。”

全福此时才命仵作验看死尸。验了好一会，实在验不出伤痕，委实是好好死的。全福大怒，又将童老幺唤上来骂了一顿，说：“你女儿并非陈家害死，你为何诬告着他？本意要重重打你一顿，姑念你年纪已老，女儿又死了，权且从宽发落，好好具个安分结来。”童老幺也不能再辩，磕了一个头，遵办去了。全福又对陈小剥皮道：“适才本县倒冤枉你了，本县很对不住你。明天本县替你捐个监生，一者遮羞，二者将来可以做个屁股罩子，免得无辜吃打。”陈家父子听了这大老爷温语拊循，感激不尽，官司又赢了，连连磕了头。县官去后，他父子逢着人便夸说全大老爷如何同他要好，还要代他捐功名，真是十分荣耀。便有些瞧不起左右乡邻，想预先做个绅士的意思。

只是这小剥皮半截辫子，弄得人触目惊心，一传十，十传百，便把当时闹的白莲教说得活灵活现。偏生当时人的辫子容易被剪，往往半夜三更睡在枕上，次日醒来，摸摸头发已是秃秃。小孩子家更是不消说得。于是便有人请了一位道士，画了一道符，写了两句咒语，是：“割辫割和尚，祸害自身当。”大大小小都缝起一个小口袋，将符放在里面，日夜挂在身上。便是秦家的汝龙、银儿，云家的春儿，都有这个东西。太阳一落，便不放他们上街。后来愈闹愈利害，连女人发髻，都有些保不住。你想那女人的标致，全靠着这绿鬓蓬松，云鬟婑媠；假如被匪人截去，弄得尼姑不象尼姑，道婆不象道婆，夫婿憎嫌，公姑生厌，还有什么趣味？于是这一群雌老虎，兴风作浪起来，更为热闹。有说明明看见一个小纸人儿手里拿着刀的，有说明明看见一把纸剪子飞来飞去的。那时候女人们每日用剩下来的脏水，倒反尊重起来，留着不泼，放在房门背后，等睡觉时辰，便借他拦着房门。甚至连经水布都要公然张挂，做一道驱邪神符。请问，他们可曾因有这些法术，便捉住一个纸人儿？其实连纸人影子都不曾得见一见。你要拿这话去驳他，他便说：“安知不是因为我们的脏东西，才把他抵住？”

此时城里便有一家女人最多的，亲姊妹、堂姊妹、姑表姊妹、姨姊妹、干姊妹。有已嫁的，有未嫁的。岁数大的不过二三十岁，年纪轻的只得十二三龄。住在一个总门，虽说各分各院，他们每日每夜，常常见面，真是花团锦簇，玉润珠圆。平时谈笑风生，也就如那枝上黄莺，梁间紫燕，唧唧咕咕，叫个不住。禁得起世界上又闹出这种捕风捉影的事，大家便就纵横议论，见鬼装神。一会怕起来，便你抱着我，我抱着你，躲在帐子里吃吃的笑。一会急起来，又你拿量尺，我用剪刀，恨不得要与那纸人儿决个胜负。然而心里总是怕不过，便想了一个主意：日间大家睡觉，夜间便抹牌的抹牌，唱歌的唱歌，轮流地聚在一处。内中有个姑娘，年方二十一岁。容貌虽不能象小说上讲的落雁沉鱼，然在寻常妇女之中，也就算得白皙妍丽。性情爽直，自己兼有些自负的意思，对镜回身，临风顾影，立意要嫁个才貌双全的夫婿。并无父母兄弟，依着一个寡姨而居。寡姨已近六旬，夫家姓章。儿子名溶，在山东兖州府充当刑名幕友。媳妇吕氏。膝下还有三个女儿。当年有个妹子嫁给一个姓王的，不上几年，夫妇亡故，只剩了一个姑娘，小名美娘，无人留养，只好带在身边。他们姨甥之间，颇甚相得。况又有许多姊妹，镇日间风狂谑浪，无所不为。有时关起房门，你一句，我一句，便象那夫子“盍各言尔志”意思。大家说起愿意嫁甚样人，先前还都羞羞涩涩，不好意思。后来见没有旁人听见，统都老着脸说起来。有的说要腰缠十万，有的说要举案齐眉，有的说要没有公婆，有的说要没有妯娌。再看美娘，却只是含笑，一言不发。

诸女见他不开口，大家嚷起来，说：“你引着人说了这些不害羞的话，你明日倒好拿来取笑人。你这般尖巧，我们是不依的。”说着齐上前来挠他骨痒。美娘道：“不是我不说，我说来却是与你们不同。”众人笑道：“我们知道，你这人很有意思，你的见解，必比我们高几倍，就请你说罢。”美娘含羞说道：“天生我们一般女子，谈起嫁娶来，都是说把我们嫁给人家。姐姐细想，我们是嫁一个人，并不是一种物件，为何生生地要说是给人？然自古及今，都是这般说，我们也不能不低头依着。但是外面虽说把我们给人，内里却不能不教人给我，我既嫁了他，他这个人就算给了我了。我既要他给我，我必定要拣一个绝好的人物，模样儿、才调儿、性情儿，一件也少不得。至于家资富厚，还在其次。大约我除非不嫁，如是嫁人，却要一个读书种子。因为他既能读几句书，大约见解总要比别人高些，见解一高，那琴瑟之间，必然不

俗。我虽然认不得字，却是听见人家念文章的声音，很觉入调。万一嫁给他，他在灯下读书，我在旁边静听。这就是我的心愿。”众人都笑起来，说：“原来姐姐喜欢书呆子，将来准要先做秀才娘子，后做举人太太，末了做个状元夫人。可贺，可贺！”美娘听了，也就含笑不语。

于是东家做媒，西家做媒，总是不能成就。可巧洛钟同章溶自小同学，交情甚好，平时常有书信通问。洛钟每逢时节，必到章老太处谒见。他家几位姑娘，本都不大回避。何其甫急于续弦，便托过洛钟几次，想娶章家姑娘。无如章家姑娘的年纪，却不过十五六岁，谁肯嫁给何其甫做继室？章老太见美娘岁数已经不小，便思量将美娘嫁给他。美娘暗中听见何其甫是个秀才，却暗暗合了自己心愿。没有谈了几时，便允许了。所以何其甫在家忙着喜花，便是为的此事。八月下聘，十月过门。那个六十四块洋钱，原是讲定的礼金，偏生何其甫不肯照数交出，要留四元开发仆人。还累洛钟费了许多口舌。

光阴易逝，看看喜期将近。白莲教的消息，已渐澌灭。章家总门里这许多女儿，也不怕有人来割他髻发，无事之时，只顾同美娘来调笑。美娘虽无父母，那章溶为人颇好，寄回三百金为美娘置备妆奁，也便粗粗将就。一切鞋头脚脑的生活，齐打伙儿帮忙，这一个绣个五子登科，那一个便绣个三元及第，争奇斗胜，颇忙得高兴。姊妹们预先形容他的新郎如何斯文，如何美秀。美娘虽不敢公然承认，然而那一种羞涩之中，颇有矜张的意思。喜期前一天，章老太将美娘父母的影像悬挂起来。美娘沐浴之后，人便替他焚起香烛，铺下大红毡条。美娘盈盈地走上来，端肃而拜，不觉一阵心酸，泪如雨下。自念：“若是父母在世，看见你女儿嫁人，当不知如何欢喜。如今只落得音容宛在，不笑不言，怎不令人肠断！”拜毕父母，又行至章老姨母面前行礼。又向姊妹们行礼。行礼之后，便躲进自家房里不再下床了。

次日傍晚，梳妆已毕，坐上花轿，倒也是笙箫鼓乐，一路吹打着抬到何家。轿子进门，只听得闹轰轰的，也不知有许多人，几多房屋。昏头昏脑，被人扶出轿子，搀到一处地方，想是新房了。耳边便听见有个人老声老气，骂自己家里打宫灯的人，说是争较赏金太多了，要将他送到捕厅老爷那里打板子。美娘好生不悦，想这定是新郎的长亲，却也不合如此妄诞。后经人排解开了。便有人进来搀着他出来拜堂，挤挤地站了一屋的人。觉得自己所拜的人少，而拜自己的人很多，有称舅舅、舅母的，有称伯伯、姆姆的，有称爷爷、奶奶的，还夹着许多小孩子挨次喊先生、师娘。把美娘都闹烦了，暗想：“人说新郎今年不过才三十左右，哪里来的这许多晚辈？”只恨自己眼睛被喜神娘娘封着，不能瞧一瞧新郎面目。接连进房，倒有人挤入里面，想要取笑。猛地身旁有个穿靴子的人，跳起来拦着说："不可，不可，闹房不是古礼。我今日头都忙昏了，急要早睡。诸君恕我，诸君恕我。"果然那些人便一笑都散了。美娘细细揣摸这声音，便是适才骂人的那个人，心里老大吃惊，想："这个人声气如何生得这般苍老？分明有四五十岁的人物，如何说是三十左右的年纪？"想到此，便心头突突乱跳。

停了一会，听见外面客人渐散，便有伴婆来替他解脱衣服。美娘一把紧紧扯住，死也不放。伴娘低低说道："小姐不要执拗，恐怕他老人家生气。"美娘听见"老人家"三个字，几乎急得要哭，扯了被钻进去。耳边只听得那新郎照料灯烛，叮咛门户，唠叨了半天，又咳嗽了几声，吐了许多痰，用靴子在地上踏了几踏。美娘此时心里已明白九分了，恨身旁没有一根绳子，若是有绳子，早已情愿勒死。停了一歇，觉着新郎来扯他的被，吓得美娘躲避不迭。

新郎扯了几次，扯不开来，倒也没法，他便并头睡下，将被头轻轻揭起，把脸凑过去。美娘鼻中只觉得一阵酒臭，香腮上宛然遇着钢针一般，美娘真是万无可忍。本来新娘子头一夜不合睁眼，据说是瞧到哪里，便要穷到哪里。美娘一想："我的性命将来不知如何结局，哪里还忌讳这些？"遂一骨碌索性坐起来，睁眼一瞧，恰好富贵烛点得透亮，睨着新郎面目干枯憔悴，偏生两个眼睛泡子比鸡蛋还大，一部兜腮胡齐到耳根，露着两个牙齿在唇外面，仿佛蜜蜡似的。可想这般气味，令人难受。要同美娘比较起来，便可以做得他的生身老父。美娘这一气，煞是不小，看见衣服在身边，便兀地披起来，从新郎身上跨过，跳下了床，坐在橱柜旁边一张椅上，不由得嘤嘤啜泣。

何其甫看见新人这种情形，知道是嫌他老丑，心中便也好生不悦，所幸他于色欲上倒不甚介意。但觉得妇人从夫，却不合如此骄纵。依他的怒气，便要奉赠他三五老拳。后念天下没有不能感化的人，遂也翻身坐起，朗朗说道："贤妻，你须听愚夫一言。'子未学礼乎？丈夫之冠也，父命之。女子之嫁也，母命之，往送之门，戒之曰："往之汝家，必敬必戒，无违夫子。"以顺为正者，妾妇之道也。'且说这一节书，是孟夫子劝戒你们不要违拗丈夫；况贤妻初次进我家的门。嫁鸡便要随鸡，嫁犬便要随犬；何况我还是个有眼睛、鼻子的人。"美娘听了他这一番不文不俗的话，说得口角流沫，两个白眼翻得格外难看，惊惧更甚，越发呜咽，把一件荷花色湖绉袄子，眼泪鼻涕污了一大块。何其甫不禁长吁短叹，还怕新娘不懂他的意思，又朗朗念道:“傲不可长,长傲则争起。夫子虽或忍乎?始则情可忍,继则怒可加矣。丈夫意气自期,岂容久挫?”声调悠扬,真个把美娘听住了。

是时鸡已三号了,那看守花烛的伴娘听见新人说话,私念:“为何起得这样清早?”揉一揉眼睛,便想推房门进来。这个当儿,忽听得后面厨房大呼:“火起!火起!”有几位和衣在对面房里的女客,一霎时惊慌起来。吓得何其甫直跳下床,望外飞跑。

欲知后事,且阅下文。

# 第八回　睡柴堆鸳鸯惊赤焰　编花榜狐兔聚青年

原来何其甫家里，平素用了一个老家人，叫做孙大。此人约有四五十岁年纪，倒是怪老实的，一生并未娶过妻子。偏生前一进汪府里，自六月间新雇了一个小媳妇儿，伏侍他家两位小姐。那小媳妇儿油头粉面，每逢上街沽茶买酒，便有些不三不四的人同他嬉皮笑脸，或是在他肩上拍一下，或是在他腰下捏一把。那小媳妇儿也装着正经，便劈头盖脸地骂，甚至还捏着一个粉拳头儿，在那些人身上还敬几下。记得有一天走路的时候，被一个冒失鬼狠狠地在他黄鱼脚上踹了一下。他疼得急了，弯着腰，揉住脚，信口泼骂说："瞎了眼的死囚！你踹了你祖奶奶的脚，你踹了你娘的脚，你踹了你姐姐的脚，你踹了你女人的脚。"他原是顺口儿说溜了，不防备末了一句，却被人讨去一个老大便宜。旁边看的人，一个个都哈哈大笑起来。他才省悟过来了，不由又羞得彻耳通红。恰好孙大也从街上回来，见此情形，遂把那个踹脚的人骂了一顿，还要上前打他，经人劝散。孙大遂扶了那小媳妇儿回去。小媳妇儿自此同孙大便十分亲热，就如那书上说的佳人才子一般，一个感恩，一个知己，花前月下，也就缠缠绵绵起来，晚间便时常勾搭孙大。无如孙大是个未经人道的真真童男子儿，却不大懂得风月之事。经小媳妇儿费了一番功夫，才把一个蠢如鹿家的孙大，教成一个私期密约的情人。

孙大这一天看见他主人何其甫同着一位标致新娘子双双入寝，他不禁也想要温理温理旧书，便背地里同小媳妇儿商量。小媳妇儿睨着一双骚眼说："你也太没正经了，人家今日忙了一天，还来歪缠着人。况且有许多帮忙的在此，诸如刘二爷、王大爷，还有那一个小福子鬼灵精儿似的，被人看出破绽，我明日还见人不见人？"孙大被他一阵抢白，倒也死心塌地。谁知到了下半夜，众人辛苦，都东倒西歪，或是睡在桌上，或是睡在椅上，便是孙大一张稻草铺的板床，都给人睡满了。孙大颠头簸脑，正在厨房锅灶前洗抹碗碟，预备明日装点心应用。是时身边却静悄悄地没有别人。忽然背后伸过一双手，把自己两眼蒙得紧紧的。孙大吃惊，正待叫唤，觉得那只手上仿佛套了个戒指儿，冰冷的，有一股甜香从手掌里透出来。孙大是闻惯了的，知是小媳妇儿，便努努嘴，笑向自己床上道："没有地方，闹怎的?"小媳妇儿笑道："蠢瓜，放着好地方，你不知道?"便跑到灶背后，放下一捆芦柴，垫在地下，叫孙大快来。孙大喜出望外，赶忙过去，连手里一只肉碗都来不及洗净，顺手放在一张矮凳上。还嫌灶后黑暗不亮，又将灶上一个油盏提了放在地下。正在得意，偏生远远地来了一只黄狗，东闻西闻，闻见肉香，便将两只前爪向矮凳上一搭，去舔那肉碗。一个不巧，把肉碗碰在地下，噹啷一声，便将小福子惊醒，嘴里叫着："孙大，什么东西?"看官，这一声不打紧，却把灶背后的两个人老大吓了一跳。孙大朝起一站。小媳妇儿赶忙也站起来想走，慌慌张张，一只脚偏将油盏踢翻，地下垫的是芦柴，着火便烧，小媳妇儿吓得一溜烟走了。孙大也是吓慌，看着那火拉拉杂杂，烧得好不热闹。此时众多男女仆从，均都惊醒，也不知道火是怎样起的，大家浇水呼救，一时沸腾。前进汪老太也携着两个女儿跑入来。何其甫家这许多女眷，还有何氏，都在此不曾回去，大家惊得目瞪口呆。便是美娘也顾不得哭泣，也跑出房门探视。到底何其甫因为这事关乎自己的身家性命，竭力地帮着众多仆人，七手八脚，好容易才把火扑灭了。

何其甫转回屋里，众多女眷围绕着问长问短。何其甫喘息略定，便指手画脚，说如何柴堆上有火，我如何用水拚命地浇灭。此时各各惊魂平静，再仔细将何其甫一望，羞得大家口里连珠喊"啊呀"，"啊呀"。原来何其甫听见火信，急于下床，捞了一件单褂子向身上一披，那一条裤子却忘记穿了，赤着两条毛腿。匆忙时倒不觉得，到此站定了说话，偏生那单褂子是个对襟，那郎当下垂之物，不禁东摆西摆。先是汪府上两位姑老太吓得用袖子蒙着脸，望前面飞跑。其中更有许多女眷，都避转脸去。何其甫还不觉得，还是何氏告诉他说："天怪冷的，你不要冻坏了。"何其甫被他妹子这一句话提醒，再低头一望，刚与自己打个照面，羞得脸上通红，连连说："怎的！怎的！"便连美娘都被他引得笑起来。何其甫赶忙跳入房里，望床上一钻，东摸西摸才摸到他的裤子。穿整齐了，天已大亮，料想不能再睡，遂盥洗盥洗，打叠偕同新娘子回门。

且说章府自将美娘嫁去之后，当晚送嫁的仆从便都陆续回来。他门里许多女儿，便围拢着问新郎模样儿如何。回家的人，个个攒眉挤眼，把个何其甫只形容得象个鬼怪一般，说："今儿夜里，小姐准要吓掉魂，不知明日可能回门不能回门呢。"

诸女听了,笑得揉肠摩肚。只有章家姊妹三人倒暗暗替美娘担心。内中便有个章老太的干女儿,小名叫做凤子,年纪才得十五岁,听了这话,忙忙地跑到间壁自己家里。一霎时怀中抱着一件东西又跑回来,笑得颠头拨脑说:“你们来瞧瞧何姐夫。”众人走近前一望,俱大笑起来。原来他把五月里买的一个泥钟馗抱着,又把平时做了玩的小衣裳一件一件地替钟馗穿起来,头上还戴了一顶小瓜皮帽子。章家大姑娘笑骂道:“你这坏丫头,亏你想得出来。给美姐姐看见,不把你啐死了。”凤子笑道:“我明日偏要将他放在美姐姐面前,看他啐我不啐我?我因为回去拿这劳什子,还累我外祖父在柜顶上取了下来,几乎把腰闪了,要是闪了倒是笑话儿呢。”众人笑说:“你这样顽皮,你家那位骨董老太爷不打你,还代你爬高上梯做什么?”凤子掩口笑道:“他敢打我?我不打他就算好的了。”

当夜大家也不睡觉,都忙着剥莲子,等天一亮,便去送开门茶。莲子煨好,便你一把明矾,他一把明矾望里放,几乎不把莲罐子塞满。章老太笑道:“你们不必用明矾呛他家的嘴,我家这么一个大红大绿的姑娘,配他家一个丑鬼,还有什么配不过,还怕他家有什么闲话说吗?”大家齐笑起来。

红日初升,各事预备齐整。一直等到十二点钟,那新郎、新妇的轿子才到门首,一面放炮,一面点香烛。回门仪节,规矩是新妇在先。那美娘一走下轿,便听见众姊妹声音,他把个头恨不得垂到胸口,不肯抬得一抬。走至廊下,有两个伴婆搀着他,低低说:“小姐,等他老人家同进堂屋。”美娘一听“老人家”三字,又提起他的心事,此时也不顾羞涩,甩脱了伴婆的手,索性也不登毡,飞也似地跑入他自己房里。黑压压地站了一屋子人,见他这种模样,也不敢笑,倒反静悄悄地观看。那何其甫却大摇大摆走入堂屋,他是个做新郎的老手,遂必恭必敬望上面一站。咦!再抬头一望,不知那个新娘子到何处去了,呆呆地立着,一言不发。

再说美娘走入房,伴婆也跟着进来,只见美娘此时双泪如雨。见章老太坐在里面,不由得上前握住老太的手,哽咽得一句话说不出来。猛一回头,可巧梳桌上正放着凤子抱来的那个泥钟馗,不知谁做促狭,偏生又代他穿了袍褂。钟馗的头是铜丝扭成的,望着美娘点头拨脑,好似昨夜何其甫同他讲《孟子》的神情一样。美娘的眼光望到哪里,众人的眼光也望到哪里,不由得你咬着嘴唇,他掩着香口,都笑起来。美娘知是众姊妹奚落他的,更不由放声大哭。章老太同众人低言密语地劝着他,他也不信。倒把廊下的仆人,堂上的陪客,弄得毫无主意。便有人先将何其甫邀入客座。何其甫气愤愤的,也不同人说话,只是长吁短叹。

内里大家议论，便去请凤子外祖父杨古愚。杨古愚年已七旬，为人甚是古道。美娘幼年曾从他读过半年书，便请了杨老先生来训他。杨老先生年虽高迈，精神却是极好。今日本欲来陪新郎，此时听见人来告诉他美娘的事，他捻着那花白长须，不禁长叹道："咳！三从四德，如今是常不讲的了。似此阴盛阳衰，再过三五十年，不知酿出个什么世界。美娘嫁给姓何的，原是替何家主持中馈，勤供妇职，不曾叫你把丈夫当做玩物，丑陋些有什么要紧？居然闹出这种笑话。美娘不是我的女学生还好，他究竟从我读过几天书，我不去责备他，还有谁人能降伏得住？"说着，便命人在书房里将戒尺取来，藏在袖中，把多年不曾戴的一顶大帽子望头上一戴，走过这边来。房中诸女都是他晚辈，也不回避，个个垂手而立。

杨老先生见过章老太，便见美娘凤冠霞帔，低头而泣。美娘见是先生进来，不由吓了一跳，忙立起身唤了一声。杨老先生说："今日是你大喜日期，为何这般模样？我听见说你不肯行礼，我是特来受礼的，你快出来磕头。你若再倔强，我已将戒尺带来。"说着便由袖内拿出来，望旁边一张桌上拍得价响，一只手便来扯着美娘望外走。美娘果然畏惧非常，也就随着杨老先生出来。众人暗暗喝彩。此时外面众人也就引着何其甫进来，同美娘并肩行礼。行礼之后，美娘自然被众姊妹将他那日要嫁书呆子的话来嘲笑他。美娘听了，羞愧无地。

那杨古愚见美娘被他降伏得服服帖帖，不禁哈哈大笑。同何其甫到了客厅，烟灯开了在炕上，便扯着何其甫并头睡下。不曾谈得三五句话，杨老先生非常快乐，说："何其甫真是八股名家，老夫阅历半生，不曾遇着一个知己，今日幸遇何兄。"便把胸中无限蕴蓄，都发泄出来。两人愈谈愈高兴，又是什么"天崇国初，理境精深。雍、乾、嘉、道，天才横逸。秦大士魄力沉雄，韩慕庐议论透辟"。说到得意地方，四只靴子只管把炕边的脚踏子打得怪响。两旁也还有许多生客，他们也不理会人家，人家也不敢来扰他们谈兴，大家只有窃窃私议。

一会子，杨老先生又望着何其甫道："明春，听得我的同姓大宗师准于二月岁考。老夫雄心犹在，还要陪你们去一趟，倘若侥幸取个案首，补了廪生，到底生计界上活泼些。我若去时，定然同你偕行。来来来，老夫比你痴长二十几年，我们换个帖儿，拜一拜盟。你不嫌我老骨董，你可不许推辞。"何其甫道："这个岂敢，这是晚辈万万不敢的。晚辈明日回去，便当补送一份门生帖儿，借老先生的末光，宠荣宠荣。"杨老先生见他如此谦恭，格外心痒难搔，猛地跳起身来，双手向前一推，说："好呀！"此时可巧有个仆人递过一碗茶来，被老先生手一碰，跌在地上，水迹淋漓，茶碗跌得粉碎。何其甫大惊，也跳起身，忙叫仆人快快捡出去，不要声张，此是做喜事最忌讳的。杨老先生倒不介意，更接着说道："你的话果然不错，你尊夫人还是我的女学生呢，我同你拜了盟，他倒不好称呼我了。罢罢，既然承你雅爱，要拜我做老师，我们就这样办法，一言为定。你今晚回去便写好帖子，明日大早，一准在校场官盛亭茶社里会。"何其甫答应了。

是日酒筵饮宴，自不必叙述。西山日落，美娘少不得仍委委曲曲，跟着何其甫归家。

杨老先生这一天算做了一件得意的事，晚间便同他儿子谈论这事。他儿子单名一个靖字，年纪才得二十二岁，也在家中读书，应过两次院考，尚未入学。听见父亲称赞何其甫，他便答道："这何呆子虽有文名，性情却太暴戾。据人说，他前娶的妻子，是被他一脚踢死了的。我怕章府这位姑娘，将来不免受他凌虐。"古愚道："你这话从何听来？"杨靖故作扭捏，说道："是汪府上二小姐说的。"古愚惊问道："你如何会认得这姓汪的人家小姐？"杨靖道："汪府二小姐，名字叫做美琴。他家大小姐叫做玉琴。因为爱慕儿子的才貌品行，两人争着要嫁给儿子。儿子守身如玉，却不敢答应他。所以他姊妹瞒着他家母亲，时常约儿子去清谈清谈，无意中说出来的。"古愚道："你不答应他们婚姻也好，我前日已托了关亡人的马婆，向章老太处求他家红红给你为妻，章老太已有允许的意思。你千万不可在外胡做。"杨靖道："父亲说得甚是。但是父亲要替儿子办这件事，便该早办。总因为儿子生得太美，到了外面，便有许多人想儿子做他家的女婿。就如本地顶阔的乡绅瞿家，还托人来做媒，说他家有五个女儿，还有四个侄女儿，亲戚里面也有十几个女儿，意思想听儿子拣一个做妻子，情愿倒陪妆奁，不争财礼。说早已替儿子算过命，将来准放封疆大臣，至少也是个学差主考。"古愚哈哈大笑道："你的才学，我把全副精神教导了你，自然是人人羡慕。便论我这见善勇为，品端行正，将来庇荫你做个督抚，也是意中之事。但是你容貌虽不十分丑陋，也不至就胜似潘安，何至于引得人颠颠倒倒？况且你这张大嘴，便称不起齿白唇红。只怕又是你的撒谎罢？"杨靖脸上一红，说："父亲哪里知道，儿子眉粗眼大，全靠着这嘴相称。前月指挥山人替儿子相面，还说是嘴大容拳，生成是个贵人模样呢。"古愚道："这些闲话，我也不同你辩论。明日早些起身，一同到官盛亭去吃茶。"杨靖道："儿子明日已有人约在醉仙居面馆，父亲你自去罢。"说着，回身便走。古愚道："你睡觉就趁早睡罢，不许再同凤子闹去。"杨靖不知听见不曾听见，早跑入自己房里去了。

次日清晨，杨靖知道父亲不曾起身，忙忙跑下床，披了一件布棉袍子，跑到他外甥女儿凤子一个小房里。凤子还不曾醒，他把凤子推醒了。凤子骂道："死鬼！你起这么早做什么？"杨靖笑道："我向你借一件东西。"凤子道："又借什么东西？"杨靖道："你把你用的那一条荷花色四角拖须的汗巾儿借我一用，停会子奉还，决不有误。"凤子道："你男人家要这个何用？"杨靖道："你莫要管我，你借给我便完了。"凤子道："在梳桌抽屉里，你去拿罢，怪冷的，我不下床了。"杨靖一面将汗巾取出，一面又将凤子的粉盒开了，用粉扑在脸上扑了几下，又把胭脂浓浓地抹在手掌上。刚刚收拾停当，跨步将要出房，劈头遇见他父亲走过来，吓得将身子一让。古愚怒骂道："大清早起，你来何干？快快替我滚出去。"杨靖转身出来，口里唧哝道："大清早起，我来何干，你来又有何干呢？"

走到他母亲房门口，母亲唤着他道："靖儿，今日起得怎早？"杨靖不免进房叫了一声："母亲。"一眼看见母亲替他做的一双三道云的花鞋，帮子放在桌上，他顺手拿过来说："母亲，这鞋子儿子拿去用一用。"他母亲道："这鞋子尚未配底，你拿去何用？"杨靖道："我带上街去，看有现成底，便配一双回来。"也不容母亲再有言语，他一溜烟早跑出大门。走到人家门首石股子上，将凤子的汗巾子取出，又把母亲的鞋帮子放在里面，包好了望怀里一收，先到他一个朋友家。这朋友家的家世，我先略叙一番，然后读者才得知杨靖的心术。

这人家姓贺，本人是两淮候补盐大使，家下也还饶裕。膝下有一子一女，女儿十六岁，儿子十四岁，都生得美如花玉，俱曾从过杨古愚读书。后来因为杨靖常欺负他们，便不上学了。家中便请了一位雷先生教他儿子，过了两年。杨靖艳羡他姊妹颜色，便借着世交，时常引诱他儿子出外游荡。有一天，在他家调戏他女儿，被他女儿哭诉父母。贺老便申斥儿子，不许再同杨靖交游。无如他儿子年纪尚轻，恋着杨靖带他酒地花天游玩，所以瞒着父亲，偷偷地仍同杨靖私下往来。杨靖满口告人，都说他姐姐同他交好。家中上下人等，没有一个不恨着他，唯有他儿子不察。

今日人家还不曾起，他将人家门打开了，走入中庭，遇见一个女婢。杨靖悄悄问道："好妹妹，你家小姐起来不曾？"那女婢见是杨靖，啐了一声，转身跑进去。杨靖是来惯了的，走入一个小小客厅。不多时，里面走出一个少年，眉清目丽，松松地拖着一条油辫子，只穿了一件藕色的紧身小袄，趿着一双花鞋，笑吟吟地说道："蝶卿今日好早。"杨靖也不暇答应，走上前，扯过那少年的手，放在鼻子上闻了又闻，哼哼地说："亲兄弟，亲嫡嫡的兄弟，你把你哥哥爱死了。"那少年甩脱了手说："你又来胡闹了，让我穿衣服去。我们还到哪里吃茶？”杨靖道：“老例碧萝春，还有什么说头？昨日胡砚青、沈小雪、周碧芙都约定了的。我今日还要同周碧芙评理，竹西花榜，他一定要改我的名次，如若改得不公道，是要罚他的。”

那少年进内收拾好了，两人携着手，走入碧萝春茶社。早见胡砚青、沈小雪二人坐在一张桌上，见杨靖前来，赶忙上前招呼，说：“蝶卿，你几时遇见花仙的？”杨靖笑道：“是我去约了他的，我不约他，他哪里肯出来？”说着便伸手将花仙一推，说：“兄弟坐下罢。”花仙脸一红，望杨靖瞅了一眼，觍觍觍觍地坐下。胡砚青道：“花仙总是这般女儿气似的，他的令姐，想必是格外娇柔的了。”杨靖望砚青也瞅了一眼，脸上也是一红，说：“你们说花仙只管说花仙，不要胡牵乱扯的。”说到此，故意将手掌一扬。沈小雪道：“哼哼！蝶卿今日又打哪里来的？手掌上早又染得通红了。”杨靖故作含羞，半晌说道：“我有什么去处？便是聘下的内人章家大小姐那里走了一遭。”砚青道：“难不成你的夫人要你替他染胭脂不成，为何把你手掌染红了？”杨靖伏在桌上，只是哈哈地笑。花仙唯有呆呆地望着，也不大懂他们的话。不多时走过许多跌博的人来，提着一个小篮子，放着许多穿好的腊梅花，还有放着磁器的。一霎时叮叮当当，都轮流着跌起来。

杨靖赢了一对梅花，一个梅花箍子。便把箍子替花仙挂在纽扣上，又命花仙将这一对梅花带回去给姐姐戴。花仙只管笑吟吟站在一旁瞧看。正在凝神，忽然背后走过一个人来，大喝一声：“花仙，你好！”

欲知后事，且阅下文。

# 第九回　师道失尊严雷先生痛哭　尼庵藏污垢贺公子春嬉

花仙吓得掉头一望，原来不是别人，正是周碧芙，急得说道："你为什么这般狂叫？把人几乎吓死了。"碧芙大笑，一把拖住花仙，行个抱腰大礼，说："我的小舅爷，你姐夫同你闹玩笑的。"花仙恨得用手去抓碧芙的脸，早被碧芙握住两只手。胡砚青、沈小雪做好做歹说开了。

那杨靖便很有些不快活。碧芙也解他的意思，一笑放下花仙，望着杨靖说道："我昨夜忙了一夜，才把竹西花榜编纂成功，煞费苦心。你们瞧罢。"说着在怀里取出一张白纸，红红绿绿地画着，望桌上一放。杨靖抢过来，偷眼一望，先嚷起来，说："为何将陈大姑娘取列第一？我知道你想他做妻子，才这般徇私的。"胡砚青说："你不用先嚷，大家公评。"遂放开来，五个人围着看。旁边还有些来吃茶的，见他们这些少年子弟不晓得闹什么把戏，也走过来望一望。只见上面写着：

竹西花榜者，风月国王，加封品花大将军，为照得有情人者，真是多情人也。只为我辈留心乎美女，故而将合成佳人暗选登榜。窃愿大家公议，不得异言反悔，以免他人取笑焉耳。

优等十名：

陈大姑娘　顾公馆少奶奶　贺花珍　章绿绿　不知姓名　小大子　章红红　汪美琴　赵二姑娘　陆恒大老板奶奶　章翠翠

超等五名：

王美娘　瞿大小姐　瞿二小姐　瞿三小姐　汪玉琴

特等五名：

吴凤子　秋香丫头　牛肉店姑娘　刘小妹子　白菊仙　某年某月某日。胡砚青、杨蝶卿、沈小雪、周碧芙顿首同拜。

杨靖嚷道："不公，不公。我将章红红开列第一，你将他移在第六；我将花仙令姊花珍开列第二，你将他移在第三；我将舍甥女开列第三，你偏生把他远远放在特等第一：显是与我为难。那陈府上姑娘，一双七寸来长的大脚，他配压倒群芳？便是汪玉琴、汪美琴，你也要看胡大哥面上，把他取高些。"胡砚青笑道："舍表妹本来不佳，倒不用杨兄求情。但是委曲了花仙的令姊，大家心里总有些不安，周兄还要斟酌。"花仙看了一会，扯着杨靖问道："你们写这些人做什么？我家姐姐你们为什么把他名字写出来？"说着便用指甲将纸上贺花珍三个字挖去。周碧芙先听见杨靖说陈大姑娘脚大，已经十分不悦，便驳道："陈大姑娘不配第一，章红红就配第一？你说我徇私，你偏不是徇私？"便赌气将那一张花榜夺过来撕得粉碎。杨靖也怒起来，便互相口角。正难分解，忽然门外跑进一个仆人来，慌慌张张，看见花仙在此，如获至宝，说："少爷快回去。老爷气得了不得，说少爷又同些不尴不尬的人出入。现在书房雷师爷那里坐等，恐怕要责罚少爷呢。"花仙听了，吓了一跳，便站起身来，跟着仆人走出。杨靖还连连招呼，命花仙将他赢的一对梅花带回去。花仙摇摇头，也不转来，径自去了。

此处四个人吃了些点心，那窗外彤云密布，似有酿雪的意思。朔风瑟瑟。杨靖心里有件事不曾发脱，他也不管这时候冷得利害，忽然将一件旧宁绸马褂子脱下来，又把袍子上腰带松下。众人不解他是何用意，猛听"啪嗒"一声，从袍里掉下一件东西，光彩射目。沈小雪离他身边甚近，低头拾起来一看，原来是荷花色四角拖须的汗巾，笑道："真赃已得，里面包着什么东西？我是要瞧的。"杨靖故意上前抢夺，说："看不得，看不得！"又说："人家是觉得身上发暖，将衣服脱得一脱，不料这种东西被你们看见，快拿来还我。"沈小雪哪里答应，早递在周碧芙手里。周碧芙将汗巾打开一望，哈哈大笑说："针线绣得这样工致，是谁的手段？"杨靖哀告道："好哥哥，你们不要同兄弟胡闹，兄弟把真话告诉你们便是。"遂将碧芙拉到另一张桌上，正要开谈，那沈小雪、胡砚青都要过来听。杨靖拦着说："停会子再告诉你们。"遂附着周碧芙耳朵说道："这一双三道云花鞋，实是胡砚青的表妹美琴所制，是给我做表记的。那荷花色汗巾，不是别人，我前次告诉你的，贺花珍的帕子放在枕边，被我夜间同他睡觉的时辰，悄悄偷来的。"周碧芙半疑半信，也就笑了。杨靖又对着胡砚青支吾了两句。后来又被周碧芙告诉了砚青。砚青正要思量偷他表妹，未得入港，今听见杨靖把自家母亲制的鞋子，说是他表妹所赠，他哪里知道杨靖全是谎话，心中不无醋劲大发，恨恨在心。他们茶后各散，不必絮述。

且说花仙随着仆人到家，仆人径将他引入书房里。花仙偷眼一瞧，只见父亲脸上气得铁青，同先生对面坐着，知事不妙，勉强进来。他父亲看见花仙，不由拍案大怒，骂道："小畜生！胆大妄为。我几番叮嘱你，不许同杨家小畜生一路出去，你公然不遵我的教训。你尚有何说？快替我跪下，请老夫子重重戒饬。"雷先生也便说道："花仙，你为何不遵你父亲的教训？理应重责，快伸过手来领打。"说着拿了戒尺，便来拖花仙的手。花仙此时只有哭泣，泪痕满面，如一枝带雨海棠。雷先生刚刚举起戒方，猛听见对过花厅上送过一派呖呖莺声，喝道："老杀材！你又装鬼脸子吓人。哪个敢打我的孩儿？一年的脩金，另外的节敬，哪一件亏负了你？你把我孩儿打杀了，你须没处讨饭吃去。孩儿，你不要怕，快进来陪你母亲吃冰燕汤。"谁知道这一番言语不打紧，早把那贺老爷吓得三魂出窍。雷先生也就赶忙将戒方藏在书案底下。悄没声儿，大家不敢出气。

那花仙知道母亲来救他，格外呜咽。贺老爷走过来低低说道："好乖乖，父亲是同你取笑的，快不用哭，被你娘听见，你父亲这几根胡须，包管保不住。"说着，用袖子只管替花仙揩眼泪。雷先生也是望着花仙作揖，说："快不用哭，今日放一天假，不要你背书。怪我适才拿戒尺吓了你，停会子你也拿戒尺来吓我何如？"花仙果然一笑，不哭了。只见走进一个丫鬟，向贺老爷说："太太请老爷进去说话。"贺老爷听了，只索索地抖，扯着花仙说："好儿子，你快跟我进来，你娘若是打我打得利害，你须同你姐姐劝一劝。"贺老爷此时一步懒似一步，趑趄着进去。一霎时只听得内室里噼噼啪啪，打得震天价响。太太的骂声，老爷的哭声，吵得一团。雷先生吓得端坐无语。内里渐渐平静，只不见那花仙出来上学。

停了一歇，忽然走进一个仆人，匆匆忙忙地将雷先生的帐子、衾枕、毯子，一捆儿捆好，掼在地下。雷先生惊问道："这、这、这是为何？"仆人答道："太太传话，请先生回家，少爷不上学了。"雷先生听见这话，怔了半晌，一言不发，双手蒙着脸，呜呜地哭起来。仆人道："师爷为何这般伤心？"雷先生哽咽说道："读书未成，穷而教读，费几许钻营谋来的馆，不干我事，白白地罹这无妄之灾。老爷被打，尚可再得太太欢心。我今被逐，永不复再见夫人金面，叫我怎不肝肠寸碎呢？"仆人见他说得可怜，很有点怜悯他，说："师爷不必着急，等我进去替师爷讲情。"雷先生望仆人深深一揖，说："大哥费心，万一我不出这件岔子，明日定然花费八文，请大哥吃四个烧饼。"仆人笑道："这倒不消，师爷留着自己用罢。"

雷先生好容易提着心，等到晚间，见那个讲情的仆人出来，说："师爷请放心罢，太太此时又欢喜起来，同大小姐在月台上吹笛子玩哩。我上前禀了一声师爷的话，太太笑说：‘既是师爷要在这里教少爷，就请师爷依然住下。并拜托师爷一件事情：师爷的书房同门房是对面，昨日门房里老王请假回去，换了一个小王，恐怕靠不住，师爷早晚须留些心照应照应。’”雷先生不等他的话说完，连忙答应道：“是，是。请太太一切放心。大哥进去替我禀一声，说我感激在心，我不能亲自来谢太太的恩典，只好遥遥祷祝了。”雷先生自此仍安然教他的学生，居然蝉联下去，一直到次年春间。

这一日，雷先生起身之后，忽见花仙绣鞋锦袜，玉貌珠衣，打扮艳丽非常，向雷先生请了一日假，说：“母亲今日携姐姐同我出城去逛一天呢。”雷先生答应了。花仙欢欢喜喜地走进去。原来贺夫人年纪刚得三十岁，正是徐娘时节。贺老爷人物不甚惬夫人之意，积威之下，欲博夫人恩眷，遂无不任其所为。海棠红谢，梅子青酸，夫人这几日正在春困缠绵，寂无聊赖的时候。幸亏城外有座白衣送子观音庵，姑子灵修常在贺老爷屋里走动，贺夫人很同他亲密，还把花珍、花仙都拜在佛前做徒弟。一年之间，贺夫人也到他庵里去几次。

贺夫人这一日早起，新雨初霁，蔷薇架上飞来几只喜鹊，聒噪得热闹。花珍梳洗才毕，推开帘子笑道：“喜鹊噪，有人到，有财有喜再叫叫。”又回头向夫人道：“娘呀，父亲今日想已过了清淮。这一次差使，包管可以望升官，娘不听见喜鹊来替我家报喜吗?”贺夫人笑道：“升官有甚可喜？我倒猜是有人替你做媒。”花珍脸一红，更不言语。恰好案上有个水晶碟子，装满碧绿荔枝，花珍拈了一枚望帘外打去，打得那些喜鹊都楞楞地飞了。帘押四垂，炉香未尽，贺夫人懒懒地躺在床上。花珍坐近来，便替他母亲捶腿，笑说道：“前儿灵师父送来的五香笋干，娘可吃不吃？他还说这几天把他院子里新出土的牙笋，着人送得来，如何到今日没有见他一根笋壳儿?”贺夫人听他女儿花珍几句话，一骨碌翻身坐起，说：“横竖闲着无事，儿呀，我们今日到他庵里遣遣闷儿去。”花珍也是高兴。遂着人告诉了花仙，打扮齐整。雇了两乘大轿，带了一个男仆、一个女仆，另外随身一个丫鬟，迤逦行来。

到了观音庵门首，那男仆先飞也似跑去给信与姑子。贺夫人同女儿才一下轿，那姑子灵修，身后又随着两个带发的小徒弟，笑嘻嘻地迎接出来，说：“啊呀！夫人今日高兴，脚踏贱地，怎么不先把个信儿给我？让我们好预备预备，简亵了夫人可是罪过。佛菩萨有灵有感，怪道大殿上一盏长明灯，昨儿晚上结了一枝斗大的花。我还猜是司里的太太，要来随喜随喜，哪里知道便是夫人。老爷纳福?”贺夫人未及

答言，花仙笑道：“师父，我家老爷不在家，上月出差去了。”灵修见花仙说话，忙上前一把拖住花仙的手，说：“少爷越发标致了，怪爱煞人的，恨我不得将你放在清水里一口吞下去。”又望着花珍笑道：“啧啧啧，夫人福气，有这一对少爷小姐。夫人便是一尊救苦救难观世音，少爷是个红孩儿，小姐是个龙女。”贺夫人笑道：“不敢当的，师父快不要这般说。”

大家一头说着，一头走着，进了庵门。转过弥勒佛龛子背后，便是长长的一条甬道，中间乱石砌成的路。路旁用竹枝子编作短篱，一块一块的菜花，夹着些桃杏丛树，苍苔微润，粉蝶乱飞。灵修道：“怕地上滑，我来扶着夫人。”那两个徒弟儿见他师父扶着夫人，也便上前，一人搀着花仙，一人搀着花珍。一路走时，贺夫人身边那个丫鬟笑道：“灵师父，我家小姐今日还提起你后园子里的牙笋，你为什么不送给我们去？”灵修道：“可不是，今年三月才交清明，想是节令迟，那笋子经了两场大雨，都不肯冒上来。”说着又大笑起来。贺夫人笑道：“师父为何这般好笑？”灵修笑道：“我笑我们贺老爷在扬州做官，太做得清了，总不肯刮扬州的地皮。如若老爷肯使劲地刮地皮，地皮一薄，不是让小尼的笋子容易冒出来些？”大家听了，都一齐笑起来。贺夫人笑道：“灵师父，我真正佩服你这一张嘴。”

是时甬道走尽，上了台阶，那佛殿上早香烛齐明。还有几个尼姑披着袈裟，撞钟擂鼓。灵修放了夫人的手，沉下脸，露出十分诚敬的意思，说：“夫人请拜一拜佛。”贺夫人也便端庄裣衽，拜过了。又命花珍、花仙挨次行礼。贺夫人命男仆先将轿子打回去，晌午后来接。

此时灵修又由大殿将贺夫人等让至方丈室里。两边走廊，纤尘不飞。大大一个天井里，种着四棵松柏。凌霄花一直牵到树顶上，又倒垂下来。树根下全是覆着极纤极长的书带草。方丈是平列五大间，中间客厅，两旁边便是密室。由密室走进去，均套着是些诸尼卧房，陈设精工，布置妥帖。凡妇人家应有之物，皆无所不有；妇人家不应有之物，内里亦无不有。贺夫人卸了大衫，随意坐着。旁边侍坐的，均是些敏妙的少尼。灵修笑问道：“夫人不吃素，我打发人进城去买点心去。”贺夫人道：“真正用不着，我今日吃斋。师父不记得今日是三月十六，准提菩萨生日吗？”灵修道：“原来夫人也吃准提斋。这个斋吃了是有好处的，幽冥地府他老人家赐的一盏灯笼，太太们百年之后，才不至走墨黑黑的路。夫人灯笼想已烧过了？”贺夫人点点头，答道：“我自从十四岁嫁过来之后，便每年烧一个灯笼，如今倒有十五六个灯笼了。”灵修笑道：“夫人过到一百岁，将来地府里头挂着百十来个明亮亮的灯笼，真是有趣。小尼明日还要沾夫人的光呢。”说着，遂命徒弟向厨房里招呼预备素面。徒弟去了之后，他又站起来说：“夫人随意，或是在小尼房里歇歇。我不亲到厨房里吩咐他们，他们是不晓得夫人味口儿的。”便忙忙地转入方丈后面。他却不曾去到厨房，悄悄地喊过一个小徒弟，说：“你快快去叫王厨子，拣笼里肥些的鸡宰一只煨汤，虾子口袋儿放多些。”那徒弟连连答应着。

这个当儿，贺夫人见没有什么小尼在旁边，花仙、花珍也不知带着丫鬟们到何处闲逛去了，自己便悄移莲步，穿灵修的卧房，接连走过几个房间。走到一处，只见窗纱一色猩红，兰香扑鼻，房里似乎有人低低私语。贺夫人不由得近前，悄将那红纱揭起一角，隔着玻璃眼瞧去，见迎面有一张楠木床，帏帐全是绣着品金龙凤，床边上并坐着一男一女。那女子约莫有二十几岁光景，素罗衫裤，簪珥通用银子嵌着白玉，是个新寡的模样。云鬓蓬松，衣衫尚未掩好，偏生胸前露出一方大红兜子。那男子偎着他，只听低低说道：“我的那夜叉婆一日不死，你总一日难进我的门。”那女子听了这句话，泪珠子如雨般哭得十分沉痛。那男子殷殷勤勤地抚慰着他。

贺夫人看到此，芳心一动。依着自己的意思，倒要看一看他们究竟作何结局。猛一转念：“恐怕灵修转来，见我窥探他庵里的内容，不大愿意。”依然悄移莲步退回来，幸喜灵修却未到屋里。早有个小尼探头探脑在那里张望，一见贺夫人，便笑道：“原来夫人在这里呢。外面面席开好了，师父打发我来请夫人的。”贺夫人一笑，随着出来，见花仙、花珍都在席间坐着。灵修笑道：“有仓猝客，没仓猝主人。薄薄素菜，聊尽小尼的诚心，夫人不要见笑。”贺夫人笑道：“师父说哪里话来，无端打扰，实觉不安。如有什么女客，何妨请来同坐坐呢？”灵修凝了凝神，遂回头命一个小尼说：“你去瞧瞧曹奶奶，可上供完了不曾？如供完了，请他来陪一陪夫人。”又望贺夫人说道：“这曹奶奶煞是可怜，二十一岁的人，便把丈夫亡去了。他叔公开一座布铺子，也不很看顾他。他有一个三岁的小孩儿，上月又丢了。他丈夫灵柩，便停在我这庵里。他三天五天都来这里上供他丈夫一次。”

灵修正同贺夫人说着，早见那小尼引着一个淡妆素服的女人进来。贺夫人仔细一瞧，可不是适才在那红纱窗里见过的，遂含笑让他坐。那女子盈盈坐下，却甚和蔼可亲，问了夫人姓名，又见过花珍、花仙，言语之间，还有些哽咽声音。灵修叹道：“大奶奶，死者不可复生，你不用把自己身子哭坏了，你那大爷在地下也不安。”又望着贺夫人道：“我这位大奶奶，同他大爷在日，真是如胶似漆，一旦分手，你教他怎不伤心？来一次，哭一次，带累我们还陪他淌一次眼泪。夫妻本是同林鸟，大限来时各自飞。照这样看起来，还是我们当姑子干干净净，一尘不染，四大皆空。日日敲木鱼，念弥陀，我也不修别的，只修来生能够象夫人夫妇齐眉，有儿有女，又有官又有钱。能够这么样过一天，晚上死了都是甘心的。”贺夫人笑道：“过一天便死，这有什么好处儿呢？你们看着我似乎享福，哪里知道我还很不愿意。我常同我家老爷说，我总有这么一天，剃了头发当姑子去。你要修来生，我们今生便换一换何如?”灵修笑得哈哈地说：“好夫人，你不要折了小尼的福命，夫人玩意儿说了这句话，包管小尼又要多敲一世木鱼。”众人都微微含笑。

灵修道：“说话说多了，我倒忘却让菜。夫人请呀，请用一块火腿。大奶奶请呀，请用一角皮蛋。少爷、小姐，你们不用客气呀，鸡子、鸭子随意吃点呀。”贺夫人大惊说：“我说过是吃斋呀，如何有这许多荤菜?”曹奶奶笑道：“夫人，你不要睬他，他全是素菜，假做成这些名色的。”贺夫人笑道：“真正有趣，你看不全象真的吗?”花珍笑道：“我不知道人家既然要吃素，不但戒口，也要戒心，明明是素的，全用这些名目，可不是嘴里没有吃荤，心里仍然想着这些荤菜，这有什么好处呢?”灵修道：“好小姐，说得真是的。我们庵里成年地看不见荤菜，祖师传授下来，恐怕我们不吃荤，连荤菜名字都忘记了，所以拣这一套工夫操演操演，也未可知。”引得花仙笑得把菜都喷出来，离了座位，附着他姐姐耳朵说了几句话，便望外跑。贺夫人忙喊着他，他回说：“我有事去，停会子就来。”此时仆妇丫鬟都在别处吃饭，花仙也不招呼人，便穿过方丈后面一个竹园。竹园之后，又是一个大大的菜圃，那菜圃东南角上另外有座小门。

花仙匆匆地推入，早见三间敞厅，槐树荫浓，压得绿沉沉的。厅上有许多少年，在那儿饮酒，旁边均立着雏尼陪侍，还有几个女儿装束的，弄着胡琴、琵琶，好不热闹。那座上便有杨靖，先看见花仙，忙忙地招呼入座。

欲知后事，且阅下文。

# 第十回 嫠妇宵行蓬门窥暧昧 玉人命促酒座话酸辛

原来花仙本不知道庵里后面还有这许多妙处。贺夫人先前在里窥探曹奶奶那个当儿，花仙同着他姐姐花珍，带着一个丫鬟，随意闲步。绕到方丈后进，看见很大的竹园，遥遥地露个小门。花仙便要拉着姐姐，同他走过去瞧瞧。花珍道："那地方阴森森的，怕是人家停柩所在，我害怕，我不去。你要去，你同腊梅去，我站在这里等你。"花仙顽皮，便拖着那个腊梅丫头，一路嘻嘻哈哈走过去。推开一看，里面好不热闹，正是杨靖一干人在那里吃酒作乐，除得几个雏尼，还有城里私门中的娼妓。花仙猛地跳进去，倒把杨靖一干人吃一大惊，问他怎么会走到这地方来？花仙把今日的事告诉了他。大家便要拖着他吃酒。花仙意思，便想在此坐一坐。那腊梅看见这种事情，很为吃惊，便喊花仙出来。花仙不得已，怏怏地起身要走。杨靖附着他耳朵说了几句话。花仙点点头，便随着丫环出门。里面便把门闩上。

花仙一路走着，叮嘱腊梅丫头，不许告诉小姐。腊梅笑道："我不告诉小姐，小姐知道骂我怎样呢？"花仙道："好姐姐，你又不喜欢我了？你喜欢闻我的脸，就给你闻何如？"腊梅带笑带气说："小姐在那里望着呢。"

说话之间，已到花珍站的所在，却不见花珍，知是进去了。花仙跑入里面，花珍笑问道："你们可曾看见鬼不曾？"花仙笑道："不曾看见鬼，倒看见一个人。姐姐，你猜里面是个什么地方？原来是个书房，有个老者在里面读书。"腊梅抿着嘴笑，说："老者老者，只是没有胡须。"花仙笑得来打腊梅。花珍正待追问，已见灵修及母亲陆续俱到，遂不便多话，大家入席。但花仙一心记挂着那个妙处，借着灵修说话，遂一笑站起来，告诉了花珍一声说："我到那个书房去去就来。"遂又走到那个密室。

此时杨靖见着花仙，非常欢喜，便添了一座，又拣了一个不曾削发的小尼，年纪约有十五六岁，名字叫做妙珠的陪他。花仙留心一瞧，见沈小雪、周碧芙都在座，还有几个不常见的，却不见有胡砚青。再转身看看妙珠，丰韵殊绝。花仙因为是初会，十分羞涩。群妓之中也有见过的，都来同花仙取笑。花仙反一言不发，低着头，只管把自己穿的一件罗衫拎住衣角摩弄，双颊红晕，圆润欲融。杨靖恐他受窘，搭讪问他道："今日你母亲同你姐姐吃素斋，可还有别人陪席？"花仙才勉强抬起头来，说道："另有一个带孝的女人在一处吃的。"杨靖笑向沈小雪道："你听见吗？好好都弄成一处去了。但是你尚能同你那个人叙一叙，我独不能同我那个人见一见，我是要妒你的了。"沈小雪叹了口气道："便是会着有什么意味？倒反累他痛痛地哭了一场。"花仙也不理会他们的话，只管呆呆望着那妙珠。妙珠一笑，便递过一片梨来。花仙用嘴含着，尚未及咽，猛听得外面的门砰啪一声，窜入一个光头来，汗珠子比黄豆还大，望着杨靖等说道："少爷们也太不检点了，如何引着贺少爷到这里来？贺太太此时急得了不得，遍处找寻。幸亏我家的人看见贺少爷匆匆到此，我特地按着夫人、小姐，来寻少爷。好少爷，你几乎不把我吓死了，快快随我出来。你母亲问着，千万不要说出实话，老爷知道是要打死你的。"

花仙见是灵修，也吓得手足无措，被灵修拖住飞跑。见了夫人，夫人骂他到何处去的？花仙吓得哭起来，说："我到竹园里出恭去的。"灵修笑道："少爷正蹲在竹园里出恭，我怕夫人急坏了，我都不曾让少爷净手，便把他拖得来。夫人不用生气，吓了少爷倒反坏了。"贺夫人见花仙吓得啼哭，也就不忍心再说，又将他搂在怀里，用手巾替他擦眼泪，命他莫怕。停了一歇，轿夫已到，贺夫人携着儿女还家。不提。

且说杨靖自见花仙去后，心中如有所思，酒也懒饮，趁别人兴高采烈，自己便装着歇息，把妙珠拖到一个僻静房里，唧唧哝哝，谈了好一会话。妙珠笑道："我不，我为什么做这样伤天害理的事？"杨靖哀哀求告，几乎要跪下来。正相持间，周碧芙跑入来，大叫道："捉住了。"狠命将妙珠望杨靖怀里一推。妙珠急了，骂道："碧芙，你不要使促狭，我没有好话骂你呢。"彼此闹了一会，天色渐暝，陆陆续续都纷然各散。

沈小雪独自陪着曹奶奶吃了晚饭，一轮满月，正照西廊，恐怕闭城，两个人遂辞了灵修，携手出来。一路上的垂杨，被风吹得簌簌地响。那月光便有一个大圈儿围着，不似先前明亮。却喜行人稀少，一带长堤，并肩缓步，十分凉爽。沈小雪便把今日的事告诉曹奶奶。又说："今日你不是会见那贺小姐的，他便同我的朋友姓杨的交好。"曹奶奶笑道："这倒看不出来，贺小姐这小小年纪，便会作怪？我看他神情，却不象曾做这件事的。坐席之时，他同我最近，我看他蛾眉紧密，弯弯地象两道春山。莫不是你们这些少年枉自污蔑了他？"沈小雪也笑道："你的话恐怕不错，我那个朋友惯喜说谎。就如他还说同一个姓汪的人家姊妹偷情。这家姊妹，便也是我们一个朋友的表妹。这朋友便告诉了母亲，他母亲又回去告诉了嫂子，他嫂子便狠狠地诘责他姊妹两个。可怜他们姊妹两个，连这姓杨的影子都不曾见过，带哭带辩，几乎寻了死路。如今才算平息了。所以这个朋友，从此不同姓杨的往来。你看可好笑不好笑?”曹奶奶笑道：“你们这些宝贝有什么好人？如今且不说他人，我且问你，上次借我一对金镯，几时送来？我随身财物，只有这几件东西了。死鬼在日，据说还有几笔存项，病得仓猝，也不及问他。”沈小雪道：“前面不多远，便是关亡人的马婆家，你何妨去关一关你家丈夫，问他这笔存项。”曹奶奶道：“也好。”又说：“怕不甚方便，万一死鬼见我交结了你，当着人骂起我来，我是很害怕的。”沈小雪道：“这有什么要紧，难道夜晚间我同你在一处走，外人会知我们私事吗?”曹奶奶点点头。

沈小雪遂扶着曹奶奶，穿过几条田岸，早见一株大皂荚树，树下纵纵横横，放着几口不曾漆的棺材，曹奶奶吓得战战的。走了几步，有一条板桥，流水声音呜呜欲绝，鸡声犬吠，寂静无闻。曹奶奶抖着道：“啊呀！你看见我身背后是个什么东西跟着?”沈小雪被他一说，毛发直竖，勉强回头一望，正是他两个人的影子，便告诉了曹奶奶。

好容易走到马婆家门首，两扇破板门，却紧紧闭着，里面不见响动，想是睡了。忽地听见有个人哼了一声。沈小雪同曹奶奶靠着板门缝往里一张，门里是个小院落，三间东倒西歪的茅屋，却点着灯火。屋里一张破铺，铺上睡了一个五十多岁的人，浑身精赤，只穿了一条白布裤子，头颈里套了一根麻绳。只见马婆同着一个汉子，一人扯着一根绳头，用死劲地勒。勒得那个人眼睛翻了几翻，舌头拖出来，两条腿似乎还有些伸缩。这一吓，那沈小雪也不顾死活，拚命地拖着曹奶奶转回头飞跑。河边上青草萧萧飒飒的，也似一路地跟着他们。一直跑进城，街市灯火尚余得三家五家。沈小雪将曹奶奶送回家里，心里被马婆这件事一吓，有六七日不曾出门，又不敢告诉人，怕做人命干证。

到了第八天上，才出来打听打听消息，也不听见人说城外出了什么命案。此时脚踪无定，不知去访谁好，忆念着杨靖，便一径向杨靖家走来。走到门首，遇见他家用的一个女仆，沈小雪便问：“少爷可在家里?”那女仆道：“我们少爷有三五日不见回家了。”沈小雪闷闷不乐，转回身便走。偏生天又濛濛地下起雨来，泥滑非常，提着衣裳，只管望前跑。迎面来了一人喊道：“小雪，小雪，你打哪里来的?”沈小雪抬头一望，不是别人，正是周碧芙。沈小雪便告诉他才去访杨靖不遇的话。周碧芙笑

道："杨蝶卿吗，包管是逃走了。"沈小雪大惊，问道："他又不曾杀人，逃走怎么？"周碧芙笑道："小雪，你原来是睡在鼓里的，外面出了命案，你通不晓得吗？你此时如没有事，我们到穆元兴酒楼去小饮三杯。"沈小雪答应了，一头走着，心里踌躇，想道："原来马婆家里的事，他们业已晓得，但又与杨蝶卿何涉呢？也不便提起我亲眼看见的，惹出是非，反为不妙。"主意已定。

两人到了酒楼，拣了一个僻静的厢房，对面坐下。周碧芙未曾开口，先长长地叹了一口气道："琉璃易碎，好月难圆。我猜不出天公是个什么糊涂虫变的，把世界上美丽的儿女都收拾得干干净净。小雪呀，你不要疑惑我说这些牢骚的话，小雪，小雪，你可晓得前天花仙业已死了？"沈小雪听了这一句，吓得跳起来，把桌子一拍说："是真的？花仙死了？"周碧芙道："不是真的，我忍心骂他？而且不但花仙已死，我那竹西花榜开列在第三名的贺花珍也死了。"

沈小雪此时脸已雪白，口里只呼着"荷荷"，说："不好，不好！为甚的粉装玉琢姊弟两个，一齐都死了？是得的什么病？他家里父母不知怎样哀痛了。"周碧芙笑道："你且不用着忙，若是得病死的，我倒不说杨蝶卿逃走的话了。因这件事与蝶卿很有关系，是我一一打探来的。可惜此时上海报馆不知道刊小说子，不然请一位小说家，把他们的事迹编一编，倒够报馆里左一个'未完'，右一个'未完'，好登六七天呢。我们先点几个碟子，几个小碗，慢慢吃着细谈。"沈小雪道："你快说罢，今日不是吃酒的日期，我肚里倒吃了许多眼泪了。"周碧芙笑道："这眼泪怕是曹夫人的罢？"沈小雪说："你又来胡扯了，人家同你讲正经，究竟花仙怎样死的？"周碧芙道："我先把花仙姊弟死的情形告诉你，然后再告诉你致死之由。"

在大著作家讲究，便是个倒叙的文法。约莫五日前，花仙从外面归家，神志顿然丧失，面如白蜡。他父亲本来出差，他也不去见他母亲。其时已是傍晚，走到自己房里，一倒头便上床睡了。他母亲同他姐姐都惊慌起来，跑到房里问长问短，怕他是染着邪祟。摸着他头脑，也不发热；握他的手，冰冷的。他母亲先哭起来喊：'儿呀，你为甚这个样儿？你不是受吓了吗？'他也不言不语，睁着两眼，望了一望母亲，忽然哇的一声哭出来，悲悲咽咽地说了一句：'娘呀，我此时不能算是娘的儿子了。'说过这话，便又嚎啕大哭。又伸过一只手，拖着他姐姐花珍。可怜他母子三人，互相痛哭，各人也不知道是什么缘故。他母亲哭过了，便问他有什么委曲？他一总不开口。家里连夜请了医生诊视。医生说，并没有病，不过受了一点郁结。他母亲这才放下心，还以为他是小孩子见识，反数说了他几句，命他好生安歇。又派了几个仆妇服侍他。次日他也照常起来上学，只是没精打采。他姐姐聪明，料他总有说不出来的心事，带哄带骗，瞒着母亲去问他。他先说：'我的事，姐姐是不能知道的。'花珍听他的言语，已猜着不过是在外有什么邪淫之事，脸便一红。又问道：'你是个男孩子，有什么羞辱？下次谨慎些罢了。'花仙听了他姐姐的话，又哭起来，说：'男孩子被人欺负，可是同女孩子一样？'又猛然问道：'姐姐，人死了不知道可能还做姊弟不能？我若是死了，我还想给我娘做儿子呢。'花珍见他不疯不癫，急忙拦道：'休要胡说。'花仙见姐姐说他，他一径跑入书房去了。花珍当时就想把花仙的话告诉母亲，又怕母亲烦恼，见花仙依然好好去上学，也就不便多话。咳，谁知道他这一到书房，便不能出书房了。"

沈小雪道："难不成他就死在书房里？他的先生呢，不看见他？"周碧芙道："偏生他的先生这一天饭后被人约到校场里吃茶去了，书房前没有什么人。他悄悄把帘子都放下来，搬了一张茶儿，把自己的腰带解下，爬到茶儿上，便在那个挂洋灯的钩子上套了一个圈儿。"沈小雪惊道："不好！不好！他是要上吊了。该死！该死！为甚没有一个人来把他抱下来？"周碧芙道："他如果上吊，倒死得快当些。"沈小雪道："啊呀！你为甚骂他？你忍心让他上吊，还望他死得快当些，你与他有何仇恨？"周碧芙不由得笑起来，说："小雪，你须知道，花仙此时已是死了，我才这般说的。他小孩子家哪里知道上吊的法门，他只管把头套入圈里，他也晓得拿脚将茶儿踢倒，谁知他打的一个圈子非常之大，只络住他的下颏，他禁不住疼痛，头一仰，扑通一声，便从上面滑下来。"沈小雪大喜，说："好了，神天庇佑。"周碧芙道："且缓喊好，还有不好的在后呢。他从高跌下，可怜两只小脚，已跌断了一只。"沈小雪听到此，张着大口拢不起来，只管静听。周碧芙又道："疼得利害，咬着牙齿，左想右想，只求速死，更无死法。恰好茶儿下一层，先前放了几个茶杯，已经跌碎。他心生一计，将那碎磁片子一共拿来，有大些的，他捏着一个小拳头，狠命地捶，捶得满手鲜血。然后连大连小，捧着望嘴里咽。"

沈小雪听到此处，那眼泪不由流了一脸。便是周碧芙也就悲咽起来。两人相对无语。好一会，还是沈小雪说道："我虽然不忍听，却又不能不听。你且说他吃了磁片子便怎么样呢？"周碧芙道："有甚怎么样呢，磁片子割得口舌喉咙血肉淋漓，他那肚肠子里不问可知了。手伸脚缩，一霎时便呜呼哀哉，伏维尚飨。还是他先生吃茶回来，冒冒失失地绊了一跤，才闹出来。小雪，小雪，你想他家爱如拱璧的娇儿，这般惨死，可痛不痛呢？福无双至，祸不单行。他姐姐花珍见他兄弟如此模样，已是肚肠寸碎；再加自己懊悔不曾把兄弟求死的话告诉母亲，以致误了兄弟性命。心里一急，猩红的鲜血便直冒出来，吐了有好几碗。如今苟延一息，想也不久于人世了。你想贺家一个完全骨肉，生生地被杨蝶卿那个畜生弄得落花流水，我恨不生啖其肉。如今贺家尚始终不晓得他儿子死的缘故。我却留心打听，次日便跑到城外白衣送子观音庵，去访问妙珠。我因为那一天花仙在我们席上走后，蝶卿便闷闷不乐，拖着妙珠低言密语，我已猜到九分。得了花仙死的消息，我便装着无事的一般。见了妙珠，恰好妙珠一个人正独坐在他自己房里。”碧芙说到此，却故意咳嗽了两声，朗朗念道：“欲知心腹事，须问是非人。不知周碧英向妙珠问的什么言语，且待下回慢慢表来。”

沈小雪笑了一会，不见周碧芙开口，便问道：“怎么不说了？”周碧芙笑道：“完了。”沈小雪道：“杨蝶卿如何侮弄花仙的事，尚不曾说呢。”周碧芙笑道：“说书的人，都要拣着筋节地方打个岔儿。我们不吃酒吗？停会再说罢。”两人遂吃了一会酒。周碧芙又接着说道：“我见了妙珠，一开口便先向他诈一诈，说：‘好妙珠，你同杨蝶卿做得好事，只是苦了花仙了。’妙珠他并不晓得花仙已死，他听见我这句话便笑起来，说：‘蝶卿已告诉了你吗？谁情愿替他干这不要脸的事？是他强着我做的。’我便说：‘妙珠，你何妨将那一天情形告诉我听听？’妙珠倒也不讳，便说：‘吃酒那一天，蝶卿便央求着我以色诱那花仙。过了几天，他把花仙便携到这里来，吃了几杯酒，命我将他引入房里。哪里知道花仙人小胆虚，尚不曾见过色面，吓得只管要逃。是我替他脱了衣服，叫他先睡在床上。杨蝶卿趁势便闯进来……’”

周碧芙正同沈小雪说到这里，猛觉耳朵内天崩地裂，大大一震，那楼窗子里尘土飞扬，早把满桌酒肴堆得寸许，两人满头满脸均是灰垢，吆喝之声，络绎不绝。赶紧飞步下楼，正待望门外跑，只见那掌柜的忙忙拦着说：“诸位客人仍请照常酒宴，不是什么要紧的事，是我们对门云家绣货铺子前一进楼倒塌了。”

欲知后事，且阅下文。

# 第十一回　栋折榱崩贫儿发迹<br>女婚男读孀母关心

云家这一座绣货铺子，虽不能在市廛上占一特色，然而由云锦祖老太爷手里创起，传到而今，已有七八十个年头，逐年用度，都可算敷衍得去。但是那梁栋榱题，历久下来，不无腐朽。自田焕进来管理店事，他是只顾把那赚的利钱一封一封地望自己箱子里放，满口还说是折本，自己累得无有一毫好处。遇着店里要置办货物，便来同秦氏添本。秦氏早已搬回住宅，一个女流家，也不知道生意的诀窍，倒反将家中所有的些金珠首饰交给田焕变卖。因此上家中用度，反渐渐有些拮据起来。

这一日傍晚时候，天阴易夕，各家店铺正忙着点灯，田焕正在后面同周氏逗着他养的一个小儿子取笑，猛听见前进里天崩地裂一声，惊得直望前跑。哪里还见店铺，上头露着一片青天，地下便象个土山一般，烟雾飞腾。街上一时鼎沸起来，早听见畚锄丁丁，那瓦砾直向两旁纷纷推去。幸亏街邻来得飞快，七手八脚，便从瓦砾里拖出几个人来，有三个人是他店里的伙计，余下一个是行路的。因为救得快，却都不曾压死。一霎时，便有地方上的官派兵前往弹压，见不曾出甚人命，只得将田焕唤至，申斥了一番，也就罢了。

田焕忙将压伤了的三个伙计，分头着人送他们回家去养息。行路的那个人，自然有他家中人将他扛抬回去。田焕又忙跑至秦氏家里告诉他此事。秦氏此时已听见邻居谈说，见田焕来，更急得泪落如雨，说："此事怎么样办法才好？"田焕也不理会秦氏，说了一声："夫人，你自商量着罢，我不能耽搁了。"便又匆匆回店。

此时店中只剩得一个小倌，一个伙夫，早经周氏调度着他们，用断下来的木料搭了一个栅栏，把铺门一扇一扇围着，免得外人窥视。然后大家动手，从灰里将不曾压坏的物件，以及各种绣货，一起一起地望后一进屋里搬。忙了好一会，才算粗粗停当。田焕同周氏坐下晚膳，伙夫端上一盘烧好的鸡子来。田焕笑道："昨晚这一只瘟鸡叫得利害，左邻右舍便嚷着主要失火，恶狠狠地逼着我们把一只报晓的大公鸡宰了。谁知却应在今日的事。我要不是在后面同我家小扣子取笑,几乎不被压死了。但是这件事不知道寡妇怎样布置呢? 大约不得一二百千文不能成事。周氏道:"此时再叫寡妇腰包里拿出一二百千文,倒是很不容易呢。我们乐得挤他一挤,挤不出来,不怕他不上我们的路。"又笑道:"幸亏同他家不曾结亲,若是他答应我结起亲来,他家春儿不是比小扣子大三岁吗? 俗话道得好:'女大三,墙倒壁又坍。'可巧今儿真墙倒壁坍了,还不晓得谁带累谁呢。"田焕也笑了。

晚膳已毕,夫妇二人却因为店门敞着无有关拦,商议着都不睡觉。半夜里时候,小倌已是瞌睡得如死人一般,伏在一张桌上。那伙夫左右闲着没事,便用锄地的一把铁锄,尽管在前面扒那瓦砾。只见东边靠帐桌子的墙壁下面,被半截断梁戳了一个大洞,那断梁便插在地下有五六尺深。伙夫诧异,暗想:"哪里有这种大力?"便双手抱着望上一提,只见旁边许多碎瓦砾都随着这洞滚了下去,分明是个土窟,便失声叫怪起来。田焕听见,遂也跑到前面。伙夫把这话告诉他。田焕使用脚向下跺了跺,果是空空洞洞声息,象个瓮子一般。二人正在此互相猜疑,那周氏刚刚哄着小儿上床,听见他们谈心,连衣服都不及掩好,跑出来仔细一望,便说:"那是柱子压的一个小坑,有什么吃惊?"又暗中丢了一个眼色给田焕。便顺手在腰里摸出三四十个铜钱,递给伙夫说:"你替我到街南买一碗豆腐浆儿,顺便到西首南货店买一包白糖,再转到北街酱坊里买一斤上好五香麻油。其余剩下的钱,看一路上有卖汤团的买几个回来。"伙夫心想:"这一趟差使不打紧,倒要把东西南北街道都要跑遍了呢。"只得点了一个小灯笼儿,径自去了。

周氏见左右无人,遂捋起衣袖,便把个铁锄奋力去扒那个洞。田焕也便将厨房里用的一柄火箝,帮着周氏拨了一会,见那洞周围有二三尺宽。周氏巧巧一锄,只听见似乎有个瓮子打破了的声音,心中一动。命田焕携过一只灯来,仔细一照,分明平列着五个瓷瓮,碎了一个,早滚出许多元宝来。此时田焕吓得只索索地抖,口里连珠地只喊:"皇天菩萨! 观音大士! 财神老爷! 怎好? 怎好?"眼睛里好象要冒烟一样,一时看去似元宝,一时又看不出是元宝,只是花花绿绿的。猛地伸进一只手捉住一锭,冰冷的真是元宝。不禁哈哈地只管呆笑起来,腿一软便瘫在地上。

周氏看见他这种形状,又好笑,又好气,怕他喜欢疯了,狠命用手掌向他脸上打一下子,说:"你还不快把瓮子搬至房里去,停会子恐怕伙夫回来,事便不妙了。"田焕才醒悟过来,用劲搬那瓮子,哪里搬得动。还是周氏同他两个人抬一个瓮子,次第抬入房里。那散出来的元宝,一数却好整整八只。再把那四个瓮子开出来,一般都是八只。悄悄地藏在床下。周氏出来，依然用些瓦砾将土窟反填塞了。且不表他们夫妇之事。

可怜秦氏听见店屋倒塌的消息，只急得痛哭，含着眼泪，将麟儿哄睡着了，便命黄大妈去请洛钟来商议此事。此时黄大妈的儿子已有四岁，名字叫做网狗子，同春儿正在一处嗑瓜子儿吃。春儿见娘哭，撇了网狗，跳下来说："娘，你又为什么哭了？"秦氏道："糊涂畜生，你们晓得什么？你们姊妹几时才能懂得人事？等到你们懂得人事，你的娘要心碎眼枯了。"正说着，黄大妈已回来，说道："舅老爷不在家，明日来呢。老太太和舅太太很不放心，问好好的，为甚店铺又倒了？嘱咐太太不用着急。"秦氏听了，也无言语。

次日，洛钟便来同秦氏商议。秦氏说道："我此时再想来重起造这座店铺，无论一时无有这笔款项，就是逐年亏累，我也再禁不起。我看姓田的倒很想开这座铺子，不如请你同他去商议，老老实实地让给他。他或是作价给我，或按月在他店里付点利息。你意下如何？"洛钟道："这话也是。就是那姓田的为人很小气，怕没有什么便宜给你讨。"秦氏叹道："我还想讨什么便宜呢？我要不因为这两个累赘，我早跟着他父亲去了。"说着已哽咽不出。洛钟也是悲戚。于是同田焕往来议论了有好几天，田焕先尚不肯应允，后来还说是因为恤孤怜寡，出了三百千文，每月三千文，按月支付，以八年零四个月为限。立约这一天，请了何其甫、伍晋芳一干人做中证。还因为一个九八制钱，一个足钱，几乎决裂了。秦氏忍气吞声，一切依着田焕，才算把这件事做成。田焕夫妇至此始称心满意。回去又将左边一家肉铺子，右边一家纸马店，出价一齐买过来，把个绣货铺开展起来，收拾得金碧辉煌，又多添了许多伙计。偏生时运相济，生意日盛一日，每年都积蓄几百金。不上几年，居然便成了一个富商。

周氏想云家春儿做媳妇的心，终不曾打断，依然两次三番请人向秦氏去说。秦氏此时羡慕着田家这份财产，也就有些活动。

光阴易逝，眼看着春儿已有八岁。家计日渐窘迫，除得绣货铺里每月支取三千文，以外便是洛钟等替他在善堂里写的恤嫠金，另外有几百文。逐日的柴米油盐，两儿的钗钏鞋袜，在在需钱，也就亏秦氏茹苦含辛，勉强支撑得去。却是春儿身上，那周氏倒反时常花费几文来照应照应。有时还打发人来抱到店里去顽耍。春儿小时候便怕周氏，不爱见他。今日已渐解知识，又听见人同他取笑，说他是田家的媳妇儿，因此半羞半怯，越发不敢见周氏面。他却不知道母亲真个要把他给田家

放聘。

这一天，秦氏替儿女收拾得洁洁净净，命黄大妈跟着，一径到母家来，预备同母亲斟酌放聘的事。刚刚走得进门，他嫂子何氏笑着接出来，引入上屋，悄悄地指着房里说："三妹妹在房里呢。"秦氏跨进房，见母亲坐在床边上，三姑娘坐在旁边，哭得泪人儿似的。那淑仪扯着银儿，在窗口戏耍，看见春儿姊弟，便撇了银儿，"哥哥"、"姐姐"一路喊出来。秦氏叫了一声"母亲"。秦老太见是秦氏，便说道："大姑娘，你也回来了？我看这种没良心的丈夫，反不如你姐姐做寡妇的好。"秦氏见母亲一脸怒气，知道又是因为三姑娘夫妇的事情，便赔笑道："三妹妹想是今儿才回来的？"三姑娘揩抹了眼泪说："我回来还没有半点钟呢。姐姐今日怎样有暇回来走走？"

正说着话，何氏已进来邀他姊妹到外间来吃早点。秦老太站起身来说："不用说了，我们先出去吃点心去。"又问："这些小活猴狲呢？"麟儿同淑仪早趴在桌上说："我们在这里呢。"此时银儿已长成十三岁，便安置杯箸，又照应着这些小孩子。麟儿只管嚷："我要同仪妹妹坐在一处。"秦老太笑道："你为甚定要喊他妹妹？你就派定他比你小些？"三姑娘也笑起来，说："他们两个人的生日倒也奇，究竟分不出谁比谁早出世一刻，胡乱喊着哥哥、妹妹倒也罢了。"秦氏问道："龙儿呢？"何氏道："在书房里不曾回来。"秦氏又道："龙儿居然宿馆了？年纪还小，读书也不可过于认真。下月是个闰三月，我也要送麟儿去上学呢。"何氏道："我听见麟儿很聪明的，去年就把《三字经》、《百家姓》、《千字文》念完了。如今上学，不是开头要念《大学》吗？"秦氏笑道："倒还亏他，方字块也认得有三千多字，都是硬强着隔壁朱府的二小姐教他的。朱府的二小姐，今年已经二十八岁了，因为姐姐嫁错了人，丈夫很不长进，自己遂发誓不嫁，一心在医道上用功，还有一手好画儿。时常劝我把春儿跟他念书。我想女子无才便是德，字认多了，便怕有不端的事做出来。诸如什么传书呀，递简呀，都不是些聪明女子做出来的吗？所以我决不让春儿念书。今日我还为他身上的事才回来的。田家三番五次托人来做媒，我想女儿的事，将来都是要做的，看他家光景还可以过得去。难得今日我们母女、姑嫂、姊妹都聚在一处，大家替我斟酌斟酌，我便答应他放聘了。"

秦氏说话之时，银儿只望着春儿笑，暗暗地用手刮着脸羞他。春儿脸一红，点心也不吃了，含笑拖着银儿望后一进屋里跑。何氏笑道："不用跑跌了。你们听听这双大脚，跑得骨咚骨咚的，几乎不把我家地上方砖跺碎了。"秦氏笑道："可不是的呀，裹起脚来，闹得惊天动地，将来这一双大团鱼，怎生走得到人面前去？亏着田家还宝贝似地来要着他呢。”秦老太道：“大姑娘，你们也不用闹顽话。我看田家很可以同他做得亲：生意人本本分分的；那个小孩子，我去年在他家店里看城隍会，也见过的，倒很白白胖胖；将来倒可以一夫一妇，白头到老。不象捐个把什么老爷，仗着祖上积聚几个钱，便不安分，朝也想娶小，暮也想娶小。他也不想古书上说的三妻四妾，都是些封王拜相的人，才有这个福分儿。你也不是文曲星转世，也来闹这把戏。”

秦氏知道老太又牵到伍晋芳身上去了，便接口问三姑娘道：“究竟你们那一个又闹出什么故事了，你又淌眼抹泪的？他要怎么样，你就让他怎么样罢，你自己也将近三十岁的人了，还有什么看不开？”三姑娘道：“姐姐你不知道，你都说些呕人的话。他上次弄了二百银子，托那个箍桶店的老蠢货去到泰州寻小翠子去，至今杳无下落。有人传说，老蠢货才出城，被人图财害命将他勒死了。虽未见真假，然而究竟也是个疑案。如今便日日在外嫖，花钱还是小事，那仪儿的爷爷，是被他气出病来。我家那位婆太太，他没本事管教儿子，反怪我不会笼络他。姐姐，你想我们是好人家女儿，哪里赶得上那些花言巧语的坏货？莫说笼络不住，就是笼络得住，我也不下这一口气呀。如今又搭上一个住家的姑娘，要跟他回来，大约七七八八要得一千块钱。目下家用是日渐日窘。自己有个功名，又不肯到省去候补，说是湖北地方起居饮食都过不惯。在家又不安分。当妓女的有什么好人？万一弄回来，我这口气难得受呢。是我向他说的，这个人一边进门，我是一边让出去。他回我的话，要把人肚肠子气断了呢。”何氏低头笑道：“男子十个有九个都是这样，莫说二姑夫这般有财有势，就是龙儿的父亲，还想要弄一房人呢。我对他说得好，我说：‘你莫说弄一个，便是弄十个，我都不管，只要你把我们老的、小的养得盛水不漏。添一个人，终不能挖曲鳝喂他呀。’”老太听了，怒叶叶地道：“龙儿的父亲，他敢！有我这把老骨头撑一天，我总不能望着他们为非作歹。可惜晋芳那个小畜生，不是我养的，隔层肚皮隔层山。若是我养的，我要不把他赶出大门去，我不算个人。”秦氏笑道：“你老人家不要气坏了罢。三妹妹各事也要忍耐些，我看他待你也算好的。”三姑娘道：“待我也不能说他不好，只是一时风一时雨。”何氏道：“年轻的人都有些儿的，再过过就好了。”

此时大家已都随意散坐，只不看见那些小孩子。谁知麟儿听见母亲说要送他上学，他早已预先操演起来，拖他姐姐以及淑仪、银儿到房里说：“我做先生，你们都做学生,大家念书,如念不熟,我是要打的。”淑仪听见很高兴,跳着道:“我要做先生,你们都做学生。”麟儿推他道:“呸! 你是个女儿,如何能够做先生? 你也不害臊。”淑仪道:“就依你。哪里来的书呢?”麟儿看桌上有本《时宪书》,便撩过来给淑仪。又把夹花样的本子给他姐姐。望着银儿笑道:“你的书呢?”银儿摇摇头说:“我不念罢。”麟儿不答应。银儿不得已,便拿了一张白纸摆在桌上。大家“子曰”、“子曰”地念起来。麟儿好不高兴,端端庄庄坐在一张小杌子上。又在针线匾子里找出一条羊皮,用浆糊贴在嘴上,说是胡子。引得淑仪不念了,笑起来。麟儿道:“你为甚不念?”说着便拿过一根裁尺要来打淑仪的手心。淑仪笑得把一本《时宪书》掼在地上,满房里乱躲乱跑。银儿及春儿都拍着手笑。麟儿正赶不上淑仪,可巧黄大妈这时候把网狗子带来接他们母子,网狗极会淘气,又生成有一股蛮力,听得里头热闹,飞也似跑进来,看这光景,他也不问青红皂白,走上前一把搂住淑仪。麟儿见网狗子来帮忙,很为得意,便上前扯出淑仪的手心,轻轻地打了两下。淑仪被网狗子搂住也就急了,又被麟儿打他的手心,又羞又气,哇的一声哭起来。银儿赶忙上前夺开网狗子的手。黄大妈知网狗子闯的祸,遂又把网狗子拖在地上打得怪哭。

前面的人,大家惊慌,赶进来问起情由,大家把各人的小孩子带在身边,方才无事。秦氏一把将麟儿嘴上的假胡子扯下来,说:“这又算什么呢? 你这小人儿倒要打妹妹,看你的先生明日打你。”又望着淑仪道:“好儿子,不要哭,你哥哥欺负你,等我来打他。”三姑娘将淑仪抱在怀里,笑道:“哥哥同你顽的,你为甚又哭了? 明日还把你给哥哥做媳妇儿呢,小夫小妻,让你们一天打到晚。”何氏道:“都是我家银儿不好,几个人之中,是你岁数大些,你为什么不照应着他们? 弄得哭哭啼啼的。”黄大妈道:“舅太太又来了,这怪什么银姑娘,都是我家这个孽障,回去我把他屁股打烂了呢。”

话言未毕,恰好龙儿打外面走进来,见过两个姑母,便恭恭敬敬立在一旁。他母亲问他道:“你今日回来做什么?”龙儿笑道:“舅舅、舅母明日都有应酬,放一天假。”何氏笑道:“不错,明日是章府上大小姐喜期。听见说的人家很好,是个山东人,老人家在江苏做过两任知府。我记得是姓什么的?”龙儿道:“姓欧阳。”何氏笑道:“是的,姓欧阳。我先听见这个姓,还说怎么这样骨董儿似的呢。”

秦氏笑道:“大哥哥你来,我请你替我们在闰三月里拣个好日期,我送麟儿到你舅舅那里去上学呢,省得在家闹。”龙儿笑着,便进房去取《时宪书》,找了好半会,才在房门后地下拾起来。仔细一查,说:“闰三月十二宜入学。”秦氏道:“就是十二。”

又望着何氏道："请费舅母的心，回去同先生说一声。算不得个束脩，每节送一元给先生买茶食吃。等学生大了有点好处，再补报先生罢。"何氏笑道："妹妹说哪里的话，自己家的亲眷，还讲到这个。"三姑娘笑道："过一天，我也要把我家淑仪送去上学呢。"大家又坐着谈了一会，伍家已来接三姑娘。秦氏也率同儿女回去，临行时望着老太说道："春儿的事，我就这样办了。"秦老太道："这个自然。"

秦氏到家之后，看日色尚早，替儿女换了寻常衣服，便命黄大妈提一桶水来，望着春儿道："丫头，我来替你把脚重裹一裹。"春儿听他母亲这句话，早吓得粉泪交流。

欲知后事，且阅下文。

# 第十二回 是前生孽障泪断莲钩 悔昔日风流魂飞棘院

春儿猛然听见他母亲要替他裹脚，知道又有一番磨难，哭道："娘呀，我明天再裹罢。"秦氏道："休要胡说。每逢要裹脚，你都是象回债一般，落后都有一场打。"春儿知不能免，又说："娘不要动手，让我自己裹。"秦氏道："好，好，你自己裹。"遂顺手一把将春儿抱在一张小榻子上。把脚盆放开来，倒了半桶水。又将矾盒子、小剪子放在一处。又把一根线预先穿在针上，插在发际。春儿一手握住脚，一面哀哀地哭。麟儿跳跳跃跃，拍手笑道："看姐姐裹脚，看姐姐裹脚。"黄大妈笑道："麟官官，你们修得做个男孩子。女儿前世是作了孽的，今生受这样罪。"麟儿笑道："妈妈，你呢？你不是大脚？"黄大妈道："我们是乡下人，不要小脚好看。"春儿哭道："菩萨为甚不把我生在乡下呢？"

说话之时，秦氏早把春儿两只脚上的裹布一一卸净。五个指头已都蜷蜷地压在脚心底下，每个指头上总有一块豆子大的鸡眼嵌在肉里。秦氏手才碰一碰，春儿更哭得喊起来。再看看她脚面上，早破了一层血皮，里面隐隐露着脓血。秦氏只顾将春儿的脚放在水里，用手替他拂拭。春儿深恐母亲碰着他痛处，只管弯着腰用两只小手狠命地夺他母亲的手。秦氏见他碍手碍脚，已有些生气。好容易敷衍洗过了，便将他一只脚搁在自己腿上，拿着一根针，想代他来挑鸡眼。春儿哭得好不利害，母亲才握住他的脚，他又缩回去，只管哀哀求告。秦氏急道："这鸡眼越不挑越结得厚，明日还不能走路呀。"咬着牙齿才挑了一块。及至挑到第二块，春儿更不容再挑，双手抱着脚哭闹。秦氏急得满身是汗，连哄带骗，他都不信。

麟儿笑得哈哈的，来帮着母亲拖姐姐的手。春儿急了，顺手一推，几乎将麟儿推倒。秦氏十分焦怒，顺手在地下将春儿脱下来的鞋子拿过来，只顾望春儿脚上打，又把脚面上血皮打破，脓血淋漓。春儿疼得要晕过去。秦氏又叫黄大妈捺住他两只手，一气子带脓带血，才把鸡眼挑了，还刺破了几处。秦氏听见春儿哭得伤心，自己也是泪落如雨，说："我哪情愿替你裹脚呢，我不替你裹脚，人家要骂我有娘的女儿，一双脚都裹不成功。要是世界上没有裹脚的事，我也犯不着同你拚死拚活地闹了。"好一会，才把脚收拾齐整，还把针线替他密密缝着。

可怜春儿这半日脚不能下地走路。夜间上床，被窝里热气一蒸，分外疼得难受，睡梦里哭醒转来。秦氏没法，只得命他将两只脚搁在被外受点凉气，才算稍好。次日下床，哪里能好生挪步，扶墙摸壁，用脚跟垫着走。眼睛哭肿，饮食也不想吃。还是依依地在母亲左右，帮着母亲代兄弟料理包书的布，缝笔袋子，又订了一本"上、大、人"红字的仿格。麟儿夺过来要写。秦氏笑道："等到书房有得天天写呢，在家写污了，先生要骂。"麟儿道："这个先生可是龙哥哥家的那个舅舅罢？我不怕他，有一天在龙哥哥家看见他，我还喊他舅舅呢。明儿上学，我还喊他舅舅，还是喊他先生？"春儿道："自然是喊先生。"麟儿笑道："就喊先生。好菩萨，快些把日子赶着过，我要上学去呢。"又问："还有几天上学？"秦氏道："还有十天。"麟儿噘着嘴道："啊呀，还有十天呢！我不依，我明儿就算十天罢。"黄大妈笑道："你看小官官好不好？这样儿上紧读书，怕将来不要中学？"秦氏笑道："暴上茅坑三日新。将来都要象这样才好呢。"麟儿于是早拖着网狗子顽去了。又问他："你为甚不上学？"网狗子笑道："学有什么上头？怪闷人的。在家里散散淡淡，多好顽。"黄大妈骂他道"你教小官官学坏。你有福上学？你只配下乡捧牛屁股。"

过了几日，秦氏命黄大妈将云锦小时候上学的一张书桌儿先送至何先生家里，顺便到秦府请舅老爷转请先生面聚。十二这一天，还要请舅老爷过来，亲送麟儿上学。洛钟一一答应。遂着人持了一张名片，到何其甫那里，约初十日辰刻在醉仙居相会。

到了初十，洛钟又顺约了伍晋芳，一路偕行，到了醉仙居，时辰尚早，原是赶着前来恭候着先生的意思。馆中人尚不多，方才暗喜，进入左边一个敞厅。刚要望厢房里走，忽听厢房里有人喊着："在这里，在这里。"仔细一望，正是何其甫。洛钟哈哈大笑说："累等，累等。"伍晋芳却自暗暗地笑。互相坐下。洛钟见何其甫面前尚没有泡茶，遂怒喊道："堂倌为甚不先泡茶来？"这时候跑过一个堂倌，笑嘻嘻地道："秦老爷同伍少爷早。你老人家不用生气，这位老爷一到这里，小的们便要过来泡茶。是这位老爷拦住了，说恐怕等人不来，他老人家坐一会便要走的，泡了茶反不好算。他老人家说，身边并不曾带得……"堂倌说到此忍住了。又笑道："小的们不知道是老爷们请的客，早知道已泡着茶来了。"洛钟已经会意，说："不必絮叨，快泡三碗上等龙井茶来。”堂倌连忙答应去了。

彼此寒暄了几句，晋芳问道：“今年馆事如何？”何其甫道：“初开馆倒不见得，二月二龙抬头，添了几个学生。只是有大半小萝卜头儿，很费神的呢。”洛钟笑道：“目下又要添一个小萝卜头儿了。”何其甫道：“原是听见舍妹回来说，说是令外甥要来开蒙。可是叫做云麟的罢？我还记得，我那年替他起的名字。光阴忽忽，他也要上学了。”洛钟道：“都是自家亲戚，舍妹孀居，脩金很不丰富，还要请老哥担待着。”何其甫道：“一切遵命，但是节敬一层，随他府上的意思罢。至于进学仪，想令妹是晓得这个规矩的了。别的学生我都要预先讲明，在令妹那边的事，我断不计较。”洛钟笑道：“好极，好极。”

彼此吃了好一会，伍晋芳道：“今年又是恩科，老先生还去不去？”何其甫长叹道：“咳！这层功名，我也不想了。一者岁数已长，辛苦吃不来；二者我被上次敝老师杨古愚一吓，格外灰心。”晋芳道：“前两年恍惚听见有这样一件事情，其中细情却不很明白。难道科场里当真有鬼神报应吗？”何其甫把舌头一伸，说：“鬼神如何不真？莫说别的，就是进场的前一天，夜深人静，各位主考大员点着阴森森的香烛，向空祷祝。手下人便把几面黑旗子招展起来，高声喊着：‘有恩报恩，有仇报仇。’霎时间，便见那黑团子滚滚向贡院里跑进去，还听见嘘嘘的叫呢。”洛钟笑道：“这些招鬼的人倒不怕？”何其甫道：“怕有什么法儿呢，订的规矩如此，敢违反吗？”

晋芳笑道：“那杨老先生究竟撞着什么鬼打死的？”何其甫又叹道：“这件事很是件疑案，我至今总不相信。论他老先生一位规行矩步的人，断不会有秽行。然而临死的时辰，又是我亲眼所见。天道远，人道迩，我也只好姑妄言之了。那一年春间，他同我一路到泰州岁考。我本是玩意儿，他却居心想补个廪，谁知也考了一个三等。回家之后，他这位贤郎又不知去向，他便闷闷不乐。我也不常会见他。七月半后，他又来约着我一同赴南京乡试。我见他功名心急，也不好拦阻他，还纠合了几个朋友，一路偕行，却是安安稳稳到了南京。录遗案发，他老先取在十七，我兄弟侥幸，却高列第三。”晋芳笑道：“可惜，可惜。若是把这个第三拿来放着岁考，岂不是补廪这一层大有可望？”

何其甫叹道：“‘场中莫论文’。古人的话，煞是不错。这一次哪个不称许我，说准保占元，名次至低也须在五魁之内。我兄弟便也高高兴兴。八月初八这一天，大家领了卷子，携了考篮，纷纷挤着进场，各人寻了坐号。可巧杨老先生便同我在一个号里，我喜欢得什么似的。象这样个大科场，莫说是至好的朋友难得在一处，即使一个号里能遇见同府的生员，也不容易，何况我与杨老先生。杨老先生也是非常快乐。大家觅号板，钉门帘，忙了一会，其实离着封门的时候尚早。我收拾停当，便去寻觅别的朋友，恰好在明远楼底下遇着，大家围在一处谈笑。内中有个人，正问及杨老先生。我说：‘杨老先生吗，他忙得紧哩，……’一句话还未说完，猛然听见我身背后有个细小喉咙答应了一声说：‘奴家来此多时了。’那声气宛然便是个十八九岁女郎。几个朋友是对面站着，早拍手大笑。我忙掉头一望，原来不是别人，正是杨老先生，又不知他几时走得来的。只见他一根瘦小辫子，挽了一个丫角儿在头顶心上，插着一朵纸花，手里拿着一把扇子，还把两只脚尖跷起来，扭头扭颈地唱。吵嚷中又听不清楚，仿佛说是什么‘有情人，有情人，青纱帐里不算是祖和孙’。旁边早拥挤着许多人拍掌喝彩。那杨老先生也不怕别人笑话，依然唱他的。又忽然提着袖子裣衽而拜，若不是他嘴上有许多的胡须，那神情真令人心醉。

“有的朋友便说是杨老先生有意取笑，偏生在这人丛之中，学那玩世不恭的柳下惠一般。我心里好生不然。杨老先生的为人我是知道的，真是‘非礼勿言，非礼勿动’。生平专讲个朱、陆异同，便是暗室之中，那主敬存诚的功夫，也断断不敢放弛。说他学柳下惠，除得‘坐怀不乱’四个字还有些仿佛，他哪里会变成这样的柳下惠呢？我当时上前便要拦他，他兀自不理。渐渐地便口跟歪斜。这才大家惊慌，有用痧药的，有用清心丸的，有用人马平安散的，忙了好一会，才醒转来。问他的话，他也模模糊糊。依我的主意，便要送他出去。他听见我要送他出去，他便哀哀地哭起来。他平时都喊我做小何，那日忽然尊称我何先生起来，说：‘何先生，你千万不要放他出去呀。’我当时糊涂，便不曾悟会他这口气就是那个女鬼，我一古脑儿还当是杨老先生不肯出去。别人也说他没有什么病，好在同我在一个号里，缓急总可以照应。于是依然搀扶着他进了号，歇息歇息。一直到晚，他也是好好的。题目纸下来，他还跑到我那里议论了一番，才归他的坐号。

“当日夜间，有四更的光景，通号都静悄悄的，大家想是都困一觉。我总有些提着心，睡得不很沉重。无巧不巧，似乎耳边听得他老先生的笑声，其实他的坐号离着我甚远。我思量日间的事，觉他这笑声又有些奇怪。我便点了一支蜡烛，悄悄起身，跑到他坐号里一望，哪里有个杨老先生的影子？我一吓，身上觉得便发了无数栗子，那手里蜡烛也就忽然缩小，象个绿豆子模样，咬着牙齿喊了一声：‘啊呀！’惊动了邻号几位先生，我便抖抖的告诉他们。他们大家点起灯火来，都向这号里来照看。有一位先生胆比我更小，向老先生号板底下一张，吓得怪叫起来，说有个老虎，又说有个黄猫，又说是个狼，是个狐狸，满口里哆哆嗦嗦。大家再低头一瞧，果然有件东西伏在板下，长了一身黄毛，露着两个碧绿眼睛，闪闪忽忽，见人也不惊惧。于是大家齐齐喊了一声，都蒙着脸飞也似跑去，说场里出了怪物，已将杨老先生吃下去，停会子定然来吃别的人。通号的人，这一惊非同小可，霎时蜂拥闹起来，喊了号军，告诉他这事。究竟号军有些胆量，遂聚积了三五个同伙，带着竹签、木杆，向号里去查看。于是大家又随着拢来。号军一望，那怪物依然不动，只觉得发出一股臭味。号军用竹签子敲着他，竹签子上便有许多粪秽。再仔细一瞧，原来不是什么怪物，便是杨老先生。”

伍晋芳同洛钟道：“难道这时候他已经死了？为何人这样闹法，他都不理会？”何其甫道：“死虽不曾全死，然已有个半死。谁知他老人家忽然肚泻起来，大约也来不及上茅厕，便一手一手地抓过来向身上腻，腻得满身满脸都是粪汁。声气微续，已自不省人事。眼睛上了一层绿膜，只管大睁着，一句话已不得开口。我一阵酸心，不由大哭。号军便在别处觅了许多油纸，七手八脚，将老先生拖出来，蒙头蒙脸包着，抬至一所茅厕旁边。这才大家掩着鼻子，替老先生查检物件。谁知他早把一本卷子都写满了。请你二公猜一猜，他是写的什么？”洛钟道：“想必是他老先生文章都成功了。这不是可惜了？”何其甫道：“哼哼！他还能做文章？他把他的卷子从头至尾，工工楷楷写的都是一个‘凤’字。”

晋芳笑道：“这又奇了，不图他老先生如此风雅。听他在先唱的那个曲子，怕这女人还同他有些瓜葛呢。”何其甫道：“我这句话说出来，我要先打几个嘴巴。在他老人家死的前两月，我们内人由他姨母家章府回来，无意中曾说过一句话，说杨先生有个外孙女儿服毒死了。还说这个女孩子性情太尖刻，不是个享寿的模样，却不料到他如此结局。我当时听了，也如春风过耳，不曾在意。落后将老先生棺柩搬至扬州，有知道的都说这个女儿是因羞自尽，小名便叫做凤子。你看可奇怪不奇怪？然而鬼神之事，究竟难说；况且这件事，我又不是亲眼所见。他老先生在天之灵，我却不敢枉口污蔑。”

洛钟道：“他的那位贤郎呢？”何其甫道：“我们其时将老先生棺柩搬回，遂着人四处寻觅他的少爷，寻了有两个多月。谁知他那个少爷更奇，流寓在宝应县城一个姓鲁的人家。一位老太有儿有媳，经他入门之后，弄得这人家家产罄绝。说来却也令人发指，据说他便同这位老太勾搭起来。老太今年将近六旬，他刚刚才得二十多岁，老妇少夫，俨然伉俪。又生生地把个媳妇赶回母家。至今也移居在我们城里。

这些话尤妙在全是老太的儿子小鲁说出来的。据小鲁说,他还同杨某某是结盟弟兄。杨某到他家的时候,原是借住几日。后来遂染了一场风寒小病,他母亲怕孤客伶仃,不善照应,便命他移来睡在自己床榻,一切搔爬调卫,稍便当些。后来不知如何,病好后依然在他母亲床上宿歇。渐渐地恣作威福,便想做鲁家的家主,变卖田产,驱逐媳妇,都是他一个人的主张。如今他母子两人反依靠着他。你想杨老先生一介寒儒,哪有这许多积蓄?他少爷又不事生业,如今是度日艰难。他一时遇着用度拮据,便喃喃地骂杨老先生不替他积蓄黄白。先前老先生灵柩未葬的时候,他还狠狠地拿着一柄斧头,几次要劈他父亲灵柩。天道无知,不谓象老先生这样方正的人,生出这般逆子,倒也令人不平呢。”何其甫说得高兴,别人早把面碗搁下,他只顾捞完了面,把个脸送入面碗里头,咽咽地响个不住。好半会才把头仰起,喘了一口气,用左手将胸口摩了两下,右手还捏着一双牙箸,捞那鸡皮火腿屑子。毕竟费了一番工夫,才把那个大碗底刻的“醉仙居制”四个小字清清白白露出来,这才罢休。

这时候已经不早,约是巳末午初。大家喝了两杯茶,还是洛钟怕误了何其甫书房功课,说:“我们散罢,改日再聚。”何其甫道:“好,好。”洛钟遂喊堂倌算帐。何其甫道:“今日小东算我的。”说着遂伸手假作向怀里摸,摸了好一会,几乎伸进去缩不出来。洛钟忙拦着道:“这个岂有此理,不必客气。”何其甫连连答应说:“遵命,遵命,我便不虚谦了。”于是各各分散。

十二这一天,洛钟一早起来,便到秦氏这边来。见麟儿打扮齐整,穿了一件湖绿洋绉长夹衫,颈项里挂着一柄珠宝络索的银锁,脚下套着一双花鞋,背后打了一条小小辫儿,拖着大红辫须,正在那里打躬作揖同姐姐取笑。见洛钟进来,飞跳着告诉他母亲。他母亲盈盈含笑,走出房来说:“又累着舅舅了。”洛钟望着麟儿笑道:“麟儿,今日野马要上笼头了,可要学学规矩,不能胡闹哩。”麟儿笑道:“我何曾不学规矩?舅舅,你看我家桌上摆的什么?”洛钟果见桌上早预备着一盘方糕,一盘红绳扎的粽子,一炷长香,一对红烛纸元宝,一方团花,一块绿布包着一叠书,书布上扣着一管笔袋;其余便是一个水盂,一柄铜刀,一块镇纸的玉尺;另有一个楠木拜匣,上面放着一千头的鞭炮。洛钟揭开拜匣,里面放着半块洋钱,纸签上写着“贽敬”两个字,下注“受业云麟百叩”,字迹娟好。洛钟便问:“这是谁写的?”麟儿笑道:“二姐姐写的。”秦氏道:“这是昨儿晚上请间壁朱二小姐写好的。”洛钟笑望着麟儿道:“这几个字比你的先生还写得好些呢。”秦氏道:“如今就请舅舅送他去罢。”一边命黄大妈在神座面前点齐香烛,一边命麟儿磕头。洛钟对秦氏道:“你去厨房灶下躲一躲,免得麟儿将来躲学。”秦氏便悄悄躲过一旁，心里一酸，几乎哭出来，仿佛是儿子上学，就有许多时不能看见他一般。

麟儿磕过头，问：“娘呢?”洛钟笑道：“我们走罢，娘替你预备饭去了。”于是黄大妈捧着各物，一路望何先生家里走来。走不多远，忽旁侧一个巷子里走出一个学生，后面也随着一个女仆。那学生便笑着迎上来说：“麟儿，你也去上学了? 我们一路走，可好不好?”麟儿也认识那个学生，便点点头，携着手同走。黄大妈说道：“柳相公，这一来，你是同我家相公同学了。在书房里请你照应着他。”那个女仆也笑道：“窗兄窗弟，有个不照应的吗?”洛钟也便问他念的什么书，今年几岁了。

正一路迤逦行着，忽见前面簇拥着一大丛人，滔滔地迎着洛钟一干人走来。洛钟赶忙将麟儿扯在身边，避让在一座店铺檐下。只见当头一个五十多岁的乡下妇人，头发披在肩上，衣衫破旧；左手握着一炷香，烧得烘烘的；持着一张黄纸，上面看不清是写的什么东西。哭哭啼啼，极口喊着说：“了不得了！大白日里杀了我十条性命了。”一路走，一路喊，都喊的这两句话。后面赶着尽是些闲人，跟着他瞧看热闹。这条路是向县门口走的，光景要去告状模样。洛钟暗念：“世途艰难，如何白日之间，竟出如许重大命案? 这老妇也极可怜了。”等到他们蜂拥过去，也便仍然携着麟儿一路向何其甫家而来。

欲知后事，且阅下文。

# 第十三回　礼成释菜童子谒蒙师　会启盂兰佳人惊恶鬼

进入门里，那送柳相公的仆妇自然径自回去。洛钟是来惯的，在前引着走。黄大妈是初次到此，便留心一路瞧着。前一进里坐着一位老太，手里执着一根极长的烟袋，放在嘴里，喷出许多烟来，结成几个大圆圈儿，周身围绕。房里帘子放着，隐隐绰绰有二三女子窃窃窥伺。黄大妈知是汪府内眷，便赶着招呼了。再走进去，书房是个平列四间大厅。隔着一间，想便是先生师母的卧室。纵纵横横，有十几张书桌。学生已来得不少，大些的也有十四五岁。初进门还听见书声，到此便鸦雀无闻，大家伸着头来看新来的学生。只见何先生仍坐在书案上面，且缓理会洛钟，见一班学生忽然不念书，忙喝道："怎么不开口了？"接着便又听见一阵书声，霎时又全息了。何先生又喝道："怎么不……"一句话未完，又齐齐念起来。又陆续停息，有掩着嘴笑的，有跳下来喊要小解的，有歪着身子扯皮的，有附着耳朵说话的。何先生却不暇再来照管，只好站起身来迎接洛钟入座。

黄大妈将各物一齐放在正中一张方桌上，便回头来觅麟儿的书桌。旁边走过孙大，指点他的桌子，却远远放在师母房门口。黄大妈先领着麟儿向桌边坐下，见紧靠着龙儿。龙儿望着麟儿只管嘻嘻地笑。这时候门帘开处，早见美娘伶伶俏俏地捧出一碟子枣糕，递给黄大妈说："给你家相公取个吉兆罢。"黄大妈接过来谢了一声，便将碟子放在麟儿桌上。正要过去点香烛，早见那个孙大忙得煞是利害，香烛早已点好，正把鞭炮散开来，到天井里寻觅画叉挑挂。一眼看见小媳妇儿站在腰门口，将一个小指头放在口里，望着孙大笑。孙大笑道："好人，你也帮我一个忙儿。"小媳妇笑道："那边不是画叉？我恐怕你眼睛放在裤裆里了。"孙大一笑，便把鞭炮挂上。只见一群学生齐打伙儿都把耳朵掩起来。

洛钟便命麟儿来磕头。麟儿恭恭敬敬在圣人座前行了三叩首礼，又替先生、师母行礼。何其甫深深还了一揖，高声说道："罢了。祝你高中头名。"麟儿站起来，洛

钟又叫他向周围各生行个平礼。有三五个学生却知道还礼。那些怕鞭炮的,两只手依然还放在耳朵旁边,哪里好来作揖,只好含笑望着麟儿点了点头。孙大便取了火,升起鞭炮。黄大妈把麟儿搂在怀里。鞭炮放毕,孙大将供圣人的糕粽循例散给学生,每人两个。还剩了十多个,孙大却暗暗藏了,想定是留着给小媳妇儿。

黄大妈见各事已毕,走至麟儿身边说:“小官官,你在此好生坐着,停会子我来接你。”麟儿此时已含了两泡眼泪,低着头一言不发。黄大妈进房去辞师母,美娘笑道:“回去请你们太太放心,小相公在此,有我照应着呢。”黄大妈点点头,一步一步才走到那小媳妇儿站的那座腰门,忽然听麟儿高声喊起来,说:“妈妈,我要同你一齐回去呢。”黄大妈掉头一望,也忍不住泪如雨下。何其甫正同洛钟闲谈,忽地放下脸说:“在书房里不许大声小气的。”麟儿听见先生说他,再看看那副脸色,不由哭起来。依黄大妈便要转回去安慰他,被小媳妇儿推着说:“你还不快走呢,你家相公看见你,越发要闹了。”黄大妈悲悲咽咽,硬着头皮只好走回去。

此处洛钟过来哄着麟儿。美娘又叫龙儿将他抱下来,送至房里,麟儿才不啼哭。洛钟转身又坐下来,笑道:“小学生初次上学,大率如此,过几日就习惯了。”又将适才在街上遇见的喊冤老妇告诉何其甫。何其甫道:“真的么?杀人越货,愍不畏死,真可不教而诛了。”洛钟方才说这话时,却留神看见龙儿座后有个大些的学生,约莫有十五六岁,瘦条条的一个白脸蛋儿,听洛钟谈这老妇的事,便扯着龙儿低低地谈笑。龙儿似乎有替他吃惊的模样。

洛钟见麟儿已伏在书桌上写字,冷不防地便别了何其甫,一径向自己衙门走去,意思也要打听打听那老妇的下落。走到甘泉县衙署,果然见堂上已审问这件案情,那老妇手舞足蹈地数说不已。甘泉县在上面也不发怒,有时点头,有时微笑。洛钟正猜不出是个什么缘故,恰好堂上走下一个礼房来,洛钟上前便问这件案怎样办法?如何还不见吩咐捕役去截获凶犯?那礼房笑道:“我们近来的案件,是愈出愈奇了。什么几十条人命,不过是只小鸡儿,被一个卖汤团的烫死了,这卖汤团的已经溜去。老妇急得哭骂,又打不得官司告不得状。遇见一个什么小促狭鬼儿,替他写了一个禀帖,便用了一个‘白昼鸣锣,盗杀人命’一个大题目来喊冤。本官问他为甚以轻报重?老妇便说:‘那卖汤团的手里是不是堂堂地敲着锣?小鸡子不是天地间生命?老妇将他养大了,抱得出小鸡,鸡复抱鸡,生生不已,老妇的一生养赡全靠着他。现在生生被人杀死,大老爷不替老妇伸冤,更谁替老妇伸冤?’本官也被他闹得没法,允赔偿他十千文。但追问他:‘这禀帖是谁替你做的?’他说:‘昨天遇见一个小相公，怜悯老妇冤屈，是他替我做的，我不曾问他姓名。’秦先生你想，这不是闹出新花样儿来吗？哼哼！此风一开，怕我这衙门口高门槛儿还要踏平了呢。”

洛钟听了也是好笑，暗中便猜到怕是何其甫书房那个瘦脸学生所做。当晚回家，便询问着龙儿。龙儿说：“不错。这学生名字叫做乔家运，今年也不过才十四岁，他身段长得高，极会使奸弄猾，同学的孩子，没有一个不怕他。他父亲是个副贡，惯在乡间替别人家管管词讼。乔家运是一向住在他岳家的，所以就近在舅舅那边上学。昨日打从他岳家出城看他父亲，遇见这事，随即在乡下借了一个酒店里纸笔，便替他写起状子来。”洛钟道：“这点点小孩子，便如此利害。聪明不从正路上用，也算不得聪明。你在书房里少要同他结交。”龙儿点点头。

洛钟过了几日，偶然遇见何其甫，便将此事暗暗告诉了他。那何其甫素性方正，几曾听见过这种神通广大的事，不由怒发冲冠，回去便将乔家运责了几十戒方。乔家运被责之后，好生气愤，然而究竟奈何先生不得。这一天眉头一皱，计上心来。原来书房天井旁边有个小门，小门之内，方圆不得六尺，安设一个尿桶，是专给众学生解手的所在。何其甫每夜用的一把夜壶，早间孙大替他倒在尿桶里，便顺手将夜壶搁在一个小花台子上。日日如此，毫不迁移。乔家运久经看在眼里。自此想了一个方法：每次解手，袖里必藏着一柄小锥儿，解手一次，必在夜壶底下锥一次。久而久之，不到三五日工夫，居然漏了一个沙眼。乔家运悄悄地粘了一块仿纸，用些黑泥涂着。兀自暗暗好笑，依然装着没事的样儿，安稳归座。

何其甫陆续放了学生，闲坐无事，笑向美娘道：“今日又是洗澡日期了，快数三十个铜钱来。”美娘道：“不是光在水里坐一坐，给我狠命擦洗擦洗。”何其甫笑道：“每一次洗澡，都要洗破两块皮，你却要千叮万嘱，也不嫌腻烦。”说罢，眯齐双眼，径自出去，赴浴堂沐浴去了。原来美娘曾与何其甫约法三章：每隔五天，必命他洗澡一次。洗澡之后，大约便许他同衾。以外都是各自裹着一床被困觉。何其甫未娶美娘之前，终年也不沐浴。今因有此希冀，所以反把这洗澡日期牢牢记着。洗澡之后，夫妻用了晚膳。何其甫每晚必熟读《目耕斋》初集五十遍，然后安歇。遇着洗澡这一天，他便一遍不读，老嚷着瞌睡。美娘也知道他的意思，这一晚床上都是叠着一幅衾被。何其甫脱了衣服，先跳入被中，咧着牙呵呵地笑个不住。却因为喜欢昏了，忘却命孙大将夜壶携来，喊了两声，也不见孙大答应，想已睡熟。思量不去携这夜壶，平素膀胱气弱，一夜到天亮至少要撒三次尿。知道美娘胆怯，他也断不肯黑头里去拿这肮脏东西。思索再三，不得已只好仍是跳下床来，东磕西撞的，好容易将夜壶取至，放在床下。

寝息以后，约莫有二更天气，何先生第一次撒尿的时候，用手将美娘一推，歪过身子，在床下捞着夜壶。才跨上去，撒了有一小半的光景，觉得冰冷地透着膝盖，知道不妙，连忙喊着："不好，不好！"他想要止住不撒，正是不得能够。好似那旧茅屋遇雨一般，上边大口只管咕咕咕，下面小孔也就嘶嘶嘶。可怜美娘一生好洁非常，此时睡兴正浓，猛听见何其甫喊叫，惊醒转来，用手一摸，半床棉褥已经冰湿。又吓又气，狠命地坐起来，拣着干处躲避。重新点了煤油灯，骂着何其甫，问是什么缘故？何其甫此时把个夜壶提得高高的，放在眼睛旁边，见刚才一泡大尿，一点也没有存在里面，里面倒反露出一点灯光来。何其甫嚷道："漏了，漏了。"美娘急道："你还不把这劳什子放下来做甚？你看你这下半截浸在这里，如何是好？可不坑死人了。"不由分说，自己先急急下床，另换了一条裤子，抵死再不上床，便在藤榻上睡了一夜。那何其甫倒不觉得怎样，拖过自家衣服垫着，一倒头仍然酣呼熟睡。次日起身，却累了美娘忙了一早，通床衾褥，一一洗晒在天井里。

乔家运一到书房，见这光景，知道其计已遂，因此还赢着龙儿一个小小东道。原来他昨天忽然对龙儿说："先生明日准要晒被褥。"龙儿不相信，他便同龙儿拍着手赌十个桃子。龙儿今日果然看见师母晒被褥，心中暗暗称奇，他却不知道乔家运弄得这种狡猾。

且说麟儿自从何其甫读书以后，生性聪明，知识也比别人开得早些。转瞬之间，已是十岁，四书、五经已经念了大半。此时正在书房中平平仄仄、仄仄平平地学做对子。他同学中最合式的，除得龙儿之外，便是那个柳家相公，名字叫做柳春。柳春生性懦弱，常常被乔家运欺负。乔家运要索笔墨，他回家去便买笔墨来送他；乔家运要索纸张，他便买纸张来送池。柳春父亲在绸缎号管事。母亲钟爱此子，要买嘱书房里大些的学生照应他，也就明知故送。

有一天午饭之后，柳春到书房里比平时稍迟些，何其甫便圆睁怪眼骂着他道："你这个死畜生！想必在家贪顽，这还了得！"柳春平日最怕先生，猛然见这怪样，一句话回不出来，急了半天，急出一句话，说："适才下雨，我家屋上忽然掉落一个癞蛤蟆，我在家看癞蛤蟆的。"何其甫道："癞蛤蟆有什么看头？"柳春暗想："不错，癞蛤蟆真没有看头。"不得已又勉强说道："这个癞蛤蟆大得很呢。"何其甫道："有多大？"柳春道："有个洗澡盆大。"何其甫冷笑道："这个大蛤蟆可以骑得人了。"柳春道："是骑得人的，我家小妹妹还爬在他背上呢。"众学生听到此，都忍不住哈哈笑起来。便是美娘坐在房里，也不禁有些哈哈的声息。何其甫也就不由要笑，腮颊上皱纹，从嘴边到耳边已隐隐鼓动。猛一转念："先生是学生之观瞻，如何妄自齹笑？"暗暗地用指甲掐着掌心，掐得疼了，重又发出怒容，顺手一个耳光，打得柳春要哭又不敢哭。何其甫道："替我跪在圣人香案前。"柳春含泪，便好生跪下。可巧跪的地方离乔家运不远，乔家运一眼瞧着先生不看见，便用脚踢柳春的腿。柳春忍住疼不敢叫喊。

内中恼了一个学生。这学生是谁？便是黄大妈的儿子网狗子。秦氏在先送麟儿上学的时候，怕他胆怯，便同黄大妈商议，也将网狗子送去学堂，顺便陪伴麟儿。何其甫是来者不拒，便也答应了，不过点几句书，批几笔仿，落得每节多着几百个钱。网狗子生性强悍，这一日愤着乔家运欺负柳春，遂拍着书案骂起来，说："狗娘养的杂种！你敢和我斗一场吗？"

何其甫正低着头临馆阁印出来的小楷，四围静悄悄的，他从不曾在书房里会听见这极大声气。抬头一望，怒从心起，先撂过一柄戒方来。网狗子眼快，把头偏得一偏，那戒方不偏不倚，恰好把圣人桌上一座已经缺了口的花瓶打去半截。何其甫更气得跳起来，拿起戒方不问青红皂白，先把网狗子打了几十下手心，才问网狗子为甚叫唤？网狗子便说乔家运如何欺负柳春。何其甫再望望乔家运，那乔家运早经装着解手已不在座上。何其甫骂道："我把你这会说谎话的畜生，乔家运他也不在这里，你便冤赖他。"网狗子急了，说道："他此时不在这里，先时在这里的，你不信，问问他们大众。"

此时大众学生哪里敢多说话，一个也不来替他分辩。何其甫又要动手来打，网狗子哭道："便是我说谎，那柳春是晓得的，看我说谎不说谎？"何其甫便问柳春："乔家运可曾踢你？"柳春看见先生打网狗子，已经吓得魂飞天外。及至问到他，他一想："先生因为他说了乔家运踢我，才打他。我若再如此说，包管也要打我。况且得罪了乔家运，将来也不得干休。不如径自回绝。"于是说："乔家运并未曾踢我。"何其甫越发火上浇油。可巧乔家运解过手进来，便命乔家运在院落里寻块瓦砾，垫着网狗子手背来用刑。乔家运连声答应，特特地拣了一块三角棱的瓦砾，帮着先生紧紧将网狗子的手压着。只打得网狗子成了发昏章第十一，正不得开交。

美娘素来不忍心见何其甫乱打学生，因为屡次劝解，曾被何其甫呵斥，赌气不再来理会。今日却万忍不住，况且知道网狗子定然是冤枉，那乔家运本不安分。在这几天之前，何其甫亲自到县学里缴月课卷子。美娘午后无事，便在房里沐浴，房门是关得紧紧的。可巧板壁有几条稀缝，那个乔家运书桌恰好邻近美娘卧房，瞧看得不亦乐乎，看高兴了，大约是情不自禁，忽地用手指头敲起板壁来。美娘一惊，

问:“是谁?”还是龙儿关切,乔家运如此模样,替他叫唤起来。因此美娘不愿意乔家运。此时便走出来向何其甫拦阻。

何其甫力也使乏了,虽然停刑,却又嗔着美娘多事,说:“妇人家懂得什么?我倒不如不做先生,让你做便了。”美娘道:“我有本事做先生,我倒不跟着你受气了。”一面将网狗子搀到他自己桌上,一面又命柳春站起来。何其甫道:“不许!”美娘也生了气,说:“不要闹鬼罢,大不了做个先生,做了皇帝,还不要杀人吗?”渐渐你一句,我一句,两不相下。惊动前面汪老太,忙走来笑道:“师生们的事小,夫妻们的事大。不要为这些小事,赶在秋燥天气出汗来。今儿我高兴,听见我家姑侄砚青来说的,辕门桥大赛盂兰会,十分热闹。我请师娘陪我逛一逛,还要累先生在家里照应照应大门。”说着又高声喊道:“玉儿、美儿,来陪师娘到我们那里坐一坐。”又回头说:“柳相公,你快起来罢,我讲人情。”何其甫也便唯唯诺诺,没有话说。

美娘被玉琴姊妹拖着到前面,那泪珠兀自滚滚。汪老太即也赶得来,劝慰了一番。趁着夕阳如血,清风徐来,汪老太便携着美娘及自己两个女儿,小媳妇儿跟在后面,欢喜非常。走不多时,已到那盂兰会的市口。刚刚上着灯火,万盏琉璃,争光夺彩。满街都是纸扎的十殿阎罗、牛头马面,那个无常鬼一顶高帽子有二尺来长,猩红舌头拖到胸口,被风刮着,一闪一闪地好不难看。一路上游人如蚁,汗气熏蒸。隐隐便听见饶钹之声。大小和尚齐齐提着三宝法音震天价响。市东尽处,又高搭着板台,延着一班巫人唱演新戏。三家五家门前都挂的是些壁灯,画着无限淫秽的故事。那少年子弟便故意地指东话西,说给看灯的妇女听,以为笑乐。那小媳妇儿不知轻重,踮着脚偏要瞧一瞧。可巧这张灯画的是老翁扒灰:一个胡子搂着一个年轻女子。胡子模样偏有些象着孙大。小媳妇儿看得笑起来。冷不防走过一班恶少,团团地打个圈儿,将汪老太一干人围在中间,恣意调笑。吓得美娘紧紧拖着他姊妹的手,低着头一言不发。那些少年你推我,我推你,歪歪倒倒,几乎跌到美娘等身上来。汪老太焦怒起来,赶在前面喝道:“诸位让一让,我们须不是低三下四的人家女眷,大家仔细着。”内中有个少年嚷道:“不错,诸位弟兄让一让。”双手趁势在美娘以及汪氏姊妹中间平冲过来,还在小媳妇儿腿上捏了一把,笑着去了。

小媳妇儿刚要开口,忽然一家店铺里有人笑着说道:“真是他们。”接着便嚷:“舅母,这里来,舅母,这里来。”美娘此时正是来不得去不得,如山如海的人,纷纷拥挤。猛然听着声气,确是秦府的三姑娘。掉头一望,果然是三姑娘,还同着一簇女人,坐在一家绣铺店里。心中大喜,扯着玉琴姐妹,直挤过来。小媳妇儿笑道:“姑太太也在这里呢。”此时麟儿、淑仪都趴在柜台上，麟儿有些怕师娘，要跳下去。淑仪不许，说：“我的先生在这里，我都不怕，你怕师娘做甚？”麟儿低低笑道：“你的先生同我的师娘是一样，将来若要娶师娘，岂不是反要同我的先生一样吗？”淑仪笑道：“呸！我不同你说这些胡话。你看，你的师娘正同我的先生谈心呢。”只听美娘笑道：“好呀，你们都出来看盂兰会，也不约我一声儿。麟儿也来了，他的母亲呢？原来此处是田府的宝号。春姑娘因为是婆婆家，大约不好意思到这里来。哪一位是田太太？请过来会一会。”说着，便见身边走过一个妇人，穿着一件翠蓝夏布褂子，浆得硬邦邦的；浓浓地抹了一脸脂粉，下颏底下露出一段老黄颈项来。翘着嘴唇，捏着喉咙，笑道：“诸位太太小姐不嫌弃，到小店里来歇一歇脚。我们亲家太太，我是三番五次请着他，他不肯来，想是不放心小媳独自在家，这也难怪他。”美娘听他说话已自好笑，彼此谦逊了两句。便见三姑娘身旁坐着一位美秀的女子，遂走过来悄悄地问三姑娘：“这是谁？”三姑娘笑道：“这就是淑仪的先生朱二小姐。”美娘立起身来，便来寒暄。玉琴、美琴也就上前攀谈。那朱二小姐却淡淡地不大同人款洽，只点头拨脑有些吟哦的意思。

大家厮并坐着，只见珠钏纨扇，闪烁交辉。周氏却甚殷勤，又拿了许多西瓜片子出来。只有何氏、三姑娘同汪老太太以及小孩子各人吃了些，美娘一班人却不惯上口吃这西瓜。周氏却忙了一身臭汗，一件浆硬的褂子已变成一搭鼻涕似地搭在身上。怕人生厌，却又跑入后面，把那一百铜钱一瓶的林文烟香水洒了些在身上。重走出来，说：“这时候正是人多。停会子夜深了，倒反清静，我们去听和尚散花儿去，倒是甚好。”众人点点头。

坐了一会，将近二更，果然街上的人不如前时拥挤。麟儿同淑仪已经瞌睡，你靠着我，我靠着你，四只小眼睛矇矇地要望下合。三姑娘笑道：“偏是这些小孩子讨厌，又要出来，又要瞌睡。”何氏笑道：“你们要去逛逛只管去，有我在这里服侍他们。”汪老太也笑道：“我已走不动，你们去玩一会罢。”于是周氏率领着美娘、三姑娘、朱二小姐、玉琴、美琴、小媳妇儿，向东市里走去。

只见天气已转了西北风，一阵紧似一阵，炎熇散尽，惊沙乱飞。正自觉着非常爽快，还不曾走到那和尚台面前，猛觉得就地旋了一片狂风，把那堆积的银锭子吹起来，在满地乱滚。诸人正自用扇掩着脸，接连听见西边人声沸反，许多人迈步狂奔，也不辨是笑是哭，通喊着：“鬼来了！”众人凝神看去，吃这一惊不小。

欲知后事，且阅下文。

## 第十四回 里巷相惊老妇侈谈天主教 书斋苦寂先生羞听女儿经

果然后面跑来两个狰狞恶鬼，头上披了一种不黄不白的乱发，眼睛深碧，凸鼻血口，身段非常机伶，口里叽哩咕噜地乱叫，手执齐眉短棍，追着一群小孩子赶将过来，逢人便打。美娘等众人吓得只管逃避，一直挤到和尚法座前。当时游玩的人一叠连声喊着："打！打！打！"便有许多肩挑负贩蠢汉，随声附和，捞着什么便是什么，叉杆、扫帚，一齐上前。嘈杂之中，猛听见嘤咛一声，平空堕下一个人来。屋里便又跳出三个大汉，大叫："反了！反了！"命人将堕下的人抬着回去，遂指挥手下短衫窄袖壮汉，一窝蜂将先来的两个鬼团团围住。台上的和尚也不念经，站在桌上观看。

美娘及三姑娘等大家都神失目呆，茫无主见，耳边只听得一片喊杀之声，如逢大敌。这个当儿，忽见那人丛里蓦地裂开一条道路，更令人吓得利害，四面八方忽又钻进无数山精水怪，青脸赤发，长颈缩腰，指东画西，蹿上落下。那两个鬼到此反有些惧怕，趁着纷乱之间，一溜烟顿时无影无踪。那些山精水怪见前来的两个鬼已逃，便平地追窜前去。此时帮打的人散去大半，美娘等人面前倒反露出一片空阔街道。再看看那月色，已被风刮得阴沉沉的。街上排列的鬼灯，陆续都灭，纸灰烛泪，愈觉得无限悲凉。适才从楼上跌下来的一个女娃，尚不知是死是活，只听见这人家已悲悲咽咽地送出些哭声。那些和尚也不念经了，急急忙忙收拾法器。

美娘一转身，匆匆地仍向绣货铺走来。众人都面面相觑。便是那周氏泼辣，到此也便中馁。各人脚步底下，总有些不辨高低。刚刚经过巷头，猛听得墙脚底下有件东西呼吸。大家凝神一看，原来是个乞丐，伏在那里扫银锭灰，也都啐了一声。谁知便从这一声里，忽然听见一阵脚步声响，平地卷来。吓得众人掉头一望，只见迎面一个彪形大汉，面如重枣，眉似卧蚕，青襟绿袍，凛凛生气，只是手里却不曾提着那一柄八十二斤青龙偃月刀。左右前后便仍是那些山精水怪拥着。大家这一惊可真不小，闪让过去。却喜离田家铺子已经不远，仓皇跑入里面，互相挤在一处，又吓又笑。

三姑娘一眼看见麟儿、淑仪已不在柜台上。街上游人错错落落，都讲究刚才的事。汪老太道："你家小姐同麟相公都睡着了，我将他们放在周太太床上。"又望着周氏道："你们是打街上来的，听见这件事闹得怎么样了？"小媳妇儿笑道："太太，你可看见不曾？几乎不把我们吓死。我长了这么大，看见这样东西还是头一次。"何氏道："你们不用忙，停会子田老板回来，包管他说得清楚。"刚说到此，果然田焕笑着进来，说道："今儿饶家三虎可吃了一个大亏。"周氏道："我隐隐约约看见跌下来的是个小广鸡，这可算得是无妄之灾了。"田焕笑遭："不是小广鸡是谁？这女子已被他弟兄三个玩成个骨头美人儿，风都吹得倒的。正倚在楼窗口看热闹，不知哪里来这些入妈妈的小孩子。"玉琴、美琴听他说得太蠢，各各把头垂下。店中早恼了朱二小姐，抬起双眼，狠狠地向田焕一瞧，早扭过身子坐在远远的一张椅上。大家暗暗好笑。田焕又道："缺口街天主堂，可巧新来了两个上海洋人，不曾改着我们中国装束。"三姑娘笑道："我说的呢，我们疑惑是洋人，又疑惑不象我们地方上传教的洋人。那传教的洋人，不是穿着长袍儿、马褂儿、瓜皮帽儿，背后还拖着一根瘦黄辫儿？象这样洋人，真是小媳妇儿说的头一次。"田焕道："那些小孩子也不曾看见过，便成群结队地跟着他喊：'洋鬼子，洋鬼子……'哪里知道他们最是可恶的这句话，遂不由分说，便举起他们寸步不离的那根哭丧棒儿，直打过来。小孩子见他来打，东窜西逃，有一半吓得哭了。路上的人见中国人被洋人欺负，很抱不平，大家一声吆喝，都来动手。谁知那洋人很有些武艺，舞得棒儿旋风似的，众人近他不得。小广鸡吓昏了，一个倒栽葱从楼上跌下来，跌个半死。"

田焕说到此，又低低对周氏道："据大家议论，怕是饶三的堂客施的狡猾。饶家三虎只道是洋人将他的美人儿吓跌死了，唿哨一声，便跑来许多壮汉，都是他手下徒弟，一齐箭上弦，刀出鞘。我们心想倒好耍子，让他们杀个翻江搅海。谁知市东头的香伙正在台上扮演孙猴子大闹天宫，天神天将一古拢儿在这里热闹，听见这个信息，一个一个地跳下来，鬼头鬼脑，冒冒失失地望前一跑，倒反把两个洋人吓逃了。有个装关帝爷爷的小麻子最会淘气，见洋人怕他，他越发得意，还率领了托塔天王、二郎神杨戬追了一程，可不知追着没有。这件事还不晓得饶家三虎如何报仇呢。"汪老太道："洋人呢，本也太尴尬了，满口里什么上帝呀，灵魂呀，又说佛老爷是泥塑木雕的，叫人不用去烧香磕头。这些话也罢了，为甚的又硬生生地叫人家把祖宗牌位都劈了,这不是成了反叛吗?”美娘道:“啊呀,不必说了,时候已经不早了,赶快回家去罢。”三姑娘道:“我还有两个累赘呢。”霎时便见有随来的轿夫抬过三顶轿子。何氏抱着麟儿,三姑娘抱着淑仪,同朱二小姐一齐上轿。汪老太笑道:“我们没有轿子坐呀,小媳妇儿你快在这里借个灯。”周氏笑道:“灯笼多得很,我叫我们小倌送你们。”说着便见走过一个小倌,灯笼已预备在手。

大家辞了周氏,一路走着。美娘有意无意地问那小倌道:“你们老板娘子待你们可好?”小倌笑道:“就是这么样儿。”美娘又道:“今儿一晚并不曾看见你店里小相公,想是睡觉了?”小倌笑道:“奶奶问小扣子吗?复园烟馆里是他的家乡,今晚这样热闹,他就肯回来睡觉了?平时还要玩到二三更天呢。”美娘听了,很为诧异,说:“啊呀,这小孩子年纪小得很呀。”小倌道:“人小心不小,问他岁数,今年才得十岁,老腔老调,二十岁的人也没有他这般老练。我们老板同老板娘子是一钱如命,大前年生了一个女孩子,恐怕养大了累人,生生地要放在水里淹死他。还是隔壁老王妈不忍心,抱回去给他乡里媳妇去喂养了。独在这儿子身上,要怎样就怎样。”汪老太笑道:“我把你这会扯谎的小猢狲子扯掉了舌头呢,我岁数小则小,也活在世上五十七年,倒不曾听见过十岁的小孩子便会吃鸦片烟,大约是又换了一个朝代了。”小倌急道:“我为甚扯谎?他虽然是十岁,他交结的还不止十岁的呢。就如他还有一个什么小舅舅,今年已经……”说到此,已到门首。孙大正把大门敞着老等呢,见众人都回来,恨了一声道:“好了,好了,回来了。”小媳妇儿笑道:“偏是你着急,每天都要老早挺尸。”美娘望着小倌说道:“难为你了。”小倌一径提着灯笼回家。此处休提。

昨夜西北风,早吹下满天秋雨,桐阴如墨,檐前的疏溜淅淅沥沥,响个不住。书房前的帘幕四面都没上钩子,才是午后,早有黄昏光景。朱二小姐懒懒地倚在一张睡椅上,只见淑仪抱着一本《女儿经》坐在帘前,嘴里只管嚷:“大媳妇,小媳妇,我做婆婆均看顾。”再要望下念,朱二小姐好没情绪,沉着脸说:“你一个女孩儿家,满口里什么婆婆、媳妇的,也不害羞,亏你还喊起来。”淑仪笑嘻嘻道:“我是女孩儿,不做婆婆,让先生去做婆婆好不好?”朱二小姐也被他说得笑起来,说:“越说越不好了。你把书拿来,下次不许念这几句。”遂伸手取过一支朱笔,重重抹了。叹口气,又翻几页,看见两句是:“层层衣服两三重,好如云锁巫山岫。”又用笔密密圈了,更旁注了几个小字,说“此是佳句”。无精打采地摔给淑仪。

淑仪笑道:“先生你闷得慌,我替你调胭脂,将我家父亲请你画的那张额儿画一画何如?”朱二小姐点点头。淑仪遂唤过一个女仆,将瓷碟、彩笔都搬出来。淑仪爬上书架，拖下一幅白绫儿，铺好在桌上。朱二小姐命他用手按住一角，自己调好了颜色，握着一支笔，先用手指只管在绫子上画来画去，是打稿儿的模样。转过头笑问淑仪道："画什么呢？"淑仪笑道："画对鸳鸯。"朱二小姐被他一提，面庞上一红，又见淑仪两个小眼睛珠儿乌灼灼地只管望着自己，转觉不好意思，强作怒容道："呸！你怎么晓得鸳鸯不鸳鸯？"淑仪道："我原不晓得，是父亲嘱咐我说的。"朱二小姐听到此处，将笔望下一掼，说："不画了。"淑仪遂也不敢作声，怏怏地立在一旁。仆妇见朱二小姐姣懒，便仍然替他将各物收拾清净。朱二小姐坐了一会，命淑仪放学去罢。淑仪一束儿包好了书，捧在手里，循例望朱二小姐深深一揖，喊了一声"先生"。朱二小姐背着脸，只当不曾听见。淑仪又喊了一声，比前略高了些。朱二小姐一骨碌转过身来说："理会得了，先生、先生地闹不清。好笑，我究竟算个什么先生？"淑仪看看先生生气，伸伸舌头，飞跑进去了。

朱二小姐一发将仆妇遣去，从自己箱子里取出一个玻璃小龛，里面供着一位白玉观世音，精美异常。还有一个古铜小香炉儿，一齐把来放在桌上。拈了一瓣茄楠香，氤氤氲氲的焚起来。自己将双膝盘起，端然寂坐，只见朱唇微动，大约是念了几遍《观音经》。念完了，长长叹了一口气，仍然将各物藏好。雨倒住了，西北角反射出一道残霞，倒映在屋里，比日间还清亮些。恹恹地走到妆台旁边，用小梳子拢了拢饰发，更提起一柄六角小镜儿对着大镜子照照背面，果然云鬟倒压，翠香欲流。刚把小镜子放在桌上，两片莲瓣猛然有些虚飘飘地迎风欲倒。身不由己，一步一步便往后退。幸喜退在一张藤椅旁边，便趁势望下一坐。心里似乎得了一句诗，想续几句，才一凝神，猛觉得颊上滚热，接连便咳了两声，一倒头望椅子上一睡。腰间系的一根五彩丝绦，一半垂在椅子下面。正在神思撩乱、无一而可的时候，猛觉得有人扯他的丝绦，连连几动，那柳腰也便不禁随着他宛转动起来。初尚不理，后来越发动得利害，几乎不把那丝绦扯落下来，懒懒地欠起身子一望，原来是匹小哈巴狗儿，用爪搭那丝绦作耍。朱二小姐冲口骂了一声："畜生！你想怎么？"那狗子蹿来蹿去，也不怕人。朱二小姐倒反斜过身子，用丝绦来逗着他戏耍。

仆妇烧了银烛，将晚膳预备上来。淑仪也来陪先生吃饭。朱二小姐本来饮食有限，今晚勉强提起牙筷，正把那碗里的饭用牙筷拨而又拨。有一个青花瓷盘里面，巧装着两尾小鲤鱼，嘴对嘴并在一头。芳心一动，牙筷不由得从手里落下来，只管望着盘里发呆。淑仪是不管好歹，提起自己筷子便来挖这鲤鱼。朱二小姐忙忙拦住他，回头命仆妇将这鱼搬放一旁。自己和衣便望床上一躺，觉得枕席生凉，拖

过一床夹被，将胸口掩好了。被头底下尖尖地露出两瓣红莲，并齐了，旁叠在床栏杆外。模模糊糊，也不知曾睡着没有。一睁眼，忽见三姑娘立在床前笑道："先生怎生如此怕凉？床上都放着夹被了。"朱二小姐忙坐起来，揉着眼睛，也笑回道："薄薄孤衾，是比人容易怯冷些，哪里及得夫人床上温暖呢。"三姑娘平素从不曾听见过朱二小姐会说这样取笑的话，心中甚是纳罕，也便搭讪说道："怕书房屋子凉，明日命人来将窗纱重糊一糊。"朱二小姐点点头。三姑娘见他有气无力的，也不敢累他久谈，周旋了一番，也就回后进去了。

朱二小姐此时远远地将一双秋波盯着三姑娘的脚跟，一步一步地直送到书房花墙外面。然后从丹田里发出一股无穷的感叹，便仍然和衣望床上一躺。铜壶滴漏，约莫有初更光景，屋里人都各自安睡，寂然无声。自家案上一盏银灯，也就灭了。模糊之际，猛见玻璃窗子里透进一片月光。似梦非梦地欠起身来，只见花枝一摇，隐隐地闪进一个人影。凝神一看，不由得四肢便瘫软了，倒反仰身睡下。朱二小姐此时明知在梦中，若是清醒白醒，他也决不肯玷辱身分。譬如那茹冰孀妇，守贞处女，起居动作，不苟言笑。然而当寤寐之中，偶尔做了一二场好梦，世人断不能责备他无耻。或反幸而有这一种好梦，足以偿不梦的苦趣。朱二小姐一身洁白，至此也就忍俊不禁，不觉尽情发泄出来。春怀乍透，睡眼微忪，幽砌虫声，依然在耳，困倦已极，转反沉沉睡熟了。次日感着梦中情意，转高高兴兴地将那一幅帐额画出来，果是依了淑仪的话，画成一对交颈鸳鸯。

谁知天下事真是颠倒迷离，一边认做离魂，一边转成实境。伍晋芳自从闹着娶妾，并未曾娶得到手，因此上很同三姑娘争闹过几次，便不大进三姑娘的房，常时睡在自家一个书斋里。后来三姑娘同秦氏商议，将要送淑仪上学，外边书塾总觉不甚方便，因此谈及朱二小姐，便将他延请到家，教淑仪读书。晋芳是个浮浪子弟，见了朱二小姐十分涎羡。无如朱二小姐自视太高，便饶着这晋芳翩翩少年，他也并不放在眼里，相见之间，未尝假以词色。因这朱二小姐是立意不嫁，并非嫁不了人。以他这般才貌，若是肯嫁，早不知被谁家抢去了。只是天地间阴阳二气，彼此有一种吸力。朱二小姐虽是因忿制欲，却不免触境生情，便因为淑仪读《女儿经》，读起他无限牢骚，又被三姑娘听见他一番情丝缠绵的话，灯下遂同晋芳闲谈。晋芳是有心的人，便从这一夜里，悄悄偷入朱二小姐房中，做了一个梦里情郎。午后复见淑仪将帐额携来，益发得意，遂公然整齐了衣服，摇摇摆摆地又向朱二小姐处走来，预备情话。刚刚挑起帘子，朱二小姐早已一眼瞧见，触起梦境，不由脸上一红，急忙按着心神。自念:“我虽然梦着他,他不见得也会梦着我。我一生清洁,如何转为这厮缠绕?”想到此,便放下颜色,凛若冰雪。反把晋芳吓噤住了,转又退了两步。便听见朱二小姐招呼仆妇去请少奶奶出来。

晋芳一听,这分明是与我撇清,我倒不料这人如此古怪。咬一咬牙,知道遇着三姑娘,倘若见我在此,必然又有许多诘问。羞惭满面,仓仓皇皇地又走出来,垂头丧气,只顾往前面走。冷不防扑着一人,扑个满怀,抬头一望,怒道:“混帐东西,这般冒失。”便见那人垂手而立,说:“少爷原来在此,厅上有客。”晋芳道:“是谁?”那人道:“是臧老大人。”晋芳说了一声:“知道了。”匆匆径向厅上走来。

欲知后事,且阅下文。

## 第十五回　吊荒坟风前增怅惘　堕粪窖月下捉迷藏

晋芳才走至厅后一座屏风之内，早听见一位老者声如洪钟，带笑带说道："嫩寒锁梦因春冷，芳气袭人是酒香。内有艳妻，外有韵友，他哪里还肯同我辈枯木竹石周旋呢？"接着便又有一二人的笑声。晋芳忙走出厅，笑道："太史公又编派我什么了？"臧太史见晋芳出来，哈哈大笑，一手拖着他道："你在里面干什么把戏？老大的工夫不肯出来，敢是同你家女先生讲演什么男女媾精、万物化生罢？"说得晋芳面红耳热，装着不曾听见，掉转头向那两个人招呼道："隆准兄何来？你又同和尚在一路走，钟家大丫头敢又要用皮口袋装他的光头了。"一个黄胖脸的人，细眯着两只眼笑道："老和尚不如小和尚，我如今是不做和尚了，还要想娶一个堂客呢。你看我这几根黄头发，都舍不得将他割去。"说着便将一根瘦辫子拿在前面给晋芳看。只见一股辫须飘飘荡荡，三股只剩了一股。座中那个大鼻子人笑道："二公不必罗唣，怕石先生要等急了。"臧太史笑道："正是，我们快去罢。"又问道："晋芳，你们老人家可好？"晋芳答道："还不能起床，怕终究成了个半身不遂的病了。"臧太史道："不管他。天地者，万物之逆旅。象你老人家也该死了，为何还恋在这世上？我虽然是个老头子，却不喜欢同老头子周旋，我们干我们的正经。今天季石壶替他意中人素琴送行，约在小金山湖上草堂便酌，我遂携着两个学生孔大鼻、陈和尚过谈。"又哈哈大笑道："晋芳，晋芳，我约你却不是好意，回来的渡资，是要你开发的。"晋芳道："这个何消说的，我还要请老伯呢。"臧太史将头一摆，说道："可又是做诗？"晋芳笑道："老伯一猜便着。没有别的，是一幅鸳鸯帐额儿。"臧太史道："艳得很。是谁的手笔？石老的吗？"晋芳道："不是。老伯不管是谁画的，只管题上去便了。"臧太史放着脸道："如何使得？画的人也要配得我的诗。我猜一猜：是陈亦蕃的？……是陈和尚父亲若墨公的？……是洪见芝的？"晋芳只管摇头。

还是孔大鼻笑道："你老人家猜的都不是，我知道定是晋翁家女西席的法绘。"

说着将手里持的一柄极长极宽水磨毛竹扇向晋芳肩上一击，喝道："我言如何？"晋芳来及答应，臧太史猛由炕上跳起来，大声道："朱竹筠的二女公子还有这件本领呢？奇极，妙极！快取出来，快取出来，我们带到小金山去，大家题他一首赏鉴赏鉴。"说着又滴下几点眼泪来，叹道："筠老为人是很好的，一官落拓，负气而终。曙后星孤，便剩得两枝姣蕊。大女公子呢，远适会稽，据说境遇亦不甚好。如今这二女公子，又过时不嫁。我尝劝我们筠嫂，须索赶紧替他觅一门好亲。你们想，一个如玉花枝，心里埋没着这许多聪明，白白地将他搁成鸡皮鹤发，可有这种道理？我恨不得扭着那个月下老人，同他到凌霄宝殿去打一场大大官司，才出我心头恶气。我适才虽是同晋芳取笑，然而将他老远放在晋芳家中，我是很不放心。不然替晋翁画帐额罢了，为甚的鸡子不画，鸭子不画，单单地画对鸳鸯呢？"说到此又大笑起来。晋芳也不理会。这时候家人已将鸳鸯帐额取出来。臧太史略看了一看，便望袖中一笼，说着："走罢，走罢，时候不早了。"晋芳刚要唤个小厮拎着水烟袋，被臧太史一眼瞧见，说："晋芳，你快不要闹官场，我们青山绿水之间，除得几个掉舟女郎许他侍侧，哪里容得这种猥琐东西？"说着便伸出五指，拦住那小厮，一个脑瓜，打得那小厮踉踉跄跄退了十几步远。晋芳也只得喝退了小厮。

四个人出了大门，一路行去。臧太史也有七十余岁的人物，脚步很不方便，即望着陈和尚道："我的拐杖呢？"陈和尚赶忙走至臧太史肩下，用自己的肩膀负着太史的手。互相谈笑，出了北城。秋柳衰蝉，凄凉欲绝。平芜一望，纵纵横横的枯茎落叶，倒射着一片斜阳。走过吊桥，早迎上几个秃发短童、袒肩蠢汉，口里喊道："坐湖船呀。""骑牲口呀。"臧太史望他们重重啐了一口，说："滚你娘的蛋！我们有美人儿在那里撑着小船伺候呢。再开一开口，管请你吃我耳光。"晋芳等暗暗好笑。又走了一箭多路，穿过一条长堤，便是当日越公的坟址，周围便是葬宫人的玉钩斜，放萤的萤苑。江山如旧，时代已非，几个人感慨歔欷，倒反悄然而立。

这个当儿，猛听得一座小山背后，随风送来哭泣之声，颇觉十分沉痛。孔大鼻子也就从大鼻孔里发出咝咝的声音，掬出一方乌黑的旧手巾，掩着眼泪。陈和尚扶着臧太史，是不能离开。晋芳忙跑了几步，绕转山背后，远远地一望。只见平地上放着一把酒壶，几张破荷叶，堆着些残肴剩骨；一个满脸大麻子的人，嘴上有些花白胡须，醉得如狗一般，四仰八叉，睡在草地；离不多远，有座矮坟，坟前立着一个少年，衣服颇也丽都，弯着腰在那里迎风洒涕；地上还坐了个中年文士，右手持着一块咸鸭腿子，左手捧着酒壶，将酒壶嘴儿套着自家的嘴，尽性地灌，灌一口便喝一声

道："快哉！浮一大白。痛哉！浮一大白。"似替那哭坟的少年喝彩的意思。晋芳认得这个人是城里没有人敢请教的医生孙淑庵。那吃醉的麻子是姓马名福良，开座古玩铺子。活到五十岁，忽然要想学诗，便买了许多古今诗集，日日玩索，倒也居然被他学会了什么五言绝句、七言绝句。只是那古玩铺子，也就渐渐随着三唐两宋消灭去了。近年来穷得很为可怜，然而他的豪性却是与年俱进。今日同孙淑庵，大约又是到这没人所在，临风怀古。然而那哭坟的少年，却不曾会过，不知他是谁，也不便惊动。遂又跑到臧太史面前，告诉了一遍。臧太史想了想道："这少年没有别人，定是新科的孝廉贺紫苓。"又转头问孔大鼻道："小安，你以为何如？"孔大鼻点头道："定然是他，除得他更有谁象他这般风雅？"臧太史推着陈和尚道："大家快去扯他们一路到小金山，吃石壶的去，在这里凄凄惶惶地做甚？"一头走，一头还叹息道："咳！古之伤心人，别有怀抱。"念了两句，已到那矮坟面前。

见那少年已住哭了，刚在那里用满满的一杯酒浇土呢。见了臧太史，惊道："啊呀，老师今日也逛到此处！妙极，妙极。尚有残肴，能罄三盏吗？"臧太史未及答应，一眼看见福良酣呼不醒，说："好，好，你们很乐。"此时孙淑庵已立起来，同诸人周旋。臧太史放了陈和尚说："和尚，快在前面松林里替我折一柄松枝来，让我鞭这老马，看他还醒不醒？"话未毕，猛见马福良兀地跳起来，双手捧着下颏，躬一躬腰，哈哈大笑。众人转被他吓了一跳，更听他笑道："臧老先生，你当我是真睡着了吗？我暂时遁入醉乡，形睡而心未睡。象那些纱帽大老才是真睡着了呢。屈大夫道得好：'众人皆醉，何不餔其糟而歠……'"臧太史笑道："够了，不用咬文嚼字了。"转又一把握着贺紫苓的手说："你在此究竟奠谁的坟？"贺紫苓笑道："我也不知道坟里葬的是谁。前日闲行到此，偶然搜苔剔藓，见坟前露出一座短碑，刻着'故女梅姑之墓'六个大字，我想定然是个才色女子。今日无事，遂约了马老及孙淑庵到此凭吊凭吊。"

臧太史笑道："塚中白骨，何如席上红裙？三公已吊过梅姑，我们何妨同去再晤对晤对素琴呢？"遂将季石壶约在小金山为素琴饯行的事告诉了三人。马福良先大乐起来，赶紧将三个青花酒杯揣入怀里，飞起右脚将那把洋铁酒壶踢过一边，说："不要了。"互相欢笑，刚待举步，臧太史正色道："今日我们既然无心过此古墓，也要算作有缘，何能恝然而去？待我也来行一礼，留个千秋的鸿印，使后来做稗官野史的，郑郑重重记一笔'某年月日，臧太史等经梅姑之墓而感慨系之'，岂非佳话？"说毕，遂整整衣服，端然作了三个揖，却都是袖袂飘扬，神情亢爽。唯有晋芳不甚惯做这怪样，反有些羞羞缩缩。

七个人参伍错综，谈笑而行。马福良道：“今日这些勾人魂魄狐狸精，不知可曾荡着小船来等我们？说起来好笑，前天高兴，同三丫头把船撑到芦滩里，演了一出好戏，谁知水面上的风煞是利害，如今肚腹里还有些作痛。老了，没用了。”臧太史听了，笑起来说：“老马该死。”刚说着，脚下转了一座板桥，早见前面河岸边簇着一丛红蓼花，枝叶扶疏，隐隐露出一个女人鬏髻，黄铜簪子，映日雪亮。马福良快活不过，重重咳了一声。便见那女人立起半身，一根竹篙梢子，已露在蓼花高处。大家飞也似跑到岸边。可巧就是钟家大丫头，笑道：“今日到这晚才出城，把人腰都等疼了。”说着又用手向对岸一招。只见还有两只小船，看见众人，也就双点橹篙，如飞地向这边进发。

此时大丫头的小船上，已被臧太史、孔大鼻、陈和尚三人占住了。马福良一心要等三丫头的船，料想那两只小船必有一只是三丫头的。正在着忙，果然来了一只小船，刚拢着岸，马福良不及细看，兀地跳将上去。伍晋芳也便随着跳将上去。马福良仔细一认，怪叫起来说：“你是小顺子，你的三姐姐呢？”小顺子笑起来说：“我的三姐姐不是在那只船上？”马福良回头一望，果见三丫头穿了一身靠白竹布褂裤，赤着双足，靸了一双青布大脚鞋子，鬓角边贴着一瓣秋葵，伶伶俐俐撑着篙子，已随马福良这只船而来。船上的却是孙淑庵、贺紫苓二人。三只船陆续向小金山一路行去。急得马福良捶胸顿足，叫小顺子将船快靠着三丫头的船，好让自己跳过去。小顺子故意不肯，马福良要打他，引得众人拍掌狂笑。小顺子被马福良闹得没法，只好厮并着三丫头的船。马福良没命地爬过去，哈哈大笑，一倒头便睡倒在三丫头脚跟前，嗅那脚边的余香。只落得伍晋芳孤孤零零地独与小顺子为伍。贺紫苓问三丫头道：“五丫头呢？”三丫头道：“五丫头被石大胡子绊住了。石大胡子今日老早地就弄了一个婊子来，穿得好不齐整。就是年纪老了些，笑起来满脸皱纹。听说还会弹琴呢，可真不真？”孙淑庵笑道：“怎么不真？你回去将你家养的那匹黄牛牵得来，包管听着也懂。”三丫头听孙淑庵的话也不大懂得，只管把那两只大红镶边的泪眼望着瞅了瞅。

此时船已过了大虹桥，不到半个时辰，那小金山画阁雕梁，已在树阴中一闪一闪地漏出来。对面便是钟家的庄子，秋稻登场，草屋面前隙地已无多处，鸡犬闲闲，颇有天然野趣。岸旁还闲着几只渡船。众人的船已绕过御碑亭，便就那湖上草堂石坡前泊下了。

刚欲上岸，早见竹林里走出一个人来，手里执着一枝渔竿。身边立着一个少年，面上戴了一副极大墨晶眼镜，迎着上来说："臧老伯如何到此刻才来？小侄们望着酒席不能染指。"臧太史一簇人都已上了堤岸。太史笑道："果然累你们等了。石老何在？"马福良上前一把将那执渔竿的揪住，说："亦蕃，你钓着鱼不曾？"陈亦蕃正望着臧太史说："石老同素琴在厅上坐着呢。"见福良揪住他，便说："不曾钓得鱼，都被辛普芸吓跑了。"说着便笑指那戴墨晶眼镜的少年道："就是他同狗作揖，累我笑得渔竿都提不动了。"此时大家都是熟人，便问普芸怎生同狗作揖。

正在喧嚷，厅上竹帘开处，早走出个瘦骨脸儿的人，一脸雀儿黑斑，腮上几根短须，慢慢地用着一只手捶肚皮，一只手指着厅上道："啊呀！你们快入席罢，素琴已等得不耐烦了。"又望着臧太史道："太史公替我请得客不少呀，添坐，添坐。"一路嚷着，挑开帘子又进去了。众人随着进来。那素琴手里正捧着一支水烟袋，忙立起身来，随意招呼了众人一遍。贺紫苓一眼看见五丫头同这庙里几个仆人立在窗子下，指指点点的，似乎议论众人模样。忙上前握着五丫头的手，端相了一会，也不言语，引得五丫头笑了。石壶正忙着指挥诸人添酒杯，添筷子。

大家也不推让，一窝蜂都围着一张团桌坐下了。桌上纵纵横横乱摆着几个瓜子碟子，几个盐豆碟子，一碟熏鱼，一碟糖醋萝卜干。石壶先开口笑道："太史公可知道素琴将赴镇江？我今日特备几肴，为他饯行。难得大家都又无心遇着，好在我今日肴馔备得丰富，多添几个人也还不妨。我们是要吃个烂醉。太史公替我提倡提倡。我明日没有别的，倒要用个王石谷的稿子画他一幅瘦西湖饯别图，大家都替我题一首诗，交给素琴，算个纪念。太史公以为何如？"大家听了这话，齐齐吆喝了一声："好呀！"接着说："干一杯，干一杯。"只听见筷子、碟子接连几个叮当之声，风卷残云，案上已剩了几个空碟。臧太史道："石老说得不错，如今我们还有一本卷子未缴呢。"遂在袖内将鸳鸯帐额取出来，递给石壶。此时除得孔大鼻，陈和尚适才在伍晋芳家见过，其余都立起来细看。才展开半幅，陈亦蕃先喊道："笔致很秀。"石壶看了一会，却冷冷地搁下说："还画得不十分难看。"马福良笑道："臧老先生，你说要缴卷，想就是题这幅画儿。妙极了，第一个是我高兴。"忙回头对旁边站的仆人说："快取笔砚。"石壶笑道："老马伏枥，志在千里。你真要想做一个大诗家了。慢点做诗，我们再吃点菜。"石壶说到此，张着一双近视眼睛，再朝桌上一望，很露出受窘模样。众人也只好饮了一口酒，却再不听见嚼吃之声。石壶忙催仆人道："你们快去望一望，猪头可曾烂了不曾？"马福良喜道："你今日还闹这阔排场做甚？居然烧个烂猪头。”伍晋芳听了暗暗好笑。却见帘外大丫头、三丫头都在那里窥探。

贺紫苓已离着座位，负手看壁上字画。只听马福良在那里喊呢，说：“今日人多，各做一首，恐怕耽误时辰，不如大家联句罢。”臧太史笑道：“这个题目，似乎联句不称。”马福良道：“管他称不称。臧老先生，你是个骚坛领袖，你来起头一句。”臧太史道：“今日座中有几个人？数一数，有一个不做，我是不依的。晋芳是此画主人；素琴是女子，不大弄这东西：不在其列。”石壶笑道：“太史公饶了我罢。”马福良急得脸上通红，说：“石壶，你不用打岔，做诗有什么谦让？”又掉头望着仆人索一张白纸起稿儿。仆人寻了半会，也没有纸，恰好适才包花生的纸正剩得两张，递给福良。福良道：“也好，也好。”又用手指折叠痕迹，弄舒服了，提着笔等写。便是厅里厅外闲看的人，也都寂静无哗。只听臧太史朗着喉咙说道：

锦江春簇胭脂水，

马福良忙忙写了，更赘了一个“宜”字，说：“挨着我了，我接下一句。我的诗是要在花阴树底下才想得出佳句来。”说着跑出厅外，绕至一座太湖石旁，掐了一大把凤仙花儿，堆存面前，自己却盘腿而坐，闭目吟哦。席间诸人，也便有些颦眉蹙额。

正在无聊，仆人已捧上一大盘红烧猪头肉。石壶正要喊福良入席，贺紫苓笑拦道：“他爱做诗，让他去做，我们只管饱啖。”大家一笑，遂都吃了一巡酒，霎时间将一盘猪头肉吃得干干净净。

才将筷子放下，马福良已跳进来，狂叫道：“你们看我这一句何如？”跑至桌边，寻那一支笔誊写。猛见桌上已多了一个大空盘子，余汁淋漓，问道：“这是什么？”众人笑道：“这是一个盛猪头肉的盘子。”福良道：“猪头在哪里呢？”众人哄堂一笑，说：“在我们大家肚腹里。”马福良大嚷道：“岂有此理！”颈项里红筋渐渐涨起来。众人见他真急，石壶老大没意思，忙说道：“还有别的菜呢。”忙问仆人道：“我们还有几样菜不曾来？”那仆人回道：“还有一盘面筋烧白菜。”石壶道：“还有呢？”那仆人又回道：“还有一碗雪里蕻的豆腐皮子汤。”石壶道：“还有呢？”那仆人又回道：“小人发得誓，是再没有菜了。”

马福良长长叹了一口气道：“罢了，罢了，就是这两样菜罢，权当我今日吃斋。我先把诗写出来，诗若是做得好，便是不吃猪头也快活。”他一面写，众人一面看道：

水面胭脂簇平嘴。

贺紫苓先笑道：“亏了你想这半天，七个字只想了三个字，其余全是套得人家的。”马福良嚷道:“落花水面皆文章,我这‘水面’二字便把臧老先生‘胭脂水’都烘托出来。况且‘平嘴’确是鸳鸯,不可移易别的禽鸟。”贺紫苓掩口笑道:“鸭子敢是尖嘴?”

马福良听到此,气得直翻白眼。臧太史与众人只管点头微笑。素琴笑向贺紫苓道:“马先生做了一句诗,敢是骂了贺先生了,贺先生同他尽性地驳?”众人听素琴说话,却不甚解。素琴接着又说道:“《红楼梦》上的林姑娘,骂起凤姐儿来,都是什么‘贫嘴’、‘贫嘴’。今日满席的人,只有贺先生聒聒而谈,所以马先生也用诗骂他贫嘴了。”说得众人大笑,便连大丫头、三丫头、五丫头也笑起来。独有石壶凝然不动,反长长叹了一声道:“千古美人,风尘埋没。我说素琴不是寻常妇女,你们想寻常妇女那里还会解得《红楼梦》、黑楼梦?我佩服他就在这些聪明上,弹琴一层,还是他的余技呢。”臧太史道:“不错,我们今日雅集,不可无诗,尤不可无琴。我想听一听素琴的《平沙落雁》。我知道这里住持苇航和尚有一面琴,你们快去取来。”

是时红日西沉,残月未出,西山暮霭,朦朦地压将下来,厅上也就夜色昏黄。仆人送上一盏油灯,照得四壁阴沉沉的。烧白菜、豆腐皮子汤已都上过,胡乱吃些饭,也便你一句,我一句,凑了一首七古不象七古、排律不象排律的鸳鸯诗。仆人从厅后捧出一张琴来,灰尘积得有三五分深浅,放在炕上。素琴笑道:“怕夜深了不能进城,改日再弹罢。”大家一定不依,强着素琴。素琴用手帕拂了灰尘,扭了扭弦,先是仙嗡仙嗡的几声,后来叮叮咚咚的响。石壶又跑到一座土地祠内捧过一座瓦香炉,放在素琴面前。又在灵官菩萨座上取了一支线香烧着,立在一旁,颠头簸脑,口里只管称赞道:“天然一幅画图,天然一幅画图。”

琴音甫歇,猛然遥遥的西北角上送来一阵悲笳之声,呜呜咽咽,好象开行军队似的,吓得众人一怔。臧太史道:“西门驻扎的大营开了差吗?哪里出了战事了?”接着便听见树阴底下有人说话,是个老妇声口,说:“是的呀,老湘合字营适才整队入城了。”马福良道:“老奶奶你说的什么?”又听老妇答道:“我才从西门来,见老湘合字营起了大队人马,杀进城去了。”素琴听见此话,吓得粉脸变色,说道:“我不能久留了。”伍晋芳也便催着臧太史进城。马福良笑道:“清平世界,朗朗乾坤,哪里会杀起来?我们今夜还在这钟庄消夜呢。”于是臧太史、孙淑庵、孔大鼻、陈和尚、陈亦蕃、辛普芸均都赞成。只有季石壶要与素琴同行,伍晋芳也便愿陪着同行。大家也不挽留,一直送石壶、素琴、晋芳三人至河边,看着他们上了原来的湖船,双桨如飞,随波去远。

此处一班人重又折回,内中单单不见了贺紫苓,忙问仆人。仆人回道:“贺少爷老早走了。”众人诧异，说：“他怎么不辞而去？”马福良道：“小贺哪里舍得走，必是瞒着我们早溜到对岸，同五丫头鬼混去了。”众人回头一望，果然见五丫头已不在这里，便是大丫头、三丫头也无踪迹。臧太史道：“我们快渡过去，如何能让小贺一人独乐？”

大家陆续跳上小船，小顺撑着篙儿，那河面不过一丈来宽，船头一掉，撑了三五篙已抵对岸。跳上岸时，已是星月朦胧，树阴如墨，草屋中射出一点灯火。场圃之上，只见五丫头脸上蒙着一方手帕，张着两只手东磕西撞。草屋前约莫还有三五个黑影子，大约便是大丫头、三丫头一班人。大家见这光景，暗暗好笑，互相会意，也都蹑手蹑脚，鸦雀无闻，前后左右，跟着五丫头盘旋。不是你在他颈里摸一摸，就是我在他身上拍一拍，正象无限穿花蝴蝶、点水蜻蜓。五丫头被他们闹得急了，又隐隐听见脚步声音，似觉人已越来越多，怕着了他们道儿，猛扯了脸上手帕，睁眼一看，瞧见臧太史等人，自家好不惶愧。众人见他露出面目，不禁哈哈狂笑。五丫头无以解嘲，一眼看见贺紫苓尚躲在屋后，飞也似追去。

贺紫苓深恐被他捉住，一面说道：“扯去手帕就不算……”一句话未完，脚下忽然踏了一个空，扑通一声，猛然堕落在一个坑里。只觉得满颈满脸都是粪汁，屏着气立在里面，只喊得一声：“啊呀！”五丫头刚刚追到此处，见贺紫苓已跌入粪窖。这粪窖周围有个小池大小，原是积着许多陈粪，预备浇灌菜圃，上面积了一层厚膜，又被秋来落叶堆积满了。贺紫苓误当他是平地，所以跌入里面。幸喜却不甚深，贺紫苓已站在坑中不能开口，只管伸着两手望上划。五丫头吃惊不小，拚命地喊了一声。众人不知何事，齐打伙儿拢来，见这光景，无法可施。忙齐集了村中壮汉，便连小金山寺中仆从也都闻信过来。大家七手八脚，不顾污秽，将贺紫苓从粪窖中拖起。贺紫苓睡在地上只是哼，原来腿已跌闪了。鬓发之间，均是黄澄澄的，还只管向口中顺淌。贺紫苓连连作呕。马福良却拍掌大笑，说道：“小贺适才偏是吃的猪头，莫要将他呕出来，便老大可惜了。”此时贺紫苓再也不能回答。却是五丫头十分不忍，别人都掩着鼻子不肯替他收拾，只有自己奋力代贺紫苓扯脱了外面污衣，又命人烧了许多热水来，着实将他头脸一洗。天气寒冷，贺紫苓身上只剩了一件小袄子。臧太史创议，各人脱下一件衣服给他穿起来。头上便戴了小顺子一顶毡帽，脚下穿了五丫头的花鞋。用了一座竹床，将贺紫苓睡好了，雇了四个人，抬入北城，大家送他回至宅内。是夜一场豪兴，遂都为着他，大家垂头丧气。

次日，此事遍传城内，遂有些轻薄子弟编了几首小词，贴在校场他们常时聚会的一个茶社门首。那几首词却也说得发笑，在下却还记得，不妨写出来给大家看看。

**调寄【望江南】**

平湖好，好个女儿家。浴粪莺娇藏柳叶，集腥蝇小聚蘋花。风物自清华。

平湖好，相对两沉吟。妾自有情怜傅粉，郎疑此窟不销金。莫道是无心。

平湖好，三五作迷藏。莫怪一时权逐臭，谁教平日惯偷香？果报算无常。

平湖好，吓得大家呆。报道何仙今堕落，化为李拐好重来。昵倩美人抬。

平湖好，旧事懒重提。柳絮飘零终圊溷，莲花生小出淤泥。小劫不为奇。

平湖好，谁掘陷人坑？此鼎不堪稍染指，同衾可否记消魂？风味请郎分。

平湖好，蓦地起喧哗。直上宛同龟据岸，横拖想学蟹爬沙。坑死我侬他。

平湖好，此日见交真。真个解衣衣到我，不堪分食食他人。抬进北门城。

欲知后事如何，且听下回分解。

# 第十六回　老梅克除夕渡慈航　恶顾三中秋劫喜轿

有一年隆冬天气，严寒凛冽。下了一场大雪，整整三日三夜不曾住，那鹅毛片儿，平地上便同白银般高了几尺。檐栖冻雀，村断荒鸡，这一场雪中，也不知杀了许多生命。刚刚交着除夕，那乡绅人家可省则省，也不上街去置买什物。贫户更不用说了，闭着两扇板门，除得瘪着这一个饿肚皮与寒气交战，哪里还敢伸头去向道路上望一望。因此上一座繁华城市，忽然变成阴森惨淡鬼境一般。

其时已将入夜，虽是彤云如墨，一街积雪却也照得明亮。只见北河下荒僻去处，一拐一拐地走过一个人来，扑着迎面北风，整团的雪花直向他破领里只管灌进去。那人把头缩得如刺猬一般，双手抖战，拎着前面衣襟，约莫裹了有升把糙米，高一足，低一足，十分狼狈。无奈这一带地方坑陷最多，人已饿得头昏眼花，又被这雪光照得不辨东西南北，一个失足，早已跌落在一个深坑里。脊背朝天，已把那冻雪印成五尺来长的人模子。这个人便有十分性命，也该死去九分九厘，剩了一厘的希望。却是因为离不多远，有座礼拜堂。内中有个看守礼拜堂大门的老者，名字叫做梅克，因为天寒无事，走出来将要闭门，猛见远远雪地里搁着一顶破帽子，业已被雪薄薄遮了一层。心知连日路途上常有饿殍，一念之动，也怕是有人落难。便冒雪走上来瞧得一瞧，见那个人身下又被雪没了，幸喜露出一只光腿。梅克弯着腰扯了一扯，已是不动。看他脸色，尚未呆白。于是连拖带拽，将他弄进自己一所门房屋内。

那个人经屋内暖气一烘，遂已醒转。梅克便将茶壶里热茶倾了一盏，递给他喝了。又命他将外面湿衣脱下，取了一件絮袄给他穿着。便问那人："你叫什么名字？住在何处？"那人眼泪直流，且不暇答应，转走过来，将湿衣抖得一抖，说："我的米呢？"梅克道："你已经跌了，哪里还保得住米？"那人哭起来。说："没有米，我的母亲要饿死了。"又抬头望着梅克道："梅伯伯，你认不得小人，小人却认得梅伯伯。小人便住在前面一条街上，大前年同母亲落难到此。小人原是徐州人氏，便在此处开了一座饼铺子。”梅克笑道：“原来你就是卖饼阿三？你是姓顾，你往常也曾到这里卖饼，怪道模样有些相熟。连日怎么不见你来此处，倒拣在这雪地里跑？不遇着我，几乎不把小命儿丢了。”顾阿三道：“说来不怕梅伯伯笑。我连日不能上街卖饼，一者为的我母亲病了，二者天寒地冻，几个本钱都被我母子两个吃光。今早将小人盖的一床破被押在当铺里，押了一百铜钱，买了两升多米，预备回去煮一锅薄粥，母子两人度度残岁，究竟也是个新年模样。如今被是没了，粥又吃不到嘴。”阿三说到此，声气已极呜咽，底下的话便说不出来。

梅克也叹道：“阿三，你也不要伤心，这都是前生罪孽。我在先当扫地夭，不是同你一样？后来得天主怜悯，将他的荣光照着我，我才有今日这般幸福。我看你穷得如此可怜，中国人满口里诵经念佛，也不见有人怜惜你一二。你若肯拿定主意，我便引你去见一见我们客教士，求客教士替你在天主前忏悔忏悔罪过，或者可以从此得了好处。”顾阿三道：“有饭吃吗？”梅克道：“岂但吃饭不消愁得，便将来要钱挥霍也是容易。”阿三大喜，说：“梅伯伯若肯与小人作成，小人感谢不尽。但是往常听见人说，归服天主，要吃什么丸药，吃了丸药，眼睛便转绿了，遂认不得菩萨，也认不得祖宗。这话可真吗？”梅克哈哈大笑道：“哪里来的这些鬼话？你归服了天主，你的灵魂自然悔悟，自然不相信这些邪说，哪里有什么丸药？我亦听人说过，说这丸药吃下肚腹，肚腹便藏了一个小洋人，若是那人翻悔，小洋人便吃他脏腑。无论没有这个道理，你想我们教士何等尊贵，何等威严，岂肯同寻常百姓做这些把戏？停会子你试看便晓得了。”梅克此时又在橱里取几片面包，倾了半杯牛奶，递给顾阿三，命他在室里坐着。自己披了一件斗篷，替他在客教士面前禀白。

阿三见这室内精美非常，热烘烘地燃着一盆炭火，自念世间乃有如此洞天福地。正在歆羡，梅克已笑着进来，说：“阿三你好造化，客教士很愿意救护你，此时正在堂上等着呢。我这里有一件长衫，你先披着。见了客教士，也不用磕头，只须把你的帽子扯了下来，就算磕头了。他说的话，你都答应着。”顾阿三一一领命，心里十分忐忑，只得随着梅克走出来。

室外阵阵寒威，那雪花仍是搓棉扯絮，阿三又不由牙齿索索地抖起来。穿过两重房屋，才看见一座高拱华堂。刚跨得一层台阶，只见金碧辉煌，案上陈设也不辨是金是玉，当中悬了一个大月亮儿，光芒四射。静悄悄的，正瞧不出客教士立在何处。梅克低低说道：“脱帽，脱帽。”阿三忙一把扯了帽子，呆呆地对着梅克。梅克指指上面，阿三才见客教士翘着两撮黄须，挺然直立，口里学着不甚完全的中国话，说："你是不是阿三顾？是不是？"阿三忙答道："小人不错。"客教士又道："你是不是情愿依天主的话？天主保佑你的灵魂，享天堂里的幸福。你以前的罪，天主教你洗净。可是不是？天主是慈悲的，你们服从了天主，天主保佑你们的灵魂。知道天主的好处，知道天主有最大的好处。"

阿三到此更没有话说。只见客教士又望着梅克咕噜咕噜几句，梅克连连答应了几个"爱斯，爱斯"，一把扯着阿三退出堂外。又领他到自己室里来，笑道："我的哥，我们从今是平等的人了。你好不造化，客教士可怜你贫苦，命我给你十块洋钱回去过年。今天是礼拜三，等来年初四，你起个清早，来这里做礼拜，你便是天主教民了。你须要将客教士的好处告诉别人，一传十，十传百，引得人人都降服了我们的教。依你这样年轻，将来神父位分大有可望。"说着又附着阿三耳朵道："做了教民，是天不怕地不怕的，便连官长也奈何我们不得。你要钱用，只管向别人去讨。如有人得罪你，我替你禀了教士，只消我们教士用着三字大的名片儿，便杀了人也只算解解闷儿的玩意，没有什么要紧。"阿三听到此，便也眉飞色舞。又见梅克取出雪白的十块洋钱，只顾要笑，立又不是，坐又不是。梅克笑道："拿去罢。我们再会，你没有事常来这里谈谈。"阿三忙忙揣了洋钱，又来脱身上借的梅克长衫。梅克笑道："你穿回去，不用脱了。我知道你们讲究拜年，还要长衫用呢。"

阿三千谢万谢，出了礼拜堂。此时脚下得了劲儿，也不觉地上有雪，飞也似跑转回去。两扇破门漏了几条长缝，偷眼一瞧，里面黑洞洞的，已悟出今晚没有点油灯。正待叹气，猛觉得胸口重沉沉的，又不禁笑起来，喊着："开门，开门，我回来了。"只听得他娘有声无气地说道："门哪里有个闩的？你推开便是了。"阿三挨身而进，尘埃秽尿，觉得非复人境，几乎要呕起来，骂道："该死，该死，你也不收拾干净些。"他娘道："我清早至此，还没有一粒能下肚，冻僵在这里，哪里还能收拾？儿呀，米买来没有？床脚下还有垫床的几片木块，你将他取出来，胡乱煮一锅粥，度过新岁再说。"

阿三此时心神无主，腹中倒不甚饿。知道已有二更天气，今夜是个除夕，各家却也不曾睡觉。取了洋钱跳上街去，置买物件柴米。他母亲见他又要出去，喊着："儿呀，儿呀。"阿三也不理会，一径上街，买了各物。跑回家，将床面前一架瓦灶煮了一锅饭。将买来的冻蹄切了一盘，又放着一杯冷酒，坐在一张三只腿的歪桌上，自斟自饮。油已添了，灯便明亮，看见壁上蛛丝牵挂，很不雅观，明日须索买些白纸来，满壁糊一糊。

他娘闻见一阵肉香，说："儿呀，你敢是有肉吃么？给一块与娘尝一尝。"阿三只当不曾听见，用一只破碗，在锅里挖了半碗饭，递给他娘。伸手在破笼里取出一把臭咸菜。他娘看见白米饭，只念了一声"阿弥陀佛"，忙忙送在口边，也不暇要肉吃了。阿三吃得畅快，又在袖子里掏出些花生儿，一面剥吃，一面想着刚才的事。猛由门外挤进一个人来，卸了一柄破伞，将身上雪片抖了一抖，深目高颧，嘴边一搭短须。阿三见了，说："啊呀！你老还冒着冷到这里，你老请坐。"遂将自己坐的一条板凳端得过来。那人见桌上有剩下的骨肉，又见他老娘碗里白米饭，露出诧异的意思。也就随意坐下，望阿三道："我家玉丫头很记挂你。我今日午后来了一笔生意，一个五十文推算明岁流年，两个二十四文文王神课。我放着也没用，玉丫头说怕你没有钱使，叫我送给你。"说着便在袖里掏出三个红纸封儿，另外还有一张粗纸大大小小包了几块乌炭，一古拢儿放在桌上，说："这炭留着明早用罢，取个吉利儿，一年兴旺的。"

阿三却不大放在眼里，说道："难为你老想着。如今我可要发财了。"遂将今晚之事，从头至尾告诉了那人。那人又惊又喜，说："有这许多洋钱给你吗？但怕临死要取你眼珠。"他母亲已听见儿子奉了教，又听见有了洋钱，望着那人道："卞先生，这也顾不了许多。我儿把洋钱取出来，给我看一看，我倒有几十年不看见这东西了。还是那一年出嫁，我的娘用红绳子扣了两块洋钱，坠在我袖子里面。不到三日，便被你那死鬼老子要得去。至今总想不起是个什么式样儿。"卞先生道："阿三发了财，也是我女儿的造化。我的女儿虽是一只眼睛，他看人是不错的。他嫁你之后，我们大家一处过活起来，真是热闹。"卞先生说到此，洋洋得意，只管将两条腿左右摇摆得利害。

阿三也不暇说话，忙忙地搬了几块砖头垫着足，伸手至床顶上面一个墙洞里，取出一个檀木牌位，笑嘻嘻对着卞先生道："我想请你老写几个字。"卞先生道："这乃是你父亲的灵牌，你要写什么？"阿三道："什么灵牌不灵牌，我们奉教的人，哪里还供这劳什子？况且我父亲也不曾保佑我发财，反是天主保佑我。我想我奉教也不能不教人知道。我想请你老在这牌子反面，写个'奉教大老爷顾阿三'字样，钉在大门上，好教人不敢欺负我。"说着便寻了一会，寻出一块黑墨，一支秃笔，将墨在桌角上用涎唾磨了磨。卞先生笑道："也好，也好。只是你虽然奉教，也不曾做官，不合写'大老爷'字样。我替你写罢。"便写了"天主教民顾"五个小字。阿三欢喜，便钉在门外面。自此以后，顾阿三在这条街上，便有些诸恶必作，众善不行。

且说这卞先生，原是一个不第秀才，书生末路，无以糊口。幸亏少年时喜欢学学医卜星相，今日恰好便借着这件本事，开设了一个命馆，租了人家一间小矮屋。老妻久已下世。膝下剩得一个女儿，小名玉贞，目下二十五岁。自幼便瞎了一只眼睛。头上因为起了一场天疱疮，把几根黄头发落得干净，如今数起来，至多也不过三五十根。在先买买阿三烧饼，两下倒很有意。卞老先生一将二就，也情愿托人做媒，将女儿许他为妻，草草地放下小聘。小家碧玉，虽是议过婚姻，却也不大回避。阿三也常常到命馆里闲坐，却是看着这爱妻，美如仙女。那玉贞虽是丑陋些，性情却是贤淑，看见阿三母子贫苦，时常劝父亲资助资助。他自家也替人家做做针黹，稍有积蓄，便交给阿三的母亲。如今听见父亲回来说阿三有了奇遇，将来不愁温饱，私下里非常欢喜，足见世界间事，都识人于未遇之先。自问："我这副容颜，若不是阿三当贫困时同他放聘，怕他今日也未必还肯要我。"因此上倒也安心乐意。阿三却是不然。虽是依旧卖饼，却是不三不四的银钱，来得甚为容易。把自己住的铺子，已整修得十分光洁。他母亲也就穿了一件干净青布衫儿，东家看看小牌，西家讲讲闲话，没事时也约几个妇女到礼拜堂听讲。

合当有事。这一日，他母亲在礼拜堂里，黑压压坐了一大堆妇女。自己身边有一个女子，不大懂得台上人说的话，便低低地拉着问长问短，谈得入港。知道这女子姓乔，住在城外，因为进城到姨母家来走走，午后闲着没事，便偕同他姨母到这里玩耍。因为姨母坐在前一排长板凳上，所以就近同阿三的母亲讲话。阿三母亲却也认得他姨母，原是街邻开铜锡店王衡兴的娘子。听讲之后，便大家一路说着笑着，仍走回来。走至阿三饼店门首，阿三母亲坚欲留乔大姑娘到他屋里歇一歇脚。乔大姑娘因为出来时候已久，急欲小解，见阿三母亲留他，便望着他姨母。他姨母笑道："既然顾大妈妈留你，你便在此歇一会儿不妨事。我先回去煮晚饭，停会子你出来记清白，一直向东，拐弯便到了。"

乔大姑娘答应着，便随阿三母亲进内。见店门首设着一张木桌，桌上竖着几个白饼。一个高大泥炉，烘烘地烧着火。一个少年，身穿玄色紧身小袄，腰间系着一条围裙，被面灰污得雪白。约莫三十来岁，满脸横肉，青紫庞儿。正在那里做饼，斜着一双色眼，只管向自己瞧着。乔大姑娘脸上一红，忙窜入一扇芦笆墙壁里面，却是黑洞洞的。定了会神，才看出净桶，却靠着一个锅灶。自己也顾不得干净，忙忙坐上净桶。阿三母亲笑道："舍间蜗居，姑娘不用见笑。这芦笆墙壁，还是今年才添的呢。在先我睡在床上，便看见街上热闹，煞是方便。是我儿子的主意，要分什么内外，才拦着这座东西。我就不大情愿。”刚说到此，只听见他那儿子厉声叫道：“你快出来做买卖。”他娘吓了一跳，便跑出去。

乔大姑娘刚才解过手，猛见那少年跳得进来，不由分说，一把抱住乔大姑娘，望怀里一坐，便勾过粉颈，先亲了一个嘴。又忙按在他娘的一张板床上，一只手便去褪乔大姑娘的裤子，吓得乔大姑娘魂飞天外，满口大叫道：“救命呀！救命呀！杀……杀……”到此已被那少年掩住樱口。这时候正是晚市，街上行人极多。阿三的铺面又是浅窄，霎时间围了一群看闲的人，便有好事的挤得进去。阿三见这光景不妙，才把乔大姑娘放下。乔大姑娘哭哭啼啼，带骂带说。众人见乔大姑娘生得颇有几分姿色，便有些不平。那阿三反雄赳赳的，骂着他娘不会照应店面，将人放得进来。

乔大姑娘匆匆走出店门。忽地东头飞也似跑来一个老头儿，花白胡子，已听见这个消息，大踏步来揪阿三厮打。乔大姑娘认得是他姨父王衡兴。接连他姨母也骂得来了，见乔大姑娘无恙，先带着乔大姑娘回去。此处王衡兴想来揪阿三，早被阿三掀翻在地上，拳脚交下。众人益发鼓噪。有几个老成的，见阿三门上钉着“教民”字样，暗暗地指点给众人看。众人遂也缩缩头，顿时散去大半。

王衡兴吃了这一场大亏，愤愤不平，便将地方上坊保寻得来，告诉他如此长短，要告阿三一个强奸姨侄女的罪名。坊保冷笑道：“你老人家息一息气。论理我不该阻拦你，但是顾阿三这厮，我们却没本事看管他，你到衙门里告准他再说。象他这种事情，也不只今日一次了。你的令姨侄女不曾被他糟蹋，就算是大大的造化，你还去老虎头上扑苍蝇呢。你有多大的势力，能强过他呢？”王衡兴道：“教士难道不讲理？我家姨侄女儿是有了婆婆家的。他父亲也是有名望的堂堂乔滨，谁人不知道，府县衙门他也走出走进。便是他兄弟乔家运，也曾出来应考，考中了在五个圈儿上第十三名。难道怕他一个卖饼的不成？”坊保道：“好，好，但凭你老人家。我们是官身人，有事来招呼我们一声就是。”说着扬长而去。

王衡兴见坊保都畏惧阿三，也就冷了半截。他妻子又劝着他：“就不必提他了，横竖大姑娘也不曾被他欺负。况且今年下半年，饶家也有了喜期，把这事传扬出去，也不很好看。便连我姐姐那里都不必告诉，我那姐夫又不是省油灯，弄得打官司告状，倒反闹开花了。”说着，又望着乔大姑娘道：“你也不必哭坏了罢，只当是遇见鬼的。都是我不好，要带你到那牢地方去做甚？”乔大姑娘饮泣无语。回家之后，果然不曾将此事告诉父母。

阿三淫心未死。后来打听得乔大姑娘婆家姓饶，家中只有兄弟三人，乔大姑娘便嫁给饶大，他名字叫饶大雄，喜期已定八月十五这一天过门，心里很为失望。无事之时，便同几个酒肉朋友谈起此事。便有人替他出了个主意，他听了十分欢喜。

次日，便跑到他丈人卞先生处，说要娶玉贞。卞先生这一向见阿三同他家很为疏远，父女心里都怀着鬼胎，深恐阿三有悔婚之意。今日听见要娶他女儿，心中甚是欢喜。却故意推说道："你预备什么日期做这件事？我们陪奁不曾检点，怕一时赶办不及。"阿三笑道："你老不必客气，我知你老光景甚窘，提什么陪奁不陪奁？只要一个大澡盆，将来你的女儿赤条条坐在里面，抬到我家里吃饭睡觉就是了。"说着哈哈大笑。卞先生脸上被他臊得通红道："你也不必这样说法，你在先也不见得比我好。闲话休提，既是如此，必替你推算推算，择个良辰。"顾阿三道："我心里想，就是八月十五，月宫娘娘也团圆，我们也团圆。"卞先生道："也要仔细，不可过于忽略。"说着便检阅一本罗传烈《通书》，看了一会，又在嘴里叽咕几句，失惊道："不好！不好！八月十五与我家女儿星宿上很有冲犯。"阿三道："我是不相信这些话的。"卞先生道："也要仔细。"阿三道："你若不依，我也不勉强。我老实对你说，除得这一天做喜事，要不我便将你的女儿搁到一百岁上，再择喜期。"说着立起身，便要望外走。卞先生忙拦着道："你且勿忙，我们从长计议。你定要八月十五这一天成亲，我也不能说不依。但是我女儿这一天确有三重恶煞来犯：一重亡神，二重天哭，三重伏尸。却喜这天是个太阴星化解。必得寻一座女神庙，用些茶叶、白米，在女神面前香炉底下镇压镇压。我想西门外有座露筋祠，究算是位女神，到这一天，你多费几文，将喜轿抬去走一趟，可保平安大吉。"阿三听毕，沉吟一会，笑得跳起来说："就是这样办法，就是这样办法。"

光阴飞快，将近喜期。阿三便在自己铺子旁边租了一间新屋，也挂了几盏红灯。先一夕请了同教的朋友。十五这一天，反不惊动一人。先打听饶家花轿是什么颜色，自家也用了一样的花轿，抬至卞先生馆里。午后暗暗嘱咐四个轿夫几句话，便如飞地将卞玉贞抬至西门城内露筋祠内。乔大姑娘家是住在城外，早见饶家的喜轿抬过去。日落之后，又见饶家的喜轿抬过来。阿三大喜，望着自家轿夫丢了个眼色，一路上不前不后，紧紧傍着饶家喜轿而行。走近城门，天色曛黑。众人一声吆喝，大家停步，早听呀的一声，城门关得铁桶一般，将两家喜轿截在城口。规矩是喜轿进城，看管城门的兵役必须关城吵索喜钱，不满其欲，终不开放。此时乔家送亲人等齐齐挤在城口，做好做歹，互相争闹。两家抬喜轿的轿夫也便将喜轿歇在

大道上，来城门口争看热闹。好容易发了许多喜钱，将城开了。其时天色越发黑了，大家心慌意乱。阿三的轿夫是有意的，趁吵闹之中，早将乔大姑娘抬起飞跑。乔家轿夫哪里详察，也就将卞玉贞喜轿抬起来飞跑。顾阿三今日装束是假扮着仆从模样，此时押着乔大姑娘喜轿，如飞地赶到家中，命他娘将乔大姑娘搀入房里。乔大姑娘眼睛闭得紧紧的，做梦也不知道会被当日强奸的强盗当真奸着了。阿三嘱咐他娘："今夜无论谁来打门，你都回他说我今夜同新人成亲，有话总待明日再说。"可怜这一夜中，那乔大姑娘已不知被阿三蹂躏到什么田地。

且表饶大雄这一天请得诸亲六眷，十分热闹。喜轿进门，有伴娘将新人搀进房里。见新人只穿了一件青布衫儿，头戴了一顶半新不旧的凤冠，当时亲友已觉得诧异。饶大雄早骂起来，说："我们送过去的簇新衫子到哪里去了？为何装着这鬼模样儿？"旁边走过伴娘，替新人挑起面盖，大家这一笑，可是惊天动地。虽然玉贞闭着眼睛，然而那只瞎眼终究瞒不起来，右边嘴唇被瞎眼高高吊起，十分难看。头发纵有凤冠掩着，那鬓脚下已露有几处疮疤。饶大雄这一闹闹得利害。

欲知后事如何，且听下回分解。

# 第十七回　劣弟恃蛮奸嫂嫂　顽儿装势做哥哥

此时饶家亲友也有曾见过乔大姑娘的，见已换了一个人，知道内中显有别情，顾不得许多，大家便聚齐了盘问卞玉贞。卞玉贞耳中却隐隐听见有人说话，只猜不出是顾阿三弄这狡猾。后来被逼不过，遂睁开一只眼东瞧西瞧，也不见阿三踪迹。那打扮新郎模样的倒是一个紫膛面皮，高高身材，一个壮汉。心中也吃得一吓，忍不住说道：“你们这里可是姓顾？我是卞家的女儿，是嫁给姓顾人家的。谁人将我抬到此处？”此时众人已经会悟，还猜是路上无意抬错了喜轿，便追问他顾家住在哪里。卞玉贞说明了地落。饶家也没有别法，饶二、饶三赶紧带了人，跑到顾阿三家里查看。此处赴喜筵的客人，吹鼓乐的宾相，大家弄得交头接耳，议论纷纭。

不到半个时辰，饶二、饶三均已回来，跑得气急败坏，说：“不好了，嫂子被姓顾的那囚娘养的玩够了。我们打门，有个老奶奶问我们打哪里来的。我们便问他：‘你们这里可是有人娶新妇子？’老奶奶答应说：‘是不错，我的儿子今夜娶新妇子。’我们又说：‘你家的新妇子是娶错了，你家的新妇子在我家里，我家新妇子在你家里，快快拿出来换一换。’那老妇却只管冷笑说：‘我家新妇子丝毫不错，我的儿子此时正同新妇子睡得快活。就是换不换，也要等到明天再商量。’大哥你想，我们嫂子已同那厮睡起来，如何是好？在兄弟们看，大哥也须快快同这瞎妇子去睡一睡，就是明天交换，也落得公公道道，不至被那厮占了便宜去。”饶大雄听了这话，气得暴跳如雷，说：“这个姓顾的，为何不管青红皂白，便就睡起来？他难不成不知道他的女人是瞎子？我为甚将不瞎的人让给他睡，我反来睡这个瞎子？这是断断不能。”

饶大雄话才说毕，早恼了他兄弟饶三。饶三性最卤莽，气得须发倒竖，走上前将饶大雄推翻在地，举拳就打。众人吓得上前拦护，饶三气哼哼道：“你们让我将这脓包打杀罢。什么瞎子不瞎子，你再不去睡，过一会儿夜已深了，天又亮了，嫂子再也不得整了，瞎子是再也不得破了。便是换得来，已被人家占了便宜了。脓包，你还敢道三个'不'字?"饶大雄此时仰在地上气喘,也大怒道:"这事与你什么相干?睡不睡干你鸟事!莫说三个'不'字,就是三千、三万……"饶三不待他说毕,吼叫道:"罢了,罢了,气杀我也!你不睡由你,我却饶不过那厮,我来替你睡。"说到此,大踏步跳入房里,不由分说,将卞玉贞一跤翻跌在床上,拎起两只小腿。卞玉贞不知为甚事情,吓得怪哭怪叫。此时亲友又转入来扯饶三。饶大雄又只管跳上跳下,将屋里挂的灯彩打得落花流水,直着喉咙喊:"不干了,不干了。"饶三经人扯住,放下卞玉贞,又出来寻饶大雄,一定要逼他上床,方始干休。正难分解,这亲友中有几位年纪长的,拦着他们弟兄说:"这件事须赶紧商议个如何办法,不应该你们先闹得翻江搅海。第一要紧须急急报信给乔亲家,奈何乔亲家又远住城外。事已如此,料想不经官断不能了结。天一亮,须急急命人到乔府去报信。乔亲家长于词讼,就请他写好状子去告一告。"饶氏弟兄听了,彼此方始息怒。果然等到天亮,便给信与乔家。乔滨听见这样奇事,又惊又气。随即赶进城,同饶大雄带领了卞玉贞一干人,向衙门去告状。

且说乔大姑娘当夜也不知嫁的是谁家,清早睁开眼一瞧,见是阿三,羞惧交并,不禁问了一声:"你是谁?"阿三笑道:"就是我。"乔大姑娘知已中了奸人之计,急得掩面痛哭。阿三笑道:"哭什么呢?生米已成熟饭,你也不用埋怨我,我实在是爱你不过,才用这条计。我知道你夫家未必肯与我干休,大约不在今晚,便在明早,还要同你到公堂去走一趟呢。你愿意嫁我,你也少不得一碗饭吃;你若是不愿意,……"忽地他老娘引进两个公人模样,笑嘻嘻地望阿三唱诺道:"恭喜,恭喜!小弟们失贺,罪该万死。"阿三笑道:"弟兄们来了,俺现成陪弟兄们走一趟。"阿三遂命老娘雇了一乘小轿,将乔大姑娘抬着,又低低向他老娘说了几句话,便一路向县衙而来。

这县官却是个少年纨绔公子官儿,初登仕版,十分锋厉,听见这一种案情,焦怒已极。及至将一干人带至案下,看见阿三獐头鼠目,一望而知是个痞徒。再瞧瞧乔大姑娘,宿睡初醒,粉脂犹污,一上堂跪下,便泪落如雨。此时两造各执一词:饶家说他是有意劫亲,阿三只说无心遇美。县官留心察看情事,便问乔大姑娘道:"昨夜可曾受污不曾?"乔大姑娘听见县官问到此处,只管饮泣,低着头一言不答。县官又问卞玉贞道:"你呢?"卞玉贞说:"并不曾受污。"县官又问乔大姑娘道:"你的隐情我已尽知。此时我将你仍断归饶家,你意下如何?"乔大姑娘羞答答哭道:"小妇人只恨前生冤孽,实无颜再事二人,悉听青天公断。"县官解得他此意。又回头向饶大雄道:"你的妻子已非完璧,我替你重办阿三,你不如将错就错,就将卞家女子领回去为妻。”饶大雄道：“小人不要睹妇。”卞玉贞到此，已知顾阿三负心卖己，不禁放声大哭。他父亲卞先生已经闻信赶至，也痛斥阿三当日如何受自己照顾之恩，今日作此伤天害理的事。只有乔滨虽然怒着阿三，然见女儿已愿意嫁他，算起来便是子婿，却在旁一言不发。

县官见饶大雄不肯领卞玉贞，便勃然拍案大骂顾阿三道：“你这混帐东西！刁恶已极，不重办你，如何服得别人的心？你既占了饶大雄妻子，便罚你三百元交给饶大雄另娶。卞玉贞发堂择配。你快具甘结来。”阿三遵命具了甘结，又跪上堂来。县官又问：“重罪已恕，轻罪难饶。左右何在？将这厮扯下去，重打一千小板子。”旁边的人重重吆喝了一声，却不见上来扯他。阿三叫道：“小人是教民，老爷须打不得。”县官益发大怒，说：“什么叫做教民？本县只知道办案，不知道教民。快打，快打。”左右无法，只得上前将阿三扯翻在地。

正待行刑，乔大姑娘不由跪近阿三身旁，拦着行刑的人哀哀求告。县官命人将乔大姑娘扯过一旁，决意要打。忽见大堂上走来一人，持了一封书信，函上隐隐约约画着一行洋文。县官扯出信看了一番，皱着双眉长叹了一口气，便命左右放阿三起来，草草退堂。阿三知道天主堂已有信至，好不得意，欢欢喜喜带着乔大姑娘归家。只有卞玉贞两处都嫁不成，凄凄惶惶，父女二人日向阿三门首哀泣。阿三是置之不理。后来卞玉贞自恨命薄，悄悄地跳入城河淹死。卞先生得到此信，也服毒自尽。

饶大雄不曾娶得乔大姑娘，倒也不甚介意。他日日向阿三讨那个三百元。你想阿三哪里有三百元给饶大雄，被逼不过，又求了客教士，将饶大雄送入府衙里坐了三个月的牢。自此饶氏弟兄把天主堂的教士恨入骨髓。饶大雄后来便不曾娶妻，在外面姘着一个妓女，身材短小，人便呼他做小广鸡。小广鸡不安于室，饶二、饶三都偷上手了。饶三娶的堂客非常泼妒，久放小广鸡不过。这一天大家在楼上看盂兰会，小广鸡因为要看洋人，探出半身在窗外，饶三堂客冷不防将他望下一推，人众之中，已把一个小广鸡跌得半生不熟，半夜里便死了。饶大雄只知道又是天主堂洋人同他做对，忿无可泄，便约了一班盟兄盟弟，择了一个秘密所在，日日商议要报仇。又恐民心不服，遂先寻觅了猫骨、狗骨，连夜里埋在天主堂墙脚下，扬言堂里蒸食小孩子，全把吃剩的骨殖抛在外面。彼此传闻，满城的人遂有仇教之心。饶家弟兄便从这一晚引了乌合之众，扛着木柴，携着煤油，将一座天主堂围得水泄不通。等待三更之后，一齐举火；举了火便去劫杀阿三；然后打开运库，砍尽官吏：稍泄心中一口鸟气。

正自摩拳擦掌，谁知教堂里早已得了信息，不敢怠慢，报了江、甘两县。两县禀明府尊，早将东门、西门外两座驻扎的大营咨调得来。约莫初更光景，那四下里兵队呜呜地呜着号筒，向前进发。饶氏弟兄很吃一惊，此时还有些羽党不曾到来，瞧瞧左右，只有三五十人，你推着我，我推着你，吓做一团。饶氏弟兄不得已，呐喊一声，众人也便随着喊了一声。官兵却不知道他们有多少人马，围了一个大圈子，先放了一声空枪。从这一声枪里，那些光棍早望四下里没命跑去。饶氏弟兄见光景不好，也不敢再去放火，便也趁热闹之中溜之乎也。官兵却善看风色，也不穷追，落得个马到功成，不折一矢。倒出了些死力，将天主堂四面堆的些煤油柴炭，收拾干净。后来知县也访知是饶氏弟兄所为，便差了捕役去捕捉他们，谁知饶氏弟兄已挈眷逃得不知去向。这一来不打紧，也就吓得合城人心无措。

那伍晋芳进了北城，与季石壶分手之后，犹自大模大样，缓缓行走。一入闹市，早见各店全行闭门，耳里便听见传说这件事，方才知道适才在小金山，听那个老奶奶所说西门城外老湘合字营调兵入城的话，却非无因。幸喜此事并未酿出祸来，倒也不甚介意。一缕情丝，转又袅到朱二小姐身上，便恨不得插翅飞回，足下转又有些匆匆的。

刚刚走到自家门首，只见家中用的几个家人穿梭来往，都是张皇失措。一抬头看见伍晋芳，便说道："好了，少爷回来了。"伍晋芳望着他们骂道："什么事大惊小怪？兵队入城，乱匪已遁，还用得这般着急？"家人又道："外面的事原不打紧，家里却出了大事。老太爷适才被这件事一吓，一口气接不上来，已归了天了。"

伍晋芳听到这一句话，吓得魂不附体，也不暇同家人诘问，踉踉跄跄望内飞奔。才走到前厅，早听见内室女眷哭声震地，自己也不由放声大哭，一路哭得进去。卜氏太太看见晋芳回来，深怕他急坏了，自己转住了眼泪来劝慰他。幸喜家中预知伍士元病不能起，各事预备齐全。一面发了丧条，向各亲友家报丧。不到天亮，那陆陆续续到来吊唁的，便着实不少。

次日，晋芳眷属遵制成服。搭丧棚，扎素彩，糊白门，设祭亭，十分热闹。晋芳又是个纨绔少年，长于挥霍，僧人道场，道士清醮，这个七七四十九天之中，也不知许多踵事增华，名过其实。凡有女眷来往，晋芳都请朱二小姐替他照应，自己却不用十分烦心。朱二小姐便有时回家走走，晋芳等不到一天半天，便迭次命人打轿子去接他。朱二小姐因此上遂拜给卜氏做干女儿，名分所关，与晋芳俨然兄妹，便有些亲热地方，别人也不能议论长短。直把个三姑娘气得要死，却也无可如何。

这一天是个开吊之期，晚间又是大祭。头一夜合家都不曾睡觉，灯如白昼，里外通明。朱二小姐也穿了一身素装，指挥各事，井井有条。天一发白，那大门外已炮声震耳，三通鼓响，接着奏起粗乐。寝门帏前云板一敲，箫管悠扬，便随一派嘤嘤哭声断续而起。一时间车水马龙，将大门前一片空地都挤满了。晋芳是请的洛钟管理出入帐目，又有一班盐务官儿替他陪宾。三座大厅，收拾出一座，通是铺的大红陈设，准备现任官起坐。却休絮表。

且表秦氏将麟儿收拾得整齐，命他到伍府去祭奠。麟儿很是欢喜，说："我倒有许久不见仪妹妹了。他家今日晚间很热闹，我们先生还去团祭呢。"麟儿正自同娘说话，他姐姐绣春在对面房里喊道："麟弟弟，你到我这里来，我替你打扮。"麟儿便跑过来。绣春手掌上正拍了好些胭脂，便在麟儿面上轻轻一拍，笑道："你脸上太粉白得不好看，染红了怪可爱的。"麟儿猛不防，急得跳起来说："我不要染胭脂，我又不是你，又不是仪妹妹，我是男孩子，为甚拿胭脂污了我的脸？我去磕头，别人必定笑我。"绣春笑道："你多大点毛人儿，包管没有人笑。"麟儿猛然问道："姐姐今日怎么不到仪妹妹家去？"绣春摇摇头。麟儿笑道："我知道了，田家哥哥我听见也是今日去磕头，姐姐怕遇着他，所以不去。可是不是？"绣春笑道："呸！"麟儿道："你为什么呸我？我替你告诉他去。"绣春放下脸说道："你再胡说，我替你告诉母亲。"秦氏问道："你们姊弟两个又作闹了，好好的为甚又嚷起来了？"绣春笑道："麟儿在这里胡说。"秦氏问道："他说什么？"麟儿笑道："母亲，你问姐姐看我说什么？"秦氏果然追问绣春。绣春却说不出口，一笑揭起门帘，跳到房外去了。黄大妈走进来，说道："将近午饭时候了，小官官到人家去，也该早去。适才网狗子在田家经过，看见歇了一乘轿子，说是抬田大相公的，你看好不阔气。"秦氏道："我家这位亲家太太也没道理，小孩子年纪轻轻的，为甚闹这个排场儿？黄大妈，你也不必耽搁了，就送小官官去罢。见着他家老太太，替我请安；麟儿的姨娘，也替我问一声好。仔细照应看着小官官，不要放他跑出跑进，人家有事，碗盂什物要紧。"麟儿笑道："不用说了，我都知道。出门一次，母亲都要咕噜一次，我也听腻烦了。"说着便同黄大妈一径往伍家行去。

走到门口，人都拥挤不通。黄大妈深恐麟儿被人践踏，紧紧地拢在怀里。正行不上去，恰好孙大戴一顶大帽儿，在门首执帖，见了麟儿，忙一把抱起来，骑在肩上，走至厅前放下。厅上许多生客，三三五五纵横列坐。孙大领麟儿到灵面前磕了头。

黄大妈望他招招手，引他到房里。麟儿见过了卜氏及三姑娘，早见淑仪穿着白孝衫，站在房里，望他笑。麟儿却闷闷不乐。淑仪走过来扯他袖子，将他扯在窗口，问道："你今日同谁生气？谁得罪你了？"麟儿道："就是你家得罪我。别人来磕头，里里外外都吹着鼓乐儿。为什么我来磕头，静悄悄地不曾听见吹一声呢？"淑仪笑道："怪道呢，就为这个。这有什么气头？你是我们亲戚，那鼓乐应酬外客的。譬如我爹爹同我们磕头，就不要他吹。所以你同我们一样，你磕头他们就不吹了。"麟儿道："当真妹妹磕头，他们不曾吹？"淑仪笑道："我几时哄过你的？哥哥，你听见外面又吹起来了，我同你去看看是什么人。"

两个人便挤到房门口，微微地揭起一角门帘。见走进一个十二三岁的孩子，头戴一顶金顶大帽子，身上穿着玄青缎子外褂，却是一裹圆袍儿，足登粉底簇新乌靴，黑巍巍的一个肥胖脸，象是有点浮肿，一步三摇，望灵座前走。后面跟着一位陪客，面黄肌瘦，身子非常高大，也随着进来。看这个神情，宛是阎罗面前大头鬼与小头鬼一般。引得旁边人役，都有些暗暗好笑。那孩子毫无畏惧，深深地跪下去行礼。这个当儿，忽然走上一个赞礼的高声喝道："就位——跪——叩首——叩首——"才喊得两句，那孩子却吓慌了，兀地站起来，并不记得是磕了几个头了。伺候孝子的家人见他只是一跪二拜，忙接着又喝道："孝子叩谢。"那孩子两边一望，也不见有个孝子。正在手足无措，掉转身子，猛见着那位陪客，他糊里糊涂，只当他是个孝子，自己扑地却望他跪下去。陪客也还礼不迭。此时房里房外不禁都笑起来。

那孩子脸上一红，便随着陪客出了寝门之外，昏头昏脑，只望官厅上跑去。那陪客急了，说："就请在这里坐。"于是将这孩子引至一座小花厅内，四周密层层的，都挂着些祭帏。便有仆人捧上两盏清茶。右边一排椅子上，已坐了许多生客，那陪客便邀这孩子坐在左边。那陪客先咳嗽了两声，便向那孩子朗声问道："贵姓？"孩子答道："贱姓田。"陪客又道："宝号？"孩子拧了一拧，答道："小店离这里不多远儿。"陪客笑道："不是问宝号，是问台甫。"孩子脸上又一红，答道："不曾取有表字，学名便叫田福恩。"田福恩因为适才说错了话，很有些惭愧，故意站起来向室外一望，喊道："来，将我的水烟袋拿上来。"说过了，便见进来一个小倌模样，递过一支水烟袋。福恩接在手里，重复入位吃了两袋烟，转问那个陪客道："还不曾请教尊姓。"陪客答道："不敢，贱姓是杨。"福恩又道："台甫呢？"陪客又答道："草字蝶卿。"福恩想了想，说道："呀！先生可是同我们小店间壁宋家窑货店有亲吗？怪道见先生面熟得很。"蝶卿道："不错，那是敝岳家里，兄弟便入赘在他家。原来足下就是田老板的世兄，失敬，失敬。兄弟随后倒可常常领教。”福恩道：“不敢，不敢。改日过来替先生请安。”福恩此时很得意，跳下椅子，将水烟袋递给杨蝶卿，自己便负着手，仰着脸，高声诵念那祭帏上的大字。一幅是“老成凋谢”，他却将“凋”字落去两点的偏旁，念成一个“老成周谢”。旁观的客都微微含笑。福恩却不省得。

此时来吊的客越发潮涌，有行过礼便去的，有的便坐在这里等吃午饭。午饭之后，都次第睡在烟炕上议论时事。田福恩也猴在烟盘旁边，吃了好几十口，又伸手在水果碟子里拈了两片福橘。却见麟儿同淑仪手搀着手，向自己一张，又笑着飞跑。田福恩喊道：“麟儿，麟儿，放老成些，怎么如此嬉皮憨脸？见了哥哥我也不请叫一声吗？”麟儿看见福恩正言厉色，倒不敢动，垂着手恭恭敬敬喊了一声：“田哥哥。”田福恩答应了一声，遂递了一片福橘给他，又递一片给淑仪。又问麟儿道：“你家母亲同你家姐姐在家里好？”麟儿笑着点点头。趁田福恩回头同人说话，他们早一溜烟躲去了。

田福恩无事，便随意闲走。走到东边一座花厅内，看见黑压压地挤了一大堆人。有一位手里扯着一张大红单帖，挨名在那里点数。又说某翁大赞是好的，某翁读祝是个老作家。又说：“饮福受胙还是让给兄弟去做罢。”说一会，笑一会，好不热闹。单有一位老者坐在炕上，在腰里掏出一副眼镜，套在脸上，手里拿着一叠白纸，揭开首页，便听见那人低低吟哦，却听得不甚清楚。听了半晌，只有一句可辨，是“竟弃不肖而长逝耶”。那老者念到此，几乎要哭出来。田福恩看了一会，也没有什么意味，转身走入帐房。只听见洛钟在里面拍案怒骂，说：“有多大的寒生？也不睁开眼看看门第儿。我们这里不是暴发户，要吃他们挟制。好说他不听，你们替我不用睬他，看他怎么样？”只见窗下立了几个仆人，连连答应着“是”。接连又有几个送礼来的，纷纷攘攘。

正闹不清，廊外又有一群轿夫喊起来，说：“酒饭钱，规矩是要给我们的，我们抬的是团祭的老爷，不比旁人。小人们有打罪、骂罪，没有饿罪。”又有一个轿夫佯劝道：“伙计们不要乱嚷，秦老爷是个老办帐房的，有什么不体贴我们？你们把秦老爷嚷得生气，包管大家吃不了兜着走。等秦老爷开发了寒生，我们再上去领赏也不迟呀。”

洛钟看见田福恩进来，忙笑道：“请坐，请坐。”田福恩道：“老伯尽管办事，不用客气。”说着便随手翻着一搭白封套儿，上面俱写着奠仪，内里却安着一张粗纸，写着“制钱二百文”五个草字。又不是钱铺里的票子，便戏问着洛钟。洛钟笑道：“这又算什么呢？便是那些穷寒生来弄这玄虚，又不知道真是寒生不是寒生，成群结队闹得人头都昏了。好极，好极，累老贤侄在这里坐一坐，我去去就来。”说着竟自出去。

田福恩东张西望，见三间屋里，被纸钱白烛都堆满了，纸屑糨糊纵横排列。田福恩见仆从人等都在室外，心中一动，斜视桌上有散钱三五千文，却不见人家奠仪放在哪里。低头一望，见桌下有张木柜，却不曾锁，不由大喜，悄悄伸手进去，拿出两封，约莫一叠洋钱，也不及细看，望怀里一揣，刚待举步望外走，猛听得内室里吵嚷起来，甚是利害。

欲知后事如何，且听下回分解。

# 第十八回 锦袜留痕居丧权折齿 絮袍肇祸遇事便生波

原来此时正是晚筵上供时候，细乐一奏，将寝门面前的幔子便扯放下来，里面只有伍晋芳家中的内眷行礼。伍晋芳因为守孝，却是寝苫枕块，自家遂铺了一床鞯席在孝幔之内，灵柩之旁。往常朱二小姐每逢行礼之后，便立在灵前，那一双小脚离着晋芳身边却不甚远。晋芳匍匐在地，便轻轻地伸过头来，啮他的锦袜，以为戏耍。嘈杂之中，别人也看不出他们破绽。如此已非一次。

今夕晋芳忙忙地磕了头。接连房里的内眷，大家也都随着出来。晋芳便望孝幔里一藏，又把头埋在地下，等着朱二小姐。隐隐听见灵前衣裙窸窣，行礼齐毕，果然面前又有一双小脚立着。晋芳十分欢喜，尽管衔着袜跟，又用鼻子在那小腿上擦来擦去。事有凑巧，谁知今日站在这里的却不是朱二小姐，便是他的夫人三姑娘。三姑娘心中好生纳罕，猛然悟会，暗想："怪道朱二小姐每次站的地方不离此处，原来他二人借此取乐。今日必然将我当作是他。"醋劲大发，不由得抬起脚跟，使劲踢去。猛听晋芳在孝幔里大叫一声，疼晕在地。大家都吓慌了，聚拢了上前一看，只见晋芳睡在地上，口边鲜血直流，血里已折落了一个牙齿。卜氏忙问："怎的好好儿，会将牙齿跌了？"晋芳也不言语，只是痛得哭喊。三姑娘却是不肯自认。唯有朱二小姐心中明白，含着眼泪，替晋芳收拾。男女仆从忙得纷乱，便连厅上客众都拥挤进来，吓得朱二小姐赶紧躲入房里。众人见晋芳如此模样，很猜不出是何缘故。内中又有些人嘲笑道："象晋翁这样，才算得是泣血稽颡呢。"

猛听得外面三声大炮，众乐齐奏，正是团祭排班的时候。一霎时间，靴声橐橐，灵面前已无一人。卜氏婆媳也就躲入帏幕里放声举哀。麟儿同淑仪，还有亲戚家的小孩子，都猴在一张大桌子上瞧看热闹。远远看见前面厅上有人直着喉咙喊了几句，便又见许多人雁字排着走进来。站了没有一会工夫，又陆陆续续地走出去。麟儿笑问道："仪妹妹，他们在这里做什么呢？"淑仪道："我哪里会知道？看他们这个样儿,同我们摆摆扯扯也差不多,也没甚好玩,还没有和尚跑得热闹。亏我父亲还拿着钱请他们来呢。”麟儿笑道:“也难怪他们要钱,你看他们穿的靴子,没有一个不稀破糊烂,可怜这时候还有穿纱套子的呢。咦!想起来了,我听见我家先生也在其内,如何适才却不见他?”

说到此,又听见厅上喊了一句,接着便奏起细乐。寝门开处,果见他的先生同着一个人,一扭一扭地对面走着进来,麟儿十分要笑,又怕先生看见,只得鼓着小腮儿一言不发。原来他先生走入里面,便有仆人搀着他伍姨父,伍姨父垂着头,那麻布帽子上两个棉花球儿一宕一宕的跟着他先生又出去了。去不多时,只听见震耳的大声喊着,那捶大鼓的又没命地“骨咚骨咚”闹了好一会才算略停。把个淑仪吓得只管伸舌头,说:“这是做什么?这样惊天动地。好哥哥,我要躲到房里去了,我怪怕的。”麟儿笑道:“我倒不怕,我看着倒好笑。你怕,你坐在我面前,我替你掩着耳朵。”淑仪果然将一张小杌子挪了挪,把个头伏在麟儿怀里。麟儿笑道:“等他们再闹起来,你再躲不迟。你快快看,他们又进来了。”进来约有八九个人,手里都捧着盘,盘里装着些纸卷儿。纸卷儿被旁人接去,他们还拿着那些空盘子团团儿转出去。随后又进来,有捧香炉的,有捧酒壶的,有捧酒杯的,还有捧小菜碟儿的,都是板着一副面孔,送到灵桌上放下。放下之后,又将盘子举得高高的,你望着我,我望着你,一递一个走出去。

麟儿一眼看见网狗子也挤进来,有一堆小孩子拦着他,不让他走。网狗子恶声怪气,只管在里面叫。旁边走上一个管家,要想骂他们。麟儿忙在桌子上跳起来,喊道:“网狗子,你快上来。”又指点那管家说:“这个小孩子是我家的,你把他放进来。”那管家果然将别的小孩子一推一搡,那网狗子趁这个当儿早跳过来,双手望桌上一捺,跳上桌子说:“麟官官,这里好热闹。适才这些小菜碟子都是老爷们捧起来,敢是老爷们不耐烦,要想干我们的行业了?”麟儿笑道:“休要胡说,你快瞧罢,他们又进来了。”

这一趟却不聚拢,是两个人引着他伍姨夫,伍姨父便伏在地上。又有两个人引着一个老者,那老者便向灵座前另外一张茶儿旁边跪下。茶儿上点的是通红蜡烛。老者揭开一张纸片儿,长长地唱起来。此时乐声已住,凡祭上的人都随意闲走,大家聚在老者背后听他唱。又见田福恩手里捧着一支水烟袋,也随着进来,紧紧傍在老者背后,把两个眼睛只管望着纸上写的字,故意点头拨脑,似乎领略的意思。看得高兴,将烟一袋一袋地抽起来。冷不防把一袋水烟灰儿吹在那老者袍子上,灰尚未熄，燃着那老者一件棉袍，早氤氤氲氲冒起烟来。大家嚷着布腥臭，再一看，那老者袍子已烧了一个小洞。老者回头看见是田福恩同他闹的，冷笑了一声，他还只管唱他的。唱过了，大家一哄又都出去。

初献之后，麟儿已看得不甚耐烦，便是淑仪也觉得困倦，叫黄大妈将他两人抱下来，抱入房里。三姑娘望着麟儿道："麟儿今夜不用回去罢，玩倦了就同妹妹爬在床上去睡，可好不好？"麟儿心中正是情愿，明日又可躲得一天学。正待答应，那讨厌的黄大妈偏生笑拦道："姨娘不用留他，小官官明日还要上学呢。"卜氏笑道："啊呀，一天不上学，有什么打紧，难不成就在这一天上用功去考状元吗？我留着麟儿相公，你回去告诉太太，请太太放心。"麟儿连连摇头说："我不在这里，我一定要回去。"忙望黄大妈道："你快预备，我们快快地走，让你称心。"说着掉转头便望外跑。淑仪赶着低问道："哥哥，你又有气了？你适才还想在这里同我睡，为何听了黄大妈的几句话，就如此着急？"麟儿也低低告诉淑仪道："妹妹你不知道，我为甚不走？我不犯着叫人疑惑我躲学。"三姑娘见麟儿决意要走，也不便阻拦，便叮嘱黄大妈，路上好生照应着。又命人传话给孙大，送麟官官回去。

秦氏见麟儿回来，不由满脸含笑，说："麟儿，你今日一天可玩够了，累我等到此刻。你身上可冷不冷？"遂伸手握住麟儿的手，又在他额上抚摩了一会，说："快快地将新衣服脱下来罢，过年还要穿出去拜年呢。"麟儿滚入秦氏怀里，一手在腰里掏出些酸梅渣糕，还有些零碎梨果，笑道："今晚姨娘家席上许多果子，我舍不得吃，被我拿得回来，想给母亲同姐姐吃。母亲，姐姐呢？"秦氏笑道："好儿子，你自己吃了罢。姐姐瞌睡，老早就睡了。"麟儿道："让我去喊醒他吃果子。"说着遂抓了两片雪梨，笑嘻嘻跑入绣春房里，果然绣春睡得沉沉的。麟儿爬上床沿，轻轻地揭起绣春被头。绣春只穿了一件粉红衬衫，两颊上浓点胭脂，紧合樱口。麟儿用小指头拈着梨，送至绣春唇边，使劲望里塞。绣春被他闹醒，惺眼朦胧，含糊说道："什么东西？冰冷的。"麟儿笑得哈哈说："姐姐，是我带回来果子，这一片是雪梨。"绣春含了半截在嘴里，却不肯咽下去，说："这样冷东西，我不吃，吃了包管肚里要疼。"麟儿忙央告道："好姐姐，你吃一片儿。"绣春笑道："你不知道，我今晚真不能吃这冷梨。我喂给你吃罢。"绣春便伸过双手，搂着麟儿脖子，口对口儿，将那片梨还哺给麟儿吃了。

麟儿重又跳转这边房里来。秦氏问道："姨娘家今日热闹？"麟儿道："热闹是热闹。田家哥哥今日戴着大帽子，看见我还问母亲好。"秦氏笑道："你看田家哥哥比你大不到三四岁，他就懂得规矩，还晓得问问我。你须跟着你田家哥哥学些见识，不用只管孩子气的。脱了衣服快上床去睡罢。”麟儿笑嘻嘻钻入被里。秦氏替他将衣服收好，也便上床。

麟儿又说道：“母亲，我想起一件事来。黄大妈这个老奶奶，母亲可不要雇他罢，他越发倚老卖老的了。今日姨娘留我在他家里睡，我本不曾答应，他就赶忙拦着，说明天要上学。我又不曾躲学，他只管这样说法，不是安心引别人笑我？”秦氏道：“休要胡说。黄大妈说的话，也是正经，果然明日也不能再不到书房了。况且黄大妈多年在我家里，你一出世，便是他亲手接的。你年纪轻轻的，不许说这些刻薄话。”秦氏在这里说，那麟儿早睡着了。一宿无话。

次日，田焕正坐在柜台里，看着店伙们料理货物。一眼看见这条街上一位穷廪生刘祖翼，身上背了一个大包袱儿，喘喘地望店里走来。田焕知道这位廪生非常刁滑，没有一个人不怕他。今日见他来到自己店里，心中吃了一吓，忙忙地含笑站起来说：“刘先生出来得早。请到小店里歇歇脚儿。”刘祖翼也不答话，一歪身将背的包袱望柜台上一掼，说：“田老板，许久不见了。今日造访没有别事，有几件衣服押在宝号，押几个钱使用使用。”田焕赔笑道：“先生休得取笑，我们铺子又不是典当铺。”刘祖翼睁圆了眼睛说：“谁来同你取笑？好大个开店铺子的。你将你家小畜生唤出来，你就晓得了。”说着顺手抓起一面算盘，啪嗒一声，直掼到街心里去。田焕也就生气，说：“先生，你不是有心来闹事吗？”刘祖翼怒道：“既说我闹事，便闹定了。你有势力，你去到县学老师那里告我一个不守卧碑的罪名，革去我的衣顶，算你是个好汉。”一边说，一边便把那柜台踢得价响。

众伙计看着他们也不曾说出个缘故，只顾厮吵，有两个解事的便上前来，敷衍着刘先生，请问他的来意。刘祖翼手舞足蹈，说道：“昨晚伍公馆里请我团祭，派我做的是读祝官。你们店里那小老板儿，趁我跪在那里读祝，他便有意来同我开心，将水烟灰儿吹落我身上，烧坏我几件衣服。如今我好意背来，同他父亲讲话，他反派我一个闹事的罪名。我们读书君子都闹起事来，象他这开铺子的不是要造反吗？俗语道得好：‘家奴犯法，罪归家主。’又说：‘王子犯法，庶民同罪。’他姓田的这般强横，可想他会生出那种顽皮的儿子了。”店伙听这一番话，才知道其中细情。遂替他将包袱打开，只见里面搁着一件旧皮袍子，一件棉袄，一条棉裤，均系破烂不堪。那棉裤脚上还零零落落挂着几道镶滚痕迹，明知这棉裤并不是男人家穿的。田焕眼快，又叫起来说：“无论你先生棉裤穿在里面不会烧着，就是这条棉裤也不象先生之物，难保不把女太太们的裤子误取出来。”刘祖翼越发羞怒，猛提起那条裤子望田焕头上一套，说：“你知道是我家太太的，你索性闻一闻看，有月经味儿没有？”

田焕被裤子蒙着头，急得忙扯下来，正待发话，那街上人众里早走过一个少年来，高声喊道：“刘老先生，我今日猜准了你定要来，我适才在屋里听见老先生嗓音，就知道有事了。”刘祖翼回头一望，说：“杨蝶卿，你休管闲事。我同姓田的定然闹个水落石出，怕事的便是这个东西。”说着遂跷起一个小指头放在鼻边。杨蝶卿笑道：“何至于此。我来做个和事老人，田老板也算是我的邻居，刘老先生这个交情留在我面上罢。”刘祖翼道：“也好，也好，就请你斟酌办理。”

杨蝶卿略将几件衣服看了一看，仍然代他包好，说：“刘先生这衣服，理当田老板替你重新制造，又恐怕不能合老先生心意。不如命田老板送几张票儿给先生带回去，自己添制，要什么样儿，便制个什么样儿，岂不大妙？”又将田焕扯在一旁，附耳说了几句。田焕忍气吞声，在帐柜里取出一千文的票子四张，递给杨蝶卿。杨蝶卿转递给刘祖翼。刘祖翼望了望，向怀里一收，忽然地转了笑脸，说：“田老板莫怪，我们是闹玩意儿的，你莫要认真。”又走到街上，转将算盘取回来，仍放在柜台上。杨蝶卿笑道：“我来替你老先生背包袱。”刘祖翼笑道：“不敢，不敢。我们下南场，比这样重的包袱还要背呢。”说罢笑吟吟地走了。

田焕叹了口气说：“这是打哪里说起？大清早起破财。若不是杨先生出来，包管还要吃那斯缠扰。杨先生，不是我说一句放肆的话，象这样斯文败类，倒反玷辱了你们读书的人了。”杨蝶卿笑道：“田老板，你不必说这样话罢，刘三太爷是最有名的三阎王，学中谁人不畏惧他？因为五阎王是阴间最有名的了，他比五阎王还利害得两倍，所以别人替他起这个外号。廪生之中，还有两个人呢，一个是大阎王，一个是二阎王，比他更狠更毒。今日你若是遇着他们，怕这四千文还不够打发他们走呢。”田焕听到此，只管伸着舌头，半晌缩不进去。

杨蝶卿走后，田焕憋足一肚皮闷气，望里面走，一头正遇着田福恩。田焕怒道：“你刚才听见这事吗？”田福恩道：“有什么不听见，那厮一到这里，我便在屏后偷看了。我不过烧了他衣服豆瓣子大的一块，他就来讹诈人，好不要脸。我若是你，也没有半文给他。”田焕道：“你说得轻巧。我国读书的秀才，比皇帝还大，何况他是个廪生。我不给钱与他，他定然撒泼，望我家店里一睡；甚至纠合几个同类，轻轻地告我一个殴辱斯文，我如何当得起？千不是，万不是，总是你烧了他的衣服不是。我说你粗心浮气的，上不得正经场儿，所以弄这场祸来坑我。你看着四千文不打紧，你不想全是你父亲根根毛孔出汗来的。”

田焕正说得高兴，忽见房里飞出一把木梳子来，几乎劈在自己脸上，忙将头一侧。接连又是一只鞋子，正中腮颊，打得红肿了半边。刚叫："怎的？怎的？"门帘开处，早蹿出一个蓬首妇人，手叉着裤子，劈头骂道："天杀的，你嘴里放的是些什么驴子屁？谁人上不得正经场儿？小扣子上不得正经场，偏是你上得正经场？他有多大点年纪，他居然袍儿套儿的，大模大样走到人家去，谁人不称赞他？若是叫你天杀的出去走一趟，包管要丢尽你妈的丑。你记不得头一次到我家里去，不过会见几个有体面的人儿，你便由脸上红到耳根子。他昨晚辛辛苦苦应酬回来，你反把气给他受。四千文你便舍不得，就是四万、四百万，都是他的。莫道你根根毛孔出汗，就是根根毛孔出血，也是应该。儿子是你养的，须不是我从娘家带来的。你容不得他，你替我滚出大门，看我们娘儿两个可能过日子不。"

田焕道："我也不曾说什么，你便拦着头护他。十个儿子要成人，一个儿子也要成人。"周氏听到此一句，敲台擂桌哭闹起来，说："你同他有什么杀害冤仇？你忍心骂他不能成人长大？这个日子我怎样过法？天呀，你有灵有圣，将我赶快地捉去罢。"又跳起来跑入房里，寻出一柄剪子，就望喉管里抹。吓得田焕手足无措，只管叫："这做什么？这做什么？"夺手拦住。周氏便又要剪发。好容易被田焕将剪子夺过，望着一个小倌说道："你们快将傅师兄请来罢，就说我请他陪我们奶奶玩一天。"周氏道："也好，也好，我久有此心，同他们入了伙去，让你遂心如意。我可半世白白地帮了你一场。"说到此，又提起衣角拭眼泪儿。田焕赔着笑道："都怪我不是，你也不必再生气了。停会傅师兄来，你们还是约几个朋友，凑个小局儿，热闹一天，或竟将今早无故的四千文赢得过来，也未可知。"

此时田福恩见父母为他淘气，早已一溜烟跑出去玩耍。不多一会儿，又随着一个人进来。那人头挽丫髻，身上穿了一件褐布袍儿，两足瘦小，穿一双天青单皮梁鞋子，云白布袜，一直扯到腿弯，面黄于蜡，手里拈着一串佛珠，约莫有三十外年纪，一走一颠的，似笑非笑。口里念道："夫妻吵闹是常事，旁人们劝解是多事。田老板、田老板奶奶睡过了一夜就没事了。哈哈哈，田老板、田老板奶奶怎么过小了，两个人斗起嘴来了？"田焕见那人来，连忙含笑立起身来，说："傅师兄，今日不曾有人家请你念佛？我今日得罪我家奶奶，奶奶刚刚在这里生气，我就想到你这位大慈大悲的活菩萨，是能够逢凶化吉，遇难呈祥。就请菩萨凑一场小小赌局，点化点化愚蒙罢。"说毕又深深作了一揖。引得傅师兄及周氏都笑起来。

田焕走后，周氏便把适才的事告诉傅师兄。傅师兄望着田福恩道："好个乖乖，你老子还责备你，把你吓出个三长两短，叫你母亲怎生割舍得这块肉？”又叹了口气道：“父子们不睦，也是前生有点冤孽。奶奶不用着忙，改一天我带一道万应解结符来，给小扣子佩在身上，包管他老子就不气着他了。”周氏点点头，仍是没精打采。傅师兄笑道：“你想什么呢？我们将吉祥庵旁住的女善人请来，痛快地赌一场罢。我昨日一天不曾赌，便觉浑身酸痛。今早听见你家来请，便精神振作起来。啊呀呀，哪里知道这几张纸叶儿，便是一粒医病仙丹。”周氏听到此，也就眉飞色舞，将适才愤怨一霎时消得干干净净。田福恩偏生凑趣，早连蹿带跳地去请女善人去了。这里周氏便命小倌去招呼了他嫂子妹妹的姑婆那位王老老。王老老扶着小倌，一路上嘻嘻哈哈笑着进来，已见女善人高高地坐在堂屋里。彼此都是熟人，各各叙了几句不疯不癫的话。

周氏忙指挥几个小倌安排桌椅，摊下一副簇新的纸牌。旁边又放着一个碟子，碟子里另是一副簇新的纸牌叠着，中间还签着一块铜片儿。周氏数一数筹码，分派已定，各各归座。刚要举手来抹，忽见傅师兄如有所思，按着牌叫道：“且缓，且缓，我想起一件事来。”

欲知后事如何，且听下回分解。

# 第十九回 赌局翻新快谈麻雀 仙机入妙误掷番蚨

傅师兄双手按着纸牌，笑着说道："我想起一件玩意儿来，早想来告诉你们，被他夫妻两个打了一个岔，几乎忘却了。我想我们这一百零八张纸片儿，也就算得五花八门，今日看这个式样儿，明日又看那个式样儿。我们嘴里一点唾沫，从指头儿染到这牌上，也就不少。谁知世界上的事，过到老，学不了。前一天，我有个师兄新从福建受戒回来，经过宁波府，带了一副骨牌儿回家，一古拢儿有一百几十扇。除得饼儿、条儿、万儿同我们纸牌不差什么，以外又有十几扇刻着字，叫做什么东风呀，西风呀，红的绿的，闹得人眼花。这也不算为奇。最奇的，牌上有字是人人知道的，他这副牌上颠倒放着四扇没有字的，捞着这个没有字的，开个招儿，一和便算得两和。我很爱那个玩意，比纸牌热闹得多，我约莫学了一半天。啊呀，我倒记不得名字了。"说到此，便缩过了一只手在裤管里只管乱摸。

王老老接着说道："呸！我当是什么奇怪骨董儿呢，一个叉麻雀儿也不知道，什么骨牌儿的。若是骨牌，我倒好陪你打一场天九了。"傅师兄笑道："不错，是叉麻雀儿。我说的呢，我起初听见这名字，我就好笑，我说看牌儿罢了，怎么看到小孩子裤裆里去了？老老，想你也是个惯家。"王老老道："我什么不曾见识过？我们走了许多官宦人家，穿房入户，许多少奶奶、小姐儿闲着没事，哪一个不把这麻雀儿不离手地搬弄。官客老爷们更不消说了。便是我也陪过老太太们叉过几场。你师父是个在家出家。张老太太是著名的女善人，只知道斋僧济众，况且活在世上已经七十多岁了，哪里还晓得新鲜花样儿？我们周大奶奶更是乡里鼓乡里敲，这种事儿更没有得到他眼睛里的时候。只有我是跑码头儿的，瓜洲六七濠，镇江鲤鱼套，也不知见过多少大排场儿，这点玩意也不曾见过，还在世面上现什么形呢？"周氏笑道："你看我们这王大嫂子，也不曾有人说你不曾见识过，值得自己骂着自己，骂得烟雾涨气？"

傅师兄听了也十分好笑，便一叠连声命人去取麻雀牌儿。张老太太刚衔着一管旱烟袋，慢腾腾地笑道："你们讲的我一点都不懂，便是将这东西拿得来，我也是一点不懂，不如我们还玩我们的老例罢咧。"周氏笑道："老太太，你不要阻他们兴头，横竖要的是钱。你输给傅师兄，只当在佛前做个供养。输给我们王大嫂子，等你家孙子添重孙子，罚他白白效一场劳儿。我呢，我是个冬瓜撞木钟，擀面杖吹火，一窍不通，也没有在这上面赢钱的道理。我同你老太太只当拿着钱学一学门道儿。便是看西洋景儿，也要拿三个铜钱，何况这还是打远路儿来的呢。"

周氏刚说着，早见外面送进一个四方盒儿。傅师兄伸手接得过来，轻轻地将盒子面前一块板抽起来，"豁琅琅"向桌上一倒，震得那桌面子岌岌摇动。张老太太一口烟抽得一半，猛地从手里将烟袋吓得掉落下来，说道："好利害，怎么青天白日仿佛打了一个霹雳？停会子又起来，可不要把耳朵震聋了吗？亏你们喜欢这件东西。"傅师兄道："这打什么紧，让我弄给你们看。"说着便将两只手伸在牌里一气搂，搂得那牌噼噼啪啪价响，引得周氏笑不可仰。那田福恩早伏在桌上，左摸一扇，嚷着："是个'发'字。"右摸一扇，嚷着："是个'中'字。"正难开支，王老老翻着牌说："我斗大的字认不得两筐箩，偏生这个劳什子的字一认便会。小扣子，你替我将东、西、南、北四个字拣出来。"又顺手拈出一个西字，说："这不象个西瓜篓儿吗？"又递到周氏面前说："你如认不得，你便记着这个篓子模样，就是西字。"

大家忙了一会，才挨次坐定。张老太太好容易跟着他们学，才把十七叠牌一顺儿叠起。却是张老太太做头家，拈起骰子一掷，掷了个五点。傅师兄命他再掷。张老太太笑道："怎么尽是我掷了？"说着又掷了一个四点。王老老喊着："开门，开门。"张老太太听了这一声，忙立起身子只管朝外望。大家也疑惑外面有什么人进来，都把头掉过去。

等了好半歇，张老太太道："是谁来了？门并不曾关着呀。"大家一想，才悟会他这意思，不禁一齐大笑说："并不是外面开门，是你面前的牌开一个搭儿好起牌。"张老太太也笑起来说："可不闹死人呀，牌都有起门来，不怪把这些赌鬼都收入去了。"于是伸过手去，左一开也不是，右一开也不是。急得王老老跳起来说："人老珠黄不值钱，你看张老太太这个怯样儿。"一边说，一边在张老太太面前取过一叠牌放在一旁，这才挨次起完了牌。起到末了，张老太太还多起了两叠，又零零搭搭退了一叠。

张老太太将牌一瞧，忽地嚷起来说："不对，不对，怎么把不曾做好的牌夹在这里面？"大家又是一惊，早见张老太太拈出两扇牌，放在桌上，光滑滑的两扇白板。

傅师兄连忙拦着说："快拿起来，快拿起来。你老人家不曾听见适才我说过的吗？这里面有四扇没有刻字的，却是要紧张儿，有这件东西，一和抵得两和，同中字、发字是一样讲究。"张老太太才觉恍然，说："原来里面有这种道理呢。"遂赶紧将两扇白板仍然放在牌里。斗了好一会，好容易凑起一副牌儿，是万子一色，剩得白板两张，九万两张，无论谁来一张，就可碰成。再望望九万，桌上已发出两张，心里只指望白板。谁知王老老起手有张白板，因为张老太太显露过了，死也不发。后来被傅师兄碰成了。

众人将张老太太的牌倒下一看，王老老好不得意，拈着自己手里的一张白板，对着张老太太照了几照。谁知王老老这一牌使了一个促狭，反把自己弄得一牌不成，输了有一吊多钱，正自发急。到第四圈上，这一牌却起得甚是齐整，自己是个头家，东风三张，发字四张，中字两张，九万三张，白板一张，手里只有一张闲牌。摸了几转，摸到一张人家发过的白板，喜得心里只管怔忡，遂将闲牌发去。心想："这一牌再也不会溜到别人家去的了。"恰好张老太太手里又摸到一张白板，口里又嚷起来说："这个不曾刻字的，尽管同我作闹。"将眼四面向桌上望了一望，见人家已经发过，刚说得一声："怎的这等没有人要？"手里早拿起那张白板要望外掼。此时王老老伸着头，睁着眼，只等张老太太手里将白板一掼，便要七搭八搭乱喊起来："三番，四番，五番，六七番……"

说时迟，那时快，张老太太正待掼那白板，猛见自己家里使唤的一个蓬头小婢气急败坏跑得进来，一把扯住张老太太要掼白板的那一只手说："老太太，天大祸事到了，小相公死了！"张老太太听到这一句，这一张白板不由得随着他抖抖的一只手又扯回来，忙问那小婢道："你说什么？"小婢尚未回答，气得王老老直跳起来说："发牌，发牌。"不管三七二十一，依他的意思，便要伸手去夺张老太太的那张白板。还是傅师兄同周氏拦着说："看牌事小，人家出了这件事不是玩耍的。"遂相与问着小婢说："小相公好好的，怎么说他会死了？"小婢哭道："我也不知道。我今日抱着小相公在门口站着，忽然走过一个烂腿道士，望着我说：'将你家小相公给我做了徒弟罢。'我听见这话，也不理他，又嫌他奇怪，便抱着小相公望门里走。他嚷着说：'你若不将你家小相公给我做徒弟，他便是个死。'我听着生气，便望着他骂。他也不恼，只用两个指头向小相公脸上一指，小相公便不知人事了。我再回头望那烂腿道士，猛觉得面前起了一阵冷风，那个道士已无形无影。如今老太爷是急得要死，奶妈子也是哭。好老太太，你快回去罢。"张老太太听见他孙子尚未真死，心里略为放下。又骂着小婢道:“你为甚得罪道士? 安知这道士不是天上的神仙? 你得罪了神仙,遗祸着小相公有个好歹,活活地打杀你这小东西。”说着便颤巍巍地扶着小婢,也不同众人作别,便急急望外走。口里还祷告着说:“真武大帝、玄女娘娘,你老人家宁可同小孩子作耍罢。”

此处王老老见张老太太竟自走了,将牌望桌上一掼,叽哩咕噜骂道:“什么烂腿道士,早不来,迟不来,偏偏赶在这个时辰,可是有意同我作闹。今生烂腿,来生还烂到腰呢。你们瞧瞧我这副牌,可惜不可惜?”周氏同傅师兄望了望,齐笑起来说:“侥幸,侥幸。这个道士凑趣极了,我们可保佑他长生不老。”王老老好不丧气,好容易又逼着周氏在左邻右舍里觅了一个闲汉来,整整赌了一夜,才算罢休。

且说这位张老太太,幼时本是娼妓出身,年长色衰,遂嫁给一个商人。不上几年,那商人又亡故了,便守了两年寡,发恨吃个长素,想从此修修来世。后来因遭发匪之乱,将所有的些积蓄遗失干净,下半世无所归着。恰好遇见一位营官,姓华名登云,两情浃洽,便又成了夫妻。那华登云目下已是七十岁的人了,久已出了行伍,小有积蓄,便一心一意两口子过起日子来。华登云也不曾生着子息,近年来夫妇膝下甚苦寂寞,便托人在育婴堂内领了一个男孩回来。瞧着年岁不象是自己儿子,便把这男孩子认做孙儿,雇着奶妈喂养。华登云先前当兵的时候,倒是杀人不眨眼的魔君。近因年老气馁,很想超凡入圣,便把昔年劫夺平民、尅扣军饷的累累黄白广为散布,什么修桥补路,施药赈棺,色色做到。引得那些穷民合口称颂,所以华登云便得了一个男善人的头衔,张老太太也得了一个女善人的徽号。华登云别的却还不甚介意,唯独于道教这一宗很有缘法,家里供的全是些上八洞、下八洞的神仙。每年遇着夫妻生日,都是斋天大醮。记得他抱取孙子这一天,全把合城的道士请来饮宴。又替孙子取名慕吕,便是慕着吕洞宾的意思。老夫妇二人却不曾领略过养育子女的诀窍,所以待这小孩子,只知道金装玉裹,恨不得将他安置在一个不见风日的地方。至于油腻荤腥,又尽着性地喂养。便是早间下床,晚间上床,也要燉一碗参燕汤哺他一哺。小孩子却是养得肥白如匏。这一天不知怎么遇着那烂腿道士,忽然地昏厥过去了。张老太太回家,同华登云只急得呼天抢地。且不去延医调治,先在自己家里吕纯阳座前焚起香烛。华登云赶忙收摄心神,跑入他平时打坐的一间静室蒲团上面,想把自家元神从脑门里提得出来,好向仙山仙岛会会各位真人,吃他一粒金丹。无如他平日打起坐来,那元神似乎尚肯出去周游周游,不料今日经此一吓,你越发要他出去,他越发不出去,弄得六神无主,只得又跳下蒲团。还是逼着张老太太去城里一座虚净庵中求一求仙方。仙方煎好服下去，厥却转过来了，只是那小孩子的病总没有起色。

华登云没法，只得延请了许多道友，设演坛，焚天表。其中便有人说道：“若得此病痊愈，大约非得将那个烂腿道士寻觅出来，不足以奏功效。因这道士必然是天上真人游戏人间，他既能降灾，便能降福。若说小孩子的病，是万不妨事的，天下没有个神仙想他做徒弟，从此夭折的道理。唐朝有个聂隐娘，小时候不是被一个尼姑抱去，不多几年还好好地将他送回来，反落得一身本领，神出鬼没，变化无常？就是李邺侯幼时也是骨节珊珊，能从屏风上行走，若不是他家里给些葱姜韭蒜去污着他，怕他不白日升天吗？”华登云听了这一番言语，真是顽石点头，五体投地，连夜雇了多人分头去替他寻觅那烂腿道士。

此时华登云诊治他孙子的心还在其次，那一片热肠已大有飘然出世、羽化登仙之想。自念：“我家这点点年纪的小孙子，仙人尚且想度脱他，何况我这精参玄理、遁迹空门的老全真呢。”正在踌躇。

隔了数日，那出去寻访烂腿道士的人，忽然有几个回来说：“在城外一道石桥底下，分明见着一人，头挽两个丫髻，身穿半截青布直裰儿，腿上淋淋漓漓的脓血。终日不饮不食。人施钱给他，他也不要，或是散给路上穷民，或是掷与村中童稚。看他这个形状，或者有点意思，也未可知。其余却没有再比他相象的了。”华登云听了点点头。又到静室坐了一会，连夜地将自已平时藏的冲天冠、登云履、八卦袍、五色丝绦一件一件地寻检出来，穿得齐整。又将箱柜里洋钱五十元一封，取出四封，紧紧包扎，揣入怀里。壁上摘下一柄云帚。然后将张老太太唤出，先深深地作了一揖说：“夫人，我们在世间辛苦一场，如今我要返却本来。此去证入仙班，我总有法子保佑慕吕孩儿无灾无难。”张老太太忽然见他如此模样，吓得一句话说不出来。后来寻思他言中微旨，不禁嚎啕大哭，一把扯住他袖子，死也不放。华登云哈哈大笑说：“夫人痴了，人生如白驹过隙，哪里保得长久不散？万一今日阎王下了请帖，难道夫人还不放我前去不成？只要夫人立志坚定，那时节我自来点化于你，你若不当面错过，便是你的造化。瑶池桃熟，后会有期，我们再见罢。”说着一摆手，早飘飘然走出大门。那张老太太悲苦之状自不必说。

单说华登云一心记挂着那烂腿道士，便依着那寻访的人所说的地方一路觅去。黑暗茫茫，一步一跌，好容易行到城门面前。其时已交三鼓，城门下了锁钥。华登云无奈，胡乱觅着一个宿店歇下。他久已不喜睡觉，只盘膝坐了一夜。

天色才明，买了些干饼带在身上，早又离了宿店。城门一开，便踅出城。晓寒拂面，年老的人已有些冻得战兢兢的。他知道学仙也不是容易的事，咬着牙齿，一步一步地挨上前去。

走不到二三里远近，果见前面几株柳树，柳树底下弯弯地便露出一座石桥，那瑟缩寒鸦早在那里成群结队地胡噪，心里一喜。跨了几步，近前一望，却不见有个人影。此时拧得一拧，一个转念，扑地望下一跪，默祷了几句。再抬头一看，分明面前已立着一位全真，与那寻访的人所说模样一般无二。华登云也顾不得别的，极口哀告："求仙师普渡慈航。"只见那人一声儿也不言语，猛地伸手，在腿上掬了些脓血，递与华登云，似乎命他吞咽下去的意思。华登云一见这般龌龊，几乎呕得出来。暗暗寻思："仙人点化愚蒙，往往有此等作用。时常听见人说，当初有个士子，一心要想遇仙。这一日会见一位算命的先生，命他某日某时在某桥上等候，若遇见有八个叫化子经过，即可苦苦哀求，必有灵验。这人果然遵着办理，不出所料，八个叫化子联翩而来。前七个人都不甚理他，唯有后面一个烂腿的递给他一片疮疤。这士子嫌他不洁，抛弃在地。被一只黄犬吃了，霎时白日升天。那士子十分懊恼，便活活碰死了。如今这个道士分明就是李铁拐，我又安可当面错过？"一个狠心，便伸手接过来，屏着气，望嘴里送。才送入嘴，谁知并无一点异常气味，反觉得甜津津的有味，不禁诧异。

那道士见华登云将自己脓血吃了，毫不憎厌，猛地烈烈怪笑，掉转头，跷着那条烂腿如飞去了。华登云此时怎生肯舍，也就迈步追去。脚下仿佛比平时格外健快，紧追紧赶，相离只有十几步远。却用力行去，总近不得他身边。华登云跑一会，喘一会，又歇一会。奇怪，那道士好似引着他一般，华登云不行，他也不行。华登云行饿了，便在身上摸出些干饼，吃了又赶。

如此赶去，也不知走了多少路。再望望东山缺处，早又露出一钩新月，四围山色也就黑沉沉的下来。古墓乱山，那狐踪獾迹，满地纵横。华登云心慌意乱，脚下打了几个旋转，再一抬头，那道士已不知去向。四面瞧看，正不知走入什么道路，便一路来的地址也记不清楚。心下十分惶恐，只得拣了一块方石慢慢地坐下来。踌躇了一会，想道："适才这个道士，断不是寻常人物，若非仙侣，他那烂腿上的脓血，如何这般甜美，仿佛象桃李一般？况且既是烂腿，如何行走会这样飞快？可知他脚下定捧着五彩祥云。我辈肉眼凡夫，哪里会能瞧见呢？"华登云想到此处，重又振作精神，还想蹑迹行去。无奈荒山岑寂，那月色又不甚明亮，他心中虽不畏惧鬼魅，也觉得浑身有些战栗。正无主见,猛地远远地送过一声清磬,透入耳膜。心下一惊,兀自探出头来,向左边一带树林瞧去。约有一箭多路,分明露出一星灯火,那光线射在地面,便如一条白练一般。华登云此时大喜过望,知道定然是座庙宇,今夜既可不至露宿,且可就此探访探访那道士踪迹。遂立起身来,依着那灯光行去。行了半会,果然听见几声钟磬,从屋里飘荡出来。

华登云上前一瞧,却见乱草苍藤,将门次都遮满了,不见有人行迹。此时也顾不得别的,只有踏着那溶溶草露,走至门首,用云帚敲了一下。良久,见有一个秃发道童,轻轻将门开放。一见华登云,很有些吃惊模样,问道:“仙师是从哪里来的?”华登云跪云:“迷路到此。”便问着他:“此是什么所在?”道童道:“此是我们师尊修炼之所,终年打坐在里面,从没有人知道此条路径。仙师既有缘到此,便请入里面坐一坐。”

华登云心里一面踌躇,一面便往里走。见是一间小小茅庐,屋里挂着一幅纸画,画的是李铁拐的全身,装束之间与适才一路走的烂腿道士一般无二,不由惊惧。便回头问那道童:“你们师尊在哪里打坐?”道童答道:“我们师尊便在这屋后一个山洞里,轻易不许人见。等我通禀过了仙师,然后才可前去瞻仰瞻仰。”华登云只得立定。又见那道童走出来笑道:“仙师有缘,恰好我们师尊不曾入定,就此请进去罢。”说着遂转身前走。华登云恭恭敬敬随后进来。只见一堵墙壁之后,便是曲径,约莫十余步远,便露着一个土窟,周围没有七八尺宽。中间坐着一个道士,垂头闭目,衣衫上面灰尘积有寸厚。据道童说,他师尊自入洞以来,于今有一千多年,不曾出外一步。那道士看见华登云也不理会,只微微将眼一抬,便又垂下了。华登云知这人很有玄妙,不禁跪拜在地。拜毕,那道童仍将华登云引得出来。

华登云便将以上所有事情通盘彻底告诉了道童。道童凝了一会神,笑说:“这却是仙师的缘法了。论理我不该泄漏我们师尊的仙机,今遇见你,也顾不得了。你知道我们师尊是谁?我们师尊就是宋徽宗时代,祝家庄上一个教师,姓栾讳廷玉。”华登云听到此处,大为惊骇,说:“当日施耐庵的《水浒传》,原是寓言,难道真有其人吗?”道童笑道:“怎么不真?那施耐庵只知道他不知下落,便轻轻地放过了。哪里会晓得我们师尊当日看出祝家气数已败,因此勘破尘寰,从干戈之中飘然远引,仿佛道家尸解的意思。”

华登云如梦初醒,十分感叹。道童又笑问道:“仙师你瞧着我今年几岁?”华登云道:“你今年大约不过十六七龄。”道童伸了伸舌头说:“好大口气。不瞒仙师说,我今年小则小，已活在世上三百多年。我说来你究有些不能相信，我且没有别的征验，只有一件小要物儿给你瞧一瞧，你就知道了。”说着便在怀里拿出一个小花篮儿，约有三寸来长，制得玲珑剔透。望一座土几上一搁，对着华登云道：“你身上可有什么物件儿？你把来放在我这花篮里，如能把他装满了，我便把来送你，你带回去给你家小孩子去盛果子吃。”华登云一想：“这个花篮能装几何？难不成他这玩意儿又是蓝采和的花篮，能装尽乾坤不成？且不管他，让我来试一试。”又想：“身边并无别物，只有二百元洋钱，料想他这花篮，有三五元洋钱也就要装满了。”主意已定，回头问道：“不知银钱可装得装不得？”道童笑道：“有什么装不得？”

华登云遂在身边掏出洋钱，一元一元地放入去，只觉得悄然无声，再望望里面，仍是空空的，觉得十分纳罕。那道童在旁，又只管哈天扑地地笑。华登云十分惊畏，索性把带的四封洋钱望里面掼，掼进之后仍如石沉大海。

华登云到此方知仙家奥妙无穷，一把捧住那道童的手，哀哀地求上仙点化，几乎急得哭将出来。道童笑道：“你既一心求仙，你可学会了辟谷不成？”华登云被他一提，乃觉得腹中饥肠雷鸣，不禁露出欲食之状。道童哈哈大笑，便从衣底下觅出两枚大枣，说：“你且将此物吃了，管教四十九日不饥。”

华登云欣然接入口中，便连那核子也囫囵吞下。吃完之后，果然不知不觉早向十洲三岛去观光观光去了。

欲知后事，且阅下文。

# 第二十回 强盗分金对句倡言革命党 儿童躲学书包偷掷土神祠

华登云自服了那道童仙枣之后，悠悠荡荡，也不知过了几千万年，方才一觉醒来。揉一揉眼睛，四面一瞧，哪里有什么破庙，自家却睡在一片青草地上。是时正是月落参横，晓光未透，觉得身上有些寒战起来。再用手去摸得一摸，连那冲天冠、八卦袍、五色丝绦都不知几时化黄鹤飞去了。心里很有些疑怪："或者年深月久，那衣服已经腐蚀？又何以脚上一双登云履及贴身几件衫儿袄儿，仍是昨宵故物？"又想："不好！莫非着了人的道儿？"又一转念："天下断没有神仙是强盗做的。或者我的凡胎未脱，仙人借此来同我游戏，我却万万不可隳了道心。但是此时夜色苍茫，我再从何处去寻觅那个破庙呢？"况且修道未成，那血肉凡躯，终究敌不过空间寒气。勉强立起身来，正是踌躇四顾，无所适从的时候，忽觉东南角上已露着些鱼白颜色。隐隐便见侧首有座荒井，井边早立着一位美人，睡眼惺忪，云鬟未整，年纪约莫有二十几岁，衣服却是荆钗布裙，手里正提着一根棕绳向那井边汲水。

华登云又是一惊，心里计算道："来了，来了，这正是仙人试我凡心，分明化着一位女菩萨前来相戏。可怜我已行将就木，哪里还有狎邪的念头？然而我却不可被他瞒过，待我也上去指破他，或者有些机缘，也未可知。"想到此，更不迟疑，便整一整那半截短衫，走了过去，直挺挺地向那女子面前一跪，高声说道："信士弟子华登云，恭接仙姑大驾。"说了这句话，遂必恭必敬地真个目不斜视，身不妄动起来。谁知那女子当这晓色朦胧之中，发誓也猜不到这荒僻所在，会跑出这一位银须飘飘、方面大耳的老头子来，这一吓也就很够他消受。华登云疑猜他是个仙姑，恐怕他还要猜疑华登云是个妖怪呢。幸喜这一桶水恰好已提到井边，扑通掼在地上，吓得倒退了几步，发出那呖呖莺声问道："你是谁？你是谁？你这人是打哪里来的？"

华登云再一留神，详察那女子神情，已见他面上惊得雪白，才知道并不是什么仙姑，心下十分惶恐。也就亏他这副老脸，扑扑身上尘垢，重新站起身来，赶忙分辩道："老夫为寻访一个人而来，遂至迤逦到此。敢问娘子，此是什么所在？"那女子方才喘息略定，答道："此地名字叫做严村，离城已是五六十里。妾家也是新迁到此，只觉得地方僻陋，四无居人。老先生还是从城里出来，还是住在城外？"华登云道："老夫确是从城里出来。"那女子又道："老先生住在城里哪条街上？"华登云道："舍间便住在东关大街。"那女子听到此，暗暗露着惊喜之状，又问道："老先生既住在东关大街，这条街上有一姓伍的人家，老先生知道不知道？"华登云道："呀，伍家吗？本来是我们旧相识，有什么不知道？他老人家不久已归了天了，家中便是他少爷主持一切。娘子贵姓？难不成与伍府上有什么瓜葛吗？"那女子闻得华登云同姓伍的认识，十分欢喜，便道："妾家姓宋。前面便是妾的住屋。妾的丈夫尚未回家，老先生便可请去稍坐一坐，妾还有一件东西，奉累老先生带入城去，寄与伍家少爷。不知可肯允许吗？"华登云满口答应。

于是那个女子也不汲水了，提着一个空桶引着路前行，一路上便问华登云名姓，又琐琐问伍家情事。华登云随答随走，不知不觉，穿过几条草陌，平地上列着五大间瓦屋，屋后高高地还矗立着一座茅亭。那女子将华登云延入里面坐定，自己便忙忙地入厨下煮了些鸡蛋，又冲出一壶清茶。华登云腹中正是苦饥，更不谦让。吃得饱了，方问那女子道："娘子家中为何没有别人？你的丈夫作何营业？娘子如何清晨便去汲水？怎么仆婢都没有一个？象这样荒凉寂寞，娘子独居，不苦胆怯吗？"那女子听华登云问到此处，不觉脸横愁黛，早禁不住流下两行粉泪来，哽咽得也不能再答。径转身入房，窸窸窣窣似乎开着箱笼。停了一歇，手里便提出一个小布包儿，密密缝着，递给华登云，说："就请老先生回去，从速交给伍少爷罢。更请伍少爷不必再来此寻我，妾踪迹无定，今日在此处，明日便不在此处亦未可知。老先生如若会见他，也没有别的可说，即请代妾寄语给他，总是今世孽缘，前生恶果就是了。"华登云此时恍恍惚惚，也就默会其意。刚刚将那个布包儿揣入怀里，正欲有言，猛地听见门外一阵马铃声音，到门外便停住了。接连便有一阵哗笑之声，脚步橐橐地走入三五个壮汉，都是锦帕束额，窄袄缠身。后面更有许多仆从，重沉沉地抬着些箱儿袱儿。大家走入庭内，忽见华登云坐在里面，很有些惊畏的模样。还是那女子一眼看见华登云已将那布包藏好，遂不慌不忙，向着一个七尺来长高大汉子表明来意。那汉子笑了一笑，便望华登云拱手说："此处有亵尊客，还是请到里面草亭上坐罢。"于是大家先一哄而进。

华登云是个老行伍，这种情形有什么瞧不出来。况且这一群人之中，倒有一个人甚是面善，细想起来，分明就是那烧天主堂的饶老三，因为他生得肥矮，容易认识，其余却不甚清楚。到底雄心未死，也就想随着他们进去瞧一瞧举动了。见那亭子也不甚高大，是聚了些枯木搭成的。三面皆无窗牖，只有一面朝着日光。此时朝旭东升，亭内一切布置已是历历在目。那壁间挂着些蚀朽的钢鞭瓜锤，还有几张弹弓，那弦子通断折了。阶下放着一柄三四十斤重的石锁，一半没在土里。再抬头一看，见亭子正中挂着一幅大清帝国全图。旁边两轴对联，颇有些惊心动魄。上联写的"大事业须从革命做起"，下联写的"好身家要将流血换来"。其时"革命"两个字的字义尚未播诸人口，华登云也不甚讲解得出来，只是猜度这种口气，分明是个反叛话头。光天化日之下，如何容得这般人物？不由暗暗伸着舌头。知非善地，不敢久留，凛凛地要向那大汉告辞。

那大汉已知其意，哈哈大笑，望着他说道："华老头儿，你想已看出我们弟兄行迹，须知我弟兄们也不怕你。莫说你此时已经出了行伍，就是二三十年前你吃着粮饷的时候，你们那个盐捕营，养着些无用鸦片鬼儿，便是想替我弟兄们来抬枪炮，我弟兄们还嫌他没有气力呢，何况……"说到此，众人一声喝彩，便将话截断。华登云吓得只管要跑。那大汉又叫道："来来来，你敢是前去报了官兵来捕捉我们？"华登云连连摇头道："不，不敢。"那大汉笑道："你去只管去。老子行不更名，坐不改姓，老子便叫做满天飞宋兴的便是。你紧记着便了。"

华登云点点头，急待转身，宋兴又叫起来说："你昨夜到此，便可知道缘故。"华登云又连连摇头说："不，不，不知道。"宋兴哈哈大笑，指着他说道："你很有些积蓄，你应该送给我弟兄们，替社会上做些事业，你反把来济度那些狗道士吃酒嫖婆娘。我们康军师向你略施小计，命人引你到此，也只得了你二百块洋元。我替你存在此处，算你的报效。你若是明白的，我这里有些革命票子，你替我带回去，暗中散布，能使人人知道这票子的好处，都肯倾心剖胆地同我弟兄们一路去革命，算你是革命党的功臣。我暗中自有人监察着你，你自小心去干罢。"说毕，遂在身旁一个皮包里取出一搭票子，数得一数，递给华登云。华登云战战兢兢地接过来，望怀里一收。

宋兴又道："你还要识一识烂腿道士与那个道童吗？"华登云尚未回言，宋兴一回头，早跑出一个汉子，在门外呜呜地吹了一声号筒。不多时，早跑入两个人来，装束已换得极其齐整。看见华登云齐齐一笑，说："多多得罪。昨日虽是请你吃了我烂腿上一掬脓血，那脓血原是樱桃酱和那橘酱做成的，莫嫌秽亵。你将来到了上海、汉口那些番菜馆里，总要吃着这件东西的。"华登云唯有羞惭满面。又见那装道童的更从怀里将花篮取出，用两手扯着，把一个三寸来长的花篮，扯得有二三尺长，笑道：“你看这是什么东西？看装你那二百洋元可装得装不得？我那土儿，原是凿有一个孔的，你的银子越重，我的篮儿越长。如今你已打破疑团，我们也算是逢场作戏。我们引你从来处来，还是我们引你从去处去罢。”说着，两个人夹着华登云出了门，一路飞跑，仍然送他至那座石桥，始行散去。

华登云迷迷惘惘，依然循着旧路回家，城郭犹是，却不曾人民都非。倒反被张老太太夹讥挟讽训饬了一场。华登云十分羞愧，自认不是，却终不敢将所遇之事说出。却喜他孙子慕吕病已渐渐复原。自家背地里猜测那革命票子上的命意，死也不敢拿出来给人看，只好紧紧藏在一个箱子里。遂又想到伍家晋芳，他如何会认得这强盗的女人？起先还想将那女人托带的布包儿送去，后来因为这事很有关系，倘这些强盗将来犯案，外人再因此知道我曾替他女人传递过什么物件，这干系却不小，不如省事为妙，这件事我只当做了一场恶梦罢。遂原封不动，将这布包儿同革命票子搁在一处。

一直放到第二年三月里，华登云畏罪之心，也就渐渐淡了。一时触起那女子可怜情状，于无事之时，又不由得想将那个疑团破一破，便悄悄地将布包儿取出。依自己的意思，便想用剪子将那缝布包的线脚拆开，究竟看一看里面包的什么秘密之件。望了两眼，终究是年老的人，有些古道，恐怕破坏了人家的私件，有些对不住晋芳。后来更忍不得，想了一个主意：自己可借着访晋芳为名，先暗暗地试探他曾否认识这女子，如别无干碍，然后再将布包送去，方为两便。踌躇已定，这一天清晨，便独自向伍晋芳处走来。走入门里，静悄悄不闻人声，便是那门房里两扇门也是虚虚掩着。二门以外是个四方天井，天井里有个小厮，约莫十二三岁，披了一件短袄子，腰间束着一条布带，在那里将一个铜钱掼在墙脚下，又斜觑着一只眼，另取一个铜钱打那墙脚下的铜钱，嘴里还哼哼，不知唱些什么。他却不曾看见华登云。

华登云再朝门房里一张，只见床上和衣躺着一个老头子，华登云故意咳了声嗽。那老头子正待招呼，后来见华登云也不曾带有仆从，又不曾坐着轿子，遂依然躺着，懒懒地问道：“你是来寻谁的？”华登云躬了躬腰，赔笑说道：“不敢动问，你家少爷可在家吗？”那老头子一面站起来，一面自言自语说道：“少爷吗，怕是不曾起身呢。本来此刻也不是见客的时候。”又扬着喉咙喊道：“阿顺。”遂听天井里“唉”地应了一声，便见那个耍钱小厮跳得进来。老头子道：“阿顺，你进去问一声，看看少爷可在家里不？”阿顺笑道：“不巧，不巧，少爷适才出去，还是伍贵跟着的。”老头子遂望着华登云道："你听见不曾？少爷不在家。有话就请告诉我，等少爷回来，我替你回一回。"华登云道："请问你们少爷约在何时回来？"那老头子听到此处，早把头掉过去了，一声儿也不答应。华登云接连问了两遍，老头子掉转头冷笑道："我会知道吗？你有气力，停一会再跑得来也好。"华登云被他一顿抢白，也就快快地走了。

阿顺见华登云已走，笑道："哪里来的这个冒失鬼，我还进去替他打听呢，不弄点鬼话蒙哄他，还有几次来跑呢。爸爸，我向你要几十文，可肯不肯？"那老头子笑道："亏你倒会随机应变，我还不曾想得到。你又要钱干什么？"阿顺道："好爸爸，你不看见天上，人家放了无数风筝。我也想买一个玩一玩，可惜只剩得二文。"说着便一手拈着一个铜钱放在鼻上。老头子骂道："你怎么想这些玩意儿？喏，喏，我昨日在天井里晒衣裳，恰好那粉墙旁边，一棵蔷薇花上挂着一个六角风筝，不知是谁家落下来的，被我轻轻地取下来挂在壁上，你拿去玩罢。"阿顺大喜，爬上桌子，将风筝取下来。只是下面微微地损了一角，他也并不计较。把那剩下来的线理得一理，还差了好些，又嬉皮憨脸同老头子闹了几文去买棉线。

跳出大门，自念一个人放这风筝，也没有趣儿，遂想到他平日几位朋友。一径跑到田家绣货店门首，东张西望，又不敢公然进去喊田福恩，只急得一只手将那个六角风筝藏在身后，东边踱过去，又从西边踱过来。好容易看见田福恩夹着书包匆匆地出来，阿顺大喜，远远地咳了一声。田福恩看见阿顺，笑得一笑，互相会意。跑了几十步远，回头望望，已看不见自家店铺，笑道："你从清早便来寻我做什么？"阿顺将手里风筝从身后拿出来，望着田福恩扬了一扬，说："你看这是什么玩意儿？"田福恩笑道："破风筝，有什么好玩？可惜我今日不能回去拿我那个蝴蝶风筝。"阿顺道："将就些罢，你此刻还敢回去？我请问你，今日难不成定要去上那牢学？我们同去放风筝，多少是好。"田福恩道："我上学不上学，原没甚打紧，但是你我两个人玩没有趣味。我想个法子：我同你悄悄地躲在我的书房旁边，如遇见别的弟兄们上学，我们拦路截他一截，多约得几个，玩得才高兴。你看怎么样？"阿顺笑道："这法子最妙。快去，快去。"说着先跷起一只腿，用一只腿在地上跳得飞跑。田福恩也便赶着。果然躲在书房旁边，不到半刻工夫，已聚积了五六个学生，大家欢欣鼓舞。只是每人夹着一个书包，不甚雅观。此时进既不可，退又不能。还是用他们一个老计策：大家寻了一个土地庙儿，各各将书包交给土地婆婆替他们看守。还捧了好些砖瓦，紧紧将书包压好，使人看不出来。这才一窝蜂交头接耳，谈笑而去。

田福恩笑道："细想起来，还是我们这位老先生脾气好，我们累累躲学，他明明知道，却从不说我们一句。若是象我家那个舅爷从的那个姓何的狗娘养的，怕不容易说谎呢。”阿顺拍手笑道：“我倒忘记了，我们为甚不把麟儿约出来？”田福恩道：“你有这本领？”阿顺睁圆两眼，望着田福恩道：“你敢同我赌个东道？”田福恩道：“有甚不敢，你若把他骗出来，我在青石上磕你三个响头。”阿顺道：“好，好，你休要图赖。”阿顺遂将手里的风筝递给一个孩子，又伸出一只手给田福恩击掌。田福恩将手掌也给阿顺击过。又各各扯住一绺头发，死命扯断。还向地下吐了一口唾沫。大家便又望何其甫书房门首走。便有些孩子你一句，我一句说：“麟儿是我的舅子。”又说：“我同麟儿的姐姐睡觉。”正闹得利害，阿顺道：“大家休嚷，何书房已在前面。你们躲在间壁一家大门里，等我去骗他出来，不要露出马脚，我们可就玩不成了。”说着，先将自己衣服整得一整，又歇了一口气。刚待举步，回头望了望，又哈哈笑起来。田福恩也不禁大笑道：“不好，不好，你包管要露马脚。”阿顺笑道：“你们不用引我笑就好了。”好容易忍而又忍，又对着墙壁上望了一会，才蹑手蹑脚，走入何其甫书房里。一眼看见麟儿伏在桌上写字，还有许多学生，也不曾背书。阿顺故意走到麟儿桌旁，高声喊道：“麟相公，你家太太打发我来接你回去。”

何其甫正在书案上替学生用朱笔点书，忙问道：“你是谁？”阿顺道：“我是伍少爷那里的。”何其甫道：“你来带麟相公何事？”阿顺道：“我们少奶奶打发我去接云太太，云太太又打发我来接麟相公的。”何其甫道：“他家用的黄妈妈呢？”阿顺道：“替小姐梳头，不得闲空儿。”何其甫道：“你不是扯谎？”阿顺道：“不敢扯谎。”何其甫道：“既是真的，麟儿你就回家去罢。”麟儿也很欢喜，将书包好，随着阿顺出来，低低问阿顺道：“你家仪小姐不是住在我们那里吗，今日想也同我们一齐回去了。”阿顺微微含笑，一言不发，引着麟儿出了大门。才一个转弯，早拥上一群顽童，抱着麟儿，闻脸的闻脸，扯手的扯手。麟儿始则吓了一跳，再定睛一望，其中也认得一半，又见田福恩也在其内，正摸不着头脑。阿顺方才把适才赌东道要骗他出来的话说了一遍。

麟儿又怕又笑，说：“这如何使得？你们真是胆大。”一眼又看见田福恩不曾戴得帽子，头上遮着一叠草纸，头发都剪得干净，斑斑驳驳露出些疮痕，十分惊讶，问：“这是怎么了？”田福恩笑道：“不打紧，连月闹着癞疮儿。”阿顺笑道：“小田你这鬼样儿，春小姐定不喜欢你，不如让给我罢。”遂又拖着田福恩说：“快快磕头。我好容易把他骗出来，那个何老头儿好不利害，还不是象审贼一般吗？”众人做好做歹，叫田福恩作了三个揖，才算罢休。

田福恩看见麟儿捧着书包,笑道:“你还捧着这牢什子做甚?快快拿去同我们那些书包做同伴儿去。”麟儿也笑起来,说:“我不,我就拿着罢,横竖你们去放风筝,我也不会放的。前儿大清早起,我同姐姐在自家天井里,挑一根竹竿儿上系了一柄剪子,把风筝线儿从剪子股里穿出来,两个人忙了好一会,左放也放不上天去,右放也放不上天去。”田福恩笑道:“你姐姐也会放风筝?那风筝是个什么样儿?是个蝴蝶儿,还是个美人儿?”麟儿猛然想起,觉得话说大意了,倒反满面绯红,低着头一言不发,引得大家哈哈一笑。于是拣了一片旷地,大家胡闹了一会,一直挨到午后,都有些觉得饿了。麟儿心里终是怀着鬼胎,自己又苦于认不得回家的路,哀告着阿顺送他回去。大家哪里肯依,公凑了几十个铜钱,买了些烧饼玩着吃着,纵纵横横,有许多孩子都摊睡在青草地上。看看红日平西,只好陆续遄回旧路。

麟儿心慌意乱,拖着阿顺,慌慌张张地飞跑。才走上大街,那两旁店铺早已星星灯火。麟儿一面行着,一面埋怨说:“了不得了!母亲准要疑惑我丢失了。都是你们坑着我。”田福恩道:“这有什么打紧,我哪一天不到半夜回去?你不过只一天儿迟回家罢咧,便只管埋怨起人来。我说你是姑娘气的,出不得大阵仗儿。”田福恩正在手舞足蹈说得高兴,忽地人丛里蹿出一个人来,一把揪住麟儿说:“啊呀!在这里了。”

欲知后事如何,且听下回分解。

# 第二十一回 母惩爱子小妹谑娇音 鬼责贪夫贤姬成大礼

原来一把揪住麟儿的不是别人，正是黄大妈，望着麟儿发恨道："好相公，你几乎不把我吓死了。"说了这一句，那眼泪便直滚下来。田福恩及一群小孩子见此光景，早一哄而散。便是阿顺知道这祸是他闯的，更不敢同黄大妈照面，趁人丛里躲在一个孩子背后，推着搡着溜回去了。黄大妈一面搀着麟儿，又代他将书包捧过来，问着他道："你究竟今日到哪里去的？你家先生说你是阿顺将你带得出来，阿顺呢？你的娘急得要死，回去怕不打杀你。"麟儿哭道："我何尝要出去玩呢，都是田家哥哥同阿顺的主意，有意将我骗出来。我也怕娘担心，催他们送我回去，他们都摇头不肯，叫我有什么法儿呢？"黄大妈道："不必说了，快走罢。"刚刚走不多远，忽见网狗子正在街上东张西望。黄大妈道："狗儿，相公在这里了，你快分头去赶着舅老爷同孙大，叫他们不必着慌了。"网狗子连声答应，又笑对麟儿说道："今儿玩得高兴呀，累我们吃得老大的苦。"说着掉头跑了。

黄大妈将麟儿连拖带拽，一直向家中行去。暮色之中，早见秦氏立在门口，身旁便是绣春同淑仪站着。淑仪眼快，一叠连声叫道："好了，麟哥哥有了，你看黄大妈手里搀着不是麟哥哥是谁？"秦氏此时不由迎上几步，一眼看见果是麟儿，含着眼泪骂道："畜生！你要你母亲的命。你老实说着，不必零零碎碎叫我牵肠挂肚。你好好替我跪在堂前，我倒要问你有多大年纪，便会说谎调歪，整日价在外面游荡？"

秦氏一面说着，一面大家都走入屋内。淑仪伸伸舌头，走近黄大妈身边低说道："好妈妈，你去劝劝姨娘罢，姨娘敢是要打麟哥哥呢。"黄大妈冷笑道："姑娘你不知道，象你家这麟哥哥，也要管教管教才好呢。"淑仪趑趄进内，果见麟儿跪在秦氏面前，呜呜咽咽地哭。秦氏用手扑着他，口里说道："假使你父亲尚在，我也不用担这些心了。万一你这畜生有个三长两短，叫我拿什么面目去见你的父亲？我好容易千辛万苦……"说到此，那眼泪早倾山倒海，点点滴滴都泻在麟儿头脸上。绣春也是拿着衣角拭泪。

还是黄大妈走进来笑道："太太也不用伤心了，只要相公下次晓得利害，不可学那三瓦两舍的孩子，东说东好，西说西好。外面拐子好不利害，前天听说有个十七八岁的大姑娘，还被人拐去了。象你生得这副标致面孔，怕不弄去戏园子里唱戏？那才糟了一辈子呢。"淑仪拍着手骂道："起祸根苗，都是我家阿顺，我回去不告诉母亲，打这混蛋半死，我便不算姓伍。"黄大妈笑道："姑娘不算姓伍，可算姓陆。"绣春听了，不由盈盈地一笑。淑仪道："人家讲正经，妈妈又来乱说了。"又回头向秦氏道："好姨娘，我替哥哥讲个情，若是哥哥下次再闯这大祸，仪儿愿陪哥哥同跪在姨娘面前，领姨娘的责罚。"秦氏道："姑娘好说，今日便看姑娘分上，放这畜生起来。"淑仪笑道："阿弥陀佛！春姐姐，你快来帮我扯哥哥。"绣春于是同淑仪扶着麟儿到自己房里。

不多一会，洛钟等都来过了。黄大妈这才预备晚膳，进房唤他小姊妹吃饭。麟儿哪里肯出来，只管把个头伏在桌上。淑仪笑道："好妈妈，我们今儿破个例，请你将我们的饭菜端进房来，我们三人一桌吃。"黄大妈笑着依了。绣春同淑仪便在桌上多点了几支蜡烛，百般地逗着麟儿谈笑。麟儿总是羞羞涩涩，毫无兴趣。淑仪笑道："说起来，上次母亲曾教我一个歌儿，我唱给你们听，看可好不好？"绣春笑道："好，好，快唱，快唱。可又是'红柑子皮里外香'？"淑仪摇头道："不是，不是，那是小孩子唱的。我这个歌儿很文雅呢。"遂笑着唱道："红烟袋，绿荷包，我是姆妈乖姣姣，我是父亲真宝贝，我是哥哥小妹妹。"绣春笑道："谁是你的哥哥？"淑仪笑指麟儿道："是他。"麟儿也微微一笑。绣春凑着这个趣儿，恰好看见菜碟里放着有一碟辣椒，便笑道："我来唱给你们听。"遂用筷子指着那辣椒唱道："瘌痢姐，瘌痢郎，瘌痢公婆来受拜，瘌痢小叔子又来张。厨房用个瘌厨子，抓把胡椒烧辣汤。"麟儿听见他姐姐唱这个歌儿，又想起今日田福恩头上癞疮，一口饭正含在嘴里，不禁笑得喷出来，扯着淑仪耳朵低低说了几句。那淑仪也不由得伏案狂笑。倒反把绣春蒙住了，拖着淑仪要问他怎生如此好笑。淑仪摇摇头说："姐姐，你听不得，原来姐夫头上还生着辣椒。"绣春听了，不由两颊绯红，一声儿也不言语。麟儿同淑仪还是笑个不住。

饭吃完了，大家刚把碗筷放下，那黄大妈早走进来，替他们拾掇。淑仪笑道："黄妈妈，若是麟哥哥此时还不曾回家，妈妈你到哪里去寻找他呢？"黄大妈笑道："我家相公真是大胆。姑娘，你们不知道外面不但拐子多，那秋胡老妈子还更是利害。”绣春笑道：“往常惯听见人讲秋胡老妈子，究竟妈妈你可看见过不曾？”黄大妈便信口开河道：“怎么不曾看见过？论岁数，比你们外婆年纪还大，一片白头发披在额角上，一张嘴象个簸箕，青脸獠牙，好不难看。”刚说到此，那淑仪把个头躲入绣春怀里，哀告道：“好妈妈，你不用说罢，我怕呢。”黄大妈一笑，也便不说了。只听对面房里秦氏唤道：“麟儿过来睡觉罢，今儿可是辛苦了。”麟儿答应道：“娘，我来了。”又拖着黄大妈道：“我不敢出这房门，你替我将眼睛蒙着，我怕天井里躲个秋胡老妈子。”黄大妈笑道：“哪里倒有秋胡老妈子了？你来，我替你挡着。”麟儿于是揪着黄大妈袖角，将脸蒙得紧紧的，一步一步趖到对面房门，一松手跑入房里去了。

此处淑仪见黄大妈走后，扭股糖似地靠着绣春，寸步不离。绣春笑道：“人家还有些琐碎事哩，你象这样跟着，你不嫌肮脏？你今年也有十几岁的人了，还是象吃乳孩子一般。”淑仪笑道：“好姐姐，我耳朵里好象听见有个秋胡老妈子叫。”绣春笑道：“果不其然，你不听见吱吱吱的什么东西？”说着便故意地撮着口，学那鼠子的声音，吓得淑仪双手掩着脸，几乎要哭出来。好容易被绣春哄着他上了床，然后自家也上床。

淑仪毕竟爬到绣春这一边来，并头睡下，翻来覆去，总睡不着，只管逗着绣春谈说，绣春刚把眼睛闭上，他便闹起来，说：“好姐姐，我要你睁开眼睛望着我。你若是瞌睡，我讲个笑话儿替你解闷。”绣春笑道：“呸！我有什么闷儿要你解？你不睡，人家要睡呢。你的小嘴利害呀，你适才吃晚饭的时候，嚼的什么舌头？你这会子也求着你姐姐了。”淑仪道：“我何尝说什么，是麟哥哥告诉我的，不过说田姐夫头上生着癞疮儿。”绣春不等他说完，笑着用手撕淑仪的嘴道：“你还敢乱说？我便放秋胡老妈子出来。”淑仪笑道：“不说，不说，求姐姐饶恕我罢。”两个人闹闹笑笑，一直缠到三更时分，淑仪真是困倦了，方才大家睡去。

时光迅速，早又夏末秋初。一日，田焕夫妇闲坐无聊，那田福恩因为天热不肯上学，正在阶下掏捉蟋蟀子作耍。田焕道：“扣儿，你过来，日长无事，怎么只管胡闹，你可该将你念的书捧出来理一理罢。我自从你上学，我还不曾知道你念的什么书呢。”田福恩笑道：“我已念到《先进》。”田焕道：“你又来胡说，四书之中，只听见有《论语》、《孟子》，哪里会有什么‘先进’先出呢？我不管你，你且把书取出来。”田福恩听见叫他念书，比杀他还要利害，只管将眼望着他母亲，意思想他母亲解个围儿。周氏笑道：“扣儿，你父亲既叫你念书，你便捧出来念一念儿，有什么打紧？”田福恩此时才不得已，一步挪作两步地取了一本书出来，放在了田焕面前。田焕随手指着一行儿叫他背。田福恩望了几望，刚把头背过去，又把头掉转来，双手按着书本，弯着腰，撅着屁股，好容易才哼哼唧唧地念道："子路曰：'有是哉！子之迂也。奚其……奚其……'"田福恩念到这一句，只管颠来倒去，下面再也想不出来。田焕发怒道："畜生！煞是不用心。你不见圣人书上，明明说的子路子路，是指着你们的道路，望你学好。你没有别的本事儿，只是会捉蟋蟀。"周氏深怕田焕委屈了他的儿子，忙笑拦道："你既知道圣人指他的道路，圣人不是叫他捉蟋蟀子吗？我虽然不懂得什么，我只听见小扣子嘴里只管说的：'有事哉，唧唧咀也，唧唧咀也，嘶嘶嘶，嘶嘶嘶。'这不是蟋蟀叫的声音是什么？"田焕本来目不识丁，听见周氏说得有理，也就相信了，说："原来圣人们有事的时辰，还捉蟋蟀呢，何况你终日无事。既是圣人说的话，想也不会错的。"田福恩听了，如得赦书一般，将书一束，就掼在房里，跑出去了。

不多一会，外面走进一个人来，穿了一件深蓝夏布衫儿，草葛裤子，脚上穿一双青布鞋，腰间插了一柄大芭蕉扇，头发全是黄的，面目同头发差不多，只是还加了点紫檀色儿。田福恩一把扯住他的袖子，狼狈而来。周氏见了，一迭连声笑着说道："小舅舅许久不到这里来了，今儿为甚这样打扮起来？"田焕也便含笑迎着说："今儿想是不曾挑担子上街。近来生意可好？"那人笑道："天晴好久了，便是上街也没有生意。不瞒姐姐、姐夫说，昨儿卖西瓜的王二，替我家带了一封信儿来，说我老头子已择了喜期，是七月初十，替我们圆房。我遂同老板请了半个月的假，打算午后出城赶回去。如今特来辞行。"田焕道："噢，原来如此。来来来，我还有点菲礼，便请你顺便带回去。"说着便跑到前面去了。原来这小舅舅是周氏堂房兄弟，名字叫做周二福，今年二十五岁，在城里学了一个皮匠手艺。前次书中，美娘问田家小倌儿，那小倌儿说是小扣子有个小舅舅，同他一块儿在复园烟馆吃鸦片烟，便是此公了。

那田焕生平悭吝非常，听见周二福要娶亲，知道又要破些钱钞。恰好店里还有些卖不完的绣货，如今便想在周二福身上出脱，既做了人情，又免得自家破费。其实周氏早已看破田焕的用心，心中十分不快活，便趁田焕出去的时候，早在房里取出十元洋钱，悄悄地递在周二福手里。周二福暗中会意。刚刚递过，已见田焕捧了一色绣货进来，颜色灰败，丝线脱落。周二福也只得勉强谢了一声，立起身来，便要辞去。田焕道："怎么这样匆忙？凉凉儿吃杯茶去。"说着又回头埋怨周氏道："为甚小舅舅来也不倒茶？"周氏道："呸！你不要活见鬼了。不是你关照的，夏天不用泡茶，家里如有人口渴，便吃一勺冷水儿润润喉咙，怎么你这一会儿又闹起排场来了？

我请问你，泡茶泡茶，你的茶叶在哪里呢？横竖小舅舅也不是外人，如果口渴，便老老实实吃口水罢。”田焕也觉得话是说得大意了，羞得脸上通红。周二福笑道：“姐姐、姐夫不用费心，我适才在人家挑的水担子上喝过了。”又道：“姐姐、姐夫必得要下乡走一遭，省得老头子又要打发人来请。”周氏笑道：“不消请的，是必来贺喜的。”周二福这才离了田家，一径回去了。

过了几天，周氏商议着要回家去走一趟，问田焕可肯同去不同去？田焕心中忖度：“横竖闲着没事，不如也去走走，到底免得家中几天嚼吃。”遂答应同去。周氏见田焕肯去，也就十分高兴。

这日正是七月初七。清晨起来，并没有一点风丝儿，赤日之下，捧着万道红霞。丛木无声，只有那金苍蝇儿嗡嗡飞得价响。周氏盥洗已毕，把前几日做的一件假官纱衫儿穿了起来。又替田福恩夏布褂上加了一件芙蓉罗的背心。周氏早忙得汗流浃背，只管用一柄大芭蕉扇儿不住手地摇。田焕从外面走进来，看着他们母子只管叹息说：“为甚做些好衣服？徒然将钱糟蹋了。”周氏笑道：“我们这一趟去，还得带几文儿，预备给新娘子做见面钱。”田焕道：“啊呀！这是什么话？你不是同新娘子是平辈，如何给起见面钱来？没的被人家怪罢。在我看，我们此去可以一文不用，怕他家不供应我们吗？况且我们到他那里，也有二三十里路，路上的盘费，至省也要用得二百多文，不要他家认，也就算是情分了。”周氏笑道：“你怎么越过越糊涂了？我们给新娘子见面钱，我家扣子他也要给见面钱的，彼此只算扯直。”田焕道：“如此还好。要走我们快走罢，迟了格外要热。”周氏道：“你看我们娘儿们穿得这样齐整，也该雇一辆车儿来，怎能抛头露面在街上跑？”田焕道：“啧啧啧，好个太太、少爷儿，出门都要雇起车儿来了。等出了城，我来借一辆车儿推你们母子。此时可不用罗唣罢。”

周氏无奈，一家三口子便出了店门。田焕是只穿了一件布背心儿，赤着肩臂，肩膀上面背了一个口袋，零零碎碎放了些焦锅巴、盐小菜，预备在路上充饥。右手果然只捏了夹大夹小二百个铜钱。才出了城，已近巳牌时分，那一轮烈日，格外耀武扬威起来，抬头看看，却一点云影儿也没有。城外又是空旷所在，毫无遮蔽，晒得那地上如火炭一般。田福恩走得气喘，已将长衫脱下，抱在怀里。周氏也就粉黛淫淫，脸上白一条黑一条，十分难看。走不上五六里，已是行人稀少。只见那村中水牛都藏在旁边溪内，便是老猪也拣着泥塘睡觉，那些村犬没有一个不伸长了舌头发喘。周氏同田福恩实在走不动了，想觅一庙宇处歇一歇脚，却是没有。田焕东张西望，果然跑到了一个村上，想借一辆笨车，哪里有人肯借。三人又挨了一段路。周氏唉声叹气，骂着田焕。田焕闭口无语。好容易又走了一会，才看见前面有座茅亭，茅亭旁边有一棵大槐树，绿荫满天，已有两三个路人坐在地上歇暑。此时田焕等精神一振，如怒马奔槽，急急赶至亭内。恰好亭内还放着一个施茶的茶缸，这才大家坐下喝了一个爽快。

周氏站起身来，扑扑衣上尘土，说："快些走罢。"田福恩也就抹了抹头上的汗，跳起身子。只不见田焕动弹。周氏再朝他脸上仔细一望，只见田焕面色僵白，口沫直流，两只眼珠仿佛是有钉子钉着一般，一丝不动。再摸摸他的手臂，早已冷了半截。周氏这一吓可真不小，连连地喊着他，又狠命在他人中上用指甲掐了几分深浅，只不见醒转。周氏不禁号哭起来。惊动路上的人，齐齐围拢上前，说："这是发痧了，还不替他刮得一刮，时候挨下去，便怕不中用了。"周氏便望大家磕了一个头，哀告着他们来助个力儿。其中便有人上前，取了一枚铜钱，没命地在田焕背上及腿弯子着力地刮。又有人说："前村有个药铺子，非得去买点人马平安散以及卧龙丹儿，恐怕一时不能奏效呀。"周氏听了这句话，便走到田焕身边，想在他那口袋里掏钱。这个当儿，恰好田焕微微甦醒，一把将口袋死命夺住，再也不许周氏攫取。周氏哭道："我的天呀！这是救你的性命的呀，你为何还这般悭吝？"田焕声促气喘，只管闭目摇头，死也不放。

周氏急得无法。旁边看的人也就哄然一笑，说："他既舍不得钱吃药，你们还是雇几个人将他抬回去罢，死在路上那更周折了。"周氏听这话也是有理，便回头寻觅田福恩。谁知田福恩趁着这热闹当儿，正躲在一条小河旁边，用瓦片儿在水面上打水花儿玩耍呢。听见周氏呼唤，笑嘻嘻地跑得过来。周氏骂道："小砍头的，你老子不好了，你还这般高兴。你替我快去在左近唤几个人来抬你老子回去。"田福恩笑道："今儿不到小舅舅家去吗？在我看，我们雇人把他抬回去，我们只管去到小舅舅家玩几天。"周氏也不暇同他辩论，说："你不用罗唣，你快去唤人罢。"田焕听见周氏要唤人抬他，急得什么似的，勉强挣扎起来，要自家步行。可怜哪里能站得起来，刚刚将身子抬起，早又扑通一声掼倒在青草地上，只是哼唤。一霎时雇的几个人用一张破竹床儿，不由分说，将田焕抬起，仍望城里而来。周氏搀着田福恩跟在后面，哭哭啼啼，仿佛是送丧一般。

田焕到了家，病势虽转，却焦灼烦渴，变了一个热症，日夜昏愦。周氏却谨守田焕不延医、不服药的常谈，每日只是问人家施药的所在，不问什么丹方丸药，只要不用拿钱去买，便一味取来灌服。看看延至第七天上，周氏午后正偷了个空儿在房里洗澡，猛然听见合店里的人怪闹起来。原来田焕忽从床上跳落平地，浑身一丝不挂，精赤条条地奔出房外，众人拦挡不住。只见他翻着两个红眼珠儿，如猛虎一般，大吼一声，连窜带跳，向街心跑去。周氏听得这个消息，魂魄出窍，水淋淋地套了一条裤子，也忘却穿上衣，敞着胸脯，没命地哭赶出来。此时左邻右舍都齐打伙儿帮着追赶。田焕不知是哪里来的力气，见人赶得紧了，他便攀着人家凉棚柱子，一蹿上屋，如履平地。这件奇事，闹得街上的人大惊小怪。田焕走到一处，便有一处的人拍手喊着："在这里，在这里。"好容易人多势大，四面兜拿，才把田焕捉住。捉住之时，那田焕早已不省人事，牙关紧闭，白眼直翻。周氏赶得上前，不禁叫起撞天屈来。众人七手八脚，又将田焕抬回，放在床上。

其时便有黄大妈奉着秦氏之命，来询问田焕的病症。刚刚跨入房门，那田焕猛又号哭起来，望着黄大妈说道："黄大妈，这十几年难为你辛苦了。麟儿的母亲太不济事，生生地将这座店址被姓田的吞没了去，我死也是不甘心的。我哪里有一时一刻放得下他们母子？每当风清月白，我往往在他们母子窗外凝立瞧看，只是他们看不见我罢咧。"说着又哭。黄大妈听着这声音，宛然是他主人云锦，也就不禁失声要哭。此时周氏却慌极了，走上前用手将田焕的嘴狠命掩着。田焕又道："你是亲家太太呀，快走开去。春儿此后总望你照应着他，不要象我死的那一天，你狠心将他的头碰在床角上，碰得老大的瘤。"

周氏被他这句话说得毛骨悚然，幸亏他生性泼辣，重重地将田焕脸上打了几个巴掌，又吐了无数唾沫，吐得田焕脸上淋淋漓漓。田焕果然不开口了。一霎时忽又换了田焕声音，厉声望着周氏道："如今案是犯了，床底下的元宝你快取出来，送给云家去。"说着又用手在脸上乱打，打得一条条青肿起来。周氏又气又怕，深恐黄大妈听出什么话来，便放下田焕不理，转将黄大妈带出房外，说："你请回去罢，上复我们亲家太太，说春儿的公公一时病总不能望好，目下想是遇见邪鬼了，信口乱嚼。象这样闹法，便是死了也好。"

黄大妈答应了两声，快快回去，便把适才所见的情形一五一十地告诉了秦氏，又累秦氏哭了一场。绣春听着，自然不便说些什么。却是秦氏望着黄大妈道："这元宝的话，却也不能说是没有，我听见麟儿父亲说过的。麟儿祖父在日，很在这座店铺上积蓄了几文。后来因为发匪破了扬州城，麟儿祖父逃了出去，以后便不知下落。难保不有什么银钱埋在那床底下。如今事已过了，说也无益。我家还有人将来在他家过日子，只要他们富富足足的，我就吃口粥也是心安的。”说着又拿袖子揩抹眼泪。

绣春正倚在窗子旁边，仰首望着天上，说：“黄大妈，你快将这扇窗子闭上罢，停一会有雨来了，你看西南角上云都布满了。”秦氏便命黄大妈赶紧去接麟儿放学。麟儿刚才回来，果然倾盆大雨，轰雷掣电，闹了一阵。接连下到晚膳以后，一时便起了北风，陡然转凉。秦氏在橱柜里取出了好些单夹衣裳，逼着儿女穿了。自己将案上兰灯挑一挑明亮，大家坐着闲话。那檐间余溜，还淅淅沥沥地滴个不住。

这个当儿，猛听见有人敲门。黄大妈将门开了，引进一个人来。原来是田焕店里一个管帐的先生，姓宋，人都称他为宋老爹，年老龙钟。手里提了一柄雨伞，伞柄上扣了一个小纸灯笼，脚下钉鞋，走得咯咯地响。绣春听见是田家的人，穿花也似躲入房里。秦氏赶忙起身招待。宋老爹缓缓地将灯笼吹灭了，连伞一并搁在檐柱旁边，走进来望着秦氏深深一揖。秦氏也回了一个万福。彼此坐下。

宋老爹咳了两声，总共也没有开口。还是秦氏问道：“宋先生，前日听说我们那位亲家病了，适才小价回来，说病势十分利害。此刻可好些吗？”宋老爹点点头。又将手缩在袖子里掏了好一会，掏出一方乌黑手巾，抹他的胡子，抹来抹去，半晌才冷冷地说道：“不瞒亲家太太说，亲家太太的亲家，大约是死了。那边亲家太太嘱咐我，过来同亲家太太说一声儿。那边亲家太太本来要亲自向这边亲家太太……”麟儿看见这宋老爹的神情，忍不住好笑，捂着嘴也跑入姐姐房中。此处秦氏听见这句话，吓得忙站起来说：“啊呀！……”宋老爹不等秦氏再望下说，又接着道：“死还是不曾真死。”秦氏才按住心神，又问道：“先生今夜冒雨到此，我们亲家太太究竟有什么嘱咐呢？”宋老爹道：“如今我们那位敝东，整整闹了半夜。不瞒亲家太太说，他一时要饭吃，人便递饭给他。他冷不防揭开马桶，将饭抟成一个长条儿，约摸有我们男人下面长的那活儿大小，放在粪里蘸一遍，又取出来望嘴里送。”秦氏听他说得太蠢，又不好打断他，只得忍气再望下听。宋老爹道：“我们东家太太吓也吓死了，又没人做伴，我们是不便进房。”秦氏道：“他家相公呢？”宋老爹道：“亲家太太说的是小扣子吗？”说着又叹了一口气，吐了一口痰，良久又说道：“冤冤枉枉，不知那死人糊涂，嘴里说出什么元宝来，小扣子听见这话，便一心一意要把他老子拖过去，要他在床底下挖元宝，又把箸帚闹了一会。如今还同他母亲吵得乌乱呢。我们东家太太没法，好容易允他一边等他老子死了，一边挖土掏那元宝，小扣子才不做声。如今王太太也来了，张太太也来了，眼见我们敝东是不会再好了。大家商议，死马当做活马医，想要接府上姑娘过去递一递汤，冲冲喜儿。”

宋老爹这句话尚未说完，可怜秦氏大叫了一声：“儿呀！”登时晕倒在地，三魂渺渺，七魄悠悠，早先他亲家向黄泉而去了。

欲知后事，且阅下文。

# 第二十二回 侮乡愚小嬉仙女镇 应科试大闹海陵城

秦氏初时听见宋老爹说他女婿如此这般的行为，心中想着爱女，肝肺已是迸裂。又怕绣春知道后心里悲恨，所以强忍着不肯答话。及至听到说要接他女儿去冲喜递汤，这分明便是小户人家借此带着媳妇儿过门。默想："春儿今年才十三四岁，一朵鲜花，正是含着苞儿，未经风雨。虽是家中贫乏，却也似宝贝一般地爱护，从未离着身旁一日。如今生生地叫他去到人家做媳妇儿去，便饶着他婆婆看待如亲生一样，这生离惨别，也就无限伤心。况且风闻周氏是个不贤的妇人，如今又知道女婿这样的惫赖。"你们想，秦氏此时心里焉有不刀割箭触的呢？因此登时昏了过去。亏得黄大妈眼明手快，一把将秦氏扶住坐在椅上。绣春在房里听见，也顾不得羞涩，赶紧跑出来，抱着母亲痛哭，连连呼唤着母亲，说："母亲，苦命的女儿在这里呢。"此音传入耳中，秦氏方才醒转，喉干气噎，一把将绣春搂在怀里，泪如泉涌。麟儿立在一旁都吓呆了。黄大妈去泡了一碗洋糖茶，递在秦氏嘴边吃了几口。那宋老爹摩挲老眼，密密细细地向绣春瞧看，赞道："好个标致姑娘，好个标致姑娘！"绣春又羞又气，索性将头埋入秦氏怀中。

秦氏忍泪命黄大妈将绣春送入房里，重复对宋老爹道："论理呢，我家的女儿便是他家的媳妇，他公公有病，便去瞧看瞧看也是人情。但小女年纪尚轻，人生面不熟，就是到了他田府上，也无济于事。便请先生回去，上复我们亲家太太，这递汤冲喜的事，也不过是句话儿，哪里有什么效验？他公公吉人天相，不久自然会平安无事。再过几年，等他府上择了喜期，再来迎娶罢。"宋老爹鼻子里哼了一声说："亲家太太说的话怕不有理，我便照样回复我们东家罢。横竖你们都是好亲眷，也没有个讲不开的，只是累煞我们中间人。"说着遂取了他的雨伞，又将灯笼在灯上点亮了，走下阶沿，仰头望望天，咕噜说道："雨还没有住呀，拖泥带水，白白跑这一趟。"秦氏送至阶前，说："一切费先生的心，回去替我说好看些。"说着又哭起来。宋老爹走后，黄大妈闭好了门户。秦氏这一夜也没有好睡，只管望着绣春垂涕，也就引得绣春呜呜咽咽。

次日清晨，便见秦洛钟走来，见了秦氏，便上前道喜说："昨夜有四更多天，田府又打发人到我那里，说是一定要接外甥女过门的话。"秦氏听了，哪里肯依。洛钟无法，又跑去告诉了母亲。秦老太太近年来越为老迈了，行动都要人用椅子抬着。今日听见秦氏不肯将绣春给田家接，大发气愤，说："女孩儿聘给谁家，就是谁家的人，怎么霸占着不给人家？难不成留在家中养到一百岁？要是怕人家待他不好，本来女儿是雪花命，飘到哪里就是哪里。就是被人家刀砍斧凿，也是要埋着头去受的。他若是福泽好，怎么不变男子去的呢？"于是硬逼着何氏去劝绣春的母亲。

何氏只得过来，姑嫂相见，何氏便将老太的意思告诉了秦氏。又劝道："这件事，在我估量着，若一定不许他家接，理上究竟有些讲不去。他家的意思，是接了媳妇，就可望冲喜，冲了喜，他公公的病便好了。我们一定不答应，岂不有意同他公公性命做对？况且天下事也不可不信邪，万一他公公果然不好，姑爷年纪还轻，周太太又是个女眷，这家业便难撑持，保不住反累着春儿。我有个法子，还叫龙儿父亲去说去。我们家姑娘是答应给他家接，但有一层必须先行交代清楚：若是以后过得好呢，便长长过着；倘有些闲言闲语，我们依然将姑娘接回来，等他家大娶再说。你以为怎么样呢？"

秦氏到此，也就无法，便应允了照这样办。洛钟遵命办理，回来说田家一切也依了。却好明日便是个黄道吉日，代绣春打扮打扮，仿佛是个出门模样，一概都不举动，便悄悄地抬到他家去。可怜这母女二人，直哭得发昏章第十一。这一天，内里也来了几位女眷：何氏婆媳，三姑娘母女，以及麟儿的师母美娘。到午饭时辰，伍晋芳、洛钟等也来到了。田焕店里还有几个伙计，先前是同云锦共过事的，今日也来道个喜儿。

大家坐着，晋芳看见麟儿，一把扯着他小手，放在鼻上闻了几闻，说："来来来，我问你一句话儿，你的师母在你的姐姐房里哩。这几时师母可曾同你先生在一个床上睡觉儿？"麟儿笑着摇摇头，说："我不知道。"洛钟笑道："晋芳你也太不老成了，同着小孩子讲这些。"又问道："果然今日你的先生怎么不曾来？"麟儿笑道："先生有好几天不能出门了，因为变成了一个红鼻子，怕人家笑话。"晋芳笑道："奇呀！怎么鼻子好好会红起来？"麟儿笑道："这件事说起来话长，又是我们那位学长乔大哥做的。"晋芳笑道："你们这位乔大哥煞是有趣得很。我记得前几年他曾同你家先生的夜壶做了一回把戏，如今怎么又看中他的鼻子了?"麟儿笑道："听说我们先生是听了他父亲的话，要想惩治惩治他，谁知他却先来弄他的鼻子哩。"晋芳道："他父亲说的是什么?"麟儿想了一想，笑道："我却记不清楚了。"

洛钟道："这件事我却知道，我来告诉你。据说这乔家运的促狭脾气儿，却是与年俱进。有一天他回去看他的父亲，他们仙女镇上本来有座高桥，他没事便站在那里闲望，忽然看见一个挑粪担子的乡老。他高兴起来，走上去拦着说：'啊呀！了不得，了不得！你这样老大的年纪，如何能挑这重担子过桥？我小子是惯行方便的，等我来帮着你。你将担子放下，我与你两人一桶一桶抬着过去，岂不又省力又取巧?'那乡老果然挑得气喘汗流，见这个小后生殷殷勤勤，倒也十分感激，嘴里假作谦让。乔家运不由分说，便拖住他的担子，将扁担夺下来。那乡老也就将计就计答应了。乔家运一眼看见那粪桶果然都是满满的，屏着鼻息，同乡老一步一步狠命地抬到桥那边。乡老正待要转身来同他抬那一桶粪，那乔家运却望他拱一拱手，说：'对不起，累你在这里稍等一刻，在下要回去吃一碗饭，再转来帮你罢。'那乡老大惊道：'这个如何使得？还是累相公行方便行到底罢。'乔家运笑道：'你这人好不讲理，我好意帮你抬这臭粪担子，难不成还派着我忍饿吗?'说着一溜烟早跑去了。急得那乡老什么似的，桥这边搁一桶粪，桥那边搁一桶粪，也没有这个力量把他合拢来。整整挨了大半日工夫，等着一个熟人，才将那一桶又提得过去。"

伍晋芳听一句，笑一句。及至听完了，说："真是有趣。他老子想是不以他为然了。"洛钟道："这件事他老子却不知道。还有一件玩意儿呢。又有一天，大清早起，他在门口看见一个卖鸡蛋的，他便问道：'鸡蛋什么价钱?'那卖鸡蛋的说道：'整整十个铜钱买一个。'乔家运道：'三个铜钱一个可卖不卖?'那卖鸡蛋的冷笑了一声，说道：'三个铜钱呀，只好吃蛋黄子罢。'乔家运眉头一皱，笑道：'就依你，就依你，十个铜钱买一个。你到我家屋里来。'他便将那卖鸡蛋的引入一座小小厅上。厅上设着一张金漆桌儿，他便努一努嘴说：'替我将蛋数来放在桌上。'那卖鸡蛋的说道：'这桌上太滑了，蛋是圆的，如何放得住?'乔家运笑道：'这怕没有法儿？来来来，你将两只手圈成一个圈儿搁在桌上，我来替你数。'那卖鸡蛋的果然依了乔家运。于是一五一十数了有三五十个鸡蛋，放在他圈子里面，笑对着那人道：'你站在这里，我进去取了钱出来给你。'乔家运走入里面，悄悄地将家里养的一条恶狗引得出来。狗忽然看见厅上有一个蠢头蠢脑的人伏在他家桌上，不由怒从心起，张着大口，拚命上前咬那卖鸡蛋的泥腿。吓得那卖鸡蛋的叫苦不迭，也顾不得桌上鸡蛋，一撒手来让那狗。说时迟，那时快，桌上鸡蛋你碰我，我碰你，滴溜滴溜，都滚入地下去了，跌得稀糊破烂。乔家运在后面听见，知道大功告成，忙提了一吊钱，飞奔出来，假作惊慌，说：‘怎么了？’又笑道：‘我们老老实实，三文一个来数蛋黄子吃罢。’”

伍晋芳拍手笑道：“妙妙妙！正是俗语说的：‘拿你的馒头塞你的嘴。’”洛钟又道：“后来他父亲知道了，便嗔着他做事太辣了。他笑了一笑。这一天晚上，等他老子进了他母亲的房，他冷不防跳了进去，说是捉奸。随即提笔在灯下写了一个禀状，说什么‘劣父恃蛮，强奸生母事’云云。你想他老子如何不气呢？自然来告诉他的先生了。这都是龙儿回来告诉我的。我却不知他怎么又染红了先生的鼻子，麟儿你说罢。”

晋芳此时已笑得肠断气绝，说：“麟儿你快说，快说，让你姨父一并笑了罢。”麟儿笑道：“我们师母是最讲究标致的，那一天捣了些凤仙花汁儿，预备染红指甲。恰好先生午后躺在藤椅上歇中觉，乔大哥便轻轻地在那凤仙花盘子里挤了些红水，一滴一滴都滴在先生鼻子上。先生一觉醒来，毫不知道，自家倒了一杯茶，细细品着。他眼睛本来近视，疑惑茶杯里是谁放着红枣子，尽性用指头去捞，左捞右捞，也没有一个红枣子，他哪里晓得是他的红鼻子映在水里的影子呢。后来众学生都笑了，先生才有些疑惑，问他们为甚事好笑？恰好师娘也走出来，才告诉了先生。先生呆性发作，焦躁得什么似的。再望望乔大哥，早已跑掉了。至今也不曾上学。他岁数也大了，想是要出去应考，他还坐在书房里做什么呢？”

伍晋芳笑道：“果不其然，我听见你姨娘说，你新近也学做文章了。是做破题呢，还是承题？”麟儿掩口笑道：“承题去年便做过了，今年已经做到起讲。先生说冬十月间，便可胡乱完篇。据说明春还有科考，想带我去泰州走一趟呢。”伍晋芳笑道：“啧啧啧，你居然想做秀才了。什么蓝衫儿、雀顶儿，好不威武，快快用心罢。”洛钟从鼻子里哼了一声说：“麟儿你休要太高兴了，你家可有籍贯没有？那些牛鼻子廪生不大好讲话，怕得要淘气，还是安分些学个生意罢。听说你父亲当日也是想应考的，后来也是因为知道廪生利害，才走了这条道路。你如今又异想天开了。”这几句话，说得麟儿好没兴头，快快地走过一旁。

正要闲话，那田家果然也抬了一乘小轿子，前头有两个小倌，手里每人拈了一对长寿香，轿子的窗洞都用红纸糊着，把来放在门外。洛钟走到绣春房门口，便催着他上轿。只见绣春穿着天青单褂，大红穿花百蝶裙，一双金莲伶伶俐俐地真是只有三寸，眉横翠黛，脸晕绯霞，松松地梳了一个抛家鬏髻，也插了几件珠翠。含悲带恨，登堂叩别了母亲以及何氏等人，又低低向麟儿说了一声："在家好些读书，孝顺母亲。"一语未毕，那粉颊上的珠泪，早簌簌地落个不已。秦氏此时却怕绣春伤心，转强忍着眼泪笑道："姑娘，你安心去罢，过一二日，娘便打发人来接你。你在人家比不得……"说到此，哽咽得再不能出声。何氏、三姑娘以及看的人，无不用手帕子掩泪。麟儿更是扯着姐姐袖子号啕痛哭，再也不肯放姐姐上轿，口里说道："兄弟没有长进，带累姐姐今日做这一件大事，都是象这样冷冷清清的。便是读书，还不知后来可有这个福分博得些微功名？若象舅舅今日教训我的话，我就该一头碰死了。"说着顿足不已。此时真把淑仪急坏了，也顾不得什么，紧紧拖着麟儿哭劝。还是伍晋芳硬生生地将麟儿搀过，这才让绣春登轿而去。黄大妈早穿了一身青布褂裤，插了满头喜花，也是一条眼泪、一条鼻涕地跟着绣春轿子陪嫁去了。

且说田家这一天将病人扶起，坐在床上，周氏趁他清楚的时辰，把这事告诉了他。他也自知欢喜。周氏装扮着，又将田福恩喊至面前说："今日你的新媳妇进门，你还得尊重些，不要给丈母家人笑。"田福恩点点头，一手取了些草纸，只管去擦那头上的癞疮，弄得一地脓血。王老老笑道："快不用这样，引你新媳妇嫌你龌龊。"田福恩睁圆两只眼怪叫道："这有什么打紧？难不成是抬着祖宗进门了？爱我就活着，不爱我就死他娘的。"周氏赶忙捂着他嘴说："大吉大利，怎么有这些话讲？"

刚在屋里闹着，早听见店前"哔剥……哔剥剥……剥……"分明是爆竹声响，只是不甚爽利，过一会才响一声，以后便再也不响了。张老太只管咂嘴咂舌说："阿弥陀佛！这爆竹想是受了潮湿了。"

这时候阖店众伙计，大家趁这个当儿，齐齐地进来道个喜。正在一字儿排着，恰好跟轿子来的两个小倌也一齐进门，慌慌张张，有一小倌忘记跨着台阶，脚下一绊，一跤栽倒，那不曾完的万寿香，顺势却碰在宋老爹身上。宋老爹生恐将他的那件玄色羽绫马褂儿烧坏了，匆匆地向前一让，顺脚勾着身边一张案桌。那案桌上全是放着杯盘碗碟，一滑溜从桌上倒下来，哗啦一声，比外面的爆竹反响得利害。王老老赶上前收拾满地碎碗。他平时不惯穿那劳什子裙子，今日因为有事才偶然穿起来。他只顾弯着腰，一面搒掇，一面嘴里念着："岁岁平安，岁岁平安……"再一抬身，那裙子角已压在脚底，拚命地一扯，一个鹞子翻身，恰好正跌在周氏裤裆里。周氏却不暇理会，只管将个头仰得高高的，几乎不把脖子都扯直了。他因为常听见人说，娶媳妇进门，若是做婆婆的头越仰得高，媳妇将来越是害怕。所以他们跌筋斗的跌筋斗，摔碗碟的摔碗碟，他却一毫未曾留心。

绣春一下了轿，黄大妈轻轻扶着。此时堂上的香烛倒都点齐了。黄大妈扶着绣春磕了家神的头，又向众人见了礼。便有人端了一张桌子，放在堂屋当中，让绣春上坐，设了四碟点心。众人便围上来看新媳妇，羞得绣春俯首入怀，盈盈不语。众人却是交口赞好。田福恩好不得意，自家便猴在一张椅子上远远瞧看。众人回头一望，无不大笑。田福恩也笑了。一霎时，周氏在病人房里端出三碗汤来，一碗是莲子，一碗是清茶，一碗是煎药。却紧紧用红纸封着碗口。命新媳妇随手捧一碗。这是递汤的规矩，如捧着莲子或清茶，这病人包可痊愈；若是捧着汤药，便主着害病的万无生理。这时候三碗封口的汤放在绣春面前，绣春战战兢兢地随手捧了一碗，送至周氏面前。大家伸着头，都要想看里面是什么。周氏轻轻揭开红纸，仔细一望，不由得啐了一口放下，铁青面孔，将碗随手一搁，喃喃地骂着。众人知道绣春端的是药，不由得都没兴头，相对唉声叹气。可怜绣春下了桌面，随黄大妈坐在一处，也无人来理他。谁知不上几日，那田焕的病渐渐好了。

黄大妈陪着绣春，刚住到第三天上，那周氏便骂猫骂狗，一直由清晨到晚，也没有一点好颜色。黄大妈知再不能存留，瞧着绣春也没有十分委曲，便径自回家。

那秦氏自绣春去后，自然不用说是牵肠挂肚。便偶然接得绣春回来，绣春也从不肯说什么难处的话。秦氏倒反一心一意地领带着麟儿。恰好这一年年底，秦老太也故了。龙儿自从与银儿结婚之后，也生了一个儿子。龙儿是年便出了书房，帮着父亲在衙门里办公。

次年秋间，麟儿由书房里回来，告诉了秦氏，说学台行文到了扬州，准于明年二月里科试，今年十月便举行县考，何先生命他去观观场。秦氏也十分欢喜。

到了十月初一日这一天，县里便发了告示：十五日准考头场，十八日初复，二十一日再复，二十三日三复，二十五日终场。这个信传出来，那阖府的童生好不鼓舞，大家忙着会文值课，这一片家弦户诵的声音，比平时格外热闹。

麟儿也随着他们一班同学的结个文课，日日演习。一到晚上，才约莫黄昏光景，便催着黄大妈将灯点得起来，朗朗诵着文章，连饭都是不甚想吃。秦氏十分心疼，便拈着针线，坐在一旁陪伴他。一时又催他喝口热茶，一时又问他腹中可饿不饿？更在炉火上将自己剥的莲子，用小罐子炖着，到夜深了，便逼着他吃下去。秦氏笑问道："明日又到谁家去做文章？这样轮流着倒还热闹呢。"麟儿笑道："明日是柳春家父亲请我们文会。"秦氏笑道："柳相公也会做文章了？他明年可去应考不去？"麟儿道："他今年已十二岁了。先生的意思，也想叫他去考呢，只是文章还做得

不甚好。”秦氏道：“可又来，你又夸嘴了，难不成人家就不如你？”麟儿也笑了一笑。秦氏说道：“今晚早些睡罢，养养神，明日好去抢个头名儿。”说着便逼着他上床去睡。

次日清晨，麟儿早跳起来，催着黄大妈替他梳了辫子，也不肯吃点心，便径自赶到柳家。早见他家小花厅上，纵纵横横地已经来了好几个人，年纪都约有二三十岁。还有一位老者，须发皓白，也是赶在里面坐着。内中顶年轻的，只有麟儿同着柳春。那个乔家运穿着一件夹绸袄子，冻得在那里呵手。大家见了麟儿，都坐着不动，嘴里只管喊：“小友来了。”柳春的父亲忙上前招呼着，便让他同柳春坐在一处。今日的题目却是两个：一个是《王之臣有托其妻子于其友而之楚游者》；一个是《非所以纳交于孺子之父母也》。

众人见了题目，各各凝思。接着便有一片呻吟之声，断续而起。吃完了早膳，麟儿已做成一篇。及至午间开出酒席，一窝蜂地掼下笔砚，便都到席上议论。这个说我的前半精采，那个说我的结末缜密。麟儿偕柳春却也不解得什么，他们先吃完了饭，早又去抄文章去了。不到一会，两人已将卷子抄齐，缴在柳春父亲面前。麟儿却背着手在厅上踱来踱去，隐隐见屏风之后有人向他瞧看。便走出一个女婢说：“我们太太请云相公里面去见一见。”柳春的父亲道：“好，好。春儿快陪着哥哥去见你母亲去。”麟儿含羞随着柳春走入后堂。早见一位中年妇人，身旁还立着一个小女孩子，眉清目丽的，约莫有十岁光景。那妇人望他笑道：“好个伶俐相公，我看你文章做得好快。不象他们只管听见嘴里哼，不看见手里写。你今年几岁了？”麟儿道：“十三岁。”妇人又道：“你可曾定了亲事不曾？”麟儿尚未及回言，猛见那女孩子脸上一红，飞也似地躲入房里去了。麟儿也是羞得不敢答应，只把头略摇得一摇。那妇人又同他殷勤了好一会，才命柳春又送他出来。

后来这次文课揭晓名次，麟儿却取了个第二。因为他头一篇内有几句话说得不好，说是什么“友之妻即吾之妻，友之子即吾之子”。那阅卷的批了一个“语涉嫌疑”。第二篇又将“父母”两字分成两大比，一比说是“纳交于孺子之父”，一比说是“纳交于孺子之母”。是同头一篇一样的弊病。卷末又批了几句云：“文字极有心思，措语却嫌轻薄。此子之才可取，此子之学未纯，故屈居第二”云云。

转眼之间，县考之期已届，满城的廪生十分高兴。他们同县学里的老师合成一气，拣那身家肥厚的，左一竹杠，右一竹杠，敲得那些应考的叫苦连天。府试也是如此。麟儿的家贫，众人都不曾将他放在眼里。县考取了两场，府考取了三场，算偷偷地瞒过了。

到了次年春间，秦氏替他收拾出一个皮箱，将一切应穿的衣服放在里面。另外一个网篮，一个书箱，都亲自检点了一遍。又剥了些桂元肉子，叠成一套一套儿。又有一包冰糖莲子。都交给麟儿，预备一时饿着，好取出来嚼吃。更亲自坐了轿子，到何先生那里走了一趟，千叮咛，万嘱咐。更取出十二块洋钱交给先生，算做麟儿的考费。

何先生一一答应了，将洋钱收下。又将别的学生所交的钱，连夜地用算盘算来算去，好不高兴。于是他便带了麟儿、柳春，还有几个大些的学生，择了一个黄道吉日，别了美娘出城。雇一只三官舱的大船，一直望泰州试院进发。那河里应试的船，真是如林如栉，船桅上都飘飘地扯着"奉旨院试"的杏黄旗儿，好不威武。不上三日路程，那一座泰州城早遥遥地露在眼前。何其甫率领众学生离了船，走入泰州府内。那麟儿、柳春，都是初次出门，还有些不甚相信泰州的街道原来也同我们扬州一样，只顾东瞧西望。见那些书铺、笔铺及一切杂食店、卖酒楼，挤挤挨挨，街道上都窄了许多。师徒正自走着，忽然看见前面人山人海，围看一座学宫，齐声哗噪。何其甫伸头一看，猛地见学宫楼上立着一匹白马，昂头鼓鬣，真是罕闻之事。

欲知后事，且阅下文。

# 第二十三回　赌嘴功竹叶杯倾玫瑰酒　试怀夹桃花纸嵌茯苓糕

且说江都县学的教官，姓王名景仁，原是丹徒县人氏。嗜钱如命，却是见人一味谦和。然而论他那副辣手，便是学宫前两个石狮子，他也要刮他一掌的鲜血。生平酷爱一杯，自家又善酿酒。酿好了埋在地下，须要隔着三年五年，才取出来痛饮，美其名曰“老陈玫瑰酒”。他虽然是个小小冷衙，当那月白风清的时辰，他便拎着他那一管荷包长烟袋，随便花前竹下，一杯一杯地畅饮起来。但是他这老陈玫瑰酒，莫说外人不能尝他一点一滴，便是他的师太太，怕自从嫁得过来，除得交颈时间闻闻他嘴边的酒香，要想吃一杯，也是从古未闻的事。

近日他早已赶在学宪未到之先，聚集门斗斋夫，吼吼地都奔入泰州县城而来。无巧不巧，不知他那轿子后面的一匹跟马怎么得罪了一个人，这一个人便趁他陪着学宪在学宫行香之时，悄悄地将他的那匹马一步一步牵上那个学宫后楼。谁知那马上梯子却还容易，你们要想他好好下来，这却是登天之难了。于是大家也不知谁弄的狡猾，惊奇诧怪，围拢了有几千人，都在那里看马。这个风声传入学宪耳中，却重重申斥了这位王老师一顿，说他约束不严，怎么自己的跟马，也会跑上楼去？糟蹋先师，岂非大大的不敬？

王老师好不愧怒，只得命人上去，用绳子缚住那马的四蹄，费了许多人气力，才抬得下来。由是又不无破费了些钱钞。王老师转回公馆，十分惭愤，料想这事没有别人敢做，不过都是些应考童生。遂气哼哼地将门斗斋夫唤得进来，同他们商议，这一次要想全行摘结。看官，怎么叫做摘结呢？原来考试的章程：凡与试的人，都要具个身家清白，无冒籍跨考等弊的甘结，请认保先生画了押，又请派保先生画了押。这两重难关，也就令人不容易飞渡。那廪生欲壑果是填满了，便将这结送给老师。老师盖上那颗印后，才算没事；老师的欲壑不满，仍是不容与考。其实廪生、老师，都是串通一气，廪生得了多少钱，自然加一倍送给老师。无如老师终是有些不放心廪生，怕他们内中打了偏手。所以到了院试这一天，老师便将那县考、府考取的名簿放在面前，看那可以敲诈的，便一张一张摘起来，另开谈判。王老师要全行摘结，这却是没有的道理，只因为气愤不过，所以想借此泄一泄怒。那门斗斋夫赶忙上前请了个安，说："老爷，这可使不得，若还动了公愤，闹到学台大人那里，可就不好了。"王老师点点头说："也罢了，我们来在这上面拣一拣罢。"说着，回头便命椅后一个小厮说："取酒过来。"一面吃着酒，一面同门斗斋夫斟酌了好一会，圈出许多名字。此处且按下休提。

却说乔家运自从出了何其甫书房之门，此次便另集合一班考童，雇船东下。一路上狂歌谑浪，无所不至。刚刚船抵着岸，大家一齐跳上去，寻觅寓所，只拣了一个老实些的在船上看守行李，说："古慕孔兄，累你在这里坐一坐，我们去去就来。"古慕孔眯着眼一笑，说："你们怎么舍、舍、舍得将船老板家、家、家小、小、小爱、爱、爱珠子交给我、我、我了？"大家听他这结巴声音，各各一笑，便如飞去了。古慕孔闲着没事，便在书箱里取了一本《四书味根录》，坐在船头上温理，别人望他笑，他也不睬。

一会儿，乔家运他们也回来了，大家嘻嘻哈哈说："我们寻觅房舍，走了有好多人家，都没有一个标致的姑娘，如今才算觅到了。"古慕孔笑道："可有、有、有狗子没、没、没有？"大家笑道："要说男人，一个没有，只有一个老婆子，也还看得过去。"古慕孔笑道："快哉，快哉！我、我、我们快走。"七手八脚，雇人挑了行李。偏生古慕孔的马桶，不知是谁在里边屙了一次大恭，又忘记倒了，淋淋漓漓在路上浇了满行李的粪。急得古慕孔三尸神暴，七窍生烟，平时说话只嫌字眼多，如今却一个字也没了，只管涨得紫筋虬结。搬入寓处，果然那姑娘始则还行躲避，后来渐渐熟了，也就勾搭连环，有说有笑。

有一天，古慕孔自家迈步出门，寻到那城隍庙里吃杯闲茶。寓中乔家运几个人没有甚事，便把古慕孔的衣服取出来，假装成一个死尸模样：头边放一顶没缨子的大帽，面上蒙着一张白纸，脚底放着古慕孔进场穿的破靴，又把他的卷袋子挂在死尸上面，算个西方接引的口袋。安置齐备，更悄悄地将人家神座底下一个化纸钱的钵子，把来放在床下。众人看了看，忍不住要笑。乔家运又走到那房里姑娘的面前唤道："来来来，我请你看一件东西。"那姑娘笑道："呸！又是什么？我不去。"然口里虽这般说，那两瓣小金莲却不由得走过来了。猛一进门，吓得怪叫起来，说："啊呀！这是古先生呀，怎么了？"乔家运笑道："快不要喊，给你母亲听见便不好了。我们给一块白布给你蒙在头上，你便装着是这死尸的女人，在这里假哭。”那姑娘听这话怒极了，赶着乔家运要打。

乔家运转一把抱起他来，正望房里走，恰好古慕孔摇摇摆摆进来，一眼看见他们鬼鬼祟祟，不由得发笑。再一望望自家床上，转吓呆了。众人收拾不及，大家都躲在一旁。古慕孔才悟出他们使的伎俩，勃然大怒，走进床边，一顿乱扯。那姑娘便道：“这都是姓乔的促狭短命鬼做的，你如何能饶他？”古慕孔果然要同乔家运反脸。众人做好做歹，说：“罚他一件事，他若是做不到，我们再预备给他一个下马威。”乔家运笑道：“古兄，你不用睬他们，我好意还叫这姑娘做你的女人。你上次不是同我说的，若是娶他做女人，便死了也情愿的？”那姑娘也不理他们，一溜烟早跑了。此处众人公议说：“乔家运不好，我们不罚他别的，他既能同王老师的白马去做了把戏，如今王老师的玫瑰酒是没有人曾骗吃过的，你若是能骗得吃他一顿，我们便凑钱公请你一桌酒。”乔家运笑道：“这有什么难处？若是酒骗到嘴，你们是不能赖的。”古慕孔急道：“若是赖、赖、赖了你，叫、叫、叫他变乌、乌、乌龟。”乔家运笑了一笑，对他们说道：“我去骗王老师的酒，就是骗得吃了，你们如何得知？我有一个法子：恰好明天派我们江都县廪生在明伦堂画结，傍晚的时辰，你们都去到老师那里缴结，我趁这个当儿骗他一顿酒吃，你们可就亲眼看见了，料想不能再赖。”众人都点点头依了。

次日一早，他们大家都携了自家的结，奔向明伦堂而来。早见那堂上都挤得乌鸦漆黑，那几位廪生都是严声厉色地坐在一张长考桌上，手里只管握着那支笔，从不肯轻易写下去，对着那些考童，好象是审贼一般地诘问。乔家运眼快，早看见何其甫带着麟儿站在一位廪生面前，赔着笑脸求告。乔家运认得那廪生是刘祖翼，只见刘祖翼捻着那八字鼠须笑道：“何老先生，你不用同兄弟只管胡扯，你将来万一侥幸有这当廪生的福分，你可就知道甘苦了。他姓云的贫寒，你原也不曾欺我，但是谁叫他同田家结亲的？田家开那一座赫赫威严的绣货铺子，便是掼出三百五百元来替他亲戚画个公堂结，也没有什么希罕，你老先生还同我转弯抹角儿说话呢。”

何其甫被他说得没法，只得又命麟儿向他磕头。他又冷笑了一声，当真地将那一张结掼在一旁，早同别人说话去了。乔家运也无心再看他们的笑话，便急急忙忙地在闹嚷之中，将自己的结请人画了押，跳到学宫照壁后面，会见了同寓的几个人。那古慕孔只是扯着他要赌那个骗酒的东道。还有好些同学朋友，都知道此事，齐打伙儿逼着他，要试试他的手段。乔家运笑道：“停一歇还要去宿场呢，谁同你们干这些没正经？”众人听了如何肯依，说：“天色还早，我们应考，横竖是个闹着玩的，便不宿场，也没甚希罕。”乔家运被逼不过，仰头看了看天气还早，便道：“要去快去，迟了那老狗头便将要到场里去伺候学台点名去了。”于是一窝蜂地直奔王老师公馆而来。

众人在路上你一句，我一句，说：“这次学台搜检得甚是利害，连讲书白文都不许怀夹，这是哪里说起？难不成我们肚腹里真个会掏出文章来？”有一个童生笑道：“理他呢，有二百文铜钱放在袖子里，包管那承差一言不发，老老实实放我们带些稿子进去。”此时便有人拖着乔家运，问他有甚好法子。乔家运沉沉地放下脸色，说道：“什么怀夹？我简直一句不懂。你想，我们不在平时用功，只想这些促狭事儿，也算是个没长进。不瞒众位说，兄弟虽不能日试万言，倚马可待，然而象这风檐寸晷，拢共起来，不过两篇文字，一首诗，也不费兄弟吹灰之力，如何还要怀夹进去？岂不是大大出丑？”说罢又哈哈冷笑了两声。众人被他一阵抢白，倒也没有话说。

走不多时，恰好已到王老师公馆门首，只见黑压压地挤了一屋的人，驴鸣狗吠地同那门斗斋夫胡吵。好容易等了一歇，约莫散了一半。乔家运同众人这才挤得上去，缴过了结。门斗斋夫认得他们这一群童生都是些痞子，也绝不较量，一古脑儿替他们盖好了印，放在一个竹箱里。乔家运猛向那斋夫说道：“请问老师在里面吗？”那斋夫将乔家运上下打量了一眼，说：“你问老师干什么？”乔家运笑道：“童生要想见一见。”斋夫笑道：“童生也想见老师吗？你这童生想是加过级的？”

众人见斋夫将乔家运重重奚落，又好笑又好气，大家这时候都望着乔家运，看他怎个举动。谁知乔家运不慌不忙，低声细气地向那斋夫附耳说了几句。真是奇怪，那斋夫陡然换了一副面孔，十分卑谄起来，忙应道：“是是是。请先生在这里等一等，这房里有龙井好茶，尽管倒着喝。我替你进去回一声，包管是要见的。只是先生还要留一份赏给小的，小的等先生进场里去的时辰，灯、烛、茶、酒、面、草纸、点心，都是小的一切包办，小的却是最知恩惠的。”说着笑眯眯地跑进去了。

这里众人都不知乔家运葫芦里卖的什么药，都在暗暗纳罕。便有些好事的不肯走开，要看乔家运会老师有什么事件。刚在议论，猛听得屏门呀的一声大开了，进去的那个斋夫飞也似地奔出来，说：“请，请，请先生进去。”乔家运好不得意，大摇大摆随着那斋夫进去了。引得那个古慕孔哈天扑地地说：“瞧不起小、小、小、小乔，煞是、是、是作怪，果、果、果然进去了。难不成真骗着酒、酒、酒吃？”

众人也再不容屏门关闭，早伸着头，蜂拥地都挤在屏门跟前。只见里面一个小小客厅，王老师弯腰曲背，在那里让着乔家运上坐。乔家运笑道："不敢。"王老师道："这倒不用客气，你是为我的事而来，这是应当的。"乔家运不得已，才斜着身子坐在上首椅子上。王老师一面用手理着鼠须，一面歪着头向乔家运笑道："这真是奇极了。适才小价说不明白，请老兄再复述一遍，让兄弟好放心前去搬运。"乔家运笑道："原是童生也不知道什么缘故，昨晚无事，忽向我们寓处一个废园里走走。其时星月黯淡，万籁无声。童生正有些悄然而悲，惶然而恐。猛觉得眼前一亮，便见那草地上一道一道的白光，直冲霄汉。"王老师大笑道："妙呀！此即所谓'金银气'了。古诗上说过的'不贪夜识金银气'，可不是为老兄而作的吗？请教这白光后来怎么样呢？"乔家运又道："童生那时候明知道下面定然有一股财帛，喜不自禁，忙忙背着众人，觅了一柄柴斧，拚命地向土里铲掘。不多几尺深，果不其然，那大的小的，整的碎的，长的短的，粗的细的，可不是金子是什么？"

乔家运说到此，只见王老师神情飞越，那两个耳朵几乎要动起来。众人方才明白，乔家运编着这一番鬼话，才得入门。但是他信口开河，说得十分高兴，不晓得究竟如何结局？都暗暗替他捏着一把的汗。又听乔家运道："童生真喜欢极了，以为童生命中注定，该是……"王老师紧接道，"啊呀！老兄的命虽然好是好，怕这样大注金钱，还难压服得住。象兄弟是朝廷小小的命官，那就不可一概而论了。"乔家运道："谁说不是这个道理？童生取了几锭在手里一望，可把童生气昏了，谁知那锭子上都明明錾着人的名字。"王老师惊问道："是谁呢？"乔家运道："还有谁有这样的福分？不必说别的，童生将自己那时情景告诉老师就知道了。那时童生发恨道：'看我明日去告诉我们老师，包管还骗我老师一顿酒吃。'"

王老师听到此，已是不言而喻，真是高兴已极，忙回头唤道："你们快去取我那老陈玫瑰出来，我要同乔先生对酌。"一言甫毕，自己便先跳起来，扯桌子，拖板凳，闹得个一塌糊涂。乔家运看见王老师这样神情，忍不住好笑，抬头只管望着屏门外面他那几位朋友。那古慕孔望着他只顾点头，似乎羡慕他的本领，真地被他弄上钩了。只是你说了这么一篇瞒天大谎，看你酒骗下肚，怎生发落下文？内中还有不知道乔家运是说谎的，心中也甚以为异，转代王老师喝彩。

其时早有三五个家人安排杯箸。乔家运也不谦逊，果然一杯一杯地将那老陈玫瑰酒喝得个痛快淋漓。饮酒之间，王老师又问道："不消说，这金锭子上是錾着兄弟名字了。然而若是有不曾錾着字的，也还该是兄弟之物，想老兄断不至有所分润。"乔家运手里端着酒杯，又干了一杯，重又笑道："哪里有不錾字的呢？最奇怪大锭子固然錾着老师的名讳，那小锭子都还有师母名字在上面，童生却不敢说了。”王老师笑道：“妙呀！真有这般奇事？我内人小名自幼叫做毛团子，那锭子上面可是不是？”乔家运点一点头，笑得几乎把酒喷出来。连屏门外面众人都不禁哈哈大笑。王老师毫不觉得，只管把头索索地摇，把腿连连地摆，眼睛笑得都没有一丝缝儿。又催乔家运干了三大杯，重复问道：“你看见这名字后，又怎么样呢？”乔家运正色道：“老师若问后来的事，童生却不得而知了。”王老师忽然一惊，说：“怎么？”乔家运笑道：“童生那时候一惊便惊醒了。”

乔家运这句话不打紧，几乎不把王老师直掼在冷水里。王老师直把两个眼珠睁得象灯盏一般，大怒道：“原来你说了半天，全是做梦？”乔家运笑道：“谁说不是做梦呢？”王老师怒极了，忽地跳起身来，骂着先前引进乔家运的那个斋夫，骂得狗血喷头。正在不得开交，外面忽报进来，说学院传请。王老师再不敢怠慢，跑入里面去换袍褂去了。这里乔家运等大家一笑而散。

约莫四更天气，星斗满天，那学院门前，信炮一声一声的放到第三炮上。通衢大道，络绎不绝的灯火，便有许多童生，戴着那没顶的大帽儿，胸前挂着一个四方卷袋。有送考的人便替他携着书箱，贫寒的只好自家一步一步地望前挪。虽然行人拥挤，却都是仓皇失措，没有什么谈笑声音。走近学院门前，才听得人声喧沸，你喊我的考名，我唤你的表字，大家拚命地挤在辕门栅栏外面站着不动。遥遥的几十扇灯牌，挨次掩着。晓风凛冽，吹得人牙齿发战。好容易头伸长了，腿站酸了，等到栅栏一开，只听吆喝一声，似排山倒海一般，一拥而进，跌跌倒倒，如丧家之犬，如入釜之鱼。

可怜那麟儿此时也正窜入里面，东磕西撞地乱钻，急得几乎要哭出来，心里一恨，恨不得重新跑出辕门，不去应考了。又念今日受得那廪生刘祖翼的恶气，逼着画结，整整地花了一元，家寒力薄，白白将这一元送掉了，回去何以见着母亲？忍泪延挨，也只好在人溜里死挣。身又矮小，挤得喘不过气，只好仰头望着青天，浩然长叹。正自懊丧，早听见里面鼓点一敲，学台升座。身后站着许多学书门斗，各县老爷鱼贯而立。有一个戴红缨帽子的少年，早捧出一叠卷子，按着上面点名。点着这人，这人便应一声，走至阶前。两旁的搜检手早奔过来，鹰拿燕雀的一般，扭着辫发，将衣服一件一件地揭开搜检，无论什么纸片，只要有字，都把来掼在一旁。有几个童生把纸搓成细卷儿，塞在粪门里面，也被他们挖出了，黄澄澄地呈在学台面前。学台震怒，骂他们侮辱圣经，罚跪在地。其余都陆陆续续放进去了。

这个当儿，刚刚点到古慕孔。古慕孔摇摇摆摆，正想望里面走，旁边的人忽然看见他头上大帽子比别人高得许多。有一个搜检手，向前将他大帽子一敲，那大帽子便脱落下来，跟着有许多纸本子散落在地。大家哄然一笑。

接连便是乔家运，趾高气扬，除得手里捧着笔砚以及一个盛考食的袋儿，别无长物。谁知走过一人，将他考食袋子夺过去。乔家运怒道："难不成这袋里盛得书本子?"那人笑道："我们搜一搜再还你，也不妨事。"说着便将他买的茯苓糕一片一片地撕得下来。谁知一块糕里便安着一卷桃花细纸，写得甚是工细。乔家运羞惭满面，也不去取食袋子了，掉转头便走。恰好古慕孔刚才将大帽戴好，回头望着乔家运笑道："你、你、你是不肯怀、怀、怀夹的，怎、怎、怎么想出这好、好、好法子来了?"彼此一笑，都望里面走去。

欲知后事如何，且听下回分解。

# 第二十四回 家庭压制泼妇扇雌威 淫窟深沉变童传妄语

幸喜麟儿他却不知道什么叫做怀夹，肚腹里几本四书、五经却还是熟熟的，不曾忘却。他点过名进去，大是吃了一吓。只见里面全是灯笼火把，照得如同白昼，也辨不清楚东西南北。当中是一条极长甬道。两旁便都象那城隍庙里的二十四司一般，齐齐地排着栅栏。栅栏里面，横排着一张一张的考桌，又象寺院里的吃斋饭的所在。桌上各人点着白蜡，远远望去，好象万颗流星。那些考童鸦飞雀乱，东奔西窜，一片喧哗之声，震得人耳朵都聋了。麟儿赶在一个僻静些的地方，悄悄地将卷子取得出来看，见上面印着一行红字，是"洪字第三十五号"。于是忙忙地好容易寻到一处，抬头看见灯笼上有个斗大的"洪"字，也不管别的，忙跑入去，将书箱放好，已是累得筋疲力倦。

一会子，听见外边放炮封门，这才大家略为安静。学台坐着软轿，如飞地抬入里面。转眼之间，便从大堂上有几个人肩上扛着题目牌，缓缓而来。麟儿眼快，早看见第一个题目是《周有大赉》，第二个题目是《因之以饥馑至暮春者》，诗题是《未若柳絮因风起，得因字》。一面看，一面忙用笔誊写下来，又向题目牌上对了一对，这才见那人又缓缓地向前去了。

这时候天色业已大亮，众人桌上的白烛便都一齐吹灭，只闻得那一股油气直冲鼻孔。不多时，那吟哦的声音也就陆续而起。一会儿，又听见有人在那里喊起来，说："不好了，'因之以饥馑'下面，我记得没有几句呀，怎么这一个当儿再也想不起来？"一个又说道："这诗题奇怪得多着呢，我记得《千家诗》上是什么'更无柳絮因风起'呀，'未若'二字怕是学台大人弄错了罢？"随后便都你一句我一句地议论起来。

麟儿先前也还听着他们谈论，忽然看见有个老师模样的人，手里捧着一方图章，只管喊起来说："盖起讲戳子，盖起讲戳子。"麟儿一听，心想："不好了！我一个字也还没有呢。"于是顾不得什么，先提起笔来在卷子上写了一个起讲，看看也还看得过，便站起身来送过去给老师盖戳。偷眼看看别人的卷子，大吃一惊。暗想："不好！我可做错了。他们那个'大赉'的'赉'字都作'我'字解，我却是作'予'字解的。我明明记得朱子小注上有一句：'赉，予也。'予是予夺之予，并非予汝之予。怎么他们都做成一个'周有大我'了？"于是偷看了好几个人的卷子，没有一个不是"周有大我"，弄得麟儿倒反疑惑起来。既然起讲已是这样做了，以下便也只好照这个意思写下去。幸亏第二个题目他却记得清清楚楚，写了一个全题。再看别人，不是比他长些，就是比他短些，麟儿暗暗好笑。那个诗题，可又是麟儿得了窍了。他是平时惯喜欢同人谈故曲的，有一天同朱二小姐辩驳谢道韫咏雪的诗，说他的弟兄总不及他比得贴切，所以麟儿知道这句诗是咏雪，并不是真正柳絮。可怜那些考童，只读过几首《千家诗》，他哪里会知道晋代有这一件故事呢？闲话休提。

这一场案发出来，却因为闹"周有大我"的十居八九，麟儿文字虽不甚佳，却是解释明白，便高高地取了个第四。诸君试想，当日的学额，多的不过取中五六十名，少的只有二三十名。那应试的童生，每县倒有三三千、八九百人不等。一经榜上无名，只听得那鬼哭神号的声音，真是如丧考妣，无颜见人，都纷纷躲入船上去了，预备连夜地逃回家乡。当日有人编得好，说是"十炮打成油绿脸，三更溜上板黄船"。看是挖苦太甚，然而的确是真情实景。麟儿接连忙了几场复试，倒还平平正正，居然一领青衿被他骗得到手，随例在学台面前领了花红酒果。何其甫也十分高兴，自己虽考了一个三等，所幸几个学生之中，还是麟儿替他绷了场面，转回扬州，少不得也要掏摸几元谢仪。这一日收拾已毕，便雇了船又向扬州进发。

且说这个喜信，那学里的门斗当那发案这一天，早连夜地奔回扬州城内，向各家报喜讨赏。其时报到云麟家里，可怜秦氏正在檐下帮着黄大妈洗浣衣服，听见这个消息，忙取了几百文赏给门斗。早把个黄大妈笑得嘴都拢不起来，说："相公难道真中了学了？我明明记得养他的时辰，好象便是昨日的事，怎么也会做起秀才大老爷起来了？这一来，我们府里、县里那些老爷，还要同我们相公如兄若弟，可不威武！好太太，你多赏给我几张喜报儿，拿回我们乡里去贴贴，管教我们那些乡下人吓得害怕，省得网狗子的老子被人欺负。"秦氏点点头。转又流下几行眼泪说："假使他父亲在世，看着不知怎样欢喜。如今……"黄大妈笑道："太太，这倒不要多虑，难道我们大爷在阴间里会不知道？幽明无二理，他定然一样地请朋友吃喜酒，怕城隍老爷也还该送个贺份儿呢。"秦氏道："但愿这样才好。如今你且将衣服全放下来，我替你洗，你先到各家给一个信，说麟儿给学台取中了。"黄大妈笑道："可是不错。我第一就要先到我们亲家太太那里，告诉他一声，叫他不敢作践我们家姑娘，知道舅老爷不是平民百姓了。”秦氏也笑起来说：“这却不必。你必须先到他师母那里，替我谢一声，麟儿全是承先生的教训，才有今日。说我们太太改一天再亲来叩谢罢。随后再到我们家里，以及伍府上。转回来再到姑娘那里，顺便接他回来住几天。”

黄大妈一一答应。又跑入房里，戴了几朵红花，笑嘻嘻地出门。果然先到美娘那里。出来便道拢过秦府。随即向三姑娘家走来。他是时常走动惯的，匆匆一直进去。揭起上房门帘，只见堂屋中间围了一大团的人。桌上放着一张花花绿绿的图画，一条红的，一条黑的，画得象蚂蚁一般，又有些象蜈蚣。早听见朱二小姐的声音说：“这是西比利亚，那是欧罗巴洲。”黄大妈一句也不懂，疑惑朱二小姐在那里念着什么咒语一般。伍太太也戴着眼镜子伏在桌上，笑说：“怎么路还有铁做成的？我倒是不很相信。搁在那里罢。”三姑娘一手拈着一片鞋帮儿，也在旁边观看。

淑仪高高地猴在椅子上，将半边身子伏在朱二小姐肩头。猛一掉脸看见黄大妈，笑喊道：“黄妈妈，你今儿来干什么的？可是春姐姐回家来了，姨娘命你来接我？”大家听见淑仪的话，才知道黄大妈进来，都笑着让他坐。黄大妈笑道：“仪姑娘，我今儿特特地来替姑娘道喜的，你麟哥哥中了学了。”伍太太听了笑道：“啊呀！这点点年纪就中了学了？我先前就说这孩子生得眉清目秀，将来必有点出息。如今可不负你太太一片苦心，我也替你们太太欢喜呢。”三姑娘只管吟吟地笑，望着淑仪道：“仪儿，你听听，象你们这些丫头有何用处？”朱二小姐笑道：“这也说不定，那《镜花缘》小说上，不是开着女科，万一将来有这一天，仪儿包管也是一个才女。”说得大家都笑起来。朱二小姐又道：“仪儿，你快去花厅里报你父亲一个喜信，省得他没精打采的在那里只管瞌睡。”淑仪点点头，刚待要走，又回头望着黄大妈道：“黄妈妈，你请坐一坐，我想同你一路到姨娘那里道喜呢。”说着便走出去。一会儿又同着他父亲进来。伍晋芳也十分欢喜，又对着伍太太道：“母亲，我想将仪儿聘给他，一面等麟儿回家，我们就一面请他的舅舅做媒。”此时淑仪正拖着他父亲袖子站着，忽然听见他父亲说这几句话，忙摔脱袖子，躲在他母亲身后。大家又哄然一笑。

黄大妈便也起身告辞，催着淑仪收拾，一路同走。淑仪摇摇头。黄大妈笑道：“好姑娘，你怎么哄着人玩耍？适才还说去的，怎样一会儿又想想不去了？”三姑娘笑道：“黄妈，你先回去罢，我们家姑娘今日还要读书呢。回去在你们太太前请安道喜。”黄大妈笑道：“不敢当。”伍太太同三姑娘又取了一叠钱赏给黄大妈。

黄大妈谢了又谢，便又把来放在裙子口袋里，都压得满满的。暗念："这都是我家相公的好处，今天出来就大大发了利市。"欢喜不尽。这才又向田家而来。进了门，见周氏同王老老坐着闲话，只不见绣春在面前。黄大妈遂也将麟儿进学的话说了一遍。又说："我们太太要接姑娘回去走走。"周氏冷笑道："你家相公可真是中了学不是？他尚在泰州不曾回来，你们家里如何便会知道？难保不是人家说错了。考的人也不计其数，怎么那学台大人瞎了眼了，会取中你家相公这小孩子？难道那些长着胡须的，本领倒不如他？"王老老也笑道："真真不错了。去年我们紧邻周屠户的儿子去考武秀才，不是也弄成一个天大的笑话。头一天说是中了学了，周屠户夫妻两个好不高兴，鞭炮蜡烛，闹得一塌糊涂，便连我也在那里道喜。谁知道是人家放的谣言，不多几天，他的儿子回来，依然还是他的儿子，何尝有个秀才飞到他头上来？把老两口子都没趣死了，半个月不敢出来见人。"

黄大妈听着他们的话，气得肚腹都要胀破。又想着他们的话倒也可怕，便又寒了半截。先前还想卖弄他麟相公中学的许多威风，如今一句也说不出口，好象便听见他麟相公已经告诉他不曾中学一般，面上顿时失色。勉强拿别话搭讪道："请问太太一声，我们家姑娘在哪里呢？"周氏冷着一副黄脸，淡淡地答道："你问着我这一句话，我倒不好意思回答你了。便是火星子也有个爆发之时，死人肚里还有一口热气。终不象你们府上这一位千金小姐，做一点点事，便是挨三摸四，象牵着鬼上桃树一般。懒驴子挨磨不打不走，算盘珠儿拨拨动，教的曲子唱不会。飞也飞不起，跳也跳不高，别人两步走的路，他要分作三步走。我也装不了他的闲气。黄奶奶，你请到我们锅灶上瞧瞧去。我因我们王大嫂子轻易不来，请你家姑娘到厨房里下两碗粗面，他只是去了倒好有大半天了，老实连影子也看不见。我几次恨得牙痒痒的，想要结结实实给他一顿皮鞭子，才杀我心头恶火。他眼睛里哪里还有我这婆婆呢？总有一天，还要颠倒过来，我服侍他。"王老老忙接着道："可又来，因为我这一碗面，又累得你生气，又饶着他背后骂着我馋痨鬼。别人家说起太平话，谁不是说做婆婆的狠毒。我看你也让着他些罢。俗话说得不错：'若要好，大做小。'"

周氏听了这几句话，更气得怒目圆睁。刚待发话，已见绣春盈盈地一手捧着一碗面，从外面走进来，偷眼看见周氏脸色，不由有些发抖。刚把一碗面放在桌上，那手里一碗面便倾侧过来，有些汤汁淋淋漓漓地向外面泼，烫得纤指十分疼痛，忍着要往下放。那周氏见他这样尴尬，正没好气，顺手将桌上一碗面捧起来，向绣春脸上一摔，只听得哗啦一声，淋得绣春一身的汤汁。跳起来指着骂道："小贱货，你的

魂掉在你哪个姘头身上了？你高兴就干，你若是不高兴，你替我夹着你那东西滚过一边去。你老娘眼睛里揉不进砂子，容不得你在我面前活现世。”

可怜绣春被周氏这一碗热面，烫得粉脸上顿时红肿起来，忍着泪一声也不敢言语，只捻着衣角轻轻拂拭，转弯腰去拾那地下碎磁片子。王老老袖着双手，只管冷笑。黄大妈老大不忍，便发话道：“周太太，不是我们做奴才的多嘴，……”刚要望下说，绣春忙向他递了一个眼色，似乎叫他不必开口，开了口反替他添罪。黄大妈也便咽住了，不由得双泪直坠。帮着绣春将地下收拾清楚，再也不敢提起接姑娘的话了。

此处王老老站起身来，勉强笑道：“今日出门不利，碰着你们婆媳二人气头上。也罢，你还是到我那里打个幺二牌罢。”说着便带拖带扯，将周氏催得出去。周氏一面走，一面回头望着绣春说道：“你要哭，等你亲娘死了你再号丧。”一路喃喃地骂着走了。绣春见周氏不在面前，才掩着面泪如雨下。黄大妈道：“姑娘，你也不用伤心，我是来接你的。麟相公有喜信回来，他做了秀才了。”绣春猛听得这句话，不禁问道：“是真的吗？阿弥陀佛！我母亲也有出头的日子了。妈妈，你看今儿光景，这也不只一次了，我如何还能回去？你回去替我问问母亲好。千万不要将我的事告诉他，就说我各事安好。你一边等麟儿回来，你一边再来接我罢。”黄大妈点点头，没精打采地回去了。

绣春含悲带泪，进入他那一间卧房里，对着镜子将鬓边乱发掠得一掠，见眼角上微微烫了点红晕，幸亏不甚痛楚。正自凝愁无语，忽听得房外面三步两跳，跑入一个人来。谁知不是别人，正是他未婚的夫婿田福恩。绣春平时是从不同他讲话的，便忙低着头，想退出来。田福恩笑嘻嘻拦着说：“母亲到哪里去了？”绣春摇摇头。田福恩又笑道：“你脸上怎么好好地会烫了？”绣春兀自羞得藏身无地，也不理他，转身便望自己床边上一坐。田福恩又挨过来偎着他。绣春好生羞愧，把个粉脸紧紧地用帐子蒙着。

田福恩趁这个当儿，便伸手在他头上，将插的一枝银针悄悄地拔下来，望怀里一放，便又跳到外面，一口气跑至一处，是三间破烂瓦屋。屋后便全是些土城，人烟稀少。门首挂着一条破芦帘子，左侧安着一个风炉，一个熬鸦片烟的铜锅掼在炉侧，雪白的炭灰堆得有一二寸深浅。只听见帘里有许多人在那里睡的睡，抽的抽，直闹得烟雾涨气。田福恩掀起芦帘，一埋头窜身进去。里面黑洞洞不甚清楚，幸亏屋子中间开了一个天窗，透入些亮光。四围靠墙地方，全安放着睡炕。一盏一盏烟灯，却是照耀得明星荧荧。脚下许多小鸡儿，见人来惊得拍翅飞起。

大家看见田福恩进来，都喊道："小田，小田，快来翻本，胡老二登了瘟庄了。"田福恩笑嘻嘻，也不答应，转望着侧首一个老妇人问道："小喜子呢？"那老妇人嘅了嘅嘴。田福恩便向东首一个小房间里一张，却看见一个媳妇脸上厚厚地抹了一脸铅粉，穿着一身花褂裤，刚刚坐在净桶上解手，那一片"豁琅豁琅"的声音，真似排山倒海一般价响。田福恩引得笑起来，望他羞了一羞，说："哪里决了口子了？"那媳妇也是一笑，"呸"了一声，便顺手将净桶盖子提得起来，望田福恩身上摔。

田福恩赶忙躲出来，跳到赌桌旁边。从身上将绣春那枝银针掏出来，向桌上一掼，喊道："头注，头注。"庄家掷了骰子，是个六点，便叽咕念道："六上庄，天二方，自断尾巴桩。"田福恩恰好是个下家，便伸手将那副牌夺在手里一看，喜得跳起来，大叫道："瓜锤，瓜锤。"押天门的那位也喊起来："九儿。"上家也嚷道："你是九儿，我也是八儿？"庄家一望，已吓呆了，果然天门是天牌配幺六，上家是地牌配三四，是不用说输定无疑了。先按着自己的牌，向田福恩问道："你这银针儿究竟算几个钱？"田福恩喊道："我这枝银针是一钱八分重，八得八，八九七十二，外加一钱一百九，统共三百四十二；手工五分，五得五，五九四十五，是九十五：统共四百三十七。我们简捷些，就算四百个老铜钱罢。"庄家气得个发昏，说："我这庄正瘟得利害，你还来欺我，银子不算，还加着手工。我昨天那条女裤，要连手工算在内，也还值得二百文，为何你们大家都闹着只算一百五呢？也罢，算我输了。"便将自己两张牌先取了一张，用手指掩着，慢慢露出半截，是一个红点儿。又将那一张取过来，也这样一看，又露出半截三点儿。又颠倒将两扇牌换转头来一看，也是一般。这一喜非同小可，大笑道："吃瓜锤，吃瓜锤。"田福恩道："啊呀！你讲的什么？"庄家笑道："讲什么呢，你请看一看。"将牌放下，便一古脑儿连桌上铜钱并银针一齐都搂入面前去了。

田福恩又羞又气，急得骂了一声说："晦气，晦气。你们大家玩罢，我停一歇儿再入局。"说着遂拣了一张烟炕睡下，现成的烟膏，便老实挑起来，在灯上烧着。恰好小喜子解过手也走出来，见田福恩输了，便嬉皮笑脸地横身向田福恩身上一压，用一只手揪着他耳朵，那一只手便敲着他的嘴巴说："怎么你不想翻本了？你那银针是你母妈的，你回去怎生见你母妈？好乖乖，你若是肯给我做儿子，我将头上的银针借给你。"说罢又笑了。田福恩正扭着头呼呼地吸那一口大烟，也不暇回答。

邻炕上还有几个人，也是在赌局上下来的，便接口道："小田他哪里希罕这枝把银针？他店里的银子可是成千成万呢。只不过不肯拿出来同我们赌的，若是肯拿出来……"这一句未完，恰好田福恩一口烟已吸完了，便长长地叹口气道："不瞒你们诸位说，此时那些银子还不能算我的呢。我那个老杀材一天不死，一天不得称我的心。今年七月里，几乎伸腿了，偏生五阎王又放他转来。我千不恨，万不恨，只恨当初不知什么人订成一个国法，杀了老子便是一个砍头的罪，要不然我早干了。”小喜子笑道：“这也不难呀，你不敢杀他，你只须买几两砒霜，悄悄放在他的饭碗里，包管吃了就会死。那时候包没有人敢说你杀老子。”田福恩笑道：“那敢情好，只是我母亲还有些舍不得他。”又有一人笑道：“小田，你母亲若是想你老子，你推荐推荐我去顶替。”田福恩笑道：“那才好呢，我是死了一个老子，又添一个老子，那些钱我依然做不得主，我便呆也呆不到这步田地。”这几句话说得大家都笑起来。

赌局上还有些人听见这里热闹，大家也都歇下，都纷纷地睡上烟炕，一霎时屋里的烟气熏得对面看不见人影。只听见内中又有个人笑道：“我适才听见你们议论着想杀小田的老子，你们那些毒药、刀、绳，我看都用不得。我倒有一个绝妙计策：只须叫我们这喜姑娘略施手段，将老田勾搭上手，管教睡得三夜五夜，便叫那个王八羔子死在他肚皮上。喜姑娘你看可使得使不得？”小喜子笑着骂道：“砍了头的，你嚼你妈的蛆呢。你亲老子敢是死过在我手里的？”田福恩见小喜子假作娇嗔，恰好正睡在他身上，便一把搂过来亲了一个嘴，说：“我的亲母妈，你果是肯这样办，我情愿给你做儿子。”小喜子听见田福恩说这话，更笑得只管用手在田福恩身上乱打乱捏。

且说适才同小喜子取笑的那个小伙子，本是田福恩的街邻，家里也开着杂货铺子，自己不务正业，专同那些三瓦两舍的人物干着些下流勾当。他家本来姓白，人便编他一个浑名，叫做“白兔子”。这时候白兔子便又唤着田福恩问道：“来来来，我有一句话，久要想问你，只是一见面便忘记了，今日恰好同你谈一谈。你们左首窑货铺子里，可是有一个姓杨的？生得很是漂亮，年纪不过在三十岁左右。他同你家有什么瓜葛？”田福恩想了一想道：“哦，不错。那姓杨的是他家的女婿。同我们也有些认识。你问着他干什么？可又是你老相好吗？”白兔子从鼻子里哼了一声说：“我却不曾同他相好，他告诉我，他却相好了一个人呢。”田福恩听他话中有话，便忙问道：“他说相好的人是谁？”白兔子笑道：“我这却不能轻易告诉你。”歇了一会，又笑道：“小田，你在外边只管嫖小喜子，听说你接回来的那个小媳妇儿很俏皮的，你怎么老搁着他不干？肉儿挂臭，猫儿叫瘦。要是我姓白的娶着这么一个妙人儿，也决意不等到圆房那一天，便要先叫他养几个小娃娃呢。”说着又大笑起来，指着田福恩道：“我告诉你一句话，你不要生气。”

后事如何，下回分解。

# 第二十五回 信风闻恶姑施毒手 误日者淑女阻嘉姻

内中有几个老成的，便拦着白兔子道："讲玩话儿不要讲出是非来罢。"白兔子把眼一翻，说道："我敢是没有真凭实据，赤口白舌枉说人家的？其实不与我相干，只是我同田大哥不止一次的交情，很替他有些不服。大家说开了，好让田大哥防备着。"田福恩听到此处，忙将小喜子推过一旁，转央着白兔子道："好哥哥，你告诉我兄弟一声，你敢是听见我家出了什么笑话儿了？不瞒诸位说，我那个烂货，见着我象个避鬼似的，我心里就有些犯疑，原来他已看上别人了。好好好，一刀两断，永断葛藤，是最爽快不过的。"说着，忽地从袜统子抽出一柄背厚刃薄、明晃晃的解手尖刀，锵然向炕背上一戳，余劲犹自闪闪。大家均吃一吓。白兔子冷冷地笑道："你怎么样，想是要吓我了？我倒不曾见着你这捉奸的，未曾当场，先出凶器。便告到官那里，你先免不掉一个白日持刀的罪名。"说得田福恩转有些发笑。

小喜子早把那柄刀拔出来，搁在头发上刮来刮去玩耍。更催着白兔子道："小兔子，你要说就快快说出来，我们大家听着热闹一会儿。如今小田是不用这刀子了，他只配用两柄瓜锤。你们看二月二画土地庙的那一出《金山斗法》，那位龟丞相提着两柄瓜锤，好不威武。怪道小田适才的牌九，满口里还嚷着'瓜锤，瓜锤'，原来他早把他的兵器取出来赌了。我看你这位龟丞相赌输了银针还是小事，若是瓜锤也被人赢去，那就摆不起你的龟架子了。"话未说完，引得一屋的人笑声大作。又有一人笑道："龟丞相没有瓜锤，他定然向月宫里兔爷爷借他一根降魔宝杵，这可又要烦着白兔子了。"白兔子脸上一红，骂道："人家讲正经，谁要你们嚼蛆？"

田福恩拦道："不用闹罢。好哥哥，你快说那姓杨的怎么样？"白兔子道："有一天，我在城河旁边蹲着出恭，他悄悄地从背后来侮弄，被我一顿抢白。他哀告着我，便从袖里数出二百五十文滴大溜光的铜钱给我。我一眼瞧见他包钱的也不是手帕，也不是汗巾，是人家女眷戴的一个双扣二篮八结的粉红兜肚儿。我随后便追问他这是哪里来的？他先不肯说，后来我要不依他了，他才告诉我，说不可说与旁人知道，这是绣货铺子里小媳妇儿赠他的。在先我也不理会他这些事，后来他又交结上那个姓黄的小厮，便不来理我了，我越想越气，所以告诉你。你赶紧回去，先将你那小媳妇儿陪嫁过来的兜肚儿查一查，共有若干，若是缺了一个，你便审问着他，是交给谁了？一经得了他的口供，你便拿出你那柄刀子，给他一个鱼鳞剐。"小喜子骂道："你不用活作孽罢，教人家这些恶毒主意。我知道你的用心，你恨不得我们女人都死了，让你替我们陪人家睡觉。但是一层，幸亏兔子不会生产，若是兔子也会生产，那你可以在商部里挂个商标，让你专利二十年，只此一家，并无分铺了。"说得众人拍掌大笑。

田福恩被白兔子说了这一篇话，心中很是不乐。一把将小喜子手里的刀夺过来，仍然插入袜统里，别了众人，一口气跑回家中，已是夜晚时候。见他父亲坐在店里，他也不理，一径跑入后面，静悄悄不见一人，桌上点着一盏半明不灭的油灯。耳边猛然听见噼啪一声，象个打着嘴巴一样。接连便又骂道："你这贱人，自己头上戴的首饰，失落了会不知道？你这个骷髅，恐怕将来被人砍了，你也说是不晓得？"说着又是噼啪两声。这骂的声音，分明是他母亲周氏。他母亲又喊道："你还不替我跪下。我偏要你交代，我这东西到哪里去了？你不说出来，你今夜便是个死。"又听见绣春大哭，哀告道："娘，饶了我罢，委实是我不小心。我下次再也不敢了。"周氏重重地向他脸上吐了一脸唾沫，说："一次不小心，两次不小心，我没有这些首饰给你糟蹋。"便没头没脸又打起来。田福恩此时已跳进来，明知为那枝银针的事，一眼瞧见绣春，想起白兔子的话，心头大怒。见绣春正跪在地下，他走上前，一把将绣春头发揪住，向地上一拖，拳足交下。骂道："娼根，你做得好事。我姓田的家里的脸面，被你都丢尽了。你的兜肚儿呢？你送给准了？"绣春正为周氏的凌虐十分悲痛，忽然从外面又跳进一个田福恩来，不问青红皂白，拖住一顿打骂，也不知道所为何事，此时心中正如万箭攒心，一口气转不过来，早晕绝在地。

田福恩骂道："你这贱人还会装死呢。"正待再打，周氏道："好儿子，你不要气坏了，你打他反闪了你的手。你适才说的是什么？你先告诉我。饶这贱人便是死了，家私多大祸多大，也没有不了的事。你可知道，他今日好好地将一根银针丢了？"田福恩道："正是呀，这银针必又是送了他相好姓杨的了。"田福恩便将适才听见白兔子的话一五一十告诉了周氏。恰好绣春又悠悠醒转，放声大哭。周氏冷笑道："原来你这小贱人小小的年纪，倒还会干这些勾当。上梁不正下梁歪，我做婆婆的倒没有把柄在你手里，你定然是跟你那寡妇母亲学的。你母亲守寡有十几年了，谅情那姘头儿也不知多少，他在我们面前还假充正经呢。”又望着田福恩道：“你替我将这小贱人捆起来，我们细细拷问他，怕他不招！”田福恩真个便来动手。

绣春耳中已听见周氏骂他的母亲许多污蔑的话，不由心中火冒，不等田福恩近身，早跳起来一头向壁上撞去。周氏眼快，早一把将他两只手夺住，向怀里一扯，骂道：“你拿死来吓谁？”顺手又一掼，将绣春掼在地上，用脚踏着。田福恩早拔过一根门闩，向绣春下半截痛击。绣春此时倒反不哭了，咬着牙忍痛，已拚一死。

房中正在热闹，田焕在外面听见，忙走进来。看见这样痛打，心中老大不忍，忙拦着田福恩道：“你怎么是疯了？”说着上前将门闩夺过来，又将周氏推过一旁。绣春睡在地上，再也抬身不得。田焕埋怨田福恩道：“有话好讲，怎么便动手动足起来？也不成个样子。”田福恩睁圆两个眼睛跳起来，向田焕骂道：“你知道什么？你情愿做老龟，我这龟名是不情愿的。你问他干的什么事？”田焕笑道：“啊呀，世上的龟，难道不是人做的，要这般着急？快随我到前面去，有现成的好牛肉，你去吃几杯烧酒罢。”说着便扯着田福恩去了。此处周氏见绣春被打得十分狼狈，便不再嚼舌，依然气愤愤地走出房外。

可怜绣春勉强坐起身来，将散发盘了一盘，呜呜咽咽地独自走入自家小房间里，掩面痛哭。暗念：“他们母子说的话，却是一句也不懂。”又听见“肚兜”两个字，猛然想起一事：“前两月里，曾将浆洗过的衣服晒在后面小院子里，晚间去收拾，便不见了一个肚兜。这院子矮墙，是同隔壁窑货铺子可通的，疑惑他家什么女人贪小偷去了，也便不曾提起。今日不知落在什么人手里，想是被这冤家看见了。总之我的命苦，也不必怨着旁人。”便在是夜，等周氏他们都睡了，一灯如豆，绿沉沉的，遥听街更正敲三鼓，自己哭了一会，便从抽屉内寻出一柄新磨的剪子，自己对着菱镜，看了又看，叹道：“绣春，绣春，可怜你今年才得一十五岁，便不许你在世上了。”刚说到此处，陡觉窗外一阵寒风，透入肌骨，那灯光更缩得象豆子一般。绣春平时最是胆小，到此却一毫不怕。更将灯芯拨得一拨，提起那一把剪子在手，暗念：“我那兄弟，此时不知可曾由泰州回来？你这一趟回来，可再也莫想看见你薄命姐姐了。”又想：“我母亲此时定已安睡，你哪里料得到，你的女儿一霎时间便要幽明永隔。你明日若是听见你女儿的死信，准要肝肠寸裂。便是跑到这里，我哪里能亲亲热热地叫着你一声母亲呢？”绣春万转千回，想到此处，那一把珍珠眼泪，不由纷纷而下。手里一柄剪子便扑地落下来，哽咽得十分难受。

隔房周氏听见绣春房里窸窸窣窣，也防着绣春自寻短见，又不肯下这一口气，转高声骂道："贱人，还不早早挺尸，半夜三更，号什么丧呢？"绣春一吓，忍着眼泪，和衣入衾，心中总因为放母亲不下，不肯就死。又念："周氏性情虽恶，究竟是我的婆婆，我若是一死，难保两家不别生风波。那时候我便死在九泉之下，也是不安的。"因此上转想着睡了。次日起身，仍然照常料理各事。却因为身上痛楚，行动有些艰难，依然被周氏骂了几遍，绣春含泪忍受。

过了几日，周氏正命绣春在后门外面一个井上汲水。绣春身量本不甚高，提那桶水很是吃力。猛见那窑货铺子后门呀地开了，走出一个后生，白瘦脸儿，嘴尖眼滑，迎着绣春，掀起前面衣服，向着他小解。吓得绣春魂飞天外，急忙掉转身子不理他。转眼之间，忽见一双手腕，从自家身后向胸前抄得来。绣春"啊呀"一声，那手里水桶扑通直堕下井。绣春也顾不得，迈步飞奔入门里，紧紧将门闭了，心头小鹿兀地突突乱跳。又念："那桶落在井里，这一桩祸事也算不小，又该要吃周氏打骂。"急得掩面痛哭。

正在十分为难，忽然前面跑入一个小倌来，望着绣春笑道："春姑娘，你快到外面望望去，你家兄弟坐着大轿来了，好不威武呢。"绣春忙收起了眼泪，问道："真是他来了不是？"小倌笑道："谁还哄你呢？"绣春心里一喜，便三脚两步地跑出来。果然见云麟穿着海水花袍，天青外褂，立在一张大红毡条上，向田焕夫妇行礼。忙得夫妇二人还礼不迭。田福恩远远地躲在房里，云麟要请他出来相见，他死也不肯出来。云麟一笑，也只得罢了，便向周氏问道："太亲母，家姐在哪里呢？"周氏龇着牙齿笑道："啊呀，我的少爷，你这尊称，小妇人实在不敢当。你的家姐，在后面会童子呢，等小妇人去唤他出来。"绣春听见周氏这话，急忙走出来。

云麟见绣春面有爪痕，鬓发散乱，心里很不放心，便也望绣春行了礼。便有跟来的那个孙大将红毡收了。周氏一定要留云麟坐一坐。绣春也便立在一旁，问道："你几时回家的？"云麟道："前天便到家了。母亲为我的事很忙，命我来接姐姐回去走走。"周氏笑道："使得，使得。"又望绣春道："姑娘你也坐下，可怜你的脚小，哪里能够久站在地上呢？"绣春便答应着坐在云麟旁边。云麟又问道："姐姐，你脸上怎么有重重叠叠的伤痕？"周氏忙接口道："不瞒你少爷说，你的家姐前日晚上坐在灯下做针线，不知哪里来了一只瘟猫，冷不防地抓了他一把，把小妇人都肉疼死了。你少爷想想，若不是这畜生放肆，谁还敢欺负你们家姐呢？"云麟便也笑了一笑。

绣春心中十分纳罕，觉得周氏今日不知何以对着自己忽然怜惜起来，便趁这个

当儿说道："娘呀，适才我在井上，猛不防将水桶掉在井里了。"周氏笑道："不妨事，不妨事。你本来不惯做这些粗生活，往常都是我去，今日我懒了一懒，倒反吓了你了。叫你公公赶快去设法弄上来。你不用操心罢，你进房收拾收拾，我停会着人送你回去。见了你家母，替我请安问好。"田焕对着云麟正手足无措，恰好听见周氏叫他去取水桶，他假装着谦逊了两句，飞也似地向后边去了。云麟歇了一歇，也便辞周氏而去。

绣春好生高兴，走入房里盥洗，轻匀薄粉，略抹胭脂。转觉得那几条血痕，猩红得更增妩媚。走出来命外面小倌替他雇了一乘小轿，便着这小倌相送。笑吟吟地向周氏面前说了一声。周氏猛沉下那副青脸，望着绣春大声喝道："你敢是快快地回去，说我的坏话？"绣春一吓，忙答应："娘待我没有什么不好，我敢背后议论着娘？"周氏冷笑道："仔细着，我是顺风耳，若是你敢迸出个'不'字，看我揭你的皮！"

绣春诺诺连声，把适才一团的高兴，又送入东洋大海。一到了家，见舅母婆媳同着三姨娘都在这里，忙着染喜蛋，包喜封，十分热闹。只不见着淑仪。秦氏见了绣春，好生欢喜，笑道："春丫头，你老实不想家了，简直有几个月不曾回来。不是你兄弟今日去接你，你还不晓得挨到哪一天呢。"绣春微微一笑，转又低着头，含了两泡眼泪，只管捻着袖子。又想今日是兄弟的喜事，忙忍着眼泪。向三姑娘问道："仪妹妹呢，为何不同姨娘一路来？他如今是不想我了，听见我回家，也不来会会。"何氏笑道："仪姑娘害羞呢，他们的舅舅替他们做媒，你想他还肯来？"绣春笑道："这真好了，我母亲膝下正少一个女孩子。将来仪妹妹嫁得过来，我便是死了也放心。"说着眼又一红。三姑娘久已闻得周氏凌虐绣春，看绣春情形，知道他心里委屈，便搭讪道："仪儿也不是一定为此，他见他麟哥哥进学，他转发愤用心，日夜缠着他先生，什么对对子呀，做诗呀，闹得人头疼。姑娘，你这一向还好？"绣春点点头说："托姨娘的福庇，各事都还安静。"

正说着，秦氏从厨房里走出来，端了几碟点心，大家便随意坐着。见云麟已从外面拜客回来，匆匆卸了衣服，也便坐在绣春肩下，笑道："姐姐，你那个婆太太真是发笑，说的话全然叫人不解，对着我称你做'家姐'，对着你又称母亲做'家母'。这也罢了，怎么我问姐姐，他说'你们家姐在后面会童子呢'，这'童子'是谁？"绣春听了，脸上绯红，疑惑周氏知道他今早遇见那个男子的事情，又想并不曾看见周氏到着后面。正自回答不出，勉强说道："我不晓得他说的是什么，我在井边汲水，什么童子不童子呢。"三姑娘拍掌大笑说："我猜着了，你那个太亲母是同你通文，他以为

'井上'两个字不雅相，俗语说井上的神叫做'井泉童子'，他便说是去会'童子'了。"众人一想，真是不错，不由都笑起来。云麟更是笑得发喘，说："不错，不错。他今日通文通得实是利害，他称我'少爷'不算，他又自称为'小妇人'，真是不伦不类。"说罢，众人又是大笑。三姑娘笑道："都是你这秀才做坏了，带累他也酸溜溜的起来，真是奇怪。"

此处大家热闹了一日。当天绣春便不曾回去，一直等麟儿在何先生处订了一个吉期开贺。届时将刻成的试草，刷好的报条，一封一封雇着人沿家分散。便是茶水炉子，以及开剃头铺子的，都来索一张喜报，贴在墙壁上光耀光耀。那些庵观、寺院的和尚、尼姑，更不消说了，屁滚尿流地送着大份钱封儿，来孝敬本坊秀才老爷。这一天，麟儿家里也收到有一百多块洋钱，除酬谢何先生以外，尚赚得许多。秦氏欢喜自不必说。

说也奇怪。世界上贫寒子弟，当那未曾发科发甲之先，便似狗屎一般地臭，断不会有人理会。偶然不识高低，向一般人家提起姻事，谁不咧开笑口，说："这穷念书的，有什么长进？我家娇生惯养的女儿，难不成肯白望着他火坑里葬送？你要想娶媳妇儿，可是老实些买一只黄母鸡，家里去生蛋罢。"所以任你这些穷念书的尽管捧着那本《孟子》颠来倒去，说个"不孝有三，无后为大"，我还说是"不孝有三，没钱为大"呢。象云麟在寻常子弟之中，也算得是这浊世中的翩翩佳公子了。然而当那未曾进学之先，除得那一天在柳春家会课的时辰，那个柳春母亲就曾爱着他，唤进内室，问了他一声"可曾定了亲事不曾"，以外就没有人向云麟提过这句话。谁知云麟自进了学，红鸾星便跟着他发动了。大家伙儿约齐了，你一张庚帖，我一张庚帖，不住地向着他家送，那香炉底下密层层地搁了有四五十张。好象是人家有女儿的，都该送给新秀才赏鉴赏鉴。不是在下说句无聊的话，云麟不是今日才生长的，怎么在先便没有娶亲的资格儿，今日要娶起来，便这样拥挤不开呢？

云麟好生得意，又生得一副标致面孔，照着镜子暗暗欢喜。今日东家要看女婿，他便摇摇摆摆地送过东家来；明天西家要看女婿，他又摇摇摆摆地送过西家去。今日穿这件新衣服，明日添那件新鞋袜，忙个不住。秦氏溺爱，却便听其所为。连黄大妈住在乡里，那些乡里的土财主，也都一般托黄大来关说，要想新秀才去做个女婿。其实云麟心里，明知道自己的婚姻是在仪妹妹身上，再没有另聘他姓之理。只是少年豪兴，落得同那些人戏耍戏耍。

三姑娘听见这个消息，也深愁把一个心爱的女婿被人家夺去，几次催着晋芳向洛钟处去请他做媒。你想秦氏有个不答应的道理吗？加着绣春又从中怂恿，便择了一个好日子，将两人的年庚送给一个极高明的命课先生去合婚。别人家的年庚，容或还有个属相不配，时日犯冲。至于云麟同淑仪，诸君料也该记得，他们这小两口儿，是同年同月同日同时生的，谁还有个参差呢？那命课先生便老老实实批了一个"上婚"。连合卺开面的喜期喜辰，都老早择定了。两家好不高兴，都忙着过茶下聘。绣春也甚是欢喜，因为田家又来接过三五次，便先自回去，说定了等兄弟下聘过礼那一天，再回家来帮忙。那淑仪在家听见这个信息，面子上装着不曾知道一般，其实那小心窝里，也兀自暗暗地跳跃。

偏偏事有凑巧。这一天，伍家门房里用的那个老头子，因为他儿子阿顺得了一个童子痨，病势十分沉重，听说人家请了一位算命瞎先生，他也请来替他儿子用符退退恶星煞。正在门房里七搭八搭地瞎说，便有内里的仆妇们瞧见这个热闹，无意中讲给卜氏知道。卜氏偶然高兴，便命人将瞎子唤得进来算算流年。不多一会，早见那瞎子扶着一个面黄肌瘦的小孩子进来。那小孩子一手提着一面小红旛儿，上面东倒西歪写了几个大字，是"山东李铁嘴，算命如神"。一手提着一柄小铜锣儿。颤巍巍地将瞎子扶到一张板凳上坐下来。便有仆妇们倒了一杯茶递给瞎子。瞎子喝了一口，翻着那鲜红眼眶儿，噘着嘴，问道："太太们若问流年，我瞎子是从不奉承的，直言休怪。"卜氏笑道："要这样才好呢。"又望着三姑娘笑道："你也算一算。"三姑娘笑了一声，便先替卜氏报了年月日时。那瞎子说了一篇福寿双全的话。三姑娘也自己报了。瞎子又说是旺夫旺子。

算过之后，卜氏猛触起一件心事，便把云麟的八字，请瞎子推算推算，还说了一句话："这是我们亲戚家的一位相公，你先生看他将来怎么样？"瞎子便先将八字在嘴里叽里咕噜念了一遍，又咳嗽两声，说道："太太休怪，照这个命是最好不过了。两重金，两重水，金水相生，不克不剥，又有文昌辅佐，贵官禄财。我瞎子保定他将来是一位封疆大臣，至少也有个状元游街的分儿。"卜氏笑道："真个如此，将来我叫他替你扬名。"此时三姑娘乐得只是点头。那瞎子又接着说道："啊呀，这相公命主九宫，硬得好利害呀！将来同人家论婚，至少也有个三妻之命。"话未说完，三姑娘重重哼了一声，说："先生查清楚些，不用嚼这些……"瞎子又把眼皮翻了几翻，挤得水淋淋的，急道："怎么骂我嚼舌？我是照命上直说的。我李铁嘴说的话，能够刻在石板上。这位小相公，若是娶了亲，不出一年半载，那披麻煞包管进门。你记着我的话，如有半字虚浮，你来割我这张铁嘴去换糖吃去。"此时只把三姑娘气得脸上铁青。便连旁边仆妇们，一个个都搓手咂舌，窃窃私语。偏生卜氏却听得十分出神，还只管催着瞎子讲。瞎子又原原本本说了一大篇话。卜氏十分不高兴，便开发李铁嘴走了。

婆媳相对，默然无语。恰好伍晋芳一手搀着淑仪，从前面笑嘻嘻地走得进来。卜氏再忍不住，喊了一声道："晋芳，我适才替云府的相公算过命了，我们这亲事怕结不得。趁两家还不曾过礼，你去告诉你舅爷一声罢。"说着便将瞎子的话说了一遍。淑仪早躲入房里去了。

晋芳大笑起来道："母亲，你老人家也太迷信了，瞎子有什么见识？趁着嘴乱说。他有本事能断人吉凶生死，他便早该算到他眼睛几时会瞎，怎么不想个法儿来医治呢？麟儿命硬，我家仪儿同他的八字一样的，怕不也硬？以硬配硬，这有什么不好？况且如今两家的喜事都预备得差不多齐全了，平白地去回人家，怕不成个笑话？"卜氏听见晋芳侃侃而谈，含讥带讽，心中十分不快，便沉着脸说道："女儿呢，原是你们养的，论理我也犯不着替你们做主。但仪儿总算是我伍家一代的人，我总不能眼巴巴地看着他……"说到此，卜氏也不忍再望下说，转流下几行眼泪来。晋芳也怕母亲生气，便赔笑道："既然母亲不愿意结这头亲事，我们商量着办也好。"说着便走入自己房里。三姑娘也跟进来。晋芳冷笑了几声，说："这是从哪里说起？怎么好好事体，被你们弄来这瞎子，闹出天大的笑话儿来了。"三姑娘笑道："都是母亲闹的。但是这些话也不可不相信，我也有些替仪儿担心。好在年纪都还小，老实待一二年再说罢。"三姑娘一面说着，一面拿眼去瞟淑仪。早见淑仪低头无语，两点眉尖压着有无限新愁，将裤带上两根大红须儿扭成一个花球模样。晋芳叹了一口气，也再不言语。

欲知后事，且阅下文。

# 第二十六回　误姻缘伤心成幻梦　假道学雄辩到敦伦

云家那里做梦也想不到有这一番变局，兀自忙得高兴。秦氏这一天正坐在家里同黄大妈商议过礼的布置，门外网狗子忽笑着跳进来，说："何先生家的师母来了。"秦氏甚为纳罕，赶忙整整衣裳，迎至庭下。早见美娘轻匀淡抹，飘飘拂拂地含笑而来。后面是孙大随着。秦氏笑道："师母今天怎生高兴向这里来走？"那美娘笑了一笑，未及答应，便望着孙大说道："你先回去罢，停会再来接我。"孙大点点头，径自去了。美娘这才步入房里，大家坐定。

美娘笑问道："这边喜事想已忙妥当了？"秦氏笑道："本没有什么忙头，所幸伍府上也是自家亲戚，不计较什么。到那一天便要请师母光降光降，借师母的全福呢。"美娘笑道："那不消请得，准来扰喜酒的。"说着又掩口一笑，转望着秦氏道："太太，你猜我今日是为何事而来？我都不好意思同太太说了。"

秦氏怔了怔说："师母有什么话，但说不妨。"美娘笑道："这都是麟儿的先生混出主意逼着我来，我说出来，太太你不用理会，我回去自然会叫他死心蹋地。我这时候若是不依着他来呢，我又要受他的气。我心里想着，我恰好要到太太这边来走走，落得借此做个题目儿。你想他不知在哪里会见我书房里一个柳学生家父亲，说他家有个女孩子，比麟儿小得三岁，一心要想聘给麟儿。这边同伍府做亲，他先生是知道的，经不起人家再三央恳关说，又重重地扰了人家一顿酒馆子，回来便同我斟酌，逼着我过来做媒。又说什么两姨姊妹不能结亲。还之乎者也，闹了一大篇。太太，你想天下可有这种道理？放着人家已结成的亲事不谈，转山遥水远地绕这么一个大圈儿，不是白白地说了？"

秦氏笑了笑，刚待答话，黄大妈早在外面喊起来，说："啊呀，舅太太也来了，真是好人多相遇。快请进来，我家相公的师母也在里面坐呢。"秦氏同美娘各各起身迎接。何氏进内坐下，并不曾谈着别话，便望秦氏冷笑了一声道："姐姐，你猜我今日是为何事而来？我都不好意思同姐姐讲了。”秦氏此时好生诧异，暗想：“他们两个人开口的话，都是一样，难不成何氏此来，又是替麟儿做媒的？”也只一般答道：“舅母有什么话，但说无妨。”何氏道：“天下有这样不讲情理的事，生米已成熟饭了，也会变了局。麟儿的亲事，他伍府上说搁着不谈了，问他为什么缘故，他家又说不出来。只是他伍府上好回我们媒人，我们媒人怎么好回姐姐这边呢？”

秦氏听了，也十分惊诧，刚待发话，随又忍着，叹了一口气道：“既然他府上不愿意结这亲事，我们也难相强。难道我不知道他府上变局的缘故？老实说，不过是嫌贫爱富罢咧。不是我说句狂话，只要我家麟儿能巴结上进，怕没有王爷宰相家里沿街搭着彩棚抛个彩球儿？只要那彩球打中在身上，一般地会去做驸马。舅母也不用生气，我们只管睁着眼，看他家小姐嫁有钱有势的人家罢。唉！世界上什么叫做亲姊亲妹？有钱呢，不亲的也来亲，没有钱呢，亲的也不亲了。我料不到我家三姑娘会变成这么一个势利人物。”

秦氏说到此，转气愤愤地向着美娘道：“师母你听听，世界上也还有这种奇事。照他伍府上的用心，我家麟儿便该娶不到媳妇儿了，偏生他柳府还一心地要他做女婿。又累先生如此费神，老实便请师母回去禀复先生，如果他柳府愿意俯就，我们就拣一天放聘罢。那柳相公，我也亲眼见过的，生得很是眉清目秀，想他的妹妹必定也好，我也不去瞧了。”美娘笑道：“这是哪里的话？太太也不必认真，还是请我们姑太太去再问一声，这里面恐怕还有别的缘故。”何氏道：“原来嫂子今日也是来替麟儿做媒的？这可巧极了。至于伍府上，再也不必去罗嗦，他舅舅已经因此气得骂了一顿，再请他去，料他也不肯。只是嫂子做媒，须要靠实了，不要象我们虎头蛇尾，那才把人牙齿笑掉了呢。”美娘点点头说：“等我回去同他的先生商议着看，料想那边是赶着这边做的，总该容易办些。”黄大妈站在一旁，一五一十地都被他听见了，冷笑道：“这件事不打紧，怕我们家麟相公还不肯答应呢。他同仪姑娘是怎么一个亲热样儿，众位太太都是知道的。如今是……”刚说到此，那云麟已从外边走回来，只见他手里拎着一个字纸篓儿，胁下夹着一叠书，那只手又颤巍巍地捧着一把红豆儿、黑豆儿。

我且缓叙他此时见了美娘一干人的情形，以及听见伍家悔婚的话，究竟怎生个发付。且将他手里的这几件物事儿来略叙一叙，倒可想见当日读书士子，还有这一种学问。

原来今日云麟正在何先生书房里坐着，先生出了一个策问题目，是问：“仓颉造字，仓颉究是何代人物？又有称为仓公者，与仓颉是一是二？"云麟好容易将一部《纲鉴易知录》从头一页翻起，翻出"仓颉"两个字，如获至宝。再想寻出一个仓公，却也没有这渊雅了。便从文字收束处，说了一句似是而非、囫囵吞枣的话，说："后人因仓颉造字之功甚伟，不敢实言其名，因号之为仓公云。"何其甫阅到此处，冷笑了两声，说道："倒还亏你迂就得好。果然仓公、仓颉是一个人，我也不问你了，须知仓公另是一个人呢。"云麟道："学生实是浅陋。请教先生，这仓公出在哪一部书上？"何其甫被他这一句，转问住了，慌了一会，说："啊呀，我记得是眼面前一个人，如何再也想不起来？"又闭着眼睛，良久良久，拍手笑道："我记起来了，那《三国演义》上有一位跟随关老爷的，不是叫做周仓？怕就是那位仓公了。"云麟笑道："他不姓仓。"何其甫怒目圆睁，骂道："做学生的规矩，是有听受而无问难，怎么你都驳起我来了？周仓不能称仓公，何以人家称我也是其翁、其翁的呢？须知古代'公'字，就是今时的'翁'字。我若不念你是已经进学之人，象这样冲犯师长，便该好好吃我两个耳光。"

何其甫正在书案上手舞足蹈地说得高兴，忽见外面走进几位面黄肌瘦、宽袍大袖的老先生进来。云麟认得都是同他先生相好的几位朋友。一个戴着大铜边眼镜的，叫做严大成。一个手里扶着一根瘦长斑竹旱烟袋的，叫做汪圣民。一个穿一件淡青竹布长衫，两截的袖子换了半段深蓝颜色的，叫做龚学礼。一般地摇摇摆摆进来。何其甫起身迎接不迭，笑道："累等，累等。我陪你们一路去最好。"说着随即将案上学生的字急急地批了，扑一扑身上旱烟灰儿，又笑问道："那边都齐备了吗？"那个龚学礼笑道："老早齐备了，还等到此刻？"

何其甫将云麟望了望，喊道："你今日也同我们去走走，你不是小学生了，这个地方你也去得。明日还请诸位先生在簿子上替你登个名儿，每月只要你出一百个滴大溜光的铜钱，还有一顿素饭给你吃，这是不折本的交易。"云麟知道他先生们每月有个敬惜字纸的盛会，这会便设在一个古都天庙里，今日正是赴会的日期。难得先生肯带他去，倒也欢喜，往常只听见他们闹得有趣，如今落得也前去观光观光，便一口答应了。他们三个人也都赞成，每月多了云麟一份进款，大家名下便可省贴得一二十文。

云麟于是谨遵着《论语》上讲的那句"不敢与先生并行"的话，紧紧跟随在后。走到一个城根所在，那都天庙已露在眼前，红墙斑驳，庙额上金字都黯淡得辨不出来。一角斜阳，倒映在门里。神龛之下，还蹲着几个乞丐，在那里围着土灶烧火，一缕一缕的黑烟，将龛子里一位金甲神像熏得象个黑鬼模样。五人履声橐橐，绕进一座大殿，背后有两扇破门，由破门进去，便是一个小小院落。靠东边土墙上安着一个化字纸的炉，正氤氤氲氲地烧着字纸。三间矮屋，窗棂被风吹得雪白，也没有一扇整齐的。里面却坐了几个人，一张破桌子上面堆着些书本。房门口便横着两个大字纸篓儿，一把泥茶壶搁在旁边。

这社里的主人，枯发皱面，觑着一对极黄的眼珠儿，年纪约莫有五十多岁，却只有几根干燥的胡须。见了何其甫等人，十分欢迎，又同云麟叙了几句寒暄。何其甫便指着那人向云麟道："这一位便是我常同你讲的那位雷老夫子。他是教过阔馆的，南河下办盐务的贺大使，便是他在先的东翁，贺大使好生敬重他。落后因为他家儿女双双亡故，雷老夫子也就决意辞去馆事。他至今感着贺大使的知遇，所以后来再有人请他去教读，他是断不肯再行俯就。固然见得他情义深重，老实说，也是个曾经沧海难为水了。"说着又望着雷先生道："你以为我的话如何?"雷先生点点头叹道："知我者，何其甫也。已往之事搁着不谈罢，如今我们这惜字功夫，究竟怎样才算是完全无憾？大家从公议着办才好。"众人齐齐答应了一声，遂都正襟危坐，肃然起敬起来。

云麟也只得装成一个至诚样儿，坐在下首寂然不动，只管眼观鼻，鼻观心，听他们议论。座中便有一个人讲道："什么手帕上回纹呀，卍字呀，一概是要劝人改制的。"又一个道："这果然要紧了。兄弟前日也是至诚感神。我们内人小解，扑通一声，将一个马桶盖子仰翻在地上。那时兄弟猛然看见，大大吃了一吓，分明那盖子反面两根木片，巧巧凑成一个'十'字。其时兄弟就慌张了，赶忙捧起来顶在头上，跪在佛前，朗朗地念了一遍除秽《金刚经》。如今逼着我们内人将那'十'字削去。"又一个说道："谁也不是这般谨慎？如今我走路，都不肯一直往前面走，怕将字迹践踏了。"一个问道："这又怎么讲究呢?"那一个又说道："街道太直了，远远望去，简直便是一个'一'字。你们想，我如何忍心践踏?"又一个说道："岂但街道象个'一'字，便连兄弟同内人睡觉，都一毫不敢放肆。因为内人睡下来，便是个'大'字；兄弟睡下来，便是个'太'字。有一夜不曾检点，兄弟那张床上，便整整写了三个字，是'大、太、太'。"这个人说到这里，别人都忍不住要笑，说："这三个字很有些奇怪，怎么足下以外，又多了一个'太'字了?"那人方才会悟，不禁红着脸说道："还有小儿睡在床上呢，那个'太'字算是个小楷罢了。后来兄弟同内人约法三章，每遇睡觉，必须三折弯儿。"

云麟到此再也忍不住，不由大笑起来说："这如何使得呢？不是又成了一个'弓'字吗？"何其甫听见云麟插话，正待责备，却是雷先生赶忙拦着说："云生议论很是，我们倒不可不请教，你有什么主张？尽管说出来，我们大家斟酌。"云麟笑道："适才那位先生说的这睡觉，倒很有些烦难呢。我替先生想，以后三个人若是竖睡，便是'川'字，若是横睡，又成'三'字。"那人急道："然则不睡觉罢。"云麟笑道："不睡觉还是个'丨'(音棍)字。"说得众人拍掌大笑。便连何其甫也笑道："照这样拘泥，原是太过了。依我愚见，倒是大家凡事留点心罢。诸位的功过格，今日想都携来了，趁天色尚早，大家来折算折算。"于是先从袖里取出一个簿本儿，摊在桌上。遂见各人都照样有一本儿。雷先生跑至房里，取出一面极大算盘。一窝蜂挤在一处，只听见"一百功"，"一百过"，不住地念。

云麟偷眼看去，见各人本子日期底下，无不注几个小字："敦伦、敦伦……"尽有一个日期，注上三四个"敦伦"字样的。云麟虽不十分明白，然揆其情事，也瞧科九分。便留心向他的先生本子上偷看，可巧昨日便注了七个"敦伦"。严大成陡地放下脸色，向他的先生道："啊呀！其翁你也太放肆了。夫妇之好，虽非邪淫，床笫之私，亦宜自节。一人之精神有限，尊阃之欲壑无穷。以有限之精神，填无穷之欲壑，在一己则为戕贼，论情事亦觉荒唐。大家公议，你这一夜之间，敦伦七次，要订几百分大过呢。"此时众人对何其甫都有些嗔目而视。便连雷先生也搓手咋舌，露着爱莫能助的意思。却见何其甫不慌不忙冷笑道："冤哉！冤哉！贤者固当责备，凡事须有乘除。我同内人敦伦，是五天才轮着一次，诸君是知道的。干柴近烈火而燃，久旷有思淫之心。便以我这一夜七次，比较诸君每夜有三四次的，其劳逸何如？其勤惰何如？'有诸己，而后求诸人；无诸己，而后非诸人。所藏乎身不恕，而能喻诸人者，未之有也。'"何其甫这一番话，果然说得众人哑口无言。云麟在旁暗暗揣度，自念："这敦伦的学问，还有许多讲究。我不知几时才能同我仪妹妹试验试验？"想到此，那两边粉红腮颊上，早平添出无限羞晕，也不再理会他们以后所说的话。

停了半歇，早见雷先生在房里搬出两个缺碗，冷装了些青菜，这才随意坐下吃饭。云麟也就吃了一碗。吃完了陆续分散。云麟临走之时，雷先生便送了他一个字纸篓儿，几本功过格的簿子，又抓了两把红豆、黑豆子，说："这是记功过的。有了一功，便用一颗红豆子记着；有了一过，使用一颗黑豆子记着。到了晚间，把豆子数一数，便用笔填在簿子上。第一不许扯谎，扯谎菩萨是要打入地狱的。譬如你的先生同你师母敦伦，他不会少写一次儿？也没有人知道，他偏不肯暗室欺心，这就是圣贤学问。朱晦翁讲个‘主敬’，程伊川说个‘存诚’，其下手功夫大都如此。可惜典籍湮没，稽考无从。不然象他们这种道学先生，一生敦伦的文章，必然还有个总数，可惜我们不能亲见了。”云麟听一句，答应一个“是”。这才又随着他先生出了都天庙，一古拢儿将字纸篓儿及一叠书、两把红豆、黑豆携着归家。

美娘一干人见云麟回来，倒也不便再说什么。美娘转向云麟问了问他先生此时在家里不曾。云麟便将今日同先生到惜字会里的事说了一遍，只将那敦伦的话不曾提起。云麟见今日家中的人都有些没精打采，心中正自委决不下。恰好美娘此时已立起身来，向秦氏告辞。孙大早立在廊下伺候。秦氏也不相留，便同何氏一路送美娘出门。

云麟便趁这个当儿，将字纸篓儿搂掇在一处，又将功过格的本子展开来翻阅。可巧网狗子从身旁经过，笑嘻嘻地向云麟说道：“我的好少爷，伍老爷家的仪小姐，你可娶不成了。那些喜果子老实赏给我吃罢，搁着也没用。”云麟忽然听见网狗子这句话，不禁大惊，还猜他是闹玩笑的，忙放下脸来说：“你嚼什么舌头？”网狗子正要回答，早见秦氏、何氏已送过美娘回来，他便一溜烟躲去。

秦氏走入屋里，自言自语说道：“不做邻居好邻居，做了邻居恼邻居。越是亲戚，越不好讲话。象这么样倒也罢了。”何氏道：“谁又不是这般说法？儿女身上的事，也煞费人操心呢。倒是我家龙儿好，娶个媳妇无牵无绊。姐姐，我也不耽搁了，回去还要帮着他们料理晚膳呢。”说着也便辞去了。

云麟听见他母亲的话，分明知道姻事大有不妥，又不好意思启口向母亲询问，一埋头向自己床上一躺，再也不言语。秦氏不便将此话告诉云麟，只得故意逗着黄大妈谈论，将适才何氏来说的话，一一表白出来，使云麟知道。云麟到此方确切知道他姨娘悔婚，不由酸甜苦辣，一齐堆到心头，又不知道是恨是气，只管长吁短叹。停了一歇，将床拍得一拍，爬起来望外便走。秦氏忙拦住问道：“此刻天已黑了，你要向哪里去？”云麟道：“我到姨娘那边去，问他究竟为什么……”说到此，又觉碍口，乃改着说道：“我偏去看看仪妹妹。”云麟此言未毕，早止不住泪落如雨，哽咽得说不出话来。秦氏暗暗好笑，说：“痴孩子，你去还有什么味儿呢？你姨娘未必还喜欢你。”云麟见他母亲拦着，越发急得双足齐跳，暴躁如雷。黄大妈劝道：“太太，相公既然要去走走，太太倒是依着他，急坏了反是不好。太太不放心，叫网狗子跟他去。”秦氏笑道：“好儿子，你快去快回来，不要在人家说出呆话来，被人家笑话你。”

云麟见秦氏肯放他去，忙抢步飞跑。网狗子遂也在后面赶着。一口气跑至伍府，时已万家灯火。网狗子本意先进去通报一声，不料云麟走得更快，早迈步进去。伍府仆人忽然看见云麟傍晚跑得来，又是气急败坏，大家诧异。网狗子在后面暗暗做手势给他们看，似乎说他家相公今儿来是拚命的。云麟一径跑入上房，堂屋里只有他姨娘同朱二小姐坐在一处闲话。蓦然见云麟进来，三姑娘含笑站起身来，说道："怎么晚上一个人跑得出来？你倒有许多时不来这里了，我心儿很牵挂着你。"

云麟此来本是挟着一团盛怒，思量他姨娘如若有一点不瞅不睬，准备放刁闹他一场。不料走到此处，气已平了九分。又接着听见三姑娘这一派莺声燕语，百种温存，把适才的怒气早送至东洋大海，低着头一言不发。好半晌才答道："网狗子送着我来的。"三姑娘笑道："巧极了，我家今天燉的好五香鸭子，是你最喜欢吃的，打发网狗子先回去罢。"便有仆妇答应一声出去。朱二小姐笑道："好呀，云相公益发象个大人儿了。近日温习着什么功课？诗赋也该讲究讲究，那些六朝、唐赋是最好的。"云麟道："今年略略读过几篇了，诗赋这一层，我觉得倒有些合得来。"

云麟一面说话，一面只管用两个小眼珠儿向两边房里瞧看。朱二小姐已知其意，笑道："你仪妹妹睡了，这儿日不很受用，倒有十多天不大进饮食。"三姑娘道："这孩子也过于用心，一个女儿家，要好大的才学做什么呢？我的话他从不相信，病起来又叫人悬心。"三姑娘同朱二小姐只顾说得高兴，早把个云麟听得心如刀割，若不是怕别人笑话，已不禁放声大哭起来。竭力忍着眼泪，假装着闲步，负着手走来走去，一声儿不敢言语。三姑娘忙着命仆妇预备酒馔，倒不曾留心。

朱二小姐已窥见云麟神情，不禁暗暗替他扼腕。原来淑仪的卧房是在后一进，同他祖母卜氏对着房门。朱二小姐含笑一把将云麟的手搀着，说："我同你去看仪妹妹。"云麟将计就计，便随着朱二小姐向后边走来。那卜氏坐在自家房里，朱二小姐努努嘴，叫云麟去请了一个晚安，便又将云麟引入淑仪房里。

淑仪刚才吃了药，有一个仆妇立在床边，拈着冰糖喂他。云麟才跨进房门，淑仪一眼看见，羞得将被角扯起来，紧紧蒙着粉脸。云麟也就十分羞愧，也是一言不发，恹恹地退至他妆台旁边，信手翻出淑仪平时做的一个诗本子。上面写着四个小字，是《绣余吟草》。云麟揭开来，有些是看过的。随手翻去，看至近日所作，却有两首《薄命词》，窥其情思，分明是怨着婚姻不能成就的意思。中有几句是："花开一度一憔悴，憔悴花开能几回？"又说是什么："绿鬓悲明镜，黄昏怨晚餐。"云麟读到此，已是痴了，只管站着不动，那一把断了线的珍珠眼泪，早把个诗本子浸得透湿，悄然无声，垂头而立。

淑仪还只当云麟已走，刚把绣被揭起来，朱二小姐笑道："这又做什么呢？自家兄妹，又害起羞来了。你的哥哥很不放心你，你此时可觉得爽快些吗？"回头见云麟呆立在那里，又伸手将他扯得过来，向淑仪床前一推。云麟忍着眼泪，只挣出了一声"妹妹"。那淑仪勉强应了一声，又把个粉颊直垂至胸际。房中诸人，没有一个敢开口，鸦雀无闻的。只有绣桌上一座自鸣钟嘀嗒嘀嗒地响个不住。转是卜氏在对过房里，不知道他们在淑仪房里干什么，冷笑说道："麟哥哥请外面坐罢，仪儿也该困倦了，好生让他歇一歇。"朱二小姐不得已，又将云麟搀出房门。走至天井，低低笑道："上了岁数的人，比狗还讨厌。"

云麟到了前进，晋芳已经回来，正坐在桌前，酒肴已预备齐整，便笑着让云麟坐。云麟便拣一个横头坐下。三姑娘及朱二小姐也靠着坐了。晋芳笑对朱二小姐道："你要的那个保胎丸药，我已替你买好了，放在你梳桌上。是上海瓣香庐崔制的，灵效非凡，只要服下去不大呕酸，多进些饮食便好了。"朱二小姐笑道："倒难为你费心。我这毛病倒不甚打紧，倒是仪儿这孩子，你也该留神替他料理料理，只管延挨下去，怕成……"

晋芳听见朱二小姐提到淑仪，再抬眼看看云麟，不禁捧着酒杯子长长叹了一口气。

欲知后事，且阅下文。

# 第二十七回 论新闻政体俨翻专制局 编小说才人例堕奈何天

却说晋芳看见云麟泪痕界面，明知他的心事，却又不好说出什么，转拿着别的闲话向云麟道："你们书房里可看上海的报纸不看？"云麟道："报纸吗，我却在别处偷看过几次，我们书房里哪里许这些犯禁的东西进来？先生曾说，报纸这东西全是洋人想着法儿骗中国钱的，上面没有一句真话，我们看了，最容易败坏心术。"晋芳道："这话呢，原也有理。别的还不打紧，就是谣言闹得利害。前面有一篇什么论说，据他说起来，我们中国便象个大睡狮子，沉沉不醒。你想可发笑不发笑？把个国来比做狮子，难道这国还有个死活不成？可要算是奇谈了。前天还有一段新闻，说得格外可怪。什么广东有个新中举人，聚集了无数的士子，伏阙上书，请皇上变法。你想这法子怎么变呢？叫我们都改了洋装，女孩子不许缠足，读书的不许做八股。简捷说，就是个事事效法洋人。我不知道，这举人他可是中国人不是？他这功名，可是打八股上来的不是？忽然说出这样反叛的话来了。哼哼！我怕这位先生，还是外国遣来做奸细的呢。"三姑娘笑道："难道皇上便听他的话不成？"晋芳道："自然是不听了。要皇上是圣明的，还管教将他问个妖言惑众的罪名。"

云麟答道："姨父，你老人家倒不要一味抹煞这位老先生的话。本来中国的八股呢，也可笑极了。在先还说是'替圣贤立言'。如今的花样又不同了，四分五裂，把那些圣贤的话，好象分了尸首一股，上气不接下气的，算做题目，什么'钩搭钓渡挽'，闹得人一个发昏。我却不大高兴弄这个。"朱二小姐点点头说："云相公话倒是不错。我虽然不懂八股的讲究，但以这女孩子裹脚而论，也不知害了多少花枝般的小姑娘。"说着喝了一口酒，又笑望着晋芳道："承你的雅爱，满口夸赞我的脚小。至于我这脚小的缘故，你还不知道呢。我虽然排行第二，我当初还有一个二姐姐，十五岁就死了。他死的缘故，说也可笑，又是可怜。他十二岁上，脚已裹好了，虽不能算是三寸金莲，也算将就看得过去。有一天到我们一个亲戚家里去，不知道哪一位多嘴的，背后议论他的脚样儿不好，前面象个生姜，后面象个鸭蛋。这两句话，不知怎么又被他听见了，可怜他这一气，气得非同小可。归家之后，便不饮不食，日夜抱住那双脚痛哭。自从次日起，死也不肯下床，尽管将那一双脚藏在被里，怕人看见。后来我们母亲急了，百般劝解。便是各家亲眷，也都轮流着来看视，都譬喻给他听。说某家女孩儿脚大，也一样嫁着好人家，某家女孩儿脚大，后来还做到一品夫人。谁知他是有了先人之言，任你们再说得天花乱坠，他老实给你们个充耳无闻。母亲也没法，只好听他一年到头地躲在床上。你们想想，一个人终年不见天日，再加上忧愁愤恨，有个不死的道理吗？果不其然，不上三年，肉也落了，骨也枯了，病也没有救了。可怜他临死的时辰，还口口声声怨着母亲从小时候不替他将脚裹小了。母亲便因为我二姐姐这件事，深怕我复蹈故辙，所以别的都不打紧，遂尽力替我裹脚，算是他做母亲的爱怜女儿的道理。你们做男子的看见女人裙底下露着一双尖瘦瘦的红菱，只晓得啧啧爱玩，你哪里知道这红菱都是泪水儿长出来的呢。虽然这不许缠足的事情，是能说不能行罢咧。如若果然有这一日，倒是世界上一件功德事呢。”

三姑娘笑道：“若是果然不缠足，你这双金莲可舍得松放么？但是别的不打紧，只愁做新娘子的那时候，头上凤冠，身上霞帔，裙下一双大脚板儿，倒很不雅相呢。”晋芳笑道：“依我的私见，嫁给我的人，要小脚，好让我细细赏鉴，留个纪念儿，便是世上没有的好东西，我有。若是嫁给人的人，我却情愿他们一例都放成大脚，教女孩子不用受这苦楚。”三姑娘同朱二小姐都笑起来，说：“呸！你这话倒说得不打紧，假如人人都象你存这样心，包管世界上再没有不缠足的日子。”云麟听得也笑了，却低着头不敢答言。

一霎时大家饭已吃完，离开座位。三姑娘他们便进自己房里去盥洗。晋芳用一根剔牙杖，依在窗格旁边剔牙，笑道：“如今报纸上还有新闻呢。每天后幅，都刻着一种小说，又是什么侦探，又是什么科学，这些字面，我都讲解不来。那些小说又同我们在先的《封神榜》、《说唐演义》等书不同，古里古董，看去也没有大意味。倒是目下刻着一部言情小说，倒还有点情趣。我叫他们取得来你看。”云麟笑道：“好极了，我却最喜欢的是看小说，任什么别的事情都没有他好玩。可惜先生管得我们太严，偶然偷偷地带一部小说儿到书房，若是被他瞧见了，责罚还不算，还要将那小说举火而焚之。不料如今报纸上公然还刻着小说叫人家看，可知这也不是什么不好的事情了。”晋芳笑道：“同你先生有什么解说，我只比他是匹黄牛。”又喊道：“来



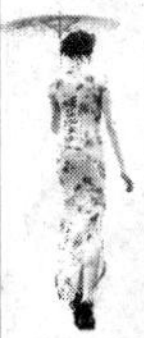

呀。”外面便跑进一个仆人。晋芳道：“你去我书房里，将连日的报纸取来。”仆人接连答应了几声“是”，不多一刻，早捧来一叠报纸。

晋芳便一张一张地检交云麟。云麟好生高兴，便从头读起。刚刚读到好处，偏又没了。此时朱二小姐早已出房，便伏在云麟旁边，脸靠脸地尽管瞧看云麟。只见他齿白唇红，肌肤里都掐得出水来。一会儿望着纸上用神，一会儿又微微含笑，露出深深两个小酒涡儿。把个朱二小姐看得神迷心醉，不由得低低问道：“这小说可好不好？”云麟尚不知有人在此，猛听见说话，一抬头便闻得一种口脂香气。见是朱二小姐，便站起来答道：“很好的小说。”朱二小姐笑道：“依你这聪明，想也该编得出来。”云麟只管含笑。晋芳也走过来笑道：“果然的，麟儿也编他一种玩玩。有不知道的，来请教请教他，他是在小说子上最高明的。”说着便指着朱二小姐。朱二小姐笑握着云麟的手道：“莫信你姨父的话，我是个门外汉。但你若编得出来，倒可以帮着你点缀点缀。”云麟笑道：“只怕没有事迹可以编的。”朱二小姐笑道：“天地间事迹多着呢，你想到哪里就编到哪里。”说着，反掩口笑道：“你若是编个才子呢，就把你写上去。你若是编个佳人呢，就把我家仪儿写上去。你若是编个员外呢、院君呢，就把你姨父、姨娘写上去。”朱二小姐说到此，三姑娘笑道：“亏你说得出这些话，被太太听见了，又是一顿淘气。”晋芳也笑道：“麟儿，你若是编个小丑儿呢，就把他写上去。”朱二小姐笑道：“谁人能把我编入小说里，我这个朱玉苹的名字，便算千古不磨，不与草木同朽，我倒感激他不尽了。只是我怕没有这福气。”

云麟听见朱二小姐这一番才子佳人的话，又触起他心事，把适才一团高兴又冷了，恰好黄大妈走着进来接他，他便辞了晋芳。依他的主意，还想进去看看淑仪。倒是朱二小姐拦着说：“你明天再来罢。若是小说能编成功，你天天来这里送给我看。”云麟只得同黄大妈回去了。秦氏问着他到姨娘那里的情形，云麟也说不出来，只笑了一笑，便回到自己房里。将窗前一盏兰灯剔得亮亮的，将门掩好，在桌上倒了一杯浓茶，慢慢喝着。暗想：“今晚窥姨父、姨娘的意思，倒颇十分亲热，这亲事总该有望。又有朱家的二姐姐从中撮合，其情很是可感。大约今日的变局，全是仪妹妹的祖母作梗。”又长叹道：“怪道往常看见小说上讲起婚姻的事来，没有个不遭多少磨劫，然后才可以遂心。难不成这件事在天地间已成了印板文字？可想古人的话，也不是全编着哄人。我目下所遇的情形，若是编出来，倒还有趣。只是我哪里有这种学问呢？编得不好，徒然又被人家笑话，不如睡觉罢。”

停了一歇，忽又笑道：“管他呢，我先写几句，若是看得过，便送给朱家二姐姐去看；若是不好，我便不拿出去，自己看看也使得。”想着，便不肯去睡，将笔砚捧至床边一张桌上，脱去鞋子，盘膝坐在床上，提起笔便在纸上写道：

自从盘古分天地，三皇五帝定乾坤。前朝后代都不表，且表为官云大人。

写到此，又念了一遍，不禁哈哈大笑起来，说道：“呸！这难道便算做小说不成？统共做了四句，倒全是些旧话。如何又把我的真姓写入里面？况且我又不曾做官，怎么又称起‘大人’来了？快些抹去，快些抹去。”便用笔一涂，涂得象黑杠子，将笔掼在一边。暗想：“我是最喜欢做诗的，象这种弹词小说，若将他当作诗去做，做出来必然流利。书中又万万不可用真名真姓。譬如我名字是个麟字，我就算姓林；我本姓云，我名字就改做霞字。如此闪闪烁烁，才叫人捉摸不定。那时候便将这个人说好了，别人也不至疑我自夸；便将这个人写坏了，别人也不至笑我自贬。这真是个好法子。”

云麟想到此处又快活起来，心中一动，又将那支笔拿在手里，草草地直望下写道：

朦朦残月下西廊，水滴铜壶夜漏长。春色恼人眠不得，闲愁新恨费思量。安笔砚，按宫商，细把书中事迹详。系出何朝都不表，要无非佳人才子又登场。维扬有个林公子，霞字为名号碧湘；子建般才潘岳貌，翩翩风度绿衣郎；年刚二八多情思，月下花前暗忖量：天地生侬应不负，青云得路会翱翔。只是可惜呀，逝水年华容易过，抚瑶琴尚虚一曲《凤求凰》。陆家姑母闺中女，中表相依姊妹行。两小无猜骑竹马，青梅弄子绕匡床。猜哑谜，捉迷藏，琐事心头尚未忘，彼此都因年长大，红闺从此锁春光。便教偶尔筵前见，还叫我一度相逢一断肠。我那表妹呀，他是慧质灵心年十五，丰姿幽艳体端庄。芳膺未必无知识，管许他一寸心头也嵌玉郎。我连日心神恍惚，行止不宁。当这愁闷之时，也没有别的消遣，只把我那表妹芳名“丽莺”两字颠来倒去写着玩耍。并不是美人名字轻唐突，也譬如花下龄官苦画蔷。闻得琴童痴阿来说，我母亲昨日曾倩冰人向我姑母求婚，至今尚无回信，好生令人委决不下。咳，我的苍天呀！你若能成就好姻缘，我便一瓣旃檀拜佛前。杨柳瓶中甘露水，你难道忍心不洒并头莲？我如今是毫无情绪唯思睡，……

云麟写到此处，那两只小眼睛早朦朦的要闭起来，手里的笔在纸上画来画去，渐渐都变成了些墨蛇。再熬不住，一欹身早沉沉睡熟。心中有事，次晨天甫黎明，便揉揉眼睛，跳下了床。见桌上灯焰墨痕，弄得十分狼藉，暗暗好笑。便将小说稿

子向怀里一塞，匆匆盥洗，径向书房中走来。

其时何其甫尚未起身。云麟将小说稿子取出来，给那几个大些的学生瞧看。互相讥诮，说他思量姨妹，忽地编出这些书来。万一将来你的姨妹嫁给你，看你怎生有面目？将这小说子给他瞧见，怕不割你的舌头。云麟笑道："呸！我是随意编的，你们有这些胡讲。"众学生又道："就算是随意编的，怎么你的姨妹姓伍，你这小说上的表妹就会姓陆呢？"说得云麟也笑起来。座中唯有柳春盈盈不语，他是知道前日先生已替他家妹妹做媒聘给云麟，虽然尚未妥实，终究不便再向云麟戏谑。

云麟这一天便无心理会功课，只管伏在书案上，偷偷地将小说稿子亲手誊写。遇有不妥的，又修饰了一遍。几乎被何其甫瞧见，藏匿不迭。旁边有个学生低低笑道："云大哥，你若是要编小说，你第一要把我们这位先生编进去，他发笑的事多着呢。即如那一年娶我们师母，半夜里下床救火，连裤子都忘记穿了。又是什么夜壶上有一小孔，他也不理会，夜间拿起来撒尿，便淹了半床骚溺。这都是他老人家稀奇古怪的事迹，你千万不可忘却了。"云麟笑道："被他瞧见怎么好呢？我不上你的当。"说着便将小说子卷成一卷儿，放在袖里。见天色不早，走至何其甫面前请了个假，也不回家，如飞地向朱二小姐处走来。

朱二小姐正独自坐在书房里，面前放着一本《茶花女》外国小说。见云麟走进，含笑站起来，说道："怎么今天解馆得早？"云麟也是一笑，便向淑仪平时坐的一张椅子上坐下来，笑道："仪妹妹还不曾出来呢？"朱二小姐道："今天略清爽些，只是咳嗽总不能除根。适才还在这里坐了一坐，是我怕他劳神，催着他进房去了。你寻常倒也不必去见他，他见了你害羞得很。前日的事，你想也知道些。且缓缓候着，等我来替你们想法。"云麟此时只管垂着头，一言不发。

朱二小姐又笑道："小说子可曾编得出来？"云麟含笑从袖子里拿出一叠纸，递在朱二小姐手里。朱二小姐笑道："快呀，倒编得很多了。"说着便展开来摊在案上，从头一句读起，读一句，赞一句。读到"芳膺未必无知识，管许他一寸心头也嵌玉郎"这两句，不由用手指头向云麟额上一点，笑道："你倒会冤枉人呢。"读完了，又将云麟细细一望，说："这部书不必说，定是你自己写照了。"云麟羞得面红耳赤，勉强答道："这也、这也不是……"朱二小姐笑道："这又何必瞒人呢？我敢断定世间做小说的人，没有一个不是心里蕴着一件事，说又说不出口，只得想出一个法子，似是而非地将生平所历的甜酸苦辣，一齐从那支笔尖上发泄出来，可歌可泣，可笑可怜。所以读那小说的人，也不由为他眉飞色舞。若是胸中没有此事，笔下勉为此文，任是说到十分热闹，终是隔一层靴子，搔爬不着痛痒。你这文字，全是打你心坎里发出来，所以做得很好。但是在这林公子口里叙他家世，还嫌简略了些。你不要怪我，我来替你添几句何如?”云麟笑道：“这有什么不可呢？我以后全望姐姐指教。”

朱二小姐笑得一笑，便又坐到自己书案边，一手提着笔，一手按着纸。正待望下写，忽然听见内室里一片喧嚷之声，如潮而起，吓得朱二小姐及云麟茫无所措。

欲知后事，且阅下文。

## 第二十八回　结新欢瀛眷辞湘水　惊异宠游踪卜润州

朱二小姐恐怕内室里出了什么变故，忙将笔掼下，说道："不好！云相公，你随我进来罢。"遂提起两瓣金莲，"咭咯咭咯"地如飞向内室里行去。云麟也便在后面跟着。才走入上房，只见黑压压地站了一屋子人。光是女仆有七八个，其余全是些油头大辫的丫头。中间簇拥着一位珠宝络索、约莫三十来岁的少妇，地上铺着带来的大红锦毡，盈盈地向卜氏行礼。少妇身边还立着一个美男。此时只听见一片笑声，嘈嘈杂杂，加着你跪我拜，十分热闹。朱二小姐转同云麟停住了脚，远远站在廊下，说："这是哪里来的一门亲戚呢？"又笑指着那个美男道："'居移气，养移体，大哉居乎！夫非尽人之子欤？'云相公，你去同他比一比，看是谁标致些？"

二人正在窃窃私语，三姑娘早在人丛里看见他们，便高声喊道："来来来，你们也见个礼儿。"话甫出口，便见那些仆婢陡然让开一条路，一例地垂手侍立。那少妇便转身向着外面。朱二小姐见那少妇眉长侵鬓，眼角生芒，一团光彩之中，露着丰神奕奕。便见他向着三姑娘笑问道："这是谁？"三姑娘笑道："他是仪儿的先生，朱府上二小姐。"少妇笑道："原来是咱们这里请的先生。也好，咱们行个常礼罢。"说着便望朱二小姐福了一福。转眼又看见云麟，说："这孩子怪俊的，咱来猜一猜，敢是咱们大哥前月信上说的那个十五岁便进了学的云官官？比起咱家玉哥儿，倒没有什么赶不上，只不及玉哥儿生得富厚。"又扭头问那些仆婢道："你们看是怎么样？"那些仆婢齐齐答应了一声"是"，便象舌尖上迸出一个春雷。云麟行礼已毕，那少妇只口里谦逊着，也不还礼，便命那个美男说："玉鸾，你们两个也得见一见。"于是那个美男也就笑吟吟地走过来，彼此作了一揖，便握着云麟的手，低低说道："久仰得很，咱们以后倒可常会了。"云麟的手被他这一握，只觉得那香气薰满衣袖，又见他身上丽都，珍宝灿烂，转觉得自己有些自惭形秽起来。

其时行礼已毕，大家都挨次坐下。一个俊俏丫头侍立在少妇身边，一袋一袋的水烟装着送过来。少妇一面吃了几袋水烟，一面笑对着卜氏说道："姑太太，十多年不见，你老人家头发也白起来了。自从你内侄女婿下世，沐皇上的天恩，赏了一个世袭，如今玉哥儿也已巴结到内阁中书。他年纪轻，便在京里当个京官儿，也没有什么出息。所以大前年忙着将他的父亲灵柩搬回湖南，以后咱们便一直不曾进京。咱们是江苏人，没有一个时候不魂儿梦里想着到江苏走走。咱们大哥如今一总不曾到省，姑太太也该劝劝他。咱们总算是一个仕宦人家，这做官念头，倒也不可灰掉了。食皇上的俸禄，便该替皇上家干事。"卜氏笑道："姑娘你这话很是。只是他一味地不想上进，这也叫我没有法儿。他停一歇也该回来了。你们娘儿两个也不用客气，我叫他们将我们外面三间大花厅收拾出来，老实便在此住着。你姑母虽穷，这点东道也还担承得起。"少妇笑道："不是这样讲。咱们连轿夫跟役，上上下下倒有三五十人，不怕姑太太着恼，这点点房屋如何安插得下？却是等大哥回来要费他的心，替咱们租他一座大公馆。房金不拘多寡，总要叫咱们住在里面舒服。"说着又对三姑娘道："嫂子，你看咱的话是不是呢？咱不是一时三刻便走，若是住得好，咱便让玉哥儿进京供职，咱也不愿去享福，老住在这扬州也好。"又笑道："仪姑娘呢，怎么一眨眼又不见了？"

淑仪先前本站在堂屋里，后来见云麟进来，他早避入后面。三姑娘见问着，便叫人去请他出来。淑仪慵眉愁眼，恹恹立在一旁。那少妇一手将他扯近身边，说："好个姐儿，竟生得越发俊了。咱还记得那一年见着你，你还在奶娘怀里喂乳哩。咱们今天也没有别的做见面礼儿，咱将这副镯子送给你罢。"说着便从腕上除下两只镶嵌珍珠的金镯，替他轻轻套上，笑道："这圈口儿倒还合得呢。"卜氏笑道："怎么好又让你赏他物件？你看仪儿长得还好，如不嫌弃，便给你做媳妇儿罢。"卜氏刚说到此，只羞得个淑仪粉脸再也抬不起来。又被那少妇扯着手，要走又走不脱。偏生那玉哥儿两个小乌眼珠滴溜溜地向自己身上飞过来。此时众多仆妇，都有些暗暗发笑。

内中只恼坏了一个云麟，听见卜氏说出这话，好象兜心打了一拳，顿时面色更变，耳朵里嘤嘤地再也听不见那少妇回答的什么话。内里的人也不曾留心，云麟三脚两步已跨出上房。才走到大厅檐下，只见纵纵横横都摆着无数的轿子，轿夫、跟役嘈杂得鸦飞雀乱。云麟走入轿子堆里，左绕右绕，再也绕不出去，一时性起，用脚将身边一顶轿子踢过一边。内中有个轿夫便跳起来骂道："哪里来的野人，你好大胆，敢把我们富公馆的轿子碰坏了。你须知道，前任山东兖州府不是……"云麟听见轿夫破口便骂，直气得话都说不出来，只怒道："该死的畜生！该死的畜生！"说到此，只有抖的分儿。恰好伍晋芳正打从外边走进，已知道他的表妹卜书贞由湖南迁到扬州，刚走到内里，忽见云麟如此模样，又不好意思发作富府轿夫，便回头对着自己跟人说道："怎么我们的人呢？也不将轿子安置妥当了。这是碰了云少爷，若是碰坏别人，怎么对得起人家？"说着又笑对云麟道："不曾伤了哪里吗？何必匆匆就走？稍停一歇也不妨。"云麟也只好就此罢手，说道："还不妨事。我因为内里有女客，也不耽搁了。"且说且走。

一路思索，暗暗恨道："今日简直不是会见生客，敢是我的冤家到了。看那富玉鸾的神态，又美丽，又有钱，又有声势，我哪里还能比配得上？无怪仪妹妹的祖母看中了他。怕就是我仪妹妹的心，也保不住不有些活动。"又自己唤着自己名字道："云麟，云麟，你若再执迷不悟，怕这条命要送在这姻事上了。"

过了几日，时刚仲夏，蒲绿榴红。那前任山东兖州府富雨苍的太太卜书贞，已在南河下一带择了一处公馆，前后一共十六进房屋，五座花厅，一个极大花园。母子两人住了一重上房，其余都安插他许多仆婢。他的婢女之中，有善歌的，有善舞的。没事时辰，便陪着太太谈笑。有时高兴，随意派一二人弹唱。真是朝朝寒食，夜夜元宵。

卜书贞也请过卜氏婆媳几次。内中单表还有一个人是同卜书贞算有世谊。你道是谁呢？便是何其甫的夫人美娘。诸君想还记得美娘的姨兄章溶，前二十回书中表过。他是在山东兖州府充当刑幕，那时便是富雨苍在那里一麾出守。后来雨苍病故，章溶仍为后任聘请。这是美娘知道的。章溶母亲业已去世。大小姐章红红，亦远随其夫翁欧阳进明赴任。二小姐章绿绿，三小姐章翠翠，却还都嫁在本地绅宦人家，闻得卜书贞到此，大家都来拜会过了。美娘闻得这个消息，特地也择了一个日子来拜会卜书贞。卜书贞是个爽快的人，一见美娘便大加赏识，殷殷地留美娘住了几天。

这一天天气炎热，卜书贞邀美娘在花园里水亭上坐着，见那池里的新荷已渐渐冒出小朵儿。卜书贞背后立了四个婢女，一递一递的打扇子。卜书贞笑道："这长日没有事儿，谁耐烦得？好姐姐，咱同你吃一杯酒，你须依咱。"美娘笑道："我不及太太的量大。"卜书贞皱着双眉道："这又算什么呢？须醉不杀你。"卜书贞话来说完，那廊下的仆妇早一迭连声唤着摆酒。

霎时间便走进几个俊俏小厮，调排桌椅。卜书贞又望着一个仆妇道："你们传咱的话，快去将伍少太太请得来，咱们大家讲讲话儿。”不多时三姑娘果然来了。卜书贞笑道：“啊呀，怎么你不同你家那位文绉绉的先生一齐来？”三姑娘笑道：“你哪里请他的？”卜书贞笑道：“咱们体己的人还要请吗？咱知道你深恐咱请不起客呢。老实对你讲，象这样的请客，还请不穷咱一份人家。”

正说着，酒肴齐备，三个人便参错坐下。那些婢女早在亭子下边一带芳草上面，大家吹弹起来，你哗我噪。卜书贞看着微微含笑，猛回头望着三姑娘道：“听说咱们镇江地方新辟了商埠，是很热闹的，你几时请咱去走一趟？”三姑娘笑道：“不瞒你说，这地方我还不曾去过呢。”卜书贞笑道：“怕是说谎。你放心，咱不要你请，咱来做个小东，约咱们这一班姊姊妹妹，去瞧个戏儿，吃个大餐儿，跑个马车儿。只是咱嫌着人太少，要得不爽快。你若是有别的客，替咱约一约，咱便感你不尽了。”

三姑娘被他这一说，很有些羞愧，说：“你这人也太暴躁，谁还说不肯请你呢？”卜书贞笑道：“罢罢，咱偏不要你请，只要你替咱约人。如今是你同何嫂嫂，章家二妹妹，三妹妹，还有那个女先生朱二嫂嫂。”美娘笑道：“你这称呼怎讲？人家还是个未出阁的小姐呢。”卜书贞笑道：“呸！咱眼睛须不曾瞎，他同咱二哥哥的神情，咱一眼看见便明白了。便是他膨胀的那个大肚皮儿，怕还是咱二哥哥下的种呢。”又笑道：“咱这个嫂子真是宽厚不过，便容得二哥哥这样胡做。不瞒你们说，先夫在日，任是咱养着这些粉头，他也不敢染一染指儿。咱对他常讲，咱说你若爱上他们，你也要让咱选一班男子开开心儿。他听了这话，他也舍不得将咱让给人。咱也老实不肯将人让给他。”说罢抚掌大笑。美娘及三姑娘也都笑起来。

卜书贞又笑道：“闲话缓讲。咱才讲的，连咱统共才有六个人。还有谁呢？嫂嫂你不是说有一位大姐姐呢？咱也想得会一会。”三姑娘笑道：“使得。还有我们嫂子。”美娘笑道：“还有你家大姐姐的亲家周太太。”三姑娘笑道：“罢罢，你不必作孽罢，引得来给人家发笑。我们这位妹妹，嘴上又不是肯饶人的。”卜书贞笑道：“这是谁？咱倒不曾听你提过。”美娘笑道，“这个人一来，你太太可不用看戏了，头一出便是《乡里亲家母进城》。”卜书贞笑道：“妙极了，快约他过来，不来咱是不依的。这件事咱全交在嫂子身上。咱们这份人家，虽配不上大观园，至于刘姥姥却少他不得。咱们议定，就是明天动身。咱吩咐他们预备船只去了。”三姑娘道：“你也太性急了，别人家怎及得上你这咄嗟立办？至少也要限他们五日，才预备得来。”卜书贞道：“好嫂嫂，你不用刁难，就给你三天限罢。你将咱的媳妇仪姐儿带来。”美娘惊道：“你们几时结亲的？”三姑娘笑道：“你信他呢，我们哪里高攀得上？”卜书贞道：“怎么你还不答应吗？哼哼！若不是咱看这仪姐儿生得俊，咱还不同你讲呢。你仔细着，放着咱们这样人家不给，除非是送到皇宫里当贵妃去。”三姑娘笑道：“你口口声声喊他做媳妇儿，他还好意思到你这里来？”又望着美娘道：“如今我们要替他分头请客，章府上两位小姐是交代给你，其余的都是我包办罢。如今我们也不吃酒了，留着量到镇江酒馆子里吃去。”卜书贞笑道：“好好，你滚回去罢，我也不留你了。”美娘也便起身要走。卜书贞道：“怎么你也忙起来了？”美娘笑道：“限期紧迫，我也要回去料理料理。”卜书贞笑道：“也好，咱后天听你们二位的信。”

于是美娘别了卜书贞，一径回家。三姑娘却先顺道到云麟家中来约秦氏。秦氏因为云麟的姻事，姊妹之间便不似往时亲热。三姑娘将卜书贞请过江玩耍的话说了，秦氏不敢答应，说要等麟儿回来同他商议。三姑娘知道秦氏为人忠厚，也不相强，但说了一声：“姐姐在家，好在也没有事做，出去逛逛也使得。”说着他就走了。

秦氏果然等云麟回来，将这话告诉他。云麟怒道：“芝麻大的一个知府，便这样作威作福，什么他高兴出去走走，也要强派着人家去陪他。我们家虽穷，难不成是该在他府上当清客的？母亲快不要理他。你不曾亲眼看见那个妇人的习气呢，飞扬浮躁，简直没有一点大家风范，学得几句京腔儿，只管‘咱’呀‘咱’的，闹得人头疼。三姨娘要去，你只管让他去罢。”秦氏点点头说：“你的话也不错，我犯不着白打搅人家去。”于是次日便打发黄大妈去回信。三姑娘笑了一笑，也不曾说甚。却是此处朱二小姐及何氏都也高兴，愿陪着卜太太前去。三姑娘又用了自己三封帖子，差了一个爷们到田家绣货铺子里去请周氏。

周氏头一句听见伍公馆打发爷们到此请客，他先大大吃了一惊，心里便有点突突地跳。继而听见又说是什么前任山东兖州府太太请的，他便立脚不住，猛地栽倒在一张椅子上，喊了一声佛。又疑惑是自己在此做梦，狠狠用手掌打了自己一个嘴巴，觉得有些辣痛，才知道是真有其事，一张嘴又咧开来哈哈地笑。伍家爷们见他如此模样，倒吓得呆了，尽管站着。周氏此时正在神思迷离，也不知道说什么才好。还是绣春走出来说：“回去禀复你们太太，我们太太想是准来的。”伍家爷们这才走了。

绣春还捏着一把汗，深怕周氏嗔怪着他，替他擅出主意答应了人家，复行缓缓地问道：“娘呀，我家姨娘请你老人家到镇江，娘还是去不去？”周氏跳起来，拍手笑道：“啊呀，这还好不去吗？天一般的人来赏脸给我，我敢有半个字儿违拗吗？姑娘你的年纪轻，不知道什么轻重。做过知府的太太，都是玉皇大帝殿前玉女下凡，一到夜晚，天上还现出他一座明晃晃的星。”又笑道：“算命的莫说他没有灵验，我切记得我小时，就有算命的说过，我交到四十岁上，便要遇着贵人，我今年不刚刚是四十岁吗？但是一层，我去是要去，总觉得有些羞人答答的，见着他说什么话呢？我有一个法子：我先去请教请教间壁邻居。况且这件事也不可不使他们知道。”说着便扭着屁股出去了。他见了人，却又不好便直说出来，故意水转山遥地说了一大篇话，才说到本题，又似乎委屈了自己一般。别人也便恭维了一番。周氏好不得意，又跑回家。

田焕也知道此事了，笑对周氏道：“啧啧啧，爬上高枝儿去了。亏你敢公然答应着便去。若是我，老大将这颗脑袋望腔子里一缩。”周氏沉着脸叹道：“我的人呀，我所以各事比你强些，就在这些上面了。你莫说别的，你便是遇见一个当坊地保，你也不敢不垂着双手同他讲话。如今这一去，怕你还不跪着见我？”田焕到此已是乐极，便涎皮嘻脸地笑道：“好奶奶，休说这样话，我哪一夜儿不是跪在你的身边呢？”周氏啐了一口道：“呸！媳妇儿还站着在这里，你嘴里嚼什么蛆？你休要同我扯三话四，你须知道我这一趟出去，不比寻常，须得多带些洋钱在腰里使用。”田焕猛然听得周氏向他要钱，便吃了一吓，急得笑道：“啊呀！这还要用钱吗？我替你打算，没的不要引人家生气。一个知府太太还少钱使用，要你寒酸样子带着钱在身上？他一时翻过脸来，说你瞧不起他，拿张名片儿将你送到县太爷那里去，管教还要吃几十个皮掌嘴呢。在我看，老老实实给他个两肩荷一口，吃了他的抹抹嘴就走。你若是真不过意呢，便在地上磕他老人家几个响头，倒还使得。”

周氏知道田焕脾气，硬生生地要他拿出钱来，他死也不肯，便自己打定主意，也不同他多话。只管摇头摆尾，在堂屋里学走着官步儿。一会又望着供的家神福一福。一会又呵着腰撅着屁股，似乎同人讲话，呢呢喃喃，听去也不甚清楚。绣春在旁边看着暗暗发笑，又深愁周氏欢喜疯了，便盈盈地装着一杆旱烟送过来。周氏才将烟袋儿接到手，猛然触起他一件心事，平空地跳起来，说道：“这是怎么好？这是怎么好？”转把绣春吓了一跳，问道：“娘心里觉得怎样？”周氏道：“我可想起来了，到那一天，别的太太们谁都有男跟班儿、女跟班儿一大堆地围着，我可是一个孤鬼儿，上船下船，谁来搀扶着？真是一个老大丢架子的事情。其实我呢，这双大脚，哪里要人扶持，不过既然同着这些官太太儿一路走，这种排场也少不得。若不是你的姨娘认得你，我倒好将你装扮成一个小丫头。如今……”周氏说到此，只管用手在头发上乱搔。忽又拍手笑道：“有了，有了。王大嫂子在家，正苦生意淡泊，我何不将他约得来同他商议？叫他装着我用的一个仆妇，又有得玩，又有得吃，临了总该还落得几个赏号钱。怕再没有比这快活的事，料他再也不会推辞。”说着便一叠连声叫人去请王老老。

王老老一会子已走得来，拍手打掌望着周氏笑道：“我的菩萨太太，你怎么有这种福气？重重叠叠的喜事都来赶着你。以为你总该记不得我这老货了，不料你还这样宽宏大量，巴巴地还叫人来请我。你有什么话，只管吩咐罢。”周氏此时已被王老老几声太太叫得骨软筋酥，不由得笑道：“好嫂子，我有一句不知进退的话，想同你斟酌，不知道你还答应不答应？”王老老道：“答应，答应。除得我这几根老骨头没有人要，其余的你吩咐我怎样，我便怎样。垫腰、捞毛、拉皮条、马泊六，我都还干得来。”周氏笑道：“不是，不是。我请你的事，比你才说的容易得多呢。我想，我们扬州府的府太太，常坐着大轿儿在街上走动，前面有许多旗儿、伞儿，小幺儿敲着锣儿，跟轿子的高头大马儿，好不威武，这谅必是你曾见过的。”王老老点点头。周氏又道：“这请我吃酒的卜太太，就是同这扬州府太太一样。”王老老将舌头一伸说：“真的呀？”周氏又道：“怎么不真？他说我们田老板虽然是个生意人，没有出息，知道我却是一个有福气的，不知道那糊涂月老怎么把个婚姻簿子填错了，以至叫这乌鸦占着我这凤凰。卜太太整日地唉声叹气，替我抱不平儿。所以他便打发人来，恭恭敬敬请我。他也知道我家中没有用着仆人，在他意思，便想送几十名丫鬟来伏侍我。我细细想着，我收了他的丫鬟原不打紧，我却想着你，可怜做梦也不曾到那镇江去过。我便同我的媳妇儿商议，说还是请王大妈妈陪我去一趟罢。只是要委屈王大妈妈些儿，外面人问着，便说是……”

周氏说到此，良心上也就有些说不下去，只管有些支支吾吾的。不料耳中猛然听得嘣咚一声，周氏吓得跳起来，说声：“啊呀！”

欲知后事，且阅下文。

# 第二十九回 酒绿灯红孀妇怨 枫丹荻翠估人船

话说前回书中说到周氏正同王老老闲谈，意思要请王老老装着他的仆妇，随他去到镇江，这句话未曾出口，便听得嘣咚一声。揣度这种声息，定然不是一种好声息，谁不疑惑是王老老恼了？定是由他一只拳头打落在周氏鼻上，问他一个可还敢倚富欺贫、将良作贱的罪名。

咳！诸君，诸君，若王老老果然有这一种骨气，在下这部《广陵潮》小说也不用编了。须知在下这部《广陵潮》小说，却发誓不会有这样的好人。原来王老老听见周氏口气，已知其事，喜得心花怒放，身不由己，便堆金山，倒玉柱，插烛也似地拜将下来，还用着那一颗皱纹叠叠的头皮儿，嘣嘣咚咚碰得地上价响。周氏谦逊不得，也就端然受了他一个八拜。

周氏此时已揣着王老老情愿做小服侍，便不似适才还同他绕着圈儿说话了，便高高坐着，厉声喝道："王妈，你替我倒一钟茶来。"王老老忙答应着倒了一钟茶，递在周氏手里。周氏又嗔道："王妈，你眼睛敢是瞎了？地下这样乌糟糟的，也不扫一扫。"王老老道："是小妇该死，停刻就来扫。"

周氏见王老老十分妥帖，简直一毫看不出作伪的毛病，心中大大快乐，重复喊道："王妈，你来，我吩咐你的话。"王老老果然垂手侍立在一旁静听。周氏道："你的太太明天出去少几个钱使用，你有钱可报效些来。"王老老心里一想："不好，怎么当奴才的还要拿出钱来报效主人？这可不是头路了。"王老老也是老奸巨猾，便笑着答道："小妇有一笔钱，是借给我们间壁修脚王二的十块洋钱，是加一的利息。如若太太要用，小妇明日索得来给太太，可使得使不得？"周氏道："这有什么使不得呢？你便回去快快收拾，后天一大早你再来伺候罢。"王老老答应了几个"是"，便自回去了。

这一天清晨，周氏早早起来，收拾齐整。王老老果然将洋钱携得来，交在周氏手里。周氏穿的衣服虽不十分华丽，却是他当日陪嫁过来的，一色大镶大滚。单论他的袖口儿，足足有一尺二寸来宽。头脑子后面便拖着那一个七寸长的鬏髻。八宝银环，一挂一挂地垂在肩上。雪白的一个铅粉大脸，嘴唇上染着透鲜的胭脂，红得可爱。眉梢、眼角、唇缝、耳根，却隐隐露着牙黄色的皮肉。兀自命绣春拿一面镜子捧在自家跟前，细细赏鉴。一会儿，又将两只袖子合拢过来，垂头闭目，象做媳妇儿模样。

正自等得不甚耐烦，好容易外面有人报进来说，富公馆命了一个家人，带了一乘小轿，来接周氏上船。周氏听见“轿子”两字，真个悠悠七魄，渺渺三魂，几乎乐得死了过去。原来周氏自出娘胎，一生也不曾坐过轿子。便是他出嫁那一天，也不过骑了一匹毛驴儿，跑到田焕家里。如今却是猪八戒吃人参果儿——头一遭。他也更不迟延，扑扑衣服站起来就跑，一直跑出店门口。王老老也便紧紧跟着。此时店里店外也围了一众的人望着周氏。周氏好不得意，还笑对田焕扭头扭颈地说道：“你在家好好照应着门户，我是去了。”

那富公馆的家人看见周氏出来，吆喝了一声道：“呔！将轿子打过来。”便有两名轿夫将轿子抬在绣货店门首。家人便将轿帘子高高揭起。周氏倒还爽快，跨过轿杠，弯着腰，低着头，直望里跑。跑到里面，不由连珠价叫起苦来，只觉得黑洞洞的，再也掉不转身子。原来周氏做梦也想不到，坐轿子是要背着身子进去的。事已如此，也只好委屈些，便一团糟儿伏在里面。那个家人又不详察，早已将轿帘放下了。轿夫抬起来如飞而走。可怜周氏此时在轿子里，脸对着轿子的后沿，反将一个屁股高高撅着，差不多要露出帘子外面来了。周氏心里估量说：“怎么人家说起坐轿子来，好似十分快活的事，如何我坐着也不觉得怎么？况且要象这样坐法，只须整坐一天儿，便也要了我的狗命了。”

周氏正自不耐烦，又经着这一颠一簸，真个几乎要滑出来，他老实便将两条腿微微挂出帘外。无巧不巧，他那裤管里又闹出笑话儿来了。只见他走一截路，裤管里便坠下一叠粗纸儿，走一截路，裤管里又坠下一叠粗纸儿。可巧那卜府的家人又是个贪小的，远远望去，疑惑是什么洋钱票子，便随手拾起来一看，见上面斑斑点点有些血迹儿，闻一闻很是腥气，忙望地下一掼，骂道：“呸！晦气，晦气。”引得王老老暗暗发笑。

走不多时，早到钞关城外，那个家人引着轿子到河堤下首。从帆樯林立之中，有一只五官舱的坐船，船杆上高高悬着“前任山东兖州府正堂富”十个字的红旗儿，被风吹得簌簌有声。船舱里众人都来齐了，大家刚议论着周氏，见岸上有顶小轿子如飞而至，知是到了，大家也就倚在舱门口瞧望。只见那家人命轿夫将轿子放下，早把帘子揭起。良久良久，只不见周氏走出来，众人吃这一惊不小。再一看，哪里有个周氏，好象那顶轿子只抬着一个大衣包儿。卜书贞先喊起来说："怎么了？"说着，身后便走过几个仆妇，跑至岸上，好容易才看见那轿子里有些活动了。再加着几个仆妇带拖带扯，才把周氏扛得下轿。可怜周氏此时两只脚正在发麻，一点儿也不能走，大家搀扶着，一步一拐走上跳板，将块跳板震得嘎嘎响，吓得美娘等人都替他捏一把汗，大家也便都回舱里。卜书贞先笑道："啊呀！我今日怎么请到一个黑猪？"众人也是一笑。

这个当儿，周氏已走进舱来。舱门苦不甚高，他又只管仰着脖子直进，早听见噹的一声，周氏额上已碰了一个老大瘤儿，也疼得晕了，又忍着不敢叫唤，恐怕人笑话他。周围一看，却有一半是见过的。唯有旁首坐着一位美人，珠宝灿烂，神态端凝。身旁一例地站着些俊俏姑娘，有捧着漱盂的，有持着蝇拂的。他一恍惚，疑是到了哪座神庙里，遇见宝殿中间东岳娘娘，不由得要拜下去。还是何氏忠厚，赶得上前，一把将他扯住，便告诉他道："这就是卜太太，大家行个平礼罢。"周氏才明白过来，叠着两个大袖子，深深地福了几福。卜书贞忍不住好笑，将头掉转过去，也不理他。周氏伸伸缩缩地向下面一张椅子上坐下。恰好王老老也走进舱，见周氏坐了，他也忘记是周氏请他来当仆妇的，不由得也挨着周氏坐在下面。内中只有何氏及三姑娘是见过王老老的，心下正在纳罕。却恼了一个卜书贞，大声喝道："这是谁？怎么也坐入咱们舱里？"周氏忙答道："不瞒太太说，这是我雇的一个仆妇。"卜书贞怒叱道："奴才这样大胆，你们替我快快赶他出去。"话未说完，早见船头上跳入几个男女仆从，吆喝着王老老。王老老才转身出来，口里还咕哝着说："这是哪里说起？我可……"周氏忙递了一个眼色，王老老才不开口。

锣声一震，船便开行。出了瓜洲渡口，已是午饭时候，江面上熏风习习，吹得众人十分爽快。舱中开了午饭，大家谈谈说说，颇不寂寞。

红日西斜，已抵镇江码头。一个不提防，早跳上许多彪形大汉，每人扛着一根木棍，蜂拥而至。接着更有许多人把一张一张的红纸片儿排头递在人手里，呐喊着大观楼呀，六吉园呀，万全楼呀，三益栈呀。周氏几曾见过这种情形，面上早已吓得雪白。便连朱二小姐、美娘、三姑娘、何氏、章绿绿、章翠翠等人，都有些害怕。好容易被卜府上那班管家驱逐走了。然后一顶一顶的轿子都抬到船头上，挨次上轿。

周氏却十分留心看着别人坐轿子的规矩，才恍然大悟。唯有卜书贞、三姑娘、朱二小姐都是自己带来的官轿。轿头衔接轿尾，足足地排列了有一里多远。那些丫头仆妇们，你嬉我笑，纷纷攘攘争着上轿。

朱二小姐从轿里偷眼向路旁瞧看，真是人烟辐辏，车马纷驰，是个繁华世界。刚自沉吟，早看见面前轿子已抬入一座高大洋房里，门头上隐隐露着几个大字是："大观楼安寓客商"。朱二小姐知是到了栈房了。栈房里帐房先生见这种气派，不由得笑脸相迎，招待得十分周到。腾出后面一座五间大厅，让卜书贞等人居住。其余男仆都住在前一进。

不多一会，茶房拎着开水送进来。那些丫鬟接过来，泡茶的泡茶，绞手巾的绞手巾，梳具陈设了一桌。诸人重新盥洗，各人有随身的衣箱，各人的女仆都检出来给各人穿换。真是花娇月媚，玉润珠圆。唯有周氏独暗暗叫苦，自己却没有带着换的衣裳，天气又暖，一天缠得下来，那汗已经湿透了，渐渐露出些龌龊气味。别人也都有些觉得，却不敢说，唯有卜书贞先嚷起来。羞得周氏脸上红晕一直涨到颈项里。卜书贞笑道："这如何使得？"回头便向一个小丫头说："你去将咱箱子里拣两件衣服送给周太太穿，没的不要将人熏坏了。咱这里还有香水，多多地替他洒些。"那丫头笑着将周氏带入一间房里，命她脱了上身衣服，狠命地用手巾擦一擦，然后才将卜书贞的衣服替他换好。不料卜书贞的衣服比周氏穿的尺寸紧小得许多，周氏穿起来，别的不打紧，只是那两个大奶膀儿躲藏不住，隐隐约约一直拖到肚脐底下。

卜氏笑道："咱们怎么样玩法？咱先叫他们雇马车去。"周氏接着说道："这怕不稳当罢？在我看，不如雇一个二把手的小车儿，坐着又舒服。"众人笑了一笑，也不理他。一时马车已到。周氏一眼看见那马扬蹄奋鬣，死也不敢上去。好容易见众人都坐上了，自己才慢腾腾地扶着上去。只见走过一个家人，向卜书贞那个马车旁边垂手弯腰，低低地问了一声。卜氏皱着眉答道："就是岭南春罢。"家人答应了一声"是"，便向头一座马车上那个马夫扬一扬手。马夫便抖起丝缰，平空价驰去。

周氏起先好生害怕，过了一会，他也觉得快活起来。他坐的车子，恰同朱二小姐以及章翠翠姊妹在一处。他不觉感慨起来，说："如今这镇江地方，真是热闹得很了。别的不说，就是这些三弦、二胡，月琴、琵琶，都一件一件地栽到大路上来，又这么样大，又这么样长。"朱二小姐怔了一怔，简直不知道他说的是些什么。周氏见他们不懂得，格外着急，恰好走到一处，便用手指着道："喏，喏，这不是个琵琶吗？"朱二小姐顺着他的手看去，原来是一根德律风的电线杆儿。朱二小姐笑道："不错，不错。这原是外国人弹着玩的。”章家姊妹两个笑得几乎断了肚肠。刚闹着，那马车忽地停住了。众多仆妇都纷纷先下车子来搀扶卜书贞一干人。王老老却不曾等车子歇好，他便往下一跳，那车子余劲早把王老老掀翻在地，跌了一个狗吃屎。周氏站在旁边气得骂起来说：“王妈，你这个不上台盘的东西，你便连个马车儿也不曾坐过？你看我也不曾象你，你究竟是个当奴才的命。”王老老正跌得昏天黑地，又听着周氏这一顿毒骂，不由急得也跳起来说：“好好，我也不当你的奴才了，我还回去做我的收生婆。我这奴才须是你请我来充架子的，并不是……”周氏听王老老揭他的短处，走上前来要打他。王老老更不怠慢，便顺手一推，将周氏踉踉跄跄推出好几步远，恰好一脚踏到美娘那只金莲上，美娘十分疼痛。引得路上的人都立定了瞧看。

卜书贞见此情形，勃然大怒，便命家人去抓王老老。还是何氏同朱二小姐丢了一个眼色给卜书贞，大家劝着，都纷纷进入岭南春大餐馆，陆续上楼。楼梯尽处，便是一面穿衣大镜。周氏刚好走在前面，猛不防直望里跨，哪里知道不曾跨得进去，反将十个脚指儿撞得肿起来。三姑娘笑着上前将他一扯，左绕右绕，才绕入一间屋子里。桌上都披着白布，又五颜六色地放着许多玻璃杯儿、瓶儿。周氏暗想：“原来这人家是带孝呢。”于是卜书贞坐了主位，其余的人都纷纷列坐下来。仆妇们雁字般地侍立在侧。这才见走过几个小厮，安放下许多银刀银叉，却没有筷子。周氏心中好生纳罕，也不知道这葫芦里卖什么药。他此番却打定主意，再不多嘴，怕人家笑话，老实瞧着人什么样，他便什么样，心想再不至于闹出岔儿来了。

一霎时，只见那些小厮递过笔砚在卜书贞面前。卜书贞笑道：“就请咱们先生写罢。”朱二小姐笑了笑，便将笔砚接过来。又听见大家嘴里叽里咕噜说了些，朱二小姐又写了些。一会子又对着周氏问道：“周太太吃什么菜？”周氏想道：“原来他们是在那里弄着菜吃呢。这又何难？我可算是这里面的老内行了。”便提高喉咙喊道：“甜菜头拌豆渣，风虾子炒咸菜。”周氏才说了两句，引得满座的都笑起来。卜书贞望着朱二小姐道：“好先生，你随意替他写写罢，再停一歇，怕这位周太太家里的臭腐乳、胡萝卜都要出来了。”朱二小姐这才忍着笑，又写了几样。席间无事，卜书贞遂同周氏问长问短。周氏十分高兴，滔滔不绝，几乎不把他同田焕睡觉的笑话儿都说出来，引得大家说一阵，笑一阵。

看官且住，须知道周氏这妇人，也是一个狡猾人物，除得这洋场风景他是不曾见识过，何至于应酬之间，也弄得个丑态百出呢？只是他心里过于将卜太太看得高了，他两只眼睛见卜太太的光彩，一双耳朵听见卜太太的声音，便从喜欢里生出一番敬畏，不由遂将自己的五官百骸俱有些听人使用。这也没有别的道理，老实说便是个受宠若惊罢了。士大夫象这样的多着呢，周氏还算是个可儿。

正谈笑之间，各菜次第俱到。周氏见人用叉，他便用叉；见人用刀，他便用刀：却还没有差错。吃到第五样菜上，他这盘子里是一样黑黑的东西，用叉子叉着，莫想动得分毫。一时性起，举起那飞快的刀，劈头砍去，果然被他砍了一块。

周氏吃了几杯香槟酒，稍有醉意，不禁举刀狂笑，顺手便将刀上砍的那块牛排横着向嘴里送进，又将刀子平拔出来。这一拔不打紧，周氏那张嘴已如豆蔻破瓜，猩红狼藉，点点滴滴地淋了一袖子的鲜血，他还不曾觉得。众人大惊。便走过一个小厮，递了一张白纸过来，将嘴上血迹抹去。只笑得个卜书贞花枝招展。

朱二小姐笑道："本来呢，周太太嘴上的胭脂，到这时候也淡了，这么一刀，格外觉得娇艳些。"周氏将头一扭道："我不信，二小姐既欢喜这样，面前现成的刀，怎么不也试试儿呢?"三姑娘笑望着朱二小姐道："好呀，你这可给人家问住了。"朱二小姐笑道："姐姐你可记得他说的那句话儿？怕我再割一刀，万一同周太太长合了缝，可不坑死人吗?"说毕掩口大笑。三姑娘笑道："这些话提他做甚？那也不是人做的事。"卜书贞同章氏姊妹都解不出他们说的是什么。卜书贞笑道："有什么话为甚不爽爽快快地讲出来？咱不许你们打哑谜儿，咱嫂子快告诉咱。"三姑娘被卜书贞逼不过，才笑着将伍晋芳小时候同小翠子割肚皮，要想长得联合在一处的事说了。卜书贞笑道："呸！咱们大哥哥也算是个会淘气的呢。"众人吃过了番菜，仍坐着马车，又到群玉髦儿戏园里看了戏。是夜仍回大观楼寓处。

第二天便是三姑娘转请卜书贞。第三天是章家姊妹请。第四天是美娘同朱二小姐公请。第五天是何氏请。第六天又是卜书贞请。这般轮流了去，耽搁了已有七日。

周氏看他们这样挥霍，每天至少也要用得三四十元，可把他那腰里揣的十块洋钱吓得缩头不迭，再也不敢出来了。再三思索，却便也不好意思，隐隐约约地露了一句要请客的话。卜书贞大笑道："周太太，你可不用呕咱发笑了。你将那请客的钱，好好地还替咱带回去，雇个仆妇使唤使唤，犯不着拿着自家亲戚，替你充架子。"卜书贞才说到此，王老老恰好立在旁边，忙插嘴道："阿弥陀佛！你太太可是青天。"卜书贞听见王老老说话，骂道："这里许你插嘴吗？快替我滚开。"又笑对周氏道："我听见你的媳妇儿很贤惠，怎么你还常常欺负他？你须知道咱的性子不好，你若是还照这样干法，咱是饶不过你的。你听咱的话，比请咱吃酒咱还欢喜。你懂得懂不得?”周氏被卜书贞这一顿嘲骂，直气得个发昏章第十一，却又不敢当面驳回他，只低着头，那两边腮颊儿也就鼓得象个癞蛤蟆一般。还是三姑娘觉得卜书贞说的话也太辣了，便搭讪着说道：“周太太你不必着慌。今日还让我们这位姑太太请我们，我们明日可也该回扬州去了。这几天荤腥油腻，吃得人怪厌烦的，明天晚上拣一个中国酒馆，我们吃他一顿便饭，大家上船，就让周太太做个东道主人。众位太太们看可好不好?”朱二小姐望着三姑娘看了一眼。

卜书贞道：“不行，咱还不曾乐得够呢，怎么你们都要回去了? 老实说，我也不再在这地方多耽搁，我们好好地再耍十天罢。”三姑娘笑道：“啊呀，你太太是瘫子掉下井——捞起来也是坐，别人家却还有事呢。”卜书贞笑道：“唯有你着急，可不是防着我们大哥又在家勾搭上什么小翠子了?”三姑娘笑道：“你总没有正经话讲，只管疯疯癫癫的。你爱在这里，你一人在这里，我们大家是要失陪了。”美娘同章氏姊妹也都说：“是不能再耽搁，下次等着上海秋赛的时候，再到上海去看跑马罢。”卜书贞这才不得已答应了。

次日命家人雇了一只大座船，泊在码头上，嘱咐船户伺候，夜间到船上歇宿，五更开行。当晚开发了大观楼栈房的帐，结束停当，分了一大半仆婢在船上预备一切。

此外大家轻车简从地拣了一家酒馆，仍然团坐下来。周氏见卜书贞肯扰他的酒，面上倒也十分光辉。一入了座，他也拣着一个主席坐下，先命跑堂的端上八个碟子。他一一问过价目，又点了一个海参头菜。跑堂的喊了一声：“八百八。”周氏便老大不耐听，说：“可有便宜些的没有?”跑堂的道：“这算是小碗的了，大碗的要一千二百四。”周氏道：“你们镇江这海参卖几多钱一斤? 我们扬州至贵也只得一百二十八。便饶你这碗菜要用一斤半海参，也只得一百九十二；十文酱油，一匙荤油，什么葱儿蒜儿，外加几片鸡皮，几片火腿：统共也要不了四百文，怎么天高地远地说着这样大谎?”跑堂的也被他说得笑起来，答道：“你这位奶奶也不吃海参罢，这上面有刺呢。”卜书贞看见周氏这个穷样儿，又是好气，又是好笑，回头望着一个仆人低低说了一句。那仆人如飞地向跑堂附了个耳朵。顷刻之间，鸡、猪、鱼、鸭摆了有十几样，热气腾腾地送上桌来。急得个周氏搔耳抓腮，坐也不是，立也不是。依他性子，便要哭着走了。又怕卜书贞发脾气，勉强陪着他，立意也不举筷子。面上只管一会青、一会白、一会红地在那里开染坊公司。卜书贞却是指挥如意，只管端着大酒杯儿，一杯一杯地强着别人喝酒。杯到了周氏面前，周氏刚待推辞，卜书贞笑道："你太太若是恼着咱，就不必喝。"周氏听见这句话，连忙端起杯子，酒到杯干。接连几次，周氏倒喝了有十多杯酒。别人见周氏这般豪兴，也来敬他一杯，他死也不肯喝。卜书贞笑道："还是让咱来劝他。"又举起杯子吃干了，照着周氏。说也奇怪，周氏见卜书贞酒杯到来，他不由得就一饮而尽。卜书贞酒量本来是好的，你想周氏哪里拚得过他？惺忪着两只醉眼，早有些模模糊糊起来。三姑娘等见卜书贞今晚的酒也有了好几分，遂止着他们罢饮，胡乱吃了些饭。

跑堂的将帐条送在周氏面前，周氏问道："这帐上是几串钱？"跑堂的笑道："十三元三角三分三。"周氏一听，顿时失色，狠狠地从腰间掏出十块洋钱望桌上一掼，说："我也不还你的价，将这个拿去罢。"跑堂的刚待说话，卜书贞笑着站起来说："周太太，你请放心，这个东道，咱不要你做的。然而一毫不领你的情，你也过意不去，咱替你做主，赏几文给你这王妈妈，算他不白白跟你跑了一趟罢。"于是便在周氏那十元里面，拈了五元，递在王老老手里，其余的还叫周氏揣起来。王老老千恩万谢，喜欢得无可不可。酒帐自有卜书贞的家人算过。这才大家上轿，都向码头上抬来。

其时星月满天，照得那江面上如万道金蛇。岸上的电灯同隔江的渔火，都在那里一闪一闪地摇曳。夜风拂面，水气侵衣，大家都有些爽快起来。唯是时已不早，东船西舫，并没有一点声息。众人步入舱里，独有卜书贞倚着一个丫鬟，立在船首，只管望着江水发怔。朱二小姐也笑将起来，一把拖住卜书贞袖子，狂笑道："'月明星稀，乌鹊南飞。绕树三匝，何枝可依？'此非曹孟德之困于周郎者乎？"卜书贞也大笑道："先生，咱须不同你之乎也者地胡闹。你看这水里凉月，不是滴溜溜团圆儿的吗？咱知道世界上的人定不如它。"

卜书贞一语未毕，忽然涕泪交下，呜咽得一字也说不出。此时转将舱里的人都吓呆了。便有仆妇递过一盏醋汤，给卜书贞同朱二小姐并喝。朱二小姐喝了两口，觉得清爽些。那卜书贞只是泪落不已。三姑娘勉强笑问道："姑太太，你觉得怎么样了？吃酒只须吃酒罢咧，怎么一会儿又伤心起来？"卜书贞道："咱的心事，岂你所知？咱要哭的时候多着呢，不过清醒白醒，也叫人听着奇怪。如今借着这杯酒，发泄发泄咱的委屈。你莫疑惑咱便会醉了。咱此时很不愿意见这凉月儿。它若是不依咱，尽管对着咱笑，咱会跳下江去将它抢回来，看这凉月……"众人听他的话，若疯若癫，齐围拢着他说道："凉月儿已没了，你进舱往炕上歇着罢。"卜书贞又哭道："可怜一个凉月儿，天也不许他团圆呢。咳！天呀，天呀！"说到此，简直放声大哭。

急得何氏等人暗暗叫苦说："不该让他喝醉了。舱里面还醉倒一个呢。"还是卜书贞的丫鬟知道卜书贞的脾气，说他们太太每逢春秋佳日，当那花前月下，都要痛饮，痛饮之后，往往痛哭，也不足为异，不如让他尽性哭够，也就罢了。于是缓缓将卜书贞扶坐在一张椅上，真个君山之涕，阮籍之哀，足足哭了有半个时辰，方才止泪，神志也清楚了好些。于是雪藕、冰梨，成片地喂着他。

他刚待进舱，猛然听见邻船上有一个娇滴滴的喉咙，哭得格外沉痛。卜书贞大惊说："天下竟还有同咱一样会哭的。"一叠连声，命人快请他过来。

欲知后事，且阅下文。

# 第三十回 雌押衙隔江劫美 丑司事拦路求人

其时大家都向舱里走进。章氏姊妹也觉得有些眩晕，相与伏在桌畔。唯有周氏四仰八叉睡在炕上，象个死人一般，酒气熏蒸，口里还一溜一溜地淌着白沫。卜书贞指着周氏笑道："象这般糊涂东西，你们莫瞧不起他，他倒是有点福泽儿呢。"卜书贞刚在一张炕上坐下，侍儿递过一盏新泡的普洱浓茶，便听见船头上水手高叫道："打扶手，打扶手。"少顷已见几个丫头笑吟吟地拥着一个女子进舱，愁眉泪眼，薄粉慵脂，穿了一身花洋纱的褂裤，泪痕兀自未干。有个丫头上前笑道："这位奶奶起先不肯上我们的船，我因为太太是定要见他的，我们才齐打伙儿将他搀得来。"卜书贞看那女子虽然是小家碧玉，倒生得怪可爱的，不禁笑着问道："你是哪里的人？为何在这小船上哭？你可有丈夫没有？"那女子见卜书贞问他，他先飞了一个眼光，将舱里诸人齐齐打量了一番，却都是不曾见过的，便答道："适才在船头上痛哭的，想就是太太了？我虽然猜不出太太哭的是什么事，然而却触起我的愁肠，不料却由是惊动太太。太太不问起我的丈夫，倒也罢了，提起他来，我好生怨恨。太太，我的丈夫是抛弃我的了。"卜书贞道："这还了得！你丈夫为何抛弃你？这种薄幸的人，可惜咱不认识他，咱若是认识他，管教替你出气。你这丈夫姓什么？"那女子道："姓伍。"卜书贞将头扭得一扭，笑望着三姑娘道："这可弄到你们一家去了。"

朱二小姐暗中将三姑娘衣服一扯说："姐姐，你快问这女子叫什么名字？"三姑娘便也笑道："你几时嫁给这姓伍的呢？"那女子道："说也话长。我十五岁上便嫁给他了，后来因为兵乱，生生地拆散。过了几年，我还遇见一个白胡子的老者，曾托他带了一件最要紧的什物转交给他。我以为他见了这什物，便该也来寻访我了，谁知后来也没有下落。东飘西荡，如今又流落在这个镇江地方。今夜凉月儿十分光亮，我也不曾睡觉，正坐在舱里，猛然听见太太们哭得这样沉痛，说凉月儿团圆的道理。太太自己说不如这凉月，可知我还更不如太太们这样热闹呢。"三姑娘听着这女子说话，心中已暗暗猜着几分，便很有些不愿意，说：“你这几年可另嫁着别人？”那女子又流泪道：“有一个姓宋的，他便是拐我的了。他们此时又到哪里，我不知道，他也不能便算我的丈夫。”

卜书贞大笑道：“你既然想念着你的丈夫，为何在先不想个法儿同他联合长在一处呢？”卜书贞这句话，原是因为日前听见朱二小姐说伍晋芳当初曾同一个小翠子割肚皮的事，如今拿来取个笑儿。谁知那女子听见卜书贞说到这里，不禁抬起双眼，向卜书贞瞧得一瞧，又低下头去，似乎盘算着什么似的。卜书贞最是玲珑不过，猛然笑道：“啊呀！你的名字可有一个‘翠’字不是？”那女子惊道：“不敢。请问太大莫非便是姓伍吗？”卜书贞大笑着跳起来说：“奇极，奇极！可谓巧遇。咱却不姓伍，你的太太在这里呢。”说着便一把将三姑娘拖近小翠子面前。又招呼小翠子道：“你还不快快磕头。”

此时大家都拍手叫绝，说：“这是从哪里说起？无意之间，会碰见这个人。”三姑娘被卜书贞拖住，勉强受了小翠子几拜。内中却恼坏了一个朱二小姐，任着他们在那里热闹，他只管鼓着两个腮颊儿一言不发。只听见卜书贞笑道：“翠姑娘，你遇着咱，是你的造化了。咱带你转回去，双手交给咱的大哥，也不枉咱们白白向这里跑了一趟。”又笑对三姑娘道：“你看怎么样？可不怪着咱多事吗？”三姑娘未及答应，朱二小姐听见卜书贞要将小翠子带回去了，更不能忍，抢着上前说道：“卜太太，这话怕不好罢？只是这翠姑娘已有丈夫的，我们不问青红皂白，带他逃了，知道的呢，是个破镜重圆；不知道的呢，还要疑惑我们拐带人家妇女。太大还要斟酌斟酌。”

小翠子此时见三姑娘倒还忠厚，没有话说，忽地半空中来了这么一位小姐儿，没命地破坏他好事，不禁焦急起来，说道：“好小姐，你为甚生生地同我这苦命女子做对？你说我已有丈夫，我那丈夫他是个强盗，他们已经成群结党地造反去了，他如何还敢来寻觅我？我们自家的太太都没有话说，偏生小姐儿倒成套地说了一个不亦乐乎。叶落归根，伍少爷还是我同我们太太的人，断不会是小姐的，小姐这又何苦来呢？”卜书贞笑道：“翠姑娘这一张嘴煞是利害。你们大家都不要瞎费心，天已快亮了，你们快替咱将翠姑娘船上的衣笼什物，一古脑儿发得来；再招呼他船上一声，叫他到咱们这里来领赏。”众人答应了。小翠子十分欢喜，便依依地坐在卜书贞肩下。周氏酒已渐醒，只管斜着眼看他们热闹。

少待，果然来了一个弄船的妇人，青布衫儿，紫黑面皮，走进舱来。卜书贞将自己的意思告诉了一遍。那个驾娘说道：“上复太大，这件事妇人却不敢答应。这宋



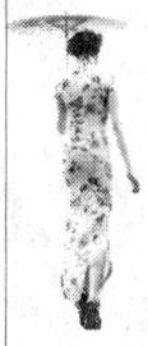

奶奶是有人交给妇人的，他的羽党很多，若是听见妇人将这宋奶奶放走了，保不定是个碎尸万段。"朱二小姐点头冷笑道："我的话如何？简直是一件犯法的事。"谁知卜书贞的生性，是个吃软不吃硬。象这驾娘用话来威吓他，他偏生不依，已有些生气了。再加这朱二小姐在旁冷讥热讽，不禁勃然大怒，骂道："你这贱妇！很好。你大约认不得咱，你不放这宋奶奶，我偏要带了他走。州县不曾关着大门，你有本事尽管去告咱一个拐带妇女，咱领你的教。咱也不知见过多少州县呢，好让他们来替咱请安。"卜书贞说到此，又喝道："你们替我将这厮叉出去！"旁边遂走过几名家人，踉踉跄跄地将那驾娘推出舱外。其余的人早将小翠子行囊都搬过来了。那驾娘正待叫唤，那些家人望他丢了一个眼色，背地里替卜书贞赏了他二十两银子。那驾娘前说的话也不过是多诈几个钱的意思。如今已满其欲，也就欢天喜地地去了。

晓风残月，大家都有些困倦起来，随意歇了一歇。及至日出，那船早渡过江面，行入内河里了。别人谈谈笑笑，都不打紧。唯有朱二小姐十分怏怏，却应俗语两句话，是个"有兴而来，没兴而返"。船抵码头，各各纷纷上岸。

周氏此次却似衣锦还乡，非常得意。后来王老老向他讨还借的那十块洋钱，周氏只肯还他五元，说那五块在先卜太太已在酒馆里还过了。王老老又说："那是卜太太赏的。"周氏笑道："卜太太赏你，他为甚自己不拿出钱呢？"王老老没法，只得自认晦气。这且不表。

且说卜书贞将小翠子先行带入自家公馆里。三姑娘、朱二小姐回家之后，晋芳一长一短笑问着他们在外怎么样快乐。谁知他们两个人约齐了，都给他一个不开口。晋芳十分纳罕。还是当初替晋芳出力勾搭上小翠子的那个家人，背地里将小翠子的事告诉晋芳。晋芳惊喜过望，悄悄溜到卜书贞这边来。晋芳却有些畏惧卜书贞，又怀着鬼胎，不敢便问这件事，只管嘻嘻望着卜书贞笑。

卜书贞已知晋芳的来意，故意不同他讲话。晋芳坐了一会，更忍不住，笑问道："妹妹此番出去一趟，倒不曾丢了什么人？"卜书贞道："大哥你讲的什么话？好好一个人，如何会丢了呢？"晋芳又笑道："然则妹妹可曾添了一个什么人？"卜书贞笑道："这更奇怪了，拢共这几个出去的，打哪里添出人来呢？"晋芳道："据说妹妹在船上收留了一个女子。"卜书贞故作失惊道："原来大哥问的是这女子。不瞒大哥说，这女子留着服侍咱了。"晋芳含羞带笑地站起来，向卜书贞深深一揖说："好妹妹，你可不用刁难罢，妹妹要人服侍，我明日送两名丫头过来，这人还是赏给哥哥罢。"卜书贞笑道："谁要大哥的丫头？但是大哥做的事也太荒唐了，你怎么石灰蒲包似的，到处留下痕迹？咱是同大哥闹玩笑的，如今这女子自然是让他来伺候大哥。但是一层，你家里还放着一个胭脂虎呢，咱瞧那女先生的神情，也不是好讲话的。怎么你当日又鬼鬼祟祟地糟蹋了人家？非鸦非凤，成个什么样儿？咱替大哥打算，这女子的事，还可以迟得十天八天。大哥回去，还是赶紧先同咱们姑太太商议，先将那女先生的事情讲明了罢。”

晋芳被卜书贞一番话，说得脸上通红，忙答道：“那是没有的事。”卜书贞怒道：“怎么，你还要抵赖？难不成他怀的那个孕，明日分娩了，大哥还好说不是自己的儿女不成？要得人不知，除是己莫为。夫妻被窝里干的事，人也没有不知道的，何况……”晋芳笑道：“罢罢罢，不用讲罢，都依着妹妹去办就是。如今我想同那女子先会一会。”卜书贞笑道：“有你的还是有你的，你着什么急呢？十几年的光阴都挨得过，怎么今日又象十分恩爱似的？咱偏不答应，咱等大哥将日期择定了，咱亲自送他到府上来，那才有味儿呢。”晋芳知道卜书贞的脾气不能违拗，遂也不再多言。

卜书贞又笑道：“还有一句正经话，要同大哥讲，仪姐儿咱是定要他做媳妇了。”晋芳点头道：“就是，就是。在先呢，我还不能答应，因为你嫂子有个姨甥，曾提过这件亲事的，前日我们姨甥那边已同柳府上放了聘了。妹妹不嫌弃，一言为定。”卜书贞点点头笑道：“什么嫌弃不嫌弃，说话也这般客气。咱知道大哥同那女先生在一处，把他的酸气都沾惹得来了。”晋芳也是一笑，便回去料理他的喜事。

咳，诸君读书到此，大家都明白，这云麟同淑仪的姻事，是再也合拢不来了，未免替他小两口儿失声长叹。论小说家体裁，谁不恨着我这著书的居心叵测，不肯成全人家好事？哈哈，诸君须知道这部《广陵潮》小说，并不是凭空结撰，可随意颠倒着说去的，在先的事迹本是如此，作者也不过就这事实演说出来。千不怪，万不怪，谁叫那时候偏生跑出一个富玉鸾来呢？

然而那富玉鸾虽说生长宦家，忝叨世职，绮罗裹体，兰麝薰心，他却既不学醇酒信陵，又不屑做怡红宝玉。爱才若渴，愿支持广厦千间；自命不凡，却早已睥睨一世。他自从居住到这扬州以来，也同当地官绅略略周旋了几次，觉得也没有什么超群轶伦的人物。至于那些斗方名士，酸丁秀才，见利则忘义，趋势若附膻，他更是看得一钱不值。倒转是那一天在伍晋芳表舅母家会见的一位云家哥哥，秀而不寒，和而不俗，虽及不得自家衣饰焜耀，然而那一种丰神奕奕，转使我这浊富远不如他清贫。富玉鸾自此便一心一意地想结识这一个朋友。巧值他母亲向镇江去游玩，他在家里也就大开筵宴，招揽食客起来。

这一天，他特地坐了一乘大轿来拜会云麟。走到云麟住的那条街上，家人们一眼望去，见没有什么高大的公馆，疑惑是错了道儿。正自仓皇失措，东张西望，恰好迎面来了一个老头子，肩上挑着一担井水，头额上的汗珠子比黄豆还大。一个家人走得上去，将他那条扁担望怀里一扯，一桶水早倾翻了半桶。急得那老头子正待要骂，抬眼一看，见这人头上戴着一顶红缨大帽儿，顿时吓矮了半截。那家人喝道："呔！你可知道云公馆在哪里？"那老头子耳朵很是不济，说："林公馆呀，前面大门上贴着黄纸条子的便是。"说毕，挑着担子急急避去。

家人不得已，又赶着轿夫抬了一截路，果然见有一家大门外面，高高贴着"头品顶戴兵部尚书兼都察院右都御史两江总督部堂缮校员林公馆"二十八个大字。家人们也不问青红皂白，雷也似地敲着大门。好半天，里面走出一个瘦脸鼠须、约莫四十多岁的人，有气无力地问道："你们是谁？"家人喝道："我们家少爷是特来拜望这里少爷的，快去通报一声。"说着，便将一个梅红单帖递过去。那人望了一望，便道了一声："请。"家人道："你为何不上去回一回？知道你们少爷肯见不肯见？"那人笑道："不瞒管家说，我就是少爷，哪里还有少爷呢？"家人心中暗暗觉得奇怪，听见说云少爷只有十几岁光景，如何生得这般苍老？也不暇计较，转过身来，便向轿前禀道："云少爷请见。"

富玉鸾此时正在轿子里，读那大门外面的官衔，觉得上半截写得煞是威武，临了只剩得"缮校员"三个大字是他的实官，不觉暗暗发笑。听见家人禀报云少爷请见，猜是云麟便同这姓林的合住，便跳下轿子，摇摆进去。后面跟着四个家人。走入屏门里面，悄悄地也看不见一个人影。墙砖剥落，窗柱横斜，燕子粪地上都堆白了，门头上一例地挂着些蜘蛛网儿。转是那台阶上立着一个褴褛不堪的主人，迎上来便深深地请了一个安。玉鸾大惊，也不回答，只拱了一拱手说："足下是谁？云大哥在家吗？"那人忙答道："少爷请里面坐，有话再谈，有话再谈。"玉鸾不得已，便跨上台阶，走入室内。只剩得一张白木板凳，颠倒放着，凳脚上用绳子系着一只瘦猫。那主人忙把凳子仰过来，请玉鸾坐下。自己望了一会，见墙角那边还有一只破砂缸，轻轻抱得来，将缸底朝上，侧着身子坐在上面，笑脸相陪，说道："久慕大名，如雷贯耳。今日幸会，一切还要仰仗。"玉鸾一点摸不着头脑，说："我特来访我们云大哥的，他难不成是不住在这里？"那人笑道："贱姓是林，号雨生，苏州元和人。曾充过芜湖厘金局司事。如今落魄多年，毫无技借。久闻少爷最肯济困扶危，难得玉趾光降，真是三生有幸，其妙难言。"

玉鸾到此，方知是走错了人家了，便骂着家人道："瞎眼的奴才，一点儿也不济事。我是吩咐你们到云大少爷那里去的，为何跑入姓林的家里来?"说着站起身来便要走。林雨生又拦着笑道："林者云也，云者林也，音韵相通，是可以联得宗的。少爷既因访云而遇林，何必定薄林而厚云呢?"玉鸾被他说得笑起来，说："很好，很好，咱们改一天再会。不知云家住在哪里？还请示知。"林雨生答道："少爷问的是我们这里一个小秀才吗？他住在舍下右首转弯笔花巷内，朝东第一个大门，门前栽着一棵桑树。"玉鸾更不待他说毕，站起身来便走，望着家人说道："你们听见不曾?"家人答应道："是。"玉鸾道："咱不坐轿子了，步行到那里去最好。"家人道："还有一截路呢。"玉鸾道："再远些何妨?"于是大踏步前走，舆夫抬着轿子跟在后面，果然到了笔花巷。玉鸾先命家人持着帖子去通报。家人推门而入，便见一个小小院落，种着桃、梅、李、杏，更不听见人声。家人喝道："接帖！接帖!"喊了两声，也没有人答应。

好一会，见第二道门开了，走出一个中年妇人来，问道："你们是打哪里来的?"家人上前便将来意说明。那妇人说道："我家相公此时多份还在他先生那里读书呢。改一天叫他来回拜你们少爷罢。"此时玉鸾正站在院里，见那妇人衣衫朴素，颜色清癯，猜是云麟的母亲，便抢着上前笑问道："请问云大哥是……"那妇人便接着道："是小儿。"玉鸾道："原来是云老伯母。侄儿姓富，名字叫做玉鸾，特来替伯母请安的。"说着便想进去。秦氏知道他是三姑娘那边的亲戚，卜书贞的儿子，便说道："小儿此时并不在家，却不敢延接大驾。等小儿回家，我命他到府上去罢。"玉鸾见秦氏不放他进去，也不便相强，便快快地又转出来，上了轿回去。以后又接连去过几次，总没有一次遇着云麟。你道是什么缘故呢?

原来第一次云麟回家时候，秦氏便将今日富玉鸾特来拜会的话说了一遍，谁知那云麟听见"富玉鸾"三字，好似有什么不共戴天的仇一般，兀地跳起来说："什么鸾不鸾！母亲也称他做鸾，我说他简直是鸡是鸭。别人看着他宝贝似的，恨不得将他夺了回去，用个祖宗龛子供得起来。我姓云的眼睛里却瞧他不起呢。"云麟正嚷着，偏生那黄大妈将富玉鸾那个名片儿笑嘻嘻地拿得进来说："前儿偏生我不在家，不曾看看这富少爷究竟长得怎么样一个俊俏人物儿。这名片还是太太亲自接下来的呢。"云麟听黄大妈这几句话，格外气破胸膛，一手将那名片儿夺过来，撕得粉碎，还搁在脚底下踏了几踏。又望着黄大妈道："富少爷俊俏得很呢，象个美人，你快快看一看他去。"秦氏笑道："人家好意来拜会你，也犯不着就这样生气。"云麟道："母亲，你年纪老了，不知道世情。他哪里是有心来拜会我，他不过想卖弄他那阔架儿，四人轿子八人抬。我家是乡下人，敢是不曾见过。”云麟自此遂也付之不答。后来富玉鸾来得勤了，云麟逼着黄大妈骂他，叫他下次不许走到这里。黄大妈终究有些怕着富玉鸾的气焰，哪里敢行得罪。

不多几日，秦氏这边也听见卜书贞在镇江带得一个女子回来，便是三姑娘最恨的那个小翠子。又听见说晋芳的母亲要替他干女儿朱玉苹将婚事揭晓。秦氏猜到三姑娘心里必然是十分委屈，究竟是自家姊妹，不免命黄大妈去将三姑娘接到这边来散散心。三姑娘答应了。

且说那淑仪知道自己姻事与云麟不能成就，未免十分怨恨。然而转可以与云麟不用回避，这一天也随着他母亲来看望姨娘。秦氏一见淑仪，便笑道：“啊呀！姑娘，什么风吹得你到此？你倒有好半年不到我这里来了。”淑仪也是一笑，只是羞得回答不出。

秦氏又向三姑娘一长一短问他在镇江的光景。三姑娘便将周氏那些发笑的话一一告诉秦氏。引得秦氏笑一阵，气一阵。后来又谈到小翠子的事。三姑娘叹道：“这些事我如今也看穿了，我也没有这肚皮装他们的气。横竖这坏货不进门，我们家里那一位也就尽够我呕气了。好在他一来，让他们大家热闹些，我乐得做一个退居和尚。”秦氏笑道：“你可记得母亲那一年因为听见仪儿的父亲要娶妾，气得什么似的？今日他老人家也就再也管束不住了。”

三姑娘听到这里，不禁流下泪来说：“人生在世，细想起来，还是生身的母亲好。什么丈夫呀，儿女呀，一例都是假的。当初不觉得，如今想起来，这母亲的恩，叫我们做儿女的怎生报答？”秦氏道：“你将来也不愁，仪儿给的这份人家要算是千中挑不出一个呢。”三姑娘道：“这又算什么？都是仪儿祖母的主张，叫我也没法。姐姐须知道我的为人，我可是个嫌贫爱富的？”秦氏点点头。三姑娘问道：“柳府上姑娘，姐姐可曾见过？”秦氏道：“没有见过。听说也是一个平常人物儿，性情倒还浑厚。依麟儿的心，还有些不甚愿意。我常对他讲，一个女儿家，只要不疤不麻，没有残疾，便可以将就过了。自古说，‘娶妻娶德，娶妾才要娶色’呢。”

淑仪此时听见他们谈的话，都有些牵着自己，转不肯坐在里面，一径步出前面小院子里来。黄大妈正在那里弄着水浇菜。这时候虽是余暑未尽，然那一轮红日沉下去，便有些习习凉风吹到衫袖上来。淑仪站在一个葫芦架子下，见那葫芦结得都有纽子大小，不禁举起手来扯着玩。黄大妈笑道：“今年春间种这葫芦时候，我们家相公还说道：等结得大了，取下来用朱红漆染着，送一对给姑娘挂在床上，还可以辟得邪魅。”淑仪听黄大妈说话，不觉鼻子一酸，那眼眶上便有些红晕，也不曾说什么。

忽听得门外有人敲门，黄大妈在地下站得起来开门。淑仪见进来的不是别人，正是他哥哥云麟，掉转身子便跑。云麟见有一个女子身影一闪，便问黄大妈道：“是大姑娘回来了吗？”黄大妈道：“不是，不是，是仪姑娘。”云麟听到此处，不禁倒抽了一口冷气，两只脚好似有千斤之重，再也抬不起来，早痴立在院子里。还是秦氏看见，笑道：“麟儿，你不进来替你姨娘问好，怎么呆立在那里？”云麟听见母亲喊他，不得已一步一步地挪进来，望三姑娘叫了一声，更不同淑仪说话。淑仪也是低头无语。一会儿，彼此无意中四个眼珠儿忽然一碰，却含着有什么说不出的心事似的。少停一歇，云麟站起身来，背转身子，将脚一登，长叹了一声，径自避入他的那座书房里。此处秦氏同三姑娘都知道他们的意思，却也说不出口。

傍晚时，三姑娘家里有人打轿子来接他们母女，秦氏一定要留着吃了晚饭。晚饭之后，谁知便下起雨来。三姑娘便说：“今夜不回去了，打发轿子走罢。”云麟见三姑娘及淑仪未走，倒也欢喜，无如心里总觉得闷沉沉的。晚饭后，在三姑娘面前坐了片刻，仍至书房里和衣睡在床上，只管长吁短叹。一会儿挑一挑灯，想做几句香奁诗，又不知道从哪一句说起。翻出书来看不到一页半页，早又搁下了。偏生那梧桐树上萧萧飒飒地吹得那雨怪响，心绪潮涌，不知如何而可。一个转念，倒想此时得一个良友谈谈，聊破岑寂。又念此时哪里会有人来呢？

正沉吟间，猛听得门外有剥啄声音。不多一会，黄大妈便走进来说：“外面有一个人来访相公呢。”云麟大喜，跳起身来问道：“可是我们书房里同学的朋友不是？”黄大妈道：“天色黑沉沉的，也辨不清楚，大约是他们罢。”云麟道：“快请进来，快请进来。”黄大妈答应了，转身便走。

欲知后事，且阅下文。

# 第三十一回 求荐举儿子赠余桃 避喧嚣夫君歌折柳

当这风萧雨晦的时辰，茶灶不温，孤琴无语，忽然来了一个知心好友，促膝快谈，看去也不过是寻常应酬，然而总要算得是世界上一件赏心乐事的了。云麟春风满面，笑嘻嘻地立在书房帘前等候。果见进来了一个少年，前面还有一个书僮，持着一柄明角小灯，一闪一闪走上台阶。那少年看见云麟，不禁大笑道："云大哥，你想得咱好苦呀！咱访你不只一次了，不图也有今日。"云麟再仔细一看，可不正是那个极讨人厌的富玉鸾，不禁倒退了两步。依他的主意，便放下脸来轰他出去。不想玉鸾早跨入书房里，向云麟深深一揖。云麟到此也就没法，只勉强周旋，也还了一揖。彼此坐下。这个当儿，恰好黄大妈捧着一碗茶进来，猛然见了富玉鸾，十分诧异似地老望着不走。玉鸾笑对黄大妈道："妈妈，你也认识我吗？我若不是假装着你家少爷的同学朋友，怕你这会子还不放我进来呢。"说罢又抚掌大笑。云麟冷笑道："足下可也要算是多情的了。但兄弟性情却甚孤僻，自蒙见访之后，至今总还不曾去拜望，千万祈见恕则个。"

他们两人正在这里攀谈，黄大妈早跑进去告诉秦氏及三姑娘去了。富玉鸾又笑道："咱们是自家好兄弟，原不用客气，但也须常常相见便好。"云麟道："见也好，不见也好，这却没有什么打紧。"云麟说毕，却又不肯开口，只管冷冷地坐着。玉鸾又搭讪道："伯母想还不曾寝，咱理合进去拜见，便烦大哥引导。"云麟暗念："你这姓富的倒很促狭，你定然知道我那仪妹妹在里面，又想借此去混一混，真是有趣的事儿。须知我却不能答应呢。"想到此，便忙接口道："家母晚间睡得甚早，决不敢劳动大驾。"玉鸾道："论理呢，时候也不早了，便是拜见也不恭敬，改一天再来罢。但咱有一句放肆的话：咱们是一见如故，以后说话，便不应再用繁文末节。"云麟道："兄弟却是生性如此。"玉鸾道："可又来，咱虽然与大哥同年，却比大哥小得三个月份。我称大哥，便是大哥；大哥称我，便是老弟：这才亲热。不用只管'兄弟'、'兄弟'的，倒反觉得生疏了。”云麟道：“足下便生疏着兄弟也不妨，兄弟却还是要称‘兄弟’的。”玉鸾道：“总在早晚，咱备一席水酒，专诚请大哥赏个脸儿；大哥若是推辞，便是瞧咱不起。”云麟道：“兄弟最不喜欢赴人家的宴会，宁可担个瞧足下不起的罪名，倒还使得。”

两人说来说去，一个却是热如火炭，一个未免冷若寒冰，可谓格格不能相入了。那富玉鸾却毫不在意，偏生有一搭没一搭地寻着话来逗云麟谈笑。后来又渐渐谈到诗文上。云麟更自不理，暗念：“你这纨绔子弟，肚腹里除了怀着些势位利欲，怎么还来学着风雅？可不将人牙齿要笑掉呢。”于是越发不同他多话，两个小眼皮儿转矇矇地要望下垂，接连打了几个呵欠。

正在无聊，偏生有黄大妈凑趣，又在里面捧出四个小碟儿，装着满满的茶食。云麟认得那茶食，正是他姨娘今日早间带过来的。猜定了“必不是我母亲的主意，定是姨娘叫他送来，防着他这爱婿挨饿；若是我一个人坐到此刻，他再也不会送茶食出来给我的”。云麟此时由羡生妒，由妒生恨，一阵心酸，止不住那眼泪要流出来。索性跳起身子，向自家床上背脸而睡。可怜玉鸾此时再也猜不出云麟是何用意，看他象是有什么重大心事一般。“若说他是有心奚落我，咱同他还是初会，又不曾有甚得罪他的去处。即算他性情疏冷，究竟何至如此乖张？莫非他拮据境况，凡百难言？若果如此，咱情愿倾囊相赠。只是他不告诉咱，如何敢先开口呢？这又不是该叫他生气了？”

玉鸾想到此处，也就怆然不乐。转挨坐到云麟床边上，一手握着云麟的手，深深款款逗他谈心。任是云麟铁石心肠，也就不能不为他熔化，只得也勉强酬答了几句。玉鸾在身上摸出一个桃核大的金表一看，见时候已不甚早，便立起身说道：“好大哥，你凡事总要看得开些。象你这样郁郁不乐，很不象咱们这般少年人的举动。你若是闷着，尽管到咱那里去坐。咱此刻伯母亲悬望，不能陪你久谈了。”云麟点了点头，便将玉鸾送出门外。送过之后，刚才跨入中庭，早见三姑娘盈盈地笑出来，说道：“好呀，你们弟兄俩好亲热，谈得这好一会工夫。此刻雨住了，我还深愁着半夜三更的，玉鸾身上怕受了凉。”云麟也不开口，早走入自己房里去了。

且说富玉鸾前回遇见的那个林雨生，本是苏州元和县人氏，也曾略读过几部四书五经。到了二十岁外，别的本领却还没有学就，天生成的会吸鸦片烟。初次学着玩耍，便能将烟烧成长条儿，直凑着斗门子，他能一口气吸得一丝不剩。别人也就竭力称赞他是个鸦片烟队里能手。他后来也就渐渐自负起来，日夜吸着开心。不到三个月，那芙蓉城里，已早替他挂了一个名儿。后来娶了亲，他丈人家姓巴，却是苏州乡下一个土财主，因为爱着林雨生生得清清秀秀，又是写得一笔好字，便把女儿嫁给他。嫁过来之后，妆奁倒也不下三五千金。林雨生非常快活，便也不出去寻觅事业。那鸦片烟更吸得利害了，每天至少也要烧得三两五两。又怕他妻子巴氏抱怨，便左劝右劝，也将巴氏劝得上瘾。双管齐下，越发热闹。吸烟的人还有一种妙诀，就是一个"懒"字，是生成第二种天性。整年整月，他两条腿几乎不能下床。坐吃山空，不到四五年，那所有的积蓄，早已随着烟枪化成寒烟而去。后来便时时逼着他妻子巴氏奔得回去，向丈人那里挪借。他丈人是辛苦起家，一钱如命，如何容得他们贤夫妇诛求无厌？后来被逼得急了，便觅了一个利害不过的刀笔先生，在元和县里递了一张呈子，暗中还花费了许多金银，买得署里上上下下替他运动，硬将林雨生办成一个驱逐出境的罪名。夫妇没法，只得跑到扬州，投奔他一个远族哥子林大华，是在运司衙门里抄眷公事的一位朋友。林大华也是穷得要命，没有法子，分些案牍拿回来给他抄写。他的双手只有工夫拿枪，哪里还有工夫拿笔？他倒也好，便又转交给别人替他抄，他在内里捞摸几文使用。后来因为将公事抄错了一件，几乎带累林大华革了卯名，只打了二百手心。林大华气不过，自此再也不理他们夫妇。后来林雨生不知又怎么样东跑西跑，在厘金筹饷上敷衍了几年。到一处再也不会长久，三五十天便回来了。

日月匆匆，在扬州已是住了十年。日前打听得他那远族哥子林大华在南京制台衙门里做缮校员，他思量这也是一件荣耀的事，便裁了一张黄纸条儿，写得清清白白，贴在大门外面。富玉鸾笑他实官只有"缮校员"三个大字，哪里知道便连这三个大字，还是别人家的实官呢。

林雨生自从那天遇见富玉鸾之后，喜从天降，便想恃为奥援。送过玉鸾出门，笑嘻嘻地跑入屋里，觉得眉毛都有些要笑起来。他有一个孩儿，小名叫做稳子，只得十二岁，浑身一丝不挂，一见林雨生便哭着嚷着要饭吃。雨生偷眼向锅灶上一瞧，见冷垩残灰，满满地只贮了一锅清水；剩得那一个木盖上面，厚厚地积了五分深浅的尘土。雨生骂道："死不了的奴才，昨天晚上还吃的面饼，今日不过才是午后，倒又饿了？"又向着他那位女人问道："时候果是不早了，你也该去将那青菜叶儿熬一锅汤，度过今日再说。"巴氏此时正躺在床上，说道："我何尝不知道，只是那一条裤子被你穿出去会客，叫我怎样下床？难不成光着屁股，跑出跑进？"雨生也笑起来说："不错，不错，我倒忘了。等我来脱给你穿。"于是走至他女人床边，将他女人身上盖的一条被，硬邦邦地扛起来，倚在门后。

看官且住，这句话又要累着看官疑心了，怎生一条被会硬邦邦地扛起来，倚在门后呢？内中却有一个缘故，不替他申明，饶着诸君聪明，决不会明白。原来林雨生夫妇二人，此时浑身上下，只剩有四十一个指头，哪里还会有被？巴氏因为裤子脱下，交给雨生会客，觉得儿子在面前，看着不甚雅相，便自己扛了一扇门板，掩着身体，只把个头露在外面吸烟。所以雨生将裤子交还他，便顺手将这扇门扛过一旁。幸亏林雨生是穿的一件长衫儿，不跷起腿来，大约还不至露出破绽。他便一倒头向那张龌龊铺上一睡，将那鸭蛋壳儿做的烟灯罩子轻轻拈起来，剔了一剔灯芯，举着枪又呼呼地烧起来了。巴氏下床，被稳子闹不过，先伸手将乱蓬蓬的茅草头发略为理得一理，要想寻觅一文给稳子去买烧饼，可怜东张西望，再也找不出来。后来没法，只好将他平时拢头发的那根红扎绠上坠的一个铜钱解得下来，递给稳子。那稳子才欢天喜地拿着跑了。

雨生将烟瘾过足，便将适才会见富玉鸾的事告诉巴氏，说："难得这姓富的寻到我们门上来，敢怕不是今年要交好运了，我不去求他还求谁？"雨生说得高兴，又将烟盒子里烟挑出来，搀些烟灰，连吃了两口。巴氏笑道："你今日的烟，怎么越发吃得多了？过一会又该派我吃灰，亏你狠心。"雨生笑道："不错，不错。你快上来吃一口罢，这蛤蜊壳子里烟膏已没有多少了。"巴氏又道："既这样说，你也该快去见一见这富少爷。"雨生道："有理，我停一会便去。"刚说着话，已有些烟迷，懵腾腾地渐闭上眼睛睡去了。巴氏见他四仰八叉，不禁有些好笑，便用烟枪戳戳他。雨生被他闹醒，掉转身子又睡。巴氏吃了烟，也有些迷迷糊糊。

夫妻二人睡得好不畅快，便连那青菜叶儿熬汤，也无心去料理。后来还因为稳子一文买了一个小烧饼，刚蹲在地下嚼吃，又被那个饿猫抢了一口，稳子哭起来，夫妇这才惊醒。已是将近黄昏，雨生也不及前去访富玉鸾。接连几日，都是如此。还是雨生想着求人荐事，是件重大的事情，发了一个狠。有一天将巴氏身上那条裤子借穿起来，恭恭敬敬来拜访富玉鸾。你想富公馆那些管家眼睛里可看得起这样惫懒人物，早赏给他满脸唾沫，都是不屑替他通报。雨生没法，只得又走回去。如此已非一回。

迁延了有一个多月，秋风渐起，衣葛生凉，雨生夫妇真个打熬不住。然除却富玉鸾这条门路，却是无法可想。又苦苦被那些管家拦着，弄得个侯门似海。雨生真是急了，同巴氏商议，要拦舆递禀起来。打算整日睡在富玉鸾门首，一俟玉鸾出门，便行上去招呼。想那些管家任是神通广大,再也不至阻挠着我了。主意已定,便真个夹了一床破席子,一把缺嘴的磁茶壶,其余便是他那副烟具紧紧随身。又不敢公然靠着门首左近,怕被那些管家看见,倒好出来驱逐,只远远地在照墙后面青草堆里藏着。每日便由巴氏蓬头赤足,携着稳子送点残粥给他度活,就顺便在雨生席子上过瘾。真是鹑衣百结,瑟缩可怜。

事有凑巧。这一天有巳牌时分,雨生正同他儿子立在照墙之下,忽见富公馆屏门大开,飞也似地抬出一顶蓝呢大轿,前后仆从纷纷簇拥。雨生遇着这个绝好机会,更不怠慢,一手拉着稳子,径钻入轿子空当里,紧紧拖着轿杠,拚命狂喊。始则将轿子里的人吃了一吓,继而看见这种乞丐模样人物,不由勃然大怒,先伸出五指,啪的一声,打得雨生脸上起了个霹雳。更提着那呖呖莺声喝道:“好大胆的奴才!左右替咱将这厮捆起来,吊在门房里,听候发落。”这个当儿,走上几个如狼似虎的恶仆,拳脚交施。内中有认得雨生的,更是生气,狠命将雨生按倒在地。不按犹可,这一按早将那个小林雨生露得出来,引得众人一个哈哈大笑,许多婢女都掩面啐起来。原来轿中不是别人,正是玉鸾的母亲卜书贞。卜书贞到此,也是一笑,说:“咱们赶快走罢。”

雨生被这一顿打,见那稳子也被人踢倒在一旁哀哀地哭,不禁伤心起来,席地大哭。此时围了一大堆闲看的人说:“你这厮也不曾生眼睛,你为何向这一位富太太面前放肆起来了?这位太太威武着呢,他老人家出门,我们左邻右舍若是大剌剌地坐着不立起来,他还要拿个名帖儿送我们到县里去挨板子。何况你不穿裤子,有意来戏弄他老人家。他老人家轻轻饶了你,还算是你造化。倒是他的那位少爷为人很好。”刚说到此,内中有人嚷起来说:“你们看富少爷不是出来了?”雨生果然看见玉鸾金装玉裹,被一群家人捧着出来。门前有人拉着一匹高头大马,鞍辔都是簇新的。玉鸾正待攀鞍上马,猛见人丛里围着一个人,便是前次误走到他家里那个姓林的,笑问了一声说:“这厮怎么又闹到咱们公馆来了?”此时早有家人将适才太太恼着他的话告诉了一遍。

玉鸾听着,便老大有些不忍,且不上马,转赶过来笑道:“林先生,别来无恙?何不请到咱寓里去坐坐?”雨生此时见玉鸾春风满面,笑容可掬的,暗想:“谁说不是要到少爷公馆里来的呢,不是为着此事,倒不至于挨打了。”想到此,不禁放声大哭,扑通跪在玉鸾面前。他儿子也就跟着跪下。玉鸾笑道:“这是为什么呢?快请起来。你可是来寻咱的?咱今日因为舍亲那里办喜事,赶着去道贺,却不及奉陪。你先回去，明天再到咱这里来，咱们谈谈。”又说道：“这孩子想是令郎，生得怪好的，怎么糟蹋到这步田地？”说着便回头望着家人道：“你们将这孩子带去，替他收拾收拾。”家人答应了一声，便有人将稳子带过一旁。林雨生还想同玉鸾说几句话，那些家人将眼一瞪，早将雨生磕撞得好几步远，簇拥着玉鸾上马如飞地走了。

原来林雨生凄风苦雨之时，正伍晋芳锦簇花团之日。卜书贞前一夜便将小翠子打扮得如花似玉，命人将公馆里现成的轿子拣出一乘，四角上也扎成四个红彩球儿，用芸香浓浓薰着。又替他制了四季衣服，并赏给他两付金耳环，四支金簪子。小翠子感激自不必说。无人之时，卜书贞逗着他笑道：“姑娘，咱记得你当年说的，不许你们老爷亲近第二个人。他如今连你已有三个人了，姑娘你心里觉得怎么样呢？亏你那时候忍心下得毒手，飞快的刀子敢望肚皮上刺。姑娘今日想起来，也该发笑。”小翠子听见这话，羞得脸上通红，一言不发。卜书贞又笑道：“好姑娘，你也怪可怜的，将来你过去，各事总还该留点心儿。咱瞧着那边两位，也不是好讲话的。内中尤以那位女先生利害，外面看着他似乎娇弱弱的，怕他肚腹里很有点道理呢。”小翠子叹道：“太太，可怜我如今已是堕落的人了，承太太的恩惠，将我提拔起来。我这一去，除得随茶吃茶，随饭吃饭，再也不同他们争名夺利。他们骂我，我不开口；他们打我，我不还手：万事也过去了。”卜书贞点点头。第二天赶了一个清早，便将小翠子送到伍府上来。随后自家便也坐着轿子赶来贺喜。便是出门遇见林雨生这一天了。

伍晋芳早就收拾出两间新房。朱二小姐母家本没有多人，只有一个老母，年已七旬，平时的使用，都是晋芳这边供应。在先也知道他女儿同晋芳打得火一般热，今日外面却不得不装着伍家来求亲，说是兼祧远房一个叔子。少不得先要将朱二小姐接回来住几天。草草行了一个婚礼，也赶在这一日用喜轿抬得过来。三姑娘如今见着小翠子，见他生得杏脸桃腮，媚态可掬，嘴边两个小酒涡儿有四五分深浅，见着人都含点笑意，心里倒还很欢喜他。头一夜晋芳须是陪着朱二小姐安寝，三姑娘便同卜书贞在小翠子房里谈了一夜。

第二天才交黄昏时分，晋芳便跳入小翠子房里，笑嘻嘻地问道：“啊呀！我们倒有许久不见了。我以为今生总没有同你相会的日子，不想也有今日。你这几年想还得意？”小翠子初时见晋芳进来，十分羞愧，尽把头来背着，瞧看壁上挂的字画。忽听见晋芳问他这几年得意的话，不禁将眼一抬，狠狠地向晋芳看了一看，霎时那泪珠子象断了线的珍珠一般，直望下滚。晋芳大惊，正待来安慰他，早见朱二小姐房里使唤的一个丫头跑得来，对晋芳说："太太请老爷过去讲话。"晋芳急忙撇了小翠子，又赶到朱二小姐房里。

朱二小姐正和衣躺在床上，见晋芳进来，也不起立。晋芳见房内没人，笑着向朱二小姐身上一伏，低笑道："怎么又生气了？"朱二小姐噗哧一笑说："谁还敢生气呢。只是青天白日，便躲在他房里鬼鬼祟祟地干什么把戏？放老成些，让我坐起来，我这身体承不住你。"说着便将晋芳推过一边，兀自坐起来。晋芳也就坐起。朱二小姐笑道："你瞧着他同我，看谁标致些？"晋芳笑道："他哪里及得上你一丝儿。"朱二小姐道："不用你假惺惺。老实说，就使我及不得他长得俊，我这身分总还比他贵重些。他在外这一向阅的人想是不少，怕你以为是除却巫山，他还要自命是曾经沧海呢。"晋芳见朱二小姐说的话有些刺心，便老大有些不悦，只得勉强笑了一笑。

晚膳以后，三姑娘同朱二小姐都坐在卜氏房中。停了一歇，小翠子扶着一个丫头进房来请晚安。卜氏笑问了他几句话，便命他去回自己房里。转是朱二小姐拦着道："时候还早呢，母亲何不让他在这里耽搁一会？"小翠子听见这句话，便不敢走。可怜一双小脚站得十分酸痛，好容易等卜氏有些困倦，大家才一齐退去。

晋芳在小翠子房里，早命人来窥探过几次。一见小翠子进来，欢喜万状，解衣上床。两人唧唧哝哝地叙述这十几年离绪。小翠子问道："我记得有一年在一个荒僻所在，遇见一个白胡老者，他说同你是住在一条街上。我曾托他带了一件东西给你，你可收到不曾？"晋芳道："是什么东西？这人是谁？我梦也不曾梦过。"小翠子笑道："我隐隐记得他说是姓华。他敢是不曾送来？其实也没有别的物事寄给你，不过那时候我以为我们今生是永远分手了。至于你当初赠给我的东西，都因为避兵零落尽了，唯有我们那一夜扎缚的一条大红绸子，却紧紧带在身边，我都舍不得改作别用。触目伤怀，觉得少小光阴，都是象水一般地再也留他不住。不如一径寄给你，算是叫你看见这物件，或者心中还可以忆起着我，一时喊我的名字，我梦中或会听见，亦未可知。"晋芳笑道："是哪个姓华的？我却认不得。既是住在这条街上，明天吩咐人去打探打探。这绸子原不值什么，但总算是我们当年小小一个纪念。可怜你那时候口口声声生怕不得同我长远在一处，如今可是天从人愿了。"小翠子叹道："这也难说，只好看缘法罢了。"晋芳道："你又说这些懊恼话，我不同你谈了，好好睡罢。"于是同小翠子并肩睡好。

刚自闭上眼睛，伸手一摸，兀地惊得跳起身子，只见床上空空的，哪里有个小翠影子？忙揭开帐子向外面一看，见窗栏上面高高悬着一个妇人，眼突舌出，头发散乱。晋芳十分悲痛，不禁放声大哭。正哭得利害，那房门外面，早有许多人拥着进来，说：“少爷快起！少爷快起！”晋芳惊叫道：“人可有救没救？”那一群人答道：“人还不妨事。太太特地叫少爷快去，大少奶奶早就去了。”小翠子这时候也被他们惊醒，揉着眼睛坐起来，问道：“是什么事？这样大惊小怪。”内中有个丫头答道：“啊呀，翠姨奶奶这句话倒还稀松得很。并不是我们敢来惊动翠姨奶奶，这是太太吩咐的。太太看着二少奶奶，须不比翠姨奶奶瞧不起二少奶奶；便是大少奶奶，也还不能压服二少奶奶，何况翠姨奶奶呢。回明翠姨奶奶，二少奶奶如今是要生产了，所以我们敢这样大惊小怪。”

晋芳昏梦初醒，见小翠子无恙，也不便再说什么。又听见朱二小姐要分娩，暗笑：“适才几句话，倒还针锋相对。”于是趁势下床，说：“你们先去，我即刻就来。”众人答应了。刚刚走后，第二起报喜信的已到，说：“二少奶奶生了一个小相公。”晋芳十分欢喜。掉头见小翠子已哭得象泪人一般，晋芳推着他笑道：“怎么好好哭了？你呕气，你不会也替我生一个？”小翠子哽咽道：“谁同你讲玩话呢？你看适才光景，不过是一个丫头罢咧，直骂得我无地可容。我是一时大意，我须不知道他们二少奶奶要生龙种呀。”晋芳笑道：“你忍耐些罢，这丫头叫小善子，是他一个宠婢，刁钻古怪，我也有些怕他。我同你快快过去看一看。”小翠子道：“你要去就去，我是不去。”晋芳跺脚急道：“你不去又该叫他们说歹话，你可体谅些我罢。”小翠子不得已才下了床，随着晋芳到朱二小姐这边来。

是时天已大亮。进了房，见朱二小姐已经上床，各事都妥帖了。卜氏同三姑娘坐在一旁。卜氏见晋芳进来，放下一副铁青面孔，说道：“你还肯来呀，我疑惑你陪小老婆耍得一世呢。一个人不知道缓急轻重，这是最没有出息的。你看着他这生产没有要紧，你可知道他已替我们姓伍的人家传宗接代，他便算是伍家门里一个功臣。亏你还没良心，听旁人挑唆，说是到你那里大惊小怪。你们不要发糊涂，他是我的干女儿，如今又是我的媳妇，又替我生了孙子，别说是外面来的小老婆，便是我这大媳妇，也还要让他一二分呢。”又望着房里那几个稳婆说道：“你们大家听听看，我的话可是不是？”那几个稳婆笑道：“太太不用生气，今天是大喜的事。少爷是最明白的人，断不会安着别的歹心。”

此时朱二小姐在床上听见卜氏一番话，不禁流下泪来。卜氏忙上前安慰道：“好孩子，你不用伤心，凡事有我做主，有什么闲言闲语，你尽管告诉我，我有本事揭他们的皮。”晋芳也就涎皮赖脸地走过来问着朱二小姐。只苦了一个小翠子，气得

将两个小腮颊儿鼓得象蛤蟆一样，站在三姑娘面前一言不发。三姑娘此时心中也不甚高兴，便搀着小翠子说："我们外面去罢，让他安静些。"朱二小姐见小翠子要走，便有气无力地说道："娘呀，我有句不识进退的话，要向娘说一声。我那房里没有一个可靠的人，我想叫翠姨在这里帮着照应几天。不晓得我们老爷还答应不答应？"晋芳忙接口道："使得，使得。"便转身丢了一个眼色给小翠子。小翠子没奈何，便在房里伺候。

自此以后，朱二小姐坐蓐这一个月内，便一夜不放小翠子回房去睡，一会儿叫他递茶，一会儿叫他递水。稍不如意，便叫小善子去禀明卜氏，走得来便是一顿毒骂。三姑娘很有些不平，暗中告诉晋芳。晋芳道："叫我有什么法儿呢？他背地里扯着我只是尽哭。好在前日接到湖北藩台衙门里一个朋友的信，说已经替我在藩台面前注了一个册。我意思想在这几天内动身，我也不管你们的事了。"三姑娘听得笑了一声，说："你不管我呢，却没有什么要紧，怕翠姨在家里的日子难挨。我替你想，横竖你既是出去候补，少不得要带一个体己人服侍的，我看不如将翠姨带去罢。"晋芳听了这话，只是傻笑。过了一会，说："怕母亲不答应罢？要说将你同他反搁在家里，转携着小翠子走，又该骂我爱小老婆了。"三姑娘笑道："等我来教你一个好法子。"于是附着晋芳耳朵，说了一遍，如此如此，这般这般。晋芳大喜。

欲知后事，且阅下文。

# 第三十二回　卜书贞替人吃醋　林雨生拚命戒烟

过了几天，晋芳午后闲着没事，便带了一个家人，步行到卜书贞这里来。才跨入那座高大石库门内，看见先前已有一个鸠形鹄面的汉子，在那里问他们少爷可在家不在？有几个爷们围坐在门房里抹骨牌，只听见吆喝道："少爷不在家，你明天再来。"晋芳此时已走到门房之外，便接着说道："你们少爷到哪里去了？"内里爷们见是晋芳，忙着站起来笑道："少爷在里面呢，待小的引着老爷进去。"一面说，一面便迈步前行。

晋芳绕了几重房屋，一径到玉鸾的书房。恰好玉鸾立在阶下，命童儿们将他养的许多百灵、画眉、八哥等鸟，放在栏杆外边逗着叫。看见晋芳，含笑迎上前说："表舅难得高兴到这儿来。"晋芳笑道："老侄很乐。我听去也不知道他们叫的什么。"玉鸾道："这叫的名色很有讲究呢。前天甥儿新买了一个百灵鸟，计六十四两纹银，能学十五六种猫叫。"晋芳笑道："可象不象？"玉鸾道："活象。"晋芳笑道："若是我，只须花得百十来文买一个雪里拖枪的小猫，不是更比这百灵叫得象吗？"玉鸾也不禁大笑起来。

两人说着话，都走入客厅。晋芳问道："门外有一个人问你，看这人光景很是不济，这是谁？你几时认识的？"玉鸾笑道："正是，咱早已想过去同表舅谈谈。听说表舅不久要往湖北当差，保不定是厘金筹饷。咱这里有一个姓林的，咱被他闹昏了，敢望表舅提挈，带他到湖北去一趟，只算成全甥儿，甥儿心感就是了。表舅适才进门看见的，大约就是此人，他几乎无一天不到咱这公馆里来。"晋芳点点头。又说道："这人烟瘾敢是不小罢？他既想在外边混饭吃，这一层毛病倒很有点累赘。"玉鸾笑道："表舅说的话，怕不正经，待甥儿明天吩咐他戒了罢。此时可好叫他进来见一见？"晋芳笑道："左右没事，却也使得。"玉鸾扭头吩咐一个小厮，到外边将那个姓林的喊进来。

不多一会，果见雨生将个身子斜着进来，一双手垂得笔直，走入室内，便是两个屈膝大安。玉鸾欠起身子说："林先生，你总是多礼，这又算什么呢？"又指着晋芳告诉他："这是舍亲，不日将往湖北。先生的事，咱已重托了，大家见一见，省得彼此不认识，将来会着倒反生疏。"林雨生答应了"是"，遂又走近晋芳身边请了一个安。晋芳含笑说："不敢。先生大号是雨生？请坐，请坐。"雨生忙答道："晚生不敢。"玉鸾笑道："坐下不妨，没有站着讲话的道理。"

雨生不得已，将屁股尖儿轻轻搭在一张椅子角上，哈着腰，仰着脖子，等他们问话。晋芳道："先生腹中想是高明得很？"雨生道："晚生才识短浅，一切都望老乡台指教。"晋芳道："太谦了。兄弟此去，怕没什么好处安插先生。"雨生道："只求老乡台赏饭吃。"晋芳道："先生怕还有点嗜好罢？"雨生道："是，晚生稍有点烟累。目下正想发狠戒绝。"晋芳道："这却是要紧的。一个人吃了鸦片烟，志气也就短了，身体也就亏了。自己固然不想上进，就使旁人要想提挈提挈，也就意懒心灰。先生立志戒除，足见超然物表。"雨生又连连答应了几个"是"。

这个当儿，玉鸾叫人将他孩儿稳子唤进来。雨生偷眼一看，打扮得十分精致，皮肤也转白了，不似先前干燥模样。见着雨生，只管笑嘻嘻跳跃。雨生却不敢拿正眼去瞧。早听见玉鸾笑道："林先生，你看令郎怎么样？可被咱修饰出来了。这个孩子很知好歹，咱想留在身边。林先生，实告诉你，咱须不放他回去了。你可舍得不舍得？"雨生正色道："若少爷不弃，肯提拔这孩子，晚生感激不尽，焉有领回的道理？晚生还有一句肺腑的话，说出来少爷不用见疑：万一少爷果然爱着他，不妨叫他长远在此伺候少爷；只是求少爷温存着些，怕孩子年轻。"玉鸾听见他说出这几句话，不禁羞得脸上红晕一直泛到耳根，转一句回答不出。引得个晋芳暗暗发笑，接着说道："林先生便请回罢，等兄弟有动身的确期，再来给信到这里。只是先生戒烟第一要紧。"雨生答应了，立起身来，又请了两个安，趑趄着退去了。玉鸾到此，方才急出两句说："这是哪里说起？这厮不是发疯了？"晋芳笑道："人穷则志短。他此时不知怎样谄媚老侄才好，所以讲出这些不伦不类的话来。你也何必同他计较呢？"

晋芳正说着，猛见一架大穿衣镜背后，有一个丫头身影，霎时又不见了。晋芳便问道："令堂近日还好？"玉鸾道："他老人家别的都不打紧，只是时常发动肝气，闹起来，都是这些丫头晦气，准备着挨皮鞭子。前天因为甥儿出门回来得迟了，将甥儿叫到面前，痛痛地骂了一顿。"晋芳道："这也难怪，一个人在家，也闷得慌。为何不到我们那里去？"晋芳话还未毕，早听见玻璃窗子后面，有人笑着出来说："大哥在这里呢，为甚不到后边去坐？尽管在这里同孩子长谈。若不是丫头们来告诉我，停一会子早该又要奔得回去陪新夫人去了，咱特地赶出来。”

晋芳才看见卜书贞扶着一个丫头，娉娉婷婷地走到书房，身后还跟着几个丫头，连忙立起身来笑道：“妹妹大安。今日本是专诚来会妹妹的，不图在此会见一个姓林的，便耽搁了。”卜书贞道：“什么姓林的？可不是咱前日出门遇见的那个花子？咱看见他便作呕，亏你们还同这人讲礼。”说着便在炕上坐下。又笑道：“大哥很忙，日夜辛苦。”晋芳笑道：“妹妹又来取笑了。”卜书贞道：“二嫂子产后还结实？孩子满月，咱本意想过来贺喜，偏生那一天又发起旧病来，大哥不用见怪。”晋芳道：“正是，妹妹的病，还该诊治诊治。”卜书贞叹道：“咱看着这身子，好象天地间一个赘瘤。存在世上呢，也不为多；不在世上呢，也不为少。阎王几时来请咱，咱便决意走了，容或还好寻着他父亲。”

晋芳知道卜书贞心事，是很容易发牢骚的，便不敢望下多讲，忙改口说道：“我早晚要去湖北走一趟，妹妹思量湖北的什么东西，可告诉我，我替妹妹带回来。”卜书贞道：“原来大哥是要出门了。既然指了省，不去省城里当当差，终非长策。至于咱却没有东西托带，咱今年不定也打那里经过。汉口是百货云集的所在，左右不过是那些花样，咱家里都还有了。只是大哥此去，怕一时来不及带着家眷同去，最好是先将翠姑娘带去服侍。”晋芳道：“怕母亲不答应。加着你这二嫂子很有些同他做对。”说到此，遂将一月以来的事迹，略略告诉了卜书贞一遍，直气得卜书贞跳起来骂道：“不要活见鬼罢，除得大嫂子是明媒正娶，谁又不是从偷摸来的？他倒要摆起架子来了。做大的也是一个人，做小的也是一个人，他那人不见得比别人要异样些。翠姑娘怕他，咱是不怕他的。咱那姑母也太偏心了，千不看，万不看，还该看看咱的面子，不该帮着二嫂子来欺负他。大哥放心，咱有本事叫翠姑娘跟你去。”说着一叠连声喊打轿子。玉鸾笑道：“母亲，你老人家何苦如此着急呢？”卜书贞道：“孩子家晓得什么，这等事很叫人不平。”又望着晋芳道：“大哥便在此坐一坐，暂时且不用就回去，省得别人要疑惑你来挑唆咱的。咱到府上去看光景，好则好，若是不好，叫他认得咱的手段。”晋芳也笑起来说：“妹妹如此热心，真是叫人感激不尽。”卜书贞将头一扭，说道：“咱也不要人感激，咱只是这样脾气。”正说着，仆人已将轿子打在轿厅上面。

卜书贞进去，略略修饰了一番，出来命玉鸾陪着晋芳用膳，自己早到伍府这边来。卜氏赶忙携着三姑娘迎出。卜书贞有意无意招呼了一声，一径走入小翠子房里，只不见小翠影子，心中老大不快活，便问房里一个丫头道："你们翠姨奶奶呢？"丫头笑道："太太来得不巧，翠姨奶奶刚才进来换了一件衣服，又被二少奶奶着人唤去煨燕窝粥了。"卜书贞喝道："胡说！快替咱唤他过来，咱同他有话讲。"那个丫头见卜书贞气色不好，伸伸舌头，早如飞告诉小翠子去了。

此时卜氏同三姑娘也都赶进来。三姑娘搭讪着笑道："好呀，我们姑太太只知道疼翠姨，你看一进门便跑到他房里，也不理我。"卜书贞冷笑道："我疼他有什么用呢？有你们这些大太太们压在他头上，便饶着咱会疼，也快活不了他。"卜氏见卜书贞话里有话，却一句不敢开口。

少停小翠子已走进房，见卜氏在此，不敢向卜书贞多言，只随口叫了一声"太太"，眼眶子接着一红。卜书贞见他云鬓不梳，罗衣褶皱，口边眼角都露着些青黄颜色，依然还是那天在小船上初次会见的一般，心里微微也有些酸痛，一把将他的手扯过来说："翠姑娘，你这一向还好？"小翠子低头答道："太太放心，我不觉得怎样。"说到此，声气便有些发岔，几乎要哭出来。

三姑娘在旁看见他们这种情形，暗暗发笑，知道自己的妙计已经告成，怕夹在里面，卜书贞有话不便同卜氏讲，便立起身笑道："姑太太在此多坐一会，我去将小官官抱出来给你看。"

卜书贞见三姑娘已走，便冷笑向卜氏道："咱风闻姑母不甚喜欢翠姨，可是真的？"卜氏笑道："我的姑太太，你又打哪里听见这些话了？都是自家的儿女，却分什么厚薄？"卜书贞道："你们二少奶奶坐蓐，为甚一定要翠姨去服侍他？"卜氏道："那不过是我这二媳妇怕房里没有正经人，叫他去照应照应也是有的，也没有什么亏苦着他。"卜书贞笑道："论理呢，翠姑娘究竟是个姨娘，服侍太太们，原是正理。但是依我的主见，不如一老一实打发翠姨离了眼前，倒是一干二净的。我听得我们大哥要往湖北，最好姑母吩咐他一句，叫大哥带着翠姨走。姑母看可使得？"卜氏正色道："这却不行呀，他便是做了官，第一有我在头里，其次就是要算到两个媳妇了。却行先将小老婆带出去，被上司知道，怕还于前程有碍。"

卜书贞见卜氏一番话侃侃而谈，有意堵着自己的嘴，不禁火星直冒，说："姑母，你真是老糊涂了。做官的人便不该娶小，那些候补老爷在省里也不至专心向花天酒地里去闹了。况且大哥是到湖北候补，我听见湖北有许多大人讨妓女做小老婆的，前程也不见有碍呢。再者大哥也不是便将老太太忘却，不过先带着翠姨去安置一切，续后便用头号官船来接老太太、太太赴任。这么样办去，想还不至加他一个大逆无道的罪名呀。”卜氏笑道：“啊呀，我不过讲了两句话，又累姑太太生气了。姑太太要怎么办，就怎么办，可好？”卜书贞见卜氏有允许之意，方才欢喜，笑道：“既承姑母的情，赏侄女一个金面，姑母请方便罢，我还在这里多坐一会，有话同翠姨讲呢。”卜氏笑道：“你们俩很亲热，我便去了，不讨你们的厌。讲过话还到后面去走走。”说着，径自去了。

恰好三姑娘引着一个丫头，将朱二小姐生的那个孩子抱得进来，送到卜书贞身边，笑道：“姑太太，赏我们的见面礼呀。”卜书贞瞧了一眼，笑道：“好儿子，难为你多生了一个雀儿，便替你母亲争了气了。咱祝你长命富贵。”便在身上解下一面小金坠儿，上錾着“天赦”两个小字。三姑娘替他接过来，扣在孩子衣领上，还捧着孩子两只小手拱了一拱，引得小翠子都笑了。

卜书贞望着三姑娘笑道：“大嫂子，我今天放肆，来替翠姑娘做了一个说客，叫你们老爷带他上湖北，你可不要恨咱。”三姑娘笑道：“不要丢丑罢，你今日的说客，还是我替你作成的呢。”于是遂将怎样同晋芳议论的话，告诉了卜书贞。小翠子道：“太太待我是好的，我很感着太太恩惠。”卜书贞笑道：“难得大嫂子还有良心。”又低低笑问小翠子道：“翠姑娘，你敢是这一月内，都不曾同你们老爷睡觉？”小翠子含羞不答。三姑娘笑道：“可不是呀，翠姨除得做新人那一天是陪着老爷睡，以后便都在二少奶奶房里过夜。”卜书贞道：“可恼呀！一个花枝般的女孩儿，不放他双飞双宿，可不是冤枉。老实说，象咱是不幸做了孀居呢，若使他在世，咱敢是一夜不愿意离他。”说着又哈哈笑起来道：“这可便宜我们大嫂子了。翠姑娘是服侍人，要人服侍的又是坐蓐，想必大哥夜夜都在大嫂子床上。”三姑娘笑道：“在床上又怎么样呢？还不是去养息养息精神。横竖我也老了，这些事已不放在心上。”卜书贞笑道：“啧啧啧，狗大年纪又来说嘴了。”两人只管取笑，小翠子也是盈盈不语。

一会子，朱二小姐房里用的一个奶奶，忽然跑得进来，骂那个丫头道：“发昏的奴才！你将小官官抱出来，不赶着送去，吹了风你担承得起？”三姑娘听了这话，怒道：“小官官是我叫他抱出来的，你骂谁？”那奶奶又冷笑道：“原来是大少奶奶叫抱的。大少奶奶也不用生气，奴才们怕大少奶奶还不是一样疼着小官官，难道还安着别的歹心不成？”说着，赌气将孩子抱得进去。卜书贞恨道：“你看，你看。”又回头对小翠道：“你快快收拾收拾，咱接你到咱公馆里去住几天。你的老爷，我也留他在那里。看还有人容不得你！”小翠子望着三姑娘尽笑。三姑娘道：“既然卜太太吩咐你，你就去罢。”小翠子十分欢喜，禀明了卜氏。

卜氏知是卜书贞主意，也违背不得。小翠子当晚便随着卜书贞走了。卜书贞又替他们收拾出一间房来。落后被朱二小姐知道，也是敢怒而不敢言。

过了几时，晋芳已有行期，亲友们排日饯行，自不必说。就中忙煞一个林雨生，难得晋芳肯带他去，又苦逼他戒烟。夫妇二人商量着，知道这吸烟终久也是个累，便是戒掉了也好。只是他们贤夫妇的烟瘾，非一朝一夕了。譬如一株树木，根深蒂固，在当初培植，固煞费苦心，便是今日要来斩伐他，饶着斧锯兼施，他那萌蘖之微，终会潜滋暗长。况且近年以来，境遇穷迫，已久不吸好土膏了，总是把那吸过的烟灰烧而又烧，仿佛他们身子是一支极老烟枪，内里五脏都熔化成膏汁了。夫妇自从起了戒烟念头，便将平时所剩的烟泡，尽数咽入腹内。精神陡长，商量着跟随伍晋芳到了湖北，如何发财，如何舞弊，如何来接巴氏去享福。说到高兴之处，雨生拿着一支烟枪轻敲床角，缓缓地唱起一支《醉打山门》的昆腔来。巴氏也就光着身子，按弦合节地舞蹈。雨生笑道："人说起戒烟来，象是怎么艰苦似的，在我看也不觉得。"巴氏也笑道："不是这般说，还是那些烟鬼没有志气罢咧。假如世界上有瘾的人，都象你我这般斩截，这鸦片烟早该绝了种了。我还恨你我不早早……"巴氏说到此，猛地打了一个哈欠。雨生惊问道："啊呀！你觉得怎样？"巴氏道："没有事，想是夜深了，不如睡觉罢。"雨生点点头。秋深苦寒，贤夫妇床上还垫着破席子，又没有衾被。雨生同巴氏约法三章：一会儿你伏在我身上，一会儿我伏在你身上，公公道道，轮流当着被盖。

挨到天亮，雨生一骨碌坐起，揉着眼睛东瞧西望，一眼看见烟具，整整齐齐还放在旁边一张矮凳上，不禁咧开大口笑起来，仿佛登徒子见了横陈的美人一般，无意中便想动手动脚。巴氏道："你又怎么了？我们是戒了烟的人呀。"雨生道："不错，不错，不要理会他罢。只是将这件东西摆在眼前，终非长策，等我收拾起来，做他一个不见可欲，使心不乱。"

雨生正待下床，猛见巴氏一行眼泪、一行鼻涕地痛哭。雨生道："你好好的为甚哭了？"巴氏笑道："呸！没活见鬼罢，大清早起，谁还哭来？"说着用手掌将涕泪抹个干净。说也奇怪，那林雨生刚才疑惑巴氏痛哭，他不知不觉也照样哭起来，还多着一头黄豆大的汗珠。等了一会，再也坐不起身。夫妇二人依然双双睡下，直手直脚，连想轮流着做被都不能了。好半日，汗越发来得汹涌，气促声嘶，大腿底下水湿了一片，还点点滴滴。巴氏再也熬不住，有气无力地呻唤道："戒烟呀，怕不是要命呀。在我看，不如仍是吃了罢。死罪好受，活罪难挨呀。"雨生翻着白眼，狠狠地用脚蹬了巴氏一下，似乎恨他说这些破戒的话。巴氏又挨了一刻，又哭道：“天下没见吃烟的有个砍头的罪名。你不信我的话，恐怕白白死了，还没有人来埋葬你我。那时候做了鬼，怕还要懊悔。”

雨生听到此，微微叹了一声，仍是不动声色。巴氏见劝他不醒，自己也顾不得了，哼哼唧唧，好容易挨下了床，在烟具旁边摸索了一会。恨只恨昨天将烧好的烟泡都尽数吃了，不得已摸着那支烟枪，将斗门子取得下来，用了些冷茶灌入枪里，呼呼地吸了一个畅快，才算恢复精神。又如法炮制，将烟枪送至雨生嘴边。雨生抵死不吸。巴氏无法，守了一会，眼看着雨生汗涌舌突，是要呜呼哀哉，伏惟尚飨了，不由拍手打掌，哭起伤心的人来。

正在万分危急之际，巴氏猛一掉头，忽见自家身后立着一个羊眼鼠须的人，青布长衫，手中握着湘妃纸扇，望着自己微微含笑。巴氏大惊，不由匍匐在地。那人不慌不忙，在口袋里取出一丸丹药，命巴氏端过一杯清水，将丹药用手碾成粉末，放入水里，相与撬开雨生牙齿，轻轻灌下。果然灵丹妙药，不比寻常，一霎时间，便将雨生鬼门关上的游魂重新摄入躯壳。但不知此人是谁？

欲知后事，且阅下文。

# 第三十三回　一往情深离筵争进酒　百无聊赖欢宴独愁眠

林雨生悠悠醒转，睁眼一看，惊问道："胡大叔是几时进来的？学生因为戒烟戒昏了，不曾出外迎接，多多得罪。"那人笑道："尊府大门有也同没有一般，少不得推门直入。我还疑惑你们在里面干什么把戏，原来在这里拚命。你不知道，戒烟是要有法子的，象你这样冒失，老大是个白吃亏。"雨生道："学生自从吃烟，倒还不曾戒过，今日还是头一遭儿，倒要请问还有什么好方法？"那人掂着丸药笑道："这就是戒的方法了。我也是有瘾的，如今我送给你几颗，按日吞吃。吃完了再买，买了再吃。恭喜你过到一百岁，这丸药便吃到一百岁。人家问起来，可算是不吃烟了。"雨生道："敢是丸药里面也有鸦片烟可以抵瘾？"那人笑道："少不得也有点儿，但是吃丸药的名色，总比吃烟好听些。你可不用罗唣罢，我们少爷特地打发我来告诉你一声，伍大老爷可是明日上轮船了，命你收拾收拾，起个五更，赶紧跟去。"

巴氏此时已扯了一幅破布，将下面围着，重走过来说道："啊呀！一无所有，怎样动身呢？胡大叔行行方便，借给我们几文，置办置办行装也好。"那人顿脚道："你们夫妇两个真是缠不得。我今天运气不好，少爷轿子巧巧不是我的班，转走出来应这趟差使。我又心慈面软，搁不住你们哀告，我身边却还有五块洋钱，老实便借给你。假如借给别人，我的利钱定例，是五块钱，每月利息就是一元，牢不可破。如今看你们实在穷困，就给八角洋钱一月罢。我先扣两个月利息，应该找你三元四角。你补个五元的借约交给我。再者，我看你们一时想要置办被褥衾枕、毡条麻绳，恐一时来不及。可巧前天我把一个短命兄弟死掉了，他还有一副行李放在我那儿，我看着总有些伤心，不如一古拢儿卖给你，便宜些，你给我三块大洋。我此处有四角小洋找给你，你拿去买点路菜罢。"说着，真个从口袋里掏出小洋四角，递给林雨生。林雨生只得收了，还写了一张五元的借约交给他。那人笑了一笑，说："我停一会便将行李扛得过来，你等着罢。"

林雨生此时将四角小洋捧在手里，对着巴氏不禁泪如雨下，说：“这是怎么好呢？我此番出去，算是衣食有着，我便将这四角小洋交给你，你能度活得几时呢？有我在家，尚撑着一副花子面孔，沿门借索。你总是一个妇人家，穷得裤子也没有一条，将这四角钱用完了，又如何是好？我在一时，又恐怕不及寄钱给你。”巴氏也只是呜呜咽咽哭个不住，再三推让，还分了两角小洋给雨生，恐他路上需用。

嗟乎！贫贱夫妻百事哀。就这一种离别凄惶，也就令人心酸落泪了。毕竟“离别”二字，虽同是世界上消魂之事，然而一贫一富，到底有些不同。

伍晋芳连日在亲友处纷纷宴会。当动身前一天，少不得将小翠子携回家来，叩别他们婆媳。三姑娘同朱二小姐，连日替晋芳检点行李，忙得茶饭懒吃。朱二小姐更是新婚燕尔，难舍难分。卜老太太这一晚命厨房预备一桌酒席，更将卜书贞母子请得来同宴。是时却是九月中旬，月明如昼。大家错落坐下，只不见淑仪出来。卜氏一迭连声命人去唤仪姑娘说：“都是一家的人，为何要这样鬼鬼祟祟地躲避？亲热些呢，便喊鸾儿一声哥哥；若是害羞，就不用做声，也还使得。明日过了门，敢还不同哥哥说话不成？”卜书贞含笑不语。玉鸾听到此处，早有些趑趑趄趄起来，引得众人大笑说：“又是一个脸嫩的。”正说之间，早见两三个仆妇将淑仪捧得出来。卜氏唤道：“仪儿过来，坐在我这里。”淑仪侧身坐下，真羞得无地自容，不肯将头抬得一抬。

卜氏端起一杯酒，向通席照了一照说：“我们大家通干一杯。”于是大家都站起身来，一饮而尽。卜氏重将杯子放了下来，叹道：“我家晋芳自出娘胎，到今日也有三十二岁了，可算从不曾离过我一步，风吹草动，我都有些肉疼。不怕我们姑太太笑，他虽然娶了媳妇了，我还是将他当着吃乳的孩子一般看待，饥寒饱暖，件件都要打我心头上经过一遍，我才算放心。如今他父亲是亡故了，家道艰难，少不得要逼着他千山万水去寻饭吃。我仔细想来，肝肠寸断。”卜氏说到此，声气已经呜咽。座中朱二小姐更是翠眉双锁，珠泪纵横。

晋芳勉强立起身笑道：“母亲也不必伤心，孩儿一经到了那边，布置妥帖，便来接母亲同去，也没有多时离别。”卜书贞笑道：“着呀，姑太太也太顾惜大哥哥了。男儿志在四方，免不得都要出门的。在家里老守一辈子，又有什么出息呢？”卜氏又道：“话呢，谁不是这样说？只是陡然听着‘离别’两字，也叫人不得不伤心。翠姨也是个懂事的孩子，你在老爷身旁，各事都要加意照应，上衙门要催他早起，会朋友要催他早回。总而言之，就算是替我操操心罢。”小翠子立起身来回道：“老太太尽管放心，吩咐的话，奴婢一一依着办就是了。”卜氏道：“很好。我敬你一杯酒。”小翠子恭恭敬敬接过来饮了。三姑娘见卜氏如此看待小翠子，自己也就凑趣斟了一杯酒，又送过来，笑道：“老爷此去，一切总望姑娘操心，婆婆适才已经说过，我也不必再赘。这一杯酒，算是我拜托你的一点敬意罢。”小翠子含笑，也端过来一饮而尽。

等了半晌，卜书贞嚷起来说：“朱二嫂嫂呢，你为何不敬翠姑娘一杯？你敢是不把你们老爷放在心上？”朱二小姐初时见他们婆媳敬小翠子的酒，心中很是不服，正自懊恼，猛听得卜书贞这一句话非常刻毒，却又逼着自己不得不依。于是轻捻翠袖，也就端了一杯酒，送在小翠子面前，却是一言不发。卜书贞又笑道：“朱二嫂嫂怎么不会讲话？你全不曾听见我们姑太太同大嫂子刚才说的话吗？你也该赏他一个脸儿。”朱二小姐呆了一呆，笑道：“我是拙口钝腮，有什么话说呢？我说个多福多男，齐眉举案罢。”卜书贞嚷道：“不好，不好。”晋芳忙拦道：“很好的。”又回头望着小翠子道：“你快喝了这一杯。”小翠子笑道：“啊呀！头晕得很，敢是酒多了。”一句话未完，早见面前有一只玉手伸过来，将一杯酒倾泼在桌上。三姑娘忙道：“这都是仪儿的父亲不好，怎么冒冒失失，拿袖子将酒碰翻了？快重斟起来。”旁边便走过一个仆妇来，又满满斟了一杯。小翠子仰着脖子又喝了。娇容上已经一瓣一瓣地泛出桃花，勉强撑住坐着。

卜书贞笑道：“等咱也来敬翠姑娘一杯。”小翠子摇头笑道：“好太太，委实喝不下了。”卜书贞道：“咱不依，咱敬过你，咱还要命鸾儿同仪儿各人敬你一杯，一共三杯。你快喝了罢。”小翠子愁眉苦脸，千般哀告。众人做好做歹，说：“鸾儿同仪儿公敬一杯，共是两杯罢。”小翠子不得已又喝了，身子已经晃晃荡荡，站起身来便要望自己房里来。卜书贞笑望着身旁的仆妇努一努嘴，叫人仔细扶着。果然小翠子两只金莲，左欹右侧，好似画符一般，刚走至阶下，早在那绿莎上躺下了，引得合席大笑。唯有朱二小姐气得将头扭转过去。

晋芳命人将小翠扶上床去睡，自己重又入席，敬卜氏一杯酒。又斟了两杯递给三姑娘及朱二小姐，笑说道：“我这一趟出外，母亲及家中各事，全仗二位照应。”三姑娘盈盈一笑，将酒饮了。朱二小姐捧着酒说道：“婆婆在家，我们理宜替你侍奉。但是你在外面，须得将心分一半在家里，看有机会能来接婆婆，便须早接。不可一味听人闲话，只顾自己快乐，把家里的人全丢在脑后。这总算是你的良心。”晋芳听了，也是一笑。转下来又敬卜书贞一杯酒。又同玉鸾谈了几句闲话。

卜氏笑道：“我记挂起一件事来了。晋芳此去，保不定三月五月就来接我们到省，仪儿他们的大事，我看趁我们在扬州的时辰，把来赶紧做罢，省得将来又费许多周折。”淑仪刚听卜氏说到此处，早如飞地跑入后面。卜书贞笑道：“女孩儿家的脸，比桃花瓣儿还薄，动不动就会红起来，你们看仪儿跑得这样快。但是这件事既然姑太太肯成全他们，是极好的了，咱家有的是钱，要儿时办，咱们就办。”卜氏道：“等他父亲动身之后，姑太太那边就替他们拣一个吉期。横竖仪儿的鞋头脚脑，都已陆续做齐备了，别的外盖儿，一唾手就可成功。”卜书贞点了点头，偷眼见卜氏已经瞌睡，便起身告辞，望着晋芳说道：“大哥此去，前程万里。咱同鸾儿明天不亲来送别了。”说到此，那两个眼眶里，也就含着无限清水。又说：“翠姑娘醒来，替咱致意。咱们将来再见罢。”晋芳一一答应。当夜无话。

次日清晨，三姑娘早向神堂前点起香烛，催促晋芳一一行礼。晋芳又叩辞了卜氏。卜氏含泪叮咛，自不必说。晋芳眼看着一众家人押着挑夫，将行李箱笼一一扛抬出去，自家不得已，遂也偕同小翠子上轿，出城登船。

如今暂且不表晋芳到了湖北什么景况。且说卜书贞果然隔了十余天，便替玉鸾拣了好日子放聘。富贵人家办事，自是要怎么样便怎么样。卜书贞又是个挥霍惯了的人，这一件喜事真是穷奢极侈，踵事增华。从来朱雀临门，重重口舌，这也不过是男家悭吝，女家争竞。你想天下事若是都象卜书贞如此豪爽，女家还有什么不愿意的呢？所以三姑娘这边只管购办妆奁，都要想同卜书贞那边比赛，将伍士元当日所遗的积蓄，也就花费去十之四五。卜书贞看去，还觉不甚光彩，又暗暗地送了一千两银子过来置备什物。玉鸾心里倒很不以他母亲行事为然，自家转落得不去过问，任凭他母亲同那些爷们仆妇料理一切。此时家中前前后后，都扎抹成锦国模样。住宅左边，有五间楠木大厅，厅前全是种的梅花。是时已是秋末冬初，残菊纵横，衬着那些雁来红，分外明艳，梅花也渐渐开了。这一天正是过聘日期，玉鸾也有一班少年朋友，都陆续过来贺喜。玉鸾却不见云麟到来，很是盼望。

且说云麟自从玉鸾那一夜见访之后，也曾被玉鸾约过几次酒宴，觉得玉鸾虽是贵家公子，却也不是一味纨绔恶习。后来也就谈得入港，隔着三天两天，不是玉鸾到他家里闲谈，便时常写字柬儿来约他，云麟却也从不曾辞过。这一天玉鸾过聘，论理云麟便当早早跑来贺喜。无如云麟有云麟心事，越是听见玉鸾那边喜事忙得热闹，越是勾起他无穷怨愤。暗念：“姨妹淑仪，分明是自己的婚姻，姨父、姨母都曾允许过的。无如家世贫寒，连儿女心愿也不能遂意，生生地将一个耳鬓厮磨、轻怜密爱的女友送给别人。自己果然是死了，便也一干二净。偏又同生斯世，同在一

方，眼睁睁看着他巾栉笄珈，唤人夫婿，枣脩榛栗，侍彼翁姑。饶着姻娅往来，除得屏角筵前，含情唤一声哥哥而外，便连多说一句话儿也不方便。天呀！你若是憩置我云麟，便该不要让我含生负气，立于天地之间；若还不白白地生我，为何人世第一件好事，便有意无意地来戏弄我，使我抱这终生之憾呢？如今虽说是已同柳家结亲，而柳春的妹妹，我究竟也不曾见过，不知道能否赛得过仪妹妹？若是生得丑陋，不独别人笑话，怕就连仪妹妹也要笑掉了牙齿呢。我心里岂不想早早也将柳家姑娘娶过来，只是可怜孀母孤儿，度日还觉不甚容易，这婚姻一层，怕一时还顾他不及。我如今也有十五岁了，不是与玉鸾同庚？他便该早早地将一个如花似玉的仪妹妹娶过去，我便硬派着连一个不曾看见过他颜色的妻子都把来搁在人家？怕再过十五年还不知能否婚娶呢。”

云麟想到此，真是穷愁万种，孤愤一身，你想玉鸾过聘，他哪里还肯来贺喜？这也罢了。偏生还有那个不解事的三姑娘，从三五日前，便迭次打发人到秦氏这边来，请云麟过去帮着照应，写喜帖儿，开礼单儿。云麟决意不去，对着来请客的管家说：“你去禀复你们太太，说我在家害病呢，饭也懒得吃，路也懒得走。”那管家笑道：“少爷这是说哪里话，少爷不是十分强健，哪里象是有病？少爷如此作难，我们该得回去又被太太骂。好少爷，只当体贴我们，勉强去一趟罢。”秦氏也笑道：“麟儿，既然姨娘请你，你理应快去；姨父又不在家，这些烦文末节，叫你姨娘怎么理会得来？”那管家道：“太太可是青天了。自从我们老爷出去，接连闹这喜事，家里忙得乌糟糟。起先我们二太太还将各事料理料理，不料打从老爷走后，他同我们大太太又有了嫌隙了，说翠姨此番出去，是大太太用的心眼儿。所以小姐的喜事，他板起脸来一概不问，闲着只逗着那个小少爷玩笑。太太想，我们大太太可真是烦难了。若少爷再不肯去，简直要闹出笑话。”

云麟听着这管家一番话，想道：“三姨娘平时待我也是不薄，若是此番不去，他们不知我的心事，还疑惑我有意作难，这还成个什么人呢？”便又对着管家说：“即刻就来的。”于是云麟去过几次。只不曾看见淑仪一面，心中又是忽忽不乐。

到了过聘日期，三姑娘清早就差人将云麟请将过去。云麟是决意不向玉鸾那边贺喜，便躲在伍家这边也好。后来见玉鸾那边过来的聘礼，真是珍珠百串，锦绣千端，眼花缭乱地几乎要将伍家前后五六进房屋都装满了。心中暗暗替淑仪欢喜。默念：“若是我家来聘仪妹妹，哪里会有这种富丽？论仪妹妹那种娇媚，自宜享此艳福。我便是勉强娶着他，不是白白糟蹋了？”想到此，觉得一时心地空明，毫无障碍，倒反欢欢喜喜地检点这样，查察那样。

正觉得热闹，忽地内里一迭连声说："请云少爷进去写年庚红帖。"云麟急忙撇下外面的事，一径走入内室。只见内室中间新燃着龙凤椽烛，正中设着桌椅，都是大红锦缎铺得完风不透。桌上一幅猩红描金盘龙俪凤的全帖，一方歙砚，一对湘妃紫竹毫笔，一对百子黑墨，全用五彩丝羢缚着。卜氏同三姑娘及朱二小姐，还有许多女眷，齐齐围在旁边。两家的仆妇、爷们又簇拥阶下。卜氏笑道："借云少爷全福，请坐上去，替你仪妹妹填一填年庚。"

云麟含着满脸羞愧，勉强向那张太师椅上一坐，一霎时模模糊糊，不禁又涉起遐想来："我云麟若是娶得仪妹妹，万一双双归宁，怕姨娘这边不是这样款接我？如今我独自坐在这里，可惜肩下没有仪妹妹低眉敛笑地陪着，总算是我欠着福分。"想到此，从无穷羞晕之中，又微微露出些愁怨颜色。此时旁边伺侯的人，已将香墨磨好。云麟提起笔来，按着帖子，不由得将自己的年庚直写上去。写完了方才知道，不觉大惊。心里想道："这便如何是好？仪妹妹终身大事，又不能将这帖子废去不用，另换帖子。幸喜旁人还不觉得。"云麟只管按着帖子不放。还是朱二小姐在旁边笑道："相公，这年庚写得是不错的。"一句话提醒了云麟，方才悟出自己的年庚原是同淑仪一样，一块石头方从心上落下，又不禁暗暗笑起来。刚将帖子写完，便恹恹地下了座。

旁边忽然又走上一个管家，手里拿着大红全帖，向自家面前一扬，说："富少爷那边请少爷晚宴。那边家人已经到少爷公馆里去过两次，后来知道少爷在这里。还说请少爷早点去，他们少爷恭候着呢。"云麟听到这话，忙连连摇头说："不去，不去。你快打发那边管家走罢。"这个家人答应了一个"是"，便下去了。

三姑娘笑道："既是那边等着你，你为何不去？"云麟道："便去也没有味儿。"朱二小姐笑道："我知道云相公的心。"云麟深恐朱二小姐说出别的闲话来，忙望着朱二小姐丢了一个眼色。朱二小姐接着笑道："他是看人家做大喜的事，心里很不高兴。其实大家总有这一天，这又何必懊恼呢？"云麟被朱二小姐说得脸上红起来。大家哄堂一笑。

旋见那个家人又匆匆上来，向云麟笑道："适才家人下去，将云少爷的意思回复富少爷那边的人，谁知他们管家说，他们少爷吩咐的，若是请不到少爷，便是个死。他们少爷的脾气，是少爷知道的，还求求少爷体贴他们。"云麟顿脚恨道："怎么我今天都遇见你们这班人了？早间这边去请我，也是这样说；此刻那边请我，也是这样说。我简直不是什么少爷,便算我是你们诸大管家的护法。”说得那管家也笑了,还是执着帖子呆立不动。朱二小姐笑道:“糊涂东西,还不快滚下去,你不听见云少爷允许做你们的护法,便是答应肯去了。”那家人方才退去。

云麟延至上灯时分,玉鸾那边又打发人来催过几次,三姑娘同朱二小姐也硬逼着他。云麟不得已,穿好衣服,刚待要走,三姑娘又命一个家人送云少爷过去。云麟走出门外,那家人早点好了灯笼,在前面引着。云麟一眼看见上面是簇新写的“湖北候补县正堂”七个大字,忙命人快快将那灯吹灭了。那家人道:“道路漆黑,没有灯笼怕不好走。”云麟急道:“这有什么要紧?便是跌死了都使得,我只不要用这灯笼。”那家人也不知道他是什么用意,只得提起灯笼来吹灭。尽着黑头走至玉鸾公馆门首,早见灯彩辉煌,人马嘈杂。门口的人见云麟到来,便有人引导着向花厅上走。远远地已听见那丝弦声音,弹得如雨点一般。

刚走至阶下,见厅上筵席已齐,众客一例地都站起来。玉鸾迎得上前,拉着云麟的手,佯嗔道:“大哥是恼了咱了?几乎不把咱盼死。你看大家久已到齐,专等大哥光降,方才开席。大哥不怜惜众位弟兄,也还该怜惜这几十枝名花,可怜他们的秋水怕是都要盼穿了。”云麟遂向众人拱一拱手,又望着玉鸾长揖道:“贺喜来迟,还求老弟宽恕。”玉鸾笑道:“大哥又来讲客气,咱今天奉请,岂是要大哥贺喜来的?”二人正在絮絮,那一班少年早大声嚷起来说:“入席罢,入席罢,我们五脏神都饿得逃了。”于是早一窝蜂各人携着妓女,也不待主人安席,纷纷入座。云麟此时也便随意拣了一个座头坐下。玉鸾又命一个雏妓陪坐在云麟身后。家人们穿梭也似地斟酒上菜。一时笙歌嘈杂,拇战飞觞,闹得一塌糊涂。云麟认得那些少年,无非是些县尹文郎,二丞公子,也有会过的,也有不曾会过的。众人忙着豪饮,也不理会云麟。云麟却是孤诣云标,逸情霞举,仿佛泥塑木雕似的,除得酒到杯干,更是一言不发。

诸君,世界上最乐的事,莫过饮宴了,然而其中却还有个分别。一种是衣冠楚楚,属员陪着上司。上司叫用菜,任是撑肠满腹,也要吃得一两箸;上司叫吃酒,任是头昏眼眩,也要勉强喝得一两杯。脏腑非我所司,喉舌悉为人用。回家来呕吐狼藉,仿佛害了大病一般。第二天还要递个手本去谢一谢宠召之恩。逢着别人,还要趾高气扬,说某日某日大人厚我。你看这不是冤枉吗?又有一种是偕着气味不同的人,虚与委蛇,不笑强笑,不言强言,说出来无非满口寒暄,行出来更是浑身礼数。更有那使促狭的,通同了几个人,哄吓诈骗,逼得别人大醉,以为笑乐。于是一杯酒到了面前，较量毫厘，商量深浅，腮红颈赤，须竖发张，虽是朋侪，俨同仇敌。蜡烛替人垂泪，奴仆为之不欢。细想起来，这又是何苦呢？所以酒不必过美，畅饮为宜；馔不必过丰，适口而止。倒是花前月下，遇着几个知己，随意小酌，狂则痛谈时事。人无责言呢，则密叙幽怀，各无嫌隙。若其不能得此，则无宁呼皂隶与痛饮，引牧竖为知心，聆其坦率之词，颇具天然之趣。

云麟未尝见不到此，特是碍着玉鸾苦苦敦请，勉强来此一行。其实这一夕之间，几乎不把云麟头都闷白了。酒已及半，众人神态越发不能入目：或是喧争笑骂，或是抱着妓女坐在席上摸乳咂舌。不象云麟将那个雏妓撇在脑后，也不同人家讲话，人家唱起曲子来，他也似听非听。

歇了一刻，云麟再忍不住，趁众人哄乱之中，自己早立起身来，跑入旁首一个洁净书房里，向炕上一躺。觉得微微燥热，又将外面袍子脱了，只穿了一件绯红洒花的小棉袄。矇眬双眼，忽见门外一闪，有个女郎跟进来。云麟此时正是心绪恶劣，又多饮了几杯酒，也不理会外面进来的是谁，他只管背着脸睡他的。那人走至身旁，将云麟摇得几摇，笑道："睡在这里怕受凉。他们知道你逃席，是要罚酒的，还不快坐起来。"

云麟掉头一望，正是适才坐在自家身后的那雏妓。见这书房里没有人，不禁也就伸手将他玉腕轻轻握住说："你叫什么名字？今年几岁了？我适才在席上不好意思同你讲话，你不要怪我。"那雏妓笑着，便向云麟身旁一坐，说："我叫红珠，今年十四岁了。少爷可是姓云？"云麟将头一扭，说道："奇呀！你怎么会知道我姓云？"红珠又掩口一笑，说道："少爷是进过学的，进学的人，红报纸街上都贴满了，我有什么不知道？你不常在我们队里走动，倒还比我们靦觍些，怕跑惯了就不老成了。"

云麟被他说得脸上一红，旋又将手放下，跳下炕，披起袍子望外就走。红珠一把扯住云麟的手，笑道："此处很清静，我们在这里谈话好不好？跑出去干什么？"云麟急得笑道："刚才你不是说的，逃席他们要罚我的酒，如何这一会子又叫我不要去了？"红珠又是一笑。

云麟见红珠很是娇俏，也便并肩坐下。红珠道："你几时到我那里去坐坐？"云麟道："你家在哪里？"红珠道："我是在人家搭班的。你若是怕声名要紧，你最好一径到我家里去访我。我家住在北门城外，那里有一座送子观音庵。走过这庵，不到十几步，有一处编着竹篱，沿着竹篱全种的是些红白芙蓉。紧靠门首，有一株大橘子树。你约个日期，我一定回家来等你。便是我不曾到家，我有个姐姐他叫妙珠，你会着他，但说是红珠叫你来的，他自然会接待你。”云麟点点头。红珠道：“究竟是几时去呢？就是明天罢。”云麟又点点头。

两人正昵昵私语，猛听得厅上玉鸾骂起家人来，说：“云少爷呢？你们通是死的，不曾看见？”云麟急便撇下红珠说：“不好了，他们闹起来了。”忙飞步赶至厅上，见筵席已经将散，笑对玉鸾道：“我在你那个书房里歇得一歇，倒累着你着急了。”玉鸾见云麟出来，也就无语。

是时各妓女都纷纷上轿。红珠临行，又微微望着云麟一笑。云麟羞得将头低下来。玉鸾瞧出神情，不禁拍手大笑道：“奇呀，你们是几时联络上了？不相信大哥坐在外面，好似目中无妓似的，谁知大哥心中却有妓呢。”云麟含笑道：“是他寻我来的，我却不大理会他。”座中有一个少年道：“红珠这孩子，也没有什么出息。别的还罢了，只是应酬这一层功夫，他却没有。我们就不大很喜欢他。”玉鸾笑道：“他偏生赶着我们云大哥，怕不是情有独钟呢。”大家又笑谈了一阵，别人也都散了。云麟刚待要走，玉鸾拦着道：“大哥在此稍坐坐。”云麟答应了。

玉鸾俟诸客散后，重将云麟引入自家一个卧室里，命家人将普洱茶浓浓地泡了两杯，又陈设了许多解酒果品。云麟遂随意躺在一张皮椅上。玉鸾一面跷起腿来叫家人替他脱靴子，一面笑道：“主人很不容易做呀，咱今天头都被他们闹昏了。”云麟忽然一笑。玉鸾道：“大哥为甚笑咱？”云麟笑道：“我笑你今天便嚷闹昏了，还有昏的时候在后呢。”玉鸾也笑起来。

云麟又笑道：“今天几乎有一件事对不住你。”玉鸾道：“大哥此话怎讲？”云麟道：“今日我在姨娘那边，他们请我替你的夫人填年庚，我老实便将我的年庚填上了。”玉鸾笑道：“照此看来，大哥岂不失了便宜？”云麟笑道：“幸亏好，我同我们姨妹是一样的年庚。”玉鸾惊道：“有这样的奇事？当初大哥为何不同那边结亲呢？”

云麟听到此，不禁脸上一红，从丹田里叹了一口气。玉鸾在这个当儿，一叠连声命旁边伺候的人都一齐退出去，自己挪了一挪，向云麟身旁坐着，低问道：“咱有一句话，久已想问你。咱隐隐听见人说，大哥同那边本有婚约，可真不真？咱们都是至好，有话不妨明说。”云麟又叹了一口气。玉鸾道：“后来怎么样搁着不谈的呢？”云麟又叹了一声，那声气便有些哽咽，说道：“只是一个‘贫’字累着人耳。不瞒你说，岂但有约，我家聘礼都预备好了，不料半途上会出这岔了。”玉鸾笑道：“你的姨妹心里觉着怎么样呢？”云麟此时正在酒后，心中又抱着无穷怨恨，遂也不顾利害，大声道：“论他的心，总算是同我一样，只是他那祖母硬生生从中作梗，怕他芳心中也抱着多少委屈呢。”玉鸾又问道：“照这样看来，大哥同你这姨妹轻怜密爱，想不止一朝一夕了。近日来可还常常相见？”云麟含笑不答。

玉鸾察看到此处，不禁站起身来，走至自己一张书案上，拿起一枚镇纸的玉狮子摔成两截，大喝道：“我好恨呀！”云麟被他这一喝，方才知道适才的话说得大意了，忙站起来。

欲知后事，且阅下文。

# 第三十四回　春生雪地幽室结同心　义薄云天空门惊祝发

云麟此时偷眼看见玉鸾面红颈赤，鼓着两个小腮儿，一言不发，象是思索什么事儿光景。心中十分懊恼，倒把适才吃的酒全都吓醒，觉得自己说话太不审慎，怎么说出这些嫌疑来了？刚待上前赔罪，猛又转念恨道："论你我的交情，虽算不得个如胶似漆，然而也当得起'忘形'两个字了，怎么白白地说了两句玩话，你便拿得下脸，使出你的公子脾气来？其实讲平日的情分呢，大家就多聚聚也使得；若是不讲情分，撒手便撒手，这也不用气得这个形状。"云麟想到此，转气愤愤地也不同玉鸾作别，径自想走出去。玉鸾见云麟要走，猛走得近前，一把将云麟手扯住，依然推至那张椅上坐下，气急败坏地喘着问道："咱有一句话要问大哥：大哥同咱可算得是至好不是？"云麟冷笑道："怎么不算至好呢？不算至好，我适才也不敢放肆说那些话，累得你生气了。"玉鸾狂笑道："好了，好了。大哥既许咱是至好，大哥却不能逼着咱去做狗彘。"

云麟听着他这没头没脑的话，也猜不出他是什么用意，便答道："你歇着罢，看你急得头上青筋都暴涨起来了。"玉鸾跺脚道："初次谈这亲事，咱就知道咱的母亲太卤莽了。切记得咱们那天第一次相见，咱的母亲扯着你那姨妹，说给咱做媳妇儿罢，咱其时便偷眼瞧见大哥坐在旁边，声色俱变。咱又留心看大哥同你那姨妹，真是如花似玉，天生成的是一对儿，咱心里还暗暗羡慕。后来糊里糊涂，不知咱的母亲怎么便同那边真结起亲来了。咱还诧异，为何大哥府上终不曾同那边提过这件事呢？总怪咱年轻脸嫩，后来也不曾问及大哥。若不是大哥今夜酒后说出心事，咱一世做了狗彘还在梦里。好大哥，咱是决意不娶你那姨妹了。今日的喜事，咱敢说咱这边全是替大哥做的。大哥若真爱咱，把咱的狗彘名目就此消除，咱便感激不尽；若是大哥拘着俗见，不肯允许，咱也没有别法，咱便将咱头上这万缕情丝一刀斩尽，去做和尚罢了。咱句句是肺腑之谈，咱若有半句虚言，皇天在上……"便随手将那摔断的玉狮拿过来说:“咱将来就象这玉狮结局。”说着气嘘嘘地一屁股瘫在椅上。

云麟此时听着玉鸾说话,好象打雷似的,轰轰地震入耳朵里,震得浑身惊战万状,好半晌回答不出一句。两个人转呆呆地坐着,你望着我,我望着你。望了一会,云麟才猛地扯着玉鸾双手,不由呜呜咽咽痛哭起来,含泪说道:“好兄弟,我很感激你。你的心事算我感激就是了,你的议论却千万不能当真,怕伯母知道要责备你的。”玉鸾大声叫道:“母亲吗,他总不能逼着咱去做狗彘。大哥再不用推辞了,若再推辞,我今夜便是个死。咱虽然不知道什么道理,这‘血气’两个字,却是咱们少年人不可少的。你想你本来有成约的一个妻子,咱生生跑来夺了,咱敢是个强盗?咱怕强盗也还不肯做这等事呢。”云麟道:“话虽如此,只是我目下也聘了妻子了,便是你认识的那个柳春的妹妹。”玉鸾拍手笑道:“这一说更好极了。柳府的小姐,大哥便让给咱,咱明天便逼着母亲去说。伍府上的喜期是已经择定了下月二十四,这一天大哥便将你那姨妹娶过去罢。若是需什么费用,咱便着人送银子过来。”云麟点点头,拭泪说道:“这件事还须从长计议。”

此时室中两人一会儿谈说,一会儿涕泣,外面那些仆人正不知道他们葫芦里卖什么药。停了一歇儿,里面不大有声息了,才一个一个地趑趄着走至室外。内中有个家人将头一缩,嚷道:“啊呀!好大风呀!”云麟在室中听见这话,再侧耳听时,果听得西北角上虎吼似地起了大风,天井里几株梧桐树还有些枯叶子在上面,被风卷得象潮水一般,沙沙作响。云麟忙辞了玉鸾,说:“夜深了,怕天色不好,我须得赶紧回去。”玉鸾便着人护送云麟,临行又叮咛道:“大哥,适才的话千万不要忘却。”云麟无语,一径回家,秦氏已经睡了。

次日清晨,谁知便降下一天大雪来,地下已积得五六寸深浅。云麟便也不曾到书房读书,日间无事,便将昨夜玉鸾所说的话,一一告诉了秦氏。秦氏不禁笑起来说:“亏你们这些孩子会想得到,说得出,婚姻大事是由你们孩子们当做儿戏的吗?快不要张扬出去,被人家笑话还是小事,万一被卜老太太知道了,还要议论我们做母亲的没有教训呢。好儿子,你一心一意放在书本上,这些不要紧的事,没的把来扰乱自家的神志。”

云麟一团高兴,忽然被秦氏兜头淋了一勺冷水,老羞成怒,不禁跳起来嚷道:“这话又不是我想出来的,是他自家情愿。你懂得什么,我为甚把心放在书本子上?我读书成名,好让你享福,我又不是呆子。我拿定主意了,要讨饭大家一齐讨。老实说，你也休想我这儿子长进罢。”说着怒冲冲地咬牙切齿，把手敲得桌子震天价响。

秦氏见他这种猖獗情形，不由也怒起来，说：“好呀，我是养出反叛来了，你该向我这样顶撞？你还是读书进学的人呢，一些道理不懂得。”云麟听了，越发焦怒，说：“就算我不懂道理，就算我是反叛，你拿刀杀了我罢，我从今便不读书。”一面说着，一面跑入房里，将架上的书一捧一捧地惯在地上，用脚践踏。依他的性子，还要觅一个火种将他烧得干净。秦氏只气得手足发冷，口里尽嚷：“畜生！畜生！”

黄大妈忽然听得内里母子吵闹，忙飞奔进来解劝，一把将云麟扯住说：“我的少爷，快不要如此，把太太气出事来，少爷怎么对得住过去的老爷？老爷半路上将太太撇了，九泉底下未尝不含恨，若是知道少爷今天待太太这个样儿，岂不要累他老人家在阴曹地府也不安？”秦氏听见黄大妈这一番话，不由触起半生伤感，想着云锦，便呀地哭起来。

云麟到此，也渐渐有些懊悔，又一时不肯认错，挣脱了黄大妈，一径跑得出去。走出大街，只见道途上被雪压得通白，也辨不出路径。各店铺都冷冷清清的。那雪还是搓棉扯絮，顺着大北风卷得象柳花一般飞舞。云麟东磕西撞，跑了好一会，也不知向哪里去才好。猛然想道：“昨天那个红珠，曾约我到他家里去坐坐，我左右没有去处，便去走一回也好。”

主意已定，一转身便向北门而来。出了城，那寒威越严，衰柳枯芦，淅淅作响。冻溪小犬，遥遥地赶着云麟乱吠。云麟踉踉跄跄，高一脚，低一脚，只管望前走。风雪模糊，也辨不出哪一处是送子观音庵。远远地见有一丛松竹，虽在隆冬天气，尚是青翠交加。云麟屏着气跑至其处，果见庙门上面石额，露着“观音庵”三个蓝字，锕环双掩，寂静无声。便沿着庵前走了一会，越走越荒僻了，虽有几处村庄，都是炊烟不起，绝无人迹，便是想寻觅一个走路的人问一问都不容易。觉那红珠说的什么竹篱，以及门前的橘树，全然没有捉摸。迟疑了半晌，好容易看见有一家庄子门底下，坐着一个老者。场上也有些树木，一半被雪压得倒垂下来，也不知是橘树不是。大着胆走到那老者面前，问道：“红珠在家吗？”老者皱着满脸冻皮，正自没精打采，见身边忽然走出一个美貌少年来，浑身雪都遮白了。笑道：“相公问谁？”云麟道：“我问的是红珠。”老者笑道：“在家呢，在家呢。请相公稍待片刻，我去将他唤得出来。”

此时两人正在门首谈话，惊动门里及左邻右舍的妇女，都跑出来观看，指指点点，大家交头接耳地议论。似乎说这样大雪，这相公还巴巴跑到这荒村所在，煞是奇怪。云麟也不理会，总觉得已经寻出红珠居址，终是不负此行。正在鹄立伺候，果然见先前老者一步一步地从庄子后面赶着一物，绕到场上来，嘴里不住地唤着“喽喽喽”。云麟大是奇讶，见那物浑身涂着红土，四蹄在雪地上一印一个小洞，惊问道：“这是什么？”老者道：“这是红猪呀。这畜生浑身花白毛片，孩子们嫌他素净，便替他用红土染上，至今颜色越发鲜活。别人家却是没有，时常总有些人闹着来看。相公没事，着实赏鉴赏鉴不妨。”云麟方才知道老者是错听了他的话，不由暗暗发笑，掉转身子就走。还隐隐听得那老者埋怨说：“巴巴地叫人将红猪唤出来，也不瞧一瞧便跑了。”

云麟十分懊悔，骂道：“红珠荒唐，他分明是谎我，他哪里有什么住家？累我白跑这一趟，可不是冤枉。由他去罢，我也不访他了。幸此时雪已渐止，不如快快回去。”于是匆匆仍向原路走回。走至吊桥旁边，猛一抬头，忽见城里飞也似地抬出一乘轿子来。轿帘底下尖削削地露着两瓣红菱，映衬着满山瑞雪，分外娇艳。触入云麟眼里，不禁心中一动，正待向轿帘里偷看，忽然轿帘一揭，内里女郎笑喊道：“你不是云少爷？”说着便命轿夫将轿子歇下，自家倏地跳下了轿，一把扯着云麟，笑得花枝招展，说：“你是不是到我那里去的？为甚不坐一会等着我？我猜准你一定不失约的，我所以冒着这样大雪也赶得回来。看你衣服都被雪打湿了，快点同我坐着轿子，地下这样深的雪如何走得？”

云麟见是红珠，又见他这伶俐身段，虽是穿着皮衣，紧紧地束缚得好象没有多穿衣服一般，腮颊上染着薄薄胭脂，钏影珠光，炫耀眼目，早迷糊起来，也不知道该同他说什么话。低下头看见他两只小脚踏着雪地，不禁连声催着说：“快上轿罢，快上轿罢，须防冻着。”红珠一笑，便扯着云麟并肩坐入轿里。

此时两旁已围了一大堆蓬头赤脚的男女，看这模样煞是惊怪，疑惑一个闺女怎么把一个少年孩子硬抢入轿中跑回去了？大家笑着议论，见轿子抬起，他们才一哄而散。

云麟坐入轿里，觉得这轿子温香馥郁，把刚才冰天雪窖的惨象消融得无形无影，又软绵绵靠着一个女郎。他是初开色界，不禁浑身有些瘫化起来，不由也将自己的腮颊紧紧贴到红珠脸上，将适才访他不遇的话说了一遍。又说到那个老者，如何赶着一个红猪来戏他。引得红珠笑得颠头簸脑，又把手在云麟身上乱掐，说：“我只是恨你，你为甚这般糊涂，弄出这些笑话？我是不许你再告诉别人，别人知道，又该拿‘红猪’两字来戏弄我了。”

云麟点点头。见红珠如此风狂，不禁有些春心荡漾，悄悄地将手停至红珠胸口抚摩。红珠一笑，用手指刮在脸上羞他道："你想什么？"说着便将外面一件皮袄纽子解开来，笑道："天怪冷的，把手夹在我怀里温着也好。"云麟果然伸进手去，觉得和暖异常，只是里面还隔着一件紧身小袄。云麟此时十分快活，但愿由城口到红珠家里便走得一年也不妨事，唯恐轿子走得快。偏生走了一会，已离红珠家不远。红珠将云麟的手拖出来，笑道："放老成些罢，被我家父母捉住你，将你吊在树上。"云麟听见此话，果然吓得有些变色，说："啊呀！同你这个样儿，怕你父亲不要生气？"红珠笑道："呸！有我呢，总舍不得教你吃亏。"

正说着，那轿子已经落地。红珠一把拖着云麟，直望屋里走。云麟留神瞧着，全不是适才走的道路。只见茅屋五椽，收拾得却甚是洁净。檐前冰柱拖得有一二尺长。屋里也安着火盆。一个白发婆子，笑嘻嘻迎得出来，说："红儿回来了？你姐姐昨晚还提着你，说你今天定该回来，果不其然。这一位少爷面生得很，倒不曾来过。"红珠笑道："这位云少爷是我约他来的。娘呀，爹爹呢？"婆子笑道："他老早赶进城买肉去了，知道你回来，保不定没有客，清汤寡水象个什么样儿？"说着便让他两人在一座土炕上坐了。又在房里捧出一个白铜小手炉儿，揭起盖子，放了些芸香，递到云麟手里。云麟含笑不肯去接。红珠一把夺过来，笑道："让我把手温一温，他这双手忍点冻也不妨事。"说着将个粉颈缩入高皮领里，吃吃地笑。

云麟斯斯文文坐着，一言不发。婆子扯三话四，说了些没要紧的话。过一会又取出些瓜子、花生碟儿，纵横放着。又笑道："这位少爷面嫩得很，简直同那一年那个贺少爷差不多，模样儿也仿佛。"红珠把头一扭，说道："娘提这些事做甚？使人听得怪难受的。姐姐近来在庵里还好？"婆子道："有什么好不好呢，自从出了那件事，外面也有些风声，府县门口的大爷也很向灵师太骚扰过几次。如今灵师太也不敢大做了，除得走几个熟客，外人也不招引。"红珠点点头，说道："爹爹回来了。"

云麟向外面一望，只觅篱门外走进一个老翁，白发婆娑，皮肤枯黑，肩上背着一把破伞，左手提酒壶，右手一个竹篮儿，盛着盐酱葱蒜，有斤把肉挂在篮子外面，冲风冒雪而来。红珠望那老翁笑道："爹歇着罢，大雪里跑来跑去做甚？"那老翁笑道："孩子回来了？这位少爷是谁？"红珠替云麟说了名姓。那老翁恭恭敬敬叫了一声"少爷"，他自去弄菜去了。老婆子坐了一歇，也去帮着老翁。

屋里只剩着他们二人，红珠一把将云麟拖入房里。黄土白茅，虽然不甚华丽，然那张床榻，却还是雪白帐子，大红帐额，床上也叠着两幅绸被。红珠笑道："这床便是我姐姐回家睡的，我们且先来坐一坐。”红珠此时更将自己一条伶伶俐俐的腿跷起来搭在云麟身上，低问道：“你爱我不爱我？”

云麟盈盈一笑，正待回答，忽见门帘一闪，蹑手蹑脚地走进一个人来。红珠眼快，早已看见，笑骂道：“看这臭货，敢是来捉你的孤老了？”云麟见那人约有二十余岁，身穿一件浅蓝水田衣，外加元色缎背心，松松地拢了一只高髻，手中只少了一柄云帚，便宛然那戏上做的思凡尼僧。见着云麟，猛觉得吃了一吓，不由失声说道：“啊呀！这少爷不是活脱象花仙？”说了这句，似乎觉得造次，又忍住了，笑道：“好好，我的干净床，可不许你们干把戏。”红珠笑道：“呸！我同云少爷还是第二次会面，值得你嚼这些舌头。好姐姐，雪也停了，我们停一歇，你引我们到你那庵里去耍一阵子可好不好？”

云麟此时已猜出，这人便是红珠说的他姐姐妙珠了。只见妙珠蹙着双眉说：“我们庵里不比往时了，弄得七横八竖。我们师父病了有两三个月，没有人照应，好笑钟也不响了，鼓也不鸣了，长明灯也灭了，佛龛神几乎积得灰尘有一尺来深浅。便是去也没有大味儿，妹妹还是陪云麟少爷在这里玩罢。”红珠跳下了床，扯着妙珠笑道：“我不依，我偏要去。”妙珠笑道：“去就去，怎么装出这小孩子形状儿？我须没得乳喂你。”

姐妹正在房里调笑，外面婆子已唤他们出来吃饭。大家胡乱吃了饭，雪已一些儿不落。只见篱内篱外，冻得一色白玉似的。天半已露出些青天来，寒风越发逼得人战兢兢的。红珠下炕嚷道：“大家快走，我们踏着这冻雪，甚是有趣。”于是妙珠同云麟也便跟出来，一直望送子观音庵行去。走不了多远，已到门首。云麟却不曾来过，见横额也是蓝字，却又多着“送子”两个字，不是先前遇的那个观音庵。

刚走进门，劈面撞着一个人匆匆地向外走，把云麟大大吓了一跳，想要藏身，已是不及，只得垂手立在一旁。那人见了妙珠，笑喊道：“啊呀，我特特地来访你。”一语未完，忽见了云麟，顿时面上露出诚敬颜色，望着云麟道：“这个地方，你怎么会跑得来？”云麟羞得无言可答。那人转不同他姊妹兜搭，一径走了。

云麟望着红珠跺脚急道：“都是你要闹到这里来，偏生遇着他，又该去告诉我的先生了，少不得又有一番气受。”云麟说到此，几乎要哭出来。红珠笑道：“你怕他做甚？他说在这里遇着你，请问他到这里来干什么呢？”云麟道：“不是这样讲。我们中国的事，他位分尊些，便杀了人也不妨；位分卑些，同是做的一件坏事，他会有嘴来议论你。”妙珠道：“云少爷也不必计较这些罢，快点向里面逛逛，天色太短，怕云少爷还要赶进城。”于是妙珠便将云麟同红珠引着在四处周览了一回，便连那个密室所在，也同他去窥探了一窥探。

云麟终是怏怏，觉得没有什么意味儿。刚待要辞了妙珠回转去，忽有一个光头小尼跑得来，向妙珠耳边说了几句。妙珠笑对云麟道：“真是一个人生不得太俊俏。我们师父病里不知谁去告诉他少爷在此，又说少爷长得很俊，师父听了想请少爷进去见一见。不知少爷可肯不肯？”

云麟听见妙珠说的话，转觉得甚是觍觎，一言不答。红珠拍掌笑道：“你为甚不去？他见一见你，死了也是甘心。我总不愁他打我手掌上将你夺了去。”说着一把将云麟手搀住，随那小尼曲曲折折穿了几重房屋，走至一所静室，收拾得十分洁净。房门里外都站了好些尼僧，见云麟走来，大家伸头垫脚地张望。内中有个小尼笑道：“云少爷来了？”云麟随着红珠刚跨得进门，那灵修在床上不禁欠起身来，仔细向云麟一望，猛地怪叫起来，说：“花仙饶命！花仙饶命！”喊得愈利害，声气愈接不上来，两眼翻白，手足挺直。一众尼僧惊道：“不好！不好！师父是要圆寂了。”大家也不顾云麟，忙着替灵修挑帐子，穿殓衣。

红珠大惊，不知道云麟何以把师父看煞了，急急扯着云麟望外就走。出了庵门，已是黄昏光景，云麟便要进城。红珠向他一笑，说：“这时候你还赶进城去？我们家里虽然龌龊，便没有一张床铺安置你少爷？”说着便将一副娇俏面孔放得下来。云麟又羞又怕，只得委委屈屈，是夜便住在红珠家中。

且说富玉鸾当晚送过云麟走后，一夜不曾好生安睡。次日闷坐室中，思量这件事怎生发付。意欲决意进去告诉母亲，暗念：“母亲性气是最暴躁的，万一不以此事为然，难保不有一场责备，终是于事无济。况且花玉般的一个妻子，白白地把来让给人，恐怕日后自家还有懊悔的时候。那一天替他父亲饯行，记得两个人盈盈同坐在一张席上，看他虽是含羞不语，然那一种娇贵体态，须得要象咱们这份人家安置他。算了罢，咱更不必生这枝节了。”想到此，只管隔着玻璃窗子，对着那雪发呆。

这个当儿，暖帘开处，走进一个丫鬟，手里捧了一碗鹿茸粥，是卜书贞吃剩的，命他送出来给玉鸾吃。玉鸾全神都贯注在雪上，一毫不曾看见，忽地直跳起来说：“不可，不可，真是不可。”丫鬟正猜不出玉鸾是说的什么，便轻轻叫了一声说：“少爷吃粥。”玉鸾更瞪着眼叫道：“咱偏不可，咱断断不可。”

丫鬟见玉鸾这个模样，吓得将碗放在桌上，一溜烟跑入内室，禀报卜书贞说：“太太，不好，少爷疯了。送粥给他，他也不知道吃，嘴里只管喊这也不可，那也不可，象个不省人事一般。太太快去看一看罢。”卜书贞此时刚才下床，发鬓蓬松，尚未曾梳洗，听见丫鬟说这一番话，不禁笑起来说：“不是活见鬼吗，少爷昨晚还好好的，你为何这般乱说？若是少爷不曾疯，看咱不揭你的精皮。”那丫鬟一吓，更不敢开口，只呆呆立着。卜书贞骂道：“怎么钉住了？还不替咱将披风取出来，咱少不得倒要去看看他。”于是又走过几个丫鬟，忙忙地替卜书贞将一件玄色披风披好。卜书贞便拖着一双睡鞋，站起身来便走。前后簇拥着四个丫鬟。先前那个丫鬟还站在房里。卜书贞笑道：“你不肯跟着咱出来，敢是防咱破了你的谎，可是不是？”那个丫鬟也只得怏怏跟着。内室离玉鸾卧房虽隔着几重庭院，所幸曲折都通着回廊，一步也不曾走雪地。卜书贞一面走，一面见那雪将庭前院角边石都遮得象玲珑白玉一般，转贪看着景致不走。

停了一会，已近玉鸾卧房，门前一个丫鬟先跑进去通报。卜书贞怒骂道：“咱们家里的奴才都死完了，怎么影子也看不见一个？”话犹未毕，隔壁房里早跑出一个小厮，见太太清早忽然到了这里，还不知为的甚事，垂手立着，一言不发。卜书贞望他骂道：“你们还做梦呢，不在少爷那里伺候着，倒跑来在这里显魂。他们呢，难不成剩你一个？”小厮也不敢答话，只答应着“是”。卜书贞道：“呸！怎么只管是是是？咱是问你的话，又不曾吩咐你的话，你答应咱做甚？”

玉鸾此时知道母亲出来，赶紧跑出几步，笑道：“母亲，这大冷的天气，母亲何不多睡一会儿，巴巴地跑到孩儿这里。”卜书贞见玉鸾安然无事，恰好先前那个丫鬟正立在身后，自家也不同玉鸾说话，先伸过手掌，噼啪一声，向那个丫鬟脸上打去，打得那个丫鬟动也不敢动。玉鸾已知其意，笑道：“敢是他向母亲面前说孩儿怎的？这也难怪他。”卜书贞笑道：“他说你疯了，白白地从清早上来戏弄我，可算得目无王法。”说着已走入室内。

玉鸾请母亲坐在自己床边上，亲自将熏笼向床前移得一移。卜书贞道：“咱先要审问这贱人，为甚事咒着你？”玉鸾笑道：“母亲须得宽恕他，孩儿适才确是出了神，不怪他大惊小怪。孩儿却有一件心事，要禀明母亲。”卜书贞将头一扭，脸上很露出不悦颜色，说：“你生在咱这样人家，也要算是称心满意了，怎么还会有着心事？你要仔细些，不要五花肠子六花心似的。大凡一个富贵人家的孩子，别的没有不好，只是这一颗心会滴溜溜的，今日想这件事，明日想那件事，随着自己性子做去，不顾是非，不惜名誉。老实说，你若生在别人家呢，算是你的造化；你既然给我做了儿子，怕不能容你猖獗。你有什么心事？你说给咱听。”说毕，便有丫头递了一钟茶来。自家端在手里，更不言语。

玉鸾心里一想："这可糟了蛋了，看母亲这样光景，这件事如何说得下去？"倒反有些迟疑起来。卜书贞见他忽不开口，不由哈哈大笑说："可是不出咱所料，咱猜准你的心事，断乎不敢禀咱，料想你有什么好事说出来呢？你自家斟酌，万不能说的话引你母亲生气，莫道责罚不得你。"玉鸾此际万分为难，然而主意已定，却是宁为玉碎，不为瓦全。所以不顾吉凶祸福，转侃侃将昨晚如何同云麟叙谈，云麟如何说出心事，自家如何与他商酌，如何决意将淑仪嫁给他，下月廿四喜期，便让他婚娶，只是表舅母那边还须得请母亲去说一说，一古脑儿说了出来。

卜书贞听他说一句，点一点头，也不搅扰他的话。一直等他说完，忽地沉着脸道："你这些主意，可是真的？"玉鸾答道："母亲面前，如何敢有半字虚妄。"卜书贞将手向床一拍，说："孩儿，你这件事做得很好，咱愿成全你这意思。至于伍宅那边，等咱拚着这副面皮替你去说。咱哪里会知道云相公同仪姑娘早有成约呢？咱们姑太太一声儿也不曾提过。老实说，象咱家这般有钱有势，谁不想赶着咱这边做亲？可怜云家相公苦苦地读书，还不曾有个进步。高门大户呢，也未必肯给他；低三下四呢，他又未必屈意俯就。难得仪姑娘同他又是亲戚，又是从小儿在一处的，白白地被咱家拆散开来，良心上也讲不过去。你不看他们同年同月同日同时一齐赶着出世，这便是天老爷有意替他们安排好了，咱们如何敢逆天？"

玉鸾此时哪里猜得到他的母亲不但不责备他，居然允着成全他的意思，不禁感激到十分，转滚滚地流下泪来。卜书贞笑道："怎么你又好好哭了？你敢是还舍不得又懊悔起来？好儿子，你年纪轻，不曾领略到儿女的情事，等咱来告诉你。咱记得从小儿在家里做女儿的时候，你的外祖母一般请着先生，在家教咱姊妹们读书。咱的先生将他一个儿子也带在身边，年纪同咱差不多，约莫都有十三四岁，生得怪可爱的。咱同他最亲热，同坐在一张书桌上，除得读书写字，便交头接耳，絮絮地谈个不了，也不知哪里来的这些舌头嚼。咱后来爱他不过，背地里便同他讲，要嫁给他。他也爱咱，便答应娶咱。好笑两个人鬼鬼祟祟的，还写了一张婚帖。后来咱将这意思告诉你外祖母，外祖母是个规矩不过的，听了气得半死，重重地责罚了咱一顿，不许咱到书房，又将先生辞去了。其时咱魂梦儿都是想他，几次寻死觅活地闹。好容易过了一年半载，才淡下来了。后来嫁着你父亲，咱心里总还忘不了他。那时还逼着你父亲将他访出来，亲替他捐了一个试用巡检。如今闻得他也积蓄起些宦囊来了。这便是你母亲从小儿的历史。你想，咱同他还没有父母之命，媒妁之言，尚且这般爱恋，况乎云相公同仪姑娘呢。”玉鸾见母亲误会他哭的意思，反说出这些话，觉得有些惭愧，但点点头催着：“母亲进内室去，恐怕受了凉。等天色晴霁，母亲好向伍家说明此事罢。”

谁知那雪一直下了七八天，接接连连化冻化雪，卜书贞也懒得出门。其时业已交到十月初旬。玉鸾深恐延挨下去，愈难收拾，趁这一天天气半晴，便催着母亲前去。卜书贞答应了，当即打轿到伍府去了。玉鸾心地十分畅快，觉得此事做得光明磊落，不失为英雄作用。

等到黄昏时分，见母亲乘着轿子依然回来，自己怀着一个鬼胎，究竟不知这事若何结局，自己便立在廊下伺候。只见他母亲下了轿，面色铁青，不似平时样儿，心中先跳了两跳。一直等卜书贞坐定，再也忍不住了，便开口问道：“母亲今日到伍家那里，想已将那件事议妥了。”卜书贞恨道：“哪里会妥呢，我刚才说得一二句，大嫂还不怎样，我们那姑太太倒急起来了，说什么婚姻大事，怎么这般儿戏，说要就要，说不要还轻轻地当着礼物去送人。姑太太也罢了，偏生那个姓朱的这坏蹄子，格外挑剔得利害，还按着书本儿，说了许多话，什么‘夫也’、‘妇也’地闹个不了。咱是气不过，跳上轿就走。儿呀，这件事若还任意做去，怕还有些棘手罢？”玉鸾听到此处，默默无言。

又过了几日，卜书贞正坐在房里，猛然有家人禀报进来说：“了不得，少爷在天宁寺里削了头发，做着和尚了。”卜书贞大惊，失声长叹道：“咱早知道有这个结局。”

欲知后事，且阅下文。

# 第三十五回　重黄金啬夫槛凤　疑白璧浪子杯蛇

卜书贞旋即乘着轿子，带了几名仆妇，飞也似地向天宁寺而来，早见寺里便有三三两两的闲汉，议论着这事。卜书贞一直走入方丈。那天宁寺每年都曾赶着卜书贞这边乞过布施，方丈和尚早认得卜书贞，双手套着佛珠，含笑相迎说："太太放心，少爷是一时气愤，过一会就好了。"卜书贞沉着脸道："好呀，咱们每年也在宝寺里有点功德，倒不料你们反将咱的儿子诱在这里削发。"方丈和尚又笑道："太太这话，小僧如何当得起？少爷是自己带着剪子来的，猛不防便将头发齐根铰了。"卜书贞道："这畜生呢？"方丈和尚道："此时小僧命知客陪着少爷在小僧静室里。"说着便在前引路。

到了静室，卜书贞看见玉鸾一绺的短发披在头上，又好气又好笑，嚷道："你这样儿是同谁赌气？咱不能退掉一个媳妇，还多贴着一个儿子。"玉鸾见了母亲，不觉垂下头来，一言不发。卜书贞不由叹了一口气说："咱也由着你们罢，咱辛辛苦苦地养了你，咱不能跟着你过到一百岁。你有这福分呢，在咱家里也不愁一辈子锦衣玉食；你没有这福分呢，你做和尚也好，道士也好，咱也管不了许多。"方丈和尚笑道："太太也不必生气，小僧斗胆留着少爷在这里住几天，包管完完全全还送少爷回来。"卜书贞道："就拜托大和尚罢。"说过了，依然乘轿出了寺门，一迭连声说到伍公馆。下了轿，也不待通报，拎着裙子直望里走。见了卜老太太，便将今日的事，滔滔地说了一遍。卜老太太听了，吓得正没主意。

此时伍家上下人等，见卜书贞进来气色不好，知道定有缘故，大家正围拢着观看，听见这话，各各摇头吐舌。这个当儿，只见三姑娘挺身出来，含着满眶眼泪说道："妹妹也不必气苦，这都是我家仪儿的冤孽。在先同我姐姐那边姻事已算成局了，半空里忽跑出一个算命瞎子，被他生生冲破。鸾儿此番举动虽说是胡闹，然而在他想着，未尝不是好意。若说是依着他，又倒转过来再同我们姐姐那边结亲，岂不是成了儿戏？这却断乎不可。好在他们年纪都轻，月里的喜期不妨缓得一缓，等鸾儿过些时回过味来再说。妹妹，你看我这话可是不是？”此时大家听着，都说：“这般很好，就照这样办罢。”卜书贞也无可如何，只得怏怏而去。

后来这件事传入几个道学先生耳朵里，大家便都在酒馆茶社里议论起来，说：“世界上的事，不久都要反了。怎么自己父母替自己聘下的妻子，都会反悔要退起婚来？”又有一个说道：“听说伍家那位小姐，生得也甚是不恶，为何未曾过门，他丈夫便把他休出来了？自古妇人家有个七出之条，怕这位姑娘还恐犯了八出呢。”说毕捻着胡子只管摇头。座中便见一个少年歪着头叹道：“这件事，你们却须来问我，我最是明白。”众人都道：“不错，不错，杨蝶卿在这些上面是最打探得确实。大家没事，何妨讲出来听听？”杨靖道：“伍家姑娘，从小儿我就见过的，哪一次到他家里不抱他一抱？老实说，他那两个小腮颊儿，不知被我嗅过多少次数。后来他到十岁以外，我还摸着他奶子取一取笑。他见着我亦总不回避，言语之间，似乎恨着我娶过亲似的。后来不知怎么又看上了云麟。”

刚说到此，见茶社门外探进一个头来，向里面一张。杨靖笑道：“好好，他的先生来了。”接着又喊：“何其翁，这里坐。”大家才见何其甫一摇一摆地进来，手里还拿着一根黑漆烟袋杆儿，口涎淋漓，从上截一直淋到下截。斜着身子望下一坐，同众人叙了几句闲话。众人又赶着杨靖问所谈的事。杨靖笑道：“何其翁，我们正在这里议论你那贵高足呢。”何其甫道：“是谁？”杨靖道：“是云麟。云麟自从同伍家姑娘勾搭上了，便日夜住在他家里。可恨他生得一副小白脸。后来我细细打听，谁知他家女先生也入了港。保不定他姨母也是一路呢。”何其甫沉着脸道：“蝶卿，你也不用枉口白舌这般乱说，云麟那孩子，也算是老成。”杨靖拍掌大笑道：“何其翁，你说云麟老成，我死也不服。我不久却还捉住他一个不老成的凭据，黄鱼三子家的红珠，还是他的恩相好呢。他两个人好不火热，大雪天里还出城游庵，生生被我碰见了。”何其甫道：“云家很是清苦，他哪里还有缠头之资？”杨靖笑道：“呸！只要长得俊，没有钱，姑娘们都可以倒贴。要象何其翁这副面庞，那就难说了。”

大家正在谈笑，猛听得外边一阵喧嚷之声。接着便有一个人抱头鼠窜直奔进来，帽斜衣卸，象个斗败公鸡一般，东磕西撞，碰得那些茶桌七横八竖。众人正躲闪不迭，后面果有人追赶着进来。见他头上松辫绕在顶心，左手提着一个竹篮，里面颠倒放着几枚红蛋，跑得滴溜溜地在内里滚，口里嚷道：“小王八羔子，输了不叫给钱！你是硬汉，你便站着，大家一拳一脚，打出祸来，有本事到县里堂上赌吃板子去。你若是想溜，便溜到你妈妈洞子里，老子会闯进门扭你出来。”先前跑的那个人，也不敢答应，忽地掩入杨靖身后，笑道：“杨先生，请你替我讲个人情儿，他要打我呢。”杨靖便站起身来，将双手一拦，望着后面追的那个人喝道：“瞎了眼的畜生！敢是没有王法了？容你这样恃蛮。”那个人忽地见杨靖拦着他，急得暴躁如雷，说：“姓杨的，你不知道，他在我摊子上掷骰子，赌红蛋，输了有一百多文，他一个钱不给。你说我没有王法，他是有王法的？你不用管闲事，你多管一管，你那个窑货铺子，老子能叫你滚汤泡老鼠——一个整的没有。”

杨靖此时挺身出来做这调停，原是恃着自己是个秀才，说几句话吓一吓，这人便该罢手了。谁知那个人又是个不怕死的，便破口冲撞起来。杨靖又羞又恼，见来势汹涌，不敢再骂，只管气得呼呼发抖。还是大家都一齐吆喝着那人，那人气才馁了。做好做歹，开茶社的老板认着晦气，摸给他几十文，方才干休。

先前那个人笑嘻嘻挨着杨靖坐下，将头上戴的一顶瓜皮小帽除下来，向脚上拍得一拍，那个黑帽结子比茶碗口还大。又将腰间束的一条白腰带用手系紧。外面衣服并不曾扣着纽子，松松地袒着，露出内里一件紫花布紧身小袄，鱼鳞也似地钉着一路扣儿。杨靖恨道：“你怎生同这人闹起来了？还累着我淘一场瘟气。”那人伸手向怀里一掏，掏出两枚红蛋，笑道：“任他利害，我少不得也赚住他的，谁同他当真赌钱呢？”说着，将蛋在桌上使劲碰着，将壳剥净，一面吞吃，一面望着杨靖笑道：“我家死鬼老子，昨天还叫我去请你。因为这月内二十四是个好日子，替我圆房，少不得有点仪注儿。他是个冬瓜撞木钟，我是个黑漆皮灯笼。难得今日巧巧在此遇着你，你便同我去走一趟，我还摊一锅好煎饼儿请你。”杨靖笑道：“好好，有煎饼吃，我为甚不去？只是这煎饼，须得你夫人亲手弄出来才有味儿。”那人噗哧一笑。

何其甫望了好一会，问杨靖道：“这位是谁？”杨靖道：“啊呀！他是你舅外甥女婿，你会不认得他？”何其甫笑道：“外甥女婿便外甥女婿罢咧，怎么又安上一个‘舅’字？我就不明白了。”杨靖笑道：“何其翁，你不是秦洛钟的舅子？秦洛钟不是云麟父亲的舅子？云麟又是他的舅子。云麟的姐姐是秦洛钟的外甥女儿，便算你的舅外甥女儿。”何其甫恍然大悟，说道：“原来这就是田老板令郎田福恩？”说了这一句，更不开口，窥那意思，很看不上田福恩那个样儿。

田福恩也不理会，早扯着杨靖一直向自己家里走来。田福恩一面走，一面将那只手搭在杨靖肩上，口里更唱着《五更里娉娉调》。正唱到“一等也不来，二等也不来，莫不是才郎在外边贪恋女裙钗”，其时离着他店铺已经不远。杨靖笑道：“喏，喏,你家店门首有个女裙钗等着你呢。”田福恩仔细望去,原来果有一个十一二岁的女孩子,囚首垢面,身上衣服破得象枯叶一般,垂手而泣。旁边还立着一个丐妇,同着他父亲田焕叙述什么话似的。田福恩笑道:“呸!你嚼舌头,这样女孩子,他配做裙钗?”说着早走进店门。杨靖便立住脚望。

田焕一见杨靖,忙招呼了一声,面上很露出羞愧模样。又望那丐妇说道:“去罢,去罢,无论是真是假,傍晚时候我再打发人至你们那个地方来。此时有客在此,休得惹我生气。”丐妇听见这话,也就怏怏携着那女孩子去了。杨靖问道:“这女孩子是谁?”田焕道:“此事很奇怪呢,一言难尽,我们随后再谈罢。”说着便陪杨靖走入柜台里面一个小房间内,只见七横八竖铺着两三张没有帐子的草铺,壁上一堆儿挂着许多流水账簿。

田焕笑道:“没有别事奉烦,小媳妇年纪长了,我同我们女人商议,打算将他两个推到一处去。意思想请你先生来斟酌。譬如我用帖子到亲家太太那边,是写句什么话儿?写个‘愚弟’用得用不得?”杨靖凝神一想,道:“不好,不好。他是女人,你如何同他弟兄称呼?怕不弄出嫌疑。在我看,你的儿子同他称‘门下婿’,你同他自然是称个‘门下亲家’,简直你那帖子上便老老实实写这四个字,包你不错。”田焕点头笑道:“就是这样办,索性累先生写一写罢。”说罢遂在桌子抽屉里东寻西觅,翻得乱腾腾的,检出一叠红纸。又望田福恩道:“你拿一柄裁纸刀来,将这纸裁成象个帖子模样,杨先生写上就是了。”

杨靖瞧那红纸,已是颜色暗淡,还带着些斑斑点点,笑道:“这纸如何用得?”田焕道:“请先生将就些罢。这纸还是我娶我们女人那一年,包喜封儿剩下的,我一总舍不得抛弃,不料得今日还把来小孩子做喜事。如今纸价也涨得多了,象这张纸,在当初不过六个铜钱,如今要花得七个五毫才卖呢。先生看这一个五毫钱不算什么,若是加上二分利息算起来,少则少,我今年已同我们女人结婚二十年了,一个月三厘利息,十个月便是三毫,二十年共是二百四十个月,眼睁睁地便得七个二毫铜钱;再加上闰月算呢,七个四毫一定稳稳到手。”杨靖听他这番话,吓得伸伸舌头说:“照你这样盘算,敢是连饭都不消吃得,忍着饿,过到一百岁,怕这米钱上还有大大一笔利息呢。”田焕笑道:“那可是不能了,若是能够,我早已将我这张嘴缝起来。说谎是你生的。”说毕笑着走出去了。

此处杨靖胡乱写了帖子。他知道这房后便是绣春的小房间,早细着眼伏在板壁上,从缝子里向那边张看。田福恩骂道:“仔细灰尘眯瞎了眼睛。告诉你一声,他不在家，前天就回去了。”杨靖顿脚恨道：“不巧，不巧，这煎饼包管又吃不成。”田福恩道：“你这人也太蹊跷，他手上敢是有糖呢？我们不会自家弄着吃。”说着便伸头向柜台里喊进一个小倌，望那小倌说道：“你去厨房里替我们摊一锅葱油咸煎饼，越快越好。”那小倌答应去了。田福恩笑道：“我们一发乐个尽性，我上街去买点烧酒来，你我对酌。”杨靖跳起来笑道：“快去，快去。”田福恩跑入柜台里，抓了一把散钱飞跑。

杨靖一人坐在房里静等。不多一会，又见那个小倌撅着嘴进来，说：“整年价也舍不得买猪油，今天忽地又想吃煎饼，一滴油珠儿没有……”杨靖惊道：“这便如何是好？偏生此时我又饿得很。好弟弟，请你想个法子罢。”那小倌冷笑道：“不为想法子，我也不到这里来了。我往常瞧见我们小老板床底下，鬼鬼祟祟的，都藏着一个破碗，内里谅情是猪油，亦未可知。”杨靖听见这句话，老早先伸头向田福恩床底下一张，天从人愿，里面果然有半碗雪白的猪油冻着，命小倌去拿，小倌拿在手里闻了闻，又向后面去了。田福恩将酒捧得进来，又买了一包瓜子，东张西望，拿过一个茶杯，将酒倾在杯里，递换饮着。不多一会，小倌的煎饼已摊好了，热腾腾地放在桌上。杨靖更不怠慢，伸手先撕了一片向嘴里送，又喝了一口酒，又吃几片煎饼。田福恩也随意吃了点，皱着眉头，放下不吃。杨靖问道：“你怎生这样斯文。放着这好煎饼，不尽情饱啖一顿。”田福恩摇摇头道：“入他妈的，今天煎饼不大对，吃在嘴里有些腥气，你难道不觉得?”杨靖笑道：“我是饿了，实在不知道什么口味儿，等我来细细咀嚼看?”说着，又拣那猪油多的撕了一片，用舌头舐一舐，说：“果然不错，腥气得很。”田福恩道：“等我来问一问小官，是打哪里弄的猪油。”杨靖道：“若问猪油，我是知道的，是你藏在床底下……”一语未完，田福恩向床下一张，已不见那个破碗，不觉弯腰大笑。跳起来说：“该死该死!”杨靖转被他拧住。田福恩又笑道：“哪碗里谁告诉你是猪油？不瞒你说，我睡的地方很是不好，每常听得隔壁房里，他有些响动。我便觉得打熬不住，情急之时，少不得借重我的五个指头儿，发泄发泄。我是怕把这宝贝抛弃可惜了，悄悄地用一个破碗盛着耍子。日积月累倒也聚集了好些，猜不到这死囚养的，他偏看入眼睛里，今日便拿来奉敬先生，这是打哪里说起。”说着，又笑得哈天扑地。

杨靖此时好生着急，连连捺着舌头，想往外呕，谁知再也呕不出来。面上羞得一块红一块白，勉强笑着，说：“不谈吧！算我晦气！算我晦气！好在不多几日你已同你那人睡在一处，可不至再叨扰你这宝贝猪油。”说毕，站起身来便走。

田福恩扯着杨靖袖子笑道："我还有句话想请教你。我往常听见人说，新娘子第一夜上床，总要验他一验。究竟怎个验法？请你教给我。"杨靖板着脸冷笑道："我教给你呀，我没有这般傻，你若是验出来，我包管是个死命。我劝你不如盖着盒子摇，便宜你许多呢。"说着一甩手便跑了。

此处田焕夫妇便将自己对房门先前让给秦氏分娩的一个房间收拾出来，又将自家睡的一张架子床搬过安置好了，在衣铺子里买了一顶半新不旧夏布帐子。依周氏主意，便想在店里拿一幅绣花帐额，一对帐钩须儿。刚刚向田焕开口，转被田焕一顿驳，驳得哑口无言，也只得罢了。田焕瞧房里没有字画，倒还亏他肯揣了几百铜钱，向纸货铺里买了一大卷欢乐门神儿，什么张仙送子、刘全进瓜、《杨家将》全图、《隋唐》上下本，还有些真武帝君牌位、灶王爷爷纸像，花花绿绿，一古拢儿把一间新房板壁上糊得一个完风不透，专等喜期。

秦氏那边，也少不得摒挡了些陪奁，前一日排列着送过来。周氏挑剔这样，议论那样，不是说器具不时新，便是嫌衣服不鲜艳，指桑骂槐，怨天恨地。绣春忍着眼泪，也不敢多话。

当晚，田焕不得已，勉强也备了一桌八碟四碗的暖房酒，请一请媒人。田福恩好生得意，穿了几件簇新衣服，死也不肯脱得一脱，只管摇出摇进。一会儿同小倌们嬉笑一阵，一会儿又偷偷地走至绣春房外张得一张，真是象热锅上蚂蚁一般。

到了次日，内里女客便有王老老一干人，外面男客便有杨靖一干人，纷纷挤挤，倒还十分热闹。绣春躲在房里。日落光景，便有人替他上头，穿了一身衫裙。大家扶着他同田福恩至家神面前拜堂。阶下男女，屏风似地排着观看。左邻右舍的妇人孩子，也拥得进来。小倌们争看热闹，都不在柜台里了，只剩宋老爹一人，孤鬼似地坐着。王老老凑趣，在堂屋上面放了一张板凳，逼着田焕夫妇并坐上去受礼。田焕笑得张牙咧嘴，不肯上去。周氏却大模大样坐过来，扭头望田焕道："来呀，你我两个辛苦一场，巴巴地望着他们圆了房，看着也很欢喜，这有什么害羞呢？你老实坐上来受他们一个礼儿，有什么打紧？不是我说句笑话，停一会子他们小夫妻俩上床，我们老夫妻俩也还要上床行个周公之礼呢。"说罢抚掌大笑，引得众人都笑了。

刚在热闹，人丛里忽挤进一个人来，说："了不得！那个女人又闹得来了。"原来进来的不是别人，正是宋老爹。田焕惊问道："果是真的？"宋老爹道："不信，你们大家静着声息听一听。"众人果然凝神听去，只听得店门外面哭哭啼啼有好一群人。田焕同周氏气愤愤地说："这是打哪里说起？他不知道我家有事？他们敢闹得来。"

说着夫妇俩都迎出去。众人也便一窝蜂跟着。田福恩急得什么似的,摩拳擦掌,恨不得赶出去将那些人捶打一顿,很不放心,也一步一步跟出来。堂屋中间忽然只剩得绣春冷冷清清立在那里。

且说杨靖走至外面,见来的依然是前一天见的那个妇人同女孩子,却多添了几个鸠形鹄面的丐妇。那妇人指着田焕夫妇骂道:“天杀的坏了良心! 你们夫妇睡得高兴,干出来的祸害,倒把来累着我。你们今日说东,明日说西,兀地骗着我,说来又不来。我如今已是讨了饭的人了,不能再代你们养这小蹄子。你们说我是有意讹诈,你们当日做的事,明明放着有个中保呢,王老老他亲手抱与我婆婆的。我婆婆死了,他却不曾死,我寻了他几次,他不知躲到哪个窟窿里去了。你们很威武,今天替儿子,媳妇成家。儿子是你们养的,女儿就不是你们养的了?”说着又将身边那女孩一推一搡,说:“坏东西,你上去认你亲老子、亲妈妈去呀,怎么不开口呢?”那女孩子扯着破衣服蒙脸只管哭。旁边这些丐妇,又一叠连声帮着怪吵。吓得王老老将头一缩,向人丛里躲得紧紧的。

杨靖尚猜不出其中缘故,便挺身推开众人,走至那妇人面前,向田焕追问。那些丐妇见杨靖头上戴着金顶儿,身上穿着袍套,齐声喝道:“好了,老爷出来了,他老人家是青天,请他老人家断一断罢。”田焕夫妇齐声喝道:“这是打哪里说起? 我又不认得你是谁,不知你打哪里弄来一个女孩子,硬栽着是我家的,便饶着这般说,你为何不将他早送得来? 为何挨上这十多年呢?”杨靖回转头向那妇人道:“这话不错呀,你怎生今日才跑到这里胡闹?”那妇人道:“不瞒你老爷说,象我们这份人家,如何能老久住在家里呢? 我在里下河一带辗转帮人家做活,一总也不曾进过扬州城。况且我在先替他养这孩子,也不是一定将来预备送还他。不过我如今没有饭吃了,多着这个累赘,格外挨不过去,不如将他还给他亲娘,让他去享福,我便是讨饭,还落得一个清净。一月前就来过几次了,他姓田的一味糊着我,又说必须悄悄地背着人来接他,又说这十几年饭食他是不认。老爷代我想想,他家今日好象是锦上添花,我今日好象是雪中送炭,便看当日邻居份上,也该帮助帮助我,何况我还有替他领带女儿这一番功劳呢。”

杨靖至此方才明白其中情事,便向田焕附耳说了几句。田焕点点头。杨靖回身对着那妇人道:“有话到里面去讲罢,在街上大声小气,没的被人家笑话。”那妇人巴不得这一句,便掣着女孩子进去。那一群丐妇好不高兴,也一哄而入,田焕要拦也拦不及。此时田焕铺子前前后后,格外忙得热闹。王老老也不能再躲,只得从中做好做歹，同杨靖向那妇人左说右说，议定贴给他饭食费十千文，自此以后，毫无纠葛。连那些丐妇都帮着画了押。一总还不肯走，要看新妇吃喜酒。田焕夫妇今晚好生扫兴，面上很是没趣。

众人看那个女孩子虽不标致，却也长得粗眉大眼，只是脸上黧黑得难看。有人问他叫甚名字，他含笑摇摇头。田焕恨道："名字呢，我没得称呼他，老实便叫他做气桶子。"周氏问心，毕竟是他生的，不象田焕恨得他如此狠毒，转笑着向王老老说："大嫂子，就烦你便将气桶子带入房里梳一梳头，换换衣服出来罢，没的被他嫂子看见笑话，明天回到娘家好形容这姑子去给人取笑。"那妇人同一众丐妇吃完了饭，也就辞别田焕夫妇而去。此处众人将田福恩送入新房，也就陆续分散。

田福恩见绣春独坐在红烛底下，垂头闭目，粉庞娇嫩，象掐得出水来一般，觉较适才自家那个令妹有天渊之隔，不禁心头小鹿暗暗跳荡。猛从书桌上一面镜子里照见自家面目，良心发现，很有些自惭形秽，对着绣春转象天人模样，转不敢拢近他身旁。默默坐了一会，旋又转念："任他再象天上神仙似的，总算是我的婆娘了，不独猥肩叠股是我的本分，便是如此如此，这般这般，也违拗我不得。放着一块美羊肉，我如何不去染一染指儿？"想到此，便硬逼着绣春上床，一口气替绣春将衣服剥得干净。猛然想起一件心事，暗念："当初白兔子曾告诉我，他同杨蝶卿有些暧昧。我前日问问杨蝶卿，杨蝶卿又说验出来他便是个死命。这话不可不信，若是此番大意过去，随后要想审问他，那就难了，杨蝶卿怕我验，我偏要验一验。只是在先不曾预备手帕子，此时打哪里取这一块布来揩着瞧呢？"又笑道："有了，有了，我这癞头上放着白纸不好用？"于是从头上取下一叠纸，拣了一张没有血迹的，揣在手里。事毕之后，把来揩得一揩，其时精神疲倦，懒得再瞧，便一顺手又把那张纸向头上塞进去。

次日下床，在绣春面前又不好意思取出来瞧看，假装着出去解手，拣在一个僻静地方，将头发里纸片取出。谁知昨夜那张纸，一古拢儿都同他头上纸入了夥了，再也辨不出谁是绣春的血，谁是自家的血，急得翻着白眼说："这可了不得，便宜贱人了。"猛地又跳转来，向绣春喧闹。

欲知后事，且阅下文。

## 第三十六回　家庭戾气蓄志杀亲娘　世界奇闻丧心告妻父

田福恩重新跳入房里，见绣春已坐在书桌旁边，王老老替他梳头，任是田福恩惫赖，也再不好意思提着那话儿来问绣春，转笑嘻嘻站着看绣春打扮。绣春将一把乌云散开来，差不多要拖拂在地。王老老笑道："姑娘，你这黑压压的头发，可不叫人爱煞？你若匀一半儿给你男人，也不至叫他癞得这般难看。"绣春听王老老说话，羞得总不开口。田福恩笑骂道："老乞婆的嘴，你替我闭着好得多呢，再张开来，看我弄胡萝卜塞进你这窟窿。"王老老笑道："你妈妈的嘴正淡得难过，好儿子，你有萝卜只管塞罢。"田福恩答应了一声，便走过来亲王老老一个嘴。王老老笑道："要死呀，看我告诉你的娘。"

两人正在嘲笑，忽见那气桶子也一步步挨着进来。穿了一件红棉袄，用黑栏杆沿边滚着。腿上水绿套裤，缚得象个灯笼模样。一绺黄毛，也编着核桃大的发髻，斜插一支纸石榴喜花。周氏在对面房里喊道："过去恭喜哥哥嫂嫂。"那气桶子果然用一个小指头叼在嘴里，笑嘻嘻卷着舌头说道："恭喜嫂子。"底下再没有话说。

绣春从喉咙里嘤咛了一声，便让着气桶子坐。气桶子哪里肯坐，早搬过一张小凳子，垫着脚伏在梳桌上，取过这一件瞧瞧，又拿过那一件看看，拈着新粉扑子便望脸上扑，一条一条的鼻涕，都粘在粉扑子上。田福恩见了生气，骂道："死娼妇，你还讨饭去罢，到这里来活现形做甚？"周氏隐隐听见田福恩说话，便嚷道："气桶子快转回来罢，谁叫你在他们面前白白去讨厌？你这边也有牢呢。"气桶子哪里理会周氏的话，依旧伏着不动。一会子看见绣春粉盒子里放着一柄小银粉挑，一眨眼早悄悄藏入袖子中间。绣春分明看见，怕嚷出来周氏要多心，便也不敢做声。

是日少不得行些新妇礼节。自此以后，田福恩恋着绣春，倒也不常出去干那三瓦两舍的事。绣春对着田福恩，虽然算不得是个快婿，然而他是贤惠不过的，见田福恩待他也还温存，转一心一意地侍奉翁姑，料理家事，倒还十分安静。

这一日绣春傍着妆台，正替田福恩缝着袜子。田福恩冷不防悄悄地从外面进来，躲在绣春背后，用手向他胁下挠了一把。惊得绣春立起身来，见是田福恩，便脸上一红说：“怎么不放老成些？你可曾吃饭不曾？我替你预备去。”田福恩笑道：“等到此刻呢，不劳你操心。”说着又夺过绣春的手，向鼻子上闻得一闻说：“好香呀。”顿时便弯着腰，向床上努一努嘴。绣春吓了一跳，说道：“青天白日，这是什么形状儿？没的给人听见。”田福恩见绣春不肯，转挨身坐下，将绣春搂在怀里。绣春又羞又急，又不敢声唤，拚命离开了田福恩。

田福恩便伸手在针线匾子里翻来复去价乱寻。一眼瞧见粉盒子，惊问道：“你的银粉挑子呢？”绣春摇头不语。田福恩骂道：“你不告诉我，你便是个死，难不成又送给情人去了？”绣春急道：“你说的什么？那挑子是妹妹拿去玩了，”田福恩道：“你怎么不同他要过来？”绣春道：“这点东西，闹出来又该淘气。”

田福恩不等绣春说完，早啪的一声，一掌打在绣春脸上，打得半边红肿起来，说道：“你敢是闹阔气吗？娶你这败家精进门，有多少家私也不够你糟蹋。你舍得我还舍不得。”绣春忍痛，重又劝道：“好祖宗，你不必闹罢，你不记得那一天你骂了他两句，娘便生气？”田福恩圆睁两跟骂道：“这老货，我要他护庇这小蹄子呢，我性子发起来，怕他不死在我手里。”绣春听他这样无法无天地说话，忙奔上前，用手想掩着他的嘴。谁知田福恩生性，人不劝他，他反好些，越是人劝，越要生气儿。绣春不顺着他意思，转来拦着自己，早一手将绣春推过一边，奔出房门，赶到气桶子这边来。

其时周氏正在邻居家抹牌。气桶子一人在房里搬出许多泥菩萨、泥娃娃，放在一张小凳子上玩耍。田福恩也不问青红皂白，走近身边，狠狠地用脚向气桶子屁股踢去。踢得气桶子从凳上倒栽下来，拚命一声狂哭。早惊动了周氏，也便跑回屋里，问着田福恩为甚事这般生气？田福恩也不开口，只翻箱倒笼地搜检，一共也不曾搜出一支粉挑子。田福恩又跳过来，骑在气桶子身上，用手揿着他的嘴，骂道：“讨饭的贱人！你将我的粉挑子藏在哪里去了？”那气桶子只管怪哭怪喊，也不理会田福恩的话。周氏方才明白，是田福恩因为气桶子拿了他的东西，才闹得这般厉害。

大凡妇人家心性，起先儿子不曾娶亲，倒还是恩深义重，不该溺爱的地方，他偏要溺爱，不该护短的地方，他偏要护短。打从媳妇进门，他便象双手将他这亲亲热热的儿子赠给这媳妇了，心眼儿、见解儿便比前不同。从前儿子便忤逆我，我可以宽恕他；今后儿子便孝顺我，我还有点疑惑他；再加着言语之中，举动之内，有些袒护媳妇，那做娘的便不由捻酸吃醋起来，不是怪着媳妇暗中挑唆，就是恨着儿子心肠改变。所以世间孝子当受室之后，那一种承颜养志，格外要吊胆提心，爬痒抑搔，加倍要缠绵精细，方才可以家庭愉乐，骨肉完全。诸君想想，那田福恩如何有那种思想呢？

周氏虎吼一声，厉色对田福恩道："你冤他做贼，你亲眼看见的？你为何不亲手捉住？"周氏这句话，分明疑惑绣春，所以特特地用这话来驳诘他。谁知田福恩却不知其计，便答道："我虽然不曾亲眼看见，自然有人看见他拿的，你不信问他。"周氏听见这句话，更不怠慢，叉着两条腿，早飞过绣春这边来。绣春正在房里吓得发战，又不敢过去解劝。此时见周氏忽然奔至身旁，见他眼珠都气红了。说时迟，那时快，周氏对准绣春胸口一个拳头。绣春忙将身子一闪。周氏撞个落空，扑通一声，一头早栽到一张橱柜上，跌得晕了过去。

此时田福恩见周氏跑到自家房里，知道他要去凌虐绣春，转恐绣春吃亏，放了气桶子。正待来护持他，耳边猛听得扑通一声响，疑是绣春跌倒了，飞也似地赶过来，见躺在地下的转是周氏，便望着绣春道："你站出去。他们偷了东西，还来拚命呢。"说着用脚狠狠地在周氏腰间踢了几下说："你死了罢，我拚着偿你的命。"说也奇怪，周氏被他一踢，转踢醒了，扭身坐在地上，将散发盘得一盘，便嚎天扑地大哭起来。田福恩双脚齐跳说："晦气，晦气！死了人了。一个新房里，也不图顺遂，你这不是安心咒我？我也不要活着了。"一面说，一面手舞足蹈，将房内几件陈设器皿，打得一个落花流水。绣春又怕又急，只管哭泣。

这个当儿，田焕却不在铺里。宋老爹听见里面沸反盈天，忙赶进来解劝。周氏便指天画地地说媳妇怎么冤枉气桶子偷着银挑子，田福恩如何帮着媳妇打骂气桶子。此时邻居家也来了几多妇女，解劝的解劝，议论的议论。还说："人家娶媳妇，这便是个榜样，不曾得了儿子好处，转预备肚子来装媳妇的闷气。"可怜绣春哪里敢分辩，饮泣吞声，将房里摔乱的器皿收拾妥帖了。那一面菱花镜子，早跌得稀糊破烂。

周氏被旁人劝得出去，依然到邻居家抹牌。气桶子见他们闹得有趣，转不哭了。爬起来扑扑衣服上的灰尘，早跑至绣春房门口，一脚踏在门槛上，一脚放在外面，睁圆眼睛，痴立不动。田福恩气倒在床上，只管唉声叹气。一会子坐起来，自言自语说道："我是拚着干了，总叫他们一个活的没有。"绣春不敢拢近他身旁，听他这般胡说，还当是气头上的话，也不理会，一瞥眼见田福恩已跑得出去。气桶子见房里没多人，也跑回那边房里去了。

绣春一个人坐在床边上，思来想去，觉得身世之间，毫没希望。况且今日一面好好镜子，跌得粉碎，这也不是什么吉兆，不禁珍珠也似的眼泪湿透了衿袖。挨到上灯时分，田福恩又匆匆进房，脸上露着重重杀气，从怀里掏出一个纸包儿，向桌上一掼。绣春赔笑问道："这纸包儿是什么？"田福恩喝道："是什么呢？这便是砒霜。"这一句话不打紧，吓得绣春粉面失色，转强笑道："你不用信口乱说，这砒霜敢是来毒死我的？"田福恩道："我肯哄你？我又为甚毒你？我要毒死的人很多呢，老头子、老奶奶加上一个小贱人。我来吩咐你：等他们晚上粥碗上桌，你悄悄地每人碗里替我拈一撮砒霜放着。等他们死下来，我自有理会。一人做事一人当，断不连累你，你须放心。"

绣春见他真个安排着这样毒手，知道这件事若真做出来，怕不是人亡家破。从惊怕之中，早冷了半截，呆呆地坐在椅上，动弹不得。田福恩见绣春不肯帮着他，急得搓手顿脚。果然外面田焕夫妇已回家来，预备晚膳，见绣春不出房服侍他们，替他们盛粥，夫妇齐声咒骂。绣春方才惊醒，不得已便走向厨下。田福恩看见砒霜包儿依然放在桌上，绣春并不曾带去，心中大怒，拿起来便也向厨房里奔来。被绣春死命拦着，不许他放，他偏要放，两人又不敢声唤，只管叽叽喳喳地推搡。恰好气桶子也走入厨房，田福恩生怕被别人看见，狠狠地将牙齿一错，说："大家都死罢，我也顾不了许多。"说着便将砒霜包儿抖散开来，向偌大一个粥锅里泼去。泼过之后，转身就走，早躲向别处，预备听自己家里的消息了。

此时绣春好生惶急，又不敢说破，怕连累丈夫一生一世，担着这种杀害父母的恶名。若是不说，眼看见这砒霜入粥，只要沾入口里，便都是个死命。正在十分为难，再仔细一望，却喜那砒霜系田福恩顺手泼去，并不曾分散开来，还好好地堆在一处。绣春手抖抖的，便用自家一个金鱼戏水的饭碗，将那有砒霜的粥米，都一勺一勺地盛入碗内。然后将别人的粥，才分配匀好。这延挨的时候已是不小，田焕夫妇好生焦急，都跑入厨房，指着绣春的脸说："你这贱人，只有搬弄是非的本领，叫你干正经儿，便象懒驴挨磨儿了。"

绣春也不敢开口，忍气吞声，将田焕夫妇的两碗粥先端入里面。此处气桶子看见绣春那个饭碗花花绿绿，画得有趣，便嚷着要吃那碗粥。周氏骂道："那是你嫂子的，你又眼馋，又该被人说做贼了。"气桶子哪里肯依，只管吵闹。田焕笑道："这有什么打紧，便是嫂子的碗，吃一餐儿也损坏不了。自家姑嫂，若是这样倒多心了。你要这碗，等我替你端着。”于是一手搀着气桶子，一手端着绣春那个饭碗，重走入堂屋里来。

绣春匆匆忙忙，刚把小菜碟子预备齐全，猛地一眼看见自己那个有砒霜的饭碗放在气桶子面前，气桶子不问青红皂白，提起筷子就着碗便吃。绣春这一吓，好象遇见焦雷似的，忙嚷道：“啊呀！那个饭碗是我的。”话未说完，便劈手夺过去。气桶子抬头一望，见饭碗已被绣春夺过去，不禁哇的一声哭起来。周氏对着田焕冷笑了一声说：“我的话如何？这样宝贝似的饭碗，气桶子他配吃？我还疑惑你公公有这本领，不该抹你这老面皮，谁知也碰他老大钉子了。”田焕被周氏几句冷言冷语，说得跳起来，一伸手便要来夺那碗。绣春格外伶俐，早擎碗在手，飞也似躲入自家房里。那气桶子还只管哭闹。周氏急了，捏着指头连连在气桶子头上凿栗子。田焕唉声叹气骂着说：“该是倒运，娶着这样媳妇，怕不是一生一世的赘疣。几时死了，倒还让儿子再娶一份亲事，怕还侥幸些。”

绣春此时躲在房里，听他们吵骂，千愁万恨，已经哭得象泪人儿一般。陡然听见田焕咒着他死，不禁触起一念：“先前自家那碗砒霜粥，本预备悄悄抛弃了，偏生被气桶子这一闹，又闹出这样风波。若是这碗里没有砒霜，我又何用同你争夺呢？果然容你吃下去，自必寻根究底，与你哥哥不得干休。然而问心，我又何苦白白坏你性命？唉！千不好，万不好，都是自家的命运不好。料想象这般挨着过去，断然没有出头日子。不如依着公公的话，死了让丈夫再娶，倒还干净。”想到此，不由分说，端起那砒霜粥张口便喝，一霎时将一碗粥喝得一滴不剩。听见外边田焕夫妇依然骂着自己，此时转没有畏惧，一倒头向床上一躺，扯过一幅被将身子掩好。

且说田福恩将砒霜泼入粥锅之后，他便一径跑出去，并不曾到别处，依然去访杨靖。杨靖是赘在他岳家窑货铺里，诸君是知道的。他丈人的店号叫宋义兴，他丈人名字便也叫宋义兴，为人甚是忠厚本分。只是起先不该仰攀杨靖是个秀才，将女儿嫁给他，以致杨靖便老实靠在岳家享用，茶来伸手，饭来张口。若是没有钱使用，便敲打女人，逼着他女人向父母要钱。一个窑货铺子，有多少利息？渐渐坐吃山空。宋义兴夫妇两口平头都有五十多岁，膝下只是一个女儿，事已如此，只得向前支持。杨靖不独考究饮食，还要鲜明衣履，出去好支他那阔架儿。翁婿之间，累累吵闹，已非一次。

这一晚，田福恩又来寻觅杨靖，见宋义兴老早已将门扇掩着。田福恩觑眼一瞧，见窑货架下放着一张三只腿的几子，几子上面一盏半明不灭泥油灯，宋义兴垂头闭眼地一人坐在旁边。田福恩将门推得一推，宋义兴猛惊起身问是谁？田福恩忙答道："杨蝶卿可在家不在？"宋义兴道："不在家。"

田福恩刚待要走，忽见杨靖从里面跳出来说："谁说我不在家？我要你替我拦着朋友，放他妈的屁呢。"宋义兴本不愿意这田福恩，想打发他走开，不料已被杨靖听见，跳出来冲破他这老大的谎，不免有些惭愧。又听见杨靖嘴里不三不四破口骂起自己来，不禁使起他丈人身分，立起身指着杨靖说道："你嘴里骂谁？"杨靖笑道："我不曾骂谁。"宋义兴道："你分明骂我放妈的屁。"杨靖笑道："你妈难道不放屁？这便算我是骂了？放你爹的屁呢。"宋义兴又嚷起来说："这还了得，你又骂了。"杨靖笑道："你妈有屁，你父亲难道会不放屁？这更不能算骂。我说放你妈的屁呢。"宋义兴益发咆哮说："在先骂了我，算你白赖了。你适才这话，敢还说不是骂我？你更有何辩？"杨靖笑道："随你怎的胡闹罢，这'我'字难道便该硬栽是我杨靖？你放你妈的屁，这'你'字便是你。你父亲放你妈的屁，这'你'字便是你父亲。若是田福恩放你妈的屁，这'你'字便是田福恩。"说着拍掌大笑。只气得宋义兴睁目结舌，挨了半晌，恨道："老实你们读书的人，这字眼儿最讲得刻毒。我只求着佛菩萨，我的妈已经骨头打了鼓了，你还拿着他开心。可怜人家常说，嫁个女儿反连累着娘。不料我家嫁个女儿，反连累着祖奶奶。我只求佛菩萨来佑你。"

杨靖更不再同他丈人纠缠，早拖着田福恩向他一间小小客座里走进去。田福恩进入客座，深深向杨靖作了一个揖，说："多谢你先生赐的砒霜，如今大功是告成了。停一歇儿，我回去替他们收尸，倒还热闹呢。我女人他是知道粥里有砒霜的，他断不会送命。将来我们夫妇做起这份人家来，便请你老老实实住到我那里去。我看你这丈人老头子，也不是个好东西。"杨靖刚拿着自己袖子在桌上擦那油腻，听田福恩说毕，不禁沉着脸跳起来说："你当真做出来吗？"田福恩笑道："不当真谁还当假呢？"

杨靖掩着耳朵，团团地在屋里跑了一转，大叫道："不好了！小田，你可没有命了。早则三月，迟则半年，钉封文书一到，我趁着没有事，倒好赶到西门外大校场里，看你凌迟。可怜，可怜！我的小田，你再莫想活在世上了。"说着用袖子掩着脸假哭。田福恩转被他吓了一跳，说："怎么叫做凌迟呀？"杨靖笑道："这凌迟的罪名，好玩得多呢，你去尝一尝儿，倒还长长见识。你不知道我们大清律例上讲的，杀了亲娘、亲老子，便是个大逆无道。将这事奏报上去，没得第二句话，那文书上便批下来说剐了罢。那时候将你从牢洞子里拖出来,扒了衣服,用绳子捆着,一直抬到法场上。阴阳先生只要吆喝一声午时三刻,那刽子手好不威武,先用一柄小尖刀,在你眼皮上轻轻一刀,那眼珠子便溜出来了。接连又在你奶子上一刀,随后一刀一刀地便在大腿、小腿上割起来。”田福恩听到此处,不禁怪喊说:“啊呀!我疼呢。”杨靖笑道:“疼也由不得你。到后来你身上好象蜜蜂窝儿一般,都成了窟窿了。然后才破肚皮,摘心肝,掂肺胃,割大肠……”田福恩此时吓得面如土色,早索索抖个不住,说:“当真的?我早知道如此,我不该便做出来。”杨靖笑道:“你快走罢,回去打听打听,多管此时都死干净了。”田福恩果然不肯再坐,早一径跑回自家店铺。

杨靖送出田福恩之后,见他丈人已不在柜台里面,那张油灯已经吹熄。杨靖恨道:“这老剥皮,省得利害,累得我东碰西撞。依我性子,一脚将你这砂锅砂罐踢个稀烂。”杨靖一边咕哝,一边扶墙摸壁地走。猛从他丈人房外经过,见里面灯光已不明亮,耳边忽听得他丈人哼哼唧唧,象个十分快活模样,不觉停了脚步。一霎时又听见他丈母低低问道:“你可快活?”他丈人又含糊应道:“快活死我了。”杨靖暗暗发笑,说:“这两个老家伙,倒还高兴呢。”正待张望,又听得一阵滑嗒滑嗒水响,越响得利害,他丈人越哼得利害。杨靖此时更忍不住,转想瞧一瞧他们的活剧。又苦他丈人房间没有窗子,半截土墙,上面全用芦笆拦着,芦笆上又糊着纸,真个苍蝇都飞不进去。杨靖便悄悄走至房门旁边,向里张望。原来他丈人坐在床边,床下放了一个脚盆,他丈母正替他丈人用水烫脚,不禁失声大笑。这一笑不打紧,却惊动他丈人,勃然大怒。往常杨靖惯等他夫妇睡熟,每每溜进房偷摸物件。今日又憋着一肚皮被杨靖嘲骂的恶气,只当杨靖又来欺负他。更不问青红皂白,水淋淋地赤着脚跳下来,顺手拎起一根门闩,将房门扯开,见杨靖依然站着不动。他丈人虎吼一声,举起门闩,便从杨靖下三路打去。也不知打到杨靖哪里,只听嘣咚一声,杨靖应声而倒。他丈母刚待出来劝解,那杨靖的女人见外面翁婿又打起来,已提了一盏洋灯照着出来。再一细看,只见杨靖眼插口闭,早已睡在地上,不省人事,嘴里的白沫好象螃蟹一般,嘶嘶地只管望外淌。

宋义兴见此情形,不觉吓得矮了半截。他丈母也索索地抖,口里只管抱怨宋义兴说:“你怎么越老越使性子?你将他打死,你女儿一生一世倚靠谁人?”杨靖的女人听到此,不禁也就哭起来。再来搀扶杨靖,哪里中用,只是直挺挺地不动。母女二人没法,一个抬头,一个抬脚,好容易将杨靖抬至他自己床上。又忙着烧姜汤,打醋炭,闹得一塌糊涂。依杨靖的女人,便要去请医生诊视。宋义兴怕被人知道女婿是他打死的，立意不肯。三人轮流着看守到半夜时分，见杨靖好象似睡着一般，昏昏沉沉，唤他也不答应，掐他也不嚷痛。却幸身体温热，鼻息平匀，想还没有大事。老夫妇打熬不住，进房去歇了，剩得杨靖女人一人坐在旁边。

杨靖见宋义兴夫妇不在身边，不禁一骨碌坐起身来，吃吃地笑。他女人吓了一跳，说："你究竟怎么样了？怕不把人吓死！"杨靖笑道："谁还当真死呢？只叫他知道我的利害。我是不肯瞒你，我教你一个主意：明天他们起身，我依然还装着我的死。你一面哭，一面同他们开个盘子，就说我死是死定了，还是官了呢，还是私休？若是经官的话，少不得要将你老子打一千下屁股，末了便是杀头；你母亲保不定还要当堂发卖。你不知道我们大清律例上，最重不过的是丈人害死女婿，是个大逆无道的罪名，同奸夫谋死亲夫一样。你老子胆最小，一听见'经官'两字，包管五脏都要打粪门里溜出来了，他必然同你商议，说是私休罢。你便说私休也使得，衣衾一百块洋钱，棺椁一百块洋钱，和尚道士超度经忏，折实下来也作一百块洋钱。我知道你老子现钱一时也拿不出来。但是他这一处店房，我是知道的，值二百五十块洋钱；其余所剩的窑货，以及像伙器具，约莫五十元也值。你便叫你老子写个凭据交给我，我一经拿到他凭据，我便又活了。老老实实将他们两根老骨头赶出大门，死也罢，活也罢，我们总算是快活起来。不在他们手里受罪。你看这样办，包管你也高兴呢。"他女人听了这一番话，究竟父女情深，不禁流下两行眼泪来。杨靖翻着白眼道："你若是舍不得你父亲，我先送你到县牢里，说你逆了丈夫，便是逆了天老爷。"他女人平素畏惧杨靖惯了，哪里再敢违拗，便答应道："就依你这样办罢。"杨靖方才欢喜。

次日清晨，宋义兴夫妇记挂这事，老早便跑过这边来探信。杨靖知他们已到，便又直挺挺睡着不动。宋义兴一进了房，便望着他女儿问道："你丈夫可转过来不曾？"他女儿慢慢答道："转是转过来……"一句话未完，杨靖在床上急了，深恐他露出马脚，又不好拦他，只用脚向床柱上一蹬。他女人忙改口道："转过来又死去了。他说衣衾要一百块洋钱……"宋义兴道："他死去的人，还会开口要钱吗？"他女人又道："不是他说，是我说的。"宋义兴此时已瞧科九分，便望自己婆子丢了一个眼色说："将女婿打死了，自然对不住他，任是怎样苛索我，我也不敢违拗。我此时还去收拾店铺，好孩子，你看守着你的丈夫罢。"说着又催自己婆子下厨去煮早饭。婆子尚不解其意，怏怏地去了。

宋义兴走出房门，且不向店铺里去，转将身子隐着，立在杨靖房门侧首。杨靖哪里知道，见自己计策已遂，高兴非常，趁宋义兴夫妇不在面前，兀地坐起身来，嚷着饿了，命他女人在桌上取些茶食给他。宋义兴趁着这个当儿，疾便侧身进房，笑道："好乖乖，我来替你取茶食罢。"杨靖吃这一吓不小，一时更来不及装死，气得胸脯破裂。他女人却噗哧笑了。宋义兴知道破了杨靖的鬼计，怕他羞愧，更不在房耽搁，转笑嘻嘻跑到前面。

杨靖又絮絮叨叨埋怨了他女人一顿，终是气他丈人不过，遂在房里拿起笔拟了一个禀稿，预备去告宋义兴。正自搜索枯肠，猛见房门外面有个人伸头一张，杨靖命女人出去望一望，看是谁。他女人果然出来，见是田福恩，便说："原来是田相公，请到房里去坐。"田福恩跑进房，望着杨靖哈哈大笑说："我的亲老子，我这颗脑袋算是保住了。我究竟问你亲老子，你那砒霜是什么东西制的？早知道毒不死人，我们老实拿来拌粥吃。"杨靖也不禁笑起来，骂道："活鬼，你敢不曾毒死你亲娘？"田福恩道："不必提起了，便是你那砒霜能毒死人，也毒不到我的娘，都把来被你的娘吃了。"杨靖笑道："呸！想是弄到你那小媳妇肚里去了。他倒不是我的娘，他是我娘的亲媳妇。好好，那砒霜是我亲手制的，他吃下去觉得怎么样？"田福恩笑道："我昨晚打从你这里回去，怀着满肚皮鬼胎，悄悄走到自家门首，拿着耳朵听一听，不听见哭声，我还疑惑一家人都死绝了。推门一望。见我那死鬼老子好好还坐在柜台里，小倌们穿梭似地盘帐。跑入后面，娘同妹妹也是安然无恙。我好生疑惑，也不开口，悄没声儿，进入自家的房，转看见你的娘睡在床上不动。"杨靖笑道："你再这般说，我便骂你的娘。"田福恩也是一笑，才改口说："我走近床边，推推他，他望我哭起来，说是要死了，便一长一短告诉我许多话儿。如今砒霜是被他一人吃了，我其时又怕又急说：'这砒霜原叫你毒别人的，你为何转同自己性命作对？你此时心里觉得怎么样呢？'他摇摇头，说不觉得怎样。等了好一会，毫没动静。我还向他开心说：'你睡好了，让我来替你试探试探，看你腹内当真有毒没毒？'我女人还狠狠骂了我几句 。不料得到了此刻，他还是好好的，并没有死。"

杨靖的女人在旁边插嘴道："他倒不会装死？"田福恩道："他真不会装张，若是装死，便是你养的。"这一句话不打紧，活是骂着杨靖，杨靖夫妇都笑了。田福恩便追问着笑的缘故。杨靖女人便将昨夜的事略略告诉了田福恩一遍，引得田福恩拍手大笑。杨靖有些惭愧，搭讪着从抽屉里取出一个纸包，笑向田福恩道："你尝尝这砒霜。"田福恩接过一瞧，便全是昨日拿回去的砒霜，却不敢试验。杨靖笑道："你看我吃给你看。"说着便倒了半杯茶，将那些砒霜全散在里面，一吸而尽。笑道："这是健脾开胃八珍糕的粉子。世界上有这样好砒霜，大家都去寻死了。”

田福恩方才明白，这全是杨靖弄的玄虚。又见他桌上放着一张白纸，歪歪斜斜写了些字，便问道：“你又在这里做文章？”杨靖本想要将告他丈人的话说出来，终是碍着他女人，不便直说，便信口答道：“我们是秀才了，文章不放在肚里，谁还在这里打稿儿？我是写的一本奏折，在灶王大帝面前奏他一本。”田福恩惊道：“你敢是认识灶王爷爷？”杨靖笑道：“象我们这种文曲星，连一个灶王老爷都不认识，还夸得起口吗？”田福恩道：“你奏的什么？”杨靖放下脸道：“我奏那姓田的王八羔子，不敬父母，毒害亲娘，减他阳寿二十四年。我昨夜死去的时辰会见灶老爷，便喝道：‘呔！你替我将田福恩生死簿子送过来。’那个灶老爷红袍纱帽，恭恭敬敬便送过一本簿子。我仔细一查，你的阳寿本该有四十二岁。不料我拿起朱笔，老实一勾，勾得干干净净。你今年十八，恰好便到死期。”田福恩笑道：“你既然已经勾了，又在这里上奏折给灶王爷爷做甚？”杨靖笑道：“还不是请灶王转奏玉皇大帝。”

杨靖一派鬼话，原是哄着田福恩玩的，谁知越是凶恶的人，越是怕死。田福恩听到此处，不禁魂飞魄散，转直挺挺跪到杨靖面前。

欲知后事，且阅下文。

# 第三十七回 风定江平登轮惊扒手 霜寒夜永拥被话刀头

“呜——呜——呜——”汽笛一响，那一座山样般的轮船，便“骨通骨通”转过头来，冲波翻浪，向前而去。其时旭日初升，朝烟未净，照得那江水象玛瑙一般。船中众客，都还有一半未醒。猛地大餐间外面甲板上，立着一个娉婷女子，乱头粗服。身上只穿了一件粉红花缎小棉袄，两条小腿伶伶俐俐，套着玄色湖绉大脚裤儿，拖了一双猩红绣花睡鞋，笑吟吟扶着栏杆，眺望江景。两片粉腮颊儿，被朔风吹了一会，吹得象胭脂一样。接连便有些人都拢近这女子身边来，偷眼瞧看。便是那个船上西人二副，名字叫做卡德尼的，口衔烟斗，也向那女子做手势，似乎问他搭船到哪里去的。那女子不懂卡德尼的话，只管低着头笑。

这个当儿，左边一个官舱里，走出一个仆妇向那女子说道：“啊呀！这般怪冷的，站在这里则甚？请进来盥洗罢。”那女子抿着嘴一笑，说：“你看这山水极象在西洋画里，把我看得呆了，管他冷不冷呢。”一面说，一面脚步窸窸窣窣，带笑带跑，走入自家官舱里去了。众人看见他这样身段，又听见他这样娇滴滴的喉咙，没的都把人魂魄勾去，哪里肯舍，转一窝蜂地又赶到外面，在窗洞里张看。见舱里铺上还睡着一个官客，知道那女子是人家内眷，并非不三不四的粉头，大家倒也不敢罗唣。那女子又顺手将一幅绣花淡青汗巾将窗洞子遮得一个完风不透，众人一笑也都散了。

约莫申牌时分，船上开过晚饭，众人又见那女子出来散步，却是收拾得非常齐整，在船窗两旁闲望，把一双手插入两边衣衩里。身后跟着一位官客，一裹圆狐皮袍儿，天青银鼠出风马褂，足登粉底乌靴，捧着一支水烟袋，低低对着那女子笑道：“大后天准抵汉口，上了岸陪你先看戏。不要在船上闷坏了，又是想家。”那女子笑道：“我跟着你出来，也不一定想家。倒是你到了汉口，还该先寄一封信回去，怕他们悬望，倒是正经。”

两人正在喁喁私语，忽地下一层船舱里人声沸翻，吓得众人都飞也似地向下面打探。停了一歇，众人才知道下面水手捉了一个贼，吊在柱子上拷打。那女子听见这话，便拖着那官客要下去望一望，说："光听见人说轮船上扒手多，究竟不曾瞧见过这扒手是个什么鬼怪样儿。"那官客点点头，便一手搀着他。刚下了那一层扶梯，果然有一群人围着。也辨不清那贼模样，只听见那贼满口里知州、知县，嚷得一塌糊涂，甚至将南洋总督部堂的官衔都抬得出来。众中恼了一个水手，骂道："我们吃洋人饭的，不问你们中国官儿，任是再大些，也咬不掉我的鸟。诸位闪一闪，等我来敲他，看他再敢拿官来吓人？"众人哄然一笑，果然让出一条路来，放那水手去打贼。

那女子眼快，不禁叫道："奇怪！那吊在柱子上的不是林师爷吗？为何高兴跑到这里来做贼？"话未说完，那贼一眼已看见那女子同官客，手足虽然缚着，那嘴是说得话的，猛地叫道："喏，喏，这不是我的东家，他便是湖北候补知县伍大老爷。请你们问一问看，我可是贼不是？"那水手正用一条铁棍儿在林雨生腿上打了一下，听见他说这话，便住了手，回头一望。伍晋芳见那被打的人果然是林雨生，便忙招呼道："诸位不要动手，这人果然是我一路的，他穿得褴褛，怕诸位误当他是贼了。"正说着，他带的家人伍升同小顺子，都因为听见船上有贼，赶拢过来。见主人在那里招呼，也忙跑到那些水手旁边告诉了几句，才把林雨生放得下来。伍晋芳顿脚急道："林先生你也太不成个体统了，怎么会弄出这笑话？"又骂伍升道："你们大家住在统舱里，便该紧紧在一处，为何林师爷被人家当做贼打，你们会不知道？"伍升垂手答道："回老爷的话，林师爷一上了船，好似得了麻脚瘟似的，东磕西撞，好不高兴，除得吃饭时辰，他跑来分小的们的路菜，其余也不见他的影儿。这会子闹出笑话，小的们做梦也想不到便是林师爷。"

林雨生此时腿上被打一铁棍，放下来兀自十分疼痛，挨着走近伍晋芳身旁，又请了一个安，说："晚生不过水烟瘾发了，刚走到下一层货舱旁边，见有一管水烟袋，便顺手捧起来吸了一口，自问也不是为非作歹，猛地便被他们捉住，硬说是贼。若非老爷同姨太太出来得快，包管还要吃他们老大的亏。"说着又一垂手向小翠子请了一个安，引得小翠子掩口吃吃地笑。伍晋芳嚷道："不谈了，不谈了。你们还安分些到舱里去罢，没的在这里现形。"一边说，一边搀着小翠子依然上楼去了。

此时众人一哄而散。有的还窃窃私语说："只怕还是一路的铳手，你们看那个叫做老爷的，虽说是阔气，难保不是借此骗人。况且身边又带着这么一个花枝般的女子，不知谁晦气，要中了他这美人计呢。如今江湖上是越发难走了。"于是这几日中，凡伍晋芳同小翠子出来一趟，便无人不暗中指点，窃窃议论。也有些传入晋芳耳朵里，晋芳好生懊丧。

谁知林雨生经此惩创之后，果然再不敢乱跑，没事时便整日地在伍晋芳官舱门侧立着照料一切。仆妇出来要茶要水，他便忙接过壶盏来，穿梭似地跑来跑去。仆妇们落得偷懒，所有一切差使，都喊林师爷去办。林雨生身上还是穿了他一件长衫儿，一条单裤，赤着半条精腿，脚上也没有袜子。遇着舱里灌门的风，他把一个头缩在颈项里，战战兢兢的。那个寒酸样儿，甚不雅观。船上的人看这光景，越发奇怪，经过这里，都要立住脚看一看。林雨生仗着官势，有时发怒，便同人吆喝起来，一日之间总要淘几场气。伍晋芳好生不悦，又因为他究竟是个师爷身分，不好意思呵叱。小翠子怜他寒冷，便劝晋芳送了他一件棉袍子，一条棉裤，一双袜子，一顶帽儿。林雨生这一打扮起来，非常温暖。后来打听出是姨太太的恩惠，真是感入骨髓。

船抵了码头，当夜便先住在汉口栈房。次日，伍晋芳便将林雨生请进来，托他先过江寻觅公馆。林雨生接连答应了几声"是"，飞也似跑出来，一叠连声喊道："伍升，伍升!"那伍升正同小顺子坐在栈房门口晒日头，忽然听见林雨生这样大声叫人，伍升笑道："林师爷敢是我们老爷又赏给他脸了？不然怎这般威武起来？"小顺子骂道："理他呢，再阔些，不过是个贼。"说着，林雨生已走至面前，将脚顿了一顿，朗朗说道："老爷偏生看得起我，叫我过江去寻觅公馆。你们也该伺候我过去一趟。"伍升扬着头只不理会。林雨生便逼着小顺子同他一路走，小顺子不得已答应了。

两人走至江口，时值隆冬，北风甚大，江中的波浪十分利害。依小顺子便要雇着红船渡江。林雨生沉着脸道："老爷叫我们出来当差使，这是瞧得起我们，天理良心，如何敢浪费他的钱文？还是叫个小划子过去罢。"小顺子也不便违拗，两人跳上划船。划夫又等了一会，等到十几个人，方才将篷扯起来。先前傍岸还不觉得，行到江心，那个船好象秋千一般，一上一下，吓得林雨生面如土色，嘴里叽叽咕咕乱念。小顺子气得将嘴噘得象蛤蟆一样，冷笑道："林师爷，你嘴里念什么？"林雨生战战地答道："救苦救难《观音经》。"小顺子"呸"了一声，说："林师爷，你只顾卫护东家，哪里管苦了我们？观音菩萨恐怕也不见得保佑。"二人嚷了一会，幸亏不多时已抵对岸。林雨生进城，果然在抚台衙门左右觅了一处公馆。回来禀明伍晋芳。

隔了一天，晋芳又同小翠子坐着轿子亲自去看。见那公馆门口高高的几层白石阶。一进了屏门，便是小小一个天井，右边一座门房。过了天井，便是轿厅。一直进去有一重上房。轿厅左侧是一个六角小门，里面的花厅对着书房。晋芳觉得房子虽不甚宽绰，然一房家眷尽可住得，便问了价银，每月十六千文。晋芳问小翠子："可合意?"小翠子点点头。晋芳回头问林雨生道："这条街叫做什么名字?"林雨生怔了一怔说："晚生去问一问。"于是拽着袍子飞也似跑出门来。恰好对面便是个成衣铺子，林雨生走过去问道："呔！裁缝师傅，借问你一声，这条街叫甚名字?"内里有个人答道："三道街。"林雨生又问道："请问这'道'字，还是强盗之'盗'，还是道台之'道'?"那人再也不懂得林雨生说什么，只管望着他发怔。身旁还有一个三十岁左右的妇人，两只眼水汪汪地望着林雨生笑。林雨生又怕晋芳等急了，掉转头就跑。谁知晋芳已携小翠子上了轿走了，林雨生一口气追过了江。

晋芳择了吉日，也就搬入新公馆里。前一天便开了一个单子，交给林雨生置办应用的一切什物。林雨生接了单子，非常欢喜，暗想："自此可以表见我的经验。那些桌椅条凳，字画屏风，都不甚难办。千难万难，唯有姨太太的一个马桶，煞是十分棘手。圈口买得小了呢，怕姨太太尊臀容不下去；圈口若是买得大了呢，万一姨太太坐落下去，淹上一屁股的粪，那可是糟极了。第一趟差使，万一弄得不好看相，到后来东家得了阔差，什么厘金呀、筹饷呀，再也不会派好事给我办。"

林雨生想到此，搔耳抓腮，急得什么似的。想了好一会，陡然福至心灵。跑上街，走进一座纸铺里，摸了几十文，买了一本朱丝说帖，悄悄地袖回来，便在灯下先打了一个稿儿。看一看也还得体，便一行一行誊清在说帖上，所幸他的字还写得端正。赶在第二天清晨，挨近内室门首，好容易等了一会，遇见一个仆妇出来拎开水。他便走上去垂手请了一个安，嬉皮笑脸地说道："好奶奶，我这里有一本字帖儿，烦你递给老爷望一望。我还在这里等你回信。要紧，要紧。"

那仆妇见他乖巧，倒也一笑接过来了，拎了开水，便进了小翠子卧房。小翠子刚坐在床边上裹脚。伍晋芳披着一件湖色洋绉短袄，弯腰在镜子里瞧看气色。那仆妇便将林雨生那本说帖向梳桌上一搁，说道："这是林师爷叫我拿进来的。"晋芳将眉头皱得一皱，接过来一看，不禁笑得呛咳起来，说："该死！该死！这人越发糊涂了。"小翠子见这光景，忍不住笑问道："这姓林的说的什么?"晋芳见小翠子问着，越发笑不可仰。又忍着笑说道："他要问你屁股的尺寸，好去买马桶。"一语未毕，又狂笑起来。那仆妇听着，也不由哈哈地笑。小翠子笑骂道："他这死砍头的！发了昏了。亏你还不去骂他一顿，还只管尽笑。我倒不知道他怎样个写法？你念给我听。”晋芳笑道：“他这不通的文法，想你也还懂得，我便念给你听。你可不许笑。”晋芳拿着说帖笑念道：

敬禀者：窃司事猥以菲材，荷蒙拔擢，勉图报称，夙夜兢兢。昨承恩宪大人委买各物，理宜照办。唯其中有姨太太大人马桶一件，不敢大意，致贻陨越羞。为此思索再三，不得不叩求恩宪大人查验姨太太大人玉股，长径若干寸，圆径若干寸，开示清单，以便照图购买。据实开支，理合恭具说帖。伏乞恩宪大人训示，俾司事有所祇遵，实为公便。谨禀。

小翠子虽不懂得公事的格式，然而听见内中有什么长的圆的，料想不是好话，又气又笑。望着那个仆妇道：“快替我将这牢纸本子退给他，叫他没的活见鬼，买买物件罢了，还要写这些嚼蛆的话。引得我气起来，便不要他买，交给伍升办去也是一样。”那仆妇笑着，便将说帖拿起来，跑至外面。

林雨生一眼看见那仆妇笑容满面，知道姨太太是很得意他办事了，垂着手迎着上来，笑道：“难为奶奶费心。上头可有什么话吩咐?”那仆妇笑道：“老爷倒没有吩咐。你要问姨太太屁股，我教给你：姨太太的一个屁股，有林师爷两个脸大。你快去照办罢。”林雨生听了，好不欢喜，说：“多谢奶奶教训，这话真说得是的。”说毕又屈膝请了一个安，立起身早看不见那仆妇，想是已进去了。

林雨生便唤着小顺子帮他去上街照料物件。果然买这马桶，可是操了林雨生的心了。走到铺里，先叫人家将马桶从架上取得下来。他自己必恭必敬，将头上那顶帽子摆在一旁，便用头去量那马桶圈口。究竟不敢大意，一连跑了几十家，才算买妥了。他更不肯假手给小顺子，自己捧着，一路上只管将脸对着马桶比来比去。嘴里还念着“一个脸大，两个脸大”。小顺子笑得回来，便将那件事当做笑话告诉人。

自此以后，果然伍晋芳很爱着林雨生，说他肯实心办事，意中便有重用他的意思。林雨生又十分狡猾，每逢伍晋芳出来，他便露着脸赶在晋芳面前绕来绕去。一会儿吆喝轿夫，说他们轿子抬得不稳，没的把老爷腰闪了。一会儿又嗔责小顺子，说他不会伺候，人来客去，眨眨眼就不看见他的影子。自己转赶着端茶碗，绞手巾。伍晋芳有时拦着他，他沉着脸说道：“谁不是承老爷的恩典，吃老爷的茶饭？老爷养着我们一班人，倒反叫老爷生气，可不遭天诛地灭？师爷也是一样，爷们也是一样，只要老爷心里舒服，这也没有什么要紧。”伍晋芳听他这几句说话，只管点头，说：“我不料你这人倒还很实心的，我自愧先前还薄待了你。你以后千万不要同我这样称呼，见面也不用请安。我便叫你雨生。你若是恭敬些呢，就唤我一声晋翁。我孤

身作客，外面也没有一个可靠的人，我就将你当着自家骨肉看待，以后仰仗你的地方很多。你若不依着我，就是同我见外，我也不敢亲近你了。”

林雨生见晋芳说得甚是慷慨，便肃然起敬，答应了一声“是”，说：“晚生斗胆，便呼着晋翁了。晚生久已有件事要同晋翁讲。”晋芳道：“喏，喏，你还是这样客气，我们将这‘晚生’两个字也可以蠲免了罢。”林雨生又连连答应了几个“是”，忙改口道：“我久已有件事要同晋翁讲。晋翁的管家伍升，人是很好的，只苦于太好了，凡事总没有个主张。晋翁倘在这里闲住，公馆里倒也没有什么乱子出；假如上头委了札子，或是晋翁荣任地方，在我愚见，怕伍管家……”说到此，故意不望下说，口里只支支吾吾哼了两声，象个疏不间亲的光景。伍晋芳早已明白，便接着说道：“不错，不错，这是我很知道的。不瞒雨翁说，这个人在舍下已有二十多年了，兄弟不过看先父面上，以为他老人家跟前的人，不敢轻举妄动。不料他转倚老卖老地一味恃强偷懒，连兄弟都不放在他眼里。”

此时林雨生听见晋芳口里提出“先父”两字，赶忙立起身来，放下一副诚敬颜色，说道：“老太爷盛德，是口碑载道的，谁人不知道？总怪他们不知道好歹罢了。”晋芳道：“请坐，请坐。雨翁此时可是还住在门房里？今晚便请雨翁老实将行李搬入书房里住着。平时有些零碎帐目，便费雨翁的心，先替兄弟照料，总算兄弟知道感激就是了。我们改一天再谈。”说着，又将小顺子喊至面前，说：“就派你伺候林师爷，若有一差二错，不用林师爷告诉我，我自会知道，看我揭你的皮。”小顺子噘着一张嘴，答应了一声。晋芳又跑到后面取了五十块洋钱，交给林雨生，说：“雨翁先收着用，隔十天记笔总帐就是了。天气渐冷，雨翁若是要添补衣裳帽履，便在这里面开支，恕兄弟不另送束修了。”

林雨生忙接过来，便退至门房。刚欲进门，早听见伍升在里面乱嚷说：“那姓林的再刁不过。逢着老爷出来，他便一溜烟赶去做这件，忙那件；一经不在老爷面前，他屁也懒得放一个，早蒙着头躲向旁边睡觉去了。我们是呆子，干了事，老爷一总不知道。”

林雨生听到这里，怕他下面还说出不好听的话来，故意咳嗽了一声。伍升果然不嚷了。雨生便指挥着小顺子，搬移他自己行李，安放在书房里。他其实也没有多少物件，搁了块铺板，放上一床被褥，就算是他的卧房。他得了这些洋钱，心里暗想：“虽说是晋芳叫我添置衣服，倒也不可过于急急的，恐怕晋芳疑惑我拿着他不肉疼的洋钱挥霍，落后便不能叫他信用。”计算已定，他只买了一个小帐箱，一古拢儿将钱放入里面。

没事时辰，便背着手踱到对门那座裁缝铺里闲话。铺里老板姓杨，约莫有四十多岁。初时见林雨生衣服不甚华丽，便随意招呼了一声，笑道："林师爷初到我们这地方上来，一切可还处得惯？"林雨生叹了一口气说："杨老板你有所不知，若不是舍亲苦苦地逼着我出来帮他办事，我放着家里的福不享，转跑到你们这穷地方受罪，可不是糊涂透顶？"杨老板惊问道："林师爷敢是同伍大老爷有亲？"林雨生道："亲戚难道还可以假得的？我们舍亲伍大老爷，家里有两位太太，第二位太太便是家姊。"杨老板又瞿然失惊，忙立起身来。回头见他女人坐在一边，忙招呼道："你还不快倒盅茶来奉敬林师爷。"那女人回眸一笑，便拿过一个茶盅，用手抹了一抹，将茶斟满了，送在林雨生面前。林雨生慌忙接了。那女子低头看见林雨生袍子上破了一块，笑道："林师爷袍子破了，怕人家笑话你，我来替你缝一缝。"杨老板笑道："这话有理，你快替林师爷缝起来。将来公馆里的衣服，我们很望林师爷照应呢。"

林雨生刚待说话，那女子早在桌子上拈过针钱，挨着林雨生坐在一张板凳上，将林雨生袍子揭过来，向自家膝上一搁，一针一针望上刺。嘴里笑说道："亏你还是师爷呢，袍子破得这个样儿，针都放不进去。"林雨生冷笑道："老板奶奶，你不要小觑了我。各人有各人脾气，譬如我的脾气，是最不喜欢穿新衣服。你不曾到我家里去看看，我的内人，浑身通是绫罗绸缎裹着。可惜这绫罗绸缎不能当饭吃，若是当饭吃，怕他心肝五脏不是也穿得簇新的起来。若是我，就不愿意讲究这个。"

林雨生正说得热闹，猛地腿际有只手伸进来，使劲一捏。刚刚掉转头，便同那女人四个眼珠儿打了一个闪电。雨生心里想："这女人倒还风骚得利害呢。"猛地想起一件事来，再一望那杨老板已到后面去添熨斗的火去了，遂也用手向那女人肩上一搭。那女人眯着一双色眼笑了一笑。林雨生笑道："承你厚爱我，我却是不喜干这把戏。我教给你一个人，你去勾搭他，包还有点油水，就是我们公馆的伍大爷伍升。"那女人笑骂道："我偏不喜欢他，他是条狗。"林雨生见他低低说着话，那嘴里的香味一阵一阵送过来，叫人心荡，便不由得笑道："我叫你勾搭伍升，并不是叫你喜欢他，只要他同你上了手，我就可以摆布着他，好出我一口气。"那女人低头只是笑。这时候杨老板已从后面出来，见林雨生袍子已整顿好了。林雨生便起身作别。杨老板道："没事常过来谈谈不妨。"林雨生点点头。

自此，林雨生便同这杨老板的女人很是亲热，有几夜林雨生都不曾回来睡觉。小顺子已闻得些风声，便悄悄地告诉伍升。伍升大喜道："我说这厮都跳不过我手掌里。好兄弟，你替我打探着。你老子是同我弟兄一般，你就是我的嫡亲侄儿。你帮着我，若是夜里他不曾回来，你便送个信给我。等我去封门捕捉，将这奸夫淫妇捆扎起来，交给我们老爷看，叫他知道这厮。那时候看我们老爷羞也不羞？”小顺子拍手大笑，说：“好极，好极！你只管去办，我们好瞧看把戏。”

事有凑巧，这一晚林雨生又被杨老板的女人约过去。他每次不回来，都交代小顺子一声，说是朋友约去议事。今番依然将这话望小顺子说了。小顺子究竟有些孩子气，知道今晚雨生要着他们的道儿，听了这句话，不禁眉飞色舞，未及答应，倒笑得吃吃的，又怕林雨生瞧出来，越是忍着，越是显露。

林雨生也是个极伶俐不过的，见这光景，已猜着一半。也不肯说破，依然跑出去。绕了两条街，重新走到门首，见公馆外没有人，他便一隐身子藏入杨老板铺子里去了。一眼看见杨老板蹲在一个风炉子旁边，热烘烘在那里用扇子扇火。见了林雨生，扑地将扇子掼在地上，将头上一顶毡帽拿下来扑一扑灰，笑着说道：“好呀，巴巴地为你烧的好红烧牛肉，你挨到这一会才来。”

林雨生摇摇手，叫他不要声张，低低说了一句道：“那人儿来了，你们依着我的锦囊妙计，断断不会错的。他呢？”杨老板笑道：“他在房里燉酒。”一语未完，早见那女人笑吟吟地走出来，指着林雨生道：“天杀的，你的话我已听见了。只是偷牛的跑掉了，抓住拔桩的，良心上怕也讲不过去。”林雨生笑道：“累你们只干这一遭儿，我自然有得谢你。”那女人道：“呸！谁希罕你的酬谢？”杨老板道：“这倒不然，林师爷盛意，也不可拂了他。只是到那时候，我有些害怕。”林雨生道：“这有什么害怕？你们是明公正道的，还怕他咬掉了你的东西？若是我……”那女人一把将林雨生的嘴掩住，笑道：“你敢嚼蛆，看我拧你。”杨老板道：“不要闹，不要闹。料想他此刻还不敢来，林师爷一发将酒吃完了去。”于是三个人都躲在房里，嘻嘻哈哈将饭吃完了。

林雨生吩咐他们：“一到夜深时分，你们只管吹灭了灯，夫妇睡在床上。便是他进了门，也不要声张。等他走至床边，你们一人揪住他头发，一人使用裁剪铰他辫子，然后再大声喊起来。那时候我自然出来帮着你们说话。我此时不能久留，你悄悄将我放出门。便是他们看见这黑影子，还要疑惑是你。”说着果然开了门，一闪地跑了。此时且不便回家，遂躲在左近一个烟馆里躺着。

且说这时候伍升也在那里遣兵调将。挨到三更时分，自己准备先去夺门。吩咐几个抬轿的：“远远拿着绳索，站在街心里，一边得了手，一边前去捉人。”又命小顺子：“只要听见外面发一声喊，你便不管别的，直去敲老爷上房的门，将老爷唤得起来，把奸夫、淫妇献给他看。到那时候，一听老爷发落。”小顺子同几个轿夫都答应了。伍升又拿出些钱来，买了一瓶酒、一包熟菜，躲在门房里大家吃喝。

不多时候，早听见抚台衙门更鼓楼上，咚咚咚敲着三更。内中有个轿夫先跳起来说：“事不宜迟，伍大爷快快动手罢。”伍升更不怠慢，将大衣服随手脱去，只穿了一件紧身袄儿。重又命小顺子向林雨生床上瞧一瞧，果是不曾回来。伍升悄悄开了大门，先踅进对面檐下。星光影里，早见那几个轿夫一个一个地拿着绳子，鱼贯而进。伍升伸手先将杨老板铺门推得一推，虽是闭着，却不曾上闩。用力向上一撮，那一扇铺门便应手而倒。伍升大喝一声，直踏进门，骂道：“姓林的王八羔子！做得好事。”刚说到此，一总不听见有人答应。心里一想：“这厮敢是辛苦了？料想睡得正好。”便转身出门，向四个轿夫用手一招。大家齐齐吆喝了一声，蜂拥而进，房门是不消说得，更不曾掩好。喧嚷之中，才将床上的人惊醒，问着何事？伍升更不容分辩，先从黑影里将那个男子一拳打倒。那女人正待叫喊，禁不住他们七手八脚，来得飞快，早把杨老板夫妇并头捆得象个馄饨模样。只听见那女人叫骂，伍升一群人也不理会，飞也似地扛着望公馆奔进。

此时一阵热闹，早惊动左邻右舍。先前还疑惑着是有火，后来知道是伍公馆的仆人向杨裁缝铺里捉奸。大家都不及穿衣服，围着出来瞧看。可喜那小顺子非常灵活，听见外面已经得手，他早向上房里一座腰门上擂鼓也似地闹起来。伍晋芳正同小翠子坐着闲话，刚待上床，忽然听见外面敲门，不知何事。便有一个仆妇开了腰门去问。小顺子夹七夹八说了几句。仆妇笑着去告诉老爷，说：“林师爷在裁缝铺子里偷女人，被伍升捉住了。如今将并头人同捆得来，请老爷去看。”晋芳听得这一句，猛地将双脚一顿，说：“这是怎么了？快将伍升唤进来。他也不该多管这事。”小翠子又是害怕，又是发笑，便也跟着晋芳走出来。

其时灯笼火把，已经照耀得如同白昼。看热闹的人已挤满了一屋子。伍升好不高兴，押着抬的人，将杨老板夫妇向阶下扑通一掼，高声喊道：“请老爷问着罢，林师爷干的好事。”晋芳未及站定，忽然那个奸夫将被头揭起来，喊道：“伍大老爷高升。小的们夫妇睡觉，不知什么事得罪了老爷，生生地命家人将小的夫妇捆得来？”这话才毕，猛然两旁的人哈哈一个大笑，说：“真是奇闻，不曾见捉奸的将人家夫妇捉得来了。”伍升同几个轿夫再仔细一看，可不是杨老板是谁？再也没有林雨生的影子，吓了一跳。

这个当儿，人丛里早挤出一个林雨生，走过来指着伍升冷笑道：“伍大爷，你容不得我姓林的在这公馆里，有什么法子想不出来，为何闹出这样笑话？连累老爷名声也不好，怕杨老板也不得干休。”一句话提醒了杨老板夫妇，果然大闹大嚷起来。晋芳气得怒发上指，一叠连声叫林雨生将伍升捆起来，送到江夏县。一面亲自替杨老板夫妇将绳索解了，请他们坐下。幸亏杨老板夫妇是预备人捆的，一总不曾脱得袄裤。起先还不肯答应，禁不住林雨生带笑带劝，才将他们夫妇劝回去了。转头又劝晋芳：“不必惩办伍升。这都是晚生不是，今晚不曾出去会着朋友，倒反累伍大爷吃这一番心力。”

此时直把个伍升羞得无地可钻。四个轿夫又互相埋怨。一个说：“我本不愿意，是你逼着我去的。”一个又说：“你若不是骗吃伍大爷的酒菜，你也不肯答应。”伍升在旁低着喉咙又骂小顺子过于冒失。“也不等我们看明白了，你便先将老爷请出来，可不是有意出我的丑？”小顺子也急起来，说：“先前不是你嚼的舌头，叫我一听见门外呐喊，就去唤醒老爷？我坐在屋里，只有用耳朵的本领，没有千里眼，会看见门外捉的奸夫是林师爷不是林师爷？”伍晋芳越发焦怒，说：“好！好！你们都容不得林师爷，我偏生要抬举他。你们明天一齐替我滚蛋。”小翠子扯着晋芳袖子说：“老爷也不必为他们狗一般的人生气。夜间气候凉，好好进房去罢。”林雨生接着说道：“姨太太说的话，真是高明。老爷玉体要紧，将来国家多少大事业，全靠着老爷一身去抵挡，冻着倒反不好了。”

此时外边闲人已都散尽。小翠子苦苦将晋芳劝得进房。晋芳气鼓鼓地向床边上一坐，说：“死不尽的奴才，把人肚肠要呕断呢。明日将这件事传说出去，岂不是件天大笑话？”小翠子笑道：“下人们谁也没有些争吵？你一次生气，两次生气，也生不了许多。甚至你今天的气还不曾息，他们倒又鬼鬼祟祟好起来了。这时候多管将近天亮，你看手巾冻得硬邦邦的。”说着又唤仆妇将火炉的火拨旺了，煨一壶开水。再将冰糖莲子放上去燉一燉，端上来给老爷吃。仆妇答应，走出房外。

小翠子又含笑坐在晋芳身边，捏着两个粉团小拳儿，上上下下地替晋芳敲背，笑道：“苍蝇不抱没缝的蛋。我怕林师爷总有些形迹看在他们眼里，以至今夜才弄出这事。”晋芳道：“咳！你又来了。伍升这奴才，久已气不过我抬举了姓林的，他有得没得会寻出事来做。我此时主意已定，明天决意打发伍升回扬州，依旧叫他在家里服役，换伍贵出来。横竖我也有家信要寄。今天无巧不巧，一起接到扬州三封信。一封是卜太太的，说他儿子削了发，在天宁寺去当和尚，仪儿的喜事权且搁着。信中又含含糊糊的，不知为的什么事。一封便是仪儿替他母亲写的。一封是二太太亲笔，连篇累牍，都说是家中意见不和，叫我设法将他们接出来。你想湖北哪一件不贵？我到此处也有两个多月，各处衙门早跑晚跑，白白地苦了我这两条驴腿，一总也不曾有点眉目。仅仅你一个人，象这公馆还可以勉强支持了。若是将一家子都接出来，那时候人口愈多，费用愈大，万一没有个差委，哼哼，扯帆容易，要想收帆就难了。这是打着官话说，还有一句私话。二太太的脾气，你是尝过味道儿的，万一到此，再百般凌折着你，叫我心里如何熬得？我也不是一定怕他，不过大家伙儿住在一处，和和气气，何等不好？若闹起来，也没有什么颜面。”小翠子听到此处，那泪珠儿早冻在粉脸上，晶莹光洁。恰好仆妇将莲子端得来，晋芳接在手里，向那仆妇说道：“时候已经不早，你们去睡罢。”那仆妇答应，径自出房，顺手将房门带好。

晋芳一手将小翠子搂在怀里，笑道：“你也不用伤心，我是决意不接他们的。”说着用挑子挑了几颗莲子，向小翠子嘴里喂，说：“趁热也吃一口，夜深气候好冷。”小翠子摇摇头，更将一个脸向晋芳衣襟上擦了擦，泪珠子纷纷湿透，哽咽说道：“你的话怕不是好意，我听得心都碎了，我知道感激你。只是二太太那一边，也不能怪他。他同你刚是过得火热，猛然见我进了门，一个女人家的心肠，焉有不怨恨的道理？此时你又老远地将我一人带出来，他当这寒冷天气，听着风飕飕的，看着月团团的，再瞧一瞧床上，一床被窝儿倒寒了半床，你叫他可不孤零零地想起你来。”说到此，又噗哧一笑，说：“不瞒你说，你那一天出去吃酒，夜间不曾回来，把我这两条小腿儿一夜总不曾还暖。我还是只挂得这一夜呢，何况太太同二太太。如今你说这湖北住家不容易，原也是正经话。但是知道的呢，是知道了；不知道的还要疑惑我不贤惠，霸占着丈夫，不顾别人。依我的主意，伍升回去，还是将老太太同太太、二太太接出来为是。况且老太太年纪也大了，侍奉得一天是一天。你既是在这里候补，一时不见得告老还家，终不成将老太太放在家里一世。至于怕我受二太太的气，我总拼命忍着他，断不叫你生气。”

晋芳叹了一口气，说：“你这句句话都打入我心坎儿上，我爱你就在这些上面。只是一层，他们来了，我便不能夜夜陪你，你这双小腿儿若再不还暖，可也不用怪我。”说着真个将小翠子一双腿搁在膝上。小翠子回眸一笑，说：“那时候凭着你的心罢咧，我没有法儿。”晋芳笑道：“便是要接他们，也要等到来春再议，年终岁底，一时总来不及了。老实说，今冬总不叫你受冷。啊呀，你听树上老鸦都叫了，趁此刻还不曾天亮，好睡一睡。”于是双双解衣入寝。

欲知后事，且阅下文。

# 第三十八回 胪言风听诟谇起家庭 断发文身凄惶游岛国

次日清晨，晋芳将伍升唤过来，也不曾嗔责他。写好了两封信，一封叫他呈给家里老太太，一封送至卜太太那里。又置办了许多礼物，分赠各家亲友。小翠子私地里送卜太太一对珠花，一挂翡翠朝珠，也请林师爷写了一封替卜太太请安的禀帖，都交给伍升。

伍升叩别了老爷、姨太太，一径搭着轮船返里。不多日，已抵扬州。卜老太太见伍升回来，又接着晋芳的家信，自是十分欢喜，使命伍升将各亲友家礼物分头送去。

朱二小姐见晋芳都不曾有一封体己的信寄给自己，不由得对着菱花镜子纷纷落泪。背地里将伍升唤至面前，询问他老爷在外一切情状。又说："老爷待你们姨太太想还好？"伍升此时陡然想起林雨生的仇恨，不由得便随口答应道："老爷待翠姨是极好的了，象是影儿不离身子。不料老爷带去的那个姓林的，负了老爷的恩典，背地里转欺负了翠姨。他是一个精穷的人，难保不从翠姨手里偷摸老爷的银钱。"朱二小姐听到这里，十分高兴，说道："好呀，原来翠姨还有这样本领。伍升，你们是明白的，象翠姨这样人，有什么干净？只有你们老爷糊涂，还弄这回头货进门。当日有个朱买臣，他妻子嫁了别人，后来又想还家，朱买臣说是覆水难收。古人都讲究这个大道理，只有你们老爷不讲。"旁边那个丫头叫小善子的，忙插嘴道："太太，这也不一定怪我们老爷，禁得住卜太太虎也似地逼着老爷？"伍升笑道："说起来真是一点不错，翠姨这番不是还带了好些珍珠宝贝送给卜太太。还是请林师爷写的信，若不是林师爷同翠姨背地里鬼鬼祟祟，翠姨为甚不叫老爷写，转叫这王八写？"朱二小姐点点头说："伍升你下去罢，我自有道理。"伍升即便退出去。

朱二小姐默默地坐着，提起袖子来拭泪。房里鸦雀无声的。奶妈一手拍着小孩子睡觉，一手将大拇指头竖起来，笑了一声道："这个人也不是好惹的。记得那一天替老爷饯行，这个人在席上那般纵容着翠姨娘。我就替二太太气不过。”朱二小姐叹道：“这些光景我哪里不知道，只是他们有帮手，我只是孤零零的。我身子又怯弱，保不定一年半载就会死。那时候我别的也没有牵挂，只是我这块肉落在他们手里，我在九泉底下，也要夜夜跑上望乡台望着他们。”奶妈笑道：“明天便是送灶时节，二太太不要说这些蹭蹬话。”又笑道：“说死得生。我替太太踏死放屁虫罢。”说着将脚在地上踹了两踹。小善子道：“许奶奶，杀人之心不可无。我们想个什么法儿，替我们太太出一出气。”奶妈笑道：“这又何难？法子多着呢。我只是不说，我吃的是长斋。”小善子不答应，赶着那奶妈追问，左一把，右一把，在奶妈夹肢窝下捏。那奶妈笑得喘不过气。偏生将孩子惊醒，奶妈忙跑过来，将衣纽解开，拖出那个奶膀，塞在小孩子嘴里，重又笑道：“善姑娘，你不用闹，等我来教给你。你譬如要这个人死，你悄悄地将这个人穿的旧鞋子偷一双来，搁在你床底下，瞒着人，每天用一碗冷水浇在鞋子上，总要叫这鞋子被水霉烂了。这鞋子哪一天霉烂，这个人便是哪一天死，再不会错。别的也还有法子，只不及这个又爽快又灵验。”小善子笑道：“可是当真？”那奶妈道：“阿弥陀佛！我敢说谎？信不信由你。”小善子笑道：“我信，我信。可巧我这几天前，向卜太太要一双旧鞋子，卜太太曾经答应我。我明日便去拿来，包他死活跳不过我手掌里。”

朱二小姐听他们说话，也不大理会，恹恹地站起身来，向三姑娘那一进房屋走去。见三姑娘低着头，用剪子在那里剪红纸，剪出许多花样儿，预备装点香炉烛台，以及房里灯盏盘子，取个吉利意思。剩下的红纸，淑仪坐在一旁，拿刀子裁成长条，在那里裹水仙花。淑仪眼快，忙迎着上来。三姑娘也一笑站起身，说道：“什么叫做过年？只是给人忙。”朱二小姐笑道：“姐姐是当家人，少不得要多费些心。象我……”说到此，便拿出手帕掩着嘴笑。三姑娘也笑道：“你又来了。老实说，倒是湖北那一个，今年却是安闲，象这些婆婆妈妈的过节儿，总要简省呢。我上次写信还叫他在汉口带点鞭炮，汉镇旺鞭，是最有名的。伍升回来，连一根炮仗捻儿都没有，也不知道是他忘记了呢，也不知道是仪儿漏写这一笔。”淑仪笑道：“娘都是怪人。饶着我不会写信，这几句话也不至便漏掉了。”朱二小姐冷笑道：“姐姐倒不要错怪仪儿。莫说仪儿不会漏写，便算仪儿漏写了，难道他不记得家中年年年例，送灶、接灶，接天地、接财神，上灯、落灯，元宵、二月二，都是要放鞭炮的，便不该叫伍升带回来？多管是被狐狸精迷昏了。姐姐，好笑那狐狸精，我打听得又搭上一个什么‘灵’哥儿，他一总还不知道。我猜他四品衔的蓝顶儿还嫌不光彩，要换上翡翠的出去拜年呢。”三姑娘惊道：“这话是谁说的？”朱二小姐道：“我却不告诉你说的人。”三姑娘叹道：“这些事也不能枉口白舌地污蔑人。我看翠子虽是小家女儿，品格倒还端正。被人拐出去，那时候总算是身不由己，不能一定怪他。不过从小儿同我们那一位偷上手，算是他一生缺陷。”

三姑娘话还未毕，直气得个朱二小姐粉脸变色，撇转身子就走。转把三姑娘吓怔了，还不知他为的甚事。对着淑仪道：“这又奇了！我又不曾说什么，难道替你翠姨娘辩得一辩，就该他生气？”淑仪笑道：“娘说的话，也太不检点些。”三姑娘急道：“好丫头，你也排揎我。我说的话，哪一句不检点？”淑仪笑道：“娘记不得先生同父亲当年的事？什么‘一生缺陷’、‘一生缺陷’，说个不了。”三姑娘至此方才恍然大悟，笑道：“我真不曾想得到，想得到，割我的舌头我也不讲。我哪里晓得他会贼人心虚呢？”母女两个笑了一会，也就罢了。

次日午后，忽听见卜氏在后一进堂屋里嚷起来。三姑娘吓了一跳，跑入里面，见朱二小姐欢欢喜喜地坐在一边，用一个白羊脂玉杯儿，满满地堆了一杯灶糖，又用自家编的红绒丝络儿络着，糖尖子上插着一朵青葱葱喜花。卜氏望一望这样，瞧一瞧那样。因为仆人忘记买酒糟、料豆，卜氏便嚷着说：“灶王爷爷不吃酒，清醒白醒上了天，断不肯替我家说好话。况是他老人家坐下一匹白马，也不能饿着肚皮跑路。这些奴才越过越糊涂了。”朱二小姐笑道：“你老人家歇着罢，不用瞎生气，酒糟、料豆早已要得来了。是我叫他们将这些零碎东西放在一边，不要老早拿上来。好了，姐姐来了，请你叫仪儿来填一填灶疏罢，我这双手弄脏在这里。”

正说之间，淑仪也走得来，听见朱二小姐叫填灶疏，便跑过去，将灶疏查出，放在桌上。一张是送灶用的，一张是接灶用的。正磨好了墨，卜氏又道：“今年灶疏，在你父亲名字下面，要把你弟弟名字填上。他虽然小人儿，算是我家一代人。”淑仪笑道：“还不曾起学名呢。”卜氏沉着脸道：“什么学名不学名，他叫小美子，就把‘小美子’三字写上去。”朱二小姐笑道：“大姐姐，他的学名，你父亲曾说过了，叫做恩官。”淑仪笑道：“这名字正好，天恩天赦。”卜氏听见这话气起来，骂着淑仪道：“一个女孩儿家咸酱口，说得的说不得的都是信着嘴乱说。你不知道要过年了？什么‘天恩天喜’。小美子还不曾种痘子呢，说出岔子来你吃不了兜着走。”淑仪笑道：“老祖宗，你听错了，我说的是‘天恩天赦’。”三姑娘望淑仪瞅了一眼，说：“丫头你还嘴硬。”淑仪才不敢开口，将灶疏填好了。

到了晚间，仆妇们取出四支大红蜡烛，点得通亮。一盆炭火，烧得旺旺的。椅子上都披了红椅披，将桌子移至堂屋中间。卜氏吩咐道："老爷虽然不在家，也在上面替他安一张座儿。"三姑娘笑道："还有翠姨娘呢，也添一座。"朱二小姐低笑道："还要添一座。"三姑娘望一望说："连小美子同玉鸾都有了，还添一座给谁？想是你又怀胎了？"朱二小姐笑道："我倒不曾怀胎。你既然想着翠姨娘，怎么不曾想着那个姓林的？"三姑娘也笑起来，说："你何苦这样促狭呢？今日送灶日子，我不好骂你。"卜氏见他们说话，笑问道："你们讲什么"三姑娘笑道："不相干，是妹妹怀胎，他又想添一座。"卜氏笑道："果然的，你们小人家记着，你们夫妇双全的人，不问怀不怀，逢时遇节，都宁可多安放几双杯筷，取个吉兆儿，添人进口。"说得仆妇们都笑了。卜氏上坐，三姑娘等一例挨着坐下。朱二小姐又在奶妈手里将小美子抱过来，用筷子蘸着酒喂他。那小美子偏生咂嘴咂舌得响。卜氏笑道："你看这个小人儿，也喜欢吃酒，怕大来不是酒鬼？"卜氏说到此，又改口道："我说错了。大来是酒财神罢？"

正说之间，恰好三姑娘房里用的一个老婆子，头上圈了一个核桃鬏儿，插了一朵红纸花，齐齐整整穿着一身蓝布袄裤，大脚鞋子绣着红牡丹，一颤一颤地将那茶米饭的锅巴捧在手里，走到卜氏等人面前，低头屈膝拜了两拜，一路恭喜着说："老太太大喜。老爷大喜。大太太大喜。少爷、小姐、姑少爷大喜。万事如意，新年大发，岁岁平安，吉庆有余，多福多寿，多子多孙。"成套儿吉语好似背书，引得大家笑得拢不起嘴来。卜氏笑道："多谢你。等老爷升了官，大家同发。"说着便唤淑仪道："仪儿，你替我在房里抓一把钱出来，赏给你们屋里老婆子。"

淑仪适才听见那婆子恭喜姑少爷，他早已含羞带笑地下了席了，折了一把松柏枝搁在火盆里烧得价响。听见卜氏命他拿钱，他便跑入房里，抓了一把。正转身出来，忽听朱二小姐用的那个小善子，咧着嘴笑道："老妈妈，你人都恭喜遍了，独瞧不起我们太太。我们太太难道不是家里主子？"那老婆子笑道："我适才不是提着二太太恭喜的？"小善子道："谁也不曾听见你恭喜我们太太。"又回头问那个奶妈道："你听见不曾？"那个奶妈道："我是不曾听见。"又冷笑道："姑娘，你也不用干着急，我们太太倒不计较，偏是你计较。"

在先朱二小姐听他们讲说，倒也不大理会。此时听见奶妈用话激着自己，又想起昨日三姑娘刻薄自己的一番话。"可知总是平时三姑娘将我当年的丑事告诉仆妇们，仆妇们才瞧不起我。家奴犯法，罪归家主。"不由得提起一把无名烈火，拍案指着三姑娘说道："姐姐，我哪一件儿亏负你？你处处欺凌我。今日娘在这里，我尊敬你一声姐姐，并不是怕你。你仗着先进门的为大，便不把我放在眼里。我也是他们父亲上门求亲的，明媒正娶，并没有什么把柄儿被你捉住。今日是送灶日子，你不该叫你的人来咒我死。”说着便流下泪来。三姑娘被他这一顿数说，气得唯有发抖，说：“这是哪里的话？你不是鸡蛋里寻骨头，有意来淘气？我也不知道婆子们提着你恭喜，不提着你恭喜。我又何尝叫他咒你？我若是叫人咒你死，我今夜便死了，报应给你看。”说着也拿起手帕拭泪。吓得淑仪一言不敢开口。卜氏急道：“你们好好地满嘴里胡说什么？你们不图吉利，我家晋芳还要想升官发财呢，你们拣着这送灶日子吵闹。快不许开口，替我好好坐着吃元宝酒罢。我适才还骂仪儿的，不料你们做母亲的人也是这样。谁再开口，我便不依谁。”三姑娘同朱二小姐听卜氏这般说，便不敢作声。那个老婆子早悄悄地躲到一边去了。

这一晚大家都没有情趣。卜氏也觉得光景甚是不祥，只是唉声叹气。勉强将饭胡乱吃完。正待离开座位，忽然外面跑进一个家人来，气急败坏飞报道：“回老太太一声，那边太太不好了。适才有人来给信，请老太太同太太们快些过去。”卜氏听见这话，吓得浑身发抖，问那家人道：“糊涂东西，哪个太太不好？你说明白些。”家人道：“是富公馆来的信，便是他们太太。”卜氏顿时面如土色，说道：“怎么好好地出了岔子了？菩萨，你们适才在这里说些不吉利的话，但愿一总应在我这侄女儿身上罢。”三姑娘正憋着一肚皮的气没处发泄，又感着卜书贞平时为人的热肠古道，各事也还合得来，不禁泪如雨下，几乎大哭起来，哽咽说了一句道：“我同娘一齐去。论理仪儿也该去，只是来得匆促，明天再说罢。”朱二小姐扬着脸笑道：“小美子没有人照应，我却不赶在这里面忙了。”卜氏道：“这是应当的，小孩子要紧。”说着便招呼那个家人预备两乘轿子。收拾收拾，婆媳二人含着眼泪上轿，向卜书贞那边去了。

这个当儿，小善子早跑至自家房里，低着头将床帏揭起一看，见卜太太那双鞋子依然被水浸着。用指头掐一掐，并不曾霉烂。旋又将桌上一只洗面盆里的水望上一浇，说：“要死，便快些罢。”正自咕噜，猛觉得背后一阵阴风，吹得毛发俱竖。还只当卜太太到此显魂，不禁打了一个寒噤。飞跑出来，笑望着那个奶妈将大拇指竖起，似乎称赞他这法子很是灵验。那奶妈洋洋得意，点了点头。彼此会意一笑。按下不提。

且说卜书贞自从玉鸾不肯娶亲，便剪了头发，躲入天宁寺内，后来被方丈和尚等劝不过，偶然归家，也是书空咄咄，大有疯魔之状。卜书贞也曾狠狠地教训过他几次，他已不似前此驯服，转有些同母亲反对的意思。诸君想，卜书贞为人是最玲

珑剔透的，生平又一味恃强好胜。今日偏生管束不住一个儿子，十分焦躁。又不肯告诉人，面子上转做出同儿子落落寞寞的光景。其实一颗芳心中，久已按不住怒气。平时肝火最旺，闹起来便都是要天翻地覆，任是什么珍贵器皿，见着便捣个稀烂。事过之后，也有些懊悔，已是不及了。肝为风木，愈煽愈张。他又是个青年守寡的少妇，春花秋月，总觉得有些感喟抑郁。入冬以来，便土衰水涸，渐渐不支。然而他还自恃坚强，虽时时发病，不肯困顿床褥。前日见小翠子从湖北送来些礼物，虽不一定贵重，然却是见着他人心儿，倒十分欢喜。

送灶这一天，叫人去寻少爷。谁知玉鸾正在天宁寺佛堂上聚拢无数和尚演说《法华》上乘。听他母亲喊他，怏怏归来，也不到上房去问安，一径跑入书房。向椅上闭目坐了一会，天黑下来，觉得甚无聊赖，随手在书架上抽下一本红皮洋书，揭开首页一看，正是那卢梭《民约论》，便只管望下看起来。看到得意的地方，颠头晃脑，津津有味。卜书贞打发人来请他几次，他只是不理。卜书贞等得不耐烦，便自己跑至书房，冷笑道："鸾儿，你近来入了什么魔道？连咱都不放在眼里。咱特特来请你，你可知咱是你的母亲。"玉鸾听见这话，忙搁下书本，板着面孔，也不回答。卜书贞怒道："咱同你讲话，你听见不曾？"玉鸾冷笑道："母亲，你也不用使你这家庭专制的手段，如今世界是开通了。论咱们私恩呢，咱不妨尊敬你一声母亲；若说同为国民一分子，这你便是咱的女同胞。"卜书贞怒道："照这样讲，你该称呼咱姐姐？"玉鸾笑道："这话又错了，同胞并不是一定说的姊妹。譬如姊妹算得同胞，母亲也算得同胞。推而上之，祖母、曾祖母也算得同胞；等而下之，女儿、孙女儿也算得同胞。"

卜书贞听到此，不觉怒焰直冲上顶门，拍案大叫说："畜生！你真是反了！你们替我将这畜生捆起来，让我活活处死他。"此时左右仆妇家人倒也不少，谁也不敢依着卜书贞的话去捆玉鸾，只管劝卜书贞息怒。卜书贞不觉失声长叹说。"天呀！不料咱半世守贞，指望畜生替我支持这个门户，不料畜生转变了一个人，我更有何望？畜生！畜生！……"说到此，他这一股闷气，顿时三关闭绝，口角流沫，扑地望下直倒。亏得人手众多，一把将他扶住，早已不省人事。扶入后一进他自家床上，悠悠醒转，用手势命人替他将灰鼠帐子打开了，挨着坐起来，叫人将脚洗得一洗。两颧火赤，已是不能言语。

玉鸾先前见他母亲为他气倒，众人扶掖着进去，知道光景不好，不觉流下满脸眼泪来。此时又跑入房里呆呆地望着。卜书贞一眼见玉鸾，连连挥手，似乎叫他出去。玉鸾叹道："中国女教不讲，象这样如何能保全种族？可知我们文明神胄，是要天演淘汰的了。”说着仍然含泪出了房门。

众家人吓得毫无主意，大家走至玉鸾面前请示。玉鸾急道：“这叫我有什么法儿呢？你们着几个人去伍公馆里给信。再着几个人到西医医局里请他们教士来瞧一瞧，看有救没救。”众家人答应了，分头办事。

及至卜氏婆媳进门，才下了轿，便问面前一个家人说：“你们太太怎么了？”那个家人垂手答应了一声，说：“回老太太的话，我们太太适才已经咽气。”卜氏及三姑娘听了此话，不觉放声大哭，扶着仆妇一路哭进寝门。哭了一会，还是三姑娘有主意，全把箱笼什物一一封固完好。将玉鸾唤至面前，问他这丧事如何办法。玉鸾道：“母亲辛辛苦苦，替我家保全这份家业。今日母亲已死，在我的愚见，便尽所有家私，全行在母亲丧事上用了罢。表甥又不甚懂得这治丧的事情，少不得要费表舅母的心。”三姑娘点了点头。卜氏说道：“这话却见你的孝心。但是将家私用完了，你们夫妇将来如何度日？再要想重挣这份家业，可就不容易。”玉鸾冷笑道：“若说是孝心呢，我已是罪大恶极，这点点丧中费用，又不是我挣的，也算不得孝。至于我这一个人，既生在世上，总要自家自立，祖宗产业，非我所愿。况且国存则家存，国亡则家亡。我此时保国之心，又先于保家。”卜氏道：“你这些话，我一句不懂。你呢，我算不敢管束你。仪儿须是你的妻子，他明日过来，却不能陪你去保国。”玉鸾听罢，抚掌大笑，说：“你老人家越发讲错了。莫说令孙女此时还算不得是我的人，就算是我的，我也要他去进学堂，研求研求当今时势。”卜氏道：“你疯了？”玉鸾道：“狂者以不狂为狂，……”

正待再望下说，忽有家人禀报说云少爷过来了。玉鸾便忙着迎出去。云麟本不知道玉鸾这边事，因为晚饭后无事，过来访玉鸾闲谈。猛地见着这般光景，不觉大惊，忙问玉鸾道：“怎么伯母归天了？”玉鸾深深向云麟一揖，说：“家母适才去世，横竖咱也不甚明白这些繁文末节，咱内里交给伍舅母，外面交给家人富荣。咱有满腹的话，还想同大哥细谈。咱们燉一壶热酒，还到咱书房里去吃。”云麟惊道：“这如何使得？你遭此大故，如何还能饮酒？虽然我们是至好，没有什么，还须要防着外人议论。”玉鸾急道：“不错，不错。中国最讲究的是这些虚文，只要虚文装做得象，别的一概都弗要紧。穿着孝服，难道没有宿娼的？奇怪不过，父母挺尸在床，儿媳还可以从吉成婚。这不是实做了一个吊者在门，贺客在家吗？我说了一句饮酒，你便……”云麟道：“不好，不好，又引动你的牢骚了。此时且不是同你订正礼制的时候，我如今既到这里，少不得帮着你料理这事。”说着径走入内室，见着卜氏婆媳，便连夜替玉鸾遵制成服。

次日大殓，有些女眷平时同卜书贞往来的，都来哭泣尽哀。玉鸾的一身麻衣，只穿得一刻，便索性脱掉了。有男客来吊奠，他总拦着人不要叩头，只行一个鞠躬礼。有不依的，玉鸾鞠躬相答。一班亲友背地里几乎将玉鸾说成一个大逆无道。玉鸾也不理会。不到三日，便将卜书贞灵柩送至城外埋葬。坟茔倒是极其宽阔，周围栽了无数松柏，坟圹上种着十几株石楠树。下葬这一天，玉鸾也不知会人，转在各处花局买了好些茶花，扎成一个极大花圈儿，随柩送至城外。自家一路唱着挽歌，哀音激越，倒弄得行人侧目，栖鸟不飞。

玉鸾自此以后，心地转十分舒畅。一日，将些家人都唤至面前，笑道："如今世界是富足了，所以没有穷人。"众家人笑道："少爷说的是哪里话？穷人多着呢，少爷只是不曾看见。"玉鸾佯惊道："当真的吗？你们为何不来告诉咱？便是你们如有用度不足的，也不妨叫咱知道，咱多少总可帮助你们。"众人听见这话，暗暗相视。便退下去，互相计议说："少爷今日所说的是玩话呢，是真话呢？"富荣忙接着道："真假呢，这倒瞧不出来。不管他，少爷既是这般说，横竖我今年年底穷得要死，连老婆裹脚条儿几乎要寻出当了，让我先去碰一个钉子。得了手呢，大家再去求少爷；若是不得手，也不过挨一顿骂，也没有什么杀罪。"众人都道："你这话好极了，快去快去。"

富荣于是在外边打了一个磨陀，重又直挺挺地走进来。玉鸾望着他道："你敢是察访出来了？有几多穷人？"富荣垂着手答道："外面穷人，小的却不曾去察访，唯有小的倒是精穷。"玉鸾扭头道："奇呀！你在咱们家当奴才，如何会穷？也罢，想是年下需着用度，你究竟需用多少呢？"富荣踌躇了一会，不敢多索。又一转念："既已开了口，也管不得许多。"便捏着一把汗说道："小的连还债、买欢乐门神……"玉鸾急道："谁同你算帐？你一总说了罢，没的这样转着弯儿。"富荣道："是。小的求少爷赏二十元。"玉鸾一听，不禁大怒，将桌子狠狠地拍得一拍。富荣暗自埋怨说："不好了！敢是我要得太多，可把少爷动气了？"连忙改口说："不敢，就是十元罢。"玉鸾骂道："越发不好了。你是咱们公馆听差的老家人，过一个年，这般淡泊，这还了得？没的不把咱家公馆面孔都丢尽了。你再不许开口，你在咱这里先拿一百元去使用；若不能敷衍，你再来同咱说不妨。"说着便跑入房里，整整拿出一包一百元的洋钱，递在富荣手里。富荣喜出望外，谢了谢。此时直把左右的几个家人都吓得呆了。嗣后这几日之中，轮流着来同玉鸾借钱。玉鸾不耐烦，便老实按着名数儿每人一百元。

隔了一天，玉鸾正在家里闷坐，忽地富荣从外面引进一个人来，面目清瘦非常，身上穿了一件白麻布衫儿。走至厅下，深深地向玉鸾磕了几个响头。玉鸾大惊，连忙立起身来说：“足下是谁?”富荣便替他答道：“不瞒少爷说，这人是我们本县里一个秀才。因为他平时品行太好了，从不肯巴结阔人。他要学《论语》上那个颜夫子，住在一条小巷子里，每天只吃一瓢子水，一箪子饭。不料昨天巧巧地将他父亲死了，眼睁睁望着屋梁，没有钱入殓。仰慕着少爷最是怜恤贫穷，小的所以引他进来叩见少爷。”玉鸾叹道：“可怜，可怜。先生是读书人，行这大礼，万不敢当。咱送先生四十元奠仪，先生笑纳。”说着便将钱交给富荣，说：“你拿去送至先生府上。”富荣答应了，便又将那个人引出来，笑道：“杨先生，我这计策如何?”那人笑得拢不起嘴，说：“妙计，妙计。”两个跑出屏门，那人即将孝袍子扯下，掼在门房里，嚷道：“晦气，晦气。若不是看这洋钱份上，谁也不肯拿死老子去骗人。”

谁知门房里还坐了一位，见那人出来，笑道：“蝶卿敢是得手了?”富荣笑道：“哄这孩子，怕不得手? 你要进去，我快些引你进去。”遂又将先坐在门房里那个人换了一身褴褛衣服，头上戴了破毡帽，斜插草标。富荣伸手在他脸上拍了一下，打得那人涕泪交流，又引至内里。那人哭告道：“小的姓王，名字叫做十口儿。如今一家大小没有饭吃。小的想来想去，毫无方法，情愿卖身到少爷公馆里服侍一辈子，要求少爷赏收。”玉鸾细细将那人浑身上下一打量，望着富荣道：“啊呀！这人面熟得紧，他好象是同云少爷那边有亲，一个姓田的。”那人听见玉鸾说这话，忙辩道：“不是，不是。那姓田的早已死了。”玉鸾问道：“奇呀！他是什么病死的?”那人答道：“他因为吃了八珍糕的粉子毒死的。”玉鸾道：“这又奇了，八珍糕粉子如何能毒死人?”那人此时急得汗雨交流，不禁又辩道：“不是吃八珍糕粉子，是吃砒霜死的，总怪我田福恩说错了。”

玉鸾听到此时，不禁哈哈大笑。也不再同他讲，遂又取了四十元交给富荣，说：“你好好领他下去。咱这公馆里方且要发遣奴才，再不能买他使唤。这钱算送给他去推牌九罢!”富荣遂带了他出去。才下阶沿，便一溜烟笑向门房走进，说：“又得了手了。”

原来杨靖同田福恩自打那个砒霜玩笑之后，交情愈密。却因年关窘得可怜，恰好玉鸾博施济众，遂想了这个法子，每人骗到四十元。

再说玉鸾才将这几人打发出去，一眼看见林雨生那个儿子，名字叫做稳子的站在身边，便搭讪着问道："你这几天可回去看过你母亲？"稳子答道："母亲还好。谢谢少爷。只是年下一根柴米也无。"玉鸾道："既这样，你为何不早告诉咱？"稳子道："因为少爷忙着老太太西归的事，我便不敢说。"玉鸾笑道："什么西归东归，你居然也会掉文了。"稳子也是一笑，说："这是富荣伯伯教给我说的。"玉鸾大笑起来，说："好富荣，真知道咱的心。咱也不问他教给你不教给你。罢罢，你在咱家几个月，咱除得按月送给你母亲十元，也没有别的好处。如今咱们不久便要分手了，咱这里送你四百块洋钱。你拿回去交给你母亲，好生料理料理。赶着明春，便可母子两人同到湖北去寻你老子，一家骨肉聚在一处，多少是好。"稳子听玉鸾说到此处，不禁流下泪来。玉鸾也有些凄惶，勉强笑道："这又何苦呢？你今日先回家去走一趟。明天早些来，老太太明天是个首七，我还有用着你的地方。"稳子答应了，便将四百块洋钱一张银票紧紧捏在手里，叩谢了玉鸾，拿回去给他母亲巴氏。巴氏这一喜，自然是感激不尽。

此处玉鸾又将富荣一干家人叫至面前，说："你们去到天宁寺里会着方丈和尚，说咱多多拜上他。明天是老太太首七，叫他将寺里和尚都传到咱公馆里念一天经，热闹热闹。咱除得布施的功德外，每名和尚赏给他一件袈裟，一身棉袄裤。一时赶办不及，便都折成银子交给他们，算是替老太太资添冥福。伍公馆老太太同太太他们，各人有各人过年的事，况且又是个除夕，也不敢劳动他们过来。"富荣笑道："首七不来倒也罢了。俗语说的，首七来过了，二七不来，那死鬼都老远地蹲在望乡台上望。伍公馆老太太们最好是二七来，也是一样。"玉鸾冷笑道："二七吗，我可不在这里了。"富荣惊道："少爷不在公馆里，往哪里去？"玉鸾道："你也不必管这些闲事，你便向天宁寺里去罢。"富荣只得遵命办理。

到了次日，依三姑娘的意思，还要到卜书贞灵前吊奠一番。卜老太太怕将晦气沾惹回来，只是不依，也只索罢了。富公馆这一天倒是铙钹叮当，非常热闹。玉鸾躲在里面也不出来，只督率着稳子将那铜钱一百文一串，穿了几十串。又将五百文一张的钱票，揣着百十余张在身边。一直挨到夜深，和尚佛事已完，富荣同众家人按着名数儿分派银子，一众和尚欢声雷动。

玉鸾早趁这个当儿，命稳子将一百文一串的铜钱用褡裢背在身上，自己腰里揣了钱票。大小两人悄悄地溜出大门，沿街散放给那些乞丐。只见满街灯烛辉煌，行人如织。沿门靠壁，多半是些鸠形鹄面，哭声震天。玉鸾同稳子散放了几条街，倒还安静。谁知这个消息被群丐得知，无论已经得钱的，不曾得钱的，齐齐围拢上来，象是千军万马一般，将玉鸾，稳子围在垓心。玉鸾起先一边吆喝，一边散放。后来钱及钱票都已散完，群丐更不放松，便有举起拳头照着玉鸾脑袋上打的。一个动手，个个动手，连抢带劫，早将玉鸾、稳子两人浑身几件衣服扒得干净，还破口大骂。幸亏保甲上夜巡，有一位老爷骑着马巡街，横冲过来，群丐才抱头鼠窜而去。那老爷便问玉鸾是什么人？玉鸾便将赈济穷民这番话告诉了他。那老爷颇有些怪着玉鸾多事，还重重申斥了几句。玉鸾喟然长叹，狼狈回家。

欲知后事，且阅下文。

## 第三十九回 万树梅花新旧党 一江榆荚去来船

诸君知道，中国最大休息日子，便是过年。在下也写不尽这过年乐趣，只知道我们中国人遇着什么赏心乐意的事，开口便说个“比过年还快活”，可想是可遇不可求的了。在下这部书，虽不把来叙述些琐事，然而在下说的这一年年景，却是风和日丽。芳草在那冻地上，已渐渐露着绿嘴儿。瓶里的红梅花，探着半边身子，把个头钻出窗外，就着日光开得十分灿烂。这一日黎明，那外面爆竹声煮粥也似地价响，比元旦那一天还利害。东方一片黄云，捧着圆溜溜的红日儿，缓缓地升上来。

云麟衣冠齐楚。堂上设着香案，放了五个酒杯儿、五个茶杯儿。一方五十三两猪肉，用盘子盛着，也把来放在桌上。香烛辉煌。恭恭敬敬磕了头，又替母亲秦氏贺节。秦氏笑道：“多谢你相公。今年名利双辉，财源辐辏。”

云麟敬过了神，随意闲话，笑道：“娘呀，我看世上敬财神的人也不少，怎么有钱的还是有钱，穷的还是穷？可想这财神也没有什么公道。如我们家里，哪一年不敬财神？谁知敬来敬去，今日桌上放供的还是五十三两一块猪肉，并不曾敬出一块五十三两的元宝来。”秦氏笑道：“儿呀，这些话倒也不用乱说。‘发财’这两个字，也没有凭据，成千成万也是发财，三十五十也是发财。各人有各人福命。我们家里虽算不得富足，然而今日敬神还备得这一方猪肉，便就是神天庇佑。假如命里便连买猪肉这笔钱，财神老爷都不容你发，你又该如何？你不看见叫化子，比我们算苦了，然而也还算是财神老爷帮着他，尚有些冷饭残羹，苟延残喘。不然，保不定早已骨头打了鼓了。”

此时黄大妈正捧了两碗糖圆子上来，递给他们母子。听秦氏说这话，也插嘴道：“太太的话，真是一点不错！穷有穷过，富有富过。就象我们庄子上那个陈百万，先前何等烈烈轰轰，不到二十年工夫，他如今孙子流落下来，转在我们乡里当地保。去年腊月初八，我送份糖糕给网狗老子去，网狗老子还笑着告诉我，说陈百万家的孙子,今年穷得要死,反到我们家里去借米。我还说,莫不是陈百万家的财神老爷跑到我们家里来了?”网狗子在旁噘着嘴道:“谁说陈百万家的财神不曾跑到我们家里来?我在家里过年的时辰,的的确确亲眼看见那财神老爷红袍纱帽,站在我们门口。”网狗子说这话时,秦氏同黄大妈都不曾留神。云麟转动了好奇的心,一把将网狗子扯在旁边问:“适才的话可确不确?”网狗子笑道:“确确确,等我解一泡尿来再告诉你。”说着撩起衣服,跑至前面院子里去撒尿。过了一会又跑进来,笑嘻嘻地抓了一大把梅红名片,说:“这些红纸都塞在我家门缝子里的,相公你瞧瞧。”云麟接过来一看,也不过是些左邻右舍亲戚朋友的拜年帖儿,也便搁在一旁。忽儿网狗子又在袖子里掏出一封信,望了望便伸手去撕。云麟喝道:“你手里还拿的是什么?”网狗子笑道:“我也是在门缝子里拾得来的。我爱这上面山水画得好玩,好相公,你赏了我罢。”云麟道:“胡说!知道是谁寄我的?等我看了再给你不迟。”网狗子不得已,便把那封信递过来。云麟将封头拆开,抽出一张红花笺儿,约莫有十来个字。云麟一面看,一面脸红起来,忙将那花笺扭成一团儿,望嘴里一阵嚼。秦氏笑道:“这信是谁寄你的?”云麟支吾道:“不过左右是同学的几个朋友。”网狗子见云麟将信看完毕,竟将那信封要了去。

云麟挨到午饭过后,向秦氏扯了一个谎,说:“出城去逛逛,恐怕夜间不能回家,请母亲不用老等。”秦氏道:“孩儿,这天气怪冷的,白白跑出城做什么?”云麟涎着脸哀告道:“母亲,你看这梅红柳绿,春风溶溶的,有什么冷?”秦氏拗他不过,说:“好好,你快去快回。”

云麟得了这句话,拔步飞跑,一溜烟早奔出北城。果然游人真是不少,三三五五,成群结队,象个有甚举动光景。云麟也不暇旁顾,高一脚,低一脚,直望前走。猛然背后来了一丛人,都是时式衣帽,嘻天哈地,跌跌撞撞走得来。看见云麟,高叫道:“小云,你望哪里去?敢是也到史公祠里去听演说?”

云麟将那人一望,只见他戴一顶尖顶京式帽儿,短马褂,长呢袍子,腰间络络索索还挂着许多表套荷包,嘴里衔一根纸烟。原来不是别人,就是同学的乔家运。也便含笑站下来,问他道:“我们许久不见了。你近来在什么地方得意?目下想是回来过年的。史公祠里有甚演说,我却不得而知,我出城是为别的事。”一面说,一面大家都望前走。乔家运笑道:“原来你不是去听演说的。我是从去年便到了上海。如今在一家报馆里弄弄笔墨,也不能算是得意,不过尽我们国民一分子的义务。只是终年不得闲空,残岁二十五才回家走走。不久就要去了,因为我们报馆过了正月初五，便要出版。目下听见我们扬州居然有个青年志士，定于今日在这史公祠内演说。我们是一鼻孔出气的，所以不可不前去观观光。”云麟笑道：“原来你弄进报馆了。你这报馆叫什么名字？”乔家运道：“我那报馆，就是上海堂堂享着大名的《千锤报》，”云麟笑道：“这名字倒不曾听见过。好利害，一锤便是个死，何况千锤呢。”乔家运笑道：“不是这样讲。是说我们这报上的文字，俱是个千锤百炼，不是朱仙镇上用的那锤。”云麟笑道：“不管你一锤也罢，两锤也罢，我们几时得暇再陪你吃茶闲谈，此时却不便同走了。”

云麟说到此时，脚下便向斜刺里紧走几步，要想离开这班人。乔家运是最狡猾不过，如何肯依，赶上去将云麟的手一扯，尽管向云麟脸上盯着望。云麟被他望得脸上红起来，说：“你望我做什么？”乔家运笑道：“我望望你的眉毛，看曾破过瓜不曾？”说得那一班人同声一笑。云麟更是羞愧，说：“越变越惫赖了，怎么说起这些话？”乔家运笑道：“这城外不是什么好地方，你向这里鬼鬼祟祟地做甚？今天对你不起，断乎要你陪我们一路走。有好演说不去听，你敢不是中国青年？好弟弟，象你这身子单弱弱的，淘碌坏了，敢是犯不着。”云麟被他这一阵冷讥热讽，几乎要钻入地缝里去，硬着头皮答道：“乔大哥，你要我陪你走走也不妨，没的将这些话来污蔑人。”乔家运连连拍手笑道：“好好，只要你肯陪我走就是了，算我说的话多多唐突。啊呀，好一个黄花相公，不要玷污了你的清白。”说着，已一窝蜂地向史公祠走入来。

云麟咕噜着嘴，勉强随着他们。早见男女宾多纷纷拥挤。旁边一座牡丹厅上，贴着一张红纸条儿，写着“来宾请进”四个小字。有几个秀才模样的人，在那里招呼。还有背地悄悄向来宾索钱的，只是专拣着乡村妇女及肩挑负贩的罗唣。见了乔家运一班人，却装出文明样子，谦让着进去。云麟见厅上整整齐齐地排着无数长凳，上面搭着一个高台儿，象是茶馆里讲评话的，又象放焰口的经桌儿。来的人已是不少，究竟男客们为多些。有些女眷，大半伸伸缩缩，躲在玻璃窗子外面向内张望。

等了好一会，只听见那几个秀才一顿乱嚷，说：“少爷来了，少爷来了。”又有一个人跑至厅上，将桌子上面一个铃铛子摇得价响。此时大家都将头掉转过去向外面看。早见一位少年，短发齐眉，浑身西装，右手持一根拄杖，“滴搭滴搭”脚上震得那皮鞋响个不住。仿佛眼眶里还含着一包清泪。直跨进门，将头向两旁微微一点，象个行礼模样，兀地便跳上台去。云麟一望，吃了一个大惊，不想这窄袖短襟、皮鞋草帽的青年志士，便是他朝夕追随、慷慨让妻的好友富玉鸾。见他这样举动，又不知他是何用意，觉着看去总有些叫人心酸，不禁站起来，要想大声呼唤他。猛被乔家运拦着，说："会场规则是不许你乱叫人的。你敢是认得这少年？你随后再同他讲话不迟，此时不便做出这不规则的形状，被人家笑话。"云麟好生纳闷，只得重又坐下。心里想："怪道这几日去访他，他都叫门口回绝，说少爷不肯见客，原来他早躲在家里弄这玄虚。此时又惊天动地地做什么演说会，若是传到地方官耳朵里，怕不又别起风波？咳！这个人种种作为，都算是奇极了。看他神情，明明是看见了我的，他转不同我打话。难道才变了一个洋人，就认不得我们中国朋友了？"

云麟这个当儿又可气，又可笑，又替他可怜。正在万绪千头，无从说起，早听见富玉鸾轻轻提着那悲咽声音，说道："诸君呀，诸君，知道我们中国的大势吗？诸君看看我们这中国，外面好象如花如火，其实内里已经溃烂了。"说到此，云麟忽然听见人丛之中，隐隐地有手掌鼓得响，只是东一声噼啪，西一声噼啪，总不甚起劲儿。云麟十分纳罕，想这又是做什么呢？便轻轻问乔家运道："这是哪里响？"乔家运笑道："这叫做拍掌。譬如唱戏，台下喊好的意思。"云麟点点头。又听见台上接着说道："北美西欧，谁也不想来瓜分这中国？我们救死的计策，只有一着，便是出洋留学。留学又贵取法乎近。所以兄弟拚着舍弃了财产，自备资斧，向日本游历一番，准于明日动身。"云麟听到此处，不知道这日本又在哪个地方，保不定千里万里。此时好象富玉鸾便去寻死一般，几无生还之望，不禁滚滚地流下泪来。此时会场中已不似前时安静，早四面叽叽喳喳地议论。

富玉鸾更不理会，又提着喉咙说道："诸君呀，兄弟此去临别赠言，没有别的嘱咐，第一要劝诸君中有明白事体的，从速将那无用八股决意抛弃，专心在实业上用功。以我们中国同胞的聪明，也断不让于外人。只是两千余年以来，转被那咬文嚼字的腐儒弄坏了。象日本目下敬重圣人，又不是这样，只不过取孔圣人书中大意，可行的便照他去做，不可行的便把来放在一旁。何尝去寻章摘句，一味牵强附会呢？恐怕'乘桴浮海'那句话，转要应在今日了。"富玉鸾说到此，那眉棱眼角，早露着无限热诚的意思。云麟不觉为他也有些感动起来。那会场上拍掌的声音，也就比适才发达了许多。再瞧瞧乔家运的掌心，都隐隐现出一条一条红紫痕迹。云麟不由也便跟着拍了几下。

拍掌未终，猛听那场里东南角上惊天动地起了一片哭泣之声。乔家运扯了一把，说："何如？可知道中国人心不死，听了这演说，便都慷慨痛哭起来。我们倒要

留神看，是哪一种人如此热诚?”于是乔家运同着云麟，便都伸长了头，垫高了脚，仔细向人丛中望去。谁知不等你望他，那些痛哭的人早都站起来了。内中一个短髯如戟的人，挺胸凸肚，一手挥着眼泪，一手指着富玉鸾骂道:“我把你这少不更事的小生！上刀山，下油锅，用阎王老爷面前一架大秤钩子挑你的牙，滴你的血，入十八层阿鼻地狱，万世不得人身！你诬蔑圣经，妖言惑众，该当何罪？八股乃历代圣贤立言，我朝自开国以来，便以此得的天下，文官武将大都从此中出身。有我辈然后国可以兴，无我辈然后国可以败。你是哪一国的奸细，得了洋人几多贿赂，叫你来说亡国的话？况且你说的话漏洞正多。既说中国溃烂，为何又说外国要求瓜分?外国难不成转看上这溃烂的瓜？我们不为你这无知小子惜，我转替我们堂堂大圣人伤心。啊呀呀！讲到此，我肝肠已是痛碎的了。”说毕，重又捶胸顿足，放声痛哭起来。接着，同他一路来的朋友，也都是擘踊哀号，如丧考妣。直把一会场的人吓得目瞪口呆。从中便有那些打太平拳的夹杂在里面，吆喝的吆喝，谈笑的谈笑，鸦飞雀乱，看看会场已是要散乱了。

富玉鸾猛见此种举动，真是意外想不到的事。再要想同他们驳诘，知道这吵嚷之中，断听不出说话的声音。不禁恨了一恨，拽着他那一根拄杖，飞也似地跑出史公祠外去了。那几个在会场照料一切的秀才，又都追着他满口大叫，说:“你不允我们的酬劳，我们也犯不着抛这有用的工夫来替你当差，你为何白跑了？你便跑到日本，看我们还会从蓬莱山顶上将你拖得下来。”说着也便向祠外跑去。

乔家运毕竟眼快，一眼早瞧见骂玉鸾的那位老先生，望着云麟跌脚道:“不好，不好！这老牛又在这里闹出笑话儿来了。我是不敢去惹他，我们还是走开罢。”说着，拉着他一班朋友并云麟从人丛中想挤出去。偏生才挤到厅口，云麟又被那人看见了，大声喝道:“云麟，你也在此听这大逆无道的说话吗？”云麟再躲不得，只得恭恭敬敬垂手喊了一声“先生”。又向那几位也招呼了。

原来这骂富玉鸾的便是何其甫，其余便是严大成、古慕孔一班人物。再望望乔家运，早已溜得无影无踪。云麟勉强答道:“学生不知道这里演说是讲的这些话，早知道如此，不该来了。学生此时心里却懊悔得很。”何其甫泪容满面，说:“不谈了，不谈了。‘国家将兴，必有祯祥；国家将亡，必有妖孽。’似此种无知狂吠，地方官转不来禁止，这也可怪极了。中流砥柱，非赖我辈老成，又将谁赖？我们回去，便趁这年下无事，转要杜渐防微起来，方不愧为圣门子弟。”严大成含泪说道:“杜渐防微，说来却还容易，只是怎么样杜法，怎么样防法呢?”何其甫道:“如今我们大家就把在先立的那个惜字社加倍振作起来，先前每人一百文入会，今番却改成二百文。这以外一百文做什么呢？第一件，是搜罗古今闱墨，保全国粹；第二件，印刷几百张‘大成至圣先师孔子’牌位，凡是我们同道，都散给他一张，叫他们每日用一杯清水，诚诚敬敬供在家堂上，供一次磕一次头，保佑他老人家有灵有圣，消灭邪说，八股昌明；第三件，专供酒饭之资。”严大成、古慕孔一班人齐声赞好。

这时候，全场的人都将散尽。云麟心里记挂着那件事，恨不得立刻辞了何其甫走得去。不料何其甫更比乔家运利害，仿佛押犯人一般，将云麟一路押进了城。天寒日短，想再出城已来不及。云麟这一晚望云惆怅，对雪相思，也就够他消受的了。

何其甫别了众人，回转家中。美娘坐在房里没事，将一副牙骨牌儿摊在桌上，左一搭，右一搭，起那牙牌神数。头一次拿了一副九开，第二次又拿了一副十二开。小媳妇站在旁边，一手托着腮颊，把那个屁股尖儿撅得高高的，笑对美娘道：“再拿一副上上，今年定然吃你的喜蛋。”美娘含笑道：“呸！我是不想，好好的干净床铺不睡，弄些累赘，尿里来，屎里去，好不龌龊死了。”刚笑着，何其甫突然进门，向书案上一坐，又想起适才苦楚，不禁重又放声大哭。吓得美娘同小媳妇都赶出房门问他说：“你怎么了？财神日子，你也不图顺遂，还亏你是读圣贤书的人呢。”何其甫听见美娘提起“圣贤”两个字，格外呜呜咽咽，哭得抬不起头来。美娘平时虽然知道他有些呆头呆脑，然而总不曾象今日这般举动，怕是遇了邪祟，转吓得索索地抖。

小媳妇见这神态，笑得跑到前面告诉汪老太去了。恰好美琴、玉琴都在家里贺年，一齐拢近屏门，远远瞧着。美娘拖着他的手急道：“天呀！这不坑死人了。有话也该好好说，哭得这个样子做什么？难不成是我得罪了你？”说着也就滴下泪来。何其甫见美娘为他啼哭，毕竟保存国粹的诚心，不及爱怜艳妻的真念，忙拭了鼻涕说：“你不知道，并不是你得罪我，实情是我们这吃饭家伙渐渐保不住了。去年听见外面谣言，就有停止科举的消息。不料如今居然有一种无知少年，也都随声附和起来。象今日那个少年，也不足十五六岁，若在当初，正是上书房读书的时候，一节五大元束脩，是最少不过的。他忽地天空海阔，说上些撩天大话。万一世界上的少年都象他这样，不是要了我们当教书匠的性命？”美娘听到此处，不禁破涕笑起来，说：“原来为的这没要紧的事。你也是太过虑了，等到那山砍那柴，不教书难道便没有别的事干？”何其甫翻着白眼急道：“请问你，我除得教书干什么？我若不教书，除是你便去为娼。”这一句引得大家都笑了。何其甫方才不哭，说：“凡天下事，要是没有这个发端，倒也罢了。只要有点影响，他都会真个做出来。”

这一年朝廷里发下一道上谕：沉沉痛痛地将一个八股科举，说得简直没有一毫价值；通饬天下士子，一概研求实学，造就真才；把科举限三年为止，一律改为考试策论。巧巧这一年下半年，便又逢乡试。何其甫听见"策论"两个字，先吓矮了半截。连日聚集了无数秀才，研究这策论是个什么讲解。后来方醒悟过来，原来将八股头面略略一换，改成散文模样便是了，也没有什么苦人所难的地方，便都高兴起来。却是另外花费了几块钱，买得几部《瀛寰志略》、《时务通论》，便可以充得一个通达中外的大儒。一到乡试的时辰操演起来，居然做出来的策论，从头至尾都还可以看得过去。大家聚在一处，会过几次文课，互相捧着卷子，啧啧叹赏，说："真是皇上如天之福。即便就这考试一层而论，要我辈改个什么样儿，便是个什么样儿。他既可以拔取真才，我们也可以纡金拖紫。怕不是天上左辅右弼的星宿，特特降下凡尘来，扶助圣明天子的呢。"于是大家依然兴高采烈，准备晋省赴试。

别人不表，单表何其甫特特纠合了云麟，说："我们师徒最好是结伴同行，彼此有个照应。"云麟听见这句话，好生不快活，又不敢拿话头驳回他，只得勉强答应。你道他为甚缘故呢？原来云麟这半年以来，同妓女红珠，正是打得火热。红珠的父母，准备带着他们姊妹两个向南京秦淮河一带去赶考，碰碰机会。妙珠自他师父灵修死后，已不在送子庵里走动，听见要往南京，倒也欢喜。唯有红珠却恋着云麟，舍不得离他走开。后来知道云麟也是要到南京去应试的，便私地里商议，雇一只船坐着同往。云麟一口应允，直乐得手舞足蹈。这一天已将船雇定，红珠的老子娘携着红珠同妙珠都上了船。偏生云麟被何其甫绊着，怏怏地将行李挑在何其甫船上。云麟抽了一个空儿，先将此话向红珠说明，叫他们将船跟着自己的船走，不要离开，路上还可以偷偷相见。"却千万不要给我们这何先生知道，要紧，要紧。"红珠没法，只得放云麟走了。

云麟走进何其甫船舱里，早看见里面已坐着三个人：一个是严大成，一个是龚学礼，一个是汪圣民。当初在惜字会里，都是见过的。云麟招呼了一声，遂将长衫子脱下，搭在船窗上。龚学礼赤着肩膊，一条草葛裤儿，臭汗湿透了半段。严大成体质甚胖，热得不耐烦，便连裤子都脱得干净，下面只围了一条大手巾。汪圣民略斯文些，一身白夏布褂裤，泥垢得看不出眼来，用一柄破芭蕉扇子，扇得桌上包的字纸儿象蝴蝶飞舞。何其甫将一双袜子扯下，搁在肩膀上，用指头在脚缝里抠，抠了又闻，闻了又抠，满舱里臭气。

云麟几乎要呕吐起来，只得将一个头送在窗子外面，吸吸河中水汽，顺便看后面走的船。是时正值午日当空，炎风拂面。果然见红珠的船赶着这船而来。红珠穿了一件粉红汗衫，香气馥郁，一阵一阵向云麟鼻孔中递进去，云麟好不爽快。恰好前去是个顺风，云麟这只船甚大，扯起风篷，走得象快马一般。红珠船上的篙工，便伸过一只篙子，搭着大船的艄尾，借着风劲，直望沙漫洲一路驰去。云麟船上的人见小船这样取巧，不禁勃然大怒，便破口骂起来，不许小船借他风力。小船上的人也不相让，遂两边对骂。云麟此时忙赶出来招呼船上的水手，说："请看我的分上，让他们一让。到了南京，我多开发几个酒钱赏给你。"船上的人见客官招呼，遂不再骂。

何其甫同严大成早拖着鞋子，也赶出来，查问这事。本船上的水手便一五一十将这话告诉他。何其甫先前见事情甚小，倒也阻拦船家不用争竞。猛然留神向小船上看去，见舱里坐的是女眷，不觉放下脸来说："原来这小船上不是我们奉旨江南乡试的考秀才，如何转容他傍着我们同走？云生还替他讲人情，这也太不自爱了。一个读书君子，一举一动，都有神明鉴察；虽屋漏之中，旦明之地，一毫也不能苟且。你因为他们生得标致，你便存了邪心，私相庇护。你年纪轻，不知道科场里最重的是妇女名节。当初我有一个老师杨古愚先生，不是因为这件事死在场屋里的？前车之覆，后车之戒。你还不躲进舱来？"说着硬命自己船上水手，将小船篙子拨开了。那小船一经离了大船，一转眼已不见他影子。云麟急得只管暗骂，赌气向舱里一坐。

严大成笑道："毕竟何老先生中有主宰，这事做得很正派。你看那两个女子妖模怪祥，不象正经路数，何容玷污我辈？我辈生平自信的，不曾做过一件亏心的事。所以早早地便入黉门，雀顶蓝衫，小小的功名，大大的福分。若是稍不检束，哼哼，怕这天榜上不容易列着姓名呢。"龚学礼接着说道："这话确是。不独女色是第一件要紧关头，务宜打破。比如每逢江南考试，是去赴考的，谁不偷偷地将淮北的私盐，成箱成笼望南京装载？以图多得点利息，补助考费。这种人不但瞒漏关税，辜负了皇上天恩，论他品行，已是狗彘不食其余。"又低低吟道："狗彘不食其余了乎哉。"

正讲得快活，忽见船已泊着，不向前进。只听吆喝一声，早跳上几个如狼似虎扦子手，还有一个师爷模样的人，都来向他们船里查盐。七手八脚，扯板的扯板，开箱的开箱，闹得烟雾涨气。何其甫、严大成、龚学礼，汪圣民都拚命拦着说："我们是奉旨应试的，哪里是私盐贩子？要你们搜检起来，这还了得？"那个师爷见他们说得嘴硬，倒也不敢动手。谁知这个当儿，有一个扦子手早打开一只箱子，里面便装得满满的白盐。

云麟认得正是龚学礼的。龚学礼见已露出破绽，不禁羞得脸上通红，眼睁睁的望着他们将盐一古拢儿拿得去了。此时一群扦子手得了彩头，更不容分说，大家蜂拥似地都来查看，又从汪圣民，严大成衣包里搜出了许多。只有云麟同何其甫行李里一毫没有。

云麟暗想："毕竟我们先生人是诚实，倒不曾象他们这般无赖。"再四面一望，却不知何其甫向哪里去了。扦子手一直查检到后艄上。云麟看见何其甫将裤子扯下，精屁股坐在一个马桶上，见人走进，死也不肯站起身来。扦子手起了疑心，一定要等何其甫出过恭，查验马桶里可有盐没有。何其甫好生着急，哼哼唧唧地装做腹泻。扦子手等得不耐烦了，走过两人将何其甫死命一扯。哪里知道这马桶里一点屎屑也无，都变成雪白上好的食盐。大家哄然一笑，连马桶都提得走了。这才安静。

何其甫等人走入舱里，面面相觑，一言不发，只管短吁长叹。云麟好生快活，忍不住吃吃地笑。龚学礼怒道："小子何知！"云麟也不理他，转低吟道："狗彘不食其余了乎哉。"念了两遍，念得龚学礼腮红耳赤。船一过了这座关卡，知道前面没有查验的了，毕竟他们还在水里拎起一洋铁桶的盐来。这是汪圣民的主意：用盛洋油的马铁桶，将油倾了，满满装着食盐，用锡汁封好了口，一头放在水里，一头系在船舵上。因此不曾被查验的人看出形迹。后来便因为这盐分赃不平，何其甫还同他们绝了交情。此是后话，不提。

过了黄天荡的江面，天色近晚，那一轮落日鲜血也似地反射在水上，恍如万道金蛇。谁知红珠的船，因为他们在关卡上耽搁了一会，此时反行赶在他们大船前面。一帆风定，燕子矶山色，已照入眼中。刚刚傍着一个小镇市，大家夜里行不得船，都聚拢来泊在岸边。何其甫这只船，早同红珠的船紧紧靠着。早见江面如飞地来了许多渔船，一二尺来长的鳊鱼，赤尾雪鳞，鲜活得可爱。还有新起水的虾儿，带跳带纵。那些渔父口里嚷着："卖鲜鱼呀，卖鲜鱼呀。"红珠此时明知云麟的船在此，便伶伶俐俐地跳上船头，故意同卖鱼的讲价，争短论长。又命他老子捧了许多虾儿，放入舱里。他一片燕啭莺吭，咭咭咕咕，叫得别的船上的行人都钻出舱来瞧看。云麟也借着看人家买鱼，同红珠四只眼睛儿在那里讲话。

何其甫、严大成他们一干人看着这鱼虾，不觉馋涎欲滴。大家商议，凑着公份儿，想买点虾子来用酒醉着，预备晚饭时小酌。云麟却便凑趣，自己掏出几百文，买了两尾鱼、一荷叶活虾。真喜得个何其甫心花怒放,拍手打掌地喊起来说:"有客无酒,有酒无肴,月白风清,如此良夜何?归而谋诸云生,云生曰:'我有鱼虾,藏之久矣,以备先生不时之需。'"严大成笑道:"改得妙极。只须轻轻将'妇'字换个'云生',便象当日这篇古文是何其翁做出来的了。所以同是一部《大题文府》、《小题文府》,也要看人套得取巧不取巧呢。"龚学礼向严大成丢了一个眼色,说:"大成兄,酒还未饮,你却先醉了,什么叫做《大题文府》、《小题文府》?我们眼睛里几曾看见过这种书的?我们的文章,谁也不是一字一字,打心眼儿里挖出来?不瞒诸位说,象兄弟做一篇文章,心血都要耗得两斗。无怪每次月课,承两淮运使都转大人高高标出来,卷面上总批着八个大字,是文'有肉心,语无泛血'呢。莫要说文章没有凭据,这便看出各人的本领来了。"严大成知道他是因为云麟在此,所以故意掩饰,也便接口说道:"不错,不错。狗养的才看《大题文府》。"龚学礼也接着骂道:"王八蛋才看《小题文府》。"

云麟正在船舱里忙着鱼虾,忽然听见他们在外面发誓,再一细听,原来是为的《大题文府》。恰好严大成适才睡在炕上,顺手在他自家箱子里拖出几本书来做枕头。云麟看得清楚,正是《大题文府》,不禁暗暗好笑。匆忙里拿了一本,恭恭敬敬送出舱外,递给严大成,说:"学生才在严先生炕上拾到一本书,不知道是什么,特来请教的。"严大成好生羞愧,装着不懂,便接过来悄悄向袖里一塞。

东山缺处,推出银盆似的一个凉月,暑气已渐渐减了几分。何其甫好不爽快,叫船家将鱼虾拿在后艄上去烹调。又沽了些村酒来,点起红烛,大家围坐在舱里,浅斟低酌,好不有趣。彼此都有些醉意,正在惝恍迷离之际,猛听得隔壁小船上叮叮当当弹起月琴来。

欲知后事,且阅下文。

# 第四十回　意外缘惊魂沉水底　心上事吉谶出山中

何其甫刚捧着一杯酒要饮，听见隔壁船上月琴声音，不禁皱着眉头说："该死！该死！'放郑声，远佞人。郑声淫，佞人殆。'他若再取瑟而歌，我便要叫小子鸣鼓了。"云麟此时是默默地不敢开口。严大成同龚学礼只管倾着耳朵，也不发话。唯有汪圣民不甚老成，却涎着脸望何其甫说道："何其翁，我们今夜破个例罢，可命那女子过来弹一套，大家解解闷儿。"何其甫将云麟望了一望，急说道："这如何使得？我的品行是你们知道的，你转来拿这话诬蔑我的耳朵。他在这里告诉我呢，他说，他自做我的耳朵以来，听见这句话还是破题儿第一次。"说着，又拿双手将耳朵掩得紧紧，把头缩在腔子里，说："不可，不可。'不可'二字最难，'不可'二字最难。"龚学礼笑着说道："汪圣翁的话，倒也使得。只是一层，弹一套曲儿，不知需多少钱？若是钱要得多，那就可以不必了。"严大成道："这话一点不错。他在船上闷得慌，弹着耍子，我们将他叫过来替他开心，说不定不该要钱，还须贴几个钱给我们才是情理呢。"

云麟心里巴不得他们能叫红珠过船来，听他们的话，都有些活动，唯有何其甫执拗，然而也顾不得他，遂搭讪说道："严先生如若高兴，我常听见别人说，好象叫他们弹唱，规矩是不要钱的。"何其甫惊道："啊呀！云生你如何知道这里面规矩？了不得，了不得！你们去唤他过船来，我是要失陪了。"说着便跳上炕，弯过精赤膀子，蒙头而卧。此处严大成等听说可以不要钱，忙唤过船家来，叫他同小船上的姑娘去商议，请他到这船上来坐坐。船家笑嘻嘻地低着头去了。

不多一刻，花枝也似的走过一个女孩子来。身上已换了一件白纺绸褂子，胸前隐隐露着一方猩红肚兜，一直齐到胸口。酥乳隆然，柔腻可掬，蛾眉杏脸，檀口桃腮，额后并梳着两个松松髻儿。身后便有他老子携着月琴。云麟一看，正是红珠，四目相对，嫣然一笑。此时严大成恍如见了月宫仙子一般，不知道怎样对付才好，只好满口呵呵地谦让着红珠入座。红珠含羞带笑，便挨着云麟身旁坐下。先望着严大成问道："这位老爷贵姓大名？仙乡何处？"严大成忙将双手一直拱到鼻边，诚诚敬敬地答道："不敢。学生姓严，名大成。扬州府江都县学廪膳生员，蒙前次学宪拔取一等第三。今年才五十二岁。"红珠掩口一笑。又向龚学礼、汪圣民问讯了一番。故意回头望着云麟道："啊呀！这位少爷面熟得很，象是哪里曾见过的。"

云麟见他先生何其甫睡在炕上，生怕红珠说出岔子来，忙丢了一个眼色，接着说道："你不要认错了人，我真不曾会见过你。你请唱罢，可不用罗唣。"说着也噗哧一笑。龚学礼凑趣说道："这倒不然。你们今生不曾会过，或者前生是会见过的，也未可知。古人说得好，是'三生缘法'呢。"说到此，只管仰着脸细细向红珠脸上瞧看。下面这两条腿，好象得了三阴疟疾似的，索索抖个不住。汪圣民见红珠只管向云麟亲热，不禁有些吃醋，趁着酒遮住脸，笑说道："红姑娘，你不用尽看中了小云。你看他虽然生得一个小白脸，是中看不中吃的，床功又没有，钱又没有。至于我呢，又不然了。你看我这肚兜里是什么？"说着用手拍得腰里那几百铜钱叮当地响。

红珠"呸"了一声，便将月琴拿过来笑道："唱个什么呢？"云麟低笑道："就是栽黄瓜罢。"红珠将头扭得一扭，笑道："这少爷倒会闹玩笑呢，什么黄瓜不黄瓜，我须是个清倌人，这曲儿我不会唱。"云麟笑骂道："你是清倌人，你怎么会懂得这黄瓜便不唱呢？怕你不但唱了，还是尝过味儿的。"红珠将眼一睃，故意咳嗽了一声，说："我替你说了罢。"云麟忙将头掉转过去不理。红珠一笑，这才弹起月琴，唱了一支《三娘教子》。唱到那"教不严，师之惰"这一句，故意地将喉咙放高，又用指头指着炕上何其甫给云麟看。云麟轻轻伸手在红珠衣衩里，向他小腿上一捏，似乎叫他不要胡说。不料正触着红珠痒骨，引得红珠吃吃地笑，那唱的声气便断断续续接不上来。好在严大成他们也不懂得曲子，又不知道他们笑的什么事，只得也附和在里面笑。一支曲子唱完，汪圣民扯着红珠的手问他道："你叫什么名字？你船上还有一位姑娘他叫什么？"红珠笑道："我叫红珠。船上是我姐姐，他名字叫做妙珠。"

不表汪圣民在这里同红珠絮聒。且说何其甫此时虽然睡在炕上，声色不动，其实他心里的欲火烧煎，更比别人利害。诸君，你们看那些风流名士、淫荡少年，嘴边则信口滑稽，笔下则满篇淫艳，倒还是行云流水，不落恒蹊，水月镜花，都无色相。随园道得好：凡人日坐卧花下，也就习而相忘。其见花必折者，必是终年不曾见花之人。此言虽看是挖苦太甚，然而推究起来，亦是至情至理。是以那一种假充道学的老前辈，眼耳鼻舌无异常人，六欲七情也由天赋，既不曾脱离躯壳，更何由解证菩提？蓄之愈深，发之愈暴。最苦不过，外面还要装出见色不乱的形状出来。譬如积柴之下，遗有火种，若把他挑开来，倒还容易扑灭；如果老远将这火种蕴藏在里面，氤氤氲氲，弄得一发不可收拾，那才是没有搭救呢。何其甫眼睁睁地望着他们做风情，说风话，他是有言在先，断不好意思重新放荡。这一星欲焰，渐渐要将一座肉身焚化起来，如何得了！起初还咬牙啮舌地忍受，后来已将红珠浑身上下，都细细嵌了一个模型到脑筋里，便连别人看不见的地方，经他睡在一旁不言不语地赏鉴，早已象亲历其境。

入后真是忍耐不住，趁他们在那里调笑，又听见红珠亲口说还有一个姐姐，名字叫做妙珠，在隔壁小船上，他便狠狠地一翻身子，偷入舱后，装做解手。其时星月朦胧，果然见那小船尾儿傍着大船，里面静悄悄的，点着一星灯火。一张绣榻上，腻然卧着一个娇娃。上身已是脱得干净，下面只留了一条桃红洒花小脚裤，偏生还高高卷在小腿子上面，那一种粉甜水嫩的肌肉，真是掐都掐得出水来。三寸睡鞋，象个新出水的红菱角一般。一把青丝散露枕畔，双眸微合，鼻息初匀。身边再没有第二个人。何其甫一阵酥麻，几乎不瘫倒船上，勉强振作精神，低低咳嗽了一声，又用指头弹着舱板。猛地将那女孩子惊醒，一欹身坐起，伸手将眼睛揉得一揉，似乎不曾见隔船有人，转缓缓地将一根五色丝绦，从腰里解下，提着裤子轻轻一抖，象是嫌这船上炎热的光景。也不知道是我著书的揣摩，也不知道是何其甫真个儿闻见的，据他说起来，那时候真有一股热香直冲鼻孔，顿时打了一个寒噤，也顾不得半生道学，一世清贞，身不由己，两只脚已跳上小船，觉得船身微微荡了一荡。那女子便惊起来，刚要叫唤，一见了何其甫，转把个粉脸羞得掉过去，向壁上望，夺了一件小汗衫子，披在身上。何其甫已猜定他是妙珠了，天良发现，不觉有些迟疑。妙珠见他不拢近身来，又微抬双眼，笑了一笑。何其甫知没有什么别的妨碍，遂老实向妙珠身旁一坐。妙珠也就将棉样般的玉体，紧贴贴地靠在何其甫怀里。

在下到此，还要打一句岔儿。诸君知道，这何其甫初次娶的是位顾太太，不幸半路上得痨病死了。这书中没有交代他们夫妇恩爱如何，在下也不便武断。至于续娶美娘，他虽然见了美娘亲若胶漆，在下以为美娘见了他已是畏如蛇蝎。恐怕今夜这风趣，在下替何老先生发得誓，便是自从出了他太夫人的胞衣，要算是初尝滋味。诸君想，何其甫当时情景，是个什么形状？便也用一只臂膊，将妙珠紧紧搂着。那一只手便将自己小衣一褪，两条毛腿森然毕露。引得妙珠笑不可仰。幸亏妙珠是司空见惯，也便任何其甫怎生发付，更不拦阻。

咳咳咳，此时此际，在下设身处地替他着想，但祷告老天，容我过了这一时一刻的光景，便任是天雷来劈我，钢刀来砍我，我都情愿。却千万不要当这个分际，忽竟掼下一枚金弹子，将交颈鸳鸯嘭嘭地打得飞起来。谁知天有不测风云，人有旦夕祸福。今天日间，热是热得透顶了。“热极生风”，古人的言语一点不错。便从这时候，忽然江面上起了一阵怪风。全船的灯烛齐齐熄灭，顿时天昏地暗，星月无光。那波浪声音，好似天崩地塌一般。所有泊的船只，大家都哭喊起救命来。何其甫同妙珠坐的那只小船，“豁”的一声，早将岸上扣的缆索截然两断。小船便如随风一叶，飘然直向江中颠来颠去。颠不了几个浪头，船身一倾，何其甫同妙珠两人，早被一个浪花由窗中打入水面。何其甫喊了一声：“不好！”那一双手再也拉不住妙珠。隐约间还看见妙珠精赤身躯，一丝不挂地死在水里。自己初时犹勉强支持，不到片刻工夫，江水浸满了七窍，已渐渐不省人事。身边碰来碰去，都是些死尸。长叹一声说：“我何其甫今日是没命了。”百忧煎心，一时想起美娘来，泪落如雨。一时又想着云麟他们，不知可曾遭此恶劫？

正在十分难受，猛然被浪一卷，卷入一个芦滩上。那芦花被风吹得象青草一般，枝枝倒地。何其甫得了性命，狠狠地扯住芦柴秆儿。略为息息喘，又呕出几斗清水来，便睡在泥滩上。良久良久，风浪才息。只是乌云滚滚，一些月光也没有，不辨东西南北。身上转觉得冷起来，牙齿抖战。挨了两步，想觅出路径。一个闪电，隐隐地下好象睡着一人。何其甫猜是适才落难的，便用手去抚摩他。谁知那人死得久了，肚腹溃烂，满肚皮的鲜鱼，聚为窠窟，早将一个尸骨都钻空了。何其甫吓得毛骨悚然，赶忙让过一边。好容易等到天明，再看看江水，还是掀天播地。正不知此处是什么地方，离昨晚泊船的镇市有几多远近。若再遇不见救生船只，耽搁得一两天，别的还不打紧，误了试期如何是好？

何其甫此时心下十分迷糊，便信着脚步望前奔走。走了有二三里远近，将一座芦花滩荡已掉在背后，眼前便是一片茫茫大陆，再没有房屋影子，又吃了一吓。要想望后退，后面全是大江；要想望前进，这四无人烟的所在，从何插脚？腹中又饥，身上又冷。正在十分难受，猛然左首露出一个村庄人家，有一个白发婆婆的老妇人，倚着一根竹杖，立在门首。何其甫喜出望外，如飞地跑过去，想借问老妇一声，此是何处，还可以借此吃一顿饱饭。计议已定，便匆匆地向左边走过来。猛又一想：“自己浑身上下是一件衣服没有，虽说这妇人年纪已老，终究是男女有别，如此相见，很不雅相。万一再被我这两条毛腿将他吓得进去，不独一顿饭混不到嘴，怕这地方终是打听不出道路，几时才走到南京呢？”想了一会，只得将一双手紧将下面掩住，斜背着身子，向那妇人作了一个深揖，说：“老太太，可怜学生是落难之人，走到此处，务乞方便则个。”那老妇人笑道：“原来先生是落难的。可怜，可怜！不嫌简亵，可至舍间坐一坐。”于是将何其甫引入里面，又取出一身单褂裤，给他穿好。

刚要攀谈，屏后忽然跑出一个蓬头婢子连声喊道：“不好了！娘子分娩危急，请老太太快进去。”那妇人听见这话，更不怠慢，三步并成两步转到屏后去了。何其甫恨道：“我正要开口向那妇人索饭，偏生又出了这岔子。”说着便站起来团团在室内乱踱，又想道；“我生平并不曾见过妇人家怎个生产小孩子，横竖没事，让我也去瞧瞧。”说着便将身子站起来，沿着那产妇呼疼叫痛之声，一路行去。果见后面有一所卧房，帘幕四垂。屋里只有那老妇同先前走出来的那女婢，窃窃私语。何其甫大着胆子向窗内一张，早又将魂灵飞去半天。只见内中有个少妇，约莫二十来岁光景，乌云散乱，衬着嫩红娇脸，气喘吁吁，刚在临盆，上身只穿了一件淡青薄衫，下边露着雪白也似的肌肉。何其甫一阵酥软，更忍不住，急转身子，仍奔回那座书房内蒙头而睡。睡了一歇，也不知曾否睡着，耳边忽隐隐听见门外无数人嘈杂，似乎向那老妇人贺喜，说；“难得难得，天贵星巧巧临门，这是千载难逢的奇遇。怕这孩子大来定然多得几张毕业文凭，多得几座嘉禾文虎章。”何其甫听到此处，知他们说的这天贵星是指着自己，不禁暗暗欢喜，将来的前程未可限量。只是他们后来几句话却不甚懂得，或者他们打的隐语，也未可知。正自在这里猜测，那老妇人已笑着进来，捧上一大盘喜蛋，逼着何其甫吃。何其甫正自饥火雷鸣，更不谦逊，一气吃了有十五六枚。

何其甫一面吃，那妇人一面说道：“适才亏得先生进去，小媳便生了一个肥白男孩子。”何其甫听见这话，暗暗吃惊，想：“我适才跑去看他媳妇生产，他如何得知？叫人可不惭愧！”那老妇又接着说道：“先生今番是向南京应考的，我看先生此番可不必白去吃一趟辛苦罢？先生前程远大，却是未曾到了时辰，徒然跑去也无益，不如权在舍下过得二三十年。”何其甫笑道：“老太太，你这话错了。论我学生的文字，便合在做孩子的时辰拾取青紫。却是学生不甘躁进，所以迟至目前。若依你的话，岂不要格外龙头属老成了？这二三十年的话如何使得？”那老妇人笑了一笑说：“先生既不相信，我亦不敢勉强。只是今科闱中题目，老妇人倒抄得一纸在此，先生要看看也不妨。”何其甫惊道：“岂有此理！论这时候，主考尚未到省，如何你已得了题目？这不是有意同学生开心？”那老妇人又是一笑，便从袖里取出一纸，上面三场题目写得清清楚楚。何其甫看了，似信不信。

那妇人又拿出一封简帖儿，望着何其甫道："此处有一封信，烦先生为我作一寄书使者，寄至离此十里那一座槐山，问交我的丈夫，便报给他一信，说家中添了孙子。先生还可以问一问终身。就此请行，不须耽搁了。"何其甫道："尊夫何名？这槐山又在何处？"老妇笑道："信封上写明四夕山人。你到了槐山，就问四夕山人便了。至于槐山，周围有万余里，只须出了此境，便到槐山地界，更不消多虑。"何其甫道："万一耽搁久了，误了试期，如何是好？"老妇笑道："断不至此，断不至此。先生但放宽心。"何其甫道："究竟此地何名？老太太又是何人？"那老妇人越发笑不可仰，说："萍水相逢，何庸絮絮？象你这样，倒反落痕迹了。"何其甫再欲有言，那老妇人早已笑着进去。

何其甫不得已，只得怏怏地拿了那封信重走出门，顺着脚步行去。也不知行了多少路，陡然面前露出一座悬崖峭壁，那石面磨得象镜子一般，光鉴毫发。下边便是一个石穴，长不到丈余，穴口上分明写着"槐山"两字。何其甫惊喜非常，奔入穴内。走不到二十余步，眼中忽然开朗，天然平旷。石桥飞瀑，浓树奇花。地上的纤草，铺得象苍翠毯子一般。珍禽异兽，玲珑叫唤。只是没有人烟，仿佛自家走入画图里，又喜又怕。那里面层岩叠峰，青翠欲滴，宛如二三月风景。何其甫正在心旷神怡，抬头一看，山半腰里有茅屋十余间，一缕妙香，沁入鼻孔。蒲团上面坐着一位高年和尚，庞眉俊目。看见何其甫也不站起，便问道："居士是替吾家送信来的？有劳跋涉了。"何其甫惊问道："老和尚是否四夕山人？"和尚答道："然也。"何其甫将那信递得过去。和尚接在手中，也不瞧看，便把来搁在一旁，笑道："居士记着，我有四语奉赠，日后当有灵验。可听我道来：'宣化承流，统一区宇。优哉游哉，贡于天子。'居士远行辛苦，便请在这里歇一歇。"说时便从身旁又掷过一个蒲团来，自己又瞑目而坐。

何其甫此时疲倦已极，老实也不谦让，便望蒲团上一睡，仿佛似梦非梦。顿觉这槐山不是适才秀丽，变得象枯窑一般。那一块一块石头，好似铜浇铁铸的，有时还露着金银的颜色出来。正自诧异，忽然身后来了无数的人，虬髯碧眼，将那山根脚下用铲子乱铲。一座巍巍大的山，便平空倒下来，吓得何其甫一身冷汗，一觉醒来，依然还睡在蒲团上。便将梦中所见告诉那四夕山人，求他指示。再一细看，那四夕山人鼻垂玉箸，不知何时已经圆寂去了。

何其甫非常焦急，便大喊起来。喊声未终，忽不见四夕山人形影，面前光怪陆离地插着一面通明宝镜。何其甫转有些疑惑，说："我今日怎生如此迷糊？莫非是梦境不成？"刚想到此，觉得肩上有人拍着。再一掉头，哪里有什么槐山，依然坐在那老妇人屋里。惊魂定得一定，原来拍着自己的不是别人，是一个苍颜白发的老者，看去至少有九十余岁。何其甫便问他是那老妇人的何人？那老者想了想道："你就叫做何其甫吗？你问那老妇人，他便是我的祖母。祖母曾告诉过我，说在这百年前，有一个过路客人，被难落水，逃至我家，祖母好意救济了他。他千不该，万不该，趁我出世之时，偷偷地瞧我母亲生产。我母亲一气，便自身故。如今我已活至一百零八岁，不想你这仇人还未身死。我此时不替我母亲报仇，更待何日？"说毕，便取了一柄铁铲子劈面砍来。

何其甫"啊呀"一声，迈步飞逃，心里急道："但愿是梦便好。"想起了这个念头，果然脚下一绊，重又惊醒。什么江中遭难，全是子虚乌有，还是香气氤氲地抱着妙珠并头而睡。再看看妙珠脂红粉白，睡得正是有趣，心中不觉突突地乱跳。忙定了定神，说："今夜怎么如此魂梦颠倒？"侧耳听那船窗外面，依然是风清月朗，绝无波浪声音。"总由于同妙珠贪欢太过，以致梦中出此变态。那四夕山人说的偈语，隐隐却还记得，又不知是凶是吉。那老妇人屋里才生的小孩子，怎么我从槐山走得一遭，他便已成了苍颜白发的老翁？那'洞中七日，世上千年'的话，不过在先替小学生写字样儿的诗句，难道当真有这事吗？"越想越奇，越有些害怕。看见船上残灯微明，时候约莫有四更以后。妙珠紧紧睡在怀里，脸却是背着自己。急待推醒他，告诉这梦境，偏生妙珠睡得象死人一般，左推右推，都不肯醒。何其甫急起来，坐起身子，双手使劲向妙珠一搡，嘴里大叫道："妙珠！妙珠！"

这个当儿，耳边猛听得有人答应道："妙珠不在这里。何先生快醒，何先生快醒。"何其甫方才恍然大悟，望望自己，依然还睡在大船炕上，并未移动分毫，更哪里有妙珠影子？此时忽从梦里使劲地推搡，转将云麟他们吃酒的桌子推过一边。见云麟他们酒尚未终，红珠正在旁边谈说。严大成、汪圣民、龚学礼不禁拍掌大笑说："原来何先生看中了妙珠，睡梦里还喊他的名字。"此时真羞得何其甫置身无地，一时又不便将梦中景况告诉他们。可怜他那两腿之间，已水湿了一大片。叹了一口气，便也强作笑容说："大家弄饭吃罢，天气已不早了。"何其甫看见红珠，已不似前此做作，也勉强应酬了一两句。红珠陪着他们胡乱吃过饭，仍然回至小船，同他姐姐妙珠安睡。

不多几日，大家都抵了南京。何其甫、严大成进城择了一所客寓，大家将行李安置在内。严大成、龚学礼、汪圣民共住一个房间，何其甫同云麟共住一个房间。云麟盥洗盥洗，又命人将辫发梳得乌光黑溜，换了裤袜，外面加了一件荚蓉秋罗的长衫，轻纨小扇握在手里，便望外走。何其甫皱着眉头，咂嘴咂舌地说道："该死！该死！这衣服穿出去，不是白糟蹋了？街道上尘污，都容不得睁眼，便连我这白夏布裤子，不遇饮宴还舍不得浪穿呢。"

云麟也不睬他，早如飞地跑至贡院门首，见上面各人的名字都贴满了。云麟左望右望，象寻觅一个人的居址一般。正在慌张，侧首跑过一人来，也预备来贴字条，一见了云麟，更不再贴，说："少爷早到这里了？我们姑娘便住秦淮河上首，第七十二号门牌一家水亭上。少爷要去快去，我们姑娘这居址字条儿也不必贴了。"云麟认得他是红珠家用的一个小龟奴，欣然随着前去。刚进了门，见衣包箱笼摊满了一地。红珠的老子在外面开发挑行李的脚钱，脚夫争短论长，互相吵闹。红珠的老子见了小龟奴已将云麟引得进来，便加了些威风，喝那脚夫道："你们将驴眼睁大些，看看这是谁来了？再要罗唣，要请我们少爷拿帖子送你到江宁县去挨板子！"脚夫将云麟望了一望，果然见是来应考的老爷，忙伸伸舌头，如飞地跑了。红珠的老子大喜，说："少爷请到后面水亭上去坐，他们姊妹都赶在那里耍子呢。"

云麟笑了笑，走至水亭。见妙珠坐在一张椅子上，将右边一只腿搁在左边大腿上系鞋带子。红珠把半个身子伏向栏杆，将衣纽上戴的一枝茉莉花，一颗一颗地摘下来，打那水里的鱼。一见云麟，忙笑道："你来得好快。我一到了这里，便逼着他们去贴条子，怕你认不得我们的住址。"云麟笑道："难为你用心。我已经在路上遇着他们，所以如飞地赶得来看你。"红珠一笑，便伸手替他将长衫卸下，晒在栏杆上。一只手拉着云麟的手，将他拖到一间卧室里，说："你看这里迎面便是山光水色，我已同我娘要来做我的卧房。想你也还觉得合式?"云麟笑道："岂但我觉得合式呢，怕别人也爱这幽雅别致。"红珠笑问道："你这番来，带得多少钱?"云麟笑道："多呢，多呢，你不消问得。"红珠道："呸！我为何不问？我须知道你不是什么王孙公子，你居然二十块、三十块地挥霍，你有多大家私？你是出来应考的，不是专为出来嫖我们的。这是我要同你一路走的不好了。你不要多心，我是不曾将你当嫖客看待。我往常同你说的是什么话？你这样糊涂，你自己想想，也该对不住我。"

云麟见红珠说得气急脸红，知他心中真是委曲，不禁叹了一声，说："你叫我怎么样呢？你的娘既然开口，我不搪塞一搪塞，除非依我前番的主意，飞跑大吉。你记不得去年那件事，累你呕那一场气？我除得将你抛掉了，只当世间没有你，永远不同你见面。不知我的这颗心又不依我，他赶着我这双脚，向你这里走。总有一天发起我的性子，我便将我这两条不争气的腿，用刀子砍断下来，让他同我的心一路儿做伙伴去，我便算同你断绝了。至于你要问我带多少钱出门使用，告诉你，想你也不致笑我。不瞒你说，我临动身时，我家中只剩得十块洋钱。我母亲急了，还是暗地里同我姨娘那里借了十元。如今一共都交给你的娘了。”红珠冷笑道：“好好，你在南京一切用度如何发付呢？”云麟道：“等到那时候再议。”红珠重重地望着云麟叹了一口气，便在手上褪下了一枚金戒指，悄悄向云麟手里一塞，低说道：“你先拿去换着使用。”云麟会意，便也接过来，套在手指上，说：“我此时既知道你的住址，改一天再来。我此刻须赶回寓去，防着先生要问我。”红珠道：“大热天气，你何妨在这里洗了澡再走？”云麟道：“不洗澡了，洗过了，怕不是依然一身汗？”说着将长衫穿好，匆匆别了红珠，径自回寓。

刚跨得进房，见何其甫正伏在案上写字，见云麟进来，收拾不及。云麟转止着脚步，不敢向前。何其甫又向云麟身后望了望，说：“没有别的朋友？”云麟道：“没有。”何其甫见果然没有别人，遂叫云麟坐在他床边上。自己又匆匆站起来，将房门关好，还用了一张凳子紧紧顶着，防有人窥探。云麟见他这般做作，猜不出他是何用意，又是吃惊，又是发笑。

何其甫安排毕了，遂挨着云麟并肩坐下，说：“你可是我最爱的学生，我终不忍心欺负你。我此刻却万不能忍了，你千万不许去告诉旁人。”云麟见他这般鬼鬼祟祟的，说的话又觉得十分暧昧，不禁脸上羞得红起来，夺手便要逃走。何其甫格外着急，双手将云麟拦腰抱住，说：“我没有第二个知已，所以才把你当做亲人看待。你若是要跑，叫我去同谁商议？”说着又用手指指对房，说：“这件事千万不能叫他们知道，要紧，要紧。”云麟此时吓得面如土色，只慌慌地扳何其甫搂着自己腰的一双手。恰好汪圣民听见他们在房里叽叽咕咕，不知何事，便走过来推门。云麟趁势喊道；“是谁推门？请使劲些就进来了。”汪圣民道：“是我。”一面答应，一面便咯嘣嘣地将门推开一半。何其甫见有人进来，急得什么似的，只管望着云麟翻眼，似乎叫他不要说出适才情形。汪圣民见他们也没有别事，便搭讪着说了几句闲话，依然走了。

云麟正待跟着出房，又被何其甫横身拦住，说：“你真个不听我的话？你听了，你便宜得多呢。”于是硬附着云麟的耳门，从头至尾将在燕子矶做的那场大梦，原原本本告诉了云麟，只是不曾提起同妙珠睡觉。说到得意地方，那唾沫星儿象似喷水一般，直望云麟粉白腮颊上溅。云麟愈避，他的嘴愈近。直待将梦说完了，又把梦中几个题目写出来，给云麟看。说：“今科准是这题目。但不知这策论上忽然有这么‘立宪’两个字，我将一部《策学统宗》查遍了，也没有什么叫做‘立宪’。或者是梦里那位老太太年纪高大写错了，也未可知。”

云麟到此方才会悟过来，他适才那种鬼祟样子，为的是这梦里几个题目，防人知道的意思。其实梦境又乌足为凭？每听见人说，但逢乡试这一年，都有些人或是扶乩，或是占梦，也似乎有些灵验，到了末了，终究是似是而非。那鬼神又岂能全然漏泄天机呢？然而对着何其甫，又不能说是不信，只得随口答应了一两句，说：“这‘立宪’的‘宪’字，惟有《中庸》上有一句‘宪章文武’。其余便是历书上有‘时宪’两字。或者这策问的便是历书上月大月小的道理？”何其甫点头说：“你这话倒还有理。我们便从明日起，倒是将那本《时宪书》从头读起来便是。”又问道：“那四夕山人四句偈语，又怎么解呢？”云麟道：“这更不难了，他语中分明嵌着‘优贡’两个字，恭喜先生将来定然是优贡出身。”何其甫大喜道：“优贡，优贡。我倘然有这一日，刻着朱卷儿，开着贺儿，拜着客儿，如此荣耀，如此堂皇，可不把我乐煞了？”说毕又闭目凝神，去参那优贡的禅味。

良久，不由哈哈大笑起来。笑还未终，又跌着双脚大叫道：“不好了！不好了！我若果然是优贡出身，岂不是今科便没有中举的分儿了？”一时间纵纵横横，又流下无限心酸之泪。

欲知后事，且阅下文。

# 第四十一回 使醋劲波涨莫愁湖 遇酒疯途穷真武庙

八月初七这一天，各省士子纷纷预备入场。云麟同何其甫等也买了些洋蜡烛、考食，收拾好了，大家闲坐着。忽然门口有人进来说："外面不知是谁送了多少礼物进来。"何其甫忙跳起身说："不错。我记得我有一个远房姑母住在这南京，莫不是知道我在此，所以特特地送礼物来替我发利市？你们快唤他进来。"严大成、龚学礼、汪圣民也互相猜是各人亲友，只不敢预信。

不多一刻，果然见一个仆人挑了一担东西：一对锦毛大公鸡，一副猪蹄子，四盒蜜饯茶食，四盘雪梨。挑的人是个蠢汉，穿了一件单白布背心儿，两臂上粗筋盘结。走至阶下，扑通将担子向地上一掼，说："哪一个是姓云的少爷？我们妈妈叫我挑来送给他的。"说着便拿起背心角儿，揩满头的汗。

云麟吃了一吓，忙跑至阶下，丢了一个眼色给那蠢汉，说："你可是我的姐姐哪里使唤的？谁人叫你送来这些礼物？我实不敢当。"那蠢汉老实，却不曾看见云麟丢眼色，将云麟望得一望，说："你就是云少爷？我又不知道谁是你的姐姐，这是我们妈妈叫我送来的。"说着又在担子里寻出一幅桃红汗巾，里面不知包的是什么，却是齐齐整整，打着同心结儿，递在云麟手里，说："这是红姑亲手交我的，叫我送给少爷。"云麟十分惶恐，只怕被何其甫他们看出破绽来；又知道这蠢汉一毫不解得自家的意思，怕他多耽搁，还要露出马脚，忙叫寓里的人将礼物收了，抓了几百钱赏给蠢汉。

打发蠢汉走后，幸喜何其甫他们并不曾看出情迹，还只当真是云麟这南京另外有个什么姐姐。大家聚拢了，只管啧啧叹赏，说："鸡子肥得可爱，猪蹄确是新鲜，须得赶着弄出来，大家好吃酒，迟则怕天热要搁坏了。"云麟趁他们在那里乌乱，遂悄悄地跑入房里，将这幅桃红汗巾打开来，看是何物。原来里面包着两个小锦匣儿：一匣子里是红珠亲手剥的桂圆肉子，一套一套叠着；一匣子里全是西洋参片。云麟十分得意，便向自己书箱里轻轻放好，重又走出来。

第二天，大家都进了场。云麟魂儿梦里，都落在红珠身上，哪里有心情去做文字，接着卷子，不知胡乱写了些什么，一经等到头牌，便如飞地出了场。回寓里盥洗盥洗，穿好衣服，跳上车子，直奔红珠寓中而来。刚走到文德桥旁边，迎面来了一乘敞帘马车，路上车轿纷纷拥挤，忽然塞了道路，走不过去。云麟这一乘车子，直挤到一家店门檐下，足足有半个时辰，云麟好生焦急。好容易行人渐渐散立两旁，那座马车才缓缓走过去。云麟见马车上坐着一人，身高面白，衣服丽都，约莫有三十多岁光景，在车上东顾西盼，旁若无人。肩下便坐着一个女郎，打扮得花枝似的轻盈袅娜。云麟刚把个眼光送过去，谁知那女郎的眼光早已射到云麟身上，顿时掉转头去，不瞧云麟。云麟大大吃了一惊，原来那女郎正是红珠。云麟不由得一口醋劲，从丹田里冲到鼻孔，眼睛一酸，几乎要流下泪来，愤愤地招呼车夫，说："走转去，走转去！"车夫不知道这客官是何用意，只得重又将车子从人丛里折转回来，已是累得满身大汗。又隆隆地拉着向原路走回，走到云麟寓门口。云麟一想，说："他们都不曾出场，我一个人呆呆地坐在寓里，有何趣味？"遂在车子上问车夫道："这南京城里，还有什么可以游玩的地方？"车夫道："游玩的地方多着呢，雨花台、明故宫、莫愁湖。"云麟道："就往莫愁湖去。拉到那里，我多赏你几个酒钱。"车夫点点头，又绕转向莫愁湖走来。

云麟在车里想着方才的事，十分不快："明知道红珠当着妓女，原不能怪他同别的客人往来。只是我呢，终没有这一笔钱，可以将他的身子买得过来，总算是老天不肯成全我。虽说红珠待我的意思是十分亲密，也还要防着他被人勾引坏了。一个女孩子，谁不想风流美满？我看适才马车上那个人，何等富丽。若是比起我来，譬如一个是仙鹤，一个是鸡。鸡子满地上都有，仙鹤却不容易得呢。怕我云麟不恨死，也该气死了。"正自颠头簸脑地在车里盘算，猛然走至一片空阔所在，绿杨如幄，遮得日光一点也没有，凉风习习，使人顿然矜平躁释。眼前便是一个大湖，湖水碧绿，倒有一大半波光，被荷花遮着。湖西一带，全是翼然轩屋，想便是莫愁祠了。却因为场期，游人甚是稀少。

云麟下了车，便进了莫愁祠。谁知甫进祠门，即见一个卖花女郎，生得十分标致。偶然想起一件事："记得《品花宝鉴》那部小说上，琴言祭他前生坟墓，遇着一个仙女，便在这莫愁湖旁边。我云麟自问虽及不得琴言美丽，难保这女郎，不是我的前身。"想到此，便有些模模糊糊起来，真个要游心仙境，只管呆呆地望着那女郎傻笑。那女郎被他笑得不好意思起来，便扶着篙子笑问道："少爷尽瞧我则甚？"云麟笑道："我尽瞧你是我不是我。"那女郎猜他是调戏的话，不禁脸上一红，笑指着前面一只极大画船，说："少爷要瞧，我送着少爷去瞧他们，他们里面标致姑娘多着呢。"

云麟果然仔细一望，见这阁上衣香鬓影，聚得着一般人，笑语之中，还隐隐夹着弦索，甚是热闹。云麟正仰着脖子向船上望，不防船窗子里面飞出一把瓜子儿，打得云麟满头满脸。接着便有一个女郎，带唤带笑，伏到窗子口来，躲那瓜子。里面瓜子还是一把一把地向那女郎身上摔。那女郎临窗，忽见小船上坐着云麟，吃了一惊，顿时将脸背转去，向别人谈笑，更不出来了。云麟一看，原来这女郎依然是红珠，他们却是也来游莫愁湖的，只恨得失声一笑，暗想："今日哪里来的晦气？早知道便死在场里也好。你红珠便任凭陪着阔客，难不成见了我，偷偷地笑得一笑，都使不得？算了罢，你只当没有我，我只当没有你。"便别了这卖花女郎，一人出了祠门。依然跳上了车，命车夫拉到秦淮河去，匆匆进了红珠的门。红珠的母亲见云麟进来，含笑将云麟迎至红珠房里，说："少爷场里辛苦了。我家红姑，今日被一个什么意大人叫去吃酒，我心里就很不舒服，知道少爷一出了场，便是要到这里来，不见红姑，叫少爷心里反记挂着他。是我吩咐我们红姑，说略略同那个意大人周旋一会儿，须得赶回来等候少爷。想此刻应该是回来的时候了。少爷请在房里歇一歇，我去叫他们端茶食进来，还有上好的西瓜，少爷吃一点儿清清暑气。"云麟本是夹着一头的醋劲，想到这里来会会妙珠，在妙珠面前诉一诉冤苦。不料红珠的母亲反这般亲热，转又喜孜孜地将心软得下来了，便向红珠床上一坐。

等到上灯时候，果然听见红珠回来，匆匆地进了房，向云麟嫣然一笑，说："今天可是难为你了，你总该要怪我。"云麟冷笑道："我便是怪你，又有什么法儿呢？你飞上高枝儿去了，什么情大人，义大人，阔得好不有趣。依我本该不来，我偏要来问问你，究竟理我不理？"说毕噘起了嘴，再不开口。红珠叹道："你怪我，我也由你怪，只是各人有各人的心。"云麟接着道："不错呀，各人有各人的心。你此时的心，我可明明白白的，简直多着一个我。"红珠被他说得急起来，一把将云麟按住在床，自己转伏在他身上，眼睛里早含了一泡泪珠，说："我的牛性少爷，你不用挖苦人了。我待你的意思，哪一件不好？"云麟笑道："说起来，前天还多谢你的桂圆同西洋参。就是这一件好，其余都不好。"红珠笑道："就如前日，他们一定要送你的礼，我死命拦着。"云麟冷笑道："可又来，这不是赏了我的脸了，象我这样人，还配得你家送礼？"红珠急道："你要他们送礼，你须知道这礼是不容易收的。"云麟道："照这样看来，是我收的不是了。我明日再叫人照样买一份来奉还，不要叫你姑娘生气。我知道你的意思，譬如说这礼是倒在狗肚子里去了。”

云麟愈说愈觉生气，一把将红珠推下身来，一翻身坐起，用手揉着胸口。红珠又叹了一口气，转弯过粉臂，勾着云麟颈项，说：“少爷今天性气很大，我的话你一点都不懂得。我岂是说这礼不该送你？但是他们送礼的命意所在，又不是真个恭恭敬敬替你去发兆了；他们这份礼，一个钱使出去，是要想你少爷十倍把来还他的。我知道你的境遇；况我同你的交情，又不须用这虚情假意，我就不送你的礼，你难道还会怪我？”说着便伸手在枕头底下抽出五十块一封洋钱，递在云麟手里，又低低嘱咐道：“停会子我母亲进来，你就交给他，说是你赏给他们节下买果子吃的，其余的开销在外。还有一句话，老实对你讲，今晚还不能留你，适才那个姓意的要到这里来摆酒。”云麟听到此处，不禁恍然大悟，冷笑了一声，说：“原来你这贱人真个要撇我了，你好一心一意去招呼意大人。我又不曾阻拦你，你将我当着三岁小孩子在掌上侮弄，我稀罕你这五十块洋钱！”说时迟，那时快，哗啦一声，云麟早将那封洋钱劈手掼在地上，亮晶晶地象水银一般，满地乱滚。

此时红珠的娘听见这声息，忙赶进房，见满地都是洋钱，不禁笑起来，说：“好云少爷，这许多洋钱用不了，把来在地上滚着玩耍。”红珠见他娘进来，忙掩饰道：“这是云少爷带来赏你们的，我同他抢得好耍子，将钱封抢散了。娘委屈些，便拾去罢。”云麟此时怒气未息，见红珠如此说法，忙跳起身来辩道：“不是，不是。我不曾带钱来，这是你们姑娘自己的，我犯不着拿他的钱装门面。”

云麟这话不打紧，却不知道姐儿爱俏，鸨儿爱钞，红珠的娘见红珠同云麟实行倒贴主义，直气得三尸神爆，七窍生烟。所幸红珠的势力范围大，虽是他娘，尚不能奈何红珠怎样；不然这红珠性命，也难保不断送在云麟这几句话上。红珠的娘忍着满肚皮的气，望红珠冷笑道：“好呀！姑娘真是仁至义尽，把辱祖宗羞父母的钱，拿来赔偿别人。俗语道得好：‘打折膀子朝里弯。’不料我家姑娘倒是实心眼儿，苦了皮肉还不算，还成大把的洋钱倒贴。云少爷功名上进，他知道我们当门户的苦衷，靠山吃山，靠水吃水，靠着阎王吃小鬼。有钱呢，就来开开心儿；若是没钱，他也不肯舍着这脸来骗你们当婊子的。”说着又望云麟道：“少爷听我的话，可是不是？”红珠听他母亲这番话，又刺心，又作呕，满面羞云，一直涨到鬓角旁边，呆呆地更是一言不发。红珠的娘又笑道：“这洋钱我也不问是云少爷的，是我们姑娘的，我倒要先领个赏儿呢，没的辜负了人的心。”一面说，一面便在地上将洋钱拾起来，望袖子里一放，摇摇摆摆地出房去了。

红珠见他母亲已走，不觉十分伤心，眼睁睁地盯着云麟，珠泪如雨，哭了半会。云麟也不开口。红珠揩了揩眼睛，狠狠地用一个指头向云麟额上一点，说："不知你是我哪世里的冤家！"话才说完，忽听见他母亲在外面喊："有客，叫红珠去招待。"红珠连声答应，如飞地转身跑出去了。

云麟见这光景，也不能久坐，遂悄悄地不别而行。转至寓中，已见何其甫等都出了场。何其甫向云麟索头场卷稿子看。云麟死也不肯拿出，支吾了两句，夜深睡下。遂将红珠今日的意思，重新搁在心上思索，方才懊悔自家卤莽，负了他一番热肠。"你想世界上当妓女的，谁也肯把偷寒送暖煞费苦心的钱财，成大把地拿出来交结恩客？再不然或是他得了你一千银子，过后拿一二百出来给你，便算是同你不分家了，引得你死心蹋地，这都是妓女笼络客人的手段。至于那些假充膘脸的少年，一味胡吹，说是某某姑娘倒贴了我许多许多，他全是扯着谎，卖弄他潘安般貌的意思，未可相信。倒是我云麟自从交结了红珠，一个捧书本的学生，家道又贫寒，哪里真个有钱去嫖？问问良心，我也不知用过了他多少昧心钱。他今日知道我在客中，又巧巧遇着节期开销，我死糊涂了心，怎么将他一片美意负了还不算，还替他张扬出来？他母亲万一再责备他，我这颗心，便是铁石做的，也如何对得他过？好笑，我总疑惑他骗我，他又不曾骗着我一钱半钞，难不成就骗我这一个宝贝的人？不好，不好，明天须得赶一个清早，去到他那里赔一赔罪，才是道理。"

云麟想到此，便再也睡不安稳，略一闭眼，便已惊醒，早见窗子上透进日光来，吃了一吓，忙披衣坐起，穿束齐整，跳下了床。再一推开窗子望望，哪里是日光，正是一轮明月，照得如同白昼，不觉噗哧一笑。忽听得何其甫在床上咳嗽，怕被他诘问，依然脱了鞋子重睡上床。这一觉转睡久了，还是客寓的人将他唤醒来盥洗。再问问何其甫他们，早已出去寻觅别的朋友，去看场里的文字去了。

云麟乐得不同他们缠绕，锁了房门，便仍望红珠那里走来。走至门首，恰好红珠的母亲正同几个小厮站在那里买菜，明明见了云麟，装着不曾看见，将身子背转过去。云麟哪里知道这内中诀窍，便笑嘻嘻地走过来问他母亲说："红珠起身不曾？"他母亲假作惊讶道："原来是云少爷。今天可是不巧，红姑正陪着意大人宿歇呢，此时还未曾起身。我家大女儿那边也有客，不能留少爷去坐。少爷若不嫌弃，便在老身房里歇一歇脚也使得。"云麟道："不妨，不妨。我就在这左近走一道，绕转过来，再到这里，想也是时候了。"红珠的娘此时早不同云麟说话，只管指挥那几个小厮争论价钱，计较斤两。

云麟无奈，便踏着那满地露水，沿着秦淮河一带闲步。那沿河人家的婢女，都是乱鬓未整，睡脸初匀。云麟便从这个当儿细细赏鉴，看到得意的地方，越发想起他心上人来，不觉又绕至红珠家里。红珠的娘又迎着上前说：“少爷来得很快，意大人刚才起身，同红姑娘在房里吃点心。这意大人真威武，他是旗人，常驻在南京，他同当今皇帝是一家。他到南京来的时候，听说皇上还亲自送行，一手提着龙袍子，望着意大人弯弯腰，说：‘恕寡人不远送了，回来再会。南京有好小菜子，带一两瓶到家里来，夜晚上搭搭稀饭吃。’这都是我到午朝门外，意大人手下的人亲口告诉我的。这意大人不比凡人，我家红姑能伺候着他，前生也有些洪福呢。”云麟也不理会他这些话。

果然停了一会，那意大人出来了，红珠盈盈地送至门首。红珠的娘早将云麟扯在一旁。红珠一眼已看见云麟，送过意大人，急转身子招呼云麟向房里去坐。云麟喜孜孜地跟着红珠进了房。房里的仆妇，正在那里铺叠衾褥，抹碗盏，拭桌子。红珠走近镜子旁边，又用一把牙梳子将鬓发拢得一拢，吩咐仆妇赶快去泡茶。云麟只管对着红珠的脸庞尽瞅。红珠被他看得不好意思起来，笑道：“你看我这胭脂擦得匀不匀？”云麟笑道：“我不瞅你别的，我瞅你嘴里这一瓣丁香儿，可曾被人吮破不曾？”红珠笑道：“呸！谁还愿意呢，该你来奚落我。”说着眼皮又一红。

云麟老大不忍，说：“我昨天很对不住你，我深愁你被你的母亲责备。难得这姓意的在这里，倒好躲脱了灾星，我还十分地感激他，我倒没有醋意。”红珠笑道：“啧啧啧！你不要推得干净罢，我请问你，昨天为什么同我那样生气？我知道你的呆意思，似乎叫我不用接这姓意的，可是不是？”云麟笑道：“你一猜便着。只是你既知道，你为甚又接他呢？人说妇人家水性杨花，这你可算替人家做了证据了。”红珠冷笑道：“好，好，就依你，我从今以后，便不接别的客。但我身上穿的戴的，我老子娘吃的喝的、挑鸦片烟的，开销这份门户的，我姐姐倚靠的，上上下下、大大小小薪工的、堂食的，自家捞摸的，客人赏赐的，不要你少爷多，你少爷只须按着月，老老实实送五百两银子过来，我就日里陪你读书，夜里陪你睡觉，你是形儿，我是影儿，你是鱼儿，我是水儿，你是太阳儿，我是凉月儿，千年不断头，万年不分手，你少爷还做得到做不到呢？”

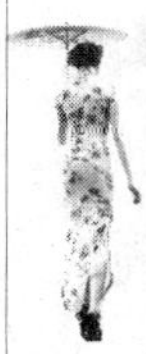

云麟听到这一番莺簧燕语，说得好笑起来，便接着道：“原来你的话是口不应心的。你在先不是常同我说，布裙荆钗，粗茶淡饭，是你最喜欢不过的？怎么如今倒先开出这一大篇帐儿来了?”红珠笑道:“呸!那是说的万一有这造化,我跟到你府上去,富有富过,穷有穷过,我不计较你。如今我这身子,还是我老子娘的,他们嘴张得簸箕大,把我当一棵摇钱树子。虽是他们的心肠太辣些,然而我究竟打从小儿时,他们抚养大的,知恩报恩,原也该替他们支撑这份门户。那些花天酒地、糊涂了肠子的王八蛋,他们的钱来得也未必光明,去得倒还觉得爽利,我不替他们一古拢儿收拾过来,我怕他们要生灾害病呢。”云麟笑道:“不好,不好。你便破口骂起嫖客老爷来了,连我也要生气。”红珠笑得用手羞着脸道:“你没的叫人肉麻罢。老实说,这‘嫖客’两字,你还不配。我请问你,嫖我嫖得几多钱了?”云麟笑道:“如何?我说不要你假惺惺贴我的钱,可是落得被你奚落。别的事我们一概不提,明天我可要进这牢场,算是到了南京,还不曾好好地同你在一处儿乐个尽性。横竖中秋一过,考事已完,大约我们还是到扬州去盘桓罢?”红珠叹道:“这话还难定局。窥探我娘的口气,是要老住在这南京路数大些,不比扬州是个一洼之水。”云麟惊道:“真有这话?”红珠道:“十有九成。”云麟此时不禁把个头垂到胸口,好象要流泪一般,半晌挣了一句道:“你不走,我也不走,你在这里一世,我也在这里一世。”红珠笑道:“这又算什么呢?你我又算不得夫妻,又算不得兄妹,何消这般恩深义重?”

云麟听到此处,不禁将个头扭转过来,对着红珠冷笑道:“你竟说得出这无情薄义话来。我说你看中了姓意的,可知我不曾冤屈你。”红珠笑道:“便算我看中了姓意的,你又待如何?”云麟见红珠的话越说越远了,直气得跳起来,指着红珠的脸骂道:“原来你这贱婢这般狼心狗肺!咳!我云麟早知如此,……”以下的话,便堵塞住喉咙,再也说不出来。

红珠见他发急,更是笑得吃吃的,接着说道:“悔不当初了哇。可怜,可怜!好一个清清白白的小姐儿,被我这薄情的玷污了,我知道你死了也不瞑目。这真是天大的笑话。我们当姑娘的,穿的百家衣,吃的百家饭,谁有钱,谁就是我们的丈夫,你也犯不着强着我做节妇。莫说我同你是萍水相逢,原不过逢场作戏。你有时爱我,还许我有时不爱你;我有时爱你,也还许你跳槽。怎么口口声声转骂起人来?好少爷,益发同你说了罢,就算你拿钱将我买回去,我万一有时高兴起来,姘几个姘头,你也只好装聋作哑,比不得你们大太太,偷了人就是个七出的罪名。你如今倒预先使起你丈夫的身分来,可不把我牙齿笑掉了。”说着便掉转脸去,拧手巾擦脸。云麟怒道:“好,好!算我白认识你,我此时就离开你这地方如何?”红珠道:“这才是你的正经呀。”

云麟觉得红珠刀斩斧截，更无挽回，知道再难留恋，长叹一声，挥着满手热泪，径自出了红珠的门，仍回寓所。何其甫早逼着他料理考篮。云麟将考篮揭开，第一件便看见红珠赠的那锦盒子，桂圆肉已经在场内嚼完，惟有西洋参尚剩得一小半。触事思人，不觉怒从心起，一把将锦盒子摔在地下，用脚踏得粉碎。恰好身旁有一条黑狗，是寓主豢养的，看见云麟用脚在地上踏，疑惑是什么肉骨，转摆尾摇头赶过来。云麟恨道："你来得正好，这东西赏你吃了罢。"说着遂将那西洋参撒在一处，逼黑狗来吃。黑狗用鼻子闻了闻，不解得是什么，又没有好吃的去处，便不理会，转傍着云麟跳跃。云麟喝道："这是西洋参，你为何不吃？"那黑狗似乎不解他的话，依然向地下望一望，还是不吃。云麟气极，拎起一根棍子，照那黑狗身上乱打，打得那黑狗狺狺狂吠。寓主同何其甫他们都赶得来问是何故。云麟指天划地说："黑狗不知好歹，给西洋参他吃，他都不理会。"寓主大笑起来，说道："呆相公，狗子都吃西洋参，怪道近年来西洋参涨了价呢。"说着将黑狗唤得出房。何其甫笑道："这上白透明的西洋参，可惜白糟蹋了，怕不遭雷打。"又回头望着严大成一干人道，"来来来，云生不吃这东西，我们替他吃了罢。"于是大家你一片，我一片，都从地上拾起来，丢在嘴里乱嚼。云麟暗暗欢喜，说："好，红珠你这贱人赠的东西，只配给他们吃，这也算我是报了你的仇了。"闲言休表。

且说云麟将三场考得完毕，终场这一天，正是八月十五，他的试卷依旧草草完毕，日才过午，早跑出场来了。晚间一轮凉月，照得晶莹明净。闷极无聊，转又踱到秦淮河旁边。这一夜真是热闹，那河里的船只，都一例地挂着纱灯，映在水面，上上下下，如万点流星；加之岸上的爆竹，船里的笙歌，活画出太平景象。云麟立在一座画桥上，仰头看着月色，一阵一阵地悲怀潮涌，暗想："若是此时同红珠在一处，夜凉风露，握手闲行，何等不好？偏生他陡变心肠，弄得我孤零零地有何意味？"想到此，恨不得投水觅死起来。恰好迎面来了一只画船，一个雏鬟立在舱门口，见云麟在那桥上自言自语，不禁嫣然一笑。云麟刚是同他打个照面，那船已如飞地划过去了。

云麟想道："我真是呆了，论这秦淮河一带，标致妓女很多，我又何必独恋着红珠？红珠不理我，我偏要再另结识一个知己，叫他知道，也让他气一气。"想到此，不由心花怒放，说："好计，好计。"便不去赏月了，一口气跑回寓中，悄悄地命人将自家行李挑出来。趁何其甫他们不曾出场，留了一封字柬，说自己归家心切，准于明日黎明搭轮回里；所有房饭用度，每人摊派约莫十元，今将此款交存寓主，望即查收等语。写完封固了，并十块洋钱，全交给寓主。自己便押着行李上街，东磕西撞，走了好一会。那挑行李的人问道："相公命我将行李挑至何处？"云麟才想起来，究竟将这行李挑到哪里安歇才好呢？

正沉吟之间，忽见面前有一座庙宇，抬头一看，上面有一块蓝字石额，写着"真武庙"三个大字，门框上又贴有"考寓"字样。云麟大喜，便走上去敲门。敲了半晌，里面才将门开了，走出一个弯腰驼背的老头子，身上披了一件短直裰，见云麟挑有行李，遂笑迎上前问道："相公是到这里寻觅寓所的吗？"云麟答道："正是。"那老头子大喜说："请进，请进。"一面说，一面便走过来向那挑行李的肩上夺包袱，扛书箱，忙得一塌糊涂。云麟见他很是殷勤，却十分感激。三个人便都走进来。进了大门，便是三间破房。中间有个木龛子，里面不知供的什么神像。右首一间房门半掩着，透出一星灯火。那老头子叫挑行李的将行李放落在地，催着云麟开发了脚力。

挑夫走后，那老头子便扑通将门关好。旁边有块半截石磉，便推过来抵着。又望云麟笑道："相公请在这里稍等一等，我去将我的师兄请出来。他今年房运很是不济，一场考试，他这庙里也不曾住过一个客官。俟得场期已满了，还遇着相公，真是我同我们师兄的造化。"说着便如飞地跑入后面去了。云麟再向里望，只见阶下是条长通道，松竹倒是阴森森，地上的月光都露不得多少。通道尽处，象个大殿模样，只是乌洞洞的，不甚看得清楚。一阵风响，那树枝儿敲得簌簌的，枝上的野鸟，便有些啁啾咕咕的声息。墙角蓬蒿有三五尺深，哀蛩吟蝉，叫得人毛发森竖。

正自有些胆怯，好容易听见一阵笑声，吆喝道："哈哈哈，四海之内，皆兄弟也。老子等他，等到许久了，天老爷还叫我有这一日。崔五，他在哪里呢？"云麟心中暗自诧异："难不成这人本来认识我？"正自思索，月光底下，早见先前那个老头子，黑魆魆地捧出一座铁汉来；乱发齐眉，一道紫金箍紧紧束着；敞开胸脯，一撮黑毛，象是未辟的草丛一般；年纪约莫也有五六十岁。云麟一愣，早被那铁汉拦腰一抱，颤声嚷道："好兄弟，老子想煞你了。"一面说，一面便低头亲了云麟一个嘴。钢针般的短须，几乎不把云麟刺得喊起来。猛闻得一股酒臭，赶忙让过一边，急忙拱手道："学生敬造香刹，原是求在这里权宿一宵，租金多少，听凭吩咐。据大和尚谈吐，好象是在哪里见过学生的一般，还求明示。"那铁汉又大笑道："着着着，四海之内，皆兄弟也。人不曾会过老子，老子见了人都象是会过的。"先前那老头子又插嘴道："论我们师兄的为人，真是热肠古道，世界上的人，再没有不喜欢他的。相公在这里老住着不妨，熟识下来，便知道我们师兄的豪爽了。"说着，便同那铁汉一起，将云麟行李搬在左首一个房间里。桌上也替他安了一盏油灯。

云麟迈步进房，觉得阴湿之气，刺触鼻管，梁壁上灰尘积得有一二寸厚。一眼瞧见那铁汉正低着头将他网篮打开来，见里面有云麟吃剩的一包云片糕，拿在手里细细咀嚼。云麟看去，很是生厌。那铁汉忽又将篮中一个洋磁食盒子端起来望得一望，便向怀里一塞，笑道："这东西里面放点小菜下酒最好。"云麟忙拦道："啊呀！那是我的东西。"铁汉又笑道："着着着，四海之内，皆兄弟也。你的便是我的，我的便是你的。"说着欢喜得眉花眼笑，早抽身跑入后面去了。

云麟没法，只得将行李打开，在一张破板上随意坐着，对那老头子问道："先生尊姓大名？同这位和尚有什么交谊？这庙里为甚没有别人？"那老头子笑道："我们师兄法名普济。因为在俗家偷了他哥子一只猪，被他哥子知道了，同他不依，他一时性起，便拿一口杀猪刀顺手将他哥子杀了，逃到南京，做了和尚。他同我最是谈得来。不瞒相公说，我姓崔，名字却是忘记了，师兄总喊我做崔五。没有事干，在庙门地上摆一个象棋式儿，同人赌赌，带帮着师兄招揽住客。今天是个中秋佳节，早早收拾完了进庙，陪师兄喝了两杯烧酒，晚饭却还没有下肚，不料早遇着相公。"说着又嘻嘻地笑道："相公腹中可饿？何不拿出几两银子来，我替你去买米，大家熬一锅粥儿喝喝，也算不辜负这好凉月儿。"云麟道："使得，使得，我也有些饿了。我这里有三角小洋钱，你拿去买点米，余下的再买些菜来，大家好吃。"说毕，便在怀里掏出三角小洋钱递给崔五。崔五拿在手里掂一掂，笑道："好银子，白花花地可爱，看着他便不觉得饿了，拿去买米，白糟蹋了可惜。老实明天再吃粥罢。"云麟见他猥鄙得可笑，也不再同他计较，说："明天再吃也好。你便去安歇罢，我也要睡一睡呢。"崔五含笑点一点头，便轻轻将云麟的房门顺手带上，想是回他房里去了。

云麟此时重跳下了床，将油灯剔得一剔。谁知那灯里的油已是不多，任你再剔，一会儿早就熄了。云麟忙躲上床，蒙头而卧。细想："这庙里两个人，实是尴尬，明日须得早离这地方才好。但是我虽然立意要同红珠赌口气，另交结一个女郎，只是我的盘川业已用罄，便想去嫖，总没有白白不用钱的道理，这便如何是好？不是这一番计较，转又差了吗？"想到此，翻来覆去更睡不着。幸亏那凉月照到破窗洞里，象白昼一样。心神烦躁，勉强坐起身来，觉得毛骨悚然，越想越怕。暗念："不如还去同崔五谈谈，将这夜挨得过去罢。"主意已定，便趿着鞋子，悄悄走过对房来，口里嚷道："崔老五，崔老五！"却是再不听见他答应，知道他是睡熟了。遂将他房门推开，摸至床侧，再一细看，哪里有崔五的影子。此时直吓得云麟格外发急，忙跑出房外。又想去寻觅普济，路生夜静，更不敢多走一步，急得抓耳挠腮，团团只在房门外乱转，连自己那个房也不敢进去了。檐下暗处，有几点萤火飞来飞去。猛见庙门却是开着，盼望门外有行人走动，大着胆跑出门外。谁知伏莽丛林，四无人迹，露寒风冷，转觉得浑身起粟。自己伸了伸舌头，仍退入庙里。

猛然见身后有个人影一闪，吓了一跳，转眼又不见了。一会子墙角底下当中空地滚出一个人来，口里嚷道："哈哈哈，四海之内，皆兄弟也。"说了这句话，却是不再开口。云麟俯首一看，知是那个铁汉普济，醉得象个死狗一般，口流白沫，双眼反插，不知几时撞入庙里来的。先前云麟方喜见着普济，可以壮胆，此时却不禁暗暗叫苦。幸亏那崔五也慌慌张张，从外面进来，见云麟未睡，惊问道："相公在此可曾见我师兄不曾？他扯着我去陪他到街上吃酒，他灌得大醉，先走了，我忙赶得来。"崔五说到此，不觉脚下被普济一绊，一跤便栽倒了，伸手一摸，见是普济，忙问道："师兄，师兄，你可想茶不想？"普济点点头。崔五径跑入云麟房里，将云麟用的一柄茶壶，端起来向耳边摇得一摇，见尚有半壶浓茶，拿来向普济口里直灌。普济呷了两口，站起来顺便将茶壶揣入袖里，又念了一声："四海之内，皆兄弟也。"早又同那崔五走入后面去了。

云麟直气得半晌不能说话。再看看夜色，已是参横月落，离天亮不远。勉强走入房里，和衣睡下。一会子觉得腹中咕噜噜作响，象是要大解一般，忙跳下床，蹲了一会工夫，足屙了一点稀粪。次日便身热口渴，五内烦躁，兀自不能下床。挨至午饭光景，一总不曾见普济同崔五影子。抬头望望，见天色已不似昨日晴好，秋风细雨，有些阴沉沉的。便一步一步踱入后殿去寻普济。见屋宇欹侧，十分荒凉。后面倒有一座荒亭，四角松竹响得象潮水一般。云麟此时不禁凄然有身世之感。望了一会，隐隐听见前面有人说话。

欲知后事，且阅下文。

# 第四十二回　救危祸幸遇旧情人　发狂言交欢新志士

云麟急忙赶得出来，见普济同崔五正打从自己房里走出。普济腋下夹了几件衣服，全是自己的。崔五手里又拎着自己一双皮鞋。云麟上前拦道："这些物件，拿向哪里去？"普济笑道："拿去质当。"云麟急道："我的物件，我自不要去质当。"普济哈哈大笑道："四海之内，皆兄弟也。"说着同崔五径自走了。云麟进房，见自家一个箱子，早被他们打开，锁镄已经扭断在地，里面还剩了几件旧夏布衣裳。不觉浩然长叹，便气倒在床上，病势越发沉重，固然不思饮食，也没有人送给他吃。

次日，崔五走过来，唠唠叨叨要索房饭钱。云麟叹道："你看我病得这样，哪里去设法来给你？况且你们将我物件当了，所有的钱，便不给我，也该算做房饭钱了，如何还来歪缠？"崔五道："你这话奇了。我师兄是一个四海之内，皆兄弟也的人，拿你这点点钱，有什么要紧？往常师兄无论同什么人，只须对着他说个'四海之内，皆兄弟也'，便好似念了咒语一般，那个人便双手将所有的银子洋钱，一古拢儿送给他。我师兄所以不念经诵佛，只须记着这两句话，便一生吃着不尽。不想遇见你这小小孩子，倒反要驳诘他起来，这还了得！我劝你放明白些，不要恼了我们师兄。他说有这么一天，将你向肩膀上一扛，在你头上插一根草标儿，走上大街，随便抓住一个走路的，也只须念一声'四海之内，皆兄弟也'，自会有人赶着将你买了去，怕不能偿还我们的房饭钱？"崔五说毕，又气咋咋地双手叉腰坐着。

云麟暗想："这事真不妥当。看那个酒疯子，疯疯癫癫，怕不真个做出来。此处离家又远，身边又无分文，何先生等人又断断猜不到我会羁留在此，万一这两个人起念，便将我杀了，也是没有人报仇。可怜我那母亲还巴巴地在家望我回去呢。"想到此，心里一酸，那眼泪早簌簌地流下来，一时便晕了过去。及至悠悠醒转，见崔五已不在房里，床上一条单被，已不知去向了。此时周身又寒战起来，口齿击得甚响。过了一会，转寒成热，象一条火龙缠住身体，口渴已极，拚命喊了两声，想人倒一杯茶给他润润喉咙，再也没有人答应。等到清醒时辰，便忍不住了，意欲写一个字柬儿依然去告诉红珠。料想他念往日情分，知道我今日病倒穷途，或能来拯救我，也未可知。主意已定，便将崔五唤至面前，告诉他说："我有一个妹妹，住在这南京秦淮河上首第七十二号门牌。累你去跑一趟，告诉他我在你们庙里病了。"崔五扬着头问道："告诉他不打紧，他可有钱来帮助你？"云麟道："岂有不拿钱来的道理，包管你一到了那里，他先赏你几百文吃酒。"崔五大笑道："你可拿得稳？"云麟道："拿不稳也不同你讲了。"崔五拍手笑道："妙呀！你这人何不早说，我此刻便替你去。"云麟道："你莫慌，还须得我写一个字柬，他才相信呢。"崔五笑道："不错，不错。就是到钱铺去拿银子，也还须有一张票子。你就写起来罢。"云麟道："请你在我网篮里，将铜墨盒子同笔一齐取出来。"崔五笑道："那个錾花的铜墨盒子吗？早被我师兄押在酒铺子去了。罢罢，我一发成全你，我房里有一个瓦砚儿，上面有些没用完的黑墨，你用唾沫蘸着写罢。"于是又跑入自家房里，将一块砚台取得来。在云麟网篮里翻出一支笔，铜套儿已不在上面。一应递在云麟手里。云麟真个伏枕匆匆写了几十个字，大意是想同红珠借几元，以便搭船回家的话。

崔五得了这张字柬，便如飞地径向红珠那里去了。走至门首，一眼看见那华丽门楣，吓得缩头不敢进去。又见有些衣服灿烂的少年，或是骑马，或是坐轿，出出入入，不禁将舌头伸得一伸，暗念："倒瞧不起那个相公，还有这般一个好妹妹。早知如此，我同师兄也不该狠狠地去凌虐他了。"正自沉吟，忽见门首停着一顶四角白绸的轿子，四个轿夫雄赳赳地站着。一会儿门里婷婷袅袅走出一个绝标致的美人儿来，刚要上轿，崔五急腾身冲着上去，问了一声说："这里可有一个姓云的妹妹？"这句话不打紧，早将那个美人儿听得怔住了，便一手扶着轿门，回头问道："你这人是谁？嘴里说的什么姓云的？"崔五道："你们不信，请看这张字儿。"说着便将云麟写的那封信平递过去。那美人拆开来瞧得一瞧，见他沉着脸，似个寻思什么事的一样。忽又焦怒起来，喝道："你这蠢奴！是谁叫你来的？我认不得这厮，你敢来谎骗我。"崔五此时见云麟的字柬没有效验，转大大失望。他是个粗人，急得暴躁起来，便想拖着轿子不放他走。那美人早命门里的婢仆以及轿夫等众，连拖带拽，将崔五赶得走了。

崔五这一气非同小可，一口气跑转回庙，劈头将云麟一顿咒骂，要他赏号钱。云麟至此，已知红珠真个是陌路相待。又被崔五吵闹得发昏，正自拿话来支吾着，不意房外又跳进一个恶虎来，大叫道："你们的话，我都听明白了，原来这厮将老子那句‘四海之内，皆兄弟也’的话套得去用，倒轻轻改成一个姊妹。你好不惫赖，人家也不是你的妹妹，你偏要去认他做妹妹。老子们的两条腿，是不白跑的，跑一趟须得要给钱。看你这厮已瘦得三根筋绊住脑袋，料想再没处弄银子来给老子。老子这一间空房，还要另租给别人，论理便该将你这厮赶出老子的庙门，……”云麟知道：“进来的这人是那酒疯子普济。”先前听见他泼骂，已吓得三魂剩一，七魄少二。幸亏听他这口气，还不忍心将他径赶出庙门，忙抖抖接口道：“不错呀，和尚何处不方便方便。若是将学生赶出庙，学生已是病得这样，出了庙，便老实是条死路。”

普济又睁着两个眼珠道：“呔！你这厮等老子话说完了。咱老子说的是，论理便该将你这厮赶出庙门，然而你这厮出了这庙，怕不要将咱老子事情坏了，说咱老子待你怎样利害。咱老子主意已定，停一会便要送你向阴曹地府去走一遭儿。你所剩的些衣服物件，你自放心，咱老子自会替你收拾。你这尸骸，虽然不甚肥胖，咱也用得着你；把来放在老子后园竹根底下，培壅培壅，明春还该冒得好笋，算你也不曾白白地占着我的泥土。”又回头对着崔五道，“你看咱老子这般待他，还厚道不厚道？”崔五道：“这算是师兄慈悲极了，放在别人的手里，怕没得这样，又有情，又有义。”普济又道：“前次收拾河南王二那柄斧子呢？若是锋口锈了，还须拿出来磨一磨。老子砍人都欢喜爽爽利利，一下子使将那个头整劈下来，颈项里的皮肉，一些不牵搭。”

云麟此时听着他们这一番话，早吓得哭起来，强挣起身子，伏在枕上，只管磕头求告，说：“好和尚，活菩萨，饶了学生一条命，学生出了这庙，断不说出菩萨的坏处，便是那些衣服物件，都说是学生自己当了的。可怜学生一条命不打紧，家里骨肉还在那里盼望。”普济笑道：“啧啧啧！你算得是一个好汉，你也知道这条命不打紧呢。崔老五快将斧子拿来罢。”崔五道：“看这时光还早，青天白日，做这杀人的事也不方便。我还陪师兄出外去吃两杯烧酒，等到夜深，再来收拾这厮不迟。”普济笑道：“也好，也好！权让这厮活得一日。”说着早见他们两个人狼狈般地跳出去，耳边又听得开庙门的声息。

云麟此时才把惊魂收入窍子里，暗想：“这两个恶人已是出去了，此时不走，更待何时？我只须出了这庙，便不怕他们还敢捉了我去。”一面想，一面想跳下床。谁知腿脚已是病得不济，加之适才恐吓，索索地抖，再也不听人调动，急得什么似的。歇了一会，刚挨得下床，重又倒在地下了。暗念：“我云麟想是应该断送，不料病势来得这样利害。”咬一咬牙，扶墙摸壁地走出来。及至走到庙门口，已经跌倒过好几次。不料他们出门之时，先将那块石磉倚在门后。他们走出去顺手一带，那石磉便老实倒下来，紧紧关得一毫儿风不透。云麟使用手去推那石磉。你想云麟即使不病，同那个石磉还要费几个回合，才挪移得来；如今已没有一丝气力儿，便好似蜻蜓撼石柱，忙了好一会，云麟还是云麟，石磉还是石磉。看看天色，日已坠西，若再蹉跎得一二分工夫，去死料是不远。不觉急出一身冷汗，身上便爽快了许多。人急智生，说。“我何必在这里弄这石磉呢，便是弄开了这门出去，还怕迎头遇着这两个恶人。我记得他后殿亭子，四围有一带土墙，有好几处都倒塌了，乱砖便堆积墙下，只须跨上去跳过了墙，何等不好？”

想到此，掉转身子，便向后殿上走来。是时星光已淡淡露出薄云之外，地径模糊，不甚辨得清楚。却喜此时有些精神，不似适才委顿了。大踏步走至亭侧，好在穿的短衣，急忙拣了一处墙缺，飞奔上去。无巧不巧，叵耐那墙头上已立着一人，见了云麟，吆喝一声道：“哈哈哈，四海之内，皆兄弟也。”云麟听这声息，已知是普济，吓得一跤平空掼下来。随后只听得扑通两声，接连有两个人跳落在地。那个崔五说道：“如何？大门推不开来，我想出这一个好主意，打这墙角跳进。万一不然，早被这厮溜掉了。”普济大笑道：“好，好！这地方很僻静，老子便断送了他罢。”说着更不去寻斧头，早叉开五指，向云麟颈项里提着。

云麟此时已病得不似人形，只消经着普济这铁钉般的五指，定然白眼一翻，呜呼哀哉，伏惟尚飨了。谁知天下做小说的人，于笔秃墨干，声嘶血罄，老天也不会怜悯一怜悯他，偏生当那危急去处，转有意无意地生出一件事，请出一个人来，叫你连篇累牍，说个不了，这不是有意同做小说的人为难？譬如在下这部《广陵潮》写至此处，万一云麟真个被那和尚弄死了，在下恰好将笔一搁，说道：“此书的主人翁已死，得罪诸君了，在下也好借此收场，聊以歇歇这唠叨口舌。”

哪里知道，云麟这时候正瞑目待死，普济的五指离着他喉咙只差得一分二分，猛地大门外面，轰轰地走进一大群人来，张皇乌乱地寻觅。云麟只听见内中有一个人提着那莺簧般的喉咙喊道：“你们不听见后面园子里有些声息，都挤在这一进屋子里干什么呢？”普济吃了一惊，忙缩回手掌，伸头一望，只见殿上灯笼一闪，走进一个老者，后面跟着几个粗笨小使。看见普济，高声说道：“和尚有了，相公快进来会一会。”霎时间，便又走进一个华丽美貌的少年，穿得十分齐整，向普济拱一拱手说：“请问大和尚，宝刹这里可有姓云的相公在此寓宿？”普济见这般势派，早吓了一跳，忙垂手答道：“不错，不错，是有一位姓云的相公。小僧适才刚陪着到这后园子里散散心。他的病体十分狼狈，忽然被一只瘟狗将他吓跌倒了，小僧刚在这里搀扶着他。不信请看。”说着便去用手真个将云麟扶起来。云麟昏迷之中，正自摸不着头脑。

那少年见有了云麟，也不再多话，便回头望那个提灯笼的老者说道：“便一切费心，请你将这云相公带入你们栈房里，好生养息着。所有使用多少，我自着人送来给你。”那老者点点头，便指挥那几个小使，在云麟房里，将所有物件全行搬到外面去。又望着普济道：“云相公在你庙里究竟耽搁了几时？房饭钱一共多少？”普济又嬉皮笑脸地说道：“四海之内，皆兄弟也。小僧听凭这位少爷吩咐，断不计较。”那少年见他颇为恭谨，笑对那老者道：“便布施他十元罢，看这庙宇也很破败。”普济大喜，接了洋钱，向大袖子里一塞，东张西望，去寻觅崔五。谁知崔五早躲在一棵枫树底下，气也不敢出一出儿。那少年匆忙之中，又在怀里掏出一枚金表，连金索子总共递在云麟手里，说：“足下权且带在身边，恐怕一时缺了用度，便换了用罢。”

云麟一时喜极，并不知道致谢，只有诺诺连声，随着那老者一齐出了庙门。门外还歇了一顶小轿子，老者请他坐入里面，一径抬入一家栈房里。又送入一座房间里，陈设精致，洋灯通明。云麟坐定下来，命老者将那少年请得来，叩谢他这一番厚意。并问：“他与我有什么瓜葛，如何便知道我寓在那庙里？”老者笑道：“相公问那个少年吗？说也奇怪，他今日匆匆到这里来，就逼着老儿带几个小使，到那个庙里去请相公。老儿请问他贵姓，他只顾笑，说：‘快去，快去。我的名姓是你知道的；岂但你知道，便连这南京偌大个地方，谁不知道？’相公你想，他既这么说，老儿开设栈房，原是安寓客商的，他既来照顾老儿，老儿何敢再寻根究底？只得带了人随着他去。他看着相公上了轿，转大踏步走了。他还说，相公的用度，叫老儿开个帐目给他。想他总是要来访相公的。我看相公病体新愈，今晚便早早安歇罢。”云麟用手搔着头发说：“奇呀！我初见了他，我总疑惑他必定随我们到这里来，等到了这里，同他细谈不迟。谁知他做了这一件慷慨的事，并不急急表见，早又走了。知道他几时再来？他说这南京偌大地方，无人不知他名姓，如何你这开栈房的反不知道？”老头子低低笑道：“你当我真不知道吗？我窥他举止态度，又瞧他那一副俊俏庞儿，怕不是我们这地方上那座仙乐茶园唱旦角的粉荷花，包管一点不错。只不知相公几时结识了他？”

云麟听到此，似信非信，摇手笑道：“我到南京算是第一次，虽然常听见人说粉荷花是个名角，究竟也不曾去瞧过他一次的戏，这话还在疑似之间。倒是倘若这少年来时,请你告诉我一声罢。”老者点点头,也便退出去了。

云麟在灯下将今日的险难,与那少年之搭救,整整盘算了一个更次,忽忧忽喜,百感交集,转至目不交睫。一会子又将那少年赠的那个金表掏出来看看,已有一点多钟,虽是睡不沉酣,然而心安意泰,已较在真武庙里苦乐悬殊。兀地坐起来,见桌上茶壶茶杯,以及应用的物件,都预备齐全,便款款地倒了一杯茶品着。病后新愈,又怕受了宵寒,依然拥衾而坐,把双目闭了,象老僧入定一般。

正自养神,猛然听见板壁外间,有一个人大叫道:“大清国久已黯无天日,这种冤愤的事,自是应有文章,何足深怪?可惜我辈手无斧柯,若是兄弟办理这案,活活将那老婆子碎尸万段,为天下狼虎妇人戒。目下这官司打在那几个尸居余气的府县手里,自然是贞魄含冤,公道尽泯了。待兄弟明天做他一篇文字起来,伐奸谀于既往,阐潜德之幽光,总叫那几个醉生梦死的政府大老,知道草泽间大有人在,不容他们妄作威福呢。”接着又有一个人长叹道:“鹏翁,鹏翁,你又发狂谈了。我们若不是自家弟兄,我也断不劝你。你既知道大清国久已黯无天日,你一人又何苦去拨云雾而见青天,转落得上头的人讥诮我们年少浮嚣,一件事也运动不到手。这不是大清国未动分毫,我辈先填了沟壑吗?千不打紧,万不打紧,这‘衣食’两字,第一要紧。我劝你还是安分些罢。”

云麟听到此,点头叹道:“还是这人有些见识,说的话不离谱儿。象刚才那个狂叫的人,如何连朝廷他都骂起来?皇城脚下,他难道不晓得王法吗?横竖睡不着,等我老实起来听他们发些妙论。”于是云麟便趿着一双鞋子,将房帘揭起来一看,原来外面便是一座五大间的饭厅,有些人将行李铺在炕上都睡着了。只有一张炕上,衾被还是叠得好好的,并头横躺着两人。中间放一个烟盘,烟灯点得亮亮的。炕面前一张桌子,桌上四个小菜碟儿,两碗稀饭。有一个小使蹲在旁边打盹。梁上一张保险灯已经熄了,桌角上点了一支洋蜡烛,吹得满桌上烛油。

云麟信步走出,随意招呼了一声。左边那个人生得瘦瘦的,两颐露着极高的颧骨,穿一件雪青罗的小脚裤,刚在吸着大烟,见了云麟,也不甚理会。右边一人,年纪约莫三十左右,面白如瓠,五官端正,一件官纱大衫,却还未脱,忙起身谦逊着,便邀云麟到炕上去坐下。云麟不肯,只在床边一张凳上坐下。那人便同云麟互通名姓、籍贯。云麟才知道那人是句容县的秀才,姓鲍名余,外号橘人。云麟爱着他满面春风,十分和蔼,便也将自己行止略略告诉了一遍。方才见那个瘦脸儿将一口烟抽完,略欠了欠身,望云麟让道:“来来来,你也来弄一口。”云麟欠身答道:“不曾学过。"那人见云麟不吸，便将枪递在橘人手里，说："你来罢，我先弄一碗稀饭。"说着便挨桌子坐下，眼看着那个小使在那里打盹，便劈劈啪啪拿着筷子在桌上敲得价响，骂道："这不活画出东方病夫国的病夫吗？"又一迭连声吆喝不已。那小使被他惊醒了，揉揉眼睛站过来。那人喊道："这粥冷了，去替我换一碗。"

刚闹着，已将厅上睡的众客惊醒大半，便有闹脾气的发起话来，说："半夜三更，为何吵得大家都不能睡觉？"那人又喊道："我自讲话，你们若是图安静，为何不躲在家里？既然到了客寓，这也顾不了许多。"鲍橘人见他们口角，忙站起身向众人低声下气地说了几句好话，众人方才不开口。

云麟重又侧身请问那瘦脸的姓名，那人吃着粥随意答道："我姓贾，号鹏翥，一号侠鸣。"又指着鲍橘人道："此位是鲍橘人，是当今数一数二的大文学家。他同我是拜过把子的。足下原来是到南京应试的秀才，想今科必定是要高中的了。但是这囚首唱名，匍匐归号，国家待士，实过刻薄。科名一途，我今生是决不俯就的了。"云麟听他这一番说话，不觉暗自伸了伸舌头，说："这人见解，好生阔大。国家以科名取士，许多豪杰都打从这贡院里出来，不料这人能戳破这一层纸老虎，真个叫人汗颜无地。照这样看来，我这秀才功名已不免抱惭衾影了。"想到此，自不觉心悦诚服，忙答道："鲍先生我们适才通过姓名了。……"贾鹏翥正色道："我岂是不曾听见，不过我们社会上交际，理当替朋友介绍介绍。"

云麟听他说的话有些别致，似解不解，忙答应了几个"是"。又问道："鹏翁先生，此番到省有何公干？"鹏翥笑道："说来正自怪气。我今年有一天做了一梦，梦见好好青天白日，忽地西北角上起了无数黑云，黑云里站满了无数神将，顶盔的，贯甲的，插刀的，带剑的，骑马的，乘辇的。……"

此时厅上的人听他说得十分热闹，大家都不睡了，吃茶的吃茶，吸烟的吸烟，嘈嘈杂杂，不似前时安静。鹏翥又说道。"猛然有一位神人，伸下五十余丈的一只膀臂，将我提得上天，猛望东方一掷。我只觉得我不是我，震天价发了一个霹雳，我便变成一个大雷。顿时惊醒，出了一身冷汗。后来别的朋友替我详解，说雷有文明之象，这是天心有大大属望我的地方，故而示此朕兆。所以我便外号侠鸣。我们橘哥著的《淮石文钞》里，有一篇《梦雷记》，便是记的这事。将来等我把这报馆组织成了，少不得要将这篇刻出来，足下料想看得见。"

云麟道："原来鹏翥先生是一位报馆大主笔，失敬，失敬。鲍先生想也是同鹏翁共事的了？"鹏翥笑道："橘翁他哪里肯干这事，他是这官立师范学堂国文教员，不

久就要进堂了。”橘人答道：“鹏翁说话都是一味占实，知道这事成与不成，便加了我这教员头衔。万一不成，要想除这头衔，还来不及呢。”鹏翥此时粥已吃完，跳起身子，用手拍着胸脯说：“橘人你但放宽心，你的事如若不成，我只消将崔老总私吞学款、强占民女那几件罪案，明明白白向报纸上一标，怕他不出来打招呼。他虽然是个红道台，须知道台奈何我们报馆不得。”橘人失色道：“鹏翥，你说话须要仔细，墙有缝，壁有耳，传入他耳朵里去，恐于我的事有碍。你还去盘算盘算你的事罢，宝珠向你索的挪威洋行里金表，你须设法买给他，不然又是一顿闭门羹奉待。”这句话果然说得贾鹏翥有些踌躇起来，不似适才的威武。

云麟这个当儿一者是醉心这二公的品行学问，二者亦想卖弄卖弄他真武庙里的奇遇，听见鲍橘人提到“金表”两字，他也便滔滔不绝地将那美少年私赠金表，送入客栈的话说出来。众人听了都啧啧称奇。唯有那个鹏翥，板着一副面孔，将云麟望得一望，又回头对着橘人说道：“《庄子》寓言，十有八九。此君亦煞会点缀。”鲍橘人也是一笑。云麟知道鹏翥所说的话，是议论他言过其实，不觉又羞又急，忙跑入房里，将那一枚金表取出来，向鹏翥手里一递。鹏翥瞧着金表宝光灿烂，除得那根索子，单论这表也值得七八十元。看云麟光景，亦甚寒素，料得此种物件，非他所有，便只管将那表拿在手里摆弄，笑问道：“足下还是在南京候榜，还是急于束装回府呢？”云麟答道：“不瞒先生说，学生此番留滞南京，舍间还不知道学生的踪迹，幸喜病体已愈，大约明后日便要乘轮返里，不能久在这边耽搁。”鹏翥道：“堂上还有何人？”云麟道：“有寡母在堂。”鹏翥道：“有馆没有？”云麟道：“没有，学生此刻还从师受学。”

鹏翥用手掌在膝上一拍，叹道：“以老弟这般聪明俊逸，如何还耽误在蒙师手里？我料定这位贵老师也断然不是一位高明的。你想当这风发云涌的时代，不出来向民族上做一番事业，缩头缩脑还躲在家里捧那高头讲章，可想其没有出息。象老弟这样青年，若是肯出来平治天下，我姓贾的不揣冒昧，无论你想干一件什么事，总包在我的身上，叫你名利双收，称心如意。”云麟听他这几句话，巧巧碰在他心坎上，不觉喜形于色，忙答道：“这却是好极了，但是怕家母不放心。”鹏翥笑道：“老弟这样孺弱，真不可及。在我看，只消写一封信寄给令堂，告诉他在南京就事，这还算不得‘游必有方’吗？”云麟忙答应了几个“是”。鹏翥笑道：“这表你可放心暂时存在哥哥手里，明天哥哥要照这式样买一个送人，等哥哥将那个买成了，再把这个还你。”云麟虽是心里不甚愿意，然而此后方仰仗他谋事，也便不好意思不肯，乃慨然应允。

鹏翥非常快活，说："好兄弟，真好兄弟，我们便同盟起来罢。"又望橘人道："还是我们一齐来做个桃园结义。"橘人笑道："既承鹏翁及云兄的美意，弟只好附着骥尾罢。"鹏翥恨道："鲍橘人都是这般假惺惺的，你既同他拜把子，你称不得他一声老弟，你还赶着他唤'云兄'、'云兄'。明天老实我还在宝珠那里奉请，酒散之后，再陪老弟到仙乐茶园瞧瞧那粉荷花，是否象那个少年。若是果然是他，他自然来招呼你。我们也可同这红旦攀谈攀谈，那可就荣幸已极。"橘人笑道："许多太守、大令要会你，你偏不去会，提着这一个唱戏的，你反如此欢喜，真是你的脾气越过越怪僻了。"鹏翥道："呸！太守、大令他能比得上唱戏的？你看京城里几多大老，谁也不爱交结这一班人？我记得有一位什么王爷请客，别的客不来，他也不甚理会，内中有个唱生角的叫做……啊呀！这名字是口头极熟的，一时忽然想不起来。这唱生角的不曾到，那王爷逼着自己一位孙少爷，亲自套着马车去了四次，才把那唱生角的请得来，方才罢休。你们想，一个王爷尚且敬重唱戏的，何况我辈。"橘人道："夜深了，大家歇一歇罢。"

云麟也觉得十分困倦，便径自回入房里。次日果然写了一封信寄给他母亲。闲着无事，便在房间里踱来踱去，暗想："一个人究竟须要在外面干事，你看昨日一夜之间，便结识了两个好友，纵然遇着患难，也还有不知道姓名的前来帮助我。若是困守家中，将来如何有个出息？今日不是那个姓贾的还请我吃酒，我这衣服不甚齐全，怎生见得人？"正在踌躇，早见那个开栈房的老者亲自送进两盘点心来，云麟便将这意思告诉他。那老者笑道："这有何难，走上街便是大衣铺子，相公爱什么就买什么。"云麟道："我此时没有现钱，哪里去赊欠？"那老者想了一想，道："赊欠呢，老儿却不认识那店主人；若说先在老儿这里拿钱去买，倒不妨事，只是相公可拿得住那位少年将来必替相公还这笔帐吗？"云麟道："拿得住，拿得住。就是他万一不来，他送给我的一只金表，连索子也还值得二百元，我便变卖来偿还你。"老者答应了。于是云麟便在他帐房里拿了钱，上街买得簇新的衣履，穿换起来，又增得十分美丽。匆匆走回栈房，见贾鹏翥穿着短衣，已在饭厅里盥洗。云麟向他招呼了一声，便问着鲍橘人。鹏翥答道："他老早便到崔观察公馆里去了。我们约定晚间九点钟在钓鱼巷廖二房家相会。停一歇我们一路走。"云麟笑了笑。

果然等至日落时分，鹏翥走过来约他同行，云麟便随着他出了栈房。刚走得一截路，地上还热，沿途车马又多，很觉吃力。云麟道："此处离钓鱼巷还远，我们还是乘着车子走罢，兄弟病后，腿脚颇不方便。"鹏翥皱了皱眉头，良久答道："也好，也好，老弟就请上车。我是骑牲口了，牲口比车子便宜得十多文呢。”云麟也不暇再同他说话，便跨上道旁一座人力车，拉着就走。走入钓鱼巷下车，车夫伸手便向云麟要钱。云麟伸头向巷外一望，口中说道：“不好了，他呢？我身上还没有零钱，等他来一齐开发罢。”车夫急道：“谁是他？知等到几时？我们还要赶别项生意呢。”云麟此时非常焦急，撩着衣裳，又跑出巷口瞧看。那车夫又防云麟溜了，只管逼着他嚷。云麟凡看见骑牲口的人，都要留心望一望，谁知再也没有贾鹏翥的影子。好容易又等了一会，才远远看见鹏翥一步一拐，走得头上的汗比黄豆还大。云麟忙招手道：“在这里，在这里。”鹏翥见了云麟，问道：“为何还不进去，倒反站在这里？”云麟道：“车钱尚没有开发，我身上没有零钱，老哥替我垫一垫，我明日还你。”鹏翥愣了一愣，便在腰间摸了二十个铜钱，递在车夫手里，车夫嫌少，鹏翥冷笑道：“大胆的奴才！你敢同我们争较，你知道我们是谁？我们是报馆里老爷。”说着便拉住云麟向一家门里飞跑进去。云麟见门口挂着一盏玻璃灯，有“廖二房”三个大字。门里的人见了贾鹏翥，也起身招呼了一声：“有客。”鹏翥是来熟了的，径自向他那个相好宝珠房间里走。恰好房间外面立着一个女仆，见是贾鹏翥，忙迎得上前，低声道：“宝姑房间里有客，请贾老爷在别的房间里坐一坐。”说着径将鹏翥、云麟两人另引至一座房间里。里面桌椅都不甚齐全，靠墙放了一张破柜，有几个小丫头猴在桌上抹纸牌。那女仆从外面搬进一张板凳，请鹏翥、云麟二人坐下，他竟自走了。鹏翥笑嘻嘻地走至那几个小丫头身边，同他们取笑。他们待理不理。

停了好一歇，云麟见房帘一掀，冷冷地走进一个人来：粉面团团，两颊上染得通红胭脂；穿了一件拷白洋纱褂子，松松地挽着鬏髻。似笑非笑地向鹏翥点了点头，又细细将云麟一望，笑道：“啊呀！这位少爷面熟得很，贵姓可是云？”鹏翥见那个女子进来，已是喜出望外，见他认得云麟，拍手笑道：“奇呀！宝珠，你如何认得他？”宝珠在袖子里掏出一方手帕，将嘴一掩，说：“是我在王老娘家红珠那里见过的。”云麟猛听见宝珠口里提起“红珠”两字，不觉又悲又喜：喜的是我交结了一个红珠，居然他们也会知道，可想我在嫖界里也还算有名；悲的是可惜红珠如今与我已是陌路相待了。想到此，也只还他一笑。

鹏翥道：“原来老弟也在这上面走动的，若非宝珠说出来，我今番约你吃酒，还怕你是个至诚君子，不愿意到这里，到如今还怀着鬼胎呢。”又向宝珠问道：“你房间里是什么客？”宝珠冷笑道：“是吃酒的客。”鹏翥道：“我今天也替你吃酒。”宝珠将头一扭，好象不曾听见，搭讪说道：“该死，该死，廖厨子又病了，怕还不能预备酒席。

你老爷若是高兴，还是拿现钱去酒馆子里叫几样菜来吃吃罢。”鹏翥道：“我偏不依。”说着便将宝珠搂抱过来，向膝上一坐，便去亲他的嘴。宝珠急道：“你是个什么人，不早不夜地歪缠。”一面说，一面忙夺手跳下来。云麟见他已有些气急脸红，暗自想道：“这宝珠倒还有些身分，同我那个红珠仿佛。”鹏翥道：“我们大远地走到这里，汗都自干了，也不见你们这里有人绞一把手巾来擦擦。”宝珠噗哧一笑，说：“老爷们放着车子不坐，坐着驴子来岂能不出汗？”又有声无力地喊道：“你们外面有人吗？绞几把热手巾来。”外面良久才有人答应，只是并不见手巾到来。

鹏翥恰好从这个当儿在荷包里将云麟那枚金表拿出来，故意向宝珠打了一个照面。宝珠眼尖，早瞧见了，笑道：“你当真替我买得来？”鹏翥笑道：“你便是放个屁，我也要捧着你屁股吃下肚去，你说的话我敢不依？我巴巴地还配了一根金索子。你拿去将就用罢。”说着便一古拢儿交给宝珠。宝珠笑得拢不起嘴，忙接过来，向纽襻上一扣。顺手一把便拉着鹏翥的手，说：“这里怪不好，到我房间里去坐。”又一面高声呼着那女仆说：“快快地吩咐厨房里预备酒，贾老爷今天在这里请客。”那个女仆在房门外面还是怏怏地说：“姑娘房间不是已有吃酒的客了？”宝珠笑道：“呸！你快替我赶着他们滚蛋罢，除得贾老爷吃得起酒，更有哪个配吃酒？”说着又把那金表指给众人望道：“你们大家瞧瞧，这便是贾老爷买给我的。”众仆人皆看见了金表，雷也似地吆喝一声，那一片拧手巾的声音，比爆竹还来得响亮。便见雪片也似的手巾，成大把地飞至面前。

迤逦行来，已到了宝珠房里。内中只吓坏了一个云麟，暗说：“不好了！怎么把我的金表，老实送给宝珠？”又一转念：“他分明说要去买，他既然将我这金表赠人，他自会照样另买一个金表还我，这也不须焦急。”便老实坐下。一眼瞧见宝珠早猴到鹏翥身上，将个粉脸送过去给他亲嘴。又一翻身将鹏翥推在床上，自己单穿着裤子，骑在他颈项里，一手捺着鹏翥的头，一手便劈劈啪啪打他的嘴巴，足足打了有二三十下，打得鹏翥脸上一条一条红紫起来。只引得鹏翥笑得喘不过气。直把个云麟看得神魂飞越，不禁暗暗叫好，转怪红珠待他哪里有这种情分。

正闹着，已见鲍橘人走得进来。宝珠方才放了鹏翥，跳下床，叫了一声：“鲍老爷。”橘人躬身答道：“不敢，不敢。”橘人刚自坐下，宝珠附耳向鹏翥问道：“没有别的客，我就吩咐他们摆席罢？”鹏翥道：“早些摆席也好，吃了酒我们还去看戏呢。”宝珠此时便叫人捧着笔砚来给他们写条子叫局。鹏翥将笔拿在手里，说：“橘人我是知道的，还是叫吴家的才宝。只是我们这位老弟呢？适才宝珠说在王老娘家红珠那里见过你的，敢莫就叫红珠？”云麟此时好生委决不下：想叫别的姑娘，这南京城里又认不得第二个；若是不叫一个，这面子又难下，不如还叫红珠来一趟罢。主意已定，便向鹏翥说道：“就是红珠！请你将笔放在那里，让我亲自写，他见了我的字，才肯来呢。”鹏翥笑道：“好亲热。你要写快来写。”于是大家将局条子发出去。宝珠便邀着他们到酒席厅上，亲捧银壶殷勤劝酒。一声鼓板，宝珠又唱了一支曲子。

一会，才宝已到，便挨着橘人身旁坐下，含着满脸的怨意说：“这些时你都不到我那里去了。我想不到是哪一件得罪你？有一次你允我约人打牌，我巴巴地叫我姆姆将菜都预备好了，你又不去。我背地只管咒骂你，骂你来世里变我。”说着噗哧又笑起来。橘人道：“委实那一天要来，不料崔观察那里派人来，将我约了去吃他公馆里新出水的莲藕，就不得分身到你那里去了。后来接二连三，都有事纠缠着。横竖耽迟不耽错，总有一天到你那里打一场牌。”鹏翥笑道：“说起来，你今天到崔观察那里，究竟如何？”橘人道：“他对我说是已送了信到监学鲁紫英那里去了。”鹏翥道：“如何？只是将来辛苦些，四十洋一月，是稳稳的。”橘人叹道：“也只好碰机会罢。”

大家传杯弄盏，饮了有好一会，看看菜已上完，云麟还是冷清清地坐在那里，不曾见红珠到来。一会，才宝又已告辞而去，厅上只剩得宝珠一人，十分冷静。那乌师先生见没有人再唱，早走过一边吃鸦片烟去了。鹏翥更不耐烦，便向云麟道：“这红珠同老弟可有交情没有？”云麟脸上一红，摇摇头。鹏翥急道：“这有什么害羞？我看你这光景，不是同他没有交情，如何叫他的局，他到此刻也不来？规矩是要打你的扁担了。不是做哥哥的笑话老弟，幸亏这局条子还是老弟亲笔写的呢，若不是亲笔，岂不更要打板子吗？”云麟被鹏翥说得有地缝都钻得下去，只是低头不答。宝珠怕他不好意思，便叫人去问送局条子的人，究竟红珠来不来？一会儿那送局条子的人进来回话，说：“已经去过二次，红珠说身子不爽快，不肯来，云少爷还是叫别的局罢。”

云麟听到此处，一口怨气，不禁发作起来，便在席间将自已病在真武庙着人告诉他，他如何对着来人不肯相认，又将来人挥斥在门外要打他，以至来人回庙，便起意要谋害他，这都是红珠薄情的佐证，讲了一遍。又道：“他此番不肯来应局，分明知道我流落异乡，无钱挥霍，便老实打起脸来，一刀两断。这种无情无义的婊子，如何容得他猖獗？二位老兄，如若念结拜情分，酒后也不必再去瞧戏，大家偏轰到他那里，闹他一个翻江搅海，才泄得我心头恶气。”鹏翥听了这话，又乘着酒兴，不禁摩拳捋袖，催着吃饭。饭后橘人不肯同去。云麟便偕着鹏翥，踉踉跄跄，撞到红珠那里。

欲知后事，且阅下文。

# 第四十三回　拜干娘巧施拍马　嗔老父快论精虫

“啊呀！他这一会子病想已是好了，不然如何还能到廖二房里吃酒？他简直是不想回扬州。他若是再搭上别的姑娘，怕别人就不能象我这样待他。便是那枚金表，能值得多少，做养病的使用、回去的盘费倒还可以敷衍，若说拿去嫖姑娘，也不够西风一浪。我托你向栈房主人说，一经见他病好，便雇船送他回去，如何还勾留在这地方呢？好姐姐，你太老实，怕栈房里那个主人又错会了你的意了。”“妹妹，你也不用错抱怨人。我那时怕他瞧出我的破绽，我也不敢多同栈房里主人讲话。我看他那时候的病势也很沉重，断不能押着栈房里第二天便送他回去。不料他好得这样快，居然能出来吃酒，又叫你的局。你的心为他也用尽了；第一次冷言冷语回绝了他；第二次他有信来，你又故意不理，将送信的骂得回去。我替他想，总该要死心蹋地不愿意在这风月场里讨生活了。谁知他还是鬼缠着腿的，只不肯抛撇你。我看你虽然不肯去，保不定他不赶到你这里来。”

红珠同妙珠的话还未说完，早听见红珠的娘在外面随着几个人的脚步声嚷得进来，说：“云少爷是在哪里吃得这一顿的浑酒？你们瞧瞧他的脸都发青了，快坐下来吃杯凉茶歇一歇。”红珠此时已知是云麟果然应了妙珠的话，简直赶到这里来了。刚转身向房门外跑，意思要想躲避他，不料巧巧同云麟撞个满怀。

云麟此时看见红珠，已是仇人相见，分外眼红，趁着一腔怒气，便劈手一把将红珠衣领扭住，啪啪两声，早飞过两个巴掌，打在红珠脸上。可怜红珠只不开口，那扑扑簌簌眼泪便直滚下来。内中早恼了红珠的娘，觉得象云麟这种嫖客，也没有什么可以巴结的去处，不如借此得罪他，落得他下次不好意思再来。便趁云麟扯住红珠的当儿，也便一把将云麟辫发扯在手里，大哭大骂说：“你姓云的将我姑娘打死了，我也是没有命，老实拚着我这条老命，结识了你罢！”说着便举起拳头向云麟胸口狠命一撞。幸亏红珠横身在里面拦着，急得说了一句道：“他有病哟。”那鸨母也不曾听见，还是扯着云麟不放。

贾鹏翥见这光景，勃然大怒，说："好大胆的姑娘，你敢率同龟奴欺负客人，这还了得！老爷们先打你们一个落花流水，然后再送你们到县里，用二尺来长的封条，将你这两扇牢门封起来，才知道老爷的利害。"此时外面已有许多仆役进来，做好做歹，大家已将云麟劝解下来。贾鹏翥趁着人多，格外威武，骂道："便是姓云的答应，我贾老爷也不答应。"早闯进房里，夺手将红珠的一座镜奁高高捧起来要望下掼。妙珠要上前去拦，正拦不及，忽然有个仆人从外边喊进来，说；"意大人到了。"鹏翥猛然听见这句话，忙向身旁一个小厮问道："这意大人可是意海楼，做江宁驻防的意大人不是？"小厮答道："正是那个意大人。"鹏翥吃这一吓不小，忙将那座镜奁轻轻放好在桌上，一也顾不得云麟，趁人从里一溜烟逃得无影无踪。

云麟此时已被妙珠拉到他自己房间里，斟了一杯茶递在桌上，恨道："云少爷使得好性子，你可辜负你姑娘的心了。你记不得大前天真武庙里那个少年？你不看他的面子，你还该看那个少年的面子，不该这样闹着标劲儿。"云麟酒意经这一闹也渐渐醒了，听妙珠说这几句话，暗想："煞是怪气，如何真武庙里事，他们也会知道？"转愤愤地问道："难道那个唱戏的，他也认得，是他叫这少年去搭救我的不成？"妙珠笑道："论起这事，也同唱戏差不多，婷婷袅袅一个女人，难道不会变成一个斯斯文文的学士？少爷可记得那枚金表，是谁递在你手里的？"云麟此时已知道救他出真武庙的全是他们的计策，由惊生愧，由愧生感，不禁将一个头低垂下来，依然强辩道："我不信那少年便就是他。"

妙珠叹道："虽说不是他，总是他想出的法子。他自从那一天见了你的手柬，他碍着我们的母亲，不敢承认，故意将那个送信的人骂得走了。他这一天本是约着人去听戏的，他有这事在心上，在戏园里坐不到几分钟，便赶回来，哭着望我顿脚说，做梦也料不到你不曾回去，转病倒在那庙里。我那时候望他笑道：'你既这样关心着他，不会跑去望他一趟？'他又哭道：'姐姐哪里知道我的心，我若是再这样关切，他更要恋着我不走。我此时的打算，只有帮助他，还要叫他不知道是我。'于是左商量，右商量，想叫人送钱给你，一者怕别人靠不住，二者又愁你得了钱更不想回去。我其时故意笑道：'既这样说，我替你去。'他听了还是摇头。我见他这样，还戏着他道：'这摇头的意思，可不是怕我去卖了人情了？他道：'姐姐又来说这样话奚落我，姐姐难道不晓得我的心都碎了吗？我岂是怕姐姐去卖人情，他虽说是病，他难道认不得姐姐？'我想了想，说：'这也不难，我这里有个客，有一套衣裳寄存在我处，等我去装扮起来，包管他见了面，再不会认得我。’我原是说着玩的，他觉得此计甚好，便死命地逼着我去办。我被他逼不过，果然依了。先招呼了利和客栈的主人，说有个朋友病在庙里，托他弄出来寓在他栈房，所有帐目均归我结算。他见我那种气派，他也不敢违拗。先时我临走，我妹子便将一枚金表交给我，叫我见事行事。我其时见你少爷十分狼狈，怕没有钱使用，不大方便，便替他赠了你了。我料不到你不去千拜他，万谢他，转恶狠狠地来打了他几个嘴巴。这是人存了好心，没有好报，叫人一辈子冷了心。”妙珠说着，也就流下几点泪来。

云麟此时方才如醉初醒，如梦方觉，尽仰着一副脸，呆呆地望着妙珠。望了好一会，站起身来便跑。妙珠一把扯着他道：“你跑向哪里去？”云麟道：“我去谢谢他，算我死糊涂了心，他这般待我，我转这般待他。”妙珠道：“你快不用去，果然姓意的在这里，你去也不方便；就是姓意的不在这里，他也断不要你谢。你要知道，我此番告诉你的话，实是气你不过，硬逼着我不由得不说出来；依他的意思，你就打死了他，他也不肯开口先告诉你这一番话。”云麟急道：“他这般用情，又这般决裂，天下也没有这种道理。”妙珠笑道：“这个我也猜不到他的心。若说同你无情呢，就该死活都不理你，若说同你情深义重呢，除得两个人亲亲热热厮并着，还算什么情义？他从小脾气就这般古怪，吃母亲多少毒打，到如今还是改不掉。好少爷，我看你一老一实将他丢掉了罢，倒反是慰了他的心。你若是想报答他，你赶快去功名上进，做了官，花轿鼓手地将他娶去做个二夫人，那才是团圆美满呢。”

云麟觉得妙珠的话句句不错，再通前彻后将红珠相待的苦心盘算盘算，真是不出他的所料。怔了好一会，说：“罢罢，我就依你们，我明日便顺从他的意思，赶紧回家苦苦读书。有朝一日，能够有点发达，我总不忘了你们姊妹的恩义。”说着头也不掉，径自出了红珠的门，一直赶回到栈房里，见贾鹏翥尚不曾回来，鲍橘人却坐在屋里。

云麟也不曾同他讲话，转身走进房，只把红珠做的事细细咀嚼。一时恨起来，几乎不把十个指头穿向掌心里，只暗暗喊着：“我负了他，我负了他。此时我倒没有别的系念，只有赶快向贾鹏翥将那金表讨得转来，依然双手交还给妙珠。我这栈房里费用，还累他们代我料理料理。我赶着轮船，飞到家中，孝亲读书。除这两件事，再没有可以安慰我那红珠的去处。”云麟今夜天良发现，转觉得心安意泰，倒头便睡得沉沉的。

次日醒来，已是红日满窗。早见贾鹏翥趿着鞋子走进房里来，望着云麟把舌头伸得一伸，说：“老弟，老弟，我为你的事，几乎闹出大乱子来。”云麟昨夜见鹏翥走了，他并不曾在意。今日见他这般说话，转有些不悦的颜色，冷冷地说道：“昨天原是兄弟累驾得不是，如今也不必说了。第一件吃紧的事，是那个金表，请你照样还给我，我还拿去还一个人，大约今晚明早，兄弟便要动身回去了。”贾鹏翥听云麟说的几句话，吃了一吓，忙含笑说道：“老弟如何便要回去了？我为老弟的事，昨夜忙到四更多天，才回栈房，如今可算是有点眉目了。老弟也不该拿做哥哥的开心，又托做哥哥的谋事，谋了事又不肯就，这个如何使得？”

云麟听到此，又动了心，说道：“我有我的心事。既然承老哥的情，为兄弟出力，便请告诉我所谋的是一件什么事？”鹏翥道：“说起来话长。你须知道你哥哥也是个有根基的人，我祖籍安徽，我父亲名字叫做贾天寿，现充着淮扬堤工总局总办，多不敢说，宦囊积蓄，约莫也有十头万金。在寻常人看起来，象哥哥这样年轻学富，老实在公馆里做少爷，也是稀松平常。无如哥哥怀着一个高尚志愿，务要将我们中国这一般猪狗般的人，把他们拯救起来，做个完全的国民，此所以有那一场轰雷的梦了。然而这个梦，是我睡着了做的，除得我知道，我若不去告诉人，别人如何会知道？谁知我这梦，好象别人也到我这梦里来过的，仰慕我的人，就很不少。就如这南京驻防意大人，特特地差一个差官，到我父亲那里，将我要得来，说要创办一个报馆，敦请哥哥做总编辑兼主笔。主笔者，即主一切笔墨是也。我因为他请我办报，少不得是件启发民智的事，所以肯来俯就。否则，哼哼！”

鹏翥说到此，又将头向外面张得一张，又用手指着说道：“象小鲍，意大人就断不延聘他的了。你想意大人正同哥哥办着这样重大事件，偏生昨夜晦气，陪你去闹娼，一闹就闹的是他的所欢，若非哥哥腿脚机灵，万一被他看见，那还了得！老实说，得罪你不妨事，你总是求我的人；得罪姓意的……”鹏翥想了一想，又改口说道：“我若同他闹起来，我的事不成犹可，如何安置老弟呢？”云麟道：“照这样看来，兄弟的事，便也着眼在报馆里了？只怕兄弟才力不及。”鹏翥笑道：“这又何难，只须各事依着哥哥去做，那时候一月一大封洋钱，寄回给伯母为养赡之资。一时回家去走走，大街小巷，遇着朋友，谁能不向老弟拱拱手说：‘啊呀！报界里的志士，恭喜恭喜，阔哉阔哉。’老弟这两条腿，至少总须比当初高得一二尺，那才是人生荣幸极顶的事呢。什么督抚，什么司道，一概不放在眼里。”又低低附着云麟耳朵说道：“少不得悄悄地还要送点恭敬儿。”

贾鹏翥正自讲得高兴，忽然那个开栈房的老者匆匆跑进来，将云麟房门帘一掀，说：“原来贾老爷在这里呢。门外有个人要会贾老爷，老儿叫他进来，他又不肯，一定要贾老爷出去说一句话。”贾鹏翥将眉头皱了皱，说：“这是谁？可有名帖没有？”老者道：“没有，没有。”贾鹏翥便望着云麟说道：“暂时失陪，停一会再谈。”说着匆匆地跑了出去。

云麟听他适才说的这番话，觉得十分高兴，又把回家的念头搁在一旁，便信步踱出房门，想去会鲍橘人。刚走到橘人的房，有个小厮问道：“云少爷是来寻鲍老爷的？鲍老爷早间有人来给信，说是他的太太到了，他听见信，便赶快去接。说已经租定了一所公馆，在乌衣巷里，停会子来搬行李。”云麟道：“起先倒不曾听见他说接家眷的话。既是如此，少不得我们也该备一份烛酒儿去贺他新居。此事还该同鹏翥商量商量。”知道鹏翥便在栈房门口，径自踱出来要觅他。早见他立着同一个人指天画地讲话，一会儿搔头，一会儿顿脚，画也画不出他那种徬徨神气。再看那一个人，约莫有六十多岁，一搭短须，倒是有一大半花白；头上戴了一顶凉帽，身穿短直裰，背上一把雨伞套在口袋里面，裤脚一直卷至腿弯，黑漆漆的污泥都遍染了，脚上一双草鞋，兀自有扣没绊地散着。垂头丧气，只管一声儿不言语。

云麟更忍不住，走得上前叫道：“鹏翁，鹏翁，橘人的家眷来了，我们该去看看他。”鹏翥猛不防云麟会走出来，顿时将一个脸变做绛紫颜色，信口答道：“这不是家眷，是我们家里用的一个老仆，他会寻魂寻到我这里来。”又回头望那人说道：“你就暂时权住在我这栈房里，多吃饭，少说话，我自另眼看待你；若不服我的调度，立时赶出栈房，说不定还送你到县里挨板子。”那人诺诺连声，便随着鹏翥进来。鹏翥又将此话告诉了栈房老者。老者说道：“刚是来得巧，鲍老爷本来同贾老爷住在一个房间里，今日鲍老爷巧巧搬出去了，我就吩咐人将这位老爷管家安置在贾老爷房里，随时可以伺候伺候。”鹏翥点点头。

鹏翥此时才知道鲍橘人已是自租公馆，望着云麟冷笑道：“橘人甚是荒唐，怎么悄悄地搬了家，并不叫人知道？”又笑道：“橘人时常自己夸说他这位夫人精通翰墨，还有一个诗本子，说是他夫人做的。我看去就不大相信，怕都是橘人替他捉的刀。好在他们夫妻也不分家，我们也不必替他管这些闲事。落得去走一遭，倒要背地里瞧瞧他夫人的容貌，若是生得好，等我也来做几首诗打动他，弄他上手，也算得是才子佳人一番佳话，将来编他一部小说子，也可以做得报料。但是有一层，只是我这副脸比不得老弟娇艳，带着你去，于我却不方便。”说罢，又拍手笑起来。云麟也笑道：“你少要说这些话罢。他既是迁居，我们还该送他一份礼物。”贾鹏翥道：“也使

得,我便同你搭伙儿送他。”于是便买了几色礼,二五逢一十,两人公份,拿出钱来。鹏翥还生生地将云麟昨日到钓鱼巷的车钱二十文扣下。便命他的管家捧着,跟在后面。云麟一面走一面问道:“你这管家叫什么名字?”鹏翥一时间回答不出,想了好一会,说:“我家里还有个仆人叫贾福,他就叫贾寿罢。”那个管家也并不言语,兀自咕嘟着嘴,一步一步挨着走。

走到乌衣巷里,果然有一家门首已鲜红地贴着门条,是“句容鲍公馆”五个大字。刚要踏上台阶,忽然身后扑的一声,歇下一乘轿子,轿旁走过一个仆妇,忙把轿帘子揭起来。早见里面走出一个妇人,生得肥头大脸,裙下两瓣金莲却是尖瘦得可爱。鹏翥一直望里走,将云麟向旁边一扯,暗暗望他丢了一个眼色。随后又有些箱儿笼儿,拥挤得十分热闹。鹏翥在外面喊了一声:“橘人。”果然见橘人从内里走出来,污着一双手,发辫盘在头上,弄得浑身象从灰里掏出来的。又看见他们身后有仆人捧着礼物,只管哈着腰,说:“又累两位哥哥费心,兄弟万不敢当。快请进里面坐。兄弟正在这里忙着呢。”鹏翥便命他的管家将礼物放在一张桌上。

橘人重又洗濯了手,陪他们坐下。鹏翥笑问道:“怎么你迁居也不告诉我们一声,急急溜了出来?这还了得!少不得要罚你一席酒。”橘人笑道:“这个自然。但是兄弟此番挈眷也有个缘故。前日同崔观察闲谈,无意中便说出内人会做诗的话,承崔观察雅爱,十分欣羡,意思是要内人去见见。你们二位都算是自家兄弟,我也不肯瞒你们,此时兄弟借重崔观察地方甚多,区区女子,原算不得轻重,既承他老人家错爱,兄弟便赶紧命人去将他唤得来。况且内人还有一手好烹调,煮出菜来是无人不赞好的。大约明后日兄弟先命他备几味家常小吃,配着他几首诗,打发人送过去。我还打听得崔观察跟前有个宠妾,在观察面前是言听计从。兄弟意思,便叫内人先拜给他做干女儿,这就算是埋伏了内线。”鹏翥笑道:“嫂夫人今年尊庚?”橘人道:“三十一岁。”鹏翥笑道:“崔观察的如夫人,想更老了,嫂夫人才配给他做女儿。”橘人正色道:“崔观察的如夫人今年才得十七岁,是崔观察前年纳的妾,至今并不曾生育。”云麟道:“嫂子既这般大,崔观察的妾又那般小,哥哥如何颠倒过来,叫嫂子喊他母亲?”橘人叹道:“老弟,你这又是未经世故的说话了。天下的事,第一要论贫富,第二就是贵贱,第三层才讲到长幼尊卑。譬如你有钱,便可以做得人人的老子;若是没钱,便连亲老子也不配做,一样赶着儿子喊老子。崔观察的如夫人,虽然年纪小,他既然有这一种福分,他就配做我内人的母亲。我也有我的打算,万一内人走这条路,将兄弟提拔起来,面子阔了,也有比他年纪长的,把母亲跟着他叫。此便是圣贤'枉尺直寻'的道理。不是兄弟夸口,论崔观察的学问,哪里及得我一二分,可我一见了他,便恭恭敬敬递个门生帖给他。这岂是兄弟心悦诚服,不过他究竟是个观察,我究竟是个诸生,少不得我的学问,见了他也就退缩了许多。总之涉身处世,这'圆融'两字,总欠缺不得;若欠缺了这两字,任你节媲巢由,才高班马,也只是一个死,永远不会得意的。"云麟听到此处,不禁暗暗称奇。

鹏翥又笑问道:"适才我们进门时辰所见的,想就是尊嫂?"橘人脸上一红,忙答道:"不是,不是,内人丰韵比他强得许多,改一天叫他出来拜见。"说着又跑入内里。少停搬出两碟花生米出来,笑道:"你们二位来尝尝,这是内人亲手剥的。内人适才还说,改一天要做几首诗来呈教呈教。内人很赏识二位举止风华,性情闲雅呢。"说毕,又苦苦留鹏翥、云麟吃了饭,然后辞别而去。

一路上,云麟便议论鲍橘人为人很是有趣,他说的话倒也看得透彻。鹏翥道:"橘人是聪明透顶的人,他有什么见不到。有一天我笑他那诗文集子,一篇篇的题目,总离不了观察、太守、明府、大令字样,就是几个吟风弄月的题目,也要弄着几句呈某某仁兄、某某名士教正、哂正、指正、乞和、乞鉴、乞教,闹得满纸,好象一本缙绅汇览,又象交际尺牍。我尝同他取笑说:'你这叫做什么?敢不是写出来吓鬼?万一识者看见,岂不要笑你龌龊?'他听了我这话,早放下脸来说:'鹏翥,鹏翥,你好糊涂。我请问你:世界上自命清高的人,有几个人?其余没有不想攀附权贵的。我做的诗,是顾着眼前的名誉,并不是要流传后世。我将这些阔人名讳填上去,阔人见了固然欢喜,就是那一班利欲熏心的诗家,知道我同这些人来往,谁也不想借我阶梯,转资汲引?你想古今享着诗福的,莫过于袁子才,你看他十首倒有九首是同卿相唱和。若是听见阔人死了一个,他哭得比丧了考妣还利害。其实他哪里是真哭呢,他就是这几首挽诗挽对,替他在那里哭,他一般地饮酒谈笑。既然做诗,须要学他;切莫学陶呆子哀音苦节,弄得叩门乞食,冥报相贻,叫人读着他的诗,就索然意尽。你说有人笑我,笑我的就是呆子,这种人越笑我,我越快乐。好在做诗是假的,弄钱是真的。他光能做诗,不会弄钱,呕出心肝来,还弄不出补药来吃。我会弄钱,又会做诗,这便高于他许多。我不去笑他,他还敢笑我吗?'橘人说到这里,他又从一个书箱里拿出一本集子来,上面全是别人恭维他的,他做了一首诗,和他原韵的倒有几十位。又有一本尺牍,前面是诗,后面便是求他钻营门径的信。我到此方才恍然大悟,恨我的见识远不如他。老弟,老弟,你可想做诗吗?若是想做诗,还该时常去同他谈谈。"云麟笑道:"我平时虽然也编着玩耍,哪里能算得做诗呢,没的送给他看，将牙齿笑掉了。”鹏翥笑道：“这话倒也不错。可惜你年纪还轻，阅历阅历，就有长进了。”两人一路谈着，不觉已走入栈房，各各安寝。

云麟一连在栈房住了有半月光景，渐渐有些秋风秋雨，一古拢儿又做了些夹衣服。红珠那里也曾暗暗地打发人来，将云麟在栈房一切用度，全行替他还清。云麟倒还落得逍遥自在，或是骑着马上紫金山看枫树，或是在茶社里啜茗，又牵牵搭搭结识了一班朋友。遇着尘心一动，不免几次要想到红珠那里重叙旧欢，无如红珠是个铁石心肠，决意不再同云麟会面。有时碰见妙珠，妙珠只有传着红珠的话，叫他早早回扬，不要老远在此处耽搁。云麟不免便追着鹏翥，问他报馆究竟组织得如何。鹏翥一味支吾，不是说已经有人到上海采办机器，就是说股东的股份还差一二人，不曾齐全。在鹏翥的意思，不过深恐云麟一经决了归志，便来同他索那个金表，故意羁绊着他一日是一日。其实那个报馆，不过是贾鹏翥想运动那意海楼出资创办，不知意海楼也是个少年浮荡子弟，一时高兴，便说开个报馆玩玩，一时不高兴，久已将此事撇在脑后，哪里真个同鹏翥干这不要紧的事呢。

乌飞兔走，这一天已是重阳佳节。前一日贾鹏翥便邀集了他一班朋友，说是在他栈房里聚集，一齐到雨花台登高，大家携着笔砚去饮酒赋诗。云麟先前听见鲍橘人那一篇议论，觉得这做诗是一件出色惊人、于功名富贵上极有关系的事，早已心烦技痒。今见贾鹏翥肯如此提倡，他喜得一夜都不曾睡着，摩拳擦掌，预备明天词坛鏖战。约莫有半夜时分，忽听得鹏翥房里有呻吟之声，先前还疑惑鹏翥在那里哦诗。后来越哼越高，叫人听得难受，暗想：“不好！莫不是鹏翥病了，如何他那个管家也不起来照应他？”又听了一会，更忍不住，便隔着房喊道：“贾寿，贾寿，看看你们老爷怎么样，如何哼得这样利害？”良久也不听见贾寿答应。

云麟兀的急起来，也不顾害怕，跳下床，跑至鹏翥房门外面，“崩咚崩咚”地敲了两下。忽听得鹏翥在床上笑起来，说：“老弟，老弟，你尽管不睡，又赶出来做甚？”云麟道：“原来大哥无恙，这哼的是谁？”鹏翥笑道：“是贾寿，这老不死的，不知怎么会害起病来。他叫我倒一杯茶给他喝喝，我想哪里有这样快活事，想茶就有茶？怕他明儿还要祷告着害病呢。”这个当儿，云麟便听见那贾寿哼着哀告道：“天呀！我肺腑都烧得焦灼了。好云少爷，你倒给我一杯茶润润喉咙罢。”云麟此时实是看不过，便说：“贾大哥，你将房门开一开，等我倒一杯茶递给他。”鹏翥笑道：“我冷呢，我不下床。你自去安歇，休要理这老狗。”那贾寿见鹏翥不肯开门，忙接着说道：“请云少爷缓走一步，等我来开门。”说着就想撑起身子。谁知刚自撑起，倏又倒了，只是一味地哼，嚷着："啊唷，啊唷……"鹏翥笑不可仰。那贾寿真个怒起来，挣命说了一句道："我早知道你这样刻毒，我应该当你是死了，何必千山万水地跑来找你？你这样欺负我不打紧，你须知道皇天、菩萨也有眼睛。"鹏翥冷笑道："目下世界是开通了，你休讲这些迷信的话。什么叫做皇天、菩萨？我一概不懂。你若再讲出别的话来，我叫你活活死在我手里，看有什么皇天、菩萨出来替你报仇，叫我偿命。"云麟在外边听着他们两人说话，又见鹏翥如此决裂，不禁替那贾寿讲情道："大哥，大哥，看兄弟分上，赏他一杯茶吃罢。好在又不要大哥费事，我自进来倒给他，"鹏翥恨道："我同老弟还是初交，不要为些闲事将交情闹生疏了。你哥哥生性便是这般牛筋，越是人劝我，我越生气。请你快快转回你的房，看我同这老砍头的拚个你死我活。"云麟此时也不敢再行多说，只得退回自己房内，默自为那老仆叹息罢了。

次日一早，云麟刚从梦中惊醒，忽听见贾鹏翥在外面大声吆喝着道："谁是我的父亲？你们若是问我的父亲，除非姜嫄脚下的履迹，简狄所吞的燕卵，刘邦家老妪交合的龙，那几样才配做我的父亲。象这种蠢牛，你们便将他的精虫翻遍过来，其中也只合有龟虫狗虫驴虫，如何会养出我这堂堂的贾鹏翥？"

云麟吃了一惊，说："怎么鹏翥又研究到生理学上去了？"忙掩了衣服，赶出房门一看，原来鹏翥昨日所约的那些登高赋诗的朋友全都来了，还夹杂着些栈房里住客，都叠足骈肩地围着鹏翥解劝。鹏翥兀自气呼呼地在那里指手画脚。

云麟从人丛里瞧见他那个贾寿，一行眼泪，一行鼻涕，站在旁边，且哭且诉，望着鹏翥道："你当真不肯认我？你记不得你三岁上你母亲便亡故了，我日日挑着补锅担子，每天寻几十文买馒头，放在担子上挑回来给你吃。我只恨我做父亲的脓包，不能成大捧的金钱来养育你。但是你从离了娘胎，一直到二十一岁上，都全是我这不济事的父亲，根根毛孔出汗的钱将你养成这般大。难得你读书肯上进，居然念了一肚子的字。你到堤工局贾大人那里办办笔墨也罢，你走出来，便满口说是他的儿子。其实论这贾大人的辈分，他还小得我两代，他又不肯认你做儿子。我好好在乡里，原不想享你的福了，无如这两年年荒岁歉，不得已才摸到局子里问你，别人说你到了南京了。我好容易又卖了一床夹被，当做盘缠，才到这里来。你一见了我的面，你就深恐我将你的架子坍了，吩咐我装做你的佣人。我仔细一想，你这般阔气，我这般不济，少不得委屈些，就装作你的佣人罢，我万一便是一口气上不来，大家也好看他面子上给我一口棺材。"

云麟听到此处，方才知道这贾寿不是鹏翥的什么世仆，原来便是他生身之父，不禁吃了一吓，暗想："世界上哪里有这种奇事？一个嫡亲老子，会反颜不肯承认起来。亏他的心这般狠毒。"便想上前替他说几句公道话。谁知看的一班人，倒有一大半赶着这老头子，责备他不是。此时只见鹏翥对着他父亲冷笑道："好，好！你是我的亲老子，你有什么证据？取出来给我看。"他父亲又望着众人说道："诸位听听，天下可有养儿子还留着证据的道理？若说证据，你母亲便是个证据，如今不幸这证据又死了。"鹏翥道："可又来，便是借三百文，也要写一张字帖儿，不曾见你这等重大的事件，一点证据也不留着，就想同人来泼赖。老实对你讲，你若没有证据，你便不认我做儿子，我也要重重惩办你这老光棍一个冒充亲父的罪名。"

他父亲毕竟是个乡里老儿，被鹏翥几句话逼住，转缩着头不敢开口，只管叽里咕噜拿起袖子拭眼泪。还是开栈房的那个老者看不过，走上前劝鹏翥道："一万件都不谈罢，贾老爷是个场面上人，论恤老怜贫，也该看顾看顾这老儿，老实送他几个盘川，让他依然回家里去罢，没的在贾老爷面前活现形。"说着便将他扯过一旁。众人还言三语四地在那里议论。

鹏翥又笑说道："诸位休慌，我益发告诉了你们罢。论这人实在是我的父亲，叵耐他穷了，养不起我，我便不合再认他。在诸位规矩讲究起来，便是个忤逆不孝，殊不知我也有我的道理。譬如世界上原没有我，他做父亲的，不容我在他肚腹里，生生地将我送入我母亲肚腹里。我母亲肚腹里也是不能容人的，整整十个月，便凭空地有了我。我今日吃着的辛酸苦辣，都是父亲作成我的，我如何不怨他，我如何还去看顾他？"说到此，那听的人齐齐喝一声彩，说："这话好爽快，我们应该浮一大白，快去雨花台喝酒罢。没的今日诗兴不曾遇见催租的，倒反遇见你这一位尊大人了。"

云麟此时十分惶骇，暗念："这一班人，如何这等无理取闹？难道在外面阅历过来的人，都是应该这样反叛似的吗？"心里便老大不乐，又却不过他们情面，少不得怏怏地随着他们一直出了栈房。走不到半里多路，忽然栈房里一个小厮飞也似地赶着云麟叫道："云少爷，云少爷，且缓行一步，这里有张字条儿，我们帐房里叫送来给云少爷看的。"云麟忙停了脚步，从那人手里将字条接过一看，不禁大哭起来，说："不好了！我母亲死了！"

欲知后事，且阅下文。

# 第四十四回 打电报孝子奔丧 设乱坛奸徒作古

且说云麟接在手里那张字条，原来是电报局送来的电报，全画着一二三四的号码，旁边译得明明白白，是“麟速回，母故”几个大字。云麟顿时失色，止不住扑簌簌眼泪，便在路上放声大哭，掉转头来要随着来人转回栈房。贾鹏翥劝道：“老弟何必如此着急，吃了酒再转去不迟。”云麟此时更不暇答应，踉踉跄跄奔到栈房里，连夜收拾行李。要想同贾鹏翥索还金表，转念一想，要亦枉然。幸而栈房钱已由红珠派人算清，尚存有数元，便取在身边，作为路费。

次日一大早，便搭轮船向镇江进发。一路上衰芦白草，好似替他布满了无限悲苦，恹恹地茶饭懒吃，只有暗中哭泣。当晚便到了镇江码头，赶上晚班小轮，渡江进城，时候已是不早。叫人挑着行李，沿途并不曾遇着一个熟人，心中越发着慌。眨眨眼自己家门已露在眼里，胸中只觉得突突地跳，料想家里此时已经忙得个不成模样了。

走至门首，见两扇门依然关闭得好好的，连忙敲得那门通通地响。少停，那黄大妈来开门，见是云麟，笑道：“原来是少爷回来了。家里煞是热闹呢，大姑娘同仪姑娘今儿都在这里。”云麟急问道：“太太怎么样？”黄大妈笑道：“少爷是问太太吗？”云麟道：“快说，快说。”黄大妈笑道：“太太今日同姑娘们斗小牌耍子，赢了好几百钱。吃了晚饭，还逼着我去买了许多果品，大家在内里谈着玩呢。”云麟暗暗叫声惭愧。暗想：“昨天那个电报，明明写得一点不错，难道是做梦不成？好在幸喜母亲无恙，这一块石头已从心里落下来。”又听见仪妹妹也在家里，不禁转愁为喜，也不同黄大妈多话，便匆匆地跑入里面，将挑行李的力钱开发了。

秦氏见云麟回来，转出意外，忙问道：“麟儿身体好吗？你上次来信，说在南京就了别事，如何此时能分身回来？你这一趟出门，又黑瘦了一些了。黄大妈快去预备饭，休要饿了，不是玩的。”云麟此时再也不便提起电报的话，便支吾了两句。一眼瞧见绣春扯着淑仪的手站在一旁，尽管瞅着自己笑，笑得云麟疑惑起来，将帽子除得下来扑一扑灰，又将衣服整理了一会，也笑道："姐姐笑我则甚？敢是我这一次出门，被外面风尘消磨得丑了？"绣春笑道："不是，不是，丑的不是你。你要问，问仪妹妹。"淑仪瞅了绣春一眼，说："你莫叫哥哥问我，我是不晓得。"说着又拿起汗巾掩着樱口微笑。云麟好生委决不下，只管发怔。秦氏笑道："麟儿，你莫听他们的话。昨天重阳，我带领他姊妹两个到万佛楼去登高，可巧在楼上便遇见柳家的姑娘，也同他母亲在那里。据他姊妹两个告诉我，说柳家姑娘脸上微微有几点碎麻子，他们回来便思量取笑你。"云麟听他母亲说话，不禁脸上一红，向淑仪偷看了一眼，登时露着无限怨愤。淑仪忙把脸掉转过来不理他。绣春又是一笑。

其时适黄大妈将饭弄好，放在堂屋桌上，来请云麟去吃。云麟一面吃饭，一面笑向淑仪说道："仪妹妹，你这衣服嫌不时式了，如今女人的衣服，又短又窄。就是妹妹这两边两个鬏髻儿，看去还不如改成一条辫子。好在妹妹年纪还轻，不比我们姐姐。我们姐姐梳的这鬏，也还要放长些。早知道不开脸也罢，依然象仪妹妹刷起刘海来，越显得标致。"淑仪也不答应。绣春笑道："好呀，出门一趟，别的见识没有，倒是这女人妆饰转被你学得来了。兄弟是在哪里见过的？这样打扮，怕不是好人家女儿罢？"

云麟被绣春一番话，说得很是刺心，忙分辩道："姐姐又来了，不曾吃过猪肉，难道不曾见过猪跑？必定要到那些不正经地方，才懂得这样妆饰？一般的大街小巷，不知道有多少女人，我便不该看在眼里？"绣春笑道："这样才好呢。但是我们这份经纪人家，也不配过于讲究打扮；便饶着我这样朴素，我那公婆还看不入眼呢，再刷起刘海，可不成了妖怪了？"说着眼眶子不禁红晕起来。秦氏道："我儿的话，真是不错。衣服宽宽大大，何等舒服，为甚扎缚得象打鼓人儿一般，一时背脊上痒起来，莫想伸得进手去搔一搔，可不讨厌已极。我昨天看见柳家姑娘倒还好，穿的衣服，大锣大鼓，还不及春儿同你仪妹妹穿得紧小。"云麟道："呸！这不成了个活鬼。"

秦氏见云麟将饭吃完，自己瞌睡起来，便要进房去睡，说："麟儿今日辛苦，也该早去歇歇罢。"云麟答应了一声"是"，便向绣春、淑仪丢了一个眼色，低说："姐姐同妹妹到我书房去谈谈，我还有话告诉你们呢。"绣春笑道："你不瞌睡，我们乐得长谈。我同仪妹妹睡在一床，从来不曾瞌睡过，一夜总要嚼半夜舌头。"淑仪道："姐姐去，我是不去了，我要睡。"绣春一把将淑仪拖着，笑道："有我呢，不怕老虎将你吃了，不要这样生疏的样式儿。你通记不得在这几年前，哥哥哥哥地闹不清，说笑话儿，唱小曲儿，都是你做的勾当。如今人大心大，又这般鬼鬼祟祟地起来了。”淑仪也笑道：“到姐姐嘴里，便有这许多七搭八搭的说话。”

说着，三人同进了书房。云鳞便将昨日在南京接到电报的话，告诉他们。绣春惊道：“这是谁使的促狭？好日歹时辰，不要闹出玩意儿。况且娘今年是个计都星，万一……”绣春说到此，便不忍再望下说。云麟道：“忌讳呢，还在其次，可是把我魂都吓掉了，接着信，屁滚尿流地望家里奔。好容易巴到了家，娘不是好好地同妹妹们坐在一处。若不闹这谣言，我三月五月还不定回来呢。”

绣春道：“说起来，自从八月节后，何先生他们都回来了。问起你，说你已经先回来了，娘又不曾看见你到家，急得什么似的。后来接到你的信，才知道在南京谋事。如今这事可谋得有些影子？”云麟道：“咳！我是病了，病倒在一座真武庙里，又遇见强盗。有一天强盗把我赶至后园子里，拿斧头劈我脑子。”淑仪听到此处，不禁双手将粉脸蒙着惊嘶道：“吓死人了，后来怎么结局呢？”云麟道：“难得来了一个少年，将我救出了庙，送我到栈房。后来打听那个少年，还是女扮男装，他名字叫妙珠。”淑仪道：“阿弥陀佛！幸亏遇见这女子。敢莫是观音菩萨变化了来的？”绣春道：“我不相信你说的话，便全象古书上讲的。如今世界上哪里有这等事？妹妹不用理他。”云麟急道：“我为甚编谎哄你们？你不信，这妙珠的妹妹便叫红珠，他们是当姑娘的。”绣春冷笑道：“如何？你口口声声讲正经，你为甚认得这婊子？”云麟道：“当姑娘的也有好有歹，却不可尽行抹煞。我也不瞒你们，直告诉你们罢。”

云麟便将红珠待他的一番情义，原原本本说出一大篇。绣春正色道：“好兄弟，不是姐姐责备你，以你这般家道，娘又老了，弟媳妇还不曾娶到，你究竟不该在外面流荡。照你说起来，这姑娘便真是菩萨了。然而还怕他线儿放得长，鱼儿钓得大，他不想你心肝五脏，他为甚拿着自己的肉望你喂？还亏这电报把你弄回家来倒也罢了，再耽搁下去，怕还有别的乱子出。”淑仪笑道：“人家说好，自然是好的，姐姐驳他，反叫人不快活。姐姐若是不放心，只须跑去告诉姨娘一声。”

云麟笑着跳起身向绣春作揖道：“好姐姐，千万不可去告诉娘，休听仪妹妹的话。”又回头对淑仪道：“妹妹有好几个月不大肯理会我了，今日才算得在一处儿亲热，你又刁钻古怪给苦我吃，我恨不得……”淑仪笑道：“恨不得怎样？”云麟笑道：“我恨不得将你这般这般。”云麟一面说，一面做手势，引得绣春笑起来。淑仪更不再坐，移动金莲向里面飞跑。云麟又喊道：“仪妹妹，仪妹妹，我有一句话要问你。”淑仪重立住脚，问道：“有话快说。”云麟道：“你进去千万不可告诉。”淑仪笑了笑，又望里走。云麟又喊道:“仪妹妹,仪妹妹,还有一句话。”淑仪又立住了,掉转脸等他说。云麟想了想,说道:“玉鸾大哥可有信来不曾?”淑仪“呸”了一声,同绣春如飞地携着手回房去了。

次日云麟清早起来,便跑入后面。黄大妈头上搭着一块青布,低着头正在那里扫地,见了云麟笑道:“相公何不多睡一睡,姑娘们还不曾起身呢。我兜水去给相公洗脸。”便掼了笤帚,即开门出去兜水。

云麟悄悄地在淑仪睡的那个房门外面,用指头敲着板壁响。绣春惊醒,问:“是谁?”云麟道:“是我。太阳下了屋角了,亏你们好睡。”绣春也笑起来,忙跳下了床,将房门开了。云麟便蹑手蹑脚趸得进去,低问道:“仪妹妹还不曾醒?”绣春道:“敢也醒了,我适才觉着他翻身的。”云麟道:“好姐姐,我有一句话问你:你看柳家那个姑娘,生得究竟怎么样?比仪妹妹如何?若是丑得紧,我便死了也不同他在一处。姐姐是知道的,在先不是说要仪妹妹的,后来不知道怎么出了岔枝儿。我为这件事,已是要死了。姐姐不信,你看我这两条瘦膀子,掐都掐得断。”说着便卷起袖子给绣春看。

这个当儿,忽听得淑仪在被里微微咳嗽。绣春摇摇手,似乎说他已经醒了,不用讲这些话给他听见。云麟果然不再开口,只长长地叹了一声。绣春重走至床前,用手将淑仪推了推,说:“妹妹起来罢,天色真不早了。”淑仪惺忪着双眼,欹起身子。云麟见他上身只穿了一件粉红衬衫,胸口隆隆地隐约露着淡青绣花兜儿,一头乌云蓬蓬地斜亸在双肩上,不由觉得有一股热香,从那边递过来。正自消魂,那淑仪见云麟站在房里,不禁脸上一红,笑道:“姐姐,快赶他出去,人家要下床呢。”一面说,一面扯过被角将身子掩好。绣春望着云麟说道:“妹妹叫我赶你呢。”云麟笑道:“我好恨呀!”绣春道:“你恨什么?”云麟道:“我恨不也变个女子,好同仪妹妹睡在一处。”淑仪此时从被角里将脸露出来,望着云麟道:“嚼舌头。”云麟笑道:“妹妹听不明白,便来骂人。我说变了女子,才同妹妹睡哟。”绣春笑道:“你也太没长进,好好男子不去做,偏生要做女人,做了女人有什么好处呢?”

三人正在房里谈笑,黄大妈已从外面进来,口里嘟囔道,“敢莫是有耳报神,如何便会知道他回来了?巴巴地便打发人来约他。”绣春问道:“黄妈,你讲什么?谁知道他回来了?”黄大妈笑道:“便是姑爷,适才打发个小倌送了一张字条来,叫给我们相公看。我说他怎么这样风快地便知道相公回来了?”云麟道:“快拿来我看。”便在黄大妈手里将一张字柬儿抽过来一看,只见上写着:

小舅子，你是听，我今儿约你去七茶。在成外双福源恭管李，有要言面痰，不道不伞。七七！

姐夫田福恩十

云麟看了一遍，皱着眉道："他到今日，如何还是这样不通，连篇累牍的大白字？而且谁不知道我是他的舅子，要这般明明白白地写出来？活是骂我一样。"绣春未及答应，淑仪笑道："什么白字？给我瞧瞧。"云麟便将字柬儿递入淑仪手里，自家便去盥洗。淑仪笑道："好呀，开头我还只当他是唱道情呢。"又望着绣春笑道："好姐姐，我却不敢拿姐姐开心，但是姐夫书上有'七七'两个字，很不好听。七七不是四十九个吗？哪里这许多姐夫？"说着笑得吃吃的。绣春被他说得脸上通红，笑道："我连一个大字也不认得，只好听你说罢，叫我有什么法想呢。"云麟也笑道："不会写字，就叫来人说一声何等不好，偏生巴巴地东倒西歪弄出一大篇笑话；而且末了画上一个'十'字，算什么呢？"淑仪笑道："敢莫是要卖姐姐？"绣春急了，笑道："你这丫头嘴很利害，看我来拧你。"说着就上前按住淑仪，伸手去在他腰里乱摸。淑仪笑得喘不过气来，双手撑拒，那一双小脚早从被后面露出来，粉白也似的小腿，衬着猩红睡鞋，乱又乱舞。

云麟忙走过去将被扯得一扯，把淑仪的脚盖好了，拦着绣春道："好姐姐，看兄弟分上，饶了妹妹罢，天气怪凉的，冻着不是耍子。"绣春方才住手，说："不是你哥哥替你讲情，叫你活活死在我手里。"淑仪喘息了一会，笑骂道："不问青红皂白，搔得人痒死了，亏你好狠心。"云麟听淑仪"咭咭咕咕"讲话，觉得十分好听，目不转睛地只管向他望，望得淑仪红晕起来，说："你老猴在房里，如何还不快去吃茶？"黄大妈笑道："正是呢，那个小倌还在外面等少爷的回信。"云麟道："你去告诉他，说我即刻就来便是了。"黄大妈转身出去。

云麟收拾了一会，还是绣春催逼着他，才慢慢走出去。此时淑仪见云麟已走，才单衩着裤子下床，走至净桶旁边，要想方便方便。忽见云麟重又跳进来，将淑仪吓得一跳，忙立着笑问道："你跑出跑进做什么？"云麟笑嘻嘻走近淑仪身旁，低问道："妹妹今儿不回去？"淑仪笑道："母亲吩咐我今儿回去呢，刚替我们兄弟绣着一顶五彩紫金冠，须赶在这几日成功，他的外婆十六日是个六十整寿。"云麟涎着脸哀告道："这忙什么呢，今儿离着十六还远。好妹妹，千万不要回去，我停刻回来，还有话讲。"又对绣春笑道："我将仪妹妹交给你，他如若走了，便唯姐姐是问。"绣春笑道："走罢，走罢，不要尽在这里罗唣。仪妹妹在床上，你还怕他冻着，他这样冷冰冰

地站着，你就不爱惜他了？”

云麟笑了笑，这才出了自家的门，一路赶向城外而来。觉着离家有一个月，城外的山光水色，都似阔别久了，重新相见，分外有致。早见一带疏柳里面，露出一扇黑地金字招牌来，明明标着“双福源”三个大字。门外一排卖熟食的，纷纷拥挤，都赶在凉棚底下坐着。

云麟走入茶馆里面，东张西望，猛见沿栏杆东首，田福恩招着手喊道：“好难请呀，到这早晚才来。”云麟见田福恩对面坐的便是杨靖，忙上前招呼了。田福恩赶着叫云麟坐下，便伸着大拇指向杨靖说道：“我这驱使神将的法子如何？你会请仙，我难道不会请神？”杨靖拱手至鼻，含笑说道：“佩服，佩服。只不知你用的什么诡计，果然叫云兄回来，他便回来？”

云麟此时正不知他们说的什么，忙接口道：“我昨晚才到家。”田福恩大笑道：“我算定你昨晚必然到家。你可是在南京接到电报？”云麟诧异道：“不错。但是你如何会晓得？”田福恩笑道：“给个榧子你吃吃吧。上一天你的姐姐说，你住在南京栈房里谋事。我便托朋友发个电报给你的，哪会不晓得？”云麟正色道：“你这人可荒唐极顶了，发电报也不妨事，如何假说我母亲病故？”田福恩见云麟认真起来，又赔笑道：“不这般说，你见了如何会回来这样快？”杨靖听了，也笑起来说：“怪道小田夸嘴，说他有本事立刻叫你回来，果然这主意很毒很妙。”云麟直气得半晌不能言语。田福恩忙倒了半杯茶，送在云麟面前，说：“大哥不用见怪，算是我错了。下次等我出了门，你也照样发给我一个电报，或是说我娘死了，或是说我老子死了，都使得。但不要说我死了，我可就老大不相信。”

云麟听他的话不觉好笑，忍着气问道：“请问你，赶着叫我回来有什么事干呢？”田福恩指着杨靖说道：“这都是因为着他，不然我也不敢去惊动你。蝶卿不知几时在哪里学会了扶乩，桌上放个牢盘子，搁上一把沙，用两人扶着一支木笔，就呼呼写起来，城隍、小鬼一古拢儿都请得到，盘里纵纵横横写些大草字。我一个也认不明白，都是他嘴里说，又是什么娘子，又是什么道人，施一道灵符，写一张药方。我怕他哄我，他说你懂得这个，等你回家来便知道这玩意儿了。我性子是最急不过的，所以发了个电报请你回来。停会吃了茶，我们一路去到都天庙走一趟，他这乩坛便设在那里。雷先生守着坛。便连你的先生都高兴起来，同着那几位文绉绉的秀才，镇日价在那里磕头捣蒜，求菩萨替他们逐个起着外号儿，跪在坛下称做弟子。好哥哥，你去看一看，若果然是真的，我也愿在坛下伏侍大仙。我只怕蝶卿弄鬼话来哄我。”杨靖冷笑道：“信者有，不信者无。我为甚吃了饭没事做，拿着这个哄你？你又比城里程道周程大人尊贵些？程大人是做过抚台的人，尚且相信，你倒反疑惑起来。譬如那一天，你在家吃了荤，谁也不会知道，如何济颠祖师一开口就说田福恩口戒未除，污乱坛地，着戒饬手心二十下呢？”云麟笑道：“原来田大哥是吃了扶乩的亏了。”田福恩笑道：“不曾打，不曾打！幸亏大家替我求了求，那个师祖就饶了我了。”

大家刚在谈笑，远远听得村庄里面午鸡齐鸣。杨靖抬头将日色望了一望，说：“可是不早了，今晚又是个降坛日期，怕程大人是必来的，我还要先去预备伺候一切。”说毕胡乱吃了些点心，临行又叮嘱云麟道：“请你务必早来。”回头又望田福恩笑道：“你若是要来，须还得洁净些。倘使昨夜干过把戏，快去洗一个澡，免得师祖又生气。”田福恩笑道：“我洁净得很呢，你不信，请你问云大哥，他的姐姐接回到他家里好几天了。倒是云大哥我转有些不放心，怕他看上了他的姐姐。”云麟怒极，望着田福恩顿脚道：“你是人，还是畜生，怎么胡嚼出这些话来？”田福恩笑道：“啊呀，同你闹笑话耍子，也会急得这样。我倒不怕上当，你转……”云麟摇手道：“请你不用说罢。我暂时也须别过你，还要向别家亲友那里去走一趟呢，晚间在都天庙里相会。”杨靖道：“好好，我们一路走。”

于是云麟这一天便到秦家、伍家去了一趟。转头又至何其甫书房里，何其甫问了问他耽搁在南京的缘故，云麟略将病的原委告诉了几句。云麟又提到杨靖扶乩的话，何其甫沉着脸道：“今晚我也要到坛上去的，替你师母求个仙方，三天前便将病原开上去了，只等今晚祖师批下来，便照样配一帖给你师母服。”云麟道：“师母怎样？”何其甫道：“产后时时有点发烧。”云麟道：“原来师母分娩了，想是添了一位师弟？”何其甫叹道：“不用提了，白白地养了一个女孩子，总算我运气不好。早知道是个赔钱货，不如不养。依我，一落了地便抱去抛弃了。是你师母舍不得，定要留着抚养。因此上他这有病，我也不大高兴去代他料理。”云麟笑道：“师妹也是好的，料还生得标致。”何其甫道：“不瞒你说，我若是曾拿眼去看这女孩子一看，我可以发得誓的，我是气伤心了。”云麟欠身答道：“先生还要看开些，师母能生师妹，将来便可望生师弟。”何其甫急道：“你能写个包帖给我，包你师母下次就会生男孩子？譬如这次生女，下次生男，也算是饶了。若是这次生女，下次又生女，哼哼，古人道得好：‘老夫一生无别事，专替人家养老婆。’可不是应在我身上了。”说罢，睁圆两眼，大有怒发冲冠的意思。

云麟知何其甫的生性，惯喜欢占着小便宜，就连这养育上也是这个意思，便不好再劝，重又勉强说道："晚间学生也到乩坛那边去。"何其甫道："你也信服这道理？真是灵验极了，世上神灵是真有的。我也形容不出他那般威灵显赫，我只觉得我们圣人说得好：'鬼神之为德，其盛矣乎！视之而弗见，听之而弗闻，洋洋乎如在其上，如在其左右。'这几句话，真活画出一个乩坛精采。莫非圣人当日也曾扶过乩来，亦未可知。就以我而论，算个什么呢，那济颠祖师还巴巴地赐我一个法号，叫'悟真子'。你如今还不曾起着表字，何不来求师祖，也赏你一个外号？"

云麟答应了几个"是"，便辞了何其甫，赶回家去。又同淑仪谈笑了一阵。暗地里将田福恩发电报的话告诉绣春。绣春只是叹了一口气，也再不说什么。

日落时候，云麟真个办了一片至诚心，整肃衣冠，径向那座都天庙而来。进入里面，见廊柱上贴的那一张敬惜字纸的红条，被风都吹得雪白了。中间堂屋里安了一座炕，一例披着半新不旧的红毯。早见杨靖、田福恩以及雷先生、何其甫、严大成、汪圣民、龚学礼，都哄哄地拥在右首一个房间里。另有一个小厮在坛旁跳来跳去地点烛烧香，忙得什么似的。一座香炉里氤氤氲氲冒着烟，过了一会，便把室里都布满了，几乎对面看不出人来。香炉背后设着四个鲜果碟儿。上首一张盘龙交椅，是都天爷爷出会坐的，也被他们借得来，算是一座神位。其余黄纸符箓，都把来搁在一处。桌面前放个蒲团，签筒、朱笔，色色齐全。杨靖背着手，摇着头，在坛旁边闲踱。众人见了云麟，略点了点头儿。转是杨靖十分殷勤，一把扯着他的手，指这样，弄那样给他看。云麟低低问道："如何还不扶起来？"杨靖道："快到时候了，只要仙驾一临，我们就该动手。"云麟笑道："仙驾来不来，你都晓得？"杨靖正色道："如何会不晓得，来的时候，便是一阵清风，清风过处，那神灵就登位了。我将符箓一画一烧，你尽管瞧罢，再也灵不过。"说着又向云麟附耳道："我托人运动过程大人几次，今日有个好消息，说程大人准来。我所以比往时略迟一点儿。"

正当谈论之间，猛见窗子外面有个皂袍影子一闪，模糊之际，云麟还疑惑是祖师到了，不由毛发俱竖。忽然那影子又发起话来，喊道："杨先生，杨先生。"云麟战战兢兢，将杨靖袍袖扯得一扯，说："是谁喊你？"杨靖笑道："这是本庙道士，唤做王自诚的，雷先生他们都朝夕在一处。"说着便向窗子外面问道："王道士，你有话进来说，何用鬼鬼祟祟的？"云麟瞥眼才见那人拎着两个大袖儿，含笑走入房里，向众人躬身施礼，便对杨靖说道："适才我亲自到程大人公馆里去，会见守门的老程二，我便问他们大人的行止。老程二笑得嘴都拢不起来，说：'王道士，你好造化，前儿我将你那个手本儿递上去，便将你的意思回明了大人，大人甚是高兴，说了一句后天去罢。我得了这口气，今天这一天，屁也没有工夫放，便买通了贴身伏侍大人的那个小二爷慧琴。’……”杨靖点头道：“不错，不错，这慧琴我们是见过的，他走起路来，屁股有点一扭一扭的，面孔生得不讨厌，要算程大人的红人儿呢。你再往下说，这慧琴怎样？”王道士又道：“慧二爷伺候大人吃过午饭，大人便睡中觉。醒来已是日斜时分，又套上眼镜，写了一张《金刚经》。又将眼镜摘下来，用手巾擦了擦。慧二爷可忍不住了，走到大人身旁，就地打了一个千儿，说：‘回大人的话，都天庙乩坛上，大人还是去不去？’大人想了想，说：‘是的呀，我允着那道士的，亏你提起来。你去叫他们预备轿子伺候罢。’慧二爷得了这一句，便飞也似地去告诉老程二。老程二便飞也似地去吩咐轿夫。……”杨靖笑道：“妙呀，该是时候了，待大人一到，一边请大人在中间炕上坐。我的布置如何？我说这满堂红的毯条是少不得的，程大人做过中丞，这官厅仪注，也不可脱略。”

他二人刚在那里谈论，严大成早惊怪起来，忙插口道：“蝶卿，你讲的可就是程道周程大人？”杨靖笑道：“我们这扬州城里，有几个程大人？不是程道周是谁？”严大成望着何其甫笑道：“说起这程道周，他那一篇会试闱墨题目，是‘泰伯其可谓至德也已矣’一章，真做得玉润珠圆，有声有色。我是极醉心的，颠倒尽可以背得过来。停会程大人驾到，还是让我去陪一陪，或者将他那两个提比念诵给他听，说不定感我知己，有点机会碰碰，也未可知。”何其甫道：“你去，你去。我这拙口钝腮，也不愿意陪他。他连佛经都懂得透彻，万一同我讲起来，没的不要献丑。”

田福恩在这个当儿，也不理会他们说话，冷不防地拿了他那件长衫，夹在腋下，就想望外溜。不料被杨靖瞧见，一把将他扯住，说：“乩还不曾扶呢，你望哪里走？”田福恩哭丧着一副黄脸，急道：“我的杨祖宗，你饶了我罢，你知道我见了本坊地保，还吓得筛糠相似地战抖，你如今又弄出什么大人来了。你不用将我当着木瓜，我难道不晓得做大人的规矩，阎王爷爷都派遣着四五位金甲神人，暗中保护，凡人只要望一望，那神人当头便是一狼牙棒。我留着整脑袋吃饭倒不好，哪敢跑来碰金甲神人的大钉子？”那王道士笑道：“田大爷且缓着急，我的话还不曾讲完呢，程大人今日是不能来了。”

杨靖此时一只手刚扯着田福恩的袖子，猛听见这一句，赶忙放下手来，惊问道：“你适才讲什么？程大人何故今日不来？”王道士又说道：“程大人刚要上轿，一只脚已跨入轿杠里，猛地内室里沸翻摇天起来。这个当儿，便走出几个小丫头，连拖带拽，将大人生生从轿子里劫出来，拥进去了。我还痴心妄想，疑惑大人进去走走，总要出来，还到我们庙里去。过了好一会，慧二爷笑出来，望我摇摇手，说：'王道士，你快回去罢，今天大人是去不成了。'我其时好象兜头浇了一瓢冷水，我这一颗心真是不死，便扯着慧二爷问他一个缘故。他低低告诉了我一句，说：'二姨太同五姨太太因为昨夜彼此将裤子穿错了，今天忽然斗起嘴来，罪都推在大人身上，提着大人的名字骂呢。'慧二爷说过这一句，便匆匆忙忙地笑着赶进去了。"杨靖叹道："晦气，晦气！明天还来不来呢？"王道士道："据老程二说，明天他再同慧二爷想法。"

杨靖乃嗒然无语。转是田福恩高兴起来，说："不来也罢，你就请仙人快快降坛，我们扶了乩，还要赶回去吃晚饭。"众人都说："这话有理，蝶卿快画符罢。"于是那个小厮重又将花烛弹得一弹。杨靖没精打采地拿起朱笔，在一张黄纸条上写了"风马云车"四个大字，捧在手里尽吹，等字迹吹干了，向烛上一烧，果然那字条便化一阵青烟，悠悠荡荡，一直旋绕到屋梁上。霎时室中鸦雀无声，大家伸头踮脚地望。杨靖亲自将灵座前一杯茶换了热的，眼观鼻，鼻观心，向那个小厮努一努嘴。那小厮便飞也似地向坛边下首站了。杨靖将乩盘的黄沙，用一根尺杆匀得光洁了。轻轻将乩笔托在手里，那一头便是那小厮托着。乩笔才着乩盘，只听得沙沙地响起来，由缓而快，由轻而重，活象有个神仙坐在那里一般。把个云麟看得又惊又喜，止不住啧啧称羡。

乩笔画了一会，猛听得杨靖站在上面喝了个"吾"字。那王道士早站在旁边一张小桌旁，一张纸，一支笔，在那里誊写，听见杨靖嚷着"吾"字，他便写了"吾乃"两个字。云麟站的所在，却同王道士相离不远，悄悄问道："蝶卿说是'吾'字，你如何写出'吾乃'两个字来？怕是错了。"王道士低笑道："一点不错，降坛规矩，都是'吾乃'两字起头。你不信，再听杨先生说什么。"果不其然，杨靖接连说个"乃"字。停一会，又说个"华"字，又说个"陀"字。王道士将舌头伸了伸，说："好造化，今日求仙方，求出一个医祖宗来了。"云麟又问道："这临坛的不是济颠祖师？"王道士道："快低声些，祖师的法讳，你如何没高没低地乱喊？临坛的人多着呢，譬如祖师是个坛里主人，有别的客要来，祖师也断不能说是不许。"王道士虽然同云麟讲话，那耳朵里依然听着杨靖报字。这个当儿，早写出一大篇药方来。末了还赘了一句"付悟真子敬服"。于是看见何其甫恭恭敬敬走至坛前磕了三个头，依然退下，便伏在王道士那里去抄仙方。

杨靖在上面问了问说："下面可有求仙方的没有？若是没有，仙师要退坛了。"

这一句话未完，便又走进几个人来，其中还夹杂着妇女，都来焚香点烛，有问事的，有求病愈的，纷纷扰扰，煞是热闹。杨靖一毫不慌乱，平心定气，按着名姓问了他们口供，便纷纷地交下仙谕来。一时欢声雷动，便大把地摸出钱来，向坛面前一个钱柜子里摔。

好容易将闲人打发走了，杨靖又将华陀退去。接连便是济颠祖师临坛，开口便说："醉了，醉了。诸弟子有何事要问？"此时众人相对默无一语。杨靖在上面发急道："祖师谕你们问什么事呢。"严大成一班人只是你望我笑，我望你笑，说："我们在先都问过了，此时实是没有可问。"田福恩此时站在一旁，大有欲前不前之势。杨靖道："也好，也好。小田要问事尽管来问。"田福恩龇牙咧嘴地尽望着杨靖笑。杨靖也笑起来说："你要问就问，笑什么呢？"田福恩道："我问的事，我不能说出口，我只放在心里，同菩萨捣个鬼，还可以不可以？"杨靖将头一扭道："这如何使得，你有什么告诉不得人的话？你虽然告诉不得人，你都要当着人告诉祖师。"田福恩嚷道："使不得，使不得，我心里的话如何能许人听见？"杨靖笑道："小田，你不用在这里打搅，你老实不必问罢。还是我们这位云弟弟不曾问过事呢，来来来。"何其甫便也催着云麟道："今天我同你讲的祖师在这里，你何不求祖师替你起个外号？"云麟点点头，便走过来行了礼，将此事朗朗对坛上讲了。杨靖重又扶起来。只见祖师写了又涂，涂了又写，闹了好一会，才写好了"趾青"两个字。何其甫点头赞叹说："真是祖师佛法无边，云生名麟，祖师便取《诗经》上那一句'麟之趾'，替他做了外号，真是再也关合巧妙不过。"云麟也是高兴，重又磕头谢了祖师。这才撤了坛，大家退出室外。

其时已有戌亥时分。田福恩老揉着肚皮嚷饿。龚学礼望着汪圣民搭讪说道："时候真是不早了，回家去怕是饭后钟了。你腰里有钱没有？如有钱，我陪你上馆子小酌去。"汪圣民吃了一惊，忙分辩道："我如何会有钱？我如果有钱，就是你养的。"说着便连裤带子都解下来给龚学礼看。严大成笑道："何其翁我知道是有钱呢，我听见他腰里索索落落地响。"何其甫正色道："钱是有几十文，老实对你讲，我带出来是买药的。你们难不成连药都要吃下去？我是失陪了。"一面说，一面迈步飞跑，眨眨眼已出了庙门。

这里众人叹了几口气，都陆续分散，只有杨靖、田福恩、云麟是一处走。云麟心里记挂着淑仪，便向杨靖告别。杨靖携着他的手更不肯放，说："大家闲踱踱，我还有话同你讲呢。"云麟不得已，便随着杨靖、田福恩出了都天庙。这一带是个荒凉所在，杳无人迹。杨靖且走且说道："适才扶的乩可灵不灵？"云麟笑道："怎么不灵，最奇怪不过那支乩笔便象真个神灵驱使一般，写得飞快。"杨靖笑道："跐青，跐青，我当你做亲弟弟看待，我告诉了你罢。"回头又望着田福恩道："我也不瞒你，你听着可不许被第二人知道。"田福恩急于要听杨靖的话，便忙着发誓道："我断不告诉人；如若告诉了人，叫我的女人给你玩。"这句话不打紧，早把云麟两个粉颊上羞得红云滃起。杨靖笑了一笑，又望云麟说道："这扶乩的玩意，哪里有许多真的呢，全是我在那里捣鬼罢了。那个小厮是我教导好了的，叫他依着我，我写什么字，只要他不同我扭着就成功了。"田福恩听到此处，便直嚷起来，说："如何？我说是假的，亏你那一天还要打我手心。"杨靖笑道："低声些，叫你不用告诉人，你便直嚷起来，万一被人听见，你是要应誓的了。应了誓，我没有对不住你，我转有些对不住跐青。"

云麟道："原来如此。只是你忙这玩意，又有什么好处呢？"杨靖叹道："哥哥捣这个鬼，又是出于不得已，其中有个缘故。上年我不是弄了一个禀帖在县里告了我那老不死的丈人，我的主意，是想县里做主，将那老不死的驱逐出境，所有家业，均归我一人承理。谁知那县里平时倒也明白，唯有这件事上弄糊涂了，第二天批出来，说是着亲族调处。闹到末了，送了我几十元，叫我夫妇搬出另住，永不再同他家轇轕。住是住出来了，这日用三餐，煞是有些拮据。本来我不大喜欢弄笔墨。况且朝廷里忽然改了章，做什么牢瘟策论，大凡有子弟的人家，都因为这个上头，不愿意叫他们读书。他们不读书，我们便连馆都没有得坐，难道白白地便饿死吗？除得死法想活法，哥哥仗着点小聪明，便替乡下人包揽包揽词讼。不过这词讼上面的钱，是有伤天理，弄不得的。况且哥哥手脚大，钱到手便用，逐日以来，还是结结巴巴的。哥哥发心改邪归正，再不造孽了，偶然向王道士谈起苦情。王道士自幼便学会了扶乩，又苦于人不肯相信他，便同我说合了，在他庙里设个乩坛，骗骗百姓。据闻适才讲的这程道周程大人，最相信这些事，不过将他弄进里面来，便可在他身上生发生发。然而他是有学问的，光拿着神符药方去哄骗他，又不济事了，必须编几句歌词，或是词曲，要说得活灵活现。若在前几年，哥哥也还可以下笔千言。如今是荒疏久了，所以特请老弟来帮个忙。说老实话，若不是借重老弟，我也断然不将这实话告诉你。"

云麟笑道："原来你是欺人的。照这样说，适才替我起的外号，还很费心。什么祖师呢，倒不如望着你磕头。"杨靖笑道："不敢，不敢。你将那个话儿编好了，就算是谢我。"云麟道："编什么呢？你须也出个题目来。"杨靖道："北门城外一带荒塚，渐渐有些白骨露出来了，你须装作祖师口气，叫他大大出一笔款子，交给我们。这叫做掩胳埋胔，是个最慈善的事业，不怕他不答应。你替哥哥将这件事做成了，总不叫你落空。”云麟笑着答应了。

过了几天，果然杨靖打发人请他，说是程道周程大人一准于今天午后到此扶乩，务乞速临。云麟便匆匆地诌了一篇似赋非赋、似文非文的小启，大意都说是程道周家拥巨赀，必宜泽及枯骨，天心鉴察，自有善报等语。到了庙里，悄悄将稿子递给杨靖看了。杨靖欢喜非常，连连望云麟作揖不迭。其时众人俱已到齐，只有田福恩因为座中有程大人，他死也不敢前往。王道士又将庙址重新扫掠干净，命人看守着大门，不许闲人入内观望。

且说程道周原是科举出身，平日留心程朱学问，不苟言笑。晚年遁入佛境，悟彻真如，致仕归家，谦恭盛德，从不肯以威福压制乡邻。至于救困扶危，修桥补路，无不乐为。他自从听见说这都天庙里设有扶乩，又是几个读书君子在那里主持其事，料想决非妄语。便高高兴兴，青衣小帽，坐了一顶轿子，迤逦前来。下了轿，便有那个慧琴搀扶着慢慢走上台阶。王道士先迎上去，就地一恭。杨靖同着何其甫、严大成一干人都鹄立伺候，大家眼观鼻，鼻观心，不敢仰视。

程道周一一相见，坐下来便问：“这乩坛是哪一位创办的？”杨靖忙抬身答道：“是本县生员杨靖。”程道周又笑道：“兄弟在京城里，也曾见过朋友扶乩，是很灵验的。近年来知道此事的就很少了，不料先生倒还高明。”杨靖道：“生员以至诚感格，蒙神人不弃，倒还时时肯降驾临坛。不过生员们人微言轻，一切总望大人格外提倡。”程道周道：“兄弟既来，少不得也要扶助先生们成此盛举，每月这坛里需用多少，随后便叫王道士立个手折，到兄弟那里支付罢。”此时杨靖及王道士忙立起身重又道谢。当他们谈心这个当儿，云麟悄悄扯着严大成衣袖低说道：“严先生为什么不念‘泰伯其可谓至德也已矣’那篇闱墨？”严大成扭头说道：“念闱墨呢，我被他这一来，把念熟的都吓忘了。早知道如此，我该将那本子藏在袖里带出来。”云麟噗哧一笑。又听程道周说道：“就请先生们扶起来罢，兄弟倒好瞻仰瞻仰。”

杨靖听见，忙答应了几个“是”，便吩咐小厮点齐香烛。又暗暗丢了一个眼色给云麟，叫他上来帮着。这一次扶乩，比寻常不同，众人都十分兢兢业业。程道周将衣冠整得一整，便上前行礼。行礼之后，曲背躬身地站在一旁。这一天刚是阴色沉沉，凉风吹着帏幕萧瑟作响，还不曾黄昏，室中已是黑暗。便是那两支红蜡，也不十分光亮。杨靖同云麟一边立着一个，轻轻将那乩笔拈入手里。刚望盘里一搁，众人

只听见那乩笔在盘里旋转得飞快，那一片声息，好似千军万马，又象风雨骤至。杨靖望着云麟发怔，疑惑云麟在那里弄狡猾。云麟又疑惑杨靖。云麟此时满意将他编的那小启写出来，谁知开头几个字，便不是他所编的小启，吓了一跳，暗暗埋怨杨靖，保不定是他已编了别的，故意同我开心。再看看杨靖，只管睁着两个大白眼向盘里瞧，手不停挥，霎时写出一首小词来了。

多少年华辜负了，悔当时不好。误认知音将命抛，是谁做就圈和套？红绫三尺悬梁早，白白被人笑。叹覆盆红日何时照。

写到此处，只听扑通一声，那支乩笔便从两人手里跳起来，不偏不倚，一直掼落在香炉里，兀地跳震不住，双烛齐熄。

程道周喊了一声说："不好，不好！这语气分明是缢鬼了。"众人听说是缢鬼，各各掩面失色，顿觉眼前迷迷糊糊。云麟支持不住，忙跳下乩坛。在这纷乱时候，忽地那个王道士怪叫起来。雷先生复行点了一盏洋油灯进来一看，原来那王道士被杨靖一把紧紧搂住，只听他口里嚷了一声说："我的好妹妹，我定然随你来也。"说了这一句，更不开口，渐渐嘴巴歪斜，放了王道士，便直倒下去。

欲知后事，且阅下文。

# 第四十五回　乞捐资短尽英雄气　吞巨款空生宵小心

程道周先是大大吃了一惊，当时便疾转过身来问道："这分明是冤鬼显灵，借乩索命。诸位可知道这杨先生平时可有什么不可告人的冤孽吗？照这光景，第一要紧还是延几个道士打一台清醮，替他解救解救罢。"呀！再一细看，适才那些先生，不知都溜到哪里去了，只剩有一个小厮同王道士不曾走。程道周知道他们书生畏祸，也只付之一笑，便招呼了慧琴，说："我们也走罢。"于是坐上轿如飞而去。

王道士此时被杨靖这一吓，也忘却送大人的宪驾，低着头再将杨靖一看，只见他面白眼突，顿时将一副脸瘦得没有二寸来宽，双手微微撑拒，已是出气多入气少了。雷先生提进来的那盏洋油灯，本来已剩不多少洋油，至是已奄奄待尽。那个小厮吓得索索地在一旁抖。王道士大着胆子问那个小厮道："他们诸位先生呢？"小厮也答道："他们诸位先生呢？"王道士道："如何他们一个也不见了？"小厮也答道："如何他们一个也不见了？"

王道士见那个小厮已失魂落魄，生怕又出别的岔子，忙忙跑出房外，传集了庙中两个伙夫，用一张竹床子将杨靖睡上去，趁他还有一丝微气，飞也似地自己押着送到杨靖家里。他妻子宋氏刚捧着一碗薄粥，坐在门槛上，忽然见人将他丈夫抬得回来，吓得跳起身来，手里那个粥碗，不由哗啦一声，堕地粉碎。王道士略将杨靖扶乩遇鬼的话告诉宋氏一遍。宋氏不禁放声大哭，抱着杨靖，脸对脸地叫唤。谁知杨靖再也不肯转回阳世，渐渐肌肉发紫，一灵永别宋氏去了。

宋氏是个老实妇人，转身便向王道士磕了一个头，说："不瞒你老人家说，我们先生在日的光景，你老人家一切都知道的，真是柴米无着。如今从半天里掉下这件祸事，我一个妇人家没脚蟹，叫我怎生发付？怕不一条命就是两条命。"说着涕泗横流，又跪在杨靖尸旁哭起苦鬼来。王道士也是尽提着大方袖子拭泪。那两个伙夫提着杠棒喊道："王师父，我们是回去了。"王道士点点头说："你们先回去罢，我停会子便来。”说毕掉转身子，又来解劝宋氏，说：“奶奶尽着哭，也是没用，死的已经死了，活的还要过呢。为今之计，第一先要将杨先生后事置办起来，好好入了殓。奶奶想是没有这项现成款子，我替奶奶打主意，还是奶奶亲自到家去走一趟，同老爹商议商议。千不看，万不看，奶奶总是他亲生亲养的，也不能不照顾奶奶，这是末了一次。”

宋氏收了眼泪，哽咽说道：“你老人家说的话怕不是，但是我爹娘自从闹过官司以后，他两人的心是冷透的了，再不肯见我们夫妇一面，去说怕也没用。我们先生在日，他同学朋友也还不少，若是能够请朋友们帮个忙，觉得比较去求亲戚爽利些。这件事便托你老人家替死鬼效个力罢。”说罢又哭起来。王道士道：“只恨我小道也是清风两袖，很对不住我们杨先生。既然奶奶这样说，小道拚着这副老脸，情愿替杨先生去沿门托钵。何其甫何先生，我记得他是你公公的门生，他同杨先生便有世谊。我就先去同他斟酌，他总比别的朋友要出得多些。而且学中的人，小道究竟是个门外，此后一概总还要仰仗着他。奶奶你先好好守着死尸，我去去就来。”

王道士此时深悔扶乩的事是他发起，不料便在这上面将杨靖的命送掉了，问心惭愧，不由负着一腔义气，径奔到何其甫那里。何其甫在庙里见杨靖遇鬼，便知此事有些难处，防有人命干证，暗中将云麟扯得一扯，没命飞逃。依云麟主意，倒不忍心将杨靖丢在庙里，无如平素畏惧先生惯了，不敢不从。刚出庙门，随后严大成一干人也都陆续分散。

何其甫逃入家内，惊魂兀自不定，不得已在书架上取了一本《太上感应篇》，从头至尾读了几遍。刚自闭目凝神，已见王道士跑进来。何其甫吃了一吓，装着没事人一般，绝口不提杨靖的事。转是王道士问道：“何先生可晓得杨先生已经咽气了？小道适才亲自将他送到他府上去。”何其甫冷冷答道：“这一来倒也罢了，免得时常到你庙里去打扰。”王道士道：“唯是杨先生身后一切没有，小道此来，少不得要费先生的心，替他张罗张罗。”何其甫惊道：“身后的事吗？咳，象我兄弟身前还在这里敷衍不下去，我却不能替他张罗身后了，请你免开尊口。”王道士道：“啊呀！这一来他女人怎么能发付呢？先生不看杨先生分上，还该看杨先生的老人家分上。”何其甫气丧着脸说道：“依你意思，想叫我怎么样呢？”王道士笑道：“方便的事，听人方便，也不能争竞多寡，先生解一解囊。以外的朋友，便请先生出个名儿，替他发个传单，少不得凑集一二百元，将杨先生丧事弄清了，余下的便给他女人养活。”何其甫冷笑了一声，将个大拇指竖在王道士面前说：“王道士你真是大慈大悲，就请你替他担任了罢。象我就没有这样魄力，我如有这样魄力，我倒不坐这穷馆，我早已去做道士了。要知道点石成金都是你们道士的法术，我们孔夫子若能点石成金，他倒不至于‘在陈绝粮，从者病，莫能兴’了。”王道士见何其甫毫无资助之意，不禁也有些生气，便故意笑道：“可惜点石成金，我们祖师久已失传了，若是不曾失传，小道庙里金子虽然没有，石头是有的，何至又来同先生罗唣。总之这件事，先生万万义无可辞。”何其甫怒道：“我是欠他的？”王道士道：“如果欠他的，又作别论了。”何其甫道：“你该上门来逼我？”

王道士正要答言，那美娘在房里听见，已经知道此事，见他们口角起来，便将何其甫喊得进去。何其甫依旧怒气未息。美娘笑道：“你们讲的事，我是明白了。开弓没有回头箭，你多少也该帮助他点，才是道理。”何其甫道：“道理道理，有了道理，就没有钱了。”美娘笑道：“话虽如此，你同杨先生比较起来，你究竟比他宽绰些。我也知道我们家里也没有现钱，不如将我手腕上这两只双龙抱柱银镯头，先借他去当一当，等我们有钱，我们再去赎。你以为如何？”何其甫道：“也好，也好。横竖这镯头，也是你陪嫁过来的，我也说不起嘴来拦阻你。我再不同这王道士谈心，你便拿出去交给他罢。”美娘不得已，便将镯头送出来，交给王道士，说了几句好话。又说：“我们先生他是树叶子掉下来怕打破头，这传单的事，还请道士另去找人办罢，实在对不住死鬼杨先生。还请道士带个信给他师母，劝他不用过于哀恸。”

王道士见美娘说话较何其甫圆通得许多，也无可说，将镯子拿到手里，谢了两句，便去寻觅别人。谁知一直跑了好几家，再也休想他们肯出一个铜钱。王道士气得脸都青了，没精打采，又转回宋氏那里，眼看着这副银镯，如何济事。宋氏只是哭泣。王道士奔了一天，虽是深秋时分，天气还热，杨靖尸身渐渐透出臭味，肌肤青紫。

王道士正没打算处，猛地门外走进一个人来，不是别人，正是云麟，心里记挂着这件事，手里携着一包纸锞，到灵前磕了三个头，便问王道士，这事如何办法。王道士便将向诸人乞告情形说了一遍，又说：“还不曾到相公那里去。”云麟道：“王道士，你是错了。固然读书的人也没有多钱，即使有钱，你要想他无故地拿出一文半文来使用，除非海水西流，太阳东落。他们书愈读得多，心愈练得毒。这些慷慨解囊，挥金如土，倒还要在那些斗鸡走狗、皂隶舆台里去寻觅，或者还碰着一两个假侠士。再不然就要去寻觅大人先生，大人先生们积蓄多，原也不肯浪用，但是他们出得一千，只当我们出了一百，他们出了一百，只当我们出了一十，这叫做多里捞摸。你放着程遭周程大人那条路不走，转来同穷书呆子纠缠，无惑乎是个劳而无功了。"王道士被云麟一席话转说得笑起来，说："好相公，你虽则年纪轻，倒还爽快。我何尝不想到程大人那里求告，只是我们哪里有这份儿去面见大人呢，少不得还是同他门口那几位管家磨陀。相公你须知道，一个乡绅家门口的管家，同州县衙门口差役一样，都是吃人不吐骨头的，他只肯帮着外人一齐去弄大人的钱，他断不愿意拿大人的钱花出来做好事。不瞒相公说，就是扶乩这一层，我暗中允了他们的许多酬谢，他们才肯从中出力，若是不然，早就掼下你不睬了。"云麟道："既这样，我便前去会他们大人，当面求告。"王道士不等云麟说完，拍手笑道："妙呀！相公肯去，这是再稳当不过，相公毕竟是个秀才老爷，与我们做道士的不同。"云麟道："也只好碰碰看罢。我也不再耽搁，就此前去，你在这里等我消息。"

王道士答应了。等云麟走后，便先将那副银镯送至小押铺里押了一千多钱，先买了些柴米纸锞。又到庙里叫了一个伙夫，挑着到杨靖家里。自己将庙里各事安排好了，依然也赶着到这边来。

且说云麟负着满肚皮豪情侠气，匆匆走到程绅宅前，见大门里面那盏极大门灯，蜡烛刚才熄了，兀自氤氤氲氲冒着油气。屏门紧闭，旁边壁缝里却露有灯光，有两个人的笑声。云麟也不管三七二十一，便咚咚地在屏门上拍了几下。里面笑声顿息，便听见有人问道："外面是谁敲门?"云麟道："是我。"里面又问道。"你是谁？"云麟道；"我姓云，是来会你们大人的。"里面冷笑道："哦，会大人的。最好再来迟些，我们大人是终夜不睡觉，专等会客的。"接着便有一个小丫头声音，似乎在一个人身上拍了一下，笑骂道："你这冷贼骨的，说的话真有味儿。你老实去开门，我也要赶快进去，姨太太等着水用呢。"又听见里面笑道："小冤家，理他呢，早不来，迟不来，刚在这个当儿来显魂。"说着又象缠倒在床上。只听见小丫头"啊呀"、"啊呀"笑个不住。

云麟不由心头火发，拍得那门格外利害。便从这声音里，听见高底鞋子咭咯咭咯一路跑进去了。才走过一人将门用劲一操，呀地开了半边。云麟见他穿了一件短衫，面红气喘，冲着云麟说："先生，你知道此时是什么时候了？我们大人哪有会客的道理？明天请先生早些来。"云麟道："请问你可是程二爷？"那人道："那是我的父亲，夜间不住在这里。我便叫做程全。"云麟道："并不是一定连夜求见你们大人，只因为有一件要紧的事，要同你们大人商议。还请替我进去回一声，事成之后，少不得有点酬谢。"程全答道："原来是打抽丰的。这件事也不吃紧，只是半夜三更，我们不敢进去回。”说着便将那扇屏门扑通关了。

云麟好生扫兴，暗想：“这时候已有二三更时分，我来得原是不巧；况且乡绅家这重门房，便是一座严关，此关打不通，也是没用。这程全宁可在门房里同丫头们打混，要他上去回一句话，他就推三阻四。亏他名字还叫程全呢，你就不该成全成全杨靖？”云麟一面走，一面恨得咬牙顿脚，道路又黑，只管一口气望前奔走。猛不防腋下扑着一人，被云麟一股劲，平空栽倒，便呀地哭起来。云麟低头一看，原来是一个七八岁的小孩子，手里紧紧捏着一个粗碗，盛着汤汁淋漓，已是一点不剩；还有一个小篮子，颠倒跌去十几步远，满地白皑皑的，深夜也看不清楚。幸喜那碗不曾跌碎。

云麟忙弯下腰来搀那孩子。忽地从右边一个铺子里跳出一个人来，喝问道：“蟹儿，你为什么哭？”那孩子便哽咽地说被人撞倒，将豆腐浆都泼了。那人冷笑道：“好好好。蟹儿你多管是烫着了？”又望着云麟道：“好利害，街道是你购买来的？为何不圈入府上去？容你在此横行霸道。我们有理讲理，你怎么说怎么好，快说快说！”云麟见那人神情很有用武的意思，不觉吃了一吓。恰好这个当儿，铺子里走出来一个驼背老者，手里端着一盏油灯，闪闪地动摇不定，灯光射到那人脸上，云麟认出这人便是三阎王刘祖翼，当日曾拿着他女人破裤去索诈过田焕的，后来在学堂会过几次。云麟忙赔笑走上一步，说：“原来是刘四先生。这位相公是谁？多有得罪。”刘祖翼也认识云麟，不禁也笑起来，说：“我道是谁呢，彼此都是熟人，不妨事，不妨事。黑夜里你如何敢出来？”云麟道：“不瞒刘四先生说，杨先生杨靖昨天死了，学生便为他的事忙着。”刘祖翼惊道：“杨蝶卿死了？大前天我还看见他在茶社里很神气的，如何会死了？街上不是谈心之所，便请到我们舍亲铺子里谈两句，权且歇歇，稍停我送你回家去。”说着便命那孩子搂掇好了，一同随着那驼背老者进入门里。

云麟留心看去，原来是一座磨豆腐的铺子，拢共不过两间房屋，一边支设炉灶，一边安着磨盘。大缸小缸倒是五六只，满满地也不知是安放什么的。一匹瘦驴子，正自颠头簸脑，在那里挨磨，耳边只听得“轰轰轰”响个不住。磨盘底下睡着两个母猪。又有一张草铺，一个老婆子赤着上身，怀里抱一个吃乳孩子，同猪睡在并头。刘祖翼跳得进来，左望望，右望望，忽地从那婆子铺底下抽出一张木凳，命云麟坐着。不提防这木凳一抽，那铺地轰的坍了半边，将婆子从梦里惊醒，怪叫起来。刘祖翼笑道：“嫂子，是我。”那婆子见是刘祖翼，再也不敢则声，光睁着眼坐在地上。

刘祖翼向那驼背老者笑道："原来碰倒蟹儿的，是我的朋友云少爷，少不得停会还要另舀一碗浆。"那老者应道："有浆，有浆。"说着便舀了一碗捧给云麟。云麟见那浆倒是滚热的，只是无糖无油，微微呷了一口，也就放下了。

刘祖翼拍着那孩子笑道："这是我的小儿子，今年八岁了，每天夜里，我将他携带出来，到我们这舍亲郝财喜铺子里吃两碗豆腐浆。临走便带一碗回去给他姐姐。你踢翻了的那个篮子里面是豆腐渣子。内人吃素，他喜欢弄点咸菜炒炒，又下饭，又免罪。我同郝老爹的亲，算是不远，我记得他是我们远房本家祖母的姨甥儿。承他的情，从来不曾厌烦过我。不久要发榜了，你的闱稿想还得意？杨蝶卿死是死了，你为他忙什么？"云麟道："不瞒四先生说，蝶卿死了，一总身后的物件一样没有。我们替他设法，意思想去求求程道周。不料来迟了一步，他家门房里小程说睡了，不肯去回。但是蝶卿尸身已有些变动，明天再不入殓，恐怕他府上也要变做鲍鱼之肆呢。"刘祖翼道："程道周吗，我知道他的脾气，除得和尚道士，拿天堂地狱去哄动他，一哄就是一千八百；若在别的上面想他的钱，比拔他的毛还难。你以为可惜他今天已经睡了，意思明天等他不睡的时候再去求他。不是我说一句打断你的兴头的话，只怕他耳朵听着，嘴唇抿着，眼睛闭着，脑袋晃着，任你怎样哀求他，比睡的时候还老稳，给你一个不答应，你有本事闯到他库里去抢劫他的银子。"云麟听了，不禁懊丧起来，说："这便如何是好呢？终不成眼看着杨先生不得入殓。"刘祖翼笑道："这却要倚仗我刘四先生了。不瞒你说，我刘四先生的大名，老程他也如雷贯耳，一年三节，我往常都要捞摸他几文用用。今儿看着你分上，杨蝶卿在日，我们也有点交情，等我猴到老程的大厅上，叫他双手送出钱来；他若是敢出个哼声儿，我姓刘的便称不起好汉。"

云麟大喜，忙向刘祖翼作了一个揖，说："便费四先生的心，一切仰仗。"刘祖翼挺着胸脯道："大家都是替朋友帮忙，何消你这般打恭作揖，反觉得客气了。一不做二不休，杨蝶卿家里料想没有多人照应，仅仅撂给王道士一个陌生的人，我们朋友反置身事外，也不成个体统。你如果高兴，我们一路走，先将我这蟹儿送家去，我便陪你到杨蝶卿那里。我舍间还剩得几百文，一发带了去，恐怕夜间他家有些零星使用。"云麟十分感激，遂一一答应。刘祖翼又命蟹儿舀了一碗浆，又盛了一篮子豆渣，辞过郝财喜，黑洞洞地径奔上街。

走了好一会，到一处北城根脚下，有三间板屋，后面便依城为壁。两扇蓬门，虚虚掩着。门缝里微露灯光，机声轧轧地似有人在那里纺纱。蟹儿走得飞快，早跳过去，将门一推，喊道："姐姐，浆来了。"刘祖翼便让着云麟先走，大家都进入门里。云麟见有一个十五六岁的女郎，荆钗布裙，刚摇着纺纱车儿，旋转不已。见了刘祖翼，忙含笑立起身来，说："爹回来了。"刘祖翼道："你母亲呢？"那女郎道："母亲刚才睡下。"说着便溜眼望着云麟，不禁羞态横生，把个头低垂下来，尽瞅自己的一双小脚。云麟见那女郎虽是家常打扮，却有一种风姿，令人怜爱。知是刘祖翼的女儿，却也不敢轻薄。无如只有一个长不及十步的堂屋，道不得个嫌疑回避，也就细细饱看了一回。

刘祖翼听他女儿说母亲已睡，他早跑入房里，窸窸窣窣去摸那几百文铜钱。似乎听见他女人埋怨，有不肯的意思。刘祖翼急起来，说："别人死在床上了，我们没有米，总还不至饿死呢。"停了一会，刘祖翼跑出房，果然将几百文用手巾包着。坐下来，便命他女儿去烧茶。云麟道："不必烧茶罢，还是早去为妙。"刘祖翼笑道："我这里也是坐，他那里也是坐，迟点去也不妨事。"云麟点点头，早见那女郎走入对面房间里生火去了。刘祖翼道："舍间寒素，也没有可吃的东西。我们适才从巷口经过，粉团铺子里倒还热气腾腾的，我们买几个来当点心。蟹儿呢，你去跑一趟罢。"那女郎在房里答道："蟹儿瞌睡死了，他早经睡得沉沉的。"刘祖翼道："要吃龙肉，亲自下海。你在房里稍坐坐，我去买一买就来。"

云麟要拦，已是不及，只得由他去了。自己立起身子负手闲望，只见那屋全是芦柴编就的。隔间的壁，也没有板，通用芦笆挡着。伸头向房里一张，见那女郎蹲在地下，衣服搂搒在前面，一条洋布裤子，紧紧绷着臀腿，似乎肌肉毕现，不禁心里荡了一荡，微微一声咳嗽。那女郎抬头见是云麟，嫣然一笑。云麟见左右无人，便悄悄踅进房里，伸手去摸那女郎下颏。那女郎一面用手遮掩，一面笑得格格的。不防那声气大了，被他母亲在对面房间里听见，问道："玉娇你同谁笑？"玉娇赶忙忍住笑，用手向外面一指。

云麟听见他母亲发话，急急抽身跳出了房，猛不防同一个人撞个满怀，再抬头一望，正是刘祖翼，买了粉团回来，推门而进。玉娇听得明白，所以用手指指外面，似乎告诉云麟，我的父亲回来了。云麟哪里得知。刘祖翼见云麟从房里慌慌张张跳出来，心下大疑，正待发话，玉娇猛地在房里嚷起来，说："爹呀，适才茶沸了，火几乎烧着芦笆，幸亏这位相公帮着扑熄了，不然怕不闯出乱子。"刘祖翼方才坦然，赶着云麟谢了两句。

一会子玉娇将茶送至外面，刘祖翼同云麟胡乱将粉团吃了一顿，听见街鼓已转

着三更。刘祖翼将衣服扑得一扑,望着云麟道:“我们走罢。”又回头吩咐他的女儿,好好照应门户火烛,便自去睡。玉娇在房里答应了一声。好笑,依云麟此时主意,便恨不得独自留在玉娇家里,消遣这长夜,并重重谢他适才回护之恩。叵耐刘祖翼不肯方便,只管押着自己赶向杨靖家中而来,见王道士盘膝坐在死尸面前,诵往生神咒。宋氏鼻涕眼泪地,在一旁烧纸钱。那个伙夫躺在死尸脚边,兀地鼾睡不醒。王道士见云麟回来,便问:“这位先生是谁?”云麟将程道周那边的话说了一遍。又说:“这位是刘四先生,是我们学中老前辈。承他老人家热心允许,明天替我们向程道周那里设法。”刘祖翼向云麟说道:“哦,这位就是王道士?兄弟佩服得很。如今世界上,象王道士这样替朋友帮忙,是千中挑不出一个来了。兄弟岂肯让道士独为君子?”说罢又狂笑起来。云麟见夜间没有甚事,怕母亲记挂,便向王道士告辞。王道士将伙夫喊醒了,送云麟回家。

次日,刘祖翼果然跑至程道周公馆里。门房程二,见是刘祖翼,便不敢怠慢,急急替他回了。程道周皱眉苦脸,说:“你快去问四先生,又有什么话说?他若是要钱使用,你便打发了他罢,我瞧见他的影儿,头也会疼。”,程二便又出来问刘祖翼。刘祖翼如此这般,将杨靖死了没钱收拾,要求你们大人帮个忙儿的话说了一遍。程二道:“依四先生,叫我们大人帮多少?”祖翼伸了两个指头,说:“至少要他二百元。”程二说至再三,允了一百元。自家告诉程道周,依旧是二百元。拿了一百元自己上腰,以外一百元,允着停会子,着儿子程全送至刘祖翼家中。刘祖翼见自己马到成功,十分欢喜,急急跑回杨靖那里,将此事告诉了王道士。宋氏感激入骨,不由在地下碰头叩谢。刘祖翼此时激昂慷慨,立时又写了一张传单,在同学里的朋友大大张罗了一番,大约也凑了一百多元。便是何其甫,还被他敲了两元竹杠。

大家分头办事。云麟去邀约阴阳先生,替杨靖择时入殓。刘祖翼便上街赶收捐资。王道士拣了一家熟材板铺里,替杨靖看好了一副棺木,讲明价钱五十元。无奈那材板铺里主人,必须现钱方肯交付,王道士只得又跑回来告诉云麟。云麟道:“可恼!这主人也太精细了,难道我们好白白地骗他一副棺木?”王道士道:“这也难怪,世事艰难,谁不知道杨先生在日行为,还敢放帐给他?此事只须刘四先生将钱先拿出一半来,也好将就办了。少停还请相公到刘四先生那里催一催。”

彼此刚说着话,耳边忽听“扑通”一声,接连便见杨靖尸身底下流出一大片血水,秽气刺鼻。大家吃了一惊,掩着鼻子说:“怎么尸身变得这样快?”宋氏揭起杨靖小衣一看,原来肚腹上已溃烂了,肝肠都流露出来,急得放声大哭,不住地用蝇拂子替他驱逐苍蝇。云麟更忍不住，说："等我去催刘四先生，快将棺木买来罢，再延挨下去，怕更不好。"

云麟此时三脚两步，重又跑至北城根脚下，见刘祖翼住的房屋两扇板门虚掩着。云麟挨身而进，走至屋内，寂寂无声，不见一个人影。云麟向房里张得一张，分明昨夜那座茶炉子，还安放在那里，不独看不见刘四先生，便连那知情识趣的刘玉娇，也是毫无影响，吓了一跳。跑出门外，向左邻右舍问了一问。有一个老妇刚在那里缝衣服，说："相公是间隔壁刘四先生吗？适才匆匆地携了他的儿女及刘四奶奶一同出外去了。相公若是早来一步，便可会着。"云麟道："他们几时回来？"那老妇答道："这倒不晓得。他好在精穷得家伙也没有，他不回家，也没有人偷他的。"

云麟好生委决不下，重又走回来，将此事告知王道士。互相猜不出刘祖翼是何用意，只好坐着老等。谁知等到第二日，也没见刘祖翼的影子。王道士又偕同云麟跑至城根脚下打听，依然如石沉大海，知道此事不妙。只把个宋氏急得上天无路，入地无门。云麟同王道士毫无主意。还是依了王道士在先老章程，逼着宋氏跑到他父亲那里报丧，哀告帮助几文。宋义兴是恨这女婿深入骨髓，一文也不肯出。还是他母亲不忍，背地里递给他一块洋钱。宋氏哭泣着回来。王道士没法，同云麟各凑了几块钱，另买了一副薄棺材，草草地将杨靖收拾了，抬至义塚冈里安葬。宋氏此后亦不知流落何所，这也是杨靖一生阴贼险狠的恶报，且不必表。

单表刘祖翼借死友以敛财，欺生友而遁迹，谁不提着刘祖翼三个字觉得比狗还不如，然而其中也还有冤屈他的地方。刘祖翼起初一念，何尝不是英雄肝胆，菩萨心肠。无如银子是白的，人心是黑的，只因一转念间，不能化洽刑于，遂尔贻讥名教，落后还酿出些酸风苦雨。只因著书的只有一支笔，不能夹写两面事，如今已将杨靖打发去了，且待在下将刘祖翼得财遁迹的缘故，缓缓表来。

且说刘祖翼自打从程道周门房里出来之后，那老程二便到帐房将二百元取到手里，只封了一百元。刚用手巾扎缚停当，吩咐他儿子看守房门，待要送到刘祖翼家中，不防外面走进一个人来：身穿蓝布大褂，袖底下污得黑油油的；青裤青鞋，青袜套子；唯有裹的一副打腿布，却是通红的，肩上背着一条褡裢，两头钱压得很是吃重；手里拿一柄黑油折扇，用蓝手巾紧紧包着。进了门便喊："程二哥在家里吗？陪你到白玉池浴堂里洗个澡去。"老程二一见那人，欢喜非常，说："原来是石老四。许久不见你拢到我这里了，贵人事忙。"石四笑道："不错呢，连日府大老爷在我们屋里议论什么字纸的事，还有县里的太爷，不是你来，就是我往。依我呢，就想交代几个小伙子们忙忙，又怕他们把材料糟蹋了，开上帐去，老头子又挑剔这样，挑剔那样，能照帐六折开发，就算他天良。所以我一总不敢分身到此来看望二哥，记挂你得很。”老程二笑道：“这也难怪你。但是你适才说什么字纸的事？”又凝了一会神，用手搔着头发，笑道：“哦，自治的事罢咧，前天地方上也来请我们大人的。我们大人他不愿意管这些事，倒是你们那里这班小乡绅忙得热闹呢。”老程二说到此处，便将那包洋钱重又拿出来，望着他儿子说道：“我陪你石老叔去吃杯茶，这笔款子你亲自送到刘四先生那里去罢。他的家便住在轿夫马武间壁。”

程全答应了。老程二走后，他便将门口那个打扫夫喊进来在门房外面坐一坐，自己拿了洋钱，一直送到刘祖翼家里。恰好刘四奶奶正坐在大门面前一张板凳上裹脚，蓝的白的裹脚条儿，搁满了一地。程全问了一声说：“这是刘四先生府上吗？”刘四奶奶猛不防面前走出一个眉清目秀的少年出来，不觉又羞又喜。看着那只光脚，白滑滑地很不雅观，忙抱起脚来，就望衣底下一藏，答应了一句：“我便是姓刘。”程全乃接着说：“有一百元是送给你们四先生的。”

刘四奶奶听见一百元洋钱，乐得魂出了窍，也忘记那只脚是藏在腰里的了，匆匆地起身一站，想来接那洋钱，不防备一个狗吃屎，平空栽下来。幸亏程全手脚快，双手将刘四奶奶捧着。刘四奶奶两手已搭在程全肩上，不曾跌倒。这个当儿，无巧不巧，程全两只手却紧紧贴在刘四奶奶胸怀，倒还斟酌饱满，入握如棉。刘四奶奶好容易两只脚才站稳了，便笑问道：“多谢大爷送洋钱来，快请里面坐坐。”程全先前本不愿意进去，叵耐下面裤子已是淋湿透了好大一片，自己又穿了一件短衫，在路上行走很不雅相，两腿又有些酸痛，只得将计就计，随着刘四奶奶进来。刘四奶奶问：“这洋钱是谁送给我们先生的？”程全道：“我是程大人那里的，我便姓程。等四先生回来告诉他，他就知道了。至于这钱我们大人为甚事送给你们先生，我也不得而知。”

两人刚在说话，玉娇却也立在旁边，只管眼不转睛地望着程全的裤子。他是个黄花闺女，可怜他也不知道是什么缘故，还疑惑这人遗下尿来了。程全一掉头，见一个女孩子生得千娇百媚，又望着自己下面，益发魂不守舍，格外淋淋滴滴，一会子腰都伸不起来。刘四奶奶一面将洋钱收了，一面出来请程全坐下歇歇。猛地看见程全这个样儿，恍然大悟，便斜睨了程全一眼，笑道：“累大爷亲自跑这一趟，奴家也没有谢你，横竖我们那个先生出门时多，进门时少，若不嫌弃，大爷多坐一会儿不妨事。”又将玉娇望了一望，说：“玉娇，你在门外站着，如若你爹回来，你大着喉咙喊一声。”玉娇笑了笑，便跑出门外。

刘四奶奶此时故意坐近程全身旁，不禁回眸一笑，说：“啊呀！大爷怎么了？”程全被他这一句问得绯红了脸，顿时咳呛起来。刘四奶奶此时便老实坐在凳上，慢慢地将脚裹好，口里不住地百般引逗。谁知程全看着刘四奶奶穿得十分褴褛，眉目虽还白净，自颈项以下，就腌臜得难看了，偏做了一个落花有意，流水无情。刘四奶奶看他只不拢来，也没有法想。程全觉得裤子渐渐干燥了，便起身要走。刘四奶奶笑着一把将程全包洋钱来的那块手巾夺在手里。程全笑道：“四奶奶，这是我用过的。”刘四奶奶也笑道：“要你用过的才好呢。等你闲着的时候，再来取这手巾。我叫我家玉娇替你洗涤洗涤，多谢你巴巴地送洋钱过来。”程全笑道：“适才那位姑娘，原来是令嫒。可有婆婆家没有？”刘四奶奶笑道：“拜托叔叔做媒罢。”

程全含笑跑至门首，见玉娇依然立在门侧，将一只小脚跷在门限上。程全眯着一双鼠眼，低笑道：“姑娘，请你将腿让一让。”玉娇只是笑，装着不曾听见。程全正待再说，忽然嚷道：“好了，四先生回来了。”玉娇果然见他父亲已从巷口匆匆地跑过来，便一抽身躲进屋里。程全将送洋钱来的话说了一遍。刘祖翼大喜，便留程全进去吃茶。程全不肯，他自走了。

刘祖翼送过程全，回头便问刘四奶奶：“洋钱放在哪里？快拿出来，一齐给我送过去罢。”说着又在手巾里掏出一包约莫也有百十多块洋钱，扑通一声，丢在桌上。刘四奶奶且不去取钱，冰冷地问道：“这洋钱做什么用的？”刘祖翼急道：“你难道不晓得姓杨的死了？我苦苦地替他在程道周程大人那里募化得一百元，又零零星星赶着众朋友又化得一百多元。我不能耽搁了，人家等着钱买棺材呢。”刘四奶奶此时已装好一袋旱烟，倚在芦笆上，将烟袋衔在嘴里，又用指头数着说：“一口，两口，三口，四口。”重仰过脸来问刘祖翼道：“买棺材呀，你爽直些，多带几口回来。”刘祖翼道：“呸！没的嚼大头蛆，说句话也不嫌忌讳。”刘四奶奶冷笑道：“我也知道嫌忌讳呢，只是嫁着你这没用汉子，又牵牵搭搭养下了许多累赘，你又没本事弄钱养活，早晚必然都是个死。趁人家这项买棺材的款子，饶个头儿，多买几副，也不算损德。你一口，我一口，玉娇一口，蟹儿一口，免得大家日后死了，还弄不成这个局面，只好用芦席卷埋。我呢，是不谈了，只是玉娇同蟹儿可怜。”

刘四奶奶说到此，止不住泪如雨下，只管拿个烟袋在地下一声一声敲得价响。玉娇站在一边，却不开口。刘祖翼叹了口气道：“我岂不知银子是好的，只是良心上讲不过去。依你主见，少不得在他款子里打个偏手，藏起一半来，留着度日，其余的送给杨靖那里去罢。"刘四奶奶笑道:"啧啧啧! 好个圣人菩萨。你藏起一半,又提那一半送过去,人家便感激你,赞你是个君子? 你做梦呢,如今世上歹人多了。你既送给他一半,那一半便着落在你身上交割,那时候你便钻在山洞里,也怕跑不掉,还落个吞没人家银钱的丑名。"

刘祖翼道:"这也不好,那也不好,依你便怎么样?"刘四奶奶道:"我倒有个计较,只是怕你不依。"刘祖翼笑道:"我自从前年搭上大脚三子落下一场病,将下部残废以后,哪一件儿不依你?"刘四奶奶脸上一红,笑道:"女儿在跟前呢,说话有规矩些。你也知道我没有生人之乐的了,只不过恋着儿女,咬口生姜,喝口醋地挨命。你往常还有卖这廪缺的期望,如今弄得大家都去上学堂,没有一个应考,据你说起来,这卖廪缺的话老大没望。我又渐渐老上来,要想翻身,除非着落在玉娇身上。玉娇今年十四岁,身段看去也还象个大人,无如他的天癸,一总至今还不曾来,我做娘的也不忍心将他送给人家去。我魂儿梦里,哪一天不把这'贫穷'二字嵌在心坎儿上,好似生了根的一般。难得皇天保佑,今日忽然弄这一股横财,依你还要双手去赠给人。你的命穷定了罢咧,终不成还带累别人陪你穷? 玉娇他是个女儿,不提了。蟹儿总须是你的儿子。你的年纪,眼看五十临头,一口气不来,你不想蟹儿替你烧钱化纸? 为今之计,更没有别的议论,我们趁今日神不知鬼不觉,一伙儿溜他娘,避一避风头。便是日后杨家有人遇见你,你又不是抢劫他的,怕他杀你剐你?"

刘祖翼听着他妻子一番话,沉吟了半晌,霍地立起身来,说:"依你,依你。古人道得好:'无毒不丈夫。'又道:'慈不掌兵,义不掌财。'我既掌了财,这义字就用不着了。事不宜迟,耽搁下去,怕他们要寻觅到此处,那可就了不得。玉娇的干娘那里房屋多,暂时躲避一二日,缓缓再寻房屋。你就快去收拾罢,快快快!"刘祖翼说着,便将手边那包洋钱递在刘四奶奶手里,说:"把来放在一处罢。"

刘四奶奶大喜,进了房掳掇掳掇。玉娇帮着打包袱,叠网篮。刘祖翼嚷道:"蟹儿又到哪里玩去了? 为何不见他的影子?"刘四奶奶正在捆缚行李,嘴里含着一根麻绳,呜呜地答道:"适才我在门口裹脚,他还在城根下扑蝴蝶儿的。你且喊一声看。"刘祖翼此时已将祖宗牌位捆成一捆儿,又跳上前去卸家神,忙叫道:"玉娇,去喊一声罢。"玉娇扑扑身上灰,果然跑至门外高高喊了一声。蟹儿应声而到,跑至屋里,见他父母忙得一团糟,吓得不知何故,扯着他姐姐追问。玉娇正要答话,刘祖翼嚷道:"蟹儿,快将对面房里铁锅、锅盖、铜勺、铁铲、木桶、木瓢先送到你姐姐干娘冯老太那里去。若是问你,就说我同你的娘即刻就来。"

蟹儿不知头脑，便依着他老子，将许多物件放在一个桶里，扛着就走。此处刘四奶奶将各事弄妥帖了，其余几张破桌、破板凳一概弃着不要，同刘祖翼半拖半拽，带着玉娇出了大门，如飞地向玉娇干娘处走来。刚走到那冯老太门首，只听一片嚷闹之声，黑压压地挤了一大堆人。刘祖翼吃这一吓不小。

欲知后事，且阅下文。

# 第四十六回　欺小姑红闺娇割臂　充侠客黑夜惨飞头

人丛之中，遥见一个中年妇人披头散发，身边搁着一张小儿，几上放一面砧板，用一柄厨刀，劈劈啪啪将那砧板上的猪肉剁得象肉雨似地四面飞溅，嘴里又夹七夹八地骂。刘祖翼夫妇因相离尚远，也听不出他骂的什么。刘祖翼回头向刘四奶奶说道："这骂的不就是冯老太？"刘四奶奶道："听这声音，果然是他，不知又同谁吵闹？他的脾气，只是火性暴躁。"刚议论着，见蟹儿从人丛里又钻出来，说："干娘要拚命呢。我把我们的家伙，一总搁在他屋里了。瘫子哥哥知道爹来，叫爹去劝一劝。"

刘祖翼此时即便将各物安放在大路上，命刘四奶奶同蟹儿守着，自己便分开众人，挤得进去。那冯老太见是刘祖翼，放下厨刀，拍一拍手说道："亲家你来得巧，你替我评评理看。我活到五十岁了，不曾被人家冤枉过，他家是王爷，要冤枉我怎样便怎样？我也拚着不活了。他家不还出我一个证据来，我由早骂到晚，由晚骂到早，由今儿骂到明儿，今年骂到明年。"说着又拿起厨刀，天杀地杀地骂起来。刘祖翼笑道："亲家太太，你究竟为的一件什么事？你说出来，我替你出气。'他家'、'他家'，又是谁家？"冯老太一面骂，一面用手指道："就是他家，还有谁家敢这样栽害人呢？"

刘祖翼见冯老太指的那人家，两扇门紧紧闭着，也没有一个人影子。刘祖翼接着说道："人家也不开口，你也让一句罢。"旁边还有邻居，便齐打伙儿上前，将冯老太带笑带劝说得进去。

有个快嘴在旁边道："什么大不了的事，又出来这样撒泼，这老家伙越发倚老卖老的了。"刘祖翼便回头问那人："冯老太何故同这家骂？"那人道："谁知道他们呢？据冯老太说，这姓乔的人家冤枉他的猫子偷饭吃。"刘祖翼也不由笑起来，重来招呼刘四奶奶，将各物扛抬进去。冯老太喘吁方息，见这模样吃惊道："了不得，亲家几时迁了居的？”刘四奶奶抢前一步，附耳向冯老太说了几句。冯老太笑道：“这算什么，要你这重谢，快请进来。”说毕同来帮着他料理。便是那个瘫儿子，也将蟹儿喊，至面前，问长问短。

不多一刻，忽听见有人敲门，刘祖翼便跳过去开门。原来是一个少妇，生得苗苗条条的，瘦瓜子脸儿，鼻头上有十几点雀斑，便插脚要走进来。刘祖翼问道：“奶奶是来找谁的？”那少妇低笑道：“我们是邻居，冯老太他自晓得。”冯老太听他们两人问答，早赶到天井里喊道：“哦，原来是大奶奶。好大奶奶，不是我这老东西嘴坏，你看可有这样道理？怪道他做了寡妇呢：善有善报，恶有恶报。”又回头望着刘祖翼道：“这是隔壁乔大奶奶，他娘家姓车，人是再好没有。若是他家光有他，我们再没有说话。”说着一叠连声邀车氏进里面坐下。刘祖翼便知道这女人是冯老太适才骂的那人家媳妇。

车氏摇摇摆摆，走入冯老太堂屋里，深深扯起袖子福了几福，笑道：“我是特特来给冯老太赔罪，千不看，万不看，还看我的份上。”冯老太也笑起来，说：“这又算什么，没的折杀了我。”车氏又笑道。“我那姐姐太老实，一言半语，往往得罪了人，他还不知道。其时老太在门口发恼时候，我就要出来赔不是，后来因为闲杂人太多，实在不好意思，倒累老太生气。”

车氏说到此，便噗哧笑了。笑还未毕，猛见刘祖翼夫妇在那边收拾房屋，吃了一惊。冯老太笑道：“这是我家亲戚，因为住的房子漏雨，急急地到我家来借住几天。大奶奶看我这干女儿好不好？”车氏将玉娇端详了一回，说：“好个标致姑娘。”于是又同刘四奶奶见了礼。冯老太倒了一钟茶，安放在上面桌上，说：“奶奶请上坐，地方蜗居，污了奶奶衣服。”车氏笑道：“天天来走的人，又客气，我站站倒好。”

冯老太又问道：“你的公公近日病好些吗？”车氏长长叹了一口气道：“还是这样三日阴天两日晴。困顿些反还安静，一经虚火上升，便胡言乱语，叫人吓得魂梦不宁。你老太不计较我那姐姐，没事时还望去坐坐。他老人家一生也苦够了，心血耗尽，所以得了这个症候。我两次三番要到城隍庙里借寿给他老人家，尽我做媳妇的一点孝心。”说着便眼泪直流下来。冯老太道：“亏你大奶奶好生孝顺，人家娶媳妇娶得象你这样人，是有造化了。你公公又病了，你家里那个寡妇他怎样？”车氏道：“他只是尽哭。他算是可怜了，自幼儿出嫁，便闹出那种笑话，不上二三年，丈夫又死了，婆婆也死了，孤苦伶仃，依栖在这里。我们姑嫂间虽然没得两条心，究竟他一生一世，总没甚趣味。”冯老太道：“这寡妇生成有个寡妇形状，他那副吊搭眉，我见了便生气。即如我这猫，几时走到他那边去的，他要冤枉他偷饭。”

车氏笑道：“不谈罢。我此番的来意，不但赔罪，还要请问老太一件事，倒几乎忘却了。往常但听见人说割股割股，究竟这股怎生割法？谅情太太总该知道。”冯老太惊道：“啊呀！大奶奶难道要想割股？这是疼得了不得的，千万勿发这种呆气。”车氏又拭着眼泪说道：“我公公病重的时候，我就发了这个心愿。我姐姐他也要割。我说女儿割的股，依然拿自己的肉，还自己的肉，于病人是个没相干，必得媳妇才有灵验。我所以特特地来请问太太。”刘祖翼听见车氏要割股，不觉心悦诚服，慨然说道：“亲家太太你倒不要拦着这位奶奶，让这位奶奶成了圣贤罢，便割死了都是有名的，一例可以请得旌表。我来告诉奶奶，这割股就拿把剪刀，在膀臂上割一块肥肉，登时煨好了给病人喝，比仙丹还来得快。”

车氏望着刘祖翼道：“多谢先生。”又回头对冯老太道：“我也不能久在这里耽搁了，家里我很不放心。得罪得罪，明天再会。”说着，笑嘻嘻地一扭一扭，就盈盈地走了出去。冯老太送至门首，两人又密谈了几句。玉娇只听见冯老太说道：“人生一世，草生一秋。大奶奶，你看开些罢，什么叫做名节？你若是答应他，那边情愿多出几文。你奶奶不看钱分上，总还该看他情义。”车氏也只笑了笑。

且缓，这回书里冯老太所骂的那个寡妇，看官们猜猜是谁？想诸君料还记得那吃教的顾阿三，逼死卞玉贞，用了一个偷换喜轿的毒计，硬生生将饶大雄的一个新妇抢得来，前回书中称他做乔大姑娘的便是。乔大姑娘因为当夜被顾阿三污了，次日公堂上情愿不嫁饶大雄，但求跟随顾阿三回家。这也是他误会了妇人从一而终的话，以为既污了我身子，除得一个‘死’字，只有嫁给他，算是遮了羞，再没有别的方法。谁知顾阿三倚仗外人势力，那敲诈良善，鱼肉乡里，也不消多说，约莫一日也有几次，一个饼店也没有闲工夫去做买卖了。渐渐交结了许多匪类，东奔西走，说不定还做了许多劫掠勾当。乔大姑娘日日提心吊胆，同顾阿三的母亲一处过活。后来顾阿三出了门，一年多不曾回家，有人传说他在河南地方被人捕获，病死在狱里。乔大姑娘哭得死去活来。家里全无积蓄，又兼频年以来，朝廷举办新政，衣租食税，逐渐加增，民间各物，因此飞涨，婆媳二人时常忍饿。有时候乔大姑娘也向他父亲乞助，无奈自小亡了母亲。兄弟乔家运因为乔大姑娘失身匪人，很看不起他，便说：“我们虽然可以帮助姐姐，不能再养那老不死乞妇；姐姐若肯抛弃了那乞妇，便回家来也不妨事。”乔大姑娘哪里肯答应，因此也不常回家中。顾阿三的母亲不久又死了，剩得乔大姑娘只影伶仃。他父亲乔滨再看不过，便硬命乔家运将他接得回来过活。

此时乔家运已娶了亲，便是适才到冯老太处的这位车氏。乔家运日日研究新学，不常在家，便在上海那个《千锤报》馆里鬼混。家中只有他们父女翁媳三人。姑嫂之间，外面是很亲热，车氏为人极其伶俐，从不肯怠慢这孀居小姑。乔滨不甚管理家务，都交代车氏一人经理。早年用心过度，目前得了一个喘咳病症，有时发作起来，日夜目不交睫。屡次写信去喊乔家运回来，乔家运总说报务羁身，区区此心，知有国民，不知有父子了。乔滨接到此信，气得两眼反插。乔家运倒还遇着便人，总带些精制半夏、红色补丸、人造自来血给乔滨。乔滨恨着他这忤逆不孝，一总不肯吃他寄的药，因此病势日重一日。忙得车氏求神问卜，日不暇给，走到乔滨床前，便两眼哭得通红的。乔滨看这媳妇比儿子还孝顺得许多。乔大姑娘虽也是日夜衣不解带地侍奉，比较起车氏，总不如他体贴殷勤，慰问周到。

车氏因为夜间打熬寂寞，时常请隔壁冯老太来家做伴。冯老太同车氏打得十分火热，无话不谈。车氏今年刚得十九岁，去年嫁给乔家运。乔家运娶了亲，不到一月，便动身到上海去了。正月里回来住了几日，又离别了车氏动身。冯老太往往同车氏取笑，说他尝这新婚滋味，通共计算起来，不到三十个整夜，问车氏怎生忍得过？车氏笑道："我做女儿也做了十九年多了，都忍得过去，怎么今日反忍不过了？"冯老太笑道："这话不然。做女儿忍得到一百岁，做媳妇忍不到三五夜。"冯老太说这话的当儿，恰好乔大姑娘也坐在旁边，冯老太又勾引着他道："大姑娘，你如今是孀居了，想也是一样的。"那乔大姑娘生性忠厚，哪里听得进去这种蠢话，不由放下脸来，申斥了冯老太几句。后来背地里又告诉他父亲乔滨。乔滨因此也戒饬车氏，不许同冯老太往来。冯老太恨乔大姑娘深入骨髓。其实车氏同冯老太本有夙缘，哪里因为你乔大姑娘一个人，便分拆得他们？所以乔滨病重，冯老太照常来往。

便在这十几日前头，乔大姑娘将要睡觉的时辰，已将鞋子脱了，忽然听见天井里沙沙地响，知是雨来了。因为日间晒了一身小衫裤，晾在天井里不曾收拾，此时只得赶紧下床，开了房门，走至天井里去收拾。一会儿雨已不下，只闻风吹树叶的声音。见车氏房里灯已熄灭，知道他是睡了。刚将衣服收入手里，忽见腰门依然开着，吃了一惊，怕有窃贼，便扶墙摸壁地走入前一进里，思量唤醒仆妇们照察照察。耳边听得他父亲鼾声如雷，不敢高声叫喊。又走了几步，猛觉得门首有人嘻笑的声音，更吃一吓。悄悄地走近前一看，原来便是他弟媳车氏，面前立着一个少年汉子，分明事有暧昧。此时若是别个识窍的，定然走转回来，不惊动他。哪知道乔大姑娘

是个蠢货，不省得风情月趣，便失声叫起来说："这不是我的妹妹，你在这里做什么？"这一声不打紧，早把那个汉子吓得走了，好似穿花蝴蝶一般，不知飞向哪里去了。

车氏慢慢地走转回身，冷笑道："原来是姐姐。我见姐姐已经睡了觉的，不料此刻会跑出来。我是出来同冯老太说句话，被姐姐这一喊，倒把冯老太喊跑了。"乔大姑娘道："不是冯老太，我分明看见是个男子。"车氏道："是你眼花了，哪里来的男子？我不因为你是个姐姐，你这般有的没的地乱说，我不依你。"乔大姑娘依然折辩道："好笑妹妹把我简直当做瞎子。虽在这黑影里，我难道连个男女都分别不出？明见那人是个瘦长身段儿，不然跑起来哪里得这样飞快？"车氏怕他尽说，被人听见，便掩饰道："不错，不错，是个男子，他是我的堂房哥。"乔大姑娘笑道："这还说得象，若说是冯老太，我死了都不相信。"这句话，在乔大姑娘仍是句老实言语，经车氏听了，句句都象刺了他的心。然而同他再分辩不得，大家关好了门，重又走回来，各自安歇。

第二天大清早起，乔大姑娘便来敲车氏的房门。车氏正恨他昨日晚上出来显魂得可恶，便装着不听见。后来听他敲个不停，便在床上问道："可是姐姐？"乔大姑娘道："不错，是我。妹妹开门。"车氏道："你老早起身做甚？我还要多睡一刻。"乔大姑娘道："你睡不妨，我想起一句话来要问你，我为这句话，一夜都不曾好睡。"车氏道："又有什么话？你只管说了罢。"乔大姑娘又想了一想，才说道："你昨晚说那个男子是你的堂房哥哥，我究竟不懂你这哥哥日间不好来谈心，为什么半夜三更约你在门外相见？我一总悟不出这个缘故。好妹妹，你告诉了我罢。"车氏到此再忍不住，不由怒起来，拍着床边说道："捉奸捉双。你昨夜为甚不捉住他？你只管一句半句地来消遣我。你兄弟倒不曾这样待我，不料我倒遇见你这利害姑子精了。"乔大姑娘听车氏在房里这一顿发作，不由吃了一吓，暗想："他这些话又从哪里说起？我何尝说什么捉奸？我不过疑惑他这哥哥，想是日间见不得人，所以悄悄地从夜里来会他这妹妹，问一声取笑的意思，不料他转这样发恼。早知如此，就不问他罢。"想着便怏怏走转去。

车氏明知乔大姑娘是最老实不过，此番来问，决不是轻薄自己。然而又怕他无意中告诉别人，实大不便，便想了一计。这一天总不肯下床，嘤嘤啜泣。乔大姑娘不解其意，来催过几次。车氏发恼，总是不理。乔大姑娘暗想："我是一个嫁出门的女儿，承父亲及兄弟看顾，接回家中过活。一个弟媳妇，忽然因为一件小事，白白得罪了他。"心上很不过意，十分懊恼，也就躲向自家房里哭泣。车氏暗中好笑，悄悄地到乔滨房里，偷了一盒鸦片烟膏，益发走入乔大姑娘房里说道："姐姐也不要生气，总是我不好，我也没有别的话说。喏，喏，这一盒鸦片烟膏，就是我葬身之地。倘若你兄弟回家，叫他不用思念我。至于我的娘家，见我死了，自然别有主张，我也不能替姐姐弥缝。"说着就端起盒子，张口要吞。只吓得乔大姑娘一把扯住车氏的手臂，说："好妹妹，总怪我猪油蒙了心，信口乱说，还请妹妹恕我则个。我要有别的奚落妹妹的心，叫我不得好死！"说罢，几乎要跪下来。

车氏见这乔大姑娘的可怜样儿，故意说道："我好好的一个人，却被姐姐疑惑坏了，叫我有何面目生于世间？姐姐此时见我寻死，便这样说，我便依姐姐不寻死了，难保姐姐后来不仍旧同别人闲谈。好姐姐，你不如让我死了，倒还干净。"乔大姑娘只急得竭力分辩，并发誓以后再不提起这事。车氏才缓缓答应了。

事过之后，车氏待乔大姑娘格外亲热。乔大姑娘畏罪感恩，更自不消说的。后来车氏又将此事告诉了冯老太，彼此都笑着乔大姑娘任人摆弄。冯老太又说："大奶奶，你这哥哥两个字，倒也回答得他好，他此时是你姨哥哥，明儿弄到一处去，又是情哥哥。"车氏不等他话说完，忙啐了一声。冯老太自此觉得乔大姑娘又可恼，又可笑，也思量给乔大姑娘一个下马威。恰好闹出猫子偷饭这句话，所以便借此骂了乔大姑娘一个痛快。

乔大姑娘哪里敢去分辩，可怜只得缩着头，躲在房里。又因为父亲病势沉重，暗地里同车氏商量，若一旦不起，此身更无可倚靠，要割股救父。车氏也知道这割股也不是什么好干的玩意儿，然而这个贤名又怕被乔大姑娘独占了去。起初便拦着乔大姑娘不要割，继见乔大姑娘决意要割，却又要将这贤名同他平分。他不比乔大姑娘老实，他便逢人讲说，说他是要割股救着公公，弄得无人不知道。他只是观望，实指望乔滨的病渐渐好起来。无如眼见得是不济了。乔大姑娘镇日的一条眼泪，一条鼻涕，决计于这一夜焚香割股。他是个老实人，又追问着车氏说："妹妹不是说也要割股的，今晚我却要割了，你还是割不割？你若是肯割，我们晚间等人静了，便一齐割。"车氏听这话，不觉怔了一怔。一个转念，忙笑起来说："难得姐姐真有这个孝心，姐姐是嫁出门的女儿尚且如此，我是媳妇，公公是你兄弟的父亲，就是我的父亲，我如何不割？"乔大姑娘十分赞叹，两人遂约定在三更时分，焚香割股。

且说车氏哪里肯做这样傻事，他便于当日预先买了四两猪肉，悄悄藏在房里。果然等至夜深，可怜乔大姑娘含着眼泪，当真拿了一柄剪刀，焚起香烛来，安放在天井中间,旁边生着炉火,预备煨肉。车氏缚了那块猪肉,慨然说道:"好姐姐,让我先割了罢。我弟妇不该占姐姐的先,因为这是苦痛的事,做弟妇的情愿拦头做了。这叫做'有罪先受,有福后享'。"乔大姑娘点点头,尽跪在地上睁眼望着。车氏恶狠狠捋起袖子,用剪刀向膀子上一戳,整整的一块大肉,随剪刀掉下来,毫不疼痛。向乔大姑娘打了一个照面说:"姐姐请罢,弟妇是已经割了。"乔大姑娘暗想:"原来割股是这般容易的,早知如此,我何不早割了?"于是也捋起衫袖,拿剪刀向臂上一割,割了有二寸多长一条血口,一大片肉还粘连着半边,不曾割下,已是疼得要命,几乎晕跌下去。又一转念:"我的弟媳妇割股,怎生如此爽利?可知道是他心虔的缘故,我莫非心不虔吗?"想到此,发了发狠,便用嘴将那块肉狠命一咬,才咬下来。那个血已流个不止,乔大姑娘顿时变了颜色。车氏又惊又笑,暗想:"亏他忍心下此毒手。既是如此,益发成全了你的孝心罢。"于是趁乔大姑娘昏迷之中,便跑向房里,取了一块白布,来替他裹护伤口。他这裹伤口的法子,也不用香灰,也不用刀伤药,转重重地按上一把食盐,放入伤口里去,用线缚着。只听乔大姑娘喊了一声"啊呀",真个昏晕过去了。车氏带拖带拽,将乔大姑娘扶入他自家床上。自己才把那一块猪肉同乔大姑娘割下来的肉,一齐用罐子煨了,送给乔滨喝。乔滨喝下去,也不见有甚效验。

次日,乔大姑娘便不能下床,兀自呻吟不已。车氏暗暗发笑,转跑向冯老太那边去干他的正经了。你们试猜他所干的正经是件什么事?自然就是冯老太劝的那句"人生一世,草生一秋,什么叫做名节"的话了。若论车氏这般毒,便合该这般淫,妇人家"淫毒"二字是相连的。何以车氏尚待旁人劝架呢?然而其中正有一个讲究。大凡做了一个女人,其耳目嗜欲,原是同男人家一样的。世界上有一种坚松柏之操、凛冰霜之节者,固是天地淑气所钟,然亦亏他时时刻刻学了圣贤克制的功夫,然后才达到这种高不可及的地位。其余的便是寻常脂粉,眼界又苦不高,志虑又苦不定,并不知道什么叫做风月,只顾去惹草拈花,狂蜂浪蝶。闹到末了,并没有一个是我所爱的,并没有一个是真爱我的,倒被人家议论个不长进。车氏他是个伶俐的人,他也有他的主意。说是论我这个人,原讲不到从一而终,然而既愿意玷污了这个名誉,也须实实在在寻觅一个知心诚意、精强力壮的,方不负了这一件不端的事。无如那冯老太所荐引的,原是他的姨兄,他是从未出嫁以前,他姨兄便百般地去引逗他。他那时候人小胆怯,尚想做一个太璞浑金的人物,不肯轻轻被他勾引上手。这还是第二层意思。他那第一件,只因为他那姨兄身躯瘦怯,去痨病鬼已是欠得一二分，眼看看离鬼门关不大辽远；又知道他东爱一个，西爱一个，相与一个人，不曾到得一月半月，便又丢掉了：我何苦反去交结他。此番出了嫁，更是阅历过来的人了，尤其不必亟亟。无如他姨兄倒甚是多情，不时地向冯老太絮聒。冯老太被他缠不过，又看他钱的分上，便有一夜硬行将他姨兄引到他家门首，逼着车氏去温存他。车氏情不可却，便背地瞒着人在门首一会。谁知那姨兄是个色鬼，早就同车氏不得开交。车氏一看，那冯老太已躲入他自家屋里去了。正难分解，幸亏乔大姑娘猛地跑出来，将他姨兄惊走，心中方欢喜不尽。次日便嗔责冯老太不应该如此作弄。冯老太见他真是不肯交结他姨兄，只得另行代他觅了一个人。这人果然是身长貌伟，骨硬筋强，车氏才称心，因此时常过来走走。此都是先前的事迹，休再絮表。

内中单表刘四奶奶自从搬入冯老太家里，过了几十天，并没有人来追问那笔洋钱，夫妻私下十分欢喜。刘四奶奶便逐日买些绫罗绸缎，裁衣缝裳，母女两人打扮得花枝般似的。刘祖翼却也不管束他们，只是依然在外面敲些油水，时来运至，家中过得甚是宽绰。刘四奶奶已经知道冯老太家里是个云雨行台，白日黑夜，常有些男男女女来往。自家照着镜子，却也不曾老丑，手头宽了，颜色也就变换过来。况且玉娇又是一朵鲜花，竟有许多人向冯老太设法，想勾搭他上手。无巧不巧，有一天，刘四奶奶猛然见门外走进一大群少年，内中有一个人正是那送洋钱来的程全程二爷，吓得刘四奶奶躲避不迭，怕给他看见，那笔洋钱的案就要发作。幸喜那程全向这边望了望，却不曾看见自己。

刘四奶奶等他们走后，便悄悄踅进冯老太这边来。冯老太正坐在他瘫儿子身后，替他梳辫子，只噘了噘嘴说："四奶奶请坐。四奶奶瞧见我们家里这般热闹，你来他往，真是没有半个时辰安静，我这颗头都被他们闹裂了。"刘四奶奶笑道："这正叫做能者多劳。"冯老太点头笑道："这句话可是一点不错。我自幼年时候便发了一条愿心：世上男男女女，都把来聚拢在一处，教他们日夜快活。无论什么处女、寡妇、尼姑、和尚，只要他们肯上我这条路，我没有不替他们竭尽心力的。所以天老爷也不辜负我，自从他死鬼老子死掉了，还留下这条根苗，虽然是残废，总比那膝下没有一点的好。"说着又用篦子尽力在瘫子头上狠篦，篦得瘫子叫唤起来。冯老太道："你看你看，好乖乖，忍着些疼罢。你不曾见那些小姑娘们，比这疼得还利害，也不曾听见他们叫唤。"又望着刘四奶奶道："你们玉娇可也是时候了，十四岁的女孩子，还不让他见识见识，譬如一颗桃子，搁老了就没有味道了。"



刘四奶奶也笑起来说："可是的，就请干娘替他留心。请问干娘，适才有一大起人，内中一个瘦长脸蛋子，白得象纸似的，他是谁？”冯老太凝一凝神，自言自语说道：“呀！瘦长脸蛋子，不是姚太郎，便是秦七侉子。”刘四奶奶道：“不是，不是。”冯老太猛想起来，说：“啊呀！我可糊涂死了。你问他是谁？他原来就是我们这间壁车大奶奶的表兄，姓程，我记不清他的大号，都顺口叫他程二爷。奇呀，难道你竟看上了他？那人是不错的，第一不惜银钱。车大奶奶天生同他没缘，不然早就拢了。你若是果然有心，包管在我身上。我替你想，也该开开心儿，没的抱着那刘四太监，担名不担利的。”刘四奶奶笑了一声说：“且缓着，我不过觉得这姓程的是个熟脸，问他一声儿，没的倒引你说了这一大篇疯话。”

此时冯老太已将瘫儿子的辫子编好，一放手跳起身子说：“啊呀！好一个干净人儿，也值得这样假撇清。若是我，就不象你这样。不瞒你说，我从十二岁上起，一直到今年五十六岁，没有一天厌烦过这件事。我也不论他老的少的，村的俏的，我也不论他青天里，白日里，草窝里，大街里。俗语说得好：‘磨不坏，擦不光，交交朋友又何妨？’哼哼！我的朋友也记不得许多了，只好等我死后，请那仵作子，照检验书上验验我的羞耻骨。据说是偷一个汉子，有一个黑点。总算我的羞耻骨，也不是羞耻骨了，简直是一个黑大麻脸。”说毕扑掌打手地发笑。

刘四奶奶知道冯老太骚风发了，他这骚风一发，不论什么话，都说得出口。自己也被他说得面红耳热，急忙转回身，走入自家屋里。谁知玉娇刚坐在窗口做针线，冯老太说的话，他一一听得明白。见他母亲进来，自己转低了头，含羞不语。刘四奶奶知道他已解情事，正想拿话去引逗他，笑道：“玉娇……”刚说到此，忽见窗口有个人伸头一张，便直喊起来道：“四奶奶几时搬向这里来的？我适才便疑惑，这位小姑娘脸蛋儿活似在哪里见过的。我总放心不下，瞒着他们重又走回来，果然是四奶奶，这可巧极了。”刘四奶奶一看，原来正是程全，又惊又喜，勉强支吾了几句。程全倒也不大耽搁，转身又往冯老太那边去了。

停了一歇，只见冯老太将程全送得出门，一路嘻天哈地笑将进来，就往刘四奶奶这边走。将刘四奶奶肩上用劲拍了几下，笑道：“我的亲嫡嫡的四奶奶，你是哪里来的这样造化？你想怎样，就是怎样：你想上天，就有人拿梯子；你想吃天鹅肉，那天鹅肉便掉在你饭碗里；你想发财，那财神便是你的亲老公。”

刘四奶奶被他说得笑起来，说：“冯干娘可是疯了，不颠不倒的，也不晓得你讲的是些什么。”冯老太忙将脸色放下，冲着刘四奶奶说道：“敢是我同你闹玩笑？象我这样人，还有闲工夫同你说得玩？没有大喜的事，我这张嘴也不向人白张。”说着又望了望玉娇，猛不防走到玉娇身旁，伸手在他大腿旁边没命地乱捏，笑道："好乖乖，真是可怜儿的，我若是个男子，我不叫你死在我手里才怪呢。"玉娇被他这一捏，忙笑着躲避，一只小脚悬了空，几乎要跌了下去。冯老太伸手托住他的背脊，笑道："好心肝莫怕，在你干娘手里呢。象你这般轻飘飘的身子，把来放在怀里，真个叫人骨节儿都痒起来。程二爷真好眼色。"冯老太说到此，玉娇已猜着三分，夺手站起来，背着身子往外一望，他只管弄他手里的针线，象是不去听他讲话。

刘四奶奶笑道："干娘不要同他闹玩笑罢，女孩儿家都有些羞人答答的。有话你尽管告诉我。"冯老太笑道："你适才不是向我问那个程二爷的？不知他在哪里转得一转，重又显魂到我这里，开口便问着你。我猜定他是看上你了，暗想：'千里姻缘一线牵……'"刘四奶奶听到此处，好生得意，将身上衣折用手抹了抹，斜睃着眼睛笑道："呸！不料这活鬼倒还识货。"冯老太笑道："我的话还不曾说完呢。他说嫌你老了，鬓角上又有一块疤。"刘四奶奶骂道："死杀头的，他敢编派我，看我拧他的腿。"冯老太笑道："他这腿留着给你女儿拧罢。他的意思是想做你的贤婿。"

玉娇听到此处，格外把个头垂到胸口边来，只是不走。刘四奶奶笑道："他既想做我的贤婿，他敢有什么谢我这贤丈?"冯老太笑道："什么叫做贤丈?"刘四奶奶正色道："就是丈母呀。他女婿还称做贤婿，难道我这丈母称不起一个贤丈?"冯老太道："贤丈也罢，不贤丈也罢，他说他不曾娶亲，他居心要娶我们玉娇。只是远水又救不得近火，总在今晚明早，她想先同玉娇谈个体已儿。他到其时，先白花花地送你贤丈二十块洋钱，送玉娇一副包金镯头，一根包金簪子。"刘四奶奶好生欢喜，面子上故意留难说道："啊呀！我一个黄花女儿，白白被人破了身子，难道不值一根赤金的吗?"冯老太道："啊呀，黄花女儿他又不曾拐带跑了，黄花还是你的黄花。就是包的金子，不得四五十块洋钱也包不起来。你平心想想，你嫁给你那刘四太监，他是穷念书的，没有金子给你，想必你当初定然不是个黄花女儿。"刘四奶奶笑道："不错，干娘一猜便着。"

两人打了一起诨，冯老太又附着玉娇耳朵说了几句，说得玉娇脸上又红又白，冯老太才笑着跑了。

当晚刘四奶奶上床的时节，便向玉娇问了声说："玉娇，你今天可曾听见你干娘说的话？你想来也应承的，明天就请你的干娘说成了罢。见了人不要只管一味害羞，总要有说有笑的，叫人见了心里欢喜。人叫你怎样，你就怎样，第一件不可扭手扭脚。"玉娇只是低头不语。刘四奶奶笑道："好乖乖，做了一个女孩子，总免不得这一刀的。象你这样觍觍，可还了得？”玉娇此时粉脸上早流下泪来。刘四奶奶见了又心疼，又好笑，说。“好好哭什么呢？你有委屈，你只管告诉娘，娘不是外人。”

玉娇用被角将眼泪拭了拭，呜咽答道：“娘的心事，儿是知道了，只不过要拿女儿这身子去骗人家几个钱。女儿也晓得父亲不争气，这十多年娘的日子也过苦了。女儿身子是父母养的，娘叫女儿怎样，女儿怎敢不依？但是女儿一做了这件事，这终身可算就白糟蹋了。女儿草一般的身体，原不足惜，但是女儿这头一次破身，娘总要让女儿拣一个知心着意的人，便死了也是瞑目。至于日后呢，狗也罢，鬼也罢，只要有钱给娘，女儿就陪着他。若是娘硬逼着女儿，明天便去接那个痨病鬼姓程的，女儿却不情愿。”玉娇说罢，又哭起来。刘四奶奶本来同玉娇两头睡的，听到此处，不禁便挪过身子，睡到玉娇那边来，将玉娇搂在怀里，温存着道：“好心肝，好命，好儿子，不用伤心，娘一定依你。只是一时间哪里就有你知心着意的人呢？光阴似箭，日月如梭，万一等个三年五载，你年纪也大了，还有什么风光？”

玉娇见他母亲如此体贴，他遂也撒娇撒痴，老着脸说道：“儿心上自然有一个人，娘只要将他弄得来，他第一天来，女儿第二天便依娘接别的客。”刘四奶奶笑道：“哦，猜不出你年纪小则小，倒还是个有心的呢。好儿子，你快说，快说，这人是谁？”玉娇笑道：“他的姓，我却不明白。娘可记得有这么一天夜里，娘睡觉了，父亲同他一齐到家里来的那个小相公？两道清溜溜乌眉毛，眼珠漆黑，笑起来有两个酒涡，比女儿大不了一两岁。”刘四奶奶想了想，笑道：“这可难煞做娘的了。你又不知道他的名姓；这又是一件瞒人的事；又不能写着黄纸条子贴在大街上，说有一位不知名姓的相公，两道清溜溜的乌眉毛，眼珠漆黑，他笑起来有两个酒涡，比我的女儿大不了一两岁，我的女儿想着他，有人请他到来，赏洋多少，闻风报信，因而寻获者，赏洋多少。哈哈，这可不难煞做娘的了？”玉娇听毕，又气又笑，说：“谁叫娘这样明张旗鼓的，不会暗中问一声父亲？”刘四奶奶笑道：“好大胆呀。你问着他，他便问你：‘你问着这人做什么？’可叫我回答他什么话？好儿子，在我看，放着这人慢慢寻觅罢，明天还是先去会会程二爷。”玉娇道：“我不。”

这个当儿，偏生那蟹儿糊里糊涂，也不知娘同姐姐讲的什么，他忽然从睡梦中喊起来说：“这个人我认得的，他姓云，住在笔花巷朝东一个大门。”刘四奶奶骂道：“死鬼，你偏生晓得清楚。他姓云，他叫什么名字？”接连问了两声，蟹儿再不答应，依旧睡着了。刘四奶奶搂着玉娇笑道：“好儿子，定神睡罢，好在你兄弟知道，明天便叫他去请那个相公来。”玉娇也暗自欢喜，各自安寝不提。

若论情事爽快，在下便当从直叙下去，玉娇怎生去请云麟，云麟来了怎生同玉娇亲热。若是讲究文章的曲折，在下便不想先叙云麟，倒要先叙一叙那痨病鬼程全。

程全第二天便飞也似地重又赶到冯老太家里。冯老太哭丧着脸，望程全说道："程二爷，该应你前世不曾缘法来，想这个一场空，想那个空一场。"程全吃惊道："难道这个雌儿又不理我？乔家那个坏蹄子，已是被我们石彩大哥占了去，我因为石大哥也同我们是世交，平白地捺下这口恶气；若是不然，早叫那坏蹄子吃我一刀。目今你又这般回复我。你放明白些，你只管同我推三阻四，看我有本事用三指宽的封条，将你两扇大门封起来，大家伙儿干不成。"冯老太笑道："呸！我难道怕银子烫手？那话儿长在人家身上，好歹也要人家情愿。据我们那位亲家太太说，那小东西看上了一个什么姓林的，还是姓秦的，总等这姓林的姓秦的来过了，便来请你程二爷割二道韭菜。"程全听到此处，不由怒发冲冠，冷笑了一声说："好好，姓冯的，你瞧着罢。"说毕头也不回，径自走了。冯老太要上前来扯他，已是不及。

程全一口气跑回自己家中，便望床上一倒。他是个阴虚火旺的人，想到玉娇的容貌，便忍不住借重五指，暗地戕贼一番。想到玉娇不肯答应，冯老太不肯出力，不觉气得晕了过去。遂不由得害起单相思病来，接连十多日不能起床，吓得个老程二请医调治，日夜焦愁。一直等到将他在杨靖帐上赚的那一百块洋钱消耗完了，程全方才有点起色。

这一天恰好石四的儿子石彩跑来看望他，程全本不大愿意，因为有许多日子不曾到冯老太那里走动，便想在石彩面前探探口气，有意无意地问了一声说："彩哥，你这几天可曾瞧见刘家那个小雌儿？"石彩是个浑人，今年才得十九岁。他老子石四，在城里一个姓石的乡绅家里当厨头。石彩自幼娇养惯了，从来也不曾习过生业，便终日同些三瓦两舍使枪弄棒。据他自己说起来，倒还十八般武艺，件件皆精。此时听见程全问他刘家那个小雌儿，他便直跳起来说："二哥不提起此事倒也罢了，提起来叫人气破肚子，可惜一块肥羊肉，好好地落在狗嘴里去了。这人我也不认识，据人说是个秀才。果不其然，我们公馆里还高高地贴着他一张中学的喜报。他的姓是云片糕的'云'字，名字笔划太多，我就认不清楚了。"程全问道："你这话当真？"石彩急道："要不当真，我就是你养的。大家都这么说，还怕不确吗？"

程全听毕，不由长长叹了一口气。石彩笑道："你叹什么鸟气，难不成你也想他？"程全叹道："不谈了。好兄弟，万一哥哥死了，你须替哥哥报仇。"石彩惊道："二

哥何不早说，我们有的是刀子，何不戳他几刀，怕这雌儿不是你的。”程全冷笑道：“杀了人，不偿命？你总是这般冒失，四老爹膝下，又只有你一个活宝。”

石彩不等他的话说完，忽然又拍手笑起来说：“有了，有了，放着一个活神仙不去请他，你我真不是人养的。”程全忙欹起身子问：“这人是谁?”石彩道：“这人本领高呢，他鼻孔里有两道白光，一道白光飞出去，便是一把宝剑，两道白光飞出去，便是两把宝剑，不问千里之外，他只消飞起白光，要什么人的头，便是什么人的头。譬如头取来了，他有一包药末，只须洒一点在那个人头上，顿时化为清水，无影无形。你想要取那姓云的头，除得这人，更没有别人。”又附着程全耳朵说道：“便是闹出乱子来，也让给这人偿命，不干我们的屁事。”

程全听了大喜，说：“这法子很用得。但不知此人现在哪里？”石彩想了想道：“他是我们师傅的朋友。他住的地方，我也曾去过一次，约莫记得在西门城外。”程全点头道：“象这种人，他都忙着修炼做功，断断不会在这街市上混。明天便烦兄弟去将他请来，同他商议。”石彩道：“不行，不行，他轻易哪肯出来？记得有一天，我们师傅被人打了，师傅请他出来报仇，他也不愿意。后来这个打师傅的人不多几时，便得了个急痧身死，大家都猜是他施的法术。师傅至今谈起来，还感激他。在我看，这件事非二哥亲去走一趟不可，或者他见了二哥是程大人这边的人，不好意思不出来，也未可知。”

程全大笑说：“我就同你立时前去访他。”石彩惊道：“大哥病还不曾全好，如何能走这远路?”程全笑道：“不妨，不妨，我这病只要遂了心，便一般象没病的人。若是将那位侠客请得来，把姓云的杀了，怕刘家那小雌儿不落在我手里？既落在我手里，我如何还能象这般委委琐琐的？便是拚着性命，也要奉承得他喜欢，何况这小小毛病?”石彩道：“既是大哥决意要去，兄弟就陪着你。”于是将程全搀扶下床。程全脚刚落地，便很有些打晃。石彩皱眉咂嘴，不得已替他招呼了一辆二把手的小车，扶着他上去。依程全的意思，也要叫石彩同坐。石彩笑道：“大哥请自便罢，兄弟这两条腿，不是摆着做好看的，他自会在地下行走。”又吩咐推车子的人说：“你们在西门城外廿四桥头上一座酒铺子里等我，我拢个地方，即便就来。”程金道：“兄弟须得快些。”石彩笑道：“不快，不快，怕我到了那里，你们还该在路上磨蹭磨蹭地走呢。”说着一笑而去。

他便绕了一个大弯转，依然走向车氏那里。此时乔滨已经身故，乔家运因报务羁身，不能回来，家中只落得车氏主持一切。乔大姑娘是蜷伏在车氏肘腋之下，又是吓怕的人，一任石彩走出走进，也不敢议论一句，只保得自己守身如玉，替那个死鬼顾阿三守节而已。石彩便将程全要杀那个姓云的话告诉了车氏。车氏骂道：“这痨病鬼又来寻死，我劝他少作些孽罢。那刘家小姑娘，也怪可怜的，他既心爱这个人，这病鬼为甚要去杀他？看我替你们出首。”石彩笑道：“出首呀，你尽管去出首，横竖是姓程的叫人杀的，叫姓程的抵了命也好。我是云端里看厮杀，谁杀了谁，我一概不管。此刻我们还约在城外相会呢，我不耽搁了，怕他们等着发急。”车氏向石彩瞟了一眼说：“白白苦这两条腿做甚？你让他白日里歇一歇罢。”石彩也不理会，一口气又跑出西门。及至到了那座酒铺里，再也寻不见程全，心下吃了一吓，自念：“有了时候了，怎么还不见到？莫非走错了路头？”遂又赶向大路上一望，呀，原来程全已走过了这座酒铺，刚在前面指手画脚，向一个乡里老儿愤骂。

欲知后事，且阅下文。

## 第四十七回　惩蚁媒官留疑案　发蛟水民苦苛捐

石彩仔细将那个乡里老儿一望，只见他肩上挑着一担粪桶，里面却没有粪，转把桶来放着些红白木芙蓉，还有几枝腊梅花儿，含苞未放。忽然叫起来说："程二哥快不要骂，这便是那位神仙的老爹，得罪他可不是好耍的。"程全因为这人将粪担里的花枝儿绊了他的衣服，正打着官腔儿，骂得一个畅快，猛然见石彩从后面赶来，口里又嚷着这便是神仙的老爹，心中便老大不高兴，疑惑这人既称得起一个英雄，如何会有这般不济事的父亲？不得已便住了骂，怏怏向那人问道："呔！你这里有位侠客，可是你的儿子不是？"那乡里老儿先前被程全骂的时辰，他只有一味地含笑赔礼。如今忽然又听见这人问他侠客，他也不知道这"侠客"二字是个什么讲解，依然笑嘻嘻地回答道："老汉的儿子倒有一个，只不是什么侠，也不是什么客。"

此时石彩已赶到面前，忙冲着那人问道："老爹认不得我了？今年春间，我曾在老爹屋里叨扰过一杯茶的。你家那个大哥，他此时在家不在？"那人将石彩脸上望了望，不禁将眉头皱起来说："不错，不错，你前次曾同仙女镇那个左颧上有一搭毛茸茸青记的马师傅，到我家里来过一次，我依稀也还记得。只是我有一句不知进退的话，请你们诸位饶了我家那个孽畜罢，我要叫他挑水种粮食呢。今年屋角东边，茅草也单薄了，交冬起九，刮起大西北风，保不定不倒了下来。他不帮着我补一补，我精力老了，不中用了。只管同你们讲些耍拳法子，又是什么花枪呀，拐子马呀，一总不能当饭吃。喜得他还肯听我一两句话，只是你们来了，他又外甥子提灯笼——照旧起来。还是请你们进城去罢，他此时又不在家。"

程全听他说了这一番不冷不热的话，不由勃然大怒，说："驴囚，你认不得城里程抚台程大人？我便是程大人那里的我。"那个乡里老儿又笑道："程大人的祖坟，不是就在我们这庄子西首，每年他老人家下乡扫墓，哪一次不和颜悦色地同我们讲话。象你这样，敢是比程大人还大？"石彩一头高兴，满意在程全面前说得嘴响，不料被这老头子兜头淋了一勺冷水，也就老羞成怒，一把扯着那人的担子，思量用武。

在这个当儿，猛然从侧边一座松林里飞出一把石子，打得地上尘土簌簌飞舞。接连便跳出一个孩子，身段不满四尺，一副紫檀色面皮，赤着上身，虬筋盘结，口里大骂："是谁敢欺负我的爹？"石彩掉头一望，不禁喜得眉花眼笑，嚷着："神仙出来了，神仙出来了。"程全见他来势凶猛，急忙退了几步。石彩忙迎上前说："大哥许久不见，你将做兄弟的想煞了。"那孩子认了石彩一会，说："哦，原来你是马彪的徒弟。你来此何事？怎么要打起我的父亲？"石彩笑道："不是这一打，你哪里肯出来呢。"说着又用手指着程全道："我们程大哥他是专来访你的，我们还到镇上酒铺子里去吃三杯。"那个乡里老儿见他儿子果然又被他们约在一路去了，瞪眼望了他儿子一眼，只得挑着粪桶径自回去。

此处石彩向程全道："你约在酒铺子里等我，为何又跑在大路来同人家吵嚷？"程全笑道："我开发了车夫，何尝不在酒铺子坐着，等了好久，你也不来，我就随意踱过了廿四桥，看看乡村风景，不料遇见这位哥的老爹了。你不信，看我的酒壶还放在铺子里呢。"三人且说且走，重又走入酒铺，果然程全的酒壶还放在一间草屋里，不曾移动。毕竟乡村生意淡泊，这家酒铺子还没有第二桌人吃酒。

程全、石彩将那孩子让至座上，劈口便问那孩子尊姓。那孩子道："我便姓黄。"程全道："大号呢？"那孩子又道："我行不更名，坐不改姓，叫做天霸便是。"程全见他那样粗鲁，说的言语又象演戏，又象演说，勉强忍着笑，说："啊呀，黄天霸是好象在哪里见过的。"黄天霸道："不错，我们村里有一位说评话的先生，曾在书上说过的。我很佩服这样人，我巧巧又姓黄，所以就用了他这名字。"

石彩此时已命铺子里送上几样菜，打了一壶酒，互相斟饮。黄天霸也不谦逊，酒到口便喝，喝得有七八分醉意，将石彩望望说道："你两人来寻觅我，敢有什么事做？"石彩望程全噘了噘嘴说："大哥，你自家讲罢。"程全便欠了欠身子，撮起那张尖嘴，低声下气地说道："兄弟久闻大名，如雷贯耳。"黄天霸接着说道："是的。"石彩不由噗哧一笑。黄天霸道："入娘贼，你疑惑这姓程的说话我不懂，以为我便答应了？未免肉麻得很，你做梦呢。他说闻我的大名，我这大名他几时闻过的？他自然还在那个书上闻过一闻，我难道还替那书里的黄天霸谦逊，说是不敢不敢？那才把人的牙齿要笑掉了呢。"石彩被他一顿骂，也就瞪着白眼生气。又怕他的飞剑利害，不敢得罪他，只得闷闷坐着，一声儿不发。

程全又道："不瞒黄大哥说，兄弟聘了一个家小，还不曾过门，忽然被一个地痞

日夜占着不放。兄弟手无缚鸡之力，同他厮打，料打他不过。久仰黄大哥最肯锄强扶弱，乞助兄弟一臂，将那厮赶掉了，好成全兄弟夫妇，感恩不浅。"黄天霸怒道："世间竟有这等事？我黄天霸死也不得饶他。我们不再吃酒了，便先同你们去打他个半死，留半个死，慢慢再去结果他。"程全愣了一愣，说："黄大哥不是有两道飞剑，何不就用这飞剑取这人的头来？"黄天霸笑了笑说："哪里有什么飞剑，是谁编派我？我有的只是一柄宝刀。"说着便跷起一只左腿，放在桌上，将缠腿布打开，拿出一柄寒森森的刀，兀地向桌边上一插，说："这是我打从田土里掏出来的，被我磨得雪亮。"石彩暗中向程全递了一个眼色，似乎说："他那两道白光，是轻易不肯告诉人的，你正不必去提那个。"程全会意，便笑道："无论宝刀宝剑，只要黄大哥将这厮结果了，就算替兄弟报了仇。"

黄天霸十分得意，便扭头问程全道："这厮究竟是谁？包在我身上，管教他不得活命。"程全道："据人说这个地痞便姓云……"一句话还未说完，此时只见黄天霸似乎吃了一惊，说："呀！这人姓云，他叫什么？"石彩又接口道："叫什么，倒不知道。我听说这人还是个秀才。"黄天霸愈惊，说："这秀才可住在城里笔花巷？"石彩道："大约不错罢，我有一天在冯老太那里，听见有人提起的。"黄天霸听毕，不禁哈哈大笑道："我说是谁呢，原来就是我的主子相公。他的名字便叫云麟。我的母亲在这十几年前，便在他家服役。我还在那里混了几年。目下因为家里的田没有人种，所以我也不常到城里走动。"

程全、石彩此时听见黄天霸说完这几句话，真是半天里打了一个霹雳，掩耳朵也来不及。暗念："这可倒尽霉了。不料我们所聘请的，便是那姓云的家里人，岂但不肯替我们出力，还要防他转告诉他的主人，我们编的一篇谎，登时就要戳破，那时姓云的再叫他出来取我们的性命。你看这黄天霸何等利害，他只消歪歪嘴念起咒语，管教两道飞剑轻轻地将我两人头颅取去，白留下两个没头的身段，那车氏同刘玉娇谁还肯亲热我们呢？"想到此，那副画皮也就顿时发出一种死白颜色，酒杯子粘在桌上，再也不肯上手。

谁知黄天霸早窥出他们的意思，劈口骂道："死囚！你们敢是怕我去告诉姓云的吗？你们若安着这条心，可想你们将我当作乌龟看待。我告诉你们罢，我生性最恨的，是些身上穿着衣冠，满肚皮安着禽兽，便是禽兽不肯干的事，衣冠的人他都会干。我常常拿着我这一把宝刀，没事时便对着他叹气，说道：'刀朋友，刀朋友，你要帮助我杀尽世间这一种人，我请你吃酒；你若不帮助我杀尽世间这一种人，我便请你吃刀。’说到高兴时辰，那刀就象解我的心事，好象也就望着我点头。我是个乡里蠢牛，终日在乡里，除得偶然会见坟堆上的鬼火，轻易也没有衣冠到我眼里。象你两位哥的装束，幸是也同我差不甚远，不然在桥底下骂我父亲时候，早就结果你们的狗命了。他姓云的果然孝顺娘，对得住天，不做奸盗邪淫的事，我何尝不敬重他。今日他眼见是做奸盗邪淫的事了，你们便不来送信给我，我访着也要替我们那个老主母除这祸根呢，何况……”

黄天霸一边说，一边拔起桌上的刀，向外就跑，顿时不见他的踪迹。吓得程全、石彩目瞪口呆，又惊又喜。连忙会了酒帐，刚要出店，猛然店外又跳进一个人来。定睛一看，依然是那个黄天霸，一把扯着程全道：“我的初意，原想一径跑到他家里去结果他。后来怕惊动我们老主母，而且不在犯事的地方给他示众，也难警戒一般衣冠禽兽王八蛋。你快告诉我，你那女人家住在哪里？快说，快说。”程全被他捏得膀臂生疼，便约略将冯老太的居址一一说了。黄天霸这才如飞跑进城来。

看官，人常说世间一切小说，最能转移社会风气。何以谈忠说孝，不见得社会上便出了些孝子忠臣，独有那些《七侠五义》、《包龙图》、《施公案》，偏生容易感动一切人心？譬如网狗子，自幼儿便喜欢替人抱个不平，历年以来，再浸灌些尚侠好武的评话，所以他喜欢黄天霸，他名字便改做了黄天霸。如此一日一日行去，焉得不视杀人如儿戏呢？

该应云麟命根已绝，偏生遇见这位冤家。他也不向云麟那里打探，或者云麟得以分辩一二句，说刘玉娇并不是程全的家小。他竟不容分说，便从这晚趁着黑夜，由冯老太后檐那座短墙上悄悄扒上来，悄没声儿，伏在屋上。等到二更时分，见大家都次第睡熟了，他也猜不出刘玉娇住在哪个房间里，又不知今夜云麟可来不来，只管东听听，西听听。忽然听见一个房间里有人喊道：“玉娇，早些睡罢，明天是你的生日，你自家也要早点起来，掳掇掳掇。”此时只听对房有个女儿笑着答应了一声。网狗子心中暗笑说：“这可被我撞着了。”遂用一手一脚，搭在檐前柱子上，探下半个身子望窗子里面张。无巧不巧，果然玉娇刚待上床，那床上一幅锦被，早预先裹着一个眉清目秀的少年，不是云麟是谁？网狗子三尸神爆，将檐上的那只手一松，扑通一声，早掼到地下。一翻身跳起来，左手叉着五指，右手举刀，直跨入房门。从灯影里跳上床，且不等云麟叫唤，咔嚓一声，早把一颗头滴溜溜地滚到绣枕里边去了。

玉娇此时吓得魂已出窍，一句也叫不出来，拚命抱着网狗子的腿，死也不放。

网狗子将腿抖了几下，似乎说："我是为你的丈夫来报仇的，你理宜放我走路。"然而又不敢高声吆喝，只弯过腰来去夺玉娇的手。可怜玉娇此时才喘过气来，不禁哭喊了几声，说："不好了！杀了人了！"网狗子大怒，说："这淫妇原来是同奸夫打成一路，不然他为什么苦苦转与我为难？"怒从心起，喊了一声"去罢"，那柄刀子早由玉娇心口直穿过背脊。网狗子也不暇拔刀，早一溜烟开了大门，走他娘的路。

当玉娇叫唤时辰，刘祖翼夫妇已从梦中惊醒，没命地奔出来探视，迎面撞着网狗子，措手不及，被网狗子逃走。见房里没有声息，赶得进房，早一眼看见玉娇杀死在地，不由叫起撞天屈来，一声儿一声肉地哭个不了。此时早惊动冯老太，并些成对的野鸳鸯，大家知道出了祸事，跑过来望一望，都掉转头来溜得个精光。唯有冯老太劝着刘祖翼夫妇："且不必啼哭，捉拿凶手要紧。如今不独你家一条命，人家还有一条命呢。"

且住，阅书者到此，大约总有一半疑惑那床上杀死的必是云麟了，哪里知道非也，非也。自从玉娇思慕云麟，逼着他母亲去寻访。其实他母亲哪里去替他寻访呢，一心已注意在程全身上，又有冯老太百般撺掇，外面尽管哄着玉娇，说替他去访云相公，暗中实是着人去请程全，无如程全又是得了重病。冯老太不便着人到程全家中罗唣，又怕玉娇疑心，逢人便说是云相公不日便来。所以石彩便将此事听在耳朵里，误行传报，以致酿出这一件祸事。然则那床上杀的又是谁呢？原来便是车氏。车氏日间听见石彩说，程全要杀姓云的，当晚便走过来同玉娇闲谈，便将此事告诉了玉娇，叫他防着。玉娇长吁短叹，便一五一十告诉车氏，说姓云的至今并不曾来。他两人是常在一处宿的，玉娇便留车氏在此，不放他归家。不料网狗子不问青红皂白，一刀便结果了两美。

在刘祖翼并不知有云麟这件事，但猜不出他女儿何以为人所杀，只悲切切地去忙着报官。唯有车氏死得无辜，那乔家运父死且不奔丧，他平时又同车氏不大恩爱，随后听见这个消息，反落得身无挂碍，另结良缘，更不理会报仇的事。乔大姑娘是只有哭泣，更无长策。转是石彩在第二天探出这个风声，直气得捶胸顿足，大骂黄天霸无良，要赶去同他拚命，急急跑来告诉程全。程全大惊说。"这个如何使得？他如今既做下这件杀人的勾当，那个苦主如何肯轻轻饶他？必然报官缉捕。我辈少不得也算是同党，躲避还来不及，你转去惹祸招非。"石彩急道："姓程的，你舍得他，我还舍不得他，他业已死了，我赶着他一路走都情愿。你既这般说，我便先去喊冤。"说毕更不迟疑，便掉转身子，飞也似向县里奔去击鼓告状去了。

且说县里老爷姓毕，单名叫升，是个钱铺小倌出身。刚接得刘祖翼报案的呈子，正吓得魂不附体，暗想；“严城之内，凶手敢于杀人，必非寻常盗贼，叫本县一时从何处捉摸?”愁眉苦脸，兀自同刑名师爷商议。忽然外面又报进来说:“有个汉子在堂上击鼓，说是妻子被杀。”毕升一听，格外着急，连珠价地说:“不好，不好！接连两起人命，要本县的狗命了。怪道前天那个陈希仙说我今年官运欠佳，真是一点不错。”不得已，披了一件外褂，连忙唤值堂差役伺候，颠头晃脑地升堂坐下。两旁的人早把那个击鼓的拖翻阶下。毕升索索地抖着问道:“你、你、你叫甚名字？有何、何、何冤枉?”阶下那人喊道:“我叫石彩。我的妻子被人杀了。”毕升又问道:“你妻子姓什么?”石彩道:“小的妻子姓车。”毕升猛然省悟说:“你的妻子可是同刘玉娇的案是一起的?”石彩道:“不错，是一起的。”毕升略将心上一块石头放下，重振起精神问道:“你妻子被杀，你当时可在你妻子面前？那凶手你可知道些形迹？从直说来，本县替你伸冤。”石彩道:“凶手我怎么不认得？是我请他出来的，我说不认得，便是你也不相信。”毕升大喜，说:“原来你是同凶手一路的。本县便问你个为什么聘请凶手去杀你妻子？你还敢来本县堂上击鼓，你是不晓得本县刑法利害。左右，先替我敲他的嘴。”

当时两旁答应了一声，早走过几个人来，按着石彩的头，正待下手。在这个当儿，里面刑名师爷忽着人飞出一张字条儿，写着:“此人可以着落凶手，勿刑。”毕升看了一会，皱着眉头暗念道:“凶手勿刑。既这人是凶手，怎么又叫我不动刑法呢？罢罢，既然刑名师爷这样说，料想是不错的。”便叫放下石彩。又喝问道:“你原来就是凶手?”石彩急道:“我不是凶手。”毕升道:“乱说，乱说。你若不是凶手，刑名师爷怎么说你是凶手呢?”石彩道:“凶手的名字，他叫做黄天霸。”毕升惊道:“啊呀！黄天霸还不曾死吗？想当日施不全做的也是江都县，本县今日做的也是江都县，若是果然黄天霸肯出来帮助本县，怕你们这班凶手飞到天边去呢。”

此时刑名师爷一班人在暖阁背后，见毕升越说越不成事体，忙差一个伶俐小厮走至毕升背后，悄悄提了一声说:“请老爷问他凶手住落何处。”毕升如梦初醒，便照着这话问下去。果然石彩一五一十，将网狗子的居址供得明白。毕升大喜，随即标了火签，命三班捕役火速至西门廿四桥捕获黄天霸。谁知黄天霸正不消擒得，早已送入城里来了，这是什么缘故呢？

原来网狗子自从杀人之后，趁清早一开城门，便如飞地转回家中。他父亲正在稻草铺上睡得和暖，经不起网狗子敲门利害，便披了衣服出来开门。不开门则已，一开了门，只见网狗子浑身血污，连唇边鬓角都是猩红斑点。黄大吃了一吓，喝问：“你怎么了？”网狗子也不隐讳，便侃然答道：“云相公被我砍了。”黄大愈惊，骂道：“你是遇着邪了，你满口胡说什么？怎么好端端地去杀云相公？你是玩话罢？”网狗子道：“我说什么玩话，云相公是犯了砍头的罪，我砍了他，也不为过。”黄大见他说话确凿有据，这才惊慌起来，说；“这还了得！你做下大逆不道的罪，我也顾不得你了。”便一迭连声吆喝起四邻，央人来捆网狗子。大家知道这事，便问着黄大：“你将他捆到哪里去呢？若说送入县里，你这几间草屋，几亩薄田，就不消说不用要了。虎毒不食儿，我看你不如省着些罢。”黄大怔了一怔，说：“我何尝不知道，我们百姓的事一经了官，不等到水落石出，便吃那些差役敲尽了骨髓。但是我这孽畜做出这等事，我的主母一家子也就完了。主母既已被这孽畜破了家，我们还想保守这些田地，恐怕天理上也讲不过去。罢罢，我也不送他到县大老爷那里去，我便将他送到我们主母那里，杀也由我的主母，剐也由我的主母。”一面说，一面便夺过一根草绳，果然将网狗子手足捆起。央了几个人来，黄大自己押着送进城来。事有凑巧，黄大一干人正走到城边，劈头早遇见三班捕役，他们眼线是最灵活的，只消吆喝一声，那些乡里老儿早吓得魂飞魄散，掼下网狗子，大家没命逃走。捕役们不费吹灰之力，现现成成将黄大父子一并带入县衙。毕升听见凶手已获，他转逍遥自在，不急急去升堂料理，不过吩咐伺候人等，准备下些严刑，等一会好来敲扑而已。

且说程全见石彩这浑小子自行向县里出首，知道这事闹出乱子，不得干休，只得硬着头皮，将这些情节一一告诉他的老子程二。程二听见这个消息，正待骂程全一顿，又见他病得可怜，只叹了一口气，去同石彩父亲石老四商议，说：“四哥，这件事幸亏是在我们家里，料想没有什么大乱子。但是孩子们吃了苦，我们老弟兄面子上也下不来。四哥斟酌，还是向我们那里老头子说一声呢，还是四哥自行去打点？”石老四笑道：“哦，今早听见人讲冯老太家出了人命，原来是他们小弟兄干的。这有什么打紧？二哥，你不消费心，凭我老四面子，会向毕老爷那里要人。你家全哥儿病后，莫叫他烦心。二哥回去告诉他，横竖杀的不是两江制台，就说我家石彩已经出来了，叫他但放宽心罢。”程二点点头说：“也好，掼给你办罢。你们主人这点点事，也该摆布得来，杀鸡焉用牛刀，我也不去惊动我们的老头子了。”说着辞了石四，径自回去。

此时石老四走回他的厨房，在饭架子上摘了他那一件油腻长衫，松松地披在身上，瞧着他主人石茂椿正坐在厅上监押着家人买鸡鸭。他便垂着手，走近石茂椿身旁，打了一个千儿，站起来一言不发。石茂椿转吃了一吓，说："石四，我这鸡鸭不是不叫你们厨房里买办，只因你们在乡绅家里当惯了大厨头，乡下人使促狭，没命地用糠皮塞在他嗓子里。你们谁有工夫去检点，买回来只消屙两泡臭屎，那斤两暗中便折耗了许多。我老爷好在闲着没事，现在这里替你们逼着鸡鸭屙了屎，才同他上秤呢。"石老四忙说道："不是为鸡鸭的事，是小人的儿子被县里捉去，求老爷的恩典，赏一张名片给小人向县里将儿子要回来。并不是小人爱惜儿子，因为小人伺候老爷，毕老爷也该知道，小人的儿子他敢径自捕获，显见得眼睛里没有老爷。"

石茂椿听到此处，不禁将手捋了捋胡须，震怒起来，说："真有这事？这姓毕的简直同他的考成作对了。我家老爷自牧令起家，由县而府，由府而道，小则小，论品级还比他大得几倍。如今偏不消用我名片，你尽管去带你儿子回来。他有半句支吾，我老爷便用绅界全体的名义，打着电报到藩台那里，立刻撤了他的任。你去罢，去罢。"说着急忙站起身来，跑至廊下，又一泡鸡屎，一泡鸭屎，去严行查考。石老四又道："这案里牵涉着别人，请老爷的示，也一起要回来罢？"石茂椿一心只在鸡鸭上，也不曾理会他的话，只点了点头。

石老四好不高兴，如飞地走入县衙，在门房里将石茂椿的说话告诉了仆役，又点缀了许多威武的话。门房的仆役本来也同石老四相好，便趁毕升不曾坐堂，进去禀了一切。毕升搓手咂舌说："这是怎么好？这是怎么好？不依石大人罢，知道做道台的省中消息最灵，况当这绅权时代，真个立刻会出我的乱子，眼见得才忙到手，抛弃了煞是可惜。若说就这般放了凶手呢，料想苦主那里也不是好惹的，万一上控起来，于本县前程又大有关系。"正自踌躇不决，还是那个刑名师爷有点主意，说："论事轻重，还是宁可得罪百姓，不可得罪乡绅。好在黄天霸虽然捉来，究竟不曾得他的口供，只消讯他一堂，说这人不是凶手，另行缉捕，将黄天霸、石彩一干人都放了。案中那个冯氏行业不正，家中勾引男女奸宿，须将他重重责打一番，见得东家办事认真。那苦主一时也猜不出东家别有用意，他如何肯去上控？"毕升大喜，便照着刑名师爷的话，将网狗子提上堂，问了几句。黄大才知道网狗子杀的并不是他小主人云麟，心下已欢喜不尽。网狗子也猜不出那时候会杀错了人，见县里老爷问得不甚吃紧，也就含糊抵赖。唯有石彩，偏要一口咬定黄天霸。经毕升呼叱了几句，一齐逐出。

石老四好不得意，领了石彩回家。黄大又将网狗子带入云麟家里，说起这事，云麟暗暗叫声惭愧。后来又感着玉娇这一番情义，觅着他坟墓所在，还悄悄奠祭了一番，做了些诗文凭吊，以致哀慕，都载在他文集里面。在下这部小说，也不及代他登载。这一番却晦气了一个冯老太，经县里捉得来，不由分说，就打一千下藤条，加了他一个窝藏匪类的罪名。草草将玉娇、车氏收了殓。用了一道海捕文书。此案一直等到网狗子在革命党里犯了事，临刑时候，在臬司衙门里供出此案情节，玉娇、车氏的冤枉才算明白。

光阴似箭，日月如梭，转眼又是第二年长夏。其时风发云涌，正是大家要求立宪的时节。便是这小小一座扬州城里，尽有许多青年志士，放着正经事情不干，一般地开会演说，举国若狂。毕升他是一个干员，他也不来理会你们百姓，也从这一年之中，除得国家忌辰，不敢明白宴会外，他没有一天不请众位乡绅，三日一小宴，五日一大宴地热闹。这众位乡绅被他的鱼翅海参将嘴吃软了，毕升发的议论，众乡绅无不赞成，毕升出的主意，众乡绅无不称妙。其实他那些鱼翅海参，可是毕升腰包里掏出来的呢，不过还着落在百姓身上。大约朝廷发下一条新政，便替毕升开了一条新捐。他是打从算盘上出身的，真个巨细无遗，锱铢必较。百姓恨不过，只是焚香祝天，保佑这毕大老爷早早高升，别调优缺。谁知那位天老爷更是狠毒，你不去祷祝他还罢了，越是祷祝，越是利害，便从这一年，公然给你一个风调雨顺，国泰民安。居民虽然苦这一位毕大老爷的苛征，却还满意今年的新米登场，去年卖八元一担，今年四五元一担管教是稳稳的。走出城一望，稻穗迎风，豆花满目，煞是叫人有"乐岁声中笑语多"之象呢。农夫们摩拳擦掌，准备着一交了立秋，便夫妻儿女，一古拢儿下田割稻。

这一天却是七月初一，可巧这半月以来，都不曾下雨。俗话说："人怕老霉，稻怕秋干。"乡下人便有些惊慌起来。毕升得了这个信息，觉得莅任以来，还没有什么德政惠民，便在这三日前头，虔虔诚诚沐浴斋戒，亲临城隍庙里求雨。发出示谕，说这三日以内，禁止民间屠宰，便是鸡鸭鱼虾，也不许沿街售卖。百姓们欢声雷动，又觉得毕大老爷忽然尽心民事，便大家齐心真个吃起素来。那些县里差役轮流着沿街查察。有些肉贩子靠着卖肉为生的，不无私相交易，被差役们查着，罚的罚，抢的抢，转大大发了利市。肉贩子忍气吞声，也没处叫冤。

这一天清早，因为晴久了，热得十分利害。毕升睡不宁静，从五更头里便携着他那一位如夫人荷容的手，悄悄去到房外回廊上来乘凉，不住地挥着扇子，还是气喘汗溢。眼见东南上的赤云，好象张了一把火伞一般，树阴里乌鹊都张着嘴不动。毕升嚷道："啊呀，象这般热，挨到今天午正的时辰，怕不要将身子熔化了吗？"荷容嫣然一笑说："熔化了也好，那时候老爷身子里也有了我，我的身子里也有了老爷。"毕升笑道：

“你说这句话，真是可爱，我便情愿化在你身上。”说着就在荷容颈项里嗅个不住，引得荷容触痒发笑。毕升低说道：“我们再上床睡一会罢，此时还没有人起来呢。”

刚说着话，忽见对面一角花墙里，有个人影一闪。毕升喝问：“是谁?”一会从左首一个小门走进一个奶婆来，手里抱着一个两岁光景的小孩子，粉团玉琢似的，浑身赤着，仅仅肚腹上带了一个绣金大红肚兜。奶婆子笑道：“老爷今天起身得早。小官官这一会想是怕热，闹着起来，太太叫我抱出院子乘凉。”毕升今年已四十多岁的人了，膝下只有此子。也并不是妻妾不会生育，只是生下来一到三岁上便死了。这一个小官官是他大太太去年生的，夫妻钟爱非常。毕升接过来逗着玩笑了一会，依然递给奶婆子抱去。自己重又拉着荷容便去房里，不知干了些什么把戏，转不觉得炎热，沉沉睡着了，一直等到红日三竿，还不曾醒转。伺候的婆子丫鬟们，悄悄进房一看，只见荷容精赤的一只腿，还高高搭在毕升肩膀上。众人无不羞惭满面，急急遁出房外，互相嘲谑。

毕升同荷容从睡梦中惊醒，这才穿好衣服，缓缓盥洗。毕升擦了几把热手巾，向着旁边伺候的人说道：“你们出去传话，说本县今天的公事一概不问，所有案卷等到秋凉些再说。”下面答应了一声“是”。毕升又笑对荷容道：“停一会，我们来煮一碗莲心绿豆汤。好在不办公事，料想也不会有客在这大热天来会。”荷容笑了一笑。

话未完，忽地外面通报进来说：“石大人轿子到了暖阁，请老爷快去迎接。”毕升惊讶道：“他又来干什么？他敢是不怕热的?”说着急忙套了靴子，披了袍子，带上凉帽子，三五个仆人簇拥着一路走出来。早见石茂椿已经下了轿，走到东边一个花厅上，却是便衣。毕升上前请了安，分宾主坐下。毕升笑道：“今日好热，大人为甚赶着出门？路上受了暑气，怕不甚好。”

石茂椿此时早将长衣卸在一个小厮手里，用过手巾，转拿着一柄鹅毛扇子扇汗。听见毕升问他，不由叹了一口气道：“毕老父台不必提罢。上月里承你的情，替我重重办了那个佃户郭三，后来郭三果然来补足了我租钱五十六文。谁知郭三他记不得五百小板子的利害，昨晚敝处管田庄的又来告诉我，那侧首田里，春间曾经种了一千枝桑秧，前日一数，只剩了九百九十九株，问着郭三，他说是被牛啃了。便是牛啃，也该有个形迹。又说是枯死了。便是枯死，也该有个根株。我气极了，特来奉拜，务求老父台再替我办一办。”毕升答应道：“这个容易，卑职就去差人，立刻提郭三到堂。”石茂椿道：“此是一件。还有一件：内人陪嫁过来的一个王婆，他在舍下有三十多年了，忠厚不过。昨天回家去走走，他那些邻居有知道的，却都还奉承他。据说右边有一家剃头铺子，有一无知小孩，用菜叶子打他。他气愤不过，告诉了我，我只得仍请老父台赶紧将那个剃头铺子封起，着他将小孩子交出，听候重办。此是一件。还有一件：我们公馆后进，有个空院子，是你知道的，近来青草长得有一寸多深，该地方坊保，毫不料理。也须老父台提来问问。此是一件。还有一件：我们公馆前面是条大街，你亦知道的，日间车马经过，喧嚷得可厌。请老父台出一张谕禁的告示，押着行路的饶宽转些也好。”

毕升连连点头说：“使得，使得。大人几时晋省？”石茂椿道：“牙厘总局崔观察，曾有信来，约我去观什么南京教育会。我因为天太热，懒得行动，只好等秋凉再看光景。老父台，于今时势，越出越奇了，毕竟教育会是个什么玩意儿？弄得举国若狂。老父台可曾瞻仰过吗？”毕升道：“谅情不过仿着洋人法子。那一天公事到了敝署，卑职转摸不着头脑，随意画了行字。后来听见他们学界里又闹一个什么地方劝学所，后来又不听见了。这些事总非卑职地方上吃紧的事，也只好姑妄听之罢了。倒是前日卑职同警察总办老区创办的那个花捐，大人在外面，不曾听见出什么岔子罢？”石茂椿笑道：“不曾，不曾。就是有什么议论，还怕那些虫蚁般百姓怎样？只要老区明白，按月将那句话儿送来，不要叫你我落了空，便算他是有良心的。我到了省里，若是上头问下来，我自然会替他说话。”毕升笑道：“请大人低声些，恐有耳目，不大方便。”石茂椿笑道：“老父台可又来了，我们做官人的，若是跟前几个仆役都买不住他们的身心，还算得个深仁厚泽吗？倒是我打听得他们念书的朋友，讥诮这‘花捐’二字不雅，说还要送给龟家一方匾额，上面写着‘为国捐躯’，又是写什么‘以身发财’。这些口角，倒十分刻薄。”毕升笑道：“那倒不然。他们发这些主意，不过因为他们不曾得着什么好处。大人只消出去拣几个有体面，说得几句话的秀才，允在这里面要安插他们点事，包管他们就箝口结舌，再不来干预了。”石茂椿道：“是极，是极，足见老父台年富力强，经验毕竟不同。若是我，就有些顾虑不到了。”

毕升此时十分高兴，便说：“时候已经不早，大人在敝署里便饭罢。”石茂椿道：“多谢，多谢。我知道你们这里禁屠，定然没有什么肴馔。不瞒老父台说，那麻油汤甚是不耐吃，我自己早在家里预备了三两火腿，炖半只鸭子。”毕升不禁哑然一笑。石茂椿正色道：“老父台敢是笑我这菜太菲薄了？老父台做着现任，自然不觉得财政困难。至于敝公馆里，除得田地房产上有些进项，稍不谨慎，便愁支撑不住这份门户，所以鄙人每天除得吃点小荤，其余便连内人、小妾等，也不能染指于鼎。并不是鄙人贵鱼虾而贱骨肉，实在因为食指浩繁，恐怕后难为继呢。”

毕升听石茂椿说了这一番话，不禁肃然起敬说：“大人的话，怕不是句句金石。只是卑职适才所笑，并不敢奚落大人，是因为大人说敝衙里禁屠，便该吃素，这话未免太认真了。卑职禁屠的宗旨，不过骗骗那些百姓，显见得卑职还肯在地方上做事，其实那天上的雨，岂是禁屠可以求得来的？卑职有个法子，当那晴得久了，便无意地踱到厨房里，验是有雨没雨。若是无雨呢，任百姓渴死，卑职也不理他；若是有些雨意呢，卑职便禁屠起来。大约卑职除非不禁屠，若一禁屠，拿得稳不出三日，便还他一个倾盆大雨。卑职常夸卑职的厨房，比上海天文台还灵验些。至于吃素不吃素，更是莫须有的事了。大人不信，停一会我叫他们捧出鱼翅海参鸡猪鱼鸭来，虽然及不得大人厨房里办得精致，总不至叫大人呷卑职一口麻油汤而去。”石茂椿惊诧道：“哦！原来禁屠是哄着百姓们玩的？但是老父台说贵衙门的厨房比上海天文台还灵验几倍，这倒要请教请教。若果是真的，我懊悔当日又何必花费钱钞，去买一座风雨表，挂在厅壁上呢。”毕升笑道：“风雨表吗，那是不中用的。我来告诉大人罢，卑职的厨房里，咸鱼咸肉最多，一到天要落雨，他在几日前便会津津地有些咸卤出来，风雨越近，他那咸卤越多。只要见那咸卤一点一点地望下滴，便知风雨就来得快了，赶紧出一张告示。若是碰巧，告示的糊迹未干，包管风雨立至，引得那些百姓口口声声说是卑职至诚感神。其实卑职哪里去感神呢，只感激那些咸鱼咸肉罢咧。这一次奇怪，告示出去已经三日，天上还这般晴朗，敢是我这天文台忽然不灵验起来？然而断然不会的，或者蓄之愈久，发之愈暴，亦不可知。”

正说话之间，忽然西南角上一座花圃，那些枝枝叶叶，平空直倒下来。一阵狂风过后，不知哪里来的无限黑云，一朵一朵直望上冒，顿时将一个青天遮得乌光漆黑。毕升大喜，拍掌笑道：“卑职的话如何？这风吹得好凉爽，适才的炎热，不知躲向哪里去了。”石茂椿默默点头，低说道：“真是佩服，这雨竟被你求得来了。先还说回去吃饭，如今真个要在你这里叨扰。”话还未毕，猛地一道金电，直射入厅堂上，余光兀自闪闪烁烁地旋转，吓得石茂椿缩头不迭，说：“雷！”便从他这一句话里，打了一个霹雳，怒雷好象将房屋已经劈碎了一半。

毕升站立起来，想要逃走，面无人色。雷声过后，那雨好象是翻江倒海一般，万声齐发，风林怒号，厅上愈黑，几乎对面认不出人来。好些仆役忙个不迭，点起几盏保险灯，那灯光兀自摇摇不定。眨眨眼，阶墀之下已成大河，檐溜排空，如万马奔腾。那黑云里只见万道金蛇，穿来穿去。其时刚在未牌时分，那雨势正是有增无减，天上的黑云一直压到屋边。毕升想同石茂椿说话，哪里还听得见，只管摇头摆手，彼此打着哑谜儿。不得已，将坐的椅子两人移挪，并在一处。石茂椿大声笑道："老父台求得好雨，这雨太求得大了，不如快些求晴罢。"毕升摇摇头，也大声说道："不行，不行！求晴也要看咸鱼咸肉可干燥不曾。料想这般雨势，那咸鱼咸肉一时如何会得干燥？"

毕升刚说着话，忽然觉靴子下面冷浸起来，缩脚不迭。那旁边侍立的人，早惊惶失措，说："不好，不好！水到厅上来了。"石茂椿再一低头，果然水已浸到脚跟。刚要叫唤，那水更来得快，早又漫上膝盖。两个人两条夏布裤子，湿淋淋地绷着大腿，几乎叫那裤下物都须眉毕现起来。此时众人手忙脚乱，便在水里赶紧将石茂椿同毕升抱在大桌上。毕升逼着家人们，快向后边上房里去打探打探，看水势比前面如何。若是利害，还须得差人去雇船只，好避水灾。家人们应了一声，便从水里寻了一柄雨伞，冒着狂风暴雨，向后边去了。

石茂椿笑道："此刻壁上钟点，已经五下多钟了，这雨如何还不肯住？"毕升道："大人肚腹应该饥饿了。"回头又对旁边的人说道："你们去命厨房里开一桌饭菜来。"侧首有个家人哭丧着脸说道："回老爷的话，小的们不待老爷吩咐，早经向厨房里催过几次，无如此时厨灶全部浸在水里，也没处燃火，哪里来的饭菜呢。"毕升叹了一口气说："无论什么东西，权且拿来充一充饥罢，可是饥不过了。"那个家人不得已，去了一歇，手里捧出几个陈馒头来，说："委实没有可吃，这几个馒头，请老爷同石大人权且充饥。一等雨住了，再行设法。"石茂椿笑道："好，好！拿上来罢。我不肯吃你们老爷的麻油汤，谁知倒吃了你们姨太太两个肉馒头。"众人齐声一笑。

石茂椿一面吃着馒头，一面笑道："这一场雨，我倒想起一件事来。上次城里一带地方，街道低洼，遇头几场小雨，便行淹没，我曾经提倡，想捐一捐他们修理街道。谁知那些店铺造我的谣言，说我将凡有的捐款概行吞没，此次便竭力同我反对。我恨这一班人深入骨髓。这一场雨之后，不管他们答应不答应，老父台严严地出一张告示，每户无论贫富，按着人口，每一个人叫他们出五百文。不淹的地方，也按着人口，一个人叫他们出五百文。你道为什么不淹的地方，也叫他们出五百文呢？须知他那里不淹，可知淹没地方的水，便全是他们灌注来的。以邻国为壑，尚且不可，以邻居为壑，倒反可以吗？他们若再有半字不答应，老父台尽管差人去捕捉他们。他们百姓是最怕官的，包管妥妥帖帖，将钱送得出来。"说到此，又附着毕升耳朵道："至少你我每人三千串文是稳稳到手。"

毕升笑道："就是，就是。外边的事，大人主之；里边的事，卑职自然效劳。卑职此时心里还烦忧得很呢，今年这一次下雨，包管又减了成色，那些王八蛋的农民，还怕不拖泥带水地上来报荒，甚至本没有什么损失，他们便没命地信口乱报，巴不得豁免了他们钱粮。大人你是知道的，做州县的不想在钱粮上生发生发，不如家里去吃粥了，又为甚三分二分左借右借着利债来捐官？这是一层。第二层，这信息传上去，上头又要闹放赈了，卑职老实地专为这些事忙罢。忙得好呢，不见得有什么保举；忙得不好，百姓是百姓的怨言，上司是上司的申斥，可就吃不了这冤枉了。”石茂椿笑道：“老父台毕竟是个初任，其中的利弊，还不甚透彻。若讲到放赈，怕不是替老父台大大添一笔出息。只消将赚的款子，在上司衙门里通通送一份厚礼，包管再没有批驳。至于百姓，他同你有什么瓜葛？他饿他的，死他的，你一概给他一个不睬。他来报荒，你有的是板子，每人屁股上给他数上一千八百，他便真有荒，也不敢上来报了。你照常征你的钱粮，钱粮不旺，你就比差，差人吃比不过，还愁他不会催逼他们？只消遣差人下乡三次五次，包管那些百姓搁不住他们催逼，卖儿卖女，也须来完纳钱粮。他们咒骂，听他们咒骂，几曾见做官的会被百姓咒骂死的？”毕升哈哈大笑说：“妙计，妙计。”

刚要再望下说，忽然先前进去探访水势的那个家人冒着大雨，气急败坏向水里奔进来，说：“禀上老爷，后面水势淹得有七八尺深，太太、姨太太都爬上床顶坐着。小少爷不知轻重，一个猛不防，从床顶上跌入水里，家人们忙着抱起来，已是不知人事，想没有望了。此时水势还是有增无已。太太哭得要死，也要投水，经婆子们扯着。请老爷快进去劝劝太太。”

毕升听到此，早已吓得魂飞天外，嚎咷痛哭。好在这风雨交加时候，毕升再哭得利害，不过在那万籁之中，添了小小一层声浪。

石茂椿依然坐在旁边，一千八百地打算捐输百姓。忽然看见毕升站起身想望里走，忙一把扯着他的袍袖说：“老父台，你看这一次水灾，明天上街去写捐，还是老父台这里派人呢，还是我们绅士包办？”毕升哭道：“一切交给大人办罢，卑职的儿子已是死了，此时方寸大乱。”石茂椿笑道：“老父台死了儿子，我何尝不知道，但是这算得什么，只要有钱，还愁没有儿子吗？老父台不过多拚着买几个如夫人罢咧。”说着又拍手笑道：“我这话不打紧，又要吃你现在那个如夫人骂。”

毕升也不暇再和石茂椿谈心，命一个家人驮他在背上，匆匆奔入后面去了。石茂椿没精打采，一直等到夜晚，雨势稍息时辰，这才乘轿回家。

欲知后事，且阅下文。

# 第四十八回 别恨满琴书挹秀轩中成旅客 吟场森剑戟消闲录上感诗人

且说扬州这一场大雨，据父老说起来，已有六十多年不曾遭此水荒。雨止之后，将一个扬州城，通通浸在水晶宫里，深的地方足足有四五尺，就是极浅也有一尺二尺不等。居民叫苦不迭，大家搭起板架猴在上面，大有上古构木为巢的景况。登高一望，万家断了炊火，虽在夏末，早似深秋，萧条气象，惨不忍见。次日便有人传说离城四五十里淮子桥出蛟，那水头漫得有二丈多高，淹死居民不计其数，房屋牲畜更是不消说的。因此城里的百姓，倒反觉得侥天之幸。足足挨了半个多月，那水势方才退尽，仍旧安居乐业。谁知福无双至，祸不单行，刚才闹过蛟水，余波未已，猛然间，在七月十五这一天，合城的百姓，又惊慌起来。你道为的什么缘故呢？

原来扬州府内，本是分着新旧二城。那旧城城边有一条兵马司巷，巷里有一座茶水炉子。这一晚刚走来一个老婆子拎茶，忽然从脚边冒起一股红水，惊得那婆子怪叫起来。再看看那股水，鲜红无比，依然向上汩汩的冒。老婆子腿上沾了几点，便突然红肿。这个当儿，便聚拢了多少人惊奇诧怪，指东画西。忽然又有人叫唤说："不好，不好！这里又冒了，这里又冒了。"一连便是凡处，都冒的红水。风声传布，一时间早惊动合城百姓，蜂拥着都来瞧看奇闻，将一条兵马司巷挤得水泄不通，大家纷纷议论。有的说是这地下曾经埋过私生孩子，千年不朽，便会生此怪异。有的说这家茶炉子应该降生贵人。巧巧茶水炉子有一个妇人，正怀着孕，人又说他孕了三年，不曾生育，这红水便因他而发，非得将这个妇人杀了，不足禳此灾异。可怜吓得那妇人怪哭。有几个略解事体的，便议论着说："这些话未免太荒诞不经。在我们看来，怕这地底下必是又要出蛟，保不定这蛟已将地土翻松，上边只剩得薄薄的一层地壳，只要接着天上雷雨，那蛟自然会腾空而去。该是我们百姓遭劫，前次不曾淹死，此次应该逃不掉了。"此番议论还不曾讲完，奇怪那些拥挤着观看的人一声"啊呀"，早都抱头鼠窜，纷纷四散，忽然将一条兵马司巷，空荡荡地露得出来。原来大家因为听见这地土已被蛟龙翻空了，深愁堕落下去，故而纷纷逃走。又加着大雨之后，人心是被水吓慌了，听说又要出蛟，从这一夜里便有多少富户，翻箱倒笼，携男抱女，扒在城墙上面躲水。幸亏那一夜还是星月皎洁，没有一点云影。次日叫声惭愧，依旧安然回来。这兵马司巷里，终究没有人敢进去走动。当时城守各官便将这巷闭塞了，连日命人用铁签子去试探地土。可怜人心惶惶，眠不安席，一连数日，只要天上起了些微雨势，大家便都啼哭起来，以为没有命了，预备逃走，甚至有赶着迁居到外方的。

然而在下这部书，既不是地理志，又不是风俗史，正自不必替一班百姓记那无意识的举动，却要在这里面寻出一条线索，使读者心地豁然。这一条线索却又遥遥牵搭到伍晋芳那里。读者须记得伍晋芳此时正在湖北候补，他虽然没有泰山般的倚靠，一时不能得优差肥缺，然而他有的是钱，只消捧出白花花的银子，拣那在省城里几个红道台巴结巴结，银子虽然不会说话，道台是会说话的，便替他在督抚面前游扬起来。居然不上半年，上头便委他在善后局里当个收支差使。虽然不是什么上等的调剂，只要安安稳稳地做去，倒还可以做得长久；不比厘金、筹饷那些阔差，是人人争竞的。伍晋芳倒也心满意足，镇日在局中办事。公馆里的杂务，全行交给林雨生料理。林雨生此时已将他妻子巴氏及他的儿子都接到湖北，在公馆邻近处所寻了一所房屋，丰衣足食，决不似先前的林雨生了。伍晋芳有时回了公馆，小翠子便催他去接家眷。伍晋芳总是怕小翠子受朱二小姐的气，迟迟疑疑不肯答应。

这一天忽然在报纸里捡出一张上海的《千锤报》，上面载着扬州发水的事。那访事员是捕风捉影惯了的，又未免说得利害些，几乎说是扬州城全行淹没，无一人能幸免。晋芳不觉大惊，慌慌张张拿着报纸跑入里面，望小翠子顿脚说："不好了！不好了！我们扬州出了祸事了。"便将报上所载的话全行告诉小翠子。小翠子吓得哭起来，埋怨晋芳说："我屡次劝你接他们出来，你总是不肯相信。虽然报上的话不见得当真，然而也不可不虑到这一层。若果然有个一差二错，……"小翠子说到这句，便不忍心再望下说，只管拿着手帕拭眼泪。晋芳叹气道："终是我做事太没有振作，如今也不必怨了。先打一电报到家里，探问探问要紧。"说着又跑到前面，吩咐林雨生去打电报。好容易等到第二天，有回电寄来，说是水势虽然浩大，却未曾损伤人口。晋芳这才放心，便决意接家眷到湖北。痛痛切切写了一封家信给朱二小姐，叫他料理家中箱笼什物，拣个好日子，率领家人们随轮船到来。若是能请舅爷洛钟伴送更好，倘若舅爷衙门里不能分身，我处便有林师爷来接。

朱二小姐接到此信，快乐得什么似的，便欢欢喜喜拿着信来给三姑娘看，说："请姐姐快快回去同舅老爷商议，商议定了，便好择日起身。"据三姑娘的意思，老实不愿意离这扬州，却又不好驳回朱二小姐，便冷冷地说道："他这主意也好，但是我们须禀明母亲。若是母亲肯去呢，我们做媳妇的自然跟着走；若是母亲不肯去呢，我就在家里陪着母亲，最好妹妹带同小美子先去。"朱二小姐冷笑道："姐姐又来了，姐姐不去，我又赶着去做什么呢？既姐姐这样说，我就先去告诉母亲再说。"说着站起身就走。三姑娘也自觉适才言语说得太冷淡了，便笑道："我陪你一路去。适才仪儿拿了一本《再生缘》，说是母亲叫他唱的，此时想还在那里唱，我顺便也要唤他回来。今年这几盆兰花被水浸得透了，好容易这几天才趁着日头晒得半干，他说傍晚去浇豆壳水，他敢是又忘记了？"朱二小姐听三姑娘肯同他去见卜氏，心里方才转嗔为喜，笑道："这累赘的花盆子，难道还巴巴地带到湖北去？"说着笑嘻嘻同三姑娘走入卜氏那一进屋里。谁知淑仪却不曾唱书，正逗着小美子将五月节玩的龙船拆卸下来，放在天井东北角上一洼积水里，用竹竿乱撑，引得小美子拍地哈天地笑，便连奶娘扯他都扯不住。卜氏正倚在湘竹栏杆上看他们小姊妹游戏，抬头一望，忽见天上又生出一朵黑云来。卜氏忙合掌向空祷祝道："我的好菩萨，可是再下不得雨了。"

刚说着这话，朱二小姐已走得进来，笑道："娘不要怕罢，他有信回来了。他已经知道扬州闹水，特地接娘同我们到湖北去。难得他记挂着娘，娘不可拂他这意思。"卜氏笑道："奇呀！怎么扬州闹水，他那里就知道了？如今水已退尽，他又为什么来接我们呢？他敢是还不知道水已退尽吗？好儿子，你快写一封信去告诉他，说扬州闹了半月的水，目下是久已平静，叫他不用担心。至于到湖北这一层呢，我这残年风烛，又船呀车呀闹什么把戏？我自小儿便听见人说，湖广三千里，不是轻易走得到的。我说句不顺遂的话，我这老骨头不要埋在半路上罢。"此时淑仪听见朱二小姐说他爹爹要接他们到湖北，忙撇下龙船，也走入屋里来。朱二小姐听见卜氏这一番话，不禁大大扫兴，气得一言不发，转向桌上拿起那本《再生缘》背着脸去瞧看。三姑娘眼快，早见他粉脸上一条一条的珠泪，成串儿落满衫袖，兀地暗暗发笑。

大家正鸦雀无声的时候，忽然在这后檐外边卷过一阵好风，觉得街市上轰轰烈烈的人声嘈杂，卜氏婆媳们大大吃了一吓。接连外面便有几个仆人仓皇失措地跑进来说："我的好太太，可是不好了！这城里又发蛟水。"卜氏被这一句话，真个将三魂提出脑门，忙惊问道："这是怎么说？水在哪里呢？"那几个仆妇便指东画西，将旧城兵马司巷忽然发起一股红水的话，连篇累牍地说得有声有势。卜氏早吓得手足无措，口里只管念着“人离难，难离身，一切灾殃化为尘”的白衣观音神咒。转是朱二小姐气愤愤地将那本《再生缘》狠命向桌上一搁，说：“该应要死在这扬州城里，这也是没有法儿。”卜氏急得涕泪交流，说：“菩萨保佑，今夜不要发水。明天赶快收拾动身，这扬州我可是不敢住了，便依你们到湖北去罢。你们也不必尽站在这里，且各自回房去捞掇捞掇。细软什物随带着走，至于粗重家伙，总拖来搁在家里，派几个家人看守。只是没有一个男人送我们上路，全靠着伺候的人怕不便。”

朱二小姐笑道：“娘，这个不必操心，他信上写明，请那边舅老爷同我们做伴。”三姑娘道：“话虽如此，只是怕他不得分身，我便今晚回去，同我们哥哥商议。”淑仪在旁插嘴道：“这件事情太匆促了，娘又忙着回去，又忙着回来，万一舅舅真个有事，不是又徒劳往返？我心上倒有一个人呢。”卜氏道：“好乖乖，快说快说！你心上的人是谁呢？”淑仪嫣然一笑说：“还有谁，便是云家哥哥。”卜氏沉吟道：“他还是个孩子，他母亲如何放他出去？”三姑娘笑道：“不错，我倒忘记了，不多几日前，姐姐还同我讲，说是麟儿老困在家里，终非长策，想叫他到他姨父那里去碰碰机会。我还笑着同我姐姐说：‘好呀，恐怕我们上湖北，便一齐带他去。’不想倒应了我的话了。”淑仪笑道：“谁还不是因为姨娘说过这话，我才想起他的。”朱二小姐道：“既这样说，便不必迟疑，快打发伍升去告诉云相公，说明日一准动身。”卜氏点点头。朱二小姐早一迭连声吩咐人去请云麟去了。不多一会，云麟已随着请他的人一同转来。

此时三姑娘已同淑仪转入自己房里，两人一边收拾，一边笑着议论，说朱二小姐一心想赶到湖北去，偏生这红水倒象是有意成全了他。三姑娘又笑道：“我还愁着呢，不知你姨娘可肯放你麟哥哥一路同我们去？”淑仪笑道：“麟哥哥听见这话，包管肯去。我们姨娘又是一位糯米菩萨，麟哥哥说一句话，他准依着。”此时云麟已悄悄走至房外，笑道：“妹妹的话，可是一点不错，我为甚不同妹妹去？”淑仪笑道：“呸！幸亏不曾在背地议论你。”云麟笑着见了三姑娘。三姑娘也笑道：“呀，麟相公来得好快。我们的事，你想是知道了，你母亲意下如何？”云麟道：“适才伍升已将姨娘的意思告诉了娘。娘起先还有些迟疑，经我痛痛快快说了一番，娘已是答应了，此时正在家里替我料理行装。我特地先来告诉姨娘一声。请问姨娘，可是明天大早便行动身？”三姑娘笑道：“你忙什么？不料你这一颗心倒同我们那位一样。”淑仪又笑道；“麟哥哥，你在外面打听闹的那红水究竟是个什么玩意儿？我们听见伍升说，城里的人很有些搬到外路去的。”云麟笑道：“这也算不得什么奇怪，古书上也曾说过的，大约不过是个灾异罢。”

正在这里说着话，忽地朱二小姐那里走过一个仆妇来问：“云相公可来了没有？若是云相公来了，我们太太说请云相公先到那里见一见。”三姑娘道：“云相公适才到此。”又望着云麟道：“你就先去走走，看他说什么话。”云麟便叫仆妇先回去，说：“我即刻就来。”仆妇刚才走后，云麟忽然顿脚说道：“不该叫那仆妇先走，朱太太住的那一进屋里，我倒有些模模糊糊记不清了，少不得要累妹妹引着我。”淑仪低头不答。三姑娘笑道：“仪儿你就陪你哥哥去走一趟。”淑仪道：“娘莫要睬他，这有多大点路，他会忽然不认得起来。”云麟笑道：“认便认得，只是冷清清地走得寂寞。”三姑娘笑道：“麟儿，你这么大了，还是孩子气似的。仪儿也不用作难，哥哥还送你上湖北，你陪哥哥走几步，便推三阻四。况且又在家里，也不象做主人的意思。”

淑仪此时不得已，便轻移莲步，只管低着头往前走。云麟紧紧傍着他的背影走了一会，见旁边已没有人，云麟长长叹了一口气。淑仪忍不住回头笑道：“你好好地为甚叹气？你不愿意往湖北，也不能勉强你。”云麟又叹了一口气，仍是不语。淑仪转立住脚步，含羞问道：“你有话尽管说，怎么学着哑巴儿？”云麟依然叹气，说道：“妹妹，你怎样知道我会愿意同你们一路上湖北去？”淑仪笑道：“奇呀，你不去也由你。”云麟叹道：“我为甚不去？好妹妹，我告诉你罢，我魂儿梦里都防着妹妹要往湖北，今日果然听见妹妹是真要走了，我老实便是一个死。好容易将我的魂灵儿打从鬼门关上唤回来，纳入腔子里。就是姨娘肯叫我一同去，其实我就去也有什么希望呢？不过远远地听着妹妹声音儿，见着妹妹身影儿，觉得这颗心有着落些，不然我这心就飘飘荡荡，再也收不拢到腔子里来。如今背着人，我有一句话要同妹妹商议。大家明儿到了湖北，妹妹是依然骨肉团聚，但是我可孤零零的了，妹妹怎么对得起我？”说着眼眶一红，真个流下泪来。淑仪也是低头无语。两人并立在梧桐阴下，转痴痴地一言不发。还是淑仪怔了一会，不觉冲口说道：“好哥哥，你叫我怎么样才算对得起你呢？”说过这一句，那粉脸上早堆下无限红云，忽然掉过脸便走。

跨上朱二小姐住的那一进台阶，早见朱二小姐将箱笼什物一古拢儿收拾齐全。一眼瞧见云麟，说；“好，好，云相公，你也肯往湖北，这是再好没有的了。我请你来非为别事，……”云麟笑道：“我早知道了，定然命我开行李单子，再没有第二件。”朱二小姐将脸沉了一沉，笑道：“啊呀，只有你们秀才会写字？你也不害羞罢。”又笑道：“我是特来同你研究那红水的，你道这红水利害不利害？”云麟笑道：“哪里有这些古怪事儿，我再也不相信。”朱二小姐回头望着自家那个奶妈笑道：“我的话如何？”奶妈也笑道：“真个佩服太太心眼儿灵。”

云麟，淑仪此时并立在一旁，正猜不出他们说的什么。早又见朱二小姐望着云麟笑道：“你当我真个疑惑你迷信这些事吗？莫说你们男子汉大丈夫，便是我这三绺梳头两截穿衣的女人，也知道自古以来，没有城里会发蛟的道理，便是发蛟，也没有地下先冒红水的道理。”说着又笑道：“只是你的姨父在湖北，他难得肯来接我们，我同你的姨娘都愿意去，只是你那太姻母，他老舍不得离这扬州，好容易这红水将他老人家吓了一吓，他是决意去了。我深愁你少爷见了他，再长篇阔论辩驳没有发蛟的话出来，他老人家一听又不肯走了，那才坑死了人。我所以特特地叫人将你少爷先请得来，万一到了他老人家那里，拜托你将这红水说得利害些，就说不出三天，蛟水定准到。他老人家必然忙着动身，这就算是你相公成全了我们。”云麟笑道：“这怕不容易，包在我身上，管叫他老人家不敢住在这扬州就是了。”淑仪也是一笑。于是两人果到了卜氏那里。云麟真个将那红水点缀得活灵活现，引得卜氏连夜地忙着上船。

云麟也便回家，命人将行李挑至伍公馆里。秦氏不免叮咛嘱咐，命云麟在外面凉暖留心，有点事做，都要当心去干，不可游荡的话，颠倒价说了又说。云麟一一答应。次日便同伍晋芳的全家动身，洛钟等闻得此信，少不得也走来送别。且搁下慢提。

且表伍晋芳那边几天头里先接到扬州家信，知道家眷于今日准行到鄂，并知云麟同来，喜欢得什么似的，早命林雨生在善后局里派了两只红船过江迎接。小翠子在公馆里支派仆婢，打扫房屋。前后一共三进，留后一进给老太太住，朱二小姐住中间一进，自己住前一进。另外一进，便在花厅背后，留着给三姑娘母女。一一布置妥当。

不到上灯时分，卜氏同三姑娘并朱二小姐、淑仪四乘大轿，早飞也似地抬入门来。早有家人们放起鞭炮。还有许多女仆，都各乘小轿纷纷拥至。随后便是云麟骑着马，林雨生押在后面，相继到了厅上。伍晋芳见了母亲，自然无限欢喜。小翠子格外打扮得花枝般插烛也似拜见了卜氏，又同三姑娘、朱二小姐行礼。朱二小姐见了小翠子长得愈加艳丽，心中好生不自在，暗暗咬得牙响。淑仪、云麟也上来见了晋芳。晋芳便邀着云麟到花厅上叙了些寒暄。云麟一眼看见自己的卧室，便设在这座花厅侧首一个房间里，窗外翠生生地还披拂着几竿竹子，早有家人替他布置行李。晋芳问了问扬州的水灾，云麟欠身说了一遍。晋芳又谢他在路上照拂着家眷，云麟脸上一红。

此时晋芳忽然向云麟望了一望，含笑说道：“老姨甥近来风神越发秀美了，似老姨甥这般人才，自然少不得有些窃玉偷香、偎红倚翠的故事。我们都系至亲，有何奇遇，何妨说出来听听呢？”云麟被这几句话直惊愧得无地自容。原来云麟起初本系有心向晋芳这边乞婚，小儿家心性，见了晋芳，越发装得十分诚笃。晋芳夫妇背地里也曾称赞过云麟年幼老成。虽是近来婚事已经为富玉鸾所夺，然而富玉鸾自从游学东洋，简直与伍家不通音问。卜氏婆媳时刻把这一件事搁在心上忧虑。云麟遂又发出奇想：“富玉鸾有心将仪妹妹让给我，安知他不因为此事，终久不肯回国。那时候仪妹妹的婚姻，不属之于我，还属何人？”是以这一次决意随淑仪等来湖北，也是有心来探看晋芳的口气。不料初次相见，便雷轰电掣地被晋芳说了这一番话。又怕仪妹妹同自家亲热的样儿，已经被他看在眼里，过后万一防闲起来，这便如何是好？想到此，不禁面红耳赤，半晌回答不出话来。晋芳又笑道：“这又害什么羞呢？秦楼楚馆本来无情，横竖不过是个逢场作戏罢咧。”云麟才悟出晋芳是问他可曾嫖过妓女的意思。暗想：“我虽嫖过妓女，又如何可以告诉得你？且你又如何得知耶？”遂不免侃然答应道：“姨父来取笑了。愚甥自幼读书，略知礼义，虽非柳下惠坐怀不乱，然而当这年轻时候，那种不尴不尬的地方，自信却一步不曾走过。”晋芳拍手大笑道：“这话未必尽然，这话未必尽然。”云麟刚待再辩，忽然走来一个家人说：“上房里请老爷进去。”晋芳望云麟笑道：“风尘辛苦，你好生歇一歇罢，我们明日再谈。”说着拱拱手又跑进去了。

云麟此时独自走入卧室里，见有一个小厮替他料理壁上的字画。云麟觉得他面熟得很，便向他问道：“你叫什么名字？”那小厮垂手答道：“小的叫稳子。少爷认不得小的，小的倒反认得少爷，当初在扬州的时候，小的常见少爷到我们少爷那里去。”云麟笑道：“我的记性真个不好，你们少爷究竟是谁？”稳子笑道：“就是富少爷那里呀。小的姓林。”云麟点头道：“不错，林雨生是你的父亲。”稳子点头笑了笑。云麟道：“既这般说，你如何在这里忙？”稳子道：“这是翠姨太太吩咐我伺候少爷的。”云麟又点点头，说：“原来那翠姨在这里早称呼太太了。”稳子笑道：“这是老爷命我们喊姨太太，其实翠姨一总不肯，怕大太太同二太太到来，还要不依呢。少爷你评评看，翠姨又不曾生着一男半女的，如何便称得太太？”

云麟更不言语，转背着手在房里踱来踱去，暗想：“姨父适才问的几句话，大是奇怪。便是红珠这件事，连仪妹妹也不明白，就是仪妹妹晓得，今日大家一齐才走入门里，又不曾见仪妹妹同姨父讲一句话，姨父哪里就会知道了？难道仪妹妹曾经将这件事写信告诉过姨父？而且这件事与仪妹妹又有什么相干？他要写信又怎生个写法？断乎没有这事。为今之计，若使姨父知道我在外游荡，这仪妹妹的婚姻，如何想得到手？而且再随时防闲起来，或竟禁阻我同仪妹妹相见，我这一番到湖北，不是自寻苦恼吗？”越想越恨，便向床上一倒，长吁短叹起来。后来拿定主意："若使姨父再来问我，我须辩得一个雪白。便是犯人口供，也会抵赖，他疑惑我难道就成了定谳吗？”想到此，才将心放下。

一连几日，晋芳又请了些客，替云麟接风。云麟此时只管巴着晋芳问他，好让位分辩。谁知晋芳早将此事搁在脑后，一总再不提起。云麟好生着急，闲话中便时常引逗晋芳。这一天晋芳重又踱入房里，云麟谈了好一会，便故意说："这汉口地方妓馆太多，必然有害风俗。姨父是在这里候补的人员，何不同各大宪设法禁一禁呢？”晋芳猛然触起前事，不禁大笑道："想起来了，前天刚问着姨甥那件事，姨甥如何忽然发起这一种正论？真是奇极了。”云麟便趁这机会，分辩道："原是姨父前日问愚甥那几句话，愚甥很是惊讶，愚甥忝列胶庠，真要算得谨守卧碑。譬如别的念书的人或者当那乡试时辰，便不免罗掘宾兴之费，作为买笑之资。至于愚甥应试，一心便在文章上面，从不肯出门一步。不知姨父何所见，定要诬栽愚甥游荡？愚甥自问实在不甘。”晋芳抚掌大笑道："真是的呀，便在贤甥到南京乡试时辰，就游荡起来呢。贤甥不提起考试，我一时也记忆不起，说起来就一点不错，若不是在南京省里，哪里有第二个莫愁湖呢？”云麟觉得自己的话又说错了，正待辩驳，晋芳大笑道："老姨甥，你也不用掩藏罢，你那贵相知的芳名，我都知道了，可是叫做红珠？”云麟愈惊，忙呵呵地说道："这更奇了，这是打哪里说起？”说着便站起来，将脸对着窗子外面，要想掩藏他一种惊愧之色。

晋芳更觉好笑，一眼看见稳子站在房外，便笑道："稳子，你替我在签押房里，将这几天的《公论新报》拿得来。”稳子答应了一声，如飞而去，霎时抱来一卷报纸。晋芳笑着接来，颠倒翻了一遍，在里面捡出一张，对着云麟笑道；"喏，喏，你且请看，这不是载着你的故事吗？”云麟此时好生惶急，勉强接到手中仔细一瞧，原来是一张《汉上消闲录》，上面排列许多诗文杂志。晋芳瞧了一瞧日期，说："不错，就是九月初二日这张报呀。那一天刚刚揭开来看时，忽然看见两首诗，题目上有你的名字，我就诧异，暗念你还在扬州呢，如何会有诗寄到这《公论新报》馆里？再一望时，原来是别人赠你的，这赠你的人就是红珠。姨父老了，虽然不懂得什么风月，然而瞧红珠的口角，怕不是同你山盟海誓的情人？况且他明明说从莫愁湖寄来，我就猜到你是乡试时辰认识他的。贤甥，贤甥，看我这侦探手段敏捷不敏捷？你还想抵赖吗？”说罢又哈哈大笑。

云麟此时转陡然触起一种心事，也不再开口，使细细瞧那两首诗，见上面写着：

**中秋望月怀云麟（七绝二章）**

·红珠女史由莫愁湖寓寄·

红楼寂寂不成眠，意绪心旌两地悬。苦恨秦淮今夜月，无情偏只向侬圆。

推窗不欲盼团圞，怕触相思拭泪难。犹忆当年真武庙，暗教阿姊病中看。

云麟念完这两首诗，不禁一缕酸泪几乎从眼眶里直迸出来，急忙忍着，呆呆地一言不发。

晋芳已揣知其意，不便再行调笑，重又说道：“这《消闲录》便在汉口发行，是附着《公论新报》出版的，文士骚人，争奇斗胜，倒还十分热闹。我还听见人说有个同乡，他名字叫做什么沁香阁的，时常也登这些笔墨在上面，这人倒还有些才调。我在先也思量去访他谈谈，后来有人劝我，说报馆中人是才调有余，品行不足，我们既在省里做官，还宜远着他们这班人为是，我后来也就将这件事搁下。姨甥以后如闲着无聊，不妨渡江去走走，同他们联络联络，你们是同气相投，又与我不同了。据说这报馆便是在后华楼街上，你如认不得路径，我叫林先生陪你去。”云麟点点头。晋芳见云麟着实没有兴致，就站起来说：“这一卷报纸就留在这里消遣罢，随后他们送报来，就叫他们搁在姨甥房里。我还到局里去呢，不陪姨甥了。”说着缓缓踱出房外。

云麟此时委实十分难受，重将那张《消闲录》反复观看，看了几遍，猛然省悟过来，自言自语说道：“我好呆呀，我自从认识红珠，几曾看见过他会做诗的？而且还有一层可疑：就算红珠在南京请别人替他做诗寄我，也该寄到扬州，也不该寄到汉口。难道他预先料定我要到湖北，有意向这报上写给我看不成？不是，不是，断然不是。或者云麟之外还有一个云麟，红珠之外还有一个红珠，亦未可知。为今之计，我只有赶快去会那个沁香阁，问个清清白白。若彼此臭味相投，倒还算得个异乡知己。”

想到高兴时候，看看天色还早，便想要过江，命稳子将他父亲请得进来。林雨生随呼即至，垂手向云麟请了一个安。云麟回礼不迭，笑说：“林先生，我们许久不见了，近来异常发福。”林雨生笑应道：“是，这都是少爷们的恩典。”云麟笑道：“适才同家姨丈闲谈，想请林先生送我过江去访一个朋友，不知林先生此时可有闲空没有？”雨生忙赔笑道：“少爷既然高兴过江，小的理当伺候少爷。少爷要去，还是快去为是，小的看见东北角有一点云片，不定是风云。”云麟便望稳子说道：“稳儿，你替我进去在大太太面前回一声，说我今天同你的父亲过江走走，恐怕迟了便不能回来，叫太太们不必等我。”又笑道：“再问问小姐，可有要买的物件，我便替他在汉口带转来。”

稳子答应了走入里面，不多一会，手里捧出一个衣包，又拿着五块洋钱，都把来交在父亲手里，说：“这是大太太吩咐你，替少爷多带几件衣服，恐怕夜间早晚的寒冷；这洋钱便给少爷过江使用。”林雨生伸手接了。云麟刚待要走，又回头笑道：“我叫你问小姐的话，敢是吃下肚腹里了？”稳子笑道：“啊呀，我倒忘记了。小姐说没有什么物件要买，倒是上次由轮船上岸时辰，在轿子里看见洋街上有人用篾子编的六角纱灯，很是精巧，请少爷带几个回来，小姐想挂在房里。小姐说完这话，我就往外跑，小姐又将我唤转去，说今天似乎天上起了风色，少爷过江很是担险，叫少爷斟酌。”云麟笑了一笑。果然窗外那几根翠竹，骤然扑向窗纸上沙沙作响。云麟道：“快走罢，不要等出风来。”

于是林雨生便随云麟出了门，一口气跑出汉阳门，早吹得衣衫乱卷。再临江一看，叫声苦，那浪头已排山倒海价滚滚地向东卷去，银涛倒拍着堤岸，象雪花飞溅。云麟将头缩了缩，说：“这风浪好利害，我们还是过去不过去？”林雨生笑道：“这风浪本不为大，少爷看，江心里不是还有小船吗？但是小的们却不怕，恐少爷吃不住这颠簸。便是勉强过了江，过后太太小姐知道了，还要责备小的引着少爷冒险。”云麟道：“不过江也罢。只是兴冲冲地出门，又忙着回去，可不吃小姐们笑话？”林雨生道：“这却不妨事，前日少爷同太太小姐们游黄鹤楼，总算不曾尽兴，今天恰好少爷再上去逛逛。楼下还有几座茶馆，小的斗胆陪少爷吃杯茶儿。”

云麟道：“也好，也好。”说着便迈步转身，依然进了汉阳城内，沿着城根，向黄鹤楼山坡上面弯腰屈膝，提着衣服走上去。林雨生一面搀扶着云麟，一面笑道：“少爷你看这黄鹤楼的命馆，比我们扬州的东厕还多几倍。”云麟笑道：“本来是楚人信鬼，兼之又在省城，是个人烟荟萃的所在，不是争命于朝，就是争利于市，大家总怀着一个侥幸的心，所以不求于人，反求之于命相了。”

云麟正说得高兴，猛然从一家命馆旁边跳出一个披头散发的妇人，劈头将云麟拦着不放，口内狺狺狂吠，不知他说些什么，吓得云麟倒退几步，几乎不跌落下山坡

去。林雨生笑道:“少爷不要害怕,这是在黄鹤楼乞食的一个哑妇,他同少爷要钱呢。少爷快走,不用理他。”云麟才笑起来说:“这妇人倒怪可怜的,你赏给他百十文罢。”林雨生笑道:“少爷,你当他没有钱吗?他的积蓄,多是没有,至少总有一千余金。”

云麟笑了一笑,正要问他这缘故,不觉已走入一座茶社里,店门口挂着招牌,分明是“怀白茶楼”四个大字。林雨生拣了一个座头,请云麟坐下,自己便斜签着身子也坐在一旁。那个哑妇依然立在栏杆外面,遥遥作乞钱之状。其时风声愈加猛烈,山顶上的树木,吹得象翠浪一般。那天色已是阴沉沉的,象要落雨的模样。茶社里先前还有些游人坐着吃茶,到此已纷纷走散。云麟东望长江,烟波无际,不禁浩然发故乡之思,半晌开不得口,只是默默痴坐。林雨生坐在桌子对面,见云麟悄然不乐,思量拿话去引逗他,便提着哑妇刚才的事迹,说这哑妇如何积蓄的缘故。云麟没精打采地说:“林先生,你尽管讲,我在这里听着呢。”其实林雨生的话,他一总不曾入耳,尽看着那江水发呆。

在这个当儿,忽然听见隔壁一座小房间里,有人狂叫起来,说:“妙呀,妙呀!大丈夫乘长风破万里浪,不当如是吗?”随接着高吟“一帆送客上秋千”,又是什么“泻尽书生骨相寒”,兀自吟诵得高兴。又啪的一声,不知将个什么东西掷向江里,那浪头漩了几漩,霎时无形无影。又有一个人低笑道:“狂奴故态又作矣。”先前那个人,又似乎长叹道:“莽莽风尘,知音有几?此情此景,恨不与沁香阁共赏之,汝辈何足道哉!”说到此,那声气已经有些哽咽起来。

云麟耳中触着“沁香阁”三个字,不禁暗暗称奇,说:“这人也是去寻访沁香阁的吗?”便走近那座房间旁边。恰好窗纸有几处破损,偷眼一瞧,见那狂吟的人,年纪不过四十余岁,长身癯貌,风骨棱厉,满口也是下江口音。对面坐着一人,面色微黑,浓眉阔腮,似个官界模样。只见他拍案大笑说:“醒七该死,醒七该死!你只知阿好你那个沁香阁,便一味抹煞别人。而今沁香阁在哪里呢?你为何不留着他老在这湖北?”

云麟听到此,才知沁香阁已经离了汉口,又知那长身癯貌的名字便叫醒七。忽然听见醒七又叹起气来,说:“我为甚留着他?他除这湖北,难道便去乞食不成?不过天下滔滔,易地皆是。他不去改着他这肮脏脾气,恐怕便游遍五大洲,也没有他遇合之所。咳!我这话又错了,我自己不能变易这肮脏脾气,转来希望着沁香阁,未免明于责人,而昧于责己。若使沁香阁听见,又该拿话驳诘我了。”那人点了点头说:“这话原难怪着你们。我适才的言语,实是同你取笑,你不可认真。但是沁香阁在这湖北,也算是得意的,为何决意舍去,公然起那张季鹰秋风莼鲈故乡之思呢?”又见醒七将两只眼珠望着这人转了一转,说:“奇呀!你的吐属,也居然风雅起来了。罢罢,你既能撇这两句文话,便是将沁香阁的事迹同你谈谈,也算不得辱没了我。哈哈,你们虽然是一班蠢物,料来提着那《汉上消闲录》也该知晓。”

云麟暗笑道:“不错呀,若不是今天在这上面看见红珠的诗,发誓也不会知道,几乎不被这醒七骂了去。”接连听见醒七说道:“咳,总之一个人切莫要识字;不幸识了字,切莫要做诗做文;不幸会做诗文,切莫要刊登在各种报纸上。其实论这个诗名文名呢,便连屁也不值。譬如一个人德行亏缺了,任你压倒元、白,媲美班、扬,人提着你名字,不见得因为你会做诗文,便宽恕得你一二分。沁香阁在去年便就同我说:‘这诗是万做不得了。昔人吟风嘲月,不过抒写性情。今人舌剑唇枪,几乎酿成仇敌。’我就问他:‘你为甚发这般的牢骚呢?’他但笑而不答。后来又在别处打听,才知道他曾经做过一句诗,是什么‘门外野狐多凭陵’。不料得这一句诗才发表出来,当时那一班诗家,便全行动了公愤,说沁香阁骂了他们,要来兴个问罪之师。内中还有人怕这事闹得不畅快,巴巴地重又表明在信札上说:‘沁香阁“门外野狐多凭陵”,此一句诗可念也。’似乎说你们大家去想想罢。这正是替沁香阁挑衅的意思。可怜沁香阁还睡在鼓里呢。幸亏诸大诗家手里持的是一管笔,若是一柄手枪,早就结果了性命,怕还想安安稳稳地回扬也是不容易的呢。”

说到此,那个人笑道:“沁香阁这句诗,不见得不是骂人,你醒七先生又何必替他分辩?”那个醒七又笑道:“可又来,便算是沁香阁骂人野狐,他骂的原是野狐。大家自命不是野狐,便不该存这心;若自已果然相信是个野狐,又不该再生气。譬如我当日也曾看见沁香阁这句诗,我就不疑惑他骂我,这就足见我醒七先生的身分了。还有一层,人人怕沁香阁,也有个缘故,是说他编的小说子,惯喜欢骂人。所以做得一二句屁诗,人也去寻根究底地疑惑他嘲骂。我因此想起来,可见世界上可骂的人太多了。他总有一二件合得上沁香阁所骂的话,他才疑惑呢。一人疑惑,人人疑惑,我不知道他们自居何等?譬如你不曾做贼,骂做贼的,你必不生气;你听见人骂贼,你就生气,你就算不是贼,定然那贼也是你的亲戚朋友。”

那人笑道:“你望着我,你呀你的,你这不是骂我?”醒七又笑道:“你难道就是个贼?”那人又笑道:“后来怎么样呢?”醒七又笑道:“后来愈闹愈奇了,《消闲录》简直不是消闲录,简直变成了一部相斫书,今日你攻我,明日我攻你,光怪陆离,如荼如火。我还有一句放肆的话，果是彼此相攻，也还罢了，更有一种卑鄙龌龊的匹夫，借着攻这个人，便去谄媚那个人，文字凌夷，斯文扫地。沁香阁趁着残冬已尽，便偃旗息鼓，遁回江东，自做他的吴大帝去了。"那人笑道："这'吴大帝'三字，又从何而来?"醒七道："这话长呢，此时不便同你细谈。你看风声渐息，天色将要阴沉下来，我们下山去罢。"

云麟此时早见那两人会了帐，摇摇摆摆踱出茶社之外。自己倒反失笑说："原来做诗文的人，还有这种把戏呢。可见得我在南京会见的那个鲍橘人，真是明见万里。若使橘人到此做个骚坛主将，倒是与这沁香阁呆子专一骂人的不同。照这样看来，幸是沁香阁走了，就是他不走，我听见他这种脾气，我也怕去惹他。"一面想着，依然踱到这边来。林雨生笑道："少爷为何这般高兴？适才在那边，想必听见什么笑话儿了。"云麟含笑道："幸亏今日不曾过江，若是过了江，我寻访这个人，断然也会不着。我刚才窃听那两位说的话，就仿佛告诉了我一般。"林雨生笑道："少爷真是有少爷的福气，天总叫少爷不白跑这一趟路，就奇奇巧巧差遣这两个人来告诉少爷。少爷以后若是要向什么地方，想会什么朋友，倒是先行探听探听别人口气，保不定天老爷已替少爷预备在那里，真应着俗语说的：'圣天子百灵相护。'"云麟笑道："呸！谨防割了舌头，什么天子天子起来。"林雨生忙将头一缩，说："是小的说大意了，少爷再阔气，也不过是个宰相罢咧。"

云麟见林雨生说话甚是有趣，不禁十分高兴，说："林先生，你真个叫人可爱。我们赶回公馆没有事做，你在这湖北省城比我久了，你看还有什么可以坐坐的地方没有?"林雨生将云麟望了一望，笑起来说："这个小的不敢，象少爷这样标致脸蛋儿，不是去嫖人家，怕给别人家嫖了，少爷还不得而知呢。"云麟不禁脸上一红，说："放屁！我说坐坐的地方，难道必是那些不正经的地方才可坐得？譬如你那公馆里，难道不许我坐?"林雨生哈哈大笑道："少爷若是果然肯赏小的脸，轻移莲步，光降寒舍，就仿佛一件宝贝，霞光万道，天天在天上盘旋，无人不巴巴望这宝贝落在他家里，谁知竟落到小的家里来了。小的夫妇两口子，也没有形容得出这快活的光景，譬似小的夫妇两口子行房，到那……"云麟笑道："休得胡说。你既这般说，我这宝贝就落到你家去。"林雨生笑道："阿弥陀佛，这真是如了我的愿了。快走，快走。"

林雨生随即将茶钱会过，便先跑下山，喊了一乘东洋车子，请云麟坐了，自家扶着车旁手板，背着北风，如飞地向自己家中而来。

欲知后事，且阅下文。

# 第四十九回　拨雨撩云缠绵痴婢意　含沙射影憔悴小妻心

云麟车至林雨生家门首，先自大踏步便望里跑。林雨生住的房子是对面两进，云麟耳边猛听得上首房间里有妇女嘻笑的声音，云麟便立住脚等林雨生。林雨生开发了车价，也就赶入来。内里妇女却不曾留意云麟，门帘开处，早跳出一妇人，满脸扑着铅粉，鬓角旁边伶伶俏俏贴了两张金纸剪的膏药，一眼看见林雨生，便笑嚷起来说："这不是你们舅老爷到了？"谁知林雨生听见这句话，吓得他脸上绯红，尽望着那妇人挤眉弄眼，似乎叫他不要乱说。那妇人疯头疯脑地也不理会。恰好这个当儿，又有女子在那里答话，说："原来林师爷回来了，好好，我倒不曾听见我们太太提着林师爷是他的哥子。况且林师爷姓林，我们太太他自姓朱，不知林师爷同我们太太是哪一房的姊妹？我倒要替你们评评这个亲呢。"说着又哈哈地笑。

云麟懂得这女子的声音，分明就是朱二小姐跟前用的那个丫头，名字叫做小善子的。再看看林雨生脸上，青一阵，白一阵，只管支支吾吾说："善姑娘，你不用听这疯婆子的话。"又望着那妇人吆喝道："有客在这里，你为甚这样没有规矩？小稳子的娘呢？快出来倒一杯茶给云少爷吃。"说着便邀云麟向对面一进里走去。

原来那妇人不是别人，正是林雨生的姘头杨成衣老板奶奶。他忽然看见云麟穿了一身淡青秋罗夹衫，粉颊丹唇，秀眉俊眼，杨奶奶生在湖北，哪里见过这种秀美少年，不觉看得出神，痴痴地立着不动，正自模模糊糊，也不曾听见房里的人说什么。此时猛见林雨生问小稳子的娘，只答应得一句说，"你的奶奶在房里替善姑娘梳头呢。"说完便缩着头望里一钻，把舌头伸得长长的，望小善子说道："啊呀！这个少爷怕是天上掉下来的罢，便哪吒三太子，也没有他长得这样俊。不说别的，就这一身洋脂玉，不肥不瘦的肉，若得同他靠一靠，包管将人的性命要送掉了呢。"

小善子此时正坐在巴氏面前，巴氏替他将头发编成一个风凉头儿，也听见林雨生让着客，向那一进里走，口中又嚷是云少爷，知道便是云麟。又见这杨老板奶奶

鬼张鬼势，不由噗哧一笑，低低说道："我道是谁呢，原来就是他。他此时又寻魂寻到这里来做甚冤家？再也饶不过人。准定是在我们公馆里，不知是谁快嘴的，又告诉他说，我到了林干娘这边来了。他一刻离了我，就象吃奶的孩子离了母亲一般，任是多远，他都要赶来。好干娘，你替我爽快些，将头发拢一拢罢。我不去照料着他，任是干娘这里拿着珍珠宝贝去奉承他，他也是不快活。"杨老板奶奶听着小善子连珠价说这一大篇话，不禁点头赞叹说："阿弥陀佛，不是我此时才说起的，我上次看见姑娘，我就夸赞姑娘洪福齐天。就拿这件事而论，可不是姑娘的福气吗？"巴氏一面替小善子拢头，一面也说道："真个姑娘赶快去伺候云少爷罢，难得云少爷忽然肯脚踏贱地，冷落了他，真个不好。况且我粗手笨脚的，还要怕云少爷嫌我肮脏。"

小善子此时益发得意，不禁扭头扭颈，一刻也不安静。又跷起一双脚，抱在怀里，左看看，右看看。杨老板奶奶一会儿又隔着窗眼向那边瞧，瞧不到一刻工夫又掉转头来叹口气，说："善姑娘，象这少爷那副面孔，若是这少爷肯赏我一个脸儿，来与我说一句话，我立刻死了，还要笑嘻嘻地走到阴间里去谢那五阎王一谢。"小善子将头一扭道："这个有什么好处？我倒被他腻烦死了，不问人洗了脸不曾洗了脸，见着就虎也似地要求闻个不住。有一天，我生起气来，望他放下了脸说：'难道我这脸掠着糖果子不成？也不管青红皂白，也不管人的颈项搂得疼不疼，一味价地揉擦。固然你的皮肤同我的皮肤一般儿柔嫩，究竟我这两片嘴唇，总不能算你这冤家掏鼻准头的肉架子。'"说着自己也就笑起来。巴氏也是微笑。只有杨老板奶奶此时魂已不知飞到哪搭儿去了，不住地喃喃呓语，别人也听不清楚。

不多一会，小善子的头恰好梳完了，急忙在巴氏床头边摸出一支纸烟，又从自家口袋里掏出一盒火柴，将纸烟衔在嘴里，一呼一吸。随手将用剩的火柴望地上一掼，扑扑身上灰尘，又在镜里照了照，见有一个旧粉扑搁在镜子旁边，顺手拈着向脸上扑了几下。双手插在裤腰里，似乎系束带子模祥。慌慌张张跑出房门，才把纸烟夹入指头里，笑望着云麟道："少爷是打哪里来的？等我来替少爷倒茶。肚腹里可曾饿着？若是饿了，赶快弄饭给少爷吃。这里林奶奶是我的干娘，我替干娘是做得主人的。"一面说，一面早盈盈袅袅，走近云麟身边来。吓得云麟抬身不迭，说："多谢姑娘照应着，我这里有茶了。"说完这话，连忙把头又掉转过去，同林雨生假作谈心。

看官，看官，今日读我这部小说子的，料也不乏有子建般才、潘安般貌的少年。然而要晓得，天赋你这一件五官端正的面目也不是什么佳兆。在那自命标品的朋友呢，原也可以骗得绝好的妻房，还可以骗得绝美的妓女。然有时你爱的人爱你，自然心满意足了。亦有时你不爱的人，他也要来爱你，这个风流小罪，却也不很好受。并不是在下白嚼着舌头，也因为这书中记着我们主人翁云麟这一段故事，实在令人发笑。看官不必性急，且请看下去，便知分晓。

且说那小善子这个丫头，本是朱二小姐跟前极宠爱的一个小婢，前书已曾表明。论这小善子的志向呢，确是心比天高。论这小善子的际遇呢，却又命如纸薄。你道为何呢？原来小善子年纪比淑仪大得一岁，自幼儿便曾看见云麟。他这一缕痴情，便已牢牢系缚在他身上。然而其时却是人小胆虚，虽有这个念头，除得魂儿梦里，心口商量，也没有第二个人替他出个主意，分一分忧。后来得了朱二小姐的宠，朱二小姐也是个倜傥不羁的人，高兴时，往往同小善子取笑，说要替他觅一个佳婿。小善子初则含羞不语，久而久之，年纪也长了，知识也开了，便老实告诉朱二小姐，说爱云麟云少爷不过。朱二小姐也笑他眼力很好，便对他说："你放心罢，万一仪小姐嫁过去，我定然将你陪房，做云少爷一个侍姬。"这句话还是在那云家议婚的时节说的，小善子好生欢喜，在同辈之中，便俨然有自命云少爷爱妾的意思。后来不料跑出一个卜书贞卜太太来，强讨硬夺，将个仪小姐夺得去了。他这一气，几乎同卜太太有不共戴天之仇。背地里哭泣过几回，因此上恹恹一病，几乎身死。只有朱二小姐解他的意思，百般解劝，允着他就是仪小姐不嫁云少爷，我都有本事替你将这一段姻缘撮合起来。小善子这才安心调理，渐有起色。所以那个奶妈出的毒主意，说将卜太太的鞋用水浸烂，便可致他于死的话，小善子一听，便忙忙地照样办起来，也是因为急于要报复卜太太拆散他们婚姻之仇的缘故。后来果然卜太太死了，仪小姐又不曾嫁，云少爷又不曾另娶。朱二小姐说没有个少爷们不曾娶妻，先就娶妾的道理，一时也就将他这件事搁下。

自此以后，小善子只要看见云麟到他们家里来，他都是异常亲热。他适才同杨老板奶奶说的这番话，在云麟虽无其事，在小善子确实有此心，原情论事，这也算是小善子善颂善祷罢了。谁知云麟在先也曾领教过小善子几次肉麻状态。论云麟这少年心性，觉得小善子不惜玷辱自家的身分，肯垂青眼，未尝不知道感激。无如小善子右边一只是个吊睛眼，面皮又很黄瘦，不见得就叫人可爱。小善子也知道这个意思，他却善窥间隙，知道云麟与他家小姐淑仪似个有情未遂的光景，他便借此做个进身之阶，便在云麟跟前，一长一短描写他家小姐的神态，简直以红娘自任，有什么消息，他便愿意从中传递。因此云麟却不好十分拒绝，便利用他做个鱼雁。今日不料到忽然会在林雨生家里碰着。云麟一眼看见他袅袅婷婷走到身边时辰，那个洋烟气味已是逼人，而且手指缝里，黏黏搭搭还夹着些唾沫，好象尚有一块牙垢粘在指头上。承他的美意，要替云麟倒茶，你们想云麟可敢领他这个情？只得忙说“这里有茶，这里有茶”罢了。

小善子见云麟这种模样，心下老大不悦。再掉头一看，知道杨老板奶奶同他干娘都四目相窥地拢着。他暗想：“我适才说了这一篇大话，叫他们看见云少爷这般冷落我，可不羞死了人。”勉强又将一口气忍下，不禁伸手在云麟膀臂上捏了捏，说：“少爷衣裳很是单薄。你不知道适才起了凉风，冻着又要叫小姐们烦心。”云麟见小善子伸过手来，已吃了一吓，再偷眼一望，幸亏不是那只有牙垢的手。却又耳中听见他提着“小姐”两字，不禁笑了一笑说：“我不凉。”小善子趁着势，便含笑说道：“我此刻倒觉得凉起来，你不信，试摸摸我的手看。”说着，便伸到云麟手边。云麟此时再也不好却他这意思，不由也就握了一握，笑道：“果然姑娘的手是冰凉的。”小善子忽然又将手望怀里一扯，笑道：“怪痒的，你抠人的手掌心做什么？”其实这句话却是冤枉了云麟。云麟一松手，小善子又笑了一笑，才迈步又转入对过这一进里。早见杨老板奶奶伸着一个大拇指，口里不住地啧啧啧，似乎称赞他这一曲戏做得很好。小善子格外快乐得无以复加。三个人便在那里嘻天哈地。杨老板奶奶甚至将他同杨老板及林雨生睡觉的事都说出来，引得小善子蒙脸而笑。外面云麟深恐小善子再出来罗唣，早辞了林雨生回转公馆，小善子尚不知道。

后来林雨生送过云麟重走入来，小善子惊问道：“我们少爷呢？”林雨生笑道：“他自走了。”小善子又笑着向林雨生道：“来来来，我究竟请问你一声，我们的太太几时同你拜了把子，你为甚硬要做他的哥哥？不是杨奶奶告诉我，我同我们太太还睡在鼓里呢。我也没有别的法儿，我回去先行告诉我们太太，叫太太告诉老爷，老爷自然会来拜看你这舅老爷。”林雨生笑道：“好姑娘，你是天上的人，你不用听这杨疯子的话。我是姑娘家里的一条看家狗，敢同你们太太拜起把子？我是说的翠姨奶奶。去年我们一路到湖北的时辰，承翠姨奶奶的情，很是看得起我，他说他家里也没有亲人，我身边也没有贴己，就认着我做一个哥哥，彼此觉得亲爱些。好姑娘，想我这样人，自然只配同翠姨奶奶认姊妹。天下也没有一个姨奶奶的哥哥，可以称做舅老爷的。这杨痴子不知为什么冬瓜扯到葫芦田里，又牵到你们太太身上去了。好姑娘，你开天地之恩，千万不要在你们太太面前说我这话，我替姑娘磕个头。”说着跪下去，把个头放在小善子的大腿上面，只管点弄得小善子又痒又笑，双腿乱蹬，将林雨生一个头夹在裤裆里，便连巴氏同杨老板奶奶都笑得喘不过气来。

闹了好半会，小善子忍着笑又说道："我把你这砍头的，你倒轻轻巧巧搭上翠姨儿了。我说这坏东西不是正经路数，我们太太几次三番在老爷面前议论他，老爷是死糊涂了心，一点也不相信。今天可是捉奸捉双了。"林雨生起先几句话，不过分剖他不敢同朱二小姐认做姊妹，遂借小翠子用一用，不料被这小善子这几句话，转说出暧昧来。就将计就计，要想在杨老板奶奶面前卖弄他的人才，以为翠姨奶奶是杨老板奶奶看见过的，何等美貌，尚且看中了我，我同你姘识要算是一块天鹅肉掉在你癞蛤蟆嘴里呢。不由点了点头，笑道："啊呀，世界上的男女，谁也没有一个知心贴意的人儿？只要彼此有缘，自然合拢得来。你们看翠姨奶奶，是个美人儿似的，风也吹得倒，似乎不配爱上我。其实他爱我的这颗心，不是我夸口，比他爱着老爷还要加得几倍。这是因为我的人才不致辱没了他。谁知还有一班歪辣货，有时反嫌我本事不济了，年纪又老了，聒噪得不清。哈哈，若是我发起性子，我又不呆，我为甚放着羊肉不吃，转来吃你们这狗肉？将你们搁起来，一百个不睬，看你们还敢拣精拣肥地闹鬼吗？"说着便眯眯地望着巴氏同杨奶奶微笑。

杨奶奶果然有些信，不觉含有怒意，不来理他。转是巴氏骂道："天杀的，不要嚼了舌根罢，白白地糟蹋了人家，是要被雷劈的。"又望着小善子道："姑娘不用信他，他是说着玩的。姑娘认了真，闹出是非来，倒反不好。"小善子冷笑道："宁可信其有，不可信其无。象翠姨那样轻狂的人，也说不定。干娘，我也不坐了，恐怕我们太太记挂我，且别过干娘，得了闲空再来。"巴氏同杨奶奶送到门口，眼看着小善子走进公馆去了。

小善子今日同云麟又亲热了一次，心中觉得十分快活，扭头扭颈直望公馆里走。他若是到后一进去，本该走那旁边一条甬道，无如他很是不放心着云麟，他转不走甬道，一直便向花厅上走来。走至云麟卧室门首，见门帘虚虚放着，悄无人声。其时又是黄昏时分，尚未掌灯，小善子心里不由突突地乱跳。掩身走到窗外一张，隐约看见云麟躺在一张睡椅上，又不见稳子在身边，情不自禁，便噗哧笑了一声。云麟忙问："是谁？"小善子笑道："是我。"说着就轻轻地溜进房来。云麟惊道；"你又来做什么？"小善子笑道："有什么做呢，我把你这狠心的……"一句话未曾说完，便咽住了。又抬头向云麟笑了一笑。云麟此时也十分好笑，便用手去抚摩他的腮颊，说："好姐姐，你怎么长得这样俊？"小善子道："你不用说坏话，我是知道的，我哪里及得你心上爱的仪小姐？"小善子一面说，一面便想挪到云麟身上来。云麟笑推着他道："提起你们小姐来，你在先说的能叫你们小姐背人到我这里来走一趟，怎么你们小姐除得上一次同你们大太太、二太太，因为不曾看见这房子，一伙儿来走走，以后我这房里也不曾见着他一步脚印儿？你不是扯谎？你有本事，能怂恿你们小姐到我这里来一趟，你叫我怎样，我便怎样。此时大家且放尊重些。"小善子点点头，有气无力地说道："你的话我很知道，只是我此时委实要瘫化了。好亲少爷，你救一救我的命罢。至于仪小姐的事，总包在我身上。你这个人的心，可不是铁做成的？别人这样哀求你，你总象没有生着耳朵一般。便是铁打的心，也没象你……"小善子说到这几句，他那嘴里已经没有一点唾沫，干得象要出火，舌根也有些拗折不灵。云麟只管迟迟疑疑。小善子见云麟总不肯拢近，心上又慌又急，不觉向云麟狠狠地瞪了一眼，似乎十分埋怨云麟迟缓的意思。谁知他不瞪这一眼犹可，他这一瞪眼，云麟猛见他那一只吊睛眼象那死人要咽气的模样，不由打了一个寒战，转行倒退了几步。

在这个当儿，猛然花厅背后随风送过一阵莺声燕语来，说："啊呀，我们公馆里的爷们呢，怎么到这时候厅上厅下通没掌灯？"云麟知道这声音是小翠子，不由趁势跑出房外笑道："正是的呀，我在这儿也觉得黑沉沉得怕人。稳子又不在身边，可巧善姑娘打外面进来，幸亏他在这里同我做伴。"这句话是云麟狡猾，分明借此逼着小善子出来。小善子正在情思迷离之际，听见翠姨说话，虽则吃了一吓，然而还望他走转去，好再来强迫云麟。谁知云麟转替他说出来，偏生翠姨又笑着同云麟絮絮不已，不由倒抽了一口冷气，咬咬牙齿，将门帘使劲一摔，便从黑影里穿入甬道，自回后面去了。

此时伍升一班人正在大门外面闲话，见天色不早，方缓缓地走回来，猛听见翠姨问灯，大家才分头去忙着。一会工夫，灯点得通明起来。翠姨笑向云麟道："少爷今日说是过江去的，想是因为大风，那江里波浪险得很，不去倒也罢了。少爷也太客气，这外面很是寂寞，闷起来尽管到里面去坐坐，这里又不是外人，同家里一样。我还有一件事想烦少爷呢。前天老太太命我替他绣了一幅水竹观音，是在白绫子上绣的。老太太又说要在上面绣几个吉利字儿，保佑美官官无灾无难。我请仪小姐写，仪小姐一总也不曾拿着笔。少爷没事，此事就费心替我写了罢。"说着便请云麟进去。

云麟大喜，便让翠姨在前面走。小翠子笑道："没有这礼，还是少爷先请。"云麟笑道："姨娘毕竟是长辈，我如何敢占先？"小翠子笑道："既如此说，我就替少爷引路。”说着这话，便挪着那三寸不满的高底鞋儿，咭咯咭咯在前面先行。云麟紧紧跟着，见小翠子只穿了一件浅红湖绉棉袄子，紧紧裹着瘦小身躯，下面是淡青洒花外国摹本夹裤，出落得非常跳脱，只觉得他那头上鬓腻脂香，一阵一阵熏人欲醉。暗想：“怪不得姨父为他从小儿便闹出那些笑话，若是我身当其境，也断断不能自主。”

他两人刚自走着，不料又被小善子看在跟里，暗念：“原来这妖精早将我的心上人勾得去了，怪道有意无意地出来寻魂。打破人的婚姻，可要算是天大的罪过。好，好，我总叫你这妖精跳不过我手掌里！”

小善子正在发恨，恰好朱二小姐此时刚在奶妈房里看小美子咂奶，也听得回廊外面有人走路，便问道：“适才是谁在此经过？”小善子冷笑了一声，也跑入房里说：“还有谁呢，便是翠姨引着云少爷向里面走进去，又不知道是干什么。”朱二小姐笑道：“原来是云少爷。这孩子打我这里经过，都不曾进来招呼一声，难道眼睛里只有他翠姨娘不成？”小善子道：“这却难怪云少爷，我看那个翠姨还不是监守犯人一般，走到这里恨不得将云少爷捧撮着进去，还肯让他来招呼太太？趁我们这糊涂老爷不曾回来，好让他尽性乐一乐。”那奶妈又插嘴道：“我不相信这淫货淫到这步田地。我替老爷计算，一个月倒要在他房里二十天，其余十天，便是太太同我们太太分摊着，他还不称心？还象饿猫似地逢着什么腥羶，都要去惹他一惹。云少爷他是念书的人，我们老爷看待他，也还不错，他也不该依着那淫妇才好。”朱二小姐叹气说道：“云少爷呢，谅也不至于此，只是怕这翠姨奶奶有垂涎他的意思罢了。奶妈，你们看我可是那样轻狂的人？这是你们亲眼看见的，就是老爷要到我房里来宿歇，我都是拿话哄着他，叫他翠姨那里去。固然我们是好人家儿女，不把这些事放在心上，也是卫护老爷，让老爷同他在一处，一半也好防范着他。他本是个杨花水性，闹出笑话来，他要什么脸面？老爷是地方上大员，声名要紧。即如去年，我还听见我们公馆里那个林师爷，也是同人家一个什么成衣铺子里女眷闹出笑话儿来。可见得‘惟女子与小人为难养也’，圣人说话是再也不错的。”

小善子笑道：“说起来，太太提着林师爷，我今天听见一句笑话，原来林师爷同我们家翠姨是认过姊妹的，外面的人都称他是舅老爷。据林师爷的口气，岂但是认过姊妹，怕暗中还是夫妻呢。”朱二小姐惊道：“你这话是当真？这还了得！这淫妇只顾自家快活，不顾老爷的体面，加之姓林的在外面这般招摇，怕不闹出大乱子来？不错，不错，我这记性也就糊涂得很了。去年伍升回扬州不是说过，这淫妇写信等事，都是叫姓林的替他一手经理？我这人最是没有城府的，所以事后也就忘了。难

得上天保佑，这话又被你提起来。若再不告诉我们这糊涂老爷，哼！连身家性命还怕要送在这些奸夫淫妇手里呢。我们那位太太是个好好先生，他是没有儿子的人，他落得置身事外，便把老爷的前程闹掉了，他也不管。我总算不能坐观成败。”

说着便气愤愤地走转他自家房里。正自着恼，猛听得外面一声吆喝着；“老爷回来了。”喊声未绝，那轿子声音已是歇在厅上，一霎时便靴声橐橐，直望里走。朱二小姐知道，此时晋芳断乎未必到自己这一进房里，便不由走出阶沿下面，迎着说：“今天局里敢是没事，倒回来得早。”晋芳一眼看见朱二小姐拦在身边，不觉笑了一笑，说：“你们还不曾吃夜饭吗？”说着便吩咐伺候的人说：“你们将衣包替我送入姨太太房里，我即刻就来。”说过这话，便勉强随着朱二小姐进了房。朱二小姐冷笑道：“一个爷们家也不宜叫他们径自往姨奶奶们房屋里走，男女不分个内外，也不成事体。我又来多嘴了，不能顾你讨厌不讨厌。”

晋芳见朱二小姐说话时辰，面上布满了冰霜颜色。他是知道朱二小姐脾气的，向来媒孽小翠子惯了，所以听着他说话，也不大留意，转笑道：“什么叫做内外？你怕翠姨被他们偷了去？”朱二小姐冷笑道：“索性叫人偷了去呢，倒还一干二净，但是这零零碎碎被人家讨去便宜，别人不打紧，你这脸面何在？”晋芳笑道：“罢咧，一个男人家在外边还偷鸡摸狗似地嫖女人呢，保得住你们这些女太太不爱上几个野老公？斟情酌理，这也算不得什么吃紧的事。”说着便携了朱二小姐的手，哈哈大笑起来。朱二小姐重重地望晋芳啐了一口，说：“没的这样不长进罢，亏你说得出口。你便如此说，也该分出一个皂白，不要将人扯在里面。我不替你争气，我还要替我的父母争气呢。好歹我总还算一个小姐，你这些胡话，你只配同那箍桶店里跟着娘拖油瓶二嫁过去，自己又三嫁过来的姑娘说，再不然也只好同一个衙门口当粮书家的姑娘说，我是听不惯这些村言市语。”说毕气愤愤地摔脱了晋芳的手，向床边上斜着身子背面而坐。

晋芳笑着拢近身来，说：“同你取笑儿的，又生气了。我看你今天的话，很有意思，难道翠姨真个有些形迹看在你眼里不成？”朱二小姐掩着耳朵说道：“没有，没有，是我多嘴多坏了。况且就是有，你也不希罕。”说着又冷笑了一声。晋芳道；“你又来了，若是翠姨真有不好之处，我当真能容得他？你是个主母身分，你不替我防范着，更有谁来防范？”晋芳说到此，重附着朱二小姐耳朵低说道：“好妹妹，你且告诉我这人是谁？”朱二小姐见晋芳如此温存着他，方才转嗔为喜，转过身来说道：“这件事呢，我却不过也是传闻，不能据以为实，不过叮嘱你各事留心着。人的话尚未说完，你就撒豆似地说了那一大篇，叫人焉得不气？今天小善子打从林师爷那里回来，听别人称呼姓林的是舅老爷。小善子吃了一惊，初还疑惑他冒充淑仪娘的弟兄，当时追问起来，方才知道他是已经同你那翠姨结过姊妹，恩爱非常。你想一个孤男，一个寡女，非亲非故，忽然无中生有地结起姊妹来，显见得无私有弊了。”

晋芳怔了怔，说：“啊呀！这话倒不曾听见翠姨提过。”朱二小姐笑道：“啧啧啧！好个知县大老爷，若是叫你拿了印把子，那些百姓们也是遭劫。譬如有一件奸情，告发到你衙门里来，你最好不必讯问淫妇，只消问一问本夫：‘他们这件事可曾告诉过你不曾？’若是亲夫说不曾听见他女人提过这件事，你老实就惊堂一拍，说：‘扯下去打。这必须妻子偷人，先要告诉本夫，方才算是奸情。’包管你那地方上称颂你是个青天呢。我请问：翠姨既同姓林的结了姊妹，他这一件事瞒且瞒不及，转巴巴地来告诉你，难道要你去吃他们一杯喜酒吗？便是我们这些老实女人，也不至此，何况他是个走江湖见过世面的。”说着，噗哧一笑，用手指在脸上刮着羞晋芳。晋芳兀自垂头，半晌不语。

朱二小姐趁势又说道：“你若不相信，我还有一个凭证。我先在扬州时，便有人传说到我耳朵里：怎么你这位姨太太用的一个马桶，也是这姓林的亲自办呢？据人说，他买马桶的时候，你们这位姨太太还自家褪了裤子，叫这姓林的验他那尊臀大小。这可是千真万真，怕你到今日还在梦里呢。”晋芳笑道：“这是哪里话？这件事我也知道。”晋芳便将林雨生上说帖买马桶的笑话说了一遍。又说：“这姓林的谄媚东家是有的，怕那些闲言闲语，还在疑似之间，只好随后再留心罢。”说毕，便起身别了朱二小姐，仍然向小翠子这边走。

且说此时云麟正拿着笔在那水竹观音画轴上一横一撇地写吉利字，侧首点了一支大蜡烛，堂屋中间又是一盏保险灯，照得室中透亮。小翠子伏在案侧，目不转睛地瞧着云麟运笔，一会儿倒一杯热茶送过来，一会儿又替他磨一磨黑墨，嘻嘻地憨笑不已。

不多一会，爷们将晋芳衣包送入里面，已有仆妇们接过来放入房里。云麟吃了一吓，说：“姨父回来了，我是不能久远在这里耽搁。”小翠子笑道：“这怕什么呢，少爷慢慢地写，不妨事。迟了，你姨父说不定还要留你在这里面吃了夜饭才走。”云麟点点头，依然拿起笔来书写，心下总觉有些慌慌儿似的，不似先前高兴。

果然又等了半会，晋芳打从外面进来，一眼看见云麟坐在里面，很是诧异。又见小翠子笑容可掬地也在一处，触起方才朱二小姐的言语，不禁有些烦恼。云麟走过来叫了一声，晋芳也是有意无意地答应着，便向房里走。小翠子一面也跟进来。晋芳先将衣包一望，见依然包得好好地不曾一动，不觉有些生气，冷笑道："怎么我这房里人都死净了，一个衣包总没有人将他打开？"小翠子偷眼见晋芳脸上气色不似平时和悦，又听见他发作这话，便匆匆地走过来将衣包一扯，意思要去解开。不防衣包斜角里溜下一根玉带钩子，啪地跌落在地板上，铮然一声，跌成两截，吓得小翠子面色如土，急忙弯着腰向地下去拾。晋芳此时更忍耐不住，走上来将小翠子用劲一搡。小翠子踉踉跄跄退了好几步远，不禁又羞又急，顿时满脸泪痕，用袖揾着，只不敢开口。晋芳又将他瞋了一眼，骂道："我知道你这贱人魂在哪里呢？一个人也不顾惜名誉，也不问是男是女，便合拢在一处。"

晋芳这几句话原是先入了朱二小姐之言，暗暗指着林雨生同小翠子结拜姊妹的事，然而在这个当儿，便好象骂了云麟一般。云麟听得清楚，羞惭满面，忙搁下笔，如飞地跑到外面自家的房里，见稳子已替他铺叠衾褥，不禁喝道："死囚做什么呢？快替我将行李捆扎起来，我立刻就回扬州去。"稳子听他这话，正摸不着头脑，只管呆板着面孔，向云麟望。云麟又长长叹了一声，向睡榻上躺下，自念："依栖亲戚，终非久计；况且姨父很是防范着我，看他今日光景，便疑惑我同翠姨有什么暧昧。咳！我云麟虽则客况凄凉，又何至便不顾身分，渎乱你的闺阃起来？罢罢，仪妹妹姻事尚在莫须有之乡，今日转又出了这一件疑团，我何颜更羁留此地？明天决计回家去罢。"

不表云麟在此愁闷。且说朱二小姐见晋芳匆匆走入后进，知道定是又到小翠子房里，他此时早遣了精细侦探，悄悄探听情形。你想这精细侦探，不是小善子更有谁呢。小善子早将晋芳在房里同小翠子呕气情形，一五一十告诉朱二小姐。朱二小姐满心欢喜，自不必说。

但是小翠子如何听晋芳骂他不顾名誉，他也没有一句话分辩呢？固然小翠子的性情是素来柔顺惯的，加着他此刻的心却又同云麟一般误会，也只当晋芳嗔怪他同云麟在一起，没分出男女的意思，所以并没分辩，只有红云满面，饮泣低头。晋芳益发觉得朱二小姐的话定有缘由，不是诬栽他的。他又见小翠子那一种可怜样儿，令人不忍过于嗔责。却又暗暗恨他；"你总不应该勾搭上一个林雨生，我同你总算是打从患难中出来的了。不但你对不住我，而且对不住死去的那个卜太太卜书贞。"晋芳想到此，不禁触起卜书贞那时候将小翠子带转扬州那番侠气豪情，忍不住从丹田里叹了一口气，忍着眼泪，如飞地向三姑娘那一进去了。

三姑娘此时却早已有仆妇们飞也似地将此事传进来，大家总猜是晋芳怪着云麟同翠姨在一处，所以有这番淘气的事，直把个三姑娘气得粉面雪白，背地里正同淑仪议论这话。可巧晋芳正走入房，三姑娘更忍不住，陡然放下脸来，望着晋芳说道："你也不用气得这模样，他总是我娘家那一边的亲戚，好便好，不好我可以打发他回扬州去，值得恶声怪气，叫人家看着我的面子，也难得下来。你疑惑我不知道呢，在这里白吃你一碗饭，可知你心里怪疼的呢。"又回头望着淑仪道："仪儿，你快替我写一封信给你姨娘，明天便打发你云哥哥回家，省得叫人容不得他。"说毕尽靠在床柱子上，一言不发。

晋芳猛然见三姑娘爆豆也似地说出这番话，一点摸不着头脑，不由冷笑起来，说："好，好，你也来将气给我受。我何尝容不得麟儿在这里，你不问个青红皂白，你们大家伙儿约齐来逼我的命。我便有一万句心事，再也觅不到一个人去讲讲。罢了，算我不是，我别过你们罢。"说着顿时转过身跑向大厅上，吆喝家人打轿子到局里去。三姑娘见晋芳赌气出去，也冷笑了一声，说："顶好你一万年也不用进我这房门，我可不希罕你。"

三姑娘随即命人将云麟唤进室内，便问他怎么走入翠姨那一进屋里去。云麟正要打算辞了三姑娘回去，见三姑娘唤他，他急整顿衣服，随着来的仆妇走入里面，开口便将小翠子如何请他到那里写水竹观音上吉利字，猛不防姨父一头走进来，大有嗔怪我不该到翠姨那里的意思说了一遍。又说道："我到这边约莫也有两三月了，姨父事忙，也不曾在外面替我觅一件事，眼看着年残岁底，料想这谋事一层，断然无望。母亲孤零零地在家，自己也很不放心，便是姨父留我，我也打算回去走走，过了年再议。如今恰好趁这机会，明天便乘轮东下。只是白白在姨娘这里打扰了一场，转眼又离了姨娘同仪妹妹，心中不免觉着有些系念。然而这也说不得了。"云麟说时，两眼只顾滴溜溜在淑仪身上转来转去，真个要流下泪来。那淑仪也就低了头，怆然不语。

三姑娘听了云麟这番话，不禁勃然大怒，跳起身来说："原来是翠姨请你到他那里去的。你姨父也不详察详察，便兀自生气。我固知道你是最用心的人，断不至如此荒唐。不说别的，自从到这湖北，你连我这一进屋里，你轻易也不常来。我也因为你仪妹妹年纪长了，公馆里人多口杂，保不定有些好嚼舌根的含血喷人，所以也就有许多简慢你的地方。你是我的嫡亲姨甥儿，料也不来怪我。原来你那糊涂姨父，他没有本事管束他的小老婆，倒反来得罪我的亲戚。好儿子，我在这里除得你仪妹妹，就要算你是我的骨肉，他容不得你，我偏不许你走，看他有什么法儿要赶我们娘儿三个一齐回扬州去，离了他们，让他们耳目清净。”云麟听见三姑娘这一番话十分亲密，眼看着淑仪又是翠鬟压颈，红粉盈腮，不觉轻轻又系住一点痴心，把适才要回扬州的心事，消灭得干干净净，只管一言不发。

三姑娘又怒着吩咐仆妇们：“快替我将翠姨唤得来，让我痛痛骂这贱人一顿，才出我心头恶气。”还是淑仪劝道：“娘，歇一歇气罢，这又怪翠姨作甚？在扬州的时辰，翠姨又几时同云哥哥避过嫌来？他便是请云哥哥替他写几个字，这也算不得是件犯法的事。便是父亲，也不见得因为这上面便恼翠姨。这其中怕还有别人搬弄是非的地方。娘这一闹不打紧，徒然多给一层气给翠姨去受，还不叫别人称了心！而且云哥哥心里也觉得不安。”淑仪说到此句，不觉微抬了抬凤眼，望着云麟一笑。云麟也笑起来，说：“仪妹妹这话真聪明绝顶。姨父今日打局里回来，并非一直就到翠姨屋里去的，曾打从朱……”云麟话还未完，淑仪望他瞅了一眼，说：“你不用再多话罢，我们这里是同舟吴越，福尔摩斯多着呢。”云麟也笑道：“妹妹近来看侦探小说？”

三姑娘此时因为淑仪一番解说，也有些明白，又见他们小姊妹谈得正好，不觉也就高兴起来。命人将自家泡的桂圆冰糖高粱酒取出来，便留云麟在这里吃夜饭。云麟这一晚十分得意，便把许多时未曾同仪妹妹叙的心曲，在吃饭时辰倾囊倒箧地谈说。这且不必絮表。

且说晋芳装了一肚皮的气，一句话也告诉不得旁人，一时懊悔起来，真个要削发入山，将这一班冤家立地抛撇，一连赌气在局里住了几天。三姑娘固然漠不关心。朱二小姐也就在暗中发笑。唯有小翠子心下怀着鬼胎，觉得晋芳同他素来不曾这样认真过，为这点点小事竟不肯回来歇宿，在外面饥寒饱暖掼给几个爷们，料也不能过于妥帖。越思越悔，悔不该请云少爷进来。便整日价闷恹恹的，也懒得去梳洗。

这儿朱二小姐在闲暇时辰，便同小善子谈笑，说：“我们这一着计策是用上了。但是你们那位老爷，断不会死心蹋地便不理他的，只要那妖精花枝般打扮起来，老爷的魂包管又落在他身上去了。任你龟也罢，鳖也罢，横竖他是个姨娘，又比不上我。斩草不把根来断，等到来春又发芽。万一他再在老爷面前娇声浪气地媒孽起我来，那不是我反给自己亏吃了？”小善子笑道：“这又何难？太太拿出点威风，便趁这个当儿，当着老爷面前，硬押着人唤几个媒婆来，说他犯七出之条，领价出卖。料想老爷此时恨他不过，少不得还要佩服太太手段。”朱二小姐笑道：“不行，不行。我料定你老爷这一番生气，定然还不是单为着那翠姨一人。你仔细想想，他若是单单恼翠姨，怎么老远反去住在那局里？即使大太太那里他是久经同老爷隔绝，家里还有我呢，难道歇宿不得？我猜定他固然恼翠姨，还有一半恼我们挑唆。我知道做龟是要暗中做的，明说出来，他反觉得多事。你看我这想头可是不是？”小善子扭头说道：“这就难了。一个老爷们甘心做龟，那简直没有别的话说。”朱二小姐又笑道：“这又不然。若是果然给个凭据给他看见，他自然会闹翻起来。但是翠姨的这件事，不知真个有没有？”小善子噗哧一笑，说：“这是林师爷自己说的，我如何知道真假呢？看他那个光景，却说得活灵活现。”

朱二小姐此时捧着一个白粉锭茶杯，只管一口一口呷着茶，支颐无语。屋里静沉沉地鸦雀不闻，只远远听见套房里美官啼哭。朱二小姐回头望身后一个仆妇说道：“你快替我去吩咐奶妈，叫他多给一口奶给小官官吃。他省着他的奶，叫小官官这般哭，他也不理。”那个仆妇答应了跑出去。

此处朱二小姐见左右更没有旁人，便望着小善子笑道。“你知道姓林的林师爷，他在我们公馆里有多少进项？除得每月薪水开支五千文外，其余可再有好处没有？”小善子笑道：“这话我也听见我们那个干娘讲过的。在先我们不曾到湖北的时候，老爷的银钱出入，都交代他一手经理，每月至少也赚得二十千文。自从老爷将帐目交给太太，他老实除薪水外，其余的油水有限得很。”朱二小姐道：“既然如此，他不会辞了老爷这里的事，再谋干别的？”小善子笑道：“这也难怪他，在这湖北人生面不熟的，不仰仗着老爷，谁人肯收留他？”朱二小姐又道：“万一老爷不用他，赶他出门呢？”小善子又笑起来说：“啊呀，这可使不得，他一家老小怎生过活？”朱二小姐笑道：“我有一句话，你快去替我告诉他。若是老爷赶他出了门，我有本事在我这个帐面上，每月拨给他三十千文养活他，叫他放心。”小善子又笑道：“太太又说笑话了，老爷好好地为甚赶他？”

朱二小姐到此才将身子向前欠了欠，说；“姑娘，我可是将你当着骨肉一般看待。我今日穿的吃的，总算称心如意，只是眼睛里搁不进那一个淫妇。我常说，不是我死，就是他亡，我同他总算不能两立。也并不是一定同他争着老爷。我说句笑话，就是老爷身边一个人没有，夜夜同我在一处，也不见得夜夜拿那件事当饭吃。还有一说，只当做了寡妇，也要死命去挨呢。不过宁可做了寡妇，倒是一干二净，却不甘心将自己的丈夫，白白让这妖精占着睡觉。承你的情，难得替我打听出这机会，总算你不辜负我另眼看待。一不做二不休，这件事依然拜托你。不管那姓林的同他有事没事，我目下却一定用得着他。他依了我，便是赶他出门，好在老爷的银钱都是我一手经理，叫他按月只管在我这里支三十千文薪水，我是决不食言的。说不定我还可以撺掇老爷，将翠姨赏给他。他有这福气呢，这是人财两得的事，叫他去斟酌。若是有点支吾，老爷不开发他，我有本事开发他，那时候休怪我。”小善子笑道：“太太要用他，究竟怎生个用法呢？”朱二小姐此时四面望了一望，便附着小善子耳朵说了一番话。

在下那时候因为他们言语很低，也不曾听得清楚，只等到末了一句，朱二小姐才放开喉咙说：“好儿子，你替我干去罢。”小善子听毕，不禁笑得弯腰打跌，说：“好计，好计。”更不迟缓，飞也似地便跑到林雨生家里。跳进门，也不管林雨生可在里面不在，只一路地嚷着：“干爸爸，干爸爸，我是来替干爸爸贺喜的。”

林雨生刚在房里同巴氏议论年底下的进项不够开销，必须在什么地方捞一注钱来才好。猛然听见小善子这种声气，也就笑迎出来，说：“善姑娘真会开心，想我们夫妻到这年下真拮据死了，还有什么喜？”巴氏也笑起来，说：“姑娘，这贺喜的话，我猜着了，想是替你干爸爸娶小？”小善子仰头将巴氏望了一望，说：“干娘敢莫是神仙，怎么猜得这样灵？”于是便将朱二小姐的一番主意，原原本本告诉了林雨生。又说：“必须如此如此，这般这般。你想好处呢，你就去干；你若是不想好处呢，你就搁下不用理他。”林雨生乐得直跳起来，说：“干干干，我为什么不干？死了也要干。”转是巴氏不以为然，正色说道：“人须要讲良心的。老爷把我们从地狱里提到天堂上，便做驴做马也报答不了他这恩德。便是翠姨待我们，又何尝差错，就如上月里，他一眼看见稳子只薄薄穿了一件夹衣，他忙不迭地说怕稳子冻着，巴巴在老爷旧衣服里拣出好几件来赏给稳子。你恩将仇报，倒反去葬送他。人是糊涂的，阎王老爷却不糊涂，一笔一笔替你记在簿子上。一千年总要死呢，那时候在阴司里受起苦楚来，便是懊悔也迟了。”

小善子听巴氏这番话，不觉沉下满脸怒容，勉强冷笑道：“好一个阿弥陀佛的人！好好，就不用干，我自去回复我们太太，原来翠姨娘有恩典给你们，我们太太是强盗心，杀人胆，不曾有恩典给你们。”说毕愤愤地就要走。林雨生一把将小善子扯住，反过脸来向巴氏骂道：“你这坏货，快替我将你这寡嘴闭起来。你只知道翠姨将衣服给你儿子，你可晓得将衣服给你儿子的缘故吗？他是因为我同他睡觉睡得快活，他才这般做作的。”又对小善子说道：“好姑娘，你不用听这坏货的话，他的话说出来比屁还臭。人生在世，总要不忘却贫贱的日子。不瞒姑娘说，他是记不得将门当做被盖的日子了，一天吃一个馍馍，还不知道第二天这馍馍的钱出在哪里。难得我目下交着好运，遇见太太同姑娘，得了顺风，不扯起篷来只管往前攮，更待何时？”巴氏毕竟是个寻常妇人，听见提起当年穷苦，不觉也矮了半截，便不开口。

此处小善子便同林雨生定好了日期。他径转回去同朱二小姐安排，向局里去请晋芳去了。

欲知后事，且阁下文。

# 第五十回 负心郎空撰芙蓉诔 薄命女虚赓荇菜诗

晋芳因一时气愤，在局里住了几天。其实他何尝因为这一点点小事，便同小翠子认真，不过既负气出来，一时也不好意思径自回去，客窗睡了两夜，已是觉得不能耐此岑寂。这一天忽然朱二小姐命人来请他回公馆，十分高兴，便赶紧将局里公事草草完结。日色甫落，早乘着轿子飞也似望公馆里走。坐在轿里时辰，便暗自打算：下了轿还是先到朱二小姐那里，还是一径去看一看小翠子？后来拿定主意，怕小翠子这几天为他气苦，还是赶紧去安慰他为是。于是到家之后，更不迟缓，便匆匆直望小翠子那一进屋里去。

正走之间，猛见里面冲出一个人来，仓皇失措，直向晋芳肩旁飞也似地擦过去。晋芳吃了一吓，喝问："是谁？"小翠子正坐在房里，听见晋芳声音，心中喜了一喜。正待迎了出去，转念一想，又恐怕失了自己身分，转使晋芳瞧不起我，重又立着不动。此时晋芳早掀帘而进，一眼瞧见小翠子低着头含羞不语，心里十分疑惑，便冷笑问道："适才是谁在你房里？"小翠子今日见晋芳肯走回来，芳心中正是欢喜无限。忽然又见他问出这一句不伦不类的话，不禁又有些生气。还只当晋芳依然记着上次云麟的事，拿这话来奚落他，顿时又羞又急，一句话也回答不出，转盈盈地落下泪来。晋芳越发生疑，便摔下帘子，重转回身，望朱二小姐那里走去。

朱二小姐将晋芳迎入房里，更不提起前事，转拿闲话同晋芳攀谈。晋芳只是闷闷不乐。坐了好一会，更忍不住，叹了一口气，望着朱二小姐道："我是见鬼吗？怎么真有个男子打从翠姨屋里跑出来？累我吃了一吓。我虽然在黑暗里看不明白，然而那声容态度，便活活是林师爷。你看可奇不奇？"朱二小姐笑道；"呸！一个人是再不能存心。你上次因为我提过这件事，你所以处处便都想到那搭儿上去。其实我打听出来，一共没有这件影儿，我倒反觉对不住翠姨。你这几日在局里，我倒安慰他好几次，叫他一心一意伺候你。我们大家只要伺候你好了，以外一万件事都不用管。我劝你也可怜些翠姨罢，他一个没亲没眷的人，从小儿便被人拐出来，难得遇见了你，算他的福气。你再把气给他受，他不是真算苦了？我还有一说，保不定你适才所见，倒是别的爷们，偷偷在里面同婆子们打混，见了你，吓得没命奔出来，也是意中之事。不痴不聋，不做阿家翁。一家子人生了心，倒反不好。”

晋芳听朱二小姐一番话，不禁点头佩服，也笑起来说：“疑心生暗鬼。这话一点不错，若是你上次没有这话，我绝疑不到姓林的。罢罢，难得你们大家都和睦起来，我便欢喜不尽。”说着又同朱二小姐谈了些家常，使命人预备晚膳，在朱二小姐房里对酌。微醺之后，见朱二小姐身穿水灰摹本的棉袄，大脚裤子底下刚露着两瓣又瘦又小的金莲，因为吃了两杯酒，粉脸之中露出一痕春色，正是徐娘半老，丰韵犹存，不禁微微含笑，要在朱二小姐房中下榻。才将这意思告诉朱二小姐，朱二小姐早放下脸来，说：“这如何使得？我巴巴将你请得回来，原来是想着你在我这里歇宿的？可不被奴婢们看轻了我。你上次是同翠姨淘气走的，还不趁今夜快快去安慰他一番。一个女人家的痴心，他不疑惑你赖在我这里，还要骂我不体贴人情呢。好惺惺，勿作态，去罢，去罢。”说着带推带搡，将个晋芳送出房外，急抽回身子，扑地将房门关了。引得仆妇们都笑起来。

晋芳便趁着酒兴，仍然踱到小翠子房里来。小翠子先前见晋芳摔帘出去，自家已是哭得泪人一般，只猜不出晋芳为甚缘故，近来忽然对他百般凌折。晋芳走后，便有仆妇们告诉他，说：“老爷在朱太太房里有谈有笑。”小翠子心上已有些明白，不禁叹了一口气，暗想：“我当初到了湖北，本是劝着他将你们赶紧接出来，原来怕你妒嫉我同老爷在一处。你今日到了湖北，转饶不过我，不知在老爷面前说了我些什么话。但是我一个人自己相信得过，料你便拿话诬栽我，终究损不了我的清白。”想到此处，只管对着一面菱花镜子呆呆地发愣。仆妇们将晚饭开出来，他也不吃。一直挨到起更时分，卸了妆饰，无情无绪地正要安睡，不料晋芳会重走得来。他一眼见了晋芳，不禁又要哭，只得背转身望着帐子呆坐。晋芳适才被朱二小姐一顿劝解，果然将前事抛撇得干净。又见小翠子含羞带泪，好似一枝带雨芙蓉，令人心恻。只是当着仆妇们，又不好意思低声下气去安慰他，也只向小翠子妆台边一张椅子上坐下，一言不发。房里仆妇替他们将衾枕安置好了，大家也就退出去，悄悄将房门也拉上了。

此处晋芳才站起身子，走到小翠子椅后，故意冷笑道：“好呀，你还同我赌气呢，还不快些睡了，想是要守这冷清清的长夜。你耐得住，我还耐不住呢。”小翠子听他说话，也不答应，一骨碌站起来，将身边一个银炉又添了一把芸香，轻轻放入被里，在被上扑了一扑，说：“请睡。”说时那声气已经哽咽，眼眶里已盈盈要流下泪来，忙把脸掉转去。晋芳笑了一笑，也解了衣服，先自上床，拥衾而坐，便道：“有茶没有？递一杯来漱口也好。”小翠子也不言语，转身便在茶箱里倒了一杯茶送到床上。晋芳才接到手，他又跑过来，依然坐在椅上。晋芳将一杯茶慢慢吃完，见小翠子只不拢这床边，又冷笑道：“我且问你，你想是再不上这床睡觉了？你果然从今以后再不上这床睡觉，我才佩服你。”小翠子一声也不开口。

晋芳没法，又笑道：“你不睡觉也罢，你须替我将这茶杯拿过去。”小翠子轻移莲步，便走上来拿茶杯。晋芳却不把茶杯给他，顺手将他玉腕握紧，向怀里一扯，已轻轻将小翠子按倒在床上。小翠子依然想坐起来。晋芳笑道：“好人，是谁得罪了你，你给这嘴脸给我看？”一面说，一面替他松解纽扣。小翠子仍是一言不发。晋芳将小翠子拥入被里，一只手勾住他的粉颈，一只手便替他擦眼泪，笑道：“你近来很是同我闹意见，难不成我同你的缘法满了？”小翠子用手挡着晋芳的手，良久才挣出一句来，说：“茶杯呢，搁在这床上也不是事，让我替你拿下去。”晋芳笑道：“罢罢，怪冷的，冻着不好，让我将茶杯拿向里边来。”

说着就将茶杯向床里一搁。不搁犹可，谁知这一搁，只听见叮当一声，象碰在一件铜器上。晋芳便顺手将那件东西拈过来一望，原来是个白铜洋烟盒儿。晋芳知道，小翠子不吃洋烟，便问道：“哪里来的这劳什子？”小翠子也不知道，便只管睁着眼痴呆呆地望。晋芳轻轻将那盒子一捏，盒盖子自然开放，灯光之下，仔细一看，原来盖子反面还嵌着一张小照。那小照不是别人，就是朱二小姐说的与小翠子结拜姊妹那位亲亲嫡嫡的干哥子林雨生。此时晋芳不由气冲牛斗，顺手便在小翠子嘴巴上劈劈啪啪打了好几下，打得小翠子半边脸红肿起来，骂道：“贱人做得好事！贱人做得好事！”说着披了衣服，直跳下床，将洋烟盒子望怀里一塞，更不怠慢，开了房门，兀自回头向小翠子骂道：“停一会再同你这贱人讲话。”说毕大踏步走了。

小翠子此时被晋芳打得非常辣痛，转一滴眼泪也没有，坐起身理了理头发，不由呆了半晌，暗想：“这不是活活见鬼了，分明那洋烟盒子内有林师爷的小照，怎生会弄到我这床上来？也不怪他生气。只是我呢？”想到此处，那一副冤沉海底的眼泪，早不禁排山倒海地倾泻出来。其时仆妇们住在外房，虽然听见里面有些吵闹的声息，天寒夜冷，也不来管这些闲事，转把头向里缩一缩。

且说晋芳出了房门，更不向别处去，直望朱二小姐房里走来。谁知朱二小姐更不曾睡，早秉着银灯，满面春风，含笑相迎。晋芳满面怒色，啪的一声，将个洋烟盒子掼在桌上。朱二小姐假意拾在手中看了一看，说："这是打哪里来的?"晋芳气冲冲将适才的事说了一遍。朱二小姐惊道："啊呀！他当真做出这事？你倒不要气坏了身子，一个做姨奶奶的，几曾见有个好人？这是他们分内之事，若不如此，也不成了姨奶奶了。"晋芳急道："我此时气得方寸已乱，你是很有见解的，你看该怎生处治这贱人?"朱二小姐笑道："这也不难。要他死呢，便赏给他一根绳子；若是饶他活命，他打从哪里来，还打发他往哪里去。留在身边终是祸胎。但是要斩斩决决，怕你明天看见他又心软起来，那就难了。"晋芳恨道："我要不是怕闹得家里大小皆知，我适才便活活打死他。你不信揉揉我的肚皮，我已是气得胀破。我再没有志气，我也不至再护惜他。"说着又长长叹了一口气，说："这贱人自幼儿便不好，若是正经，他倒不先偷上我了。"朱二小姐见晋芳真个气得脸皮雪白，心下也十分怜惜，便带笑带动，将晋芳催得上床，自己也就陪他睡下。

晋芳翻身打滚，再也睡不沉实，一直挨至四更时分，真是辛苦已极，才慢慢睡着。便因为想到小翠子幼时，才合上眼，便依稀仿佛是在箍桶店里初次会见小翠子，同他十分亲热光景，宛然坐在自己腿上，抱着自己颈项，喁喁私语，说要同他割了肚腹联合在一处的话。晋芳此时已不记得适才淘气的事，见小翠子两颊红红儿的娇艳非常，又惊又爱，自己便百般同他盟山誓海，那一双手便滑溜溜在他上身下身抚摩不已。正在迷迷离离之际，好象门外又闪进一个人来，晋芳还疑惑是小翠子的母亲，吃了一吓。再一细看，原来还是小翠子，望着自己一笑，说："晋芳，晋芳，我别过你了，你今生再休想会见我罢。"说毕，容颜惨淡，掉头便走。晋芳此时又触起卜书贞太太将小翠子从镇江带到扬州来的时候，第一夜同小翠子睡觉，梦中梦见小翠子投缳自缢。当时吃了一惊，便被朱二小姐房里小善子跑来说朱二小姐分娩的事情，惊得一身冷汗。再一细看，原来怀里抱的是朱二小姐，见朱二小姐沉沉睡着。自家不由鼻管一酸，忽然将小翠子同自己平时恩爱，一齐都兜揽到心上，懊悔适才不该叫他过于受气。越想越悔，恨不得披衣起来，赶到小翠子房里安慰他一番。又怕被朱二小姐耻笑，只得勉强忍住。忍了一会，更觉得无穷烦躁，将个头伸出被外望了一望，见纱帐上已微微透入曙光，知道天色亮了，兀地坐起身来。朱二小姐从梦里惊醒，说："这时候还早得很呢，你忙着起来做什么？你难道怕他溜跑了？等一会再去摆布他也不迟。"晋芳听朱二小姐这些话，更不快活，越发起身下床。朱二小姐没法，打算替他唤醒仆妇们预备盥洗面水。晋芳忙拦着说："不要，不要，我此时很觉得有些不舒服，打算起来走走。你也不必忙着起身，我过一会还要来睡。”朱二小姐便也不阻拦他。

晋芳跳下了床，也不顾寒冷，开了房门，便一直望小翠子那里走。越走觉得脚下越走不动，只管一阵一阵地伤心起来。才走进小翠子房门，忍不住用着他平时呼唤小翠子的声音，说：“翠儿，翠儿。”唤了两声，不见小翠子答应。陡觉遍身毛发森耸，恨不得放声大哭。便使劲将房门推开，一眼便见小翠子用一方长手帕，伶伶俐俐缢杀在床柱子上，并无什么恶状，只是杏眼微低，再也不流盼他的亲亲嫡嫡丈夫。奇怪，晋芳此时就象料定他必要如此一般，并不惊奇诧怪，忍不住这一缕酸泪，放声大哭。也不叫唤别人，飞也似上前，双手替他将绳子解下，抱至床上。早已冷透冰肤，啼残冤魂。晋芳一霎时万箭攒心，便脸对脸昏晕过去。

此时仆妇们分明听见晋芳哭声，大家才惊慌起来，跑入房里一看，吓得抱头鼠窜，忙忙向三姑娘那里报信。一霎时卜氏也知道了。阖宅上下闹得沸反盈天。三姑娘母女先将晋芳劝慰了一番。晋芳只是哽咽饮泣，一言不发。三姑娘问他为什么忽然出此岔子？晋芳也不开口。

且说朱二小姐猛然得了消息，也觉得良心上过不去，顿时吃了一吓。旋又放沉了脸，说：“这有什么打紧？一个姨娘们寻死觅活，是往往有的，花几个钱替他殡殓起来就完了。”于是缓缓梳洗毕，这才扶着小善子也到小翠子房里来。见卜氏也坐在里面，便走上前叫了一声。卜氏向朱二小姐说道：“美子的娘，你看奇怪不奇怪？怎么好好一个孩子，兀地短见起来？大约是这屋里不干净，遇着鬼求替去了，也未可知。事过之后，还该唤几个下马香火来打扫打扫。”朱二小姐刚要回答，忽见晋芳平地跳起来，望着小翠子死尸哭说道：“翠儿，你在世是最聪明不过的，你若果然有此事，你便将眼睛闭起来；若是别人诬蔑了你，你显点灵圣，我一定替你报仇。”说毕，便呆呆地望着小翠子。见小翠子依然粉颈低垂，毫不露别的形状，晋芳不禁又顿脚大哭起来。朱二小姐此刻明知晋芳语中有刺，却也不便认他的话，只是未免脸上讪讪的，嫣然一笑。他也不去劝慰晋芳，坐了一会，依然走回房里去了。

此处晋芳见朱二小姐已走，便一五一十，含悲带咽地将昨晚的事情说了一遍。三姑娘长长叹了一声，正要开言，早见卜氏说起话来。卜氏冷笑道：“原来这孩子果然变坏了。一个女人家，如何不尴不尬同师爷们拜起兄妹来？照这样说，死了也不冤枉，倒替你除得后患。你也不用过于伤心，为一个小老婆哭坏了身体，也被人家笑话。我呢，不能在此久坐，我的大媳妇帮着你丈夫将这孩子收了罢。倒是一层，下次象这些女人，少要弄进门来伤风败俗。”卜氏唠唠叨叨说了一遍，扶着丫头也走了。

晋芳见他母亲已走，又哭道：“你看，你看，他们都如此说，我这颗心也不得明白。我总算相信他断不会做出这等事。”三姑娘本来同小翠子也还亲爱，今日见他如此结局，已经哭了一场，分明知道其中事有暧昧，因为卜氏在此，也不好说什么。卜氏走后，不禁望着晋芳道：“你此刻明白已是迟了。昨夜便算你看破形迹，你若来同我商议，保不定我能替你们排解开了。为什么在那里听的谗言，转又闹到那里去？这不是雪上加霜，哪里还会有一句好话儿给你听见吗？你也要想想，他爱姓林的哪一件？还是人品生得好，还是希图他的银钱？我虽然不知道你同翠姨的恩爱如何，然而我每每冷眼看他，他待你的恩情，倒却是死心踢地。做女人的最怕人诬栽他这些丑事，你叫他不死做什么？况且我还有一句明白透亮的话：若果然翠姨是个淫妇，他必不肯死；他这一死，表明他的心迹，就可以相信得翠姨的玉洁冰清。只是可怜他已是死了，便算表明心迹又有何用？”

晋芳听三姑娘这一番话，又捶胸顿足，抱着小翠子哭起来。淑仪一面劝他父亲，一面望他母亲，说道：“父亲尽哭，也不是件事，母亲还该传话出去，叫人预备衣衾棺椁。只是要吩咐他们，在外面就说翠姨是病死的，不要说出别的闲话。可是外面的事交给谁去料理呢？难道还去用这姓林的不成？”晋芳含泪说道：“不可，不可，这姓林的是再用不得。好儿子，你替我去拜托你云哥哥，一切请他帮着办罢。”淑仪望他母亲笑了一笑，说。“父亲真是气苦了，怎么叫我亲自去拜托云哥哥？”三姑娘也是一笑，便吩咐自家一个仆妇说。“你们替我将云少爷请得进来，说翠姨死了，他想是已经知道，说我有事烦着他。”仆妇点了点头，匆匆而去。

且说云麟清晨早起，已得了里面消息，说翠姨寻了死，是因为老爷责备他做出不端的事，羞愤自缢。云麟一听，还疑惑因为日前之事，不觉又惊又痛，忙忙盥洗完毕，只管在房里颠倒价走，心里十分难受。思量进去窥探窥探，又怕姨父嗔怪他。暗念：“一个如花似玉的翠姨，不多几天还见他袅袅婷婷，有说有笑，如今是顿时委化了。可见得世上没有可恋的事。只是我要想到他尸前去拜一拜，总不能够，觉得心上有些过意不去。”

正在思量，忽地小稳子从外面拿进一封信来，另外还有一个小小纸包儿，是打从邮政局送来的，信封写着自己名字，那个小包又是寄给他姨父的。忙将自己那封信拆开一看，见是他姐夫田福恩的手笔，白字连篇，是替他母亲秦氏写的。书中大旨是说，已替他同柳府订下亲事，准于明年正月十七日入赘到他岳家，命他早早回家完结姻事。

云麟拿着信，不禁呆了半晌，足足一个时辰开不出口。稳子见他如此，也是望着发怔。只见云麟良久良久才失声说道："啊呀！已同柳家结了亲了，已同柳家结了亲了。仪妹妹怎么说呢？"想到此，恨煞母亲不能体贴他的意思，不来同姨娘这里求婚，不知不觉，转同柳家将婚约订成了，也不管人情愿不情愿。哧的一声，将一封信撕成两半，又将两半撕成四片，接二连三，把一封信撕得粉碎，又掼在地上，用脚踏了几踏。稳子笑道："少爷，这封信究竟是谁寄给少爷的？怎么少爷同他这样生气？"云麟怒道："管他呢，死了人了。"稳子笑道："不错呀，是死了人了，但是与那信又有什么相干？这里还有一小包儿呢，里面软软地不象是纸。少爷一发打开来看看，若不尴尬，趁势踏碎了他也好。"

云麟果然被他提起，又轻轻将那小包儿取入手中，仔细一望，只见上面赘了好几个字，是"扬州华寄"。云麟暗想："倒不曾听见姨父有什么姓华的亲友，看他这包面上又不曾标明了姨父名字，只写着'武昌省城三道街伍公馆查收'。我替他打开来看一看罢。"又想；"不好，不好。揣着这里面好象似汗巾手帕等件，难保不是姨父意中人寄给他的。我拆开来不打紧，反叫姨父面子难下。"

云麟正在踌躇不决，先前三姑娘差来的那个仆妇，早走至房里将三姑娘吩咐的话一一告诉了。云麟更不怠慢，便将那个小包儿一齐拿入后面来。走到小翠子那间屋里，早见家人们将他房门上落红门帘扯在地上，床上帐子已经揭去，绣褥之上已挺着一个不言不语的翠姨。云麟含着一泡眼泪，不由走至床前行了礼。回头见三姑娘同淑仪都在一处，只不见朱二小姐。晋芳见云麟进来，不禁牵着云麟的手，重又放声大哭。云麟且劝且将那个小包儿递上去，说："这是今早打从邮政局寄来，象是寄给姨父的，姨甥不敢擅动，请姨父拆开来望一望。"

晋芳才住了哭，将那小包儿接入手中试了一试，说："这是什么东西呢？这姓华的，我又不知道他是谁。"说罢便递在淑仪手里，说："仪儿，你替我用剪子将这线口铰开来罢。"淑仪依言，将那纸包打开，原来是一幅猩红洋绉，顺手向地上一抖，足足有二丈来长。三姑娘道："这是哪里来的？要这极长红洋绉有何用处？"晋芳此时望着这洋绉呆了一呆，惊道："这匹洋绉，我是打哪里见过的。仪儿，你看里面可有信函没有？"淑仪再使劲一抖，果然那洋绉里又飘出一张字帖来。晋芳忙夺来一看，其中大略说是四年前曾经到一处荒僻村庄，遇着一个女子，托我将此小包儿寄给尊处，耽延至今，甚为惶恐。今闻此女业已璧返，则此包自合珠还云云。下面注的名姓却是“华登云”三字。晋芳阅过，不由捧着这幅洋绉，又走到小翠子尸前说：“翠儿，翠儿，你在先曾经日夜思量此事，方怪这替你寄信的人十分荒唐。谁知今日不先不后，巧巧当你抛弃躯壳之时，将此物打从远道寄来。物在人亡，叫我怎能不伤心呢?”说毕又放声大哭。

此时云麟同淑仪都不甚解得此事。唯有三姑娘略微清楚，也觉得这寄信的人十分奇怪，不禁点头垂泪。一面便同云麟商议，分派着众家人，七手八脚替小翠子打叠身后之事。临入殓时，晋芳便用这幅大红洋绉，亲手将小翠子冰肌裹好，便算他一幅锦衾。

自此，晋芳悲痛自不待言。不到几天上，便将林雨生同小稳子辞退。林雨生虽然明地里不敢向伍晋芳公馆出入，然而暗中仍自做了朱二小姐一个内管家，小人的心肠，便将这件事情挟制着朱二小姐。朱二小姐不但按月发给他三十千文，而且凡有需索，无不应命。

后来这风声渐渐传播入三姑娘耳朵里。三姑娘又惊又气，觉得朱二小姐心肠狠毒，同他不可久居；好在自己此时已同伍晋芳断绝夫妻之爱；又知道云麟于新年里，便须回扬完娶，自己便禀明了卜氏，要偕同淑仪及云麟一路东下。卜氏本来不大喜欢三姑娘，也便答应了。

三姑娘便于正月初十这一天，带了几名仆妇，转安心乐意地同云麟，淑仪径返扬州。三姑娘的庞儿，本来生得富厚；再加着身旁左边立着一个美男，右边侍着一个娇女；况且打扮得虽不算金装玉裹，却也是珠翠盈头，绫罗遍体。路上看见的莫不啧啧叹羡，不疑猜他们是一双姊妹，便称说他们是一对夫妻。云麟听入耳里，更觉得悲惋无穷，镇日价总没有一点笑脸。淑仪却也是愁眉弯绿，粉颈消红。所以此时两人同行，彼此反觉得十分冷淡。

一进了城，三姑娘同淑仪自然乘着轿子，仍回他们的旧宅。云麟只得怏怏到家。秦氏在家中已将各事忙得妥帖，堂屋前一例地悬灯结彩，香烟缤纷。内中有何氏及绣春等帮着料理，倒也热闹非常。秦氏一见云麟，笑着上前问长问短。云麟只冷冷地笑了一声，说：“难为母亲费心。”绣春见他兄弟回来，喜得跑过来问：“姨娘他们都好?”云麟道：“姐姐辛苦了。仪妹妹已同我一路回转扬州。”绣春笑道：“啊呀，他回来做什么呢?”又回头望着何氏道：“舅母，你看若是上次舅母做的媒做成功了，可不是仪妹妹真个同我们长远聚首？我的兄弟自然明天吹吹打打地送着他到仪妹妹那里，不该应送着他到柳府上去了。”何氏笑道：“婚姻是五百年前注定的，非人力可以挽回得来。姑娘也不用提这话罢。”绣春便一迭连声催着黄大妈：“快到姨娘那里，替我们请安；并上复仪小姐，务必接他来帮个忙儿。”秦氏笑道：“姑娘，你忙什么呢，还怕你姨娘明儿不来？”绣春笑道：“娘也太老实，姨娘来是他的礼，我们着人去请是我们的礼。”

正说着，早见三姑娘那里已打发几个仆妇送来八色礼物，说停一会太太和小姐亲自过来贺喜。秦氏一一收下。打发仆妇走后，果然三姑娘同淑仪轿子已到。大家行礼已毕，三姑娘笑道：我知道这里很忙，所以我们娘儿们特特地打从湖北赶得回来，一者道喜，二者帮忙。我回去瞧了一瞧，见家里那些下人们，接到我回来的信，倒还布置得妥当，所以一径又赶到这里。”又望着绣春笑道：“大姑娘近来还好？可曾恭喜没有？我们想吃你的喜蛋呢。”绣春正同淑仪附着耳朵谈笑，见三姑娘问这话，只脸上红了一红，不曾答应。还是秦氏替他说道：“正是的呢，一共也不曾有个消息。横竖他们年纪还轻，再迟两年也不妨事，省得小孩子尿儿屎儿闹不清楚。”

三姑娘又笑道：“明儿是大喜期了。入赘过去还须请两位男客送送亲。”秦氏笑道：“我先前也这般说，已将舅母那里的大哥哥同我们姑爷请好了。是那边亲家太爷一定不愿意，逼着他的先生过来拦阻，说多一个人，多一件糜费。好笑，依他主意，还要叫麟儿步行过去，怕喜轿罗唣。是我不肯，说儿女的终身大事，也不可过于潦草。况且麟儿脾气，姨娘是知道的，你叫他步行到他岳家入赘，他可答应不答应？后来还是两位媒人通融办理，说媒人情愿自家不坐轿子，这笔开支便把来算在喜轿上面，他府上才勉强允许了。”秦氏说话时辰，绣春眼快，见云麟坐在一旁，早将两个小腮儿鼓着生气，忙拦他母亲道：“娘，也罢了，这些话还提他做甚？俗语说朱雀临门，哪里没得点言三语四？包管兄弟过去，他看见这标致女婿，他不大方的，也该大方起来了。”说得大家一笑。

这一夜晚，只见云麟扯着他们姊妹俩絮絮谈说。料想也没有什么正经议论，大致不过都是发表他那些呆心眼儿。一会儿将淑仪说得笑起来，一会儿又将淑仪说得气起来。至于时而含羞，时而嘲谑，虽千言万语，也叙述不清，不如权且将他搁过。

次日清晨，那两位大媒人，一个是何其甫，一个是秦洛钟，早摇摇摆摆走得来。田福恩也陪着几位宾客坐在外面。里面便是美娘、周氏等，也都一早到来。何其甫一眼看见云麟穿着一身簇新衣帽，不觉出了一会神，叹口气说道：“我看你将这衣服脱了罢，不用白糟蹋了。最好是拣你平日在书桌上磨烂了的坏棉袍子穿一件过去，你丈人才欢喜你。我不相信你丈人也还吃着绸缎的饭，他开口闭口都说：‘绸缎是凡人万万穿不得的，穿了绸缎一尺，便须讨饭三年。’我不相信这绸缎便是一件葬送人的东西，亏他家铺里也还滔滔不绝地来着生意，早难道都是些讨饭花子？我身上这件外褂，还是同个老朋友借得来穿一穿，他这外褂还是他祖父手里遗留下来，差不多陈丝如烂草了。他同我第一句寒暄，他就先替我这件外褂子叫屈，你看可怪不怪？象你这新靴新帽，都是些绸缎做成的，怕他见了你这位令婿，还要生气。”说着，气冲冲又将头上一顶蛀破的大帽儿除下来，扑了又扑，自言自语道：“岂有此理！岂有此理！”洛钟只是微微含笑。其时田福恩也坐在一旁，说道：“这绸缎有什么打紧？只要有钱，就可以穿得，横竖是娘老子弄来的钱，不穿他娘做什么？他若是说我，我就同他共虞万支，看这老头子的屁眼有多深。”

云麟此时听他们你一句我一句，心中老大不高兴，依然悄悄偷入里面，还是同淑仪等周旋。看看日落，媒人先自到了柳府。掌灯时分，鼓乐奏起来，请云麟上轿，良久良久不见云麟出房。还是淑仪亲自端了一杯莲子，送到云麟身边，喂了他几粒，低低说道：“这算什么呢？你明天早早回来罢。”然后云麟才含着一泡眼泪上轿而去。转弯抹角，知是离柳家不远。忽然间见那些吹鼓手一个一个从旁边巷子里躲进去，轿前只剩下两个家人，转鸦雀不闻地抬入一所宅门里。门壁上挂着一盏油灯，只有一根灯草在那里随风荡漾。

云麟下了轿，便有人引着向一座厅上走进，就连一盏彩灯也没有，只有左边一张桌上点了一支蜡烛。何其甫同洛钟坐在上首，下首有几个老者相陪，也辨不出谁是他丈人柳克堂。家人通报上去，只见内中有个人，花白胡须，身上穿了一件蓝布罩袍，说了一声：“请姑爷后面坐罢。”云麟便踉踉跄跄跟着一个家人直望里走。那家人倒还照应得好，走一步，说一句：“这是门限。”“这是台阶。”云麟高一脚低一脚走了进去，倒听见堂屋里女眷们喧哗谈笑。有个仆妇喊了一声说：“姑少爷到了。”只听见一阵衣裙窸窣，大家都站起来。云麟再仔细一瞧，觉得里面转富丽堂皇：神龛上是龙凤香烛；椅凳屏榻，都一例地铺着大红五彩锦袱；脚下软绵绵的，知是踏着毡毯；右首安着新房，帘幕鲜明，香气喷溢。多少女眷，大家都把个眼光射在云麟脸上，还有人暗暗喝彩，多半转过身子去向一位老太道喜。那位老太却是锦裙绣袄，含笑谦逊。云麟知道便是他岳母龚氏了。自己在这个热闹场中，却也不得主意，倒反有些手足无措起来。

不一会，伴娘引着自己进了新房，先自向新床上坐下。好一歇工夫，又听见外面百子花炮响了几阵。然后伴娘才将新娘扶入，凤冠霞帔，珠翠纷披。这个当儿，那云麟两个小眼睛珠儿早飞过去，思量瞧一瞧他夫人的妍丑。只可恨新人面上偏生罩了一方大红帕子，再也没有一丝缝儿能将这眼光放得进去，心中却是焦急非常。

合卺撤帐已毕，依然不见人将那牢帕子打开，外面早一叠连声催着新郎新妇交拜天地。拜过天地，便挨着次序见长辈的礼。第一是先叩谢媒人，自不消说。后来便请他丈人柳克堂受拜。云麟此时立在毡毯上，足足等了半个时辰，才听见他丈人进来，只见遥遥立在阶墀之上，再也不肯登堂。还是他丈母龚氏发起话来，说："女婿女儿朝上拜拜就是了，我知道他是断不敢用脚踏这地上毡毯的。象他这样爱惜物件的人，世上再没有第二个。"云麟才明白此意。

行礼已毕，那几位男客便邀请云麟向厅上坐席。云麟暗念："不好了，前面定然是我这丈人的坐地，包管又要去坐黑牢。"不得已勉强随着众人出来，觉得又添了几个客，却都是老老实实生意本分的人。那厅上居然又添了一支蜡烛，便比先来的时辰明亮得许多。大家公让着云麟上坐，云麟谦逊再三，一定不肯，毕竟让两位媒人坐了正席。这席面是一张团桌，挨挨挤挤，却坐了有十五六人。他丈人执着酒壶，坐在下面，勉强也同云麟寒暄了几句，知云麟打从湖北回来，劈口便问着浏阳夏布卖几多钱一尺？虽然颜色漂白，究竟还不如江西万载耐穿。

云麟自有生以来，他也不曾研究过夏布种类，什么叫做浏阳，什么叫做万载，只得唯唯诺诺答应了几句。然而他心中却猛然触起一件事来。此事料诸君也还该想着，就是今日大喜之期，偏生不曾见着云麟幼年同学、今日郎舅的柳春，心中好生委决不下，几次思量要问，却又碍于新婿觍觍，忍了又忍。难为他先生何其甫好象知道他的意思一般，不由捻着自己鼠须望柳克堂问道："柳老，柳老，你的令郎呢？怎么今天不曾看见他？"柳克堂忽听见何其甫问这话，面上老大露着不然的意思，假装着不曾听见，立起身来，每人又筛了一杯酒。偏生何其甫不肯相饶，又将这话问了一句，说："你的令郎呢？""柳克堂将头抬起来，望着何其甫冷笑道："你问你的学生柳春吗？他久已亡故了。"何其甫将头一扭，说："奇谈，奇谈。去年与府上商量良辰，我好象瞥见一眼，怎生会死？柳老莫不是讲笑话吗？"内中有两位客忙拦着何其甫道："何先生请吃一杯酒，这话且搁着不谈。"说毕大家又静默了一会。



正自寂无聊赖，忽听见大门外面一阵皮鞋声音，咯噔咯噔价响。便有个家人匆匆走进来说：“我们大少爷回来了。”柳克堂将白眼一翻，说：“该死，该死！我不愿见这畜生。”说着将个头扭过一边，再不掉转。众客也就吃了一吓，有立起身避让的，有躲向侧首房间里的。云麟瞧着众人景况，心中也委决不下，难不成柳春是做了强盗，这些人这般害怕？何其甫听见是他的学生，他却不慌不忙，端端正正坐在上面，拿出他的先生身分，端然不动。云麟遥见柳春大踏步进来，头上戴着一顶外国博士的洋帽，全身洋装，手里拖着一根竹棍，身躯精悍，肢体强直，一眼望去，知是练过体操的人。尤可怪诧的，便是他身旁并走进一位女郎，姿态英武，眉目妍丽，也是学着女洋人，装束可爱，不道头上一顶花冠，颤巍巍地随风震动。后面还有一群男女，约莫有十数个人，年纪都在十几岁外，齿白唇红，神采奕奕。云麟不觉肃然起立。柳春见了云麟，便指着告诉那女郎，大约说这就是新婿的意思。一面又将洋帽除在手里，向云麟鞠躬行礼。云麟方才回礼。早走过那女郎，伸出一只雪白粉嫩的玉手，遥遥地递过来，吓得云麟倒退不迭。那女郎脸上一红，似含怒意。还是柳春过来指点云麟，叫他握住这女郎的手。云麟这一握不打紧，再瞧瞧这女郎面孔，觉得比他那仪妹妹还娇艳得几分，早又神魂飞越，转握着那只玉手，死命不放。那女郎嫣然一笑，随夺过手来，从口边打了一声口令。突然那些少年男女，雁行般分立在两旁。

这个当儿，早气煞了一个何其甫，觉得适才这些形状，不应该是宇宙间所有的事。却又见这般气势，不敢发作，只得摇头闭目，含怒不言。云麟再看柳春，忽然从怀里掏出一张纸，低唱了一声来宾祝词，便朗朗按着字念起来。念了一会，又将那字送到自己面前，鞠了一躬。忽见那女郎在一个女学生手里捧过一架手拉的风琴，大家唱着：

（扫独独览梅览独），（扫扫扫梅览），（梅梅览独独扫扫独独览览梅），（扫扫腊腊扫扫梅），（扫梅梅独览），（梅览览独独扫扫独览梅览独）。

风琴歌声戛然而止。云麟虽不甚解得他们唱的什么，然而觉得这声气非常清越，不禁点头叹羡。

正唱的时辰，内室的女眷，大家都拥挤在屏风之后喧哗谈笑。那女郎旋拍一拍手，又在他袖里掏出一个叫子来，尖溜溜地吹了一声，转将那些女眷声音止住。只见他“咭咭咕咕”向柳春说道：“新妇在哪里呢？怎么不同新郎坐在一处？我们还应该去瞧瞧。”那柳春也“咭咭咕咕”答道：“新妇想是在里面，就请进去走走不妨事。”说毕又整齐队伍，劈啪劈啪向后面去了。那女郎依然提着那“咭咭咕咕”的声音说道：“这新妇面孔很不如新郎标致。我意思想要同他接一接吻，你可能允许我？”柳春笑着道:“这也使得。”

此处众人见这一群男女都走得进去,大家方才敢陆陆续续仍挨到席上坐下来。柳克堂掉转头只长叹了一声。转是何其甫仍然闭着两个眼睛,丝毫不肯开放,口里带着恨声念道:“吾闻用夏变夷,未闻变于夷者也。今若此,岂非天欤!岂非天欤!”内中有位老者将何其甫推得一推,说:“何其翁息一息气罢,他们闹进去了,我们还来吃我们的海参。”何其甫猛然将眼睛一睁,说:“你们适才不是听见鬼叫吗?怎么好好一个人不打着官话,转是这般‘咭咭咕咕’的?诸位你们可懂得不懂得?”众人俱答应了一声说:“这个哪里会懂得呢。”柳克堂接着说道:“谁懂得,除非公冶长可以懂得。”何其甫点头说道:“不错,不错。还有一个,除非是介葛卢懂得。”

刚自谈着,里面又一阵皮鞋声音重又出来。何其甫赶忙重又将眼睛闭上。云麟任何其甫同他丈人乌烟涨气地谈论,他一总不曾理会,他正在此默想神游,思量那女郎丰韵。忽然见那女郎同柳春打了几句外国话,双手垂胸,竟是将个粉脸送过来。云麟平时何尝不解得这仪式是外国接吻的礼,无如此时他已神魂飞越,忘却众目昭彰,转疑惑是同那女郎在一个被窝里亲热,便搂着那女、郎粉颈,真个亲起嘴来。

柳春这一边大家喝了一声彩。从这喝彩声里,桌上恼怒了一个人。此人是谁呢?在诸君必定疑惑是何其甫,谁知却又不然。何其甫此时只有摇头闭目,任他们做出千奇万怪,他只是个不闻不见。恼翻了的却是柳春的父亲柳克堂,跳起身子恶狠狠地望着那女郎,但又没法摆布他。恰好一眼看见云麟面前酒杯子满满地斟了一杯酒,还不曾饮动分毫,柳克堂气极了,夺过来直望那女郎脸上一浇,由鬓角旁边淋淋漓漓地便将他身上那一枝粉红纸茶花湿个透彻。转手将酒杯子重又摔在云麟面前,不防使猛了劲,顿时粉碎。这一声才把何其甫惊开眼来,看见酒杯子如此模样,一叠连声怪叫道:“不妙,不妙!做喜事的人家,将新婿酒杯摔碎,恐怕不出三年,还要出死丧人口的事呢。”

且说那女郎浇得满脸的酒,他却不怒,从衣袋里抽出一条白汗巾儿,轻轻向粉脸上扑了扑,望着柳春冷笑道:“天下哪里有这等野蛮的举动?我说不来,你偏要强着我来,如今……”柳春不等他的话说完,早仰着头向他父亲道;“克堂,克堂,你将我当着什么人看待?”柳克堂怒道:“我难道还把你当做儿子看待?”柳春笑道:“正是你做梦呢,我堂堂国民一分子,安肯久居你的压制之下?我已经同你交代明白,名虽父子,实系同胞。便论名分,他只知我是他的夫婿,他断不知你是他的夫翁,你为甚胆敢拿酒泼他呢?”可怜柳克堂此时听着柳春一番话,也不甚明白,直气得手足冰冷。

还是云麟劝着柳春,大家出了门。重走入席,早听见众人在那里言三语四,还有议论着自己的,只得低了头,一言不发,但默默盘算:“适才那个女郎,却不知他姓甚名谁?可知他同柳春是已经成了夫妇。看他们这神气何等文明,定然是自由结的婚,方才如此美满。象我这倒运的,偏生赘入这死牛家里。又早听见说新妇不甚标致,料想不会叫我称心满意。况且有这个顽固的老子,断然生不出文明的女儿。然而这话也难说,那柳春不是他的儿子吗,柳春的举动何尝与他老子相象?或者他们姊妹倒反一样地文明起来,也未可知。只要稍待片时,等我去试验试验他,便知分晓了。”

主意已定,一霎时筵席已散。好在他此番是入赘,一般都是新妇家里的人,也没有什么闹新房的。停了一歇,龚氏请了两位媒人,将云麟送入洞房。此时新妇已将头上盖的那块劳什子揭去了,闭目低头,含羞而坐。倒是端端正正,面如满月,也没有什么奇丑地方,只是从烛光之下,微微地透露几点麻子,隐在粉靥之内。

云麟不禁索然倒抽了一口冷气。左右瞧瞧,却喜房中没有别人,他一般地弯着腰去同新妇行个接吻礼,试试他可领略这文明的形式没有。谁知新妇觉着云麟将个头送过来,他早将个头避过去。云麟便加着几分不快活,心想:“不接吻也罢,我们再来握一握手,这可是再没推辞了。”主意已定,便伸过手去握新妇的手。那新妇更倔强,两只手握得紧紧的,再不开放。云麟怒极,只差得要骂出来,使劲地夺新妇的袖子,新妇也便使劲抵拦。

正难分解,房门轻轻一推,先前那个伴娘,早含笑进来,见这光景,噗哧笑了一声,捏着声音说道:“姑少爷不要这般着忙,让我来伏侍小姐上了床,姑少爷再这般这般不迟。”云麟猛然见了伴娘,不觉脸上一红,愤愤地坐在旁边,老睁着眼睛瞧看。那个伴娘一一将新妇冠帔脱净了,一直卸去小衣,用一幅香衾将新妇裹好。回眸一笑,从床褥底下送过一幅红棉绸布来。云麟虽则久经风月,象这种琐屑点缀,却发誓不曾考究过,愣了一愣,气着问道:“这算什么?”伴娘笑道:“停一会姑少爷包管用得着,是给姑少爷养小少爷的物事呀。”云麟略会其意,便说道:“搁在那里罢。”伴娘遂又把来望褥子底下一塞,含笑出房,将房门轻轻带上。

云麟此时亲眼看见伴娘替新妇宽衣解带,可算是一丝不挂,单猩红地留着一幅肚兜儿。偏生那新妇也不违拗,任其所为。不觉叹了一声,暗念:“我同他温存,他偏扭手扭脚,似乎装模做样。何以一个伴娘,你就任他如此摆弄?说你不解情事,你何尝不知道伴娘替你解脱衣服,所为何事;说你解得情事,一个温柔美好的丈夫,你闭着眼也不肯瞧得一瞧。文明的大礼,你转含羞不答;停一会同你做那些不尴尬的事,你反服服帖帖。难不成人家夫妇,只须讲究一个'淫'字,不必讲究'情'字的吗?你若说夫妇这一节文字,本应该如此做法,我那个接吻握手,不应该是夫妇做的?还有一层,我这丈人更是可笑:他媳妇同我在人前接吻,他会大发雷霆;他女儿同我背地奸淫,他转推聋装哑。咳,世界上若是都象他们父女,你叫这欧风美雨,如何能够灌输得到我支那?娶妻是我一生大事,偏生遇见这一种野蛮,叫我如何得舒服?我好恨呀!"云麟越想越气,扑通扑通地敲得胸脯价响。

且说他丈母龚氏,本来云麟是他看中了的,今日见他做了新婿,真个人中鸾凤,天上麒麟,算是这女婿称心满意了。但是当时来的这些女眷,暗中都悄悄有些议论,说新郎太风流俊俏,怕新妇配不过他,将来难得和好。龚氏刮着点口风到耳边,也有些担心,三更之后,兀自打发伴娘等人悄悄躲在窗子外面试探他们夫妇恩爱如何。便有人将云麟这怨声叹气,不肯上床的情形,飞也似地来禀报龚氏。龚氏老大不愿意。又等了一会,更耐不住,自家便率领了一群仆妇推门而入。

云麟猛见丈母进来,觉得自家同仪妹妹的婚姻,好象是他生生打破了的一般,越发生气,依然坐着不去理会。龚氏笑道:"时候不早了,姑爷为何还不上床?"云麟道:"生平惯喜夜坐。"龚氏道:"便是喜欢夜坐,今日是你们夫妇吉日良辰,也还该早早安歇。"云麟冷笑道:"什么吉日良辰,我还是喜欢夜坐。"龚氏又道:"啊呀,谁得罪了姑爷,这般气恼?"云麟道:"奇怪,我喜欢夜坐,难道就是生气?便算我不生气,叫我做出什么事儿,才算是不生气呢?"说毕,众人都笑起来,相与劝龚氏回自己房内。龚氏走后,云麟越发不快,一直坐到清晓。思量要去会一会柳春,又不知柳春此时住在何处,又不好开口问人。

欲知后事,且阅下文。

# 广陵潮

（下）

李涵秋 著

凤凰出版社

# 第五十一回　学校春深莺莺燕燕　佛堂夜永雨雨风风

啊呀呀,《广陵潮》成书于今已是五十回了,风驰电掣把那旧社会的形状,在下这支笔拉拉杂杂写来,虽算不得极巧穷工,也觉得过于铺张扬厉,引得读书的诸君笑一回,骂一回。但是在下的意思,也不是过于刻薄,一点不留余地,为我诸伯叔兄弟燃犀照怪地描写那见不得人的形状;不过借着这通场人物,叫诸君仿佛将这书当一面镜子,没有要紧的事的时辰,走过去照一照,或者改悔得一二,大家齐心竭力,另造一个簇新世界,这才不负在下著书的微旨。在下方拈笔构思,踌躇满志,果然天从人愿,当这文明进步的时代,竟出了一班青年男女,做出轰轰烈烈的排场。人说这一转换过来,那灿烂国旗,定有飞舞全球之日。在下思量,谁不是这般说呢,然而有一句交代:此书仍是《广陵潮》,并不是另有一班青年男女,不过依旧是前书所有的人物。如今第一个人便当从云麟的妻舅柳春说起。

且说柳春自从在何其甫先生那里上学,有一次午饭后去迟了,便被先生责罚。他那时年纪虽小,理想颇高,觉得做学生的自有学生的身分,为着点极小的事,掌责不足,又行罚跪,竟不为我辈留一颜面,几时能推翻这先生专制,方出我心头恶气。所以不多几时,他撒娇撒痴,闹着不肯从何先生上学。柳克堂虽是古板,他母亲龚氏却最纵容惯的,便放着柳春在家游荡。后来柳克堂看不过,有一天便拿出他做父亲的威风,逼问着他道:“读书明理,是你终身第一件要紧的事。你不去从何先生,你心里究竟想从哪一个先生呢?”柳春其时却没有喊他父亲表字的程度,也便嘻嘻地笑答道:“先生先生,剥花生,玩龙灯,掉下毛厕坑,拿着粪橛子当海参。你叫我从何先生,我扯去你的胡子一百根。”说着带笑带跳早跑入后进去了。柳克堂气得发昏,也便赶得进来。

龚氏一眼看见,便说道:“春儿又怎生得罪你的爹爹了?看这老头子脸又气得象个死人一般。我来替你们爷儿两个评评理,看谁是谁不是。”柳克堂便将适才问柳春的话一一说了。柳春此时一头早滚在他母亲怀里。龚氏拍着他屁股笑道:"肉呀,这话讲得玩玩不妨。等我来问问我的肉,我的肉愿意怎样便怎样。"柳春抬起头来笑道:"这话难说呢,恐怕世界上没有我的先生。若是上学,我要我的先生站着,我偏坐着。我不合式先生,我可以骂先生;先生不合式我,却不许骂我。我们学生成了群,可以叫先生滚蛋;他们先生成了群,虽然叫我们滚蛋,我们偏不滚蛋。至于那个姓何的老畜生呢,却把来咬我这个。"一面说,一面跷起一只腿,伸手到自己裤裆里,拈着他那个小茶壶嘴儿给他母亲看。龚氏笑道:"这个容易,等一等,叫你老子花上几十串钱,喊一个先生在家里替肉开心。"柳克堂听柳春说话,先还恶狠狠地想骂他几句。此时忽然听见龚氏叫他拿几十串钱出来请先生,他早吃了一吓,搭讪着踱出去了。

果然阅时未久,朝廷颁发上谕,命各处设立学校。柳春已有十三四岁,听人讲讲学校章程,倒还与当初私塾大不相同,且有好几件与他心里上相合,便同母亲商议,要到上海一个宏门学校里去当学生。他母亲是无话不依,便打发他去到上海。只挨了三个学期,领得一张卒业文凭。跑得回来,趾高气扬,便连父母轻易也看不入眼。看着先前从的那个何先生,更是狗屁不值。其时扬州风气未开,也没有一个人提倡学务。柳春却逼着他母亲,私自拿出一百银子,给柳春去办学堂。柳春知道这些微银子,也断不能大兴土木,思量拣一所庙宇因陋就简的先胡乱办起来。

无巧不巧,偏生拣着的这庙宇,就是王道士那座都天庙。先前杨靖一干人在那里扶乩的,杨靖死后,乩坛便不能再行振作。何其甫等又因为节省经费,便连那个敬惜字纸的胜会,也就同归消灭。王道士靠着经忏度日,也将就得过。只苦了一个雷先生还不曾死,终日背一个字纸篓儿,东掠街,西掠巷的寻觅字纸。你道他这寻觅字纸,可是为惜字起见么?真是非也,非也。原来有一次,他把外面各处送来的字纸堆在一处,无意中忽然捡得一张钱票儿,轻轻走到钱铺里,便取来滴大溜光三百个铜钱。雷先生刚在窘乡,得此一注横财,真是喜出望外。他从此便发心上街去捡字纸,还想有此奇遇。乌驰兔走,不觉有三个年头,也没有再拾到三百文。然而他志向坚定,却到老不衰。

柳春轻轻在府县里递了一个禀帖,说要借都天庙址兴学。那府县刚愁地方少此一桩新政,接到这个禀帖,非常欢喜,随到随办,尽说尽依,出了一张告示,将王道士驱逐出庙。转是雷先生觉得闻所未闻,暗想:"一个教书先生,借这地方开个书馆,也是常事,怎么会惊动官长,皇皇的替他谕禁居民,驱逐地主起来?"幸亏那些差役见他象个花子一般，不过借一处廊檐底下设着稻草地铺，却没有将他赶去。他便在开学这一天，悄悄地在廊下偷看。先是两面大黄龙旗，把来插在庙门之外。接二连三，便有许多军乐奏起来。一会儿，两县居然亲自来拜会。排头的几个教习，都是衣服丽都，容貌魁伟。那个校长，看去不过十八九岁，浑身装束，仿佛是在小时候从西洋景儿看过一次的。随后学生陆续到齐，一例穿着操衣操帽，分班向一座堂上行谒圣礼。真是整齐肃穆，寂静无哗。可怜雷先生这个当儿，想起那时在贺公馆教读光景，被人家如何凌虐，从没有象这般做先生的热闹。越看越恨，不觉一口气回转不来，便顿时倒毙在一位泥判官脚下。匆忙之中，别人不曾理会。及至柳春送过两县，意思率领学生上堂授课，大家才知道廊下倒毙一人。当时众学生的父兄倒有一大半在此，猛见此事，老大不高兴，觉着第一天开学，出此晦气的事，必非佳兆。第二天，学生倒走了大半，依然还去到私塾里读书，讲堂上零零落落，只剩了七八个生徒，只气得柳春捶胸顿足。事已至此，只好命人将死尸抬去埋葬，不免也按着钟点随例上课。

他这学堂功课表上，敷衍也还有八九门科学。柳春自己只担任了一门体操，这是他在宏门学校里的专修课，却走得一趟好步法。其余的科学，旁人还有个皮毛，他是连皮毛都不曾摸着门径。未曾开学之先，只延聘教员一事，却煞费他张罗。你想那时候的人，尚不知办学为何事，谁也不曾研究过教育方法。后来有人听见他要请教员，也就陆续荐来几位。柳春看去，见他们很没有宏门学校里那些教员的程度，然而因为一时人才难得，也只好敷敷衍衍聘了下来。第一个国文教员，便是汪圣民，担任经学、修身，兼教小九九算法。柳春同他讲明每月送给他薪水一元五角，汪圣民已是欢喜不尽。只是地理一门，问起人来，都说是我们不懂什么叫做地理，一连三日，也不曾有个人出来应招。柳春焦急非常，只得满街出了招贴，要聘请一位明白地理的。

好了，这一天，忽然有个人身着青布长衫，手摇白纸折扇，怀里揣着一面指南针的罗盘，敲门来会柳春。柳春询问来意，他便说道，“学生与地理上历代相传，很有心得，愿意在贵堂稍效微劳。”柳春一听，真是喜出望外。问他名姓，他自称姓吴名洞仙，绰号一声雷。柳春此时只求这地理有人担任，也不暇考察他学问，遂约定了开学日期，上堂授课。至于那历史的教习，可是烦难了。城中读书的人虽多，却都是八股出身，向来做八股的人，断断不敢涉猎史鉴，恐防那八股文章上，偶然错说了三代以后的话，便该遭主司涂抹，所以相戒将那部《通鉴辑览》置之高阁。今日急需应用，哪里去觅这种人才呢？柳春急不过；便有人荐给他在校场里一位讲评话的先生，这先生名字叫做康国华。康国华平时讲说的评话，却是《三国演义》，在各书场之中，要推他为通场巨擘。这一天，他上了讲台，学生正在那里交头接耳，他冷不防从腰里掏出一块非金非玉的玩意儿来，狠命地向桌上一拍，果然将那些学生的喧嚣镇住了。他遂整顿喉咙，从趙子龙当阳救主说起，一直说到张翼德用树枝子系在马尾上，向密树林中来往驰骋，假作疑兵。一霎时曹操率领大兵漫山遍野地追来，却都畏惧张翼德威名，一字儿排列在灞陵桥北，互相观望，兀地没有一个人敢过来同老张战三百回合。张飞见这光景，须发倒指，不由虎吼了一声。康国华讲到此处，忽然耸着眉儿，咧着口儿，顿时从舌头尖上迸出一个春雷："呀！曹贼快来纳命！"这一声真喊得出色，活是张翼德在此处一般。那些学生在先却听得津津有味，冷不防备从讲说之间，骤闻虎吼，有几个胆小的学生，早吓得哭起来，一时间学堂大乱。柳春很觉得面子难下，第二天便将他辞退了。依然还请汪圣民捧着一本历史教课书对学生照本宣读，倒也罢了。

那一天，应该轮到吴洞仙先生讲授地理。他跳上台去，先把那面劳什子的罗盘放在台上，定好了方向。又用一根红绳子，一头扣着一个铜钱，左右价在那里细着眼睛吊线。一会儿抬头望望，一会儿低头叽咕，说道："呀！这讲堂怎么是个正子午相？不出一年，应该祝融税驾，土木成灰呢。"说时又将那劳什子罗盘移得一移。更望了一会，又说起来："幸亏这午线尚偏得一二分，一时尚不碍大事。"可怜那些小学生，也不知他在台上闹什么把戏，只大家仰着头观望。延挨了好半会工夫，吴洞仙才开口讲说。第一句便是某山来龙，某山去脉，某山地上却很有些筋骨，若是要开坟穴，还须远避三煞，近接喜神。此时柳春躲在窗子外面，暗想："不好了，这是讲的哪一洲的地理？怎么听去一句也不懂？"赶忙向那个司钟点的斋夫挤挤眼，叫快快打钟，请这位先生下来罢。钟声一敲，吴洞仙向学生拱拱手说："很是对不起诸位，我正要将一处好山穴指点你们，让你们多荫出些能毕业得奖的好子孙来，不料钟响得这般快。我们明日再会罢。"匆匆下台而去。

不多时又有一位图画教习上台，短衣窄袖，左手抓了一把笔，右手提着一个木桶，桶里放着几碗颜料。一眼看见高高地悬着一块漆板，他凝了一会神，自言自语说："怎么画在这漆黑的东西上面？这是成了一个什么图画呢？不管他，这旁边却好好地都是粉壁，等我来在这粉壁上画给学生看罢。"他便放下木桶，端了一碗颜料，用笔蘸饱，呼呼地在粉壁上画起来。果然画得飞快，眨眨眼画了许多骑马的人物，手里拿着刀枪，指给学生看遭："这是八锤大闹朱仙镇。那是薛仁贵三箭定天山。这是罗通盘肠大战。那是武松醉打蒋门神。"说了一会儿，还不听见钟点响，他觉得时候还早，又在壁根旁边添画了一个大乌龟，龟身上驮着一块石碑，便在石碑上写了八个大字是："在此小便，男盗女娼。"这些小学生越看越高兴，大家也就都拿着笔画起来，你也画一个乌龟，我也画一个乌龟。正在轰轰烈烈，柳春又走得来，看见这种形状，直叫得一声苦，才知道误将那个画土地庙壁墙的画匠，延请得来做了教习。次日赌气，将这吴洞仙及画匠辞得干干净净，又将堂上粉壁重新换过。以后只剩得自己同汪圣民两人在此挨命。

看官，看官，谁知道天下事有奇必有偶。有个柳公子在这里开办男学校，就有个明小姐在那里创立女学堂。骤然提起，觉得这明小姐是突如其来。然而探本穷源，这明小姐也还是诸君应该知道的。诸君可记得朱玉苹朱二小姐，本是姐妹二人，本书中第十五回臧太史初次提及朱竹筠有两位女公子，他曾说过"大女公子远适会稽，据闻境况也不甚好"这两句话的。不过那时候在下只有一支笔，写不出两处事，一心要想发挥季石壶那一篇烧猪头的妙文，所以便把这事搁下。如今又因为他们母女颇与在下这书有一点小小关系，不得不倒叙过来。

原来朱玉苹的姐姐名唤朱金苹。他父亲朱竹筠因为有一次押运淮盐到浙江地方，便结识了他的夫翁明喜。明喜原是汉军镶黄旗人，在浙江候补。二位老者谈得合式，便结了一个儿女姻亲。金苹才十五岁时候，便将他嫁了过去。谁知这明喜官运不佳，候补了一世，也不曾接过一个红点子的札子，困顿异乡，情形着实可怜。金苹的丈夫明贵，却曾中过一名举人，在史部里当了一个小小差使，每年也还有些进项，一家子可以将就度日。无如时运不济，明贵父子不上几年，相继而亡。那时候金苹怀着遗腹，生下来却是一位小姐。京里同乡很悯恻他们母子，大家攒集好些款子，替他们存放在一个典铺里生息，母女二人倒还比明贵在世时过得宽裕些，一直将那小姐带领到十四岁。京都得风气之先，早已立了好些女学校。那位小姐本来出落得不凡，金苹替他起了个名字，叫做似珠，便送他在女学校里上学。明似珠小姐天性聪敏，各门科学，他都领悟得来，真是巾帼雄才，不栉进士。他母亲朱夫人看着也很喜欢，便由此钟爱非常。又因为自己原是生长扬州，离家已是二十多载，虽同他母亲及玉苹妹子也时常通信，总觉得家山远隔，日夜思量，意思要想挈领似珠小姐回扬。似珠久闻得扬州是个繁华所在，欣然应命。母女二人便从这年春间买舟南下，一直抵到扬州码头，进城访着他母亲居址。他母亲见他们母女到来，自然

欢喜不尽。

他母亲现已收了一个螟蛉孙子，二十多岁，在街市上悬牌行医，取名叫做朱成谦，生得獐头鼠目。一见了似珠小姐，他不由一魂从头顶上冒出去，一魂从屁眼里溜出来，还有一魂呢？那一魂便撑持着他一条躯壳，不然早就栽倒了。他当时那些丑状，在下也记不清楚；便记得清楚，也不屑拿着一支笔去描写他。只有一事告诉诸君，就可知道他这为人了。他目不转睛地盯着似珠小姐的面孔，自不消说；他有本事一直等到似珠小姐走后，他将似珠小姐坐的那张椅子，轻轻俯下身子，将个鼻准头对着那椅褥子嗅个不住。据他说，这椅褥上面，真个有一种甜香，似从那说不出来的妙处荡漾而出。他的医道，在下虽然不曾领教过，然而那医书上有一句“望闻问切”，他此时倒确实做了一个“闻”字。

朱夫人访过了他的母亲，次日便走去会他妹子。谁知朱二小姐见他打从异乡回来，光景并不甚好，心中老大地不高兴。又看见那似珠小姐飞扬浮躁神情，并不怎么把他这个姨娘放在眼里。当时款待他们母女，便觉得异常冷淡。朱夫人倒不觉得，早恼了一个明似珠，回到家里，痛痛将他姨娘骂了一顿，说：“中国妇女，没有一个不势利的，总由于没有普及教育，我原不值同他争这闲气。但是想起来，不由人不气恼。自此以后，我是断断不再上他们的门，便是母亲也不许去。”朱夫人笑道：“儿呀，你总是这般倔强。但是扬州这地方，比不得直隶，你还该各事通融些。你姨娘虽是冷淡，我看那个淑仪小姐倒还同你合得来，我看见你们站在园子里，倒谈了好一会。”似珠见他母亲提起淑仪，方才高兴起来，说：“真是的，我看他做人倒很好。只是我不到姨娘那里去呢，我这心里又想起他；他又比不得我，要出来就出来。难道我要看见他，就要逼着我到姨娘那里去吗？这可使不得。搁着再说罢。”这都是去年春间的话。

果然后来似珠因为要去访淑仪，也到朱二小姐那里去了三五次。朱二小姐总是不瞅不睬。似珠也不理会他。有时似珠便劝淑仪去上女学堂，淑仪只是微笑。后来六月里旧城兵马司巷闹发红水，淑仪全眷又一起到了湖北。似珠便在家里将屋址辟宽了，做了一个女学校舍。诸君要晓得，扬州当时虽然不知道什么叫做女学，然而人家有女儿的，倒也肯把女儿送在书房里读书。因此不上几天，似珠小姐倒也收了二十几个女学生。朱夫人便帮着似珠教他们读读书。似珠便专任英文、算学、体操等事。又逼着母亲拿出些积蓄，替各女学生做了全身操衣裤。比较起来，觉得他这女学，办得还比柳春的男学齐整得许多。

单表他这女学生中，有一个名字叫做田福英，年纪已有十四岁，比明似珠小姐只少得两岁，在众学生之中，要算他最长。论他的学问，在众学生之中，也要算他最笨，养得肥头肥脑。终年他这口鼻交界的地方，不曾有个干爽的时候，都被鼻涕填满了，差不多人中要烂成一道深沟，众学生都厌恶他。你道他是谁？原来就是田焕的女儿，小名叫做气桶子的。这气桶子原不想上学，只是那个朱成谦爱似珠不过，似珠又不常到朱老太这里来，自己同似珠论起亲来，虽然是表姐妹，然而他抚心自问，觉得似珠小姐珠玉在前，未免自惭形秽，也不敢常时去亲近他。后来听见似珠要教书，他便千方百计，在外面替他张罗学生。他同田福恩本来认识，知道他有个妹子，便逼着他妹子去到似珠小姐那里上学。田福恩是无可不可，就同田焕商议，田焕初时不肯，后来听见说不收学费，才答应了。

朱成谦满心欢喜，便借着这点小小功劳，博取似珠小姐的怜爱。似珠小姐年纪又轻，又是一个天真烂熳的女孩儿，觉得这表兄还知情识趣，各事便都委他去办。朱成谦这一得意，真是得意到一百分，放着医道也不去研究，终日地便在明似珠那里当了一个走狗。每逢似珠小姐从讲堂上下了课，他便忙着去拧手巾，倒热茶。等似珠坐了下来，又有一搭没有一搭地逗他讲话，把些街谈市语，好笑的故典，讲来引似珠笑。似珠此时更欢喜他，大有一刻离不得他的光景。朱成谦渐渐便动手动脚起来，有时候捏他的肩膀，有时候搔他的手心。似珠小姐不解他的意思，笑得哈哈地说：“哥哥你这是做什么？”朱成谦转被他问得脸红起来，又拿话支吾过去。

有一天，逢着星期，似珠闷得慌，见朱成谦又不在身旁，初秋时候，天气又长，自家按了一会风琴。按过之后，也不携带仆妇，自己踱出大门，四顾茫茫，又没有甚人可访，一直行去。猛一抬头，忽然看见一块市招，上面写着“朱成谦大小方脉”七个字。再望望，见朱成谦正在室里指点一个小厮在那里洗药瓶子呢。似珠小姐叫了一声，说：“哥哥怎么不曾到我那里去？”一面说，一面就踱到室里来。

朱成谦猛然看见似珠小姐独自走到他这地方，喜得五脏都要笑出声来。忙将自己坐的一张椅子用手巾擦了又擦，又闻一闻，端过来请似珠坐，说：“啊呀！难得妹妹记挂着我，老远跑到这里，我立刻死在妹妹面前都情愿。”似珠笑道：“你不必忙，我站着看看你挂的这些解剖图画倒好。”朱成谦笑道：“站久了，我怕妹妹大腿酸疼。”似珠笑道：“了不得。照你这样说，天生了我这两条大腿，是做什么用的，这样娇惜他起来？况且我又不是小脚。”朱成谦也是一笑，便又吆喝那小厮：“快离开些，不要将你身上的肮脏气息熏坏了明小姐，你不比我。”说毕又伸手在抽屉里数了十二文，忙忙地跑向对过一个烧饼店，买了六个馍馍，双手捧着过来说："粗点心，妹妹赏个脸儿。"似珠笑道："我不吃这个，我不饿。赏给这小厮吃了罢。"朱成谦笑道："不错，不错，妹妹是最不欢喜这些烧饼。我再去替妹妹买如意楼的点心罢。"说着又跑出去。

他且不赶着去买点心，他先走入那些左邻右舍屋里去，告诉他们说："这就是我常提起的那个又会文又会武的表妹。他同我最要好，几乎一刻分离不得。你们不信，我今天不过一刻不曾去，他就赶到这里来觅我。"诸人听了，大家都走过来偷看，果然见明似珠小姐生得十分标致。又见他一个人跑出来寻觅一个少年子弟，倒有一大半啐了一口，暗暗骂他不是正经人物。

一会儿，朱成谦又买了点心进来。似珠皱着眉头道："这做什么？搁着罢，我同你一路到我那里去吃晚饭去。"朱成谦道："妹妹当真不吃，我就吃了。"似珠道："你吃了最好。"朱成谦又嬉皮赖脸地央求道："我吃是吃，只是求妹妹在每件上略咬一口，见见意儿，我就吃了下去，也算是我敬妹妹的穷心。"似珠笑了一笑说："我咬过了，你不嫌腌臜，我就咬一咬。"说着，果然将点心拿在嘴边略咬了一咬。朱成谦大喜，狼吞虎咽地吃了下去。于是两个人相伴着，依然到了似珠小姐那里。

朱夫人果然也将朱成谦当着嫡亲侄儿看待。晚饭之后，朱夫人每天有个晚课，便是在一所佛堂里念几卷经。他这佛堂上供的是文殊、普贤菩萨，收拾得十分洁净，轻易不许人到里面行动。这一晚念过经，知道朱成谦在此，便命人将他姐妹们唤进来闲话。说话之间，便露着似珠至今还不曾有婆婆家的意思。似珠笑道："我不，我情愿一世不离开我的母亲。我不去嫁婆家，我这学校也可以养活得我们母女。"夫人叹道："这虽然见你的孝心，然而这话也不妥帖，终不成一个女孩儿家白白在家里一世。"又望着朱成谦道："哥哥你看我这话是不是？就烦你做哥哥的替他留点心。"似珠望着朱成谦笑了一笑，又低下了头去，拈着衣角说道："我不。"

朱成谦在这个当儿，不觉得心里大动，便向朱夫人问道："在姑母的意思，象妹妹这样的人物，要拣个什么婆家才配得过妹妹呢？"朱夫人叹道："看着这扬州虽是我的家乡，然而我离了此地已有二十多个年头了，今日回来，人生面不熟，哪里去拣人家？只要有门户相当的，把他嫁了出去，我也就放下一条肠子。"朱成谦便信口说道："不瞒姑母说，有倒有一份人家，只是家道也不甚饶裕，比较不过同侄儿家道差不多。至于品貌呢，也同侄儿不相上下。不知姑母看去可用得用不得？"朱夫人道："年纪呢？"朱成谦道："好象同侄儿同年。"

朱夫人未及答应，似珠不觉大笑起来说："母亲莫睬他。我知道哥哥说的这人，怕就是他。"说着用手在脸上羞了又羞，举起手来要打朱成谦。朱成谦赶忙将个嘴巴斜过来，说："妹妹要打，就请妹妹打了罢。"似珠笑道："看你这样又怪可怜的，我偏不打了。"朱夫人笑道："好孩子，不要疯疯癫癫，看哥哥笑你。"朱成谦笑道："姑母说哪里的话，我爱妹妹还爱不过，我敢笑妹妹？"朱夫人笑道："你既这样爱妹妹，便将妹妹许了你也好。"

朱成谦听了这句话，赶忙扑通跪在朱夫人面前。似珠拍手笑道："了不得，了不得！你敢是真想要我嫁你？我倒有一句话要明白问你，你须先告诉我。"此时朱夫人早将朱成谦扶起说。"侄儿你坐在一旁。这也不是三言两句便将这事做成功的，看你这痴妹子又有甚话说。"朱成谦此时已欢喜到极处，跳起身又向椅上一坐，扭手扭脚，很不象适才斯文，说："妹妹有甚话问我吗？"似珠笑道："我若是嫁了你，可象我的母亲嫁了我的父亲一般，一生一世同你在一处？"朱夫人笑骂道："看这疯丫头，又来胡嚼了。既嫁了这人，自当终身同这人不能拆开。"似珠将头一扭，说道："我不。你看哥哥头这样小，脸庞子这样瘦，象个鬼怪似的，母亲忍心叫我嫁给哥哥。我不，我偏不。"

朱成谦自从见似珠小姐同他十分亲密，早已信得过这婚姻，老早拿稳在手里，断不料似珠此刻忽然会说出这些气死人的话出来。怔了一会，好容易挣出半句说："妹妹你敢是真不欢喜我？"似珠笑道："我何尝不欢喜你，我只是不愿意嫁你。"朱成谦急道："姑母既做了主，妹妹又欢喜我，怎还不答应呢？"似珠此时将小腮颊儿一鼓，说道："这可奇了，我欢喜的多着呢。比如我养的那只黄颈项的洋狗，我极喜欢他，我难道也去嫁他？风琴也是我喜欢按着玩的，我难道也去嫁风琴？"朱成谦道："那不是人呀。"似珠又将眼珠儿四面望望，用手指着道。"这文殊、普贤，难道不是人？我就欢喜他这法身磁色雪白，依你说，文殊、普贤也算是我的丈夫罢？"朱夫人听到此处，有些着恼了，说："你们也不必在此歪厮缠，越说越不成事体，拿着菩萨说起玩话儿来了。"

朱夫人的话尚未毕，早吹过一阵冷风，将佛堂上点的一盏灯顿时吹熄。朱夫人惊道："可是的，佛老爷显灵了。"说着便命仆人取火。此处朱成谦从黑暗之中，扯扯似珠衣袖，一把便捏住他的手腕。似珠笑道："轻些，你也不顾人疼痛。"朱夫人问道："珠儿说什么？"似珠笑道："哥哥捏我的手腕，怪疼的。"朱夫人笑了一笑。此时刚好仆人重又取了一盏灯来，早见院外濛濛下起小雨。似珠笑道："雨来了，哥哥走不回去，便在这里睡了罢。”朱成谦被似珠左说右说，说得神魂颠倒，没精打采地辞了似珠母女，踉踉跄跄回家。

自此以后，朱成谦想娶似珠的心愈深。似珠只是疯疯癫癫，高兴起来，也同朱成谦袒胸露臂，毫不避忌；玩厌了，又呵谴斥逐，将朱成谦当做一个玩物一般。然而似珠在那教育上面，倒肯认真办理，不是这般孩子气似的。朱成谦没有别的迎合似珠的地方，也陪着他谈谈学务。无意中便提起都天庙有个姓柳的少年，在那里开了一个学堂。明似珠觉得这人是自己的一个同志，不由分说，第二天便率领了众女学生旅行，顺便访柳春那个学校。似珠一见了柳春，觉得他少年英俊，着实可爱，非常得亲热。回家来先命人将朱成谦唤得来，谢而又谢，说难为他替自己觅得这一个好朋友。朱成谦一听，不禁吃了一吓，暗念：“不好了，这是我分明自寻出一个对头来了！”便搭讪说道：“我看这个人也不见得明白学务。他应该知道妹妹创办女学，何等名誉，理当飞也似地来会妹妹。他至今不曾来，可想他瞧不起妹妹。妹妹倒反去央求他，这不是太将妹妹看轻了？”似珠点头说道：“哥哥这话也说得是，我就不去理他罢。”朱成谦才快乐起来，击掌笑道：“着呀，这才是个道理呢。”

但是话虽如此，那柳春心里却又不然，他忽然见了这个花枝般的女郎，早已胶漆似地绊着他的心肺了，次日便来回拜。接二连三，两个人几乎没有一天不会见。直把个朱成谦活活气死。幸亏似珠小姐相待的情形，却也同柳春一样，没有什么分别。柳春背地里也趁势向似珠求婚。似珠总是憨憨地痴笑，说：“呸！你们这些人真是怪极了，怎么对着我都要想娶我？假如我是个男孩子呢，你们也这般罗唣？”柳春笑道：“若使你果然是个男孩子，那就不必讲了。毕竟你终不是个男孩子。”于是似珠被他歪缠不过，随后也就应允了，只是不曾行正式结婚礼。所以云麟娶亲那一晚，他们高高兴兴走来看新娘子，云麟就猜定他们是夫妇，心中羡慕不过。又看着自己娶的这位夫人，容貌着实不济，又气又恨，坐到天亮，也不告诉人，他早一溜烟跑出柳家大门，一直赶到自己家里。

秦氏大惊，说：“好儿子，你怎么不等候新媳妇一齐来到家里，你便独自跑出来？你也不嫌忌讳。”云麟也不暇分辩，只问了一声：“仪妹妹呢？”此时淑仪正同绣春梳洗，也吃了一惊，不禁笑起来，说：“真个老早跑回来做甚？”云麟一脚早跨进房，走至淑仪身边，笑嘻嘻地说道：“妹妹起身得早。”绣春噗哧一笑，说：“你也不迟呀。我问你一声儿，你怎么不多睡一会？”云麟笑道：“昨夜谁还脱一脱衣服，便是你的儿子。”淑仪见他们姐弟说这些玩话，不便开口，只微笑着拈了一块胭脂，对着镜子向唇上点了又点。云麟趁势将个头挨到淑仪颈项旁边，说："告诉不得妹妹，我真气死了。"说着便指手画脚的，将新妇形容得不堪。淑仪笑道："不理你呢，我不相信。"云麟笑道："不相信由你，你总须会得见他。那时候你不要发笑。"云麟说到此，猛将靴子向地板上一顿说："我好恨呀！我只是恨！"淑仪此时早站起身来，将房门帘一掀，要想趁势走出去，却被绣春顺手一把拉住，说："妹妹这一走，倒反觉得无趣了，你偏听他说恨什么。"云麟接着说道："我恨什么呢，我只是恨富玉鸾富大哥。"

淑仪不由啐了一口，顿时脸上绯红起来，一时又走不脱，只管同绣春使劲夺衣服想走。绣春笑道："奇呀，他说姓富的，与你又有什么相干？这倒想起一句话来。自从我们这位妹婿闹到东洋去后，妹妹在湖北的时辰，可曾接到他的信？哼哼，防着他已经看上了东洋女人了，不然为何不赶紧回家来娶妹妹？"淑仪越发羞愧无地，急得几乎要流下泪来。云麟防他生气，忙叫绣春将他放了，说："仪妹妹，你不用睬我们姐姐。但是我才听见姐姐说东洋女人，这东洋女人呢，我们却不曾看见过，如今我有一件奇事，告诉妹妹听听。可是正经话，并非同妹妹取笑。"淑仪一面用手巾拭了拭眼泪，转笑道："讲正经呢，我们就多谈一会儿；若是再象适才这般乱说，我立刻就回家去。"云麟又长叹道："可是的呢，只因为我们这家不是妹妹的家，所以妹妹一经生气便要回家去了；若是……"

淑仪听见云麟这样说，一撇身子又要想跑。云麟机灵，早拦着房门笑道："不说了，我们说正经话罢。就拿妹妹比，我才讲一句玩话，妹妹就着恼。妹妹可相信今日的女孩儿们，须不比往日了，见了一个生客，也许他同这生客扯扯手，搂搂腰。"绣春笑道："啊呀，这句话好大正经！妹妹莫睬他，他依然在这里胡说。"云麟急得沉下一副脸说："我难道是个畜生，说出活来你们总该不相信？世界上总象姐姐这般至诚老实？"淑仪微笑，对着绣春说道："姐姐，这话你倒不要疑惑他，此时做女孩儿的，真个有这种事情。"云麟笑道："皇天菩萨，可是也有说句公道话的。仪妹妹，你也看见过这样女子？"淑仪笑道："我也是头一遭儿。因为我的先生，他有个姨侄女儿，打从京城里头回来，他那一派神气，就同你说的话一点不错。多谢他同我倒还亲热，会着了便滔滔不绝，说做女儿的，什么要自立呀，要平权呀。我是个糊涂人，也有懂得的，也有不懂得的。他还劝我去进学堂里读书。"

云麟睁着眼听了好一会，忽然见淑仪不说了，忙问道："后来怎么样呢？"淑仪笑道："后来我们便上了湖北，谁还知道呢。"云麟又忙问道："妹妹回家后，可曾会见过他？"淑仪掩嘴一笑说："我们大前天一齐回来，第二日便到了府上，哪里去会他呢。"

云麟凝了一会神，说："这女郎可是鹅蛋脸儿，两道眉毛削得齐齐的，象个刀背子模样，左眼角上微微有一颗红痣？"淑仪笑道："奇呀！一点不错。"云麟拍手笑道："哈哈哈，踏破铁鞋无觅处，得来全不费工夫。请问妹妹，他叫什么名字？住在哪个地方？"淑仪微微瞟了云麟一眼，低头微笑道："又爱上一个了。你问他吗，他是旗人，叫明似珠。他一到扬州，是住在翠花街。今日迁移不曾迁移，却一总不曾知道。"云麟又点了点头。绣春笑道："原来你两个说话，又说到一路上去了。"

姐妹三人正在此谈笑，秦氏已赶得进来，连催带劝，硬逼着云麟到他岳家去。云麟没奈何，只得垂头丧气，又向柳家走来。刚跨进门，早有一个仆妇嚷起来说："好了，姑爷来了。好姑爷，带累我们被太太一顿骂。请问姑爷，适才不告诉我们，溜到哪里去这一会？"云麟也不答应，埋头走入自己新房里，早见黑压压地站了一房女眷。龚氏见了云麟，不禁堆下满脸笑容说："我正在这里问你，你到哪里去的？清早起也该吃点饮食，受了寒气，不是玩意儿。"云麟冷笑道："我又不饿，吃饮食做甚？"龚氏又笑道："姑爷，好象去年听见你到河北去了一趟，那些河北的人，可是同我们扬州人一样的眼睛鼻子？什么城池儿，街道儿？莫非也是砖瓦石头砌成的？离这里究竟有多少远路？据说还要坐极大的火轮船，说是坐在那个船上，简直不知道是在河里。要想打船头走到船尾，来往至少有半年的路程。船走起来，四面火轮子，便发起轰轰烈烈的大火。要是叫我们走上去，还要把魂吓掉了呢。"

龚氏说这话时辰，许多妇女嘈嘈杂杂，大家都想云麟将这话告诉他们，好让他们长长见识。谁知云麟还未答言，那个新妇早拍一拍掌笑起来说："娘又糊涂了，湖北罢咧，又闹出什么河北。若是河北，倒是今日的直隶大名府地界。那个地方，左通河济，右控彰卫。宋真宗抵御契丹的澶州，便在那里不多远儿。至于湖北省城，春秋时候便是楚地，后来孙权曾在那里建过都城。一个是黄河流域，一个是扬子江流域，截然不同。娘把他们扯拢在一处，真叫人牙齿笑掉了呢。"此时在房里的诸人，忽然听见新妇说起话来，大家都抿嘴好笑。龚氏忙拦道："大姑娘又发疯病了，此时不是你讲书的时辰，什么孙权都闹出来了，看姑爷笑话你。"新妇见龚氏拦他，才不开口，微微一笑，又将头低下去。云麟觉得新妇适才所说的话，倒有一半不懂，但他说那些地方，居然象那小孩子背四书一般，滚瓜烂熟，不禁暗暗称奇。然而看他那不疯不癫模样，不由又将一颗心冷下来了，任他们母女在这里辩论，自己只一味不开口。龚氏等人坐了一会，也就大家散去。

晚餐之后，云麟重又入房，见那新妇手里捧着一本书在灯下观看，心里暗暗发笑。偷眼一看，见那书皮子是一张蓝纸做成的，上面有几个小金字，是《支那通史》，心下大惊，暗想："这支那是个什么东西？为何我从不曾看见过这部书？此时又不屑去问他。"转是新妇见他进房，忙将书搁在一旁，嘻嘻笑道："请坐，请坐，我正要请问你一件事。照书上说起来，亚西亚是罗马人呼安息国的转音，我们中国就不应该也讲亚西亚。何以外人赶着我们称亚西亚，我们中国人也自称是亚西亚呢？"云麟怔了好一会，不觉笑起来说："睡觉罢，谁同你烦这些神呢？"

自此，云麟佩服新妇的学问，转由敬生爱，不敢鄙薄他貌陋。夫妻欢好之间，新妇还同云麟研究了一个"也"字，说。"古人造这'也'字的意思，是象妇人私处之形，《说文》上也作'㐌'字。你想这'㐌'字形状，象个什么？故寻常人见不洁之物，口中屡呼'也'，'也'，即是此意。"云麟哈哈笑起来说："照你这样议论，不料古人满口淫词，公然把来写在书籍上。别的不论，就是《中庸》上有一节说的那天地之道，原来将你们那话儿也形容出各种名词。你不相信，他不是明说着'博也，厚也，高也，明也，悠也，久也'吗？"新妇也是一笑。

欲知后事，且阅下文。

# 第五十二回　蛮舅爷无心槛凤　痴妓女有意离鸾

仲春时节，桃李芳菲。云麟闲着没有事做，轻轻穿了一件绉纱棉袍子，又披着一件外国缎马褂，特地走向那个旧日都天庙、今日平权学校的地方来，访他妻舅柳春。柳春自从正月十七同明似珠回家里闹了一次新娘，以后也不曾回来过一次。云麟走进庙内，见那些粉墙一例粉得雪白，与当年在这里扶乩的光景迥不相同，不禁暗暗感叹。

刚转过一个弥勒佛龛之后，猛从半空里发出一个霹雳，听了去好象是许多泥水匠在那里钉木桩一般。接二连三，吆喝不已。正在疑惑，从右首一个小房里走出一个短僮。笑迎上来说："请问老爷，可是来会我们柳老爷的？"云麟噗哧一笑，暗想："做了一个教习，怎么也是老爷老爷，闹起这官场来了？"遂点了点头。那个短僮又笑道："请老爷在会客所里略等一等，我们老爷正在讲堂上英文课呢，一会下了课，便来招待老爷。"云麟又点了点头。短僮便将他引至一个神堂上，原来就是当初济颠祖师临坛的所在。本来有五位瘟神大帝，如今那些偶像已不知迁到何处，剩了一个空土台，乱丢了些木头杆棒。两边壁上挂了两张花花绿绿的大清帝国全图。云麟也就随意坐下。短僮一会子送上一碗茶来，他也走了。

云麟冷冰冰等了好一会，耳边猛听见有一阵铃子声音，顿时那些学生纷纷跳出来，闹得烟雾涨气，倒有一大半赶到会客所，伸头踮脚地来望云麟。不多片刻，才见柳春嘴里衔着一支洋烟，双手插在裤子口袋里面，直挺挺地进来，欠了欠身子，开口说道："闹乏了，闹乏了。老哥是打哪里来的？我们好久不见了。"云麟笑道："正是的，很惦记你的，所以特来走走。不料老兄正在上课，未免有荒正务。"柳春道："那倒不然。兄弟上课时辰，却不能奉陪。如今下了课，谈谈不妨。我们学堂规矩，是不比你们中国的教书先生，镇日价做永远监禁的囚犯。"说完了又伸出一只手，用指头掐了掐笑道："大哥同舍妹，还在蜜月里呢，你们倒不一齐出来走走？"又笑道："我说错了，你们哪里会知道我们外国有蜜月旅行的规则？况且我们那位克堂先生，他又是不近人情的，动不动要行家庭压制手段的。”云麟道：“这话真是一点不错。我们中国人固然非常顽固，但是不晓得老兄几时又入了外国籍的？”说得柳春也笑起来说：“大哥取笑得极妙，是兄弟一时失于检点，总因平日醉心欧美惯了，不觉得说话中便流露出来。”

云麟又笑道：“勿怪，勿怪，闹着玩的。小弟不幸生于中国，是不消懊悔得了。不知道你们那个外国女郎，老兄近日可曾同他相见？闻得你们外国的制度，这男女上面是不大讲究的。小弟斗胆，所以敢出此语。”柳春大笑道：“这又何妨？他每天是必来会我的。停一会大哥包管会得见他。”云麟又笑道：“不瞒老兄说，日前得亲小吻，至今鼻管犹有余香。岁月迢迢，不知几时可以再温腮颊？”柳春听云麟满口文绉绉的，虽不大解得他说什么，总猜是说的明似珠同他接吻情事，不禁勃然有些怒意，说：“大哥休怪，总算你们中国教育上欠于讲究，怎么把个接吻的大礼，说得这样不堪？譬如你那尊夫人，我忽然去欺负他，你可欢喜不欢喜？我这拙荆，他同我有无限爱情，所以才肯同我结婚。便是你要去交结他做个朋友，倒也不妨，你怎么拿这些丑话说给他听？这不是你自己低了人格吗？”说着气愤愤地撇下了云麟，跑向外面去了。

顷刻之间，又听见摇铃，学生纷纷又都上了讲堂。云麟讨了一个老大没趣，懊悔不该开口便同他取笑。“我的主意，方且想他做个引线，引我去见一见那个女郎，怎么平白地恼了他，不是自寻晦气吗？”正在思索，猛地由耳边送过一阵尖锐皮鞋的声音，不由心里喜了一喜，猜定了定然是那女郎。果不其然，不是那明似珠是谁？云麟伸头一望，倒把明似珠吃了一惊，倒退了几步，提着颤巍巍的喉咙问道：“这不是云……”云麟不等他说完，忙躬着身子跑出来说：“我正是姓云。”那女郎定睛认了一会，才放下笑脸，猛地笑了一声，说：“这不是活见鬼吗？柳春说你染着百斯笃的疫病，死去好久了，怎么还会在这里？”云麟笑道：“这是哪里的话？”两人刚在室外谈话，那个短僮又走过来说：“明小姐今天来得恁早，我们老爷还不曾下课。”似珠笑了一笑说：“他不曾下课也好，我们来谈一谈罢。”说着提起长裙，綷綷縩縩，走入屋里。

云麟此时如膺异宠，好不得意，忙挨肩进来。似珠便伸过一只纤腕给云麟握着，笑道：“云先生，我们上月匆匆一见，早就想去访你，是你令亲说你死了，我还痛痛叹息了一场。难得你还在世上，欣幸不浅。好云先生，不知你可想我不想我呢？”云麟年纪虽轻，也算是在风月场中阅历过一番的，不知何以见了似珠，转噤得不能说话，只嗫嚅了两声，脸上早就绯红起来，那一颗心只上上下下地乱跳。

这个当儿，柳春早一头闯进来。似珠笑道："奇呀，你不是上课吗，也赶得来做甚？"柳春笑道："我听见你来了，还有什么心肠上课？"一瞥眼又见云麟站在一旁，不禁满脸露着不然的意思。似珠又笑道："我问你，你为甚告诉我，说云先生染着百斯笃病死了？这是什么意思？"说着又握起云麟的手来。柳春又羞又气，尽翻着白眼，半晌挣了一句说："明小姐，我很不愿意你爱他。"明似珠又大笑起来，说："怪呀，我虽然同你交好，我并不曾同你行结婚礼，你又有什么权利不许我爱他？"

云麟听到此处，方才知道柳春同似珠并不曾结为夫妇。然而见他待柳春的光景很是落寞，心上倒十分过意不去，转笑道："既是老兄这般说，我就暂时别了罢。"似珠将一双俊眼瞟了一瞟，说："这如何使得？你到我家里去走走，我有话同你讲呢。"说时那手牢牢握定云麟的手更不放松。又对着柳春道："你去不去？"柳春道。"去，去，我为甚不去？"于是似珠携了云麟前走，柳春捞了一顶洋帽，望头上一戴，提着手包，紧紧跟着。

"死砍了头的，你不要同我瞎说八道，你蛋黄子大的人，你也想来讨你娘的便宜？你娘的那话儿倒是现成，怕你这小杂种掉了下去，便是到了明年今日，还爬不出洞来呢。快些将荷包子给我，这一角小洋是扣准了，你不甘心，娘拔一根汗毛给你剔剔牙齿。"说着掩口一笑。那柜台里面的众伙计，大家都笑起来，说："小王相公，今日可算遇着辣口了。"小王相公此时又将一个头伸出柜外，几乎俯到那个女婢颈项旁边，笑道："好姑娘，你就赏一根毛给你亲丈夫剔牙齿罢。"那女婢又是一笑，便用手掌"啪"的一声，将那个小王相公的嘴巴打了一下，顿时红肿起来。小王相公还是嘻嘻地笑。旁边宋老爹看不过，沉下一副铁板面孔骂起来，说："不识羞耻的娼妇，做生意是正经，怎么要想扣一角小洋，同人家小倌嬉皮赖脸？"那个女婢经宋老爹当面羞辱，不禁顿时大怒，恰好柜台上放着一个绕线的三角架儿，顺手拎起来直掼过去，恰好打中宋老爹额角，"骨都骨都"冒起血来。众人大惊，又因为田焕不在店里，赶忙进去告诉了田福恩。田福恩跳出来，见有人已经将宋老爹头上扎了一块布，那女婢却不服罪，还只管泼天泼地地吵闹，转是小王相公吓得一言不发。田福恩走近那女婢面前骂道："好大胆的泼货，你敢向我店里撒野，你有三个头六个臂？"那女婢也骂道："你这瘟店，应该拿着女人开心？看你这个熊样儿，想是有谁抱着你的腰子？你这店难道是王爷开的？"

这个当儿，早有许多看闲的人站了半边。田福恩听那女婢说话，越发气得三尸神暴，癞头上早放起光来，一跳七八尺高，说：“我倒要来问你，你难不成是打王爷家里来的？你将人头打破了，你还有理。我也没有什么人抱着我的腰子，告诉你一声，你站稳了听着：我的舅子，就是一个堂堂的秀才。”

田福恩正嚷之间，早瞧见人丛里云麟在那里一闪，赶忙分开众人跳近前，一把将云麟揪住，说：“快来，快来。”明似珠正疑惑这街上为甚事如此热闹，忽见走过一个癞小厮，将他心上的人揪得跌跌撞撞，不禁杏眼圆睁，回头向柳春说了一声：“替我打这厮。”柳春正憋着一肚酷气，没处发泄，恰好手里拿着棍子，便没头没脸向田福恩癞头上扑通扑通地打得价响。田福恩忙松了手，便来同柳春夺那棍子，又被明似珠的小皮靴重重地在腿上踢了几下。

云麟见田福恩同柳春厮打，忙走近前来分辩。忽然那个女婢在柜台外面喊起来说：“这不是云少爷？我在这里被人家欺负了，少爷快替我出一出气。”又望着柜台里面伙计们骂道；“好杂种，你看这是谁？这就是我们家的云少爷。”云麟匆忙之中，见有一个女婢喊他，他也顾不得去排解田福恩同柳春，凝神一看，不觉大喜，说：“原来是小珍子，你家姑娘呢？想也一同到了扬州了。可怜我日夜里都想他。他住在哪里？我停会子便去看他。”那女婢笑道：“好狠心人儿，一离开了我家姑娘，简直影子也看不见你。我们昨天才到了扬州。姑娘现住在城外，还是那个观音庵旁边。你要去，我就陪你一同去。”说着便伸过一只手，紧紧携着云麟。

好笑，这一边早已玉软香温，那一边还在拚命苦斗。叵耐这云麟更是荒唐，他也不理会他们厮打，只管携着那女婢温温存存，倒要发魇起来。明似珠更不知道内中情由，一眼看见云麟如此模样，不禁有些不快，喝道：“云先生放尊重些。”这一句话，才把云麟从昏迷中惊醒，见似珠站在身旁，兀地红云满面，趁着势儿放了女婢，又赶到街上说：“大家莫要动手，都是一家的人。”柳春方才住手不打。只是田福恩白白吃了一场大亏，又见云麟原来同那女婢认识，料想这个秀才舅子也不能替他出气。柳春问明原因，噗哧一笑说：.“你何不早说，临末还饶了他几下子。”似珠听见云麟说这癞子是他的姐夫，重重向地下一啐，向云麟说道：“你的姐姐为何人不嫁，嫁一个鬼？”云麟此时暗暗丢了一个眼色给那女婢，女婢一笑，便摇摇摆摆走了。

云麟依然跟着似珠到了家里，见他那个学校倒十分洁净。似珠忙忙地将云麟请入他一座卧室里，又回头向柳春一笑说：“你讨厌得紧，我有一句话吩咐你，我要同云先生在这里多坐一会，可不许你也跟进来。你可允许不允许？”柳春也勉强笑道：“你这人也太难缠，你同他有什么话讲，难道也告诉不得我？”似珠将脸往下一沉，说："正是告诉不得你。"柳春是知道似珠脾气的，忙笑着答应说："就是，就是。"说着自己掉转过脸去，只在厅上乱踱。

此处似珠将云麟让在他床边上坐下，自家便望一张睡椅上一躺，把右边一只脚跷起来搭在左边腿上。裤子本来非常窄小，紧紧绷在身上，那一条缝儿，简直同云麟打了一个照面。笑道："我不信适才路上打的那个癞子，就是云先生的姐丈。照云先生这样面庞，你那令姐想也是个美人儿了，为何嫁这一个丈夫？他起先难不成不拣选拣选？咳，将来文明进步的时辰，我第一件不主张别事，我就先主张你那令姐抛弃了你那姐丈。就如云先生你也要算是男子里头千中挑不出一个的人儿了，怎么你娶的那个新娘子，比我还比不上？这是什么讲究？难不成中国婚姻，都应该是这般配搭好的吗？"云麟眼看着似珠这样神情，又听见他说这些昵昵的话，已是爱到极顶，更没有话回答，只管痴痴地笑。似珠又是一笑，说："云先生，你怎么不文明结婚？"云麟笑道："什么叫做文明结婚？"似珠笑道："就象我同柳春一般，他爱上我，叫我嫁他，我也有些爱他，我就任他娶我。"云麟笑道。"可是的呢，小姐原是一位奇女，早不幸被我们舅爷占去了。"似珠将脸一沉，说道："这倒不然。既是文明结婚，我就可以抛弃得他。援西人的例，只须在审判庭告他一告，包管他是他，我是我。"

云麟听到此处，不觉将手指伸得一伸，似乎说柳春在外面听着。似珠一骨碌坐起说："理他呢。"顺手将房门帘一掀，果然见柳春立着生气。似珠望他笑道："啊呀，不要气坏了罢。你还是回你那个学校里去预备预备明天的功课，我们有话再讲。"柳春哭丧着脸道："我难不成不能多坐一会儿？"似珠笑道："奇呀，这是我姓明的房舍，你怎么要坐一会儿就坐一会儿？你若是不走，就不用怪我。"柳春听见他这几句话，好象有什么把柄在似珠手里似的，更不怠慢，果然怏怏走了。

云麟此时觉得，看这似珠举动，总不是寻常女儿，暗暗惊讶。重见似珠入房，轻轻走至他的身边，用手死命向他臂膀上一捏，疼得云麟怪叫起来。似珠笑道："呸，我是有心了，你怎么样？"云麟笑道："就是依着你，你也不该捏我。"似珠笑道。"这就是割臂之盟了哇。往常听见中国男女情好起来，都用极快的刀子，向膀上割一条大口子。那样都不疼，我只捏你一捏，你就喊了。象我就不这样。"说着便捋起袖子，露出一只雪藕也似的膀臂，送至云麟鼻边。云麟趁势也便闻得一闻。似珠又是一笑，低说道："我们再接个吻罢。"接吻之后，似珠笑道："我也倦了，你明天得暇，再过来谈谈。"云麟此时简直被明似珠弄得七颠八倒。"揣度他那一种态度，便是我在先最知己的那个红珠，也没有他这般淫荡。原来近日的文明女子，便是这般样儿，就叫做文明。照这样看起来，原来妓女们的文明风气，还开在他们之先了。”心中暗暗称怪，也就辞了明似珠出来。

走到路上，陡地触起一件心事。他那件心事，想诸君也该猜着，便是在田焕店里遇见的那个女婢，说他家姑娘住在起先那个观音庵旁边。这句话，诸君想想，可不是红珠是谁？只见云麟在这个当儿，好象有鬼捉着他两条腿似的，比风还快，眨眨眼早跑出北城。不是那个观音庵还好好地在那里巍然不动，只是一排的树木，比当初繁茂得许多。左边竹篱里面，知就是红珠家里了。自己低头看了看衣服，大着胆跨进去。第一个先瞧见红珠的妈，不由得打了一个寒噤，又倒转来隐在一株樱桃花底下。隐隐地看见堂屋上面设着两张裁缝案子，七八个成衣匠，花一团锦一簇地裁衣服。一个女郎松松梳了一个抛家髻，站在旁边，指手画脚地说话。他那两个胭脂粉颊儿是云麟认得的，再也不会错的，正是红珠。一眨眼，他的妈已转入一间小房子里去了。自己这才从花底下踱出来，咳了一声。红珠将头一掉，正同云麟打个照面，不觉堆下满脸笑容，兀地重又忍住。云麟赶上几步，笑道：“啊呀！我们好久不见了。”

红珠未及答言，他妈早从房里跳出来，见是云麟，放下一副铁板面孔说：“原来是云大少，耳报神怎地这般快？云少爷倒知道我们到了。”云麟欠了欠身说：“妈妈好。我原不知道，是在路上碰着你们小珍子说的。”红珠的妈冷笑道：“原来是这贱货告诉少爷的。可惜我们此番回来，是洗手了，没有房间给少爷坐。少爷是读书君子，谅该体贴我们，不会见怪。”

云麟此时被他这几句不冷不热的话，倒噤住了，只是呆呆地望着红珠。红珠只当云麟听他妈如此说法自然赌气走了，谁知云麟仍是不走，不禁叹了一口气说：“妈呀，横竖云少爷也不是生客，将就在我的房间里坐一坐罢。”说着摆摆手，将云麟引入后面一进。小珍子正在廊檐底下坐着，见云麟到来，不觉站起来笑道：“我告诉我们姑娘，他还说我是说谎，如今看可是谎不是？”红珠也不理会，走入房里，斜签着身子向妆台旁边一坐。云麟忙跟进来，提起在南京蒙他救拔的情义，并且说：“那时候只因为接到家中电报，连到你那里别一别都来不及。以后又去湖北一趟，乘的轮船，一般也靠在南京码头，只是同着长辈亲戚一路走，又耽搁的时辰少，发了几次狠，想上去望望你，主意还不曾拿定，那劳什子轮船早“崩咚崩咚”开了。你赠我的那一张小照，没有一天不放在我那一张书桌上，焚香供着。睡觉时辰，拿来搁在枕旁,都要想着你小名儿叫几遍,这一夜才睡得宁帖。我若是有一句虚言,叫我将来不得好死!”

红珠此时听他说了这一大篇话,不由将个头掉转来,狠狠地向云麟望了一眼,说:“以前的事都不消提了,只是你今番又跑到这里来做甚?你还不曾死心蹋地将这个嫖字丢掉了,你这人不是白埋没了我这颗心?”说着不由眼眶一红,拿手假装去理发,忍了忍又笑道:“我问你,自从离了我那里,不知又结识了几个姑娘?汉口这码头是很热闹的,我听见人说,就是歆生路那一带地方,也不知有多少班子。象你这种人,总该是花天酒地地去闹着玩了。”云麟急道:“我这人难道就是个猪狗,好歹也不懂得?我便是同你相好,我难道是专讲究这嫖字?我们起先是怎么认识的?你也该记得。我何尝不明白你的苦心,我要不是因为是你,我又何苦白白地赶着来看你?还吃你妈的老大奚落,又饶得你责备我不把这嫖字丢掉了。我告诉你罢,嫖字是早已丢掉了,我这一趟看望你,断不忍心再轻薄你说是嫖。况且你妈说得好,你们此番是洗手了。只算你是我的亲妹妹,听见你们到了扬州,也该来走一趟。”红珠笑道:“啊呀!言重不敢当,我不配有你这哥哥。”说完掩口一笑。又笑道:“既然如此,就在这里多歇一会儿再走,聚一次,是一次。”红珠说到此,声气已有些哽咽,勉强高声喊道。“珍子,你去叫奶奶预备一桌便饭,我留着云少爷在这里谈心呢。”小珍子答应了一声,他自去了。

云麟此时向床上一睡,扯过红珠睡的那一个雪白洋枕头,放在鼻上嗅个不住。红珠回眸一笑,说:“这成个什么样儿?防被人瞧见。”云麟一骨碌坐起身子,说:“正是呢,如何不曾看见你姐姐妙珠?”红珠道:“他去年就在南京嫁人了,是个山西客人,办皮货的。我老子就跟着我姐姐过日子。”云麟双手拍着大腿恨道:“该死,该死!他又嫁了。”红珠冷笑道:“你这人好奇怪,难不成我们该当姑娘当一世,尽着人欺负,一总不想跳出这火坑?就你这句话,便看出你这人的心,原来比生姜还辣。”云麟怔了一怔,说道:“难不成你也想去嫁人?”红珠益发生气,说:“我怎么不嫁?我是该一世吃这把戏饭的?”云麟呆了半晌,又点头说道:“好妹妹,你的话,怕不有理,就是我这颗心,难道不想你跳出火坑,到人家去享福。只是我活在世界上一天,就象你总不该去嫁人。要说是我安着坏心呢,我可以对天发誓。然而叫你不嫁人这句话,又实实在在地有些不在情理。奇怪,我自己的心,也有不能相信的日子,叫我怎么说法呢?”云麟说到此,也就泪痕满面。

红珠此时早把个头掉过去,望着窗子外面,拿手敲桌子,一言不发。好一会,又转身笑道："不谈罢，你看天色已晚下来。我们究竟又隔了一年多不见了，你想还得意？"云麟笑道："正是要告诉你呢。你在南京那一番待我的情义，我一到了家，便长篇阔论地告诉我们姊姊，又告诉我那个仪妹妹。他们都佩服得你了不得，都想同你见一见。这一来，我定然接你到我家里去走走，想你也该答应。"红珠笑道："这话放着再说。但是你的亲事，同你那个仪妹妹可放了聘不曾？"云麟道："我已娶了亲，却不是仪妹妹。"红珠笑道："大喜，大喜。我来补个贺礼儿。"说着提起袖子拜了拜。又笑道："新人想是不丑罢？"云麟微微一笑。

这时候房里的灯已点得透明，小珍子同一个打杂的将酒菜送上来。红珠让云麟上坐，自己侧首相陪。小珍子在一旁斟酒，忽然向红珠说道："适才裁缝师傅说，姑娘那一件芙蓉罗的袄子领口上，意思要想替姑娘编一对双喜，取个吉利儿，这衣服毕竟是……"红珠忙丢了个眼色给小珍子，说："你明天告诉他，横竖是家常衣服，随他们编双喜也好，卍字也好，这有什么要紧，巴巴地要你来说？"

云麟此时一心一意将一对眼珠儿放在红珠脸上转来转去，端着酒杯子，也不知道吃酒，他们说话一总也不曾听见。只见酒酣时候，云麟早挪过身子坐到红珠椅子上来。红珠笑道："这寡酒没味儿，我唱一套曲子给你听。"云麟摇头道："尽可以不必，我们清谈倒好。"说着将个脸已靠到红珠腮颊上来。小珍子知趣，早躲出房外。红珠扭头笑道："你不用罗唣，怕关了城门，不好回去，赶快些吃饭，我也不留你。"这时候早听见他母亲在外面吆喝，叫打杂的点好灯笼送云少爷进城。云麟狠狠地向红珠望了望说："你这人真是狠心。"红珠笑得抬不起头来，说："你想什么呢？就是你要歇在这里也没有别的想头。你不相信？"红珠说到此，便马跨着坐到云麟身上来。云麟知道他这话里有意思，也就晓得他是月信适至，依然将红珠搂入怀里，笑道："好人，我们坐谈一夜也使得。"红珠斜瞅了云麟一眼，说："你这人真是难缠，我便到我妈床上去睡，让我这干净床给你，想还使得。"云麟摇摇头。

这一夜，云麟便同红珠絮絮地睡在一张床上，将这两年阔别情事，谈个不休。谈到极亲密的地方，云麟嬉皮赖脸，只管同红珠挨磨。又笑说道："你可记得那一年，你留我在你这里住，那时候我还是个童男子，你笑着叫我脱小衣服，我只吃吃地笑，你在我背上击了一下，骂我是蠢牛。可怜我这蠢牛真是蠢不过，足足忙了大半夜，依旧是……"红珠此时已是笑得拢不起嘴，一翻身拍了云麟两下，说："你敢再嚼舌头！"云麟笑道："不说，不说。"红珠又笑道："你给我好好睡。"云麟笑道："我睡就是。"说到此，已经将红珠拖入怀里。红珠道："你敢是要我的命？"云麟笑道："常听

见人说，这东西在身上，另有一种风味。好妹妹，何妨给我尝尝？”红珠重重地戳了他一下子，再不答话。

次日天明，云麟怕家里盼望，盥洗盥洗，早又跑入城来。刚才走至他岳家那一条巷口，猛然从耳边递过一片枪声，“啪咚、啪咚、啪咚、啪咚”。不由吃了一吓。停了脚步，凝神再听，那连珠的枪声络绎不绝。此时路上还没有什么行人，三脚两步忙望他岳家门口飞奔。一眼看见大门开着，有一个老家人抱着头，躲在门背后只索索地抖。里面那一派呼喝之声，更不消说得。云麟不禁寒了半截，说：“敢是遭了强盗？”此时待要进去，又不敢进去。那一个老家人早瞧见云麟，招招手，指着里面给他看。云麟急道：“这、这、这是什么缘故？”连问了两声，谁知那老家人早已吓得呆了，一言也回答不出，只有指手画脚的分儿。好容易从里面跑出一个女仆，低着头，咕嘟着嘴说道：“就是天王爷爷，也不中用。去请老爷就拦得下来吗？照这样看起来，一百世不得儿子也罢。象我就干净相……”一抬头看见云麟，说：“姑爷原来回来了。快进去瞧瞧热闹，我们大相公在那里拿着洋枪杀他的娘呢。”

云麟听见这话，才知道里面没有什么强盗，就是柳春。点头笑了笑说：“你去请老爷也好，等我进去看看光景，为什么闹成这个样儿？”于是跑着走入后一进，果然看见柳春横眉竖目，手里拿着一柄十三响小洋枪，连珠地开放。才瞥着云麟，说了一声：“姓云的，你回来了。”说时迟，那时快，扳过枪口，对准云麟心口一枪，只听见“啪咚”一声。却不是云麟倒地，原来他那手枪是吓人玩的，并不曾安着枪子。早见龚氏一把将柳春扯在怀里，说：“畜生，你有话尽说。你口口声声要寻你的妹丈，你妹丈哪一件事得罪了你？也不说个明白，拿着这牢瘟东西，把人耳朵都震聋了。姑娘也不用生气，他是我的儿子，你是我的女儿，我没有什么两般心眼儿。”

云麟见这光景，已明白九分。见他新妇柳氏正站在房门口，赶紧一步便跨入房里。柳氏问道：“你昨夜在哪里的？”柳春更不待他这话说完，又跳起来喝道：“在哪里的呢，你不消问他，只须问我。”又指着云麟道：“好姓云的，明似珠被你欺负够了。你也不问问他是谁的妻子，他留你住宿，你便在他那里住宿。我有本事砍了你再去砍他。”愈说愈怒。龚氏也抱持不住，只见柳春跳得比桌子还高。此时手枪已被龚氏夺过去了，他只摩拳擦掌，想来同云麟厮打。龚氏同柳氏听见柳春如此说法，也觉得云麟太不正经，怎么闹到未过门的舅姆子那里去了？大家便来追问着云麟，问昨夜果然在这明姑娘家里不是？云麟此时有口难分，却又不敢说是在红珠那里住宿的，只管支支吾吾，脸上红一阵白一阵。柳春越发觉得他贼人胆虚，闹得真个几乎将房屋打翻过来。

一霎时,先前那个去请柳克堂的仆妇回来,说:"老爷说,大相公是他的老子,老爷是大相公的儿子,任凭大相公怎么闹法,老爷是不敢回来查问的。"说着又哈哈一笑,说:"老爷说得太蠢。老爷把个手一直伸到下面,不知抓着什么,还打了两下子,说总怪这东西不争气,养出这个大相公。又说大相公是太太生的,叫太太仍然将大相公收入小肚里去罢。引得一店的伙计们都笑了。后来还是一位长黄胡子的老爹将老爷扯出去吃茶去了。我看大相公也歇一歇怒罢,都是一家子人,何必在这里恶闹?大姑爷不开口也就算是服了输了。"柳春跳起来重重向那仆妇脸上吐了一搭唾沫,说:"死娼妇,你嚼蛆呢。我请问你,譬如你的女人被人家睡了觉去,你可依不依?"那仆妇一面用袖子擦脸,一面冷笑道:"大相公不要玩笑,我若是能有女人,我也不是女人了。"柳春方知适才的话说错了。又道:"就叫你去陪人家睡觉。"那仆妇笑道:"我睡觉不睡觉,与大相公有什么相干?大相公也不配管我。"

龚氏骂道:"高妈,你也不许同大相公斗嘴,太没有主子在眼里了。"又迎着柳春问道:"你此次闹得天翻地覆,我也不曾听出你们是个什么缘故,你坐下来将这细情告诉我。若果然是你的妹丈不好呢,我自然会抱怨他。你光是胡闹,你有理反变成没理了。"柳春这才不跳,从头至尾,将明似珠的事迹滔滔地告诉了龚氏一遍。龚氏笑道:"原来如此。这明似珠定然没有这事,你想他既然许配了你,他如何会再同别人有首尾?好儿子,你不用瞎疑心。"柳春顿脚道:"娘不知道,这明小姐不是象妹妹一般的人,他是讲究文明的,他许配了我,还可以再搭上姓云的。这是他的文明,我不好去阻拦他,我只同云麟拚命。"

柳氏此时站在一旁,不禁笑起来说:"哥哥,你这又何苦呢,早知道如此,不如不拣着这些文明女子结婚了。凡事哪里能够两全,又要他文明,又要他不做歹事,断然没有这个道理。想起一件笑话来:楚人有两妻者,挑其长者,长者詈之;挑其少者,少者许之。挑者娶长者,曰:'居彼人之所,欲其许我也;今为我妻,欲其为我詈人也。'则是哥哥既欲其许我,又欲其为我詈人,胡可得也?"柳春怔了半晌,说道:"知道你是女才子女圣人,你不用挑着字眼儿骂我,我也不懂得。老老实实告诉了你罢,我同他拚命是假的,我只看管着他,不许出这大门一步就是了,他一出这大门,就飞到明小姐那里去了。他如今答应我,我再没有话说。"龚氏笑道:"可以,可以。"又望着柳氏道:"你去告诉女婿,叫他就不用出门,让这奴才放心,倒可以哥哥妹妹聚在一处儿。我拼着出几个钱,替他们和解,或是约朋友来打打牌也好。"

柳氏笑着走进来，望着云麟道："你可听见吗？"云麟暗想道："不好，我昨夜还约红珠，说今日一晚便去的，这个不出门的题目，如何使得？"忙说道："可是不巧，我今晚还约着一个朋友谈心呢。"柳春在外面听见又闹起来，说："如何？这分明看出他的心了。"龚氏忙跑进房，说："我的姑少爷，你当真地还有什么心眼儿不成？他这畜生既这般说，你就看我份上依着他，看他还有什么话讲？"云麟到此真是没法，只得点了点头。柳春方才不闹。他也不同云麟打话，只是行监坐守，一步也不肯离他。自己也不到他那个平权学校里去上课。如是整整监守到第七天上，云麟细细将红珠同他那一夜的情形，颠倒价在心里打算。想到得意地方，恨不得插翅飞到他那里去。这话又不好说出口，真是哑子吃黄连一般。

这一早正自没精打采，倚在枕上看柳氏梳头，忽然跑进一个仆妇说："姑少爷，门外有一个标致姑娘，问姑少爷可在家里。我们因为大相公吩咐的，凡有人来问，都说姑少爷不在家。我们才拿着这话回他，他一定不依，要闹进来。"云麟一听，忙坐起身子，暗想："可是的，我允他第二天便去，如今已是七天了，怪不得他到这里来寻我。"又问道："你们看那个姑娘可是婢子模样，穿一身玄色褂裤的？"那仆妇说道："不是不是，是个标标致致的姑娘，不是丫头。"云麟越发着急，说："原来是他亲自来了。"柳氏笑道："这寻你的是谁，你这般着急？"云麟叹道："我知道你最是贤惠的，我也不必瞒你。这女子他虽然是个妓女，却与寻常妓女不同，他是救过我的患难的，他名字叫红珠。益发告诉你罢，我那一天夜里，便在他那里歇了一夜，反累得你的哥哥疑惑我是在明似珠那里。当着你的母亲，我又不好将此事明说出来。如今他已是来了，不知可能容他进来坐一坐？"柳氏笑道："照你说这算是个侠妓了。前有妍国，后有香君，再加上你这红珠，这不成了个鼎足而三吗？快请进来，快请进来，我们好见一见。"

云麟听他新妇说出这几句话，心里高兴到十分，忙拔起大步，连蹿带跳，刚走入前一进，早见一位女郎背面立在阶下，同那老家人问答。云麟在后面拍掌大笑道："这几天累你盼望得久了。我自从别了你，原说第二天一晚便来访你，只是有别的事耽搁住了，你却不用怪我。"那女郎疾撇转身子，同云麟打了一个照面。云麟再一细看，原来不是红珠，却是似珠。似珠耳边忽然听见云麟对他说了这一番密切的话，不觉笑靥成涡，神光遥闪，一径走上来，握住云麟的手说："我何尝怪你。我猜准你定然在家，你们那一位老家人还同我支支吾吾，不知是何用意？我们阔别得久了，请问你究竟老躲在家里干什么？"云麟此时虽然大失所望，却喜适才的话，倒也不曾露出别的马脚，转低下头去含笑。似珠笑道：“我们一路出去谈谈，你可不准再违拗我。”又抿嘴一笑道：“同你讲句老实话罢，乖乖地补我这一礼拜的相思。”

明似珠刚在说得高兴，一眼早瞥见屏门背后有个头一伸，正是柳春。因为柳春刚要起身，早有仆妇告诉他说，有一位姑娘在庭上同姑少爷讲话，柳春猜定不是别人，定然是明似珠又到了。便悄悄走至屏门背后一张，果不其然，不是明似珠是谁？似珠眼快，早笑起来说：“原来他也在家里呢。”可怜柳春费了多少心计才将云麟拦住，不许他出入，到了此时，怎敢迸半个“不”字，早妥妥帖帖地让云麟随着明似珠走了。自己只恨得咬牙切齿，依旧到他那个学校里上课不提。

云麟虽然随着明似珠出了门，却是十分纳罕，总疑惑柳春那般蛮横，为何对着明似珠便象法王座下一个狮子一般，俯首帖耳，再不敢生气？无意之间，便拿话去暗暗试探似珠。似珠只是含笑，半晌又哼了一声道：“他这脑袋儿，也悬在我手里，我叫他死，他也不会活。你只管放心，你不要因为他是我的丈夫，你见了他，便不敢同我亲热。如今世界是不然了，妻子能有管束丈夫的本领，丈夫没有箝制妻子的能为。”云麟笑道：“只是他不敢管束你，他转管束起我来，我也没法。”说着便将这几天的情事告诉了明似珠。似珠眉头一皱，说：“当真的？他敢！”

云麟这一天便同明似珠鬼混了大半天，又在他家里吃了午饭。其实他的心眼儿只盘旋在红珠身上，几番拿话要别了似珠，似珠只是不允。好容易一直挨延到黄昏时分，明似珠同他约定了明日再会，然后才将云麟放走。

云麟出了门，真是快活不尽。虽然天色黑暗，那一轮皓月，早凑趣地从树林捧出来。他更不回去，早迈步飞跑，眨眨眼出了北城。沿路草花，都有些望着他含笑的意思，怪他狠心，在这七天里都不曾到此一次。他自己一路走一路盘算说：“见了红珠，再深深地赔罪，求他宽恕我这一趟罢。”一霎时已到了红珠家门首，篱笆门早已掩闭。再望里一张，见屋里点了有一盏油灯，便在篱笆上轻轻拍了几下。隐约听见里面有个老妇声音，颤巍巍地问着敲门的是谁。云麟急道：“是我，是我！”好半晌，才见这老妇扶着一根拐杖，慢慢地走来开门。云麟却从不曾看见过这老妇，不知是红珠家的何人。见他一开了门，即便抽身直望里走。那老妇一只手扶着门，一只手用拐杖指道：“少爷是谁？怎么也不开口，直望人家屋里跑？”说着，又轻轻地将门掩好，转过身子向里面走。

云麟先前跳入屋里的时辰，猛然吃了一吓，不但看不见红珠家母女的影子，便连陈设的器具，都搬得干干净净，剩了一座空屋。此时已跳出来，站在台阶上，呆了半响，见那老妇重走进来，急忙问道：“请问你老婆婆，这人家搬向哪里去了？”那老妇此时才细细将云麟望得一望，说。“少爷是姓云不是？”云麟急道：“我便姓云。红珠姑娘呢？”那老妇叹了一口气说：“啊呀，我的云少爷呀，你可惜来得迟了，你若是早来三日，还可以见这小姑娘一面，你如今迟来了三日，便看不见这小姑娘了。”云麟此时魂已飞出窍外，不觉失声问道：“难道他嫁了？”那老妇又望了云麟一望，更用指头掐着数道：“可怜这小姑娘死了有五个日头了。”

云麟耳边猛扑进这一个“死”字，浑身都抖战起来，一倒便倒在一张破椅上，自言自语说道：“没有的事，没、没、没有的事。”以下再也说不出话来，只管睁着眼望那老妇。那老妇又放下一副脸说：“不是我责备你少爷，你少爷年纪轻，不知道轻重，一个姑娘月经在身上，怎么好不尴不尬，胡乱做起那些事来？第二天可怜那个小姑娘便下不得床，那下面好似决了口子一般，鲜红的血湿了几条绸裤子。慌慌地请了先生来诊脉，说是血崩，是再没有药救的。可怜挨到第二天夜里，一个活鲜鲜的小姑娘就死了。”云麟此时听一句，便有一把刀子刺一刺心，一直听到末了几句，那颗心也就刺碎了。只听见含糊说了“啊呀”一声，早翻身跌在地下。

那老妇却也不慌不忙，笑道：“幸亏好，我的姜汤都预备齐全了。”隔着篱笆喊了一声：“顺子娘快来。”当时便打外面跑进一个少妇来，嘻嘻地笑道：“当真昏晕过去了？”走到云麟身边，便轻轻将云麟抱起搂在怀里。那老妇正要用姜汤来灌，早见云麟醒转，一眼看见自己睡在一个少妇怀里，不觉握紧了那少妇的手，嚎啕痛哭起来。那少妇先前还是害怕，此时见云麟转握着他的手痛哭，不禁异常羞愧，一把将云麟放在地上，更夺了手站在旁边。

云麟扯着少妇手的意思，原以为象他这样年纪轻轻的，定然是人家最爱的妻子了，他们虽然生在村庄人家，倒还是一夫一妇，恩情美满。象我那个红珠，纵然生得柔情侠骨，不幸把来埋没在风尘里面；那不睁眼的苍天，一般还容不得他，今年不过刚刚十六岁，便这般白骨黄沙，顿时消灭。问起他这亡故的原因，却又是我这无情薄义的郎君，生生地断送了他这条性命。想到此，已经咽喉堵塞，碎尽柔肠。又见那少妇不体贴他这意思，转夺手跑过一边，又想：“可见得世间女子虽多，既然不为我有，无论你如何爱他，他总是同你生刺刺的。若是此番有我红珠在旁，他见我哭得这般，他不知如何爱惜我呢。啊呀，我的红珠呀，谁知前日一别后，竟同你幽明异路。你在黄泉里也不用怨我，看我这般瘦怯怯的，料想也不能久居人世，我们相见，想是也不远了。”云麟越想越哭，越哭越恨，君山之涕，唐衢之哀，到此真个没有住时。

还是那老妇发起话来说：“这少爷好奇怪，我们一个好好人家，又不曾死了人，少爷为何在此嚎啕大哭？少爷不忌讳，我们还要忌讳呢。”这一句话，才把云麟提醒，方才忍了眼泪，重坐在椅上，哽咽说道：“我此番原是冒昧。但不知红珠姑娘既死，他的娘为何也搬走了？姑娘的坟墓安葬在哪里？府上同姑娘这边有什么瓜葛？还请明白指示。”

欲知后事，且阅下文。

# 第五十三回 革命家汉皋小驻 负心汉媒孽为奸

汉口临江有一座迎宾江馆，是个极宏丽极高大的旅寓。这一天恰逢端阳佳节，忽然来了一个洋装少年，只提了一个皮包，匆匆走入寓里。身边掏出一叠钞票，搁在柜上，要觅一个僻静些房间暂住几日，银钱多寡，却不计较。那个柜里的先生，年纪约莫有五十多岁，瘦脸鼠须，一望便晓得他是个老奸巨猾。况且在这热闹码头多年，他这事业又是个迎新送旧、暮楚朝秦的事业，阅历既多，磨炼愈老，有什么不省得。急忙含笑起身，在帐桌上扯过一个纸簿子，将一支笔夹在耳朵上面，向那少年平声静气地问道："少爷尊姓？"那少年道："咱姓巫。"那先生便向耳朵上取下笔来，在簿上写了。又问道："便请教官印。"那少年道："咱是行三，名字便叫巫三。"那先生笑起来，说道："少年会开玩笑得紧。这并不是敝馆有意留难，实因为近来人心浇薄，良莠不齐。这纸簿子是叫做循环簿子，打从关道那里发下来的。敝馆照例要填明白了，缴到警察局。象少爷这名字，怕上头要驳下来。少爷分明是位正经客人，岂不是反叫人疑惑少爷不明不白，打从什么邪路上来的了？"那少年冷笑了一声说："好，好。大清国没有别的什么整顿，转是这些上面是最讲究的。你且放下笔，让我来写。"那少年说着，便夺过笔来，在簿上写了几句是："巫振飞，年三十岁，直隶正定人，留学日本法科。"写完了递给那先生。那先生接过去，送至眼边看了几遍，又望了巫振飞几眼，才招呼了一个茶房过来，说："快点将楼上第七十四号房间打开，同着这位少爷进去。"那个茶房答应了一声，便赶先上楼去了。

巫振飞也就上了楼，见房间已经收拾齐整，自己将皮包搁下，便靠在一张皮椅上。那茶房笑嘻嘻地问道："少爷还是上酒馆里去吃饭，还是叫我们厨房里预备？若是在这里吃饭，小的还有上好的雄黄烧酒，拿上来孝敬少爷，少爷只须瞒着别的人，多赏小的几块钱就是。"巫振飞笑了笑，说："咱不吃饭，咱停刻便须过江去访一个人。咱来问你，你可晓得省城里有位伍大老爷，现在当什么差使？公馆可还在三道街不是?”那茶房凝了会神,笑得弯腰跌脚道:“巧了,巧了。少爷,你这是问到我,若是问到别人,包管一百个人也不知道。我告诉了少爷,可该多得少爷几块赏钱。不然,少爷白过一趟江,车钱轿钱船钱也不知要花费多少。少爷问的可是伍晋芳伍大老爷?他老人家如今不在省里了,大前天奉到札子,便当这汉口巡警一局差使。这局子去我们这栈房不多远。伍大老爷跟前有一位姓林的师爷,他同小的极要好。伍大老爷到差那一天,小的便同这位林大哥听了一夜戏,还痛痛地醉了一场。我们同伙里面,他们都没有这身分儿,也不会知道这伍大老爷事迹。少爷今天是问得真巧。”巫振飞笑道:“这倒难为你。”说着便从皮包里掏出一块钱赏给他。那茶房忙收起来,请了一个安,笑嘻嘻下楼去了。

此处巫振飞结束结束,依然拿了那个皮包,下了楼,又走到柜台旁边,便向那位先生问了问,此地离警察一局有许多远。那位先生笑道:“却没有多远,出了敝馆的门,一直向东,约莫二里多路。只是街道拥挤,少爷最好坐一乘轿子去。”巫振飞冷笑道:“咱的生性不惯坐轿子。你不知道,这轿子便是我们中国衰弱的祸根。无论芝麻大的官,他一般都要用两个人抬着走,就象一入了官场,便都没有了腿脚。无怪那上司参革起属员来,大半说是‘疲软不堪’。一个没有腿脚的人,你叫他怎生不疲软呢?这点点路,难道咱不会走?”说着,大踏步如飞地去了。

当时柜台旁边还站了几位客人。内中有个老者,由孝廉方正,就职县丞,昨日刚刚到省,也住在这栈房里。此时恰听见巫振飞说了这一大套刻薄话,当面不好发作,见巫振飞出了门,不禁长叹了一声道:“咳!朝廷养士数十年,不料得反造就出这一班反叛来。”柜台里那位先生惊道:“原来孟大老爷认得这少年?果然是个匪人,他在先进来,我就有些疑惑他。我也并不是有什么先见之明,我常听见人说,今日世界上的匪人,都是没有辫子的,你看他不是没有辫子?”那孟大老爷也笑了笑。

且说巫振飞匆匆地一直走至巡警一局,取出一张小名片,递在一个巡勇手里。巡勇见那名片上弯弯曲曲写着英文,也不明白,见他那个势派,又不敢不去替他通报,便持着名片一直走入里面来。恰值伍晋芳正打从省里贺节回局,气冲冲地将一顶纬帽子掼在桌上,向面前立的一个人发话道:“你也不用同太太来逼我,端阳也是个小节,有多少银子不够开销?这汉口地方又没迸出金豆子。我在这里当差使,是替皇上家出力,不是替你们当牛马。就是逼死我,太太也不见得有什么好处。哼哼!我倒不信,一个做太太的人,我老爷说的话不相信,转相信你这师爷,这也奇怪极了。”那个人冷笑道:“啊呀,老爷倒不要这样说,太太不是当着老爷指使我来的?

老爷有威风，尽管向太太去使，不犯着说出这些不酸不咸的话。譬如……"一句话未完，那个巡勇早持着名片走入来，走近晋芳身边说："外面有人请见。"晋芳将片子拿入手中瞧了瞧，皱着眉头问道："这人是谁?"巡勇道："小的也不知道，老爷请看名片就明白了。"晋芳道："呸！我几曾识得这洋文？你估量看他是什么路数?"巡勇道："是个西装的人，年纪不到二十岁，不是本地口音。"晋芳道："好好，就请进花厅坐，我即刻出来。"说着，又将纬帽子戴在头上，回头望先前那个人说道："你且在此吃了饭再说。"于是大踏步出了后进。身边有两个亲随紧紧跟着。

晋芳才跨进花厅，果然见那洋装的人已坐在炕沿上，见了晋芳，兀地站起来，脱了帽子鞠躬。晋芳也就深深一揖。抬起头正要询问姓名，不觉失惊道："你不是……"那少年忙答道："正是，学生叫巫振飞，新近打从日本回来，特地过来看望。"晋芳见他这光景，象是有什么畏忌人的意思，也急忙改口道："好极，好极。我们许久不见了。此处不可久谈，不如请到我那签押房里畅叙畅叙。"一面说，一面便命亲随等人各自分散，自己引着巫振飞又走入后面来。刚打从那个后进阶下经过，先前同晋芳说话的那个人一眼看见巫振飞，早笑着迎出来说："这不是富大少爷?"巫振飞见是林雨生，也不觉大喜，说："林先生一向好?"晋芳忙拦着林雨生道："这位姓巫，并不是什么富大少爷，你休得罗唣。"林雨生怔了怔，依然退入里面。

晋芳这才将巫振飞引入签押房里，把窗口帘子都放下来，推巫振飞坐下，低低说道："老贤甥，你将人想坏了。你怎么闹到东洋去了？连个音信也不给我。家母日夜提着你的名字思念。你在东洋这几年做什么勾当？如今何以又鬼鬼祟祟改名换姓？如今政府里原是对着你们这些没辫子的防闲得利害。然而想老贤甥也不该有什么畏忌人的地方。万一要守秘密，适才那个姓林的，是畜生狗彘不如，你还须防着他要紧。"

好笑，那个真富玉鸾假巫振飞，我著书的方且故设疑阵，不料被林雨生一语道破，又经伍晋芳劈口说明，在下老实，也不必再替他编谎了。

富玉鸾听见晋芳问了这一番话，微微含笑说道："愚甥一向在东洋，专心学业，因此不得余暇时常同故乡伯叔兄弟们通函。然而传闻的消息，表母舅这边虽不得详知，而故乡中一动一静，却俱有人来报告。就是老母舅鄂垣听鼓挈眷西来，家室风波，小星殒命，愚甥无一事不打探得清清楚楚。他如云麟云大哥赴试而恋娇娃，返里遂谐秦晋，也略有所闻。此番回来，一则看望老母舅，二则想将仪妹挈赴日本。老远将这边亲事搁着不提，也不是个道理。"晋芳道："可又来，家母每每提着此事，都很为悬心，又没处寄信给你。你今番来得好，我们就将这心愿完了罢。只是内人同小女等，于春初又回扬州去了。”富玉鸾笑道：“愚甥也知道。此番必须道过汉口者，因非得老母舅亲赐一书，不能取信于老太太，恐怕别有纠葛。”晋芳用小指头挖着耳朵低说道：“真是的，这事很有些烦难呢，家母听见贤甥要同小女出洋，怕他老人家还不肯答应。”富玉鸾笑道：“这个便一切仰仗老母舅，函中善为说词了。”

晋芳道：“再想法，再想法。我还不曾吃饭，老贤甥想也饿了，恰好端阳佳节，局里本有酒席，我们来吃酒罢。”说着便大声喊了一声：“来呀！”霎时走进两三个爷们，垂手而立。晋芳道：“将酒席开到这里来。”一个爷们答应了一声“是”，又说道：“林师爷可同老爷在一处坐？”晋芳摇手道：“不必，不必，另外开两样菜给他吃了过江。”富玉鸾道：“这个林先生，经老母舅的提拔，咱看他比在先丰满得多了。”晋芳皱着眉头道：“这话不必提了。众生好度人难度，宁度众生不度人。我若不是姓林的，我至今也不会有这肝气毛病。”说着用 只手揉肚皮。富玉鸾笑起来说：“怪道老母舅适才提着他，象是深恶而痛绝之，原来已被他气出病来了。此人虽系愚甥所荐，但不知其居心叵测。既如此说法，象这种天演淘汰的莠种，老母舅爱他，就招之使来，不爱他就挥之使去，何至于白苦得这个模样呢？”晋芳摇摇头道：“一言难尽。”

两人说话时间，爷们已将酒席摆好。晋芳便邀富玉鸾入座。晋芳接着说道：“家丑不可外扬。老贤甥不是外人，舍间的琐碎事情，又是知道的。你的太夫人在日，承他的盛情，巴巴地将小妾从镇江带回来。不是我说句护短的话，论我这小妾性情，莫讲小美子的娘及不得他，就是内人有他的宽厚，还没有他的温柔。挈眷到省这一层文章，在我还不肯，是他苦苦逼着我，将他们接得来。就论这件事，也就算是他的好处了。谁知道就因为这件事，转自家将姓命送掉了呢。”晋芳说到此，那一点一点的泪珠，早滚滚地落在酒杯里。富玉鸾饮了一口酒，长叹道：“中国社会上的事，没有一事不叫人灰心短气。”晋芳忍泪又说道：“固然是我这做丈夫的负了他，若不是这姓林的畜生……”富玉鸾失惊道：“愚甥在日本，只知道是二太太干的事，这与姓林的又有什么相干？”晋芳叹道：“小美子的娘，一个人如何干得来呢？”晋芳遂将前事略略说了一遍。

富玉鸾气得跳起来说：“这还了得！他不报答老母舅活他性命的恩，转施这鬼蜮手段。”又冷笑道：“这也不必单怪这畜生，这畜生倒可以做得中国社会上的代表。咱却最佩服老母舅的度量，还容这畜生在肘腋之下。”晋芳叹气道：“论我的心，谁还甘服呢，当时就将这畜生驱逐出门。内人同小女也因为气愤不过，不愿意住在省里。无如我的那一位，日夜逼着我，又将这畜生弄进门来。咳！不是我的阘茸，竟听着一个妇人搬弄，也不过是因为体面要紧，一定闹得家庭之中凡百参商，也怕同寅的人笑话。我以为这姓林的想起前事也该稍为敛迹，谁知他近来越发险毒了，同小美子的娘串同一路，各事都来愚弄我。我赌了一口气，在藩台面前辞去善后局的差使，来当着巡警一局的区官，我日夜住在局里，公馆还搁着在三道街。所谓打发冤家离眼前，落得耳根清净。”富玉鸾笑了笑说：“这可真算是宽宏大度。虽然在老母舅这一方面，以为是宽厚待人了，但怕外面的人不知道深浅，再弄出什么闲话，议论出一个帷薄不修，倒也不可不虑呢。”晋芳怔了一怔道：“这还不至于此。”

翁婿两人正谈得密切，忽然外面又匆匆跑进一个巡勇来，手里拿了一封公文，气急败坏地说：“现有江汉关差官在此，请老爷看了这公事，即刻带同警队，前去提人。省里章大人已率领三十一标新军过江来了。夏口厅侯大人已经在关道那里取齐。”晋芳大惊，也不开口，随手拆开公文，将要紧的话看了看，吓得面如土色。挥手叫巡勇出去，回头将公文掷在富玉鸾面前说：“老贤甥，这是怎么好？”富玉鸾忙将公文接过来一看，微微笑道：“这也没有什么惊天动地。倒是老母舅须得赶紧到关道那里去。悔不该我在栈房里说是到巡警一局来探望亲戚。料想此时他们还不知道我寓在哪个栈房，所以不曾到母舅这里来罗唣。母舅快去，免得他们疑惑，倒是上策。”晋芳顿脚道：“你呢？”富玉鸾笑道：“咱自走咱的路。”晋芳急道：“这如何使得？万一被他们……”晋芳说到此，觉得语气不大吉祥，也就咽住了，改口说道：“你赶快过江，在我那里躲一躲，等风头过去再议。”

富玉鸾道：“这也使得。只是母舅的公馆，咱不认得，咱立刻同林雨生走罢。”晋芳道：“不可，不可。”富玉鸾笑道：“母舅又来了。丈夫做事，也不可过于疑惑别人不是心腹。姓林的微贱之时，几乎没有性命，咱亲手将他提拔起来，难道他还有什么害我的心肠？况且事在危急，不如此也别无良法。难道等过了江，还去没头苍蝇似地乱钻，再去寻觅老母舅的公馆？那时候反觉招人耳目。”

晋芳此时也就真是无可如何，便高高地喊了一声，将林雨生唤进房来，就地深深一揖。倒把林雨生吃了一惊，躲避不迭。晋芳指着富玉鸾道：“富大少爷本是林先生之交，今日大帅那里不知听信了什么谗言，有公事到关道，关道有公事到我这里，说要捉拿富大少爷。我知道富大少爷是没有过犯的人，而且富大少爷当初待你也还不错，我立刻要出去拿人，富大少爷的事，一切拜托于你。你同他快过江，躲在公馆里避一避。第一机密，第一机密。我是去了。”一面说，一面早跑出去。此时警队早已齐列，簇拥着伍晋芳上了轿，飞也似地去了。

林雨生方才明白，喜孜孜地笑得拢不起嘴说：“我说是富大少爷，亏我们这老爷还弄玄虚，说是什么姓巫。”富玉鸾站起身说道：“咱们快走罢。”林雨生道：“少爷这样走，怕不方便，第一件是这洋鬼子模样，最惹人眼目。我替少爷想，少爷先将我的长衫穿在身上，我就穿短衫子跟着少爷。”又踌躇道：“只是没有辫子怎好？”富玉鸾见林雨生十分殷勤，倒还感激，笑道：“你不必愁，辫子我这里有。”说着遂拿过皮包，取出一条假辫子，安在头上。林雨生笑得哈哈地说：“好极，好极！”遂脱了自己的长衫，替富玉鸾穿好。两人悄悄地走出局外，一溜烟过了江，倒是人不知鬼不觉地进了公馆。林雨生将富玉鸾带至卜氏及朱二小姐面前谒见。卜氏见了富玉鸾，喜得心花怒放，只管扯着问长问短。朱二小姐却也殷殷勤勤，问他可曾吃饭？一面将他安置在前次云麟住的那个挹秀轩里。

林雨生然后鬼张鬼致地又跑入后面来，嘻嘻地笑道：“你们大家猜猜看，这富大少爷是个什么人？”卜氏笑起来说：“林先生又来取笑了，你不知道他是我心爱的孙女婿？”林雨生霎时放下一副正经面孔，大声说道：“这个晚生怕不知道？但是他如今却是朝廷钦犯了。”于是手舞足蹈，将适才情节原原本本地说出来。只吓得卜氏顿时浑身抖战，忙问道：“怎么？怎么？他犯了什么法，皇上要来捉他？可是画影图形的，他没处去躲，自然躲到我们这里来。啊呀！皇天菩萨，但愿天恩天赦，不要捉他罢。”又望着朱二小姐道：“你们快些将我床后面一块隙地打扫打扫，万一有什么锦衣卫来捉他，叫他好好躲在里面。再不然，将我那房里第四个大皮箱，将衣服都拿掉了，让他躲在箱子里也好。啊呀！好皇天菩萨，早知道如此，我那时候千万不该硬逼着仪儿的母亲将仪儿许他。倒是云相公一个读书君子，本本分分地没有什么乱子出。”说着，拿起衣服来拭眼泪。朱二小姐道：“母亲也不用惊慌，横竖他丈人做的是巡警官，他自然在外面会替他弥缝。只是我们公馆里人，上上下下不许提起一字，就可保平安没事。这还须请林先生去招呼他们一声。”林雨生道：“这个容易。”说着便出去招呼仆役们去了。卜氏此时惟有设起香案，焚着贡香，捣蒜价磕头。朱二小姐也暗暗替他担惊，又赶着林雨生过江去打探消息。这一天闹得晋芳公馆里风声鹤唳，仆妇们背地里喊喊喳喳地议论。

再说林雨生重过了江，留心打探，却也没有什么动静，自家转摸着江汉关而来。忽然前面来了一丛人，有个长着胡须的左顾右盼，望着那些同走的拍手道：“我在江湖上，也算阅历了三四十年了，有什么瞒得过我？一进门我瞧他的神情，便知道不是正经路数。只是可惜跑了。他如若再落到我这栈房来，这一千块赏钱包管唾手可得。”内中又有一个人笑起来说：“先生，先生，照你这样说，可见你这瞧人的本事还没有十足，你为甚不在先一把便扯着他，不放他走？此时管教那一千块的赏钱稳稳到手。如今你再夸嘴也没用。”说得大家都笑了。林雨生眼快，见先前说话那人，分明是迎宾江馆的管帐先生顾老爹；那个驳他话的是快嘴吴三，也在栈房里当茶房，同自己很是要好。猜着富玉鸾定然曾在他们这栈房里落脚，想是夏口厅将他们唤得来询问的。便笑嘻嘻地迎上前说：“吴三哥，我们停一步说句闲话儿。”吴三忽地看见林雨生，满脸堆下笑来，又指给众人道：“这位就是我常说的巡警一局伍大老爷亲戚，又当着师爷的林大哥。我说他同我好，你们不相信，今日可是亲眼看见了。”那时众人也都向林雨生望了一眼，各自走了。

吴三才匆匆走过来，弯腰曲背地同林雨生谈心。林雨生笑道：“你们这一大伙人鸦飞雀乱，是打哪里来的？”吴三笑道：“可不是晦气，大好的五月初五，不吃雄黄酒，转跑来见官。只因为今日大早起，来了一个少年客人，适才关道叫厅里拿他，说是什么革命党的头脑儿。”林雨生吃惊道：“啊呀！我往常听见说革命党捉住了，必须砍头的呀。”吴三道：“怎么不要砍头？厅里急得很，奉关道大人的命，贴着红告示在大街上，说谁将他拿着，赏一千块洋钱。不瞒大哥说，很是惭愧，我今日只得了这少年赏的一元。早知他是什么革命党，我一把扯着他送到厅里，我吴三也发了财了，还当这牢瘟茶房则甚？”林雨生此时听吴三说这话，不觉心里动了一动。又笑问道：“你听见可有什么话牵涉到我的敝东？”吴三想了想，又说道：“这须不怪我，都是我们那个顾老爹，他在厅官面前提着这人去访你们伍大老爷。”林雨生拱了一拱手说：“今天我还有点小事，不能陪你去吃酒，改一日再会罢。”

说毕，也不到警察局里，又跑转到江边上来。其时已明星满天，照得那江水半明半暗。恰好那渡江小轮正在那里等客，尚未开船，自己便在江边上踱来踱去。一会儿自念道：“不可，不可，我们夫妻儿女，那时候穷得裤子也没有，不是他，焉有今日？”忽地又用手在嘴上打了一下，说道：“姓林的，你发昏了，一千块洋钱，白花花地堆下来，占着一大方桌。我得了这一注财，替稳子娶亲，田地、房产、老两口子棺木装殓……他砍了头，痛虽然是痛，痛过了就不痛了。我拚着花十几块洋钱，延请汉阳归元寺里的大和尚，三日三夜超度他，料想他感激我这超度他的功德，再也不会来记我的仇恨。不错，不错。”主意拿定了，又暗暗叫着自己的名字说：“林雨生，林雨生，再不用三心二意，再想起他当初的恩典。况且就算我此次饶了他，他下次总是要犯案，也会砍头的，那时候他的头也砍了，与我又无益。好富大少爷，你做人做彻了罢，当初既救了我的性命，今日谅你不至又爱惜你这个不要紧的头，不叫我发一注财。”又顿一顿脚道：“况且这伍晋芳，他对我一味拿主人身分，我也饶不过他。”正想着，那个汽船已鸣着第三声汽笛。林雨生忙跳上船过江，又走回公馆里来。

看官，揣这林雨生的主意，想是一定要出首富玉鸾，所谓大恩不报，这正是英雄的作用。但是既要出首，为何不就近在关道那里，或是夏口厅告他一告，为什么又急急过江，赶到省城里来呢？咳，这便因为我们中国愚民不曾读过大清刑律的苦楚了。他想：“我既出首，那富大少爷自然是个死，不消说的。伍晋芳藏着这反叛女婿在家，少不得也是同罪，料想也没有活命。伍晋芳这一死，他这湖北偌大一份家业，再没有第二个人敢来干涉，不是我姓林的享用，是谁享用？只是对不起一个朱二太太。论太太的意思，怕不是同我心路一样，巴不得他的老爷早早死了，好让他只手遮天。然而这么一件大事，我不前去同他商议，独自做出来，究竟后来相处的日长，万一他不以我为然起来，怎么好在一处过安稳日子？”所以急急赶过江来，这便是他的用意。

他一进了公馆的门，那脸上气色便不似先前和悦，别人见了他，觉得他铁青冰冷的一副尊颜，好生难看。他见时候尚早，也不同别人讲话，早溜到他自家房里，蒙头而卧。一直挨到三更，他知道公馆里上下人等都安寝了，悄悄地溜入后一进来。打从挹秀轩门外经过，见里面灯光未熄，富大少爷尚伏在案上，不知道是写什么。见他那一副英武神情，不免叫人由爱生畏，心里暗暗感叹说：“可怜这点点年纪，不多几日，便要做刀头之鬼了。不是我姓林的不肯救你，一则是因为实在穷困日久，见着白花花的银子，不能不取；二则那个姓伍的，我实在要报他驱逐我出门的仇恨，非得借你这头一用不可。你死在黄泉，却不要怨我，还该怨你丈人伍晋芳。”

林雨生正自沉吟，猛从背后刮起一阵冷风来，吹得毛发俱竖，几乎将啊呀都喊出来，一气跑入朱二小姐住的那一进。走至房门口，轻轻将板壁敲了三下。朱二小姐便知道是林雨生来了，趿着睡鞋开了门。林雨生窜进门来，才喘过一口气说。“啊呀，好冷！”朱二小姐也觉得他的神气不同平日，低问道：“你怎生如此疲惫？怕不是病了？”林雨生怪笑道：“不曾病，不曾病。太太权且坐下来，我有一件要紧的事，要来告诉太太一声。但是这件事很是重大，你听了莫怕，包管还要欢喜。”可怜朱玉苹朱二小姐是个绝顶聪明的女子，见人说什么话，便知这人安着什么心。他在今夜瞧这林雨生的光景，还有个猜不出来的道理吗？顿时花颜上也就失色，颤声说

道："你有话快讲罢，我来替你斟酌。"林雨生此时便将在汉口打探的情形，有出首的人赏给花洋一千元的话说出来。又说："你不是很不以老爷为然吗？此是一举两得的事，千万不可失此机会。我不是怕你责备我有事不同你商议，此时他们翁婿二人包管早下在监里了。我告诉你之后，一待天亮，便过江办这件事。"说着脸上颜色越发难看。

朱二小姐听了他一番雷轰电掣的话，不觉眼角里流下两行珠泪，咽住了一言不发。林雨生冷笑道："奇怪，你居然还舍不得你的老爷吗？你既是同你老爷这般好，你也不该……"朱二小姐忙用手掩着他的嘴，越发哭得利害，哽咽说道："我被你挟制得也够了，算我一件错，百件错，你叫我怎样，我已经怎样了。我一个好好的人，如今弄得人不成人，鬼不成鬼，生前对不住我的儿女，死后见不得我的爹娘。你如今越发要做出大事来。富大少爷呢，固是可怜极了；我虽然恨着老爷，我究竟同他没有什么海样冤仇，一定为这件事上致他死命，良心上总觉得过不去。你要的是银子，你放过他们两个罢，我以后变卖首饰，都赔偿得起你。你千不看，万不看，也还该看我待你的情义。一定要闹得我家破人亡，我也是条死路。"

林雨生满意将这件事告诉了朱二小姐，再也没有个不表同情的道理，忽然听得他说出这番话来，大拂己意，半晌不开口。一直听朱二小姐说完，顿时站起来，指着朱二小姐的脸啐道："什么叫做家破人亡？老爷死了，还有我呢，你也不图个忌讳。我为甚要你变卖首饰赔偿我？光明正大的银子不去取，反来鬼鬼祟祟地欺负你，我还成个什么男子汉大丈夫吗？告诉你一声罢，轻轻地拿了他这一千块洋钱，还算是替国家出了力，少不得还有官做。我主意已定，你再休劝我。我早知道你如此作难，我也不来了。"说着站起身子，便想出去，吓得朱二小姐忙一把扯着他的手哭道。"好人，你再不讲一点情分？"谁知林雨生不等他的话说完，早摔脱了袖子，跑出去了。

朱二小姐将心神按一按，止住了哭泣，重将桌上的兰灯剔得明亮，索性坐下来，左思右想，生生地将玉手上养的那一只纤纤指甲，已经有二寸来长，在樱口边咬得粉碎。暗想："象林雨生这种人，原是再没有良心的。我为了一个翠姨兀地同这般人打起交涉，虽然将翠姨治死了，这姓林的反成了我朱玉苹一个附骨之疽。此时即便打发了他，他万一在人面前说起歹话，叫我这颜面何在？眼睁睁望着他做出这伤天害理的事，这又是我的罪孽。我一个年纪轻轻的妇人，能够担负得多少罪孽呢？小美子今年已经三岁了，觅梨剥枣，正是可爱的时候。论起他的痧麻痘疹，至今一共也还不曾闯过来。我不修我自己，看着这孩儿，也还该替他种点阴德。难不成我朱玉苹一生幸福，白白地便送在这匹夫手里不成？这匹夫既这样去做，我就那样去做，我惟有赶先告诉了富大少爷，叫他快快离了这地方。即使他出了首，官府里不曾擒获真犯，料也不至便无辜地加我丈夫的罪名。”

主意已定，即便悄悄挨身出房，想去送信给富玉鸾。是时东方已渐渐露出鱼白颜色。刚走至阶下，耳边忽然听得无限人声，敲得前面大门震天价响，朱二小姐吓得倒退了几步。此时已惊醒了众多仆妇，霎时间大门已开。原来不是别人，正是伍晋芳气急败坏地打从江那边过来，跳下了轿，便直望朱二小姐房里走。见朱二小姐衣服穿得整齐，问道：“你们昨夜也不曾睡？好极，好极。玉鸾在哪里呢？便劳动你亲自去唤他到这房里来。外面风声很是不好，我有几句话关照他，想叫他到扬州去避一避。”又回头望着房外家人们问道：“林师爷呢？怎么瞧不见他？”内中有个家人回道：“在老爷不曾回公馆之先，小的起来解手，便看见林师爷匆匆出了公馆，还叫小的替他关好了门，想是回他自己屋里去了，也未可知。老爷要叫他，小的们便去。”晋芳道：“由他去罢，我不过问一声。”

朱二小姐心中暗暗着急，料想林雨生断然不是回家，定干那件事去了，芳心里突落突落地跳个不住。听见晋芳叫他去唤富玉鸾，可怜他也顾不得小足伶仃，飞也似走进挹秀轩里，伸头一瞧，见玉鸾和衣倒在床上鼾呼不醒。自己闯进去，尽性摇了一会。玉鸾朦胧之中，睁开眼一看，见是朱二小姐，吃了一吓，兀地跳下床边。朱二小姐急着说道：“大少爷你好自在。快快到我房里去。”这句话倒把玉鸾噤住了。朱二小姐揣知其意，急得笑起来说：“你的姨夫在我房里呢，有话同你讲。”玉鸾方才明白，便随着朱二小姐走入后进。

晋芳一见了富玉鸾，双脚齐跳，说：“老贤甥，你在外面怎么做出这些事？我请问你什么叫做革命？这命有什么革头？怕别人的命不曾被你革了去，你自己转来革自己的命了。”说时面红耳赤，几乎要流下泪来。富玉鸾见这光景，觉得十分好笑，接着说道：“老母舅乃朝廷柱石，武汉大员，说的话怕不在理。只是人各有志，愚甥所抱的宗旨，却也不便同老母舅细谈。老母舅象这样抱怨愚甥，正不妨出首了得好。”晋芳急道：“哼哼！你还说这些呕人的话。你是我的什么人，我肯去出首你？我不过是心里急躁起来。罢罢，目下再抱怨你也不中用，第一要替你想一条生路。昨天你不是说要到扬州的吗？我写一封信给你丈母，到了扬州如果没有什么动静，你就入赘在我那里。至于要挈小女到日本的话，再也不用提罢。我知道那日本是我们中国革命少年的制造场，一到了那里，再也没有不想造反的。你果然安安分分，也不愁不得一碗饭吃。从此以后，你就改了你这名姓也好。”说着，又回头望着朱二小姐道：“你替我取出一封信笺来。”朱二小姐早将笔墨安好。

晋芳坐下来，匆匆写了一函，封固好了，递在富玉鸾手里，说道：“你就赶快过江罢。林雨生呢？叫他送一送你。”朱二小姐道：“适才不是说的林先生不在公馆里吗？”晋芳用手捶着头道。“不错，不错，我是急昏了。”富玉鸾轻轻将信接在手内，又笑道：“昨晚愚甥已打了电报给一个朋友，这朋友大约今晚可到，我还想在此多耽搁一天，因为同他有话讲。”晋芳急道：“你当真安着什么歹心，还要等候你的同党？”朱二小姐也接口说道：“大少爷，不是我说一句不懂人事的话，并非我们不肯留你。”玉鸾笑道：“也好，也好，横竖我约的这个人，不在这里会，也可在扬州会。”说毕，即进房提了皮包，又出来说：“老太太那里，我也不禀知了，就此辞了老母舅罢。”晋芳见这光景，也就不由觉得一缕心酸，怆然泪下。朱二小姐心里既怀着林雨生这个鬼胎，又见他们翁婿分手很是凄惨，也是十分哽咽。

不表富玉鸾逃走之事，且说那个伤天害理的林雨生，天不曾亮，他已雇了江船渡江，一直奔入夏口厅衙门里。大凡一个州县衙门，是夜里热闹，日间冷清清的，象是鬼也没有一个。况且天色甫近黎明，更是鸦雀不闻。林雨生只得走入二堂上，才遇见一个打扫夫，在那里扫地。林雨生也是来惯的人，那打扫夫却还认得他，笑道：“林师爷起得恁早。”林雨生也不理他，一直走入承启房里。那个承启官正在睡乡。林雨生对这承启官面前一个亲随道：“快去禀明你们老爷，我有要事面禀。”说着，便在袖里掏出一封禀帖。那亲随不敢怠慢，随时送至承启官枕边。承启官揉了揉眼睛，知这事情很是重大，忙忙披衣着履，到厅官那里去了。

这厅官侯大老爷，名字叫做乾一，号惕斋，是浙江省人氏。他同伍晋芳很是要好，时常相见的。接得此禀，倒反怔住了。还亏他人颇机警，忙笑对承启说道：“昨天关道据迎宾江馆人回明，说是这革党去访伍晋翁，关道也当面问过伍晋翁这话，伍晋翁说是这人并不曾到他那里。要知道这些革党行踪诡秘，再也没有真话讲的。这姓林的既在伍晋翁那里当朋友，难保不借这个影响，诬栽晋翁，以泄私忿，亦恐在所不免。然而事之有无，我亦不敢代姓伍的下个断语，我此时立刻率领小队，带同这姓林的悄悄渡江，若果然捉获这革党，固是国家洪福，亦见得我们实事求是。在老兄看以为何如？”那承启官毕竟是个属员，没有不仰承堂官意旨的，也不敢说是要先禀明关道，再去捉人，只得唯唯答应了几个“是”。

侯惕斋退入后面，忙传过一个心腹家人说：“你赶在前头过江，送一个信给伍大老爷，说我即刻便过来相会。”那家人果如飞地乘着划船去了。侯惕斋知他去远，才传齐了伺候，率领小队，缓缓地渡江。此时只快活煞一个林雨生，跟在船上，耀武扬威，几乎连这夏口厅官也不放在眼里，以为这件功劳，总算是我姓林的作成的，你应该有得谢我。想到高兴时辰，便只管同那些小幺们嬉笑。

伍晋芳自将富玉鸾送出大门之后，他已是疲倦极了，便对朱二小姐说道：“天色还早，我们再睡一会罢。”朱二小姐点点头，便陪着晋芳同睡。他们两人各有心事，虽然没有什么云情雨意，然而晋芳自打从小翠子死后，尚不曾进过朱二小姐的房，这时候玉体亲偎，香腮熨贴，也可算得是重温旧好。刚闭上眼，已有爷们报进来，说夏口厅侯大老爷那里打发人过来，有要言面禀。这句话又把晋芳一吓。穿好衣服，忙走出来。那个家人匆匆地便将林雨生出首的事情说了一遍。并说：“我们老爷即刻过江来查看，小的不能再耽搁了。”说毕，回身就走。伍晋芳转过身子，望着朱二小姐跌脚道：“你听见吗？这是打哪里说起？”朱二小姐含着满眼泪水说：“不必提了。好在富大少爷已不在此。”

正说话间，卜氏已从后进筛糠簸战地抖出来，口里念道：“人离难，难离身，一切灾殃化为尘。我的儿子呢？快叫他躲向我床背后去，等我坐在马桶上，任是什么夏口厅，也不能进我这女眷房门。”朱二小姐忙摇摇手，附着卜氏耳朵说了几句。卜氏越发跳起来说：“这更不妙呀！外面画着他形容，走到哪里，也要被人擒获。你们为什么这样大胆，叫他孤身儿走出去？他有多大年纪，什么船呀车呀，怕还不会同人家讲价钱。万一再被拐子拐了去，那可更闹大了。哼哼！好在女婿是你们的女婿，我本不该来管你们这些事。”伍晋芳刚要上前分辩，外间又传报进来，说侯大老爷已到，卜氏才吓得躲入里面去了。

晋芳忙整肃衣冠，一路迎出去。朱二小姐同一群仆妇，也偷出来在屏风后面窥看。只见侯惕斋满面笑容，同晋芳行了礼。林雨生趾高气扬地站在一旁。旁边早恼坏了一个小顺子，暗暗骂着：“你这狗娘养的小杂种！老爷待你哪里错了，你去葬送他？你也不是爷娘生的！”又用手捏着拳头，将个中指伸出来，似乎要挖他屁眼。林雨生也识他这意思，只笑着挤眉弄眼做手势耍子。猛然听见侯惕斋厉声问道：“林雨生，你的东家说并不曾有什么革命党富玉鸾住在他这里，你如何妄自诬告？”这一句话，早把林雨生吓冷了半截，忙垂手回道：“请大人吩咐贵差，将这公馆门把守好了，小的随同大老爷亲去搜检。”侯惕斋笑道：“好，好。”说着便起身吩咐衙役们将大门守好，其余小队都排列到各腰门屏门口，自己便随着林雨生。林雨生大踏步虎也似地直望挹秀轩里扑进去，叫了一声苦，不知高低，那个富大少爷早已不知去向。林雨生此时气已馁了一半，不得已，又引着侯惕斋穿房入户，连卜氏床背后都察看遍了，再没有个富玉鸾的影子。侯惕斋一路走，一路冷笑说："富玉鸾这个人究竟藏在哪里呢?"说完，他就重回至花厅上。林雨生也跟出来，又说道："怕不是我们东家先将这人放走了。还请侯大老爷回明关道，着在我这东家身上严追，包管水落石出。"此时伍晋芳见林雨生这般狠毒，已是气得面无人色，坐在旁边一言不发。

侯惕斋勃然翻过脸来，骂道："我把你这千刁万恶的畜生！你一个当司事的，你不饮水思源，思量你这安富尊荣是哪个提拔你的，你转捕风捉影，将这重大罪名诬栽在东家身上。此后在省里当差的，谁还敢信用朋友？就是我这区区一个夏口厅官，也不是你应该戏弄，白白地将我诳得过江，又翻天覆地地将伍大老爷这边闹得鸡犬不宁，总之也没有一个革命党影子。我知道你这奴才利令智昏，觊觎那一千块洋钱，遂不惜故人入罪。你要知道，朝廷赏格，是专待有功。象你这妄自诬报，转足以破坏治安，残害善类。你这光棍，若是重重惩办，你既能诬告，便该将这诬告的罪名坐你，你就不得活命；我还看你东家分上，薄薄地惩戒你一二。"

林雨生听了这一番话，知道这事转弄翻了，自己反要吃亏，忙吓得跪下来说："小的实是亲眼看见这富玉鸾住在挹……"侯惕斋骂道："你还胡说！左右替我先行将这厮掌嘴。"说毕，早走过三四个差役，将林雨生扳过来，搁在膝旁一五一十，数了有百十多下，打得林雨生怪叫。侯惕斋说："你还敢胡说不敢?"林雨生磕了一个头说："小的不敢了。"侯惕斋便命左右取过一张结来，命他填好，画了押，自认诬栽，永不滋事。

侯惕斋又冷笑道："你这重罪，本厅轻轻开脱你了。"林雨生又磕了一个头。侯惕斋道："轻罪也还难饶。你在伍大老爷公馆里，我也不便打你的屁股。左右替我将这厮扯到街上去，结实打。"左右吆喝了一声，不待林雨生分辩，阜鹰拿燕雀似的，将他拖出门外。侯惕斋也跟出来，有人端过皮杌子，给他坐下。林雨生一生酸甜苦辣也算尝遍了，却是这挨板子的滋味不曾尝过，此时急急求饶。差役们只当不曾听见，将他按翻在地，褪下裤子，已将雪白尊臀露出。侯惕斋喝声打，那板子已从天而降，足足打了二千下。此时惊动左邻右舍，大家挤着瞧看热闹，猜不出为什么缘故。内中尤其伤心的，还有两个人呢：一是巴氏，一是杨成衣老板奶奶。

欲知后事，且阅下文。

# 第五十四回 捕厅署劣弟诌谎言 平山堂群雄开大会

侯惕斋对着伍晋芳笑道："这光棍你还想留他在跟前吗？兄弟替你将他撵逐出境罢。老哥自己再上一个说帖，兄弟将这光棍的甘结一并带至关道那里了案。"伍晋芳连连打了几躬，说："兄弟此时被这厮已气得方寸乱了，悉听老哥主张。"

可笑这林雨生害人不成，自己转挨着棒疮，真个同巴氏及小稳子结束结束，乘着轮船东下。朱二小姐毕竟老大不忍，暗中还叫小善子拿了些银子送他，做一路上的使用。夫妻二人，互相埋怨。林雨生冷笑道："我这苦头，也算吃尽了，他们官官相护，不知将那个姓富的藏到哪里，转来把这苦给我吃。放着我林雨生不死，总有一天撞在我手里，叫他认得我。"巴氏道："人总不可坏了良心。我们老爷同富大少爷，在先是待你怎么样？谁知你反去恩将仇报，自然阴间里挂了牌，阳间里挨板子了。但是一层，我们此番究竟往哪里走？小稳子的外婆家，你一共也不肯同他通个信，如今冒昧跑了去，不知道他们还肯收留我们不肯？"林雨生道："呸！我早已当你的娘家死得干净了，谁还跑去活现形。我此番主意已定，我哥哥林大华不是住在南京吗，此番简直去投奔他，又不一定打扰他的，我们自寻觅房子居住。那地方没多熟人，借此可以避避羞耻。"又回头望着小稳子喝道："万一你大伯伯同大姆姆问你的父亲在湖北干的些什么勾当，你就说父亲在湖北做老爷，坐上公案，就打人的屁股。若是又问你的父亲走路怎么一步一拐，你就说你父亲屁股上害着坐板疮。你若迸出半句实话，我定然打断你这厮下半截。"稳子咕噜着嘴答应了。

这一天到了南京，四处打听他哥子的消息，再也没有影响。后来好容易听见人说这林大华在督署里当了三年多的缮校差使，毫无贻误，上头念他微劳，已赏给他一个典史职衔。林大华又善于运动，不多时就补实了。目下正署扬州府江都县捕厅。林雨生笑着对巴氏道："如何？我时常同你讲，我们元和县姓林的，谁人不知道是积善传家，拿得稳要出几个官府，你听见不是我哥哥已做捕厅了？我们不赶到他任上去，还等什么？”巴氏也是欢喜。于是又从南京赶到扬州。

林雨生到了码头，心里总有些惭愧，怕遇见熟人，遂喊了两顶小轿子，巴氏坐一顶，自己同稳子坐一顶。轿夫问他抬到哪里，林雨生道：“江都县左堂。”那四个轿夫听见这五个字，吓得舌头伸了伸，颠着屁股驾云也似地飞奔。进了衙门，林大华的妻子嵇氏，此时听见门口禀进来说：“外面来了一群姓林的，说是同老爷是弟兄。小的不敢擅自主张，请太太的示下，还是请不请？”嵇氏将眉头一皱，说：“怎么死不了的这些姓林的，不曾做官，一林也不来；刚刚做了官，不是这个林，就是那个林。你看这姓林的什么光景？”那个仆人又说道：“倒是坐着轿子。”嵇氏才放下笑容说：“既是坐着轿子，倒也不可怠慢，就请进来罢。”

一霎时，果然见林雨生拐着，同巴氏母子一齐进入里面。嵇氏一看，似笑非笑地说道：“哦，原来是雨生叔叔。听说你们在湖北发了财，怎么白鸽子不望兴处飞，倒来脚踏贱地？”林雨生笑道：“嫂嫂说哪里话。记得当年哥哥多受了我的累，在司里吃打手心。”嵇氏听雨生劈口便说出这句不大兴会的话，十分不自在，又怕仆从们笑，只鼓着腮儿，一言不发。林雨生不知其意，依然接着说道：“后来托庇哥嫂洪福，在湖北做了两任官。久想接嫂嫂去湖北走走，知道哥哥在此拿着印把子，这印定然交在嫂子手里，就同我的印交在你弟媳妇手里一般，断然不能分身。”嵇氏到此，觉得林雨生说话有些解事，也就微微含笑。

林雨生又道：“今番回来没的孝敬嫂嫂，我同你弟媳妇商议，只好送嫂嫂一只赤金手镯。”嵇氏笑道：“又多谢叔叔破费，真是从哪里说起。叔叔们吃了饭不曾？”林雨生道：“不忙，不忙。只是哥哥哪里去了？为何不曾见着他？”嵇氏道：“你问你哥哥吗，俗语说的，‘能者多劳’，象你哥哥真是多劳了，地方上事无论大小，一切都仰仗他。”说到此，又悄悄用手指着院墙那边道：“我们这位大老爷，他担着名目，做个正堂，他只是闹姨奶奶。前日又弄了一个姑娘，叫做什么三百块，这三百块又搭上了别的姘头。我们这位大老爷都气昏了，家里的事还管不清，哪里再来管百姓们的事？偏生在这个当儿，东乡里出了一件命案，又叫你哥哥下乡去勘视去了。”

这一天，嵇氏听见林雨生说带了一只赤金手镯送他，心里兀自高兴，倒也办了四碟四盘，请他们夫妻吃饭。席间，只不见林雨生提起这事，嵇氏再忍不住，便左牵右扯，隐隐地逗着说到这金镯上去，笑道：“听说你们湖北的金价，比这扬州便宜得许多。譬如扬州三十九换，湖北只有三十六换。可是不是？到底湖北是个大地方，拿着金子也不算件事。不知道叔叔送我的那只金镯约莫有多少重？”林雨生抓耳挠腮了一会，笑道："我那只金镯，也不过只得二两头。"嵇氏又接着笑道："就烦叔叔取出来给我，我看那湖北的花样，比扬州好不好？"林雨生道："嫂嫂且吃饭，随后再说。"嵇氏又停了一会，约莫饭已吃完，又收拾出前面一进门间，叫雨生夫妇住在里面。嵇氏又踱出来望巴氏说道："我们叔叔懒得很，婶婶就将那镯子交给我，让我放心罢，这门口不大严密，怕万一再被人偷了去。"

巴氏未及答应，林雨生刚将行李布置好了，听他们妯娌在此谈心，忙插嘴道："我老实告诉嫂嫂罢，金镯是有一只金镯，我早已交在哥哥手里了，嫂嫂尽管向哥哥去要。"嵇氏惊道："好叔叔，你怎么将送我的物件交给这天杀的？你是几时交给他的？这天杀的一共也不曾同我讲过。"说着，又眼泪鼻涕一齐顺流而下，说道："这天杀的我同他一桌儿上吃饭，一床儿上睡觉，虽然不曾养得一男半女，然而那被窝里的肮脏事，我哪一样儿不曾依他？这天杀的瞒心昧己，从来不曾提起。我知道那天杀的外面有外路，包管拿着这镯子送给那些不要脸的婊子去了。这天杀的除非在乡里被人白刀子进，红刀子出，万一不死，会跑回来，我们有话再讲。"嵇氏越说越气，愤愤地走转内室去了。

林雨生一面听，一面笑。嵇氏走后，他就向床边上一坐，唤巴氏道："你替我倒杯茶，漱一漱口。"巴氏只当不曾听见。林雨生站起来，走至巴氏面前说："怎么你又生气了？"巴氏一骨碌掉转身子，将屁股对着他。林雨生笑道："啧啧啧，这又打哪里说起？有话明白讲，也不犯着同我不开口。"巴氏冷笑道："我把你这没良心天杀的，说起来似同我同心合意的，从去年，我的一只藤镯，左说右说，包这么几钱金子，你同我推三阻四，说没有这笔闲钱。哦！原来成两的金子，都送来给你这嫂子了。你嫂子的这副面孔，也不见得比我标致，你打一二千里外，就想勾搭他。我就不相信，姓嵇的胜过我这姓巴的呀？"

林雨生拍掌大笑起来说："嵇也好，巴也好，总怪我们弟兄娶你们嵇、巴的不好。我撒了一个瞒天大谎，原是给屁给他吃的，他连屎都吃了下去，你又拾得个红枣子当火吹。"巴氏方才掉转头来问道："你当真是撒谎？"林雨生正色道："不是撒谎，我就是你养的！你替我想想，看可有这力量去打金镯？"巴氏道："万一大伯回来，对证明白，如何是好？"林雨生笑道："世界上的事，做到哪里，说到哪里，等到其时再说，没有个锯倒树捉鸦的道理。若是句句讲实话，包管在外面一步也行不去。"巴氏这才回嗔作喜。

于是林雨生终日闲着没事，他哥哥林大华一直也不曾回来，觉得十分无聊，便颠倒价在街市上闲逛，茶坊酒馆，庵观寺院，没有一处没得他的行踪。有一天热得很，他便不曾出门。午后忽然一阵雷雨，约莫下了半个时辰，天色开霁，清风徐来，顿然凉爽起来。林雨生更耐不得，独自携了几百文，又走上街，口里津津地忽然想吃一杯酒儿。抬头一看，见有一块招牌，上写着“穆元兴鸡鸭老铺”；旁边又挂着两个白灯笼，上面贴着红字，一个是“时新筵席”，一个是“山海奇珍”。林雨生兀自欢喜，便走进去。

看官可记得这穆元兴酒楼，当初沈小雪同周碧芙在上面曾谈贺花珍、贺花仙夭折的事。那时候这酒楼尚是因陋就简，不过上下七八间房屋。如今已是雕栏画栋，开拓出二三十个房间，陈设非常精雅，准许客人叫局，那花枝般妓女，车马络绎不绝。说起这酒楼发达的原因，却可使人浩叹。中国当这时代，可算得民穷财匮，居家度日，一倍比当初要多出三四倍来，市面上也就萧条得很。独是内里的经济却甚困难，外面的文明却愈发达。一百件生意做不得，却是这个酒楼茶馆，再没有钱的人，他都要酣歌恒舞，沉溺其中，白日里丝管嗷嘈，黑夜里牛衣对泣，一般人却也不少。正如燕巢危幕，幸其火未及身，快活一刻便是一刻。你要问他心里上什么缘故，他也说不出个道理。所以穆元兴的主人，倒反得铺张扬厉。

林雨生踱上楼去，自知囊中没有多钱，拣选了一进三间敞屋，里面坐的却俱是下一等客。自己坐的一张桌子对面，却另有一张桌子，已坐了两个人：一个约莫有五十多岁，倒是生得肥白，一脸兜腮胡子；一个只三十岁左右，一双近视眼，同眉毛连结在一处。只听见那少年说道：“你老、老先生这、这、这句‘四、四、四郊多垒’的话，再、再、再也不错，我、我、我看他们这、这、这一班人，有多大本领，连官、官、官兵都不怕。”那老者冷笑道：“慕翁你这话又错了。他这其中定然有革命党通同一气，若说几个乡下蠢汉，他岂能军火齐全，公然拒捕？”说着又将兜腮胡子左捻右捻，烈烈地笑道：“怪好的一个清平世界，不知什么人提着头儿，废八股兴学堂，坑了我们一辈子，是不谈了，这学堂里便给他闹出这些大乱子。越闹得利害，我越快活。”那少年也笑道：“是、是、是。只不知这、这、这小孩子的头，怎么会好好地不知影响了？据、据、据人说，他们会念、念咒语，咒语念起来，那、那、那个头就化、化、化成清水。”老者道：“这个怕不的确。妖由人兴，朝廷里不闹这新法，也不至出这些玩意儿。”

两人正讲得高兴，旁边桌子上又有人插起嘴来，说：“你老不明白这件事，我最知道详细。我们敝庄上住着一个杨状元家，那杨状元三房只生了一个小儿子，今年四岁，颈项里戴了一副金锁，天天有仆人抱着他在庄门口闲坐。有一天，身边忽然走过两个人来，一个人嘴里嚼念道：‘这金锁重得好顺手，拿得来罢。’那一个又说道：‘套在颈项里，怎么拿法？’偏生那个仆人又不解得他们的话，只是呆望。先前那一个人喝了一声说：‘我有法子去拿。’顺手就在靴统里取出一把解手尖刀，轻轻将那小孩子的头割下来，果然就将锁拿得去了。可怜杨状元家里听见这事，好比半天里掼下一桩祸事来。状元气极了，便跑来城里，坐在江都县要人，说非得杀七八十个人头，不能了案。”

林雨生心里暗暗称怪，因话答话道：“请问一声，这些究竟是什么人呢？”那人又将舌头伸了伸道：“东乡这肉团鱼马彪，哪个不知道？这做案的左右不过是他的徒弟们作耍。”说毕，他们自谈话吃酒去了。

这个当儿，忽然见那老者站起来说：“喏，喏，这不是云生来了？”林雨生吃了一惊，果然见云麟从楼梯上跨进来，东张西望。自家不免有些惭愧，转将个头伏在案上，装着瞌睡。过了一会儿，忽然觉得背上有人拍着，说：“你不是林先生，怎么会跑到这扬州来？”林雨生只得抬起头来，也就堆着满脸笑容说：“原来是云大少爷。适才不曾瞧见，多有得罪，就请在这里坐罢。”云麟摇摇头，指着适才那老者桌上道：“敝业师在此，约我闲话。我一眼看见林先生，象是熟人，果不其然，我就暂坐一坐谈谈罢。”说着，就坐在林雨生桌边问道：“林先生是打我姨父那里回来的，有什么公干？”林雨生笑道：“也没有什么事，不过请了一个假，回我们苏州去扫一扫墓，不料又被家兄留在他衙门里住了几天。家兄就是现任捕厅林大华。”说着又细细地向云麟脸上瞧得一瞧，说：“少爷，我们也有大半年不见了，觉得少爷比从前消瘦得许多。”云麟叹道：“我的境遇，凡百难言。闲暇时辰，你请到我那里，我们畅谈。有一个人到了扬州，林先生可知道？”

刚说到此，那一张桌上的老者早已喊起来说：“云生快来，这口麻锅巴，冷了便不适口。”说着用勺子吃了一口汤，呷了几呷，长长地出了一口气，说：“好鲜。”云麟答应了那老者一声，又接着对林雨生道：“就是富玉鸾富大少爷。他是从湖北来到我们姨母家里入赘的，只是此番他们做亲，很是简略，大前天草草就成婚了。喜期这一日，我勉强在那里周旋了一刻，以后我也不曾去走动。他今天有字柬儿来约我明日在城外平山堂聚一聚，我听他口气，不久就要到日本，保不定还要挈带我姨妹一齐去。不知林先生在湖北可曾会见过他没有？明天没有事，我们一路去会会也好。”

林雨生听见云麟提起富玉鸾踪迹，不由喜得心花怒放，暗想：“这厮果然大胆，我疑惑他逃往日本,不料居然还安安闲闲地在扬州招亲。”面上却不露出,忙对云麟道:“在湖北我们也会过,只是他起身得快。他算是我的恩主,我如何不去叩见。明天少爷在府上等一等,定然一同去。”云麟这才走过那一张桌上吃口麻汤。

林雨生坐了一会,也就辞了云麟下楼,一路走,一路盘算。暗想:“天下事,打哪里说起?踏破铁鞋无觅处,得来全不费工夫。有我的还是有我的。这件功劳,我转成就了我的哥哥了。只是我哥哥还不见回来,万一再放他跑了,那才可惜呢。事不宜迟,我此番回了衙门,立刻着人请我哥哥去。”他想着,那脚下便走得飞快,眨眨眼已到了。见门前车马闹得一团糟儿,内中有个仆役喊起来说:“这不是二老爷。我们老爷适才回来,命人四处寻二老爷,二老爷快请进去罢,不要叫我们老爷想坏了。”

林雨生听见林大华已回,觉得这事很是凑巧。又听见仆役们说林大华急于相见,觉得弟兄恩爱,毕竟与平常人不同,他就喜孜孜地走得进来。果然见林大华坐在内室里,嵇氏也在旁边坐着,自己妻子巴氏同稳子站在一边。林雨生弯腰曲背地笑得进来,说:“大哥回来了?”这一句话未完,早见林大华双目圆睁,拍案骂道:“谁是你的大哥?你这不识羞耻的混帐王八蛋,在湖北吃了板子,溜到我这里。不是稳子说出实话,我一辈子也不明白。罢了,你挨了板子,是你的下贱,我也不来追问你。只是你又为什么搬弄是非,说是有一只金镯子交在我手里?累我才到了家,你嫂子就要同我打架。你几时做梦,有只金镯交给我的?你好好实说,你若有半字虚言,横竖你屁股上现成的板花,我这里也有板子,再请你领略领略这味道儿!”说着叉腰凸肚,气愤愤地说:“你说,你说!”

林雨生夹着一团热肠,要帮助他哥子捉拿革命党富玉鸾,好图升官发财,万不料林大华见了面,使兜头地浇了一勺冷水,不觉倒抽了一口冷气,忙分辩道:“大哥你也不用生气,我这金镯的话,也不是我哄骗嫂嫂,我也有个缘故。大哥虽然同我不是同胞弟兄,也算得是一个祖父传下来的。我自小儿便听见我父亲说,当日祖父也是个寒士,苦苦地只挣了两只金镯,死后给两个儿子,就是我的父亲同大哥的父亲了。后来因为大哥出世得早,祖父看着欢喜,就将两只金镯一齐交给大哥的父亲,说那一只算给大哥将来聘亲事罢。我的父亲那时很是忠厚,也就不曾计较。这只金镯,总要算是我的,所以我说交在大哥手里。若不是这原故,我送嫂嫂镯子,怎么不说两只,单说一只呢?”

林大华掉头望着嵇氏道:“你可听见了?他这王八蛋绕圈儿说话,是他的一生本领。我已表明我的心迹，你可以相信得过。”嵇氏也笑起来，说：“噢，原来如此。在先谁叫他说得活灵活现。”林大华又冷笑道：“雨生，你今番到我这里，不是看望哥哥，简直是想同我索取金镯了。”林雨生道：“兄弟不过闹着玩玩，谁当真提起这事？”林大华喝道：“死不了的奴才！我这衙门里，不能容你这刑伤人犯。既然你提起祖父，我看祖父分上，还容留你在此住一夜，明日大早，替我赶快滚出去。”

这一顿骂得林雨生狗血喷头，只得退回住的那座门房里。巴氏同稳子此时也跟着进来。林雨生不觉潸然泪下，自言自语说道：“这不是嫡堂的弟兄吗，待我是个什么光景？我这人不是糊涂到脑子里去了？你一生一世，不曾得着骨肉的好处，提拔我的转是陌路的两个恩人，我昧着良心，反苦苦去与他们为难。侯大老爷二千板子，还算是轻饶了我。罢罢，我林雨生知悔了，明天便同他们入了伙去，料想这革命党不辱没人。你们看富大少爷还舍了万贯家财去革命，若没有一点好处，何必定要走这条路？他也不呆。”主意已定，次日清晨，便急急起了身来访云麟。

云麟自从红珠死后，他已万事颓唐，忽忽不乐，连他岳家那里都懒得去，只是老坐在家里，读书侍母。于女色这一层上，倒一向虚空粉碎，再不流连。自家将他一所书斋修葺得十分清洁，四面壁上都悬着红珠小影，大的小的，坐的立的，愁眉泪眼的，含笑拈花的。有什么心事，便喃喃地对着那些小影私语。好半晌，不见那小影答他，他便痛哭起来。痛哭之后，倒反心地怡然。又从壁上摘下一张小影来，供之案头，或酌以清酒，或奠以苦茶。如此消磨了去。便是他仪妹妹出嫁，他也只是勉强去周旋周旋。至于他当初那些闲恨私情，到此转一毫不着迹象。不过觉得富玉鸾此番回扬成婚，十分潦草，不免替淑仪惋惜。又觉得富玉鸾不似当初豪迈，谈吐之间，激烈非常，处处拿话来打动自己，意思间都想自己在这扬州地方做个草泽英雄。云麟也晓得外面风气大是不靖，有时候鼻端出火，耳后生风，一般地也跃跃欲试。再一传念，亲老家贫，此等举动，也不是轻易做得的。故连日与富玉鸾仍是个若合若离。

转是那个明小姐似珠饶不得他，没有三天不来见访。他也晓得云麟同红珠这件事，他便百般慰藉，说：“当妓女的，再没有好人，朝送秦宾，暮延楚客。他们那个爱情，通是行云流水，你何苦竟把来当做真境？转是我们这一班女学生，举动虽是文明，用情却极专一，除非高自位置，不屑俯就男子。若是与这男子有了密切关系，倒是轻易分拆不开。而且父母不能阻拦，弟兄不敢过问。较之他们被那些凶龟恶鸨处处防闲，转不能自由，苦乐何啻霄壤。”云麟听他这番话，心中十分不愿意，又不

好意思拿话去驳他，只从鼻子里嗤了一声，说："象我们内兄柳春，我看他待你的光景也还不差，怎么你转有离弃他的意思呢？"明似珠笑道："这也要看缘法了。"又出手指着云麟的脸道："谁叫你比他长得俊？我揣他不该怨我，还该怨你。"云麟也笑道："万一再有俊过我的呢？"明似珠笑道："呸！世界上哪里会有这种事？"云麟又笑问道："我只不信我那内兄怕你象是怕鬼，不知你这鬼有什么法儿箝制他？"

明似珠到此，忽然将云麟上上下下瞅了一眼，向云麟耳边低说道："我这爱情，是牢牢托付在你身上了，你不用辜负了我，我情愿将他的事迹告诉你，你也不用害怕。你知道他是谁？他是革命党。我在先也不知道，因为当初他刻刻思量我，同他订了婚约，内中另有个人妒忌他，便是我的表哥哥。这人名字叫做朱成谦，不知打哪里将他的一封秘密书函偷得来给我。"

似珠一面说，一面便从一件紧身袦子里拿出一个皮夹，将皮夹打开来，抽出一张雪白洋纸，轻轻地递在云麟手里，叫云麟看。云麟看着念道：

> 饶来地时手如达现华集处妥即君此仆举付三及形易无必目孟已军已州复努到将鸾丁氏口情不但何到在等大亦神光更讯即矣丙雄内一得论须的海招各洽瞬盼力后大字

念了一遍，全然不解，笑道："这是件什么东西呢？你便拿着他来做把柄儿？"明似珠也笑起来说："这东西很要紧，你若隔一字顺念去，包管就懂得，这是他们党里的生命。我越发看得起他，这结婚的事，越发因此倒实行了。后来不料又遇见你，我又懊悔不该同他结婚。他窥见我的意思，拿出他做丈夫的身分，处处思量来挟制我。我遂不得已拿话吓他，说要持着这封信替他出首。他才缩了头，不敢阻挠你我二人的爱情。"云麟笑道："照这样看起来，你也是个女革命了，我如何敢惹你？"

一句话未完，忽听得书斋外面有人笑道："什么叫做女革命男革命？"此时吓得云麟大惊失色。明似珠疾便离开身子，一手将信函抢在手里，仍向皮夹里一放，右手便从裙带上翻取手枪。云麟睁眼一看，忙笑起来说："原来是林先生。你是几时进来的？我们黄妈也不说一声，倒反将我们讲的话窃听了去。"林雨生瞧见明似珠面上气色不好，忙笑着分辩道："这位小姐，学生虽然不认得他是谁，然而总不是寻常女流，我林雨生钦佩已到极顶。适才因为云大少爷家门开着，便踅进来，虽然在窗下听得一二句，却句句都打到学生心坎上。学生今日虽然同这位小姐是初识面，云大少爷他是最知道学生的，学生要算得这革命党里的一位老作家。凡要革命的，不遇见学生，这命是断然革不成的。"云麟笑道："好，好。不料林先生也讲究这个。

请问你这命是打几时革起的？”林雨生笑道：“这话长呢，请二位坐下来，听学生慢慢地讲。”明似珠听了林雨生一番言语，顿将适才的惊惶消释得干净，又觉得他说话很是得窍儿，便微微笑了一笑，依然坐下。

林雨生又斜着身子笑向明似珠道：“请教小姐贵姓？”明似珠笑指云麟道：“你问你们云大少爷。”云麟便一一代答了。林雨生摇头摆脑称赞道：“这位小姐也思量革一个命耍子，真是我们党里运气要发达了。万一革成功，这凌烟阁上画起像来，倒要多买些胭脂呢。”又回头望着云麟笑道：“少爷要问我这革命的话，我这革命很有点来头呢。少爷瞧不起我们姓林的，照家谱上看起来，在明朝时代，倒时常出几位革命祖先，一例地画着红袍纱帽。后来又渐渐衰落，子孙们做买卖本分的人多。一直传到我祖父手里，一总不曾出着一个革命。我祖父很是焦躁，他老人家最尊敬的是那《三国》上一位关老爷，便日日焚香祷告，请关老爷赐一个革命孙子。这一天，我母亲临盆，就是学生出世那一天了，我祖父朦朦胧胧，坐在书斋里静候喜信，不觉睡去，忽然见关老爷挺胸叠肚，跳进来说：‘恭喜，恭喜。前日玉皇大帝分派了许多天神天将诞生人间，一齐革命。我念你侍奉我的香火很是勤劳，苦苦地在玉皇面前替你求得一个革命孙子，我已命周仓将他送得来了。’我祖父正待道谢，忽然不见关老爷，转从门外走入一个虬髯黑面的大汉，搀扶着一个鹤发童颜的老者缓缓进来。你看他怎生打扮：头戴纬帽，红顶辉煌；身着蟒袍，朝珠滴搭；花翎却是双眼，袍袖又是马蹄；外套则黼黻齐全，花衔红日；朝靴则光油漆亮，脚踏乌云。我祖父那时惊出一身冷汗，内室里早通告出来，说学生我钻出娘的胞衣来了。我祖父知道我将来不凡，当抱着我的时候，都喊我做心肝命、乖乖命。少爷你想，人人都有一条命，不去革他，还革什么？就如这富玉鸾富大少爷，他也是因为革命，革到湖北来的，几乎漏了消息。还是我将他携着逃走了，方才有命，好好地到了扬州。”

云麟望着明似珠道：“不错，不错，你看不见那封信函里，有句‘鸾字付’的字样，怕就是他。”明似珠道：“我也曾听见柳春告诉过我的，这人姓富。难道他已到了扬州？咱倒要去见一见。”云麟笑道：“巧极，巧极。他本约定了我，于今日在平山堂聚会；林先生也是为此而来。你若是要去，便一齐去走走不妨。”明似珠大喜。于是更不耽搁，三人便迤逦直望平山堂行去。林雨生此时在路上左顾右盼，好不威武，好象一入了革命党，便都该将百姓们不放在眼里似的。

三人一齐到了平山堂，从山门里曲曲折折，一直寻到方丈里，也不见有一个富玉鸾的影子。正在疑惑，忽然从身旁窜出一个道童装束的小孩子来，望着云麟笑道:“先生可是来寻觅鸾公的?”云麟答道:“正是,他约我在此相见。”道童笑道:“他们早已走了,留我在此,说怕有人来见访,便引着他在严村相见。先生要去,便随着我来。”说毕,转身便下山如飞而去。三人急急赶着他影子。又不知走了多少路,早是午后光景,幸亏天色阴沉,路上还不觉得甚热。走至一处,道旁有一口古井,距井数十步,单单地有一座五大间草屋,出出入入的人很是不少,却都奇形怪状,不似什么良善之辈。云麟转有些害怕,尽望着明似珠发怔。他们看见了云麟三人,也有立下来瞧看的。

不多一会,猛然听见屋里叮叮当当摇起铃子来。铃声一响,只见那些出入的人,都肃然屏气,一例地鱼贯走进去。早见那道童又跑至门首招招手,叫他们也跟着走。走至门首,又有人扯着他们在簿子上签了名字,便随着道童跨进屋去。只见五大间屋里,黑压压地已坐满了一屋子的人。南向放着一张长桌,巍巍地列坐着几位革命党大头脑。其余都是北向而坐。中间一位面如冠玉,唇若丹砂,黑鬓齐齐地贴到耳际,微微分着一条发缝,两道浓眉似蹙非蹙,仿佛含有满脸悲愤。明似珠不觉呆得一呆,再看看云麟文弱弱的一个书生,又远不及这位少年英伟。只见那少年见了云麟,便笑着立起来说:“大哥果不失约,来得正好。”又指着明似珠问道:“这位女公子是谁?想也是与我辈极表同情的。”明似珠忙答道:“先生想就是鸾公了,我明似珠屡从手札里饱聆议论,久已心醉,今遇芝颜,尤觉爱慕。云先生是萍水相逢,蒙其介绍到此,焉有不表同情的道理?”富玉鸾笑道:“好,好。”又望着左右说道:“众位弟兄们,看看中国还有此等侠女,咱料其断不灭亡。你们还不相信吗?”会堂的人轰然应了一声“是”,便象半空里响了一个大雷。

此时早把个林雨生吓得象个斗败的公鸡一般,又象小孩子捉迷藏似地矮挫着身子,躲在云麟、明似珠后面,尽管朝后面望,想要逃走。富玉鸾瞧出神情,不觉喝问道:“大哥你身后藏的是谁?怕不是来窥探咱们的行径,替我抓过来。”这一声未完,恰好林雨生旁边坐着的都是些蠢汉,不由分说,早伸过手扯着林雨生发辫,平地栽倒,更用脚在他身上一踏。林雨生怪叫起来说:“富大少爷饶命,是小的林雨生。”富玉鸾听见“林雨生”三字,再瞧出他面目,不禁大喜,忙跳下座来说:“了不得,林先生算是咱的恩人,你们如何得罪他?”亲自将林雨生扶起,命人又安了三座椅子,排在左侧。众人见富玉鸾尊敬这猥琐不堪的人物,转有些失惊。富玉鸾又将与自己并坐的几个大头脑一一通了名姓。

看官须知道,这些人物并不是作者又在此凭空结撰,其实都是这部《广陵潮》书中出现过的。一个身材极高，面如黄枣，已长着鬑鬑胡须，便是初次拐小翠子至泰州，二次小翠子便在这个地方遇见华登云称是他丈夫姓宋的那个宋兴，绰号满天飞的便是。一个膘肥肉厚，左颧上簇着一搭毛茸茸的青记，坐镇仙女庙，绰号肉团鱼马彪的便是。一个浓眉大目，五绺长须，在沿江一带地方专管贩卖私盐，绰号拔鲸大王孟海华的便是。这三位声势浩大，富玉鸾在日本时辰，早用书招致。其余便是饶氏三雄、军师康华、童老幺、常老二以及各人手下伙党。饶大雄替党里到湖北沙洋一带地方勾当一件公事，富玉鸾约定他在武昌相会。后来因为风声紧急，不及等待，饶大雄遂一径赶到扬州。

当时万籁沉寂，惟见富玉鸾沉着那喉咙说道："诸君，方今的事，成也是要赶紧做，不成也是要赶紧做，不把他弄成破坏支离，也断没有建设的日子。若再延挨下去，弄得发起人死是死了，后来的又怕没有那种毅力。政府里只管醉生梦死，外人的势力一口平均，华种子孙谁也不永远做地久天长的奴隶！满清入关，替我们平治了二百余年的天下，咱未尝不感激他。只是这后来又无端地将好好河山转送给别人手里，这又是咱痛心切骨的恨事了。明白告诉诸君一声，如今广东、四川、两湖以及河南、山、陕，我们同志均在那里起事了，不多几天，必有大好消息。咱本是拿定主意，帮助武昌弟兄们一臂之力，因为武昌高据上游，一经同蜀、豫联络起来，不怕这长江一带不入我们掌握。偏生遇着我们那一位胆小如鼷的岳丈伍晋芳……"

话未说毕，猛然从人丛里发出一种呖呖莺声，直嚷起来说："原来富先生还是咱的姨妹婿呢，这可格外觉得亲热了。我起先不知道你是谁，原来你是咱的亲嫡嫡的妹婿。我那仪妹妹真好福气。"这一声倒把大家说得发笑起来，一时人声嘈杂，便不似先前安静。云麟暗地只管抱怨明似珠，说他不该扰乱会场规则。似珠鼓着小腮颊儿，掉转身子，不理云麟，两个眼珠只滴溜溜在富玉鸾面庞上滚来滚去。

富玉鸾却也不去理会，又接着说道："我想这扬州小小地方，便交给孟君海华，更有众位兄弟们在一处，何难成事？不料转将我赶到这地方来，同诸君把臂。事不宜迟，咱们明天一准动手。运库第一要紧，其余便是府里、两县以及捕厅，各地方都要派人去监守。至于参府扬营，那些老弱残兵更非咱们敌手，他们不来敌咱，咱们也不必多去杀他。咱们宗旨，不过为的是拯救同胞，人道主义不可不念。譬如前日杨家庄一案，他小小孩童，有何知识，贪其金钱，遂戕一命，岂是咱们党里所应做的事？若谓因他父亲做了满清状元，有意同他反对，这又错了。做满清官的人，未必尽是蟊贼；不做满清官的人，亦未必尽是圣贤：总要看他立志在什么地方就是了。"

又笑对云麟道:“云大哥,你何尝不是满清秀才,你居然也肯入咱们党派,这是榜样了。”

云麟立起身子,答应了一声。然而听了这一番话,早不觉吓得面色雪白,话也说不出来,猜准明天这扬州城里,便要出天大祸事。又见那些党羽听见玉鸾说毕,大家摩拳擦掌,杀气横生,更加心惊胆战。好容易盼到散会,日已西斜。一霎时马蹄人影,夹道分驰。云麟急急扯了明似珠,奔出村外。匆忙之中,也不知林雨生从哪条路走了。云麟喘了一口气,见左右没甚行人,方才望着明似珠说道:“了不得!我猜不到富玉鸾竟做出来。他不要性命,同那些强盗在一处干事。”明似珠也便道:“了不得!我猜不到那仪姑娘竟会嫁给这样男子。他那怯弱弱不文明的样子,竟同这富先生在一处干事。”云麟也不辨明似珠说的什么,只顿脚道:“怎么好?怎么好?我去劝富大哥不要干罢,他一定不依我。”明似珠也不辨云麟说的什么,也顿脚道:“怎么好?怎么好?我去劝那仪姑娘不要嫁给他罢,他一定不依我。”云麟又道:“这不是急死了人!”明似珠也道:“真正要急死人了!”他们两个人一路走一路讲,看是彼此谈心,却各自说的各人心事,总共一句也不曾听入耳朵里。

云麟别了明似珠回家。在先时辰,明似珠总不肯让他就走,或是留他到自己那里吃饭,或是跟他一路回家,都要闹到二三更天,方才分手。这一天,明似珠总算轻轻地将他一份爱情,移到富玉鸾身上去了,再不同云麟兜揽。云麟一直走入家里,怀着满肚皮鬼胎,又不敢将这些话告诉母亲,怕母亲吓坏。一夜里卧不安席,专待明天扬州城里闹得个海覆天翻了。

欲知后事,且阅下文。

# 第五十五回　弄假成真毒人施毒手　将机就计情种寓情痴

当散会时辰，林雨生眼看见云麟携着明似珠的手起立，自家因为他哥哥准于明日大早赶他出门，见富玉鸾有这般声势，自己又入了他们党伙，便想求一求玉鸾，先容他住在身边，随后在党里寻一件事，好准备糊口。不期匆忙之中，不曾赶得及玉鸾。再眨眨眼，又不见云麟两人踪迹。也只得从人丛里奔上大路，一头走，一头思量道："原来革命党的主义，是同地方官做对。听他们口气，怕不是明天就要杀尽扬州城里的狗官。别的不打紧，杀我那哥哥林大华，非得我亲自动手，不足泄我的心头恶气。大不了做一个捕厅，不要把威风使尽了，原来也还有遇着我的日子。"想到此眉飞色舞，两只膀子只顾动起来，好象他哥哥立时便要死在他手里。

忽然又一转念，想道："呸！不好，不好。万一他们成不了事，他们一个吆喝，早都跑了，我这杀哥哥的罪名，吃不了还要兜着走呢。林雨生，林雨生，你休得糊涂，大凡做一件事，都要看看风头。革命党成了功，我林雨生自然随声附和，恨不得逢人就抓住告诉他我是革命党，好博得一官半职，耀祖荣宗；万一革命党半路上失败了，我依然缩了头，老实做我大清国的本分百姓。我若是不顾高低，先从家里杀了哥子，这不是享不了革命的福，先吃了革命的苦？我再不狡狯，也不上这个当。不错，不错。主意拿定了，老实先赶回衙门，将妻小先搬到云大少爷屋里避一避，算离了那是非窝子，然后再行计较。"

林雨生一口气跑回，直奔自己住的那座门房，见巴氏背灯呆坐，小稳子蹲在凳上，用手抠那壁上贴的一张财神。林雨生喝道："仔细看灰迷了眼睛。"巴氏见林雨生回来，说："你这一天又在哪里撞魂？"林雨生笑道："你们吃了晚饭不曾？"巴氏道："且莫提起晚饭，我告诉你一件事：适才听见王二爷说的，府里来了紧要公文，说限三日之内，要将什么一件没头案破出来；若是破不了案，不但坏了官，还要问罪。我轻轻踱到后面张了一张，见大伯同嫂子都愁眉泪眼，急得了不得。"林雨生笑道："是件什么没头案，这般吃紧？一经到了你们嘴里讲起来，再也讲不清楚。”巴氏也笑道：“我听见说，就是什么杨状元家里的案呀。”林雨生笑道：“哦，这一案件，我包在荷包子里呢，可惜他太利害了，不把我做兄弟的放在眼睛里。”

刚说着话，忽然门外有个人将头伸了一伸，随即走了。林雨生忙赶出来一看，说：“原来是王二爷。”王二爷也笑道：“二老爷回来了？”林雨生拍着胸脯说道：“王二爷，你是明白的，一个人再不要向门缝里看人，将人看扁了，一百件没用，总有一件有用。”王二爷笑道：“二老爷金石之言。小的不敢同二老爷多谈，小的去去就来。”

林雨生依然转入门房，刚要再问巴氏的话，猛然听见门房外边大嚷起来，有五六个人的声音，林雨生转吃了一吓。只听见内中一个人骂道：“你们这些死不了的奴才，一共也不曾安着魂灵儿，自己家里一个嫡嫡亲亲的二老爷，比你们老爷亲爹须还要尊重些，为什么你们这些奴才将二老爷安置在这个地方？潮湿又重，若是叫二太太以及小少爷弄出病来，叫我心里怎么过意得去？”一面说，一面又大笑进来，说：“料想我们老弟及我们弟媳妇断不计较这个糊涂奴才。还不快快将二老爷箱笼、铺盖、桌椅、夜壶、便桶，一古拢儿替我请入上房里去，拣一处又背风又透光的房间，陈设妥当。我们有好多年不见了，魂儿梦里，哪一夜不提起老弟？”

林雨生见是林大华，又见王二爷紧紧站在他身后，他是个聪明绝顶的人，有什么不瞧科到十分，也忙含笑迎上来说：“大哥不必费心，小弟是刑伤人犯，岂容久占大哥的衙门？承大哥昨天教训，兄弟已在外面寻好了房屋，连夜便要搬出去，还求大哥体谅。”林大华哈哈大笑，扯着林雨生的手道：“愚兄的玩话，老弟居然当真。莫说老弟在湖北毕竟做着现任的官府，断没有刑伤的道理；若是老弟转将愚兄的玩话来责备愚兄，愚兄也没有别的法子，衙门中现成的是板子，愚兄只好俯伏老弟台前，任老弟打愚兄多少屁股，愚兄也断不敢抱怨。”说着又望手下差役骂道：“你们还不替我老爷在二老爷面前求情？”众差役答应了一声，一齐跪下。嵇氏此时也从上房跑出来，早率领多少仆妇，将巴氏及小稳子簇拥着到后面去了。

林大华命人在酒馆里喊了一桌燕窝酒席，殷殷勤勤推林雨生夫妇上坐，又逼着小稳子坐了，自己便同嵇氏亲执酒壶，立在下面斟酒。林雨生赶忙立起身来问道：“大哥今日忽然以盛席款待兄弟，必然有用兄弟的去处。咳！大哥看祖宗份上，我们总算是弟兄，只须在那个生气时辰，少骂得一二句，正不用此刻这番做作。至于兄弟呢，有能替大哥效力的地方，无不效力。务必请大哥夫妇一齐坐下来，才好谈心。”林大华只是谦逊着不肯坐，后来又被雨生夫妇逼迫不过，才同嵇氏卑躬屈节地坐在下面相陪。

吃酒时辰，林雨生不觉滴下泪来说："大哥今日自然为的是杨状元家一案。昨日初次会见大哥，不是特地来告诉大哥的，大哥只为金镯一句玩话便恼了，要逐兄弟夫妇出门，兄弟那时候一口气便恨极了大哥。想不到这一会还能同大哥吃酒。不但吃酒了呀，大哥夫妇由此还可以留得性命，这未始非祖宗保佑。"林大华听见雨生的话，觉得蹊跷，笑道："哥哥为保全这小小前程，知道老弟能施法力，所以求老弟看祖宗分上，帮愚兄一臂之力。至于'性命'二字，谅还不消过虑。"

林雨生从鼻里哼了一声，又低头呷了一口酒，冷笑道："大哥保得住这性命，就可以保全得前程；若是保不住前程，也就莫想保全得住性命。大哥你可知道革命党布满了全城吗？"当时官场听见"革命党"三字，好象病人见了鬼一般，顿时魂飞天外。林大华不禁抖起来说："兄弟，当真？"林雨生道："当真不当真，大哥明日便可以见分晓。"林大华越发惊慌道："难不成明日便要举事？"林雨生道："不举事更待什么？你要晓得，那杨状元家里的案，就是他们同党做的。"林大华抖道："这、这、这可怎么好？"席间嵇氏同巴氏也就惊慌起来。仆役们都在背后纷纷议论。

林雨生笑道："大哥休得惊慌，兄弟既然告诉了大哥，断不叫大哥吃亏。我们且缓吃酒，吩咐当差的快预备两匹好马，县太爷没用，不必去理会他，我同大哥连夜向府里及司里走一遭，还可以不至出意外之变。"林大华道："愚兄此刻魂已不在身上，一切任凭老弟主张罢。"好个林雨生，便同他哥哥大华带了两名精细能干家人，跨着马飞也似向盐运使司及扬州府里报告秘密。便在这一夜之间，不动声色，轻轻地将个革命首领富玉鸾绳捆索绑而来，把一天祸事，霎时消灭。富玉鸾既已就擒，他那些同党本没有什么一定政治思想，便也不敢妄动。

第二天盐运使亲自鞫问富玉鸾，铁锁郎当，他做梦也想不到是林雨生替他出首。及至上了公堂，一眼看见林雨生便坐在各官下首，心中暗暗惊疑。运使问了他几句，他便侃侃而谈，毫不隐讳，并在堂上劝说了各官一番。各官见他照直供认，也不曾用刑。这个当儿，玉鸾见堂下忽然又牵入一个人来，仔细看时，这一吃惊非小，原来不是别人，正是云麟。可怜云麟吓得面无人色，踉踉跄跄，任人拖拽。富玉鸾暗暗急道："这是打哪里说起？为甚又罗织到他，这不是我坑了他吗？"两个眼睛便盯在云麟身上。

原来林雨生做了眼线，既将富玉鸾擒获，又开了一个名单，凡是昨日在严村里面入会的，只要是他认识的人，都把名字写上去。幸亏柳春、明似珠连夜得了捕捉党人的信，知是不妙，旋即逃出城门。只云麟苦不识高低，正坐在家里，忽然三姑娘打发了几起家人来请他，他母子不知何事，云麟只得赶到三姑娘那里。猛见三姑娘及淑仪哭得象泪人一般，家中什物颠倒错乱，象被人打劫了去。问及缘由，才知道富玉鸾被官府里当做革命党捉去，云麟兀自失惊。谁知一班捕役早到过云麟家里，秦氏老实，不合告诉他云麟在伍公馆里，这些捕役们便在伍公馆里又将云麟捉得去了。

大家知这革命党的罪名，断然没有容着他的头还安在颈项上的。秦氏得了这个消息，有什么不哭死过去。便是亲友们也不敢来慰问，怕有牵涉。何其甫更吓得胆打屁眼里溜出去，连夜检点自己家里，如有云麟一张字迹，也赶来拿在火上烧了；并遍告诉众学生，说云麟不曾从过他上学。美娘不由也在旁边跌脚叹道："云家相公好一个清秀孩子，怎么……"刚说得半句，忽地腮颊上着了何其甫一个嘴巴，骂道："你这贱人，你难道认得姓云的？你不要命，我还要命呢。"美娘忍着痛，见何其甫说得郑重，也就不敢再讲什么。

且说云麟上了公堂，早已昏昏沉沉，堂上的官百般诘问他，他也没有什么辩白，象是失了魂一般。运使问富玉鸾道："这人可是你的同党？"玉鸾冷笑道："他姓云，单名麟字。他是个忠厚读书的人，同咱们倒是亲戚。至于同党呢，咱们同志也断没有这种不济事的脓包。你们看他这光景，也就该明白了。快放他走，千万不可累及无辜。"运使点点头。又望着林雨生说道："怎么你的单子上也开着这人名字呢？"此时林雨生洋洋得意，转恐因为这事运使疑惑他办事不周，暗想："一不做二不休。"忙立起身禀道："小的假装入党，还是此人引进。天下岂有在一处议论机密，还说不是同党的道理？在姓富的，此时多开脱一个人，将来便多一个人替他报仇。在小的看，此时多枭斩他一个人，将来便少一个人同朝廷做对。还求大人做主。"运使又点了点头。

富玉鸾先前还猜不准是林雨生替他出首，到此方才明白，不由冷笑着对林雨生说道："奴才，奴才！你记不得你那时饥寒垂毙，夫妻儿女在咱公馆前讨些茶饭，咱一手提拔你交给咱的岳翁，你才有今日，倒不料你竟恩将仇报。"林雨生也笑道："少爷可不用提起前事。少爷前日提拔小的，不过是私恩；小的今日出首少爷，自信是公义。朝廷深仁厚泽二百余年，少爷如此做出来，上既负君，中便负亲，下又负身，所谓'乱臣贼子，人人得而诛之'者也。"说着将两只腿弄得抖簌起来，俨然眉飞色舞。玉鸾叹了一口气，说道："好，好，我但祝咱们中国的人，不要都象你这姓林的，或者还有振兴的日子。”又向着云麟道：“大哥，如此世界，虽生犹死，咱们便一同去罢。”

当时运使便同一府两县，将此案详细打了一个电报到南京省城。不多会已得了回电，命将该犯押解来省，讯明正法。府县登时忙得屁滚尿流，连夜地备了文书。因为他们是重要犯人，怕路上有同党打劫，又在扬州营里挑选了四十名丁壮押送。

第二天清晨，早前呼后拥地将富玉鸾及云麟从狱里提出来上路。谁知事出意外，四十名丁壮提心吊胆走出了城门，猛然城门旁边窜出一丛人来，拦头截住。丁壮里面便有人喊叫起来说：“不好！大家逃命罢。”急忙转身，不防备那一丛人的哭声早震天动地。原来并不是来劫取他们的，却是秦氏、黄大妈带着女儿绣春、媳妇柳氏，三姑娘带着淑仪，知道他们这一出去，断然保不住性命，整整哭了一夜，此时又赶在城门旁边相送。丁壮们这才放心，便大声吆喝，举起刀柄子来便要砍打。这一群人哪里怕他，就地一滚，都滚到面前。富玉鸾面色铁青，只拿眼睛望着淑仪，似乎叫他赶快回去，不用抛头露面。云麟看见秦氏，只喊出一声“娘”，早昏晕过去。及至醒来，已同富玉鸾相对坐在船舱里，直向金陵进发。

只快活了一个林雨生，运使赏他办事灵敏，便交给他一个札子，叫他当秘密侦探员，月支薪水一百两，驻在上海，专司稽察行旅有无革命党出入其间。林大华记功一次，保举知县，遇缺升补。

读书诸君读到此处，虽然有发声浩叹，骂天道无知的，其实正自不然。林雨生穷凶极恶，似乎天反竭力去成全他。要晓得在有道的看来，人生无百年寿算，似此电光石火，终有撒手之时。富玉鸾及云麟虽然行将身首异处，明正典刑，然而他们鼎鼎大名，倒是千秋不朽。若是把眼光放远了去看，富、云二人死既不必呼冤，林氏弟兄生又何足为重？闲言休表。我且将富玉鸾及云麟临难的情形逐段写出来，给诸君看罢。

扬州抵南京的水程，用小轮拖着，不到一夜便抵了码头。这四十名丁壮，一直将二人押至江宁府衙门。且说当时那南京制台正是个旗人，姓意名海楼，是从南京驻防护理制台的。生平最恼的是革命党，说革命党口口声声排满，显是同他们旗人做对。凡遇着革命党，无论首从，均予一律正法，再没有一个能在他手里脱逃的。昨天得了扬州的电报，已经赫然震怒，预先吩咐了江宁府，人犯一到，便将他送入自家衙门里严行鞫问。江宁府哪敢怠慢，一总来不及收入监狱，便亲自押入督署。谁知去得太早，制台大人在姨太太房里睡觉尚不曾起身。江宁府一直候至日斜时分，内里才传出消息："大人一时尚没有鞫问的话，还请府大人将人犯带回去罢。"江宁府不得已，又将两人押回，也循例问了一堂，旋即收入死囚牢里。

云麟此时已算尝遍了犯人风味，俯首帖耳地随着狱卒入狱。那个管狱的便来验收，一见云麟，吃了一惊，失声叫出来说："这不是云相公?"云麟模糊之中，将这人一望，原来是以前在富玉鸾公馆当过家人的那个富荣。自己不禁又哽咽起来说："你们少爷随后也来了。"富荣更是惊讶，一霎时果见富玉鸾也被人押入。富荣虽然猜不出他们所犯何罪，然而一经押入这狱里，知道情节甚重，不敢怠慢。然而毕竟徇了个私情，命人拣了一所宽敞些的房屋，将两人安插好了。然后问长问短，才知道其中缘由。自家又诉说："自从少爷抛弃了产业出洋，小的便连年奔走，目下才当这差使，不料还来伏侍少爷们。少爷们且安心住着，一切茶饭饮食，自有小的照料。况且吉人自有天相，说不定皇上要开恩典，赦少爷们出狱。就如这狱里，小的在此已三年多了，在别人看起来，就象一经入了这狱，永别想出去重见天日。其实也不然，那遇着大赦的也不知多少。"云麟自从被捕之后，他只有垂头哭泣的分儿，料准自家必无生路。今番听见富荣一篇话，又从绝望之中，生出无穷希冀，转有些活动起来。

富玉鸾看出他的情形，不禁暗暗发笑，又有些可怜他。此时也不便说什么，便望着富荣道："好，好，难得咱们主仆转在此聚首一场。咱在狱里，也没有事做，你可能卖个情儿，替我在外面买点书籍纸笔，咱在这里面消遣消遣。还有一层，咱们两人还不知在哪一天结果，一天不死，一天总要钱用，你得便通个信儿给扬州伍太太那里，叫他们寄些钱来。"富荣扬了扬头，赔笑说道："少爷要命小的在外面替少爷买物件，小的不敢答应。因为管狱的老爷甚是利害，查出便不得干休，小的不敢冒这个险，还请少爷勿怪。至于银钱一层呢，小的替少爷想个法儿，是必须弄点来，方才可以过舒服日子，不然那就不方便得很。就如少爷住的这间屋，若是别人，没得一二百元，也不得给他住。小的虽不敢领少爷的赏，只怕小的同事们起了疑心，说小的徇情，眨眨眼将少爷移向那个尿屎满地的房间里，那可就糟了蛋了。"此时富玉鸾只是微笑。富荣见他没有什么话说，也就退出。

不多一刻工夫，忽然富荣从外面哈天扑地笑得进来，手里捧了许多物件，一一放在桌上，笑指着说道："喏，喏，少爷，这是纸，这是笔，这是墨，这是一方歙砚，这是一部小说。还报少爷一个喜信儿：小的适才走出去，外面当差的早送进白花花五百块鹰洋进来，说是打少爷府上寄来的。小的不曾替少爷拿进来，少爷就放在小的那里罢，少爷要什么使用，只管吩咐，小的去买就是。”玉鸾又点了点头。富荣笑得眼睛都没了缝，倏地又走了。

云麟问道：“大哥，你怎么将寄来的钱交给这人？怕不大稳便。”富玉鸾笑道：“咳！云大哥你只是个不知世情。象你同咱这两个人，今日晚上死也不知道，明天早上死也不知道，他们是有规矩的，一经咱们死后，他落得一古拢儿收入腰里。大哥到此时，还苦苦同他争竞这个。”云麟听了这番话，早又面色如土，不禁又将个头俯到桌上来，呜咽痛哭。富玉鸾长叹了一声，只得取过一本小说来消遣。

第二天刚过晚饭时候，富玉鸾正同云麟讲着，说：“如何到今日还没有发落？莫不是一班同志已经在各处得了手吗？但愿上帝庇佑，留着咱这七尺之躯，好替同胞们尽些义务。”话未说完，忽听得狱门外面早有人在那里吆喝。富玉鸾兀地推案而起，说：“云大哥你听见吗？想是要正法咱们了。”云麟吓得抖抖的，一句话也说不出来。一霎时富荣果然走进来说：“少爷们快快起身，制台衙门里传讯。”富玉鸾冷笑道：“不是结果咱们？”富荣笑道：“少爷吉利些儿，哪里会有这件事？”富玉鸾一面说，一面早大踏步走出房门。富荣也将云麟半推半挽送出来。那外面卫兵喊一声“得了”，早将两个人蜂拥而去。

且说这时候那制台花厅上灯火点得如同白昼，公案陈设非常严整，一班侍从的人站得密麻也似地列在左右，阶下便是刑杖护兵，一直排列到二门以外。总因为今晚审讯革命党匪，恐怕有奸细侦探，不得不格外严密。便是那花厅背后，也有许多内眷窃窃地从斜眼子里偷瞧。不知革命党匪究竟是个什么三头六臂的人，引得官场里人人害怕。

富玉鸾、云麟早经人押在花厅门外，一声吆喝，便叮当叮当地将两人牵拽上来。只见那制台年纪也不过四十左右，雪白粉脸，撇着几根拿破仑的胡须，果然一表非俗。只是见了富玉鸾，他便拍案大怒。富玉鸾却不慌不忙，向地下盘膝而坐。云麟也跟着坐下来。制台按着那点名簿子向富玉鸾问道：“你这厮便叫做富玉鸾？你的同党除这云麟而外，还有多少？你从实供来，咱也不难为你；若是有半句支吾，哼哼！”说到此，便只管用手捻着胡须，眼睁睁地望着玉鸾冷笑。玉鸾喝道：“你是旗人……”

制台冷笑，望着左右说道：“你看这斯大胆。咱恨不得立时打杀他。”玉鸾又喝道：“你是旗人，不配问咱。你问咱多少同党，咱的同党除是你们一班满奴，醉生梦死，不识高低，其余大约都是咱的同党。”制台冷笑，四面望了望，说：“难不成咱这衙门里上上下下都是你的同党？为什么他们不来附会你，倒反妥妥帖帖服从了咱？”

富玉鸾大喝道："该死的满奴！他们谁无人心？不过贪恋着满奴的爵禄，便为你们所用。一旦扫除羶俗，还我河山，你那时候才知道人心，才知道天命。"

制台被他这一番辱骂，只气得脸色铁青，勃然大怒，只把那公案拍得震天价响，连"打"字都喊不出来。那阶下一班刑杖手，早已知道制台的意思，一刻工夫，早将富玉鸾上身衣服剥得干净，绑上了天平架子，倒山也似的藤条子飞舞而下。富玉鸾此时已置生死于度外，咬牙忍受，并不则声。只见那血花飞溅，顿时成了个血人，眼直口闭，刚剩得奄奄一息。

云麟在旁见这光景，已吓得软瘫在地。制台见富玉鸾不能再打，转眼将云麟望了望，喝了声说："这厮咱也不再问他，快将那厮放下来，再将这厮绑上去。"云麟吓得怪哭，赖在地下不肯动弹，转喊起亲娘来。差役们兀自好笑，硬扯着上了天平架子。一个差役扬着藤条，只等制台喝一声"打"，便好施刑。奇怪，在这个当儿，制台旁边走过一个小厮，轻轻附着制台耳朵，不知说了一句什么话，那制台便皱了皱眉头，向外面吆喝道："这姓云的且缓施刑，还将这两人押入江宁府狱里，听候发落。"说毕登时退堂。二门以外的护兵也随即散队。差役们也不知大人是什么用意，又将云麟从天平架上拽下来。可怜云麟已吓晕过去，便直躺在花厅上。江宁府衙门里的原差见富玉鸾已不能行动，命人雇了一顶小轿，将玉鸾放入里面。再走过来看视云麟，象是已没有知觉。

正在无措，忽地花厅后面跑出无数仆妇丫鬟，大家围拢着云麟，有送姜汤的，有哺着人参喂他的，嘻嘻哈哈，顿时将一座冰雪公堂，改变得花团锦簇。云麟悠悠醒转，身子已斜睡在一个仆妇怀里。那一班差役便向他们问着说："我们当差也当了几十年，从不曾见这加级纪录的犯人，制台会命人出来将息他。嫂子们告诉我们一个详细，也不枉着在衙门里走了一番。"那些仆妇笑道："我们知道吗？"又在众人中指着一个伶伶俐俐瘦小身材、才开过脸儿的一个少妇笑道："你们大爷们若是不放心，只问我们这位嫂子。"差役们听得这一句，便都拢近身，带玩带笑闹着问那少妇。少妇略笑了笑，说："不瞒众位大爷们说，这相公是我们四姨太太的哥子。四姨太太适才听我们说大人在花厅上审问革命党，四姨太太同二姨太太、三姨太太便笑着说道。'大家都将近长到二十岁，还不曾看见过革命党是个什么样儿。'遂悄悄地引着我们，一路到这花厅背后看着耍子。那时候正打过那个革命党，恰好要将这相公绑上去打，被我们四姨太太一眼看见，便吓得怪叫起来。被二姨太太问着何事，四姨太太便将这缘故说给二姨太太听。难得二姨太太笑着对四姨太太说道：'这也不难，大人是最喜欢不过你的了，你只须送个信给大人，大人断不能眼睁睁知道是你哥子还去难为他。'果不其然，大人便饶了我们这相公了。哪位是江宁府大人那里的老总？还望一切看顾这相公些，我们四姨太太自然知道。"那时候江宁府衙门里两个差役，忙挤着上前说："大嫂放心，这事都交在我们身上。这相公已醒转过来，让我们带回去销差。有什么话，尽管差一个人向敝衙门去吩咐，我们不看别的，还看四姨太太分上呢。"说着大家也就一哄而散。

此处依然将富玉鸾、云麟两个人押入江宁府衙门狱里。刚到狱门口，富荣早已笑着迎出来，望原差摇摇手，说："你将这姓富的依然还押入这房里。至于这云相公呢，适才制台大人那里已来招呼过我们管狱的倪大老爷，倪大老爷已着人收拾出一间洁净洋房，便在倪大老爷住宅上首，你将这云相公交给我，让我引去罢。"又望云麟笑道："相公真好造化，转眼就可出这地方了，我先来替相公贺个喜。"说着顺手便请了安。那两个原差也不禁快乐起来。

此时云麟惊魂甫定，把适才光景在心里略盘算了一会，当时昏迷之间又不曾认清那说话的少妇究竟是谁，知道他们定是误认，恐怕一时明白过来，自己依然逃不了这重罗网。想到此，心头小鹿还是撞个不住。所以对着富荣一干人只是摇头，也不敢说什么。富荣将他送入一座洋房里，此处陈设果然与昨天住的那个房屋不同。便问富荣道："你们富大少爷呢？"富荣笑道："富大少爷他是重犯，如何能住在此间？相公如今是亏得小姐在制台大人那边，制台大人才暗暗授意给我们这里，不然也没有这个份儿。"云麟只是不信，暗想道："管他呢，权且住下，怕过两日他们查察出来，还不是依然同富大哥住在一处？天下断没有永远误做人哥哥的道理。"

云麟这一夜翻来覆去，便不曾好生睡觉，肚内寻思道："天可怜我是无辜遭这祸殃，这几日以来，我的母亲不知怎生个痛苦，所以平白地闹出这个姨太太儿，忽然将我认做他的哥子，轻轻地便将昨晚一场祸事登时消灭。不然富大哥就是榜样，我这瘦怯怯儿身躯，如何禁搁得起？但愿祖宗默佑，这姨太太一直便错认到底，逼着那制台将我释放回去，我就感激不尽。只不知自古及今，那做犯人的真可有这般侥幸？"如此辗转想去，想得疲倦，早一觉睡得沉沉的。惊醒时，红日已晒到半窗。约莫窗外有个人问道："这云相公可曾醒了不曾？"身边便有个仆人答应了一声说："醒了。"

一霎时便靴声橐橐，走进一个人来，戴着帽儿，穿着袍褂，也不等云麟下床，便上前行礼。吓得云麟还礼不迭，刚要下床，那人双手扶着笑道："请自便，请自便。"

又向云麟脸上望了望，笑道："好光亮气色，一夜便转得过来，较之前日初见，大不相同。"云麟被他按住不得动弹，意思想问他姓名，那人早笑说道："兄弟姓倪，表字紫庭，是在这边当着差使。"云麟知道这便是富荣说的管狱官儿了，忙答道："这如何使得，学生是负罪的人，敢劳动上官垂顾，只是替学生增罪。"倪紫庭哈哈笑道："老哥如此说，是不以人类待兄弟了。兄弟这两日因为外面穷忙，少过来替老哥请安，老哥若不是见罪，明日会见令妹的时候，只要说一句那倪官儿还懂得人事，知道照应老哥。"说到此，又附着云麟耳朵低笑道："再烦令妹在制台大人面前提一句，更是感恩不尽。因为兄弟这差使，实在淡而无味，连年赔累，已是不堪。老哥只看兄弟的当票，便可知兄弟的苦情。"倪紫庭一面说，一面真个伸手向衣袋里掏摸当票。云麟连忙拦住。又因为倪紫庭只管提着令妹令妹，又不由得面红耳赤，转怕自己露出马脚来，只得嗫嚅答应。

刚在相持，忽地富荣又从外面走进，倪紫庭才将云麟放下。云麟随即起身下了床沿，只见倪紫庭笑问富荣道："你去打听出什么消息没有？"富荣垂手答道："是。老爷昨天吩咐小的，小的连夜便住在那边大人一个家人房里，好容易探听出大人一经退了堂，便问什么人止着他不打那个革命党？当时二姨太太便将四姨太太的话告诉了大人。大人先前还不依，说这是朝廷重犯，一个头都不够杀的。"富荣又接着说道："那时候四姨太太便大哭大闹，硬逼着大人说，一天不救他哥子，他一天便不进饮食，要活活地饿死。大人才转过点口气，说既是四姨太太的哥子，看四姨太太分上，饶这姓云的一个全尸，将他绞杀了罢。"云麟听到此处，早又爽然失色。倪紫庭仍是不语。富荣又说道："后来四姨太太仍是不依，当晚便不曾吃晚饭。大人到底拗四姨太太不过，已允着开脱云相公，吩咐师爷们起稿儿。大约不久便有喜信了。"倪紫庭大笑道："可又来，你何不早说，我适才几乎得罪了云老爷。"说着吩咐富荣退下，连连向云麟作揖，笑道："恭喜，恭喜。兄弟暂时失陪，明天有什么消息，兄弟再来通报佳音。"说着别了云麟就走。

过了两日，倪紫庭果然又来报告说："兄弟在制台幕友那里得来的确实消息，已将老哥开脱，大约不久老哥便要离开此处。"云麟听了，十分欢喜。只是放心富玉鸾不下，不免又叮嘱倪紫庭格外照应。倪紫庭连连答应。云麟不免又写了一封信，先告诉母亲。不到两天，已得了家中回信，说他母亲自从云麟被押解南京之后，几次哭死过去；目下接到此信，已略觉安慰；嘱咐云麟一经出狱，急速回来。

云麟这一天刚在无聊，忽然又见倪紫庭哈天扑地笑得进来，说。"好了，好了，制台大人已命兄弟转禀了江宁府大人，将老哥释放。还有一件喜事，都是老哥提拔的。今天一早，制台那边四姨太太忽然将内人唤进署去，看待得十分殷勤。不瞒老哥说，象兄弟这种狱官儿的内眷，一时要想看见制台大人姨太太的金面，是一生梦想不到的。今日一旦如此，若不是老哥的一点恩光，兄弟愚夫妇两人哪有这般荣幸？原来四姨太太将内人唤进去，便赐了茶，又命他到房里，嘴里谦恭着说：‘我这哥子多亏你们老爷看待，我将来在大人面前总是要酬报你们老爷的。但是一层，今日约你进来，非为别事，因为我这哥子出了狱，我想同他见一见，怕的在这里不很方便，我的意思，想借你们的衙门里，我们姐妹俩谈谈体己。我是已经禀明过大人了。不知道你还肯不肯？’好老哥，你想我那内人又不是呆子疯子，难得四姨太太肯赏这个脸，焉有违拗的道理？便满口答应了。姨太太说准于明日光降。老哥你快快收拾，请到兄弟我那个书房先行住下，明天姨太太来时，也好说我这官儿办事尚算能干。此时不暇陪老哥多谈，老哥停会就请进敝衙去，兄弟先去预备接姨太太的仪注儿去了。”

云麟先听见制台已经释放自己，自然是喜出望外。后来倪紫庭忽又说出四姨太太要来相见，这一吓转又将一个破碎不完的魂灵儿吓得从顶心冒去，暗想：“这还了得！我断然没有妹子，这是我知道的。万一同四姨太太冒冒失失见面，他一认出来，晓得我不是他的哥哥，他这惭愧自然是到十分。他不说是他误认了我，他反怪我戏弄了他，他自然走回去告诉制台，依然照罪惩办，我如何还想活命？这不是白白欢喜了一场？”想到此，面色转变，忙一手将倪紫庭拦住，说：“这姨太太我是断然不会他的，还请上官替我设个法儿。”倪紫庭不禁大笑起来，说：“这可怪极了。无论姨太太这一番搭救老哥之恩，兄妹之情，断没有个不想见一面的道理；就是兄弟也难得四姨太太有这机会，肯辱临寒舍，兄弟也断断不能因为顺老哥这无理的话，便白白将这机会失了。”倪紫庭此时夺了手早跑出去。云麟呆了半晌，暗暗恨道：“这如何是好？”

不多一会，早有许多家人将云麟请入倪紫庭那座书房，果然收拾得十分幽洁。倪紫庭不时地跑出跑进，竭力周旋。云麟只是沉闷不言，越是看见倪紫庭谄媚自己，自己越发难受。暗想：“你今天如此，怕明天便不如此了。”

挨到明日，云麟已绝早起身。倒亏他连夜想出一条计策：“明知今天那四姨太太必来，见面之后，断没有不将这重疑案勘破的道理。我既是插翅飞不出这门，只有老着脸儿，哀求那四姨太太放我一条生路。妇人家心最慈善，我便将那‘救人一命，胜造七级浮屠’的话来打动他，怕他不依？除得此策，更没有别法。”主意已定，所以倒反不慌不忙，专候四姨太太大驾。谁知倪紫庭夫妇比他格外盼望得利害，沿途派着家人打探。一直等到午后光景，总还不曾见四姨太太出来。大家揣测，怕今儿是来不及了。

又约莫有日斜时分，外面才跑进一个家人，跑得汗流气喘，说了一声：“四姨太太到了。”吓得倪紫庭夫妇连忙迎出大门。等了好一会儿，远远听见马蹄声音，倪紫庭又跑了一箭路迎接上去。接连地便随着许多仆妇，一齐拥入上房里去了。云麟转又吓得坐立不安，心头象十五个吊桶——七上八下，呆呆地倚在窗口一言不发。正在着急当儿，忽然来了一种不做美的声音，便是里面一迭连声传唤云少爷进见。云麟只得迷迷糊糊地随着一个仆妇走入去。不知走了几重房屋，早见堂上灯烛点得如同白昼，珠围翠绕地围着一大群人。云麟刚走上台阶，便吓了一跳。

欲知后事，且阅下文。

# 第五十六回　江宁府书生脱祸　武昌城民党成功

云麟这个当儿，一步一步挨命地望里面走。走入堂屋，也辨不清楚那灯光珠彩。猛地一旁走近一个侍婢，扯着云麟的手笑道："姨太太请少爷在房里见。"这一种声音，直吹入云麟耳朵里，云麟模糊之中，再仔细向那个侍婢一瞧，失声叫道："哎呀！你不是……"这句话未完，只见那侍婢早含笑将云麟的手紧紧一捏，似乎叫他不用说出别的话来的意思。嘈杂之中，已将云麟扯入房里。

云麟此时便不象先前的畏惧了，跨入房门，果然见绣椅上面端然坐了一位十八九龄的佳人，宝髻珠花，翠裙红袖。见了云麟，也不知是悲是喜，兀地立起身子，向旁边一位太太说了一声："倪太太请自方便罢，我们姐妹俩想谈一句体己话儿。"倪紫庭的夫人听见这句话，连忙答应了几个"是"，垂着手曲着腰地早避到外面；越发凑了一个趣，将四姨太太跟前带出来的几个丫头，一古拢儿邀入后一进里吃点心。那四姨太太果然挥了一挥手，一群婢女都如飞地出去了，身边只俏伶伶地立着一个先前扯云麟进房的侍婢。

我编书编到此处，虽极意地想用一种腾挪之笔，不肯轻轻将四姨太太姓名身世叙述出来，然而那善读小说的诸君，灰线草蛇，料也有些明白。你道为什么缘故呢？南京驻防护督院印的意海楼，是在书中出现过的，云麟的叛案便落在他手里，这个当儿，救云麟命的又是意海楼的四姨太太，天下当真有个四姨太太错认别人做哥子的道理吗？云麟只因为深信他那意中人儿是因月信在身，不谨房事，以致血崩身死，所以再也想不到这一番奇奇怪怪的情事。不然，论云麟也是个极聪明的孩子，他遇着这件事，难道便不会猜测到这个人，转让诸君自命先见吗？嗟乎！生我者父母，救我者美人。铁索朱衣，分作沟中之瘠；片言只语，追回狱底之魂。这等情深义重，诸君试思，云麟在这个当儿，自然是感激涕零，倒地百拜了。谁知云麟又有云麟的见解，有非寻常读书诸君所能窥测者。待我将他们见面时的情形慢慢叙来，诸君便可知道。

且说云麟那时候见房内已没有别人，一眼盯着那个四姨太太，好半晌开不得口。转是那四姨太太含着满泡眼泪，说了一声："云少爷你苦了。依我的主意，今日本不当再来见你。"云麟更不等他再说下去，一欹身子，向一张椅子上坐下，也含着满眼泪水，哽咽说道："哎呀！救我的原来又是你。我感激你的地方，自不消说得。只是你这人的心，再没有比你生硬的，你好好地去嫁人罢了，我又不曾缚住你，你哄得我几乎要死，你为甚叫你那些邻居装得活灵活现？你既是哄我是死了，你今日又为什么活蹦乱跳地还在世上呢？我知道你处处想推掉我，我究竟不知道哪一件是讨你的厌，一味地远我，好象避那蛇蝎似的？"

红珠叹道："在先的事，我有我的用心，也不用再提了。只是你这一次为什么又同富少爷他们闹出这一种大乱子？我是担着十分重大干系，在我们那个大人面前保你不是革命党。"说到此，又笑了一笑说："我斗胆认你做了哥子，你不用生气，怪我玷辱了你。须知不是如此做法，我们那个大人也不相信。你可记得我由南京初到扬州那一天，你到我家里，你知道我们是洗了手了，你望着我说：'只算你是我的亲妹妹，听见你们到了扬州，也该来走一趟。'我那时候说：'啊呀！言重不敢当，我不配有你这哥哥。'如今回想起来，这种光景便象在面前一般，却不料这句话便应在今日。为今之计，你明日便快快地回扬州去罢，恐怕老太太同你的太太悬心。倪官儿这里，我早已吩咐过他们，替你安置妥帖。你这一来，须是好好用心读书，博个上进。我在省里，虽然不能同你常常亲近，我听着也是喜欢的。"

云麟又叹道："你这一来，侯门似海，料今生再也不能同你聚首在一处。我如今没有别的恨处，只恨世界上你也不死，我也不死；若是两人中死得一个，何等干净。如今你又屡屡地搭救我，你越是如此待我，我越是望你速死；你若不死，我越是望我速死。我这颗心，此时也说不出什么道理，我究竟有句话想问你：我们今生可还能常常在一处？好妹妹，你千万不要回出我'不能'两个字；若是果然不能，我便死在你的面前，或者还是叫你那个大人将我的命追了去，倒还使得，我只是总不愿意你抛撇了我。"

云麟说到此处，方才涕泪横流，哽咽得一句话也不能出口。红珠转抚慰着他道："你也不用如此烦恼，我如今既然又出来会你，你这一来，已知道我不曾死，你心里总应该欢喜。后事茫茫，我们安见得就没有聚首的日子？"

云麟忍着泪，又望小珍子说道："珍儿，你如今随着你姑娘在衙门里，要算是享福的了。我重重拜托你，若是你姑娘有时忘记我，你可以替我时时提着他，不要富贵熏心，忘却我这苦命书生。我隔着江，魂梦儿总飞绕得到你们身上。”说着又望红珠道：“咳！也是我前生缘法，结识了你这一位多情多义的人。只是我那富玉鸾富大哥，他同我也算是患难之交，你可能再想个方法救他一救？”红珠摇手道：“你说话须悄没声儿。他是个朝廷钦犯，又比不得你，我区区一个女流，叫我怎生设法？”说着向小珍子噘了噘嘴，叫他站在房门外面防着有人窃听。小珍子会意，便蹑手蹑脚走出房外。

云麟见房里没有别人，又不禁拢近红珠身旁，想同他叙叙旧好。红珠含羞无语。正当推拒不得，谁知外面带来的那几个爷们，见天色已是不早，便传进话来，催姨太太回去。一霎时许多仆婢都纷纷赶进房来伺候。红珠忙站起身子，假向云麟说了两句，说：“哥哥此番回去，务必在母亲面前替我请请安。”又命人将倪太太请进来，又叮嘱了许多话，叫他们老爷照应一切，“我总不忘记你们老爷的情分”。倪太太笑道：“四姨太太说哪里的话，我们狗一般的人，承姨太太赏脸给我们，舅老爷的事，还待姨太太吩咐，我们老爷早已预备妥帖了。但是姨太太今天既然难得到此，务请姨太太再赏个脸，在这里吃了晚膳回去。舅老爷仍请到外面去坐，我们老爷在书房里已安排饯行的筵席了。”

云麟此时好生割舍不下，当着别人面前，满肚皮的委屈又说不出口，怏怏地向红珠飞了一个眼色，那泪珠儿簌簌不已。红珠也是泪落如雨。仆婢们知道他们是兄妹情分，也再没有人猜到他们是别有用情的去处。云麟走后，红珠决意不再耽搁，辞别了倪太太，前呼后拥，也就回衙去了。

云麟次日准备动身，倪紫庭果然十分殷勤。云麟想着富玉鸾，同倪紫庭商议，思量要去同他话别。倪紫庭决意不肯，说：“府大人吩咐过的，关防严密，断不容人去探望。老兄有什么吩咐，小弟改一天定然将尊意代达罢。”云麟毕竟是个懦弱书生，自己得了性命，已出万幸，也就不敢再干涉此事，当天便赴扬州去了。

这一番死里逃生回来，秦氏婆媳的欢喜自不必说，还有那亲戚慰藉，纷纷走来探视。云麟将红珠搭救的话，略略地告诉了人，没有一个不夸说红珠的高义，几乎不把那些当妓女的都说成是红珠一流人物，竟有不肯禁止子弟们去逛窑子打茶围的。可怜三姑娘同淑仪听见云麟回来，以为云麟同玉鸾是一样的罪名，云麟既可以开脱回家，谅必玉鸾是也有这希望。后来听见云麟说出原委，知道玉鸾依然不能指望活命，母女二人不禁又凄惨起来。

但是，当那富玉鸾在严村集合许多羽党时，声势何等浩大，不料事机不密，轻轻地便被一个林雨生弄得他们大事不成，党魁遇祸，难道他们便自甘心，遂这般销声匿迹不成？只因捉拿富玉鸾及云麟的时候，小子只有一支笔，忙着送他们到了南京省城，遂没有工夫再写到孟海华一般人物。如今才腾出笔来，听在下慢慢表来。

且说孟海华他们一闻得富玉鸾被捉，其时阖城骚动，捉拿羽党的声浪如潮而起，宋兴同马彪兀地结束结束，先奔向仙女庙躲避。孟海华领饶氏三雄及童老幺、常老二、军师康华，直奔瓜洲，渡了江，寻向他们镇江一个秘密的所在。本是商议着大家劫狱，不料次日运司里已将富、云二人押解入省，那时候省城兵力雄厚，单靠着孟海华手下几百人，也断不能成事。只得一面派饶大雄赴武昌联络军队；一面命军师康华装做卖卜的，向南京城里打探消息，随时报告。

还有柳春同明似珠呢？他们知道名字已被林雨生填入乱党里面，虽然逃出了城，四顾茫茫，究不知躲向哪里才好。二人商议说：“只有上海租界，是个安置党人的地方，任是中国官吏，知道我们所在，也不敢来越捕。”计议已定，遂悄悄地走了，暗中寄了一封信给似珠的母亲。那朱金萃知道女儿的消息，也就将一颗心放下。只是苦了他们办的两个学校，校长一齐溜跑了，学生也就一哄而散。一个热闹哄哄的都天庙，依然古瓦斜阳，仍让那王道士去侍奉香火。

何其甫、严大成一干人听见这消息，大家议论着说：“可又来，几曾见办学校的会规行矩步，效法圣贤？不过都是些乱党，借办学为名，阴谋不轨。这一来也叫朝廷知道这学校万不能创立，还是我们这些教读先生辛辛苦苦，能够替国家造就些人才。”于是镇日地在外面将柳春学校里那些学生竭力张罗，果然桃李盈门，束脩十分丰富，这快乐也就到了绝顶。闲言少叙。

且说那大清国皇帝宣统在位，他本是个冲龄幼主，那些治国平天下的道理，他一毫也摸不着头脑，把全国政治一古拢儿交给他本生父摄政王。摄政王优柔寡断，那国是渐渐一日不如一日。恰好春间因为四川铁路，朝廷意欲收归国有，起了一个小小风潮。那些海外党人，便趁这时机，东也钻一钻，西也钻一钻，总不能做出一件事来。我这《广陵潮》小说，是个稗官体例，也没有工夫记叙他们革命历史。我只好就社会上的状态，来叙出他们些事迹，好让读书诸君知道，他们大人物在上面革命，我们小百姓在下面受罪，才不失我这社会小说的宗旨。

且说这一年八月里，正是天高气爽的时候，禾稼登场，乡里一班农夫好生得意，有儿女的便赶着将儿女嫁娶的事办一办。真是伯歌季舞，写不出那一番太平景象。

住居廿四桥的那个黄大，渐渐地也老上来了。又因为他的小主人云麟几乎被官府里捉去砍头，他一总不放心，日日骑着驴子进城，向秦氏家里探访消息。后来好容易见云麟遇救回家，秦氏便发了一个愿心，准于今年八月团圆节向各庙里烧香，谢谢神明。黄大赶中秋这一天，在自己家里用一条麻布口袋，装了些顶白顶细好干面，特地将网狗子唤近身边，叫他将这干面背去送给主母秦氏，好预备做团圆饼，应个节景儿。网狗子斜着眼睛，将那包干面瞧得一瞧，跳起身子向黄大吆喝道："搁在那里罢，谁有这闲工夫干这些闲事？"黄大赔着笑脸，又央告他道："好儿子，你只当替你老子出点力，你老子假使这两条狗腿跑得动，也再不敢劳动你。"网狗子想了一想说："也罢，我本意也想进城走一趟。我倒有一句话交代你。大前天不是静慧寺里驻扎的大营那个齐老总，在我们家里吃饭的，你须是认识他，他本约在今天来会我。万一他果然来了，你就说我已先到裘大娘家等候着他，叫他一径去会我要紧。"黄大道："这个我自理会得。你送过这干面，还须得早早回来。"网狗子也不知可曾听见他父亲的说话不曾，肩上背了干面包儿，早一口气跑了。这且不表。

且说伍淑仪小姐自从与玉鸾结婚以后，只是那玉鸾终日忙忙的，也不曾镇日在家里一日半日。不多几天，又平空地掼下一天祸事，玉鸾又被官府里当作革命党捉去了。你想那淑仪小姐何曾经过这种危难，早吓得魂不附体。后来派人向省城里打听，得知玉鸾已定成死罪，这性命也不过旦暮就要了结。母女二人只哭得死去活来。三姑娘又怕淑仪寻了短见，日夜地防范着。凄凉吊影，寂寞销魂，好好一份人家，也就闹得烟消火灭。虽曾接连打过几番电报到湖北给伍晋芳，及至接到晋芳回信，也没有什么方法可以救出他这爱婿。后来听见家人禀报，说云少爷已经遇救，回到扬州，三姑娘喜出望外，便赶忙同了淑仪到秦氏处探听消息。略略听见是红珠搭救，便怅然回家。前文已经表过。

但是淑仪还没有死心，第二天又打发人到云府上，再请云少爷到这里一走。云麟本意要来告诉三姑娘母女这番情节，便随着家人匆匆进入内室，早见淑仪淡装素服，含着满眶眼泪，出来相见。云麟当时便将红珠怎生设法救他的缘故，从头至尾说了一遍。三姑娘母女早又呆了，原来云麟不死，另有一番曲折，并不是制台有心开脱，这玉鸾罪名依然没有生机可望。三姑娘转将红珠这一番侠义，着实赞叹了一会。云麟偷眼瞧见淑仪这一种可怜娇态，也不禁替他扼腕。只是也想不出要拿什么话来安慰他，转低头默默不语。

这时候，淑仪忽然立起身子，向他母亲含泪说道："女儿适才听见云家哥哥说的这番话，料想那个红珠姑娘断不是寻常女子；况且玉鸾所犯的罪，并不是为非作歹，总算为国家起见，保不定他也肯悉心相救。只不过玉鸾同他是陌路的人，他一个伶仃弱女，也犯不着再担这血海的干系，又去救他。女儿此番已打定主意，暂时别了母亲，要亲自向省城里一走，便由这管狱的倪官儿，去觅红珠姑娘门路。若是托天侥幸，一般地也象云家哥哥安然回里，自是女儿终身幸福；即使做不到这步田地，女儿也须入狱会一会他，博个生离死别。务请母亲允许孩儿这话。”淑仪说到此处，不禁放声恸哭起来。三姑娘也哭道：“姑娘你既是决定如此办法，做母亲的也是不能拦阻你。只是你这番前去，叫做娘的如何放心得下？罢罢，我们母女两个，死活总须同在一处，我便送你到省城，一路上也有个照应。”淑仪又道：“为孩儿夫妇的事，万万不能再累你老人家吃这辛苦，还是让女儿独自去得好，况且家里都走得干干净净，也没有个照应。”

云麟此时更忍不住，又感着淑仪这番救夫婿的义气，不禁慨然说道：“这件事姨娘也不须操心。妹妹要到省里去碰碰这机缘，倒也是个好主意。妹妹只须贴身带两名仆妇，其余一路上的照应，就包在甥儿身上。甥儿这路算是走得极熟，雇船雇轿，以及寻找栈房，有我在那里，一点也不会错。妹妹约在几时动身？我回去告诉了我的母亲，便同妹妹一齐上路。”

云麟说到此，三姑娘尚未及答应，淑仪早不禁走近云麟身旁，深深地向云麟福了几福，简直要跪拜下去，含泪说道：“难得哥哥如此用心，妹子今生也不及报答，总算做妹妹的心里感激到十分。”又回头望着他母亲说道：“母亲就依哥哥这么办罢，事不宜迟，女儿一准便于明日动身。”三姑娘道：“这叫我有什么说呢？在我看，横竖玉鸾此时尚安然在狱，你也不必如此着急。你哥哥昨天才到家，也须让他们母子夫妻叙一叙别后的光景。况且早晚已是中秋，不如索性等过了中秋，再请哥哥送你到南京。你的意思以为如何？”淑仪听他母亲说这番话，也觉得入情入理，便也答应了。

谁知到了中秋节后，这一天淑仪正自打叠行装，泪眼慵抬，愁眉紧锁，正自呆呆地向这窗子外面一株桂花发怔，耳边猛然听见云麟声音从外边笑得进来。淑仪吃了一惊，趄转身子，便从房里望外走，已见云麟同他母亲站在一处说话。云麟见了淑仪，便笑说道：“我特来报个喜信给妹妹，玉鸾大哥可以遇赦了。”淑仪猛听了这一句，也不知是悲是喜，转将一只手扶着椅背子颤巍巍地问道：“这话哥哥从何处打听得来？哥哥莫要哄妹子呀。”云麟道：“这个如何敢欺妹妹。我家里每天本有一份

《千锤报》，按日从上海寄来，今日便在这报上得了一个消息。据云：朝廷因为民气不靖，革命党几乎遍满了二十二个行省，便有人上了一个条陈。大旨说是这些革命党均含有政治思想，与寻常土匪不同。只宜顺从民心，实行立宪，解散他们党羽。不可过于压制，恐防激而生变。因此不日将有上谕，凡有各省拿着革命党，须得格外谨慎，不许一味滥杀，以表示朝廷大公无私之至意。照这样看来，象玉鸾大哥断不至便遇意外。”说到此，又左右望了望，附着淑仪耳边说道；“今天还打听得一个谣言，说湖北省城有大队革命党，行将在那里起事，连日武昌戒严得利害非常。不晓得姨父那里近日可有家信寄来没有?”淑仪叹道：“但愿上苍庇佑，果有这事便好。然而妹子总放心他不下，早晚间，还须累着哥哥，送我到省里去走一趟。”三姑娘道：“既是哥哥如此说，料也不错，你不妨再等待几日，究竟打听外面消息是个什么着落。只是可恨那些革命党，如何又闹到武昌？你父亲在那里呢，我只替他担心。”

三人刚在里面说话，忽然外面走进一个家人，禀报了一声说：“舅老爷来了。”三姑娘猛一抬头，果然秦洛钟踉踉跄跄直望里奔，脸上颜色十分难看，跑得气急败坏，刚自站定，一眼看见云麟，说；“原来麟儿也在这里呢。啊呀！你们可晓得武昌昨天已失陷了?”云麟吃了一吓，说：“舅舅这话打哪里听来的?”三姑娘此时早已吓得面无人色，一句话也挣不出口，只索索抖个不住，身子便直挫下去。幸亏有两个丫头在身旁扶住，不至栽倒在地。洛钟跌脚急道：“千真万真，适才衙门里接到急电，说确系革命党勾结军队，于十九日夜间造反。制台瑞大人业已逃上兵舰，泊在江里，飞也似打了电报到京，还不知朝廷这番怎生布置呢。”说着又跌脚叹道：“咳！我恐怕天数难回，人民是要遭劫的了。你们一共记不得扬州闹的那一次红水，偏生就在兵马司巷，我们扬州怕也保不住安稳。但愿天老爷可怜则个，宁教耳闻，不教眼见，随时就把那些反叛扑灭了罢。”

云麟是最胆小不过的，今日陡然听见这意外的话，也就搓手咋舌，不住地团团在屋里跑个不住。转是淑仪沉静不语，窥探他那芳心里，若不是因为武昌恐怕他父亲失陷在那里，他倒愿意革命党从速成功，他丈夫玉鸾便有生还之望。三姑娘早已泪如雨下，颤着声音说道：“就请舅舅在衙门里再替我们打探打探，究竟武昌杀成个什么样儿，那些做官的人，可有命没有？我此时没有别的恨头，只恨我那个婆太太，一意逼着他父亲去封湖北候补，难道扬州就没有一碗饭吃？求什么功名，想什么富贵，如今弄得……”说到此，又咽住了，只有嘤嘤啜泣的份儿。洛钟道。“妹妹你也不必着急，在湖北做官的多着呢，也不见得都是死路。我也不再耽搁了，有什么消

息，我再来告诉你们。麟儿，你同我一路走罢，你回去也通个信给你母亲。还是同黄大妈商议商议，多少在二十四桥觅点房屋，万一有个岔枝儿，也留着一条生路，避一避难。”云麟点点头，没精打采的，便随着洛钟出了伍家大门。

再说这件事的消息，一天紧似一天。先前有些老年人听见这一次变乱，大家也只笑了一笑，都说：“大清皇帝洪福齐天，几曾见几个革命党便会做出大事？你们通不记得道光、咸丰年间，那些发匪好不利害，整整地闹了十五个年头，也都不过在南边骚扰了一个天翻地覆，总共不曾惹着北边一根毫毛。后来出了几位练兵大员，东征征，西战战，滚汤泡老鼠，一个不剩，那大清国依然还是大清国。如今又过了六七十年了，皇上的深仁厚泽，越发固结到人心里，哪个不是大清国食毛践土的好百姓，谁也肯帮着他们闹事？也不过白送掉几条性命罢了，再没有什么要紧的。”内中尤以何其甫他们一干人议论得利害，一时讲到高兴的去处，大家真个摩拳擦掌，恨不得要投笔从戎起来。谁知等不到半个多月，那消息越发来得紧了，一会儿说是九江失守，一会儿又说是安庆光复，风声鹤唳。也就将一座扬州城里，闹得岌岌摇动起来，镇日价那大街小巷，只听见车声隆隆，都是些富室打叠箱笼什物，忙忙地向外路避兵。一府两县，忙着出示谕禁，不许居民迁徙。哪里谕禁得住，城门外边车轿纷纷，那些卖劳力的人，转得利市三倍。各家店铺，也没有人贸易，店里小倌们没有一个时辰不将个头伸到柜台外面，恐防有大队人马杀得来。人心惶惶，鸡犬不宁。何其甫那个书塾里倒有一大半学生跑得干净，只剩得几家穷得没饭吃的小孩子，还坐在那里读书。

这一天何其甫闲着没事，正约了严大成一班好友，也买了一张《申报》摊在书桌上瞧看。刚是黄昏时分，其时离着重阳节不远，几点疏星，已从云端里透露。何其甫看报也看得不耐烦起来，独自走下台阶望了望，又跑入屋里，拍拍手笑道：“诸位放心罢，包管不出几天，定有捷报到我们扬州，我们还过我们太平日子。”古慕孔笑道：“何、何、何先生明、明、明见万、万里、里，你、你、你这话定有主见，你、你、你何以拿、拿、拿得定呢?”何其甫大笑道：“老夫近来研究星象，自信确有几分把握。大凡国家将亡，必有一颗天狗星出瑰。我适才将个圆天通通看遍过来，也没有个天狗星的影子便连那寻常人讲的一个扫帚星也没有丝毫发现，这反如何造得成功？我们且不管他，老实些大家今晚出几个铜钱，买点酒来痛饮痛饮罢，我这几日嘴里已淡得没有味道儿。不知你们诸位可还高兴？喏，喏，在我这里吃酒，除得我的内人捞诸位几根肉骨头，发誓也没有别的好处，大家又休得疑惑我老何在这里于中取利。”汪圣民道：“着着着，我先数出钱来，就交给何其翁去办。”一面说，一面就向口袋里掏钱。

大家正自闹着，忽听见门外喊声震天起来，说：“不好了！革命党已到了上海了。”

欲知后事，且阅下文。

# 第五十七回　黄天霸只手陷扬州<br>孟海华一心攻浦口

“齐老总，齐老总，你只有抽鸦片烟的本领。假如把你放在那个湖北省城里，你有本事同他们那些革命党打一个仗儿，我就佩服你。哼哼，我怕你舞烟枪还舞得动，若是舞那个五子的钢洋枪，定然把枪夹在屁眼沟里飞跑。你看我的话可讲得是不是？”“呸，喜姑娘你不要向门缝里看人，将人看得扁了。我姓齐的有我姓齐的主意。你替我安稳些，将那话儿夹紧了睡觉，好多着呢。不出三天，我叫你认得我。黄天霸这时候也快来了，我们好好地还弄他一场牌九。呔！再替我挑他一个五分头，长一长劲儿。”小喜子又笑道：“左一个五分头，右一个五分头，你的账上也不少了。你那每月三两四钱老铜角子，又要养婆娘，又要抽鸦片，我很替你担心呢。”说着，旁边那些烟铺上的人大家都笑起来，说：“喜姑娘，你不要替我们老总担心，目今世界上是杀起来了，养兵千日，用兵一时，我们老总头上的顶子，你还愁他不红？只不知几时杀到我们扬州，杀起来，我们就有快活日子过了。运库里那些白花花的银子……”

刚说到这一句，陡见那芦席破帘一掀，打外面直跳进一个人来，大声吆喝道：“运库里白花花的银子又怎么样？你们敢是想造反了？”这一句话，将众人吃了一吓。大家凝神看去，座中齐老总早跳起来，笑喊道：“我的好兄弟，你怎么到此刻才来？你敢是又在裘大娘那里撞醉了？看你这耳根子都是通红的，简直象是十月小阳春的雄狗卵子。”那人跑得气急败坏的，也笑答道：“呸，你做梦呢，这时候还可以吃酒？你通不晓得昨天上海杀得个鸡犬不留，今天镇江杀得个不留鸡犬。我打听得千真万确，包管不到今天夜里三更天，我们扬州要不轰成一个尸山血海，我就不算是黄天霸。”

网狗子话还不曾说得完结，那个小喜子早号咷大哭起来，跑入他左首一间破房里，收拾他的箱笼物件，慌忙将一个夜里撒尿的小马桶把来放在锅里，用锅盖紧紧盖严密了。别人这时候也就没有心绪来笑他，大家都面面相觑。

还是齐老总有点主意，冲着网狗子问道："你这个冒失鬼打哪里听见这些谣言？我们大营里倒没有你的消息灵通？我吃过午饭出营，也没有听见这些嚼蛆的话。"网狗子急道："我哄骗你呢，哄骗你的银子。运司里的大人同本府大人，不通是旗人，早间躲在商会里谈心，被商会里那个周董事弄了几句鬼话将他们一吓，吓得溜之乎也。据说那个姓周的就跑到运司里，做了运司大人了。齐老总你若是不相信，你只须将这根牢烟枪放下来，跑向大街上去瞧一瞧。那些二十五区的红灯笼，密麻也似地排得水泄不通，大家都说去欢迎革命党。我就猜不出，难道那些革命党是不杀人的？百姓们不去躲避他，还点着红灯笼迎上去。如今世界上的事，真是愈闹愈闹出笑话儿来了。"齐老总听到此处，不觉沉吟了一会，不去理会他的话，转让着网狗子到小喜子一间房里去坐。网狗子笑道："我不坐了，我要去瞧热闹呢。"齐老总一定不依，两个人便一齐走入房里来。毕竟那些吃鸦片的人胆小，听见网狗子适才一番话，早都跑回家去准备逃难去了，只剩下几个孤身汉子，没有家小的还在那烟铺上躺着。

此处齐老总赔着满脸笑容，向网狗子说道："黄大哥你想发财不想？"网狗子兀的笑得跳起来说："齐老总，你敢莫是疯了？一个人不想发财，除非是没有长着卵子。我说这句话，你齐老总还要疑惑，以为发财不发财，与这卵子有什么相干？咳，齐老总，我告诉你，你就明白了。我黄天霸如今也活在世上十九岁了，算我懵懂，难道连个娶堂客也懵懂得毫无知觉？不瞒你齐老总说，我自幼便在我那个云主人家里当小厮，我家那个少爷是个最标致不过的一个男子，我那少爷有个姨妹妹长得更俊，我平时将他们两个人的神情看在眼里，我不知道我那小心窝儿里何以便有些痒痒的。有一天他们两个人躲在一间书房里，少爷就拉着那个小姐的手，使劲望怀里扯。小姐的两瓣金莲，说谎的是孙子，只得三寸半，被少爷一扯，你想那时候他如何违拗得过，险些睡到少爷怀里去，便倏地向少爷膝上坐了。好哥哥，我的魂都给他们看跑掉了。这还没有什么味道儿。我家还有一个大小姐，嫁的就是老总认识的那个杂种小田。小田更促狭，更刻毒，他遇着我，便将他同我们那个大小姐睡觉干的把戏，一句一句当着《三字经》背给我听。老总，你想我可打熬得住？恰好我们二十四桥东首有一个小姑娘，他家也是姓黄，他的年纪比我还小三岁，长得一个小苗条身儿，两个眼珠子漆一般黑。我就央着我家死鬼老子同他家商议，要这小姑娘来做媳妇儿。他家老子娘倒也肯答应了，只是同媒人讲，要我放聘须得打一副金耳环

儿。不怕齐老总笑，象我们这份种田的人家，哪里会弄到金子？便不曾答应。他老子娘就变了脸了，说是黄门黄氏做不得夫妻。咳！老总，老总，有了金子，黄门黄氏也不计较了；没有金子，又是什么黄门黄氏了。我想一个扬州城里，有金子的也就不少，你想白白地同他索几两给我黄天霸娶亲，他死也不肯松手。哼哼！且把来放着，有朝一日……”

网狗子正待望下说，齐老总又笑道：“可又来，你如果真想发财，你就依我。”网狗子跳起身子，拍着胸脯子喊道：“依你，依你！”齐老总笑道：“这不是喊的事，你悄没声儿些。你想发财，你只须依我去做革命党。”网狗子将舌头伸了伸，笑道：“齐老总，你不用同我开心罢，这革命党岂是凡人做的？象我们那个富大少爷才配做革命党，若是我也能做起革命党来，这又不是一件希罕事了。老总，我不。”

齐老总此时伸头向房外张得一张，见屋里已没有多人，小喜子慌慌张张地只管在那里掳掇什物，重又附到网狗子耳边说道：“好兄弟，世界上有几个人是真革命党？少不得都是大家闹玩笑儿。昨天我在营里便得了一个消息，扬州这地方，真革命党断没有工夫到这里来。那一班乡绅们只顾逼走了盐运使增大人，他们也没有什么主见，不过大家想捞摸几文儿，这叫做趁火打劫。我们营里倒有二三百个弟兄们，久已齐心，想在这地方发一注横财，只是没有个头脑。难得你黄天霸的大名，这是我们弟兄们佩服不过的。事不宜迟，便在今晚，累你的大驾，冒充一个革命党，有的是白绸子，你多在身上缠几遭儿。我们弟兄们跟着你，一个吆喝，冲进了城，大家轻轻地抄入运司衙门里，打开库房。那些白花花银子，好兄弟，你有力量只管扛着抬着跑罢，莫说金耳环儿，便是金镯、金索、金锁、金人，一古拢儿都是你的。黄门黄氏，绿门绿氏，听你主意，多少是好，事不宜迟，我先走一步，在我们营门外边等你。”齐老总说完了，就迈步飞跑。网狗子一把揪着他说道：“这个怕不好，若是遇见定字营卫队，一把将我捞住，怕这吃饭家伙还保不定仍然安在颈项上。”齐老总笑骂道：“没活见鬼罢，我们就是定字营的卫队，哪里还有定字营卫队？你银子还没到手，敢就欢喜疯了？”网狗子这才明白过来，不由得笑得拢不起嘴。

且说扬州这地方虽然僻处江北，斗大一城，然而毕竟当着南北要冲，是个战事上必争之点。自从武昌发难，不到一月光景，风声鹤唳，日必数惊。有些无意识的居民，早已纷纷迁避，镇日价满街上都是些车声隆隆，搬置什物。居民看见这种形状，格外惊惧。问他们什么地方可以避兵？便是迁移的人，也没有定见，互相模仿，互相传说。那扬州城里，也就鸡犬不宁，人难安枕。当时使有一种好事的人，因为预防土匪起见，知道这时候地方官没有什么权力，大家就趁这个当儿，分阖城地方为二十五区，每区若干家，每家若干人，是凡有男子的，日里照常营业，夜间不许睡觉，手里各执一个红灯笼，大街小巷，排列得如同白昼。

当这几天，知道上海、镇江均已光复，少不得便影响到了扬州。这一天刚是九月十七日，天色尚未曛黑，便有人传说镇江的革命党已派有人来光复扬州。一犬吠影，百犬吠声，那些二十五区的区长，便号召了各区人丁，排列在市口，恭候革命党大驾降临，那灯笼越发点得齐整。看看天色已黑下来，也没看见一个革命党的影子。那街市上人声嘈杂，便很不安静。一会子有人故意喊着："来了！来了！"大家都伸头而望。等了一会，依然是没有影响。等到晚饭时辰，各人都有些困倦起来。有的悄悄吹灭了灯笼，溜回家去吃饭。有的便派了好些人，向各城门口去打探消息。正自无聊，猛从大路上有几个人飞也似地跑得来，手里的几盏灯笼你碰我，我碰你，碰得滴溜溜转，嘴里大声嚷着："欢迎啊，欢迎啊！革命军打南门城外进了城了。"这句话不打紧，将那些区里的人员弄得又惊又喜，还怕这话不确，大家围拢着这几个人问个明白。这几个人喘着说道："说谎就是你养的，我们亲眼看见那些军队，每人袖子上面裹着一个白布条儿，有一个首领，身上缠的都是白绸子，滔滔地直向城里来了。"众人这才相信，顿时满城都传遍了。

果然有一队步兵，肩上荷着洋枪，号衣上也辨不清楚是什么字样。但是那个白布条儿，缠得却十分整齐。当先有一位好汉，身材短小，雄赳赳地口里大喊着："我乃革命党大都督是也。今天独自得了这一座扬州城，便死了也值得。"接着便是那些军队喊了一声："好呀！"那二十五区的人员，也就接着喊了一声："好呀！"于是那好汉说一句，其余的人便喊一句好。沿路上人山人海，挤得水泄不通，一直将那些军队送入运司衙门里。大家直等到看不见他们影子，然后才陆续分散。便在这一霎时间，无论铺户以及居民，不约而同地将门头上一律都挂了白布；便是没有钱买白布，也拿着三个铜钱买一张白纸，贴在门头上，算是革命党成功。完全将一座扬州城倏地光复了。这一夜里，居民们都不敢安寝。便有好些人互相议论，称赞适才那个革命党果然生得一表不俗，若不是具有一种绝大本领，也断不能做出这一番惊天动地的事出来。闲言休絮。

且说本城那个商会里，灯火点得如同白昼。会场上那些长椅子，一排排的人都坐满了。其中的人品，却也不止是商界上的。大家固然因为维持全城秩序而来，也有一大半借此来打探今晚消息的。忙得那个商会总董周国宁汗雨交流，连夜约齐了本城的重要绅士以及文武各员。那文官之中，运使增韫、知府嵩峋是旗人，早已逃避出城。

至于知县毕大老爷毕升，连轿子也不敢坐，悄悄地带了两名仆役，也挤在人丛里察看风色。周国宁四面望了望，喊了声："我们毕老公祖呢？"毕升听见这一句，忙将半个身子从人丛里挤出来说："兄弟在这里呢。兄弟不是旗人，想诸位同胞是知道的，定然容兄弟在贵地方办事，兄弟愿效犬马之劳。但是一层，适才都督大人已进了运司衙门了，论理兄弟还该跑去伺候。只是不曾同诸位先生斟酌，兄弟还不敢擅自定夺。"

此时周国宁十分踌躇，不及答应。猛然人丛里又立起一人，用手捻着那几绺黑须，侃然发议道："周国翁，如今我们这扬州是眼见光复了，适才毕老公祖这一番话，兄弟是万万不敢赞同。毕老公祖虽然不是旗人，然而你看哪一处地方，不是一经光复，第一便要提倡绅权？大家既不承认大清国皇帝，如何还能承认大清国皇帝委任的官僚？今日本城既然有了都督，就该有民政府。民政府的长官，只须大家公选。至于毕老公祖这江都县的县治，就该从今日消灭了，如何还能容他滥竽充数呢？"这句话未完，只听得那场中拍掌的声音如雷而起，吓得个毕升缩头不迭。好容易等拍掌声静了，他又赶着那个发言的绅士说道："石大人，石大人，你通记不得在敝衙里吃火腿便饭的情谊了？今日未免逼人太甚。"石茂椿板着一副面孔答道："老公祖慎言些。兄弟公事公办，前日酒食，私恩也，今日议论，公义也。都督的耳目近在咫尺，老公祖说话还须斟酌。"两个人你一句，我一句，险些要口角起来。

这时座中恼了一个人，他是两淮缉私统领王有宏的副官，大声喊着说道："这时候不是诸位争权的时候。第一须要调查今日来的兵队，究竟是从何处调遣而至？这都督究竟姓甚名谁？一宵易过，明天怎样出示安民？至于地方上的政事，也须大家选出一个德高望重的人物出来料理。兄弟职权虽是缉私，然而这维持治安，严防奸宄，也不得辞其责。"周国宁在上面将头点了几点说："张统领这话极是，兄弟佩服得很。目前第一要紧，是须派一个干员，去运司衙门里伺候都督，准备明天维持阖城的秩序。只是座中诸君，谁还肯先去都督那里接洽一接洽呢？"这时候便有一个人侃然说道："兄弟愿往！"大家再仔细将那人一望，原来不是别人，正是那三阎王刘祖翼。

刘祖翼自从玉娇死后，他借着追捕凶手为名，很在江都县毕大老爷那里诈得好些钱财。毕升因为前程要紧，少不得忍气吞声，暗里同刘祖翼婉商，请他不要上控。

刘祖翼因为死者不可复生，只好看银子分上，也便将就搁过了。自此以后，他是个谙达世故的通人，与何其甫不同，他近来见朝廷改革新政，什么立党呀，集会呀，是一概不禁的，他老早已联合他们一班朋友，立了一个共和急进会，他便是个会首。会是虽然成立了，只是没有什么款项可以支用，难得今日扬州已经独立，这个“共和急进”的名目，恰好又合时宜，自然要想在这个当儿出出风头。正好此时听见周国宁要派人同光复扬州的大都督去接洽，他焉有个不表同情的道理？周国宁平时虽然也知道刘祖翼的为人，却是仓猝之间，人材难得，少不得重重托了刘祖翼几句。刘祖翼好不得意，一蹿身跳出来。他的那些会里会员，早一窝蜂地随着他，好象刘祖翼已经做了都督的开国元勋，他们便也是攀龙附凤的贵胄。顿时便跑到辕门桥绸缎铺里，连抢带夺，弄了些白绸子，大家浑身装束起来，向满街上东磕西撞。

且说这时候商会里吵得一窝蜂，也没吵出一点头绪。其时已四更时分，大家重又跑出来，打听打听都督的举动。不料才走出商会的大门，只见满街上铁索郎当，有许多铁匠在人家店铺旁边，替一大群囚犯砸腿上的脚镣，解臂上的手铐。原来这就是都督的第一件政策：将两县监狱里的犯人解散。那些犯人一经出了狱，好不得意，就随便在各家店铺里抢掠什物，兀自兴高采烈。大众居民吃这一吓，已是不小，耳边早又听得军笳隐隐的，不知在何处出发。一霎时，那些革命军人早已散了队，四散奔窜。最奇不过的，各人怀里揣的是元宝，肩上扛的也是元宝。原来那个运司衙门库里所有的库款，早已被适才进城的革命军人纷纷分散得干净。贪心不足，大家又奔向那一座大清银行里去搜罗银币。好笑，到了这时候，阖城的老百姓才恍然大悟，适才进城的不是什么爱国志士，依然是一班杀人不眨眼的强盗。还亏那运库里的元宝把强盗的心弄软了，不然，这些居民早就罹了浩劫，也未可知。

看看天色黎明，东方已露出些鱼白颜色。城里一班有些名望的绅商学界，重又翻身闹入商会来。大家又不敢说什么，只在那里交头接耳，暗暗猜测昨夜的事。一霎时，刘祖翼同他几个共和急进会里会员，匆匆地也跑入来。便有许多人向他询问，究竟同都督怎样接洽。刘祖翼大声说道：“了不得！了不得！我们这座扬州城，正站在西瓜皮上哩，滑一滑便是个粉碎。你们可知道这都督是个什么人物儿？我们一进了运司衙门，走了好几重大堂二堂，只是黑森森的，不见些人影。好容易寻入第八重上房里面，才看见那个都督，同几个心腹悄悄地坐在一间小房里，面前放着一支半明不灭的洋蜡烛。见我们走入来，那都督好象倒要逃走一般。我忙着拦上去鞠了鞠躬。那都督仿佛象是还了我一个鞠躬大礼，只是不十分在行，他把两只手远远地放在脊背后面，同我略弯一弯腰。我便开口问道：‘都督大人，适才那些军队向哪里去了？’只见都督愁眉泪眼地向我说道：‘他们大家将元宝抢得跑了，尽把我冷搁在这里。我也不知道他们还回来不回来。’我当时听见都督口里发出如许奇谈，我便知道这事不妙。我又说道：‘都督如今既然光复了扬州，第一安民要紧。明天第一件吃紧的事，须得都督亲自出一张示谕，好让阖城居民各安生业，免致惊惶。’都督答道：‘啊呀！这示谕怎生个写法呢？好先生，你就胡乱替我写了罢。’我道：‘写这示谕呢，原也不难，只是总要请教都督，究竟预备什么宗旨？’那都督听我这句话，越发迟疑起来了，沉吟了好半晌，望着我说道：‘如今已是中秋节后了，又不是端阳，这粽子尽可不必预备，还是叫那些百姓们就拿些月饼给我都督吃罢。’我初听见都督这话，还不知他说的是些什么梦呓，入后悟会过来，才晓得都督大人将问的那‘宗旨’两个字，当做‘粽子’解了，我兀自忍不住好笑。我这几个随员也就一齐笑了。”

刘祖翼说到此处，引得商会上的众人各各惊骇，觉得又可笑，又可怕，真是描写不出他们那时形态。只急得那个商会总董周国宁双脚齐顿，说道：“这便如何是好？这便如何是好？咳！诸位今日难得都在此处，想我们目前这件事真是万分危险。诸位想想看，虽说武昌起义，各省闻风响应的原是不少，但是我们这江苏省里，仅仅乎镇江、上海，大家在那里热闹，要晓得那一座南京城，还铁桶似地密不通风。我们这运使大人以及嵩太守，他们胆子太小，禁不得吓一吓就都跑了。如今又引出这么一件岔事，好不好，他们跷起腿来飞跑大吉。万一大清国重新中兴起来，那时候只须省里来一支问罪之师，别人都不打紧，我这商会董事就是个反叛头儿，那才冤枉死了人呢。”

周国宁越说越恨。众人也就默默无言，只管你望着我，我望着你发怔。此时倒是鸦雀不闻，不似先前嘈杂。周国宁又向众人拱了拱手说：“兄弟暂且失陪，我们准于今天午后，还在此处决议，措置昨夜的事。”不料座中那个张统领又嚷起来说：“董事如何可以离得此处？我们大家譬如是一条蛇，董事便是个蛇头，蛇无头而不行。还是累董事在此，将此事议决完善，然后再走不迟。”周国宁转冷冷地笑道：“张统领又来了。算是兄弟不该擅离职守，然而外面的事，也不是镇日价坐在这商会里可以勾当得来的。兄弟又不是逃走，何劳统领如此张皇？”石茂椿同毕升此时也站起来说：“周国翁这话也不为无见，大家也须出外走走，究竟探听那都督一个下落。刘先生说了大半天，也不曾说出那个都督是姓什么，叫什么。”刘祖翼也笑起来，拍着头脑子，拍了几下，说："我也是被他气昏了。那时候讲到出示谕一层，我便请教都督的名讳，都督告诉我，他就叫做黄天霸。"

此时商会里一班人，倒有一大半看过《施公案》小说的，久慕那黄天霸的大名，是一条好汉。大家听见这都督的名字，更惶骇得了不得，顿时逃走得干净。周国宁也便趁这个当儿奔出商会的大门。张统领再也阻拦不得，也便奔回他的那座大营，便驻扎在东门城外五台山。原来张统领昨夜本是住在城里自家公馆里，今天到了营盘，才知道昨晚的革命军并不是打从别处而来，就是他贵营里的营兵，分驻在南门静慧寺里的。张统领这一气非同小可，赶忙聚集了兵士，照着簿子上点名。谁知仍在营里的没有一小半，其余早不知走向哪里去了。

张统领十分焦急，却又不敢过于发作，恐防激而生变，只好将现在营里的兵士略略笼络了几句。午后骑了一匹马，带了两个卫兵，飞也似地又向商会而来。走入城里，只见那些店铺一律关闭，避难的居民越发多了。前几天还带些箱笼什物，到了这时候，都是单身奔走，扶老携幼，煞是可怜。刚刚走到城边，又见两扇城门闭得紧紧的，不放人出入，又吓得哭回来。路上碰着那些游兵散勇，都是恶狠狠的，除得不曾拿刀砍人。然而居民心里，还不知道今夜怎生结果。又有人传说那个都督黄天霸，正在运司大堂上埋地雷，栽炸弹，准备有人同他打仗。你想这个风声传出来，那一城之中，顿时叽叽喳喳，不知逃避到什么地方，才可以保得性命。

张统领也不暇理会他们，只管向商会里跑。跑入里面，黑压压地坐满了一厅的人。只听见石茂椿在那里运动人们，公举他做扬州民政长。刘祖翼一干人在旁边拚命地赞成，只气得毕升垂头无语。石茂椿一眼看见张统领走来，大笑道："好极，好极。张大人你可知道，兄弟被大家同胞公举做了民政长了。兄弟才力，惭愧有限得很，无如地方上的事，也是义不容辞。但是军政这一层，目下那个都督恐怕有些不尴不尬，在兄弟看，老实便是张大人做了军政分府罢。"石茂椿话还未毕，顿时厅上竖起一排一排的手腕，内中还有喊着好的。张统领这时候眉飞色舞，忙答道："既承诸位盛意，兄弟便也是个义不容辞。如今兄弟第一件，便去招抚昨夜劫库的军队。那个什么黄天霸，兄弟便去同他会一会。好呢，这光复的功劳，我们也不忍埋没了他；若是当真不好，兄弟此去，便结果了他，算是替地方上除了一害。"

张统领正在这里侃侃发议，别的人也没有心绪去听他说话，早一窝蜂地大家承认起来。一个说："石大人做了民政正长，我就是民政副长。"又有人抢着说道："民政副长既然有人承认了，秘书长这时候总还没有人，不如就让兄弟罢。"又有人说道:“先生是秘书长,我便将就些做个秘书罢。”你一句,我一句,偏生他们在这新官制上知道得十分详细,不到半个时辰,一个不曾成立的民政署,已是人才济济。还搁着一大半人没有安插,便又在旁边去组织党会,要求石茂椿开支经常费用。最奇的,内中有个前清廪生,名字在下却记不清楚,不惜降着身分,情愿将民政署里的大厨师头儿这个优缺包揽过去,他是用一个人弃我取的主意。后来果然在这上面还掏摸得几千块洋钱。这是后话,不表。

且说众人正在这里兴高采烈,一个商会里灯火点得如同白昼,张统领正待辞别众人,出去招抚军队,忽地大门外面驰进一匹探马来禀报道:“钞关城外有一支军队,在城外面叫城。从灯火光里,只见一面绣旗随风招毡飐,上面大书一个‘孟’字,声势十分雄壮。守城的军官不敢擅自专主,特地来禀知商会总董,还是放他进来,还是堵截住在城外?”众人听见这话吃了一吓,说:“果不其然,今日午后怎么不看见周董事到会里来?他早间不是分明讲的,准于午后在这里决议的吗?”石茂椿笑道:“周国宁吗,他的性情我是知道的,太平时节,他倒可以揖让雍容;一遇有事的时辰,他就胆小如鼠,缩头而遁。诸位还不猜测他的话中有话吗?他防着清廷反正,省里头那个张老勋同他不得开交,他如何还敢在这里同诸君商量造反呢?不象兄弟愚拙,越是当着艰巨,越是要出头。为今之计,城外这支兵,且不管他是谁遣来的,不如放他进来,再行定夺。”张统领道:“不可,不可。这支兵民政长可知道他是好是歹?即使他是为保护扬州而来,然而这个现成的功劳,我们也不合让他讨这样的巧。此时且让兄弟带着弟兄们探听探听,老实给他个迅雷不及掩耳,无论如何,兄弟断断不容他来占据我们扬州。”

众人听见张统领俨然要想同这来的军队厮杀,大家都是惊弓之鸟,如何肯答应,一齐拦着说:“统领万万不可卤莽。统领面前军队本自不多,万一这支兵是民党派遣来的,统领倒先同他反对起来,这事如何讲得过去?就是昨夜来的都督,除得抢劫运库,丝毫不曾扰害着百姓。统领因为妬贤嫉能,反使扬州人民涂炭,揆度统领起义初心,不是大相违背吗?”众人讲一句,石茂椿点一点头,冷不防走近张统领身旁,将双手一拦,说:“统领大人,你且少安毋躁,无论统领的主意若何,统领总须将自己的兵力揣度揣度。”说到此,忽地又向张统领附耳说道:“我们这定字营的老兄老弟们是久不临敌了。”又高声说道:“便是同城外来的那支军队决个雌雄,统领大人可能保得住一战而胜吗?”石茂椿一面说,一面向自己面前跟的一个家人说:“你去告诉适才那个探马,就说我民政长吩咐的,快快开城,便请带兵的那位大人在此相会。”家人答应了自去不提。张统领也就无可如何，默默地坐在一旁，不似适才的威武。

不到半个时辰，城外那支军队整齐肃穆，密麻也似地布满了街道，一直从钞关排列到左卫大街，刺刀明晃晃地耀人眼目。顿时不许行人来往行走，马蹄得得，前后百十余名护兵簇拥着一位军官，年纪约莫有五十左右，面上黑巍巍地翘着拿破仑八字胡须，倏地走入商会里面。石茂椿忙迎得上前。那军官向石茂椿握了一握手，笑道：“啊呀！原来是石大人，我们好久不见了。”石茂椿再仔细将那军官一看，只吓得倒退了两步，重又勉强迎着笑道：“哦！我道是谁，这一来是好极了。不知孟大人几时投效民军的？如今来保护这扬州，这是扬州的极大幸福了。”那个军官又笑道：“这时候且不暇同你畅谈。我孟海华在江湖上面混了有几十个年头，这是你知道的，如今还有这个天日。叵耐那些入娘贼丢了印把子，都跑得精光了。不瞒你说，镇江都督林述庆，知道这扬州是个要紧地方，特地命我来措置措置。怎么昨天夜里忽然跑出一个入娘贼，叫做什么黄天霸的，说是将扬州光复了？我打听得什么光复不光复，他们简直是来打劫运库的，这个如何使得？亏得诸位还不动声色，想是真个要将这入娘贼算做都督了。事不宜迟，我在今夜里第一先将那个入娘贼捉了，然后再来同诸位办别的事。”说着倏地便就走了。石茂椿至此，不禁倒抽了一口冷气，暗想道：“这个怎么好？咳！放着这民政长不去做罢，若是做了下去，同这孟都督是不容易交涉的。然而既经众人推举了我，未曾到任，先就辞职，也防着别人笑话。罢罢，未来事，黑如漆，硬着头向前去做，拚着一条命，料想也没有比死可怕的。”

不表石茂椿心里的盘算，且说扬州的百姓昨夜已被那黄天霸吓得要死，如今又听见来了一位革命党，这革命党又是真的，准在今夜里去捉假革命党，不管他们真假，只是一经杀起来，那枪炮是没长着眼睛的，打到身上，便是个漏洞。一时间鬼哭神嚎，便连那些区里的红灯笼，也便烟消火灭，远不似先前的热闹。

云麟一会儿跑上街，打探些不确的新闻。一会儿又跑回家里，唉声叹气。他丈人同他丈母日夜计算避难的所在。秦氏也没有别的法儿，镇日价炉里焚着神香，只求佛菩萨保佑。黄大妈立在一旁，拿话来劝他主母说：“主母不用烦心，倘若果然有些变故，我们是不愁的，我家那个二十四桥，一共不曾被过兵燹。黄大腿脚也还去得，便叫他们父子两个来接主母同柳府老爷太太，以及我们少奶奶。网狗这孩子，粗笨是有些，至于卫护主母们，他是最热心不过的。主母们安心住在我家草屋里，夜头早晚，只须吩咐网狗子拿一根门撑儿守着门户，是再没有土匪敢到那里去打

扰的。”

黄大妈正自说得高兴，大门外面兀地走进一个人来，猛向云麟吆喝道：“你们好生大胆，快点逃走罢，天大的祸事扑到你们头上来了。”黄大妈插嘴道：“一个造反罢咧，又不是我们一家的祸事，一经到了我们姑少爷嘴里，便这般大惊小怪。”田福恩睁圆两个大眼，望着黄大妈啐了一口道：“老黄奶奶，你不要做梦。你们可晓得昨夜在扬州闹事，带着人劫运库的是谁？就是你老黄奶奶的大少爷网狗子。”云麟跳起身来笑道：“啊呀！他敢做出来了？我不料他有这样本领，我真佩服他了不得。好笑我那个富玉鸾富大哥，惊天动地地闹了大半世革命，也不曾做出些儿事业来，倒反是我这网狗子不动声色，便把这一座扬州城轻轻被他割据了。咳！帝王自有真，大哥你是不晓得的。当初汉高祖、明太祖这两代皇帝，不是同网狗子差不多的出身？我相信这些事业，都要出在他们这一班下流社会人手里。象我们这些斯斯文文的酸秀才，是不中用的。”秦氏听见田福恩的话，早已吓得索索地抖。再看看黄大妈，已一跤栽倒在地上。田福恩听见云麟这一番称许网狗子的话，几乎气破了肚子，到此转拍手大笑道：“好好好，皇帝还不曾登位，皇太后已是崩了驾了。我是不能奉陪，明天再会。”此处秦氏及云麟忙将黄大妈唤醒了，少不得安慰了几句。黄大妈只是将网狗子大骂。

到了第二天，果然听见孟海华已在校场里将黄天霸活活捉住，差了几名兵士，将他押往泰州城里去处决。又将那些劫库的兵士捉了几十名，就地正法。城里的百姓才略略安静，也就恢复了好些秩序，大家照常生业。一面又将张统领兵权卸得干净，驱逐出境。毕升见势头不好，连夜的奔逃，不知下落。后来一直等到考试县知事时辰，他才运动得一个保送免试的资格，依旧做了民国的官员。

孟海华见大局已经平定，自觉这扬州地方不合有都督的名目，虽是此时可以任意自加封号，毕竟他是个有阅历的人，只建设了一个军政分府，自称军政总长。恰好与石茂椿那民政长遥遥相对。又派人向徐海一带添招军队，准备攻打南京。他的心事，还有一件最吃紧的，便是富玉鸾此时还拘禁在江宁府监里。虽然在先曾派军师康华到那里打探一切，叵耐那张勋决意与民军做对，料想这南京不容易唾手而得。只得先命跟前的书记官写了一封详细的信，告诉富玉鸾外边的大局，以及马彪、宋兴、童老幺、常老二、饶氏三雄人等，大家均在扬州占着重要位置。不日便当联络了粤、桂各军来夺南京，请大哥在狱里少待，一遇事机凑手，军师康华他自然能里应外合，救大哥出险。又说他已整顿军队，旦夕便往浦口一带堵截张勋去路。至于大哥的家眷，自当派人保护，一切放心。

孟海华发信之后，果然派了十六名卫队驻扎在伍公馆门首。又特命自己的内眷，时常去安慰淑仪小姐。三姑娘及淑仪此时感着孟海华的恩义，转过得非常安乐。淑仪芳心里只盼望南京早早光复，待他夫婿归来团圆聚首。又在孟海华夫人面前竭力荐举了云麟，说云麟才具出众，请孟海华搜罗在军政府里，派他一件职务。孟海华也知道云麟曾同富玉鸾一齐入狱，也是一个志士，便欣然请云麟相见。后来见云麟是个文弱书生，于军事上毫无研究，便亲自送他到民政府石茂椿那里。石茂椿见是孟海华送过来的人，不敢怠慢，便请云麟做了秘书长。云麟接事之后，便被何其甫知道了，何其甫转将云麟唤到家里，悄悄地责备了他一顿，说："云生你好大胆，你当真做了反叛了。你可知道他们潢池弄兵，断断不能成事。况且大清国他在北方安如磐石，张将军又坐镇金陵，只消北兵一至，便是热汤泼雪，凡名隶叛党的，断然没有性命。你是从虎口里跳生出来，你今日又何苦甘心附逆，自寻大诛？我是爱你不过，才肯进此忠言。你若执迷不悟，哼哼！那就是'乱臣贼子，人人得而诛之也'了。"这番话将云麟说得哑口无言；加之他母亲畏祸，也苦苦劝他不必干这件事：所以云麟虽然在民政府里挂了一个名儿，他一共也不曾进去做事。孟海华连日忙着亲征浦口，也没有工夫去查察他。这时候云麟的朋友，也有笑他胆子太小，失此绝好机会的；也有佩服他高见，扛着顺风旗儿，见机行事，是最妙不过的。

欲知后事，且阅下文。

# 第五十八回　碧血凝愁孀妇归旅榇　红旗报捷娘子集雄师

“叮叮当，当当叮，相面问命，判断吉凶。不灵不要钱。”这几句话，是康军师康华屡次探监，同富荣用的一个暗号。康华因为昨天得了扬州孟海华致富玉鸾的一封信，随即又装扮起来，俨然一个江湖术士，悄悄地走到江宁府狱门口，颠倒价将那暗号念个不休。富荣这些时得他们的银钱煞是不少，今日坐在里面，又听见康华到来，遂悄悄地跑出来，向康华打了一个照面，便将康华引入里边，问他外面的消息究竟如何。康华笑道：“报你一个喜信，扬州已是得手了。”富荣惊道：“这话当真？”康华道：“这如何可以假得？孟大人有信在此，我须当面会你们富大少爷一面。”富荣吓得战战兢兢说道：“你会他做甚？你们敢是要想劫狱？这个血海干系，我可是担当不起。”康华笑道：“呸！什么劫狱不劫狱，这南京城里，通共我同你们富大少爷，一两个人是体已儿，打哪里去劫狱？况且眨眨眼这南京城就要破了，破了城，还怕你们富大少爷赖在这狱里不肯出来，又去劫狱干什么？”富荣笑道：“人少正自不妨，你平日讲的，不是会什么撒豆成兵，你只须抓起一把豆儿，尽可以抵得千军万马。”康华笑道：“那是哄骗人的话，你如何便当真了？事不宜迟，我将这信须赶紧交给他。”

两个人正在这里闲话，猛听狱门外边一阵皮靴声音橐橐橐，越走越近。其中便有一个人吆喝道。“查监，查监。”富荣一听，吓得魂飞天外，知道是督院里派的军队，连日因为外边风声紧急，督院里同防营张军统各处查探奸党，非常严密，这军队前几天便来过一次。今日偏生有个陌生的人坐在屋里，这嫌疑可是不小。幸亏康华是个算命先生打扮，忙努了一努嘴，叫康华装着算命的在此算命。他便匆匆迎着上去，慌慌张张，嘴里还只管叽咕说着：“丙、丙、丙戌年生的，属、属、属狗。”康华机灵，转唱起来：“岁在丙戌二月生，今年才交四十春。”一面念着，一面拿眼瞧着进来的军队，都是一例的黑帕抹头，松松地挽着大松辫儿，身上背着明晃晃的洋枪，刺刀雪亮，约莫有十几个人。后面一个军官，手捧令箭，一眼看见康华，回过头来骂富荣道：“近日关防是怎生个严密，你们好大胆，还容留着这些江湖术士出入这地方，你长着几个脑袋儿预备砍?”富荣忙又分辩道：“禀明上官：这是小的女人的舅子，他、他、他在这里，替他、他、他女人算命。”这几句话转把几个军士引得笑起来，说：“怎么你女人都有起舅子来了？你女人的女人，敢莫就是你?”富荣知道话又说错了，更吓得手足无措，又分辩起来说：“是小的女人，原是有卵子的。”此时只急得康华暗骂富荣脓包，怎么越说越不对头。自己又不能替他遮盖，也自有些惊心。又怕脸上露出破绽，也不理会他们，只是扬着喉咙唱，唱得又有些上气接不了下气。那个军官好生利害，转不走进去查监，便在这个当儿喊了一声：“替我将这厮搜检起来。”康华听见“搜检”两个字，知道事情不妙，兀地跳起来，就想逃走。说时迟，那时快，这些军士哪里容得他，早鹰拿燕雀地一把将康华揪翻在地。巧巧地将孟海华寄给富玉鸾的一封信搜检出来，以外却没有什么凶器。那军官略瞧了一瞧，便吩咐将康华以及富荣一齐带入张军统营里去了。

且说那时张勋本极不赞成革命这件事，连日正在城里捉拿党人，是凡有形迹可疑的，也不知杀了多少。这回看见孟海华的信，说是要攻打南京，气得须发倒竖，将康华带上来讯问。康华不肯供认是孟海华的同党，便信口说了一声：“我是九龙山大股，目下因为清廷末运，气数已终，我们头领先派我下山，在这南京布置一切，不料事机不密。既被捉获，只求速死。至于这信，昨天从路间拾得，与狱里富玉鸾更是毫不相干。但是将军既结怨于民军，又挑衅于天国，孤立之势，恐怕也不能长保此危城罢。”康华的主意，原是想开脱富玉鸾，又拿一个九龙山去恐吓张勋，兴许张勋或者畏九龙山的声威，不敢杀他的意思。谁知那张勋是个戆直武夫，他已拚着一死报答清廷，“九龙山”三个字，更触犯他的忌讳。一声吩咐，早将康华及富荣拖出辕门外面砍了。自己揣了孟海华这封信，一径跨上了自己平时骑的那匹枣骝海马，簇拥着几十名兵士，兀地直奔督院而来，通报进去。

那意海楼连日迭次接得各处雪片也似的急电，直吓得手足无措，也没有别的法儿，整日整夜地只在那签押房里团团地转。今天恰好得了一个喜报，是汉阳城的革命党，已被北军剿平，武昌指日可下。意海楼才把自己那个走失的魂灵儿，重又唤了回来，高兴地命人开了一桌饭菜，正在四姨太太房间里小酌。无意中便又问起他那哥哥的为人，说：“你这哥哥究竟同那些革命党有无联络的情事？你尽管放心告诉我，我既然因为你释放了他，也断没有个重去捕捉他的道理。况且据闻扬州前天夜里已失陷了，你哥子若是个明白大义的，也还不至于附和他们背叛朝廷。”红珠笑道：“我哥哥他是个读书的人，承皇上恩典，已经给了他一个秀才，他哪里敢存一点歹念？前番委实是冤枉了他。若不是被我在屏风后瞧见，岂不是白白送掉了他一条性命？就如同他一齐犯案的那个白净面皮的少年，也是我们兄妹俩的亲戚，其实也是一个冤枉。不过那时候承你的情，既赦了我的哥哥，我再也不能贪得无厌，又强着你去赦他。今日难得你又提起这事，你可能看我的分上，饶了这人一条性命？我便死了，也感激你。可不知道你究竟真个爱我不爱我？”意海楼此时已有了几分酒，一眼瞧见红珠这种憨媚的神情，不由得有些意荡神迷，一把便将红珠搂在怀里，笑道：“我的心肝，我告诉你罢，我爱你，比爱那个小皇帝儿高着百倍。做大员的人，没有个不徇私的。上次那个姓云的，老实说，是你哥子，我固然因为你准许卖个人情；即使不是你的哥子，你既然要救他，我这人情也是要卖的。哼哼，但是那个姓云的脸蛋儿，比我俊得许多，我倒有些……”

红珠听见意海楼说出这些话，不由脸上涨得绯红，将意海楼身子推得一推，笑道：“呸！亏你说得出口，一个做女孩儿家的，岂有个妄认人做哥子的道理？罢罢，你赦他们也好，不赦他们也好，我也不问这些闲事，我只不许你拿这些肮脏话来诬栽人。”红珠一面说，一面鼓起两个小腮颊儿，转有些盈盈欲涕。意海楼又亲了他一个嘴，笑道：“啊呀！同你讲玩话儿，也惹你生气。你不知道我这些时，被外面的那些风声闹得神魂不宁，你不可怜我，你反来呕我。今日难得听见汉阳城已经被官军克复了，那些乱党指日可望肃清，我也想积些功德，凡是可以赦免了的人犯，便把来赦免了，只求佛菩萨保佑我们这一世里不出意外。等到七八十年后，再把那大清国送掉了，我也不怨。我只笑那些革命党，口口声声说是为子孙将来打算，他们的主意，就老大同我反背。一个人只要今生快乐到极顶，什么子孙不子孙哩，我也顾不了许多。好心肝，你适才说的那个亲戚，你心上果是要我赦他，我就看你分上，将他放了。只是我有一句话要求你，你若是慨然答应了我，我立刻发一支令箭，将他打狱里提出来。说句明白透亮的话，徇情赦个把革命党，料想朝廷里也还不至问我的罪。”

红珠掩着耳朵笑道：“我不要你赦，我不要你赦，我是不喜欢人诬栽我。你若是为我又赦了这人，我哥子你尚且疑心，这人同我不过是亲戚，你可该格外疑心了。”意海楼笑道：“好利害的心肝，同你闹了一句玩话儿，你就生气。喏喏，心肝，你不信我，我即刻去发令箭，我只要你心里快活。适才同你讲的有一件事，你须得答应我。”红珠扭着头笑问道：“你说你叫我答应你什么事儿？这般鬼张鬼张的。”意海楼回头四面望了望，见有几个仆婢在房里，便说道：“你们替我传话给刘巡捕，命他拿我一支令箭，快点到江宁府那里，叫知府将狱里那个犯革命嫌疑的富玉鸾人犯一名，立时释放回家。”几个仆婢晓得大人是借此遣开他们的意思，便大家一哄都笑着出去了。意海楼一把将红珠按在一张睡椅上，笑得哈哈地说道：“我叫你依我的便是这件事。”红珠半推半就地笑道：“呸！青天白日……”那以下言语，便说不清楚，在下也就不去听他们了。

且说富玉鸾自从在督署里受刑之后，依然监入死囚牢里。后来知道云麟被一个什么四姨太太救脱了罪，安安稳稳地回转扬州，心中这一欢喜，比他自己遇了赦还胜十分，转安心乐意地在狱里静待行刑日期。好在富荣是他的心腹，又得了他的银钱不少，服侍得倒还妥帖。自己除了看闲书消遣着岁月，只有一件事放心不下，便是淑仪的终身。暗念：“早知咱今日如此结局得快，又何苦生生地玷污了他？况且他同云大哥自幼儿何等亲密，这婚姻是十拿九稳，偏生走出咱这一个人，硬拆散了他们这比翼鸳鸯。这都是咱母亲的糊涂主意。如今母亲是死了，咱的死期又在眼前，可怜咱同他姻缘虽有十余天，咱同他好合还只得一次。咱细想起来越是烦恼，他这一个伶仃弱女，纵然他母家不愁不能养活他，然而这薄命孀娵，硬叫他冷月凄风，锦衾孤枕，又有什么生趣？”

玉鸾想到断肠之处，那英雄眼泪，也就潸然不已。有一天，他便亲亲切切写了一封长信，写明了死后给他夫人淑仪。其中大旨，便是劝淑仪万不可为他守节，云大哥是他至好，须得依然完全了他们这一段良缘。诸事布置均已妥帖，转萧然长叹，未审将来这东方病夫国，究竟怎生个挽救？有一天正捧着一部小说浏览，忽然听见间壁房里，有几个盗犯在那里拍着手狂喊，说：“好奇怪，怎么湖北会闹起事来？铁枪郁老四是在那地方做过案的，押在江夏县模范监里好多年了，这一来真快活了他，还怕不安安稳稳摇着出那瘟牢？只是可怜我们这南京，竟没有几个硬汉，我只是不服这口鸟气。”富玉鸾是有心的人，耳边透进这一番说话，又惊又喜，忍不住插嘴问了一声说：“借问好汉，武昌闹出什么乱子了？”这话还不曾说完，恰好富荣送饭进来，说：“少爷你还不知道这事吗？我今日打从外面走走，据说湖北张彪的营盘炸了，省城已经失守。小的不敢说，小的听见好象这些闹事的便同少爷是一般的心眼儿。”富玉鸾这才非常欢喜，顿时站起身子，探出头向苍天望了望，自言自语说道：“啊呀！咱不想到还有今日。只恨咱这身子羁缚在这里，不能助他们一臂之力。然而武昌离这南京也不过一水之路，朝发可以夕至。苍天若是不该叫咱们国亡种灭，行刑日子侥幸迟得十几天，江苏的同志算也不少，铜山西崩，洛钟东应，咱干的事正多着呢，转不可以一死塞责。”玉鸾想到此处，却呆呆地盘算出狱后的事业，把那预备求死的心肠搁置一边，重又吩咐富荣外在替他打探消息。

秋末冬初，那花砖寒日，驶得象快马一般，这一天早又是黄昏光景。每日这时候，必是富荣送饭进来，报告他这一处光复，那一处光复，真是喜讯重重，愉快不尽。偏生今晚久不见富荣到来，栅栏外边，转有些打扫伙夫同一班禁卒，指指点点，象是出了什么要紧事的光景。隐约中仿佛听见说是富荣私通匪党，被张统领带去审讯了。富玉鸾吃这一惊煞是不小，急得搓手顿足。

正没个摆布，忽地狱门外面声势汹汹的，有人大嚷着说：“快快开门，督院里有令箭在此，提革匪富玉鸾出狱。”霎时门便开了，拥入多人，为首的果然捧着一支令箭。好个富玉鸾，并无惊怖之色，大声问道：“诸位不必张皇，咱已知道你们大人要杀我了。”那个为首捧着令箭的官员，转笑吟吟地望着富玉鸾拱了一拱手说：“原来这富玉鸾便是足下。我们大人有命，特地遣兄弟到此释放足下出狱，安稳回家。”玉鸾猛听见此种意外的话，转有些不甚相信，说：“哪里有这个道理？莫非你们弄错了？”那人笑道：“这件事岂是儿戏，怎么可以随意闹着玩的？足下不信，喏喏，府大人不在衙里，这位管狱官倪大老爷是同兄弟会合来的。但是大人释足下的意思，我们不得而知，或者有人替足下说了情了。”只见那管狱官儿倪紫庭也殷勤走上来说：“果不其然，委实是制台大人吩咐的。足下也不必多疑，日前同足下一齐押入狱的那位云先生，便因为大人的四姨太太说情，还是兄弟陪着云先生出来的，此番难保不又是四姨太太的主意。足下就请出狱，让这位大人好回署销差。”

玉鸾这一喜欢也就到了绝顶。顿时便走上几个兵卒替富玉鸾将刑具一一卸得干净。玉鸾便大踏步出了狱门，望着那官员说道：“大人厚德，咱自然永感不忘。但是咱也不能就此告别，也须见你们大人一见，咱才算得来是光明，去是磊落呢。”那官员道：“这话也说得有理，兄弟便引足下在辕门外边伺候，听大人发落也好。”于是一干人转滔滔地从江宁府一路向督院而来。玉鸾留心看看街市光景，觉得十分凄惨，人心惶惶，朝不保暮。警察的岗位，每岗都站着两名巡士；街头巷口，一例的扎着军队，戒严得非常利害。玉鸾暗念：“照这样神情看起来，别的地方民军声势可知浩大了。”那一股雄心，不由跃跃欲动，恨不得霎时便将这南京光复过来。东张西望，又瞧不见他们同志，不知道藏在什么秘密所在。经过徐固卿统制的新军营，见营门外面安着大炮，炮口直冲营址，不觉奇骇。一路走着，无意中询问同行的几个兵士，兵士笑道：“你这人哪里知道其中缘故？这是巡防营张军统的主见。张军统知道新军营里兵士，大半都同革命党一鼻孔出气，只是他们又没有什么实在形迹。张军统想着一个好法子，便把大炮安在他们营外，派人监察着他们，一有变动，简直一炮轰杀了他们，叫他们不敢不俯首帖耳地听军统的号令。我们制台大人佩服张军统，就在这些上面。我们总以为做汉人的没有不同满人做对的，谁知还有一个张军统，倒是忠肝义胆地保着大清，这总要算是愚不可及的了。”玉鸾听了好生悲愤，恨不得立时将张勋捉了，免得这半壁河山，还算是羶奴故土。

说话之间，不觉已到了督院，那官员一直同玉鸾望里边走。恰好走至一所官厅檐下，见官厅里闹哄哄的，有许多兵士伺候着一位大人。玉鸾仔细一看，正是适才讲的那个军统张勋。仇人相见，分外眼红。玉鸾停了脚步，将张勋上上下下打量了一番。不料张勋眼快，见玉鸾神色异常，顿时间问了一声说：“这厮是谁?”那官员走上一步回道：“这是革命党富玉鸾，制台大人命卑职去放他出狱的。”张勋听了，不禁勃然大怒，冷笑了一声说：“原来这厮便是富玉鸾，好极了。左右替我将他拿下，停会子我见了你们大人，自有定夺。”玉鸾知道这一来不好了，不由怒从心起，不等兵士来捉他，他早端起一张椅子，倏地直望张勋脑袋掷去。张勋将手一隔，霎时间玉鸾重又被许多军士捉住，牢牢地擒在官厅外面。

不多一会，署里传出话来，请张军统进见。此时意海楼倚靠张勋若泰山之尊，一见了面，先虚心下气地向他问外面布置如何，这几天新军营里可有什么举动没有。张勋略略答了几句，便从怀里将孟海华那封信轻轻掏出来，向意海楼手里一递。意海楼看了一半，不由失声叫道：“啊呀！这人已经被我释放了，可惜可惜。”张勋冷笑道：“我倒不料制军如此宽宏大量。今日外边是个什么变局，捕获他们还怕来不及，不料制军转轻轻地放了他，究竟是何命意呢?”意海楼此时触动红珠怂恿的话，不由面红过耳，只管将两只靴子顿得震天价响。张勋好生发笑，又说道：“制军也不必如此着急，假如此人尚在，制军还是赦他，还是为国家除一巨害?”意海楼道：“我以为这厮不过是个附乱的匪徒罢了，谁知他同扬州叛党还有如此关系，可想他声势煞是不小。我在这里懊悔尚且不及，若是重新捕获，悉听军统发落。”张勋笑道：“既然制军吩咐我，我便依着办了。”遂将适才把富玉鸾获住的情形一一禀明了。意海楼大喜，说：“皇上如天洪福，军统就将这厮正法了罢。”张勋随即辞了意海楼出来，命人将富玉鸾带入营里，也不再拷问，命人将他一直押赴校场斩首。说也可惨，

玉鸾临刑时候，固然毫无畏惧，旁边观看的人，莫不壮其有胆，说他真是英雄。后来红珠打听得玉鸾遇害，芳心里转抱着不安，以为对不住云麟的嘱托，私下命人好好将玉鸾收殓了，埋在钟山脚下，墓前还立了一个石碣。

那时候，南京城里孟海华的党羽煞是不少，早将此信秘密报知扬州军政府。孟海华接到此信，刚在午膳，手里一只牙箸不觉堕落在地。一声吩咐，传齐军队，片时间府内府外密密层层的枪林排列。一声号令，立时出发，直攻浦口。知道粤、赣各军已由高资、龙潭一路进兵，孟海华这支兵便去截张勋归路。

且说扬州民政署自从成立之后，南都人士一时好不兴高采烈，除得各人有运动本事的，纷纷占着位置，还有一班闲汉没有着落，日夜地向石茂椿罗唣，闹得个不得开交。石茂椿也没有别的法子，只好吩咐署里那位管厨房的廪生，每天在署里多开二三十桌例饭菜。一到了吃饭的钟点，那一座民政署里挤得水泄不通，一窝蜂地抢着吃饭。每天如此，倒还十分热闹。这一天云麟也被几个朋友拖着到署里去吃饭，云麟推辞不得，一直走入署里。早见鸦飞雀乱的，一大群人吃着饭，谈着时事，真个高兴。甚至有些人家里出了喜庆的事，收了礼物，不肯去请客，转把那些亲友约到这里，便算是大开筵宴。那亲友平时从没有进着衙门的分儿，这一次公然在衙门里出入，真是脸上添了一层光彩，比在家里请他们吃燕菜鱼翅还高兴十倍。

云麟瞧这光景，实在看不过去。好在不抢着上去拿饭碗，也没有人肯招揽他，他转悄悄地一溜烟跑入隔壁军政府里，想会一个朋友，问问外面消息。恰好看见那些军官纷纷都在里面领饷，是个预备出发的神态。云麟吃了一惊，问孟大人此次去向哪里开仗。便有人告诉他说："云先生你还不知道？我们大人要去同张老勋拚命了。大人有个至好朋友，名字叫做富玉鸾，昨天在省里被张老勋砍了。大人气得什么似的，刻不容缓，尽今天夜里便行开差。你看不见城外我们军队都布满了？"

可怜云麟耳朵里模模糊糊透入了这几句话，顿时那眼泪不知不觉，流满了襟袖，拨转脚步便跑出军政府。一面走，一面嘴里只叽咕说："仪妹妹怎么好？仪妹妹怎么好？我此番到他那里，将这话告诉了他，他定然哭得死过去。可怜仪妹妹这一颗芳心，如何搁得住这般惨痛？咳！我瞒着他，不告诉罢，万一他明日知道此事，怪我不说，我不是又得罪他了？罢罢，仪妹妹你若是心里有我这云哥哥，这十分的苦痛，也还须灭得三四分；你若是只一味地想着他尽哭，可想你心里也没有我这云哥哥了，不是又叫我灰心？"刚在思量，大路旁边忽然鬼哭神号地闹得鸟乱，甚至有人抱着头飞逃，后面便有四五个西装少年赶着。云麟大惊，仔细看去，一眼便看见他那位大亲翁田焕跪在地上，苦苦向那个少年哀告道："我的革祖宗，革亡人，小老儿这条狗尾巴，长在小老儿头上，除得七八岁时顶着马桶盖，算到如今足足有四五十年了。小老儿的性命可以不要，若是剪了小老儿这根狗尾巴，小老儿便是个死。"那个少年睁着圆眼睛，手里拿着一柄新磨得飞快的两股剪子，吆喝道："放你妈的狗屁！这辫子是满奴的标帜。满奴是被我们推翻了，眼见就要杀到北京城里去，同他算二百几十年压制我们黄帝子孙的帐。你们这班蠢奴，还苦苦保全这辫子，不是有意同我们民军反对？我们一路上象你这辫子也不知剪了多少，遇着你这狗入的王八蛋，倒还顽固得有趣。你今天若是不把这辫子剪掉了，我把你这厮一会儿拿到军政府里砍头示众，看你砍了头，这辫子还保全不保全？"田焕正待分辩，猛地人丛里另走出一个少年，冷不防"拆搭"一声，早将田焕那条辫子轻轻剪到手里，一群人哈哈大笑。急得个田焕一把又从那人手里将辫子夺过来，望了一望，号啕大哭，一跤晕倒，早跌在地下死过去了。

那一群少年也不理会，一翻身又寻找别人去剪辫子。田福恩不识高低，先前见众人拿住他老子，他便躲在柜台里面。此时刚把头再伸出张得一张，又被他们一把拖出来。田福恩喊道："不劳诸位动手，我是瘌子，我是瘌子，尾巴早已烂掉了。"众人一望，果不其然，见他头上约莫只有几十根黄头发，倒也一笑，不去剪他。

这时候人丛里早恼了一位老先生，侃侃地说道："身体发肤，受之父母，不敢毁伤。人家的辫子，是父母的遗物，是国家的制度，你们再是强横，也不该擅自动手。"话还未完，那班少年大喝了一声说："老头儿站住，你讲的什么？我们倒要试试你这辫子，想是比别人长得结实些。"说着就飞奔上前去，扯他的辫子。何其甫倒还机灵，背转身子就跑，两只脚打得屁股价响。巧巧同云麟撞个满怀，两个人一齐滚倒在地。后面追的人格外发笑。云麟见势头不好，师生二人爬起来又跑，转了几个弯，才不见那些剪辫子的少年。他心里是有要事的人，便一直望淑仪家里走进去。一眼便瞧见淑仪在那红纱窗底下，面前放着一盆早梅，用手轻轻剔那花上蛛网。三姑娘坐在一旁，辗然微笑。

云麟看这光景，不觉心里一阵酸痛，扑地走到房里，哽咽得说不出话来。三姑娘大惊，正待发问，毕竟淑仪敏捷，已约莫猜出这其中变故，陡然粉面上一条一条的珠泪直挂下来。三姑娘也就有几分明白，失声惊问道："云相公，我家玉鸾究竟怎么样了？"云麟听见他姨娘问到这一句，更忍不住，简直放声大哭。淑仪猛不防一个转身，晕倒在地。三姑娘一面哭，一面去扯淑仪。此时家里用的仆妇以及爷们，都知道姑爷业已遇害，齐打伙儿将淑仪小姐救醒转来。淑仪这时候便直走近云麟身边，哭说道："云家哥哥，我上次不是说要同哥哥向南京去走一趟，我岂不知道于事无济，不过想同他会一面儿，以了结我们一世夫妻之好。不料母亲苦苦拦着，后来又因为武昌起义，便把这事耽搁下了。如今是……"淑仪说到此，转一把握住云麟的手，又有些要晕厥光景。云麟大骇，慨然说道："妹妹不必气苦，事已如此，哭也无益。前番不曾同妹妹去会鸾大哥，也断不料出此变故。如今鸾大哥的旅榇总还搁在南京，我愿同妹妹亲自去将鸾大哥的骸骨盘回扬州，一者赎取前愆，二者也叫死去的大哥英魂安慰。"三姑娘哭道："这些话怕不有理，但是如今的南京城里，还是那张勋把守着，岂能轻易放人出入？既然孟大人此时已带兵去攻打浦口，菩萨保佑，能快快地打个胜仗儿，我定然放你们兄妹两个去做这件事。"

三人刚在这里说着话，忽然从耳边起了一个霹雳，将满房的窗棂都岌岌震动起来。一霎时，满街上的人声如潮而起。可怜此时扬州的人心，无端地还疑神见鬼，何况此刻万里无云的晴天，又分明不是打雷，定然是放了一声大炮，合城的人有个不惶骇的道理吗？三姑娘也忙吩咐家人们出去探听。好大一会，才打探得有人从镇江那边过来的，说适才的炮声，正是联军获胜，攻入南京，张勋及总督意海楼登轮逃走，这炮便象是山上放的，表示致贺的意思。淑仪听毕，不禁高举纤手，一直拱至额边，只说了一声："神天灵应，我们中国也还有这一日。"说毕又哀哀痛哭起来。于是决议明日一早同云麟赴省去探访玉鸾遗蜕。

三姑娘也不能阻拦他们，只遣了一名女仆、两名爷们跟着，从钞关城外搭了小轮船，当夜便抵下关。只见那下关一带残灰断瓦，碎骨零胔，叫人不忍目睹。云麟再瞧瞧那些人民，无论何人，均没有后面拖着豚尾的，自惭形秽，也就令淑仪替他铰去了一半头发，还留着一半头发，盘着瘦辫子，藏在帽子里面。好在天气严寒，头上总戴着帽儿，也没有人瞧得出来。他的意思，以为大清反正，我这半条辫子，总算是忠于故君；就使天命已绝，竟由君主变成共和，我那时候再斩草除根，还他个新朝体制，也不为迟。所以打从民国成立以来，他事未遑，只这人人头上一把烦恼丝，那时候真个费人万种踌躇，百端斟酌呢。

云麟同淑仪带着仆人，从下关雇了一辆马车，直入城门，以为玉鸾是在校场行刑，便想到校场一带去访问。那些店铺虽然业已照常交易，只是东一处军队，西一处军队，真是兴高采烈。那一座堂堂皇皇的大贡院，都被各路军队占满了，其余那些寺院公所，更不消说得。云麟坐在车里，眼睁睁地看着淑仪慵眉愁黛，憔悴可怜，固然心中十分不快。谁知他心里还有一件最悬忆的事情,便是意海楼意大人的第四房姬妾红珠。他此时明知意海楼业已逃出此城,只不晓得他那意中人是否也被挟带同走。又想:“红珠若是知道我今日依然到此,你便不该再随在姓意的左右,或者便在这途路之间会见,也未可知。”云麟一味地痴想,两个眼珠儿也就不住地向前面瞧看。叵耐那马车驶得飞快,便有些妇女看在眼里,也辨不出是红珠不是红珠。正想之间,猛地马车停住,不向前进,便从刺斜里飞出一支军队来,一个个绿鬓朱颜,锦衣绣袄,前面奏着军乐,那一派的小蛮靴声音,噼啪噼啪走得齐整非常。军乐过后,便是两面红旗,上绣着“北伐队娘子军军长明”九个大字,随风招展。末了骑着马的便是一位佳人,淑仪眼快,失声叫道:“哎呀!这不是似珠姐姐?”

欲知后事,且阅下文。

# 第五十九回　大义灭亲娇娃忙北伐　阴谋未已奸侣又南来

且说明似珠同着柳春自从因为在扬州事机不密，被雨生告发，富玉鸾及云麟就捕，他们便一溜烟逃往上海，便住在英租界一座栈房里。仓猝之中，身边并不曾带得分文。好容易挨了有十几天，明似珠硬逼着柳春悄悄地到扬州，向他父亲柳克堂那里取些洋钱来应用。最后并同柳春约法了几句话，说若是柳春弄不出钱来，一定同柳春拆散，各自去寻生路。柳春十分无奈，只得跑转扬州，向他父亲设法。你们想柳克堂是一钱如命的人，又深恨这儿子不肖，哪里肯拿出钱来给他？后来被柳春闹不过，柳克堂知道柳春是在案的人犯，便要向衙门去告发他，吓得柳春不敢在扬州插脚。还是他母亲背地里给了他几十块洋钱，重新折回上海。

明似珠看着这几十块洋钱，不觉冷笑了一声说："这就算够你我二人在上海度活的款项吗？通共把来开发这十几天的栈房，还怕不够呢。此后岁月茫茫，这上海各件用费，又比内地高得许多，少不得还是个死路。论你的梦想，还思量同我结婚。我也不曾瞎了眼睛，嫁你这样不尴不尬的丈夫，可不把人牙齿笑掉了呢。"这几句话，说得柳春无言可答，只把个头俯向胸口，几乎不要哭出来。明似珠不觉用手帕子掩口一笑。柳春见明似珠笑了，方才搭讪说道："你笑我怎么？"明似珠又笑道："我笑你象个痴龟。老实说，你没有本事养我，不如我便当婊子去。"柳春也笑道："这个如何使得？堂堂一个女学校里的校长，忽然贬了身价，要去当婊子起来，可不是斯文扫地？也亏你说得出口。"似珠道："这话也难讲，顾惜身分，终不成饿死了不成。况且我说这当婊子这句话，你疑惑我便向那些堂子里头去迎新送旧吗？这又错了。承你的错爱，常夸赞我这副脸蛋子长得也还不恶，新学界讲究个废物利用，我何不就将这个被你已经玷污了的身躯，拿出来吸取吸取那些浮薄少年的银子，想还不至于折本。你拿出一个放任我的主意，包管你一生吃着不尽。你以为我这话还讲得错不错呢？"柳春被他这一番莺声燕语，已说得十分入港，便学那顽石点了点头。

自是以后，明似珠便将柳春拿来的几十块洋钱，且不把来开发帐目，便买了几件时髦衣履，终日地坐了马车，在马路上颠倒着奔驰，逢着标致的少年朋友，便放出全身本领去同他吊膀子。也是前生缘法，这一天，明似珠在大舞台听戏，独自一个人也不曾包厢，便孤零零坐在一张正座上，支颐无语。恰好同明似珠并肩坐的，是个丰眉俊眼、鹤背蜂腰的美少年，浑身西装，单论他手上几个假钻石的戒指儿，也就光芒四射，很有些叫人注目。明似珠不由得将秋波抬得一抬，似笑非笑地望了那少年一眼。那少年便趁这个当儿，同明似珠闲话起来。明似珠才知道这人姓真，名字叫做济美，是打从日本新留学回国的。叵耐清廷腐败，一时又不能安插这许多伟人，这真济美便流落在上海，很不得意。明似珠也将自家历史叙了叙。两个人谈得十分投契，一夕之中，便结为良友。自是以后，往来益发亲密。柳春对着真济美转假托是明似珠的兄弟。真济美却一毫不理会。

咳！天下事总不是人所预料得定的。窥明似珠的用心，不过因为沪江拮据，不得已同柳春商量，不惜自贬身分。然而为金钱打算，也该觅一个豪商富贾，那成大把的缠头之费，挥霍出来，也不枉担着一个偷汉子的名目。象真济美这样落拓，总该不是一个什么好相识儿了。哪里知道从这个当儿，清朝的天下忽然会生出如许绝大的变局。上海是个最开通不过的地方，焉肯居于人后？所以在孟海华光复扬州之前，这上海早就白旗飘展，依然还我汉室山河。讵料这一番绝世奇勋，便出在明似珠姘识的这个豪杰真济美手里。青眼出于裙钗，红粉能知侠士，惜在下没有这一支编纂小说的奇笔，不然，若从头点缀起来，想也不让汧国夫人占着千古呢。

真济美既然大得其法，可想这明似珠好不兴高采烈，也不知怎样出个风头，才遂胸中志愿。恰好那时候满人尚占据着北五省地方，南都人士少不得要想扫穴犁庭，黄龙直捣。忙得那些报纸上朝说一个童子军，暮创一个娘子军，烟舞涨气，直管将这些利害的虚声，一声声吹入满人耳朵里。明似珠陡然想到这一层文字，便撒娇撒痴，向真济美要求练兵北伐。真济美是无可不可，便答应了。明似珠立刻招募了好些英雌，自成一部。恰好扬州女学界里也有几位袅袅婷婷的豪杰，因为孟海华的军资不足，逐日正在城中各居民家劝助军饷。为首的便是郭九小姐，还有谢巧针、郑润卿一班女士，素来也与明似珠认识，此番闻得明似珠在上海做出如许事业，大家也就纷纷投笔，慷慨从戎起来。

淑仪此番在南京城中会见了他们，正自惊讶，自惭文弱，也不敢上前攀话。郑润卿眼快，忙笑着喊道："这不是伍家姐姐吗？怎生在这里会见你？"一面说，一面吩咐自家跟前一个女卒，叫他禀报军长。明似珠听见是故人，也十分欢喜。一眼又看见云麟也坐在马车里，格外笑逐颜开，忙跳下雕鞍，殷殷上前询问着他们到这南京的缘故。

云麟见明似珠这番气派，也就不似前此冷淡他的形状，忙笑着上前寒暄，并将玉鸾被害，自家同淑仪前来扶榇的话，详细说了一遍。明似珠也不禁替淑仪扼腕，说道途之间，不便讲话，他们的军队驻扎处离此地不远，便请云麟同淑仪等前去稍歇，并答应替他们寻觅玉鸾的骨殖。云麟怕淑仪不愿意，却不敢径自答应，但拿眼睛望着淑仪，瞧淑仪的行止。淑仪对着明似珠说道："承姐姐的美意，妹子不敢违拗，我们就随着姐姐到贵营里去晋谒。至于玉鸾的棺柩，还望姐姐派人帮着料理，妹子便感激不尽。"明似珠听淑仪这番话，十分高兴，大家便迤逦着到了营内。云麟留心细看，哪里有什么营盘，他们这些娘子军，大家都把来盘踞在一个城守署里。进了门，也不看见他们散队，便各自笑嘻嘻地你推我搡，闹个不亦乐乎。

明似珠同自已几个知心姐妹，住在一所上房里，将淑仪殷勤邀入里面。请云麟在客厅上安坐。淑仪略略问了明似珠的境况，明似珠未及答应，郭九小姐笑道："伍家姐姐，你不知道我们这位女元帅，很阔气的了。目下那位大名鼎鼎的真大伟人，便是我们女元帅的未婚夫婿。一经杀入北京以后，叫那大清皇帝让了位，不消说得，真公就可以做个大总统，我们女元帅就是一个总统夫人。"淑仪也笑了一笑，说道："哎呀！真总统？在先明似珠姐姐不是同那位柳……"淑仪说到此处，觉得有些碍口，不便再望下说，忙改口说道："明似珠姐姐的老太爷，不是满人吗？怎么明似珠姐姐今日忽然随同我们汉族，要北伐起来？"明似珠听到此处，忙正色道："姐姐这话又错了。汉人革命，难道便不许我们满人革命吗？"郑润卿拍手接着说道："妙呀，这就叫做大义灭亲了哇。"

是夕，明似珠便备了筵席款待云麟及淑仪二人。又叫人在栈房将他们行李押入营里。第二天，又将伍淑仪寻觅富玉鸾坟址的话，禀明了南京留守黄兴。那时候革命党里的人物，没有不知道富玉鸾大名的，又晓得他为国捐躯，这一番便由都督府里发起，除得将富玉鸾就义的所在访查清楚，另用了一副沙枋棺木，将玉鸾尸骸安放在内。又择了日期，替玉鸾开追悼大会。孟海华知道此事，也派了亲信恭诣灵筵致祭。伍淑仪换了浑身素服，悲哀尽礼。这一天，会场上挽联挽诗，张贴得没有一条缝儿。然后淑仪同云麟扶柩回扬。都督府还派了一营军队送着他们。扬州城里因为玉鸾柩椟入城，又大大一番热闹。这玉鸾也就算得生荣死哀了。

但是论那个淑仪的芳心，终觉得与玉鸾结婚刚刚只有三日，便从此人天分手，在世上便做了一个未亡之人，这红颜薄命，也就算到了十分，镇日间疾首颦眉，恹恹消瘦。又听见南北纷争，这满目干戈，不知哪一天才可以重睹承平。三姑娘虽也时常拿着话去安慰他，终不能消除他方寸间一点忧愁。转是云麟多情，不时地走来同淑仪闲话，外面有什么消息，顺便告诉，叫他们不用操心。

这一天，淑仪望着云麟叹息道："咳！时事无常，玉鸾虽然死在地下，也算值了。万一今日武昌不闹出这件事来，他不是白白送掉性命？那时节也不过算是一个国事犯，在清廷看起来也只循例砍了一个叛党，如何得有前天的轰轰烈烈。怕就是我同你去访他遗骨，也不知道那荒苔野草，从哪一处去搜剔呢。但是一层，假如玉鸾今日尚不曾死，这南京都督呀，江北都督呀，总还不至落于人后，也不枉他一生一世为国家出这点力量。这推原祸始，我又不得不恨那个出首的林雨生。我的夫家及我的母家，一般待他不薄，他末了居然这样来报答我们，天道有知，也不应该还让这人活在世上。"云麟道："这林雨生我久已有心要访出他，为大哥报仇，但这厮行踪诡秘，不知如今藏身在哪里。妹妹既然如此说法，何不写一封信，将这些情节秘密告诉明小姐，因为林雨生出首我们之后，他就在上海一带做秘密侦探。只须叫明小姐查出此人，将他捉至都督府里，那时候我亲去砍他，取出心来好祭我们大哥。"淑仪点点头，便命云麟将信写好了，交给邮局，送至北伐队里。这且按下不提。

且说林雨生自从被运宪提拔起来，命他驻在上海查察革党踪迹，林雨生好不得意，便有些在上海妄作威福。转不料一个区区武昌，忽然闹出这一番惊天动地的事业。不多几日，上海又光复了。自知是受的清吏命令，同党人处于反对地位，这一夜上海制造局起事，他连珠价口里只喊"不好，不好"，还指望不日敉平。谁知接接连连，竟公然下南京，破苏州。

林雨生想："我虽然不是什么重要人物，别人也不定注意到我，然而我这一来可就没有出头的日子了。好在我的家小早已迁居到上海，住在租界里面，我不出去寻事，也还不至在这租界上会生出意外风波。"于是躲了有两三个月，已打听得清帝退位，南北议和，又选举了袁世凯做临时的大总统。眼见得他这盛朝大马，再没有报效皇上的日子。别的倒不打紧，惟这一百元一月的侦探的薪水，更从何处去捞摸呢？镇日价长吁短叹，望着巴氏母子，动不动便闹脾气，敲桌子，掼板凳，闹得鸡犬不宁。巴氏冷笑道："好呀，一个男子汉，没有本事在外面讨生活，只管同我们这没脚蟹母子做对，也没有个银子就跑来的道理。你不看见清朝那些红顶子蓝顶子的大老官儿，丢掉了清朝，他们一般地仍会有本事在这民国里骑马的骑马，坐轿的坐轿，依然轰轰烈烈，也没有人责备他们不是忠臣，不是义士。你老实不过一个芝麻大的侦探儿，你难道还讲究个忠臣不事二主？你看真都督那个衙门里，出出进进，也有许多官儿，料想也少不得几个侦探，你何不去运动运动，钻摸到他那里去当侦探？我近来常听见说，有一班什么宗社党，是都督大人最可恨的。我替你打稿儿，在清朝就侦探革命党，在民国就侦探宗社党。横竖无论他们谁做皇帝，谁不做皇帝，这些叛党总是有的，只须你拿出本事来，转眼又是白花花的俸银到我们手里来了。这才算是八法圆通呢。”

林雨生被他妻子这一番话说得好笑起来，说：“这些道理，难道我不会晓得，要你来教训我？只是没有个门径儿。那个都督衙门，好不森严，容你走出走入，想做侦探，就是侦探？除非这时候真遇见一个宗社党，我轻轻地将他捉到手里，送到都督衙门，这才是个进身之阶。只是这上海人山人海，我哪里会知道他们谁是宗社党呢？”

林雨生一面说，一面便在室中踱来踱去。猛的将大腿狠命一拍，说：“有了，有了。”说了这一句，顿时眉飞色舞起来，直笑得拢不起嘴。巴氏也笑道：“这宗社党是谁？你这般高兴。”林雨生道：“还有谁呢，便是伍晋芳伍大老爷。自从这上海出事以后，我虽然不敢横行无忌，但是这地方上所有的人来人往，我都一一放在心上。伍晋芳在去年十月里，便携着家眷，打武昌逃至这里避兵，就住在新马路上第一百三十八号门牌。我同他在先为宾主，今日可算是寇仇了。我固然不敢去亲近他，我有时摸着我这两边屁股上棒疮，我恨得什么似的，一时间又没有报仇的当儿。腊月中间又打听得他又将大太太同大小姐接到上海来，我又吃了一吓，因为大小姐是知道我曾出首过富大少爷的。富大少爷这一条命，可算是送掉在我手里，我不去寻他，还防着他要来寻我。所幸他们一古拢儿也不晓得我住在何处。但是一层，不可不防，我除非终身就不用出来做事，万一出来到社会上，那伍家父女，他们虽是前清的官儿，然而权势究竟比我林雨生大着十倍，只须将我一把揪住，送到都督那里，这时候要算是无法无天的世界，那个都督听着他们的话，轻轻将我枪毙了，恐怕你们两个孤儿寡妇，也没有能替我伸冤的本领。如今可算同姓伍的这一份人家是势不两立了，不是他杀我，便是我杀他。难得目下有这宗社党的名目。宗社党除得亲王大臣，便要算是前清的大小官员儿了。伍晋芳他在湖北做官，吃的是大清国的俸禄，我便诬栽他是宗社党，也断没有都督不相信的道理。”巴氏道：“这话说得未尝不是，只是良心上终觉得有些讲不过去罢。伍大老爷可怜算是被难的人了，我们不能去帮助他，反弄这大题目去送他的性命，你通记不得他当初待你是个什么样子？”林雨生道：“良心，良心，如今世界上，若是讲到良心，便老实是个死路。你看我一生际遇，都是从没有良心上得来，如果当时处处存个良心，哼哼！怕你我早在戒烟那一回就呜呼哀哉，伏惟尚飨了。”巴氏道：“这话怕不有理，但是伍大老爷毕竟不是宗社党，你冤他，他不会辩白？”

林雨生笑道：“你替我夹着你那东西滚远些，我没有这本领，也不能在上海当侦探了。须知道我们侦探，全靠着遇事生波，捕风捉影。若是照你这样说起来，我们还当着侦探做甚呢？我自然有我的妙策，管教他入我牢笼。”

欲知后事，且阅下文。

# 第六十回　武昌城仓皇惊炮火　黄歇浦呜咽听潮声

好笑，世界上的事，再没有会随着人心上一面如意算盘打算的道理。我费着半生精力，从这一边布置，以为可以遂我的心了，那天老爷会意外地弄些不称心的事，从那一边来磨折我。仔细思量，到头来还是个何苦，还是个不值。读书诸君疑惑我何以说出这一番道学的话呢？我也是因为上回书中林雨生大恩不报，安排着天罗地网去摆布伍晋芳。我知道不提伍晋芳则已，提到伍晋芳，诸君必然将一副眼光遥遥地又射到武昌城里。自然又会想到那个朱玉苹二小姐，是否别来无恙？诸君要晓得，林雨生在上海同巴氏设计的时辰，那个武昌城已是断瓦颓垣，零胔剩骨，已不成个模样了。然而从那匕鬯不惊、金瓯未缺的时候写起，我这一支笔虽然只就伍晋芳家阖眷盘旋，然其时民军起义之仓皇，成功之迅速，倒可以补一补信史之缺呢。

我且说朱二小姐费尽九牛二虎的气力，好容易将一个如花似玉、最所忌妬的小翠子，把来轻轻害死。以后虽然被林雨生挟制，芳心中不无许多懊恼，又好象天也帮助他一般，那林雨生忽然因为要出首富玉鸾，硬生生被一个俟惕斋俟大令打了二千板子，驱逐出境。那时候朱二小姐好生快活，真是替他拔了眼中钉刺。后来听见林雨生在扬州，居然捉了富玉鸾同云麟，一时也想到，林雨生若不是离这武昌，富玉鸾同云麟何至遭他毒手，暗中也深抱不安。转念一想："玉鸾虽然是自家骨肉，他毕竟是三姑娘的女婿，与我也没有什么痛痒。云麟呢，这孩子虽是可惜，然论这天刑人祸，也是命中注定，可惜他也没用。所以过了些时，也就搁在一边去了。况且目下三姑娘同淑仪又不在公馆里，真是除去卜老太太，上上下下，惟我独尊，这种称心满意也就到了绝顶。再看看那个小美子，生得怪可爱的，粉装玉琢，一个小脸蛋儿，细白娇嫩，掐都掐得出水来。是凡亲友们看见这孩子，都称赞他，说他的母亲生得美丽，所以才会养出这标致孩子来。朱二小姐将这些话听到耳朵里，合合的眉毛都要笑起来，好生得意。

这一年中秋佳节，天气晴朗非常。朱二小姐清早起来，打扮得花枝一般，出来替卜氏拜节。又叫乳妈将小美子穿齐整了，单论他脚上两只小兔儿鞋子，是朱二小姐亲手做的，真做得穷工极巧。小美子虽然是乳妈抱着，他那两只小手，只管向桌上要去抓陈设的瓜果，引得卜氏同朱二小姐拍手大笑。朱二小姐又吩咐门口的爷们过江到老爷署里去一趟，请老爷今晚早点回来玩赏中秋佳节，家里的酒筵是要等老爷回来才开的。爷们答应了，日落的时候，打发小顺子过江。一直等到初更时分，晋芳也不曾回来。朱二小姐怕小美子要睡觉，便先吩咐仆妇们点齐香烛，又把厅堂上那一座十二层镂空玲珑的宝塔点起来，四围配着水月纱灯，十分光彩。卜氏以下一干人等，相率次第拜月。果然那一轮皓月，也象是知道有人拜他的意思，纤云四卷，银河欲流，格外比平时晶莹到十倍。小美子一霎便瞌睡了，乳妈将他抱过一旁。

卜氏同朱二小姐坐着闲话，说："晋芳也该回来了，这中秋是个节期，难道还有什么公事，弄到这会儿还羁绊在署里？"朱二小姐笑道："公事吗，定然是没有的，我怕的是私事羁绊着了。常听见他父亲说南城公所一带地方，全靠着这节下热闹，除得躲帐的滑头，躲得一个无形无影，若是有些意思的，总要拣在这节下去替姑娘们撑面子的。他虽然不至如此，也难保没有朋友们扯着他去。"又冷笑道："这些奴才，委实也是没用，就使老爷要逛那不尴不尬的地方，你们便不该拦阻一声儿？就说是老太太在公馆里等着老爷回去过节，那些人也就不好意思勉强扯着他走了。"朱二小姐越说越有些生气，回头望着身边一个仆妇说："你替我到前边去问他们一声儿，究竟可曾打发人过江不曾？无论老爷回来不回来，总该递一个信儿到家。我恐怕他们都在门房里喝醉了，无论什么要紧的事，都不把来放在他们心上。好好好，不高兴在这里当差，一齐替我滚蛋。"

仆妇见朱二小姐发话，一溜烟跑出外面，将这番话喊着说了。那些爷们吓得伸了伸舌头，互相埋怨着说："谁叫这小顺子过江的？我早知道这猴子又懒又没正经，敢是掉落龙王庙江心里去了？兄弟们谁辛苦一趟，过江去瞧一瞧，太太脾气，是大家知道的。"说着那个叫伍福的跳起身来说："诸位尽管请吃酒，我去走走就来。"大家笑道："好好，只是偏劳我们福二爷，心里着实不安。"伍福也不理会他们的话，随手在衣架上取了一件长衫，向身上一披，走出大门，跳上东洋车子，车夫拉着就走。内里爷们一面进去禀复，说又着人过江去请老爷去了；一面又将桌子挪出门房外边，摆在凉月底下，欢呼畅饮。

不多一会，那个伍福又跳进来。大家笑道："好快呀，难不成路上已经遇着老爷了？"伍福冷笑道："亏我辈弟兄们还是吃的政界的饭呢，外边闹得一个烟雾涨气，我们还是蒙在鼓里一般，风风凉凉吃个太平宴儿，好不自在，提起来要把人牙齿笑掉了呢。"大家听他这几句没头没脑的话，又说得很是利害，一齐都把酒杯儿放下，问道："好哥哥，你有话快老实些讲罢，外间有什么事？这样大惊小怪。"伍福道："呸！大惊小怪，你们通不晓得革命党起事了，准于今天夜里三更三点，抢这武昌城。上下衙署，好不惊慌，太阳不曾落，早经将各路城门闭了；沿着街道，全是双岗警察，遇着形迹可疑的人，便捉来向江夏县模范监里送，如今倒好，捉到百来个革命党了。你想武昌这般戒严，汉口怕不是也是如此。就使城门不关，老爷也没有放着警察的事不办，来家陪我们那位太太吃月饼。"伍福又说道："我此刻就进去回一回，好让我们太太死心，不要老远看着这凉月儿害相思。"说着含笑走入上房外边，先轻轻咳了一声。朱二小姐耳朵最灵不过，忙问道："外边可是伍福？"伍福答应道："是。"朱二小姐道："你们打听着老爷几时可以回公馆？"伍福道："老爷一时怕来不及返驾。"朱二小姐道："是老爷亲口告诉你的不是？"伍福道："不是老爷亲口说的，是伍福打听出来的。"朱二小姐已有些怒意，又说道："既然老爷不曾亲口说不回来，你这奴才为何造谣生事？"

伍福正待答话，这个当儿忽然一阵好风，遥遥地将街市上声音从云里吹进来，只觉得人声鼎沸。朱二小姐忙道："哎呀！外面如何这般喧嚷，敢莫是有火了？"伍福道："不是火，是兵。"朱二小姐失惊道："胡说！是什么兵？"伍福道："是革命党起兵，城门早关闭得象铁桶也似的，伍福所以知道老爷万不能回公馆。"

卜氏此时也坐在一旁，听见伍福同朱二小姐说这些话，早已三魂出窍，只喊了一声"阿弥陀佛"，说："伍福你快去打听打听，究竟怎生是好？我们还是逃……"以下的话也就说不出来，只管发抖。朱二小姐虽然假托镇静，芳心里也就惊惧非常，吩咐伍福退去。再回头望望小美子，已经睡熟。供月宫娘娘的桌上香灰狼藉，烛光已是暗淡不明。那天井墙角边有几株芭蕉，吹得飒飒地怪响。约莫半夜光景，大家都有些毛发洒淅起来。一夜也不曾好好睡觉。

第二天清晨，又有伍福他们进来报告，说："没事没事，原来昨夜是个虚惊，其实并没有什么革命党，不过督署里听了些谣言，以讹传讹，遂弄得中秋这一夜居民惊骇，鸡犬不宁。今日城门洞开，各家店铺照常营业。请老太太同太太放心。"朱二小姐这才笑起来说："可不把人吓死了。我说我们老爷他是警界里的人，若是果然有些变故，他没有一个不知道的，如何通共不曾听见他提着一句半句？以后这些捕风捉影的谈论，你们也要慎重点，不用只管信口说得高兴。我是个有主意的，自然是声色不动，镇静如常。但是老太太年纪高，血气又衰，禁不得恐吓，万一吓出别的岔子来，你们怎生对得住老爷？”伍福等听朱二小姐说话，只“是，是”答应着退出去了。朱二小姐又将这事回明了卜氏，叫卜氏放心。一会儿伍晋芳果然从江那边回来，谈着这话，也觉得无故惊慌得发笑。这事也就罢了。

诸君，诸君，光阴忽忽，当此金风拂面，桂子飘香，从无边秋色之中，诸君也应该记得去年卜夫人书贞挈周氏一干人买棹金焦，遨游马路，意阑人倦。虽不是浔阳江上，而芦花枫叶，商妇孤舟，曾经巧遇雏姬，琵琶入抱，兴兴头头地，将那一个小翠姑娘带回交给伍晋芳，成了有情眷属。不谓斗转星移，不过才过了一个年头，而在下这部书中已少了一个最可爱又最可怜的人物。但是如今有一件事，不得不从那时候提起。

诸君，诸君，可还记得伍晋芳去年今日，初同小翠子偎香倚玉的那一夜？伍晋芳不是从梦中惊醒，疑惑是小翠子投缳自缢？此事固然遥遥地应验了。然而伍晋芳惊醒的缘故，实在是因为朱二小姐临蓐，生出他那个娇儿小美子。小美子的诞期，当时虽然不曾叙明在于何日，今番却要把来告诉诸君。要知道小翠子重圆之日，即小美子诞生之日，便在去年八月十九。今年这八月十九，恰好是小美子入世整整的第一个年头，俗所谓抓周之期。

这一天清晨，朱二小姐早已绝早起身。又因为前些天中秋夜里闹了一个大大恐慌，却是无端风鹤，并不曾演成事实，心里越发高兴，命奶妈将小美子打扮得象个玉孩儿一般。佛堂上面一例地点齐香烛，铺下大红毡条。奶妈抱着小美子拜了佛，又拜卜氏，卜氏看着非常快乐。此时伍晋芳尚不曾出门，奶妈又抱小美子拜了爹，又拜母亲。朱二小姐笑得一把接过来搂在怀里，闻了闻那个小粉颊儿。一面又回头向房里笑着问道：“那些东西可预备好了吗？快点拿出来，给我这小心肝来抓。”卜氏笑道：“果不其然，这个老规矩，是少不得要试验过的。”又笑着望朱二小姐说道：“可是我又想起来了。小美子的父亲那一年抓周，真奇怪极了，他两个小手儿，这一件也不拿，那一件也不拿，偏生地将那个金漆盘里一个大红顶儿，抓住只管不放。他的父亲那时候看见，只管颠头簸脑。确记得还向我说道：‘这孩子大来，倒很有点出息呢。盘里比这红顶子好玩的玩意儿多着呢，他为何一总不要，偏生看中了这红顶子？好儿子，但愿你云程万里’。咳！这件事已经三十多年，怎么好象在眼前一般？晋芳今日虽然还够不着戴红顶子，然而大清国在一天，我家晋芳这红顶子总还可望。只须尽着向上巴结，皇上恩典是再大不过。你们做官的人，但是尽一分心力，国家自然有一番酬劳，天恩是不辜负你们的。"晋芳垂手答应了一声"是"。

正自说着，小善子那个丫头早从房里捧出一个金漆盘子，里面光怪陆离，放着许多宝贵的珍品：金珠翡翠，以及胭脂花粉；就是卜氏适才所说的红顶子，也晶莹夺目地在盘里滚来滚去；以外便是些儿童戏耍的钟鼓铙钵，旗帜刀枪。小善子双手托着，恭恭敬敬地送至小美子面前。小美子看见这许多物件，转倒不敢伸手去拿，只管将两个乌黑的小眼珠儿不住的望着朱二小姐，引得朱二小姐噗哧笑起来说："好儿子，你心爱哪一件，你就拿哪一件。拿着了，就应在你的终身上，是再也不会错的。"小美子似乎也懂得朱二小姐的话，便伸出一只嫩藕也似的小粉腕，一下插入盘里，他别的却一件不要，顺手就拿超一柄小刀，举起来便望嘴里送，他疑惑是什么可吃的物件，几乎触破了小嘴，吓得朱二小姐夺手不迭。卜氏勉强笑起来说："小刀子也好，大来是要做武官的，骑马带刀，好不威武呢。"朱二小姐此时正将刀夺下来，花容上露着十分不快模样，又嗔责小善子不应该将这些危险的物件也放在这里面。小善子吓得站在一旁，一言不发。这一天虽不比得住在家乡亲友众多，然伍晋芳有几个最知己的同寅家里的女眷，也有好些人亲来贺喜，车马纷纷。伍晋芳便不曾过江到警局去视事，少不得在厅上陪着男客。

看看傍晚的时辰，大家都坐在酒筵上欢呼畅饮，猛地听见西南角上沸汤也似的爆竹声响。起初在喧哗之中，众人也都不甚觉得，便偶然听到耳里，还疑惑别人家也有什么喜庆的事，毫不介意。后来越听越近，越响越利害，晋芳毕竟是有经验的，又不肯过于张皇，无意中唤过一个爷们，说："你们去督署左右走走，看有什么动静。"爷们答应去了。

晋芳随又起身走到天井里，向天边四面瞧了瞧，也没有火光，只有那一轮微微缺了一角的大亮月儿，早已捧出天际。一霎时那爆竹声倒又听不真切了。刚背转身子，重又踱到厅上，尚未说话，忽闻半天里由西南直扑向东北，扑通一声，分明一个大炮弹儿从各人头上飞过去。顿时把众人惊绝，一齐都站立起来，个个面色如土，倒转说不出一句话，你望着我，我望着你，鸦雀不闻的，似乎都在这里听第二个炮弹。后面上房里却闹起来了，许多仆婢都跑到厅上来，说："里面诸位太太因为适才天上不知是什么东西响，命我们出来问一问老爷。"话才说完，那个出去打探的爷们已飞跑进来，后面还跟进许多爷们，大家都是张皇失措。晋芳忙喝着问道："外面有什么消息?”先前那个爷们忙回遭:“老爷,外面大事不好,城外大营炸了,全数兵官一律挂了白,由通湘门直扑楚望台军械所。据说军械全行被他们得了手,此时已占据了蛇山,安着大炮,向督署里攻击。有人说督帅已经越墙逃走,督署大门已经起火,张统领已经不知下落,居民已经奔窜,阖城城门已经关锁。”才说到这里,接连又是两声大炮。那个爷们也再说不出话来,转用两只手紧紧抱着头颅,似乎防炮弹落下来的意思。

晋芳长长叹了一声,嘴里只挣出一句,说:“怎么好,怎么好?”其时诸客大率都是些在官人员,更不怠慢,也不及向晋芳告辞,各自纷纷走了。先前都是乘着大轿来的,此时谁也不敢乘轿,跑出大门,一步高一步低地各回衙署,各回局所。至于内眷得了这个消息,顿时起了一片哭声,大家钗横鬓乱,你扶着我,我扯着你,也是走个干净。卜氏胆小,只有喊皇天菩萨的分儿。幸亏八月十五闹过一场谣言,此时卜氏也只指望还是象八月十五那一回谣言罢,宁可受一受虚惊。“倘这一次虚惊闹过之后,我便在扬州吃粥也情愿,立时赴轮返里,再也不在这武昌担惊受怕了。”卜氏虽这般想,可是那枪声炮声,分明一阵一阵,雨点也似的在半空中飞舞,八月十五那个虚惊却没有这般利害。哭转不要哭了,只扶着一个小丫头索索地抖个不住。晋芳团团地在屋里转,只安慰卜氏说:“不妨事,不妨事,不消一会工夫,自然会将那些乱党扑灭,母亲只管放心。”

朱二小姐此时向怀里抱着的小美子看了看,那扑簌簌的眼泪,不由得象断了线的珍珠一般,顿时湿透了衫袖,还洒了许多在小美子粉脸上,一言不发,心里辘轳不已。暗念:“我这番的浩劫,可算是我自家造就出来的了。好好地住在扬州,闹着要向这里来,这不是自寻死路?淑仪母女二人福命好,他们偏生安然归里。那时候若是逼着我同他们一路走,可想我是决然不依的。问一问良心,分明我多着他们母女。他们母女心里不知道恨我不恨我?我那时候目中哪里有他们?恨我也罢,不恨我也罢,只要打发冤家离了眼前,就算是称了我的心了。我万一死在这地方,可不把他们母女快乐煞了?‘福兮祸伏,祸兮福倚。’我早知道,就让人一着也好。譬如小翠姑娘,他此时虽然是死在九泉,他转是逍逍遥遥,无牵无累。不象我这将死未死的人,眼看着这一块肉,不知可逃得出逃不出这虎口,倒叫我这颗心,好象是刀子剜了一般。咳!苍天,苍天!你这一番若是宽恕了我,我再也不去做昧良心的事,我是断然改悔的了。好菩萨,你须保佑我们母子两人无灾无难。”

朱二小姐这般想,那街道上面杀声愈近,四面的火光把凉月的颜色都逼住了。

仆妇们鸦飞雀乱地捆箱笼，打包裹，是个预备逃难的光景。奶妈同小善子赶着向朱二小姐说："太太也该将细软东西打叠打叠，那些乱党是杀人不眨眼的，万一抢进来，总该有个防备。"朱二小姐含着眼泪说道："咳！性命还不知在哪里呢，要这些细软何用？你们是有忠心的，我平时待你们也不错，你们只要帮着我将小少爷保护好了，我便感激不尽。"

伍晋芳看着朱二小姐这可怜情形，又听见他说得十分沉痛，觉得很不是吉祥气象，也就不禁潸然下泪。朱二小姐知道晋芳是怜惜他，心里一酸，不由得放声大哭起来。卜氏也哭了。仆妇们也止不住纷纷落泪。一霎时间，伍公馆里好象死了人一般，哀声震动天地。晋芳急得了不得，只把个靴子顿得价响，说："大家不用这般害怕，让我出去探一探动静再说。"朱二小姐一把拖着晋芳衣袖，忍着眼泪说道："这个如何使得？外面弹子是没有眼睛的。我的好人，你再不能出岔子了，还是叫爷们出去为是。"晋芳点点头，叹着说道："这一回事怕是闹大了。本来朝廷里也太糊涂，知道民心如此，还拿些假立宪来骗他们，偏生又将一个瑞督放在这里。前天的事便是一根药线，药线是要扑灭的。瑞督不但不去扑灭他，转疑惑营里的人都是同革命党一鼻孔出气，按着营里的名册，一一地去苛求查究。你们想，这不是扑灭，转是自己用火去撩那药线，焉有个不爆发的道理？"

正说着，爷们又进来报告，说："藩库已为革党所据，却没有同百姓们为难。但是巡警兵士死得不少，道路上死尸纵横，都是挂着警士徽章。小的打听得因为前番捉获革党，全是巡警的功绩，所以这番用报复的手段。"朱二小姐听了格外害怕，忙吩咐说："假如有人问老爷当的什么差事，你们千万不要说出'警察'两个字来，要紧，要紧。如今外面究竟是个什么情形了？怎么好一会不听见枪炮声音？"爷们又说道："如今全城可算都被革党占据了，大小官员逃得一个干净。但是一层，他们本意要举张统领做首领，张彪早已跑了，这一件事不曾决定。小的有个朋友是在营里当伙夫，适才在街上遇见他，告诉我说多份要公举黎协统出来，但不知黎协统答应不答应。此时约莫已有四更天气，太太们不听见外面吹号吗，这便是他们在那里收队。为今之计，无论他们怎生个办法，总保不住北京不派兵来打仗，这武昌城总是个危险的地方，太太同老爷斟酌，还是逃出城的为是。不然瓮中捉鳖，那时候玉石不分，倒是很可虑的。"朱二小姐此时催促卜氏稍稍安息安息，反正这时候尽坐着不睡，也没有什么用处。卜氏不得已，才走进自己房里去了。

次日清晨，晋芳装着平民样子，悄悄出门上街望了一望。只见沿街沿巷，都站着军士，袖裹白布，手执快枪。墙上业已贴出安民告示，果然黎元洪做了都督。立的法子倒很有条理，不象乱党的举动。所有各店铺，胆大的照常营业，其中也有些关着门不做交易的。城门却是依然不开，城中要想到城外，却不容易，也不许人轻易迁徙。并不与汉人为难，但凡遇着满人，却不让他好好安生。晋芳知他们这种族的思想甚深，便随意访了一两个朋友。大家都传说，黎都督有令：凡是有职守的，仍然各回衙署里办事；若是不愿意干的，也不相强。

晋芳回了公馆，将此话同朱二小姐商议。朱二小姐抵死不让晋芳再到汉口去当警察差事，只催着赶紧觅个机会，出了这武昌城，搭轮东下。晋芳也想着自己究竟是清朝命官，此时不走，万一清廷反正，再拿问我们，说是投降乱党，身受伪职，那时候也是没有性命。不如舍这一官，逃回家乡，倒是上策。

好容易一直盼到第三天上，打听得都督已放人出城。晋芳命人雇了几顶小轿子，让卜氏同朱二小姐坐着，小美子使抱在朱二小姐手里。赶在清晨，便迤逦行进汉阳门边。谁知离着城门尚有二三里远近，那人山人海，早将一条大街都拥挤满了，人声鼎沸，吓得卜氏同朱二小姐只索索地抖。原来城里居民听见今天有放人出城的消息，谁也不敢陷在城里，总怕清军要来开战，一窝蜂都赶在这个当儿逃难，儿啼女哭，惨不忍闻。偏生那个城门因为人太多了，转不肯开放。并有许多军士荷枪演说，大旨都是劝人万万不要他往，住在城里，自然有我们保护，若是出了城，保不定土匪抢劫，那时候我们不负这责任。

其时有人听见他这话倒还有理，便有些不愿出城的，仍然折转回来。无如闹着要出城的人太多，你一句，我一句，催着开城。朱二小姐他们坐在轿里，早有人吆喝说："这时候还闹这官派，一乘轿子占我们多少地方。再不下轿，我们就要对不住动手了。"卜氏同朱二小姐吓得只好下轿，可怜一伙人挤在人丛里，几乎气都透不出来。猛然听见前面说："城门已开了。"这一嘈杂之中，大家阵势已乱，一拥上前，如潮水一般，平空直倒下去。在前面的人，早已被压在地下，顿时死了有几百名男女。后面的人，也不问青红皂白，踏着死尸，飞践而过。那些军士恐人拥挤，吆喝着，见人不听，只得放了一声空枪。便有人喊："放枪了，快逃呀！"互相践踏，不肯走的，也容不得你再转回去。可怜卜氏一干人早卷入旋涡去了。朱二小姐抱着小美子，再回头望望，已看不见晋芳，身边只剩下小善子跟着。挤到城边，猛不防一失手，将小美子跌落在地。正待俯下身子去抱他，只听哇的一声，那个小美子官官，在这个当儿早被大家践踏成为肉酱。朱二小姐心里一晕，不由倒栽下去。该应命不当绝，一把被小善子拖着飞跑，眨眨眼已到城外，人才稀松下来，露出坦荡荡的一片沿江江岸。小善子扶朱二小姐坐在地下。

不多一会，晋芳扶着卜氏已到面前，其余还有些亲信家人，都已聚在一处。卜氏一眼看见不见了小美子，便问朱二小姐。朱二小姐听见这一句，早已望江里一纵，还亏晋芳劈头拦住。小善子略将适才小美子死的情形告诉他们。大家这一场痛哭，真哭得一佛出世，二佛涅槃。晋芳也没有话可说，雇了划船过江。恰好遇着下水轮船，便登舟东驶。走到镇江，听见扬州消息不好，卜氏便不敢再往扬州。其时大家都以为上海是个世外仙源，可以避难，于是径赴上海住下。

晋芳在上海住了几时，知道扬州业已光复。后来又命人接三姑娘母女同来。晋芳慨然身世，觉得种种失意：女婿惨亡，佳儿恶死，再也无心浏览沪江风景。朱二小姐悲痛更不必说，自家忏悔，同三姑娘母女倒还亲热非常。谁知其时上海大闹宗社党起事，无端风鹤，一夕数惊。这时候便引动一个林雨生，要想在伍晋芳身上打算一个进身主意。这一天同巴氏商量妥帖，便悄悄地来察视伍晋芳踪迹。

欲知后事，且阅下文。

# 第六十一回　几颗蜜饯樱桃联欢卫队<br>四枚茶叶鸡蛋谢罪议员

咳！人生在世，这“祸福”两字是再也捉摸不定的。前回书中说到伍晋芳从武昌城里逃难出来，虽然损失了一个爱子，所幸其余的家眷，倒还安安稳稳，一个不缺。如今寓居在这上海，这上海地方又是世外桃源，一般有权有势的人，谁不向这里来插脚？伍晋芳的宦囊虽算不得十分充足，然而做官的交易，是一万年不会折本的，若是将将就就地过，这八口之家，倒还不愁不得温饱。再等一等时局，如果这民国建设得稳固，随后用个相当运动的手段，凭着这前清的知县头衔，料还不至便没有出头之日。伍晋芳想到此处，也就安心乐意，养晦待时。他哪里知道，林雨生林大哥处心积虑，竟会在他身上打主意呢。

古人道得好：“螳螂捕蝉，黄雀在后。”世界上的事，象这样危险的很多，只苦于当局的不得而知罢咧。林雨生镇日价没有事做，便日日在新马路一百三十八号晋芳住宅左右秘密侦探，窥伺晋芳动静。无如晋芳此时不比当初有许多奔走酬酢，简直一步也不出大门，真是庭中张罗，门多青草，便连那些仆从也就风流云散。林雨生一直等了好几个月，一些破绽也没有被他捉住，急得抓耳挠腮，计无所出。不知不觉，又是春末夏初。再瞧瞧自己私囊，禁不住半年来坐吃山空，只有出的，没有进的，看看要恢复他在先夫妻俩用门板当做被盖的景况。

巴氏也渐渐不耐烦起来，百般地向林雨生埋怨，说他没有一些侦探本领，现成的一个宗社党在你掌握里，你总不会去告发他。要是比较上海那些捕风捉影的大侦探家，你便去替他们拾鞋也不要。几句话将林雨生说得急起来，重重地向巴氏啐了一口，说道：“你没的嚼这些舌头吧，看人挑担不吃力。你要晓得，这件事看似容易，无如那主儿闭门不出，你便想做些假证据去诬栽他，这假证据又不会飞到你身边。这是这一边的烦难。至于沪都督那一边呢，我也钻了几次门径，一共也没有一个熟朋友，可以替我在都督面前说句话。依你这般着急，难道叫我冒冒失失地去拿状子告他？没凭没据，一个反坐，哼哼！我这屁股上的棒疮如今才算是平复了，你又想我再去吃三五千板子？我知道你，我这狗一般的身体，除得那话儿是你需要用的，你少不得还爱惜它一二分，至于我这屁股，你可算同他是没有交涉，吃了苦你也不心疼。”说到此，不禁噗哧笑了。巴氏也只狠狠地向他瞪了一眼。

林雨生又接着说道：“天气骤热，我觉得暴燥得很，你先去烧一锅水，我来洗一个澡。尽今儿晚上我再向新马路走一遭，若还是没有机会，我一时便不回家了。”巴氏冷笑道：“怎么？敢是你要去跳黄浦江不成？”林雨生笑道：“呸！我也犯不着去跳江。我意思想等到夜深人静，只好冒一冒险，蹿到那主儿屋上，将我做好的假证据一古拢儿丢落在他天井里，给他一个冷不防，清早起敲门而进。只要捉住他证据，就好扭他到都督署里去走一趟。”巴氏点了点头，果然便替他烧了水。

林雨生洗澡既毕，又命稳子向巴氏要了三五十枚铜元，买二两黄烧酒，一包熟菜。看看红日坠下去，自家将一张桌子挪到院落里，自斟自饮。约莫等到黄昏时分，胡乱吃了饭，悄悄地将些物事向怀里一塞，回头吩咐巴氏同稳子，将门户关锁好了去安静睡觉，大踏步径奔新马路而来。一路上电灯照耀得如同白昼，马龙车水，络绎不绝。虽当这光复以后，市面不无萧条，然而这沪上一隅，毕竟与他处不同，舞榭歌楼，依旧十分热闹。

林雨生心里是有事的人，也无心浏览风景，一口气早又跑至伍晋芳住的那座弄道里。真是奇怪，平时在这个当儿，这弄道里早无人迹，偏生今晚便在晋芳门首歇了一座辉煌灿烂的马车，车沿上电灯通明。那个雄赳赳气昂昂的马夫，手里还提着那根极长极细的五彩丝鞭。两匹白马，颜色身段一般无二，虽是站着不曾行动，那扬蹄奋鬣的神态，与寻常拖车的马迥乎不同。此外更有四个卫队，其中两个便倚着车子喁喁私语，另外两个早向晋芳门根上打盹。

林雨生不由吃了一吓，暗想：“这般气派，定然是一位阔客，但猜不出是谁。”自己又怕人瞧出他的形迹，一扭身背着车子上灯光，想闪到黑暗去处避一避。刚埋着头向侧首走，猛然有一个人向他喊起来，说：“这不是林先生？”雨生吃了一惊，少不得硬着头皮立住了脚，仔细瞧去，原来喊他的就是这马车面前两个谈心的卫队中的一个。雨生先前因为自家不曾留心，匆匆走了过去。及至听出这喊的声音，宛然是个熟人，大着胆走近一步，迎着电灯一望，不由笑道：“哎呀！原来是朱先生。怎么放着医生不做，倒反而在此做……”那人忽然听见林雨生说出这话，忙丢了一个眼色，似乎叫他讲话留神。雨生会意，忙改口说道：“大哥一向还好？我们倒有许久不见了。不敢动问，这坐马车的主子是谁？”那人笑道：“林先生你敢是新近才到这上海的，如何连一个都督大人的太太会不知道？”林雨生听到此处，心里不由得动了一动，忙赔笑道：“不瞒大哥说，兄弟在光复以前，就在这上海混了一年多了。我知道都督的太太又不止一个，今晚这部马车又是空的搁在这里，大哥叫我怎么会猜到便是都督太太的大驾？大哥没事，兄弟斗胆，想邀大哥到酒馆子去吃三杯，不知大哥还肯给兄弟脸不肯？”那人凝了凝神，笑道：“自家弟兄们，却用不着客气。既是林先生高兴，停一会等我们送太太回了公署，转来再陪你。你只须约个地方，我们就在那地方会。”林雨生道：“也好，也好，就是一品香第三层楼上。兄弟立刻就去恭候，不见不散。”说着又向那几位卫队谦了几句，请他们一齐去吃酒。此时那两个打盹的也醒了，见林雨生邀着他们吃酒，只大剌剌地从鼻子里哼了一声，也听不清楚说的什么。

林雨生又卑躬屈节地倒退了几步，然后一溜烟，猪癫疯似的，早跑向一品香酒楼上去了。拣了一个上等座头，叫细崽先泡了好茶。自家端着茶杯，一面品着，一面思量：“我林雨生好生侥幸，正愁都督府里没有一个熟人，不能达我的目的，偏生无巧不巧，会遇见这朱成谦，想是伍晋芳合该倒运。”因为提到伍晋芳，不由自家又踌躇起来，暗想：“不好，不好。这都督太太如何会同他家来往？他们既然有这交情，我若是去摆布他，倒很不容易。不管他，停一会等这朱成谦来时，我再见机行事。若是这姓朱的能提挈我到都督署里觅一位置，也不一定要去同伍大老爷为难。”

刚刚喝了几杯茶，那楼上的细崽早来问过几次，说：“先生还是等人，还是自家独酌？”林雨生道：“是等一个朋友。但不知此刻约莫有什么时候了？”细崽便从腰里掏出一枚铁壳表，瞧了瞧说：“十点三刻。”林雨生点点头说：“你先替我开一瓶啤酒，我喝着酒等罢。”细崽答应了。林雨生便取过菜单，随便点了几样菜。细崽送上一瓶啤酒，跟着送上菜来。

林雨生喝了一两杯酒，又等了好一会工夫，还不见朱成谦到来，楼上各房间的客也散了大半。心里踌躇：“莫非他有事耽搁不来了？”很是闷闷不乐。将酒杯子搁下，随意在炕上躺着，没精打采，早蒙蒙地合上双眼要睡。刚在朦胧之际，耳边忽听得楼下有人在那里喊叫，吃了一惊。不由侧着耳朵静听，宛然是朱成谦声音，象是骂人，说：“瞎了眼的奴才！你认得我是谁？攻打制造局、一日夜光复上海的都督真大人便是我的表妹夫。”接着又听见有人辩白道：“我们敝馆里客人多着呢，知道谁是姓林？如今世界共和了，大家都是同胞，你不该开口就骂人。”

林雨生知道是朱成谦到了，赶忙飞步下楼，上前连连喊着：“楼上坐，楼上坐。”朱成谦见了林雨生，也再没话说，只气愤愤地挺着胸脯上楼。林雨生殷勤一番，让朱成谦坐了，自家在主位相陪，开口便笑着说道：“朱先生同他们狗一般的人何必生气？这倒是兄弟累驾得不是了。”朱成谦道：“我也并非因为今日的事，同这王八蛋较量，每次想同他这馆里写几笔帐，他都是推三阻四，便象我少了他钱似的。刚才同他讲话，他又有些不瞅不睬。若不给他一个下马威，他们眼睛里更还要没有人呢。适才却因为舍表妹在伍公馆里多坐了一会，及至回署，早已十一点多钟。我心里急得什么似的，深恐累林先生在这里久等。”说到此，不禁又噗哧一笑说：“奇怪，一个人心里有点事，脸庞上便会露出神气来，可巧又被舍表妹瞧出来了。当他下车的时辰，便轻轻握住我的手腕，问我有什么事如此着急？我又不忍欺哄他，便说有个朋友在一品香等我吃酒。舍表妹听了很不以为然，拿眼瞟了瞟我，悄悄附着我的耳朵叮嘱道：‘你这身子不要保重？这时候还不养一养神儿，又该去同人家闹酒。你若是闹醉了，你知道我心里疼不疼？’哼哼！若不是你林先生，要换上第二个朋友，老实对不住，怕要爽约一次了。实在因为你林先生是我们扬州旧好，我当时便委委婉婉哀求舍表妹饶着我这一次，去去就来，决不把酒闹醉了。回来的时辰，妹妹尽管闻我嘴边的酒香，若是呷一口酒的，请妹妹拿手掐我的腿。”

朱成谦在此手舞足蹈地演说他那鬼话，林雨生也不知听见没有，只顾张罗，命细崽送上菜单，请朱成谦点了几样。霎时间送上菜来，又接着开了一瓶香槟酒。林雨生举起酒杯让朱成谦喝酒，朱成谦伸着脖子一饮而尽，接连喝了五六杯。

林雨生更忍耐不得，搭讪着说道：“适才那一座马车，我就猜着不是寻常人可以乘坐，莫说别的，单是那两盏光芒四射的电灯，便叫人见了眼花头眩。到这早晚，我一合上眼睛，就象有两盏电灯闪闪地跟着我。原来是沪都督真大人的太太，那就无怪这样阔绰了。我就猜不到这太太居然就是先生的令表妹，这真大人居然就是先生的表妹婿。若不是先生适才在楼下讲话，我一总仿佛还睡在鼓里。肉眼不识泰山，真是万分罪过。朱先生，不是我今日才赶着奉承你，你可记得在扬州悬壶的时辰，一年三百六十天，简直没有一天，病人会偶然地错跑上门，先生只是长吁短叹。确记得有一夜雪下得有一二尺深，你巴巴地敲我的门，同我借七十文买米。我其实也囊橐空虚，钱是虽然不曾借给你，我不是亲口告诉你说，先生天庭虽窄，早年际遇总不见得佳妙，然而先生的这两片颧骨，却是高凸出来，不出三年，定主有生杀的权柄。如今这真大人是功被生民，泽敷海国，同先生又有婚姻之谊，只须在那保举单上挂先生一个名儿，说不定大总统宠赉有加，什么上将、中将、下将，至少总须捞摸一二个。只是我呢?”

朱成谦听见林雨生这一番恭维的话，心里快活不过，自家那个头更仰得高，脖子更伸得长，香槟酒更下去得快。略不谦逊，接着说道:“不错呀，吃了这一会子酒，还不曾请教你在这上海怎生个得意?”林雨生摇头晃脑，半真半笑恐道:“一言难尽。你朱先生是知道的，我虽然在湖北做了一两任知县，我的性情又极其耿介，百姓身上，那些不尴尬的银钱，真是一毫不取。后来越发觉得这大清国的局面，是越来越不成模样了，毕竟异族在我们中国掌握大权，终非长策。我只怨官卑职小，几次恨得我牙痒痒的，意欲高举义旗，推翻帝制，又怕大事不成，反贻笑柄。我的内人又最贤明不过，累累劝我不如挂冠而逃，归家去做个隐士罢。我便立意不做官了。有一夜瞒着衙门里三班六房，好容易取了一张极长梯子，放在知县大堂上。我爬上梯子，我的内人便将他执掌的那个知县印信递给我，神不知鬼不觉，被我悄悄地就将那印挂在大堂中梁上，连夜地挈着家小，逃来上海。”

朱成谦听到此处，不禁拍手称赞道:“妙呀！林先生你莫不真是林和靖先生之后裔罢，怎么如此高尚？我该贺你一大杯。来，来，来！你也陪我一大杯!”两人把酒干了。朱成谦又道:“逃回上海，如何度活呢?”林雨生道:“可就是这层为难了，至今仍是两袖清风，无门借贷。不是我兄弟夸口，象令表妹婿他们这一班人，还高得多呢。”朱成谦笑道:“是极，是极！若是舍表妹婿知道先生这样的人物，定然欢迎。”林雨生此时知道朱成谦这话有些意思了，忙又劝了几杯酒，一面让着菜，一面低低附着朱成谦的耳朵说道:“这可就全仰仗大哥的鼎力了。”

朱成谦又狼吞虎咽地吃了许多菜，良久方搁下刀叉，也低低地答道:“论舍表妹婿同我的私谊，真是言听计从，替林先生说一句原不打紧；况且都督署里久已设着招贤馆，延揽海内豪杰。但是他们却有一个劳什子的章程，说是目下外面宗社党蠢蠢欲动，外来的人究竟良莠不齐，恐防有奸细混入，所以章程上预先载明，若是要求投效的人，必须有点异常功绩，或是确有反对宗社党的证据。就是以我同都督有一番亲谊，也要有以上两件的资格，方可大用。所以都督常安慰我，叫我权且屈居卫队之职。只是我初随着舍表妹到这上海，哪里会去寻觅宗社党，作为进身的阶梯呢?”说毕又长叹了口气。

林雨生佯作惊讶说:“原来都督署里还有这些章程，大哥何不早说？兄弟荷包

里少的只是银子，至于宗社党，见弟这荷包里都装满了，大哥要用尽管拿着去用。”朱成谦乐得跳起来说：“有这等事？该应兄弟要发迹了。大哥快说这宗社党是谁？”林雨生笑道：“还有谁呢，第一个便是新马路一百三十八号伍公馆里伍晋芳。不瞒大哥说，今晚兄弟在那里会着大哥，也因为是要去捕获这姓伍的，不期遇见大哥，便把这事搁下了。”朱成谦惊道：“这伍晋芳在先不是林先生的主子？我风闻他看待林先生很有恩惠，把他来告发宗社党，便是砍头的罪，先生还须斟酌。”林雨生正色道：“这又不然。我们的宗旨，一定是拥戴共和，只要有谋叛民国的，莫说是主子，就是生身的父亲，做儿子的也须出首。你朱先生难道连一个国家主义同家族主义，到今日还分辨不清吗？”

林雨生的这一番话，说得朱成谦连连点头，说道：“先生高论极是，兄弟佩服已极。先生此时也不必去惊动他，这事包在兄弟身上，只须兄弟向都督那里报告，说不定都督便差遣兄弟们去捕捉他，也未可知。但是一层，这宗社党的证据在哪里呢？天下没有个石上栽桑，硬派这人是宗社党便是宗社党的道理。”林雨生正色道：“老哥真可谓不审世情了。若姓伍的果真没有宗社党的证据，兄弟又安忍诬及无辜？”口里说着，便伸手到怀里掏出一叠纸卷，把来展开，放在餐桌上，指给朱成谦看道：“喏喏，这是前任山西巡抚满人恩允写给他的信函，叫他在上海相机行事。喏喏，这又是一张委任状，上面明明印着摄政王钤记。有了这两件，还怕他狡赖吗？倒是一层，我们究竟怎生一个办法？”

朱成谦只管拿着耳朵听他说得热闹，转是一言不发。到此听见林雨生问他怎生个办法，才冷冷地板着一副面孔说：“不行，不行。林先生荷包里可有什么别的宗社党？另取出几位来，挑选一挑选罢。若是拿这姓伍的在此出风头，怕是个劳而无功。好在林先生荷包里象这些宗社党也还多，放着这姓伍的，也不希罕。”

林雨生被他几句话说得怔住了，不禁笑起来说：“敢是伍晋芳同大哥有些瓜葛，大哥不忍去葬送他？”朱成谦道：“这却不然。倒是舍表妹同他家有些瓜葛，舍表妹是伍晋芳二太太的姨侄女儿，如今又同伍家大小姐打得十分火热。你不是亲眼看见的，适才舍表妹又巴巴去会他家大小姐，谈了有一点多钟的工夫，四条腿的马都站酸了，我们两条腿的人更是不消说的。我们若是出首告他，只须舍表妹在都督面前帮衬一两句，说不定吃不了还要兜着走。”

林雨生听他说到这里，心中也老大吃了一吓，不由站起身来，将一只手插在荷包里颠倒价只管在楼板上走来走去，心里暗暗计较：“果然不出我适才所料，要想用我的老主意，便不须去诬告伍晋芳，只须请托这姓朱的替我在都督面前运动。然而估量这姓朱的未必有这种身分，不瞧着他别的，只看他还想借着捉拿宗社党方可提升，就可晓得他不是什么都督的红人了。咳！一不做二不休，等我再拿话去打动他，不怕他不上我的钩。”想毕，便又挨着朱成谦身旁坐下，笑道：“大哥怕不有理，但是我有一句话要动问大哥。比如都督大人衙署里一切公事，是否一件一件地都经你这令表妹过了目，方才发落不成？”

朱成谦此时伏在桌上，嘴里正衔着几颗蜜饯樱桃，不由笑得溜出来，说道：“林先生说话，越说成一个不知世事三家村里种田的老儿了。舍表妹虽然得都督大人的宠爱，都督的姨太太又不止舍表妹一个，若是每件公事都要给太太们过目起来，这还成个办大事的伟人吗？”林雨生笑道：“可又来，我们出首告这姓伍的，你们舍表妹如何会得知道？简直给他一个迅雷不及掩耳。宗社党办是已经办了，你我两兄弟升官是已经升官了，你们令表妹怕是做梦还猜不出这件事是你我两兄弟干的呢。不同大哥取笑，倒是怕令表妹闻大哥嘴边酒香的时辰，万一大哥高了兴，兀自说出来，那可就糟了蛋了。”

朱成谦故意放下脸，嗔怪林雨生道：“林先生讲话慎重些要紧，如何说出这种嫌疑话来？”林雨生哈哈地笑起来，又拿手在自己嘴巴上劈啪打了两下，说：“这是兄弟不是，大哥莫要见怪。”朱成谦笑道：“林先生你也不用同我装着鬼脸儿，我同舍表妹的恩爱，也不须瞒着你。你适才说的话，我想着也很有理。这几件证据，还是收在林先生那里，拣个好日子，你再做一个报告，将这事叙得详细些。你只管向署里递，收发处游老头儿同我相好，我替你在里边布置一切，这件报告总要比别的公事办得飞快些。但是一层，那个报告上还须带兄弟一个名儿，便叨惠不浅。”林雨生道：“这个自然，正不消大哥吩咐的。时候已是不早了，这馆子里已没有什么客，我们也快吃些酒散罢。”朱成谦点点头。吃过布丁，抹脸已毕，又饮了一杯咖啡茶。朱成谦笑道：“这个小东让了兄弟罢。”林雨生笑道：“大哥也不必过谦，随后我辈吃酒时候很多呢，那时更叨扰你的不迟。”

一品香酒楼中这一席谈话，谁不替伍晋芳捏一把汗？正是人在家中坐，祸从天上来。这也叫个没有法儿。在下此时这支笔，且缓叙林雨生怎生个首告，都督署里怎生个枪毙罪犯，倒要抽个空儿，将在前的事补叙一叙。

在下这部《广陵潮》第五十九回书中，不是云麟同淑仪议论，意思叫淑仪写一封信给明似珠，请明似珠替他在上海访拿秘密侦探林雨生。云麟自告奋勇，还要亲去

取出林雨生的心来，祭奠大哥玉鸾。淑仪深以为然，便托云麟写好了信，从邮局邮至上海都督署里北伐队队长明小姐收。明似珠其时接到这封信，只因为忙着北伐，一切军务倥偬，实实无暇及此，一般地也就搁下了。及至南北议和，清帝退位，这北伐队也用不着了，遂立时取消。明似珠便安然在都督府里过他香温玉软的日子，少不得在都督面前替柳春说项，便给他一个上校头衔，派了一营人归他管。柳春也就委屈将就了。

至于那个朱成谦呢，他的医术本不甚高明，在这扬州地方上，一日三餐，便很有些支持不住。又因为打从光复以来，那些老百姓们经此疮痍，虽算不得十室九空，也就弄成个民穷财匮，衣食还不能周全，便是偶冒风寒，或是忽沾疾疫，多半是咬着牙齿挨命，不但没钱去延聘医生，就令聘了医生来，也没有钱去买药。你想朱成谦这个没有名望的岐黄家，从哪里掏摸钱文来度日？后来遇见几个多嘴的，一五一十告诉他："你那个表妹妹，如今很得意了，听说在上海嫁了一个阔人，又做了北伐队女队长。"朱成谦骤然听了，又惊又喜：喜的是自从明似珠逃亡之后，许久不得消息，如今才知道他在上海，居然又掌握兵权；惊的是他既然嫁了阔人，料想当年我那一番攀附婚姻的苦心，恐怕永成画饼，不知他那一颗芳心，可还忆恋我这多情多意的郎君？便忙接口问着这人："我那表妹嫁的究竟是谁？"那人恰好也不甚清楚。朱成谦便决意同他祖母商议，摒挡了些盘费，一直向着上海来打探明似珠的消息。一面又到明似珠母亲朱夫人处告诉他这事。朱夫人很是欢喜，又托他捎带一封家信，信中大意是嘱明似珠从速接他到上海，母女会一会面。

当时朱成谦便搭了小火轮，渡过镇江，赶着沪宁火车，买了一张三等车票，刚刚跳上去，便风驰电掣地行动起来。朱成谦只知道火车是走得快，却不料得会这般驾云似的，吓得只索索地抖。眨眨眼又不知走到什么地方，顿时对面看不见人，乌光漆黑。朱成谦便不敢坐着，伸过手揪住旁边坐的一个人衣服，紧紧不放，几乎要哭出声来。那个人被他揪着不知什么意思，勃然大怒，便破口骂起来说："瞎眼的奴才！你敢是想在我西装衣服里偷摸洋钱？我这初选当选的堂堂议员，道不得反被你这奴才欺负了去。"一面骂，一面栗暴也似的耳光，只顾向朱成谦脑袋上打过来。朱成谦忍着痛，始终不肯松手，只哭着说："先生好歹救救我，怕这火车上已出了岔子了，怎么好端端的，便坠入十八层阿鼻地狱起来？"话还未完，忽然又是光天化日，地阔天空，依然还是坐在火车里。朱成谦兀自叫声惭愧，原来并不是什么地狱，面上十分羞愧，才缩手不迭。大家方才听他们吵闹，都因为在黑暗里，瞧不出是个什么缘故，到此方才悟会朱成谦的意思，不禁哗然大笑。有人便告诉他："这是山里面的隧道，火车往来是必经过的。你这个人想还是个怯生儿，猪八戒吃人参果，老实第一遭呢？"

那个西装少年还是不依，赶着朱成谦叫骂。众人又做好做歹，上前劝那少年息一息气。那少年怒道："不行，不行。诸君在江湖上面行走的，定然都知道，今日共和国家，代表民意的这种人，叫做什么？"众人都哈哈笑起来说："这个如何会不知道，这就是适才先生口里嚷的堂堂议员了哇。"那少年又道："可又来。议员身分，何等高贵，议员名位，何等威严。议员倒反不去寻事旁人，旁人倒反来寻事议员，这人简直是个不知尊重民意，违背共和。"说着又脱下帽子，用手在额角上抓来抓去，口中念念有词，隐约听见他说《约法》第几百几十几条，应该若何惩罚。他手指只顾抓得利害，却不防将头上癞疤子抓破了，脓血淋漓。众人一阵嘻笑，都走过去了，不来理他。还是朱成谦赔着笑说道："学生是初出茅庐，实在不知道这'议员'两个字是个什么讲解；况且先生自称是议员，外面又没有标帜，学生一时又辨认不出，以至多有渎犯，还乞先生恕罪则个。"那少年愈怒，倏地将那个西装右襟上戴的一只银质镀金的徽章指给他看，说："喏喏，这不是我们堂堂议员的标帜？只怪你这瞎眼的奴才认不得字罢。"朱成谦又笑道："学生字倒认得几个，总怪适才在那个牢瘟山洞子里面，黑洞洞的，便是有字也认不出。"

两人死命价在车里辩驳，那少年总是不肯答应，只管刺刺不休。猛地觉得那车子不似在先的飞快，一会子便停住了。大家知道是到了一处车站，有下车的便行下车，有上车的便忙着上车，一时纷扰异常，还夹杂些卖熟食的，沿着车子外边乱嚷乱喊。朱成谦同那少年淘了半日的气，委实饿了。恰好有个卖茶叶鸡蛋的提着桶儿，热气腾腾。朱成谦从腰里掏出八个铜钱，买了四枚，放在身边剥吃。果然那五香味儿与众不同，又软又嫩。那少年瞧着朱成谦剥蛋，益发愤骂得更是利害。朱成谦猛然动心，便又在腰里掏出八个铜钱，又买了四个茶叶鸡蛋，笑嘻嘻地送到那少年身边，说道："这是学生一点孝敬儿，先生权且充一充饥。"那少年不禁笑起来，一时又不好意思去接，冷冷地说道："你就搁在这里罢。"朱成谦恐怕他不肯吃，伸手想要替他剥。谁知那少年早已捞着一枚在手里，笑道："这倒可以不必。"一霎时狼吞虎咽，将四枚鸡蛋都吃下去了。摸一摸肚腹，又用手在口袋里掏出一根竹剔牙杖，细细剔那塞在牙缝里的蛋黄屑子，鸦雀无声，再也不骂了。

朱成谦觉得这铜钱很有效力，居然将这堂堂议员买得服帖，心中欢喜不尽，益发殷勤，又拿出些铜元买了几份新闻纸，送给他看。奇怪，那少年将新闻纸接在手里，便不似先前吃鸡蛋般高兴，却又不好拂朱成谦的意思，颠倒价只拣那有插画的去瞧看。此时两人格外觉得亲密，居然肯来问朱成谦的姓名。朱成谦一一说了，随又转问那少年贵姓大名，住居何处，什么叫做议员，这议员到上海来又有何事故。

欲知后事，且阅下文。

# 第六十二回　深闺缱绻都督多情　天理昭彰奸人授首

那个少年同朱成谦在火车上越谈越觉亲密，朱成谦方才知道他是扬州田福恩。他的家世，便因为起先明似珠同云麟纠葛的时候，朱成谦怀着满肚皮的酷劲，暗中调查云麟，因而知遂他有这一门亲戚。

及至抵了上海，也就各干各的营生去了。朱成谦便拣了一个小小旅馆住下。次日又问了茶房，都督衙门坐落何处。茶房便一一指点了他。他径自跑到那里，果然那个衙署气派很是威武。只见那两面簇新的五色国旗，在风里舒卷，瑟瑟有声；门里门外，捉对儿的兵士，一例背着洋枪，肃穆无哗；东西辕门，不许闲人行走，有些车马，只许在照壁后面打宽转儿绕过去。朱成谦不知高低，刚刚伸着头向辕门里张得一张，只听见半空里仿佛响了一声霹雳，喝问是谁。朱成谦吓得缩头不迭。侧边早跑过几名兵士，鹰拿燕雀似地拖翻在地，捉入里面去了。行路的人没有一个不骂朱成谦糊涂，怎么当这戒严期间，公然来督署面前窥探？看那厮满脸晦气色，想是一心要尝尝五子钢枪是个什么味道儿了。也没有一个人敢去打探他的下落，大家也就一哄而散。

朱成谦被他们拖入头遭门里，便有军士用枪柄戏敲他的腿，问他究竟是哪一处的奸细，到此窥探军情？朱成谦只索索地抖。幸亏他倚仗那个表妹在都督面前，尚不十分畏惧，不过一时想表白这话，偏生自家那个舌头不肯服他使用，说话说不清楚，咭咭咕咕好半会工夫，军士们才听出他的头绪。其中还有人不肯相信，驳他道："我们那位大姨太太满嘴全是京话，几曾会跑出你这个江北佬，想要去做他的老哥哥？你不用在此信嘴胡说，若是对证出来，两罪俱发，你仔细你这脑袋。"朱成谦哀告道："这个小人怎敢，我这表妹他是在直隶长大的，不久才回扬州，我有几个脑袋敢冒认都督的姨太太做表妹？"说到此处，心里越发明白了，便伸手从腰里将朱夫人的一封信取出来，递给他们看，说："这不是姨太太的母亲的亲笔手书？还吩咐我当面呈递呢。”众人这才相信，还埋怨他说：“你既然来投奔我们这里大姨太太，为何不冠冠冕冕的讲出来，转使我们得罪了你？”朱成谦道：“我也想冠冕呢，只是不防备诸位老总下手下得飞快。”这几句话不由将大家引得笑起来，说；“彼此都是一家人了，况你又是一位舅老爷，我们却也不敢怠慢，这个地方又不能替你进去通报。弟兄们，哪一位将舅老爷带入应接室里坐一坐，好等里面差官去禀明大姨太太，见不见再看你的造化罢。”

说毕便走过一个少年军士，一直将朱成谦带进二道门里的一处地方。这地方人物确是不少，嘈嘈杂杂挤满了一屋子。朱成谦想着这料是应接室了。一眼瞧见那些坐着的人，着实流品不齐，大约都是来求着都督的。内中便走出一个办事的人，向朱成谦打量了一番，便问他有什么事到这里来。那个军士也略略代他说了几句，他径自出外去了。那个办事的便笑向朱成谦要名片。朱成谦涨得满脸通红，说：“这个不曾预备。”那个办事的皱着眉头，不得已，在左边一张桌子上拿出一页八行信纸，叫他将履历写在上面，有什么话讲也一古拢儿写起来。朱成谦提笔写了。那人才缓缓地拿入里面，交到一个女仆手里。又等了好半会，那个女仆出来传话说：“姨太太吩咐，叫那人也不必进见，有一封家信，叫他拿出来就是。且拜托你们照应着他，也不必住栈房，便将行李搬入署里来住着。”那人答应了几声“是”，便将这话告诉了朱成谦。朱成谦虽然见不着这表妹，然而也算是另眼看待，有个安身立命之处。随即将朱夫人的信交给那个人，自家便出去搬行李去了。

果然在署里住不了五六天，都督传谕，缺卫队一名，便着朱成谦提补，薪资按月照发。自此以后，或是都督出辕，或是姨太太们出去逛马路、游公园，与朱成谦却是左右不离。几次也曾伺候过明似珠，只淡淡地问了他几句扬州各亲戚还好，其余便没有话同他讲说。他会见林雨生的时候，满口胡诌，全是他吹的牛皮，简直连一毫影儿也没有。读书诸君俱是明理的，几曾有个都督姨太太会同一个卫队有暧昧起来？他也不怕编谎把下颏子编掉了。便是林雨生要同他出首伍晋芳，他也没有一丝权力，可以在都督面前进言。

倒是明似珠自从取消了北伐队，他镇日价也没有事做，偶然想起淑仪拜托他捕获侦探林雨生那一封信，他会见都督的当儿，便撒娇撒痴，强着都督替他办这件事。都督笑起来，又颠倒将“林雨生”三个字在嘴里念叨了几句，说：“哎呀！这个人的名字好生。不瞒你说，在前清那时候，我们最注意的莫过于上海这些大侦探家了，也有利害的，也有忠厚老实些的，如何只不曾听见这‘林雨生’三个字？莫不是这人在扬州出首了富先生之后，便是地方上派他在这上海来做侦探？他或者因为我们这上海志士很有权势，他不敢到这里来捋虎须，也未可知。你倒不用白忙了，你只须先回复伍女士一封信，说我们总替他留心便是了。”

明似珠听到此处，便很有些不悦，扭着头冷笑了一声说：“你也不用拿这些话搪塞我，我一总不相信你这都督身分，查办一个侦探，还须费如许周折。推开窗子说亮话，这件事也不是我多兜揽着，论起公义，他曾出首你们同党的志士，谁不想寝皮食肉？你同我推三阻四，我没有别的法儿，我只须替你散布几百张传单，给那些老同盟知道，说你放着富先生的仇人，不想去替他报仇，看你还有脸面占据着沪都督的位分？你手底下怕没有侦探？你只须吩咐他们一声，叫他们明查暗访，便是这姓林的不在上海，通共这们一个豆瓣子大的中国，除得这姓林的跑到什么欧罗巴、美利加，总须会将他寻觅出来。我限你十天的期限，若是不替我将这姓林的捉到手，你也不须再到我这房里来。你有这副嘴脸来见我，我还没有这副嘴脸去见我那个妹妹伍淑仪呢。”都督听他这一番爆豆也似的说话，又见他这娇嗔薄怒，不禁笑将起来说：“十天期限未免太少了，再求宽限些，给我一个月何如？”明似珠将身子掉转过去，一点也不理他。旁边那些仆妇丫头们，大家都含笑着，带推带搡，将都督赶得出房。这是在先的事迹。

及至伍晋芳将三姑娘同淑仪接到上海之后，依淑仪的主意，便想去拜谒明似珠。转是伍晋芳胆小，因为自家是前清官员，对着这些民国伟人，很有些惧怯，怕因此生出别的岔枝儿来，拦着淑仪不必去惹是招非。当不过淑仪报仇心切，虽不敢公然违拗父亲，却暗暗地写了一封恳切的信，其中大旨，仍是请明似珠去替他设法捕捉林雨生。差了一个家人，递至都督署里。

明似珠接到此信，又欢喜又惭愧，由是催迫都督格外利害。却又因为终年蛰居在都督署里，便偶然出去逛逛公园，瞧瞧戏馆，也没有一个体己的女友，可以谈谈心曲。这是一层。第二层呢，当初在扬州，同淑仪在一处，自家不过是一个女学生，转眼之间，今日居然一跃做了都督太太，攒珠拥翠，曳绮拖纨。在外人看着，尚不见得稀罕，惟是故乡知己，若是一见了我，这种得意，自然格外羡慕。“富贵不归故乡，如衣绣夜行”。在男人家尚且不免此种龌龊思想，何况明似珠也不过是个庸脂俗粉呢。所以淑仪虽不肯来，明似珠却断然不可不去见访。好在淑仪信函背面，清清楚楚注明他的居址。随即吩咐辕门外边备好了马车，贴身带了四五名仆婢，另外四个卫队，前呼后拥，一直径到伍晋芳公馆里来拜会淑仪。

朱二小姐已有淑仪告诉过他明似珠此番际遇，他近来正百般地懊悔，当初在扬州的时候，不该冷落了这姨侄女儿。猛地听见明似珠今日来到这里，自家便偕着淑仪一直接到二门以外。明似珠毕竟豪爽，他却不把在先的事介意，也还亲亲热热地叫了一声姨母，随即笑得花枝招展的，一手扯着淑仪说道："姐姐，你可要把我想煞了。南京一别以后，大家就匆匆分手，我只因为北伐事体忙，也不曾有工夫写一个信儿问问你。随后谢巧针、郑润卿几位姐姐回扬州的时候，我千叮咛万嘱咐，拜托他们安慰姐姐，叫姐姐不用过于伤心，不知道他们可曾替我说到了不曾？"淑仪也含笑说："承姐姐盛情，心里感激得很。"一面说，一面便请明似珠到上屋里分宾主坐下。卜氏太太同三姑娘怕明似珠这种势派，便躲着也不曾出来。明似珠随意问了朱二小姐好，朱二小姐也着实殷勤了几句。明似珠随来的仆婢一例儿雁行般排立在身后。

明似珠抬眼将淑仪细细打量，只见他柳眉淡扫，脂粉不施，穿着几件家常衣服，楚楚可怜，肌肤也不似当初丰满，不禁慨然叹息，一长一短，问了富玉鸾安葬以后的事迹。淑仪虽是略略答了几句，那粉颊上早已挂下几行清泪来，哽咽间又提到在扬州寄信的事。明似珠便将如何逼迫都督捕捉这姓林的话说了一遍。淑仪十分感激。朱二小姐因为仓猝之间，不好留着明似珠在此筵宴，便偷个空儿，悄悄地告诉淑仪，叫淑仪约个日子，专诚请都督太太光降。淑仪点点头，便将这意思告诉明似珠，并请明示几时可以赏个脸儿。明似珠笑道："自家姊妹，何须这般客套？倒是姐姐得暇，可到敝署那边去走走。署里的厨子做的菜，虽及不得我们扬州的菜可口，幸喜却不十分腌臜。"淑仪道："姐姐说哪里话，改一日小妹理当竭诚奉拜。"说话时辰，那身边几个仆婢知道太太要走了，早跑出两个人，吩咐马车上车夫预备。此处朱二小姐同淑仪一直送出二门。

果然隔了两日，淑仪亲自乘轿到都督署里回拜。明似珠殷勤留着，又取出许多珠翠珍玩，一一给淑仪品评价值。淑仪回来之后，同朱二小姐便选了一个好日子，备了名帖，特地请明似珠赴宴。这一天便是林雨生会见朱成谦那一天了。席间有朱二小姐陪着。明似珠也便拜见过卜氏太太及三姑娘。淑仪说话之间，便想到云麟身上，思量在明似珠面前替他在督署里谋一位置。一句话早把明似珠提醒了，恰好又有几杯酒下肚，春意盎然，不禁红云布满粉面，含笑说道："姐姐你看我真期涂透顶了，云相公这人哪一处不叫人可爱，我们在先也很要好，如何我竟会将他忘记了，一总不曾将他兜到心上？幸亏姐姐今天提醒了我。这事容易，我硬逼着我们都督，无论什么事都要安置他到我们署里。这一来我们却可以常常在姐姐这里相见。好姐姐，你怎么前几次不早说，一直等到今日才说出来？这事要罚姐姐，罚姐姐赶快替我打个电报，快将云相公喊得来。你若不依我，我们随后就不用相见了。”淑仪听他这一番话，转羞得抬不起头来。又因为朱二小姐在座，又不好再说什么。明似珠又逼着向道：“怎么姐姐又不开口了？难道我讲的话是不应如此办法？”淑仪含笑答道：“谁说不应该如此办法？我便在早晚写信给他。”明似珠这才欢喜。

宴毕之后，又携着淑仪的手，到他房里坐了好一会儿。约莫有十一点多钟光景，才辞别朱二小姐以及淑仪而行。分手之顷，淑仪又洒了几点眼泪，叮咛他赶紧寻觅仇人要紧。明似珠一口应承，他自去了。

过了几日，淑仪果然请他父亲代写了一封信寄给云麟。大旨说是男儿志在四方，郁郁家居，究非长策；若是尊堂能让贤侄远游，现已代托沪都督觅一个相当位置。末了并云：“汉阳烟树，曾托芳踪；黄浦潮声，愿留高躅”云云。

且说林雨生结识了朱成谦之后，心里异常快乐，将那几件假证据反来复去，看了又看，简直一毫破绽没有。这一天回家时辰，擂得那门格外响亮。此时巴氏已同小稳子早已睡了，巴氏在床上惊醒，便问是谁敲门。林雨生大声喊道：“是我！”巴氏缓缓地跨下了床，又将桌上一盏煤油灯点起来，披了一件单褂子，开门将林雨生放得进去。重新将门关好了，冷冷地问道：“为甚这早晚才回来？看你撞了这一头的死酒，又不知在哪里骗了吃喝。放着正经不干，终不成吃一世的酒，便算是你的事业？我记得你今晚出门的时候，还说着没有机会便不回家了。敢是当真有了机会，所以才有这副嘴脸来见我们娘儿俩？”林雨生不由被巴氏说得笑起来，随又叹了口气说：“做了一个男子汉，真不值得，风里来雨里去，都是我们挑着这一万斤重担子。你们这些婆娘，专会坐在屋子里说几句现成话儿。好了，我也受够了你的气了，难得大日头照到粪堆里来，砖头瓦砾，也有个翻身日子。我也不呆，我破着花几百银子买一个十七八岁的小姑娘，我一般也寻一寻下半世快乐。好在你也瞧不起我这脓包一世不得翻身的汉子。”一面说，一面鼓起两片腮颊儿，扑通向床边上一坐，大剌剌地更不同巴氏讲话。

巴氏也是个狡猾妇人，他有什么瞧不到的去处，知道林雨生话中有刺，定然那件事有点眉目了。“况且今日捕获宗社党，要算是个绝大功绩。常听见人讲，在民国里立了这样功绩，除得赏号有个一万八千银子不算外，至少也要保举一个道员，再不然也有个大八成知县。他这一阔了，置田舍，买房屋，娶小老婆，都是意中之事。我如今已上四十外岁的人了，连年度饥荒日子，头发也衰落了，额皮也有叠叠的皱纹了，去年牙齿又掉落了两个，吃起饮食来，那个嘴唇儿着实有些难看，便是天癸也去了六七年。将就陪这不得志的侦探睡觉，也还可以勉强；若是想去亲近道台知县，那可就有些自惭形秽了。箍紧必裂，我在这时候还去惹他着恼，岂不是不知分量?”想到此，便再不敢向林雨生罗唣，一时又拿不下这个脸。等了好一会儿，自己在茶桶里浓浓倒了一杯酽茶，含着满脸笑容，一步一扭地走近林雨生身旁，更挨着坐下，低低说道：“我的老爷，请用一杯茶，解一解酒渴。”顺手就将茶杯子递到林雨生嘴边来。

林雨生故意用手一推，说：“哎呀，不敢劳动，我可是不当人花拉子。”巴氏又涎皮赖脸地笑道：“一家子人这样生分起来，也不应该。就是我适才说的话触犯了你，你须知道我心里也是为你好。我同你二十几年夫妻，我可曾安着过坏心？你如今还不曾发迹，就这样奚落我，万一……”说到此就扑簌簌的眼泪鼻涕一齐都流，哽咽得再说不出别的。林雨生心中也是惨然，勉强笑道：“好端端又哭甚？报你一个喜信，那条计策可算上了你我的心路了。”巴氏听了大喜，便追着问下去。林雨生一五一十都告诉了巴氏。还说：“早晚便去都督府里首告，你在家候着我的喜信罢。”巴氏此时佩服林雨生真是天下少一，地上无二，觉得嫁着这样的丈夫，也不枉人生一世。著者说句笑话，他们夫妻俩今夜上床，那个去了六七年天癸的物件，总应该取出来孝敬这候补知县同保举道员。

次日清晨，林雨生刚刚下床梳洗，便听见门外打门，打得震天价响。心里吃了一惊，赶忙趿了一双鞋子，将门开了。原来不是别人，正是朱成谦，笑嘻嘻地跑得进来，开口便问：“昨晚议的那件事究竟办得怎么样了？我是特来报你喜信的。”林雨生咧着一张大嘴笑道：“请里面坐，请里面坐。那件事更没有别的办法，我预备尽今日一日工夫，须将禀稿打点好了。这会子刚刚下床，不知先生又有何喜可报?”朱成谦笑道：“昨晚在一品香分手之后，我第一件就先去同收发上游老头儿游隆基接洽，并将你老哥这番主张告诉了他，兼拜托他一经接到这件公事，随即送给都督大人亲阅，千万不要延搁下去。游老头儿更说得好，说：“这件公事都是大家升官发财的喜事，就是没有你朱先生来运动，我们也不肯延搁。还老实告诉你朱先生一句话，若是别的公事，我们收发上还要需索一点常例；象这种案卷，一经破获了，我们收发上都还着实有点劳绩，这常例就不须同原告需索了，何况又是你朱先生亲自嘱咐我们的呢。请只管放心，倒是催着前途将这公事早些送来最好。昨天都督还按得东三省密电，说宗社党近来很是蠢蠢欲动。这一来破获这一处机关，也见得我们都督办事认真，怕都督也还喜欢不迭呢。”林雨生喜得作揖不迭，便留朱成谦在此坐一会，要陪他去逛一天楼外楼。朱成谦笑道：“你不是说尽今日在家忙着办禀稿的吗，这会子还有工夫出去闲逛？”林雨生道：“话虽如是，只是怠慢了哥哥，叫兄弟很是不安。”说着便命稳子出去买点心，请朱先生在此用了早膳回署。朱成谦忙拦着说：“不用，不用，我那表妹已替我预备了上等洋白细面做的五瓣梅花生肉点心，我此刻却不扰你的早膳了。”说着将个头缩在腔子里，笑得眼睛没了缝，一溜烟走了。

此处林雨生果然真个拿出他当初替小翠姑娘买马桶上说帖的本领，详详细细做了一封禀帖。当晚又向伍晋芳公馆门首暗中打探，知道伍晋芳并不曾出门，还好好安坐在家中。深喜自己的秘密并不曾有人走漏风声。“只须我的禀帖进去，那督署自然会到此捉人。”又默默地向里面张得一张，慨然叹道：“伍大老爷，你须怨不得我林雨生手段太辣，也只因为权利所在，自家功名富贵要紧，这一点良心也就难于顾得。世界上比我林雨生利害的多得很呢，想大老爷也断断不来计较我。”主意已定，当夜依然回家歇宿。因为心里高兴，少不得又买了些酒菜，夫妻儿女一家团坐下来对酌。

巴氏饮酒之间，看着林雨生不似日间快乐，虽然端着酒杯儿，转有些发怔。巴氏心下很是疑惑，便拿着话搭讪说道：“你这一件事做成功了，保不定真个大小有点官做。我仔细打算，我们夫妻年已将近半百，好容易熬辛仃苦，一旦巴着出头日子，你以后还该留心点儿，替稳子寻一门亲事，也留下一点香火根苗。”巴氏话还未完，忽见林雨生两眼里扑簌簌地流下泪来。巴氏也就不由得有些惶悚，勉强堆着笑说道：“好端端的你为甚又伤起心来？”林雨生忙在身边掏出一方手帕，将眼泪拭了拭说：“谁曾哭来？但不知为甚今晚很有些心惊肉跳，不知主何吉凶。我想这件事便是上头不允着照办，也不至便认真坐我一个诬告的罪名。若是当侦探的都这样认真，谁还肯替国家出力？我在这上海也混了有许多日子了，我冷眼瞧瞧那些大侦探家，谁又不是十件事倒有八九件是诬告？通不曾见上头认起真来办他。这总因为我这人各事都本着良心去做惯的，所以这件事稍稍在良心上讲不过去，便有些疑心生暗鬼，也未可知。”巴氏也笑着说：“可又来。我平时不是常劝你，也不可过于本着良心去做事。若是平时做惯了，今天又何至如此畏首畏尾。大丈夫做事，还须一刀两截，也不可象这样蝎蝎螫螫的。”林雨生点称善。

小稳子此时在旁边也插起嘴来，说：“告诉爹，我昨夜里做了一个梦。”林雨生此时深恐稳子说出不祥的话来，忙放下脸色说：“仔细些，好话再讲，不好的话休得乱嚼舌头。”稳子笑道：“我这梦很是吉利的，爹听了包你欢喜。”巴氏见他说吉利，便笑着叫他快说。稳子便说道：“昨夜娘同爹上床时辰，我刚刚醒转，接连便不曾好生安静睡着。一直听见马路上没有人声嘈杂，约莫有三更多天光景，我刚合上眼，便看见裘大娘家小七子来喊我出去瞧热闹，说都督署里迎接新任老爷。我其时知道爹同娘已经睡着了，便悄悄同小七子溜到都督署的大门外边，只见一轮红日照耀得天地异常发亮。一会儿，里面鼓乐吹起来，一队一队的兵士，好不威武。小七子便指点我说，新任老爷就在这兵士后面。我忙着睁大眼睛向他指的地方瞧，果不其然，许多兵士捧着一位老爷出来。……”巴氏听到此处，不禁笑起来说：“小孩子家的见识，昨夜听见我同你的爹讲说什么道台知县，你在床上便会想到新任老爷。这新任老爷便是被你瞧见，又有什么奇怪呢？”稳子笑道：“最奇怪不过的，我仔细看去，那个老爷便就是爹。”林雨生端着酒杯子，不禁含笑望着巴氏说道：“有点意思了。这些事你倒不可不相信，小孩子嘴里是没有假话讲的。”又转过头来望着稳子道：“后来你这爹怎么样呢？”稳子道：“我其时便告诉小七子，小七子还不相信。我很是生气，便追着那些人直喊起来说：‘爹呀！爹呀！’爹一共也不理我，我急得什么似的。”

巴氏冷笑，望着林雨生说道：“好呀，刚刚做得一个老爷，便连嫡亲儿子都不理了，我由此便识透了你这人的心。”林雨生也笑起来说：“你听这孩子胡讲，我又不在梦里，我知道他喊我？若是同他一齐做梦，你再怪我也不迟。”巴氏笑道：“你可讲得不差，只要你以后不象在稳子梦里那光景便好了。”又望稳子说道：“你爹不理你，你难道就罢了不成？”稳子又道：“爹不理我，我便赶在后面，谁知一直赶去，忽然赶到一处地方，是个上海杀人的所在。以后就看不见我的爹了。我心里很急，一急便急醒了。这时候爹恰好同娘在枕头上讲话。我还暗暗好笑，说这不是爹在这里呢，我适才何以那样糊涂？”巴氏笑道：“这梦倒还吉利。只是又闹到杀人地方，这不是你糊涂是谁糊涂？”林雨生却正色说道：“你不用骂稳子糊涂，你才糊涂呢。做了老爷，有个不到杀人地方去监斩犯人的吗？我猜这梦里定然还有伍大老爷，或者是都督派我去监斩他，这也是分内的事。”这几句话，才把巴氏说得又欢喜起来。

过了一天，林雨生真个怀里揣了禀帖，一直奔到都督署里，鬼张鬼致地去寻觅朱成谦。便有军士们上前来盘问他，他略略将出首的事说了一遍。军士们见是公事，便着了一个传事的引他去到收发处投递。收发处游隆基知道他便是林雨生，不禁上上下下打量了他一番，便请他坐下来，进烟倒茶，着实有些殷勤。林雨生开口便问着朱成谦。游隆基凝了凝神，说道：“朱成谦是谁？”林雨生又道：“这朱先生是在署里当着卫队的。”游隆基笑起来说：“哦！你问的是卫兵朱福，我道谁是朱成谦呢。你先生这件事做出来，大人是必另加青眼的，这个卫兵可不须同他扯着相好。前天他也曾到我这里提起先生这件事，我淡淡地答应了一声。象你先生这种人物，我们可要作别论了。先生在此多坐一会不妨，难得今天大人又不曾出门，我便替你进去回一回。”说着便笑嘻嘻拿着禀帖走进里面去了。林雨生心中好不得意，坐在那里很有些趾高气扬。这收发上还有几位朋友，他也不理人，人也不去理他。

且说沪都督真大人刚刚坐在签押房里纳闷，便因为爱姬明似珠曾吩咐他捕获那个林雨生，一时又没有头绪，意思要想派人出去明查暗访，又苦无从加他的罪名，只管延挨下去。“偏生又遇见那位似珠小姐雷厉风行的，见了面就没有别的话说，却硬栽我不肯替他出力。我倒不料偌大一个紧密严整的制造局，不消得一夜工夫便占据过来，著讲到这个温柔香艳的夫人城，他若是严阵以待，却叫我束手没有法儿。”正在胡思乱想，懒懒地躺在一张睡椅上，合上双眼要睡，隐约听见身边几个亲随嘁嘁喳喳地似乎同人讲话说：“你也太没有分晓，大人这时候正在这里休息，有公事不好明天再回？我们不去替你碰这钉子。”又听见那个人辩道：“这件是要紧公事，那个姓林的在外面等着呢。好兄弟们，能替我回一声，就回一声，若是不能够，我就打发那姓林的先行回去候着。”

都督先前听他们讲话，还不在意。后来忽然听出“姓林的”三个字，猛然触起心事，欠起身来望着亲随说道：“外边是不是游先生讲话？你快着他进来，我有话要问他。”那几个亲随便招呼了游隆基，游隆基急抢了几步，跑入房内，诚诚敬敬行了一鞠躬礼。都督笑了笑说：“你适才讲这姓林的是谁？他有什么公事来报告？”游隆基也不言语，只双手将那封禀帖递上。都督接到手中一望，不禁笑得站起来，口内嚷道：“哎呀！林雨生。”说了这句话，也不知道他可曾看见禀帖上的话不曾，只喜孜孜说道：“你去快将这姓林的留在署里，不要放他走了，我立刻出来有话问他。”说着便匆匆地拿了那封禀帖，笑到后面去了。转把游隆基摸不着头脑，暗想：“大人如何这般喜欢这姓林的？真算这姓林的造化。”想到此，也只得匆匆地仍回到他的收发处。林雨生一眼瞧见游隆基的气色，便知道这事十分妥帖，尚未曾开口，游隆基便从头至尾将都督适才的神态告诉他。林雨生兀地暗暗快乐，又不好意思便露出来，自然端坐在此等候消息。

都督这时候一径跑入明似珠房外，仆妇们见大人到了，急忙打起帘子，一面嚷着大人到来。明似珠只懒懒地斜倚在镜奁旁侧，飞了一眼到都督身上。遥见都督手里拿着一封帖子，脸上笑融融的与平时不同，心里也触起那件事情，只不好开口去问。毕竟都督忍耐不住，一手搭在明似珠肩上，向他粉脸尽瞧。瞧得明似珠笑起来，用一只手拦着说："你不认识我吗？尽瞅我则甚？"都督笑道："我瞅你这人真好福气，想到哪里，便遂你的心。我隐约记着旧时小说上有这么两句，说是什么。踏破铁鞋无觅处，得来全不费工夫'。你不是寻这姓林的吗？谁知这姓林的竟会寻到我们这里来。"明似珠听了大喜，将两道翠眉展了一展，笑着说道："你这话是真是假？"都督道："谁还哄你不成，你看这是什么物件？"说着便将那禀帖掷到妆台上。明似珠笑道："原来这厮又来葬送人，但不知他葬送的又是谁？"都督笑道："我已经喜欢昏了，还不曾瞧出他这上面讲的是什么。好人，你试读给我听。"

明似珠此时已大略望了望，不禁怒气填膺，将禀帖直掼过来。都督吃了一惊，说："你又为什么生气？"急拾在手里念了一遍，笑道："原来就出首的这姓伍的。如今也不谈了，无论这姓伍的是宗社党不是，我都顺从着你的意思，只问这厮谋害富先生的罪名何如？"明似珠冷笑道："这个我却是很感激你。但是这姓伍的他并不是宗社党，我可以拿我这性命保他，我却很不用你卖这人情给我。你仔细想想，他若是宗社党，他在先如何会容得他这个革命女婿？这是一层。至于林雨生这厮，在前清时代既诬革命为匪人，在民国时代又指平民为宗社，颠倒黑白，遇事生风，便没有以前陷害富先生的大罪，你有守土之责，象这样奸徒，也该除恶务尽。我也不耽搁你，你便先去拷问这厮。我今日还向你请半天的假，须得亲去到我淑仪妹妹那里告诉他，使他放心。"

都督点了点头，便笑着出去，传伺候的人在花厅上讯囚。外边预备好了，及至都督坐出来，还不知讯的是谁。都督传话，命收发处游隆基将那个姓林的带进来。游隆基得了这个消息，他不知道都督葫芦里卖什么药，只笑嘻嘻地向林雨生道贺，说大人有请。朱成谦在外边也得了消息，知道林雨生大功告成，自己也不无微劳足录，便偷偷地直窜进来。见林雨生刚要进去面会都督，自家立在旁边，只管向林雨生挤眉弄眼，似乎叫林雨生在都督面前提上他一两句。林雨生也不知听见没有，便垂着手随游隆基进入花厅。要知道都督花厅上，不比州县衙门讯问案件般列着许多刑具，所以林雨生一直等到见了都督，并瞧不出都督有别的意思，好笑他依然大刺刺地上前行礼。

都督面带笑容问道："你就叫做林雨生？你出首的这人，同你有什么瓜葛？你何以便知道他是宗社党?”林雨生不慌不忙,从身边掏出一叠证据,双手呈至都督案前,朗朗说道:“大人请阅证据,便知公民不是诬栽。伍晋芳他在前清充当警察,武昌一役,他杀害我们党人委实不少。公民本来同他有一面之识,论理却不忍出首,但念公民同他朋好究系私情,公民出首此人端为公义。公民是最疾首专制,醉心共和,凡有反对民国的人,公民无不嫉之如仇,视之如寇。”

都督此时也不知曾否去查阅他证据,但微微含笑,急便诘问了一句说:“你这人很好。我但问你什么叫做宗社党?”林雨生也笑起来说:“大人岂不知道宗社党就是反对民国呀。”都督又问道:“宗社党反对民国,前清侦探罗织无辜,一个烈烈轰轰造成民国的伟人富玉鸾,把他来出首,以致他死于专制之手。这种人是反对民国不是反对民国?你快快从实讲来,我这里有军政执法,正不消送你到刑庭定罪,我是要替富玉鸾先生报仇的了。”

林雨生在这个当儿,断想不到都督会提起这句话来,窥探都督的意思,好象等着他投这罗网,各事都预备好了一般,顿时吓得面如土色,浑身抖战起来。只听见扑通一声,双膝跪在地下,哀告着道:“小人万死!但求都督念我出首宗社党的微劳,将功折罪,饶小人一条狗命。小人家里有八旬老母,全赖着小人养赡。”都督笑道:“宗社党又是一件事,却与你无涉。论你杀害民国党魁,便寸磔也不为过。你既自称出首有功,我便看你这件功劳,饶你一个全尸,明日枪毙便了。”说着,便命阶下几个卫队:“将这厮锁入营仓,听候处决。”立时走过虎狼也似的七八名卫队,一声吆喝,如牵鹿豚一般,直将林先生拖下去了。卫队之中,朱成谦也在其内,吓得魂不附体,深恐林先生再牵扯出他来,他上前紧紧扼住林雨生的咽喉,更不再容他讲话。收发处游老头儿也出自意外,重重地向地下啐了一口,依然转入他收发处去了。

都督退堂,一古拢儿将那禀帖以及各种证据揣入袖内,笑着到明似珠房里。明似珠正待出来上轿到伍淑仪那里报信,都督将袖内各件交代明似珠说:“你都拿去还这伍先生罢,一发让你做个人情。”明似珠也笑了笑,径自到伍淑仪那里,将前后事迹详细说了一遍。淑仪又悲又喜,并着人告诉他父亲伍晋芳。伍晋芳少不得着三姑娘和朱二小姐齐齐出来向明似珠道谢。明似珠那一番得意自不消说。淑仪又将明似珠请入自家房里,笑着告诉他说:“前次承姐姐盛情,命我这里写信去约我们姨兄云麟到沪。这件事再巧不过,我们姨兄于昨晚业已到了舍下。”明似珠听了大喜,说:“云先生在哪里呢?快请来会一会,我们倒有许多时不见了。”淑仪便命仆妇去请云少爷到来。不一会工夫,云麟果然到了。相见之下,云麟倒没有什么话可

说，转是明似珠咭咭咕咕的有谈有笑。以后便讲到处决林雨生一事，云麟望着淑仪笑道："妹妹，我们在扬州时候不是说过，如有一日捉住这厮，我要亲自取出这厮心肝去祭富大哥。难得今日便应了我这话了。虽然文明时代，不合有此惨刑，但是枪毙这厮那一天，还请明小姐同都督讲一句，让我亲自动手，不知道还可以不可以?"明似珠笑道："这个容易，你尽管去，都督那里有我呢。"淑仪道："这倒可以不用罢，你在当初每逢着新年元宵，要放一个炮仗儿，还紧紧地捂着耳朵，深怕那炮仗儿利害，你如何还敢去放枪?"云麟笑道："那却不可一概而论。游戏之事，我便不肯冒险；这是慷慨替富大哥报仇，而且也泄我当年被他陷害之恨，义愤所至，神鬼为惊，还有个不敢放抢的道理吗?"说得明似珠也笑起来。坐了一会儿，起身告别，还叮咛云麟安心在此居住几时，督署里如有借重大才的地方，少不得便来相请。于是云麟同淑仪一直地送至门首，看着明似珠上轿，才转身而回。

且说林雨生定了死罪之后，这个消息转到巴氏耳里，直哭得一佛出世，二佛涅槃。刚刚过了三天，都督署里便将林雨生绳捆索绑而出。引动许多男女，纷纷议论这事，都说是天网恢恢，疏而不漏。可怜巴氏携着稳子，哭哭啼啼也来相送。伍公馆里伍晋芳同着淑仪以及云麟都亲自到决人的地方。云麟已得都督许可，准其亲自枪毙林雨生，云麟好不得意。大家都在九亩地地方等侯。不多一会，林雨生已到，前后簇拥许多兵士。稳子还指点告诉巴氏说，前夜梦里便是这般景况。巴氏也不暇答话，一直哭到林雨生面前。林雨生也是双泪交下。

云麟此时排开众人，便有一名兵士将子弹装好了枪，一直送至云麟手中。云麟执枪近前，正待开放，忽然大叫一声，倒地不省人事，一支枪直掼下来。众人大惊，林雨生却不曾死。

欲知后事，且阅下文。

# 第六十三回　逛马路托足娼寮　驳轿夫伤心政局

著者常笑撰述小说的朋友，每逢吃紧去处，必定故意作惊人之笔，已成通篇一律。譬如前回书中说到云麟枪毙林雨生，国法私仇，可谓两无遗憾，可是再没有变故的了。偏生结末数语叫人悬心，被枪毙的林雨生安然无恙，开枪者云麟忽然扑地不省人事。若是那些神权小说，或者说林大哥命不该绝，或者说什么观世音菩萨、梨山老母暗施法力，摄取林大哥到深山之中，传授仙法，他日出世，再做一番事业。无如在下这部《广陵潮》，若闹出这些笑话儿来，岂不要被阅者诸君赏我一个大大耳光。而且这林雨生在书中虽然也算是个角色，也不致少了他便不热闹。况论他一生行事，奸险异常，此时便结果了他，也是情真理当。难道再放他不死，让他再做出些气破人肚子的恶事？咳，诸君，诸君，你们处这恶劣社会，象林雨生这种人不少，耳闻目见，已经叫诸君肠断气绝，短叹长吁；倘然这一部悦性怡情的《广陵潮》小说，依然叫人越读越不快活，著者于诸君虽然有见过的，有不曾见过的，然而千里神交，尽多情谊，却不忍这般恶作剧呢。

原来那时候林雨生背缚着双手，浑身一丝不挂，单穿了一条白洋布裤子。早有军士们拖翻他在地，叫他跪下。他东张张，西望望，觉得人山人海，四围站着，好不热闹。不料得从人丛里忽然又跑出巴氏同稳子来，离着他有三五步远，伏地哀哀痛哭。林雨生见此情景，忽然想到当初在富公馆照墙背后栖息，乞求富玉鸾情事；巴氏则鹑衣鹄面，提着竹篓子亲来送饭；小稳子当街被富公馆诸仆踢翻在地。“那时候饥寒迫于眉睫，去死已经不远。幸得富玉鸾少爷一手提拔，才随着伍老爷出去，衣食温饱，出死得生。都是我心术险恶，当初既害了富少爷，今日又来害伍老爷，天网恢恢，疏而不漏，该我受此极刑。我死不足惜，留下这寡妇孤儿，将来作何倚靠？”他一阵心酸，神魂不由得便悠悠出舍。及至军士们把枪上弹子装好了，递给云麟，云麟颤巍巍的，左手用力托着枪，右手便来扳动机括，林雨生浑身抖战，暗想：“这子弹出了枪口，钻入我这肉体里面，不知怎生个痛楚？痛楚以后，又不知怎生个死法？”

就在这个当儿，云麟眼睁睁地瞄准了林雨生。好笑那林雨生也眼睁睁地瞄准了云麟，龇牙咧嘴，已经十分难看。云麟心里慌得一慌，先前那个枪本是对着林雨生心口，到此不由得偏了一偏，啪的一声，弹子出来时，转穿过林雨生右臂，伤不致命。只痛得林雨生筋肉跳动，两眼反插，猛地直跳起来。可怜云麟本是个懦弱书生，因为满腔义愤，才肯挺身而出。今骤见林雨生如此恶状，不由魂胆飞越，当林雨生跳起之时，他转吓得直跌下去。围着看的人一声吆喝。幸得旁边兵士看云麟不济事，一把将云麟手里的枪夺过来，重新向林雨生胸口击了两下。眼见林雨生直挺挺地死在地下。

此时伍晋芳早率领着家人们将云麟搀扶起来，领过一旁。淑仪几乎吓跌倒了，也顾不得耳目众多，走近前殷殷问云麟心里觉得怎么样。云麟已经醒转，满脸含羞，对着淑仪笑了一笑说：“不妨事。那厮好生难看，我倒不曾见过被枪毙的人有这般恶状。妹妹放心。我们便预备祭奠富大哥罢。”这时候军队已经掌着鼓号，一对一对地回署。看热闹的人霎时间也就如鸟兽各散。一片白茫茫空场，顷刻露出眼前。伍府家人们便向空设下祭筵，上面供着富玉鸾灵座，焚起香烛。淑仪匍匐痛哭，哀哀欲绝。云麟上前行礼，伍晋芳也打了几个躬，相与催着淑仪赶快上轿回去。家人们将祭筵收过，自不必说。

林雨生死尸，少不得仍由巴氏粗粗埋葬。在下这支笔，却再没有工夫替他去写丧仪去了。

云麟眼看着淑仪上了轿，伍晋芳同云麟在后缓缓踱着，大家都是没精打采。云麟尤其千愁万恨，兜上心来。刚刚出了那个场所，还有些来来往往的人去瞧热闹。蓦地从人丛之中的刺斜里跳出一个少年来，浑身穿着西装，用那手中一根手杖儿向云麟孤拐上直扫过来。云麟吃了一惊，幸亏闪避得快，不曾吃他敲着。那个少年掣回手杖，横摆在手里，哈哈大笑。云麟掉头一望，急得绯红了脸大嚷道：“你看你看。”那少年忙赔笑道：“老弟不须生气。难道只许你放五子钢枪，偏不许我用齐眉短棍？”说着又嘻天哈地大笑起来，便扯着云麟同他一路走。伍晋芳见男那少年便是田福恩，又见云麟郁郁不乐神态，便插口说道：“好好，你们兄弟一路去散散心罢，我却不陪你们了。”云麟心中很不愿意，又因为伍晋芳如此说法，田福恩又紧紧扯着自己，便道：“你且放手，我同你走便了。”

田福恩瞧着伍晋芳业已去远，便同云麟附耳说道：“你休要这般闷闷的，这上海取乐的地方很多，我同你到一个去处，包你欢喜。”于是两个人并肩行着。田福恩笑道：“兄弟你如何这般胆小？你拿枪打人，又不是人家拿枪打你，为何吓得那个球样儿？若是我，倒好耍子。兄弟以后如再去打人，举荐举荐哥哥。”云麟好生羞惭，说道：“呸！这是一件什么事，哪里有这许多举荐你去？譬如你这人就十分冒失，穿着西装，这根手杖本是陪衬着好看的，不曾叫你当着兵器舞弄，没的给西人看见，说我们中国人便连着形式上都不文明。”

田福恩陡然放下脸色说：“兄弟教训的怕不极是，殊不知将手杖当着兵器用，我也跟着人家学的。兄弟通不记得去年在扬州时候，那个姓柳的小厮，拿这劳什子手杖，打得我癞头上鲜血淋漓。这是你兄弟亲眼看见的，那时候也不曾见兄弟责备那厮不文明。今日我同兄弟闹着玩，你又只管唠叨，说出我许多不是来。不瞒你说，我自从被那厮拿手杖打了我之后，我便魂思梦想，几时也弄这西装穿一穿，手里也拿他一根劳什子手杖，立刻死了，都是情愿。哼哼！这西装相思病害得我久了，同我那死人老子商议，我那死人老子他是个老顽固，旧透了心的人，他回我的一句话，再也决裂不过，说必须等他穿了殓服，然后才许我穿这洋装。兄弟你不知道我那死人老子，年纪越大，精神越好，眼见他这殓服，不知几时才穿得，我这西装简直没有一毫想头了。哪知天老爷有眼睛，宛是知道我急于要穿西装似的，他便平白地将一个好好大清国，眨眨眼弄成共和了，什么公民呀，议员呀，一古拢儿闹得乌乱。我心想要穿西装，第一须运动做议员。兄弟，谁知我这一运动，就将一个议员运动到手。我跑回家去便恐吓我那死人老子，说一经充当议员，如若不换西装，还是穿着中国衣服，老实便是违反民国法律，九族全诛。好笑我那死人老子他还不知道‘九族’两个字怎生个讲法，问这九族里可有他没有。我便放下脸来说：‘怎么会没有你？上头便是你同已经过世的祖父，底下便是我同我的儿子。祖父是已经死了，不算，至于我的儿子呢，你媳妇又不曾生养，大约我同你两个是砍定了脑袋。’他听见我这一番话，魂都打屁眼里吓得溜出来了，毕竟性命要紧，同我母亲斟酌斟酌，第二天便哭丧着脸，拿出白花花的四五十块洋钱交给我，我如今才这般威武起来了。”云麟听着只顾冷笑。

当那田福恩叙述西装历史的时候，早不知不觉已到他约云麟去的那个地方。云麟见是一条长弄儿，弄口有三个字是“银凤里”。其时约莫已有上灯时候，四处电灯通明，隐隐绰绰地早照见无限淫娃施朱抹粉，成大群排列在路侧，你嬉我笑，瞧见人很有动手动脚的意思。云麟此时已阅历过来的人了，不似当初腼腆，也把两个乌溜溜的眼珠儿东瞧西望。只见田福恩挺胸凸肚，两只皮鞋儿咯噔咯噔地只顾引着云麟望里面走。走到一家门首，有一个十四五岁的小女儿一眼看见田福恩，笑嘻嘻地走上来夺着田福恩那根劳什子手杖，牵着望门里跑，田福恩也不松手，便好象瞎子明杖一般。一气跑进去，房间里便有一个娇滴滴喉咙嚷着说："阿蓉你不用勉强他到我这里来，我不希罕他这咬鸟的议员。他白嚼舌头，说到此吃午饭的，他到这早晚才来显魂。"此时田福恩早跑进房，那个手杖已被阿蓉抢得去了，自己便将那个洋帽子脱下来，远远地向窗口一张桌子上掼过去。走近那女子身边，搂着亲了一个嘴，说："我的心肝乖乖，你动不动开口就骂我，外面有个新朋友呢，看被人家笑话。"

说话当儿，云麟已经跟着进房。那女子用手推着田福恩的脸，瞟了云麟一眼，懒懒地站起身子，有意无意地向云麟说了一声："少爷请坐。"转过眼望着田福恩又笑了。田福恩坐向床边上，弯过手来捶腰，口里尽嚷："困了，困了。"又跷起一只脚来说："这皮鞋很累赘，叵耐穿不惯他。"那女子冷笑道："你们放着汽车不坐，坐着汽车来就不困了。"田福恩笑道："你也不用打趣我们，我也不呆，为什么拿几块洋钱，坐那瘟车子一点钟？我有几块洋钿，倒好又同你睡两夜，倒不舒服？"

那女子向他呸了一声，装着向云麟讲话，说："这位少爷贵姓？"云麟未及答应，田福恩又跳起来说："你不用问他，我替你们介绍了罢。"指着云麟道："他姓云。这上海都督是他哥子，都督太太是他妹妹，我的太太又是他的姐姐。他在都督跟前顶红不过。你若是不相信，你出去打听打听，今天九亩地杀人，本该都督亲自动手，都督不愿意出来，就托了他。我便在那里会见他的，我将他扯到此处，给你见识见识。你要看那都督，你就看他这庞儿，简直是一般无二，不愧是一个老子养出来的。"又指着那女子向云麟说道："这位姑娘，芳名叫做人人爱，外号又叫做爱煞人。我替他编的名字是逢人爱。年纪不过才得一十七岁。今年二月里才接着一位活财神，替他梳拢了一次。第二道韭菜，就是我割的。他的头等柔术，是老少无欺，货真价实。"田福恩还要接着望下说，早被那个女子一把捂住他的嘴，笑得格格地说："我把你这天杀的，白刀子进，红刀子出。你编派我，你家姆妈才会柔术呢。"

此时又走进几个女子，同那个阿蓉挤满一屋子，听着他们说闹，都笑起来。云麟也不由得好笑。偷着眼瞧那个人人爱，只见他是个长马脸儿，堆着无数雀斑，高高颧骨，吊梢眼睛，一圈青眶儿隐在皮肤里。说起话来，喉咙象个破锣一般，还带些呛嗽。又听那女子骂道："我把你这编谎的杀才，你也不怕编掉你下巴颏子。你说这云少爷同都督是弟兄，我听见人说这都督姓真，这少爷又姓云，这是哪一门的弟兄？”田福恩也被他问得笑起来，想了好半会，忙分辩道：“这云少爷在先本来也姓真，后来因为他叔叔没有儿子，便承继过去，跟着他叔叔姓云了。”人人爱因为一时会不过意来，也就罢了。

大家坐了好半天，都觉着有些饥饿。田福恩悄悄向云麟附耳说：“你身边带着洋钱没有？如带着洋钱，我陪你到广东馆子里吃消夜去。”云麟点头。可巧又被人人爱瞧见了，一把揪着田福恩耳朵说：“你又想溜到哪里去？你简直有些同我话三不着两。你若是今夜再不在这里宿歇，我咒着你过江入江，过海入海。”田福恩睁圆眼睛喊道：“人家肚腹里不饿吗？便是上阵，道不得个不饱餐战饭。我横竖今夜总是要来的。”人人爱道：“那可不行，要吃饭不会拿钱买回家来吃？”才说到此，便伸过手，在田福恩衣兜里乱摸。又触着他的痒骨，引得田福恩弯着腰笑。人人爱果然在他衣兜里掏出一大把钱来，约莫小洋有十几个，铜板有十几个，其余便尽是鹅眼小钱。人人爱呸了一口说：“你可是都将家私搬出来了，亏你这些鹅眼儿是向哪里讨来的？”说着便将那些小钱一个一个地向窗子外面直掼出去。田福恩又不敢拦他，只喊得一声：“阿弥陀佛，光溜溜的钱都掼出去了，我保佑你下一世里还要当野鸡。”人人爱早喊着一个老娘姨过来，将小洋同铜角儿都交给他，笑着说道：“你去胡乱买些酒菜来，田少爷在这里请客呢。”

云麟忙拦道：“且放着这个，我这里有钱呢。”说着便掏出一张五元钞票递过去。人人爱猛吃一惊，忙一把夺住，仍递向云麟手里说：“这个如何使得？少爷是头一次光降，这个小东理应让田少爷做。”云麟只得将钞票依然藏好。只恨得田福恩牙痒痒地望着人人爱，好似有不共戴天之仇。人人爱也不理他，转喜孜孜地望着云麟说道：“少爷好一表人材。我来多件事，替少爷做媒。”说着便在身边扯了一个女孩子，约莫十八九岁光景，叫他站在云少爷身旁，说：“这是我的姨侄女儿。少爷看他模样儿如何？少爷若是中意，便叫他来伺候少爷。不瞒少爷说，他虽然生得这般长大，他顶刮刮还是个清倌人呢。”说着又将颈项伸得一伸，噗哧一笑。云麟果然见那个女孩子依依立在面前，早不由得一把拉着他手腕。猛地吃了一惊，只觉得他手掌心里热得象火炭一般。云麟便向他额角上瞧，隐隐有指掐瘢痕，搭讪问道：“你叫什么名字？”答道：“我叫小红。”云麟又问道：“你这额角上是谁给这苦给你吃？”小红摇摇头，不肯答话，那两个眼泡里已不禁汪着一泓秋水。

此时人人爱正敷衍着田福恩，听见这话，忙走过来说道：“少爷你问小红这伤痕，我替他告诉你，这是昨天夜里被他妈打的。少爷不知道，吃着我们这碗饭儿，真是前生孽障。每天象在这当儿，便是上街的时候了。别人都笑我们无故拉客，是个不顾廉耻。其实谁不是人生父母养的，当真就一毫廉耻也没有？古人道得好：‘上命差遣，身不由己。’我们也是身不由己罢咧。”说到此，又低低俯着云麟耳朵说道：“我们的妈，比十殿阎王还利害。拉到客呢，苦是我们吃，钱是他们得；拉不到客，那就晦气了，半夜三更回来时辰，茶饭一概罚着不许吃，还要乖乖地自己褪下裤儿，伏在凳上给妈打屁股。少爷你想想这种刑罚，还容得我们顾着廉耻，不去拉客吗？小红昨夜就不曾拉到客，屁股上足足打了有二三十下子，额角上不过是捎带着一点。少爷不信，叫小红引少爷到他房里去看看屁股就知道了。”云麟忙道：“这是我很相信的，也不用去验看。”人人爱也笑道：“好在过一会儿，小红的屁股怕少爷不瞧见，我此时正不用忙着。”田福恩听人人爱说话，顺便就一把摸向他胯下说：“我倒要验验你的屁股，昨天可挨打不曾？”人人爱瞅了他一眼，又笑着说道：“狠心的，你今夜若是跑了，你就是不可怜我。我难道是说谎不成？”

大家正笑闹着，先前那个去买菜的老娘姨已经回来，便在房间里拉开一张桌子，安放四副杯箸，田福恩同云麟上坐，人人爱同小红侧席相陪。饮酒之间，大家不无又闹了些笑话。云麟便问着田福恩：“此时到这上海究竟为着什么事？在此处有几时耽搁？”田福恩笑道：“这件事告诉不得你这书呆子，便是告诉你，你也不懂。我有一件事，还不曾问你的罪呢。前月在家乡里，我拿着许多钱运动别的人举我当议员，别人看我这金钱分上，倒都还在票子上填我‘田福恩’三个字，惟有你的那张票子，我几次三番向你请托，你到后来毕竟悄悄地举了别人，单不举我。我请问你：我们这郎舅至亲，比较陌路的人，多少总该好些，怎么你这人又糊涂，又倔强，一味地使着你这牛性子？在你的意思，未尝不以为少了你一张票，我就不能当选，其实正自不然，你不举我，我依然活跳新鲜的一个议员。你仔细想想，此时也应该懊悔罢？”

云麟正色道：“你说我糊涂，你才糊涂呢。我既有选举人的资格，选举出来的人，就要这个人果真有胆量，有学识，能替我们办事，我才举他。这件事非同儿戏，岂是金钱可以买得动的？你说我们郎舅至亲，这话也不错。惟其是郎舅至亲，我越晓得你学识也没有，胆量也没有，我为什么事白白糟蹋掉我这票子，忍心害理，将你名字填上去？至于你不因为我不举你，你也当选，这是你的造化，我却要行乎我心所安，又不可以勉强的了。我的意思，岂但我必须如此，我尤愿你也要如此。如今各处又忙着选举省议员了，这件事又关系一省的祸福，你这初选当选的议员，权柄很大，我不知道你此时心里宗旨如何？”

田福恩听见云麟侃侃的这一番话，又好气，又好笑。及至云麟问他的宗旨，他早将两个耳朵紧紧蒙着，说道：“我不同你讲了。中华民国的人若都象你这样迂腐，简直一步也行不出去。选举议员都讲究起良心来，那还了得！老实说，你还做你的书呆子，我还做我的议员，各行其是，两不相妨。我们快喝酒，我们快喝酒。”说着便拖着小红要同他豁拳，顿时口里喊起“三元、八马、五经魁”来。云麟被他这一阵抢白，那个白脸上都泛了些羞晕，低了头闷闷不乐。还是人人爱看不过，拿着别话打岔道：“我老实不懂你们讲的什么。”又用手指着田福恩说道：“他开口闭口，都拿议员来恐吓我们。我们只知道再阔不过是大人老爷，难道这议员比大人老爷还阔？”云麟也搭讪说道：“你倒不用小觑了这议员，他们权力还要比大人老爷利害得许多，便是寻常大人老爷也还不及他。”人人爱伸了伸舌头，猛地拦着田福恩不用豁拳，笑道：“田老爷，你如何不早说，我常常骂你咬鸟议员，这不是罪过？”

田福恩也笑起来说：“我这议员，还不配做大人老爷呢。老实告诉你，我此番赶到这上海，同人接洽好了，不久还要进省去当轿夫。”云麟听他说到这一句，只呆着个脸静听。人人爱转拍手大笑说：“田老爷讲话，真是驴头不对马嘴。你这议员便是不配做大人老爷，为何又做起人家轿夫来了？这轿夫是最卑贱不过的。”云麟也刚待要问，田福恩已笑道：“同你们讲一年，你们在这议员上面，总讲不明白。我说的当轿夫这句话，岂是当真去替人家抬轿子？不过我们是初选当选的议员，规矩是必须经我们手里，再举出省议员来。若是有人愿意当省议员，必须先拿着钱给我们，请我们选举时辰好举他。一个省议员，必须好些议员公举。譬如这省议员就是坐轿子的，我们这些选举他的人就是抬轿子的。我的志气小，也不想充当省议员，所以说是去做轿夫。”人人爱笑得拢不起嘴说：“原来这议员还有许多讲究呢。”

云麟听田福恩话才说毕，不由气得面红耳赤，连颈项里根根筋骨都露出来，又冲着田福恩说道：“大哥你虽不愿意同我这书呆子讲话，然而我这书呆子却有一句不中听的言语，要把来奉劝大哥。我也知道我们中国人做事，有一面是利，必然有一面是弊。就以这选举而论，名目何等正大，关系何等重要，在稍有人心的，必须秉着我的一定宗旨，我尊崇那人，便举那人，无论金钱买不动我，便是什么深恩，什么厚惠，在这个当儿，都一点徇私不得。照大哥这样说法，岂非将个堂堂的共和国，说得丑怪不堪？我看只有大哥一人，才有这种龌龊思想，其余的议员，断断不至于此。

为什么呢？因为大哥在那旧时代既不曾诵读诗书，在这新时代又没有办事经验，所以说出话来，处处都叫人发笑。而且这'轿夫'两个字……"云麟不曾说完，田福恩忙分辩道："老弟的话，谁也不能责备你不是。只是我也要拿定我的宗旨，行我心里所安呢。无如我也有苦衷：我运动这初选议员，那些运动费，俱是四五分利息借来的款子，到省里不捞他一把，随意选举一个人，便是卖了妻子来填利还债，也来不及。好在我的妻子，便是你的姐姐，请问你：我不去当轿夫，便回去卖妻子，你可舍得不舍得呢？"这几句话，说得人人爱同小红都笑起来。

云麟仍是气愤愤地说道："这会子我也没有工夫同你闹玩笑。我适才说的这'轿夫'两个字，别人或者可以说，你们当议员的自己却万万不可说；不曾真个去做或者可以说，万一暗中果然有这些龌龊事，外面却万不可说。我们中国由专制政体骤然跃入共和，那些先进国有替我们担危的，有对我们不相信的，一旦将这'轿夫'两个不堪的字样传入他们耳朵里，不叫他们气煞，也被他们笑煞。还有一句老实话，今日虽然改革共和，就全国国民心理而论，有一半赞成的，便有一半反对的。我们若果有才具，有担当，那反对的虽然心里不甘，却也无从施其伎俩。万一打从我们里面做出事来，不见得叫人心服，哼哼！不出五年，若不被他们那些官僚派推翻议院，破坏共和，甚至假造民意，倡言帝制，你那时候来剜我的眼睛。"云麟愈说愈慷慨，说到沉痛去处，不觉声泪俱下，那一点一点泪珠儿，竟有好些坠入酒杯里。

人人爱同小红看着很是诧异，觉得这少爷果真有些呆气。田福恩尤其恼怒，勉强笑问道："你这人真是奇怪。我今日请你吃酒，原来是取乐的，为那些不要紧的事，何至装出如此模样儿？我看你将来只好躲在家里读一辈子的死书，这政界里面，你是永远不能插脚的。"云麟道："这话怕说得不是，我若是投身到政界里，我简直是条死路。然而中国政界里都象你这一班人去做事，怕也非民国前途佳兆。"田福恩道："你骂得好，你骂得好。"云麟道："我又何尝骂你，你又在这里撒赖了。"田福恩直跳起来说："便算我撒赖，你敢怎样？"云麟冷笑道："你是初选当选的议员，我敢奈何你怎样？"田福恩更待发话，人人爱见他们势头不好，横身在里面，拦着笑道："自家好亲戚，为何闹得生分起来？不怕被别人笑话。云少爷省一句罢。"

云麟趁这个当儿，便起身说道："时候不早，我也该回去了。"人人爱惊问道："少爷到哪里去？你看小红分上，你忍心跑了？"云麟刚要拿话来推辞，恰好田福恩背后扯扯人人爱袖子，似乎叫他不用留他，人人爱这才放了手。

云麟更不怠慢，也不同他们作别，一口气跑出银凤里，愤愤地也不坐车子，独自行走，因为心里无穷孤愤，只管埋着头。不知走了多少远近，越走觉得人烟越是稀少，眼前豁然露出一带平野来。夹路垂杨，随风飘拂；一钩新月，斜挂在一角红楼上面；楼底下遍是短篱，绿阴阴的，都缠着无数藤蔓。忽地耳边送入一缕箫声，呜咽可听，顿时觉得心地清快，耳目明澈，尘襟俗抱，消释都尽。不由得脚下便停住了，知道这箫声便从那楼窗里送出来。隐约之间，见那窗口坐着一位美人，可惜离得太远，瞧不出他的颜色。再凝神望去，那声容态度，便宛然是个熟人。立时惊绝，不觉痴立在篱外，默默地呆了。

欲知后事，且阅下文。

# 第六十四回　真多情无心逢彼美　假殉难到处散袁条

从这马龙车水之场，忽地辟出一番清凉世界，无论什么人，总须耳目一新，心境一快。何况云麟近年来闲愁绮恨，外面看来虽似摆脱得干净，其实他这一颗心，既悲寡鹄之吟，又抱断鸿之感，不触则已，一触必发。果然仅与那些龌龊人士周旋，倒也罢了，偏生在这个当儿，眼看着这珠楼翠阁，耳听着这刻羽流商，不由得怆怀身世，黯然消魂。最奇怪是那个女郎身影，便宛然是他前几年侠骨柔情、感恩戴德的意中玉人。你想他那时候且惊且喜的神情，真个画也画不出。两只腿顿时不由他做主，便痴痴地直立在一株垂杨之下。千重万叠的心绪，不知打哪一处说起。刹那之间，叫声苦，那箫声猛然地戛然而止，美人身影更瞧不见了，几眼疏棂，真个是云山万里，不禁洒了几点眼泪。因为这地方道途又静，人迹又少，况在黑夜时间，不敢留恋，复又匆匆地绕向大路。此时心神恍惚，这上海路径又不熟悉，好在路旁有现成的人力车，自家便跳上去，叫车夫一直拉向新马路一百三十八号。

到家之后，伍晋芳正同三姑娘以及淑仪都坐在屋内议论早间刑场的事。及至见云麟回来，大家都笑着说道："这不是支部长回来了。"旁边站的几个仆妇，也都望着云麟掩口而笑。云麟倒反惶恐起来，一时又摸不着头脑，也只好痴痴地立着发笑，尽管拿眼睛望着淑仪。淑仪手里刚捧着一钟茶，转把个头低下来不理会他。还是晋芳努努嘴，叫云麟坐下来，说道："这件事让我来告诉你。前不久都督夫人曾到我这里来过几次，你妹妹很关切你，思量你在扬州也不曾做着什么事，你母亲又渐渐老了，这菽水之奉，倒是一件紧要的事，闲话之间，便将这个意思告诉了都督夫人。原来都督夫人也是同你相识，一口便应承了，所以我这里便写信去请你到这上海。如今不是有了十多天了，都督被他这夫人催迫不过，这上海地方又是人多于鲫，急切无从安插你。好笑今天午后，都督署里送了一封函札来，因为他们起先的同盟会改组为国民党，各处都设有机关，恰好扬州也须组织一个支部，便委任你做这国民党支部部长。唉，你姨夫老了，这些名目，便很是听不入耳。当今世界，又不能妄参末议，只好替你将这委任状接收下来。你姨娘他们同你闹着玩，所以有适才的说话。但是一层，你如答应了，自然须要遄返扬州。老实告诉你，我也好挈眷随着你回去。在先因为避难，聊将此地当着桃源，其实这里薪桂米珠，居家固不容易，至于一切饮食服用，奢靡已到极顶，我们这老不入时的，也一点看不上眼。扬州虽然僻居江北，论我们这份人家，有茅屋数椽，聊蔽风雨，薄田数顷，聊佐衣食，也还可以从从容容度日。你的事还须你自家斟酌罢。”

云麟听着这一番话，倒反将自己怔住了。他也并不是因为不愿意就这支部的事，他心里却横着适才路间所见那件事，转一心舍不得离这上海，必须探听个水落石出，方才罢休。又不好将这意思明说出来，只得含糊答应道：“承姨夫同妹妹的盛情，替我谋划了一个位置，侄儿却没有不愿的道理。”伍晋芳笑着说道：“这件事全是你妹妹替你筹划的，我却不敢掠美。你看你姨父这样古板人物，哪里会认得什么都督以及什么都督夫人？你既然愿意就这事也好，照这样办，我们便在这三五日内，一齐动身回扬州罢。”云麟也笑道：“虽是妹妹的鼎力，然论起‘善则归亲’的大道理，妹妹待我的好处，就是姨父待我的好处。”一面说，一面又拿眼瞟着淑仪。淑仪只是低头含笑。

云麟又接着说道：“至于姨父讲到回扬州这一层，侄儿意思且缓一缓。”晋芳笑道：“好呀，我说少年人不宜到这上海，一到上海，就象蚊子见血一般，老留恋着，舍不得便去。老侄，你难道有了奇遇不成?”这句话转将云麟脸上说得红了，急忙分辩道：“姨父又来说笑话了。不瞒姨父说，侄儿自从国家多难以来，忧患余生，了无兴趣。不过因为家贫亲老，少不得奔走风尘。至于那些绿意红情，久经消歇。况此次荷蒙宠召，盛意殷拳，更何敢偶涉狎邪，重劳挂念?”晋芳不待他说完，忙笑道：“偶然同老侄闹着玩笑，老侄千万不可见怪。好在便是动身，也不是一两日间可以定夺的事。我暂且失陪，你有什么话，不妨同你姨母斟酌罢。”说着自家便踱向前面去了。

此时，堂屋中间更没有别人。先是三姑娘笑向云麟道：“你姨父越老越糊涂了，人家到一处地方，少不得有些勾当，一经他嘴里讲起来，便是什么奇遇怪遇。他少年时候不尴不尬得惯了，他都把人当着自己。”说到此，又伸出两个指头笑道：“不是这一位管束得紧，你还怕你这姨父不幺二长三地闹鬼吗？他说回扬州，我很是愿意，扬州亲儿眷儿，这几年间也疏远得久了。好孩子，你这耽搁的意思，想是要去谢谢都督，这也是理所当然。”云麟也笑道：“姨母说的话，怕不有理，只是妹妹不知道，就算扬州要设立同盟会支部，论这部长也须经党员选举，没有个由都督委任的道理。这分明是都督被明小姐逼迫不过，才想出这敷衍门面法儿。侄儿倒也不须去谢委，学那前清官场习气。况且风闻那个都督公务很忙，一天到晚也没有在署里分儿，道不得还会想起侄儿这名字。侄儿已拿定主意，不再去都督那里纠缠，少不得借这名目，能够回到扬州，替国民党里做点事儿，也是分内的事。不过今晚打从一处地方经过，蓦地见着一人，不由得倒反将侄儿牵绊住了，想访一访这人消息。"云麟说到此处，很有些哽咽，渐渐地便把个头垂下来，几乎要潸然坠泪。

淑仪是个聪明不过的女子，见此情形，已料到九分，也觉得骇然，便接着说道："哎呀！难道他也在这上海不成？论起情理，哥哥料得定然不错。你们看，凡是在前清做过阔官的，没有个不把这上海做个逋逃渊薮。那个意大人当这乱离时代，或者不敢北上，南京离这地方又最密近，盈盈一水，挟眷潜逃，自是意中之事。岂但哥哥旧情未断，思量一近芳姿；便是妹子也很感激他树碑埋骨之恩，急欲竭诚拜谒。但不知哥哥经过的那个地方，究竟在于何所？倒是快去打听为是。"三姑娘道："原来为的这件事情，要想在这上海耽搁几天，这也是正经，便告诉你姨父，正自不妨，你又何必瞒他呢?"云麟笑道："并不是要瞒姨父，我总怕姨父责备我狎妓。记得那年在武昌初次会见姨父时辰，姨父说的那些话，真个叫人羞愧无地。妹妹说的话甚是，便当重到那所在打探一个下落。"

果然次日云麟起了一个早，便出门跨上一辆人力车。那个车夫便问："少爷，拉到什么地方?"云麟被他一问，转问得怔住了，想了想，更没有话回答。引得那车夫也笑起来说："没有地点，叫我向哪里走呢?"云麟道："不妨，我坐在车里，你只听我指点，我叫你怎生走，你就怎生走来，多给你几个酒钱不妨。"那车夫点点头，便将车子拉着向马路上驰去。

云麟目光四注，依稀走到一处地方，亭树楼台，依然掩在绿阴深处。心里大喜，便命将车子停住，自己跳下了车，绕着树阴行去。谁知一经近看，却又不是，分明昨晚那个楼窗靠着一株柳树，此处虽然也有楼阁，四周却全是芭蕉。知道错了道儿，重跳入车里又走。接连走了几处，越走越迷糊起来。自己暗暗叫苦说："我为什么昨晚不在那地方问一问地名?"眼见得是没处访寻，只得怏怏地又将车子折回，开发了车价，匆匆地便将此事告诉淑仪，急得长吁短叹。

淑仪笑道："你昨晚模糊之中，也不知可曾看得清楚？大凡一个女人家声音态度，大致总还仿佛，你心里刻刻思念这人，自然触处皆有这人影儿在眼里。我还有一件事奉问：这红珠姑娘当初于这箫笛上可是惯家？你可曾听见他吹过箫笛不曾？”云麟呆了一呆，说道：“却不曾听见他吹过箫笛，他当那出局时候，大率都是弹的月琴。”淑仪道：“可又来。就算他此刻从了良，不大弄那月琴，他毕竟又为什么去学吹箫笛？在我看来，还将这件事放着罢，不必再闹入魔，也是不好。”云麟叹道：“难道今生我同他竟没有再会的缘分了？”说了这一句，那眼泪不禁纷纷坠入襟袖，哽咽得再不能说话。淑仪见他这情形，也有些替他扼腕。

不曾过了几日，这一天，云麟接到他母亲的信，催他回扬州，便来到晋芳书房里辞行，又到后面向他姨娘和仪妹妹辞行。淑仪正在刺绣，忽然看见云麟两眼含泪，望着自己说道：“要回扬州去了。”淑仪呆了半晌，丢了刺绣，说道：“既要回扬州，我们早迟也是要回扬州的。”话尚未完，三姑娘又接着说道：“麟侄此次动身，一经到了家乡，别的事且缓，第一要打探扬州境况如何？若是没有甚乱象，务必敢紧写一封详细的信，飞快寄给我们。我们也好预备预备！”云麟答应了出来，晋芳又嘱咐了一番，便命家人挑着行李，送至车站，乘车先到镇江，然后转乘了小轮，直抵钞关。

正是中秋佳节，街道颇为热闹，好在云麟行李无多，遂叫挑夫挑入城去，不过手里还有许多礼物，少不得倒要先拢一拢岳家。他丈母龚氏及他的夫人，见了云麟回来，少不得欢喜无量。他夫人柳氏将那些书籍，一部一部捡出来阅着，见有许多新小说子，随手搁在一旁。其中却有一部《饮冰室文集》，柳氏十分欣赏，说：“久已想读梁先生文字，得了此书，倒可以添许多政治智识。”云麟也只笑了一笑。依龚氏主意，便要留云麟在此度中秋佳节，不放他回去。云麟因为此番回家，尚不曾见过母亲，允着晚间再来赏月。柳氏也说：“出必告，反必面，是为人子的大仪节，母亲倒不可苦苦留他。”龚氏只才答应，还叮嘱云麟务尽今晚到此，夫妇团圆。云麟点点头，忙着一口气跑回家中。

秦氏见了儿子回家，如获珍宝，只管笑得拢不起嘴来，尽着问长问短。云麟略略将在上海事迹告诉了一遍。说到亲自用枪去击林雨生，吓得秦氏索索地抖个不住，说：“哎呀！你好生大胆，你是个什么人，你敢拿着枪做这杀人的勾当？我只怪你姨父姨娘都太糊涂，为甚不拦着你，让你如此胡行？罢罢，你以后老实安稳些在这扬州罢咧，我一天放着不死，我再不让你到外面去胡做！”黄大妈在旁边也插口道：“又是一个被枪毙了。如今的国法是愈出愈奇，怎么人犯了罪，也不砍头，也不碎剐，动不动都是拿枪去打他？这算什么王法？我不知道那些人的心都是铁打的，一个活鲜鲜的人，叫他死在枪头子上。我的好少爷，你是读书君子，这些毒恶的事，千万不可去学他们。"

云麟正待分辩,一眼蓦然瞧见桌子上放着一张白纸,上面疏疏落落地写着十几个大字,这一惊确是不小,不由失声叫道:"哎呀!这是打哪里送来的?如何不告诉我一声?"黄大妈笑道:"少爷是问这纸条儿吗?这个有什么打紧,是今天清早起我刚才开了大门,便走过一个短衣的汉子,手里拿着象这样的纸条,倒有好一叠儿,冒冒失失地递了一张在我手里,掉转头就跑。我还赶着问他说这东西可要钱不要钱,他也不理我。我如今上了几岁年纪,也有些阅历了,知道有些店户新开张儿,大都叫人散着这劳什子,说得他那店里货真价实,老少无欺。这劳什子又叫什么传单,每年我也收有好几十张儿,规矩是不要钱的。其实这劳什子过后人家都把来烧掉了,不见得因为这个就跑到他店里去买物事去。少爷这般大惊小怪,难不成这劳什子有什么要紧的话在上面不成?"云麟越发顿脚说道:"不是,不是。咳!也不曾听见他得了什么病症,我前次到上海,还到那里辞了行,他老人家还是活跳新鲜,有谈有说的。这才是天有不测风云,人有旦夕祸福呢。黄妈,幸亏你还自夸着年纪大,阅历深,你倒不曾将这劳什子毁掉了。"

秦氏先前也不曾留意,此时见云麟说得如此郑重,才从桌上拿过来,瞧见上面明明写道:

> 宣统四年八月十五日,何其甫老先生午时仙逝。谨于十六日午时大殓。传事禀高升。

秦氏读了一遍,也不由落下泪来,说道:"也不过五十多岁的人呀,怎么说死就死了?麟儿,论起理来,他算是你的恩师,你自幼儿便从他读书,后来应考,又是他老人家一手提拔。可怜你那个师母,此时不知哭得是个什么样儿了,你快换一件素衣服,带点锞锭,到他老人家面前磕一个头。万一师母叫你在那里照应一切,你今晚就不回来也罢。想起来,我还不曾问你,你回来可曾到过你的岳家不曾?"云麟道:"一进城,便预备先行赶回来看母亲,无奈孩儿由上海动身的时候,姨娘同姨妹在上海又送了好些物件给媳妇,累累赘赘,不便再拿回屋里来,所以便先拢了媳妇那里。好笑今天很是不吉利,无巧不巧,刚才到家,又看见何先生的丧条,这不是白白地将个中秋佳节弄糟蹋了?岳母还吩咐我到他那里度节,还不知今夜在那地方可许分身回来呢。先生挺尸在床,少不得夜间还要延僧放瑜伽焰口,除掉师母一人,师妹又还弱小,帮忙的人正自不多,论情理我便不能磕了头便走。母亲,累你老人家等一等,万一等到半夜里不见我回家,可命黄妈去柳府上跑一趟,将这缘故说明白了,省得你媳妇老等。”秦氏道：“你这说话也不错，年年有个中秋节呢，便糟蹋一次，正自不妨。若说因为是中秋必定图个吉利，你那个何先生他不会求求阎王老爷，过了中秋再死呢。”

黄大妈听他们母子二人的谈论，才知道那劳什子并不是什么开店的传单，实在是何先生死了的报丧条儿，心下兀自惭愧，只管立在一旁呆呆地望。后来又因见云麟要在那里过夜，一个中秋佳节不及回来赏月饮酒，又甚不以为然，便有些唶唶哝哝地在一旁发话。云麟也不理他，特换了素服，带了些钱，走上街又买了一卷纸锭，一路直向何其甫家走来，心里异常悲戚。想起当初在书房里读书的景况，忽忽如在目前。不谓转眼沧桑，那些同学的朋友，也就凋零大半，今先生又溘然长逝。虽说死生有命，毕竟北邙荒草，无论什么人，总不能免此惨劫。细想起来，人生在世，争名争利，有何意味？又猛然想到那年何先生乡试，在船上曾得一异梦，梦中有四句偈语，分明说他是宣统优贡。如今宣统是亡国了，科举又停，这“优贡”两字，当不复再见世界，足见梦境荒幻，未可凭信。又因为想到宣统年号，便觉得如今世界共和，改为民国，如何何先生丧条上依然用着“宣统四年”字样？这填写丧条的人，难道不怕违背共和国的法律？这不必问了，定然是他老人家临终吩咐的遗命。我知道我那先生他是念念不忘故国，今日之死，未尝不是因为平时感喟抑郁，以至一病不起，所以死后必须仍用故君年号。此公愚忠，诚不可及，然而较之世上那些圆滑士夫，朝讲共和，暮趋专制，民国胜则自命党人，君主兴又效为犬马，觉得较胜一筹呢。

一路上且走且想，早不知不觉已到了何先生家门首。此是自小儿束发受书之地，此番前来，不由得怆然雪涕。忍着泪更进一步，只觉得门首静悄悄的，站着一个小管家，在一个卖糖果的担子上抽那天九。云麟分明认得那小管家便是当年孙大同小媳妇子生的。因为孙大年纪渐渐老上来了，不能在何先生家服役，因此命他的儿子承受了他这份事业，名字便叫做小孙。云麟三脚两步地赶得上前，劈口便问道：“小孙，我们先生果然是今日归天了么？大殓过吗？灵在哪里？怎么你倒有这闲工夫在这里赌钱耍子？”小孙猛不防有人问他这话，一抬头见是云麟，笑道：“云少爷请里面坐。事便有这件事，只是我不大清楚。”云麟听他这说话，益发心里糊涂起来，更不同他讲什么，便大踏步直望里走。又将腰间挟的那卷纸锞轻轻把来放在门口。走到头一进屋里，那些坐学生的桌椅，依然纵纵横横地排列在一处，因为节间例假，更没有一个学生在此。跨入第二重屏门，一眼早瞧见美娘站在阶下，身旁还立着那个三岁的师妹，一双小手捧着一块月饼，美娘逗着他玩笑。云麟心下很是吃

惊，转立着脚步，迟迟疑疑地不敢前进。

美娘已瞧见他身影，笑道："云相公几时回来的？听见说你到上海做官去了，如何还有工夫赶回家来度节？"云麟一面支吾，一面便偷眼向先生房里瞧，似乎寻觅他先生灵柩所在。美娘心下明白，不由得含笑问道："云相公，你先生的死信难道你们那里都知道了？这消息真是飞快。"云麟也笑道："原是今日清晨便接到先生这里一张纸条儿，学生因为到家迟了，见了很是诧异，特地赶来一问。先生此时究竟怎么样了？"美娘听到此处，方才长长地叹了口气说："云相公，你问你的先生吗？他很忙着呢，适才又跑出门去访他那几位朋友。"美娘说着话，便邀云麟向里面坐，放下那小孩子，亲自倒了一杯茶递给云麟。

云麟接到手里，只呆呆地望着他师母，半晌才挣出一句话说："照师母这样讲，似乎先生连病也没有，这纸条儿又是谁同他老人家闹着玩的呢？"美娘又叹道："谁人敢同他闹着玩呢，这实在是他亲笔写的，昨天忙了一晚，写了有几十张，吩咐小孙替他分送。是我嫌忌讳，说一个中秋佳节，巴巴地将这东西送给人家，你不图个吉利，人家还要图吉利呢。拦着小孙不用理他。他还气愤愤地同我争论，说这是成圣成贤的大事，怎么都嫌起忌讳来？他毕竟鬼鬼祟祟地将那个传事禀高升唤得来，在束脩里提出一串钱赏给他，大约云相公那里也是这高升送去的了。"云麟听一句，点一下头。听到后来，依然听不出一个头绪，急得问了一句说："究竟我们先生做这件事，是个什么用意呢？"

美娘笑道："他这用意，承他的情，也曾一长一短地告诉过我来，只我是个极懵懂的人，一总还猜不透他这大道理。他如今越发呆头呆脑的了，或者不见得真做得出来。云相公你是聪明人，你先生也常常夸赞你，我告诉你他这呆主意，你或者可以猜测得出来，也未可知。云相公，目下外边不是闹着什么共和国吗？你先生的病根便在这共和上发出来的。自从那一天在街市上瞧见宣统皇帝退位的消息，便号啕大哭，直闹进屋子里，把我魂都吓掉了。我赶忙劝着他，他转劈头劈脸地骂我不懂得君臣大义。他说：'世上有个三纲五常，这是最要紧不过的。譬如你就是小丫头的纲，我又是你的纲，宣统皇帝呢，就是我的纲。自古及今，灭掉了一个皇帝，又有一个皇帝出来，这还扯个直，因为只要有皇帝，我们就可以安然过日子。目前是天翻地覆了，我打听得明白，说什么不用皇帝，单单交给百姓治这国家，这叫做什么放狗屁的民主共和？我们是读书人，一部《史鉴》透熟在肚里。老实告诉你，万一果然大清国灭了，我们不用想活着，定然烈烈轰轰追随先皇于地下了。'我那时候还劝着他说：'新皇又不曾死，你口口声声喊他先皇，你不怕忌讳？况且皇帝一时退位，保不定没有几位大臣重新将那些反叛灭倒了，仍然保新皇做皇帝。你死在九泉之下，到那时候也应该懊悔。'他其时听见我这话倒还有理，便暂把觅死的心肠放下了，终日地同他那几位老朋友在外面打听消息。果不其然，说是宗社党在西北上起事。你先生欢喜得了不得，每天焚一炉好香，祷祝宗社党速速成事，这是去年间的事。"

云麟凝神想道："不错，不错，记得去年有一天会见先生，他便探听宗社党的消息。我只说了一句，说是宗社党既无势力，又乏时机，怕终究是个枉而无功罢。先生听了这话，顿时将个脸色放下来，说我年轻，没有经验，只是信口妄论国事。好笑，若不是我已出了先生的书房，怕当时就要被先生打几十下手心呢。如今想起来，真是冤枉，我哪里会猜到他老人家安着这样意思呢？我若是早知道，便不同他老人家辩驳也好。然而这件事到后来毕竟宗社党失败了，他老人家又怎样呢？"美娘笑道："人家也这样说法，你道他肯相信呢，他满口里都是什么圣天子白灵相护，断没有就此覆亡的道理，说将来必定有一番了不得的人出来辅佐宣统皇帝登位。他那几位朋友，大家也都摩拳擦掌，俨然自命是个了不得的人的意思。就拿剪辫子这件事而论，他们的心上都觉得这辫子一剪，便不是大清国的忠臣。他的那些好朋友，单单因为剪辫子这件事，就议论了有三天的工夫。"

云麟笑道："这又奇怪了，不过一条辫子罢咧，说剪就剪，说不剪就不剪，又有什么议论呢？"美娘道："这个却不能不佩服他们的老成练达。论他们心里，自然是不肯剪辫子了；又因为外面闹得利害，不剪辫子便有人来干涉你，或是告到地方官那里，就须办罪。可怜他们千万为难，想来想去，还是我们那一位想出一个变通办法：把各人的头发绞开了，剪去一半，留着一半。留的那一半，挽成一个小小鬏髻儿，藏在帽子里，走出去外人看着，好象是剪了辫子似的。只等大清国一朝重复过来，他们老实仍然将那一半辫子垂出来，总比那些光滑滑剪成和尚头的人取巧得许多。那一天你的先生才将这主意说出来，直喜得那几位朋友连珠价喊好，通不怕把喉咙喊破了。吓得我在屋后不知道什么事，只索索地抖。后来知道就因为这话喊好，才把我这颗心放下来。这天晚上，人人高兴，便在家里吃酒吃菜，闹了有大半夜。最可笑不过，你先生他因为高兴很了，这一晚是他出的酒菜用款，用过之后，他又懊悔不迭，埋怨我花费得太多了，真个叫人又好气又好笑。这也罢了。谁知过了有半年多太平日子，到后来不知他怎样打听得外面时局，说是清朝小皇帝万万没有登位的妄想，他便好象入了疯魔似的，镇日价眼望着半空里，用手指儿画着圈儿，嘴里又叽里咕噜，听不出他讲的是什么。学生的功课也懒得去查考。你先生时常同我讲，一经挨过这长夏，转到秋凉天气，他决计是要以身殉国。还替我们孤儿寡妇料理身后的度活。我起初听他这些说话，没有一天不哭泣。后来因为听得惯了，转不甚介意。有时恼着他，我便直问他说：'你口口声声说死，也不曾见你死过一次，想是你这位大清国忠臣，是专在嘴上讲究的吗？'他见我问得紧了，他只冷笑着说：'死是必定要死的，只是一人死得没趣，在阴间冷清清的，连一个伙伴也没有。我们庠序里同志的秀才很多呢，我有心邀集他们做一个殉难大会，已约定了在府学明伦堂上聚齐。'所以他近日更是忙得利害。"

美娘正在指手画脚说得高兴，猛地向外一望，说："这不是你的先生回来了，你亲自去问他那丧条子的缘故罢。"云麟此时向外面望得一望，果然见他先生蹒跚回来，后面还跟着几位衣冠齐楚的朋友。

欲知后事，且阅下文。

# 第六十五回　明伦堂腐儒大会　净慧寺泼妇飞来

云麟眼见前面走的头一位便是他的先生何其甫。此时虽是新秋，他们刚从外面跑得来，不免跑得满身臭汗。他先生一手扯脱头上戴的一顶纬帽，拿在手里当扇子扇着。身后是汪圣民同古慕孔一排立着，也是衣冠齐楚。只听见古慕孔向着汪圣民道："严、严、严老先儿呢？莫被他、他、他们溜掉了，尽放、放、放着我们这、这、这几个呆子少停受罪。"接着便听见有人在厅上吆喝道："慕孔兄又在那里妄肆讥弹了，我不是同龚先生学礼站在此处一步也不曾走脱？这是大家有荣誉的事，我们又不是呆子，哪里肯溜去，倒让你们流芳百世？"

云麟听这说话的人便是严大成，心里又好笑，又有些吓得战战兢兢的，忙着立起身子，叫了一声先生。何其甫一眼见是云麟，脸上颇露着得意颜色，微笑道："你怎么也回扬州了？好好，我的消息，想你已经得知，我却不料我们师生一场，在这个当儿还有一面的缘法。此后若有照看你师母的地方，尚祈看我份上，勿要视同陌路，我死在九泉之下，也得瞑目。"

云麟一面听着，一面要想上前劝解几句。谁知何其甫同他讲了这几句话，更不迟缓，早逼着美娘一起到房里，叽叽咕咕不知吩咐些什么，只听见美娘一行眼泪，一行鼻涕的，抱着孩子尽哭。良久良久，厅上站着的那几位等得不耐烦起来，连声催促快到明伦堂上去自缢，不要误了时辰。内中尤以严大成为迫不及待。这时候又因为他们大家穿着衣冠在街市上走了一趟，外人知与不知的都跟上来瞧看新闻，一霎时间，把何其甫家门首都拥挤满了。

何其甫此番因为同大家商议，特地回家来同美娘诀别，耳边已经听得严大成他们催促，掉转身子便要走出去。美娘哪里肯放，死命扯着何其甫的袍袖号啕痛哭。何其甫急得什么似的，只低低说道："快些放手，这个成什么样儿，看被别人家笑话。"美娘仍是不依。正相持间，却恼坏了一个严大成，不由分说，大踏步跳进来站在房门外面，提着他的朗朗喉咙喊道："何其翁，你先前说些什么来？这是千秋万岁的大事，只争顷刻。挨不得个苦痛，何以配享两庑？时候已经不早了，何其翁，断断不能因为你这儿女情长，轻使我们大家英雄气短，你们若再纠缠，我却要来用武了。"严大成此时遂不由分说，一脚抢入房里，劈手将美娘纤腕夺下，硬逼着何其甫出来。何其甫只得踉踉跄跄地向外面跑。转是古慕孔看不过去，噘着嘴低低骂道："人、人、人家夫妇拆不开来，也是情、情、情理，你、你们看、看这姓严的活、活强盗似的……"古慕孔还要再骂，已被严大成听见，望他瞪了一眼，他才不敢开口。

美娘赶出房门，望着云麟哭道："云相公，你看你看……"以下便堵塞住了，更说不出来。云麟再望望他们，早又一窝蜂地跑出门去了。只得安慰美娘道："师母也不用过于伤心，先生虽死，以后师母还须抚养师妹成人。此刻第一件要紧，师母总该带着人赶快去明伦堂上收先生的尸，预备身后一切事宜。"美娘哭道。"事出仓猝，我却料不到他竟真个做出来，我是个没脚蟹，叫我怎生个办法呢？"

云麟毕竟是个少年心性，暗想："天下竟有这一种奇人，做出这一种怪事。蝼蚁尚且贪生，他们竟因为这一个大清国，连自家性命都甘心不要，我转不能不佩服他们这苦心孤诣。我虽读了几年书，也算身列胶庠，这种事业，便全让他们做了，思量起来，未免惭愧。"云麟想到此处，便拟跟去看一看，随即向美娘说道："师母勿慌，让学生同他们一齐去，如有应办的事体，学生便替师母代办了。"美娘这才含泪称谢。

云麟更不怠慢，跑出门便如飞地向府学那座明伦堂奔去。一路上大家小户，都把来议论这件事。有些少年子弟自命时髦的，不免戳指痛骂，说他们不达时务，顽固不堪，死了只算替狗死。至于那些衰朽的男妇，却都是啧啧叹羡，说这才算是大清国的死忠臣，足可以壮满人二百六十八年河山之色；议论到痛快地方，不由得又一把眼泪，一把鼻涕哭起来。由是这一班瞧看热闹的人，益发来得汹涌。

云麟方才赶到明伦堂门首，已是人山人海，万头攒动。云麟尽这平生气力，直望里挤，挤得气喘汗流，依然走不前进。正在着急，恰好有些人看见云麟斯斯文文地象个秀才模样，又见他不是单来瞧热闹的，便吆喝着众人说："又来了一位秀才了，想是同这一班先生是一路来上吊的，诸位快让一让，不用耽搁他们的时辰。"说也奇怪，从这一句话里，顿觉眼面前辟开一条路径。云麟趁势直闯进去，走至那座石墀之下立着不动。那些人又嚷起来说："哎呀！我们转被这位秀才欺负了，瞧他并不是同这些上吊先生是一路的，白白地让他站在我们前头，瞧得好不有趣。我们快把这斯扯下来，打他一个臭死，叫他同那些先生做伙伴去。”内中有些老成的，便忙拦着说：“大家不要胡做，他们上吊是各人情愿，这位先生他自不肯上吊，我们如何去薅恼他？若说读书的都该去上吊，岂不将大清国的秀才种子都灭绝了？诸位要知道，这种事是难得人肯做的；若是容易，我们扬州的秀才举人比粪坑里的蛆还多，为何上吊的只有这五位先生呢？大家不用瞎嚷瞎吵，你们看这五位先生罢，敢是到了时辰了。”

这时候，看热闹的人直把个明伦堂下一个极大天井，塞得完风不透，比瞧戏还来得热闹。大家看见明伦堂上已有学宫里的门斗替他们在二梁上挨次悬了五根麻绳，绳子底下通通打着五个大圈儿，从地面到圈儿约莫有一人多高；每根绳子下面都放着一张椅子，这是准备他们五位先生搭脚的。只须他们上了椅子，将头套入圈里去，门斗便替他们将椅子一撤，不消眨眼的工夫，自然会呜呼哀哉，伏惟尚飨。而且在大阶沿石上已经设了一张极长的香案，上面香烛已点得通明透亮。

他们五个人果然肃恭敬谨，齐齐排列，向北行礼。从人声嘈杂之中，还隐约听见他们嘴里念念有词，说：“皇上圣明，列祖列宗在天之灵，乞鉴微臣何其甫、严大成、龚学礼、汪圣民、古慕孔等孤衷，于今年八月十五日午时三刻，同在本城明伦堂殉节。微臣等生不能匡弼圣清，死当为厉鬼，以杀共和而击民国。”行礼已毕，大家重新站起，相与步至阶侧，仰望天空。

是时秋日虽长，然而瞧那太阳影子，已渐渐移向西廊。何其甫咳嗽了一声，嚷起来说：“时候已是不早了，大家早早成了神罢，好让门斗们替我辈捞掇了后事，还要让他们回家去度这中秋佳节，妇子团圆。”接着严大成便说道：“何其翁这话一点不错！但是我们今日这件事情，是将来万民的表率，一举一动，都不可忽略。你看这五根绳子虽然齐齐排列，然而却不可不分个次序，在这中间的算是首座，左边两根绳子次之，右边两根绳子又次之。何其翁德高望重，这事又从他发起，这首座断断没有别人敢占他。其余便是我们四人按着岁数大小，分其先后。诸位以为何如？”古慕孔急道：“通不过是个上、上、上吊罢咧，还、还、还分什么次、次、次序？”汪圣民道：“这却不然。我们此次虽是上吊，却与寻常匹夫匹妇自经沟渎者不同，不分次序，终觉抱憾于心，一有抱憾的去处，何以见列姐列宗于地下？”于是更不由分说，相与查起岁数来，这个说我是某年某月，那个又说我是某年某月，大家都把真岁数瞒起来，假意将岁数说小些，以为推让的地步。

又乌糟了一会，转弄得不可开交，那太阳影子越发斜下去了。何其甫十分焦躁，说："照如此办法，便闹到明年也闹不清楚，大家不如拈阄儿以定位次罢。"这句话才说出来，大家又齐齐拍掌赞成，于是忙着喊门斗拿笔砚取纸墨。好容易将五个人名字填在纸上，团成小纸卷儿，放在桌上，延挨了又有好半会工夫。那些看热闹的人，都有些等得不耐烦起来。内中有刻薄的人，便在下面发话道："这哪里是殉节，简直是在这里挨命。"他们五个人也略有所闻，好生惭愧，觉得再不能延挨了，拈起阄儿来瞧看。偏生严大成拈的是第一座，其余四个人分在两旁。严大成笑道："奇怪，这真是作法自毙了。既然是列祖列宗的吩咐，我们也不敢违拗，大家快快动手罢。"一声吆喝，果然齐齐整整五个人通站在椅子上去了。他们站得越高，在天井里的人越看得清楚，大家鸦雀无闻地只等他们将颈脖子套入圈子里去。五个人站上椅子之后，大家先用手将圈子理了理，又用头向里边试试大小。可巧古慕孔头上戴的一顶大帽子并不是他自己置办的，还是他祖父生前遗留在家里，已将近百年的古物，平时古慕孔戴在头上，觉得这帽子比他的尊头大得许多，一戴上去，便有些晃晃荡荡，只须一碰，就要落下地来。此时他才将个头向绳圈子里一伸，只听得扑通一声，那大帽子直从圈子那边掉落下地。众人看这情形，不由霹雳一般哈哈大笑。古慕孔面孔涨得通红，兀地又从椅子上直跳下来。龚学礼眼快，忽然叫起来说："不好，不好，小古要想溜跑了，你们通不看见他跳落椅子。"严大成此时刚闭上眼睛，想要套圈，耳边听着这话，不由睁开眼睛，放下脸色说道："哎呀，慕孔兄你怎么做出如此不堪的事来？我久经同你讲过的，这是成圣成贤的绝大机会，你一经错过了这机会，随后再想成圣成贤，那就难了。幸亏我们还不曾死，万一死了，又有谁进这忠言来责备你?"古慕孔被他这几句抢白，直急得颈项里红筋根根突现，站在地上仰着头辩道："杀、杀、杀、杀头的小龚，你编派、派、派我些什么？我、我、我何尝溜、溜、溜跑了？我的大帽、帽、帽子掉落在、在、在地，如何不、不、不去拾，重、重、重新、新、新戴好了，方才、才、才可以殉节。曾、曾、曾子易箦，子路、路、路结缨，都、都、都是这个大道、道、道理。"

何其甫已将一个头套入圈子里好久了，此时听古慕孔这说话，不由从圈子外面将个头颠簸得象小孩子耍的鼗鼓儿一般，嘴里不住啧啧叹羡，用那八股腔调吟哦道："大哉死乎，小人息焉，君子安焉！我佩服不过你这曾子易箦、子路结缨的两句话，真是簇簇生新，用古入化，置之秦大士集中，谁复能辨真伪？洵杰构也哉！洵杰构也哉！"谁知何其甫将个头摇得利害了，他那大帽子也被他这一摇滑落到下半部脸上，将眉眼鼻子都遮得看不出来。何其甫吃了一惊，又忙将头缩到圈子这边来，用手把帽子扶好了。众人又是一个哈哈大笑。

从这笑声之中，古慕孔已将大帽子重新戴得齐齐整整，早又跳上椅子。这才五个人一齐将头都套入圈子里。旁边立着好几个门斗，只要等他们套好，就上前来移椅子。何其甫在圈子里又想起一件事来：恐他们移动椅子，时辰或有先后。于是在上面又发了一个号令，吩咐门斗听他的咳嗽，只要咳嗽一声，他们就一齐动手，门斗连连答应，都欠着身子用手靠近椅背。何其甫四面望了望，见他们都套齐整了，遂从喉咙里发起咳嗽。偏生有一块顽痰塞住喉咙，那咳嗽急切发不出来。何其甫挣红了脸，死命咳嗽了一声。

门斗从这咳嗽声中，刚要去扯椅子，忽然人丛里一声吆喝，顿时分出一条道路，外面虎也似的吼进一个妇人来：满脸铅粉，蛾眉淡扫，却不曾搽着胭脂，浑身素服；年纪约莫二十岁外，三十岁内；身材苗条，一双金莲咯噔咯噔的却是不满三寸。不由分说，一径跳上台阶，直奔严大成，在椅子上将他那颗头从圈子里夺出来，扑通一声，两个人齐齐滚到阶下。那座香案，已经被他们踢翻了，吓得那几个门斗如何敢再去扯椅子。只见那妇人一个鹞子翻身，骑在严大成脊背上，大帽子已扯脱在一旁，粉锭似的拳头仿佛擂鼓一般，只拣严大成不致命去处敲打，打得严大成在地上杀猪也似地喊叫。只听见那妇人口里骂道："你这泼赖的秀才，死不尽的杂种，欠着老娘银子，今天挨明天，明天挨后天，允着在这中秋节下送了给我。我糊里糊涂还当你是个老诚君子，巴巴地坐在家里等候你。谁知你钱也没有，人的影子也没有，不是我家隔壁卖花王婆告诉我，我还睡在鼓里呢。原来你打定了主意，给我一个老不见面，倒转跑向这地方假装寻死。你拿死吓别人，别人容或被你吓了。你拿死吓老娘，莫说死你这杂种一个，就是多死几个来凑数儿，老娘也不惧怯你。"那妇人越骂越高兴，越打越利害。

此时那些闲人早已围拢过来，结了一个大圈儿，伸头踮脚地瞧看。内中有认识那个妇人的，只伸了伸舌头说："哎呀！这不是南门城外最著名的雌老虎芮大姑娘，怎么这位严秀才同他打起交涉来了？"又有人叹着气说道："如今世上的事真是叫人猜摸不出。大清亡国与秀才有什么相干，他们偏要乌烟涨气地向这明伦堂上来寻死觅活，还编出一个殉节的大题目来骗人。我们小百姓们都只当既是殉节的人，自然是些正人君子，却料不到正人君子做的事，便连我们小百姓也还不如。偏生天理昭彰，叫他们当场出丑。什么正人君子呢，怕的连屁也不值。"

云麟这时候也挤在人丛当中，听着他们这些闲话，只急得暗暗叫苦。又见那个妇人虽然生得不十分美丽，然而从那一件衣领里露出的一片蝤蛴，却还异常白净，不由心中又发出痴想，暗念道："娇怯身躯，何尝不同我那个意中人红珠仿佛，怎么性情偏这般泼赖？比较红珠就差得远了。"再看看严大成，已打得鼻塌唇青，简直不成模样。好笑他先生同那几位一齐上吊的朋友，也不暇理会上吊了，早一个一个扑通扑通地从椅子上跳落下来。尤其古慕孔再快活不过，笑得格格的，自言自语说道："好、好、好呀，大、大、大家、家、家都死不成了。据、据、据我的意思，就、就、就是寻死也、也、也要拣个僻静地、地、地方，偏、偏、偏生他们又拣、拣、拣在这中秋佳节、节、节，无怪、怪、怪人家要来讨、讨、讨节帐了。滚、滚、滚他妈的蛋罢，还、还、还是赶回家去吃、吃、吃杯节酒儿，多少是、是、是好。"

依何其甫的意思，因为这妇人冒冒失失地偏生趁这个当儿走出来，搅散了他们这一场成圣成贤的大机会，便想上前去帮着严大成擂那妇人一顿，问他一个破坏殉节、殴辱斯文的罪名。还是汪圣民有点机警，瞧出何其甫恶狠狠待要发作的光景，忙走近何其甫身边，悄悄将他袖子一扯，扯过一旁，附着耳朵说道："何先儿你真是个不达时务，我看他们这内里定有重大情节，不然那严先儿他也不是省油的灯，他肯这样伏伏帖帖听这妇人捶打？料想不是有暧昧的情事，定然是银钱交涉。你上前打这抱不平，万一将严先儿放他逃走了，那个妇人还不泼赖，一把将你揪住？他口口声声说严先儿欠他银子，那时候好了，他也不去赶严先儿，老实叫你替他还钱，你可吃不了兜着走呢。"何其甫别的不怕，单单提到银钱上，又说那妇人要在他身上着落还钱，真个把何先生一头火气，都被汪圣民这几句冷水似的话浇熄了。立时伸了伸舌头，也不去打抱不平了，掉转身子从人丛里一溜烟逃出明伦堂。汪圣民、龚学礼、古慕孔都随着出来。云麟眼快，也不暇再看严大成同那妇人的结局，随即也跟着他们一路走。

何其甫看见云麟，未免脸上露着惭愧颜色。众人在路上叽叽喳喳，都议论着严大成这事，又猜不出毕竟是个什么缘故。何其甫不由正颜厉色地向着古慕孔说道："一场好好正经事儿，都败坏在你这小古手里，我越想越气。我才知道办大事的人，第一要选择同伴，不去选择同伴，便是一群龙鲤，内中杂着一条小泥鳅儿，这事再办不好。"古慕孔也气起来，睁圆两眼，瞅了何其甫好一会，他是个口吃的人，经这一急，满肚皮的话，转一句急不出来，走了好半截路，好容易才听见他说道："你们都是龙、龙、龙，是鲤、鲤、鲤，只我、我、我是条小泥、泥、泥鳅儿。这、这、这话究竟怎讲？何、何、何先儿你不、不、不还出我个道理，我、我、我同你何、何、何先儿在这地方一拚、拚个你死我活、活、活。”

何其甫冷笑道：“你说这大话吓谁？你舍得死，你早在明伦堂上死了，你倒不故意地将那个大帽儿跌落在地上了。我千恨万恨，只恨你把大帽跌落下来，又跳下椅子去取大帽子，又缓缓地戴上，又缓缓的爬上椅子，你想你这磋磨的工夫，还久不久？若不因为你这大帽子耽搁工夫，我们同严先生早已三魂渺渺，七魄悠悠，大家跑到鬼门关上已许久了，便是那个泼恶的妇人赶得来，也只好望着严先生死尸叹气，何至闹出这笑话儿来做我们的下场？不责备你，难道还责备我？”

古慕孔听着越气，不由得拿着两个指头儿向脸上羞着说道：“呸！你不用同我扯、扯、扯淡罢，谁、谁、谁不知道我们是闹、闹、闹着玩的，谁、谁、谁当真去殉、殉、殉大清国呢？你、你、你果然要死，在、在、在你尊府上不、不、不好去寻死，有、有、有一百个都、都、都死了，要、要、要这样天、天、天翻地覆，活、活、活活儿见鬼，什么学、学、学宫呢，明、明、明伦堂呢。我、我、我还有一句话请、请、请问你：便、便、便算我、我、我这大帽子不好，不、不、不该掉落下来，你、你、你为什么又吩咐门、门、门斗要、要、要听你的咳、咳、咳嗽号令？最、最、最好笑不过，有、有、有什么粪、粪、粪撅子塞、塞、塞住你的喉咙了，左、左、左咳也咳不出，右、右、右咳也咳不出，那、那、那个妇人刚才跳进来，你、你、你方才咳嗽，可、可、可是迟了。你、你、你这不是有心挨命，亏、亏、亏你这副老、老、老脸还、还、还责备我呢。我、我、我是泥鳅，你、你、你便是个大、大、大乌龟！”古慕孔越说越得意，越讲越高兴，走几步，又跳几步，乐得哈天扑地，笑不可仰。他那大帽子又宽大，在头上跳上跳下，煞是好看，引得路上人都站着看了。

何其甫被他这几句话戳了肺腑，真是怒冲牛斗，根根须发都翘起来，更顾不得平日斯文自命，大吼了一声，直奔古慕孔抓打。他身子又较古慕孔高大得许多，伸开五指，倏地便将古慕孔头上戴的那顶大帽子平空打落在地。可巧古慕孔头上盘着的那根不曾剪的辫子显露出来，一把已被何其甫扯在手中，嘴里喃喃地骂道：“你骂我骂得好。你既然不肯做大清国殉节的志士，你为什么又不剪辫子？我把你这两姓的家奴，我向民国政府去出首，办你个违悖民国制度的叛徒，看你吃得起吃不起。”说着又连连向古慕孔脸上打耳刮子。打得古慕孔暴跳如雷，转过身来想同何其甫厮打，又苦身子不高，尽着平生气力，又揪不着他的头发。此时人急智生，转低下头向何其甫下三路奔得过来。

何其甫身上穿的是单纱开衩袍子，可巧他那条裤子下面已破了一个小洞，因为连日忙着散丧条报死信等事，一共也没有工夫脱下来交给美娘替他缝补。这个破绽，却被古慕孔抓着了，伸进手一把捞着他的下部。何先生两腿长毛，是读书诸君素来知道的。其实他除得腿上的毛，还有一处地方的毛，比腿上还长得许多。此时经古慕孔拚命揪住，直往下扯，疼得何其甫怪喊起来，转弯下腰用双手来夺古慕孔的手。古慕孔得了便宜，哪里肯依，任何其甫叫喊，他一共也不瞅睬，越发扯得利害。何其甫急得雨汗交流，又大喝道："小古，你仔细着，依据文明国法律，损害人家身体自由，该得三个月有期徒刑；便是折金准赎，没有三十元以下十元以上，也不能赔偿我这损失。再不放手，我立刻同你到检察厅提起诉讼，看你可吃得起吃不起？"

两人正闹得不可开交，路上又哄动了许多人围看，都知道是打从明伦堂上吊回来的，一时唾骂之声不绝于耳。云麟委实看不过去，竭力上前排解。龚学礼、汪圣民一个劝住何其甫，一个扯过古慕孔。及至离开来，两人又破口大骂。

云麟拖住何其甫，一直转回他先生家中。可怜美娘巴巴地还倚门而望，一行眼泪一行鼻涕流个不住，猛地看见云麟已将一个活蹦乱跳的何其甫送得回来，不由舒展春山，盈盈含笑，一齐掩门而入，向云麟问长问短。云麟说到那个妇人奔上明伦堂揪捉严大成的情形，美娘只念了一声佛。再看看何其甫垂着头通不言语，尽伸过一只手向裤裆里摩挲，还有些蹙眉忍痛的意思，美娘吃了一惊。正待要向云麟问个缘故，云麟却含笑不好回答，美娘会意，也不再追问。美娘此时十分高兴，坚欲挽留云麟在家晚膳。

云麟回头看见他那个小师妹儿手里抱着一个月宫泥娃娃，又嚷着叫小孙替他点桌上陈设的宝塔灯，猛然触起柳氏今晚尚等候自家去度节，遂向美娘道了谢，说："岳母那边吩咐我去吃酒，不便在此耽搁。先生今日煞是辛苦，收拾收拾，还该让他老人家安歇罢。"说着遂向何其甫告辞。何其甫欠了欠身子，送云麟走到前一进屋里，冷笑道："好事多磨，迟为鬼妒。我不料到今天这一番极大举动，被这几个狗男女闹得一个落花流水。老实说，他们贪生怕死，虎头蛇尾，我却是一个铁铮铮的丈夫，说得出倒是做得出。你今晚权且回去，我一经重新选定殉节日期，再来告诉你罢。"

云麟连声答应，径自走了。在路上又想起母亲尚不知道何先生丧条全是虚假，怕母亲悬心，好在时候尚早，旋又匆匆回家，将今天情形大略告诉了母亲一遍，然后才向他岳家而来。龚氏见了云麟，满心欢喜，自不消说。

晚膳之后，云麟进房，夫妻并坐，看了一会凉月，便说到何其甫一干人殉节的笑话。柳氏微笑道:“一部二十四史,每逢国家鼎革,原自有一班实心眼的死忠臣,做出一番轰轰烈烈的事迹。其实他们各人也有各人用心,明知人生在世,数十寒暑,终有一死,恰好遇着这机会,遂以为可以不白白死了,借此博得青史上一个虚名。如今时局却又不然了,政体改革,既无所谓新君揖让相承,也未摧残故主,朝廷衮衮诸公,尚可以替国民造一番幸福,责任甚大,却不在乎借一死聊以塞责。而且殉节这件事,正容不得一个转念。你那位老师矫揉造作,唯恐人不知道他这孤忠,质诸此心,已不堪问,即没有那个妇人来破坏,他们也决不会死。亏你还蝎蝎螫螫,枉替他们流许多眼泪,我只笑你个见事不真,用情不当。你仔细去想想,我这话说得可是不是?”

云麟被他这一番话说得爽然若失,勉强笑了一笑,说:“你的话一点不错,我真佩服你。你看夜色已深,我们睡了罢。”

欲知后事,且阅下文。

# 第六十六回 起黑心莽秀才被辱 盟白首死和尚招亲

且住，前回书中正讲到诸位先生一篇烈烈轰轰的殉节大文章，十分热闹，有一般人还说，看他们不出，虽说都是大清国小小秀才的职分，却做这大大忠臣的事业，比较那些趋炎附势，方才丢了大清国的官，就又急急去谋这民国的职位，一个人两副面孔的人，好多着呢。偏未料到，其中忽然跳出一个芮大姑娘来，闹得这样大煞风景，而且他同严先生大成尚揪滚在明伦堂上，并未交代下落。不晓得其中缘故的，还疑惑我著书的没有本领结束这一篇绚烂文字，故意捏造出个女子来借此收场。其实严先生同芮大姑娘这段远因，已造在大清国未曾覆灭之先，其间还牵涉着净慧寺一位大和尚身世。诸公要知道一个坏胚子的人，那刁钻险恶的情形都摆在面子上的，尚不算为大坏人；最可恶的是面子上摆出一副道学家的神气，肚皮里却怀着种种龌龊不堪的恶意，这种人就其心不堪问了。那严大成先生就是这种人物，所以竟同那芮大姑娘打起交道来了。诸公若不忙着同何其翁一齐效命清廷，倒还可以破点余闲，让我将这原委叙述出来，倒还可以算的是佛地奇谈，丛林艳史呢。

且说扬州南门城外，沿运河堤上，有敕建大寺院一所，名净慧寺。清高宗南巡时，该寺粉垩一新，拟为驻跸之地。后因年久失修，画栋雕檐，渐形剥落。历年来又因驻扎湘军，因此游人不常去随喜，更显得门掩苍苔，殿封鸽粪。光绪年间，朝廷注重征兵，所有绿营渐归淘汰，湘军同时亦调至他处。是时该寺住持，为一有道高僧，法名叫做月航。幼年曾读儒书，博通经史，三十岁上便祝发为僧，足迹半天下，所有名公巨卿咸慕其名，许为方外知己。月航又有一手绝妙兰竹，寸缣尺楮，人得之争以为宝。总督刘坤一坐镇两江，使人授意，乞其画帧。月航是时正游览雨花台，得此消息，便虔虔诚诚地在前三日斋戒，买的上好轻白绢素，精心结撰，画了八张大屏幅儿，用楠木盒子装好，恭呈帅览。制军大喜，立时赏了四百块洋元。月航哪里肯受，敬谨璧还。制军好生过意不去，便问他现时卓锡何寺。月航其时已注意扬州净慧寺方丈，便有意无意地托制军麾下亲近人物转达帅听，拟重修该寺，了此宏愿。制军满心欢喜，便写给他五千元缘簿；又交给他一函，是转致两淮盐运使，嘱他照应月航的。月航得此番际遇，高兴非常，立时束装渡江，甫到扬州，便向运使衙门投函。运使知道是制军所垂青的和尚，格外看待，又另给一千元为装修该寺之费。不到半年上，便将一个颓败的净慧寺修整得焕然一新，又添置了许多田地房产。自此以后，月航便不肯轻易替人作画了。又另外刻了一方图章，篆文是“制军赏鉴”四个小字。月航这时候已有五十多岁的人了，深居禅室，除得与当地达官贵绅趋承奔走，别人轻易也不得窥其颜色。

宣统二年七月，是时刚是秋稻登场，黄云遍地。一日午饭以后，月航闲着无事。因为他这寺中左右前后所有田亩全是庙产，正雇着一班佃夫替他打稻，邪许之声，随风而至，颇有可听。月航静中生动，也不呼唤侍者，自家便款款从寺内走出来，沿着一带长堤负手闲望，不知不觉走下去有三四里远近，柳阴蝉噪，荷沼蛙鸣，风景颇复不恶。无奈那时天气正值夏末秋初，一霎时西南角上起了一片黑云，顿时遮满了半边天，乌光漆黑，红日匿影，那座天象要坠下来的光景。凉风起处，吹得月航那件褡衣飘飘然有凌云之想，觉得身子有异常快活。又恐怕有暴雨将至，不敢贪玩村景，立刻折转身子，便想仍回寺中。谁知走不了几步，那雨点子早劈劈啪啪平空价直掼下来，打得那个光头上晶莹亮洁，好似水浸葫芦一般。月航用两只大袖子蒙着头，直望前走。幸亏这地方一带林树，其下有一个村庄，茅檐淅沥，土墙上贴着牛粪，一般有栲栳大小。有一家人家，柴门虚虚掩着，内中有两个小孩子正仰首望着天，朗朗地唱道：“坏雨飞上天，好雨落下田。栽秧的姐姐躲在树旁边，遇见割稻的哥哥溜近前。我的姐儿呀，昨天托我家爹娘向你家爹娘说，几时过礼几时下聘？几时成就了我与姐的好姻缘？”月航暗暗盘算，知道这路途离着寺门还远，一时怕赶不及回去，不如权且借着人家歇一歇脚儿，等雨稍住再走不迟。

主意已定，便三脚两步跑到唱歌的两个孩子身边，笑问道：“你们家有爹娘没有？我因为遇着这倾盆大雨，想在你们这里避一避。快去告诉爹娘，还可以不可以？”那两个小孩抬头将月航望得一望，有一个笑道：“原来是庙里的大和尚。和尚你认不得我，我倒还认得你呢。记得今年春天里，我在你那个庙里，扒在你家那棵樱桃树上偷摘樱桃吃，被你看见了，你就叫你庙里的伙夫拿棍子打我的腿，几乎吃跌下来。我那时候气起来，你越是打得我利害，我越是吃得你的樱桃利害。后来你还要捆我在那树上。大和尚，几颗樱桃值得什么，你便不认我们村邻了？不料你还



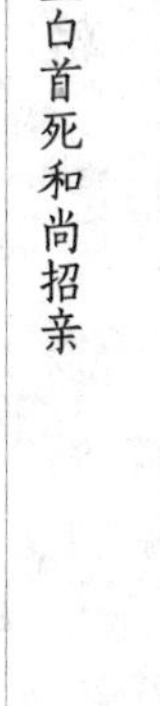

有今天来我们家里避雨的日子。我们好好人家,为甚放你和尚进门?”说着扑通就把两扇柴门闭了,还用身子靠着,恐怕和尚推搡。

月航一见如此情形,不禁又好气,又好笑。同他们较量,又苦于人家是小孩子见识,自已偌大年纪闹起来,也被人家笑话,只得忍气吞声袖手立在檐下。谁知这小孩子讲话时辰,早被内里一位婆子听见了,赶紧冒着雨跑到门口,一把将那孩子打了一个耳刮子,骂道:“死不了的奴才!你又待你妈捶你了,这门又不是你家的,你们霸占着也不识羞耻。还不替我滚过去,看我揪下你头上这脑盖儿。”那两个小孩子见婆子发作,噗哧一笑,躲过一旁去了,只用手指指点点向婆子暗骂。那婆子忙忙开了门,伸头向外面望,还疑惑和尚已经去了。及至看见和尚依然还立在门首,婆子不由堆着满脸笑容,殷殷勤勤向和尚说道:“阿弥陀佛,不当人家花拉子,这样大的雨儿,累你老人家湿得这个样儿,天老爷也没有眼睛。你老人家不嫌我们这份人家腌臜,快请进来略歇歇,叫我家女孩子替你老人家将这件袈裟脱下来晾晾。不然象这样水淋鸡儿似的,跑回庙里去,还被别的和尚笑,难道我们这庄子上的人都死光了,就没有一个人护持你这大和尚?恼了佛爷,只须拣在这五荒六月散点瘟疫儿,怕不叫合村的人生灾害病,那时候吃不了还要兜着走呢。”

婆子说着,已赶到月航面前,意思就想推和尚进去。月航这才欢喜,含笑合掌说道:“善哉,善哉!不料这地方还有象女菩萨这样好人,难得,难得。好在此刻雨已渐渐止了,地下倒不很潮湿,我也要随即回庙,不再向府上打扰。女菩萨的盛情,总算我心领就是。”那婆子哪里容得,忙拦着说道:“哎呀!这是和尚恼我了。和尚你不知,适才那两个拖牢洞的孩子,并不是我家的。我家没有男人,只有个女孩子,我们孤儿寡妇在此度日。和尚若是不肯进去,不是拂了我们的穷心?你看地下干一块,湿一块,象和尚这般尊贵的人,如何能走得?好歹和尚赏个脸给我这婆子罢。”婆子这一番话,转把个月航和尚说得很不过意,只得随着婆子进了那篱笆门,门里却还有一块大大院落。婆子顺手在门后提起一把破伞撑着,跟在和尚背后,替他遮雨,好象捧宝似地捧入屋里。婆子将伞忙掼在阶沿下,跳入屋里,从桌子底下拖出一条板凳,用自已围的裙子左抹右抹,拿手扑扑,又稳一稳,口里嚷道:“和尚老爷请坐一坐,你老人家今天这两条腿,也算是吃了苦儿。我去倒茶给你老人家吃一杯。”月航笑道:“女菩萨,你不用忙着,我从庙里吃过茶出来的。”一面说,一面便在凳上坐下,抬眼看见他堂上也还放着三张佛柜,上面供着关圣帝君神像,旁边一副红纸对联,已被风吹得没有什么颜色。房屋虽不甚宽大，倒还收拾得清洁。

婆子此时拿手摸了摸茶壶，偏生茶又没了，急得什么似的，嘴里直嚷道：“大丫头，你白望着我在这里忙，你通动弹也不动弹儿，镇日价只顾躲在房里做生活，好个千金小姐似的。好姑娘，我们这份人家，很不用一手好针黹。你也须听见大和尚难得到了我们家里了，你便是死的，也该有两个耳朵。”婆子只顾咕噜，月航便不由得斜乜着眼睛，向房里瞥了一瞥，果见靠着一截土墙里面，顺放着一张梳桌儿，侧边正坐着一个女子，约莫有二十来岁光景。听他母亲在外间发话，他不由噗哧笑了，才将身边一张绣花绷儿推了一推，轻轻抬起双臂，举得比头还高，将一双小脚儿蹬了一蹬，长长地伸了一个懒腰儿，啭着那呖呖莺声，含笑说道：“娘，你老人家又噜苏起来了，谁在这里偷懒来？若是要茶，我便去烧去，也值得这般发急。”说着就一步跨出房外，见和尚坐在堂屋里，他瞟了一眼，就把个头低下来，似乎羞得绯红了脸，“咭咯咭咯”移动金莲，便要走向厨下去烧茶。那月航和尚好生不过意，忙哈着腰，拦着婆子说道：“快不用如此费心，我倒可以在此多坐一会；若是起动姑娘们费事，我便走了。”婆子才笑起来，又拦着他女儿说道：“既是和尚老爷这般说法，我们倒不可违拗他老人家的意思。你看你房里可还有干净茶食，装出两碟子来孝敬孝敬他老人家罢。”

月航也再不谦虚，便向那婆子搭讪说道：“还不曾动问女菩萨贵姓，家中除得你们娘儿两人，还有什么官客？”婆子此时将身子正倚在房门侧边，听和尚同他讲话，忙笑答道：“不瞒和尚老爷说，我们当家的在日，也是耕种度活，不幸三年前便抛下我们死了。我家姓芮，当家的在日，人都喊他叫芮大。他也有个名儿，我通记不得了。大和尚莫要瞧不起我们这姓芮的，我们同城里芮家是一个枝叶儿。不过年代久远了，我们又穷，谁还敢去向他们攀认本家，日远日疏，我们这一芮，便比不得城里那一芮了。”月航听了笑道：“失敬，失敬，原来女菩萨便同城里芮家是一族。芮家是小庙施主，常常有些少爷小姐们到我这庙里随喜随喜，穿金戴银，好生威武。女菩萨不要生气，我说一句势利话，若比着女菩萨家这般清苦，真是天堂地狱了。咳！这也是各人前生缘法，佛菩萨是一点不会分派错了的。女菩萨你若是遇着闲空时，倒是常常念些《弥陀经》，修修来世，保不定佛菩萨也可怜你，来生投入富贵人家去享福。我还有一句话问问女菩萨，你一年到头可还吃吃花斋？”那婆子笑起来说道：“若说是吃斋呢，我们倒不一定拣着什么日子才去吃斋，好在我们这份穷苦门户，一年三百六十天，除得青菜萝卜，通没有一点荤腥去润泽润泽肠胃，不吃斋也算是吃斋了。若是因为没有荤腥吃，便哄骗菩萨，说我们是吃的长素，恐怕遭菩萨嗔怪，叫天雷来劈我。”月航叹遭：“善哉，善哉！世上的人，谁象女菩萨这般诚实君子？真叫人佩服极了。”

两人正在屋里寒暄，果然他那女孩子早在房间里亲手捧出两个磁盘子，一盘装着十多枚蜜枣，一盘装着几片云片糕，轻轻端来放在桌上。一共也不开口，衣衫拂处，却浓浓的有一股花露香水，随风飘入和尚鼻孔。月航不由打了一个寒噤，自然而然地将两只眼睛瞟向那女子身上去了。只见那女子一个长苗条身材，穿着一件白底印着蓝花的夏布衫子；云鬓疏松，鸭蛋脸儿，搽得一脸云白杭粉，只在眉眼角上薄薄施了一层胭脂，颧骨高耸，鼻间微微现着几点俊俏碎麻子。将盘子急急放下，转过身子要走。月航忙欠欠腰，口里不住称谢道：“哎呀！又生受姑娘费心，叫我如何克当？”那女子也只笑了一笑，象个穿花蝴蝶似的，一溜烟又躲向他自己房里去了。

那婆子见和尚谦虚，女儿又不理他，忙接口说道：“你老人家哪里瞧瞧这些粗茶食，不过是我们娘儿们一点敬意儿，好歹你老人家赏个脸儿吃两片，我们娘儿们死了也得好处。”又笑道：“你老人家不用瞧不起我这女孩子，他还有一手好烹调，氽个肉圆儿粉嫩的，只愁夹不上筋子。他死了的大娘是镇江人，镇江人的肉圆是最有名的，我这女孩子就学的他大娘的手艺儿。改一天，我叫我这女孩子氽一盘肉圆子出来请你老人家。”婆子刚说到此，忽然用手掌在自己腮颊上劈啪打了一个嘴巴子，笑道：“阿弥陀佛，不当人花拉子，和尚是佛门弟子，有道行的高僧，我这老货嚼舌头嚼昏了，怎么说出这种话来？你老人家担待我年纪老罢，不用怪我。”月航忙笑答道：“女菩萨说哪里话来，果然你的姑娘有这好手艺，我便情愿开斋，也须过来奉扰。”又低低笑道：“不瞒女菩萨说，做和尚的人，谁当真去吃斋？也不过拿着这话去骗骗施主们罢咧。我们在庙里，一般地买着尿壶儿煨猪肚肺，鸡子鸭子连毛在脚炉上墩着吃，真是别有风味呢。我把女菩萨当作亲人看待，才告诉你，你千万不可去告诉别人。”婆子笑道：“你老人家只管放一千二百个心，我便烂掉了舌头，也不敢讲你老人家的短处。”

月航此时真个拈了两片云片糕在嘴里嚼吃，又笑说道：“女菩萨真是福气，千金这般长成一个好人材，将来招个女婿，怕不好好的养老送终。”婆子见和尚提到这话，忽地拈起衣衫角儿揩拭眼泪，说道：“和尚休提这话了，总是我们娘儿们命苦。他今年二十四岁，乙亥那年生的，属猪。自小儿替他算命，总说他命中旺夫旺子，还该嫁给一个贵人。前年他王伯伯代他做媒，聘给这南门城外开油坊的王小老板。这王家家私不算多，也有一万多银子的产业。聘礼是几盒糕儿，几瓶茶叶儿，一对小金如意。我好生欢喜，便给他家放下聘了。不料聘下我这女儿没上半年，那小老板忽然得了喉痧，三五天工夫，把个生龙活虎小官儿，就翘了辫子了。我接着这信，痛痛地哭了一场。依我这女儿的愚见，他还要到王家去对灵开脸，守那望门寡儿。大和尚你老人家替我想想，我是没有丈夫的人，一树果子便望他红；他又是个一朵未开的花，后头的日子正长呢，做了这不长进事，可不白白辜负他这个人了？后来被我左劝右劝，才把他这颗心冷下来。接二连三地便有人家来替他做媒，闹到今日，依然是高不成低不就，我这一截肠子总不曾放下。若是再延挨个一年半载，白白将他少年光阴辜负了，我可也对不住他。”

那婆子只顾唠唠叨叨在外边讲话，他女儿听见有些不耐烦起来，在里面嚷道：“妈妈，你看天色已大晴了，趁这斜阳儿，你可以替我将早间那件汗衫重新晾到檐口去罢，只顾讲那辰年到卯年的话做什么？”月航被这女孩子一句话提醒，再伸头向院落里一望，果然残霞倒映，暴雨新晴，射得屋里分外明亮。赶紧拍拍衣裳，站起来向婆子告辞说：“多有打扰，改日再谢。”那婆子见和尚要走，知道要留也留不住，一直送出院子来，眼睁睁望着和尚上了大路，才转身走入屋里。

瞥眼看见和尚坐的那张凳子上放着一块白手巾儿。起先和尚怕凳子不洁净，特地用自家手巾蒙着坐的，因为走得匆遽，便忘却拿去了。婆子着慌，忙携了手巾追得出来。及至走出门首，那和尚已去得远了，婆子高一脚低一脚地在后赶着，口里不住声地喊和尚。先前邻家那两个小孩子见婆子如此张致，不禁从旁拍手笑道：“芮老奶奶，和尚是你家孤老，你这般赶他？”婆子见赶不着和尚，又被孩子嘲笑，恨得赶上去要打那孩子。那两个孩子非常机灵，举起四个小拳头，向婆子脸上照了一照，掉转身子便跑。婆子不肯饶他们，只管赶着要打。不防地上新雨微滑，赶不上两步，一跤便栽倒了，手脚朝天，飞舞得异样好看。引得两个孩子拍手大笑，他们也怕婆子起来不饶，早一溜烟躲得无影无踪了。婆子好容易挣了半会，才爬起来，望望手巾，已染得乌光漆黑，嘴里只千刀万刀价骂。他女孩子已赶出门首，望婆子笑道：“妈妈也太不尴尬，一块手巾，值得去忙着赶他。你老人家将手巾放下来罢，等我拿去洗一洗，晾干净了，改一日便托人捎去还他，也不为迟。”婆子见他女儿话说得有理，这才不言语了。

果然不曾挨到两个日子，和尚借着寻取手巾为名，又踅到婆子家来了。手里拎了两包茶食：一包是八珍粉子，一包是茯苓糕。殷殷勤勤送给婆子，补他那天情儿。婆子好生欢喜，口里只嚷着说：“不敢当，不敢当。”一面拿向房里去，叫他女儿收了。便在房里将前日手巾取出来，已经洗得雪白干净，似乎还有些余香染在上面。月航千谢万谢说:“生受大姑娘情意,又劳动大姑娘贵手儿。”如此已非一次,有时也同芮大姑娘答话说话,暗中也有些眉来眼去,只苦没下手处。偏生那婆子会凑趣儿,拣在重阳那一天,自家同女儿亲手剥了好些螃蟹肉儿,又拿了好几百钱,巴巴地赶得进城,将五花三层多精少肥的花猪肉买了五六斤,央着他女儿劖肉圆儿,说是要请和尚吃饭。他女儿故意扭头摆脑地不肯动手,那婆子百般央告他,女儿才答应了。围起青布裙儿,更用一方青布将头上青丝拢护着,走入厨房里,调和五味,那肉圆儿内里又夹着螃蟹肉,热腾腾地正在那里放香。婆子匆匆地亲自跑向庙里去请和尚。那婆子来此已非一次了,庙里上下人等没有一个人不认识他的。今日可巧碰着月航一个徒弟,法名叫做印灵的,正在方丈阶沿石底下用喷壶兜着井水浇灌菊花,一眼又看见婆子鬼张鬼致的,心中老大不愿意,喃喃骂道:“老货又来撞什么魂呢?”婆子笑道:“你骂我骂得好,我不告诉你师父,我便不是人养的。我也不叫你师父捶你,只须用个法儿,便叫你够受用的了。”两人正在阶下打诨,月航听见声息,早从自家卧室里笑嘻嘻地走得出来。婆子看见月航,满脸堆下笑来,便将女儿要劖肉圆子请他的话说了一遍。月航笑道:“我也没有什么孝敬你们娘儿们,叠次打扰着,很抱不安。”婆子笑道:“和尚说哪里话,难得和尚肯赏脸给我们,就喜欢不尽了。如此说来,反增我娘儿们惭愧。”月航才不得已,重新换了直裰儿,加上新制成的墨色夏布褡衣。婆子前行,和尚后走,又一直径向芮大姑娘家来了。

好个芮大姑娘,真是了得,厨上厨下,忙得十分干净。此时早又重匀脂粉,洗濯了玉手,另外备了四个小碟儿,一壶白玫瑰酒,伶伶俐俐放在桌上。婆子邀和尚上坐,自家侧首相陪。吃了半会,那和尚只是没有什么兴味儿。婆子瞧出光景,恰好自家也灌了几钟黄汤,酒遮了脸,笑向他女儿说道:“好孩子,大和尚是一家子人,不用避什么嫌疑。好孩子,你也坐上桌来吃一杯儿,省得三三两两的,又污着一张桌子。”芮大姑娘只顾抿着嘴笑,也不理会婆子的话。和尚见这光景,越发抓耳挠腮,那时候情形十分难看。婆子见他女儿不肯拢来,又笑道:“不错,不错。我们家房屋浅窄,孩子坐上桌来,万一被别人瞧见,不成模样。来来来,我有一个好主意:好在今日天气不很热,最好将这些酒菜挪入女孩子房里去,大家吃个畅快,又是神不知鬼不觉的,多少是好?”

婆子说着,随即动手。和尚也是十分高兴,帮着婆子搬碗盏扯桌凳。眨眨眼已移入芮大姑娘房里去了。和尚坐下,婆子也坐下,芮大姑娘不由得也跟着坐下。和尚同婆子坐的是对面,芮大姑娘打横。和尚酒入欢肠,异常美快,饮酒中间,只顾拿眼来瞧芮大姑娘的眉毛。芮大姑娘初则不理,继而也拿眼瞧着和尚。四目相对,两人都红了脸，将头一齐低下来。此时酒壶本来拿在婆子手里，和尚没有搭讪，一把将酒壶夺过来，笑道：“借花献佛，我来敬女菩萨一钟儿。”说着便向婆子酒杯里斟酒。婆子笑着站起来，口中只念：“不当人花拉子，不当人花拉子。”芮大姑娘异常玲珑，猜定和尚敬过他母亲，必定要来敬他，早已用一只雪白甜香的玉手，将自家一个酒杯轻轻按住。和尚斟过婆子的酒，果然转过来就敬芮大姑娘，猛地看见这光景，转引得和尚笑了，说道：“哎呀，难道大姑娘就不赏个脸给我？我请姑娘抬一抬贵手，让和尚尽个心儿。”

说了半晌，芮大姑娘只是笑着不理。月航笑道：“大姑娘不理我，我也有法。”一面说，一面便将自家吃的一个酒杯子深深地斟满了一杯酒，把来顶在光头上，轻轻地将双膝跪下，端端正正，还用两只手搭在芮大姑娘的两个膝盖上，头上那杯酒颤巍巍地一直送至芮大姑娘口边，引得婆子拍手打掌地哈哈大笑。芮大姑娘也笑得喘不过气来，又不敢避让，怕将和尚头上的酒杯子打落了。婆子笑骂道：“坏蹄子，你就吃和尚一杯酒，也值得什么，你好意思累着大和尚下这身分敬你。”芮大姑娘这才不得已，便就和尚头上轻轻将酒杯里的酒一吸而尽，将杯子替他放在桌上。和尚才笑得站起来，还在那膝盖子上重重按摸了几下子。芮大姑娘“呸”了一口，转在和尚的酒杯里重斟满了酒。和尚也吸干了。和尚此时格外放荡，暗中便伸过一只脚来，从桌底下搭在芮大姑娘脚上。芮大姑娘到此也不避让，两只粉脚倒做了和尚搁脚的肉架子。

饮了好一会，酒壶里的酒忽然空了。婆子提在手里摇了摇，又揭起盖子，眯着一只眼缝向里张了张，说道：“奇怪，酒如何倒没了？好好，还累老身进城去跑一趟，再买些来，大家吃个爽快。”此时和尚望着芮大姑娘，只不答话，任婆子出去买酒。婆子抖抖衣服，径自出门去了。空房寂静，粉气花香。两个人酒入欢肠，更不客气，宽衣解带，便老实在芮大姑娘干净床铺上，如此如此，这般这般。

刚刚事毕，芮大姑娘正站在床面前系裤带子，那婆子扑地早揭起门帘冲进来，看见如此情形，陡然放下铁青面孔，大声吆喝道：“哇！好一个方丈大和尚，我请你来吃酒，我并不曾请你来侮辱我女儿。我拚着这女孩子不要了，我立刻出去唤几个佃户进来，将你们两个奸夫淫妇活活捆绑起来再说。”芮大姑娘听他母亲发话，并不羞惧，只红着脸低着头，讪讪地拈弄衣角儿。至于月航，从这数月以来，岂不知道婆子的用心，拿得稳稳的，以为便做了这事，也是个顺手推舟，别无妨碍。却断想不到此时婆子会变了脸，侃侃地说出这几句冠冕堂皇的话来，不由大大吃了一吓，顿时矮下半截身子，扑通向婆子身边一跪，低低央告道：“总求太太包涵则个。”婆子依然扬着头，待理不理。

月航口里央求着，早又从那大袖子里掏出一叠钞票儿，每张十元，共计五张，轻轻递入婆子手里。婆子虽然认不得多少字，这钞票上数目，却认得清清楚楚，不由哈哈大笑起来，说道："阿弥陀佛，不当人花拉子，你是个有道行至诚的和尚，如何向我跪着？不怕把老身草料折尽了。快点起来，快点起来。适才我吃了几杯酒，平时吃了酒，必发酒疯，故意同和尚闹着玩笑，求你不要嗔怪我。只是我有一件吩咐你：从今以后，你不可将我女儿抛弃了，每夜必到这里来宿歇；你若是不依，就不用怪老身咒你肉片片儿飞。"月航才将一颗心放下，疾忙站起身子笑道："我依着娘。我如何忍心负了小姐？"婆子笑道："好好，如今我又将酒添得来了，大家再喝几杯，又当会亲，又当合卺。"这几句话，转把芮大姑娘羞得粉面通红，转不好意思入席，只恹恹地坐在床边上。婆子笑道："他小人家害羞，我来陪我这和尚姑爷吃一杯罢。"于是婆子同和尚又吃了好些酒，才端上饭来，婆子毕竟也劝芮大姑娘吃了。

话休絮烦。自此以后，月航和尚便同芮大姑娘打得火一般热。在第二个年头上，芮大姑娘又怀了孕，把个月航和尚欢喜得了不得，只气得他那个徒弟印灵在人前背后说他师父闲话。后来不幸又小产了。于是南门城外，有些游手好闲的子弟晓得了这件事情，大家编着歌谣儿，满乡满镇上替他们张贴起来。渐渐传入那一班学界败类耳朵里，如刘祖翼刘四太爷，那些人也常来百般薅恼，想向和尚榨些油水。无奈月航神通广大，他省里有好些靠傍，都算是他的大护法，只须乞个字帖儿寄给地方官，那扬州一府两县，不但不敢去奈何他，转大家联衔，结结实实替他出了一张谕禁告示，不许闲杂人等入寺妄自行动；如有不法棍徒托名学界，借端生事，准许寺僧扭控来辕，重办不贷。刘祖翼得了这个消息，知道石卵不敌，只得缩头而返，敢怒而不敢言。和尚益发肆无忌惮，每逢春秋佳日，简直大开筵宴，携着芮大姑娘，还招些别的粉头来吹弹歌舞，无所不至。于是芮大姑娘便不回家，常常宿在和尚禅室里，真是西方极乐世界。月航所有财产以及田契房契，一古拢儿都交在芮大姑娘手里。芮大姑娘他又是个精明强干的人，有了钱财，便不肯白白埋没了，遂四处放债，有借他钱的全是四五分利息，还不敢欠他本钱一丝一毫儿。历年以来，芮大姑娘囊橐富有，重新盖了房屋，雇着奴婢使唤。

又过了几年，不幸那婆子得了一个半身不遂的症候，整日间不能下床，饮食溲便，都需人扶持。芮大姑娘只顾同和尚取乐，哪里有工夫去照顾母亲。不到半年，婆子一病身死。和尚出钱，草草殡殓。

和尚自是也渐渐老上来，芮大姑娘哪里耐得寂寞，不免又沾花惹草，结识了些别的少年。和尚背后也常嗔责过他几次，他一笑也不理和尚。和尚一气，以后便不到芮大姑娘处走动，自家懊悔，当初行事不该如此没正经，转一意焚修念经礼佛。无如芮大姑娘转饶不过他，每逢没有钱使用时，便恶狠狠地跑入寺里来同和尚拚命。和尚躲着不见，他便百般辱骂，撒娇撒泼，要扭和尚到衙门里告状，说他骗诱良家妇女，不守清规。和尚给他闹得没法，只得拿出钱来买他一个清净。如此已非一次。还是他徒弟印灵暗中同月航斟酌说："哑子买臭鱼，说不出腌臜话。我看这件事象这样鬼鬼祟祟，终非了局。不如给他一个推开窗子说亮话，师父同这妇人明明白白地办个交涉，破着再花费几百块洋钱，一老一实同他斩断葛藤，永无缪辖，那才是个正经办法。不然被这孽障牵缠，何时得了呢？"月航点点头，便依着他徒弟印灵办理。先央着人同芮大姑娘讲明白了，从二百块洋钱讲起，一直允许到五百块洋钱，芮大姑娘才答应了。

这一天，月航下帖子请了扬州八大丛林方丈和尚，办了好几桌素筵。饮膳中间，悄悄地命人将芮大姑娘请得来，当着那些方丈大和尚，三面言明，立时交给芮大姑娘五百块洋钱。芮大姑娘将月航存在他那里的田契房契一一退给和尚。分手之顷，芮大姑娘还望着月航洒了几点多情眼泪，这才怏怏走了。月航向那些方丈和尚谢了又谢。傍晚各人散去，月航十分欢喜，如释重负。

奇怪，和尚自从同芮大姑娘散了伙之后，隔不了两月光景，就精神困倦，饮食不思，恹恹成疾，延了几日，便圆寂了。所有寺里一切事务，全归他徒弟印灵掌握。殓过月航之后，择了一个吉日，印灵便升为方丈。又因为月航生前交游最广，办理丧仪不能从略，印灵遂拣在月航六七之期，遵制开吊。寺门外面搭了三座牌楼，全用松枝编着。由寺门一直到安柩之所，白茫茫的漫着布篷。这一日清早起，灵帏之前点起一对龙凤彩烛，香花供果，自不消说的。全寺执役人等，一例地挂孝。印灵匍匐灵前，凡来致吊的人，印灵皆执孝子之礼。

是日，文殊菩萨殿上是四十八个和尚讽经，观音堂中是二十四众道士礼忏，铙钹叮当，梵音齐举，委实热闹。左边一个花厅上铺设着大红桌椅，锦绣围屏，预备现任官员起坐。这一天除得盐运使不曾亲到，是遣着两个盐大使代为致吊，其余合郡官员，莫不排列仪从，车马喧阗，济济一堂，极尽一时之盛。寺门外面看热闹的人，何止人山人海，挤得水泄不通。其时刚是正午时分，合寺僧众以及各庙的住持，齐齐排列灵前，上的是八大八小祭筵，僧道唪经，声入霄汉。

在这个当儿，忽然大门外面闯入一个妇人进来，麻衣白髻，脂粉不施，排开众人，号喣而入，一直哭到灵前，便席地而坐，数数落落，无休无歇，吓得灵前众人鸦雀无声，只管向他瞧看。内中有认识的，知道便是月航生前相与的那个芮大姑娘。其时还有些官员未曾散去，看这形状，莫不掩口而笑。妇人在灵前哭了一会，便指名要印灵出来相见。印灵躲在灵帏背后，哪里敢出来会这婆娘。其时便有人做好做歹，询问妇人来意。妇人哭道："我同老和尚伉俪一生，恩爱倍于寻常夫妇。老和尚有病，没有人给我消息，我不曾尽一点侍奉之心。及至死后，他徒弟不肖，又不给个信给我。印灵是老和尚的徒弟，我是老和尚的发妻，我不替老和尚带孝，将来九泉之下何以与老和尚相见？今日知道合城官员在座，他们都是明白道理的老爷，若不替小妇人作主，小妇人还望谁来？小妇人从今日为始，也不回家去了，便同印灵在寺里过活，愿替老和尚守节。"这一篇话，说得大家哈哈大笑，劝那妇人道："和尚娶妻，是一件秘密的事，不应该如此明目张胆。你既同老和尚恩爱逾常，便不该在这稠人广众之场，败坏他一生名誉。在我们看，不如请你依然回去，替老和尚守节，也不在这一时。我们将你这意思转达给印灵，叫印灵给你些养赡之费，安插你下半世。今日是老和尚开吊日子，你如此闹法，叫和尚在九泉之下，也不安稳。"芮大姑娘听了这话，才含悲带泪向众人磕了一个头，径自穿着孝服回家去了。后来印灵经众人说合，又将庙里的存款拨出二百块钱，送给芮大姑娘，方才罢休。

自从此次芮大姑娘向印灵讹诈财帛之后，那一天本来有诸式人等在寺里应酬，闹得没有一个人不将此事资为谈柄，茶坊酒肆，凡有议论，均议论着月航老和尚不该没正经留此把柄，转累了他徒弟印灵。

恰好那个严大成因为近年来新学盛行，朝廷又预备九年立宪，所有私塾，渐渐要改为学校，凡有士大夫人家的子弟，大半也就向学校里去读书，他家中本来所有的学生，逐年凋零，不似桃李成阴，转象黄叶辞树。他的妻子厉氏，自从嫁给他以后，一抹头也生了五六个儿女，所入束脩，本来不敷用度。近日愈形拮据，衣服首饰典质殆尽。厉氏常常向他埋怨说："我好好一个妇人家，嫁给你这书呆子，陪着忍饥受冻。早知道如此，还不如去当婊子。"严大成被他闹得没法，于是除得教授学生，遂不免在外边寻些意外的财帛。论他的伎俩，又苦不如刘四太爷刘祖翼，有时也去纠合何其甫。何其甫虽是一个腐儒，举止行动却比严大成端正得许多，不肯同他一路去做那不法的事。此番净慧寺出了这一件和尚娶婆娘的笑史，那一天月航开吊，严大成也在座；又打探得芮大姑娘讹诈印灵的银钱不少，利令智昏。过了些时，便悄悄瞒着何其甫一干人，想同芮大姑娘开个谈判。

这一天，冒冒失失地跑出南门，逢人便问那个芮大姑娘家住何所。其时城外便有人指点了他，他好生高兴，一直便去敲门。如今芮大姑娘住的房屋，久不似先前的荒落了，一般有两三重瓦屋。那时候还在清晨时分，芮大姑娘刚下床梳洗，忽然听见外面有人叫喊，且不开门，便隔着大门问道："敲门的是谁？到此有何事干？"严大成吆喝道："这里可是和尚婆娘的住家不是？我是来寻觅和尚婆娘，同他有话讲的。"芮大姑娘听得这说话很不好听，正待叫骂，一个转念，暗想："我若将他骂得跑了，转不见老娘手段。这厮既然想来同我生事，我倒不可以不对付他。"捺着一股愤气，兀地走回屋内。他家里近来本雇着有两三个佃户，贴身也有个仆妇伺候。芮大姑娘将那些佃户唤近身边，悄悄地吩咐了他们几句话。又教导了仆妇主意，叫他前去开门："无论这人是谁，快快将他请得进来，待我同他讲话。"

仆妇笑着答应了，匆匆地将门开放。严大成开口便向那仆妇问道："你是和尚婆娘不是？"仆妇听了，兀自好气，又觉得十分好笑，勉强回答道："我却不是和尚的婆娘，和尚婆娘坐在里面呢。他吩咐我请先生进去，有话面讲。"仆妇说毕，径自回转身便走。严大成看见这仆妇言词婉转，异常得意，也径自大踏步随着这仆妇进了堂屋。耳边早听见外边"扑通"一声，有人将大门上了闩，他也毫不在意。瞥眼看见有一位婆娘，打扮得十分俊俏，虽是个中年妇人，那雾鬓云鬟，宛然少艾，笑盈盈迎接在台阶上面。

严大成也不问青红皂白，便劈口问道："我听见人说这里有个和尚婆娘，不知道可是你不是？"芮大姑娘只点了点头，说道："我便是和尚婆娘。不知先生下顾有何贵干？"严大成道："原来你就是和尚婆娘，好极了，好极了。我姓严，是本城学界有名秀才。风闻得月航老和尚死后，你从他徒弟印灵手里讹诈得钱财不少。强龙不压地头蛇，你也该拿些出来，大家分润分润。本秀才是仁厚不过的，不肯邀同别人来向你薅恼。你若是明白这分际儿，我们六耳不传，袖笼子里占课，只许背地里知道。多也不要你的，送我百十块洋钱，我们就可罢休。你自家去斟酌斟酌，本秀才立刻盼你回话。"芮大姑娘并不着恼，只笑容可掬地向严大成低低说道："原来先生是想同奴家借钱，这些小事儿，何消如此做作，请先生到屋里坐一坐，奴家便拿出钱来。也须秘密，不能使仆人知道，万一传扬出去，别人就不能象先生这样婉转周到了。若不嫌奴家闺房亵渎，有话好到里面去讲。"

严大成初次瞧见芮大姑娘丰姿，已不独诈财心重，渐渐便有些邪念了。又想："月航新死，这婆娘如何能耐此岑寂？看他待我这番殷勤意思，定然赏识我人才魁伟。万一同他竟姘识起来，还愁和尚那笔银钱，不完全入我的囊橐？不料我年将半百，桃花星宿居然还入我命宫，这也是各人前生缘法。象老何那一班人，就是今生今世，也没有这般艳福了。”想到此处，可怜严先生那两片枯干腮颊上，竟微微透出一层红晕。在他的意思，未尝不自以为潘安再世。若照在下偷看起来，简直那死人临咽气时的回光返照，也没有他那种难看样子。亏他还捏起一派娇滴滴喉咙说；“哎呀，承娘子错爱，命本秀才径入香闺，本秀才纵极痴愚，何敢有拂盛意？便请娘子先行，本秀才随后就到。”说着果然大踏步径随在芮大姑娘身后，走入房里去了。

严大成一进了房，抬起眼来四面瞧看，只见陈设精雅，香气浓郁，楠木梳桌，大理石八步牙床，菱花宝镜，万字香炉，名人字画。严大成正在一面看着，一面念着，刚念到这一句，陡觉得右边腮上劈啪一声，宛然起了一个青天霹雳，吓得严大成急急掉转头来一望，原来就是他意中人的五指纤葱，在他那副枯干腮颊上赏了五条红印。严大成在仓猝之中，连“哎呀”两个字都喊不及，说时迟，那时快，左边腮颊上又着了芮大姑娘一掌，给他一个好事成双。幸亏严大成机灵，早腾出双手，紧紧将腮颊护好，急得喊道：“有话好讲，怎么初次会面，便同人家动手动脚起来？”芮大姑娘此时早向严大成脸上重重唾了一口唾沫，指着骂道：“我把你这瞎了眼睛的奴才！你认得你祖太太是谁，也想来消遣祖太太？祖太太做的是和尚婆娘，不曾做着你姓严的婆娘，你青天白日闯入我的闺房里来是何意思？我是个少妇，你是个孤男。”说着向外边望了望，喊了一声：“你们替我将这瞎眼的奴才捆绑起来，我陪他向江都县大堂上去说话。”话未说完，房门外面早扑进两个蠢汉，手里果然拿着绳索来捆严大成。

严大成此时才知道已中妇人之计，细想起来，原不该擅自入他卧室，有理转弄成没理了。哪里还敢象先前的威武，不由推金山倒玉柱，扑地向妇人面前一跪，哀告道：“今日委实是我的不是，不该到此讹诈钱财。还求太太高抬贵手，放小人回去。从此以后，若再来冒犯，听凭太太如何发落。适才两个耳光，小人已略尝滋味。万一将小人搁至城里，小人学中朋友很是不少的，将来如何还有面目见人？”

其时两个佃户真个要上来捆他，芮大姑娘略挤了挤眼，叫他们缓些动手，他们才拿着绳子站在旁边伺候。芮大姑娘重又骂道：“你这厮既要脸面，如何敢到此寻事？怪道近年以来，常常有些不肖棍徒托名秀才，来同老娘打起交涉，原来都是你的党羽。你既口口声声称是学中人物，我看斯文分上，饶便饶你，但你须写一字据交给我，从此以后，如有一个人向老娘薅恼，都归你一人承管。再者，你今日向老娘索诈钱财，老娘又不欠你的钱，老娘倒要你送些钱财给我，做个遮羞礼儿。我知道你这穷骨相，一时也拿不出银子来，你也须写个字据给我，上面写明白了某年某月欠老娘银子二百两。老娘拿着这字据儿，随时可以向你索款。你依便依，你若是不依，老娘也不敢相强，我们还是向江都县那里打一场官司，看是我这和尚婆娘输给你这秀才，还是你这秀才输给我这和尚婆娘。”严大成忙道：“依你，依你。你莫说两件事，再多几十件也自不妨。好在写字是我们秀才的本分，就请太太将笔砚拿得出来，我立刻就写。”

芮大姑娘见他来得爽快，遂吆喝那两个蠢汉将绳索掷过一旁，快在堂屋中间那张佛柜里，将笔砚取得出来。蠢汉答应了，果然将笔砚取到严大成面前。严大成望了望，却没有纸张，一面磨着黑墨，一面向芮大姑娘说道：“太太命我写字，叫我写在哪里呢？”芮大姑娘也笑起来，急切又寻不出笺纸，好容易在梳桌抽屉里翻来倒去，拿出一本黄纸簿儿，还是当日老和尚用的缘簿，搁在那里好久，颜色已经黯淡，簿子后面有好些不曾写过字的。芮大姑娘用纤纤玉手裁了两页下来，交给严大成。此时严大成只求没事，提起笔来一顿挥写。第一页写的是从今以后，如有人向这里寻事，都归自家承问。第二页写的是因为需钱使用，亲借芮姓二百元龙洋，见条付款，不得逾期短少。下面还详细说明了年月，在自己名字下又画了花押。真是写得十分切实。递给芮大姑娘手里。芮大姑娘向怀里一塞，笑骂道：“此次是你来向我寻事的，我并不曾去向你寻事。这二百洋钱，我随时可以向你索款。你快滚出去，替我打算去罢，我也不留你吃茶了。”严大成连连口称：“不敢，不敢！”这时候已有人将大门开放，严大成偷个空儿，抱头鼠窜，跳出房门，走近大门，头也不回，一溜烟径自去了。

芮大姑娘常常将这件事笑着告诉别人，后来没有一个人不知道这事，都骂严大成吃不成羊肉，反惹了一身腥气，大家引为笑柄。芮大姑娘过了些时候，逢着高兴时，便去寻觅严大成，向他索款。你们想，严大成已穷得要死，如何有这笔钱还他？遇见芮大姑娘便躲起来，不敢见面。谁知这一次在明伦堂上殉节，偏生有快嘴的人去报信给芮大姑娘，芮大姑娘得了这个消息，如何容得他们安然寻死，遂走来同严大成厮打，白白将他们这场好事闹翻了。严大成被他闹得没法，经旁人做好做歹，毕竟拿出几块洋钱来，先还了芮大姑娘，这才罢休。

诸位起先在明伦堂上看热闹的时辰，还不知道这婆娘打哪里飞出来的，这便是其中的详细原委，经在下明白叙述出来，谅可以知道了。

欲知后事，且阅下文。

# 第六十七回 筵前碎语阿妹话从头 寺里游踪美人惊觌面

前回书中正说到明伦堂上诸位殉难先生自缢不成，猛地被一只胭脂老虎恶作剧，将他们一场好戏弄成水流花谢，败兴而归。著书的是局外之人，也不知道他们还是恨这婆娘，还是感激这婆娘。当那个时候，除得何其甫垂头丧气，严大成额破血流，其余诸公倒还欢天喜地，跳跃非常，趁着红日初斜，似乎还赶得及回家度这中秋佳节。

云麟一瘸一拐也跟着何先生返舍。美娘芳心中这一番快乐，自不消说得，便拟留着云麟今夜陪他先生饮酒赏月。云麟心里记挂着他岳母的吩咐，不肯耽搁，遂向美娘道谢，自己仍回柳宅。少不得要用两句小说套话，是一宵无事，不必细表。

第二天回转自己家中，同母亲闲话昨天的事，秦氏也忍不住好笑。又因为今天是个八月十六，扬城俗例，无论大家小户，总须接嫁出去的女孩子回来，吃剩下的团圆月饼，秦氏早经打发黄大妈去接绣春。绣春因为田福恩此时住在上海，联合那一班初选当选的议员，同赴南京复选省议员去了，自己倒反落得异常清净，行止自由，一见黄大妈来接他，早盈盈含笑，向周氏面前告诉了一声，径随黄大妈遄返家门。母女姐弟相见之下，自然说不出无限快乐。绣春便问云麟说："弟妇如何不曾回家？"云麟笑道："岳母溺爱，他说这一天是大家接女孩儿日期，我的女孩儿如何肯放他出去？所以他也不曾回家替母亲请安贺节。他知道姐姐今日定然到家，还叮咛我上复姐姐，问姐姐安好。"绣春笑道："这话却不敢当。我不过因为我们姑嫂相见的日期很少，满以为今天大家可会一会，不料太亲母又不放他回来，转叫我十分失望。不知这些时弟妇可曾恭喜没有？"云麟含羞答道："你这弟媳妇真是怪气，镇日价捧着书本子读书；甚至半夜三更，我久已在床上睡熟了，一觉醒来，还听见他咿唔不辍。我究竟猜不出他要这满腹的学问何用？我常笑着同他讲，说你通共这么大的一片肚皮，都把来装着书卷，自然没有地方装小孩子了。姐姐适才问他可曾恭喜，我替他想，他哪里会恭喜呢？”这几句话转将绣春说得笑起来。良久又笑道：“一句话到了你的嘴里，便这般呆头呆脑。天下的女人，久久不恭喜的也有，难道都是装着书卷，才占了这肚皮吗？”绣春说毕，云麟才悟出绣春话里有因，因为他嫁出去也有一两年之多，一共也不曾怀着身孕。觉得自家的话说得太不检点，也只付之一笑。

秦氏一面忙着整顿肴菜，一面向云麟笑道：“我只愿媳妇这喜爱读书的脾气，匀上一半给你也好。我很替你羞愧，你不喜爱读书，连个媳妇读书，你一共也不满意。我有一个好法子，我明天要将媳妇接得回来，叫他做你的老师，你便镇日地从他读书；你有点儿不用心，我硬生生地逼着媳妇责罚你。”云麟拍手笑道：“娘说的话，千万不要给他听见，他听见了格外要得意，他不是简直要做我的老师吗？我已经被他麻烦死了，什么历史呀，地理呀，一古拢儿闹得人头疼。我一时生起气来，便同他辩驳。我说从小时候起，已经被那位何老先儿纠缠得要死，满望娶了亲以后，可以从从容容地将书本子放在半边，不意如今又遇见你这女道学。真是我这命运不好，娶了一个堂客，依旧娶了一位先生。老实说，先生我不敢打他，堂客我是可以打得他的。如今母亲说得更好，又要叫媳妇打起我来了，这还了得！”秦氏笑望着绣春道：“你听听，这不肯学好的东西，说出话来都叫人生气。”绣春噗哧笑道：“母亲你不知道，兄弟如今是秀才了，秀才自然是满腹文章，哪里还肯去捧书本子？我只怕大清国如今是没用了，大清国的秀才怕也没用。我替兄弟想，还须将这秀才两个字掳掇掳掇才好。难得你有这样的造化，娶着一位高明的妻子，比我们这些黑漆皮灯笼，冬瓜撞木钟，总高得许多。我替兄弟想，你们两家头或是看个月亮，对枝好花，彼此一递一句地做首诗儿，对个对句儿，也是人间极快乐的事，还有什么不愿意，转似同书本子结下不共戴天的仇呢？”

绣春的话还未说完，云麟忽地向绣春脸上端详了一会，笑道：“奇呀，姐姐怎么忽然有这许多风雅的吐嘱？我倒瞧姐姐不起。姐姐这般人，可惜姐夫一共也不象姐姐。姐姐今儿在此劝导兄弟，平时为何不去劝导劝导姐夫呢？”绣春脸上一红，说道：“呸！你姐夫他也不配。说起来，你姐夫他在家里明索暗偷，拿了好些银子出去，说是运动议员。这议员毕竟是个什么讲解？我是愚笨的人，闲时也问着他，他也说不出个道理来。好兄弟，你在外面见识很广，你何妨告诉我一句听听，也让我长长见识。”云麟笑道：“说起议员来，这个道理精深阔大哩。大凡一个人巴结做到议员，气概便异常威武，举动便异常阔绰。只要他们许多议员结成一党，无论将军，无论省长，要做一件事，必须经他们许可，他们许可了，才敢去做；他们如若不许可，这件事只好作罢。譬如我们江苏省里全省的事，第一总要求他们通过。所以联络呀，运动呀，都去仰着议员的鼻息，掇着议员的屁股。姐夫他是一个通达事务的人，不然他为什么拿着白花花的银子想去做议员呢？"

绣春听到此处，果然面上露着高兴的意思。又含笑问道："我自幼至今不曾听见做官的里面有这省长的名目，这省长毕竟是多大官儿呢？"云麟伸了伸舌头，笑道："姐姐你若问'省长'这两字，我也讲解不来，不过这是民国的官衔，与大清国不同。大约这民国省长，在大清国里就是一个制台身分。姐姐不知道省长，提起制台，姐姐定然会知道的。"绣春惊讶道："哎呀！这个省长，就同当日的制台一样？这些话我却有些不相信了，你的姐夫他是何等人物，他左右不过一个平民大百姓罢了，平时在家里，便连一个知县官儿，他也没有同知县官儿讲话的身分，他如何便一跃起来，就可以同省长接洽？那省长还殷勤地向他讲理，他说的话，省长都不敢去驳回他，我怕全是你编的谎来哄我。"云麟急道："姐姐这话真冤枉死我了。我当初也不知道这些玩意儿，我是近来新长的见识。我便烂掉了舌头，我如何肯编谎来哄姐姐？"绣春笑道："同你讲一句玩话，看你急得这般模样儿，头上红筋都根根暴涨起来。你说你说，算我都相信你便是了。你姐夫居然肯学好，能去同省长办事，我岂有个不欢喜的道理？只是其中的缘故，我一总共猜不出来。好兄弟，你再说说看。"

云麟又道："一个平民大百姓，能如此发达起来，也有个缘故呢。姐姐你一万件不知道，这'民国'两个字，你仔细拿去想想，如今这个国，便算是我们平民大百姓的国了。姐姐瞧不起这平民大百姓，如今这平民大百姓利害得多呢。姐夫能够做这初选当选的议员，便都是那些平民大百姓公举他做起来的。"绣春又笑道："既然一般都是平民大百姓，如何那些平民大百姓，偏生举你姐夫这个平民大百姓呢？"云麟笑道："可又来，这就是姐姐说的姐夫明索暗偷白花花银子的好处了。在一般平民大百姓里头，有钱的平民大百姓便拿着钱去运动没钱的平民大百姓，没钱的平民大百姓既然拿着有钱平民大百姓的钱，自然便让他不做平民大百姓，举他做议员了。"

绣春听到此处，不禁点头赞叹，说道："哦！原来做一个议员，还有这许多讲究，我若不是经兄弟明白告诉我，我一个女人家如何会知道这新鲜玩意？古语道得好：'过到老，学不了。'这是一点不错的。但是一个人想要做议员，必定都要家资富足了。万一地方上有些端人正士，真可以替地方出力的人，他若是不名一钱，这不是白白地看着别人做议员，一辈子轮不到自己了？"云麟道："那又不可一概而论。果然这人平素有些声望,热心地方公益,也自然会有人举他。就是议员之中,也尽有端人正士,不过这种人风毛麟角,少些罢咧。姐姐莫要生气,象姐夫这一干人,那就非钱不行了。姐夫在上海的时辰,也常常同我会在一处,我们是无话不谈,他告诉我,这运动议员的方法,真是又好气,又好笑哩。他说虽然拿着钱出来运动,也要分着等级:上一等人,每人非几十元,他断不肯举你;其次呢,十几元也就可以达到目的了;再下一等,几元几百文几十文也行。”

绣春笑道:“人要他这几百文几十文做什么呢?”云麟笑道:“我也曾问过他的,他说有些乡愚,平时不过在村里种种田,或是在城市里做小生意,也有卖菜的,卖水果的,一古拢儿都将他们邀约出来举他。这种人就不消拿着洋钱去运动他了,拣一个日子,备个八碟四碗的酒席,尽他们高兴的时辰,姐夫便从腰里掏出许多名片来,每人分给他一张,叫他们记着笔画学着写,写错了又把着手去教给他,就象先生教小学生写红字纸仿影一般。写得将就看得过了,又叮嘱他们将这上面的三个字不住价尽念,那时候只差交给他们一串佛珠,仿佛念阿弥陀佛一般,越念得熟越好。及至到选举日期,每人给他吃两个汤圆子,或是两个烧饼,他们也就屁滚尿流地去写票子去了。姐姐你想,姐夫有此种好手段,焉得不当选做议员哩?不过还有一层,象姐夫是在我们江都县里选出来的,还是个初选议员,要想做省议会议员,还要经一番手续,还要花一笔买票子的钱。论姐姐家里这般家私,恐怕姐夫没有省议会议员的指望,左右到省里去当轿夫,去抬别人的轿子。”

秦氏此时刚将饭菜忙毕,一件一件命黄大妈搬向桌上,自家颤巍巍地走过来说:“大家来吃饭罢。姐弟两个也不知道在这里鬼鬼祟祟讲什么,我听见好象一句也不懂得。真是换了朝代了,只管一元一元闹不清。做官罢咧,怎么做起一元来了?一元的官想也不大,要是一百元、一千元的官,那可就了不得了。”几句话说得云麟嘻天哈地地笑不可仰。再抬头偷眼向绣春瞧看,只见绣春非但不笑,脸上转冷冷地向桌边一坐,拿起筷子吃饭,一句也不肯同云麟开口。云麟吓了一跳,也只好端起饭碗就口便吃。吃饭之间,又拿着眼去偷觑绣春,见绣春依然面含微愠,只不开口同他讲话。云麟更忍不住,笑问道:“姐姐为何生气了?适才好好地同我谈心,为何此时忽然不肯理我?”绣春瞋道:“理你呢。我才知道你这人说话,全然一团嬉戏,并没有半句真实话儿。倒是老实吃饭还好。”云麟诧异道:“我刚才同姐姐讲的话,何曾有一句戏语?你要冤枉煞人,便是死了,也叫人不得明白。”绣春不由笑道:“好好日子,又赤口白舌地赌什么誓?我不是说你别的嬉戏,你去想想,你先前同我

讲的话何等正经，落后来便闹玩笑了。承你的称赞，说你姐夫是巴结上了，连省长都还瞧得起，尊敬他是位议员，你为什么又说他去抬轿子？老实说，他就极其不堪，也不过不配做议员罢咧，何至一万件事不好干，偏偏出乖露丑，干这抬轿子营生呢？捧起来，便是三十三重天；贬下去，便是十九层地狱。你不同我嬉戏，难不成还是我同你嬉戏吗？”绣春说到此处，便连秦氏同黄大妈也笑起来。

云麟倏地将手里一双牙箸猛向桌上一拍，不由哈哈大笑，几乎不把嘴里的饭喷出来，指着绣春说道：“蠢呀，蠢呀！原来姐姐听话是听三不听两的。你要是不说，我又猜不出你心里的话，那才弄得糊涂到底呢。大凡一个人说话，总有个比方，我这抬轿子的话就是比方。你转把来当真了，无怪你气得面红耳赤的。我明白地告诉你罢，要做省议员，是必须经两次手续的，先是初选当选，然后便在这初选当选的人里边大家再行公举，这一次选出来的，才可以做省议员。姐夫他也知道自己没有什么政治学识，他的初意，原是举别人的。一个省议员，必得好几个初选当选的议员去举他；这就仿佛这人是坐轿子的，举他的人便是抬轿子的。况且这种名词，又不是我自家编出来的。姐姐你可惜是个女人，不然若是到省里去看他们选举，象这种‘抬轿子，抬轿子’的声浪，那茶坊酒肆里也公然喊着，他们也不避人，要把你听得腻烦呢。姐姐你不说你是少见多怪，转把来无故责备兄弟，你叫兄弟怎不急煞呢？”绣春方才恍然大悟，也不禁笑道：“原来如此，这是我错怪你了。但有一层，我虽然是个女人家，也不知道他们在外面干的事，只是象这样的话，听去总觉得有些刺刺的不大入耳。无论那些议员有这种事没有这种事，然而你看你姐夫分上，凡事总须替他遮盖呢。你同我讲还不妨事，若是被别人听见，岂不叫人齿冷？以后你便不提也好。”云麟连连点头说：“姐姐这话说得一点不错，我何尝不这般想，只是他们在上海那种不顾忌讳的样儿，实在不好。”

云麟说着，旋又端起饭碗来吃饭。秦氏笑道：“可又来．你的姨母他们住在上海，也非久计，听见他们说是几时可以回扬？”云麟此时饭已吃毕，刚站起身子，猛地听见母亲问他这话，不由用手将屁股拍得一拍，笑道：“我这人真荒唐极了。我要返转扬州的时候，曾向姨娘及仪妹妹跟前告别，仪妹妹他们千叮咛万嘱咐，拜托我一经到了家乡，别的事且缓，第一要打听扬州境况如何，若是没有别的乱象，务必赶紧写一封详细的信，飞快寄给他们。因为仪妹妹的祖母住在上海，没有亲戚朋友可以走动，呆在寓里，闷得很呢，决意依然转回乡里过安闲日子。母亲你想，我们这扬州自经孟大人军队驻扎在此，真是万民乐业，四境无虞，较之上海不是炸弹，就是手枪要安静得许多，不赶快写信催他们回来，更待何时？真是冤哉枉也，我一到了家，也不曾能让我定一定神，就遇见我们那位老夫子忽然高兴，要想做起大清国的忠臣来，报丧条子呀，明伦堂的香案呀，芮大姑娘的恶剧呀，一古拢儿闹得人昏天黑地，如同做了一场恶梦一般，几乎不把这件事忘却了。难得今儿娘提起这话来，我也不在家里耽搁了，我立刻便到媳妇那边去写信。”说着连盥洗也等不及，拔起步来就走。

绣春笑道：“兄弟到今日还是这样轰天大炮似的，不提起他来，你就掼在脑后，刚刚才提起这话，就这样急不可待似的。我劝你且不用着忙，你只当母亲此刻不曾提着你呢。”云麟笑道：“娘不提起也罢了，既然提起这事，我恨不得霎时便有个仪妹妹到了扬州。”绣春用手指在脸上羞着他道：“仪妹妹到扬州不到扬州，与你有什么相干？要你这般着急。”云麟被绣春这一驳，不禁脸上绯红，脚底下格外忙忙地要想走脱。绣春笑道：“你去就去，我也不是一定要拦你。不过你写信的时辰，替我提一句，说我给姨娘他们请安问好。”云麟道：“就是就是，我断乎不敢忘却。”说着大踏步已跨出二门，径自去了。

云麟转回岳家，见柳氏刚才用过午膳，在房里梳桌上用手巾抹脸。云麟顺便将手巾扯在手里，笑嘻嘻地将脸抹得一抹。柳氏笑道：“你真忙得利害，为何在家里吃饭，连脸都来不及抹，巴巴地跑得回来同人夺手巾？”云麟笑道：“我回来急待写封要紧的信，你不用扰我。家里信笺还够用不够用？你替我预备出来，让我凝一凝神再去执笔。”柳氏笑道：“了不得，什么要紧的信？瞧你这个样儿，倒好象下场考试一般，怕不是写信，简直是做文章。”云麟也笑道：“不错，不错。其实不通的秀才写一封信，自然象做文章一般，谁还及得你下笔万言，倚马可待呢？”云麟一面说，一面坐在窗下，真个凝神一志，将扬州近况写得十分详细，语句之中，都含着怂恿他们归来的意思。写好了又读一遍。柳氏在旁边瞧着，不禁点头笑道：“原来是为此事，无怪你十分郑重呢。你这仪妹妹我们虽然会面没有多次，然而瞧他的为人倒是异常地温柔婉媚。可惜他如今已成寡鹄孤鸾了，这人的际遇，也算可怜。我替他想，久居母家，也非长策，双亲一旦物化，他这伶仃弱质，将来如何结果呢？”

云麟此时信已写完，正用浆糊轻轻封口，听见柳氏在旁说这一番话，不禁触起他无限愁肠，痴痴地将信拿在手里，扑簌簌地落下两行清泪。又怕被柳氏瞧出来，落得给他嘲笑，趁势将衣裳扑得一扑，说道：“这封信须得我亲自去邮局走一趟，贴一角三分的快信邮票，大约今晚不寄到上海，明天清晨准可寄到。”嘴里假装说话，背着脸径自走出去。柳氏明明看出云麟神态,也不便过于奚落他,怕他着急,也只付之一笑。

且不讲云麟寄信之事,我这支笔此时转要先从上海伍晋芳公馆里说起。这一天清晨,小善子那个丫头在门外买了好几枝桂花朵儿,拿进来给朱二小姐插戴。朱二小姐又命小善子亲自送了两枝给淑仪。淑仪梳洗已毕,觉得无聊,倚在一张睡椅上,手里捧着一本新小说在那里消遣。小善子掀起帘子,笑嘻嘻走得近前,便传朱二小姐的话,说道:"两枝桂花朵儿,是送给小姐簪鬓的。"淑仪忙站起身子,嘴里说道:"多谢。"便抓了一把钱赏给小善子,一手接过桂花来向妆台上一搁。小善子拿了钱便走。

淑仪这时候眼望着那一对桂花朵儿,不禁潸然泪下,痴呆呆地站着不动,暗想:"姨娘的举动,真叫人难受,他难道不知我是新寡?满身重孝,如何头上可以簪戴鲜花?岂但不配簪戴,即此时对此秾劳,一念及身世伶仃,转使我触起无穷哀怨。咳!不料我淑仪入世未深,竟如此结局。苍天,苍天,生我何恩?这般凌折我,又有何怨呢?"越想越痛,顿时将一幅罗巾湿透大半。痴立了好半会,觉得将此花抛弃了,又甚可惜;若是老远搁在这里呢,看着又十分难受。一个转念,不如送去给祖母簪戴罢。于是颤巍巍地将这两枝桂花朵儿拿在手里,轻轻踅进卜氏房门,恰好卜氏梳洗已毕,便含笑将花送上去。卜氏笑道:"哎呀!这花怪香的,颜色也黄得可爱。每年在扬州时辰,到这八月里,象这桂花除了穿花簪在鬓上,瓶子里也还插着许多。近来我刚惦念着,不料这上海也有这花儿。好儿子,你留着戴罢,又巴巴来送给我。"卜氏刚说到此处,猛然想起淑仪不能戴花的缘故,觉得说话冒失,脸上一红,心里便有些酸酸儿的,忙拿别的搭讪道:"你起身倒还早,天气新凉,何妨多睡一会儿。你们少年人心血足,不比我当这长夜天,一夜倒醒着大半夜,窗子上才透进一点鱼白颜色,我便闹着要起床了。你父亲昨夜是在你母亲房里睡觉的,还是在你姨娘房里睡觉?"

淑仪起先听见卜氏的话,不禁眼圈一红,又怕老年人瞧见伤心,忙挪了一步,走近镜台旁边,揭起镜袱儿照脸。后来听见卜氏问他父亲住宿的话,便勉强笑着回道:"你老人家一共还不知道呢,父亲不到母亲房里,将近有两年多了。当初翠姨在日,父亲在翠姨房里的时候多。后来翠姨死了,父亲总住在姨娘那里。"卜氏面上很露着不然的意思,冷笑道:"你的父亲真个越老越糊涂了,你的姨娘是个什么天仙美人儿,日夜里厮守着他?好儿子,你不知道你这母亲忠厚老实有余,只是忠厚太过分了，就不免被人欺负。好好夫妻们，硬生生地被这些九尾狐狸弄得仇寇似的。最可敬的，是你母亲对于这些事，不但在我面前不肯提一字半句儿，便连脸上也不曾露出一点颜色来，真个叫人怜惜他。论理呢，儿媳们这些琐琐屑屑的事，我做母亲的也不合再去管他，但是你父亲既然做一个家主，行出事来总要叫人心服。亏他还在外边做着知县官呢，象这宠妾灭妻的案件，万一百姓将状子告到他面前，我不知道他怎生个断法？古人说得好：‘身修而后家齐，家齐而后国治。’你父亲既不能修身，又不能齐家，可想这国如何治法呢？宜乎近来闹出革命大乱子来了。”淑仪听卜氏说话，也不敢答应，只站在旁边微微含笑。

卜氏正说得高兴，忽听见房外靴声橐橐，卜氏知道是晋芳脚步声音，不禁回头望着淑仪笑道：“奇呀，才说曹操，曹操便到。”话还未完，果然晋芳揭起门帘走进来，笑着叫了一声母亲。卜氏因为淑仪站在身边，也不便提起适才的话，便笑道：“你来得正好，我正要打发人去请你进来讲话。我们难道永远住在这上海了？扬州放着自己的房子不回去住，每日拿着白花花几十两银子住这极贵的房子。你们贪恋着这上海热闹，原不顾惜银子，只想多在这里玩几个月。我觉得关起门来，坐在里面，同住在深山里也差不多儿，我可再闷不住了。你们不回去，我不劝你，你只放我同大媳妇以及这孙女儿一齐回家，这就算你是孝顺我的地方。”晋芳忙笑道：“谁不打算回转扬州，也是母亲吩咐的，须得打听扬州情形可平静。母亲通不记得云麟回去的时候，母亲亲口吩咐他，叫他打探扬州实在情形，写信给我们好作准备。我因为母亲有这句话，所以眼巴巴地等云麟一封信来，便预备动身。”卜氏笑道：“不错，不错，我真老糊涂了。只是麟儿这孩子也太不懂事，吩咐他的话，一共都吃下肚子去了，如何到今日也不见他的信息？到底是年纪轻的人，一件事也靠不住。然而话虽如此，他没有信来，难道你不会写信去催他？”

淑仪见卜氏满嘴地怪着云麟，刚待拿话替云麟掩饰，不防他父亲已由袖里拿出一封信来，笑向卜氏说道：“母亲正不须着急，今早已由邮局里送进一封扬州的信件来，儿子正拿来给母亲看的。云麟这孩子已将扬州事迹打听得清楚，叮嘱我们回去。母亲看了便知分晓。”卜氏不禁笑起来，转过头望着淑仪说道：“你看我这年纪大的人，什么都不中用了，几乎错怪了这孩子。我说这孩子做事最是靠得住的，我们既然叫他写信，他有个不赶快写的道理吗？好孩子，你不用笑我，更不用怪我。”说着又在桌上乱摸自已戴的眼镜子，预备看信。摸了好一会，又摸不着，发恨说道：“我也不看了，仪儿念给我听也是一样。”淑仪含笑，便将云麟那封信拿在手里，从头至尾读了一遍。卜氏非常高兴，一叠连声便催晋芳快些吩咐家人们预备动身。又说："招商轮船是哪一只最妥当？总须预先定下好些房舱，免得临时仓猝。"晋芳笑道："母亲且莫劳神，这些事情，自有儿子同媳妇们料理。但是这动身的事情琐碎得很，非一日两日可以集事，大约总请母亲到扬州过重阳节，在天宁寺三层楼上登高。"卜氏点点头说道："这也罢了，好在既然有了回家日期，便迟十日八日也不妨事。但是一层，我自从到这上海以来，都为着外边兵荒马乱，也不曾好生在这地方痛痛地游玩一场。难得时事目下已经算是太平了，我意思想同我们媳妇以及这孙女儿拣一处好玩的地方，痛痛快快地乐一天，将来回到扬州，对着亲戚讲起来，也算在上海见过世面。晋芳你替我们想想看，除了那些戏园子锣鼓喧天闹得人头疼，不必再去受罪，这上海还有什么清静寺院，我一者去散散心，二者也要拜拜菩萨，了我心愿。"晋芳笑道："有，有，我知道这里有一座龙华寺，庄严华好，春秋两季，去游玩的人很是不少。我近来又听见人讲，这寺里又新建造了一座大仙楼，说这大仙楼是位有灵感的白须老翁，夜里还出去替人家看病呢。楼底四围都栽着芙蓉、桂花，恰好在这时候开得芬芳灿烂。母亲何妨拣一个日子，到那里随喜随喜呢。"卜氏笑道："我疑惑这上海地方是个繁华世界，没有一所清净道场，照你说来，这龙华寺简直同我们扬州几家大丛林差不多。好极了，我们就在明天去逛一趟。"又望着淑仪说道："好孩子，你将我这意思赶快去告诉你母亲同姨娘去，叫他们尽今晚收拾收拾。要逛庙宇须得早些，不用弄得日色落西，才车儿马儿，闹得屁急急的，便是玩着也不舒服。"淑仪笑道："这个容易，母亲同姨娘又没有小孩子累赘，说出去就出去了。我此刻就去告诉他们去。"说着便掀起门帘出来了。

晋芳又在房里坐了一会，也辞了卜氏，径自转回朱二小姐房里，告诉他云麟有信到沪，大约不久全家也要一齐返里。又问："淑仪可曾到这里来不曾？"朱二小姐笑道："回扬州倒也罢了，住在这里也不是久计。只是这一番回家，别的倒也没有什么打紧，只是少了一个小美子，叫人想得寸肠俱断。我哪里想得到带着他到湖北，便将他这条命儿送在湖北呢？"说着眼泪如断线珍珠一般，簌簌地流满襟袖。晋芳也不由跌足长叹，勉强安慰他说道："是儿不死，是财不散。小美子该应不是我们的儿子，把他撇过一边不要想他罢，想他他也不能再生，徒然苦坏了你这身子，倒值多了。譬如翠姨呢，他不也是死在湖北的。这叫做生有时辰死有地，前生注定的事，也非人力可以勉强。"晋芳提到小翠子，不由也哭了。朱二小姐转拭了拭眼泪，向晋芳瞥了一眼，冷笑说道："翠姨左右不过是个身边的姬妾，死了也没有什么关系。不比美子毕竟是你伍家门里一个香火之根。你这人说话同用心，总觉得有些轻重倒置。我此时是简直没有一个体己的人了，想起来转不及淑仪的娘，还有淑仪在他面前亲亲热热的。说起来，你适才问仪儿可曾到我这里来，他到我这里做什么呢?”晋芳道:“母亲适才吩咐仪儿，约你们明天去逛龙华寺。停一会想该到了。”朱二小姐笑道:“可又来，他不先到他自家母亲那里，就在这些上面分出亲疏来了。我是明白透亮的角色，停一会定然差一个丫头到我这里吩咐一句罢了，我配累着他来请我?”

朱二小姐话还未完，早听见淑仪的脚步声音，袅袅婷婷走进房来，向朱二小姐喊了一声姨娘，又多谢他早间赐的桂花朵儿。晋芳看见淑仪，不由望着朱二小姐掩口而笑。朱二小姐转过头去不理他，笑向淑仪问道:“适才听见你父亲说，怎么祖母高兴，请你来约我们去逛龙华寺?”淑仪也笑道:“女儿正是奉着祖母的话来请姨娘的。好笑他老人家只怕姨娘同母亲耽搁迟了，来不及出门。其实他老人家每逢外出去游玩，总是不会快当的，单是他老人家梳头换衣裳，也要摸索好几个时辰呢。”朱二小姐同晋芳也笑起来。朱二小姐又道:“你母亲可去不去? 你想是已经去告诉过他了。”淑仪道:“母亲那边我还不曾去呢，我离了祖母房里，便到自己房里做了点琐碎的事情，方巴巴地先赶到姨娘这里来了。母亲他的性情，最是好静不好动，若是劝他出外游园看戏，他老人家最是懒待动弹。然而既是祖母的吩咐，想母亲必然也是要去的，断不敢驳回他老人家。”

淑仪刚在说话，晋芳又暗暗望着朱二小姐发笑，似乎笑他适才说的话全然不对。朱二小姐脸上一红，假装着走近窗口，挑起那桃红纱幔子，隔着玻璃向外边一望，不禁笑起来说:“哎呀! 拣了好日子没好天，你们看天上又落起雨来了，明日敢是还去不成呢。”淑仪也笑道:“果然的，我适才打从天井里走过来，就觉得天色阴沉沉的，象要落雨。祖母瞧着，又要着急了。而且这秋天的雨，一经落起来，有得淅淅沥沥地讨厌呢。逛龙华寺还是小事，再耽搁了我们回扬州的日子，可是糟了糕了。”说着便有些恹恹不乐。朱二小姐笑道:“这倒不妨，住在扬州也是住，住在上海也是住。扬州有你什么关心的人，要你这样着急?”这句话转将淑仪说得脸上绯红，拈着衣角儿低头不发一语。坐了一会，也就别过朱二小姐，径向他母亲处去禀明此事。三姑娘少不得答应了。

谁知那个秋雨果然一时未能晴霁，一直等至五日之后，方才放晴。朱二小姐凑着趣儿，这一天清早便妆饰起来，又着小善子去催促三姑娘。自家便走到卜氏房中来请早安，并说明今天陪着母亲去逛龙华寺。卜氏此时业已下床，只是还不曾梳洗，一瞧已觉玻璃窗子上晓日曈曈，窗外一株蔷薇树上鹊声乱噪，笑道："难得今天天气是大晴了，只是一层，怕街道被连日雨水凝积，一时未必干燥，拖泥带水地去逛寺院，也觉得没趣，不如迟一日再去也好。"朱二小姐笑道："母亲这话说错了。你老人家总以为这上海街道，同我们扬州是一样，这是没有的事。那马路上全行铺着碎石子儿，就在落雨的时候，也不愁泥泞，何况雨已住了呢。再说宿雨初过，灰尘不扬，再好不过了。你老人家同我们又坐着马车，哪里还会拖泥带水？仪儿的父亲因为你老人家高兴，早经派着伍升他们去雇好马车了。好祖宗，快点收拾罢，要穿什么衣裳，我替你老人家去拣出来。"说着便去开箱子。卜氏见他如此高兴，却也欢喜，便随即对镜盥洗。

正在忙乱着，淑仪也盈盈地走过这边来。朱二小姐笑道："你母亲妆扮好了不曾？我适才着小善子去请他，想他快出绣房了。一个半老的佳人，还用什么搽脂抹粉，到这时候还迟迟挨挨的，引得我生气，看我去扯他。"淑仪笑道："娘老早收拾完了。我适才还在娘房里，娘因为支派丫头们，谁留下守门，谁跟着出去。娘还恐怕祖母着急，特地命女儿先过来说一声儿。女儿的话还不曾说得及，姨娘早说了一大篇，可不把娘冤枉煞了。"朱二小姐笑道："这也罢了。"

两人刚在房里说话，外间早走过几个丫头。还有小善子，一齐哈天扑地的，拥着三姑娘到了房外。恰好卜氏也收拾完毕，正端着一碗莲子羹，就案上吃食，见他们业已到齐，将碗一推，笑着站起身来说道："我们走罢，不用再耽搁了，叫人玩得不爽快。"此处便走过一个丫头，扶着卜氏，陆续齐出。刚穿过屏风，到了大厅上，恰好晋芳站在那里，迎着上前叫了一声母亲，又问："儿子还去不去？"卜氏笑着摇头道："你在家好好看守门户罢，很不用你夹三夹四地随着我们。"晋芳连连答应，说道："母亲早早回来。仪儿一路照应着祖母。"卜氏也不曾听见，已颤巍巍地走下台阶。朱二小姐回头望着晋芳挤挤眼儿，似乎说："只有你知道殷勤，说好话儿给母亲听。"晋芳也是一笑。

且说他们出了大门，两辆马车儿停在那里。三姑娘同卜氏坐了一辆，朱二小姐已携同淑仪跨上另一辆，四名丫头齐齐分坐在两辆车里。男仆便是伍升，站立在车子背后。马夫加上一鞭，两匹快马展开八足，如飞地驰骤而去。

上海这地方是朝朝寒食，夜夜元宵。当这清晨的时候，那一带马路上，却很是清静，行人稀少。惟见那两旁参天的绿树，虽值深秋时候，依然浓荫参差。走不到半个时辰，那一带红墙，早从树阴缺处，一闪一闪地透露出来。凉风拂袂，爽气迎人，大家觉得十分畅快。及至到了寺前，也有许多游人往来络绎，还杂着许多耍货摊儿，陈设得红红绿绿。朱二小姐觉得马车一停，知是已经到了，缓缓地扶着淑仪下车，站在车旁等候卜氏同三姑娘一齐出来入寺。遥见柳荫之下，也还停着好几辆马车儿。刚在徘徊，忽然从斜刺里走过几个人来，拦着朱二小姐他们，口口声声请他们购办香烛。朱二小姐便命伍升将香烛去买几份带进去。伍升答应着，便跑向那店里去了。

此处朱二小姐一干人便轻挪莲步，径入寺门。只觉这佛地庄严，异常华好。朱二小姐走一处，指点一处，看见那匾额对联，不住地曼声吟咏，有时又讲给淑仪他们听。一种飞扬神态，引得游玩的人俱侧目停步而视。其中便有许多轻浮少年，又因为新去了发辫，大家都把那个博士头儿，浓浓地用凡士林刷得乌光漆黑，虽是天气新凉，谁也不肯戴着帽子，怕辜负了他那一把好头发，不能给女娘们赏鉴赏鉴。你想在这个当儿，有不围拢将来，向朱二小姐他们品头论足的道理吗？朱二小姐却落落大方，决意不把他们放在眼里。转是淑仪羞得红云满面，遮遮掩掩地只依在卜氏身侧，缓缓而走。偏生那些人见他年纪又轻，浑身缟素，背地里都交头接耳议论他，不是带公婆的孝，就是带父母的孝。内中有个人说了一声："怕是死了丈夫罢，不然这孝服哪里会这样惨淡？"又有一个人便向说这话的那人啐了一口，骂道："你这死囚，倒会咒着人呢。看这闺娘，约莫不过十六七岁，哪里便会死了丈夫？你的女人才带丈夫的孝呢！"说得那人急起来，便要同他挥拳。内中又有人做好做歹，劝了开来。据云后来这两位朋友，便因为这一句戏言，还闹得翻天覆地，什么打架呀，评理呀，几乎提起诉讼事件出来。因非本书正文，作者也没有工夫替他们再去记这一笔闲账。

只是当时淑仪姑娘，未免将这话也有些吹入自家耳朵里，芳心中不免有几分感慨，只闷闷不乐地随着祖母、母亲绕过了几折回廊，穿遍了数重宝殿。早有伍升替他们通报进去。那知客和尚法名净月，人极圆通，一眼早瞧出他们是个官眷派头，便殷殷勤勤地披了袈裟，合掌含笑地迎得上来。一面命小和尚替太太们点齐香烛，请大家拜佛。霎时铙钹叮当，梵音高唱。大家拜佛之后，和尚恭请到方丈室里随喜。一面又命小和尚向厨房里吩咐预备精美的素斋，留太太们在此便饭。卜氏等人便随着那和尚转入后进，苍苔露滑，秋蝶纷飞，翠竹苍梧，高插檐表。脚下走的是一路鹅卵石子铺的曲径。

小善子见他们缓缓走在和尚背后，他早不甚耐烦起来，扯着卜氏面前用的一个小丫头，从一条小甬道上穿过一带桂花树底下，迎面早露出一座敞厅，两旁皆是精美的禅房，玻璃里面一色全障着浅红纱幕。小善子只觉得四围地方全是桂花香气，芬芳扑鼻。一两人匆匆地刚待跨上阶沿，只听见房里边有女人说话的声音。刚一凝神，蓦不防那走廊底下坐了几名仆役，见小善子冒冒失失想向里走，便大声吆喝，拦着他不许上去。小善子被他吓了一跳，不禁恼羞成怒，便接口说道："这地方是大家都来得的，难不成是你们家公馆，这般大声小气的，施你这威武吓谁？"有个仆役听他这话便恼了，轻轻伸手将小善子一推，几乎推跌下来。小善子又是个不肯饶人的，早吊起那大红镶边眼睛，泼口便骂。可巧朱二小姐他们已打从这一边走过来，便喝问小善子因着何事在此同人吵嚷。小善子便跑过来，一五一十将适才情节告诉朱二小姐。那个净月和尚听见这话，忙笑着向朱二小姐慰藉道："不瞒太太们说，此处是敝寺的一座桂花厅，厅前厅后大小不下四五十株桂花，每逢八九月间，开得十分烂熳。便在这时候，也还有好些不曾开过的，因为上海这地方天气和暖的缘故。现开的桂花，人都叫它做晚桂。太太你老人家不知道呢，自从这桂花开放时辰，一直到今日，都是陆陆续续有许多官宦家小姐太太，借这地方摆酒请客，有在三五日前便定下这桂花厅的。今天是红杏里一位旗员家里的姨太太，因为到敝寺大仙楼祈求子息，昨天便差遣爷们过来吩咐小僧们伺候，小僧们早已答应了，这位姨太太来得又早，如今正坐在房里休息。小僧又不敢怠慢太太们，是以命人将方丈左边那个绿香秋墅打扫干净，便请太太们在那里用膳。想是姑娘们不知道厅上已有女客，意思想进去随喜。那些爷们想来不知道这位姑娘是跟太太们来的，不免得罪了姑娘。"说到此，又含笑低低向小善子说道："姑娘们是极尊贵的，又何必同那些蠢人一般见识？等到太太们用膳之后，小僧少不得命人将这桂花攀折下来，送给太太们回公馆去插瓶玩赏。"

朱二小姐本待发作，因为这和尚说话宛转，一时拿不下脸来，只得冷笑了一声说："哎呀！我只当是什么皇亲贵戚，原来大不过是个旗人罢咧。如今五族共和，满汉平等了，何必还拿出那天潢贵胄的势力来吓人？"卜氏同三姑娘都笑着拦朱二小姐道："游山逛寺，原是寻乐的事情，何必又同人家闹意见？凡事有个先来后到，他们既然在前一天就定下这桂花厅来，我们别处原可去休息，你同他生气不值多了。"朱二小姐冷笑道："我若是同他生气，早该闹进去，倒要瞧看瞧看这位姨太太是个什么身分儿。我只因为善子也不过是个女孩子，不至于冒渎了你这位姨太太，该派他吩咐爷们向善子动手动脚，几乎不将他推跌下来。"

朱二小姐刚在阶沿之下发话，那一派呖呖莺声，早惊动了坐在窗子里面的那位姨太太，听见他们是扬州口音，不由扶着身边一个侍婢袅袅婷婷走得出来，笑容满面向朱二小姐他们道了万福。此时那些爷们见姨太太亲自出来赔礼，早吓得一例垂着手儿，再也不似先前威武。卜氏同三姑娘也觉得不过意，随即也就还了万福。那姨太太笑道："庵观寺院，原是任人游览的，何可分着彼此？这些糊涂东西，全然不知轻重，妄行无礼，得罪了贵价，妾身深抱不安。适才听见这位太太口音，确是妾身同乡，若不嫌弃，何妨一齐进厅上来坐坐。现有茶点在此，妾身正苦寂寞，大家聚在一处，倒反热闹些。"那姨太太刚说到此，净月和尚本来深恐得罪檀越，见他们合拢得来，巴不得借此联络，又可以迎合了这姨太太意旨，便竭力怂恿卜氏他们进厅小憩。自家不便搀杂其间，便趁势别了他们，走出去预备素斋伺候。依朱二小姐很不愿意，转是淑仪在旁边已将那姨太太上上下下打量了一番，猛触起心里一件事情，更不待朱二小姐答话，已笑吟吟地先行跨上阶沿。卜氏见这姨太太声势煊赫，也不肯拂他盛意，也就偕同三姑娘都走进去了。朱二小姐至此已不能再行决裂，只得恹恹地随着他们。伍升早同那些爷们交头接耳，走过一旁去了。

厅上有各人伺候的侍婢，忙着端茶的端茶，拧手巾的拧手巾。那姨太太重新殷勤向朱二小姐道歉，朱二小姐才回嗔作喜。大家参伍错综地坐下，那姨太太先一一地询问了卜氏他们阀阅。及至问到淑仪芳名，三姑娘含笑代他答述。那姨太太不禁露出一种惊讶的意思。三姑娘代淑仪答了名字，便转来问他贵姓，又说："太太本来想也住在扬州，此次侨寓沪江，敢莫不也是为的扬州乱事？"那姨太太笑道："妾身姓杨，从小原是住在扬州。然而此次侨寓沪江，却不是从扬州来的。因我们大人备员宁省，宁省光复之后，大人不能安居在宁，不得已遂挈眷避乱到此。然而故乡之思，日不去怀，所以听见太太们说话口音，知是妾身同乡，乃斗胆请进来叙谈叙谈。承太太们不弃，心中非常愉快。适才这位仪小姐，想就是太太的掌珠了，如何浑身缟素？不揣冒昧，敢问这小姐带着谁人的重孝？"三姑娘见他问及这话，不觉声气有些呜咽，勉强答道："小女不幸，遽丧所天，这孝服便是带的他丈夫的。"那姨太太叹道："哎呀，可惜，可惜！妾身敢问太太，这位令婿可是姓富不是？"

那姨太太这话刚说出口，厅上坐的卜氏一干人齐齐吃惊，转一时答对不来。惟有淑仪姑娘更忍不住了，慌忙立起身子，含着满眶眼泪，走近一步，款语低声向那姨太太问道："照太太适才所讲的话，儿的身世，悉在太太洞鉴之中。儿此时转要斗胆问一句，太太芳名上可有一个'珠'字不是？"那姨太太只笑着点点头。淑仪心中恍然大悟，不禁深深施下礼去，哽咽说道："儿夫不幸，为国捐躯，白骨荒凉，无人收拾，重蒙太太高义，为立新阡，并栽石碣。在省城时候，几次想入瀛潭叩头致谢，总因为事机仓猝，又不敢冒昧将事，以至深仁厚泽，只能时时铭感于心。却不料忽然在此相遇，得谒芳仪，真是三生有幸。"此际红珠忙一把将淑仪小姐扯住，笑道："不瞒小姐说，适才这位太太在外边发话的时候，我已经从窗子里面瞧见小姐形状，便已九分猜着是小姐。因为小姐声容态度，我虽不曾会过，然而却曾经在一个人口里告诉过我的。我久已想会一会小姐，不料今儿便在此遇见了，我真快乐不尽。"说着便笑吟吟地携着淑仪的玉手。

大家正在此处闲话，那净月和尚早又走进来，合掌向卜氏太太他们笑问道："小僧们已在那边将素斋设好，奉请太太们过去用膳。"卜太太等人尚未及回言，红珠忙笑道："太太们若不嫌弃，便请在此处一同用膳，我还有话要同仪小姐讲呢。"净月和尚十分凑趣，连声答应，即便跑向那边吩咐小和尚。果然顷刻将筵席移至桂花厅上，连同红珠一席平列下来。两边仆婢纷纷调排桌椅，彼此谦逊了好一会。朱二小姐心里总有些不甚高兴，勉强同卜太太坐了一席。那一席坐的便是三姑娘母女，红珠在侧首相陪。三姑娘此时已知道红珠便是当年云麟所眷恋的妓女，素来知道他的为人，又感激他安葬富玉鸾一事，叙谈之际，也觉得十分亲热。至于淑仪更是同红珠臭味相投，初会时还有些生剌剌的，饮膳已毕，益发谈得入港。

诸人都各离席散步，红珠又将他邀入一间房里，自家带来的脂粉镜奁，互相盥沐。红珠遂携了淑仪的手，款款步至阶下，借着赏玩桂花为名，走到一带绿荫之下，附着淑仪耳朵，微微叹道："郎君陷入南京监狱，我本来徇着一个人的请托，竭力在我们大人面前设计营救。我们大人强不过我的意思，业已发了令箭，将郎君提出狱中，准备释放。不图于途路之间，遇着对头，登时遇害。我听了这个消息，急得什么似的，抚心自问，对不住小姐，兼对不住小姐的那位表兄，不知小姐那位令表兄还体贴我的意思不？万一再疑惑我不肯替他出力，那才真正冤枉死了我呢。南京光复，后来遂不曾得着令表兄的消息。此人近来可还住在扬州，还是游幕异地？谅小姐同令表兄谊关亲戚，总该知道一二。"淑仪答道："太太……"红珠忙笑拦道："小姐这称呼，须折死奴家了。承小姐不以卑贱为嫌，千万不要太太长太太短的，象这般客气。揆度小姐的年纪，约莫小得奴家一两岁，斗胆便乞小姐唤我一声姐姐，我便感激不尽。"淑仪也就笑了一笑，点点头说道："姐姐你还不知道他，他不久还住在这上海的。他同姐姐的事迹，妹子没有一件不知道。姐姐的侠义，妹子久铭心曲。他更是一时一刻都把姐姐放在心上的。他约略也知道姐姐寓居沪江，迭次察访姐姐的踪迹。”

淑仪说到此处，又低低将云麟前次在一处地方看见红珠身影，接连访问了几次的话，告诉了红珠。红珠听了，不禁滴下泪来，失声长叹。好半晌，才缓缓说道：“人生遇合，都有一定的因缘。据妹妹适才所说的地方，确是奴家所住的地方。谁知竟参差龃龉，当面错过，你叫他心里怎么受用呢？咳！妹妹你不知道，其实我同他今生缘法已满，便是侥幸相见，也不过徒增一重惆怅，何济于事？妹妹此后若遇见他时，请将我这意思代为转达，叫他闭户读书，勉图上进。倘若三生有幸，我与他将来只好再图来世姻缘了。”红珠说到此处，益发珠泪纵横，呜咽不已。淑仪也是怆然雪涕，相对无语。

卜氏太太同朱二小姐以及三姑娘等人，刚才见红珠将淑仪携入房里谈话，他们知机，也不肯搀杂其间，便乘机率领丫头一班人，早在寺里前前后后游览一番。那净月和尚又捧出一本缘簿来乞他们布施。卜太太少不得从怀里掏出十元交给和尚。朱二小姐毕竟命和尚引带他到大仙楼上虔诚叩拜，默默祷告，乞求大仙赐给他一子，又许了好多宏愿，暗中又递给和尚十元，命和尚替他买一幅绣花五彩幔子在大仙座前悬挂，以表敬意。和尚答应不迭。

诸事已毕，然后偕同重到桂花厅上，向红珠告别。红珠见淑仪要行，十分留恋，附着淑仪耳朵说道：“我素来知道他家计不丰，目前又遭世变，养亲教子，想他殊不易担此重任。我今日所处地位，有的是金银，所恨无从资助他一二。好妹妹，我有一件物事，请妹妹回家时辰，替我亲手交给他，叫他赶紧变换成现钱，或者置点田舍房产，庶不枉他同我当初交好一场。”说着便伸手从怀里掏出一粒珍珠来，大如鹅眼，递在淑仪手里，光芒四射。淑仪随即拿过来，也向怀里一塞，并替云麟称谢了几句，并笑着说道：“我们不久就回扬州，姐姐那边潭府深沉，妹子不便前往告别。姐姐如有什么信札，妹子情愿代作邮人。”红珠凝神想了想，慨然说道：“那个也可以不用了，我又不会亲手执笔，这件事又不便托人书写，便是写了去，徒然使他分心。好妹妹，你会见他，就请妹妹替我问问他好罢。”一面说，一面含着眼泪，亲自将淑仪送下台阶，又向卜太太他们说了几句套话。然后卜太太他们全眷一齐出去。红珠坐了一刻，也自回寓去了。

欲知后事，且阅下文。

# 第六十八回 洗尘酒芳筵生雅谑 照乘珠密室动幽情

自从国变以来,中原多故,农辍于野,商愁于市,工滞于室。政府甫建,庶务纷繁,更没有工夫提倡文教,培养人才。所以那些失业儒生,大家都坐在屋里扼腕兴嗟,百无聊赖。

就中单表那个云麟赘在岳家,面前放着一位女学士,日夕同他研究学业。他却不过柳氏意思,勉强咿唔。其实问他的一寸私心,不是风晨雨夕,遥忆旧欢;便从寡鹄孤鸾,萦情芳戚。镇日价没情没绪,枯坐书斋。况当这深秋天气,柳凄草白,触境皆增悲感。又想到半月前曾经将扬州境况,详细写给寓居沪上的姨丈伍晋芳,计算日期,料想他们在这个时候也该旋里了,怎么至今也没有一个消息?这一天刚是宿雨新霁,因为有好几日不曾出门,午饭之后,笑向柳氏说道:“今天拟向老师请半日假,出去逛逛,不知老师还允许不允许?”柳氏也笑道:“你要出去便出去罢了,我几时阻拦你过来?你是个大清国秀才,我哪一件及得你?你这老师的称呼,我方不敢当,我不配做你的老师,你那何其甫老先生,才配做你的老师呢。”云麟笑着也不回答,径自出了大门。他心里想:“到哪里闲逛才好呢?噢,不如先向伍公馆那边打探打探他们何时回来的消息罢。”主意既定,一直径向伍公馆走去。

家人们看见云麟到来,笑着上前迎接,说道:“少爷也得着上海的信吗?”云麟笑道:“得着上海什么信?我委实还不曾知道,我是特来问问你们老爷几时可回扬州。”那些家人们又笑道:“真正巧极了,今天午饭之前,已得了上海电报,说老爷他们今晚准抵钞关码头,叫我们派人向江边去伺候。少爷来得正好,少停一会,少爷若是高兴,何妨也到船上走走呢。”云麟听了好生快乐,忙答道:“准去,准去。但有一层,小姐太太们的房屋,你们诸大管家想该替他们收拾整齐了。不要等到临时,又弄得手忙脚乱,引小姐生气。”家人们笑道:“这个还待少爷吩咐呢,十几天头里,老爷就有信回来,说是不日返扬,我们早已打扫的打扫,裱糊的裱糊,忙得十分妥帖。趁小姐不曾回来，少爷何妨到屋里去赏鉴赏鉴呢。老爷拿着钱养我们白吃饭不成，这一点点事办不来都要叫小姐们生气，那还了得。”云麟点头笑道：“照这样才好呢。好在潘家贵的银船，此刻谅还不曾抵岸，我就依你们到里边去望望也使得。”

说着便负了手闲踱进去，身边跟了两名家人。走过几重房屋，果然收拾得十分整齐。家人们又指着一带素绢糊的纱窗说：“喏喏，这就是我们小姐住的卧室。”云麟趁势也便走入去，看见妆台上应用的物品，陈设得一丝不乱；镜台屏儿，一例淡雅；便是那张绣床，挂的是荷叶绣边的白绫帐额，帐钩上搭着两绺淡青帐须，愈显得洁白天然，一尘不染。但是较之当初玉鸾入赘时的锦簇花团，脂红粉腻，截然不同。云麟看着这种形状，不觉凄然心恻，替淑仪身世非常扼腕，不由便坐在一张绣墩上，呆呆痴想。家人们已捧上一钟茶来，那茶钟便是淑仪房中陈设的。云麟端在手里，就口慢慢咀嚼，尽管坐在那里动也不动。那壁上一架挂钟，的的答答，长针已指到酉初一刻。房门外边站着的那两个家人进来笑禀道：“该是时候了，少爷还出城不出城？门口家人们已经去了，恐怕老爷他们在船上着急。”连催了两声，再看看云麟，只是坐着不理，那两个家人只好依然退出来，暗暗掩口而笑。

云麟坐了一会，才将茶钟放在桌上，思量站起身子。猛然听见外边喧哗之声如潮而起，不禁吃了一吓，忙出了房门。刚待询。问家人有何事故，再望望那两个家人已不知去向。正拟挪动脚步向外面走去，猛地外面走进一大群人来。第一个在前走的便是朱二小姐，一眼瞧见云麟，笑道：“云相公你好。怎么不到船上去接我们，帮着料理料理？亏你耐心老坐在这里。”云麟被这句话说得脸上通红，刚待回答，又见淑仪同三姑娘盈盈到了面前。后边便是几个丫头扶着卜氏太太，颤巍巍地向台阶上走。只不看见他姨父伍晋芳，想是在厅上指挥家人们检点行李什物。云麟走近一步，招呼了卜太太，又向三姑娘问讯。淑仪看见云麟，含笑喊了一声哥哥。

此时家人们已向神堂上点齐了香烛，便听见门外二万头的极长鞭炮放得霹雳雹雹价响。堂上笑语之声，纷然并起。转弄得云麟六神无主，知道仓猝之中，也不及同他们叙话，便趁势移步走到大厅上面。果然见他姨父伍晋芳坐在炕上，拿着热毛巾擦脸。一见了云麟，忙含笑抬了抬身子问道：“你怎么会知道我们今天到家？上次难为你写的那封信，很是详细。目下扬州光景，想渐趋平静了。石老充本地民政长官，却算人地相宜。早晚得了闲暇，我也想去拜他一拜。听说你也在署里当着秘书，连日可常常到署里走走？”云麟躬身答道：“今日无意之中，本是来探问姨父回家消息，听管家说，家眷船只将抵码头，本拟前去迎接，不料姨娘同姨妹妹等早回公馆了。至于扬州，因有孟公坐镇，倒还安静。民政署里秘书一席，原是有名无实，侄儿对于公事上面，实在是个门外汉，自知分量，却不敢前去滥竽充数。若说石老为人，各事倒还虚心。他也久慕姨父大名，在侄儿面前曾询问过几次。姨父若是去拜谒他，怕石老还不容得姨父家食自甘，是要强姨父助他一臂呢。”晋芳连连摇头，冷笑道：“罢罢，这个我断不敢领教。老侄，你看将来本地方人做本地方官，不闹得一塌糊涂，你把我这一副眼珠子挖了去。我风闻你的那位令姊丈，他也充当议员去了。不怕老侄见怪，象你那位令姐丈，若是不闹这共和，他有资格配做地方上议员？咳！清廷政体固然不尽惬人意，然而将一个老大帝国忽然一跃而变做共和，势不至伙夫厩卒滥握军权、宵小佥壬妄膺民社不止。老实说，我是受过清朝一命之荣的，虽不能为故主而死，更何颜再做民国的官僚？况且自改革政体以来，藩镇纵横，内阁更代，什么国利民福，简直拿它做着招牌，各营私利，将来还不知弄得若何结局呢。”

云麟听一句，只答应一句，虽心里很不以为然，面子上却不好拿话去驳回他。暗想：“我这姨父的见解，何以竟同我们那位何老夫子一鼻孔出气？那一天明伦堂殉难的笑话，幸亏姨父不在扬州，若是姨父也在扬州，怕那地方上吊的绳子，还须多添一根呢。”想到此处，不禁异常好笑，又怕被晋芳瞧出自家的情形，只把个头渐渐低下来。

晋芳也明知道他的用意，又笑说道：“我适才这话，自问却有经验。然而入了你们这班少年志士的耳朵里，自然不免嗤之以鼻。”说着跳下炕来，伸出一只手，笑向云麟说道：“老侄，老侄，你敢同我击掌赌一赌？如今算是民国元年了，不出三年之中，若不出一个真命帝主来统治天下，算我这话是放屁。”云麟连忙退了几步，笑着说道：“姨父高见极是，小侄断然不敢同姨父击掌。但不过大势所趋，怕将来这君主政体，未必能存立世界。那时候万一有人暗干天位，恐怕不能就安然无事，少不得反对的又要高揭义旗，起而相抗。弄得兵连祸结，民不聊生，列强眈眈，再借靖乱为名，瓜分中土，真是鹬蚌相持，渔翁得利，那才危险呢。”晋芳道：“你这话固然不错，然而我虽未尝读书，从小时候也曾偷看过二十四史，颠倒翻遍过来，也不曾见过一个中国，没有皇帝可以长治久安的。圣人说得好：‘三纲五常’。今日既然弄得君纲不振，则将来逆子必可以弑父，悍妻必可以奴夫。王道不张，何以立国？这危险难道不是危险？”

云麟刚待再拿话来辩驳，里边已走出一个家人来，禀说：“晚膳业已齐备，请老爷进去进膳。”云麟便起身告辞。晋芳一把将云麟的臂膀扯住，笑道：“老侄何必客气？现成晚饭，又不为老侄添菜，自当吃了饭回府。想我们那位侄妇断不至怪我不情。”云麟也便一笑，随着晋芳向后面走进来。

只见灯烛辉煌，卜氏太太已高坐在餐桌上面，一眼看见云麟，忙笑着说道：“看我真老得不省人事了，云相公在这里，我竟高踞首席。云相公快来，我让你坐。”晋芳笑道：“麟儿也不是外人，娘不必同他客气。喏喏，你便坐在我这边，对面让你两位姨娘坐。”云麟笑应着。朱二小姐便同三姑娘坐在一面。下面还放着一副杯箸，却不见有人。云麟好生着急，只把眼睛四面地盼望。

大家等了半晌，忽见走过一个仆妇来，匆匆地向席间来取杯箸。朱二小姐笑问道：“你忙什么，小姐呢？”那仆妇笑道：“小姐在自家房里，命我将杯箸取进去，小姐说是在房间里用膳，不出来陪太太们了。”大家听了此话，明知淑仪是因为云麟在座，不便出来，是个避嫌的意思。朱二小姐偷眼看见云麟面上已露出十分怅惘颜色，自己却又不好开口。偏生卜太太听见这话，忽放下脸来说道：“仪儿这又算什么？左右是自家的姨哥哥，从小儿都在一处吃着玩着，如今又这般蝎蝎螫螫生分起来了。你替我将他的杯箸放下来，快进房去请小姐出来吃酒。今夜是接风筵席，一家儿不好好坐在一处，转藏躲起来，也不怕人家笑话。他不听我的话，我是不依的。快告诉他说酒都冷了，大家等候着，叫他不许耽搁。”那仆妇连连答应，放下杯箸，飞也似地进去请淑仪去了。朱二小姐听了卜太太说着这话，暗暗发笑。再抬眼偷看云麟，见他腮颊上两个小酒涡儿几乎要笑出来。不多一会，果然见淑仪已袅袅婷婷，含笑走近筵前，挨着下边坐下。这才大家传杯弄盏，讲些一路上的闲话。

卜氏太太忽然笑着说道：“仪儿，我们那一天逛龙华寺，会见的那位姨太太，模样儿真是不丑，说起话来又和气，喉咙又清脆，你们怎么含含糊糊地说他是做过烟花女子的？这话我就有些不大相信。我看他同你倒是很亲热，两个人叽里咕噜，尽管在房里讲个不了。我到今日，一共还不曾知道他姓什么叫什么呢。”卜太太说话时辰，只引得一个朱二小姐低着头，笑得哈哈的。

云麟是个有心的人，又见朱二小姐这种神情，益发凝神静听，只等待淑仪回出什么话来，端着酒杯，只管发呆。朱二小姐更忍不住，笑说道：“母亲，你老人家认不得这女子，座中正有人认得他呢。此时却不便告诉你老人家，你老人家日后自然会知道。”卜太太把头一扭，笑道：“我不信，难道这女子是仪儿父亲的相识？你们告诉了我，怕我责备仪儿的父亲，是不是？”卜太太这句话刚说出口，早引得合座的人都大笑起来。只有晋芳同云麟摸不着头脑，也只好随着他们一笑。晋芳笑道："母亲说话真个冤枉了孩儿，孩儿除得已死的翠姨，是幼年做的不尴不尬的事，其余的沾花惹草，却自信不敢失足。母亲偏生牵涉到孩儿身上，叫孩儿如何分辩？"卜太太也笑起来说："晋芳这话也说得是，若果然这女子同你有首尾，我这第二个媳妇是不吃酱油，只会吃醋的，他听我提着这话，他不气着说，依然笑着说，可想与你身上没有干涉了。算我年纪老了，真是不达时务。"此时连厅上侍立的仆婢听见卜太太这话，也莫不掩口而笑。转弄得朱二小姐红云布满粉面，含羞答道："这转是媳妇笑得不好了。我不笑别的，我只笑母亲说话太不分明，瓜藤扯着葫芦。这一重交涉，隔着班辈呢。照母亲这样讲，岂不是三代不分大小？亏母亲还拿话打趣媳妇呢。"

伍晋芳听出朱二小姐的话意，也暗暗猜到了这个人，只管掉转头来向云麟身上打量。云麟真是无地可容。论他心理，此时是又惊又喜，只因碍着卜太太在座，却不敢公然承认，只拿眼瞟着淑仪，恨不得淑仪将这事的原委详细告诉他，淑仪只是低头无语。勉强终了筵席，大家散坐。

晋芳又邀着云麟向厅上去吃茶，云麟无奈，唯唯跟着晋芳出来。晋芳先向炕上坐下，又命云麟坐下来。早有家人们送上两杯浓浓的茶来。晋芳吃了一口，漱了漱口，吐向痰盂里面。遂从衣领底下取出一根银剔牙杖，慢慢剔着牙齿，笑向云麟说道："老侄，你适才可听见他们说的话？分明指的是你当初所眷的妓女红珠。我也知道这个人比寻常妓女不同，况且他同老侄又是格外要好。如今可算是一入侯门，萧郎陌路了。我知道你前次在上海无意中窥见他的踪迹，不是几次曾去访他，几乎象刘阮重入天台，迷而不遇。却不料到仪儿他们转在龙华寺里，居然同他接洽起来。我替老侄可惜，若是老侄多留滞上海几日，安知不一齐到这寺里，那时候晤对之下，倒要算是一番奇遇呢。咳！人生遇合，总有一定。譬如我当日不是同你翠姨也曾经暌别了好几个年头，后来不先不后，居然从镇江被鸾儿的母亲将他带得回来，毕竟还死在我的身边。我但愿你们也有这一天珠还合浦，那就不枉你们一番交好了。你看我这话可是不是？"

云麟听到此处，也不禁十分沉痛，又感着晋芳这一番说话的意思，便将在南京红珠待他的一番情义，从头至尾叙述出来。说到沉痛去处，也不怕被旁人窃笑，简直纵横涕泣起来。又因为适才吃了几杯闷酒，盖住了脸，遂将平日忆红珠的小诗，含悲带咽地念给晋芳听道：

红裙茶蘼绿裙蕉，宛然当日可怜宵。凉风不动秋千索，隔院琵琶奏绿腰。

果然薄福合无情，仔细思量总不平。白是肌肤青是发，当年翻恨太分明。

鲤鱼未老燕飞来，底死瑶函竟不回。猩血做心愁做骨，未应容易便成灰。

云麟一边念，晋芳一面用手掌在炕桌上击着，替他按拍。听他念毕，极口称赞道："好诗，好诗！第三首你怪他不写信给你，你便冤枉煞他了。他处处怕你为他分心，巴不得你永远不为他相思，你叫他还肯无缘无故地写着信来，触你的愁肠？我猜他这一番既然会见仪儿，同他在密室里攀谈许久，难保他没有什么信件交给仪儿。等我随后替你问一问仪儿，如有消息，我定然告诉你，让你放心。"云麟便趁势说道："姨父的话，小侄感激异常。好在姨娘同姨妹妹这番回来，我的母亲一定要接姨娘们去走走的，姨父千万命仪妹妹一齐去，让小侄向仪妹妹问一问，小侄便感姨父的恩情不浅。"晋芳点了点头，说道："这个老侄放心，便是尊堂不来接他们，仪儿也该到府问候姨母的安好，有话不妨尽向仪儿询问。"云麟这才十分欢喜，见夜色已深，不便久延，也就辞了晋芳出来，径向岳家走去。

其时夜色已深，柳府上下人等业已熟睡。云麟敲了好半会门，还是柳氏在内室听见，命面前一个女仆去开门，将云麟放入。云麟笑向那个仆妇问道："小姐睡了不曾？"仆妇答道："小姐不曾睡呢，因为恐怕姑爷回来，一个人坐在灯下看书。"云麟点了点头，笑嘻嘻地走入房里，一面吩咐那仆妇依然去睡，一面便就灯下看柳氏读的何书。柳氏刚立起身子笑道："今晚又在哪里吃了酒了？看你满脸都露着醉意。累我好等，一个人又苦寂寞，在此随意翻了一本小说子消遣。"云麟笑道："适才是被姨父他们留住在那里，不免又多饮了几杯，很觉得有些口渴呢。"柳氏笑道："原来姨娘他们打从上海回来了，怪道耽搁到这时候。"说着便从茶桶里倒了一钟酽茶，递给云麟。云麟端着茶，只顾嘻嘻地要笑，拿别的话搭讪说道："你素来不甚喜欢看新小说子，何以今儿这般高兴起来？你以后若果然喜看小说，我当初还撰了一篇有头没尾的弹词，你不腻烦，我试念给你听。"说着便将他前次因为恋爱淑仪，朱二小姐命他做的那段弹词，朗朗念给柳氏听。念了好一会，便又笑问柳氏道："你试猜猜看，我这书中讲的那个陆丽莺，你猜是谁？"柳氏笑道："你心里的事，我如何会猜得着？左右不过编着玩罢了，料也不见得定要指着一个人。"云麟摇头笑道："不然，不然。世间做小说子的人，断没有个无影造西厢的道理。我知道你非常聪明，断然不会没猜着。你就这陆丽莺的姓上着想，你就该猜着我意中指的那个女人。"

此时柳氏明知在陆丽莺姓上着想，定然指的是姓伍的了，却不肯说破，转放下一副沉静颜色说道："我劝你息了这念头罢，若该是你们的姻缘，老天便不该生我同这富家少爷。富少爷既不幸为国捐躯，我这蒲柳之姿，又未免负了你潘安再世。可怜那个人如今不幸已成了孤孀了，霜寒月冷，憔悴可怜，古井沉沉，你何苦又拿这艳语淫词，扰起他情海波澜，不能完他冰霜节操。你同富少爷又是患难至交，我也知道他当初待你那一番情义，真是无微不至。你若效那轻薄相如，琴挑卓妇，可知他英灵不爽，难保他不矗立在碧纱窗外，鉴察你们的举动。咳！我原知道我这不情之论，非你所乐闻。然而你相信我是个贤妇呢，这话我固然要说；就是你恼着我，骂我是妒妇呢，我这话也是要说。”云麟当时挟着一团高兴，满拟向柳氏面前卖弄他同淑仪平时的情事，不料转被柳氏兜头淋了一勺冷水，心中十分不快。想拿话去驳回他，又觉得他的话理直气壮，没有可以指摘的去处。便是同他争竞起来，万一被旁人听见，也觉得不雅。不得已转恹恹地睡上床去，蒙头而卧，一时间已鼾声大作。柳氏也知道他的用意，心里只暗暗好笑，将案上的书籍理了理，自家吹灭了灯，也就向云麟脚边睡下。一宿无话。

刚是清晨光景，云麟一心记挂着今日淑仪到他家里，更睡不着，早一骨碌披衣坐起，忙忙地将仆妇们催起身来，替他预备盥洗的水。心里多嫌着柳氏，更不约他一齐回去，防的是有碍耳目。柳氏已被他惊醒，在枕上问道：“今天有什么要紧的事，起身得恁早？天气新寒，倒是多穿几件衣服。你要什么，我起来替你打点。”云麟脸上红红的，勉强笑着，按着柳氏的衾裯说道：“你多睡一会儿不妨，我不需什么衣服。我因为有一位好朋友约在今早到他那里讲话，迟了怕他要出去，所以赶着去会一会。”柳氏已忘却昨夜云麟同他说的那些事迹，心里原只当云麟真个是去会朋友，只点了点头说：“既然约定了人家，确宜早点去为是，不然人家要责备你失信。做一个人，这‘信实’两个字倒是处世的金针。你各事能这样，我心里很是欢喜。”

云麟听柳氏这番话，也猜不出他是有意无意，只低头笑了笑，忙忙地径自走了。及至走出大门，觉得路间行人稀少，那一绺一绺的霜痕，薄薄地铺在白草上，还不曾溶化。他打从柳府那里回家，却须经过伍公馆门首，只见双环紧掩，寂静无声，一带围墙，西边高高地露出几株疏柳。云麟知道这柳树下面，便是他姨妹妹卧室，不由得心里荡了一荡，暗想：“这时候我那姨妹定是香衾裹体，睡意正浓。可惜他这娇喘微微，竟不容我亲近，在鸳枕旁边尽情赏鉴，这也是我云麟的一生恨事。”想到此处，不知不觉那两条腿竟有千斤重量，忽然抬不起来，痴痴地只管站在那里发呆。然而又触起一个念头，暗想：“今日我既然为他起得恁早，他昨晚定然听见姨父命他到我家里的话，管许他的用心同我一样，断然没有在这个当儿还安然而卧的道理。”想到此处，又高兴起来，迈开脚步，一口气跑回自家门首。

不料那两扇大门依然紧紧闭着，不由得十分恼怒，一顿拳头脚尖，擂得那门咚咚地响。惊醒了黄大妈，不知是谁叫门，忙忙地掩着衣服，跳下床前来开门。一眼看见是云麟，不禁笑道："少爷回来得如何恁早？"云麟望黄大妈啐了一口，说道："早吗？你看日头升得多高了？这时候还不将家里打扫洁净，只顾偷懒睡觉，我看你是越发倚老卖老了。"黄大妈被他骂得哑口无言，让过一旁。

云麟向他母亲卧室里走进去，秦氏已醒在床上，笑着说道："我知道相公又发生什么事件了，不然不会在这个当儿便闹到家里来。莫不是昨夜又同媳妇淘气？"云麟笑道："不是，不是。母亲，你老人家赶快起身罢，姨娘同姨妹妹今天一齐到我们这里来呢，我们也该预备预备，不用怠慢人家，人家是打从上海回来的，巴巴地来替母亲请安。母亲你瞧瞧黄大妈到此刻才下床，他欺着母亲不很问事，所以如此懒惰。"秦氏笑道："我说为什么事呢，原来是你的姨妹妹今天到我们家里，你所以这般着急。这'请安'两个字，我不敢当。便是你姨妹妹他们出来，至早也须得到午饭时候，断然不会赶着这大清早起。我知道你心里惦记这事，所以连觉也不能好生安睡。你适才在街道上行走，你可看见人家内眷此时坐着轿子出来应酬不曾？我看你这般形状，简直把你姨妹妹们当做下田的娘子，不然就是卖花的婆娘，才这般老早的出门呢。至于黄大妈，因为家中不过我同他两个老婆子，早起了也没有事干，每天都要到这时候才起来收拾各事。你不怪你今天起得太早，转怪别人起得太迟。我请问你，每日里可是一般象今天起得恁早？便是做一个家主，说出话来也要叫人佩服，不用高一脚低一脚地使你没来由的性子。"

秦氏这一篇唠唠叨叨的话，转将云麟说得笑起来，说："娘的话何尝不是，我听了也很明白。只是姨娘他们虽说是要到我们家里来，我们这里也该差个人去请他们一请。娘看可使得使不得？"秦氏其时说着话，已经缓缓地起身下床，点点头说道："这个应该的，停会子命黄大妈跑一趟才是道理。你今天想还不曾吃过点心，要吃什么，先命黄大妈替你去买点来，饿了倒不是玩的。"云麟笑道："顶好先命黄大妈去接他们，接了他们到来，一齐再吃点心不迟。"秦氏正色道："这个又何必呢，他们到来还有好些时辰，你忍得住这般老饿？"云麟不得已，才快快地走向书房里。少停黄大妈才送进一盘点心来，云麟不得不胡乱吃了些，便催着黄大妈收拾收拾，快快向伍公馆里去请客。黄大妈笑应着自去了。

云麟重新将书房里几炕亲手用毛巾拂拭得十分干净。又将陈设的几个茶杯用清水洗涤了一番，又拿向鼻边闻一闻，见没有什么不洁气味，然后把来放在一旁。谁知挨磨了好一会工夫，再望望西边花墙上，那一轮红日影子只下来得三五寸，暗暗恨着："这老天今日何以同我做起对来？平时怕它迟，它偏生走得飞快；今天求它快，它偏生又故意在那里延挨。莫要引我兴发，看我拿出那羲和鞭子，同你拚个你死我活。"毕竟因为昨夜不曾好生安睡，今天又起得太早，此时转觉得有些疲倦起来，一倒头便和衣睡在自家一张小床上。刚闭上眼，又防淑仪他们已经到来，兀自惊醒，及至再侧耳细听，却又杳无消息。如此三四次，不知不觉真个朦胧睡着了。

正不知睡了多少时候，猛然从睡梦里听见有人说笑的声音，他是有心事的人，兀地惊得直坐起来。恍惚之间，又忘却今日早间的事，也想不出此时究竟睡在什么地方，只管用手揉着眼睛，呆呆地在那里发愣。这时候已看见床边立着一个妇人，向他笑道："怎生如此好睡？我们已经来了好半日子，命黄大妈唤你又唤不醒。敢莫昨天夜里是出去做贼的？这般辛苦还了得。"

云麟此时吃了一吓，忙凝神望了望，原来这说话的不是别人，正是他姨母三姑娘，心里才想起今天的事，好生惶愧，又羞又急，忙跳下床，连鞋子也趿不及。再向三姑娘身后一望，巧见淑仪远远地站在一架书橱面前，低着头微微含笑，益发觉得对不住他们，更不知拿什么话来酬对。在这个当儿，他母亲又含笑跨进书房，指着云麟笑道："好呀，早间忙得象没头的苍蝇似的，逼着闹着，命黄大妈去请姨娘。姨娘同你姨妹妹来了这好半天工夫了，连你影子也看不见，原来躲向这里睡觉。要不是里面立刻要开饭，我还不让你姨娘来喊你，让你整睡一天，等你姨妹妹他们走了，我再来问你，将人家请得来，你转想出法子来怠慢人家，看你可过意得去？"云麟急道："娘真坑死人了，我便糊涂睡着了，娘也该将我打醒了，我难道竟会睡死不成？"秦氏回头望着三姑娘笑道："你看你这姨侄儿，说出话来还是三岁孩子似的。我何尝不几次命黄大妈来喊你，要你肯醒呢。黄大妈告诉我，才将你推得微微醒转，你一个翻身，又向床里睡着了。黄大妈他当真能够打醒你不成？"云麟益发着急，四面望了望说："黄大妈呢？这老婆子越老越不济事。他既然喊我，无论怎样，就该拚命将我喊醒了才是，怎么见我不醒，他就跑了，他究竟安的是什么心？看我起来同他拚命。"三姑娘笑道："这又算什么大事？便是今天不见，还有别的日子呢，要这样着急做甚？"秦氏也笑道："三姨娘你不必问他，我看他也是娶了媳妇的人了，到如今还是一般孩子气。譬如今天早起忙着要去接你们，刻不待缓，又怪黄大妈起身得迟了，连我都担待着不是呢。"说着便将云麟早间的情形，形容着告诉三姑娘听。云麟此时只偷眼望着淑仪笑。淑仪依然低着头，一共也不理他。于是相将都进入内室，大家坐下来吃饭。

吃饭之后，云麟一眨眼看见淑仪已向他母亲房里去盥洗，冷不防也跑进房里，挨近淑仪身侧，低低笑道："好妹妹，停会儿我请妹妹到我书房里走一趟，我有话要同妹妹细谈。千万瞒着姨娘他们，妹妹一个人背着他们最好。"淑仪笑道："有话你尽管在这里说罢了，谁耐烦到你书房里去。我知道你的心事，不过要向我问问那个人的消息。受人之托，忠人之事，我也正要来告诉你呢。"云麟笑道："这话还在其次。我同妹妹已有好些时不见了，我想你的心，比较想那个人还真切得十倍。我只猜不到妹妹可想我不想？我知道你们女人家的心肠，比铁石还硬。就拿适才你对我说的话而论，就可瞧出妹妹的心了。我的书房离此又不远，又没有鬼，你便进去坐一坐，也不为亵渎了你。我想当初妹妹不曾出嫁的时候，待我是个什么光景？如今人大心大，比较以前就不大相同了。我不恨别的，我只恨我……。"云麟说到此处，便哽咽住了，止不住两个眼泡里含着一股泪水，汪汪地只不曾滚下来。

淑仪起初听他说话没有轻重，刚待嗔责他，及至见他这种情形，心肠也就软了，只呆呆地向云麟瞪了一眼。正想说话，忽见秦氏同他母亲也走得进来，不好说什么，故意放重了声气说道："你就在书房去等我一等，我立刻将那人寄给你的物件交给你，我难道便吞没了不成？看你只管唠唠叨叨地催个不了。"三姑娘接着笑道："那珠子真是圆得可爱，七八百银子准值。我今天已叮嘱你妹妹带在身边，你就拿出来给你哥哥罢。"云麟见淑仪说话，已知道他的用意，也深恐三姨娘叫淑仪当面交给自己，早一溜烟跑向书房里去了。三姑娘说着话，再瞧瞧云麟已不在房里，也就含笑命淑仪去送给他。

此处秦氏不知道他们说的是什么，便掉转脸来向着淑仪。三姑娘笑道："仪儿，你先将这珠子拿出来给你姨娘瞧瞧。"淑仪便从裙带上解下一个荷包，将珠子取出来，递给秦氏。秦氏接在手里望了望，果然精圆光润，是一颗无价明珠，便问这珠子是从哪里来的。三姑娘一面将珠子取过来，说："仪儿，你就向书房里去，将这珠子交给哥哥，等我将其中情节告诉你姨娘罢。"淑仪点点头，依然将珠子包好，便轻挪莲步，径向云麟书房走来。

好笑云麟此时好象热锅上的蚂蚁一般，正团团地在书房里转呢。刚踅身到门侧，蓦一抬头，已见淑仪笑盈盈地分花拂柳而来。云麟含笑迎得上前，便想去握那纤手。吓得淑仪忙退了一步，向云麟丢了一个眼色。云麟果然看见黄大妈已从后边颤巍巍地捧着两杯茶跟着淑仪，送入书房里来。云麟让着淑仪坐下，叵耐那个黄大妈也想就着窗口一张小杌子上坐下来。云麟叱道："黄大妈，你不去后边料理料理事体，此处没有你坐的地方。"黄大妈噘着嘴说道："锅勺碗盏，我已揩抹得干干净净，再没有事体还待料理。好少爷，我今天忙了好半天了，实在辛苦得很，借少爷书房这里弯一弯腿儿，少爷可怜则个。"云麟急得什么似的，双足齐顿，喊道："什么地方你弯不得腿，你偏要赶向这里来弯腿，我的书房是我读书的地方，须不是弯腿的地方。况且还有仪小姐在这里，你便没规没矩，要想同我们坐到一处来。快快替我滚出去，是你的造化。"黄大妈见云麟真个急了，却也不敢再行辩白，只低着头，嘟着嘴，一面向外走，一面暗暗地发话道："幸亏仪小姐还是我亲眼看见他长大的呢，怎么在一处坐坐也该派我不是？打量我不知道你的用心呢，不过你们要谈背人话儿，就多嫌着我一个。"

淑仪也微微有些听见，只得故作不理，向云麟笑道："一个年纪大的人，同他较量什么？你气坏身子，倒值多了。"云麟见黄大妈已走，才将这一口气按捺下去，回嗔作喜，笑向淑仪道："妹妹请坐。近年来接二连三出着不幸的事，我们兄妹们从小在一处的情分，转弄得生疏了。在上海的时候，妹妹深居内室，……"说到此，又伸了两个指头，笑道："这个人鬼精灵儿似的，我又生怕他背地里糟蹋我们，一句大意话也不敢向妹妹面前说。难得此番大家到了扬州，第一件要求妹妹不用远我，得着闲空儿便向舍间常常走走。妹妹是知道你那个嫂子为人太忠厚，又太丑陋，我一生一世是不想同他好的了。除得妹妹，我如若有第二个人在我心上，我将来便不得好死。"

淑仪听他这一篇没头没绪、不伦不类的话，兀自十分好笑，又不忍拿话去驳回他，刚好云麟说到此处，便笑着说道："不错，不错，我很知道你心上没有第二个人。只是你今天巴巴地将我接得来，不是为的第二个人，还是为的第三个人不成？我且没有工夫同你瞎三话四，我只将人家托我的事交代给你便完了。至于你心上有他没他，也不干我闲事，我也犯不着管你。"说着便从腰里掏出那一粒明珠，恰好见案头放着一个盛佛手的金漆盘子空在那里，淑仪便轻轻将珠子放入盘中，那珠子便滴溜溜地向盘中滚个不停。

云麟因为适才的话说得太过，一时转不过口来，故意冷冷地瞧了一眼，说道："妹妹，这珠子是打哪里来的？我正因为昨天晚上在妹妹那边听见你那位姨娘说的话，闪闪烁烁叫人摸不着头脑，我要想问，又因为碍着太姻母在座，又不便问。我其时便打定了主意，就借着这事，恳求姨父放妹妹到舍间来走一趟。我是想同妹妹说几句体己的话儿，至于这珠子不珠子，无论是谁交给妹妹的，我都不放在心上。”淑仪听毕，不禁冷笑道：“不错，你这话我是最相信不过的，你心上何尝有这件事来。只不过在上海时辰，看了那个人的身影子，便连夜地坐着车子去访问消息，那一种愁眉不展的样儿，好象有什么重大心事似的。感激你并不曾瞒我们，还殷殷勤勤地同我们商议。便是昨天在我们家里，我的姨娘不过刚才提着龙华寺里的话儿，你便十分注意，恨不得我们立刻就将当时的情节赶快告诉你。咳！他这人待你的情分，你当初也曾告诉过我同春姐姐，真不是个寻常妓女。就是在南京救你出险，可想他不忘旧好。再讲到收葬玉鸾一层，我对他也是感入骨髓。不料我同他还有一番缘分，竟无意中在龙华寺会晤。他那种冰姿侠骨，真个叫人又敬又爱。我也巴不得他万一有这一天再嫁给你，我们可以常常在一处聚首，这是我的一种希望。不料你此刻忽然又在我面前撇清起来，真猜不出你是何用意。果然你是拿话来欺我，我倒转可以放心；万一真个竟冷淡对他，负了他这一番盛意，你这个人还成个什么呢？”

在云麟的用意，此时想用一番柔情蜜爱，引动淑仪芳心；深恐淑仪因为他眷注红珠，未免怪自己用情不专。今听淑仪这一番透彻的说话，不觉爽然自失，也就不能再行伪饰，不由长叹道：“妹妹责备我的话，何尝不是。我不过因为他已经身有所属，思慕也是无益，一时间便恨不得一挥慧剑，斩断情丝。譬如妹妹当这芳年，正象一朵花儿，刚在半开的时候，不幸天地无情，竟叫妹妹凄凉寡鹄。我每逢替妹妹想到茫茫身世，不免清夜涕零，更有何心萦情芳草？我适才对妹妹说的话，倒也不一定是矫情呢。”

淑仪听到此处，桃花腮颊上也就不免盈盈带着泪痕，又恐被云麟瞧出来，忙掉转身子，用手在那盘里将那颗珠子拨得滚来滚去。云麟趁势就将珠子拈在手里望了望，叹道：“他寄这东西给我，徒然使我睹物思人，而今而后，我又如何消遣呢？”淑仪道：“你这话又错会了他的意思了。他其时曾经叮嘱过我的，他寄这珠子给你，并非赠你的表记，因为知道你家无储蓄，无以为读书之资，叫你将这珠子变卖以后，购备些田宅，好让你一心苦读，不忧仰事俯畜的意思。你此刻又这样说法，他这一番菩萨心肠，你又误认为儿女私爱，这个如何使得呢？”云麟点头叹道：“他的话虽然如此，然而叫我如何舍得卖他的这珠子？我虽是一贫如洗，然尚不至到了没有饭吃的地步，且放着再议罢。”

云麟说着话，见淑仪面前那一杯茶将要凉了，忙端起来向口边试了一试，笑道：

“同妹妹只顾谈心，也不曾让妹妹吃茶。这是我今天因为妹妹要来，特地买的顶上等龙井茶叶，凉了倒转可惜。妹妹且就我手里吃一口，聊表我的敬意。”淑仪只含羞摇头不肯喝。云麟涎着脸，只顾相逼。淑仪将眼四面望了望，见没有人，便在云麟手中微微咂了一口。云麟大喜，将淑仪吃剩下来的茶，仰着脖子一口都吸尽了。淑仪满脸通红，只拿眼将云麟瞟得一瞟，重又将个头低下来，芳心中只觉得突突地跳个不住。两人相对，转默然无语。

好一会，云麟深恐没有话同淑仪讲，淑仪必然要别着自己进内室去，故意拿话搭讪说道：“我想妹妹当初同富大哥只结婚数天，祸事便从天降，生生地拆散了妹妹鸾凤。我如今想起来，只是替妹妹扼腕。好妹妹，你不许瞒我，你同富大哥这三天之中，怎生个恩爱，你须老实告诉我。”淑仪见云麟说出这些不疯不癫的话，疑是有心奚落自己，不由急得泪痕满面，站起身子娇嗔道：“哥哥你这话是同谁讲？你是我的哥哥，你不应该欺我。看我去告诉姨娘，请姨娘评评这个理，看这话可是你做哥哥该同我讲的？我知道你的意思，不过憎嫌着我，故意恼我。我从今以后再也不敢到府上来了，省得你想出法子来百般凌折我，叫我难受。”说着转身就走。吓得云麟真是面色如土，刚待上前去扯淑仪袖子，淑仪使劲一摔，说：“大家放尊重些，叫人看见成个什么样子？你再同我这样，我就喊了。”云麟刚一缩手，淑仪早穿花拂柳，飞也似地跑入内室去了。

云麟此时十分懊悔，暗想：“说话不应该太急。先前窥他的意思，真个款款深深，并没有一毫拒绝我的意思。我千不该，万不该，怎么忽然同他戏谑起来？无怪他忽然着恼。此番进去，必然替我告诉我母亲。母亲素来溺爱我，虽然不至如何责备，然而被三姨娘听见，此后当真不许仪妹妹到我这里来，这不是求亲反疏，求近反远吗？咳！我这人做事，竟如此颠倒，一个知心的艳友既已深入侯门，放着眼面前一个姨妹，也如此缘悭情短，叫我活在这世上还有什么意味呢？”想到此处，也就簌簌地泪流满面。呆呆地望着盘里的那颗明珠，痴立了好一会，才轻轻拈起来，用纸包好，塞在自家衣袋里。暗想：“此时仪妹妹在里面，不知如何诉说我适才的事。”愈想愈恨，便拟就此转回岳家，免得听母亲的诟谇。一个转念，又觉得毕竟冷落了淑仪，心上总觉得过意不去。“且待我踅进内室，听一听消息，再作道理。”主意已定，便蹑手蹑脚轻轻地走到内室门外，侧着耳朵静听。猛听得内里笑声大作，全然没有怨詈的情事，心里稍觉一宽，便大着胆子跨进去。三姑娘一眼看见云麟，笑指着向秦氏道：“你问你这令郎，他在外边干的好事。”云麟猛然听得，还疑惑他们说的是适才在书房里的事，不由只管望着他们发怔。三姑娘又笑道："麟儿，你母亲笑我们在上海龙华寺里骗了一顿筵席。这一顿筵席，我说不应该多谢那位姨太太，还该多谢我这姨侄。这姨太太若不是因为关心着你，他如何肯同我们周旋呢？"云麟这才听出话因，心上一块石头算是放下了，遂也笑了一笑。再留心看看淑仪，见他依依地坐在三姑娘身旁，新匀翠黛，重整蛾眉，一种憨媚神情，并不象适才在书房里的气色，也跟着他母亲微微含笑。秦氏觉得日已错西，便命黄大妈上街去买点心。三姑娘拦着说道："刚才吃的午饭，此时很用不着，我们坐一坐也该回家了。"云麟如何肯依，转逼着黄大妈赶快上街去。

云麟此时知道淑仪并不曾替他禀诉母亲，从感激之中，又露着十分关切，时时拿着别话逗淑仪谈笑。淑仪也就象没有适才的事情一般，依然同云麟随便说话。

大家正坐在室中，不多一会，黄大妈已经回来，面上露着十分仓皇颜色，急急跑进来说道："太太，不好了，外面又造反了！有许多叫化子，成群结队，满街上乱跑。我问着人，人也不肯告诉我。少爷还安稳坐在家里呢，可以快去打听打听罢。"这句话不打紧，只将满室里的人吓得站起来。

欲知后事，且阅下文。

# 第六十九回　席地幕天英雄出屠狗　鸠形鹄面乞丐想从龙

上文刚讲到云麟同淑仪一干人家庭戏语，这种乐趣要算人生不可多得的。偏生在这个当儿，那个不识趣的黄大妈冒冒失失跑向里面，说出几句吓死人的话，说是外间乞丐造反，把来打断他们话头。也不晓得是黄大妈少见多怪呢，也不知道作者故意在这一回书的结尾，有心弄这惊人之笔？及至下回卷首，便轻轻用几句闲话，把他撇开过去。俗话说得好："叫化子打架，闹不出三碗冷饭来。"秀才造反，尚且三年不成，何况下至乞丐呢。然而时事不同，局面顿易。当这民国时代，自古以来不曾发现过的事迹，一般会在这民国闹出笑话儿来，看官们倒也不可轻视。我且把我这书中的主人翁权且放过一边，倒要重新将这书中以前的人物提出几位来叙叙。要晓得诸君高兴，要读《广陵潮》，不过一目了然，看过去便丢开了。我就把这几位的名字叙出来，诸君定然还记不清楚。然而在下却不敢对诸君说一句记不清楚，若是做一部小说，讲到后面，便将前面的人都忘记，这还了得，这一部小说还能贯串吗？

要叙乞丐一段奇妙文章，记得本书前面曾经有过一段饶氏三雄的故事。饶大雄娶堂客，娶错了卞玉贞，饶大雄使性子，不肯同他睡觉，引得饶二、饶三赫然震怒，见哥哥不肯去睡觉，他们老实就想替哥哥去睡觉。这种惫赖人物，料想诸君那时候断然没有个不骂他们不是好人。其实诸君记不清他们贤昆仲的家庭历史了，若是记得他们的家庭历史，这替哥子睡觉的笑话也不足为奇。这话又从何而起呢？饶三的婊子小广鸡，在先本同大哥、二哥是公共睡觉的，后来因为看孟兰会，被饶三堂客暗中推堕，跌死楼下。诸位想想，饶三的襟脔还可以让二位哥哥染指，饶大不肯睡觉的新娘，他弟兄俩便过去赏鉴赏鉴，也是天公地道的大道理，没有什么叫人责备的地方。哈哈，话虽如此，毕竟饶氏三雄的为人，造因既已如此，结果必定如彼。所以在下讲到乞丐一篇故事，自然要让他们占据一席了。

饶大雄为人雄武多力，当初投效革命党的时候，真个是一员健将。后来武昌起义，他就在那里驰驱国事，不幸汉阳失守，可怜便在那地方殉难了。共和建立，一般殉难的军人都邀恤典，饶大雄的名字也在其内。因为他不曾娶过堂客，自然不曾生着儿子，派领的恤款，约有七八十元之多，饶二、饶三都知道这个消息，各人出名都想这银子到手，互相争竞，闹得不得开交。

那个办理恤典的委员，被他们闹得没法，又看见这饶三生得獐头鼠目，不象个善良人物，便拿出委员的身分，将饶三吆喝了一顿，引了两句经典说："家有长子，国有大臣。饶大雄已死，便算饶二是家长，这银子理该让他具领，派来派去，也派不到你老三手里。你若还敢在这里穷凶极恶，立刻拿我老爷的名片，送你到检察厅里，从严惩办，叫你死无葬身之地。你这厮也不自家想想，一个做哥子的不惜为国捐躯，可怜他在生前并不曾得着民国一点好处，死后区区恤典，不过这几十块洋钱，若稍有点人心的，便算领这银子到手，想起死者，也该痛哭流涕。亏你还同你们老二絜长较短，忍心害理，为这银子闹得骨肉有伤，惹人家笑话，可想你就不是一个安分之徒。你这厮正面算盘打不清楚，何妨打打反面算盘呢。譬如你在汉阳被炮子打死了，这笔恤款便是你的，你也领不到手。那时候你老二拿了去，你也没有法子可想，难道还会从棺材里伸手死要钱吗？"

饶三听着委员的这番话，直气得一张紫膛面皮上红而又白，白而又红。因为他是个官长职分，气焰十足，又不敢同他辩驳，只得怏怏地跟了饶二出了局署。饶二的欢喜自不必说，一手拿着洋钱，咧开一张大嘴，望着饶三笑得前仰后合。弟兄两个本来住在汉口一家小旅馆里，饶二有了钱，也不想还家，日日便去沙家巷一带宿娼嫖赌，无所不为。饶三想去偷摸他的，偏生他又将洋钱随带在身边，防备极严，白日黑夜都没有下手机会，只恨得牙痒痒的，望着饶二摩拳擦掌。饶二也知道他的意思，更不理会他。有时买些酒菜，坐在房间里嚼吃，饶三想挨上去一分余润，饶二便瞪起眼睛向他冷笑道："这钱是你的不是？"饶三急道："便不是我的，也不是你的，一般总是大哥性命换来的，你用得，我为何就用不得？"饶二端着酒杯吃了一口，重又笑道："好呀，你有这大道理，你为什么不敢同委员大老爷去讲？如今是迟了，说也无益，我听了只当着春风吹驴耳。"说毕这句话，又吃了几箸菜，放下箸子，忽地双手齐拍，笑道："老三，老三，你也不用怨委员大老爷，也不用怨我，你总该还要怨着当初爹妈。"饶三将头一扭，冷笑道："这与爹妈又有什么相干？"饶二将脸往下一沉，故意长叹道："蠢才，蠢才，连这个道理你都悟会不来，你真可算得冤桶。我请问你：今天这一大注财帛，为何委员大老爷断定了派我拿着，不派你拿着呢?”饶三道：“这个我有什么不知道，那个狗子肏的，他说你是哥哥，我是弟弟，所以将钱派给你拿了。”饶二哈哈大笑道：“可又来，要晓得我做哥哥，你做弟弟，这通不是你我两人的主意，都怪当初我们那个爹妈，偏生要先养下我来，然后再养下你。若是爹妈早知道有今天这件事情，他们为什么不先养你，然后养我呢？若是先养下你，你今日就该做哥哥，就该拿这笔钱，吃这杯酒，吃这箸菜，我也只好白拿眼望着你了。所以我说你千不怪，万不怪，总该怨当初的爹妈。”

饶三兀自低着头，思索了好半会，果然才明白过来。真个怒发上冲，向那张桌子上使劲一拍，酒菜飞溅，气哼哼地骂道：“这两个老杀才，真个坑死我了。养儿子也须有个方寸。二哥的话一点不错，当初只须轻轻颠倒过来，我今日也享了福了。我究竟不相信这两个老糊涂虫，连养个把儿子都会把来弄得乌糟糟的，不先养我，偏先养你。这两个老杀才早死了，是他们的造化；万一如今还活在世上，我若不用两柄板斧，伶伶俐俐地将这两个老杀才的脑袋砍下来，我也算不起是饶三。”

饶二笑道：“三弟你骂爹妈，只管去骂爹妈，为什么使劲又将我的酒菜都弄翻了？噢噢，可惜，可惜！”一面说，一面把个头伏在桌上，吸那倾泼出来的酒。又有些肉条儿也倾出来，又用手一根一根地拿起来向嘴里送。咂嘴咂舌，还只管称赞味道儿佳妙。可怜引得饶三馋涎直滴，有些滴不出来的，只听见他喉咙里咽下去，“骨碌骨碌”的声音，似乎比饶二吃菜还觉得有味。再伸头向饶二面前碗盏里望望，已剩不多少，知道饶二不曾用饭，料想要他剩点下来给自家稍润馋吻，是再没有希望的。站起来重重地叹了一口气，只得走过去，向旅馆主人那里拿了一碗老米饭、几根臭咸菜儿，躲在一旁，狼吞虎咽。

他们弟兄两个在汉口已经住了两个多月。饶二查点查点所得恤款，已花去了一半。暗想：“老住在这个地方，终非长策。我有这笔现洋钱，白白地在这里挥霍了，回去依然是个穷光棍汉子，甚不值得。趁我手头近来还很宽裕，不如在汉口置点衣服，跑回扬州炫耀炫耀，也叫当初一班老朋友，知道我饶二竟还有发达的日子。”主意已定，这一天便将这话告诉了饶三。饶三听了，也自欢喜。

第二天清晨，饶二便叫旅馆主人算一算房饭钱，只管自己的，至于饶三他是一概不管。旅馆主人没法，只好向饶三索款。饶三吃了一吓，便跑来同饶二商议道：“哥哥若不救济我，不替我还房饭钱，我一辈子也回不了扬州去。”饶二仰着脖子，冷冷地说道：“奇呀！你回不得扬州，干我屁事。你的腿长在你身上，我的脚长在我腿上。你没有钱，你老实就在这旅馆里长远住着。我有腿，我拔起步来飞跑，你也不用来管我。”饶三哭丧着脸哀告道：“好哥哥，我也巴不得老住在这里呢，只是腰里并无分文，哥哥一走，以后一切房饭费用，叫我从哪里去打捞呢？”饶二依然仰着脖子不理。还是旅馆主人看不过去，一同帮助饶三向他央告，情愿在帐上克减几文，只求饶二帮出一半。饶二却不过主人的情面，重又向饶三说道：“你且再出去打打主意，其余欠缺的，我该倒霉，少不得帮你点忙。若是全倚赖在我身上，老实告诉你，我便一个大钱也不出，你总不能向官衙里去告我。”饶三这时候也就没法，只得跑出去。暗想：“身上还有一件旧布棉袄，不如脱下来向典铺里权押几百文再说。”主意已定，果然将一件棉袄押了五百铜钱。其时已是初冬时候，浑身只穿了两件单布褂裤，冻得战兢兢的。将钱捧回旅馆，摆在桌上。饶二这才将两人房饭钱向主人结算清楚。

次日，便搭了一只野鸡轮船东下，抵了镇江码头。饶二知道，这船钱饶三是再拿不出来的，在汉口买票的时候，已同饶三说妥，一俟回到家乡，叫他设法还他。饶三自然是没口地答应。所以沿路上一切使用，弟兄们倒不曾吵嚷。渡江的时候，饶二雇了一只豆瓣子大小的划船向瓜洲进发。进了瓜洲口门运河一带，还有好些路程。

饶三坐在船梢上兀自盘算：“此次回家，并不曾弄到一个铜钱，还欠哥哥许多债务。哥哥为人又是个只认得银子，认不得骨肉的，不设法还他，料想他也不依。自家一个妻子，还眼巴巴的，以为我在汉口定然分些恤款回来，不想我弄到这般田地，少不得还要受妻子的气。”眼看着两岸上白云黄叶，古木寒鸦，一阵阵触起愁肠，不由得潸然泪下。又怕被饶二看见，悄悄拎起衫角儿向脸上拭泪。谁知一阵河风猛地向小肚子上吹进去，觉得浑身寒战。才想起衣裳单薄，今冬不知怎生挨得过去。暗恨：“哥哥也是一个人，我也是一个人，哥哥腰里竟叠叠地还有许多洋钱，偏生我就不济，连一件棉袄都容不得留着给我过冬。咳！依我的性子，就要在这当儿跳进舱里，使劲将哥哥的洋钱夺得过来，顺手将他向河里一推，才算称我的心愿。”又想：“哥哥的力气不见得便不如我，万一打不胜他，依旧无济于事，以后还想他看顾我吗？”越想越没有主意，兀地用手指掐着自己的掌心，半晌不能开口。

过了好半会工夫，猛然想出一个计策来，暗暗笑道：“呸！死店活人开，棺材还许劈开来卖。我左右不过想的是他腰里那几十块白花花的洋钱，不能力敌，难道不许我计取？我这人真糊涂到脑子里去了。死着里求活着，舍此更无良策。不管他，等我前去试他一试，好在船上左右闲着没事。”主意已定，转换了一副笑脸，跳进船舱里，嬉皮赖脸向饶二笑道：“哥哥一个人坐在舱里，不苦寂寞吗？我来陪哥哥谈谈家常，多少是好。”饶二先前曾同饶三讲明白的，说：“你没有钱，这小划船是我拿钱雇的，你譬如是搭坐我这船，搭船的没有坐着中舱的道理。”所以饶三只在梢上坐着，也不敢越雷池一步。

饶二忽然看见他竟冒冒失失跑向舱里来，心中老大不自在，皱了皱眉头，冷笑道：“看你这穷鬼模样，如何也想来同我谈起家常？至于你怕我寂寞，我有什么寂寞呢？我有的是洋钱，便是一时寂寞起来，拿出这洋钱瞧瞧它的颜色，敲起只洋钱听听它的声音，不然就一五一十数着他玩玩，有什么寂寞不可以消遣？象你一文也没有，那寂寞才真是寂寞呢。”饶三又勉强笑道：“哥哥话虽说得是，然而做兄弟的毕竟怕哥哥一人坐在这里不快乐，寻几句闲话，替哥哥开心。哥哥听得进去呢，便赏给兄弟一个脸；哥哥听不进去呢，譬如象那岸上的黑狗，猖猖地向哥哥乱吠，哥哥难道还去责备他？”

饶二被他缠得没法，只得说道：“你且说来看看。但不许你说些穷话，叫我听着不高兴。”饶三笑道：“我想哥哥今年也有四十多岁的人了，转眼五十平头，到今天还不曾娶着嫂子，倒是一件极要紧的事。哥哥今日有了洋钱，不比当初了，不知哥哥心下还想娶嫂子不想？”饶二笑道：“啐！原来你说的便是这些闲话。在你的意思，以为我不娶嫂子，就没人陪我睡觉吗？你还在做梦呢。我有的是叮当乱响的洋钱，有几多洋钱，就有几多嫂子。我一到扬州，上了岸，我便跑到多宝巷一带地方，拣好的玩好的。年纪大些的就是你的老嫂子，年纪轻些的就是你的小嫂子，年纪不大不小的就是你的中等嫂子。高兴的时候，就同他们玩玩。不高兴的时候，我便撒开手丢掉了。我又不呆，我当真拿钱娶一个堂客回来，穿我的，吃我的，不上三年五载，生下一男半女，女的鞋头脚脑，男的攻书上学，都是我一人包办。一个不幸倒头死了，棺木装殓，还要拿出钱来去料理他。就是幸而不死，他还有老的时候呢。老的时候弯腰驼背，鹤发鸡皮，想同他睡觉开心，一点趣味也没有了，掼又掼不掉，离又离不开，那才坑死我一辈子呢。我又不呆，我为什么上你的当，忽然拿钱去娶嫂子？”

饶三听了，不由将个头向腔子里缩了一缩，哈哈地笑起来。饶二将脸色往下一沉，说道：“你笑什么？难道笑我说的这话没有道理？”饶三笑道：“我不是笑二哥没有道理，我转觉得二哥这话恰好碰在我的心坎上，一点也不敢批驳。”饶二道：“可又来，既然知道这道理，为何又劝我娶嫂子呢？”饶三笑道“照二哥这主意，是定然不肯娶嫂子的了。但是不娶嫂子，少不得也要拿出钱来去嫖别人。我倒有个打算，想同二哥做个买卖，不知二哥意下如何？”饶二将头一扭，说道：“同你有什么买卖可做？你又没田没地没房产，站起来一直，睡下来一横，你全身便连那话儿算在里面，不过二十一个指头，你又异想天开，同我做什么买卖呢？”饶三笑道：“谁敢说二哥讲的话不是？只是我虽然没有田地房屋，我比二哥多着的毕竟还有一个堂客。我如今穷困了，又养活不起他。我的意思，二哥与其拿钱嫖外面婊子，家里有的是现成弟媳妇，我看自家弟兄情分上便宜些。睡一夜，听凭二哥给几文；睡到三夜五夜上，还可以减少些。仿佛上海各大报馆里登告白的条例一般。二哥便花费几文，还是自家骨肉得着，不至白白地便宜了外人。俗话说得好：‘打折膀子朝里弯。’二哥素来是个开通的大英雄、大豪杰，想该赞成兄弟的说话。”

饶三这一篇话，果然便把饶二的心说动了，微微一笑，说道：“你这话可是真的不是？但有一层，怕我这弟媳妇年纪不小了，我们当初虽然曾住一处，倒有些记不起他的年纪了。”饶三忙答道：“小呢，小呢，我切记得他今年是二十八岁，属老虎的。”饶二此时只管将一只手在头发上搔来搔去，嘴里念道：“二十八岁，二十八岁。哎呀！怕这话有点不确。我记得你比我小四岁，今年是三十八岁了。弟媳妇比你只小得两岁，今年三十六岁是准准的。如何你转来欺我？”饶三笑道：“我实在没欺二哥。他三十六岁也是不错，只是他生得秀气，远远看去，决然不象三十开外的人，所以我只把他当二十八岁看待。二哥如若不信，只要同他睡过一觉，便可知道他的好处。我如若有半句说谎，好在堂客还是我的堂客，洋钱还是二哥的洋钱，决不图赖。二哥放心，除了二哥，兄弟还要挂起一面招牌，交代明白，说是货真价实，不误主顾呢。”饶二笑道：“可以，可以，我们就照这样办也好。但是一层，你虽然有这主意，毕竟还要回去同弟媳妇商议商议，问他可答应不答应。我也学得几句文明话儿了，凡做一件事，必须取得本人同意；如若本人不同意，我们两个人任是通过，也不中用。我们就一言为定，等到家的时候，听你的消息罢。”

饶三此时听见饶二已肯答应他的主意，十分快乐，顿时不再觉得身上寒冷，依然跑向船梢上去坐着，便好象饶二腰里那几十块洋钱，已一块一块地飞到他腰里似的，忍不住眉花眼笑。

且说饶三这堂客，母家姓姚，没有父亲，只有一个母亲，原是在扬州一个乡绅家当梳头妈子，本来同饶三的母亲是姑表亲戚。自幼儿看见饶三长得肥肥白白的，便将女儿许给他做媳妇。姚氏嫁给饶三以后，自命有几分姿色，觉得饶三人材粗鲁，大有自叹红颜薄命之慨。生性又极妒忌，后来见饶氏弟兄们相与一个小广鸡，时常接到家里来住宿，心中便老大不自在，所以当那一夜本街闹盂兰盆会的时候，冷不防便将小广鸡从楼上推堕下来，一命呜呼。饶氏弟兄们决计想不到他施的狡狯，只埋怨洋人不好，几乎闹出大事。姚氏暗称了心愿。这妇人又是个杨花水性，既然不合意饶三，少不得在外边沾花惹草，丑声四播，只不敢传入饶氏弟兄们耳朵里罢了。后来见饶三益发不济，格外瞧不起他，冷茶冷饭，呼应不灵，白白寻出事来同饶三吵嚷。饶三虽然野蛮，对着自家妻子，却拿不出他丈夫身分来，推聋装哑，便有些不尴不尬的情形看在眼睛里，也只好付之不闻不见。此次因为偕同饶二向汉口去争领恤款，姚氏益发肆无忌惮，成日成夜地招揽着人向家里住宿。有时候也出外卖淫，所有城里城外许多台阶，大约没有个没得姚氏踪迹。先前还有些上流社会的朋友同他结不解之缘，后来见他滥污不堪，群相裹足。姚氏也就愈趋愈下，肩挑背贩，虽下至乞丐，只须送给他几百文，也可以将就春风一度。不料乐极生悲，染得遍身梅毒，虽然身体上下不曾溃烂，然而毒蕴五脏，只待乘机窃发。姚氏淫心不死，依然描头画脚，搽粉调脂，镇日价倚门卖笑。该是饶老二晦气，偏生同饶三做起买卖来，收拾这一局残棋，这不是冤枉吗？

这一天饶三回家之后，喜孜孜地春风满面，对着他妻子姚氏。姚氏一见了自家丈夫，不无有些妨碍着他外交行动，自然不免心下踌躇，还只当他或是得着汉口领的恤款，劈口就先问这件事。饶三只管摇头不语。此时姚氏刚在厨下劖肉饼儿，猛地将手里一把厨刀扑通向案上一掼，浓浓地用一口极稠极臭的唾沫，奉敬了饶三一脸，喃喃地骂道："死不了的乌龟，我只当你在外面发了财回来了，眼睛鼻子笑得没有一条细缝，原来依旧是空手白脚。亏你还这般高兴，以后这牢瘟日子，我请问你究竟怎生个过法？乌龟！一点心肝都没有，还不替我滚到半边去，引得我看你这乌龟生气。"说毕，气哼哼地重又拿起刀来劖那肉饼，再不去理他。

饶三依然涎皮赖脸，更走近一步，靠在姚氏旁边，向他脸上瞧了瞧，笑道："我不笑别的，我笑你益发长得俊了。怎么不见了两个多月，转觉得格外少年起来？"姚氏是心虚的人，疑惑饶三或是在外面听了别的风声，故意拿话来打趣他，不由两颊红云，一直涨到耳根子，只低着头一言不发。饶三用手将姚氏衣角轻轻扯了一扯，低说道："我们到房里去谈一句体己话儿，停会子再来剁这肉饼子不迟。"姚氏掉转头，也就忍不住笑起来说道："呸！青天白日，这成个什么样子？就是讲话，也须等到晚饭后上床。我看你这色鬼似的，不要引我生气，看我拿刀砍你。”饶三笑道：“好人，你依我一遭儿，上床是上床的话，此时却讲不到这件事情，我要告诉你的是另外一句话，包你听了欢喜。”姚氏听他说得隐隐绰绰的，转有些疑惑，便趁势放下厨刀，果然跟了饶三进了自家卧房，且走且笑道：“我倒要听听你这句话，如何叫我欢喜？你仔细些，若是不能叫我欢喜，我不扯断了你这乌龟耳朵，罚跪在地板上大半夜，算我是你养的。”姚氏说着，便用一只手叉着腰，笑道：“乌龟快讲。”饶三咧着一张大嘴，便将在小船上同饶二商议的事，详细说了一遍。又说：“若是你依着我办，我天天许你吃这劖肉饼儿。”

话才说毕，仰着脸静待姚氏允诺。谁知姚氏不听则已，听他说完之后，忽然哇的一声大哭起来，一手扯着饶三的耳朵，真个将他按伏跪在地板上面，一手指着他骂道：“我把你这天杀的乌龟！死不了的乌龟！你把老娘当做什么人看待？老娘当初嫁到你家的时辰，顶刮刮一个大红大绿白璧无瑕的黄花女儿，一点瘢儿也没有。头一夜，你这乌龟靠近我身的当儿，我是个什么样儿？真正哭都哭不出来。这是你乌龟自家晓得的。后来渐渐你不济了，我心里想着同你一根线儿到老，嫁鸡随鸡，嫁犬随犬。我只怨我的命，几曾做过一差半错的事，放入你乌龟眼里？门浅户窄，也有一班砍头的青年子弟，打扮得油头大辫，象是魂掉在我家似的，一会儿走过来，一会儿走过去，两只乌珠儿把我从头至脚，差不多连腿上的汗毛儿都被他们偷看了去了。可怜我憋着一肚皮气，正颜厉色，也不把正眼看他们一眼。咬口生姜喝口醋，我难道不晓得风情是好的？贵官大族少奶奶小姐们偷人养汉的也着实不少，我总不肯学他们。我为着何来呢？我只为着要顾惜你这乌龟体面罢咧。自从你到汉口去这一趟，我明白家里没有年老的人，各事不便，只得日间迟迟开门，夜间早早睡觉。我年纪虽然还轻，不过三十多岁的女人，便有时打熬不住，烦躁起来，也只得紧紧咬着被角，死命地挨。乌龟你也有眼睛呢，你看了我这一幅绣花洋布被角儿，你也该明白了。老实说罢，我家这两扇牢门，莫说寻常男人家不容他一步跨得进来，便是飞入几个苍蝇儿，也要查看查看，若是遇着只苍蝇儿是雄的，我就拚命也要去扑杀他，让那些雌苍蝇同我一起守寡。我这样冰清玉洁，替你撑门面，谁知出了好心没有好报，不曾见你乌龟回来称谢我几句，转拿这些肮脏话来试探我，我活在世上还有什么指望呢？转不如一头碰死了，让你拣好的娶好的。三只腿的蛤蟆没处找，两只腿的婆娘多得很呢。”姚氏愈说愈觉得伤心，真个抽抽噎噎，哭得无了无休。

此时转把个饶三吓噤住了，自悔出言猛浪，只跪在地上哀告道：“好奶奶，是我不该说出这话来，引奶奶生气。我不过是同奶奶商议商议，奶奶答应我，固然是好，即使不答应，好在也没有外人知道。奶奶只当我这话是驴子放屁。我停会子便去回绝二哥，他有钱让他有钱，我们夫妻的恩爱，断不能因为这件事弄得生疏了。千万求奶奶恕我则个。”说着连连在地板上碰着响头，差不多碰出一个大包起来。转引得姚氏笑起来，一把将饶三扯起来，笑道：“看你这不成人的乌龟，又是叫人生气，又是叫人可怜。你适才这话，如果是真地出于你的心愿，我少不得体贴你的意思，拚着我这身体结识他一场。我还须同你讲明白了，只许掏摸他几十块洋钱，若是想我真情真意去待他，我是拚死也不答应。”

饶三忽然见姚氏心回意转，肯依他办，欢喜到一百二十分田地，只管左右望着姚氏作揖，说：“好人，我们自然是骗他的洋钱，谁真个叫你待他真情真意呢？还有一句话告诉你，叫你欢喜：二哥的本领，强似我百倍，汉口一带地方的婊子，个个称赞他。我怕你到那时候，不由你不真情真意待他呢。”姚氏笑骂道：“死乌龟，越说越不成样了，我又该打你。”

这才两人相视一笑，大家笑嘻嘻跑出房外，姚氏依然向厨下去劖那肉饼儿。不多一会，热气腾腾地捧得上桌。姚氏又从腰里掏出几十文，命饶三去买点烧酒。饶三笑得嘴都拢不起来，果然跑向外边，买了酒回家。夫妻对面坐下来畅饮。在这个当儿，便商议还是请饶二到这里来，还是自己亲自去就他。饶三笑道：“想人家的钱，必须叫人家舒服。这事我不敢做主，还须去请二哥的示，以便照办。我吃过饭，便到那里议定这件事。你等到上灯时分，须得烧点开水，洗刷洗刷，这是头一次主顾，必须货真价实，以广招徕。这不是过路的生意儿，可以胡混得的。”

姚氏刚含着一口酒在嘴里，听见他这话，不由笑得喷出来，喷得饶三满头满脸，说：“我把你这乌龟，你倒象是惯做这生意的呢。我请问你，这东西用水洗洗还可以，怎么还可以刷得？怪道你每天清早起来，都用着那刷牙牢刷子，塞向你那嘴里，使劲的刷呢。”饶三也笑起来，又将舌头伸长了，左右在嘴边舐那酒汁，摇着头称赞道：“好酒，好酒。打从你嘴里喷出来的，味道儿再好不过。我有时逼着你敬我一只皮杯儿，你是推三阻四，这回怎么赏我的脸了？”姚氏脸上一红，骂道：“快吃一杯馕饭罢，你到二伯伯那里还该早些去，迟了恐怕会不着他。”饶三道：“正是，正是。”说着便忙忙吃了三四碗饭，掼下箸子，嘴也不抹，如飞地跑出门去了。

且说姚氏这淫妇，先前同饶大、饶二住在一处的时候，本就有心勾搭他们弟兄两个，只不过因为碍着小广鸡，他们弟兄们又都全神贯注在小广鸡身上，姚氏虽然有心，他们却不来兜揽，恨得姚氏牙痒痒的。不得已装出正经身分，转时时监察小广鸡的行动，不让他们适意。后来小广鸡被自家推堕死了，弟兄们便形迹生疏，闹起分家来。饶三夫妇单独过活，姚氏只防饶三耳目，不免收敛形迹，然论他那一颗心里，终放不过饶二。此番忽然听见饶三出这主意，真是喜从天降，说不出心里快活。催着饶三出了大门，自家真个烧了一锅热水，洗涤头脸，展开明镜，重新梳掠。只是眼眶深处，总不免露着一道青痕，只得重重地腻了些铅粉。又取许多烟煤，将两道浓眉画了又画。嘴唇上点着极浓极鲜的胭脂。挨了好半会工夫，看天已傍晚，还不曾见饶三同饶二回家，自家在厨房里拿出一盏竹箸子油灯，亲敲火石，将灯点得起来，摆在床边一张矮桌上。这才向桌底下拖出一个半新不旧的四脚木盆，把锅里的水连锅端进来，倾了半盆热水，重又将锅送至厨房。然后进房，脱下小衣，坐向盆上，哗啦哗啦洗了好半会工夫。还不曾站起身子，已见饶三笑嘻嘻推门而进，一眼看见姚氏这般模样，不禁笑道："哎呀！是谁在这里掏阴沟？这声音好响。"姚氏笑道："呸！少替我嚼这些舌头罢。"一面说，一面拿眼向饶三身后瞧看。饶三猜到他的意思，笑道："二哥今晚不来了。"姚氏诧异道："这话从哪里说起？难道你去将就他，他反拿起身分来不成？"饶三道："不是，不是。二哥真是拘泥不过，他说同你虽然是露水夫妻，若说到干这件事，却不可不拣一个好日子。今天是个红沙恶日，不宜结婚。明日却是一个黄道吉日，叫我回来告诉你，明天晚间准来。他还说带些肴馔来，请你下厨做好饭菜，大家吃个快乐呢。"

姚氏听了这话，才慢慢地立起身子，揩抹干净，怏怏不乐。胡乱弄点晚饭，夫妻吃过之后，姚氏笑道："今晚累我收拾了好一会工夫。早知道他不来，我不该便宜你这乌龟。"饶三摇手笑道："你虽说是便宜我，我却不敢领你这情呢。二哥他是个鬼精灵的人，什么事他都探访得出来，若是知道我和你今夜睡过觉，他一个翻转脸来，同我悔约，那才坑死人呢。我走的时候，他也曾拿这话试探我。我当时赌咒发誓说，断然不敢占二哥的先儿。老实说，我们今晚只好做个干夫妻罢，我拼两张椅子在堂屋里睡一夜，你也须养息养息精神，预备明儿夜里同他盘肠大战。"姚氏向地下吐了一口唾沫，怏怏地只得回转自家房里，十分不乐。因为他近来沾花惹草，一夜都不曾落空，今夜转因为这事独宿孤衾，真个觉得十分寂寞。幸而明天有这一种绝好的希望，只得权且忍耐。再听饶三睡在外面，早已鼾声如雷。

第二天将近上灯时候，那饶二穿了一身簇新衣服，喜腾腾地来看他夫妇。饶三好象半天上落下一件宝贝来，欢喜得无可不可。姚氏少不得假装身分，含羞躲在房里不肯出来。饶二刚刚坐下，便向荷包里掏出一块洋钱，命饶三去置办酒肉。饶三接钱在手，望了望，笑着跑进房，问姚氏吩咐买什么，好遵示照办。姚氏笑道："你就出去买点熟菜回来罢，生鱼生肉是没有人替你下厨的，我这衣服熏得香扑扑的，难道还可以下厨做菜？惹得浑身烟焦火辣气味。你是个浑蛋，这些事没有一点分寸吗？"饶三忙道："奶奶这话一点不错，我真是欢喜昏了，就想不到这里。好在将这意思告诉了二哥，料二哥爱你，断不计较的。"饶三说这话时辰，故意将喉咙放高些，原想说给饶二听见。饶二果然听得明白，忙跳起身子走近房门外边，拦饶三道："弟媳的话煞是有理，你赶快去依他办理，自家嫡亲骨肉，我还怪你简慢吗？"饶二说着话，早飞过一个眼色来向姚氏笑了一笑。姚氏也还了一笑，然后才将一个头低垂下来，故意将脸涨得红红的。他们两人刚在这里调情，饶三早一溜烟奔出大门买菜去了。

饶二见饶三不在面前，更不怠慢，忙关好了大门，重又一脚跨入房里，先向姚氏接了一个西式的吻。姚氏噗哧一笑。于是更等不得更深人静，随即一团糟闹到床上，也不知他们干了些什么事。说时迟，那时快，饶三早在外面扑通扑通地敲门。姚氏含羞带笑，忙在床下系裤带子。饶二便气喘吁吁地跑出去开门。

饶三一个手拿着一大包荷叶包的熟肉，一手提着酒壶，连纵带跳，一齐放在桌上。饶二看他忙得这样，不禁弯腰驼背，一叠连声喊着："哎呀，哎呀，老弟这样费神，叫哥哥如何克当？好好，我们一齐坐下来，我先敬老弟三大杯酒。"说着便拿起酒壶，斟过满满一杯。饶三好不得意，立刻端过来，仰着脖子一饮而尽。接连饮了三杯，方才彼此坐下。饶三一眼看不见姚氏在座，不禁诧异说："他怎么不出来陪二哥吃个双杯儿，还躲在房里装做新妇模样则甚？这不是反觉得生疏了？"饶二只是含笑不语。饶三不由分说，跑入房里，连拖带拽，将姚氏扯得出来。姚氏也就乘势坐在桌子侧首，还只管低头用手扯自家衣衫角儿，装做害羞。饶三也不理他，只顾端起酒杯子尽灌。至于桌上的熟菜，象是风卷残云一般，十成准有九成装入他肚腹里。

饶二此时只把眼来赏鉴姚氏，并不顾及酒菜。先前饶三替他倒了一杯酒摆在桌上，因为天气寒冷，那酒已渐渐失了温度。姚氏被他看得不好意思，飞了一眼，又轻轻向饶二啐了一啐。饶二无以解嘲，只得端起那杯冷酒就口便饮。姚氏趁他端起来的时辰，伸过纤手试一试冷热，忙夺过来，重又向壶里一倾，低低骂道："你是不是找死呢？这冰冷的酒，亏你端起来便喝。仔细冰了小肚子，闹出乱子来，被人家笑话。"一面说着话，一面重斟了一杯，递向饶二口边灌下去。拿眼望一望，还有些余沥在杯子里面，自家就口也便喝了。引得饶三一个哈哈大笑，指着姚氏说道：“你如何这样护惜二哥？我请问你，二哥同你还不曾成其好事，怎么吃了冷酒，就会冰着肚子？我同二哥不是吃的一样酒，你就该拦他，就不该拦我？有了新板壁，忘却旧篱笆。不是我说一句捻酸的话，你若再这样，我便不喝这劳什子酒，我就吃醋了。”说着真个将面前放的一个醋碟，准备蘸猪鬼脸子吃的，内里还有些生姜末儿，他都把来一气咽得干干净净。不觉手舞足蹈，拿起面前一双毛竹箸子，叮叮当当敲起醋碟儿，唱起小寡妇上坟曲儿来。引得饶二笑得打跌。姚氏也忍不住好笑，只唧唧哝哝向他骂道：“看你这吃酒模样，左一杯，右一杯，好象灌黄汤似的，还等着我来拦你？况且这酒在你手里，你也等不及冷，早灌到肚子里去了，不比二伯伯斯斯文文地坐在这里。你还拿这些脏话来污蔑人。这是二伯伯体谅你，要是我，早已给你两个耳光。”姚氏只管说，饶三只管唱，一总也没有听见。还是饶二防着饶三吃多了酒，要发酒疯，催着吃饭。姚氏更不怠慢，亲自走入厨下，装了三碗饭送上桌来，胡乱吃一顿。

饶三吃完了饭，一骨碌便睡在外屋一张铺上，顿时鼾声如雷，四仰八叉，象死狗似的。姚氏喜孜孜，这才携着饶二进房，并不吹熄灯火，两人上床这一番热闹，正不须在下替他们描绘。

自是以后，饶三少不得向他们两人诈些洋钱，自去寻觅赌博。他们两人转落得饶三不在面前，真个如鱼得水，似漆投胶，更形容不出他们的亲爱。便是姚氏以前的一班孤老，大家知道饶氏弟兄做了这场买卖，也不敢再去问津。姚氏果然觉得饶二风月本领与别人不同，转一心一意向着他，并不出去寻花惹草。谁知天下的事，乐极则悲生。饶二自从结识姚氏以来，看看过了新年，交到春二三月，阳和节令，万象更新，那人身上的杨梅果毒也就随着融融春气，一齐发达起来。诸君想还知道，姚氏这妇人是水性杨花、滥不择交的淫妇，在去年秋间，他这肚腹里蕴的梅毒也就着实不少。不过因为时值严冬，万象伏藏的时候，他自家也不省得。偏生饶二哥倒运，竟上了老弟一个小当，同他忽然要做买卖，饶二落得买这个便宜，慨然答应。数月以来，姚氏的毒根，便已暗暗过渡给饶二了。

清明节后，正是扬州鲥鱼上市。这一天饶二高兴，特用了最昂的价值，买了半尾鲜鱼，笑嘻嘻地提回家来，命姚氏烹调，两人沽酒对酌。临睡时候，少不得乘着酒兴，便循例干了他们一件老公务。说也奇怪，第二天清晨，姚氏便觉得小肚子底下隐隐有些发硬，含笑叫饶二替他瞧看。饶二细着眼睛瞧了一会，告诉他些微有些红肿，正不妨事。可巧饶二刚说过这话，自家忽然也觉得胯下疼痛起来，老老实实也就伏向床上，叫姚氏替他瞧看。姚氏看了一会，也告诉他些微有些红肿，想不妨事。两人还说笑了一回。待到晚上，依然双飞双宿，略不介怀。

谁知不上十天工夫，两人疼痛的地方，一齐都溃烂起来。尤妙在异常敏捷，今日你的鼻梁洞穿，明日他的咽喉肿溃，呻吟床褥，一递一声地呼唤，煞是好听。饶三是只顾掏摸他们的几个钱，整日整夜地在外间狂赌，也没有多少工夫回来瞧看他们。有一次因为身边的钱业已输罄，偷偷摸摸地走进自家大门，思量再同饶二索款。猛然看见他们这个样儿，方才吃了一吓。饶二一边哼着，一边叮嘱饶三去替他请个外科医生来诊治诊治。饶三翻着白眼，冷冷地说道："要请外科医生却也不难，只是二哥须给我些钱，那医生才肯来呢，没有空手去请先生的道理。"饶二想了想，望着姚氏哼道："你身边还有钱没有？"姚氏将身子在床上的那一头挪了挪，一丝半气地答道："你给我那些现钱，如今都用光了，连一个铜钱儿都没处去找寻。我那个竹篾箱子里还有几件衣服，是你上月替我做的，通共穿了没有两次，没有法子，叫你兄弟翻检出来，去当几串钱来使用着罢。以后的事，只好等我们痊愈起来再斟酌。"姚氏说了这一番话，依然伏在枕上呻吟起来。饶三得了这句话，也不管三七二十一，立刻将那个竹篾箱子打开，姚氏叫他拿新衣服，他一个冷不防，连旧衣服都一卷精光，捧着一半，夹着一半，飞也似地依然跑上赌场去了，发誓他也不肯替他们去延请医生。好在那些赌场上，只要有钱，可以吃饭，可以住宿，落得耳目清净，死活且不管他们这一对垂死鸳鸯。

过了又有好多日子，这一天饶三又赌输了，渐渐不能入局。正坐在一旁，心中打算，还是想法子回去要同饶二设法。蓦然门外边有个小孩子将头向里边伸了一伸，饶三认得他是自家紧邻一个卖梨的，人都喊他做拖油瓶。因为他自幼儿跟着他母亲嫁给隔壁刘二，刘二早经死了，他母亲有点积蓄，拿出来给拖油瓶做本钱，按着时节，买卖水果度活。大凡这些赌场上，都有这拖油瓶的踪迹，除了做买卖，有时候替人家请客送信，另外掏摸点油水。此次到场并不进门，只伸头望了望，象个寻觅人的光景。恰好被饶三看见，骂道："这小龟蛋又鬼张鬼致的找谁？敢莫替你妈寻觅孤老吗？"

那拖油瓶见饶三讲话，笑嘻嘻地跳得进来，向饶三说道："我倒不是替我妈寻孤老，倒是替饶三叔送信来的。"饶三道："你这小龟蛋又来捣鬼了，我有谁叫你送信？你常常同我开心，我几时总要将你这蛋黄掏出来呢，叫你认得我饶三叔。"拖油瓶正色说道："今番却不是同三叔寻开心，是我妈吩咐我来寻觅三叔的，饶二叔今天一大早就咽了气了。"饶三不等他把话说完，吓得跳起身来喊道："哪里有这种事？你敢是白嚼舌头？"饶三一声喊，早将赌局上的人都惊起来，大家围拢过来听小拖油瓶讲话。

小拖油瓶见饶三不肯相信他的话，急得手舞足蹈，跳着说道："我为甚白嚼舌头？大清早起，我肯白白咒人死活？昨儿夜里我妈在房里，就听出神气来。我睡得沉沉的，我妈用脚将我蹬醒了，说：'拖油瓶儿，你听听这不是隔壁饶二叔叫喊的声音？直着脖子一声接不上一声，怕他病痛得厉害了。'我那时候就跳下床，点着了灯火。好在我家那个破板壁缝儿，什么都看得清清楚楚。我便猴在一张桌上，向那边瞧看。只见你家房里，桌上阴阴地点着半明不暗的一盏油灯。那饶二叔睁圆两个大眼睛，碧绿的象个铜铃一样。只觉得一股臭气，阵阵地向我们这边送过来，引得我都要发呕了。看了一会，也没有什么好玩，我老实瞌睡起来，一倒头依然向床上睡着了。这么不到两个时辰，天就发亮了。我妈毕竟不放心，悄悄地开了大门，走向饶二叔那边打探打探消息。谁知我妈回来，将我喊醒了，告诉我饶二叔已经在床上直了腿了。我妈便劝饶三妈赶快下床，不要同死人睡在一处。那里晓得饶三妈也是一丝半气，大约总在今儿要陪饶二叔一路去了。我妈急得什么似的，叫我四下里去寻饶三叔回家料理。好在饶三叔下落的地方，我是知道的，我也不曾向别处去打听，一寻就寻到这里。果不其然，饶三叔就被我寻着。好饶三叔，你赶快回去，第一想个法子，将他们那些臭气收拾收拾。若不这样，包管我们那一条巷子里，大家都要害起杨梅疮来，那才热闹有趣呢。"

拖油瓶才说完这番话，众人都搓手咂舌，一齐望着饶三。饶三更没有法子，只管呆呆地站在一边，口也不开，身子也不动。拖油瓶笑着上前拖饶三袖子，只向怀里扯，说："好饶三叔，你还不赶快回去呢，饶三妈也要死了，你看夫妻份上，还该去送一送。"饶三急起来，将拖油瓶使劲一推，说："放你妈的屁，谁还高兴同你动手动脚的。你仔细些，碰在我气头上，叫你死命。"拖油瓶被他一顿骂，转放下手，愣在一旁。过了一会，没精打采地低头提起他那个梨篮子，一步一步挪向门外，一溜烟他自去了。

此处众人见饶三象有心事似的，也不敢拢来同他讲话，只冷眼向他瞧着。饶三唉声叹气，自家埋怨道："死了人了，这是哪里来的晦气！你巴巴地来给信给我，叫我有什么法子想呢？一个钱也没有。"说着便站起身子，在那一间房子里来回价踱。原来那个头家冷二是最有点心计的，见饶三这种模样，也暗暗替他着急，顺手在腰里掏出一支七寸来长的短烟袋儿，装上一袋旱烟，氤氤氲氲喷着。喷了好半会，冷冷地向饶三笑道："你还不赶快回去，老在这里发呆有什么益处？天掉下来，还该长子去抵呢，不曾见你这一个汉子，一点主张也没有。"饶三急道："现成话儿谁不会说？目前的世道，有钱就有主张，没钱就没有主张。我若是有钱，我今儿倒上局了，谁还愿意站在你们这热闹地方尽翻白眼？"冷二笑道："没钱也要想没钱的法，这件不幸的事既然遭下来，终不成你能够置身局外？"饶三也笑起来说："老二的话真个不错，可惜你家不曾死人，若是死了人，我倒要看你怎么想那没钱法子。"冷二笑道："呸！大清早起，你不图忌讳，我还要图忌讳呢，你少要同我不三不四地胡嚼舌头。我是好意，想教你一个好法子，又可以收拾他们身后的事，说不定还可以多掏摸几个，向这里大大翻个本儿。你不来央求着我，倒反同我开起心来？我也犯不着说了。"冷二一面说，一面将那吃完旱烟的烟袋只顾在那桌上磕得价响。

饶三听他说话很有道理，顿时嬉皮笑脸，左一揖，右一揖，向冷二央告说："好哥哥，你教导了我罢，若是能照你这样说法，我一辈子不忘记你。"那些赌局上的人，见饶三这种形状，大家也都替他说情。冷二这才将饶三耳朵揪过来，附着他说了好些话。饶三始则听了微笑，及至冷二说完了，他转大乐起来，掉转身子便想朝外走。冷二向他招手说道："我说你糊涂，你真个糊涂到脑子里去了。放着我们这一班弟兄们，你便该照我这主意，先向大家商议起来。若是不然，明儿众弟兄知道了，还要怪你瞧不起他们呢。"

冷二话才出口，座中便有机灵的，已猜出他们的计较，便有人想乘势走出去。饶三却只顾趑趑趄趄地才要开口，又忍住了。还是冷二知道他没用，少不得站起身子向大家说道："我适才同三哥斟酌，三哥今年运气实在不好，赌起来尽输，这也罢了，不料今日又遭了这么一件大事。大家都是在一起玩耍的好弟兄，我的意思，是打我起个头儿，我出给三哥五百文，其余多少不等，听各位弟兄们情愿，任多任寡，决不计较。我们凑过以后，还要让三哥赶紧向别的地方去设法。"众人面面相觑，不能决定。冷二看不过，说："先回去再设法罢。"

饶三跑到家，只见拖油瓶的娘因为饶三的女人也断了气，两个尸身实在臭不可耐，急得没法，正在那里替他向各邻居劝募，说道："众位贤邻认多认少，我也不敢相强，总而言之，十千文也不为多，一文钱也不为少，这总算是个义举儿。只要死者安安稳稳，保佑众位贤邻生意茂盛，财源辐辏，也就可以扯直了。"拖油瓶的母亲说毕这话，就匆匆忙忙跑回家去，果然没有一刻工夫，巴巴地捧出一串钱来搁在桌上。

众人也就大家附和起来，纷纷回去取钱，你来我往，忙得什么似的，居然凑集得二三十千文。内中也有铜钞，也有银元，堆在桌上满满的，煞是好看。

饶三此时说不出心里的快乐。再进房瞧瞧他那浑家，早已直手直脚，一丝气儿也没有了，竟随着饶老二一路去了。饶三念着数年夫妻之情，不无有点触动，要淌下眼泪来。一时又看见桌上堆的银钱，毕竟悲苦的心敌不过爱财的心，转咧开大嘴忍不住要笑。跑近前将那些钱一一搂掇干净，把来塞在腰里，有些余剩的，又拢在两只破袖筒里，觉得沉甸甸的。他又不省得向众人道谢，依然拔起步来向门外走。众人又吃一惊，问他此时到哪里去，他睖起双眼嚷道："我方才讲明白的，他业已伸腿了，须得给个信给他的娘，好叫他的娘来收殓。我又不曾逃跑了，你们只管追问，几乎将我当着犯人看待，这是什么用意?"众人听见他这话也说得有理，只是不大放心，怕他有了钱，又溜向赌场去赌，遂在众邻居里推了一个代表，托他陪着饶三去给信姚氏母亲，暗中却是监察他一般。饶三却不理会这些，一抹头就随着那个人直奔他岳母做工的那个公馆而来。

起先姚氏的母亲已知道他女儿现今另嫁了饶二，心里很不以为然。无如做女儿的初嫁从父母，再嫁从自己，况且饶三又实在养活不起堂客，也只好睁一只眼，闭一只眼，随他们闹去，却从此轻易不上他这女儿的门了。后来姚氏病重，也曾乞人向他母亲处借贷。他母亲三百五百少不得帮助过几次。此番忽然听见他女婿到来，心中吃了一吓，忙忙地出来问饶三有什么事？跟随饶三一齐来的那个人，看见姚氏的母亲走到面前，暗暗扯了饶三一把，叫他赶快向他岳母磕头。饶三将那个人啐了一口说："我死了堂客，又不是死了老子娘，我为甚白白地磕头?"那人也没法，只好呆立在一旁。姚氏的母亲问道："三爷你近来想还好？有好些时不见你影子了。"饶三直挺挺地向他岳母说道："什么好不好，要是好倒不死人了。"这一句话转把他岳母吓噤住了，好半晌才战战地说道："三爷你嘴里说的什么？我急切听不仔细。"饶三急道："你又不聋。"说到此，随又大喊起来，说道："死了人了!"他岳母又道："死、死、死了哪个?"饶三急得跳了有三五尺高，重又喊道："你女儿死了。你还问，难道还疑惑我死了不成？我若是死了，如何还能赶向你这里来报信？亏你推聋装哑，只管问谁呀谁的。"他岳母听到这里，不禁放声大哭起来，平空直坐到地下。饶三指着他岳母急道："你看，你看，难不成哭一会儿就算了吗?"一面说，一面抄着手叹气。

其时那个公馆里的许多男女仆从，大家都围拢过来瞧看热闹，便有人向饶三发话道:“你这人倒也奇怪,只管抱怨你的丈母,这死的虽是他的女儿,毕竟也是你的堂客,难不成这副重担子全行交给他身上?”饶三急道:“除了死了他的女儿以外,我那里另外还死了一个呢,我收拾那一个,这一个便交给他收拾收拾,也没有使不得的道理。”众人益发笑起来说:“原来死了不止一个。照这样说,你丈母问死的是谁,你便不该责备他问的不是了。”

正说着,姚氏的母亲已淌眼抹泪爬起来,少不得又跑回里边,带了些洋钱,随着饶三以及同来的那个人,一齐直奔他家里去。见了姚氏尸身,他母亲痛痛地哭了一场。又知道饶三虽然向众人募化了几个钱,毕竟要料理两个人身后的事,也不会充足,便同饶三说明,他自家的哥归他发送,自己便拿出钱来发送姚氏。饶三便也答应了。

是日便七手八脚,买了两口棺木,草草将两人入了殓。随即抬向荒冢上安葬。自此以后,姚氏的母亲知道饶三不成材料,更不管他死活,他自去了。

饶三背地里计算计算,除发送饶二以外,还多余了好些钱。冷二那里替他收的钱,一文还不曾花费。饶三欣喜到十分,便把那三十千文存放在冷二那里,留为将来赌博之用。姚氏已死,租的那两间房子也没有人住,索性将那房子回绝了,又得了几块押租洋钱。此时饶三俨然自命是个富翁了,连日以来,大吃大喝。冷二赌局上那些赌友,知道他囊橐充裕,拚命价日夜同他狂赌。不上半月光景,饶三腰里又没有分文,站在赌局旁边,光拿着眼睛看别人赌得热闹,心里十分技痒,只是苦着没人肯同他赌。他没事时辰,便想着弄钱方法,觉得做别的买卖,总没有象前日死了人,同人家募化银钱极其来得容易。只是哥子同浑家都已死了,拿什么再去哄骗人呢?人急智生,只好拣那远些的地方以及僻静的街巷,自家头上故意缠上一块白布,沿门沿户向人磕头,假说是死了老子娘,停尸在床,没有钱发送,哀哀乞化。有些人相信他这说话的,倒也三五百文不等,拿出来周济他。他得了钱,便高高兴兴又跑来赌。赌输了依然用他的老计策,又去骗钱。后来他这一副尊脸已被人认熟了,不再相信他一月里倒要死好几回老子娘,也就没有人睬他了。过了些时,越发不济,只得在赌局左右,趁人不防的时候,掏摸别人的钱物。有一次因为将冷二家里一支水烟袋儿偷出来去卖钱,被冷二查察出来,以后便不容他再住在那里。

饶三此时既无宿处,又无食场,便向旧城府署西边一个破烂鼓楼圈门里权且住下。那个鼓楼原是当初府署里一个热闹所在,自从民国光复,知府一缺业已裁撤,署中荒落异常,只有少许军队驻扎在里边,那个鼓楼便成废址。因为上边有点砖瓦,可以遮避风雨,有些乞丐往往借此栖身。饶三住进去的时候,见乞丐群里有母子乞丐两人,彼此会见,略通姓名。原来那个女乞丐姓冯,他的儿子是病废的瘫子,腿脚上终年流脓淌血。他母亲冯氏终日背着他儿子向街上去乞化,倒有好些人怜惜他这儿子,乞得的钱钞倒还可以将就度日。

欲知后事,且阅下文。

# 第七十回　纷纷劝进洪宪辟新元　踽踽独行腐儒思旧梦

饶三暗暗羡慕，又恨自己一点病痛也没有，没处可以骗钱，夜间转殷殷地向冯氏求教，并问他从几时做这讨饭勾当的。那个冯氏先抬头将饶三望得一望，便使劲地向饶三脸上唾了一口唾沫，又拍手笑起来说："我当是谁，原来你就是我们那条街上饶三爷呀。我起先听见你们弟兄一齐都做革命党了，怎么还不曾发财，今天高兴又来干我们这不长进的营生？三爷是贵人多忘事，通不记得我这穷邻居冯老太了？我当初住的那条巷子，离你府上不过约莫有半里多路。我那时候手底下有几个女孩子的日子，你三爷也有好几次白日里在我们那里打过炮的。后来你欠了我几百文，便不常到我那里去了。我也曾着人打听你的行迹，有人告诉我说，你又跳到多宝巷吴大脚处去了。我还背地里骂你这跳槽的王八蛋，将来管许白刀子进红刀子出。不知道你那时候耳朵可发热不发热？好个冤家路儿窄，如今我们又碰见了，老实说你也该还我的钱。"说着又将舌头伸得一伸，肩头耸得一耸，似乎奚落他没有钱的光景。

饶三怔了一怔，才笑说道："原来你就是如意巷的冯老太？哎呀！换了一个人样了。你当初是个什么样子？真正又白又胖。不说别的，单拿你两个奶膀子而论，我们不是常夸赞你，哪里象四十多岁人的奶膀子，差不多初破身的女孩子，也没有你那样细腻白嫩。并不曾隔了几个年头，你的头发也就花白了，脸上又黑瘦了许多。若不是你自己说起，我便再认一会，也认不出你就是当日的那个冯老太。你这几年怎么不做生意了？为何一穷就穷到这个分际儿？"

冯老太此时方才长长地叹了一口气，说道："说来话长。我是遭了官司了，方才弄成这个局面。不怪你不知道，我听见人说你那时候已经跟随你那大爷跑湖广去了。刘四太爷那个女孩子，名字叫做玉娇，他那模样儿是你看见过的，真正没有人不爱他。难得落到我手里，我的主意，在他身上打算至少三五千银子是有把握的。

哪里晓得他的命苦，我也倒霉。他好好地同车大娘子睡在一张床上，陡然跑来一个冒失鬼砍千刀的，不知怎么溜进房去，白白将他们两颗头，伶伶俐俐砍掉了。说来也好笑，遇见我们那位糊涂瘟官，凶手已经拿到案，他转把他放跑了，忽地将我提得去，不问三七二十一，就是一千藤条子，打得我死去活来。可怜那时我就冲了家了，所有几年来积聚的几百两银子，也不够那些如狼似虎差役一抢精光。你替我想想，不讨饭还干什么呢？我是半截下土的人，到了这步田地也说不得了。只是你饶三爷还算是铮铮的一条好汉，如今弄到这个下场，我转替你气不愤呢。”

饶三听了，也只唉声叹气，低着头更不言语。转是那个瘫子在旁插起嘴来，望着冯氏笑道：“娘也不用替三爷过虑，难道自古以来，讨饭的人就没有出息日子吗？怎我当初时常看看古来小说子，象唐朝的那个薛仁贵，不是也流落在花子窑里的，后来如何一样会封王拜相呢？”冯氏笑道：“呸！小说子上的话，如何可以相信？那是人编着哄人的。你知道唐朝果真有个雪仁贵雨仁贵没有？”冯氏说得大家都笑了。

自是以后，饶三便随着那一班乞丐沿街叫化，倒也落得逍遥自在。合当有事。有一天，冯氏觉得身子不甚自在，背不动儿子上街。一眼看见饶三睡在墙根底下，身上披着一条草荐，把来当着被盖，呼声如雷，睡得十分酣适。冯氏走过去，将他推了一推，笑骂道：“你看这是什么时候了？还不上街去走走。你这没长进东西，已经讨饭，还是这般偷懒。”饶三被他喊醒，忙揉了揉眼睛，推开草鞯，一骨碌坐起来，果然那日影子已映满半身。也失笑道：“哎呀！是时候了。不瞒老太说，昨夜三更天，梦见我那浑家打扮得同生前一般无二，我当时同他少不得高兴了一番，很觉得有些困倦了，睡到此刻都不省得。”

冯老太笑着向地下唾了一口唾沫，骂道：“大清早起，也不图个忌讳，谁同你梦呀梦地在此胡嚼舌头？我告诉你一件事：今天我身子有些不好，想在这里歇一歇，那个累赘，只苦没人背他。我意思要累你一天，你背他上街，讨的钱今天晚上同你平分。你答应不答应？”饶三跳起来笑道：“这有什么使不得？老太太你只管放心去害病罢，你病一个月，我背他一个月，你便病上三年五年，我也有本领背他三年五年。”冯老太不等他把话说完，连连用脚在地上踏着，口里念道：“踹死放屁虫，踹死放屁虫，有病给你去害罢。”饶三见他这样，不由哈哈大笑，跳起来便去背他儿子。瘫子喊道：“你手脚放轻些，捏得人生痛的。”

饶三也不理会，早一路跑向前去。两人商议着，少不得拣热闹的去处去走动。

饶三才将瘫子轻轻放落在地，叫他在地上挪着，自己便扯开那一副破竹喉咙，老爷、太太、少爷、小姐一路喊向前去。此时因为瘫子走不前进，一步一停，虽然那片破竹匾子里约莫讨得百十来钱，再瞧瞧日影，早又到了晌午光景。饶三低低唤着瘫子说道："老弟，你肚子可饿不饿？我委实饿得喊不动了。你把竹匾里的钱全行交给我，我买几个烧饼来给你充饥。你暂且睡在路旁边等我，不要走失了，我在前边那个饼铺子里去吃一碗大面。"说着伸手早将匾子里的钱拿过来，哗啦哗啦向衣衫里一倒，拔起步就走。瘫子喊道："那匾子里钱多着呢，你须用不完许多，分一半去尽够了。"饶三回头将眼一睖，说："回来同你母亲有帐再算，横竖这钱派我一半呢，等用不完再交给你也不迟。"且说且走，眨眨眼已不见他踪迹。

饶三果然跑了一会，看见街左有一家小饼铺，匆匆地跑入里边，拣了一个座头，桌子上面放着一个竹筒，纵纵横横安着十几根毛竹筷子。饶三将筷子取了一双在手，高声喊道："快替我下一碗大面来，另外再拿十二个烧饼，吃了一齐算帐。"当时早走过一个小堂倌来，满头生着癞疮，刚举着一只手在头上乱抓，那一只手便插在裤腰里，笑嘻嘻向饶三问道："你吃什么？"饶三又说了一遍。小堂倌应声答应了一句，重又高高地向厨上喊道："哎！大面一碗，烧饼十二个呀。"厨上接着应道："喔——喔——"那声音格外清越，又拖得极长。饶三又笑问那堂倌道："你家有酒卖没有？"小堂倌摇摇头说："要吃酒，拿现钱我替你去买。"饶三忙道："有有有。"随即在腰里数出四十文，说："替我买四两烧酒来吃面，要顶好麦铳子。若是搀杂半点水儿，我拿酒壶砸你脑壳子。"小堂倌接过钱，笑了一笑。不多一会，酒同大面都已端到桌上来。饶三且不吃面，先揭开酒壶盖子，用鼻子闻了闻，又拿了一根筷子向壶里试试深浅，复行在嘴里咂了咂，也不开口，这才一杯一杯地连面带酒，霎时吃得精光。那烧饼已经送上来，又狼吞虎咽，一顿把来送入肚腹里。算了算钱，又花去六十文。再摸摸腰里，刚剩得二十二文了。此时又想到瘫子还不曾吃饭，不如带几个烧饼去罢。遂将那个二十文横在桌上，叫小堂倌拿十个烧饼来，自己向袖里一塞。多的两个小铜子儿，恰好一边耳朵眼里塞了一个。这才站起来伸一伸腰，慢慢踱出店门，意欲顺着原路而行。

一抬头忽然看见十几步外，簇拥着一大堆人挤在那里，不知有什么事故。自家高兴，也就挨身进去瞧一瞧热闹。及至挤得进去，再一望望，原来并没有什么可瞧的玩意儿，不过一个老者，向地下铺了一个测字摊子。那老者约莫有五十多岁，生得瘦刮刮的一副脸儿，额角上撑着铜脚玻璃眼镜，几根黄鼠胡须，衣衫褴褛不堪。

只有一方破布，方圆约有五六尺光景，上面陈设着一个水池，一个破的砚台，一个乌光漆黑的木盒子里堆着无数字卷儿。那先生背后又挂着一面长旗子，约莫写着五个大字。饶三认了半会，只认得第二字是个天地的“天”字，想是那先生测字的招牌了。那先生先前只管拈着几个字卷儿，向左右看的人嚷着：“今天只送五位不取字金。”嚷了半日，一总没有人接他字卷儿。先生不得已，又丢下两个，又嚷着：“只送三位，只送三位。”依然还没人答应。只见先生脸上渐渐急得紫涨起来，老实将两字卷搁下，复行拿起自家面前摆的那个粉牌，用左手轻轻托着，右手便在黑水池里染了一指头黑汁，向众人说道：“诸位不肯测字，却不要走开，帮兄弟一个场面。兄弟无以奉敬，且画点小玩意给诸位瞧瞧。”先生将这话说完，果然围拢近前的人越发多了。那先生不慌不忙，便举起右手，在粉牌上画来画去。先画了一只螃蟹，又画了一条乌龙，倒也画得有点意思。画了好一会工夫，饶三觉着也没有什么趣味儿，正待要走，猛不防在这个当儿，大家忽然一齐都将头掉过去向东首那边瞧看。原来远远地跑来一个汉子，急得满头是汗，排开众人，挤到那测字先生跟前，嘴里乱嚷着：“先生替我测一测字，先生替我测一测字。”其时那个测字先生见有人来照顾他测字，急忙将手里粉牌放下，嘴里向那人说着：“请拈一字，不灵不要钱。”一面已经用一片破布擦那粉牌，将那些画的乌龙、螃蟹一顿擦得干干净净。提起笔来等字。

此时转将饶三绊住了，呆呆地站在一旁，只不肯走。只见那汉子随手拈了一字，摔在先生面前。先生轻轻打开一望，就用笔将那个字照着誊在粉牌上。这个字真把饶三蒙住了，罚誓也不认得。原来那先生写字的时辰，饶三留心看他落笔，先在左边写了个“男”字，又在右边写了个“男”字，忽地中间又添了一个“女”字，好象三个字联合在一处似的。饶三暗暗发笑道：“敢莫这位先生是拿着那汉子玩的？世界上哪里有这种字呢？且不管他，倒要看看他如何测法。”只见那先生细眯着一双鼠眼，向那汉子问道：“不敢动问贵客，是问的什么事？好让……”

那汉子不待先生说话完毕，只管拿着袖口子揩抹额角上的汗，接口便说道：“问的是我女人昨夜跟人溜跑了，我此时要赶去追问他，不知可来得及来不及？”说毕这话，再不开口，只管翻着两个白眼珠儿，呆呆地向那先生瞧。那先生倒异常敏捷，更不迟疑，开口便说：“哎呀！你这女人除你而外，还相与了一个人呢。你不看见这字形上面，一个‘女’字，就是你的妻子，那两个‘男’字，一个便是你，一个便是奸夫。这不是分明那个奸夫领着你妻子在前面跑，你在这后面追赶着？这个字再灵再准不过。”先生说完这话，两边看的人都齐齐喝起彩来。还有人暗暗夸赞说：“当初这造字的人，好象便为着今天这件事，才造出这‘嬲’字来的，不然哪里有这样巧?”

那测字先生真个高兴非常，颠头簸脑地只待伸着手向那汉子索取笔资。谁知那汉子更不取钱，又续问了一句道：“还请先生查一查，奸夫淫妇是打从哪里去了?我此去追赶从哪一条路走，方才追赶得上?”这一句话，先生可是出其不意，一时转对答不来，只顾拿着笔在粉牌上画来画去。画了一个“口”字，又画了一个“十”字。画了半会也不曾说出什么。此时众人都静悄悄地看着他。

饶三要走又舍不得走，又觉得站的时候已是不少，适才吃的大面及烧饼都渐渐消化了，腹中又饥饿起来。一想：“我这袖子里还有几枚烧饼，不妨摸着吃他一半，留一半带给瘫子也不为过。”于是且摸且吃，倒也煞是快活。再看那先生，半晌方挣出一句话来说：“你问我从哪一条路追赶，因为字上没有断得出，我也不敢乱说。难得这‘口’字中间有个‘十’，大约你每逢十字路口，便尽着力去赶，少不得总是要赶上的。”那汉子听见这话，再一望这地方恰是十字街口，更不怠慢，向先生说了声：“得罪，得罪，我便遵着先生的话，飞快地赶去了。”说毕遂迈开大步，双脚如飞，果然直向十字街口而去。此处先生急得什么似的，直着喉咙喊道：“讲了这半天话，你还不曾给钱呢。”那汉子哪里听见，一霎之间，已无踪迹，引得众人拍掌大笑。先生要跑去赶他，又怕这字摊尚放在这里没有人照应，口里只嚷着：“晦气，晦气。”又羞又恨，赌气收拾字摊子要走。众人也就纷纷各散。

饶三见店家已上灯火，心里一慌，怕瘫子在那里等得不耐烦，忙忙地跑向瘫子睡的那地方。瘫子见饶三已来，喃喃骂道：“你到哪里去撞魂的?将人独自搁在这里，肚里又饿。你拿去我的钱，说替我买烧饼的，快取出来罢。”饶三也觉得十分惶愧，见向他要烧饼，忙答应道：“有有有。”一面说，一面向怀里去掏摸烧饼。谁知适才在测字摊儿上吃得大意，所有十个烧饼，一共都装入肚腹里，并不曾剩下一个。伸进去的那只手，几乎伸不出来。瘫子见他这模样，知道烧饼已无望，只喃喃地骂声不绝。饶三自知理亏，一句也不分辩，尽埋头在一旁发笑。瘫子又骂道：“不管他，你快背我回转去，我们有话再行理论。”饶三没奈何，只得重新将他背起，一口气跑转鼓楼。

冯氏同着另外几个乞丐，大家正团在墙根下闲话呢。一见到他们回来，先笑向饶三说道：“今天三爷辛苦了，孩子很累着你。”饶三也不敢答应，轻轻将瘫子放下地，咬牙含笑，躲向一旁睡了。此处瘫子将前后事迹一一告诉他母亲冯氏。冯氏不听犹可，听瘫子说毕，不禁急得跳起来，指着饶三骂道：“我把你当作一个人看待，尊敬你一声三爷。原是孩子们上街，他腿脚不便，想你照应。你怎么将他乞讨的钱，一古拢儿都赚入你腰包里，连一个黄烧饼都不给他充饥？我同你拍手掌赌一赌，你今儿若不将这钱拿出来还我，我有本事掏出你肚腹里牛黄狗宝来。”冯氏骂一顿，又忙忙地掉转身子，将自己日间所剩的有些粥饭，又端过去给瘫子吃，口里百般地乖乖儿子、心肝儿子乱叫。说：“可怜今天我这残废儿子，吃了那杀才的大亏了。”瘫子一面吃，一面又说道：“他哪里同我去讨钱呢，他将我所有的钱拿去之后，不知在哪里鬼混了半日，影子也看不见他，一直等到街上人家都上了灯了，他才醉醺醺地跑转来背我。”冯氏恨道：“都怪我这老货害病害得不好。他不将钱拿出来给我们，我拚死也不饶他。”说毕又跳到饶三身边。饶三早假装睡着，任他骂也不理会。冯氏急了，走过去重重踢了他两脚，骂道：“你休得装死。你有造化，快将钱拿出来，我们万事干休；若迸出半个不字，看我同你拚个你死我活。揭开窗子说亮话，我们讨饭的人，钱就是命，命就是钱。”

饶三被他蹂躏不过，也就急起来，跳起身子，睁圆两个大眼睛，向冯氏吆喝道：“我腰里若是还藏着半文，叫我留着刮痧子。我也不欺你，同你儿子讨得倒有百十来文，只怪我肚皮大，吃得干净了。等我将来发了财，少不得要偿还你。此时你便逼死我的命，这棺材还须落在你身上，替你计较也不划算。”饶三说着，就一口气将自己衣衫扯开来，给冯氏搜检，几乎连一条破裤子都褪下半截。旁边那些同伙的乞丐，大家都围拢来，做好做歹向冯氏讲情。冯氏还是一定不依，劈口向饶三脸上啐道：“亏你不羞，还说是将来发财还我呢。我请问你，如今已经讨饭了，讨饭的人都发起财来，除非民国里又出了皇帝。”说毕，就走过一边不再同他理论。

饶三笑向那些乞丐说道：“哼哼！冯老太他就瞧不起我，一总没有发财日子了？大家且看着罢，我今天在街上遇见一位测字先生，他测的字很是灵验。可惜我没钱，不然我也请他测一个字儿，看我几时碰着运气。弟兄们都是与我同过患难的，我总不忘了你们。”内中便有个乞丐问道：“怪道瘫子说三爷在街上耽搁半日，原来是瞧人家测字的。三爷何不说出来，大家消遣消遣。”饶三当时又高兴起来，便将适才测字那件事，滔滔讲个不绝。又说：“那先生穷得不堪，等了半日，等了一个来测字的，又不给钱，真是倒霉极了。”

饶三刚在这里手舞足蹈地说话，恰好又被冯老太听见了，高声问道：“三爷你说的那个先生可是一个瘦骨脸儿。左边嘴唇上有个黑痣的？”饶三笑道：“一点不错。可恨我不知道他的名字。他的名字上面我只认识一个‘天’字，其余就认不得了。”

那些乞丐也帮着想了一会，说："名字上有个'天'字的，无非就是那个'半天穷'罢了。"饶三笑道："我也不管他是一天穷半天穷，总觉得他穷得厉害罢了。"冯氏又嚷起来："什么半天穷呀，我知道这人他叫做刘祖翼。当初原是个没有出息的廪生，我那个被杀了头的玉娇，就是他的千金了。久已听见他的女人在这一年前就死了。如今可怜这刘先生境遇也就同我们差不多了。他在哪条街上摆测字摊子？等我明天去看看他，也不枉我们在先认识了一场。"饶三笑道："冯老太你可不用怪我了，我虽然耽搁了半日，不曾陪你儿子去讨钱，毕竟替你寻觅出一个老相好的来，也可以将功折罪罢？"冯老太笑骂道："谁是谁老相好的？他才是你的堂客的老相好呢。"饶三也笑道："我的堂客骨头业已打了鼓了，你还拿他开心，怕今夜他要来揪你。"说得大家都笑了。一宿无话。

次日，冯老太果然在背着瘫子上街的时候，一直寻觅到那测字摊上，会见了刘祖翼。好在刘祖翼并没有多少生意，冷清清地刚好同冯老太叙谈叙谈家常。冯老太讲到目下际遇颠沛，自从吃了官司，如今偕儿子在外面叫化度日。刘祖翼耳中猛然听见"叫化"二字，不禁触动一件心事，忙拿眼向四面瞧了瞧，见自家字摊子上此时围绕的人甚多，不便讲话。于是站起身子，将摊子托了一个熟人照应着，悄悄扯了冯老太，来到一座冷僻的土地庙旁边，低声对他说道："你们如今真是不济了，如何干起这种勾当来？做了叫化子是一辈子没有出息的。"冯老太叹道："谁还愿意叫化呢？也叫做没有法子。你侄子又是残废，肩不能挑担，手不能提篮。我呢，年纪又老了，要想走一步，谁还肯娶我回去做老亲娘？不怕你四爷笑，我们这一辈子也算完了。"刘祖翼笑道："这个却又不然，天下事除得死法想活法。莫说做了叫化就没有出息，你只要依我，管叫你们母子两个吃着不尽。你依我，今夜赶快回去，多约几个同你们在一处叫化的，大家齐集在一处，准在明天日落时分，我亲自收拾了测字摊子，到你们那个府西街鼓楼底下，当着众人宣布这事，包你听了要快活起来。我此时不便同你耽搁了，我的摊子没有人替我照管，你就赶快背着你的儿子回去罢。你依我把这件事办成功了，从今以后，大约你们母子也再不用沿街叫化，被人家耻笑了。"刘祖翼说完这话，拔步就跑。

冯老太被他这一顿话说得六神无主，转呆立了好一会，暗暗发笑道："这老头子做事毕竟迂腐非常，大不了想同我轧姘头罢咧，又不是明媒正娶，要了人家黄花女儿了，还是这般惊天动地，逼着我约集许多人出来做我们的大媒。难不成愁我嫁了你以后，又跟着别人逃了？咳！光阴不知不觉，我今年倒好有五十九岁了。天下的事哪里会料得定，不意竟还有个刘四太爷赏识我这多年的骨董。明年第一件事，就须要逼着他替我做一场六十整寿，风光风光。”冯老太越想越是高兴，忙忙地赶到瘫子那里，背着他就走。瘫子问道：“妈呀，时候还早呢，怎么倒回去了？再绕几条街巷儿，多少也掏摸得几十文。”冯老太笑道：“呸！从今以后，有你亲老子给钱你用，不要叫化了。”瘫子问道：“我亲老子死去年代多了，如今哪里又跑出一个亲老子出来？这话我真不明白。”冯老太道：“你明白怎样，不明白又怎样？少不得明天晚上你就知道了。”一句话将瘫子堵住，再不敢多问。

母子两人回了鼓楼，果然别的乞丐们都不曾回来。冯老太将身边讨得的钱数了数，又跑去买了些晚饭，同瘫子对面嚼吃。黄昏时分，住在鼓楼的那些乞丐方才陆陆续续地回来。一见了他们母子，大家都有点诧异，说他们回来得恁早？饶三最是一张快嘴，故意向冯老太脸上望了望，说道：“冯老太定是发了意外的财帛了，你看他满脸的春色儿，有红有白。我若是早出世二十年，定然娶老太做堂客。”冯老太尚未及答话，瘫子已嚷起来说：“饶三爷休得胡说！我妈今天已替我寻得亲老子了。”饶三听毕，不禁拍手大笑，向着众人说道：“我的话何如？你们看我虽然不会测字，这麻衣相法，是我拿手第一等本领呢。”众人也就随着大笑起来。

冯老太外面虽然假装恼他儿子讲话，心里却巴不得有人问他。一面向瘫子瞥了一眼，一面低着脖子喃喃自语道：“这也是各人的缘分。其实我这么大的年纪，谁还愿走这一步儿呢？”先前众人见饶三同冯老太闹着玩笑，也不过以为他们常常取笑惯的，本不甚介意。此刻忽然听见冯老太说出这样话来，各各惊奇诧异，都围拢近前，向冯老太询问这事。冯老太遂一五一十，将适才遇见刘祖翼的一番说话告诉了他们。并趁势请他们明晚聚拢在一处，不可散了开去；有别的叫化子是大家认识的，不妨多约几十位来做他们两个人的凭证。众人含笑答应了。

饶三早跳起来向冯老太说道：“可又来，昨天多用了你几十文，你就同我放下脸来，骂得我狗血喷头，明天你也有用着我们的地方了。还有一层，你们成了好事，拿什么酬谢我？我请问你：若不是我贪看这刘先生测字，你做梦也不会想到他；不想到他，就不会遇着他；不遇着他，你就烂掉了你那东西，也没有人来娶你。你想想可该谢我不该？”内中有个乞丐，名字叫做吴三尖嘴的，接着笑道：“饶三哥你忙什么呢？明天冯老太同刘四爷成亲之后，他们两家老骨头渣子里，少不得都要榨点油水出来，叫他们留点给饶三哥润润馋吻，可好不好？”饶三摇头笑骂道：“你替我夹着你那张尖嘴，安分些好多着呢。那是给你尖嘴吃的，我是不领这个情。”说着大家又是哄然一笑。冯老太只急得骂这个一句，骂那个一句。闹了好一会，大家这才各各都去睡觉了。

到了第二天，冯老太真个不曾出这鼓楼去叫化。别的乞丐也因为要看这件新闻，倒有好些人只略略向街坊上走了一趟，刚是午后，早都齐打伙儿又约了远近相识的乞丐，陆陆续续都向鼓楼底下取齐，真个有二三十个叫化子聚拢在一处，有好多人向冯老太称贺。冯老太虽然不敢公然承受，却也不肯过于推辞。好在叫化子虽多，他们本不讲究座位，三个五个，一堆一堆地摊坐在草地上。竹竿儿，破碗儿，随手都放在各人身边。流脓淌血的，引着许多苍蝇在那里摆阵。弄蛇的把来绕在臂膀上。要狗的因为闲着没事，大家逼着狗跳舞。饶三虽然也做了好几个月叫化子，却从来不曾见过这般有趣的大聚会，直乐得手舞足蹈，跳来跳去。毕竟是他眼快，早在一旁吆喝起来："诸位弟兄们，快上去迎接呀，新姑爷到了。"众人抬头望去，果然见那刘祖翼披着一件半旧不新的洋布长衫儿，高一步低一步地蹀躞而来。大家都笑着站起身来。便是冯老太的那个儿子，本来睡在一旁，也昂起半边身子向外瞧看。转是冯老太到此反有些觍觍觍觍的，迎上去也不好，不迎上去也不好，只得端坐在一旁动也不动。

刘祖翼一眼看见果然有许多乞丐在此等他，知道冯老太不负他昨日那番嘱托，心中甚是喜悦。及至听见饶三口口声声喊他做新姑爷，还疑惑他们同自己开心，忙斯斯文文地向那些乞丐笑道："诸位幸会。这话从何而来？这话从何而来？"再掉头望了望冯老太，见他怪模怪样坐在那里，心中已瞧科九分。偏是那吴三尖嘴的嘴快，早已扯着刘祖翼，将冯老太所说的那番话，原原本本替他复说了一遍。刘祖翼笑得弯腰曲背，忙竭力分辩道："这是哪里的话？断乎没有这事，定是冯老太错会了学生的意思了。"冯老太坐在一旁，先前听了刘祖翼口气，已是冷了半截；及至吴三尖嘴又这般问，刘祖翼又这般答，此时若有地洞，真可以钻得进去。幸亏他这副面皮还生得既厚且老，跳起身子扑一扑衣衫上灰尘，走近刘祖翼面前，气愤愤地说道："刘先生，你不用听他们乱嚼舌头。我几时告诉你们这些话的？你们拿这些话来葬送我。"说着真个要掉下泪来。刘祖翼忙安慰他道："弟兄们的玩话，老太你也不用同他们认真。我们还干我们的大事是正经。"此时众乞丐才知道冯老太是误会了刘四太爷的说话。

大家见冯老太已经羞愧得要死，却也不忍再同他闹着玩笑，只好在旁边你望我，我望你，挤眉弄眼地发笑。又因为先前听见冯老太嫁人，少不得跑来混点酒饭，今瞧着这般情形，知道酒饭是没有指望了，倒有一半人不大高兴，陆续想要走开。刘祖翼笑着说道：“众位弟兄们休走，我请冯老太邀集弟兄们，原有一件大事商量，比较我同冯老太做亲还快活得几百倍。我先有一句最要紧的话动问诸位，我们如今的中国可有皇帝没有？”这一句话才问出口，早把四围站着的人都引得笑起来。先是吴三尖嘴发话道：“刘四先生，你单会笑穷人没卵子。我弟兄们不过时运不济，不幸做了叫化子罢咧，难道连个时事都不知道？自从大清皇帝退了位，如今只有大总统了。难道这样大事，我们还蒙在鼓里不成？”

刘祖翼笑道：“啧啧啧！倒瞧不起你大哥真是文明得很。还不曾请教大哥尊姓？”吴三尖嘴道：“不瞒四先生说，我姓周吴郑王的吴。”刘祖翼又笑道：“大号呢？”吴三尖嘴又道：“小人自幼便讨了饭，讨饭的人哪里还用得着大号小号？大家都喊我做尖嘴。四先生也就喊我尖嘴罢。”刘祖翼笑道：“不敢，不敢。吴先生……”吴三尖嘴刚听见这三个字，忽然扑通向地上一跪，直橛橛地动也不动。引得众人益发大笑，便连刘祖翼也被吓噤住了。众人见他这怪模怪样，忙笑扯他起来，说道：“刘四先生同你讲正经，你为何这样疯疯癫癫的？”吴三尖嘴这才大笑起来，说道：“阿弥陀佛，不当人花拉子。我吴三尖嘴自从出娘胞胎以来，只有人赶着骂我啐我，喊我做穷鬼，呵叱做讨饭花子。索一口冷饭，要倒贴几个亲娘；讨一个小钱，要骂我几声混蛋。不幸这个‘吴’字做了我三尖嘴的姓，底下从不曾按过‘先生’两字。你们适才不是听见刘四太爷忽然喊起‘吴先生’来？叫我听了，真是筋骨酥麻，浑身痛快。这一来不打紧，只怕老天爷该罚我讨一世饭的。怕折了‘吴先生’三字的福，将来还要多讨两世也未可知。”

众人听了，这才悟出他的用意。固然有人嘲笑他，也有些觉得他这话竟有至理，不禁在旁嗟叹的。刘祖翼忙笑道：“吴先生你这话可又错了。将相本无种，男儿当自强。难道讨饭这件事，便该讨一生一世不成？只要遇着机缘，象诸位这一班人才，不但将来人称你们做先生，便是做老爷、做大人、做尚书侍郎，都是极容易的事。你们如不相信，我此次特地跑来同你们诸位商议的，就是将来做老爷、大人、尚书、侍郎的根基。”

刘祖翼说到此处，早把大家听住了，先前还有人想跑走的，此时都一齐呆呆立着，急等刘祖翼说出分晓来。内中尤以饶老三快乐无比，跳得有几尺高，喊道：“刘四太爷，四祖宗，你快点告诉我们，教我们好法子，怎生便叫我们不去讨饭，去做老爷？人都说‘一世做官，三世打砖’。可想做老爷的要讨饭却不难。讨饭的想做老爷怕不容易罢？”这时候众人也就叽叽喳喳不很相信，那声息便有些不很安静。刘祖翼忙摇双手说：“众位休得乌乱，且待我说出缘故来，大家再批评不迟。适才吴先生说，目前中国里没有皇帝，只有大总统。如今的大总统诸位可知道是谁？”众人七搭八搭地答应道：“袁大总统，袁大总统。”刘祖翼道：“谁说不是袁大总统呢？但是袁大总统做了总统，你们是知道的；袁大总统想做皇帝，诸位可知道不知道？”

刘祖翼话才说毕，众人却面面相觑，不敢开口。吴三尖嘴笑道：“刘先生这一问，却把我们问住了。我们讨得来几个钱，只够买饭吃，却不够买张报纸来看看。袁大总统做皇帝这件事，罚誓也不知道。”刘祖翼笑道：“可又来，诸位可惜没有钱看报，若是将这几天的报纸买得一二份来看，才有趣呢。各家报上在他报的名字旁边，赘了几个极小极小的小字，是‘洪宪元年’。你想皇帝的年号都有了，我们这中国还想老远是民国不成？”吴三尖嘴笑道：“这句说话我可又不懂了，既然皇帝有了年号，报纸上便该刻几个大些的字，何以‘洪宪’两个字又那样小呢？”刘祖翼笑道：“这个意思你们如何还不明白？袁大总统要做皇帝，也不是人人愿意的。你想报馆里那些先生们还不促狭，不刻这两字呢，又怕官厅里要来干涉；若是真个替他刻这年号，又有些不服这口气：所以拣那极小极小的字赘在旁边，仿佛颂祷他不过是个小朝廷小玩意儿。这也叫做奉行公事罢咧。”

刘祖翼刚在这里咬文嚼字，饶三听得不耐烦起来，忙插口道：“大字小字干我们屁事，何必在这里研究他？但是袁大总统做皇帝不做皇帝，与我们讨饭花子又有什么相干？刘先生你快快宣布了罢，我们肚腹里倒很有点饿了。”刘祖翼笑道：“不错，不错，正是话休烦絮，言归正传。我久已打听得袁大总统要做皇帝，是有人劝着他做的。北京城里有个六君子在朝廷里运动，据说做皇帝的各种规矩都预备好了。外省那些官长也就上着表章，称皇上的称皇上，称奴才的称奴才，业已闹得烟雾涨气。谁知又有人说，民国里的皇帝是要百姓大家劝进的。目下凡是有一种团体，都要结合了劝袁大总统做皇帝。做生意买卖的人，他们有他们商会，正是不消说的，早已热闹过了。就如各处戏园的戏子，各处妓馆的婊子，下至抬轿的轿夫，拉车的车夫，以及扒墙撬洞的毛贼，明火执杖的大盗，谁不赶着请人做一道表文，送到北京政府里，好尽普天之下百姓的义务？只要有一天皇帝真个即了位，这一班人大约总是开国功臣，什么都督呀，元帅呀，一定稳稳到手。这真是千载难逢的机会。我昨天碰见冯老太，无意之中听见众位兄弟们都在这里困守一隅，没有出头日子。我当时就想到，兄弟们虽然做了乞丐，这乞丐难道不是中华民国的国民吗？为什么别人做得的事，大家转缩着头不肯去做？哼哼，就算弟兄们志趣高尚，苟全性命于乱世，不求闻达于诸侯，仿佛拿着当初诸葛孔明自比。但怕到了袁皇帝登极那一天，戴着龙帽，穿着龙袍，踏着龙靴，高高地向那龙椅上一坐，睁开龙眼细细地将那些劝进表文一道一道看了去，见别人都有这一篇劳什子，单单没有弟兄们这篇劳什子。那时候不由龙心一怒，冲开龙发，撅起龙须，张龙口，说龙话，说：'寡人奄有中国，难道这中国里别的人才都有，就没有讨饭的叫化子吗？叫化子瞧不起寡人，都不劝寡人做皇帝，显见是自外生成，形同反叛。左右侍卫何在？快替寡人将国中二十二行省的叫化子一齐捆绑前来，推出午门斩首示众，以为将来叫化子不忠于寡人者戒！'哎呀，哎呀！到这个时候，诸位弟兄们莫说没有出息日子，就是想把这吃饭家伙完完全全地安在头顶上面，留着讨点剩饭剩粥度度日子，怕也没有指望了。"

刘祖翼正待再望下说，谁知冯老太的那位贤郎，他虽然是个残废，胆子却是极小，忽然听见因为不劝大总统做皇帝就该杀头，他已吓得呜呜咽咽，睡在地上哭起来。便是别的乞丐，大家也有些凄惶颜色，仿佛将来真个要上法场一般。毕竟饶三同吴三尖嘴有些见识，说："大家何必如此着慌？刘先生说的是不劝总统做皇帝，才到这个份儿，若是我们也用那篇劳什子劝进起来，就没有这砍头的罪名了，而且还许做着大官呢。"这几句话又把众人说得高兴起来，遂都簇拥着刘祖翼说："我们为什么不劝他做皇帝？为什么要比作诸葛孔明？只不过这篇文章，我们不会动手。来是是非人，去是是非者。就请刘先生替我们做一做，我们将来做了官，自然不忘记刘先生的恩德。刘先生若有半字推辞，反正我们将来都是死命，此时也断不让刘先生溜跑了。"

刘祖翼笑道："诸位说的话又未免太过虑了。这件事是兄弟来同诸位商酌的，又不是诸位勉强兄弟，兄弟何至溜跑？况且诸位此时看待兄弟，似乎摆设一个测字摊儿，与诸位乞丐毕竟不同，其实论起窘况来，大家都是一般的。不是兄弟敢说一句放肆话儿，兄弟便是一个叫化头儿，遇着这样大事，少不得我来替大家出个主意。但是一层，这一道劝进表文，倒是不能轻轻落笔的，少不得还要请一两个精通文墨的人，大家斟酌起来。"

刘祖翼说到此处，又抬头将天色望了一望，说："同诸位说话不打紧，不知不觉天色又晚下来了。兄弟先回舍下去吃了晚饭，再来同诸位接洽不迟。"众人哪里肯依，说："刘先生又同我们生分起来了，弟兄们虽然精穷，这一顿晚饭还预备得起，先生不嫌简亵，就在这鼓楼底下吃杯水酒，再回去不迟。"说着便都从腰里将日间讨得来的钱文，一把一把凑拢起来，交给饶三同吴三尖嘴两人分头去办。不多一会，已买来好些牛肉、烧酒。拿了一床破席子铺在地上，大家围坐下来，吃得十分畅快。

是时正是十一月中旬，天气晴朗，那一轮明月斜照入鼓楼底下，鲜妍皓洁，连灯火正不消用得。吃酒时候，大家又催着刘祖翼立刻打稿儿，将劝进表文做好。就赶在年底送到县署里，请县里大老爷替他们出奏。大约总在明年正月里，定可奉到恩诏，弟兄们立即可以升官发财。刘祖翼被他们逼不过，端着酒杯子，用手捋一捋鼠须，只管凝思无语。大家还猜他是在这里想文章稿儿，倒也静悄悄地不去缠扰他。

等了好一会，刘祖翼重又笑道："不瞒诸位说，兄弟在前清时代，也曾侥幸补过一名廪生，当时做起文章来，不敢夸口，真是水到渠成，千言立就。不幸如今穷困得久了，科举既废，兄弟哪里还有心肠去捧那书本子？说到文章上面，已经日疏日远。此刻若是叫我做这劝进表，倒很有点犯难。"众人听他说出这话，大家面面相觑，都露出失望意思。刘祖翼也知道他们的心思，忙又说道："我虽然做不得这件事，不妨请出一个人来替我们捉刀；在当初说起来，就叫做枪手。想诸位都是知道的。如今这枪手不须远远寻去，我有一个好朋友，他住的地方离此处又不多远，只须请一位兄弟跑到他那里，说是我请他吃酒，他听了包管飞也似地到来。我将这件事托他，他是终年不离书本子的人，料还做得极好极好。"

先前众人听得刘祖翼不能做这劝进表，不免有些失望；如今又听见他推荐出一个人来，方才转忧为喜。第一个是饶老三忙说道："我去，我去。"说着站起身子就走。吴三尖嘴也不拦他，让他跑了好远，才向众人笑道："你们瞧这饶三哥，冒失到什么田地，刘先生请的枪手还不曾告诉他是谁，他便没命地跑去请这人去了。我偏看他向哪里请去？"这一句话才把大家提醒。便连刘祖翼也笑起来说："这是怪我太荒唐了。他又不问我。"一句话未毕，果然饶三已匆匆地重又跑回，喘吁吁地问道："没名没姓，累我问了好些人，都没有人知道。刘先生，你还是好生告诉我罢。"刘祖翼道："谁说不好生告诉你，只是三哥腿脚太快罢了。这人姓何，他是教书的先生，住在城隍庙西首巷内，他门首贴着'私塾'两个字。累三哥再跑一趟罢。"饶三笑道："原来是何其甫何老先生。他是我最相熟的，包管一请便到。"说毕迈步又跑。果然不一会工夫，便跑至何其甫家门首。

饶三是心里有事的人，不由分说，早捏起两只拳头，拚命价向门上擂得极响。何其甫是时正在灯下揣摩墨卷，吟哦得正自高兴。美娘抱着女孩子，早已睡在床上了。忽然听见外边有人敲门，何其甫吃了一吓，慢慢地掩着灯，隔着门问了一声：

“敲门的是谁?”饶三喊道:“是我。”何其甫早已听出是饶三声音,忙退了几步,将灯放在桌上,依然读起他那墨卷来,更不睬他。这是什么缘故呢?原来饶三自从落魄以后,时常向何其甫那里借贷,初时尚乞得七八十文不等,后来闹得厌烦了,被何其甫骂过几次,饶三方才不轻易上他这门。此次饶三心里以为是奉的刘祖翼命令,理直气壮喊他开门,却不道何其甫错会其意,怕他此次又来索诈,简直不理会他。饶三此时真个没有法子,垂头丧气重又跑回鼓楼,告诉了刘祖翼那何先生不肯开门的事。

刘祖翼听了也没做理会处。还是吴三尖嘴明白这个道理,笑向饶三道:“我恐怕何先生有些畏惧三哥。也不怪他,这半夜三更究竟是件什么要事呢?我却知道那何先生的为人,这深夜里要是有一个女人去寻觅他,包管他听了便开门不迭。不是我笑话三哥,这一件事须得仰仗我们这位冯嫂子去跑一趟,包比饶三哥极有效验。你们如若不肯相信,我敢同你们拍手掌赌赌。”饶三急道:“赌什么呢,只要能够将何先生请得来,都是大家造化。冯老太他难道不是叫化子?这件功劳让他干了罢,将来你家相公做了官,谁还敢道你不是老太太?”众人笑道:“三哥说得爽快。冯老太呢?辛苦一趟罢。”

大家说过这话,都向冯老太望。只见冯老太一个人倚在墙脚下,正在那里打瞌睡。他心里总因为今日错会了刘祖翼的用意,不无有些羞愧,此处他们虽然闹得烟雾涨气,他老实也不理会。此番见他们又催迫他去请何其甫,始则不肯答应,后来被逼不过,只得懒洋洋地站起身来,说道:“我去是去,我却认不得这何先生的牢门。”饶三接着说道:“还是我陪你去,到了门首,我躲在你身后,只要你将他引诱得开了门,那就不愁他逃跑了。但是有一句话要叮嘱你:你喊门的声气越是尖脆,他就把门开得越快;你若用你这老腔调儿,怕就同我一样,他会死也不睬你。”冯老太也笑了笑,果然随着饶三,趁那月光底下,一口气又跑至何其甫门首。

饶三悄悄地躲在一旁,冯老太用手在门上轻轻拍了一拍。只听见里面有人问道:“又是谁来敲门打户的?”冯老太知是何其甫声音,遂捏起喉咙来答应道:“是我。”何其甫从这深夜之间,忽然听见这女子叫门的声音,心里只管扑通扑通跳起来。

原来何其甫在先本来是个至诚君子,自从那一回乡试,在船上给红珠姊妹们闹了一顿,觉得世间竟有如此妙人,自此以后,便有些大开色界。不过舍不得浪费银钱,不敢妄生邪念。后来同严大成他们在明伦堂上殉难,又看见芮大姑娘来寻觅严大成那番光景，虽然用的是剧烈手段，然而由此瞧出当初他们必定有一番恩爱。可惜我老何一生一世竟没有这种奇遇。因此便嫌单单抱着一个美娘睡觉，称不起一个风流人物。恰好近来他门下有一个小学生，名字叫做徐天保的，每天送饭都是他家小舅母亲自到书房里来往。何其甫有时候便卖弄风情，同这小舅母有些眉来眼去，只碍着美娘监察在旁，没有下手的当儿。此时忽然听见门外有个女子声音，细细听去，便同那个小舅母有些仿佛。心中一个转念："天保那个小舅母特来见访亦未可知，我却不可拂了他这盛爱。"越想越乐，忙忙摔下那本墨卷，跳起身子，飞也似地来开大门。月光之下，一眼早瞧见一个白发婆娑的老婆子站在门外。何其甫吃了一吓，缩身不迭，正待开口相问，刺斜里饶三早哈哈大笑，跳出来喊道："何老先生还不曾睡觉吗？我在此等候多时了。"饶三说话时辰，冯老太早躲过一旁。何其甫急得什么似的，向饶三说道："头一次敲门原来是你。"饶三笑道："谁说不是我呢？我的面子小，先生不肯出来，必须请出冯老太来请先生，先生才肯会我们呢。"何其甫道："你这人左一次右一次，赶这半夜三更地来闹是何意思呢？"饶三笑道："刘四先生有话同先生面讲，就请先生立刻前去，不可迟误。"何其甫道："夜深了，谁耐烦去会他？请你替我将这意思转达罢。"饶三摇头道："这可使不得。"何其甫怒道："使不得怎样？"饶三道："何老先生，你真个不去？"一面说，一面便使劲来夺何其甫的大门，已经摇得那大门岌岌地活动起来。冯老太又在旁做好做歹，劝何其甫去走一趟。

何其甫见饶三来势凶猛，知道他素来无赖，同他闹起来也没有好处，只得依着冯老太相劝，转过脸来说道："饶老三，你不用胡闹，我陪你去也该好好地说，怎么动手动脚起来？"饶三笑道："先生你何不早说？得罪，得罪，算我卤莽，先生担待着我罢。"何其甫此时真个没法，只得重新转身进内，将美娘唤得下床，命他将门关好了，然后三个人先后走着，一径到了鼓楼之下。

众人见了何其甫，大家都站起身迎接。转把何其甫噤住了，暗想："今夜怎么被他们骗入叫化子窝里来了？"内中刘祖翼向何其甫拱一拱手，让何其甫席地坐下，笑道："我们倒有许久不见了，一向身体还好？"何其甫冷冷地答道："托庇，幸还顽健。四先生今日高兴得很，到这时候还在这地方取乐。不知命人唤我到此有何商酌？"刘祖翼又命人倒了一杯冷酒，送至何其甫面前，逼着何其甫干了。然后将刚才所议的事，原原本本详叙出来。又说："这是千载难逢的机会，所以必须仰仗大手笔，替他们撰一道劝进表文。将来他们万一有点好处，必当多多奉敬先生。"何其甫一直听他说，也不答言。及至刘祖翼将话说完了，兀地将一个头象鼗鼓似地，摇个不住，半晌方才开口说道：“刘先生洞观时局，善体人情，为寒畯求进身之阶，借和声鸣国家之盛。大皇帝既下改元之诏，叫化子亦陈劝进之文。”

何其甫摇头簸脑，正念得十分顺溜，偏是那些乞丐们听了不大懂得，又疑惑他忽然在这里读起文章来，互相厮觑，寂静无哗。刘祖翼忙拦着道：“其翁算了，此时不是同其翁掉文的当儿。你第一件先看我这主意好不好？第二件我们借重之处，你千万不要推托，这是利人利己的勾当。你用心做好了，万一将来大皇帝登极之后，众位弟兄们做了大官，皇上一样追究这一道表文是谁的手笔，大家将你何其甫这大名奏上去，保不定圣心欣悦，钦赐一个状元及第，奉旨游街。或者有那些丞相府里的小姐，高兴抛个彩球儿要要，必然是打中状元身上。那时候象其翁这一表人材，便做了丞相家一个女婿，也不辱没煞你。不是我说句笑话，到那时候，便有一千个冯老太捏起喉咙，在府上诱你出来，你再也不会吃我们骗了。”这句话说得众人哄然大笑。

何其甫起初听见刘祖翼说他状元及第，又是要做丞相女婿，心里不由动了一动，倒只管闭目凝神，细揣摩将来得意的去处，早不禁腮角边露出笑容。虽然刘祖翼拿冯老太来打趣他，他却一总不曾听见。后来又不知想到哪里了，只见他笑容顿敛，忽然放下一副颓丧面目，望刘祖翼将头摇得几摇，慨然说道：“刘先生，这劝进表文，可以不消作罢。我劝诸位，快将这种念头从速收拾干净。我明白告诉你们，你们以为十拿九稳，那个袁大总统想做皇帝，将来一定就遂了他的心愿，准是做皇帝吗？在我看起来，他这年号‘洪宪’两个字，不消出得一百天，定会消声灭迹，这民国还是民国。你们不相信我这话，我敢写个凭据给你们，若是将来他果然有这皇帝的福分，你们拿我这字据儿来挖我的眼珠子，我决不怨你们。”这一篇惊天动地的话，真把座中一班人吓得伸出舌头来缩不进去。何其甫也知道他们的意思，有些不甚相信自己的话，益发揎拳捋袖，侃侃地将他意见发表出来。

欲知后事，且阅下文。

# 第七十一回 分香卖履故督多情 返剑还珠痴郎快意

大凡世界上有两种人最是穷不得的。究竟是哪两种人穷不得呢？一种是无知无识的愚民。他若是平素有一碗饭安安稳稳的吃着，他倒还本本分分，幼而壮，壮而老，老而死，就如那草木一般，活着也没有人厌他，死了也没有人理会他。万一到了贫困极处，他就有些不耐烦起来了，与其白白地饿死，倒不如铤而走险，小则狗偷鼠窃，大则杀人放火。叔季之世，越是这种人越多，那乱子便是闹得越大。明末流寇，清代洪杨，便是榜样。所幸天心厌乱，这些大劫运却不多见。而且这种人与我这回书中并不相干，我也不去细细的讲他。

再讲哪一种人呢？就是读书明理、博学能文的士子了，这种人也断然穷不得的。他们何以穷不得呢？且听我将理由宣布出来。就拿洪宪皇帝而论，他做了民国第一任大总统，轰轰烈烈，也要算得是心满意足了。偏生因为前面有几位通儒，说中国自上古以来，都是必须有一位皇上驭治万民的，这个大总统名目万万不能合用。于是千方百计想出法子来，大家劝进，必要那个大总统做了大皇帝，他们才肯甘心。是以民国成立不上三年，那皇帝名词，又渐渐闹起来了。

有几个不达时务的老百姓还笑着说，做皇帝终究是姓袁的做皇帝，他们就有益处，要他们拚命价不惜闹得沸反盈天，这毕竟是何苦呢？这一句话，表面上看去似还有理，却不必去苦苦驳他。我且莫讲做皇帝这样大题目，就拿在下前回书中说的乞丐做个比方。谁知世间乞丐也不是胡乱可以做的，那乞丐中间也必须有个头领。在我们扬州，这个头领便叫做罡头。做了罡头，那权力身分比较寻常乞丐就高得多了。那些乞丐明知这罡头位分不是人人可以希冀得来的，因为乞丐虽多，那罡头的缺却是有限，所以做乞丐的人没有一个不希望自己的亲戚或是好朋友做了罡头，不惜出着十二分的力保举得一个亲戚朋友做了罡头。这个罡头既是我将他保举出来的，他自然另眼看待我，我这乞丐就比别的乞丐讨巧多了。这个道理就同那几位通儒劝袁大总统做皇帝同是一个用意。你想那几位通儒既在朝廷里劝进，闹得通国骚然，刘祖翼又是个衣不就身、食不就口的寒士，他既为他的自己衣食打算，自然便也在乞丐里面忙着劝进了。其实刘祖翼他若是侥幸置身朝廷，他自然也会做那通儒所做的事业；那几位通儒若是不幸做了测字的，他自然也会做这个刘祖翼所做的勾当。这个就叫做通儒也，刘祖翼也，一而二，二而一者也。

平心而论，我辈便日日去骂那些通儒与那个刘祖翼，还是冤枉，他们也只是不能安贫而已。孟老二当初常说两句话："无恒产而有恒心者，惟士为能，若民则无恒产，因无恒心。苟无恒心，放辟邪侈，无不为已。"这几句话，其实不甚妥帖，未免将那些做士的看得太高了些。大约孟老二因为自己也是个念书的人，不肯堕落自己的身分，说话中间，有些护短，也是有的。再不然，就是孟老二所说的这些"无恒产而有恒心"的士，是三代以上的人。他又没有推测未来的神机妙算，他哪里会知道如今士子所作所为的笑话儿呢？闲言休表。

且说刘祖翼只因为一念之贪，思量借这乞丐劝进的事，做个升官发财的捷径，满腔火热，原是求何其甫将那文字做好了，好达他自家的目的。偏生遇见那个何其甫呆头呆脑，劈口说了句"洪宪皇帝断断不能成事"，真象一勺冷水淋到刘先生的脊背上面。便连旁边那许多乞丐，也没有一个不是垂头丧气，便好象洪宪皇帝真个取消了一般。

刘祖翼心中总承望，他既这样说法，必有一种绝大见解，倒少不得侧着耳朵，忍着闷气，听他再往下说。那个何其甫却不慌不忙，缓缓的说道："我何以说这洪宪皇帝必然不能成事呢？在别人的意思，或者因为那两个革命党大头脑儿孙文同黄兴尚在海外，目下那个蔡锷又打从京城里溜到云南去了，连日人人都讲西南那边又要造反起来，所以我也随声附和，帮着他们说洪宪皇帝不能成事。其实不然。那孙、黄二人，是我生平最可恶的人，竟把一个好好的大清，弄成了一个中华民国。便是蔡锷这时候虽然到了云南，知道他将来还能成事不能成事？这些道理，我一共也不相信。我相信的只是我自己。我相信我自己什么呢？我老实告诉你们罢，我只相信我自己的梦。"

这句话转把刘祖翼听得糊涂起来，说："何先生你是做的什么梦？难道与这洪宪皇帝有什么关系不成？"何其甫道："我这梦虽然不曾明说与洪宪有什么关系，然而细细详察我那梦里几句偈语，我就料定了这洪宪不能成事，将来真能成事的，毕竟还是我们清国小皇帝宣统。这个梦并不是我今日才编着哄骗诸君的，那一年我同几位朋友向省里去赴试，便在船上得了一梦。梦见有一位四夕山人，他说我终身将来是一定要发达的，临末便赠了我几句话，说的是：‘宣化承流，统一基宇，优哉游哉，贡于天子。’我一觉醒来，也猜不出他这话里藏着什么意思。最奇怪的，那一年明明是光绪皇上在位，谁也不能预先料着今上宣统继承大宝。其时我也只付之将信将疑罢了。及至先帝宾天之后，果不其然，‘宣统’这两字年号，便发现出来了。我们几个朋友才恍然大悟，这四句上面，第一个字嵌着‘宣统优贡’四个大字，那几个朋友，都齐向我道贺，说我将来必定在宣统年代贡入成均。刘先生你如不相信我，我的朋友总算是在学里鼎鼎有名的严大成、龚学礼、汪圣民一干人，你背后去问问他们，便知道我这梦是千真万确。所以你们适才说的那一番袁大总统想做皇帝的话，定是石光泡影，决然不会竟成事实的。你想我姓何的一日不得优贡，这宣统帝位是一日不得取消的。我们都是好朋友，我也舍不得给苦给你们吃，这个劝进的念头，赶快消灭了罢，多少是好。”说毕头也不回，竟自背着月光，匆匆地走出古楼去了。

此处众人好象兜头淋了一勺冷水，大家默默相视，更说不出什么。刘祖翼气愤愤地指着何其甫的背影骂道：“早知道他是这般人，我们又何必巴巴去请他到来，转落得他一顿褒贬。我就不信，将来谁有这般胆气，竟敢叫宣统小皇帝重新复辟？我猜不出他这顽固脾气，至今竟不曾改得分毫。外间正闹着宗社党人，怕这何其甫不是他们一路？姑且放着再说，有这机会，看我去替他出首，叫他死无葬身之地，问他还敢拿梦来哄骗我们！诸位千万不要灰心，明天这道表文，还是我来亲自动手。如今且别过诸位，时候已是不早了。”说着向众乞丐拱一拱手，也就扬长而去。

果然过了几日，刘祖翼毕竟做了一篇似通非通的文章，拿到破烂鼓楼来，喊起那些乞丐，恭恭敬敬，站在一行线上，静听他恭读劝进表文，刘祖翼直着破竹喉咙，叫了半天，众乞丐也白眼瞪了半天。众乞丐所以这样守规矩，是常听人说：“这上表的事，犹如面见皇帝一样，非同小可。”他们将来，俱是一殿之臣。洪宪皇帝一喜，封作天下都招讨，或是伸手大将军，都说不定。将来总有臣面君的一日，见表如见君，现在不能不习些见君之礼。也有些乞丐，听了表文上皇帝长皇帝短，他就连忙跪下的。饶三也是大嚷着：“见驾，见驾！”等刘祖翼读完，问他们：“懂得吗?”众乞丐互相对望了一刻，回答：“不懂！”刘祖翼叹口气道：“可惜，可惜！这样好文章没人懂，我姑且将我在表文上作的警句再读出来，解给你们听。”众乞丐听了这话，非常高兴，都催他快读罢！刘祖翼捏着喉咙背读道：“九重天子坐龙庭，执掌乾坤统万民。称孤道寡寻常事，何不鲤鱼来打挺。”读到这里，乞丐大声欢呼说：“到底刘先生的文章顶老！”刘祖翼又接着解释道：“‘九重天子坐龙庭’，是说皇帝比我们高九层，住着盘龙宝柱的房子。‘执掌乾坤掌万民’，是说皇帝能管天地，又能管小百姓。管小百姓不算事，能管天地，这能为就大了，不是真命天子也不能。洪宪皇帝也是因为民国大总统只能管小百姓，不能管天地，所以要作皇帝。我这说执掌乾坤，乾者天也，坤者地也。就是劝他管天地的意思，这不是正合他的心吗？‘称孤道寡寻常事’，是说：人家劝你的不过是作孤家，作寡人，平常得很，有什么稀奇。‘何不鲤鱼来打挺’，这就是我们劝进的本意，教他象鲤鱼样的，一打挺跳上龙门，那就变成真龙了。真龙就是皇帝，我好一比鲤鱼就是大总统，龙就是皇帝，鲤鱼一挺变龙，大总统一挺，就作皇帝。这才是出奇呢！”说毕，众乞丐大喜。刘祖翼又说：“团体的名字，就叫‘叫化团’。团头代表我和饶三、冯瘫子三人。”众乞丐都说：“很好。”拣一个吉日，就想要向县署亲自去递。不料便在这个当儿，蔡锷已在云南起了义师，接二连三地又有好多省份响应起来。袁总统见势头不好，知道自家上了左右亲信的当，懊悔不迭，爽爽快快下了一道命令，立时将帝制取消。刘祖翼得了这个消息，哪里还敢再去出风头呢？少不得悄悄地将那篇表文瞒着人一火烧了。

好笑这时候我们中华大国，真正闹得乌糟糟的，简直有些不成体统。何以见得呢？袁总统是在北京城里闹着做皇帝，那些党人不服这口鸟气，又联合了西南诸省反对起来，今天闹进兵，明天讲北伐，已是应接不暇。以外还有许多前清大老、救国遗臣，既不满意洪宪皇帝登基，又不赞成党人抗议，转趁着这一个好机会，商议进行方法，思量重新将那大清国恢复起来，做个中兴盛业。一面在蒙古联合八旗种族，一面便在山东青岛地方设立秘密机关，大家躲在那里见机而动。谁知力量不够，各省防范又极严密，闹了大半年，急切总没有做出一件事来，所有各处的宗社党，破获的也就不少。他们此心不死，还指望袁大总统同民党两下争持，好趁此收那渔人之利，谁知道天不祚袁。这一年五月里，袁世凯得了一个糖尿症，又加着心绪恶劣，气恼伤肝，兀自一病不起，便伏维尚飨呜呼哀哉了。民党得着这信十分得意，便同政府里那几位保障共和的大人物联合起来，依然根据《约法》重行奉黎副总统主持中华民国，南北联成一气，兵革顿解，一心一意去同宗社党为难。你想那些宗社党，哪里还敢再行出头？也只好匿迹消声，不再妄想了。

且说那宗社党人里面，有一位鼎鼎有名的，起先曾在江苏省里做过一任制军，便因为光复时候，挈着家小避居上海。这人是谁呢？就是捕杀富玉鸾的那位意海楼大人了。他是皇室近支，虽因大势所趋，国基颠覆，未能亲殉国难，然而他那一种雄心不死，日夜思量联合羽党，急图恢复。是以奔走蒙古、青岛之间，意海楼要算是最为出力，所有在制军任上积蓄的许多宦囊，都因为养着他手下同志，渐渐花费得不少。他的意思，以为毁家纾难，原是做臣子的分内之事，只要托祖宗福庇，一旦将这个锦绣山河，依然归入我满人掌握，这四海之富，皆为我族所有，那时候还愁不能占据爵位，坐拥黄白吗？他却不料到事机不顺，接二连三地重重失意。因此异常愤懑，郁郁不得志，仍折回上海，终日对着那一班姬妾长吁短叹，把一个四十多岁的人，弄得兴致颓唐，那鬓发之中，也就星星花白起来。可怜他闷坐家中，没有人知道他的心事，即有时候被朋友扯出去吃酒看戏，外面虽然是寻乐，然而总消遣不了他的内心烦忧。

可巧这一晚在戏园看戏，末了一出，演的便是什么《鄂州血》，那个装扮瑞华儒的，偏生刻画得穷形尽相。海楼看了半出，忽地眼面前觉得一阵漆黑，顿时口中喷出两块紫血来，身子直矬下去。吓得同来的几个朋友惊慌无措，急忙命跟他来的人将他扶入原来的马车，坐回他的公馆。到家之后，合家眷属，异常震骇，自不消说的。侍婢把他轻轻扶下拥掖着入了床帐，许多姬妾环伺在侧。少不得延聘了上海著名医士前来诊视。原来海楼本系少年得意，姬妾满前，平时身子不免十分淘碌，逐年已渐渐亏损下来。所幸他们是富贵兼全的人，平居颐养，却是与常人不同，所以并不觉得什么。无如自经光复以后，种种境遇毫不遂心，是番病势，简直有增无减。那医士只得勉强开了一个药方，海楼服下去也不见效。俄延得三五月光景，已是瘦骨支床，恹恹不起。

海楼自知不能久居人世，所有身后诸务，均已摒挡一切。他于诸姬之中，平时最钟爱的便是红珠。这一天业已不能进食，气壅痰喘，危象已见。家中上下人等，各各分头办事，专待海楼一经咽气，便预备讣告发丧。姬妾环列床前，无不掩袖而泣。海楼喘息略定，将眼四面望了望，有气无力地嘶唤了一声道："四姨呢？"众人知他问的红珠，大家便含泪推着红珠近前。红珠此时已经哭得象泪人一样，只得分开众人，欠身近榻。海楼倏地伸手执着红珠，哽咽说道："你在众人中年纪最轻，你将来怎生结局？是我误了你了。"说到此，重行喘了起来，双颊骤然红晕，半晌不能开口。红珠心里又怕又急，那眼泪象珍珠断线一般，簌簌落落，还滴了好些在海楼手上。良久，海楼又挣出一句说："我曾听见你平日讲过的，有个哥子住在扬州，便是我当年在制军任上开活他的。这个人究竟你可知道他实在下落？我死之后，你便赶着写一封信给他，叫他来接你，好生回去度日罢。你的房里所有一切的珠宝衣饰，全行交给你带去。另外我还吩咐帐房里，给你一千两现银子，算是我同你好了一场，便留着这银子做个纪念罢。区区之款，原算不得什么。我只恨所有资财，全行被我花费完了，到了今日，转使你们受苦。”红珠听到此处，已经掩面悲啼，几乎失声哭出来。只得重行忍着，低低说了一句：“大人保重，吉人自有天相，一朝半月，好得起来，便是我们极大的造化。”海楼摇了摇头，才缓缓将红珠的手放下来。勉强又同别的姬妾说了几句，又吩咐他们好好照看红珠，凡事不要叫他吃亏。停了半晌，不言不语。大家再走近细看了看，早已手足冰冷，咽了气了。霎时哭声大震。红珠不由晕倒在地，众人忙着替海楼穿换殓衣，更没有人照料到他。幸亏他自己房里有两个贴身侍婢，将红珠搀扶起来，唤醒了他。红珠于是坐在地下，放声大哭。意海楼非我这部书中重要人物，他的丧事，我这支笔却也无暇替他扬厉铺张，只好权且搁过一边。

单说红珠尚在意海楼百日之内，别的姬妾平时既妒忌他专房得宠，又恨海楼弥留时候，另加青眼，各人总有些积不能平，在这当儿，早已有些冷嘲热讽，寻出事来同红珠起衅。红珠初意本打算等待海楼出殡之后，方才寄信给云麟，着云麟来上海接他回转，知道这地方万不能久居。所幸帐房里果然遵着海楼遗嘱，将一千两银子已交给自己。便拣在海楼六七这一天，在灵前痛哭了一场，便将自己要回扬的意思告诉了众人。众人也不留他。红珠遂请帐房里师爷进入内室，请他替自己写一封切切实实的信，告诉自家哥子，又将云麟住的地址详细说了，信中请他哥子赶紧到此接他回去。帐房师爷点了点头，便替他寄信到扬州去了。此处的事，且按下慢表。

且说云麟本系赘在岳家，虽然岳母龚氏十分怜爱，无如他的岳翁柳克堂悭吝成性，觉得嫁了一个女儿，反添了一个女婿在家吃用，心中老大不愿。不过怕龚氏生气，不敢说出叫女儿女婿回去的话。然而平时语气之间，都露着食指浩繁，后难为继的意思。又恨柳春在外不务正业，专事游荡。老人家一进宅门，便是长吁短叹，简直象是没有一毫生趣。家中本来用着一个苍头、两名仆妇，柳克堂又说连年兵乱，饥馑洊臻，不能不打算省俭的法儿，于是同龚氏闹着，又开除了一名仆妇。所有家中做不完的琐务，便唠唠叨叨，硬逼着女儿去料理一切。偏他那女儿又是个醉心文墨、不知主持中馈为何物的人，镇日价只有躲在房里看书的工夫，米盐酱醋，一概不知过问。他母亲倒没什么话说，柳克堂背地里很是絮叨。

柳氏也窥出他父亲的意思，背地里也常常同云麟私议说：“长安虽好，终非久恋之乡。岳家不可久居，久居便被旁人议论。好在我们家里虽是清贫，只要你肯苦心读书，虽然目前废了科举，举人、进士是没有指望的了，然而你如果有满腹经纶，不见得民国就没有你糊口的地方。在我看起来，我们拣了好日子，便辞别了我的父母，随你家去，苦苦度日去罢！省得我父亲容不下我们夫妇。”

云麟也觉得他的话说得有理，笑了笑道：“只要你能守清贫，家去倒也还好。我不过愁你在这里一切起居饮食，是享福惯了的，万一到了我家，就如你跟前这个小使女就不能带去。我家虽也用着一个黄大妈，他是不能独自伺候你一个人的。到那时候，你不要又怨起我来。”柳氏笑道：“啐！亏你还是个读过书的秀才呢，连一个安贫乐道的道理都体会不来。我通不知道汉朝有个孟光，他在家做女儿的时侯，不是安富尊荣的？便讲他嫁给梁鸿的时候，所有妆奁，也还称得起个堆金积玉。后来被丈夫几句话感动了，他立时弃绝以前的态度，兀自荆钗布裙，随着丈夫耕种度日，一生一世没有半句怨言。我虽然愚笨，不能学古来的大贤大德的妇女，难道便连一个孟光都学他不来？你放心，我若是将来有这享福的造化，难道你便贫困终身？若是我命中注定应该受罪，这母家的点点财产，我们也不能依赖一世。”

云麟听他这番话，心中也很敬服。随即回家将这意思告诉母亲秦氏。秦氏也自欢喜。夫妇二人便定了主意，将这话告诉龚氏。依龚氏哪里肯舍得他爱女远离膝下，不免痛痛哭了几场。柳克堂却十分愿意，转背地里劝了龚氏几句，又被龚氏劈头劈脸骂了一顿，柳克堂不敢出声，笑嘻嘻地又跑入他店里去了。于是过了几日，云麟同柳氏择了一个好日子，真个将箱笼物件掳掇掳掇，辞别龚氏回家去了。

秦氏见儿媳双双回来，说不尽心中快乐。柳氏到家之后，真摒弃书卷，镇日随着秦氏主持中馈，料理家政，井井有条。云麟看这光景，心里也很安贴。不过食指日繁，自家现却没有一件事可做；家中积蓄，本属无多，连年贴补用度，行将告罄，目下很露出拮据状况。每遇时节，实在开销不足的时候，只有向三姑娘那里略为借贷。至于他那太亲翁田焕那里，连年以来，生意异常发达，积蓄很是不少。所有云姓店底，向年本有成约，每月贴给三千文，为租借店底之价。然而近年期限已满，此款亦已停付。又知道云家近况艰难，偶然会见云麟，只是支支吾吾，总说生意亏折，行将支持不住，以杜云家向他轇轕。云麟也猜到他的用意，赌气轻易不到田焕那里走动。田焕夫妇又防绣春津贴母家，监察得十分严密，没有什么事故，也不许绣春轻易回去。

有一次，云麟家里米粮告罄，急切想筹措三五十元洋钱应用。又因为不久曾向三姑娘借的钱，此次不便再去罗唣。晚间云麟只是长吁短叹，便连夜饭也不曾下咽。柳氏所有金银首饰，近来业已陆续付之质当，便连几件齐整衣服也寻觅不出。当时看见云麟愁烦，心中老大不忍，便从灯下款款地向云麟笑道："如今要说你境况不窘，你听到耳朵里定要生气，然而一定便说你没有法子可想，也不见得。无如我说的话，打的主意，你又执意不从。大凡一个人要讲究多情，也须叫那情人心里舒服，不替你焦烦。你只老远拿定你的主意，说是情人赠你的物件，便该文风不动。万一饿死了，那件宝贝又交给谁手里呢？便是那个情人知道你这执而不化，他也过意不去。他赠你这件宝贝的用意，又岂是叫你抱着它忍饿的？"云麟急道："我知道你的话中用意，只不过看不过我那一颗珠子。我岂不晓得这珠子价值甚巨，把来换了，原可盘缠得一二年用度。只是这珠子丢了，便是丢了我的性命一般。你是个贤惠的女子，难道只重这珠子，便连我的性命都看轻了？他赠这珠子的用意，原是叫我换钱度日。他这般深情，我如何能辜负他，便依他丢这珠子？有朝一日，我若是能遇见他，我双手依然将这珠子取出来给他看看，也叫他知道我不是重财负义的人。你不体谅我这颗心，朝也提这珠子，暮也提这珠子，你叫我怎样不生气呢?"说着便簌簌地流下泪来。

柳氏笑道："你这话又错了。我又不是叫将这珠子卖给别人去，以后便永远不能回头。近来我们这扬州有好些暴发户，在光复的时候得了运库里元宝，他们虽是有钱，象这样大的珠子，眼里也不曾瞧过。你若肯暂时押在他们那里，他希望你没钱取赎，包肯出着重价。"云麟听到此处，将两个耳朵掩得紧紧的，摇头说道："可又来了，押到人家去，我可有取赎的指望没有？你分明给苦给我吃，我再呆些也不上你这当。"这番话说得柳氏气起来，坐在旁边冷笑道："我劝你不要做梦罢。依你主意，恐怕日后遇见他，还巴巴地捧这珠子给他瞧呢。他在那珠帘绣户，做着人家姬妾，几时有遇见你的机会？不是我说一句俏皮话，除非你再碰着那革命嫌疑，他同你第二次认做兄妹，或者可以暂时合拢在一处，谈谈体己话儿。可惜如今换了朝代，再没有那种指望的了。"云麟不由触起自家心事，又想到红珠当日相救情分，以后真恐没有再遇见他的指望，顿时一阵伤心，止不住泪珠滚落下来。柳氏见他这模样，也不忍再说什么，只长长地叹了一口气。

不防这个当儿，黄大妈一拐一拐地走得进房，望着柳氏说道："少奶奶也还不曾睡呢，太太吩咐我来向少奶奶说一句，明天的中饭米是一粒也没了，太太又没处去想法子，少奶奶同少爷还该商量商量才好。”柳氏站起身子笑道：“我正在这里同少爷商量呢，烦你好生告诉太太，叫他老人家放心。”云麟气愤愤地指着黄大妈说道：“快走，快走，只是你忙得利害，难不成就单单将你饿死了？”黄大妈冷笑说：“哪哪哪，这又干我甚事？太太不叫我来，我又何必来这里讨厌？少爷犯不着急得这样，我这条老命饿死有什么打紧？可怜太太将你自幼儿提携到今日，少爷进学那一次，我们也在旁边欢喜，总以为中了一个秀才，吃饭是不消愁得的了。不承望少爷弄到这步田地。”说着也就一把鼻涕，一把眼泪，揩抹个不住。柳氏深恐云麟再说出什么，连忙背着身子向他摇手，一面又催黄大妈进去。

云麟长吁短叹了一夜，次日闷恹恹地下了床。到午饭光景，真是没法，只得向柳氏说了句：“还等我到你家那边去走走。”柳氏含着眼泪点了点头。云麟匆匆走入他岳家，时候可是不巧，他丈母龚氏在昨天夜里发了肝胃气痛，正睡在床上呻吟不绝。云麟问了两句，只不好开口说借贷的话。柳克堂因为这事，早间赶回家里，此时刚蹲在天井里同那小婢择韭菜。一眼瞧见云麟，当这深秋天气，身上还薄薄地穿了一件旧湖绉夹袍，脸上青黄二色地异常憔悴。他再玲珑不过，手里将那韭菜一根一根地拣在旁边，便有一搭没一搭，同云麟叙述这几年生意淡薄，简直入不敷出。“在那光复当儿，人人都说这一来可好了，没有皇帝，就没有官捐使费、地丁钱粮，百姓们都可过快活日子了。谁知皇帝已经没了有四五个年头，怎么百姓的饥荒依旧闹得没有开交，比先前越发难过？譬如你丈母昨夜闹得死去活来，论理便该给他请了医生诊视诊视，只是哪里有这闲钱呢？也只好挨命罢了。你回去也不必将这事告诉大姑娘，免得他又闹着回家。并不是我小气，委实添一个人嚼吃，那五六角钱一担柴，五六块钱一石米，我真有些支撑不住。象这韭菜，往年一斤卖三五个铜钱罢咧，如今加着十倍才买得一斤呢。我若不在这里监察着他，他都拣那好的炒来吃，黄叶子就要抛掉了大半，那还了得！”云麟被他丈人说得目瞪口呆，更不耽搁，站起来便告辞要走。柳克堂依旧蹲在那里，自言自语地说道：“我也不虚留你了，留你吃饭也没有菜。”

云麟也不曾听见，一溜烟跑出大门，心里想了想：“这便怎生区处呢？事到其间也讲不得赌气的话了，不如到姐姐那边去设一设法也好。”于是绕过两条街巷，刚走到绣货铺子门首，可巧劈面撞见田焕打从街上回来。他是陪着朋友在醉仙居面馆里吃酒，吃得满头的汗比黄豆还大，腆着胸脯，将帽子取在手里，当做扇子，只顾扑起扑起的扇着，一脚还不曾跨进店铺。云麟鉴于适才不曾向他丈人开口，转被他一番话堵塞住了，当时便不肯客气，抢近一步，向田焕招呼。田焕见是云麟，吃了一吓，便立住脚，笑嘻嘻地问他有甚话说。云麟刚待开口，脸上早已通红，无可奈何，只得低低说了一句："想同太亲翁这边借几升米，改日如数奉还。"田焕不由大笑起来，将帽子向头上一搭，拍着双手说道："这个可真是巧极了，说出来谁也不肯相信，米是一粒也没，早半天又没卖钱，我还吩咐福恩的妈，叫他向隔壁王妈妈借两百铜钞，买点面来先度过今天再说。老姻侄，你不知道我们开店的苦恼，我同你太亲母忍饿不要紧，他们当伙计的不能瘪着肚皮替你做买卖呀。他们……"田焕还待望下再说，云麟此时已是懊悔不迭，掉转身便走。不防田焕一把将他的手紧紧揪着，笑道："哎呀，你难道恼我不成？自家亲戚，便没有饭好生请你，你就扰我一顿烂面也稀松平常。"越是云麟要走，他的手越是揪着不放。后来又恐怕云麟当真在这里吃面，才将手松得下来。

云麟头也不回，一路想起这种情形，不禁暗暗咬着牙齿，喊着自己的名字说道："云麟，云麟，你自幼儿不知道生计艰难，误读了几本诗书，总以为'情爱'两字，是天地间至可宝贵的物事，深厌那金钱龌龊，没的腌臜了少年心地，如今怎么样呢？世情冷暖，人面高低，他们这一班守财奴原不足怪。只是你上有老母，下有少妻，只因为我一人不能自立，累着他们忍饥挨冻。便是那个黄大妈，他半生辛苦，帮着我母亲守节，你一点好处也没有给他，昨晚反恶狠狠地同他赌气，你可成了个什么人呢？你若再执迷不悟，怕那些乞丐饿殍，便是你将来的榜样。"因为想到田焕，又想起被他揪着的那只手，便放在鼻上闻了一闻，一股酒肉臭气，几乎不呕吐起来。越想越恨，那脚步子不知走向哪里才好。耳边忽然听见有人说道："哪，哪，哪！这不是云少爷吗？"

云麟吃了一惊，再抬头望了望，原来不知不觉地已走近伍公馆门首，那个招呼他的便是伍升。云麟遂即放慢了脚步，笑着问道："你们老爷在家吗？"伍升笑道："老爷昨天便向省里去了。"云麟又道："太太呢？"伍升道："大太太、二太太同老太太，都被县署里周太太请去吃饭，伍贵他们都跟了去，只剩得我在这里守门。少爷可曾吃过饭没有？何不请进去坐坐。"云麟笑道："你们公馆里也没人，我进去则甚？"伍升笑道："小姐在里面呢。"云麟惊问道："怎么！小姐不曾同太太一齐到县署？"伍升道："小姐因为孝服在身，不愿意去赴宴会。"

云麟听到这里，更不怠慢，忙捻着衣服，匆匆直望里走。伍升吩咐身边那个小厮："你快进去禀报一声。"那小厮答应了，赶在云麟前面飞跑。淑仪淡装素服，已盈盈地走出堂屋，彼此问了好。云麟笑道："姨娘他们倒还高兴，肯向县署里去走动。"淑仪也笑道："这周知事原是湖北人，父亲当初在那里候补，内眷是往来惯的。这一次他们太太巴巴地亲来拜会，赶在今天又请祖母同母亲过去闲聚。大约停会子也该回来了。"淑仪说着，便拿眼将云麟打量了一番，款款地说道："怎么几天不见，你又消瘦了许多？"这一问转触动云麟的心事，不由心里一酸，眼泪便要直流下来，赶忙忍着，将个头掉转过去。淑仪也猜不出他什么用意，又不便拿话去问他，只得搭讪说道："姨娘同嫂嫂近来身体都好？"云麟叹着说道："身体呢，倒没有什么不好，只是因为我一人没有长进，累着他们处这拮据境况。"于是便将家中缺少柴米，早间出来设法，被他丈人同田焕奚落的话告诉给淑仪听。

淑仪将他望了一眼，瞋着说道："你这人真是一点计较都没有，既有这样事，便该早向我们这里来斟酌，白白地绕这样道儿。你的性情是我知道的，几时受过人这般冷讥热讽？"云麟接着说道："我原打算过来的，只是累次通融，姨父、姨娘同妹妹固然没有别的念头，然而叫别人看着，毕竟觉得有些羞人答答的。"淑仪将个粉颈点了两点，一扭身进了自家卧房，立刻取出一方手帕，搁在桌上，指着对云麟说道："这里面有二十块龙洋，是娘交给我零用的。我先打发伍升送过去，你再耽搁一会不妨，我叫他们预备饭给你吃。也是时候了，饿了反倒不好。"云麟感激万状，也不道谢，只呆呆地听着。淑仪唤过一个仆妇，命他将这钱交给伍升。一面又命丫头去向厨房里催饭。

不多一会，饭已齐备，那丫头便在桌上放了两副杯箸。淑仪笑道："我是刚才吃的点心，此时还不曾饿，你们让云少爷独自吃饭罢，酒也可以不消用的。"云麟知道淑仪要避嫌疑，不肯同自己坐在一处。委实腹中饿得利害，也不客气，遂坐向桌边。刚待举箸，猛地想起一事，重新跳起来，向那丫头要了一盆热水，不住地洗那手，洗了又闻，闻了又洗。又笑嘻嘻地向淑仪索他亲自用的桂花香皂。淑仪笑道："你这会子忙什么？等吃完了再洗不迟。"云麟摇头笑道："妹妹你不知道，今天我这手腕是遭了劫来的，不洗干净了，如何吃得下这饭菜？"说着便将田焕握着自家手腕，手腕上沾有酒肉臭气的话告诉了淑仪。引得淑仪也笑起来，轻轻将一块香皂递得过来，笑道："你这古怪脾气，不知几时才改得掉呢。也亏你挨下这半日来了，要是我……"说到这里，忍不住格格地笑。

云麟用膳已毕，款款深深的同淑仪对坐着闲话。云麟又提到红珠赠的那颗珠子，依柳氏便想将他押钱使用，是自家一定不肯。又说："每遇到无聊时候，只要将那珠子在手里摩挲一番，该愁闷的便不愁闷了，该饥饿的也不饥饿了。妹妹请你替我想一想，万一这珠子离开了我，我还有什么生趣呢？”淑仪听了，只是低头无语。

不防伍升恰好匆匆地进来，对着他们小姐说：“已经将洋钱送得过去，云太太命我道谢，并说等他们少爷一经得了意，再如数归还。”一面说，一面又在怀里掏出一封信函，转身向云麟笑道：“可是去得真巧，太太和少奶奶正接到上海的信，又不知是谁寄给少爷的，他们并不曾开封，命我带过来交给少爷。”

云麟此时且不去接信，转向淑仪笑道：“咦！这是谁寄的？想是都督太太有什么消息给我。再不然便又是那田福恩闹的玄虚。”淑仪这时候并不曾回答，已从伍升手里瞧见函封上的字迹，不禁诧异，说道：“哎唷！这不是打从红珠姐姐那里寄来的？”云麟蓦听见这话，急跳起身子接过那信，战兢兢地去撕那封口，急切又撕不开来。还是身旁那个机灵，已递过一柄剪子。云麟好容易将封口铰开，抽出里边笺纸，同淑仪并肩立着，一行一行读得下去。大略说是意海楼业已身故，所有第四房爱妾着给亲人带回家。闻云麟原系他的哥子，接信以后，务望从速到上海一行，以便随同令妹一齐遄返扬州。所有银钱衣饰，均须当面交割。下边注着“意公馆帐房谨启”。

云麟读完之后，顿时形如木偶，呆呆地怔了半晌。突然向淑仪问道：“妹妹，我可是在这里做梦不是？天下哪里会有这种意外的事？我若是醒了，一定跑来将这怪梦告诉妹妹。”淑仪笑得将他推了推，低低说道：“青天白日，分明大家都在这里，断断不是做梦。你须得将心神定一定，这件事应该怎样办法，还要预先料理料理才好。遥想红珠姐姐这个当儿，不知怎生苦痛呢。”云麟重新将那信又读了一遍，想道：“红珠遭遇这场惨变，自然是十分悲惨。他还巴巴地想念着我，命我前去接他，可想他身虽在外，一时一刻并不曾抛掉了我。侥天之幸，今日竟还有这种美满的希望。”痛定思痛，那一行一行的眼泪，早将一封信函洒得透湿。再说淑仪虽然替他们欢喜，然而又想道：“生离究竟胜于死别。云麟以为今生不复再同红珠遇合，偏生上天成全他们，竟自珠还合浦，剑返延津。只是我呢？黄土一抔，千秋永隔，形孤影只，既无起死之丹，又少返魂之术。比较起来，我这薄命真要算是极顶了哇。”想到此处，也就珠泪纵横，怆然不乐，也不去劝慰云麟，两人转对面哭起来了。伍升先前也隐隐知道红珠这事，此时瞧见他们这种情形，转含笑走了出去。

淑仪哭了一会，觉得甚是无谓，转哽咽着向云麟说道：“你尽哭则甚？我替你想，事不宜迟，赶在明日，便须往上海去走一趟了。”云麟适才见淑仪垂泪，总疑惑他是替红珠伤心，心下着实感激，忙答应道："我这时方寸已大乱，也不知怎样才好。今晚若是赶得及，我便过江去罢。"淑仪道："这也不必忙在一时，你去接他，他自然是一准来的了。转是他到了扬州之后，你还须先行替他租赁一处房屋。你们那边住宅狭小，可想他还有好些什物，自然安插不下。若是等你将房屋租好再到上海，他的望眼怕要穿了。依我主见，你明天尽管走你的，这租赁房屋一事全行交给我，我派人替你们置办妥帖，他一抵码头，可就不用再操心了。"云麟急忙上前作了一揖说："多谢妹妹为我们费这样心机，叫我怎生酬报？"淑仪脸上红了红，笑说道："我也不一定为的是你，红珠姐姐看待我们也还不薄，这点点小事又算得什么呢？"

两人当下又谈论了一会，云麟才转身回去，将这事告诉母亲同他妻子。动身的川资，恰好在淑仪赠的那款子里挪用。第二天清晨，少不得欣然就道。但是此去不知曾否将红珠携回？以及有无变故？

欲知后事，且阅下文。

# 第七十二回　小团圆商量联宅眷　真妖孽研究到文言

扬州南河下花园巷东首，有住宅一所，前面是个大厅，厅后便是三进住宅，甬道西边有个六角小门，进了那门便是书房，书房背后辟了一座幽深雅洁的花圃。其时那所住宅已收拾得非常精致，一例的楠木椅子，地上的毡毯，屋里的电灯，应有尽有。第二重上房格外华丽，炉霭微飘，瓶花欲笑。

这一天晚上，有男女二人对坐在房里。那女子浑身穿着缟素，流转星眸，四面望了望，不禁怃然说道："这一番倒很费了仪妹妹的心力，承他盛爱，替我们布置得这般周到。累你明天赶得过去，将一切帐目调查清楚，好让我将款子交代给他。至于他待我们的情义，一时也酬报不来，且放着再说。"那男子躺在一张沙发椅子上，尽管听他说，也没回答，只是傻傻地望一会，笑一会。笑得那女子不好意思起来，轻轻啐了一口，低问道："你敢是痴子么？不然为什么尽在这里呆笑。"那男子才笑着说道："我痴倒不痴，我正在这里想呢。"那女子接着问道："你在这里想什么？"那男子答道："想我们怕是做梦。"那女子也就盈盈一笑，说道："清醒白醒，什么梦不梦呢？今天在火车上你也累得辛苦了，也该回去早点睡觉才好。"这句话不打紧，转把那个男子吓了一跳，顿时收敛笑容，望着他憨憨的说道："哎唷！好容易将你接回来，便是做梦也该让我遂一遂心愿，怕醒时懊悔已是迟了。怎么你还狠心催我回去睡觉？"

这时候已走过一个小婢，到他们两人面前各倒了一钟酽茶。那女子捧着茶杯，向唇边呷了一口，正色说道："唉，飘泊半生，什么酸甜苦辣的味儿我都尝过了。我原感激你待我不薄，所以自从遭了这番魔劫，还巴巴地叫你来接我。第一件我是孝服在身，一时还不能同你提起婚嫁。我如今已打定了主意。你近年的境遇，前日已经告诉过我了，可怜老太太生你一人，今日并不曾得着你一点好处。便是你那太太的性情，也是十分贤慧。一颗珠子能值几何，你宁肯挨着饥饿，都不肯将这珠子割舍,我当时听见这话,很感激你的用心。好在我别的没有安慰你的去处,至于这区区银钱,除得我们那个给我一千两现银而外,其余珠宝珍饰,算来也值得万金。我又没有一个亲人,我预备先拣一个好日子,将老太太同你们太太接过来住在一处,我在名义上便算是你的姬侍,借此可以稍尽我孝敬老太太一片私心。那座书房,便给你在里面安心读书。后面的上房两重,重安置老太太,一重安置你们太太。我呢,便权将这所卧房当做静室,长斋绣佛,修一修来世,不至于再堕落烟花,沉沦孽海。"那男子听见他这番侃侃正论,又有些感他,又有些恨他。知道他主意已定,一时断断不能挽回,只得勉强笑说道:"此时我权且依着你,但是你这孝服多则半年,少则三月,也该除掉了,到了那时候,你总不能再不理我。"那女子笑了笑,重新说道:"等到那时候再议。"

著者说了这一大篇话,恐怕诸君还不知道这男女是谁呢。原来那女子便是红珠,那男子便是云麟。云麟自往上海去接红珠之后,淑仪便将这事告诉了他父亲。伍晋芳也很替云麟欢喜,便依照淑仪的吩咐,命人预先在南河下租好房屋,连伺候的几名家人,都由伍晋芳替他们雇得妥帖。是以云麟将红珠接回扬州,一切不劳费心。所有的用度,后来均由红珠清算偿还。

再说云麟当晚别了红珠,匆匆回家,将红珠所说的办法,从头至尾禀告他母亲秦氏。柳氏也坐在旁边静听。据云麟的心理,总以为他母亲听了,必然欢喜。及至将话说完,不料秦氏转沉下脸色,向云麟冷笑道:"你瞧他这话,准备怎样办法呢?"云麟笑道:"做儿子的不能孝顺母亲,常常累母亲为我们操劳家务,心里很觉得有些惭愧,现在难得他银钱宽裕,肯接母亲前去享福,儿子已经允许他了。母亲几时高兴搬去,就是几时搬去也好。"秦氏摇头说道:"可又来了,做儿子的不能孝顺我,倒成大伙儿去累他一个女孩子。他的银钱再多些,也是他挣来的,不应该我们跑去享他这福。还有一说呢,他若果肯嫁给你,这名分上我便是他的婆婆,他便是我的媳妇,一家骨肉,或者不分彼此,住在一处,也还象个体统。照你适才的口气,他嫁你不嫁你还没有定准,我们冒失住过去,这究竟算是什么呢?"柳氏也笑起来,说道:"婆婆的话真有至理,所谓非李非奈,可笑人也。"

云麟见他母亲不肯同红珠去住,心里正不自在,又因为母亲的议论正大,一时不能驳回,忽然听柳氏在旁边说这种话,不觉忿忿地说道:"你便料定他不肯嫁我吗?什么非李非奈,咬文嚼字地打趣我。你上次不是说的,我要同他会面,除非再蹈那个革命嫌疑,今儿又怎么说呢?可是堵住你的嘴了。"柳氏笑道:"他嫁你也好,不嫁你也好，与我有什么相干？我又不曾妒着你们。照你这样意思，是凡女人家嫁了丈夫的，都该希望那丈夫遇着有情的妓女，一般才有享福的指望了。”秦氏忙拦着说道：“一件事还没有分晓，你们夫妻不应该就在这里拌嘴。我替麟儿打算，这红珠姑娘年纪轻轻的，也没有就这样结局的道理，说到归根总还要嫁人。既要嫁人，除了麟儿更有谁呢？并不是我贪图他的家私，这事总等我替你们想个两全之法，不是照顾麟儿，一方面也要顾全他的身分。我心里已想着一个人了，必须这人出面来撮合这事，明公正气，将他收做偏房，他自然不会推诿。麟儿且缓着急。”

黄大妈几日前已知道这事了，他兀自非常快活。此刻见他们在这里谈笑，也就插嘴说道：“先前听见仪小姐他们讲起这姑娘来，象个美人似的。我活了这么大了，究竟不晓得这美人是个什么模样儿。好少爷，你几时带我去见一见他，便是死了，也算长过见识，不枉我生在世上。”云麟见黄大妈说这样话，不由眉飞色舞，又不好意思去回答他，只是抿着嘴哧哧地笑。秦氏笑道：“黄妈你不用着忙，他是见过世面的，礼节儿一定不会讹错，包管明天他到我们这里来见我，你有多少碰不着他？你倒是提点心儿，将家里打扫干净些。但凡人家贫穷不怕人笑，只怕灰尘垢腻，叫人瞧着生厌，好象入了古庙似的。便在这些上面，可以瞧得出人家的兴衰。”黄大妈听了这话，有些待信不信，主母的吩咐又不敢违拗，果然在第二天早晨，真个将房屋打扫了一会，凡是条凳桌椅，都用抹布抹得干干净净。

云麟勉强在家里睡了一夜，到了翌日，便起身下床，匆匆梳洗，早飞也似地跑到红珠那里去了。红珠刚坐近妆台旁边掠那鬓儿，见了云麟，含笑说道：“你来得正好，我刚要收拾收拾，到你府上去拜见老太太同你们太太，恰好累你引导引导。”云麟将头摇了几摇，笑道：“怪不好意思的，你去就去，我替你在这里看守房屋。还有一句话要叮嘱你，我那拙荆生得很是不济，你见了他，你不许发笑，以后并不许拿来打趣我。”红珠将眼皮儿微抬了抬，不由笑道：“这是什么话？他有福气嫁给你，便是我及不来的地方，我岂有嘲笑他的道理？你懒得同我走也罢，我带着珍子前去好了。”

当时便命珍子到前面招呼雇一乘寻常小轿。临上轿的时候，珍子捧出两个描金匣子放在轿子里面，自家便挟着一幅素花毡毯，一路径奔笔花巷而来。珍子将门敲了几下，黄大妈开门不迭，果然见是他们，又惊又喜，早跑进里面去通报秦氏。秦氏因为早已有了预备，不慌不忙，遂偕着媳妇迎至二门旁边。红珠已经扶着珍子，姗姗走入，偷眼瞧见秦氏鬓发半白，慌忙跨入屋内，由珍子将毡子铺在地上，红珠端肃跪拜。秦氏只还了半礼。红珠站起来同柳氏相见,也就跪拜下去。柳氏不敢怠慢,忙回了全礼。然后才分宾主坐下。

轿子里的匣子重行由珍子取得进来,红珠命他将匣子开了,捧出一座白玉寿星、一对翡翠如意,另外珠花四枝、金钏一副。红珠站起身子笑说道:"这寿星同如意,是送给老太太的。那珠花、金钏,留着给我们太太添妆。这点点物件原不成个意思,不过聊表我的寸心罢咧,老太太同太太不要笑话。"秦氏欠身答道:"这又做什么呢?姑娘到了扬州,我们还不曾替姑娘接风,今天倒先生受了。小儿多蒙错爱,前年那一次祸事,若非姑娘婆心侠气,小儿性命已不知作何结局。我们婆媳们常常提起姑娘,非常感激。"红珠笑道:"老太太说哪里话,云少爷原是受了人的诬陷,荷蒙天佑,转危为安,这都是老太太的福气。这一次不幸身遭大故,又蒙少爷不辞跋涉,前去相接。我昨日还同少爷讲的,老太太若不鄙弃婢子出身微贱,那边房屋很多,意欲请老太太同太太过去,永远住在一处,平时可以常常领受老太太的教诲。"秦氏点头笑道:"小儿也曾告诉过我了,只是一时还谈不到这事,容待过后再行斟酌罢。"

他们坐在那里谈话,只把个黄大妈都看得呆了,心想:"世界上竟有这等标致人物。说我们家大小姐生得好了,还有一个仪姑娘比她还好,如今看起来,这位姑娘比仪姑娘又觉得风流袅娜些,真是一个赛过一个。不怪我家那个云少爷同他亲热得如胶似蜜了。"刚自沉吟,忽然想着厨下蒸着点心,原是太太吩咐,等红珠姑娘过来给他吃的。匆匆忙忙拿了四个青花碟子,装得满满的,送到桌上,设下杯箸。秦氏便凑近前来相陪。红珠看见黄大妈,便向珍子附了一个耳朵。珍子早从身边取出四块洋钱,递给黄大妈说:"这是我们姑娘赏你的。"黄大妈接到手里,觉得生平还不曾领过这般厚赏,欢喜不迭,随即趴在地上磕头道谢。红珠忙命珍子将他拉着,笑道:"哎呀!这么大的年纪,不要折煞了我。"

红珠说话当儿,早流转眼光,将柳氏细细打量了一番。只见他荆钗布裙,落落大方,端然坐在那里,裙幅静垂,丝毫不动。虽然面目不甚妖艳,然而却是不苟言笑,比较自家,觉得厚重了许多,心中不由的暗暗叹服。见他始终不曾开口,却又不是恼着自己。当时便搭讪着问道:"近日太太可曾会见过伍小姐吗?我们在上海碰过一次,至今很挂念他。房屋什物,又承他的盛情,替我布置得妥帖周详。我打算到他们公馆里去一趟,又恐怕近于冒昧,几时请太太替我们介绍介绍,我还有好些话要同他讲呢。"柳氏这才含笑答道:"仪妹妹轻易也不出来。姑娘既这般说,改一天请婆婆打发人去请他，顺便给姑娘一个信儿，便在舍间同他会一会也好。”柳氏说完这话，低下头又不言语了。

红珠坐了一会，也就立起身来同秦氏告别。秦氏也不便强留，从房里捧出几盒茶食，命黄大妈送给轿夫，摆在轿子后面。然后笑着向红珠说道：“我又没有什么好物件赠给姑娘，这点点东西替姑娘发个吉兆罢。倘遇见闲暇时候，不妨常过来走走。”红珠道谢了两句，方才带着珍子上轿回去。

不提这事。再说云麟闲着没事，终日在红珠那边坐着。有时读书写字，红珠也不去扰他。只是一到夜晚，便催云麟回去宿歇。云麟的那几家亲眷得了这个信息，没有一个不替他欢喜。惟有田焕夫妇因为自此以后，云麟获着这意外际遇，再也不愁穷困，也就常常地命绣春回家走动，借此好联络联络的意思。红珠也知道云麟境况不宽，当初虽极拮据，总不肯卖掉自己那一颗明珠，心里老大过意不去，因此上得便总送银子过去，给云麟夫妇使用。

柳氏前番听见红珠要会淑仪，遂同云麟商议，拣了一个好日子，要请淑仪，并请红珠。云麟自是非常高兴，便去禀告母亲。秦氏笑道：“这事却一定要做的。请你姨妹妹还在其次，我想起来你那仪妹妹的姨娘朱氏，第一是要将他请过来，我有一件要紧的事，须烦他替我料理。他的口齿又伶俐，心地又细密，比起你三姨娘来就大不相同了。”云麟听出他母亲话中用意，只是傻笑，连连点头答应，笑问道：“可用写帖子不用？”秦氏笑道：“这倒可以不必，姨娘、姨妹都是家里的至亲，红姑娘虽说生分些，然而他同你却不生分，必定去闹那排场，转叫红姑娘瞧着，疑惑我们将他当做外人看待了。你仔细去想，我这话可是不是？”

云麟脸上一红，刚要再往下说，忽地黄大妈进来说道：“何先生那边打发人来请少爷，叫少爷快去。我已经替少爷答应下来，叫那人回去了。”云麟皱眉说道：“又巴巴来请我则甚？谁有这闲工夫去同他厮缠。”秦氏正色道：“麟儿，你不可这般讲，他是你的训蒙老师，一日为师，终身如父，他想念你，是他的一番好意。你不用耽搁，赶快去罢。请客的事，有我同你媳妇料理，包不讹误的。”云麟没法，只得换了一件长衫，命黄大妈关了门，自己径向何其甫家里行去。他早知道何先生的书房不在小时候上学的地方了，现在移至旧城府署西首。

其时刚是暮春天气，云麟走得急促，身上已微微浸了些汗。离何书房不远，一带地址很是荒凉，遍地芳草，都已长得碧绿，还夹杂好些菜花，引得一般小白蝴蝶儿成群结队地在那里飞来飞去。耳边又送过一阵念书声音，大半是些“天地元黄，宇宙洪荒”，嚷得烟雾涨气。抢了两步，一眼瞧见何先生手里拿着一根秤杆，臂上套着小篮子，面对面同一个卖茨菇、荸荠的汉子站在门口讲话。何先生向那汉子问道：“其价几何?”那汉子翻了一阵白眼，象是不懂的意思。何先生急道：“其价几何者，问汝之价钱几何几何也。”那汉子益发不懂，只管摇头不住。云麟忍不住好笑，暗想道：“奇呀！怎么好些时不瞧见我们先生，他这文法益发大进了。要是不知道的，还只当他在这里研究几何、算学呢。”勉强近前叫了一声“先生”。

何其甫凝神望了望，见是云麟，却不同云麟答话，依旧“几何几何”的问那汉子闹个不清。那汉子被他闹的没法，着急说道：“你先生做好事，不用闹了，我们乡下人，是捧牛屁股的，不懂你这文文绉绉的话，像这样买卖，我们如果碰着了，不晓得一天能做一两笔呢!”何其甫仍欲卖弄他的文法，云麟忍不住笑道：“汉子，我们先生问你这荸荠几文一斤？”那汉子笑道：“哦！这就不错了。茨菇一斤六十四，荸荠一斤四十六。”何先生咂了一顿嘴，接着说道：“噫！自有茨菇、荸荠以来，未有如此之重价者也。无已，减其半，与汝之半，可乎，其不可乎？汝其明以告我。”云麟怕那汉子又不懂得，忙笑道：“我们先生还你的价呢，茨菰三十二，荸荠二十三，你能卖不能卖?”那汉子听见这话，气愤愤地挑起担子便走，口里还咕噜道：“你的荸荠还在田里不曾生长呢，怪道同我文绉绉，想是骗我荸荠吃了。呸！大清早起头一笔生意，撞着这死书呆子，晦气，晦气!”

何其甫见他不卖，倒也不曾生气。顺手将秤同篮子搁在门边，引着云麟便向里走。云麟抬头一望，见那门上贴了一张白纸，上面写着“文言统一研究所”七个大字，也猜不出他先生是何用意，只得跟着进了书房。那书房平列只有三间，七八岁的小学生都坐满了，正在那里伸长了头叫呢。见有生客进来，就停住书声，睁着两只眼睛望云麟。恰好严大成也坐在里面，一见了云麟，笑道：“时哉，时哉，文明少年胡为乎来哉？”云麟听了，只是发怔，勉强坐下。何其甫已沉下脸来问云麟道：“子来几日矣?”

云麟被他们这一阵不三不四的文话，弄得不知所以，不由顺口也就溜出来，说道：“昔者。”何其甫见云麟说出这“昔者”两字，顿时拍掌大笑，望着严大成说道：“子亦与我乐否？可引为文言统一之同调者，舍我云麟其谁与归?”说过这话，又郑郑重重地说道：“子亦知我召汝之意乎？今日者，斯文将丧，妖孽横兴，人将树白话之旗，夺我文言之帜。障狂澜于既倒，作砥柱于中流，拚我余生，以卫圣教。是以设此文言统一研究会，与二三子日夕从事。彼以白话簧鼓后生之耳目，我以文言统一世界之方音。有志竟成，誓进无退。若严君大成也，若古君慕孔也，若龚君学礼也，皆吾所引为同志者。汝虽年少，毕竟老成，昔日既肯为惜字会之功臣，今日岂不能为文言研究会之健将？云生，云生，吾之衣钵，将传汝矣，生其勉乎哉，生其勉乎哉！”何其甫年纪已渐渐老上来了，说了这一大篇文言，觉得有些费力，上气不接下气，着实喘了一会。

云麟虽然有些明白，终究因为他话里的“之”、“乎”、“者”、“也”太多，闹得有些发昏，几乎同那卖荸荠的汉子有些仿佛，转一时不甚摸着头脑，尽管望着他先生对答不出话来。毕竟严大成比较何先生圆通得许多，他虽然一般也主张文言，此时见云麟悟会不来他先生的语意，倒肯破一破戒，说了几句白话。只听他向云麟笑道：“我来告诉你罢。外间新近出了一班少年，说中国文言不能使一般普通人应用，预备全行将文言改革，拿白话去做文章。你的先生痛心疾首，深恐这二千年国粹一旦消灭，他便发表了一种主张，说他们既想用白话统一全国，我们何不就拿文言来统一全国？假如能使普通的人一例都懂得文言，但凡寻常讲讲话儿都拿文言来替代，不到三五年光景，包管全国的人就没有不会讲文言的了。既没有不会讲文言的人，这白话自不由而然的，会无形消灭。他怀抱了这样大愿，所以发誓再不去讲白话。你刚才不听见他同那卖荸荠的交涉吗，这就是他实行改革白话的作用了。我们现在已经联络好几位同志，便借你的先生这里做个文言统一研究所。先前本想在油漆铺里做一个金字招牌，后来因为经费难筹，大家公凑了二十四文，买了一张白纸，写好了贴在门外，你进来应该瞧见的。”

云麟点头笑道：“瞧见是瞧见的，但是主张白话的人，他们也有个讲究。因为近来一班学校学生读书不多，那肚里所装的学问自然有限，到了作文时候，要想词藻堆砌，也就觉得有的吃力，大约改成白话，比较文言，似乎容易下笔些。这也怪不得他们。”何其甫怒吽吽的说道：“谁叫他们不多读书呢？”云麟笑道：“学校科学繁重，一天到晚，忙还忙不过来，哪里有许多工夫读书？”何其甫听了这话，又拍案骂道：“唉！书倒不要去读，倒去忙那科学，这科学有什么益处呢？”云麟笑道：“科学可以富强。”何其甫蓦地想起适才说话大意，怎么忘却引用文言？脸上一红，忙改口说道：“科学果可以富强乎？吾国闭关时代本无科学，何以若是其富，若是其强？今日科学兴矣，强者已转而不强，富者已转而不富，科学欤？吾无以名之，名之曰妖孽。”严大成笑道：“彼此者乃师生，安用争论之闲事？惟有问汝愿耶入夫社耳。入夫社岂同志矣。”

云麟听他这番文言，益发茫无头绪，一时实在解释不得。再望望那些小学生，一个个都搁着书不念，把眼拿来望着他们。不防美娘在对面屋里向云麟招了招手，云麟趁势走得进去，见美娘肩下立着个小孩子。云麟笑问道："这是师妹呀？今年约莫也有五六岁了。师母后来生过师弟没有？"美娘笑道："这女孩子底下，也怀过两胎，不幸小产了，没有招得住。"云麟问道："师妹生得很是聪慧。叫什么名字？"美娘道："他爹替他起名光孟。说古时候有个贤女孟光，先本拟叫做孟光的。他爹又恐怕同古人相混，所以颠倒喊着，又指望他大来能光大孟夫子学术的意思。我说可惜是个女孩，他哪里能比并孟夫子呢？"云麟笑道："这个倒不好说，目前世界男女是平权的了，男人能有学问，女人也能。"美娘连连摆手笑道："你快别这样说，给他听见了，又要骂你是反叛，他最可恨的就是这些话。你可知道先生他们招呼你过来的意思吗？固然为的是什么文言不文言，其实他们打听你如今有几个钱了。什么你在当初相与了一个婊子，这婊子嫁过制台大人的，腰包里很丰足，制台大人死了，目前又转嫁给你。先生便想向你借点款子，做他们会里的经费。我看你为人很忠厚，你的先生又老了，委实穷困得很，你若肯答应，说了数目，我替你去告诉他，包他们听着欢喜。"云麟笑道："这事先生怎样会知道的？不过嫁我这句话，如今还没有定实。我也不敢欺师母，他的钱便是我的钱，却从不曾分家。师母既这样说，改一天我便送十块洋钱过来，看可使得？"美娘笑道："有十块洋钱，尽够他们好些时吃用了。你跟我来，我把你这话去告诉他知道。"说着，便笑盈盈地扯了孩儿光孟走入书房。云麟也背着双手跟了出来。

美娘望着何其甫笑道："好了，我刚才已向你的学生讲过了……"一句话未完，何其甫虎也似地跳起身子，对着美娘的粉脸重重的唾了一口又臭又黏的唾沫，吓得美娘退避不迭，从怀里掏出手巾擦脸。连严大成都觉得过意不去，忙说道："怎么！怎么！"美娘苦着脸说道："真是的呢，怎么拿唾沫唾我？"何其甫指着他说道："古人不云乎？'刑于寡妻，至于兄弟，以御于家邦。'我辈提倡文言，连汝寡妻尚不能感化，而况他人乎哉！而况他人乎哉！"美娘急道："连日被你这文言将人头脑都闹昏了。我又不曾念过书，叫我这文言怎生讲法呢？这不坑死人了。"何其甫跳脚说道："不曾念过书，难道连个'之、乎、者、也、已、焉、哉'都没理会乎？一句话里，掺杂几个'之、乎、也、者、已、焉、哉'都不可乎？"严大成笑道："是极，是极。大嫂你便依着办好了。"美娘想赌气不说这话，又觉得这十块钱很有关系，只得捺着性子，想了一会，方才缓缓地说道："我同你学生谈到借钱的话。"说到这里，忙安了一个"之"字，底下便照这样说道："你学生已经答应我了乎。他问要多少钱才够呢也？我说随你的意思罢者。改一天他准送十块洋钱来已，做你们会里经费焉。你看可使得吗哉？"美娘说完了，可巧将这"之、乎、也、者、已、焉、哉"七个字安在里面，一个字不曾漏落，心里暗暗欢喜。果然何其甫同严大成听见这话，真是喜得手舞足蹈。何其甫因为刚才唾了美娘，很不过意，忙近前安慰他说道："寡妻，寡妻，我知罪矣。此一唾沫也，比之春初之微雨，未免拟不于伦；例以痢后之粪花，似觉亦无不可。戏汝焉耳，唾云乎哉。"美娘又见他掉文起来，含笑转身进去。

这时候，何其甫同严大成着实周旋了云麟一顿，又叮咛嘱咐地问他这十块洋钱在几时送来？

欲知后事，且阅下文。

# 第七十三回　故友重逢中分鸳耦　纤儿无赖妄肆鸮音

云麟别过他的先生何其甫，一心记挂着红珠，恐怕他在家里闷得慌，巴不得立刻跑回去同他相见。一头走，一头思索，又觉得他先生做事很是发笑。拿白话去统一通国的言语尚且不甚容易，他想拿文言去统一通国的言语更是没有指望的想头了。譬如那个卖荸荠的汉子就是榜样。这种人你也叫他去咬文嚼字，他如何能够办得到呢？

云麟其时只顾低着头向前行走，刚走出一条曲巷，不防劈面来了两辆人力车子，泼风价地挨身而过。云麟一个避让不及，那车轮上的泥污已将他穿的一件葱白纺绸衫染黑了一大片。急得云麟火星直冒，抢上一步，将那拉车的小厮劈脸打了几个耳光，拦着他不容前进。那个小厮只得放下车子，苦苦的向他哀告。旁边已围拢了好些人上来，都责备那个拉车小厮不是。

坐车子的客人是个瓜骨脸儿，白白净净的却有几点碎麻子，虽然不曾留着胡须，那须秧儿已经一根一根地透出皮肤外面。一眼瞧见云麟衣服委实腌臜得难看，老大不很过意，正想拿话去安慰他，忽地后面那车子里有人喊起来说道："哎呀！这不是云大哥吗？幸会，幸会。"说着那人已经从车子里跳得下来，一把握着云麟双手，笑容可掬地说道："老哥，你叫我好想，一天十二个时辰，我倒有十一个半时辰将老哥放在心坎儿上。我若是有半字相欺，叫我遇水坠水，遇火入火。"

云麟抬头一望，原来是当初在南京会见的鲍橘人，也就笑道："橘翁是几时来扬的？"鲍橘人也不及答应，遂又望着那个瓜骨脸的朋友说道："我们便在这地方将车钱开发了，彼此走着，还好谈心。没的叫他们横冲直撞，简直有他们走的路，没有别人走的路了。幸亏云大哥肚量宽宏，又是知己的人，却不与这些蠢才计较。可以敝寓离此不远，一齐过去休息休息。这衣服让内人替你收拾干净了，然后再请回府不迟。"当时围拢的人原想瞧瞧热闹，见此光景，方才一哄而散。云麟拎着衫子，气得抖抖的，懊恼着说道："这模样如何好去见人？还是让我回家去换一换，再过来奉访罢。"鲍橘人哪里肯依，笑嘻嘻的道："云大哥至今还有些姑娘气似的。你这副尊庞非常美秀，便是衣服污得一点，是再不要紧的。你若这般计较，反叫我们许世叔面子难下了。内人那里有上好的洗衣药水，包管一经洒上，簇簇如新。若不然，许世叔一定买衣料赔你。"云麟倒有点不好意思，说："这又算什么呢！"

彼此说着话，已走入一所住宅，对面两进，朝北的那进便算是客厅，对面堂屋，瞧得清清楚楚。只是挂着一幅湘帘，有一个小婢弓着腰在里边扫地。鲍橘人一定请云麟上坐，又一叠连声喊那小婢倒茶。其时云麟已将长衫褪下，由橘人亲手接得过去，递入那小婢手里，问道："太太起身不曾？"那小婢笑着摇了摇头。橘人再不则声，只说了一句："你权将这衫儿搁在那边，停会子等我来招呼太太。"于是又指了指自己称他做许世叔的笑道："我们这位世叔姓许，大号道权。他的令婿是河南王道尹，他的侄婿又是现今大总统的外甥。他现在充着中国银行的顾问，又兼管着交通银行的杂务。他是性甘恬退，不愿意做民国的官罢咧，若是要做起官来，只消同他令侄女歪歪嘴儿，一省的省长怕不是稳稳的到手。"几句话转将许道权脸上涨得通红，搭讪着去向云麟寒暄。又说刚才冒昧，将衣服污坏了，委实抱歉得很。橘人又笑道："世叔你不晓得，我们这位大哥同我在南京是拜过把子的，品貌又生得好，腹中的才学更是万人所不及的。"云麟笑道："橘人，你少说些罢，没的被别人耻笑。提起南京来，贾鹏翁近来想还得意？"橘人摇头冷笑道："小贾吗？不提他也罢，提起他来，这人心术非常险毒，我同他已是绝了交际了。他那眼孔生在额角上，处处欺负人，也事事倾轧人。"

云麟正待问他缘故，橘人又笑道："贵相知近来已到扬州了。哎呀呀，他的那一番侠义，从死里将你救活，这一件事南京人没有一个不称赞的。我前天还向他公馆门前经过，好气派的样子，连前到后怕没有十几重房屋。可知他一个人住不了这许多，云大哥定然是同他双飞双宿的了。大哥有这样喜事，一共还不曾请我吃酒，可想你这人瞧朋友不起。"云麟笑道："你又来冤枉人了，我不是因为在路间碰着你，我还只当你在南京呢，有酒也没处去奉请。"橘人笑道："不错，不错，这却怪我说得大意了。罢罢罢，你究竟在几时请我呢？"

云麟接着道："请你的事，放在后，我倒要问你怎样知道这件事的？"橘人道："连这点点小事都不知道，还能作报馆的访事吗？你的事，上海报纸上，都登遍了。人家都晓得何况是我。"云麟道："原来如此。报纸上不记载国家大事，社会上重要的新闻，却来把我的事，连篇写牍地说来说去，那报馆不是专门为我开的了么？你们访事先生也专门访这些事的材料，今天也是这个稿子，明天也是这个稿子，访事先生，不又是我雇的了吗？我却一个大钱也没有出呢！”说罢大笑。这时橘人觉得无言可答，也只微微一笑。许道权随笑向橘人道：“你说他这贵相知是谁？”橘人笑道：“还有谁呢，便是大名鼎鼎的那个红珠。”说着又用手在嘴上打了一下，笑道：“该死，该死，这么公然称他的大名？”许道权笑道：“哦！红珠吗？他做清倌人的时候，我叫过他好几回堂差的。不是听见他已经嫁人了？嫁的便是南京制台，这番怎生又回转扬州呢？可见这些当姑娘的水性杨花，从良那些话，是万万靠不住的。”橘人忙笑道：“这个又非世叔所得而知了。嫁的制台原是不错，不幸那位制台业已去世。我们这位如嫂为下半世打算，除得同我们这云大哥两家并作一家，他也没有别的希望。”说到此，又望着云麟笑道：“据说他这一次挟的财产很是不赀。我不怕大哥生气，大哥得了他这一臂之助，真是万分侥幸。即以他住的那房屋而论，没有数万金家私，也不容他这般尊荣安富。兄弟以名分所关，却不便亲去拜谒。至于内人，却长于外交手段，可否改一天命他去过访如嫂？让他们做一个闺中良友，也可以替如嫂破一破岑寂。”云麟点头微笑，说道：“这可好极了。小妾因为离了扬州多年，急切没有许多女伴，倘得嫂夫人肯于光降，我又素仰嫂夫人诗才是最好的，小妾如今学几个字儿，得蒙嫂夫人时时指教，是再没有不欢迎的道理。”

两人正说着话，忽听见对过房间里有咳嗽声音。橘人忙跳起身笑道：“世叔同云大哥都不是外人，请在这里少坐一坐，内人想是下床了，等我去嘱咐他收拾大哥的长衫。”说毕便如飞地跑入房里。云麟因为那个许道权说话叫人生气，便不肯多同他攀谈，自己早背着手去瞧那壁上的字画。许道权也不知在那里想什么，只管低着头盘算。

在这个时候，外间却是静悄悄地没有一些儿声息。忽听见房间里有橘人的笑声，又有他夫人的骂声，接连有一阵脚步儿擦在地板上价响，象似揪打起来一般。那个小婢吓得站在门外，不敢进去扯劝。许道权忙喊着不好，早赶过去想问一问缘故。云麟也就三脚两步跨过这边来。蓦见橘人同他夫人已揪扭到靠窗一张梳桌面前，橘人手里高高地举着一封信函，他夫人使劲扯他的臂膀。无奈身躯矮小，又刚值初初起床，身上仅披了一件洒花夹袄，胸口大敞着，露出大红兜肚，一条单裤已脱落在小腿底下，半晌才挣出一句说：“要我性命可以，要看我这封书子万做不到。”说毕依旧抱着橘人不肯放松。许道权一眼瞧见这模样，不由向着地上啐了一口说：

“大清早起，晦气，晦气！”云麟也就掉过脸去，不忍再视。

橘人见有人进来，方才将那信摔给他夫人，笑着说道：“同你取笑儿罢了，看急得这个分际？”说过这话，随手将房门替他掩上，徐步踱出房来，同他们周旋说：“没事没事。我因为喊他替云大哥收拾衣服，他夹袄口袋里忽地露出这信，是我抢着要瞧他的，他便急了。其实共和年代，他有他的秘密自由，我干涉他倒反觉得太不文明了。”云麟欠身笑道：“为我的事，转累嫂夫人生气，实在异常抱歉。”说时便伸手从衣架上将那长衫取过来，见上面不过稍染了些泥垢，一经干燥，也不似先前难看。遂用手搓了搓，那泥垢已纷纷散落在地，虽有点痕迹，却没有大碍，当时便披好在身上。

许道权望着橘人说道：“我别过你罢，你几时在家，我还有话同你细讲呢。”橘人笑道：“老世叔不坐坐儿了？等我送老世叔出门。”许道权忙拦着说道：“有外客在这里，不劳相送。”说着又附了橘人耳朵说了几句。橘人笑道：“容再商议，容再商议。”毕竟将许道权送出门外。然后转身入内，笑着望云麟说道：“你知道他是谁？在先这人穷得要死，幸亏他有一个女儿，一个侄女儿，都卖给人家做妾，便是我告诉你的那两位阔人了。当着他我只好说是他的女婿，原是替他捧场面的。老货无耻，公然便以省长的丈人自居了。你想可笑不可笑呢？”云麟笑道：“好吗，你便不说出来，我也有些疑惑，可想这两处银行位置，也是阔人的嘱托了。”橘人笑道：“可不是呢。大哥且多坐一会，我叫内人预备饭菜。”云麟忙道：“改日再行叨扰，我还要赶回家去。”橘人笑道：“显见得有了如嫂，便不将我们老朋友放在眼里了。”

云麟被他说得脸上通红，勉强搭讪着问道：“橘翁在南京不是很得意的，怎么此时又挈眷回里？”橘人将双手一拍，恨恨地说道：“崔观察看待兄弟原是不错，便是他那如夫人同拙荆也是朝夕不离，如形随影。叵耐那一班革命巨子，好好将个大清国弄成这个样子，你想崔观察他原是前清官僚，自从光复以来，不但他的位置被光复得干干净净，便是兄弟的职务，也随着一齐取消。不怕大哥笑，兄弟外面景况象还敷衍得过去，其实家无余财，厨无余粒，不久也要出门运动运动，久久地投闲置散，大有辗转沟壑之虞呢。”云麟点头说道：“以橘翁的桀桀大才，何愁没有际遇？万一得意时候，还须提携提携兄弟，方不负当初同盟之雅意。”橘人笑道：“云大哥又作欺人之谈了。我知道如嫂从意大人那边携回的资财很是不少，据说一粒珍珠，便值得二万多纹银，在上海时候便交给大哥，大哥一生已是吃着不尽，何况他又嫁给大哥呢。”云麟笑道：“这是哪里的话，外间的言论未可凭信。依我的愚见，还是自立的好。”橘人笑道：“这个我们且不消研究。但是大哥回府，务必在如嫂面前替内人介绍介绍，早晚内人过去拜谒，便不觉唐突了。"一面说，一面早向皮夹里抽出一方小小名片，递给云麟。云麟瞧见那片子上印着"紫罗女士"四个小字，旁边又赘着"著有《紫罗诗集》二十卷，《紫罗赋钞》八卷"的字样。笑了一笑，便揣入怀里，起身告别。

云麟一口气跑入红珠这里，家人们见是云麟，也不消进去通报。云麟匆匆走进内室，只不见红珠。小珍子笑道："姑娘在花圃那边瞧杜鹃呢。"云麟听见这句话，更不怠慢，早又穿过那座六角小门，早见红珠自家手里拈着一枝垂丝海棠，静悄悄地对着那海棠发怔。

云麟暗自好笑，便蹑着脚步儿，鹭伏蛇行地走近红珠身后。红珠依旧不曾觉得。云麟在暗中仔细赏鉴红珠，那一种自怜自爱的态度，时而以手撩发，时而以手托腮，眼瞧着海棠，含情脉脉。那海棠虽十分娇艳，到底不如鲜语花的仪态万方，神气活泼。这时的云麟愈看愈爱，心中一遍痒痒的爬搔不得。忽然红珠对着海棠点头好似祷祝花神一样。海棠在红珠手中，也似点头相答。偈然间，有一片海棠花瓣，吸进粉装玉琢的鼻孔里去，红珠鼻孔里一阵酸痒，忍不住一个喷嚏，把那一片海棠花瓣，从鼻孔里打出来。红珠不知道是什么东西，就低头来寻觅。

云麟看了，忍不住噗哧一笑，引得红珠忙掉转脸，见是云麟，笑道："怎么进来也不开一开口？别人独自站在这里，正自胆怯，要你使这促狭。你瞧瞧，不知打哪里钻得来的，衣服上都挂出幌子来了。"云麟笑道："你问我这衣服吗？说起来呕死人呢。巴巴地将人唤得去，想要借钱，累我跑了一趟还不算，又撞着那冒失鬼的人力车，泥污了一大片。如今还好看些呢，被我用手搓干净了。"红珠此时已掉转身子，笑道："你的话真是没头没脑。是谁唤你？我知道吗？"云麟笑道："还有谁，便是我那先生何老头儿。"于是又将何其甫掉文一事告诉了红珠。红珠笑得前仰后合。停了一会，方才慢慢说道："他这鸟语，莫说卖荸荠的汉子不懂，便是我近来也学认了几个字，听去也不大明白。"

云麟笑道："提起认字来，我倒想起来了。我有个女朋友，他的文才是很好的，又能做诗，又能填词。他慕你大名，托我介绍，要想过来同你谈谈。"红珠星眼微微瞟过来，冷笑说道："好了，又有了女朋友了。我算认得什么字呢，自幼儿在那曲本上约莫记得些，见了人可就形容出我的短处来了，没的叫人来笑话我。你饶了我罢，我是不见的。"云麟觉得适才的话说得大意，忙分辩道："我说错了，并不是我的女朋友，他是有丈夫的，我同他丈夫相好。"说着便在怀里将那名片取出来递给红珠。又笑道："这紫罗女士大约也文明得很，今天在那边，瞧他因为一封情书不肯给他丈夫瞧看，以致彼此揪扭在一处，裤子脱落在小腿底下，换了别个，早已羞得要死，她倒落落大方，毫不介意。”红珠道：“呸！世上竟有这样没廉耻的货，亏你还看在眼睛里呢，也不嫌忌讳。咳！我这么看来看去，只有那仪小姐称得起端庄静淑，我们虽没有常见，然而那一天在庙里谈了谈话，就瞧得出他的性情来。前天去见你们老太太，他告诉我说，仪小姐近来潜心佛典，一卷《法华·上乘》，他能从头到尾讲解得下去。这也算是难得的了。好在我也想念念佛呢，几时去同他研究研究，不比这些没来由的女朋友好？”

云麟听到这里，不由怔了一怔，忙笑说道：“你不比仪妹妹。仪妹妹自幼儿本没认识多少字，后来因为富大哥殉难之后，他转不时地逼着我那姨父教导他认认字儿。我还劝他，有这聪明，何不在诗词歌赋上去用用心？谁知他听了不以为然，忽地买了许多经典，念起佛来。这不可笑得紧？他这么做，人倒可以体谅他是守了寡了，百事灰心，所以遁入空门，潜心养性。你呢，又不是姑子，又不是和尚，弄这劳什子则甚？”红珠笑道：“这话倒也不然。仪小姐固然算是红颜薄命，至于我这命，也不见得便胜过他。可怜自己的生身父母都记不起是谁，四五岁便落在人家手里，吃了这碗饭，东飘西荡，见了人假作欢笑，背地里不晓得多伤心呢。难得从了良，不幸又在半途上抛撇下来了。以后光阴，还不知作何结局。你叫我不拿这经典排遣排遣，还有甚兴味？”说着，那眼眶里珠泪，便一滴一滴直滴在海棠花上。云麟也有些凄怆起来。两人并肩立着，各自不能开口。

这个当儿，小珍子已跑来请他们进去吃饭。云麟抢着先走，笑道：“果然肚腹里有些闹起饥荒来了。去罢，去罢，没的在这冷清清所在说出来的话，都叫人听着不快活。”红珠也就缓缓地将手里海棠抛向金鱼池水面上，跟着云麟走出花圃。两人便对坐在堂屋中间，随意用了午膳。云麟笑着问道：“我的母亲总在早晚请你过去宴会呢，并约了仪妹妹陪你。今天可曾有帖子送过来不曾？”红珠笑道：“一家子人又要什么帖子？老太太给脸给我，我是一定去的。但是前天去谒见老太太的时候，我曾经请老太太同太太到这边来常住着，彼此有个照应儿，瞧老太太口气，也并不是不答应，却又不告诉我日子，对着我只是尽笑。这件事倒须你在里边怂恿一下，不用这样生分才好。”云麟点头笑道：“母亲他们来是一定要来的，不过还不曾到了时候。你且瞧着罢。”红珠其时也悟出他的意思，不禁脸上微微红了一红，低了头便不再说什么了。

小珍子见云麟饭已用完，忙递上一把手巾。云麟接在手里，刚擦着脸，忽地打从外面跑入一个家人，垂手说道："外边来了一个人，要会少爷呢。请看他的名片，他又说不曾带得，只消少爷出去见了他，便认识了。"云麟一面将手巾递给小珍子，皱眉说道："这又是谁？难不成是鲍橘人这会子就跑得来？"红珠笑道："你管他是谁呢，会见了就许晓得了。怠慢了人家倒在理了。"云麟便随着那个家人匆匆走出大厅。

那人见了云麟，早喊起来说道："你好快活，躲在这里面干什么？再停一刻不出来，瞧我有这本领进去捉奸。"说得那个家人都笑了。云麟又羞又急，指着他叱呵道："你活到一百岁也不成器，不知嚼的是些什么舌头。你几时又撞回扬州来了？寻魂寻到这里。"那人拍手笑道："哎呀，同你取笑儿罢咧，值得气得这个模样。不瞒你说，适才跑至尊府，老太太告诉我说，你镇日在这地方居多，我便一径寻得过来，累得我浑身都是臭汗。"说着便伸手去解纽扣，将身上穿的一件半新不旧的竹布长衫同一件玄色洋缎背心儿脱下来，一齐丢在炕上。又回头望着那家人说道："快替我进去，将你们姨太太自己吃的上等龙井好茶，快快泡一碗来给我解渴。若是推班一点，我不把那茶盅儿从大厅上掼至大门照壁墙角，我也称不起是个田福恩。"于是又将一双鞋儿褪落一旁，光着袜子蹲在炕上。袜子又破了半截，大拇指儿在洞里伸出缩进，还不住地用手抠着闻而又闻。睁着骨碌碌的眼珠，向四面瞧了瞧，咂嘴说道："好大房屋，你们两家头住在这里倒不胆怯？三更半夜，一定有鬼出来同你们打混。要叫我死也不敢在这屋里住宿。"

少停，那家人果然端过一杯茶来。田福恩拿至鼻边嗅了嗅，笑道："不坏，不坏，真个有点口脂香味。"说着，便伸直了脖子，咽咽咽一口气灌了下去，还没口子地嚷要再喝。再望望云麟，见他必恭必敬地坐在椅子上，头也不抬，口也不开。田福恩笑问道："怎么几时不见，你又变成哑子了？我请问你，你不久还向上海走了一趟，为甚不肯理我？悄没声儿又跑回来了。论这件事可该罚你。"云麟没好气地答道："人家有人家的事，谁有工夫去寻觅你？"田福恩笑道："什么鸟事，不过是拐逃人口。"云麟听他这话，不由的跺脚说道："说话放仔细些，你同我取笑不打紧，何苦得罪了别人？"田福恩睁圆双眼喊道："我怕得罪谁？当了议员没有别的好处，只是这一点点儿有趣，我得罪人可以，人却不敢得罪我。"

云麟见他这样混头混脑，又阻拦他不得，只得勉强说道："你的议员已经卖掉了，卖的这笔银子收藏在哪里呢？为甚连西装衣服都不曾穿？不怕你见怪，瞧你这形状，怎么又渐渐不济起来，难不成一文都弄不到？"田福恩正色说道："我生平最恨是那一钱如命的人，银子再多些，也不能带入棺材里去使用。我的那张票子，却也卖了五百多两，只是都把来送给婊子去了。至于我那西装，穿过些时，也懒得再穿，老实交给上海济成当典里，叫他替我收藏着，省得搁在箱子里霉烂了，倒反不好。不敢相欺，便是所有行李，都一古拢儿算钱偿还人家了。眼见得不是头路，我打从前天晚上溜上火车，赶回家来。设点法子，迟早总还要去一趟呢。不过目下金融困难，特地跑来同你商议商议。”

云麟吓了一跳，忙说道：“同我有什么商议呢？我的境况你是晓得的。”田福恩笑道：“哎唷唷！你又来同我装穷了。你放心，我并不向你借款，不过有件事，非得你替我决断一下子不可。我知道我们这扬州地方打从光复以后，有好些人想出法子来骗钱，什么生日呀，冥寿呀，只消拈着几百封帖子送到人家去，那白花花的洋钱便可以滚得进门。我倒想替我那老子开个吊，又苦于他一时不会便死，我打算在讣帖上注明白了，同他们预支奠仪，横竖我那老子终久是要死的，随后概不再向他们打扰。象这样变通办法，不晓得还可以不可以？”云麟连连摇头，笑道：“这个万万使不得，世界上也没有这种道理。”田福恩正色说道：“道理，道理！若是一个人都要去讲究道理，饭也莫想吃了。”云麟笑道：“任你不讲道理，我怕太亲翁也不容你这般胡做，那时家庭里先闹起风潮来，别人有钱也不送给你使用了。”

田福恩半晌不曾开口，只顾拿手在光头上乱抓。抓了一会，重又笑着说道：“有了，有了，除得死法想活法。你记得杨靖杨大哥死得几年了？”云麟想了想说道：“蝶卿死了有三个年头了。你又提起他来则甚？”田福恩笑道：“我想替杨大哥做一个冥寿。可怜他家此时也没有人了，至今也不知道他那堂客的死活。他生前也是学中朋友，认识他的人，想还不少，再得你在外边替我吹嘘吹嘘，包管百十块洋钱可以到手。你帮我出这次力，我一辈子也不忘记了你。”说毕，早站起来向云麟左一揖，右一揖地缠个不休。

云麟此时不愿意同他攀谈，勉强笑说道：“你既打定这主意，你尽管去办好了，我可以替你帮忙的地方，自然替你帮忙。你不要再向我罗唣罢！”田福恩这才欢喜。又见云麟有些懒洋洋的，对着自己又有些待理不理的光景，只得跳下了炕，重新将那件长衫同背心披在身上，也不扭扣，用手掖一掖，笑道：“我别过你罢，没的叫那个人儿怨我不识情趣。”说着将头一缩，伸了伸舌头，往外就走。

云麟恨他不过，也不送他出门，只笑说了一句：“彼此至亲，我也不客套了。”说完这话，正待转入那座屏门，不防田福恩又跳进来嚷道：“我还有一句要紧的话，倒忘却问你了。”云麟忙立定脚步，正色说道：“有话请你快说，别人还有别人的事体呢。”田福恩笑道：“还不曾夜晚呢，你忙什么？难不成青天白日……”云麟不待他往下再说，忙吆喝道:“放屁,放屁!”田福恩用鼻子嗅了嗅,笑道:“好臭,好臭。”云麟道:“好哥哥,你不用闹玩笑罢,我被你缠得也够了。”田福恩方才说道:“我们来讲正经,再同你闹玩笑,我便是你养的,好不好?”云麟道:“好好好,你赶快说出来吧!”田福恩笑道:“替杨大哥做冥寿原不打紧,只是他又没有生着后,这帖子下面用谁的名呢?我想了一个方法,说不得,我便做他的大儿子,那小儿子的名字便借重老弟罢。在世都是相好的弟兄,料想这点点情分,你也推诿不得。”

云麟急得面红耳赤,恶狠狠地说道:“你这厮真是个畜生!你愿意做他的儿子,硬派人也要做他的儿子,岂非奇谈?你说不闹玩笑,你如何又闹起玩笑来了。”这句话转将田福恩说得恼起来,板着脸急道:“谁同你闹玩笑来?外间不是常有这种办法?象这种帖子,末了多有别人的名字,成篇累套的,都还是些阔人。我因为老弟名望很大,所以想你帮个忙儿。你何苦将脸拾得高高的,一定不肯答应?”云麟冷笑道:“那些阔人的名字,是替死者发起,哀恳别人资助的,他们又何尝去做那死者的儿子呢?”田福恩想了想,重新笑道:“哦!这个我就不大明白了,我还疑惑是那些阔人情愿做人家儿子,才写着名字在下面呢。照这样讲,单是我做他的儿子罢,以外再赘上你一个名字,就同那些阔人一样,也算是发起,可好不好?”云麟道:“承你的爱,看得起我。帖子上却不要赘上我,另外我给你些名片,也是一样。”田福恩方才欢喜,跳跳跃跃,真个出门走了。

云麟被他缠得昏头昏脑,匆匆走入后进。红珠便问他:“适才是谁同你讲话?”云麟摇着头叹道:“还有谁呢,便是我那个不成材料的姊丈。”说着又将田福恩的事迹说了一遍。怄得红珠也笑个不住。

果然没有过了几日,那杨靖三十冥寿的请帖已经有人送来。云麟接入手里一望,又好气又好笑,跺脚说道:“该死,该死!亏他有这副老脸做得出来。不伦不类,倒好将人牙齿要笑掉了。”一面说,一面将帖子递入红珠手里。原来上一行写着“是月某日蝶卿杨大老爷三十冥寿,恭候台光”,下面是“孤哀子田福恩泣血稽颡”十个小字。红珠嫣然一笑,将帖子掼过一边,冷冷地说道:“咳!令姊丈那位尊大人,大约也是造过孽来的,所以才生出这样一个令郎。”云麟又道:“还不知道他这灵位设在什么地方呢,等我来再看一看。”在纸角上寻了一会,那地方正是当初何其甫开设惜字社,后来杨靖在那里扶乩遇鬼的古都天庙。云麟瞧到这里,不觉触起一件心事来。

欲知后事,且阅下文。

# 第七十四回　触娇嗔芳筵工笑谑　结新好情海起波澜

这一天刚好是晴和天气，海棠媚日，柳絮因风，不寒不暖的当儿。秦氏特地打发黄大妈去请红珠前来宴会。在先便已邀约了三姑娘、朱二小姐同淑仪一齐过来。绣春因为同红珠还不曾会过，也住在母亲家里等候。把一个云麟忙得里外照料，手脚不停。先是淑仪一干人坐着轿子到了。云麟笑嘻嘻向淑仪说道："他才抵扬州，原拟亲自过来替妹妹请安道谢，是我拦他说，不久母亲要请你们大家聚一聚呢，等那时候同妹妹会会面罢。我们又不闹那官样排场，没的你跑了去，也要累妹妹跑得过来，倒反觉得客气似的。妹妹你瞧我这话可是不是？想妹妹也不见得便去怪他。"淑仪低头笑了笑，缓缓地说道："道谢却不敢当，只是我心里怪惦念他的。近来他身体还好？"云麟笑道："打从上海回家，在路上少不得受了点辛苦，他脸庞儿觉得消瘦了些，如今可是复原了。"朱二小姐望着云麟笑道："云少爷，我们还不曾替你道贺呢。合浦珠还，月圆花好，这个真要算得是美满姻缘了，怎么至今还不来请我们吃杯喜酒？"

云麟见朱二小姐问到这里，一时却不便说什么，尽管抿着嘴笑。秦氏忙插口说道："原是这件事还要烦你们做姨母的替他们撮合呢。不瞒二小姐说，那孩子的为人却还配人怜爱。自幼儿虽然陷落在风尘里面，至于瞧他那性情举止，却是端庄静淑，一点轻狂样儿委实没有。这些时他也不容麟儿在那边歇宿，这是他的好处。我们做母亲的也不便干涉他们闺房私事，然而总想替他们过了明路儿，就是将来大家住在一处，才算有个名目。我们三姑娘他是不中用的，二小姐心肠又热，口齿又好，可否请二小姐在背地里问一问他？或是择一个好日子，将他们小两口子圆房起来。"说着又用手指着柳氏笑道："我这个媳妇，他又是极贤慧的，道不得还有什么议论。"朱二小姐拍手笑道："这个我可就不能相信了，放着这一对玉人儿终日混在一处，怎么还要替他们撮合？况且我是个拙口笨腮，见了人话都不敢多讲，如何敢担这重任？太太还是另请高明罢。喏喏，我家仪儿同他最亲密不过，你们不曾瞧见他们在那庙里，两个人絮絮叨叨不知说些什么，这件事最好便烦仪儿去同他商议，是再没有不成功的道理。”

秦氏还未及答言，三姑娘早笑着说道：“瞧你说这样话儿，真是有些不颠不倒的了，怎么姨哥哥纳宠，转叫姨妹妹替他们撮合起来？你肯承认我们姐姐的嘱托呢，你就承认下来；你若是不大愿意，倒不妨明说，却无须这样扯三拉四。”朱二小姐因为在上海初次会见红珠，瞧他那种气焰，至今还有些不甚快活，所以将这事想卸在淑仪身上。此时经三姑娘这一挑剔，觉得说话不免有些冒失，又碍着秦氏情面，推辞不得，转笑了笑，说道：“原是我不好，说话没有斟酌，仪儿不用怪我。拼着我这副老脸，少不得尽点心儿，前去替他们撮合撮合，算是将功折罪罢。”几句话说得大家都笑起来。

正热闹着，红珠轿子已到，珍儿随在背后。家人们将轿子押回。红珠笑盈盈地登堂，向各人见了礼。本不曾会过绣春，问起来知道便是云麟阿姊。回想到那一天田福恩的举动，不觉暗暗好笑，又着实替绣春扼腕。

大家坐着闲话了一会，外间开了筵席，秦氏便近前邀他们入座，并笑说道：“横竖今天也没有外客，我也不敬酒了，请你们相座就坐罢。”三姑娘便让红珠去坐首席，红珠哪里肯答应，谦逊好半天，一共没有个解决，急得云麟在旁边跺脚笑道：“怎么做了一个女人家，便都这样蝎蝎鳖鳖起来？吃酒罢咧，又没叫你们吃这桌子，谁爱坐上去，就坐上去好了。你们不曾瞧见我们在外间赴宴呢，也不待主人推让，谁不是一窝蜂地抢了入席。有这会谦逊的工夫，倒好吃了一大半了。”淑仪只是微笑。绣春笑道：“谁有你们那样爽快呢，照你这样讲，也不是赴宴了，怕不是饿鬼抢食。”说得大家又笑起来。

朱二小姐抢近一步，将红珠袖子一扯，笑道：“姑娘你听我讲，我却不是主人，也不敢替你们武断。不过姑娘毕竟是初到这边宴会，又新近打从远道回来，论亲戚辈数，我们虽然占长些，然而这一次却不能僭你的坐位。稍待几时，等姑娘明公正气地给我们做了姨侄媳妇，到那时候，也不消姑娘这样推来让去，老实说，我同仪儿的母亲决不同你客气，老早就猴向上面去坐了。”说毕又是哄堂一笑。

此时秦氏也笑道：“二小姐的话，真是一点不错。将来有僭姑娘的日子正多呢，今番姑娘权且坐了罢，省得我家麟儿在这里急得什么似的。”红珠被他们你一句，我一句，说得红云满面，又禁不得朱二小姐连推带搡，只得勉勉强强坐了上去，转羞得有些抬不起头来。然后众人挨着次序都入了座。

朱二小姐望了望，见席间还空着一座，笑道：“麟儿一齐坐上来罢，这才算得是团圆家宴呢。”云麟刚站在旁边，听见这话，只拿眼去瞟淑仪。因为淑仪自从孀居以后，轻易不肯同自家共席，所以不敢造次。绣春明知道这个意思，也怕淑仪不大愿意，笑道：“我瞧他适才还偷偷地吃了点心的，料想还不曾饿，不如让他停会子从从容容再吃罢。”三姑娘也笑说道：“这也使得。况且上酒上菜也没有人照应，便叫麟儿做我们一个大脚小厮，想他也还情愿。”云麟笑道：“这样最好。第一遍酒，先让我来敬一敬你们。”说着便抢过酒壶，挨向三姑娘身边，哗啦啦地倒了一个满杯。

朱二小姐笑道：“快将这不懂规矩的小厮替我打了过去，怎么敬酒不向首席敬起，这还了得！”云麟知道朱二小姐这话是打趣自己，只得老着脸儿向红珠这边来倒酒。红珠慌忙立起身子，低低说道：“得罪，得罪。”众人见这模样，不由笑得花枝招展。红珠益发羞愧无地，转弄得云麟手足无措，不知怎样才好。还是秦氏望着他笑道：“麟儿，你老实将酒壶搁下来罢，谁叫你要献这殷勤的？自然叫姨娘们拿你取笑。”珍儿这时候正好立在红珠身边，掩口微笑，听见这话，顺手将酒壶接在手里。云麟将计就计，一溜烟跑向外边去了。众人格外好笑。好在大家都不能多饮，吃了几杯，随即用饭。

散席当儿，柳氏便请他们到房里去盥洗。红珠携着淑仪的玉腕，悄悄步入那座套房，先向他道谢布置房屋的事，又说：“那边园囿虽没有多少，倒还花木齐全。不久芍药要盛开了，姐姐想备一杯水酒，请妹妹过去散散心儿，千万不要推却。”淑仪笑道：“自从听见姐姐要回扬州，心里觉得非常欢喜，点点效劳的地方，又全是吩咐家人们去干的，姐姐再来道谢，转叫妹子心里不安。倒是在上海的时候，替姐姐带回那粒珍珠，业已交给我们表兄，幸喜不曾误事。并非妹子敢同姐姐取笑，古人说是‘人月双圆’，姐姐也该人珠双圆的了。妹子的意见，大约等候姨母同表嫂他们迁入新居之后，再过来替姐姐请安道贺。”红珠将脸一红，蹙着两道蛾眉，似笑非笑地道：“妹妹还说这样话呢，适才我已经被他们取笑得够了。我奉请太太过去同住的意思，原是因为趾青近年境遇很不宽绰，累他老人家停辛伫苦，趾青心里料也不安，妹子虽算不得富有，然而借此多孝敬老人家一日，觉得也算替趾青分了一半子职，其实并没有别的念头。不料旁观不察，转疑惑我另有作用，那就拂了我的一片真心了。况且姐姐自遭丧乱，凡百灰心，儿女私情，久经摆脱，难不成还误己误人，又累趾青堕此尘网？我托妹妹转赠他的那颗珠子，原想借此津贴他的膏火。承他的盛爱，巴巴保持着不忍抛弃，这又何苦来呢？”

淑仪听他这番议论，只是点头微笑，良久，方才说道：“姐姐说话原有见地，且放着再瞧罢了。咳！世间冤障，不外‘因果’两字。姐姐当初既造这恩爱之因，怕容不得姐姐不再结缠绵之果。妹子此时却不便再说什么了。芍药花开，妹妹得暇便来奉访，姐姐也不要过于费事。妹子不即怛化，彼此相会的日子正长哩。”两人刚在喁喁私语，柳氏同绣春也都陆续过来。红珠只向淑仪说了一句：“改日再打发家人来请妹妹罢。”淑仪点了点头，重新走入堂屋。谈讲了一会，红珠遂先辞了众人，带着珍儿乘轿回去了。

这时候朱二小姐便向云麟笑道：“我瞧你那人神情，对你很是客气。怎么你在先同他那么亲热，这会子就没有本事去笼络他，转来求救别人？我怕这件事转有些烦难呀。”云麟急道：“他的脾气原很古怪。要说他同我不好呢，他又处处爱惜我；要说他同我好呢，他又冷冷地，轻易不容我同他亲近。当初他做妓女的时候，倒不是这模样儿。如今可是又换了局面了：同我谈心说话，依旧是非常亲密；至于你们议论的那件事，他从来不曾露过一点口风。羞人答答的，我又不好意思去向他缠扰。”

朱二小姐笑道：“这就怪你不文明了。你通不曾见外间那一班文明女孩子，同男人家打得火热，但凡哪个男人开口向他求婚，他也没有不允许的道理。何况你们本系旧好，什么时候不好向他哀告一句？只要他允许了你就完事了。”云麟笑道：“姨娘的话怕还不是。不过那些文明女孩子，他们是见好爱好，胸无定见，一经有人求婚，自然而然允许了。红珠在风尘中阅历已深，他若是瞧不起我这书痴，任是你苦苦去向他哀告，又有什么用呢？”淑仪插口说道：“姨娘不用相信他，他这话未免不相信红珠姐姐的为人了。他又何尝是瞧不起你，如果瞧不起你，真武庙里何必去拔你患难？制军署里又何必去救你性命？便是这番遄返扬州，他有什么别的主意不会筹划，偏生写信叫你去接他回来呢？他适才倒是同我讲了体己的，窥他此时的心理，转想排除烦恼，跳出情场。他的话虽如此说，我还嫌他五蕴未空，六尘不净。单就他要接姨娘去住这一层，就是他情爱上一大魔障。我劝你们且休着急，一俟机缘已到，还怕不能容他摆脱一切呢。”

众人听了这话，无不点头称善，惟有云麟不以为然，怏怏地不开口。偏生那个柳氏不识时务，瞧了瞧秦氏不在这里，忽地噗哧笑起来说道：“人乞者常骄人，乞人者常畏人。我们婆婆对着那红珠姑娘，不知怎么样奉承他才好呢，几天头里，就忙着请他了。他老人家想是一定要跑去享福呢。”云麟正没好气，瞪着眼向他说道：

“你又来骂人了，惟有你容不得他。你不要做梦，以为他是做姨娘的人，身分便不如你，我瞧着他比你高得好几倍呢。”柳氏冷笑道：“这又奇了，别人不过在这里讲几句玩话儿，你转闹起醋劲来了。好呀，他这还不曾嫁给你呢，若是真个嫁了给你，益发有得纵容他，还怕不爬上我的头吗？他又有钱，又长得俊。”绣春笑道：“八字还不曾见着一撇，怎么你们夫妻俩倒先闹起来？无怪俗话说是‘要得家不和，只消娶个小老婆’。”三姑娘也笑道：“这个却怪麟儿不好，你们毕竟是结发夫妻，不用在这上面弄得生分了似的。大奶奶也省一句罢，叫别人听了笑话，倒反不好。我们也该散了，今天姐姐也累够了，好让他休息一会了。”

说着，秦氏已跨进房门。云麟却也不曾说什么，转赌气跑得出去。秦氏笑道：“谁说我累够了？我倒不觉得很乏。只是没有好酒好菜给你们吃，二小姐千万不要见怪。”朱二小姐忙笑道：“太太说哪里话，白叨扰了一顿筵席，吩咐我的事件，共还不曾达到目的。我瞧这件事放缓些也好，横竖包在我身上，我总要成全我们那个姨侄。”秦氏笑道：“这话一点不错，急促了倒反不好。只求二小姐放在心上罢咧，随后碰着机会再议不迟。麟儿年纪还小呢，至今也没有个出息，别耽误了人家，转是我们的不是了。”大家坐了一会，都告辞回去了。不提。

再说云麟一口气又跑至红珠那边，走入绣房。只见红珠和衣躺在床上，星眼朦胧，大有不胜之态。云麟情不自禁，凑近去向他身上一伏，低低问道：“敢是辛苦了，怎么……”话还未完，红珠猛地将云麟一推，自家便坐起来，向他瞥了一眼，低低说道：“放尊重些，被丫头们瞧见成个什么样子？”云麟瞧他脸上气色不似平时和蔼，不由吃了一吓，重新问道：“好妹妹，又是谁得罪你了，这般不甚高兴？象这样簇新衣服，回来也该换一换了，糟蹋了不是可惜吗？”红珠冷笑道：“衣服算什么？人还要死呢。象我们这种人，越是早死，越是干净。”说着那眼泪便从腮颊旁边直流下来。云麟急道：“好端端又闹起死呀活的，你有什么委曲，问你又不肯说，我便做了鬼也不得明白呀。”红珠将泪痕拭了拭，说道：“我说不说与你有什么相干？我有委曲没有委曲与你又有什么相干？你只是你，我只是我。我又不曾要你问我，你也犯不着苦苦问我。”

云麟怔了半晌，冷笑道：“你不说，我也知道了。”红珠问道：“你知道什么。”云麟笑道：“还有什么呢，我知道母亲请你不好，不是菜菲了，便是酒冷了，不成待客模样，无怪你姑娘拿我生气。”红珠不禁被他呕得笑起来道：“呸！这话可象是你说的？我再糊涂些，也没有争竞人家酒菜好歹的道理。你又不曾瞎了眼睛，聋了耳朵，在那吃酒当儿，你的那个二姨娘儿可该说那种话？不是有意奚落我？要不就是你们先行串成的，拿我开心，好替大家下酒。"云麟此时已经知道他指的是朱二小姐说的那句话了，却故意装着不大懂得，扬着头想道："我那二姨娘说的是什么呢？如何我就不曾听见？可是你批驳得不错，我有了眼睛，没有耳朵了。"红珠冷笑道："你也不用同我装聋做哑，我请问你：谁是他的侄媳妇？那端端庄庄坐在下面的才是他的侄媳妇呢，我呢，却也不配。"云麟笑道："哦！姑娘便因为这个生气吗？他们哪里理会得，随意取笑儿，也是有的。要说是我们先行串成，那是没有的事。"红珠点头说道："那才好呢，我说你也不该安着这样心儿。以后我们倒是要庄重些儿，免得被人家议论。"

自此以后，红珠对待云麟果然不似前番光景，虽不十分冷淡，每逢背人时候，却是正颜厉色，轻易不肯同他说一句嬉笑话儿；若是延挨到夜深，必定连催带赶，逼着他回去宿歇。云麟瞧这神态，觉得自家那种希望，简直有些甚为尴尬，心里叫不出连珠价的苦。也是事有凑巧，偏生在这当儿，忽然出了一种魔障，几乎闹出别的岔枝儿来。你道是什么魔障呢？说来也觉得发笑。

那一次云麟在路上碰见鲍橘人，不是被他死拉活扯，将云麟邀入自家屋里？其时橘人喊他做世叔的那个许道权，自幼儿本系在外间充当仆役，跟过一任知县、两任道台，官场里面的习气，他倒是研究有素。回了家乡，他几乎忘却是在外间跟官，好象做过官似的，撇着那不圆满的京腔，熟溜非常。有些气节的人，便瞧不起他。也有些卑鄙龌龊的人，赶着去奉承他。辛亥八月武昌起义，他其时正在武昌盐法道署，掌握门役的大权。因为他阅历很深，知道外间风声不好，他也不管主人死活，早悄悄一肩行李，搭轮东下，躲向扬州来了。历年来虽然有点积蓄，却禁不得坐食山空。有一个老妻不幸得了膈食症候，医治了两年，也没见效，便自身死。丧葬费用，所费又是不资。他的境遇，便一天窘迫一天。后来没法，把他侄女儿同自己的亲生女儿，卖给人家做妾，得了好几千两银子身家，手头便渐渐宽裕起来。政体改变，先要破除贵族平民的阶级。许道权既然有了银子，他的口才又好，便趁这个机会，公然同城里那一班乡绅联络得非常融洽。孟海华设立军政府的时候，第一件先须筹饷，他在外面百般张罗，很得孟海华的信用。便是那民政长石茂椿、商会总长周国宁，有什么筹划款项的事，必须同他去商议。他既然大权在握，所有搜刮上来的巨款，归公的十成有四，中饱的足足十成有六。大局渐定，许道权的房产已是置办得不少。他虽然不认识多字，却又好谈风雅，对于那班文人墨客，常常诗酒往来。又酷好古人字画，往往不惜重资购求善本。一时贩卖骨董的市侩，将他家门限都跑得穿了。目前在银行里虽然挂了个名儿，他却不负重任，仅坐在家里，每月去领干俸。

鲍橘人同他算是世交，此番却是来投奔他的，住的房屋也是许道权的私产。所以橘人对于许世叔，要算是感恩知己的了。可巧鲍橘人那一天同云麟提起红珠。红珠当日在扬州当妓女的时候，许道权曾经叫过他的局，知道他生得很是不错。近来又打听得他嫁过制军意海楼，这一番出来，所挟的资财可想而知，必然是丰足的了。许道权家中虽然有两房姬妾，谁知他年纪虽迈，兴致不衰，既爱红珠之财，又慕红珠之色。当时忽然动了一个念头，便想嘱托橘人替他圆成这件好事。云麟当时只瞧见他附着橘人耳朵谈话，他又哪里会知道便谈的他意中人呢。

橘人明知红珠同云麟打得火热，红珠除非不嫁，如若嫁人，自然舍却云麟，没有第二人的想头。无如碍着许世叔的情面，凡事又须仰仗着他，只得满口答应，晚间便同他夫人商议。他夫人笑道："这件事你忙什么呢？忙也不中用。横竖我的名片已交给云少爷带回去了，我们再等一两日，那个红珠姑娘如若到我们这里来拜会，那就再好不过；便是他置之不理，我们既要替姓许的出力，少不得贬一贬身分，等我亲去访他，见机行事。老实说，一个女人家他有什么定见，今天爱这个，明天爱那个，一样会上了我们的道儿。"鲍橘人听到这里，笑容可掬地连连望着他夫人作揖，说："一切仰仗。万一替许世叔办得妥帖，我的机会一定是跑不掉了。前日我瞧见的那封信函，以后决不向你追究。"他夫人将他轻轻瞟了一眼，当时也不曾说甚。后来一共也不曾见着红珠来访。橘人忍耐不得，又禁不住许道权的催促，回来便向他夫人絮聒。他夫人便拣了一个好日子，真个带了丫头，坐了大轿，径自去拜谒红珠。

红珠这几天虽然远着云麟，然而当那昼长人静之时，总觉得有些闷恹恹的，不知怎生消遣才好。忽地门房里家人呈上那紫罗女士的名片，红珠知道便是云麟替他介绍的那个女友。一时拒绝不得，便吩咐请见。紫罗身段伶俜，眉目间颇露着英敏神态。见了红珠，便笑着上前握手。红珠在这当儿，忽地想到前次云麟告诉自己的那句小衣脱落下来的话，不觉红绯双颊，笑得哈哈的，尽管向着他上下打量。紫罗也猜不出他笑的用意。坐下来的时候，先自叙了几句寒暄，后便一长一短，询问红珠近来境况。红珠也一一答应，觉得紫罗的为人十分豪爽，两下里越谈越是亲密起来。紫罗又叙述他对于诗文上如何研究，以后还须不时过来领教。红珠笑道："提到文字这一层，真是羞人答答的，妹子对着那些书本上的字，至多认识一二十个。姐姐要同妹子研究起来，可算是问道于盲的了。若承姐姐不弃，能够常常赐教便好。”紫罗笑道：“姐姐这又何必客气呢？云少爷的文字，外子橘人是最佩服不过的，姐姐同他形影厮守，还怕不日有进益？妹子袜线之才，又算得什么？”这一句原是紫罗借此试探红珠口气，可巧红珠因为朱二小姐那句话，急于避这嫌疑，忙笑着说道：“妹子幼年虽同云少爷认识，近年迭遭丧乱，凡百灰心。云少爷他是有了家室的人，彼此却不轻易会晤，更讲不到研究文字上面的了。”

紫罗听到这里，心里不出动了一动，便趁势掩口笑了笑，象是欲言不言的光景。红珠转有些诧异，也笑问道：“姐姐笑什么？想是笑妹子连字都不认识，不该大言不惭地同姐姐提起文字，可是不是？”紫罗忙笑着摇头说道：“姐姐又错会我的意思了。文字这一层，我辈不过借它消遣，会与不会，原没大要紧。我只笑那些男人家，惯喜欢枉口赤舌地乱说。若论疏不间亲，我本不该说这种话，不过觉得云少爷诬蔑姐姐太甚。他同愚夫妇谈论起来，公然承认姐姐是他的外室，还形容出百般恩爱，叫人听着委实有些惭愧。其实我同姐姐并不是深闺娇女，没的还怕人玷污了身分。然而果系有这件事，在未曾正名定分之先，也还该守着秘密；况没来由地凭着他一相情愿，硬派姐姐嫁给他就嫁给他呢。”紫罗一面说，一面便拿眼去偷偷瞧红珠，只见他蛾眉微蹙，杏眼含瞋。知道自家的大功已渐有进步，便重新笑道：“彼此闲谈，姐姐却千万不用介意。”说着又牵扯到别的闲话。

红珠又命珍儿捧出几盘点心，让着说道：“仓猝之间，也没有什么供应，姐姐随意略用点，姐姐却不可见笑。”紫罗当时只拈了一片玉带糕，放在嘴里。红珠笑道：“姐姐的住址，在名片上已经瞧见了，改一天妹子当竭诚去奉拜。”紫罗笑道：“姐姐若肯光降，妹子没有不欢迎的道理，倒是要求姐姐先行明示一个日子，好让妹子在舍间等候，免得彼此歧误。”红珠想了想，屈着指头说道：“便是初八罢，这一天是浴佛日子，妹子拟到天宁寺去拜一拜佛。姐姐如若高兴，最好是一齐偕往，妹子便吩咐他们预备船只，顺便向小金山平山堂一带去散散闷儿。”紫罗连连答应。当时即行告别。

红珠送他出门之后，一时想着云麟，不免着实有些烦恼。先本拟向他诘责，又觉得羞于启齿。后来拿定主意，彼此会面时虽然不提这事，然而红珠对着他的神态，益发凛若冰霜起来。云麟虽知道紫罗曾来晤对过一次，却不料到他别有意见，只是狐疑不决。又不便用甜言蜜语去打动他。两人各有了心事，却都说不出口，象这样延挨下去，你叫他们怎样会不生疏呢？

紫罗回家之后，一长一短，便把这话告诉了橘人。又说：“不久还去逛小金山，所有费用，你应该向许老头儿去说一句，叫他多送些款子过来。他若是悭吝，我们便不管他的事了。”橘人听了大喜，果真跑到许道权那里筹款。许道权只要达到他的目的，银钱却不顾惜，当时便交给橘人五十块钱。其实紫罗同红珠一路游玩，简直是个女清客的身分，红珠哪里肯要他费钱。因此夫妻俩转坐享许世叔的款项，不时地还借着这名儿去向他告贷，连前搭后，许道权交给橘人的洋钱，已是不少。他也是个老奸巨猾，便时常催促橘人，要实行娶红珠回来。又允许他娶回红珠之后，另外重重酬谢媒人。紫罗哪里还肯怠慢，只是同红珠往来已非一次，暗中虽拿话去打动他，这件事却不曾明揭其旨。

恰好这一晚在红珠那里吃过晚饭，一直谈到夜分，红珠便留他在那里住宿。紫罗得了这个机会，非常欢喜，当时便在灯下喁喁细语，先替红珠筹划终身的结局。后来便说到那个姓许的家资怎生富厚，年纪也还不大，家里虽有两房姬妾，他却爱慕姐姐不过，只要嫁到那边，随时扶为正室。妹子同姐姐要好，方才肯多这件事儿。姐姐如若不信，听凭出去打听，妹子的话是没有半句虚浮的。红珠听了这话，只是点头微笑。

谁知他们说话的当儿，却不防被珍儿听得明明白白，兀自吃了一惊，便打定主意，要去告诉云麟。无如云麟近来不常到此走动，急得珍儿眼巴巴只盼云麟到来。又隔了几日，一天傍晚时候，云麟踅得进门。刚自转入屏风，一头便碰见珍儿，笑问道：“你们姑娘在屋里干什么呢？”珍儿见身边没人，向他摇了摇手，指着旁边一条甬道，先自跑了进去。

云麟见他这鬼鬼祟祟样儿，又猜不出他有何用意，只得悄悄跟着他。珍儿掉转脸望着他笑道：“好少爷，你这儿时向哪搭儿去的，如何瞧不见你的影子？可不把我想坏了。”云麟不禁噗哧一笑，低低说道：“痴丫头，你家姑娘倒不想我，要你想我则甚？”珍儿也觉得适才的话说得大意，羞得彻耳根子通红起来，重新含笑说道：“我得了一个消息，须要给你知道，你还该打点打点，究竟怎生办法，若是延挨下去，怕我们姑娘便不是你的人了。”当时便将紫罗同他姑娘说的话，照样说了一遍。

云麟听了，真象半空中打了一个霹雳。也不知是怨是恨，随即要跨进去，向红珠责问。珍儿一把将他扯住，笑道：“少爷，你忙什么呢？他若是问你怎生得了这信，岂不要责备我多事？在我看，此时你且不必去见他，他近来总有些懒得动弹，正和衣睡在榻子上呢，彼此便会见也没意味。你还是回去同老太太他们商议商议罢。”云麟想了想，觉得他这话也很有理，于是没精打采，径自别了珍儿，转回家来。

欲知后事，且阅下文。

# 第七十五回　大设冥筵谰言发噱　重收孤子高义可风

一盏煤油灯底下，秦氏坐在上首，云麟同他妻子柳氏一排儿在下边并肩坐着。云麟只是垂头丧气，除了失声长叹的分儿，一句儿也不开口。秦氏笑道："这可难煞人了。叫你去同二小姐斟酌，你又说二小姐曾经拿话恼了他，断然没有指望，然则请谁去探听他的意思呢？依我主张，红姑娘既不肯嫁你，也只合罢休，他的身子有他自主的权利，便是勉强拢合起来，也没趣味。知道的呢，说你们当初原有这样爱情；不知道的呢，还要疑惑我们觊觎他的财产，巴巴地将人家女孩子骗得进门。好孩子，你将这痴心抛掉了罢。如果那姓许的真是不错，红姑娘将来有了依靠，我们应该替他欢喜。大凡一个人都要记着别人待我的好处，红姑娘当日待你是个什么样儿？你不该一概抹煞，反去怨恨他，那就不在情理了。"柳氏接着笑道："安知他不因为那姓许的是曾经做官的人？做官的人多几房姬妾原不打紧。我瞧目下这民国里，无论谁都可运动做官，你若是做了官，包管他也愿意嫁给你了。"

云麟望着柳氏瞅了一眼，咬牙说道："你知道什么！我当初做什么官来，他怎生那样同我要好？官不官可想没有关系。况且那许道权何尝真做过官，不过跟官罢咧。他欺骗得红珠，却骗不得我。不过这种话我不便去告诉他，急切又寻不出一个人来，跑去向红珠说个明白。他也是个玲珑剔透的人，包管不至落他们圈套。"柳氏笑道："放着一个人，你不会寻他去？红姑娘纵不愿意见那朱二小姐，不见得连仪妹妹都恼起来。"云麟笑道："我也曾想到这里，只是羞人答答的，不好意思去同仪妹妹说这种话。如今也没法了，明天少不得要向姨娘那边去走一趟。只是仪妹妹在几天头里，同红珠来往过几次，后来便因为有了那讨厌的紫罗女士，他们也生疏了好些。可想越是这样妇人，越笼络得人住。"当夜无话。

云麟一早便起身下床，催着黄大妈烧茶烧水，草草盥洗了，便开门出去。刚出了巷口，不防刺斜里跳出一个人来，一把扯着云麟臂膀，笑道："老弟起得好早。我知道你一定是向我那里去的，我们一路同行可好不好？”云麟将那人一望，原来正是田福恩，忙正色说道：“谁说我是寻你的？你未免过于一厢情愿了。别人有别人的要事，千万不用再同我歪缠。”田福恩扭头笑道：“我只不信，你通记不得今天我在庙里替杨蝶卿做寿？”云麟想了想，方才恍然，他那帖子上正是填着今日日期，只得含糊应道：“我连日心绪很是不好，真个把你这件事忘却了。你先请回庙，停刻我一定过来行礼。”田福恩见他不肯走，哪里肯答应，死命的揪着云麟不放，笑道：“老弟，你还有什么心绪呢？镇日价有个美人儿厮伴着你，又不愁没有钱使。不象哥哥窘得没法，若是手头宽绰些，象这种牢事，我也不去干。”不瞒你说，我昨天请了我家小舅舅周二福做着帐房，所有收的款子归他经理。至于我呢，要在寿堂上陪人磕头，再也分不出身子来到外边陪客。老弟是我的至戚，交游又广，熟人又多，这件勾当，不请你替我担任，还去找谁呢？快走快走，若是迟回去，客来得多，寻不着孝子，倒要被人家笑话。”说毕，也不容云麟分辩，脚不点地地被他一直拖入那座古都天寺里去了。

云麟跑得气喘吁吁，进门一望，已不似前时景况。因为那庙自经柳春改过学校以后，所有神像多半移至他处。学校解散，也没有人进来住持。便是那个王道士，也不知去向。窗栏朽败，栋宇崩颓，委实叫人看着觉得甚是荒凉。走入后一进大殿，果见壁上悬着一幅影像，面前放一张白木桌子，桌子上面，点着两支蜡烛、焚着一炉散香，上首还放了一盒茶食、一只茶碗。云麟仔细将那影像瞧了瞧，嘴上却多着一撮胡须，看上去迥然不象杨靖，笑向田福恩问道：“这幅影像是打从什么地方觅来的？”田福恩歪着嘴说道：“杨蝶卿哪里还会有影像呢？我既替他做寿，没有影像叫人瞧着便不象了。幸亏我还有主意，在家里寻出一幅画儿，据说这画儿不知是哪一代祖宗的，权且把它张挂起来，做个幌子，便是人来磕头，觉得热闹些。你且不必去管它是杨蝶卿不是。”云麟笑了笑，又问：“你的帐房设在哪里呢？”田福恩向东首一间小屋指着说道：“喏喏，这不是你的帐房？他们都候在里面，你进去歇一歇脚也好。”

云麟便趁势踱得进去。周二福见了云麟，吓得笔直直地站起来。旁边还有几位生客。云麟认得那瘦长脸儿的，平时常常挑糖担子上街的。还有一个胖子，家里开着洋铁店。一个江南口音的矮汉子，盘了一条大辫子在头顶当中，用腰带掖着短袄，并不曾扭扣。另外有一张破炕，躺着一个穿长衫的少年，深目高鼻，远远看上去好象个西洋人模样。云麟向他们拱了拱手，便待请问名姓。田福恩早笑嘻嘻地跳得进来，嚷道："可不晦气吗？这一清早，还不曾见有人来送礼。"又用手在纸堆里翻了翻，向他舅舅周二福问道："贺礼收得多少了？我的宗旨，只要他们送钱，却不在乎他们到这里来磕头。"周二福哭丧着脸说道："连前搭后，收到有一千多铜钱了。再等一会看是怎样。"田福恩将手搓了搓，说道："怎好，怎好？象这样弄下去，非但捞不到几个，恐怕还不够开支酒水呢。难不成白叫我做杨大哥的儿子一场。好杨大哥，你有灵有圣，帮帮我的大忙罢，我是折不起本的。"说得众人都笑起来。

田福恩又指着一干人笑道："我就怕冷清清地没味，特地将我们这一班老邻居请得过来帮个场面。"遂告诉云麟说道："这是陈大发，这是刘憨狗子，是我们铺子紧邻。"又指那矮汉说道："老弟，你不用瞧不起我们这位盟兄，他虽说当了一个瓦匠，在城里是最有名望的，谁人不知道他是吴二钉锤？他在别的匠头处上工，所以也没有一定住处。"云麟笑道："久仰，久仰！今日可算是群英高会了。还有一位先生呢？兄弟尚不曾请教。"炕上那人早板着面孔坐起来，懒洋洋地说道："云先生大名早经耳热，是前清学里的秀才，可惜如今却用不着了。我们吃的是外国人的饭，做的是外国人的事，所以先生没处识识。不知不罪。我便住在北河下天主堂西首，家叔叫做顾阿三，提起来你先生应该知道的。我名字叫做顾亮，表字大通。"田福恩笑道："你们通不见那天主堂女教士出门时，后面跟着一个标标致致的女仆，年纪不过二十来岁，那便是顾大哥的夫人。女教士看待他，真个是天字一号。"

大家正谈得高兴，看看已近午牌时分。虽然有好几处送来几封封套，里面多的不过五六个银角子，少的只有二三百文。只要被田福恩瞧见，他便揣入怀里，周二福替他只做了一个帐房幌子。好容易又等了半天，周二福蓦伸头望了望，吆喝着说道；"客到，客到！"田福恩巴不得这一句，好生兴头，一溜烟跑向灵桌旁边，扑通一声匍匐在地，在那里老等。偏生来的是个老头子，瞧他年纪已过七十，步履很觉得不便，一摇一摆走了好一会工夫，才踱到那垫子旁边。云麟也就跟在后面，尽他陪客的职务。那老头子跪下去，一连磕了三个头。田福恩也对他磕了三个头。磕完之后，田福恩自家便喊起来说："孝子叩谢。"那老头子听见孝子叩谢，忙不迭地还了一礼。叵耐他年纪已大，精力就衰，腿脚当然有些不便，复行又磕下头去，这一磕下去险些爬不起来，气喘吁吁地在地下挣命。其时云麟瞧他这种形相很不过意，赶忙走近身边，将他慢慢扶起，请他在椅子上坐了。

田福恩此刻业已站起，早笑嘻嘻的跑过来，望那老头子笑道："累老伯的大驾，小侄心里着实不安。停一歇便开席了，老伯务必赏个脸儿，吃了饭再走不迟。"那老头子一时还不能开口，只望他点了点头。云麟却认得这人是街上开材板铺的唐老板，为人很是古道。他素来提倡墨家薄葬主义，常对人说道：“古时的死人，大都没有棺材睡；现在的死人，总要睡棺材。现在的死人，比古时的死人，享福得多了。”所以他家材板铺里的棺材，都是薄板做成的。又有一种厚棺材，比别人家的棺材还要厚上半尺，原来这种棺材，是里外两片薄板，板的中间装满了黄土，因此显得又厚又重，卖起来又比别人家价廉些。买的人，若是一告苦，还可以低减些。人家偏看重他这样古道，死了人就来照顾他。杨蝶卿死的时候，就是睡的他家材铺的薄材，赊赊欠欠，还有些钱未付清。他正想杨蝶卿死了，杨家又没人，这交情作在那个人的身上呢？这一日接了田福恩的请帖，没有一天不牢牢记着，所以今日特地赶来行礼。

田福恩这时候便嚷着肚腹饿了。他在自家店里木带来几个小倌，同打杂的伙夫在后面弄菜。一会子都喊了进来，吩咐他们调排桌椅。四面望了望，除了供杨靖的灵桌，其余第二张桌子却没有。伙夫没法，在一间空屋里拖出两张破坏不堪的经忏桌儿，放在殿上，长长地倒还同那大餐桌子差不多，急忙揩拭干净。将几盘鸡猪鱼鸭，陈设上来。大家分宾主坐下，不消说自然是那唐老板首席了。

席间闲话，田福恩便卖弄他在上海的事迹，说得天花乱坠。刘憨狗子笑问道：“田大哥，你既然到过上海，可曾坐过电车没有？据人说起来，那车子便象天上打闪，人坐进去，身子便同打闪一样，一闪打过去，一闪又打过来。象这样打法，没的将人不吓死了？”田福恩还未及答应，周二福也笑说道：“如今世界上的事，再奇怪没有。人家都笑我是乡下人，不曾看见过电灯，那电灯不是满街上都有了吗？我不奇怪它别的，只奇怪那点电灯的人，怎么不约而同的，说点就点起来了？飞毛腿也跑不来这样快。这就不怪我们只知道人点灯，一共不看见点灯的人了。这也罢了。有一天，我经过一处地方，瞧见一个穿西装的人，说他呆呢，他又不呆，说他不呆呢，他没的对着一个小木箱儿，喃喃呐呐地讲话。我背地就问了问人说：‘这位先生同谁讲话？’那人告诉我说，那先生是同他妻子讲话。我听了笑得肚肠子发疼。他疑惑我打乡里进城的，什么事都理会不得，自然拿这种话来哄我。你们大家想想，那木箱子周围也没有七八寸宽，一尺来长，他这妻子再矮小些，那木箱子也盛不下他的妻子呀。其实我心里很明白，不过不屑同他去辩驳罢了。哼哼！他瞧不起我们乡下人，拿这种鬼话来同我们开心，他不知道我这乡下人，却还与众不同，见识比他高几百倍呢。当时若是我拿话同他辩驳，包管他羞的要不得。”周二福越说越高兴，那大块肥肉便尽性夹着往嘴里塞。顾亮从喉咙里哼了一声，只仰着脖子向别处瞧望。

二福正讲得高兴，偏生那位唐老板耳朵不大方便，他便敧过身子向云麟问道："他们在这里讲什么？何妨说给我听听。"云麟见他是个聋子，忙提着声音回答道："他们在那里谈论时局哩。"唐老板不慌不忙，叹了一口气，冷笑说道："史六吗？那个畜生越发倚老卖老了。论他的岁数，比我还小十多岁，他仗着他哥子在都督府里打更，他的字馆也不去开张了，镇日价在街上讹人。他讹别人也罢，偏生讹到我们这棺材铺子来了。去年年底，他的嫂子得了暑痧身死，承他的情，巴巴的来照顾我家棺材，这也算不得什么。谁知那厮惫赖不过，买了我一个棺材，倒硬饶去两个。"这句话说得大家哄堂一笑。田福恩向众人挤了挤眼睛，说道："你们信他呢，天下也没有这种事体。"那唐老板已瞧见田福恩的神情，急得什么似的，将嘴上胡子抹了抹，面红气急地说道："我若冤枉他，叫我家里也死人。他饶了我两个棺材，却比他嫂子睡的小得许多，他也有他的主意。他说自从换了民国以后，弄得民间柴荒米贵，这小棺材毕竟是木板制就的，劈下当做柴烧，也够煮熟好几顿饭。有钱的人才怕忌讳，象史六穷得要死，他那里顾得忌讳不忌讳呢。"云麟听了，笑着点了点头。

一会子，由伙夫送上一碟臭鱼来。众人见了那鱼，一双一双的筷子好象约齐似的早已劈空而下，比较打鱼的在河里用叉叉鱼还来得飞快。云麟同顾亮都端坐着，不肯去吃。田福恩只管招呼他们说："臭鱼比臭肉好吃得多呢，你们也来尝尝味道看。"顾亮正色说道："那臭鱼臭成这样，还好下咽吗？吃下去怕不很卫生，恐怕还要生病。"陈大发笑道："果然什么叫做卫生呀？我们敝同行，招牌上都换上这字样儿，我就不大懂得。"唐老板这时候将云麟袖子扯了扯，歪着头向他说道："真个过到老，学不了。我们那条街上，是凡有开店铺的，都拿这'卫生'两字做了招牌，说也奇怪，那生意就比平时好得几倍了。可想这'卫生'便是招徕雇客的好法子。改一天我也想奉烦先生的大笔，替小店里写他几个大字，说是'卫生棺材'，可好不好？"

云麟此时嘴里刚衔着一口饭，不由笑得喷将出来，喊着说道："不行，不行！人家既然讲究卫生，就不会害病。既不害病，哪里会死？不死，又要棺材何用？在我看，宝号的招牌，这'卫生'两字断断用不上去。"顾亮在旁边冷笑说道："云先生，你这话然而不然。他们这些吃臭鱼的，怕离睡这卫生棺材也不很远！"周二福不由狠狠的向顾亮眨了一眼，半晌说道："你好骂呀，我们吃不吃臭鱼，干你屁事。"顾亮用手指在脸上刮着说道："我请你少开些口罢，你连那德律风都不知道，这卫生的道理，你更不配讲了。”吴二钉锤插嘴笑道：“什么叫做霹雳通？这霹雳通的声音，大约除了我们替人家竖柱上梁，用那木榔头敲得价响时有这霹雳通，要说是霹雳通还可以同人家讲话，我死了也不明白。”周二福笑道：“可是的，我们只管吃饭，不必理会他们这些鸟语。”顾亮气愤愤还待再说，云麟怕他们闹翻了脸，不成体统，忙做好做歹，拿别的话岔了过去。

一时饭已吃完，各人也就纷纷散去。田福恩依旧扯着云麟不放。又等了半会，委实见没有人来。周二福将所收的款子，用一架算盘滴滴嗒嗒算了半日，约莫不足十串铜钱光景。除去本日开支，所剩已是不多。田福恩没法，只得喊了几句晦气，算是白替杨靖做了一天的孝子。掳掇了什物，垂头丧气跑回去了。

云麟见时候已是不早，只得大踏步向淑仪这边赶来。刚刚走近门房，忽见那个老家人伍升噘着嘴坐在一边，气得如同鼓牛仿佛，却不知道为着甚事，只得笑嘻嘻上前。笑问道：“你们老爷此时可在家吗？”伍升气愤愤地站起身来说道：“老爷不是在书房里坐着吗？偏生他倒有这种好心，若是我，就容不得这厮，还巴巴地同他讲话呢。”旁边还有几个家人，见他这模样，尽自瞅着他发笑。云麟也不知道他们笑的什么缘故，早大踏步跨进二门，暗想：“既是姨父在家，我倒不能先见一见他。”小厮们见是云麟，早替他打起帘子。伍晋芳此时正盘膝在炕上坐着，炕儿下边还站了一个少年男孩子。晋芳笑嘻嘻地指着那男孩子，向云麟问道：“来来来，你瞧他是谁？不过一两年光景，身段比起先便长得许多。”云麟皱着眉头笑道：“这不是林雨生的儿子稳子？他同他那母亲是住在上海的，怎么这一会又跑回来寻着姨父？”一面说，一面想起伍升适才的情形，方才恍然大悟，知道伍升犹记着他父亲那一次捉奸的笑话儿，所以不满意稳子来见他们老爷。伍晋芳长长叹了一口气道：“这孩子委实苦极了。据他告诉我，自从他父亲死后，他母亲便在野鸡窑子里充当了一个娘姨，所入的款项，母子两人倒还可以从从容容地度活。不料今年春间，他母亲忽地姘识了一个广东汉子，冷不防跟着那汉子竟自跑了，急得他走投没路，后来便在码头上替人家扛茶叶包儿，将就混个三顿。无如他身子又非常单弱，扛到半月光景，又一口一口吐起血来，睡在江滩上挨命。幸亏后来碰见外国洋行里一个买办，瞧他可怜，便问他有处投奔没有。他倒还老实，便说自幼儿跟随过我的。那个买办听说他有处投奔，很是热心，当时便在轮船上打了一张免票，又交给他三五块现洋，叫他一路向扬州来投奔旧主。罢了，人当患难时候，便有一千件不好，也该不计较他了。偏生那个狗才伍升，因为和他父亲不对，见着他的影子，兀自生气，死命拦在头里，不

肯替他通报。却巧我打从外边走回，见他索索落落地躲在照壁后面哭泣，我依稀还记得他的形状，被我将他唤入里面。”说着又掉转脸向稳子说道：“你乖乖地暂时在我这里住着。可惜我近来闲居，公馆也不能安插你。等你将息好了，我们扬州有一所第六工厂，他们厂长也是我们熟人，将来报名进去，好好学点工艺，一辈子便不愁没有出息，不比在人家当奴才的好么？”稳子含泪点了点头，又上前向云麟打了一个千儿，然后才慢慢地退了出去。

伍晋芳笑对云麟道：“我又来做烂好人了。当初我待他父亲是个什么样儿？后来他还想出法子要我的性命。我瞧稳子比他父亲觉得妥帖些，但不知长大成人，是怎么样罢了。”云麟笑道：“林雨生那厮简直不同人类。稳子虽然秉了他的遗传性质，大约总还不至同他父亲一样，姨父出了好心，定然会有好报。”

伍晋芳将头一扭，笑道：“奇呀，你们研究新学的人，也还讲这报应的话吗？如今世界上当真还有报应吗？越是杀人不眨眼的督军，越是势位富厚，王法既无从干预，天理又近于渺茫。”说着又从茶杯里蘸了一滴清水，向那炕上写了几个字，笑道：“象他们这样殃民误国，若讲到报应上，他这一颗脑袋便砍了，也不够偿还百姓们的膏血。我一生是愚而安愚，若早肯将良心放在半边，至少一个县知事儿稳稳到手，何至到了今日，还伏处牖下呢？”说罢又哈哈大笑，跳下炕沿说道：“话多了，话多了。你可曾进去见你姨娘没有？”云麟忙道：“还不曾进去呢。侄儿今天过来，原想同仪妹妹他们谈谈心儿，还有一件要紧事体，同仪妹妹斟酌斟酌。”晋芳听他提起淑仪，不觉眼眶子红了红，凄然说道：“你的仪妹妹病了好几日了，如今一共还不能下床。想起来，这孩子也委实可怜。你且坐下来，让我告诉你。”

欲知后事，且阅下文。

# 第七十六回　吃虚惊祸生眉睫　设妙策枉用心机

芦花萧瑟，晚山对愁，羁旅动思乡之感，少妇起离鸾之恨。于斯时也，湘竹帘内，净无纤尘，碧纱窗前，香霭浮雾，室中缥湘，满架藏书甚富，四壁画幅对联，多当代名公巨卿之手笔。兼有古人遗墨，以及商彝周鼎诸物，亦半真半伪，聊备古今一格而已。书架之旁一书架，两人对坐。晋芳手托烟筒，将淑仪病状，告诉云麟。

云麟当时听见淑仪有病，好象兜头淋了一勺冷水，顿时爽然失色，劈口问道："不久仪妹妹还好端端地在舍间的，怎么隔不了几天，忽然会病起来？甥儿连日因心绪不佳，也不曾过来请姨父同姨娘的安。仪妹妹这病，可还是旧病不是？"晋芳叹道："论他的旧症，一时却还不至于有什么危险。不过延挨下去，怕终久没有起色。他这病的缘故，便因为前天是玉鸾小生日儿，他家又没有别的亲族，这边少不得办了几样素菜，在屋里设起几桌，勉强供了一供。依我是不许那些僧道进门的，无奈家母依旧不大开通，又招请了好些和尚，铙钹叮当，敲得震天价响。梵声呗语，无限凄凉。那种声音，叫人听着最是伤心的，况且仪儿他们是夫妇，在世又不曾过着多少日子，就轻轻将他抛撇下来了。仪儿又因为住在母家，不敢放声大哭，这一天便呜呜咽咽的细诉低泣，眼泪一共不曾干过。须知那种无声之哭，比较有声者尤其伤心，勉强挨到夜深，突然嚷着心痛，脸色都发青了，吓得他母亲抱着他不住嘶唤。登时命人请医诊视，服了几帖药下去，略略好些，只是还不能多进饮食。咳！外病好医，心病难医，这是他一生的病根，叫别人有什么法子想呢？"云麟跌脚说道："这也难怪仪妹妹伤心。然而玉鸾大哥既已死了，生者在世，总应该保重身子才好。仪妹妹在这一点上，怕他就瞧不破。"

晋芳望着身边一个小厮说道："你进去向太太问一声儿，看小姐醒了没有？云少爷要进来瞧小姐呢。"小厮答应自去。转来说道："小姐刚才服药下去，此时蒙着被睡下。太太说云少爷如能在这里耽搁，等吃过晚饭回去不迟。"晋芳笑道："好好，

我在家里正苦寂寞，老贤甥不妨在此多谈一会。”于是又命小厮泡上好茶，捧出两盘瓜子来。

云麟怀着满腔心事，正待向淑仪诉说，不料淑仪又病起来，未免有些怏怏的，坐在旁边一言不发。随手伸在瓜子盘里，拈了一枚瓜子出来，放在唇边，欲送进又不送进的，出神一回儿，怔怔地望着他姨父的烟筒。看他姨父一袋一袋的装烟，装了吸，吸得烟尽了就吹。吹了又装，装了又吸，吸了又吸，象这样循环忙着，很是热闹。那烟筒上的烟，纸煤上的烟，还有口中吐出的烟，烟烟相缠，成了一圈一圈的烟云，有的袅袅直上，便好似一条烟龙，从烟云里飞出，腾身舞爪，满室里氤氤氲氲，煞是好看，云麟望了半日，忽然想起手里拈着的瓜子，不知道这一枚瓜子，是从那里来的，怎样到得自己的手里，于是又把眼光转回来，望着自己手里的瓜子。这瓜子是上海的五香瓜子，色香俱全。云麟望着瓜子，心里想这瓜子外面，翠生生的黛色，好似仪妹妹头发的颜色一样，又仿佛红珠两道弯弯蛾眉的颜色。这瓜子的形状放大来，好似红珠娇嫩的脸庞，稍修长一点，便又好似淑仪的面庞了。忽然一眼又看见了瓜子上的两粒小糊点，一粒带尖形的，恰如淑仪脸上酒窝旁边的黑痣，一般无二。那一粒圆形稍大的糊点，又与红珠酥胸两旁鸡头肉左近的黑痣一般无二。云麟想到这里，真是手舞足蹈，有些忘形。愈想愈痴，愈看愈呆了。伍晋芳见云麟这种呆状，很觉可怜。自想少年人，总免不了情网的魔难。又想到他少年时同小翠子亲热，闹的笑话也真不少，不觉就对云麟一笑。云麟正在发怔，忽见姨父向着他笑，便将手中瓜子往口中一送，随着也向他姨父微微一笑。晋芳搭讪着说道：“仿佛有一天听见他们告诉我，说你那如夫人，已经将你们老太太接到一处去过活。这也很见得他的良心。老贤甥，我此时转有些羡慕你的艳福。”这句话不防转勾起云麟的愁绪，叹着说道：“姨父休提这话，我也没这福分娶他，他也没有心肠嫁我。幸喜家母还有点主见，若是老早答应他，便搬到那边去住，怕一时还来不及搬回舍间呢。”

晋芳听了这话，不由怔了怔，说道：“这又奇了。你同红珠是感恩知己，打从患难里阅历过来的，不见得他变心恁快。你休得诬蔑了人家，后来是要懊悔不及呢。你不记得我那翠姨儿，便因为我一时听信谗言，白白将他小命送掉。如今提起来，我总觉得对不住他。”云麟道：“他与翠姨的境遇又自不同。女人家心肠容易见好爱好，甥儿原系寒士，没有叫他恋我的地方，哪里及得这姓许的又有钱又有势呢？”晋芳笑道：“难道这姓许的要夺你这爱宠不成？哎呀！他也太不自量了。不是我当面奉承老贤甥，象老贤甥的品行、面孔、性情、学问，要算是千中挑不出一个，他拿什么来与你比赛？也许年纪上比你小几岁，也未可知。”云麟听到这里，噗哧一笑，说道：“若论年纪，怕他已经做得红珠的祖父了，据人说，这姓许的已是六十开外，一搭胡须看上去便叫人讨厌。”

晋芳想了一会，拍手笑道：“你说的这人，可是许道权不是？不错呀，他虽说有了一把年纪，至于瞧见女人家，他那一双水汪汪的眼珠儿，依旧是个色鬼模样。我们有时同着宴会，但凡他带的局，都要同人家缠得一个不亦乐乎。”云麟笑道：“原来姨父也认识这厮。”晋芳忙拍着胸脯说道：“老贤甥放心，这件事包在我身上。等我去向他说一句，说这红珠已是准嫁给老贤甥的了，叫他打断这种梦想。哦！我道是谁呢，他的女儿卖给人家做妾，他又要想人家女儿嫁给他做妾，我劝他且歇着罢。他屋里也有两个堂客，声名很不好听，没的在外间打这野鸡，把家里鸭子都飞掉了，替他想，也不甚划算。”

云麟在这个当儿，顿觉心花怒放，站起身来，深深就地一揖，说：“一切便仰仗姨父，如荷玉成，不叫甥儿抱向隅之憾，粉身碎骨，愿酬大德。”晋芳忙扶着他笑道：“老贤甥尽管放开怀抱，我同那许道权也还有点交谊，包管一说便行。既这样说，也不宜迟，我赶在此刻便到他府上同他接洽。然则你在先说同仪儿斟酌的，可是为的这事？”云麟红着脸说道：“甥儿因为仪妹妹同红珠还谈得来，意思想请仪妹妹去探一探他的口气。既有姨父替甥儿出这样力，仪妹妹不幸又病着，那个只好作为罢论了。”晋芳摇头笑道：“若论釜底抽薪，第一先须止着许道权，许道权不想娶他，他不嫁给贤甥还嫁给谁？既这样说，我也不陪你吃晚饭了，你明天请到我这里，我定然有好消息报给你听。”云麟见他这样热心，十分感激，忙道：“姨父既然认识那姓许的，随后会见他，同他讲一句便好了，何必忙在这一时呢？”晋芳正色说道：“这是一件什么事？越早完结越好。将来贤甥多请我吃一杯喜酒，便算酬谢我，我也高兴来奉扰。”说着真个带了一名小厮，并不乘轿，向云麟说道：“你到里边坐坐去好了，我若回来得迟，准在明天相见罢。”

云麟见晋芳出门之后，便高高兴兴地踱入内室，向三姑娘问了问淑仪的病状。三姑娘只是唉声叹气。云麟因不便再说什么，立起身来，对三姑娘道：“姨母，我去看看仪妹妹去。”三姑娘说：“好！我同你一同去，看仪儿服药下去，这一会可睡得安稳。”说着，就举步走到淑仪卧房门前，掀起素花布的门帘来。云麟随在后面，未曾用目观看，但是早觉得药香满室，幽闺寂寞。这时，微闻帐钩颤动，帐里的淑仪就接连咳嗽四五声，带有娇喘之音。三姑娘听得，连忙三脚两步的进房。还没有走到床前，淑仪又咳了一咳，声比前更急，喘声也大。三姑娘更加着急，一面到床前用手掀帐子，一面嘴里喊说："仪儿，仪儿！现在觉得怎样？你麟哥来看你了。"云麟跟在后面听了这话，心中万般难过，无限凄凉。等到他姨母把月白绸帐掀开，用银钩挂住，云麟极力向帐里望去：高高的迭着三四个枕头，淑仪就靠在枕上睡着，双眼紧闭，身上盖着大红缎被，头上青丝有一半散下，拖在被头上。一双玉腕压在被上，两手覆在胸前，是咳时用手捶胸的，咳后就放在胸前了。再细看他的面容，双眉蹙黛，眼泛秋波，芳姿瘦削，气色微黄，嘴唇红得比染了胭脂还要红。

云麟到此，不由的低低叫了一声："仪妹。"那知淑仪昏昏沉睡，毫不晓得。三姑娘就在床前几旁椅上坐下，云麟也随着在几的那一旁椅上坐下。抬头看见白绫帐沿上画着墨兰，姿态幽蒨，颇有空谷一佳人之致。云麟心想芳草美人，这帐沿真配淑仪用。再看题款，是种兰道人。这"种兰"两字，便是朱二小姐的别号。知道帐沿上墨兰，是朱二小姐的手笔。顺着看到帐钩帐门边，又看到淑仪脸上。这时仆妇老鲁妈早点上灯来，放在几上，又倒了两盏茶送上。灯光直射在淑仪脸上，愈显得慵懒不支，憔悴难胜，大有西施捧心之态，令人更增怜爱。淑仪已经咳嗽了三四阵，喘声倒止了。

忽然间把身一侧，头转向里，口中微念道："当知是见，非明暗来，非于根出，不根空生……色空空色……如梦如幻，如泡如影……"云麟听了，真是柔肠千迭，寸心欲碎；见淑仪有将醒之意，就连连低唤："仪妹，醒来，醒来！"他姨母正在替淑仪看药视汤，添衣加被，忙了这样，又忙那样，呼仆唤婢，正教老鲁妈取来许多降檀，焚起一炉好香来，听见云麟叫唤淑仪，就走到床前，扶着枕头，帮着呼唤。

淑仪惊醒，微微开目一看，见云麟坐在床前几侧，不觉红晕上颊，连声大嗽起来，干呛不止，一时竟回不过气来。三姑娘见了，慌忙在床上扶住。回头正要喊人，一眼见小善子进来了，就叫小善子上床来替淑仪捶背。小善子听了，满心高兴，立时猴上床来，蹲在淑仪背后，脸正对着云麟。一面捶着背，一面尽看云麟，甚觉得意。

此时的云麟因见他姨母扶着的枕头，是淑仪嫁富玉鸾时的一对鸳鸯枕，是淑仪亲绣的鸳鸯福禄，绣得很是工细。谁知而今，福不福，禄不禄，一双鸳鸯，成了一个寡鹄。云麟到此，心酸万分，在先预备了许多安慰的话，想等淑仪醒来说给淑仪听，那知淑仪醒来，他倒没有话说。等到淑仪咳声止住，回转气来时，他只问了一声："妹妹好呀！"就咽住了。淑仪向他点一点头。云麟猛然见在淑仪身后的小善子，也在那里颠头拨脑，拿着大红镶边的眼睛对着自己做眉眼呢。他见了这怪样，一个恶心。外面老鲁妈进来说："晚餐备好，请太太同云少爷用饭。"云麟便匆匆对淑仪道："妹妹保重！"就立起身出来了。草草吃完晚餐，坐了一会，告辞回家。三姑娘也没心情去留他。

云麟回来，便将晋芳的说话告诉了母亲。又说淑仪连日病在床上，姨娘他们焦烦得很。秦氏惊道："仪儿是病不得的，你姨娘只有这一个贴己的女孩子，万一有个长短，叫他怎生割舍得他？你的事既有姨父替你调解，他们都是有体面的人，说出话来，包那姓许的驳他不得。早知道这样，早该去请你姨父，何等不好，又何必费如此周折呢？"云麟这一夜好生得意，便是做梦，比往常都觉得恬适些。柳氏知道这事，也着实替他欢喜。

第二天清晨，曙光刚透入纱窗，云麟早一骨碌翻身下床，匆匆地抹了把脸，兀自跑去会他姨父伍晋芳，一者要打听昨晚怎生去同那姓许的说项，二者也因记挂着淑仪病体。走入门首，别人都觉得他来得很早，伍升先笑道："少爷昨夜想是不曾睡觉，怎么在这会子就跑过来？不但仪小姐他们不曾起身，怕老爷也还在床上不曾醒呢。"

云麟笑了笑，便直走进去。他先到了晋芳上房，一眼瞧见朱二小姐云鬓蓬松，坐在梳桌旁边，用手托着腮颊，象是思索什么似的。云麟笑问道："姨父还熟睡吗？他老人家昨夜几时回来的？"朱二小姐见是云麟，忙向他摇了摇手，似乎叫他不用惊动晋芳的意思。一脚跨出房门，低低说道："你姨父晚间在外边吃酒，不知同谁合气，回来的时候约莫已近二更，翻来覆去也不曾好生安睡。刚才甫经睡熟，我想让他多歇一会儿，免得日间打盹。我知道你是不放心你仪妹妹，好了，夜间服了小半瓶安眠药水，比较往常便咳嗽得好些。"

云麟尚未及答应，猛听见晋芳已在床上翻了翻身，问道："是谁在外讲话？"云麟忙道："是我特地过来见姨父的。"朱二小姐见晋芳已醒，忙替他将帐子钩上，笑道："麟儿也不是外人，你要睡再睡一会也好。"晋芳揭开锦被，倏地坐起，说道："我也不睡了，你吩咐麟儿进来，我有话告诉他呢。"朱二小姐当时便喊了一声"云相公"，云麟趁势便跨得进房。晋芳一面揉着眼睛，一面说道："你来得正好。我替你办的那件事，很对不住你。我巴巴地约他在天兴酒楼小叙，席间便提到那话，叵耐那厮认定成见，说红珠本不须身价，他允着出一千银子做花粉费，已被经手的人付过五百去了，其余五百一经有了喜期，在喜期三天前交割。可想这事不是生米已成熟饭？

他又告诉我说，是个什么姓鲍的从中撮合，他还有个女人，叫做什么呢？那名字我记得很是雅致。”云麟此时已经哭丧着脸，接着说道：“不错，这姓鲍的叫做鲍橘人，他女人是紫罗女士。”晋芳笑道：“正是的，是叫做紫罗女士。许老还笑着说，他便愿意罢休，怕鲍氏夫妇还不愿意呢，他曾允许他们夫妇，事成了有重重酬谢。是我狠狠地同他驳诘了一顿，无奈那老货生就一副涎皮赖脸，你尽管生气，他依旧嘻嘻地望着你傻笑，这有什么法想呢？”

晋芳说话的时候，已趿着鞋子，披衣坐近窗子面前。其时旭日初升，一线阳光从帘隙里射入，映在云麟脸庞上。只见他泪眼盈盈，低头无语，委实叫人瞧着可怜。晋芳噗哧一笑。说也奇怪，便在他一笑当儿，忽听见外间震天动地一声巨响，又象是放炮，又象是火山爆裂。可怜那时候扬州光复不上两年，居民听见这样声息，没有一个不爽然失色。朱二小姐尤其是个惊弓之鸟，手里刚捧着一个茶杯，吓得“豁郎”一声，将杯子砸在地下，吐着舌头说道：“哎呀！好响。这是什么声音呀？”晋芳将他瞟了一眼，冷笑道：“左右不过是孟军长在城外演炮，这也是常有的事，何至吓得这个样儿？你也不怕人家笑话。好好一座扬州城，难道有人杀进来不成？”大家再侧耳听了听，果然没有别的响动。仆妇们便进房将跌碎茶杯掳掇出去。

晋芳重新向云麟笑道：“不瞒你说，我昨夜回来，整整气了一夜，当时倒替你想了一条妙计。你如果割舍不得那个红珠，我们便依着这条计去办。”云麟欠身答道：“姨父如有好法子，甥儿是没有不依的，悉听姨父指教便了。”晋芳笑道：“那许道权既拿定这种主意，我虽同他是朋友，却没有这权力去叫他不干。为今之计，如果请出一个有权的人出来向他说一句，他便不敢不依。我打听得那厮因为在买卖骨董上面，很想借此去巴结孟军长。孟军长的妇人曾让娟，目前有一百零七颗珍珠，颗颗都是肥大精圆。惟独只差得一颗，不能凑成百八数珠的数目。他夫人此时正派人四下寻访，如若有合式的，情愿不吝重价。我想去年仪儿在上海替你带回来的那颗珍珠，我曾亲眼见过，真是无价之宝。你如愿意将那珠子拿出来，我托人前去运动，将这珠子便送给那曾夫人，不领他的价值，只求曾夫人向军长面前说上一句。凭军长这样权力，还愁那许道权不俯首贴耳，将红珠让给你吗？我这话，你去想想，看可用得？”

朱二小姐在旁也笑起来，说道：“哦！原来你们还是议的红姑娘那事。这计亏你姨父想得真好，拿这不会讲话的珠子，去换那轻盈解语的红珠，委实再好不过。我替云相公打算，他焉有不肯的道理？老爷的神机妙算，我真佩服极了。”晋芳笑道："我不过一时的计较，至于成否，尚未可知，此刻很不用你称赞。"云麟早站起身，换了一副笑容，说道："难得姨父肯替我出这样力，甥儿感激不尽。少停便回家将珠子取来，悉听姨父做主罢了。"说毕便告辞要走。朱二小姐掩口笑道："云相公委实多情得很，此时巴不得大功告成呢。但是一层，既有了姨父替你帮忙，我的差事可以卸责了，准备两肩荷一口来扰你的喜酒。"

彼此正在谈笑，后面跑出个小婢，将头向房里张了一张。晋芳喝问道："干什么？这样鬼鬼祟祟的。"那小婢笑道："老太太同太太命我出来问一声，适才外间是什么声响？"晋芳怒道："偏是你们会大惊小怪。快进去告诉太太，外间一点事也没有。我最恨的，当这乱世，捕风捉影，有的没的地瞎议论。你们瞧这一响，包不出三两天，外间又该闹出许多谣言来了。"

云麟往看淑仪，果然好些，就辞了出来，刚走至门房，偏又瞧见伍升他们挤在一处交头接耳，象煞出了重大事件。见了云麟，便有家人伍贵慌慌张张向他说道："云少爷，你可知道孟军长被炸弹炸死了？"云麟大大吃了一吓，忙问道："怎么，怎么？你们是打从哪里听来的？怕没有这件事罢？"伍贵道："我们原也不甚相信，不过街坊上闹得很是利害，怕还总有点影响。我们不曾得着确信，又不敢回老爷，怕老爷又骂我们编谎。"云麟此时也不暇同他们谈讲，三脚两步便跨出门。可不是的，才走向大街，满街的人都变了颜色，没有一个人不叽叽喳喳议论这样消息。甚至有将铺门掩上的，有挑抬行李出城躲避的，生怕军长死后兵士要哗变的。瞧这样情形，比较那一年光复的变故还利害些。云麟把不住心头突突地乱跳，也顾不得什么，飞也似地跑转回家。

刚跨进门，黄大妈已索索地抖着，说道："好了，少爷回来了。太太刚打发我去请少爷，外间闹得那种可怕的事，少爷想该听见了。"云麟点了点头，走入堂屋，见他母亲同柳氏都愁眉泪眼地站在桌子旁边，下首还立着一个女婢。云麟赶着向那女婢问道："珍儿你来则甚？"秦氏接着说道："这真是天外飞来的祸。孟大人驻扎在城里，全城的人都倚若泰山，不知为甚好端端地出了这种岔子。他手底下兵士又多，平时还怕他们闹事呢，孟大人这一死，那还了得。谁人施这样毒手，不活活地坑杀百姓们性命吗？听说红姑娘吓得尽哭，他又是个没脚蟹，一个可以倚托的亲人也没有，巴巴地打发他这珍儿来，请你去商议避兵的方法。我知道你今天在伍府那边，正待叫黄妈去唤你回来，如今可是巧极了。家里你且莫问。倒是赶紧到红姑娘那边走一趟罢。"珍儿也说道："我来的时候也久了，怕姑娘着急，少爷快快前去

才好。”

这一顿话，将个云麟说得眉开眼笑，所有适才的愁苦以及听见的恐慌，顿时抛到爪哇国去了。还疑惑是在这里做梦，仰头望了望天色，分明红日杲杲，可想不是梦境。掉转身向珍儿笑道：“我同你一路走罢。”珍儿答应着，两人出了笔花巷。云麟含笑问道：“珍儿，你可是要随着你们姑娘嫁到许家去了。你可知道，他们喜期定在什么日子？”珍儿将头一扭，笑道：“这话谁告诉你来？前番我得了那个消息，真是吓了一跳。后来瞧着我们姑娘情形，哪里肯去嫁那老头子？鲍太太虽然劝了好几次，姑娘只是不肯应承。”云麟冷笑道：“你还瞒着我呢，你姑娘现已得了人家五百两身价银子，还有五百两专等喜期交割，你打量我不知道吗？我的耳报神是再快不过的。”珍儿急道：“没影子的话，亏少爷说得出口。我们姑娘虽穷，也不至爱上那一千两银子。是谁诬蔑我们姑娘？这是要割舌头的。”

云麟到此，方才有些明白，暗想：“这银子怕不是给鲍橘人骗去用了？”此时也不便同珍儿去辩驳，转笑说道：“有也罢，没也罢，只是你们姑娘近来不肯同我好，可是真的。”珍儿笑道：“少爷又来冤枉人了，姑娘若是不同你好，今天为甚叫我来请少爷呢？总而言之，任是姑娘不同你好，少爷却千万不可不同他好。我同姑娘是一步不离的，据他口气，总还忘不了少爷。所以任凭那鲍太太再会挑拨些，我却不替少爷担心。”

两人说着话，已走入门里。红珠瞧见云麟，不由近前握着他的手，跌脚说道：“外边的事，你想是听见了。目前这危如累卵的扬州，眼见得是朝不保暮，我此时转懊悔不该离开上海，跑来受这样惊险。你呢，近来又不常到我这里来，我想不出哪件事得罪你了？老太太他们，可打算怎样办法？万一你们要走，是要携带着我的，我一个人委实害怕。”云麟见他那种慌急情形，不禁又怜又爱。至于云麟对他说些什么，且等在下将孟军统致死的缘由叙述清楚，再来奉告诸君。

欲知后事，且阅下文。

# 第七十七回　一夕话款款续良缘　半江风匆匆送行色

原来这扬州地方，自从被孟军长占领之后，城池虽不甚大，至于论它形势，却东扼运河，西连皖豫，巍然江淮重镇，为南北战争上所必觊觎之点。论那孟军统手下的兵卒，号称两师，其实一师多人是有的。平时饷糈，归中央接济。每逢缺饷时候，扬州居民便风鹤震惊，深恐有哗掠之变。尚幸孟军长声威素著，颇得军心，一共不曾出着变故。在这头一年夏秋当儿，军长忽的害了一场重病，几乎一瞑不视。其时人民已是心胆悬悬，镇日镇夜地打算迁居避乱。后来幸亏被一位医生诊治痊愈，大家方才额手称庆。那孟军长虽出身草莽，然为时势所趋，他一心却倾注共和，不以君主专制为然。当时党派分歧，有钦佩他的，也有嫉妒他的。他对于保护人民，辅助公益，却还尽心竭力。又没有别的嗜好，只喜好同一班骨董客人研究金石，赏鉴书画。遇着宝贵的古玩，他总不惜重价，用上成千累万的银子，将那古玩买得回来。所以他的那所住宅，别的点缀却没有，至于这汉魏碑帖，雍乾瓷器，真个如入五都之市，光怪陆离，无奇不有。物聚于所好，以军长这种势位，谁不仰承意旨，是以那些掮木梢的伙友，往来其门，络绎不绝。这其中有两个人为军长所最亲信：一个叫做吴臣杰，一个叫做艾二。

单表吴臣杰，原系许道权的朋友，他们曾经搭档作个生意，直接讲来，就是狼狈为奸。看官还记得维扬章家，有三个女儿，红红、绿绿、翠翠。大女儿红红，便嫁于欧阳家。欧阳老爷，在任为官，真是一清如水，两袖清风；但是有一桩癖性是从胎里带来的，永不能改。这一桩癖性，是酷好骨董，只要是骨董商人上门，他没有不竭诚款待的。他幕友里有兄弟两人，兄名钟之秦，弟名钟之汉，是研究骨董的大家。夏鼎商彝，秦砖汉瓦，经他们兄弟二人手里摩挲鉴定的，无虑数千百件了。欧阳老爷十分的相信他们。欧阳老爷同寅里，也有两同好知己，一位候补道，当捐务总办的，官印禹贡九。一位学使大人，官印洪福五。一城里有了这三位大老爷好骨董，那骨董商人还不闻风而来，如蝇附膻吗？骨董商人里便有许道权、吴臣杰、艾二。许道权同吴臣杰是一档，艾二一人是独档。许道权因为有官底子，还是个官商，说话比别人响亮，销货也比别人快速，天然是个骨董掮客牵头的好资格。骨董商人见他牵的都是马到成功，所以都捧出家里的骨董教他牵。这一来，许道权做骨董牵头，便大大的出了名。被一个狡猾骨董客人知道，便借慕名为名，来访许道权。一见之下，寒暄过后，就谈起骨董生意经来。后来说到做牵头不如做客人，牵头回扣怎么薄，客人盈利怎样厚，又把骨董鬼的秘幕如此如彼的说了一夕话，竟把许道权的心打动。这客人又乘势要求许道权，不许替别个客人作牵头，专同自己搭档作客人。许道权因为有大利可获，便也一口应允。约法三章后，这骨董牵头许道权，从此变作骨董客人许道权，再变一变，就要成骨董鬼许道权了。

这狡猾的骨董客人究竟是谁？就是许道权搭档的朋友吴瑞臣。吴瑞臣同许道权订约搭档以后，第二天便抱来一只铜象，说是秦阿房旧物，新从陕西掘出来，请许道权介绍，卖给洪福五学使大老爷。洪福五一见这铜象，身高五寸，长三寸，全身黝绿，古纹斑驳，背上披着象鞍，鞍顶活动，似是一荧。看过之后，第二日就带去同欧阳进明大老爷，禹贡九总办老爷，钟之秦、钟之汉兄弟两幕友师爷共同鉴定。从早直到三更，方才鉴定出确是秦物。但是这铜象是不是阿房旧物，仍然不能知道。因为许道权约定第三日便同吴瑞臣来定夺成交与否，所以赶紧抱着坐轿回来。

第三日午时左近，许道权果同吴瑞臣来，由门房引入，在客厅与洪老爷相见。洪老爷开口询问价钱。吴瑞臣说："来路不易。前有人出价三千金，我未卖。你老爷要时，就照此价罢！"洪老爷允出二千，磋商好久好久，经许道权断出，让价五百金成交。这象原价只五十元，这时卖上二千五百金，这一票生意，做得如何？后来又觅得一个铜鼎，卖给欧阳进明，说是宋物，并是欧阳永叔家旧物。进明一见此鼎，听说是欧阳家旧物，非常欢喜。后见鼎色崭新，心中犹疑不决，便同钟之秦、钟之汉两人鉴定。之秦断是宋物，之汉说："恐非宋物，铜色犹新，确是伪作。"之秦驳道："铜铁无新旧，安知旧的不是伪造，新的便是伪造；这鼎身短足长，花纹凸露，字形古朴，确是宋代造物。你有何证，说是伪造？"之汉见其兄似有怒意，只得唯唯称是。

欧阳进明第二日便从二千金还价八百元成交。后来又作成了三四次骨董买卖。在欧阳和洪福五两人身上，赚了有五千余金，许道权和吴瑞臣好不得意。一天，许道权到禹贡九公馆内去拜会贡九老爷。忽然见艾二回子手捧古瓶一对，说是"柴窑"，向贡九求售，索价一千元。

许道权见了，心想这注生意，不能让艾二作成，便把这瓶的花样颜色暗暗记牢，回来便告诉吴瑞臣。瑞臣说：“艾二那里有柴窑的古瓶？恐怕是仿造的东货罢！我们弄一对康熙窑货，同他赛一赛，看赛得过吗？”当真第二天使拿来一对暗龙素瓶，一对彩画山水瓶，教许道权带到贡九公馆里。仗着许道权的能说会道，把艾二的生意打翻，他手里拿着二千龙元回来了。艾二生意未作成，一打听是许道权的鬼计，便把许道权恨入骨髓，处处揭破许道权的秘密，教人不要相信他。

禹贡九面前，有一文牍老夫子名叫揭川，也是不满意许道权假充骨董内行。买了块烧饼回来，饼底凹凸成纹，他便把这纹摹下来，送给贡九，请许道权来鉴定，是何古物？许道权到来，稍为一看，把金石索翻了两翻，就说：“是汤盘，文字是盛什么的盘子，不能知道。”揭川听说，微微一笑说：“许大人鉴定，还有疏忽，这盘乃是烧饼盘子。”贡九也觉得好笑，不禁发出“哈哈”的声音来。这时许道权任你脸皮老，也就一红一白的了。自从这揭川一揭，许道权立时倒台，遁回扬州。

民国后，又奉承上孟军长。许道权常常同军长研究古玩，所以特地将吴臣杰荐在军长左右。他们两人从春间便挟了军长的重资，向上海一带去购访珍异。平时也还通着消息，报告时价涨落，以及物品优劣。

也是合当有事。这一天傍晚时候，阴雨濛濛。军长公馆门房里，忽然进来一个短衣汉子，行色匆匆，象是打远道来的模样。双手捧着一个小匣儿，郑郑重重交给门房那位管家。又从怀里掏出了一封信函，口称是上海姓吴的打发他将这匣子赍送回来，呈给军长，内有瓷瓶一只，价值巨万，须得军长亲手开启，免致损坏。那个管家因为军长出去宴会，便命那汉子将匣子和信放在这里。那汉子得了这话，兀自大踏步走了。管家不敢怠慢，随即一道一道地将这匣子和信递入里面。因为物品很是贵重，便藏放在军长一所密室，这密室别人是轻易不能擅自出入的。及至军长回来时候，已是夜深，别人虽然将这事禀明，军长不过略点了点头，也不曾进去瞧看，便自入寝。

次日清晨，心里悬挂着这匣中宝贝，连盥洗都来不及，掖着衣服，趿着鞋子，匆匆直向那座密室行去。随在身后的，只有一个小厮，准备军长随时驱遣。军长见了那匣子，十分欢喜，亲手将外边包装拆开，一重一重地封得甚是坚固。再瞧那匣子，见方只有二尺来头。用手推了推匣盖，只是纹风不动。一时性起，便吩咐那小厮帮着开启。小厮真个走进来，使劲搡了一会。好容易孟军长将盖子开了半边，只见里面一缕一缕的青烟，氤氲而起。军长是个久经战阵、在江湖上磨练出来的人，有什么瞧不出内中破绽，登时喊了一声："不好！"将匣子向桌下一推，掉转身子便想避闪。说时迟，那时快，军长刚退得两步，那匣子早崩然迸裂，一个极猛的炸弹炸得窗格齐飞，栋梁倾折。可怜孟军长同那个小厮便一齐遇难。

这一场巨祸，不独公馆里上下人等吓得魂飞魄丧，一面捉拿凶手，一面在火窟里寻检军长的肢体，而且消息顿时传遍全城。诸君试闭着眼想一想当时情景，何能怪那一班百姓们？合城男啼女哭，觉得大祸便在目前。俗说："蛇无头而不行"。军长既然身死，就保不住他的兵士不趁机捣乱。幸喜军长平素尚得人心，所有各营的军官，都感激军长待人好处，立刻聚在一处会议。先按着兵士不许暴动；又打了电报给北京政府，保举军长的兄弟代行职务。北京回电，立即允许。因此人心才稍稍安戢。

至于我叙的这一段情事，看似与我书中没有关系，谁知这事不但与我书中有着关系，而且与云麟同红珠的姻缘还有极大的关系呢。若问与云麟同红珠的姻缘有何关系？我必须再将孟军长死后的情形略叙一遍，诸君方才可以明白。

军长既死，这害军长的人，究竟尚无主名。推原祸始，同匣子一齐寄来的那封信函，原系吴臣杰的手笔，可想这件事必然与吴臣杰有关；或竟是吴臣杰同人通同来害军长，亦未可知。这个当儿，不但吴臣杰同艾二牵入嫌疑犯中，便是推荐吴臣杰的那个许道权，也不能置身事外。先由代理军长孟老三传出命令，将许道权收入营仓，听候审讯。再派人向上海去捉拿艾二同吴臣杰两人。

再说吴臣杰、艾二在上海得了这个意外的消息，又不敢逃走，只得硬着头皮转回扬州。刚刚抵岸，早被士兵们用绳索捆绑，一路押入军署。依各军官的主意，便要立时将他们两人枪毙，好报军长的仇恨。还是曾夫人有点主意，说："如果他们是主谋，他们也不见得肯自投罗网，这其中恐有冤枉，益发等讯问确实，再行定罪不迟。"自是以后，那个许道权便同吴、艾两人羁身狴犴，性命尚未知何如，可想谋娶红珠的那件事益发成了画饼了。

再鲍橘人夫妇，平日诈取许道权的钱财已是不少。紫罗女士虽然百般地拿话去打动红珠，无如红珠他是个聪明不过的人，暗中也瞧出紫罗的用心，觉得他机诈百出，论其品行，与淑仪他们迥不相同，后来便渐渐远着他，不肯同他款洽。那个许道权又不时地跑来催促。夫妻俩正自没法，忽然碰巧出了这种变故，听见许道权已被捕获，橘人夫妇欢喜不尽。又因为外间谣言太甚，是凡许道权的亲友，都要按着名字前来缉捕，橘人便同紫罗商议，连夜卷包逃走，径自回他丹徒旧籍去了。

再说云麟见了红珠之后，红珠只是愁眉泪眼，娇俏可怜，云麟早将先前怨恨之心，消融得干干净净。心里虽然害怕，却不肯露出声色，转拿话安慰他，说道："这种变故，很关系着安危大局，也不止我们一家一人的危险。况且我们是同病相怜，活固活在一处，死也要死在一处。你且将心地放宽了，母亲他们也还都住在城里哩。等一会再瞧，如若果然消息不好，我们走，自然也携带着你走。"红珠略点了点头。又吩咐人将大门闭得紧腾腾的，深恐有兵士进来掳掠。挨至日落时分，再听一听外面，还没有别的动静。云麟更耐不得，望着红珠说道："等我出去哨探哨探，老躲在家里也不是事。"红珠见他要走，转又落下泪来。云麟笑道："你放心，我不过想到姨父那边走一趟，瞧他得着什么消息，立刻便来告诉你。我今天断不回家，在此陪你一夜何如？"小珍子接着笑道："少爷是必要来的呀，不要叫我们盼望。"云麟一笑，径自走了。

云麟到了晋芳公馆，家人们都是惊惊慌慌的光景，很不安静。云麟一直走上大厅，却瞧见晋芳背着手，不住地在厅上乱转。见了云麟，劈口说道："你瞧这事可奇不奇？我们此时可算都站在西瓜皮上呢，滑一滑便是个死。只好瞧全城百姓的造化罢。"云麟忙问道："姨父倒不曾向司令部里去访问访问？看他们究竟有什么举动。"晋芳叹道："我是个投闲置散人员，平时同他们又不大款洽，料想他们对着这事机密不过，便去访问，谁有确实消息把来告诉你？你朱二姨娘，他同县署里太太非常亲密，是他自告奋勇，坐了轿子到署里去了。早间家母他们惊吓得要死，立刻逼着我同他们出城避乱。是我拿定主意，不敢妄动。等一会儿，他向署里回来，若是情形不好，再斟酌行止不迟。"

正说着话，外面已吆喝着二太太回来了。云麟伸长脖子，只管向外边张望。果然见朱二小姐笑容满面，走得进来。晋芳忙问道："怎样？"朱二小姐笑道："请放心罢，大局已经暂定了。"晋芳忙道："阿弥陀佛！宁可这样也罢。"云麟见晋芳忽然念起佛来，兀自暗暗好笑。又向朱二小姐问道："大局怎生平定的？"朱二小姐笑道："依你姨父，老坐在屋里着急，又有何益呢？我这一去，可是探出好处来了，我来告诉你们罢。周知事今天随着盐运司长，在司令部里列席会议，首由宪兵营长担保兵士不至哗乱。惟最紧急问题，是要军饷，已由盐运司长担任军饷三个月。"晋芳皱眉说道："三个月后怎生办法呢？这个还不很妥帖，你且休如此高兴。"朱二小姐冷笑说道："亏你也还在政界里干过事的，怎么这一点点过节儿都不清楚？有司长维持三个月，你还怕三个月后，兵士们重新哗乱吗？兵变的事，只防在仓猝发生，有三个

月的延长，自然又有别的办法了。我不想你的见识，转不如我。”几句话说得晋芳也笑起来。

朱二小姐又望着云麟笑道：“还有一句话，却不可不告诉你，叫你益发快活。原来军统这次被炸的缘由，全关系在古玩上面。如今凡是同军统在古玩上有影响的人，都逮捕入狱了。听说同你做对的那个许道权也在其列。我笑他白虎业已当头，哪里还能够红鸾照命呢？你想可喜不可喜？”云麟诧异道：“真有这事吗？这真是我意外造化了。既这样说，便请姨父这边打发一个管家，向舍间去走一趟，好让家母他们放心。我此刻便到红珠那里，报告他这事去了。”说着又将今天早间，红珠吩咐珍子来约他的话，说了一遍。晋芳笑道：“恭喜，恭喜，老贤甥可再不用顾虑了。我常说象你们这种姻缘，是再也拆散不开的。你们平素同过几多患难，天老爷他也不容你们拆散。拿我的翠儿做个比喻，他的境遇，不是也同你们红珠仿佛？只可惜翠儿的福命，不如你们红珠罢了。”说罢不觉从丹田里长长地叹了一口气。朱二小姐见他提这旧事，不觉冷笑着，狠狠望他瞪了一眼，径自走入内室。

红珠一直等至晚饭时候，方见云麟到来。云麟将外间事迹告诉了他，红珠方才将心上一块石头放落下来。可怜他整整一天，还不曾进着饮食。云麟倒有好些时不曾享这艳福了，无意中便向红珠问道：“你近来同那紫罗女士往来很密，他的学问是好的，想你也该有些长进了。”红珠冷笑道：“我常说男人家有了点学问，品行便不甚好。谁知女人家有了点学问，那品行也就不好起来。怪道古人说‘女子无才便是德’呢。我同他往来，不过想长长见识，他公然拿那些不入耳的话同我纠缠着。我如今也远着他了。”云麟笑得哈哈地说道：“你还睡在鼓里呢。我告诉你，他不但拿那些不入耳的话同你纠缠，还将你的身家银子都付过一半去了。我今天若不是会见珍儿，知道你并没有这事，我还不肯说呢。”

红珠听到这里，登时粉颊绯红，怒道：“当真有这事吗？这姓鲍的夫妇简直不是人，而是狗彘了。我还要怪你呢，这紫罗女士当初不是你介绍来的？亏你介绍得这样好人！我以后除非不会见他，若是会见了他，看我饶得他过，倒要问问我几时允许他去嫁人的？”云麟笑道：“好呀，我也替你想，便是嫁人，也该嫁个好好的人，也不该嫁这许老头儿。我益发说了罢，这许老头儿便因为孟军统被炸之事，性命已活不成了，你万一误信他们的言语，岂不白白误了你的终身？”红珠急道：“你说的是些什么话？我听了一点也不明白。什么姓许的？我知道这姓许的是谁？不错，有一次紫罗同我闲谈，说那姓许的家道怎生富厚，为人怎生和气。我只望着他笑了笑，也不曾说别的话。他如何白白污蔑我？他们污蔑我也罢了，亏你也忍心跟着他们将我污蔑。”红珠说着，眼眶已红起来。

云麟笑道：“罢罢，你也不用为这闲事生气，千不怪，万不怪，总怪我这些时同你疏远得不好。若是象从前常常厮守在一处，也不至闹出这许多笑话。”红珠此时向他微微瞟了一眼，叹气说道：“你这话转叫我听着难受，我岂不知道你这话的用意？不过我有我的见解，彼此亲爱，原不在乎同衾共枕。起先我想接你们老太太同太太一齐来住着，好尽我一点孝心，这便算我以你的外室自居了。偏生老太太要讲究名分，一时不肯过来。那一天遇着你那姨娘，拿话同我取笑，我自从受这激刺，想着一个女人家，真不该同男子混在一处。我说一句不顾羞耻的话，我虽然远着你，论我心里，何尝有一时一刻忘却了你。谁知因这上面便动了外人觊觎的心，疑惑我孤身独处，将来总不免有个下落，因此百般来引诱我。这番魔障，便由此而生。其实我也不是个黄花闺女，难不成还怕人玷污了我的名誉？不过想起来，真个叫人寒心。罢罢，薄命的人，原不容我长享这种清福，此后听凭你们要怎样办，便怎样办罢。否则延挨下去，外间的飞短流长，不但你不能相信我，或者连我还不相信自己呢。”说到此，不禁媚眼流波，香腮渐晕，将皓齿微启了启，对着云麟嫣然一笑。诸君试想，云麟听见这话，当时是个什么情形？怕我这支拙笔，便去描写他，也还描写不尽，转不如请诸君自去思索罢了。

这时候偏生有那小珍子，真是玲珑不过，见他们已交头接耳，谈至深夜，忽然将他姑娘床上的衾褥铺陈开来，请姑娘同云少爷入寝。红珠向她微嗔说道：“你忙什么呢？转眼天色已要发亮了，坐着谈一会倒不好？”珍儿噗哧一笑，老实他自睡觉去了。至于这一夜云麟是否同红珠睡在一处，作者不曾身当其境，却不敢替他武断。不过隔了一个多月，外间消息一天安静一天，只见秦氏同他媳妇居然迁移到红珠住宅，大家同心合意地过起日子来了。红珠又大开筵席，是凡云麟的亲戚，都备了喜帖，请来宴会，外边男客，里边女客，整整热闹了几日。

单说有一日，云麟正与红珠在香房中画眉斗妆，浓浓情话，忽听得客厅上，到了多少人，步声杂沓，言语喧哗。内有一人高吟道：“芳心只愿长依旧，春风更放明年艳。”声音非常响亮。吟声未毕，又有一人接着续喊道：“芙蓉帐暖度春宵，春宵一刻值千金。”又有人说道：“应当是春宵苦短日高起。”云麟与红珠听得发怔，正不知来的是什人。黄大妈一步踏进来说：“外面来了四五个人，直统统的到厅堂上，开口就说道要请云相公和新如夫人一同出去会会呢！”

云麟正待答话，只听外面一阵哗噪，小珍子也一头窜进房来，说："厅堂上一个老头子，白髯飘满胸前，带了石壶儿、良马儿，同着的人，大鼻子也有，和尚也有，和尚还跳跳的说云相公的新如夫人再不出去拜见，和尚就要进房来拖了。"红珠听得发怔，云麟随就出去，走到厅后，听得一人叫道："臧太史来贺文星高照！云麟你们两夫妇若再不出来，休怪我马福良翻麻脸，不问什么祥麟威凤！"云麟走将出来，一看马福良坐在几旁的椅上，伸着颈子直喊。臧太史歪着身子睡在炕上捻髯微笑。石季壶同陈和尚站在一处，两人不知说些什么。孔大鼻也坐在几旁的椅上，与马福良相隔一几，在那里捏着鼻头笑呢！忽然见云麟出来，急将身子从椅上跳下，双手扯着云麟的手，嘴里说道："新郎，新郎！"直送到臧太史的炕前。臧太史也翻身坐起，说道："其新孔嘉，其旧如之何？"随又说道："梅花岭我与晋芳老侄相遇，说起你的新宠侠骨柔情，直令我非常钦佩，久想见一见这样的奇女子，你可愿意领他出来见我吗？"云麟听了，随向众人打个招呼，就匆匆的往厅后去了。

过了一刻，一阵衣裳摩擦的声音，香风过处，云麟偕着红珠缓缓步来。这时红珠，发作风凉髻，盛翳丰容，长裙曳地，烟视媚行，倍增娇韵。随后有婢仆围绕，俨如众星捧月一般。小珍子夹着红毡，忙铺在地上。臧太史石季壶前后一齐站起。红珠向臧太史等人，嘤咛一声拜下。臧太史连忙作揖，众人慌作一团，有的回拜同磕在地下的，有的作揖带打千的，有的还作半截揖想下跪的。

这次顶吃亏要算孔大鼻子，刚往下低头，被老马横过来一肱肘正中在鼻上，其时一酸彻底，大鼻子孔中早发出'嘶嘶'的声音来。红珠拜过，又由婢仆围随往房中去了。小珍子随即也将红毡揭起，抱向后面去。

众人等红珠去后，各个就坐。臧太史向云麟道："可贺！得此如夫人，又是有情人终成眷属，老人无物可赠。"说着，即向身边取出玉搔头一支，递给云麟道："这是山妻旧物，由山妻的外祖母传给山妻之母，再传才入山妻之手。说是宋神宗的量才玉尺所改造，还是山妻外祖母家镇家之宝，因酷爱山妻之母，所以传给山妻之母；山妻之母，又酷爱山妻，所以传入山妻之手。现在拿来，一物两用，一当贺礼，一当见面之礼，休嫌轻微。"说罢递给云麟。云麟接过，连忙称谢，珍重收下，送到后边。出来留饭。臧太史高兴，便就允了。大家入座，云麟主位，斟酒斟到孔大鼻子时，见他两眼含泪，鼻孔中'嘶嘶'发声，大鼻子越发大了，很觉诧异，仔细向鼻上一看，原来已经肿了。大奇！正待询问，陈和尚忽然对马福良望一望说："定是马撞的。"石季壶一听，不由哈哈大笑，将酒喷了出来。

云麟正坐在他旁边，袖上满沾了余沥。马福良喊道：“石壶酒溢了！”臧太史答道：“既然如此，我正要喝酒呢！壶儿过来。”石季壶即起身执壶，连筛了五六杯；臧太史杯到嘴干，愈觉高兴，吟道：“兰陵美酒郁金香，玉腕盛来琥珀光。”这时仆妇送上来一道莲子羹。臧太史捧起来咀嚼，说：“这莲子羹味道真美，不知如何制法。”云麟回答道：“先将莲子煮烂，然后参加上杏酪，煮得溶和后，再点上冰糖，所以比别好些。”这时石季壶也坐下来吃莲子羹。

大家正吃着时，忽见马福良把头一昂，对臧太史道：“太史公，我有对了。‘莆田鲜莲酪乳色，瓷盏参和杏子浆。’对你那两句诗，对么?”臧太史一笑，正欲答言；孔大鼻子这时想是鼻子已不酸痛了，抢着说道：“这是你水面胭脂簇平嘴的本领，怎么不对！”这样谈笑饮酒，太史非常有兴，连吸三十余，不觉沉醉，来不及吃饭，就辞了云麟回家。云麟款留不住，臧太史一溜歪斜走下台阶，说：“拐杖呢?”陈和尚就来在左边扶了臧太史，接着又说：“马儿呢?”马福良就来在右边扶了臧太史，一马一杖踉踉跄跄，一阵人围着去。这且按下不表。再说孟军长身死将近有一个年头，偏生上海那位声势煊赫的真都督忽地也被人暗杀。说出来谁也不肯相信：孟军长一死，成就了我这红珠、云麟；真都督一死，可又成就了我这似珠、柳春。岂非咄咄怪事！至于真都督如何被人暗杀，暗杀他的人毕竟有何用意，我却不暇替他细细叙述。因为真都督一生事迹，自有国史记载；他又比不得孟军长与我扬州有绝大关系，少不得据实表彰一二。

明似珠当那真都督未死之前，两人爱情已不及先前浓厚。真都督少年气盛，借着自己的势位名望，屏后金钗，原不止十二之数。初时见一个爱一个，过久下来，也就视若土苴，置之高阁。明似珠他却不以为嫌。好在柳春在都督府里时常出入，似珠平时出外游玩，都叫那柳春追随鞭镫。风气既开，女孩儿家尚且讲究一个开放，何况他们是姨太太的身分。别人姘识的左右不过是那些戏子马夫，似珠姘识的却是柳春，比他们毕竟高得多了。

说也好笑，真都督在外间拿出手段来敲诈商民的财产，明似珠便在里边拿出手段来敲诈都督的财产，什么珍珠钻石，白璧黄金，攒凑起来，大约也有十数万金的积蓄。所以真都督尽管死他的，似珠一毫不感痛苦。当那匆遽当儿，他早同别的姬妾们开了一个会议：有愿意守节的，便在府里等候办法；有愿意出去的，便都纷纷掳掇自己的行囊箱笼，向大栈房住下来，预备各奔头路。别人我不知道，似珠住入栈房之后，第一着便命柳春将那个朱成谦请来商议。明似珠当时便告诉朱成谦说：“这上海不是可以久住的地方，我已打定主意，依旧要回扬州去享福。我母亲久已不通消息，此番劳你先行回去，便同母亲在扬州替我们买一处大大房屋，等我回来时候缴价。此处有五十两银子，交给你做一路盘费。"朱成谦异常欢喜，连连答应。次日真个搭了火车，回扬州去了。

似珠便偕着柳春，在上海痛痛玩了几天，将平时一班女朋友，约在各餐馆里饮宴，声名浩大。谁不知道他是真都督姨太太，如今重又出来嫁人，引得那些浮荡少年，嘴里馋涎足足流出三尺来长。不幸又听见他身边有个柳春，恨得人牙痒痒的，都想同他拚命。柳春也知道他们的意思，但凡在那游戏热闹场中，挨着似珠，转昂昂地卖弄他的艳福。似珠玩得腻烦了，便同柳春商议动身日期。似珠身边最宠信的姨娘名字叫做小冯，本是淮北人，此番也跟着似珠出来，照常伺候似珠。当晚提着这话，似珠笑望着小冯说道："我们的什物，委实太多，单拿箱子而论，倒有十七八只，其余更不消说。我想火车、轮船总觉得不大方便，要图舒服些，必须雇一只大点帆船，沿江上驶，还可以顺拢焦山、金山两处地方，游览游览。你们不知道，我在地理上面，是很研究过的。自从进了都督府里，所有以前的学问，大半忘记了。若不趁这时候去实地试验试验，不是白辜负了此行吗？"

柳春当时还未及答应，那个小冯早拍手笑起来，说道："太太这话，真是一点不错，自家叫的船只，要住就住，要行就行，省得再受那火车、轮船的呕气。再巧不过，我家丈夫冯大，他原有一只五官舱的大船，往来长江上下，他不久前已将船停泊在黄浦江口。等我明天去瞧一瞧，若是他不曾兜揽到生意，叫他过来伺候太太。那是万无一失的，比较雇别人的船，头生面不熟的，总算高得百倍。"似珠笑道："好极，好极，就这样办。"又望柳春笑道："你心里觉得怎样？如何一共也不开口？"柳春咕嘟着嘴说道："火车、轮船何等爽快，不上两个日子，稳稳到家了。这帆船若是碰上顶风，一般会耽搁半个多月。"似珠道："呸！家里有热粥等着你去喝吗？巴巴地忙回去则甚？便在船上多耽搁几时，那一路的风景，也是轻易瞧它不见的。你至今还是这窝囊废的样儿，叫人心里总不快活。"一顿话骂得柳春无言可答，躲在一边睡觉去了。

这里似珠便同小冯拿定了主意。小冯早向黄浦江那里去了一趟，从清晨前去，一直等到午后才回栈房。似珠便嗔着他迟慢。小冯拍手打掌地笑道："太太不用生气，这件事费了周折呢。我好容易在江口打了几个磨陀，才瞧见我家那只大船泊在码头南首。上了船向冯大说知此事，冯大急得了不得，说可巧在昨天揽了一个客人，是向湖州贩卖鲜茧的。既是太太要叫我们伏侍，少不得要去回绝这笔生意。”似珠笑道：“这是自然的，贩鲜茧的客人，他有多大身分，知道都督太太叫船，他难道还敢违拗？”小冯笑道：“不是这样讲。民国时代，商人的身分不比从前了。听见冯大前去回他，他哪里肯依，经冯大一再说项，又愿意加倍赔偿他的定钱，好半天方才讲得妥帖。”似珠蹙着额头说道：“这赔偿定钱算得什么？随后多赏你家丈夫百十来块洋钱，便不至叫他吃亏了。”小冯又笑道：“太太待人不消说的，自然是宽厚的了。冯大如今已跟着我来拜见太太，太太还是见他不见？”似珠笑道：“我也没有这闲工夫，叫他回船去罢。我的性子是你知道的，说走便走，千万不要误事。”小冯趁势问道：“就请太太的示，约莫在什么日子动身？”似珠将指头掐了掐，说道：“明天，后天，一准便是大后天罢。头一天吩咐他来发行李。”小冯连连答应，下楼去向冯大接洽了一会。

似珠的女友知他有了动身的日期，轮流着替他送行。到了临行的这一天，大一担，小一担的什物，足足有百十来件，将一只船上都压得满满的。似珠同柳春坐着汽车上船。小冯忙着替他们拧毛巾，泡好茶。锣声三响，船便开行。不知他们一路上有无变故？

且阅下文。

# 第七十八回　兴尽悲来商量作归计　时衰运倒租赁到妻房

当似珠遄返扬州之日，正南京二次光复之时，烽火惊心，羽书告急，工辍于市，农叹于野，流离百姓剩沟壑之余生，道路行人挈家室而避乱，人心惶惑，世运凌夷。偏生在这当儿，有一家神仙眷属，携着伴侣，溯洄长江之中，推窗远望，惬目赏心。这一天刚刚行抵焦山，似珠便命船户冯大，将船泊在山脚底下，准备明天上山游览。冯大哪里还敢怠慢，立时在岸上钉了桩橛，系好了缆索。

次日清晨，似珠便喊着小冯预备盥洗的水，只不见小冯答应。停了一会，转是冯大送着一盆清水进来。似珠好生不悦，放下脸问道："小冯呢？怎生要你跑来伺候我们？"冯大将水放在一旁，垂着双手，必恭必敬地答道："太太若问小冯，小冯忽地病了，昨夜大寒大热，如今兀自起床不得。"似珠不觉吃了一惊，忙道："昨天晚上瞧他还是好端端的，如何病得这样飞快？他敢是愉懒，因为我们要上山去游览风景，叫你拿这种话来支吾吗？"冯大慌慌张张地四面望了望，重新说道："这个小冯断然不敢，他还告诉我，巴不得要同太太一齐上山，让他长长见识呢。太太如若不信，好在他还睡在后舱床上，请太太过去瞧他一瞧，便知真假了。"似珠笑道："既这样说就罢了，你们那个后舱腌臜得插不下脚，我穿着这身衣服，如何可以去得？你吩咐他好生养息，我们回船的时候，是要他出来伏侍的。"冯天流水价地答应，忙说道："不妨事，太太回船，他一定硬撑起来，包管不至误事。"说完这话，连忙回转身子，向外边去了。

似珠吃了几片枣糕，又向镜子里照了照，站起身子向柳春笑道："你怎么发呆？快快跟我上山，迟了便没有多时游览了。"柳春这时胸中的美人和黄金，正在交战呢！明似珠是他心爱的美人，真都督的财产，珍珠钻石，这十数万金，是他极羡慕的黄金。似珠同在，有妻无财，银钱的进出，一大半不在自己掌握之中。有时挪用一文半钞，也要报个清账。空有耀眼的黄金，不能任意挥霍。似珠不同在，有财无妻，黄金虽好，美人也是可爱。似珠虽曾嫁多人，临了又被真都督蹂躏几年，但是皮肉虽赊，丰韵犹存，色相牺牲，真情仍在。若从此弃绝，心中亦有不甘。万一条件不协，似珠翻面，失去黄金，又失美人，赔了夫人又折兵，更是失计。正在心中委决不下，想乘明似珠带小冯上岸游山之时，时间必定长久，在这长久之时，可以想出一条妙计来，黄金美人尽归掌握，黄金恣用，美人取乐。即不能有此妙计，时间既然长久，亦可以施展鸡鸣狗盗之雄才，妙手空空之奇术，一探囊胠箧，便可得些许金珠，入自己之腰缠；似珠一时也不及觉察，自己倒有好几日用度。所以心中满望小冯扶持似珠去游山，自己便可以看守箱笼为由坐守舟中。

那知小冯有病，明似珠便要自己跟着上山。本来陪美人，游名山，乃人间乐事，是人人愿意的，并且是人人求之不得的。但是柳春另有那一番心思，真是一点也不愿意，更不要说是求之不得了。可见得事有出乎常理之外者，局外人视为奇闻异事，每每嗤笑当局之人，而不知当局人自有苦衷。说不到"论理"两个字，以反常为常，不反常为奇异了。天下事大抵如此，可发一叹。

再说似珠要柳春陪他游山，柳春当时满想劝似珠不要去，似珠那里肯听？柳春是素来知道似珠脾气的，并且一向惧怕服从惯了；便知这事，不是一时拗得转来的，只得说道："你装扮得这样的富丽，我穿什么呢？当真又作你的卫队吗？"似珠说："哪哪！西装不好穿着吗？"柳春没法，穿着西装，拎了手杖，忿忿地说道："小冯不跟去，尽我跟去，和尚见了也该笑话，疑惑我是你的家人呢。他说有病，你就信他？"似珠将他瞅了一眼，冷笑说道："你这厮真给不得脸给你。我请问你：在都督府里，你充当的是什么差使？哪一次我出门，不是带你们那些卫队飞跑？这一会子当了几天正经人了，又该恶眉瞪眼地向我发这种威武。不要引我生气，我连一个人都不带去，瞧我可能上山去不能？"一面说，一面早跨上船头。忙得那冯大同许多水手用竹篙子搭在岸上。柳春不敢怠慢，在前面挽着似珠玉腕，一步一步走上石坡。后面还隐隐听见冯大喊着说："请太太早点回船。"似珠哪里去理会。

一处一处浏览风景，徘徊木石。走入一座寺门之内，和尚见似珠这样打扮，知是贵族眷属，早屁滚尿流地近前合掌，向四下引导。依和尚意思，本想领似珠进殿拜佛，瞥眼瞧见柳春雄纠纠的，象个新学家模样，方才吓得不敢开口。似珠游了好几处，睹此回峦抱秀，流波漾光，市嚣之声所不能到，置身此地无殊仙境，骚人墨客来此，果能扑去俗尘万斛，得来佳什千行。可惜似珠与柳春两个俗物，自命新学家，不屑作腐儒之寻章摘句，专效西人之高谈阔论。山愈幽而声愈纵，不知穷览幽胜，

领略旃檀，好似情人携手公园散步一般，匆匆走过，毫无所睹，真是辜负胜地，贻笑山灵了。还是似珠到底是女孩子，脑筋敏锐，觉得此地有山有水，很是幽静，空气定然新鲜，便操了一回柔软体操。柳春在旁拿着手杖指挥，替他喊口令“一一二二”的，后来又两人双双跳舞，抱腰接吻，摇手踯足的，闹了半晌工夫，倒觉得比方才的拚命跑山好得多了，自以为已得游山之趣！

这次柔软体操同双人跳舞，真可作游焦山的纪念。游焦山不跳舞，便对不住这真山真水，跳舞不登焦山，也称不起新学家的一对夫妇。所以似珠与柳春游山的目的在此，游山的真快乐也在此。所有山上古人题名，诗人的佳句，名人的墨迹，如松鹤精神一类的石刻，庙内各种遗迹，名人传留宝物，如四仙石、驼鸟蛋、东坡玉带等古物，不过忙中一瞬；至于人家认为顶名贵的《瘗鹤铭》，已是石碑残断，字迹磨灭，高古的白玉兰树，已是皮蛀心空，中支朽木，更不足赏玩了。

柳春与似珠或是随在后面陪着，或是跑在前头领路，有时并肩，有时携手，象这样走过了多少山路，穿过了多少佛寺。僧人迎送，沙弥指引，沿途崎岖，颇难行走。柳春偕似珠徐徐而归，似珠虽手足矫捷，到此也觉得微微有些困倦。和尚已预备出素筵，请似珠他们用膳。柳春也不客气，便同似珠对面坐下来吃了一顿。饭后又向山后走了一遍。然后从高处向江中瞧望，只见风帆滚滚，沙鸟翱翔，隔岸人家房屋，象鱼鳞一般排列得整齐。似珠不觉心旷神怡，向柳春笑道：“早知如此，还该将我那风琴抬上来，歌他一首天风莽莽的词曲，方不负此风景。”柳春笑道：“你尽管唱，我替你拍板。”说着便将那手杖在地上击得价响。似珠果然引喉高唱，宛转可听。唱毕之后，两人还笑了一会。

一霎时落日衔山，暮烟四起，隔江电灯已通明起来。依似珠还要在此多玩一会，禁不起柳春催促，遂向和尚告别。又从身边取出十元交给寺里，权当香资。和尚称谢不已，一路送得出来，指点他们道路说：“从此下去，便离泊船的所在不远。”两人匆匆下了山坡，柳春忽地怪叫起来说：“奇呀，我们的船呢？”似珠也吃了一吓，按定心神笑道：“不要错走了道儿了？我们沿着这岸再向侧首走去，包管寻得着他们。”柳春跺脚嚷道：“这缆船的桩橛不是好端端还在这里？我记得清楚，再也不会错的。”似珠仔细一望，果然不错。桩橛虽然无恙，然而那船的影儿却是不见了，只见涛水拍空，一阵一阵的洄流，拍向岸上砰然作响，不觉呆了。毕竟算他聪明，向柳春说道：“哎唷！我们着了那厮道儿了。今天小冯装病，便是老大破绽，简直是有心通同一气，骗我们上山时候，他们夫妇一卷逃去。这还了得！我的囊橐都在船上，小冯可欺得我苦了。”说毕眼泪直流下来，老远望着那江发怔。柳春又深恐他着急，没精打采牵了他的手腕，重新向寺里走来。

和尚知道这事后，互相骇怪。便有人说道：“这船户没有这样大胆，或者是你们错认了道路了。”登时又派了许多伙夫，沿江四面去查察。伙夫回来报告说：“泊船的地方，只有我们庙里几只红船，准备渡江用的，依旧还搁在那里。至于太太的船只，真个毫无影踪。”内中有个知客和尚，便叹着说道：“世乱荒荒，象这种事件很是不少。记得光复那一年，不是有许多搬家的人，被船户送了性命，吞没财帛而去的？几乎日有所闻。幸亏太太洪福大，他们不敢生这样歹心，就算是造化的了。我想他们便是逃去，也跑不远，倒是赶紧报官追缉，还可以指望捉住他们，物归原主。”

一句话提醒了似珠，忙问道：“请问大和尚，这镇江警察局长是谁？”那和尚想了想，说道：“这局长不久打从上海派遣来的，他的名字我却记不清楚了，好象是姓游的游大人。”柳春听着，心里动了动，望着似珠说道：“敢莫就是游隆基吗？这厮不是在都督府里充当收发的？”似珠不由笑起来说道：“一定是他。他知道我出了这案，如何还敢怠慢？只要他肯出力，替我们派人沿江寻访，包管可以水落石出。事不宜迟，我们便去见他罢。”知客和尚忙拦着说道：“太太何必忙这一夜呢，便去见他，已是夜深，哪里便能会得着他？况且江面上风浪很不可测。不如权在草庵度过一宿，明天再行上岸不迟。”似珠此时已觉得浑身疲倦，随即满口答应。

和尚便拣了一所静室，送他们两人进去。一灯照壁，禅榻凄凉。似珠将衣服解脱下来，放在一边，斜欹在枕上养神。柳春只是唉声叹气，恼得性起，便忍不住，使劲将手杖掼下来，愤愤地说道：“分明是个极俗的俗人，偏要假充做风雅，什么游山呀，玩水呀。如今玩得好，差点连性命都玩掉了。好容易赔贴你这身子，骗来一份财产，一抹眼就没有了，真是来得不明，去得正好。”似珠正没好气，一骨碌坐起来，冷笑道：“你埋怨我又有什么用呢？我知道出这岔子吗？若是知道出这岔子，便有人赶着我上这焦山，我也不理会他呀。莫说还有这份希望，游老头儿容或替我们追回原赃；便是追不回来，这也是命中注定。外国人将辛苦挣来的金钱，还白白用在公益上面呢。我只当在公益上面施舍了去，也就不消懊恼了。”柳春急道：“啧啧啧！你话说得真是发松。便是办公益，也还落一个名望，白便宜了那姓冯的夫妇，他多谢也不多谢你呢。十几万银子，是什么数目？你舍得，我还舍它不得。这一来转回扬州，拿什么度日呢？眼前便要打饥荒了，明天一切用度，请问你出在哪里？”似珠笑道：“这个倒不消你愁的，我颈项里戴的这个项圈，单论那几颗钻石，还值二三千银子,先行变换用着,等回了家乡再议。”说毕又噗哧一笑,低低问着柳春道:“你瞧我这几年颜色可老上来没有?”柳春笑道:“论你的颜色,却还是同当年一样,花娇玉润,觉得比当年还出落得跳脱些。”似珠拍手笑道:“可又来,凭我这副颜色,你还愁骗不到人家的银子?老实说,真都督就是个榜样。”柳春笑道:“没的说嘴罢,世界上有几个都督呢?扬州地方又没大出息。不幸孟军长又被炸弹炸死了,不然或者还可以在他身上打点主意。”似珠笑道:“孟军长吗?他还不配呢,便是他不曾炸死,我也不屑将身子白被他玷污了去。除得扬州,中国的阔人很多很多。哼哼!他们抢夺来的那些不义之财,拿别的法子想去掏摸他们,是做不到的,全要凭我们这些女魔力,说要他多少,他就是多少。你通记不得在北京混得大名鼎鼎的那个女英雄吗?他结认的人,不是督军,便是总长。他一个孤身女子,也不曾见他活活饿死。你随后且瞧着罢,我的本领,不见得便不如他。我的颜色,不是我说一句自负的话,况且又远胜过他。你有这造化给我做了丈夫,总不至叫你没有饭吃。”两人说到高兴去处,将一天的愁雾顿时消释得干干净净,瞌睡起来,便解衣上床,依旧十分亲爱。

清晨起身,别了和尚,用红船渡到对岸。拣了一所栈房,权且暂住下来。依似珠便要将项圈卖去,无如那时候兵信紧急,张勋前队的兵士已纷纷抵了南京,炮火飞腾,所有人民忙着避乱还忙不来,谁肯拿着重价去买这项圈?似珠没法,只得脱下几个金戒指儿,押在当铺里,权济燃眉之急。柳春便向警察总局去报告拐逃财产的事,可巧那个警察局长正是游隆基,柳春好生欢喜,便要求见。谁知游隆基接到这个禀帖,已大大吃了一惊;又因为要照料兵差,哪有这样心肠替他问这闲事?虽然知道似珠是真都督的姨太太,然而都督已死,他哪里还去奉承这背时的姨太太呢?遂拿话支吾,不肯同柳春相见。

柳春将这情形告诉了似珠,气得似珠双眉倒挑,立刻坐了轿子闹到警察总局,要向游老头儿责问。游隆基被他们闹得没法,毕竟官场手段再巧妙不过,过了几日,便假造了一封通缉文书,说是打从上海都督府里发出来的,上面分明写着逃妾明氏,挟同卫队柳春,乘轮西窜,闻系勾留在镇江一带地方,着警局局长游隆基带同得力警士,蹑迹擒拿,以便归案讯办。游隆基故意命人将这消息暗中递给柳春知道,果然吓得柳春满面失色,死也不肯再向警局去走动了。明似珠觉得这事不甚尴尬,又听见南京城池已破,许多逃兵四下乱窜,镇江适当要冲,也不是安静地界,同柳春商议,不如径回扬州再定行止。柳春巴不得有这句话,随即发了一封信给朱成谦，命他届时在钞关码头上准备迎接，信中并不曾提及船只被拐的话。

朱成谦得了这信，好生欢喜。他前次奉着似珠命令先行回家的时候，除得谒见了似珠母亲，将前后事迹说了一遍。至于走向街道上，但凡碰见认识的人，他那两条腿好象比当初足足高了五寸多光景，走起路来昂着脑袋，挺着胸脯，眼睛便从眉毛底下移向额角上面，只瞧见天，也瞧不见别人。偶然同人谈起话来，满口总离不掉“都督府”三字。

这一天想起柳春的父亲柳克堂，便大踏步向柳克堂铺里走去。柳克堂目前已合同了几个股东，在辕门桥上开设了一座广货铺子，局面很是宏大，柳克堂便在那里做经理。一见朱成谦，满面露着不然的意思。朱成谦哪里理会得，近前拱了拱手说：“老伯，可知道令郎发了大财回来吗？”柳克堂冷笑道：“他发财不发财，与我毫无关系。”朱成谦笑道：“老伯说哪里话儿，儿子发财，老子脸上也觉得光辉些。承令媳的厚爱，十分看得起我，命我回来替他多购几处房屋。老伯这地方熟人很多，可晓得近来房屋的价值？”柳克堂将头摇了摇，一共也不开口。

朱成谦觉得没趣，便掉转脸向别的伙计去说话。内中有个伙计向他问道：“朱先生在上海瞧戏没有？”朱成谦巴不得有人问他这些事迹，早指手画脚地说道：“瞧戏吗？可是瞧得腻烦了，我觉得我们瞧戏，转没有什么意味儿。”众人听他这话，很不明白。他又笑道：“老实告诉你们罢，我们那位明太太，同我也不知是哪世里的冤家，简直离不开我。明太太除非不瞧戏，如若今晚去瞧戏，在白日里就由都督府打个电话到戏园里。然后都督府里便派出了百十多名卫队，在马路上将走路的人驱逐得一个没有，开铺子的都将铺门闭得紧腾腾的。都督府里的汽车便直冲出来，汽车当中，我这左腿，便紧靠着明太太的右腿，两人并坐在里面，汽车便是一股清气，离地有三尺多高，眼皮子眨一眨就到了戏园。戏园里唱戏的倒还不少，只可惜静荡荡的，只剩得我同明太太两人，坐在官厅上面听戏，觉得没有什么趣味儿罢了。”众人笑道：“这算什么玩意儿？”朱成谦正色说道：“有什么玩意呢，一个都督太太坐在里边，闲人还敢进去吗？”众人又道：“照你这样讲，上海的洋人多着呢，他们难道也不敢进去？”朱成谦冷笑道：“洋人他再大些，大得过都督吗？”众人笑道：“这戏园子敢是晦气，有了都督太太，也不卖别的座了，这个亏真吃得不小。”朱成谦笑道：“原是因为这样，他们没有法儿，便成千上万的银子把来买嘱我，叫我拦着都督太太轻易不用去瞧戏，光是这个竹杠，我腰包里也将近有百十多万了。”他越说越得劲，早跑出铺子门外，高着喉咙在那里乱叫。别人也有相信他的，也有讥诮他说大

话的。

这时候，不防人丛里挤进一个汉子来，将朱成谦衣角扯了扯，笑道："朱大哥是几时回扬州的？我在上海倒还混得好多日子，倒不曾听见都督太太瞧戏有这样热闹。"朱成谦将那人一望，原来正是田福恩，不觉脸上通红起来。知道田福恩说话有些愣头愣脑，怕他在人面前揭出自家短处，忙分开众人，随着田福恩便走。田福恩笑道："今天晚上我请你喝杯水酒。"朱成谦笑道："怎生又打扰你？有什么话，同我暂时讲一讲罢了。"田福恩忙道："话多着呢，一时也谈不了。"说着便将朱成谦扭入一家小饭馆里，拣了一个座头，恭恭敬敬逼他上坐。朱成谦皱眉笑道："好呀，我在都督府里，福也享得尽了，不料这时候转跑入这样龌龊饭店。"田福恩赔笑说道："有屈，有屈。"一面说，一面提着一个洋铁小酒壶，哗啦啦斟了一杯烧酒，逼着朱成谦干了三杯，方才低声下气地问道："我听见大哥此番回来，是替明太太购买房屋的。不怕大哥笑话，小弟近来用度太大，进项太小。不久替敝友做了一个冥寿，又不曾掏摸得多少钱。想来想去，只是没法。我那死鬼老子除了那座店铺是久经买得下来的，后来又陆陆续续买了几处市房。我知道朱大哥能替明太太做主，何妨成全成全小弟，将这市房购办下来，也是一样。"朱成谦哈哈大笑道："明太太他要你这市房做甚？他又不开铺子，又不能在里面住家，这样主我如何能替他做得？"

朱成谦虽这样说，却禁不住田福恩死缠活磨，一定要他帮忙，朱成谦没法，伸手问道："也罢，房契呢？给我瞧一瞧，看有几多价目。"田福恩嬉皮赖脸地笑道："若提到房契这一层，我那死鬼老子再毒不过，凡有值钱的东西，他遇着睡觉的时候，都把来藏在枕头底下，你便想偷他的，都没有指望。除非他一经睡了永远的长觉，那就好了。"朱成谦笑道："还讲什么呢，天下也没有个买房子的人不要房契的道理。"田福恩哭丧着脸说道："大哥便不能成全成全我？"朱成谦道："我也想成全你呢，只是没法成全你。"田福恩笑道："你将房价全给了我，我写个欠帖存在你处，一经我那死鬼老子咽了气，便当面交你房子，可好不好？"朱成谦伸着舌头说道："你倒不乖巧，有这样便宜事，我也去做了。好哥哥，你休得糊涂，在死鬼老子手里过活，象这样的烦难，我们都是经历过来的。大凡老子的家私，他一日不死，便一日不能算是你的。你要想法，除非拣你自家有的，容或还可以商议。"

田福恩觉得他的话也很有理，仰着脖子想了一会，忽然将桌子一拍，恰好桌上刚放着一碗热腾腾的十锦豆腐汤，经他这一拍，拍得朱成谦满头满面，烫得直跳起来。田福恩好生不过意，亲自拧了一把手巾，给他擦面。重新说道："你讲的话一点不错。我自家有的，如今只剩了一个堂客，虽然是他们替我娶得进门，然而这堂客总不能算是他们所有。除得死法想活法，我将我所有的女人，暂时租给你做堂客，这也算做通融办理。你若再不答应，那就不讲交情了。”

再说朱成谦原是孤身汉子，他虽然哄着人说明似珠同他怎生要好，然而越是说得热闹，他心里越是难受。在上海又没多进项，便连那些野鸡场中，也不能常去光顾。平时已是打熬不过，此刻忽然听见田福恩要将女人租借给他，心里不由动了一动，接着笑道：“这还使得，女人家丈夫作主，丈夫要他怎样，他却不能不依。但是每月租价，你也该同我说个明白，免得后来纠缠不清。”田福恩见他允许，登时眉飞色舞，扭着颈项笑道：“譬如一所房屋，行租多少，我却不大计较。转是这押租上面，务请大哥多借一点，好让我弥缝弥缝外债。”朱成谦笑道：“你既然等着钱使，我也不勒掯你。你不用见气，你的女人毕竟不是闺女了，若是你有这么一个女孩子，我便出点租价也还值的……”

田福恩不等他将话说完，将手一拍，说道：“不错呀，我对我那女人恨得什么似的，到了今日也不曾生过一个，万一生了女孩子，我倒又有了极大希望了。这些话且不去讲他。我们估估钱，估估货，凭我这不是闺女的堂客，你出多少押租罢。”朱成谦笑着伸了两个指头，说道：“押租给你二十块大洋，其余按月的行租，三块大洋一月，可是天公地道。我是个忠厚不过的人，从来不肯讨人家便宜。你去仔细想想，若是再有推敲，我们就作罢论了。横竖烧饼不破糖不淌，你的堂客依旧是你的堂客。”田福恩笑道：“押租未免太少了些，我不情急，也不出租堂客，请大哥在押租上多出十元，行租每月便减一元也好。你同我那女人多睡十个月，便捞回本来了。看我这话可欺老哥不欺老哥？”

朱成谦刚要回答，蓦不防店外跑入一个人来，向他喊道：“明太太请朱先生赶快回去呢，镇江有信寄来说，我们小姐早晚便抵码头了，须得朱先生赶紧打发人去迎接他们。”朱成谦听见这话，也不暇同田福恩多谈了，拔起步来就走。

欲知后事，且阅下文。



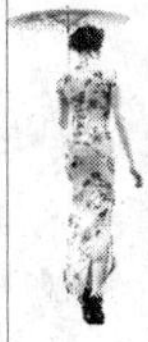

# 第七十九回　雇挑夫朱成谦受窘　见爱媳柳克堂装憨

热闹的街上，熙往攘来，人声嘈杂。街西有一座铺子，金字煌煌的，上写着“田春记老店”，旁边又挂了四条直牌，写着“湖南湘绣，京货贡货，童叟无欺，真不二价，只此一家，并无分店”等字。架上挂着狮子滚绣球，满绣桌围，和合二仙门帘。其余东一搭，西一搭，零星绣货，也数不清楚。柜里坐着一个老头子，须发皆已灰白，头顶心还留有一条小辫子。面前放着一把算盘，他两眼望着账簿，一手不住的把算盘打来打去，打得不歇。另外一个四五十岁的人，无精打采的伏在柜台上，两眼只向街上望。还有一个浑身油腻的小官站在旁边，两眼就向着这四五十岁人的眼睛上，望街上热闹。店里除了算盘的声音以外，非常寂静。

真正相反，忽然人影一闪，转入店后，便有“砰磅”一声，接连“花拉唏利，唏利花拉，砰砰磅磅”各种声音都有了，店堂也觉得热闹许多。那打算盘的老头子吃了一惊，赶快停住算盘问道：“刚才进去的是那个？”小官答道：“是小老板喝醉回来了。”老头子接着道：“那么，是他们又在后面闹起来了。”说了这一句话后，又滴滴搭搭的打他的算盘，头也不抬了。

田福恩同朱成谦在小饭馆商议出租妻房，买卖才算有点眉目，还没有落锁成交，偏偏店外跳来一个人，将朱成谦喊走。一个人闷闷的喝了几壶酒，算完饭账，一路走来，心里打算到家必须如此如此，才能挟制他妻子，教他允许。所以一到店门，就匆匆窜进；一到店后，就见一样砸一样，见两样摔两样。后面桌上放着一个菜笼，“砰磅”一声就是把这菜笼摔了下地。接连的“花拉唏利，唏利花拉”，就是菜笼里面的碗哪，盘哪，杯哪，碟哪，都滚出来跌碎了。还有“砰砰磅磅”，就是临了又砸了几个碗盏。到此我们可以知道这绣货店是那家开的，这坐在柜台内的小辫子老头子是那个人的老子了。

闲言少叙。再说这一阵热闹声音，惊了店内的老父，惊了房内的阿母。周氏正在房里扦脚，听了这声音，慌忙一手提着裹脚布条，一手拿着扦脚刀，站起身来想往外跑。那知一抬腿，把一只洗脚盆踢翻。一脚盆的洗脚水，分为两路，一路从房前淌到房后，经过床下，把周氏收在床下的宝物，都湿透了；一路向外淌，直淌到房门口，挂在门槛上滴滴答答的滴呢。周氏出去要紧，也不管它水不水，赤着一只脚，裹着一只脚，拖鞋扱袜的，冲到房门口一看，原来是他的娇儿田福恩回来了，不由的满脸堆上笑说："小扣子，你合谁生气？这样冲东撞西的，敢是你老子又欺负了你吗？"田福恩也不理他，一直向自己卧房里走去。

一进房，就向桌子上一拍说："老子回来了！"把绣春吓了一跳，手里的绣花针不知落到何处。身子往下一沉，几乎跌下。忽又听得周氏叫唤说："房里是水，房外是鬼，弄得乌糟糟的，这大的人儿，还不知把家里收拾得干干净净，难不成要老娘再服侍你们吗？好尊贵的媳妇！不是楼上千金小姐，快些替我出来罢！"这是周氏因为田福恩不理他，一肚皮闷气，不敢骂儿子，就骂起媳妇来了。绣春听了，赶忙出来扫的扫，抹的抹，拾的拾，摆的摆，先收拾了房里的水，后收拾了房外的鬼，好大半天才弄清楚。走进自己房来，见田福恩还在那里拍桌打凳的，不由的说道："你今天好端端打从外面回来，又不曾有人得罪了你，为甚做出这摔锅掼盆子模样？你有什么不称心的地方，也该说明白了，叫我死了也都情愿。你的心事憋在你肚皮里，我又不是你肚里的蛔虫，如何会猜测得出来？咳！大凡做了一对夫妻，好也罢，歹也罢，总该同心合意。譬如我那兄弟，他还有两房家眷呢，平时过的日子，谁又不是欢天喜地；要象你这样使性子，闹脾气，可想也没有一天安稳日子过了。你嚷饭菜不好，闹着要粥吃，现今粥已放在桌上，你又将一双筷子掼得远远的，这又何苦呢。"绣春说这番话的时候，已经哽咽得十分难受，弯下腰去替田福恩拾那一双牙筷。

田福恩此时箕踞着两条腿，猴在凳上，冷笑道："谁人及得你的兄弟呢，他有他的造化，娶的堂客虽然不大称心，偏生有那红姑娘，一万人也看不入眼，巴巴地同他缠在一处，脸蛋儿又俊，腰包儿又足。我姓田的若是能够娶他进门，我也不至吃到早上，愁到晚上了。晦气呢，你嫁给我的时候，你家的陪奁究竟有没有，你死鬼心里都该明白，还待我说吗？"绣春忙拭了拭眼泪，冷笑道："原来你生气的缘故，便因为争竞我家陪奁，这也可笑极了。我嫁给你也不止一年二年了，怎么当时你不去提，如今重行翻起旧帐来？你再不用懊悔，只消给我一纸休书，将我休回娘家，外间有钱的女儿多得很呢，听凭你要娶谁，就娶谁，那可不就享福了？也没有人来阻拦你。"田福恩笑道："好轻巧话儿。我休你回去，让你快活，我也不这么傻。老实说，这受罪日子，吾偏要绊着你做一个伙伴呢。”绣春道：“既这样讲，你便不该乌眼鸡似地同我寻事。”

田福恩低头想了半会，真个觉得无话可说，半晌重新瞅着绣春骂道：“你是死的吗，便不晓得倒一杯茶来，给我润一润喉咙。”绣春忍着气，便去茶桶里倒了茶，递在他的面前。田福恩就口咂了咂，骂道：“这样滚烫的茶，舌头上的皮都烫烂了，你敢是有心害我？”绣春慌忙将茶端过一边，加了些凉茶，又送过来。田福恩睁圆双眼，又指着他骂道：“冰冷的亏你拿来给我喝，你究竟是人呢，还是畜生？不能依我的性子，便该对准你额角上，砸你一个脑浆迸裂。”绣春哭道：“这也不好，那也不好，依你究竟要怎样呢？与其你容不得我，倒不如砸出脑浆来一干二净。”

田福恩跳起身子，嚷道：“好呀，你公然要砸我的脑浆，这还了得！”绣春忙分辩道：“我何曾要砸你的脑浆，我说的是我，你不要胡赖。”田福恩冷笑道：“砸出脑浆，也当不得银子使用，你可知道我身上负债多少？当这共和时代，男女平权，道不得个光叫我做丈夫的在外设法养活你，你便不能帮助我，分一分这重担子？”绣春冷笑道：“哦！原来还是为的这个。当初在我姨娘那边借来的钱，一总都给你花消罄尽；后来我那兄弟也常常有些资助。只是滚汤泼雪，来得再多些，也不够你浪用。我一个女人家，又没有弄钱的本领，白向我赌气也不济事。”

田福恩忽地噗哧一笑，说道：“呸！这话你又错了。可惜你不曾到过上海，单论这上海地方，除得幺二长三，他们身分还高一点，其余那一班当野鸡的，哪个不是标标致致的女郎，同你一样。他们难不成都没有丈夫？但是为金钱打算，也说不得什么叫做身分，什么叫做名誉，总要变通办理的了。”绣春正色说道：“这话是你应该同我讲的吗？亏你还充当过议员的呢，倒不曾见当过议员的人，忽地叫他妻子去做娼妓。”田福恩笑道：“龟却龟不死人，鳖才鳖死人呢。你如果肯看我们多年夫妻的情分，大大帮我一个忙儿，我倒有个好主意，想同你斟酌斟酌。”绣春明知他没有好话可说，转气愤愤地望他冷笑道：“你说，你说。”

田福恩见他居然肯听自己说话，不由快活起来，一把将绣春扯至身边，逼他并肩坐在一处，低低向他讲道：“好人，你知道我是不曾读过死书的，比你那兄弟做过前清秀才的不同，所以近来那些文明家的主张，我最是听得入港。上海早就有人提议女子做人家公妻的了。你道‘公妻’两字怎生讲解呢？便是可以做我的堂客，也可以做别人的堂客。”

田福恩刚说到这里，绣春脸上早羞得通红，劈手一推，就想转身便走。田福恩死扯着他袖子不放，笑道："我的话还不曾说得完呢，等我说完了，你再批驳，包你听到好处，不但不批驳，你还要高高兴兴感激那个发起这事的人呢。当初那些老顽固，都说女人家的身子象是金子一般，倘若被人玷污了，就是一生的缺陷。这话委实不通极了。可怜自古以来，那些女人家中了这种歹毒，只要身上有一部分吃了人家的亏，他连全部的身子都不要了，不是上吊，便是投井。如今这些女鬼，在阴间里灌输了些新学术，通通都明白过来了，恨得那些老顽固牙痒痒的。因此女鬼们联名请了一个律师，在枉死城里告了一状。阎王老爷准了他们状子，特地发了一道命令，永远不许那些老顽固再投生人世，以为妖言惑众、误死人命者戒。你不瞧见今日社会上，可有老顽固的影子没有？都换了一班青年新学，在那里挽回风俗，开导人心。他们都是应运而生，替从前那些守节义竖牌坊的怨鬼吐一吐气。这是一层。还有　层呢，女人家的身体，不是同男人家一般无二吗？男人家可以在外边勾搭女子，女人在家里便不该勾搭男子？在平权自由的道理上，也讲不过去。所以有好多的女同胞，都在那一搭儿闹着解放呀，改造呀，赶着去办，深恐误了这好机会。好人，我不怕你生气，凭你的聪明，比我似乎高得一点，然而比那些文明的女人，可就不如他们得远了。要是这事万做不得，他们断断不肯去做。我便要欺你，难道别人也帮着我来欺你不成？为今之计……"

绣春冷笑道："为今之计怎么样？依你这样讲，还想把我同人家去公一公吗？"田福恩笑道："我也知道你这人牛性的，与众不同，若是叫你明公正气地同人家去公，你断然不肯折这身分。为今之计，我想替你觅一个有声望有势力的好男子，在背地里暂租给他。一者可以让你风光风光，不枉人生一世，也博取得一个文明头衔；二者我得了这笔款项，也可以救一救燃眉之急。我们做了夫妻一场，这一点点事儿料想必然允许。况且租给人与卖给人又不相同，过个一年半载，你依旧是我的堂客，无损毫末。只是你须守着秘密，千万不可告诉你那兄弟。你的兄弟他也不知道我们甘苦。"

绣春听到这里，已是气得要死，因为听他这口气，虽说要这么办，似乎还不曾觅到租户，转忍着气冷笑说道："好了，夜色已深了，我们也该睡罢，这事留着再议也好。"这时候田福恩断不料绣春公然答应再议，并没有批驳的言语，只当他真个肯允许了，心里说不出的快活，也就不敢径自将朱成谦说出来，恐防恼了他，转难收拾，只得含糊过去，准备过两日再行揭晓。一回头见绣春坐在床沿上落泪，他便走上来温存道："你心里又有什么悲伤呢？哦！白天我那老不死的老婆子得罪了你？看我明天替你报仇，也教他象你一样！”

说了半天，绣春也不理他。田福恩自觉没趣，又溜出房去倒了一杯茶来，说：“不要哭了！喉咙想要干了！喝一杯茶，润润喉咙罢！”绣春还是不理他。他就涎皮涎脸的，捧起茶杯来送到绣春樱嘴旁边，说：“云家姑娘！有情有意的赏喝一口茶。”绣春被他摆布没法，只得微微喝了一口。田福恩借此进言，并且用他抓瘌痢头的那一只粗而且笨的手，来在绣春一件花布夹袄的胸前搓了两搓，说道：“不用生气，我抬轿议员，在这里赔礼。”说着，把那一只粗笨的手拳起来，曲着大拇指，向绣春连曲几曲，引得绣春恼笑起来。

田福恩见绣春已笑，连忙把那一只手里茶杯放在一张桌上，说：“好了好了！天开眼了。”绣春忽然低头一看，“啊唷”了一声，说道：“你看，你看！”用手指着胸前，教田福恩看。田福恩随着一看，那件花布夹袄的胸前，已经脓血乌糟成一大片，并且还带着腥臭的气息。这时绣春已被熏得一连呕了几呕，连忙脱去，心口还觉得泛泛的要吐。赶快把桌上茶杯内的茶，拿来喝下去才能平服。正想开箱，拿一件别的衣服来穿上，田福恩忙拦道：“不用穿了，索性完全脱掉睡罢！”绣春望他一个白眼，他也不理会，先自己把衣服脱得一干二净，鞠躬鞠躬的望着绣春傻笑。绣春被他笑得不好意思，用一只手蒙着眼睛，一只手伸着指头，在粉颊刮着羞他。绣春愈羞他，他愈鞠躬得厉害。相持了好一会，猛不防田福恩一个饿虎扑食，倒在绣春身上。绣春怯弱的身体何能经这样的猛扑？自然往后一仰，两人一滚，从此滚进被内去了。一宵无话。

第二天，田福恩又跑去访朱成谦，谁知朱成谦得了柳春的信函，已忙着向码头上迎接，扑了个空。便是似珠的母亲，也十分欢喜。朱成谦顿时雇了几十名挑夫，摆着队向城外进发，因为知道似珠的行李什物足足有百十多件，人少了不够挑抬。朱成谦在众人当中伸着头，踮着脚，只顾向运河里眺望，总以为他们夫妇必然坐着头号官船，一直向城边驶近。及至等到晌午以后，汽笛一声，从上流溜下一只小洋轮来。挑夫一声吆喝，争着向船上去挑。朱成谦兀自拦着说：“明太太的箱笼，这点点轮船如何装载得下？”刚说这话，蓦见船上的人纷纷上岸，当中竟有明太太同柳春携着手摇摆着跨上跳板。朱成谦虽然觉得奇怪，却少不得迎接上去。众挑夫知是明太太到了，又是一声吆喝，团团围得近前，你嚷我叫，争着问太太的什物放在哪里。明似珠转摸不着头脑，连连向他们摇手。众人哪里肯听，依旧嚷闹不已。柳春瞋着向朱成谦问道：“这些汉子是从哪里来的？”朱成谦忙赔笑说道：“这些人是我雇来的，替太太挑抬行李。太太吩咐一声，好让他们动手罢。”柳春听见这话，怒从心起，重重地向朱成谦脸上唾了一口唾沫，骂道：“谁叫你多这事的？我的信上可吩咐你没有？你这不是有意消遣我们？”朱成谦一时也摸不着头脑，只呆呆望着。

挑夫见没有什物可挑，耽搁了他们半日工夫，一齐围着朱成谦，向他讨钱。明似珠望着柳春一笑，说：“我们走罢，不干我们闲事。他既然能将他们招呼得来，自然会将他们打发得去。”说毕，真个进城去了。

一群挑夫起初见明似珠很象个太太身份，觉得这位漂亮太太手脚一定是很大的，只要巴结的好，力钱必定开发的多，说不定力钱之外，还有重重的赏赐。今天这笔生意是揽着了。对于街坊朱先生，必须要大大的谢他一下才好。那知这太太有头无尾，旁边姓柳的对朱先生发挥了一顿，这太太不同朱先生讲话，反同姓柳的笑笑说说就走了。说他们两人是夫妻吧，一个是明太太，一个又姓柳。说他们两人是主仆吧，没有这亲密，姓柳的又穿着西装，不象是仆人。这太太有一点靠不住，不要是骗局吧？挑夫想到这里，恨不得拦住两人，问个底细。要是骗局的话，就先打他们一顿，然后捆送江都县。但是看看柳春同明似珠那样的威风，又不敢动手，伸伸缩缩的。柳春、明似珠早进了城去远了，要想去追赶，又有一半挑夫围住朱成谦，你一嘴，我一舌的吵闹。这班挑夫没法，只得同那一半挑夫联合在一起围住朱成谦，恐怕再被他逃脱，那就无处要钱了。

这时朱成谦被柳春吐了一口又粘又臭的黄痰，在脸上东挂一块西搭一条；用袖子擦了这里，粘了那里。一处最臭的痰擦到嘴唇边，差不多要流进嘴去。朱成谦心里真是又苦又急，看看围的挑夫愈来愈多，正想分辩几句，找一个脱身之计，这些挑夫那能容他？七嘴八言的噪成一片。朱成谦这时就是口若悬河，说得天花乱坠，也没有人听得清楚。到后来吵中带骂，骂得无可再驾，忽然内中有人喝打，一唱一和就动起手来。有一个粗鲁的挑夫，举起挑东西的杠子，就想对朱成谦当头一下。朱成谦见来势不好，虽被一阵的拳头在满身乱打，也顾不得许多，护头要紧，连忙双手抱着头躲藏。

幸亏在那粗鲁挑夫前面的一个挑夫，赶忙拿手里的抬杠一当，说：“使不得！你这一下，不是要他见阎老五吗？打死他，我们就要打人命官司；我们这些人就赏他吃拳头，也够他受的了！”这一来，才算把朱成谦的蚁命救下来；不然，饶你用手抱着头，也要打得脑浆进裂，作枉死城中的游魂了。

这一群挑夫将朱成谦一件长衫扯得粉碎，打得正热闹的时候，忽有一个人来高喝道:“你们在这里打什么人?”一群挑夫向外一看说:“石四太爷！来得正好,替我们评一评理再走!”朱成谦乘这些挑夫分神的时候,此时不走更待何时?抱着头从人缝里窜出来,撒腿就跑。挑夫们见他跑了,就要追赶。石四太爷一拦说:“打够了！让他回去吃点伤药也好。”众人说:“他正是医生呢！不知道伤药可有?”石四太爷说:“原来是朱医生啊！不外不外,你们散了罢!”众挑夫只得自认晦气,各自散了。

这石四太爷就是石茂椿家的厨子石四,替他主人来买办乡下东西,正遇巧替朱成谦解了一围。朱成谦脱围以后,也不顾什么石四太爷,只拼命的向前跑,把吃乳的力气都用尽了。

跑入明似珠家里。明似珠正憋着一肚子闷气,恰好借他发泄,骂了一顿,赶着他出了大门,以后永不许他来往。可笑朱成谦怀着满腔欲望,准拟明似珠挟重资回来,只消稍稍分润给他一点,便一生吃着不尽,不料事出非常,在路途上被人拐逃而去。在明似珠同柳春固然大大晦气,便是朱成谦也就没有栖身之所。后来依旧挂起招牌,行他的医道,穷得有衣无袖,有裤无腰,日食三餐尚且混不过去,哪里还有这笔钱去租别人的妻子呢,少不得同田福恩悔了契约。田福恩知道同这叫化子也打不出三碗冷饭,只得倒抽了一口冷气,另设别法。绣春由此转保着干净身体,没有做文明同胞的指望。

再说伍晋芳赋闲日久,家里食指浩繁,所入已不敷所出,镇日价穷愁缭绕,轻易也不出门。幸喜他的夫人朱二小姐才能出众,替他撑持这份家务。又因为朱二小姐同县知事太太俞氏打得火热,有时同那周知事会见,也毫不避怯,侃侃谈论,说出话来,比寻常男人还有见识,周知事也佩服他了不得。朱二小姐遂拿出手段,在地方上干预干预词讼,终年所得,很是充裕。因此公馆里一切用度,不形拮据。伍晋芳乐得坐享其成,也不去管束他;便是管束他,他也不听。

日前朱二小姐听见他姨侄女儿转回扬州,又知道他在都督府里卷了好些财产,特地坐了大轿,前来拜望。及至会见似珠,方才知道有此一番变故,外面虽然装着替他扼腕,心里却倒抽了一口冷气。当时便淡淡谈了几句闲话,不肯久坐.就随着原轿转回来了。伍晋芳知道这事,也笑着说道:“似珠小姐无故地骗真都督,自以为合算,谁知那个船户冯大又无故骗似珠小姐。螳螂捕蝉,黄雀在后,论天理原该如此。特是冯大也未必坐享其成,怕还有骗他的人,也未可知,你们尽瞧着罢。”朱二小姐也笑道:“我瞧似珠他是享福惯了的人,凭空遭此打击,终不能遂安于室,我怕他不久就要有别的事故发生了。”不表他们夫妇在家里闲话。

似珠的事迹一时传遍了全城，有笑他的，有替他可惜的，议论纷纭，不一而足。明似珠果然同柳春在母家住了几时，所剩的衣服首饰均皆当尽卖绝，渐渐有些支持不来，背地里很同柳春闹过几次，说他不帮着自己打主意，坐吃山空，怎么是个了局？柳春皱眉说道：“你叫我怎样呢？难不成去做强盗？你不是说过的，凭着你的这副脸蛋，不愁没有弄钱的方法？这会儿又来向我薅恼了，可见你说出话来没有凭准。”似珠冷笑道：“好好，亏你这人全靠着女人混饭给你吃，你便连一点屁用也没有。便是买几个女孩子去充当父兄，也须那父兄有些本领，这一碗龟饭也不容易混得到手的。我请问你：你家里的父母也不曾死净了，为何光赖在丈母这边茶来伸手，饭来张口？”柳春急道：“我那老子，他的脾气你有什么不知道？他看见我，象是仇寇似的，恨不得拿刀劈我几段，你还想去同他开口？开口也是没用。”似珠笑道：“他不来理你，你不会去寻他？我总算是他的儿媳，没有个放着儿媳，老远住在人家的道理。”柳春想了想问道：“依你的意思，难不成想跑回去过那受罪日子？你的性情又不好，万一他们有个闲言闲语，你也容纳不下，包管不到三天，就要闹得个翻江搅海。”似珠摇手笑道：“这个你不必替我担心。人生在世，谁保得一世没有蹉跌？我做都督太太的时候，自然要使点威风出来，如今也说不得了，既到你家去做媳妇，少不得就要低声下气，受点委屈就受点委屈，也不妨事。俗语说得好：‘嫁鸡随鸡，嫁犬随犬。’我的母亲他又没多积蓄，不能累他老人家养我们两人。”似珠的母亲听见他们在房里说话，也就轻轻地走得进来，点头说道：“似珠的话，原也不错。论我哪里舍得你们，巴巴地赶你们回去，只是事已如此，也叫没法儿罢了。我们亲家他是个经纪的人，各事省俭些，也不能怪他。亲家太太他是明白的，终不能忍心不问你们夫妻的死活。我替姑爷想一想，明天回去同亲家太太斟酌斟酌最好，虎毒不食儿，道不得个他们便拦着门不放你们进去。”

柳春经他们这一番说道，不觉心里活动了许多，真个便在第二天，跑回去见他母亲龚氏。龚氏见了柳春，兀自欢喜不尽，赶着问长问短。柳春便涎着脸儿，将似珠要回家来住的话说了一遍。龚氏笑道：“这是应当的事，有什么依你不得？前番转回扬州，我早就有这意思了。不过瞧我那媳妇的神情，匆匆忙忙在家里坐不到一天半日，便赶着要走。难得他肯发心回来侍奉我们，我心里很是欢喜。休管你那不懂人事的老子，他巴不得你们老远住在外边才好呢。叶落归根，他哪里知道儿媳终久是我们的儿媳，万一过几年养下一个孙孙，那就更叫我称心了。你回去便告诉媳妇，由他定个日期，便搬了回来也罢，我将对面一个房间收拾出来。先前是你妹妹在家里住的，他们的心眼同你一样，也因为住在岳家不便，老早跑回去了。我是跑掉一对女儿女婿，收回一对儿子媳妇，毕竟总算是扯直。”彼此计议已定。果然择了一个上吉日期，柳春同他妻子似珠双双到家。

在先柳克堂并不知道这事，这一天刚坐在铺子里，忽见家里来了一个佣妇，说是请他老人家回去见礼。柳克堂听见这话，登时双脚齐跳，嚷道：“这个如何使得？简直是拖了老虎来吃人，我能有多大家私给他们夫妻俩挥霍？”又望着那佣妇说道：“你回去告诉太太一声，权且当我死在外边，再也不回家来了。我也没有这般福分，享儿媳的好处。”说毕气哼哼地坐在一边发怔。内中恰好有个同事的向他劝说道：“克翁，你这样办法就错了。你的令郎总算是你亲生亲养，他们既然回来，也没有赶他们出门的道理。好在经济这方面大权在你手里，你不给钱他们，做儿媳的敢来抢夺你的不成？依我主见，径自回府去走一趟，免得坏了父子的感情。”柳克堂不得已，才随着那个佣妇一步一步地踱回家来。

龚氏笑嘻嘻地说道：“你回来了？你那媳妇等着拜见公公呢。”柳克堂放沉一副板脸，冷冷说道：“谁是我的媳妇？我是谁的公公？”龚氏又笑道：“你还有第二个媳妇吗？这便是柳春娶回来的那个明小姐。”一面说，一面便向房间里招手笑道：“好孩子，你公公回来了，快出来磕一个头。”柳克堂冷笑道：“磕头万不敢当，他是人家的小姐，我敢受小姐的礼吗？”柳克堂这样说，明似珠已听得清楚，只得捺着一股忿气，跑得出堂，撅屁股朝着柳克堂略弯了弯柳腰，算是鞠躬模样，一溜烟早又跑得进房。转是柳春恭恭敬敬，近前喊了一声父亲。柳克堂正没好气，连忙拱手说道：“不敢，不敢。老兄请自方便，兄弟立刻就出去了。”龚氏笑道：“哎呀！你怎么对他称呼起弟兄来？叫春儿如何禁当得起？”

这个当儿，明似珠更忍耐不得，扬着喉咙喊道：“死没用的奴才！你不趁这时候问一问他，我们添置衣服同每月的零用，究竟交代我们多少？”柳春刚待开口，柳克堂忙抢着说道：“不怕老兄多心，委实因为目前兵乱荒荒，小店生意淡薄，每月开支入不敷出，至于月钱这一项，万分没处去筹划。老兄若是不嫌鄙兄弟呢，在舍间暂住几时无妨；否则即请挈同那位小姐，随便在什么地方安住都好，兄弟却不敢过问。”柳春被他父亲这一顿冷嘲热讽，转噤住了不能开口，引得似珠焦急起来，将身子一闪，跳出房外，两手把柳春一推，说：“没用的东西！替我滚开！没的现眼！连一个老子对付不来，还讲旁人吗！怪不得我作都督太太，你只好作都督太太的卫队呢！我想起来，真替你惭愧！”柳春被他这一推，站立不住，一跤正跌在龚氏身上。龚氏幸亏扶着桌子，不然母子要同作滚地龙了。龚氏立稳后，说道：“这是什么道理？”明似珠问道：“什么道理不道理，脓包母亲，所以才养出这脓包儿子来！你儿子不养活我，难道叫我当娼？”这时柳春从地上爬起，呆呆的站在一旁发愣，一言不发。

明似珠又指着柳克堂说道：“你这老头子，不用在这里推聋装哑，我嫁到你家做媳妇，便是你家人了，你的儿子没钱养活我，应该倚靠在老子身上。我久经知道你是匹老牛，轻易是一毛不拔的。然而碰着我祖太太，你一毛不拔，我偏要将你身上的毛拔得干干净净。”柳克堂忙望着龚氏笑道：“你听见吗？我自称他们一声老兄，你还责备我不是。谁知我同他们竟不是平辈，还公然长着我两辈呢。”说毕又向似珠深深一揖，赔笑说道：“祖太太休得生气，你要叫我多尊敬你祖太太几句，却不打紧，至于提到银钱那话儿，我们小本生意人，家里平空添出两口子吃饭，已经支持不来，怎么还有这种款交给你们按月使用？”明似珠正待发话，谁知柳克堂早笑嘻嘻地跑向外边去了。

龚氏瞧他神情不大对，少不得上前想安慰似珠。似珠早趁势大嚷大闹起来，一叠连声喊柳春去替他打首饰，又要置衣服，又逼着佣妇们去买鱼买肉，从早至晚，丝毫也没有安静，只吓得龚氏索索地抖，暗想：“这媳妇也长得象花枝似的，如何使起脾气来，与自家女儿迥不相同？”只得躲入后面，将自己体己的银子取出些来交给柳春，吩咐柳春劝他不用嚷闹。似珠见了这银子，方才不再开口。赶在午饭之后，他便跑上街去购买这样，购买那样。不曾隔了几天，又全然告罄。又强着柳春去向婆婆索款。如此已非一次。龚氏哪里有这许多款项，够他流水一般地使用？后来也就不能应付。似珠哪里肯依，百般薅恼。

似珠忽地有好几天不曾回家，龚氏很不放心，问着柳春。柳春哭丧着脸说道：“我知道吗？我有几次瞧见他向他姨娘那里走动，或者住在他姨娘那边也未可知。”龚氏也猜不出似珠有何用意，落得耳根清净，不去查问。约莫隔了有半月光景，明似珠忽地又笑着回来，并不曾说什么。第二天，便有衙署里几名差人，直扑柳克堂洋货铺子而去，因此生出大大变故。

欲知后事，且阅下文。

# 第八十回 鱼肉善良奸蠹枉法 呻吟床榻寡鹄工愁

再说那个柳克堂，其时正在铺子里，衔着一根长烟袋杆儿，大腿跷在二腿上面，同几个朋友发他的牢骚呢。他先向地上吐了一口痰，然后慢慢地说道："如今的世界，越想平静越不得平静了，家庭有家庭的变局，社会有社会的变局。好好的一个大清国，弄得来人不象人，鬼不象鬼，柴荒米贵，盗贼四起。莫说北边的青纱帐，什么宰闷猪儿，背娘舅儿，敲一敲竹杠，便是三千五千，一千八百，叫人听着害怕。便是这小小一座扬州城，当这残冬天气，不是你在外边被抢，就是他在家里遇窃，便是跑去报官，官也不理。我早就知道了，如今的官，是大总统任命出来的，不是大皇帝发放出来的。有皇帝的时候，官管百姓，皇帝便管官。如今皇帝既不管官，官自然也不管我们百姓了。即如南门城外，前月里出了那件窃案，……"

刚说到这里，忽地门外扑进两个人来，一个名叫刘祥，一个名叫王善，用手向柳克堂肩头上拍了拍，冷笑说道："南门的案，你老也知道详细吗？这是再好不过的了。弟兄们奉着上官差遣，特地请你老前去讲话。"柳克堂瞪着白眼嚷道："哎呀！我认得你们是县里的头翁。我同你们老爷是没有交涉的，他请我还是吃酒，还是吃饭？"王善登时望着刘祥挤眼冷笑道："你瞧这老滑头，真有能耐，他还和我们绕道儿说话呢。他既想大老爷请他吃酒，你便将那封请帖取出来给他看一看。"刘祥答应了一声，随即从腰里掏出一张纸票，向柳克堂打了个照面。柳克堂急得双脚齐跳，喊着说道："怎么？怎么？我又不犯法，如何拿票子来提我？"那些朋友听见这话，都围拢过来想打探一个消息，再向那票子上瞧去，见写着"柳克堂串通匪类，窝藏盗赃"的字样。众人将舌头吓得伸了几伸，再不敢开口，悄没声地从人丛里一个个都溜之大吉。

柳克堂正待分辩，那两个差人如何肯去理会，早一边一个象捧宝贝似的，捧入县署去了。不曾替他在颈项里安上一条铁链，总算是特别优待。一店的人都做声不得，亦是面面相顾。后来有个伙计好容易想出一条妙计。你道什么妙计呢？原来打发一个小倌去向他府上去报信。

柳克堂一面走，一面在心里盘算，却毫不惊慌。其时刚走近小东门侧，见那些酒店饭店象密麻似地排着。刘祥扬着喉咙说道：“王二哥，你肚腹里可饿了不曾？”王善冷笑道：“怎么会不饿呢？我们弟兄们吃了自家的饭，办着别人的事，真是再晦气不过。”刘祥笑道：“王二哥你别性急，老板少不得请我们吃杯酒儿，你讲生分了，转叫柳老板面子难下。”说时也不由分说，早押着柳克堂闯入一家小饭铺里，又让柳克堂在上首坐定。一会子大酒大肉吃得个落花流水，彼此用手巾抹了嘴。王善早伸出手来，要柳克堂会钞。柳克堂微笑了笑，说道：“你们巴巴地来请我，我又坐的是客位，这个小东道应该二位去做，我如何敢占。”王善性起，便跑过来要掏他的腰包。柳克堂趁势便解开衣服，差不多连裤子都扯脱干净，真是一个铜子儿也没有。刘祥忙收科道：“没有现钱也没要紧，便记柳老板的账，也是一样。”柳克堂嚷道：“小店本小，从不给人赊欠，我也从不赊欠于人。店东记下账来，老实没人承认。”那个店东见他们争执不下，忙赔笑说道：“诸位放心，头翁也不是外人，请自方便。”刘祥、王善没奈何，便带着柳克堂到一座拘留所里，将他安插下来。

柳克堂见那地方很不宽阔，却是屋宇清洁。另外有个小房间，布帐锦被铺叠得齐齐整整。柳克堂便也毫不客气，径向床上一躺，呼啦呼啦地早打起鼾声。急得刘祥、王善两人坐在衙门口活嚷活吵。王善冷笑道：“朱太太调剂得我们这趟好差使，简直牵了一匹老牛来了，打也不喊，杀也不喊。刘二哥哥你有什么好主意，赶快打算罢。”刘祥皱着眉头说道：“人心都是肉做的，我们这样款待他，也算是加级记录特别的犯人了，他好歹总不能亏负我们弟兄们。”

正在说话当儿，迎面来了一个五十多岁的老者，黑瘦脸儿，长长胡子，头上斜扣着一顶破毡帽，衣服并不曾扭扣，只用一根玄色腰带松松系着。王善和刘祥忙站起来，叫了一声“席三老爷”。席三将他们打量了一眼，笑道：“恭喜，恭喜，我昨日见你们得着发财票儿了。象这样好主，又不用你们担惊受怕，只消磕磕牙齿，还不是成大捧的洋钱向荷包里塞？”王善抢着说道：“三老爷不必再提这样话了，我们弟兄们正在这里发愁哩。”当时便将柳克堂的情形说了一遍。席三很觉得诧异，忙问道：“你们将他安插在哪搭儿呢？”刘祥道：“还不是优待室？”席三笑道：“光是优待室也不行，你们可曾敲一敲他的边鼓？”刘祥道：“难难难。那个老牛和人讲话，水都泼不进去。”王善接着说道：“生姜是老的辣，三老爷何妨替我们探一探他的口风？”席三冷笑道："不怕他是铁打的，既入了我们这所烘炉，也许将他捏成面人儿，要圆就圆，要扁就扁。火到猪头烂，等我去撞个木钟，再做理会。只是事体成功，我也不要你们别的酬谢，只消一件狐皮袍子过冬。"刘祥笑道："这个你老尽管放心，锅里有，碗里还怕没有吗？"席三点了点头，真个背着手，走进那所优待室。

其时天已曛黑，电灯通明。柳克堂正猴在一张桌上吃饭，一碟咸鸭腿、一碟糟虾、一碗十锦豆腐汤、一大盘黄芽莱炒肉，比较他每天在铺里吃的老米粥高得几倍。他兀自非常高兴，左一碗右一碗地直往肚腹里灌。席三进房故意咳嗽了一声。柳克堂和他本来认识，便推开饭碗，笑眯眯地上前迎接。席三笑道："柳老板倒有这闲工夫，向这里来瞧瞧。孩子们多有怠慢，望你恕罪。"柳克堂也笑道："原是的呀，我好好坐在屋里，承高徒们见爱，死拉活扯将我请得来，在这里享受这好饭好菜。"席三怔了怔，觉得他的话很有些惫赖，忙正色说道："这也难怪他们，上命差遣，身不由己。柳老板若不牵涉公事，他们如何敢同你耍这套把戏？"柳克堂笑道："公事公办，等我见了你们贵知事，自有话说。"席三趁势说道："提到知事，可怜孩子们担着浑身干系呢。依知事早就要坐堂讯问了，是他们没口子求着，说你老已经向上海办货，……"话还未完，柳克堂喊道："这是哪里的话？我好端端地坐在这里，难不成还加我一个畏罪逃走的罪名？岂有此理！"说到这里，便大踏步想窜出室外。

席三一把扯着他笑道："想不到柳老板这么大的年纪，还是火性暴躁，你也不听我说出一个道理。"柳克堂翻眼说道："你说，你说。"席三又低低笑道："柳老板，你可知道你犯的是个什么罪？"柳克堂急道："我犯的罪是窝藏盗赃，这些盗赃，我铺子里也有。"席三笑道："难不成你当真和南门外那起盗案的盗匪通同一气？"柳克堂拍着胸脯说道："一气，一气。不瞒你说，我原是他们的头脑，他们是我的小喽罗。抢来的物件，全都交我收着。"席三忙道："玩是玩，笑是笑，黄侉子虽然咬了你一口，毕竟这作不得准照。你这样讲，幸喜是和我开玩笑儿，万一在公堂上，便替你画了口供。省里一个电报出来，至轻也须砍了你的脑袋。"

柳克堂哈哈大笑道："砍脑袋吗？这是再好没有的了。老实告诉你罢，我同敝脑袋已是结下不共戴天之仇。因为他长在肚子上，日日和我要饭吃，万一砍了他，我还省得多一张嘴嚼吃哩。"说得席三也笑起来，重新劝道："柳老板你偌大的年纪，如何转变成泼皮了？这件事我替你打算，你也该寻觅一条门径。前清湖北知县伍大老爷，不是你老的令亲，何不将他老人家请出来，同敝上说一句，包管没事。"柳克堂怒道："且住，且住。谁是我的令亲？什么伍大老爷陆大老爷，我一概不认识。"

席三忙赔笑说道："你老又何必欺人呢？那边伍太太，不是令媳妇的嫡亲姨母？"柳克堂益发生气，冲着席三骂道："你敢是活活见鬼吗？我又不曾生过儿子，哪里会有媳妇？"

席三经这一顿抢白，真是脑门子都气破了，一转身便不辞而别，径向门外走去，望着刘祥、王善把个头摇得象拨浪鼓似的，哼着说道："利害，利害。老子坐了三四十年的衙门，不曾遇过这种老牛。弟兄们也不必妄想了，老实行我们那第二步的办法，不给他点苦吃，他还不知道我们的手段呢。"刘祥、王善齐齐答应了一声，又响又快。

到了次日，柳克堂已移入一所小敞间里，满地横七竖八地摊着许多床铺。一条破席子，把来垫在潮湿地上。镇日价和一班押犯混在一处，有唱的，有笑的，有哭的，有骂的，闹得烟雾涨气，想一刻安静也不得能够。幸喜柳克堂却是随遇而安，依旧蹲伏在那里，动也不动。

再说龚氏自从得了这个消息，吓得真魂出窍，便和儿子柳春商议，命柳春前去救他父亲。柳春伸着舌头冷笑道："我们研究新学的人，名誉便是第二生命。老头子犯了盗案，我拿什么面目再去见人？好母亲，你和老头子平头也有六十岁了，还有什么看不破？'夫妻本是同林鸟，大限来时各自飞。'由他去罢。便是不幸吃杀吃剐，也是他命中注定。好歹我们预备一口薄棺材，向法场上收尸。"龚氏忙问道："难道他还犯着杀罪吗？"柳春益发得意，格外说了几句利害的话，引得龚氏叫起撞天屈来，忍泪向柳春哀告道："你老子有一千日的不好，总还有一日的好。他便是看待你们夫妻刻薄些，你们也不该记着他的仇恨。千不看，万不看，还看我辛辛苦苦带了你一场，你无论如何总须设个方法，保得他平安无事，以后叫他用香花供养你们都使得。"柳春笑道："设方法吗？你且先拿一千银子出来。"说了便长长地伸出双手。龚氏急道："要这许多？家里的境况，你们是亲眼看见的，十两八两的现银子也寻不出。好儿子，你且先去替他料理，随后用多少，他自然还你们多少。"柳春冷笑了两声，说道："空口说白话，世界上也没处讨这便宜。我知道你们是不见棺材不掉泪，且放着瞧罢。"柳春说完这话，头也不回，径自跑出大门走了。明似珠躲在房里，笑得喘不过气。

龚氏急得走投无路，忽地想起女婿云麟，便打发人请他到来商议这事。说也奇怪，云麟这几天正在自家屋里没精打采，短叹长吁。虽然面前放着一个贤妻，一个爱妾，都解不开他的心事。小白脸蛋儿瘦得和深秋黄叶一般，镇日坐在书房里愁眉

双锁。

在旁人看来，真是无事寻愁，不知算一回什么事。但是设身处地替云麟一想，得陇望蜀，人之常情。何况云麟的为人，情滥而不专心，想的事有一件作不到，总觉得十分难过。对于柳氏婚姻，本非情愿，用不着说。他就是对于红珠，在未得着之前，是何等的想念；一日不能成功，就一日十分相思，不能成功的日子愈多，相思愈深，以为有一日果能达到目的，便姻缘美满，快乐无比了。那知费了九牛二虎之力，机会凑合，成就了这美满姻缘，也不过如此；久而久之，也就冷淡下来。每日对面，每夜共枕，既无所谓相思，更无所谓快乐。所以云麟与红珠成婚以后，反不如以前未成婚时的情浓。只有这耳鬓厮磨，青梅竹马的表妹，倒又悬悬系上心头。以为两种相思只成就了一种，心愿还是未了。再加上这表妹本有婚姻之约，真是心心相印，两小无猜，无端被人阻隔半路分离，好好姻缘弄得破散，心头早有无穷之恨；而今表妹又成了孤鸾寡鹄，多愁善病，更增人十分怜爱，怎不教云麟相思的苦呢！这时云麟心中觉得柳氏可厌，红珠也可以不娶；只有这表妹，实在教人放他不下。又觉得要娶红珠的心愿也遭了许多磨折，到底还是归于自己，达到目的；这表妹的心愿，现在虽有阻隔，又安知道后来不仍成就这美满姻缘，神仙眷属呢！自信太深，就愈想愈迷。所以云麟这时不知所以然的心思十分沉重，日常书空咄咄，只听见他“多情自古空余恨，好梦由来最易醒。我未成名卿薄命，捧心常觉不分明”。把些前人诗句，七拼八凑地颠倒在嘴里嚼念。蓦不防小珍子闯得近来，喊道：“少爷，你还在这里念文章呢，那边老太爷被县里捉去了，太太急得了不得，巴巴地打发人来请你。”云麟吆喝道：“谁有心情管这种闲事，你便回他说我害着大病呢。”

小珍子还待再说，早见云麟又倒向床上，“同居长干里，两小无嫌猜”地哼将起来。小珍子没法，依旧跑转内室。柳氏早淌眼抹泪地问道：“少爷可去了没有？”小珍子抿嘴笑道：“少爷不肯去，躲在房里装做害病。”柳氏急道：“这人真怪，我不知道他近来有什么重大心事？”红珠在旁边冷笑道：“他的糊涂心事多着呢。姐姐你先请回去罢，随后等我去劝他，叫他起来，他的牛性子，越向他催促，越不中用。”柳氏点了点头，向红珠叮嘱道：“这事就拜托妹妹，他若再不出来，我那兄弟是靠不住的。”说着便穿了随身衣服，禀知秦氏。秦氏颤巍巍地说道：“回去替我上复亲家太太，劝他不用着急，可怜皇天保佑，化凶为吉，遇难成祥。”

柳氏走后，红珠悄没声地轻移莲步，走近云麟书房的窗外，用舌尖舔破了一块纸，向里面瞧看。只见云麟一只手伏在桌上，一只手拍了拍，叹道：“咳！早知如此……”底下再没有言语。红珠接着笑道：“悔不当初嫁人了哇。”云麟吓了一跳，见是红珠进来，不觉羞得满脸通红，搭讪着问道：“你想这事可怪不怪？怎么好好牵入盗案里去了？”红珠冷笑道：“你既明白，如何不帮着他们去询个消息？”云麟连连摇头说道：“他有他的儿媳，我便去了，也无济于事。”红珠道：“无论有济无济，你看我们姐姐分上，也不该叫他寒心。”

云麟见他提到柳氏，不禁怒发上冲，愤愤地说道：“寒心啊，我已经被他坑尽了一生了，硬逼着我做了他家女婿，提起来我便腐心切齿。”红珠懒洋洋地笑道：“我请问你，你究竟愿意做谁的女婿呢？”云麟也笑道：“若是世界上没有他，光有他，他也不至嫁他，他也不至霸占着我。如今我虽然想他，又不能不恨着他。到底弄得我还是我，他还是他。”红珠叹道：“何苦来，你在这里白寻烦恼，可知是你的病深了。”云麟道：“我虽有病，每天还能吃一碗清汤莲粥，你可知道他病成什么样儿？从四月里闹着咳嗽，至今也没有一丝起色。前日我瞧他去，越发水米不能沾牙了，全拿这人参补他的正气。和我说不了一句半句话，只是尽哭。他虽然流的是眼泪，却同刀剪剜了我的心肝一般，你叫我如何消受？”红珠笑道：“这也是没法的事。大凡一个人既然和我好，我便须替他设身处地想想。他既然不幸做了孤孀，又是守身如玉，我虽然懂不得诗词，但是听你背后哼的那些话，究竟你安的是什么心？”云麟红着脸说道：“我安什么心儿呢，只是和他兄妹情分。”红珠用指头刮着腮颊笑道：“你不害羞吗？嫡亲的姐姐受人家那样磨折，我也不曾见你呵出一口大气，替他出一出力。如今对着什么姨妹妹，倒反这样关切。我知道你们男人家的这颗心，毕竟有些不大干净。”

云麟见红珠的话越说越不投机，忙掩了耳朵笑道：“你少要刻薄我罢，还是请你进去，让我静躺一会休息休息。”红珠笑道：“怎么你不肯和我讲话了？只要你依了我，向姐姐那边走一趟，将他家老太爷救得出来，至于你这件事，便将全权交付给我，等我将仪小姐请到我们这里，探一探他的口气。他若是肯和你好，我同姐姐是断不拈酸吃醋的。”云麟听到这里，乐得直跳起来，连连向红珠作揖，说道：“你果肯成全我们，我以后定不唤你红珠，便唤你做红娘。”红珠正色说道：“好呀，九字没见一钩，八字没见一撇，你便拿我取笑儿了。”云麟笑道：“你还和我倔强，我只不向你姐姐家里去。”红珠冷笑道：“去不去由你，我不过说一声罢了。”

云麟已是十分高兴，又碍着柳氏的情面，当真赶在第二天便去见他岳母龚氏。明似珠见了云麟，好象捧着凤凰似的，依他性子，便想扯云麟进房和他亲热。无如云麟别有心事，哪里肯和他厮混。龚氏告诉他柳春的情形，又指着房里低低说道："我也知道衙门里的勾当，非钱不行。然而这两个孽畜，我却不敢相信。好孩子，你去替你丈人料理，所有需用的地方，我拼着典钗质钏，要多少我便交给你多少。"云麟点头说道："岳父既遇着这不幸的事，小婿自不应置身局外。至于银钱这一层，随后还得由春大哥经手，小婿不便过问。"云麟这几天便为柳克堂向各方奔走，一面要求商会开会，一面托人去向刘祥、王善疏通。

再说刘祥、王善其时对柳克堂已实行第三步了，将他身上长衣服业已剥脱干净，用一根链子锁向尿桶旁边，臊气尿臭，熏得十分难受。柳克堂依旧置之不理。幸喜这时商会中人均皆动了公愤，联名署状，要替柳克堂诉讼。刘祥、王善得了这个消息，方才慌急起来，明知这纸老虎万万不能戳破，也只好将计就计，虽不曾敲诈多少银子，立刻便将柳克堂释放出来。柳春夫妇赚得也很有限，朱二小姐更可想而知了。

淑仪自从夏间因为富玉鸾的冥寿触动身世之感，恹恹一病，瘦损可怜。他的一掬芳心，无论谁也不能告诉，临风洒泪，对月长吁，真个耐他消受。回想前尘有如梦幻，入世以来即在富贵人家绮罗丛里，无饥寒之苦，有诗书之乐。果能蠢若鹿豕，笨如木石，无思无虑，抱着书本子，躲在绣房中，实行高楼小姐主义混过一生，或是放开怀抱，常邀邻家二三天真女伴，争奇斗胜，选技竞巧；所谈不外乎针黹，所作专致力于服饰，无拘无忌，烂漫交游，东邻西舍，实行小姊妹主义，也可一生混过。乃彼天地不仁，以万物为刍狗，既种情根，复逢情种，日日爱河之水灌情芽，潜滋暗长，情苗遂怒发，势不可遏。情苗发后，终望能结情果，孰知大谬不然，陡起罡风，再摧再折，致使硕大之情苗半萎于情海之中，不生不死。如此情景，虽百炼钢之男子，亦当憔悴死，何况兰闺弱质，多情善郁之女子呢！伍淑仪初遇云麟，彼此既系至戚，表兄表妹，毫无男女之嫌。比肩促膝，共案同床，两小亦复无猜。再加两人之生，不但年月俱同，日时也不差毫厘，有了这重关系，两人相见就恍如三生石上旧友重逢。一般两家父母又不知忌讳，当着这一对情窦初开的小儿女面前，题名题姓的说要结秦晋之好，朱陈之欢。伍淑仪看看云麟，云麟看看伍淑仪，我爱清才，彼贪丽质，性情又投合，谈论也得来。这时两人欢爱，虽未如胶似漆，也浓厚得到十二分。

淑仪以为生而有家十分得意，认定云麟是他将来唯一的丈夫了。忽然祖母老太太信了瞎子的话，硬生生的移花接木，将自己许与富家，将自己的丈夫换作富玉鸾。富玉鸾与自己也是亲戚，为人十分豪迈富丽，也十分温柔多情；自己嫁与他，原无不可。只是仔细想来,玉鸾的亲戚关系究竟较云麟为疏远,又不是同年、同月、同日、同时同生,又与云麟相识在前。若嫁与玉鸾,何以对得住云麟,又何以自处呢!这时柔肠万迭,芳心四碎。但是自己与云麟又无成约,受家庭专制的压迫,无可解说,到底同富玉鸾结为夫妇了。花烛既行,自不免周公之礼,一夜夫妻恩情如海。倘能够夫庄妇敬,相偕白首,虽不能补情天之恨,也算从祖母之命,克全孝道。那知夫婿本非轻薄子,而遭满奴汉奸之惨害,成婚未三日,遽隔人世。新妇初妆,忽成寡鹄。自恨红颜命薄,既受专制家庭之摧残,又遭专制国家之荼毒,抱怨终天。有时忆及云麟之清腴,念到玉鸾之朗润,心中本欲枯井不波,而有时情澜反覆,禅悦自耽,而毒龙非常难制。玉鸾已死,云麟犹在。近来觉得云麟对于自己,仍不能忘情,但是彼已婚,己已嫁,破镜已分,何能再合?彼虽有心,己亦何以自解?所以新愁旧恨,日日萦绕。而他父亲伍晋芳,闲着在家里无事,眼看着如夫人朱二小姐这样交游广阔,跋扈横行,自己又禁止不住,便常常对着女儿发牢骚,说朱二小姐的过恶。淑仪碍着朱二小姐是他先生,又因为父亲赋闲日久,心事甚重,每一提起朱二小姐的事来,多百方劝解。

伍晋芳有了这位孝女,倒能替他解愁不少,可是毫不体谅淑仪。因为淑仪能替他解忧,便常常把些忧愁的事来对淑仪讲。淑仪听了,虽外面用种种快乐的话替老父解忧,但是心中更加悲苦了。所以家庭之间,除得母亲还知道怜爱,其余都觉得有些不关痛痒。这一天,坐在房里,刚刚无可奈何的时候,忽地仆妇报进来说,云府太太打发人来请他散散心儿。他便淡扫蛾眉,身穿缟素,向三姑娘面前禀明,径自坐着轿子前去。

至于红珠如何设策,淑仪毕竟允与不允,且阅下文。

# 第八十一回 诉芳衷璇闺伤往事 谈果报酒馆说新闻

却说淑仪听见秦氏那边打发人来接，随即辞别了他的母亲，坐着轿子如飞而去。不多一会儿，已到了云家门首，家人们抢先向里面通报。红珠得着这信，赶忙迎至阶下，笑吟吟地道："我听说妹妹咳嗽才好，特地请姐姐过来散一散心，省得坐在家中郁闷。"淑仪道："原是这话，即是姐姐这边不打发人去接我，我也要来代姨娘请安的。"说着两人遂一同入内。

淑仪见着秦氏，先福了一福，然后说："我母亲命我替姨娘问好。"秦氏道："不敢当，不敢当。姑娘近来倒消瘦好些了，大凡病后的人，越发要格外保重，万不可自己糟蹋自己。就是心里有什么过不去的事，此时也只好把他搁在半边。否则，身体非但不能复原，恐怕那病魔因此更加缠绕了。况且你们年纪还小，如同才开的鲜花一般，能禁得几回风雨。假使有个三长两短，叫做父母的究竟怎样办法呢。"淑仪道："姨娘金石之言，自当永铭肺腑。不过侄女的这一颗心，与众不同：别人遇着那月夕花晨，或者还有赏心娱目的去处；我呢，在这个时候，除得伤感而外，更无别的萦怀。嗣后当减去哀思，谨遵姨娘所嘱。"秦氏道："好孩子，这才是个道理呢。你嫂嫂今天却不在家，你可和你妹妹随意去谈谈体己儿罢。"淑仪道："嫂嫂为何不在家？"秦氏道："他轻易本不大回去，只因为他父亲日前遭了一场官司，还是麟儿托人说项，县里才肯把他放出，如今回家看望他的父亲去了。"淑仪道："原是的，我母亲先前听见这件事，很替嫂嫂那边担忧，后来得着了释放的消息，方把此心放下。总之那边虽受了些惊吓，也还算不幸中之大幸呢。"

当下红珠便请淑仪到他房间里去坐坐。珍儿见他们姐妹俩走来，忙不迭地献上两杯酽茶，说："少爷适才进来吩咐我，他即出去赴友人约，不回来吃午膳了。至于伍小姐，叫家中好好地招待他。"珍儿话才说完，红珠不由噗哧一笑道："妹妹可听见吗，他简直把人当做小孩子，他会招待妹妹，难道别人就不会招待妹妹，还要他再三叮嘱？这人岂不是有点呆气？”淑仪不答。红珠又接着说道：“就象妹妹患病的当儿，他得了信，好比热锅上的蚂蚁，仿佛一天到晚坐又不是，睡又不是，便连茶饭一些儿也不想吃，终日价苦脸愁眉，唉声叹气，不知所为何事。若说是为妹妹的病呢，难不成他一急，妹妹的病就会好起来？若说不是为妹妹的病呢，他何以又急得如此模样？真令我老大不懂。我常和他讲：‘你把待姨妹妹的心分一半到自家的姐姐身上，别人对于他固然不敢过于欺负，就连你也尽了一点同胞情义了。不可嘴里说得如花如火，及至见了姨妹妹的面，又把自家姐姐丢在脑背后，似乎与情理上说不过去。’他道：‘我何尝不晓得，但各人有各人的缘法，哪里能够勉强得来？你此时就叫我说出其中理由，连我也说不出什么缘故，耿耿此心，惟有老天知道罢咧。’我其时看他那怪可怜的样儿，却不忍同他再开玩笑。况又想到妹妹待我一番好处，我驳倒他不打紧，转使妹妹心里不安，我又如何对得住姐姐？”

红珠说到这里，淑仪仍不答一声，停了半晌，方才惨然说道：“妹子自从遭了大故之后，没有一刻不想脱离这污浊世界，只以高堂已老，膝下仅我一人，万一与世长辞，岂不叫他们老人家心里格外难过？我因此不得不苟延残喘，勉强承欢，其实背着人眼泪也不知淌了多少。现在是心如槁木，万念俱灰，瘦骨支床，不盈一把，哪里还有什么生趣？常言说得好：不修今生，修修来世。我今生既不曾修着，来世更不必谈了。”说着，那泪珠如串珠般地滴将下来，把一幅罗巾全行湿透。

红珠见他哭得和泪人儿似的，忙劝慰他道：“今天接妹妹来，原是替妹妹解闷的，无端因我一言，触起妹妹旧感，设不幸伤心过度，发生什么意外，我的罪不格外加重吗？好妹妹，你可不要哭了。”一面说，一面命珍儿拧了一把热毛巾，递给淑仪拭面。珍儿奉了主人之命，哪敢怠慢，当即将手巾献上，并说那边的午膳业已陈设齐整，请小姐们早点过去罢。他两人听了珍儿的话，一齐站起，向柳氏这边走来。

刚刚用了午膳，柳氏已打从外面回转。淑仪道：“嫂嫂今天如何回来得这样早？”柳氏道：“我听见妹妹在这里，不能不回来陪你谈谈。”淑仪道：“嫂嫂说哪里话，我们可算是至亲，还用客气做甚？”说毕又向他问长问短。柳氏冷笑道：“不谈这事也罢，谈到这事，真要把人的肠子呕断，谁料到这回事体，竟与我们那位弟媳很有关系。”众人听了，很为惊讶。柳氏道：“你们自然不相信，等我说完了，便知其中详细。”遂将似珠如何在家中胡闹，如何负气到他姨娘那里去，如何他回来第二天就发生这种变故，如何公差拘捕之后，指明叫我父亲请出伍老伯来说项，包管可以没事，从头说了一遍。并说：“大家想想，我父亲果真有窝藏匪类的实据，莫说伍老伯不肯进去说，就肯进去说，也未必因伍老伯的情面，便能够脱然无累。足见是他们上下其手，做成圈套，想敲一笔大大的竹杠罢了。”

秦氏因他的话里夹杂着朱二小姐，生怕淑仪不悦，倒反竭力为他解释，说：“似珠的为人虽然不好，仪儿的先生不见得和他同谋合作。”淑仪道：“这倒不然。我们那位先生，近来却不大对。他因为我父亲宠爱他，连我母亲都不在他眼下。隔不了两三日，他就到县署里走动走动，名为联络感情，实则干预公事，何况似珠又是他的姨侄女儿呢。在我看起来，世间的女子，除得针头线脑柴米油盐外，没有一桩事是他们应做的。如今风气不同了，什么社会学呀，交际学呀，腹中都要有一点才算得是个文明人物。其实他们愈文明，闹出来的笑话亦愈夥。然而他们偏恬不为怪，还要买这样，买那样，如果不遂他们的心愿，他们便和自己的丈夫正式离婚，似乎提到离婚这一层，就可以致他丈夫的死命。咳！人家娶了这种堂客，固然是无法可想。我只恨先前娶他的时候，何以不曾生着眼睛，致有今日这般结果！嫂嫂莫多心，你家那位令弟媳，分明就是个榜样。”言时若有无限感慨。大家谈了一会，那日影已渐渐从西边下去。淑仪见天色不早，遂向秦氏告别，仍坐着轿子回去。这且按下不表。

且说云麟所说被朋友约出去宴会，究竟可有这回事没有？想阅书诸君，亦不敢代他下一断语。其实这回事，全属子虚。他因为自己坐在家中，红珠反不便试探淑仪的口气，所以说了一个谎，让他们好直接谈判。不过他出了门，又到哪里去呢？好在他行踪本无一定，走到东便东，走到西便西。说也奇怪，在这个时候，偏偏巧巧，就碰着一位熟人，这熟人又拉他至酒楼去饮酒，仿佛在下有意替他圆谎一般。然而在下敢发得毒誓，我这部书完全记的是实事，没有一件事捏造的。诸君试猜猜这熟人是谁呢？就是我当日书中所叙拉云麟到史公祠听演说的乔家运了。

乔家运自从和云麟在会场分手后，他仍然干他《千锤报》编辑事。叵耐上海这地方，办报的虽多，有价值的很少，象这《千锤报》果能好好改良，发抒宏议，也不愁销场不旺。无如主持笔政的乔家运，他腹中本不甚高明，做出来的文字，常常又犯着数典忘祖的毛病。这一天他在报上记了一段什么天津桥闻鹃声的故事，总以为顾名思义，天津桥一定在天津无疑，还引出许多胜迹来做他的陪客，哪知道大大弄错了。何以呢？天津桥俗名洛阳桥，在那小唱儿本上，说这桥是什么蔡状元所造的。好在这造桥的人，本非我书中主脑，我也不来代他细细参考。单就天津桥而论，既属河南区域，张家帽子，如何能拿到李家头上去戴呢？所以报纸才发出去，攻许他的信函已纷至沓来。有的说洛阳是豫省，天津是直省，难道豫、直可合为一吗？有的说你连天津桥的出处且不晓得，还能够做编辑吗？甚至别的报纸亦复时时向他冷嘲热讽。为他设想，怕的有地缝也钻得下去。幸亏他脸老，虽经旁人指摘，他倒毫不介意。然而这风声传到经理耳朵里，觉得很难为情，随即要辞退他的职务。他听见牵动他的饭碗问题，这才着急，一面央出多少人来向经理缓颊，一面又办了几十桌酒席请客，才算将饭碗保全得住。可怜他每月赚不上百十块钱，这次的费用倒花去不少，未免肉疼得很。但他有他的划算，与其目下把这饭碗弄掉了，一文也寻不到，不如权且忍痛，将来或是敲人家一笔竹杠，或是替人家出售版权，得些回扣，这点数目，谅不至不能弥补。总之他算盘虽精，天老爷却不肯如他心意，隔不到两三月，他又出了别的岔枝儿，终久还是个不安于其位。

他既辞掉了编辑的职务，上海又无事可做，心中打算："我不如先返家乡，再作计较。"临行的前一日，他遂到他好友王自元处辞行。王自元道："你回去也是赋闲，我把你介绍到淮北某盐局里去罢。这盐局里有我的股份，谅来不至于没处安插你的地方。不过这事之大小，我却不能包你。"他想了想，盐务里事，究竟比报馆里事好办，而且还可以长远，好赖着你的运气罢。当时便说了些感激的话。自元见他肯去，拿起笔来，就写了一封切切实实的荐信递给他，叫他前去投递。他收了信，第二天便一直动身，连扬州也不曾回来，径往淮北那里去了。

不多几日，他便到了淮北，立时将荐信投进去。盐局里的管事因为他是股东荐得来，遂派一个挂名稽查，兼办文牍。论他的笔墨，虽不能在报界中占得一席，然而办这局里的函件，却还绰有余裕，况拍马又是他顶刮刮的拿手好戏，所以不到一年，直把个管事的恭维得非常快活，因此就提拔他做了副管。他得这席位置，也应该饮水思源，竭力图报。哪知道他非但不感其德，而且处处找寻漏洞，欲将那管事的排挤而去，以便一人大权独揽。心术之险，可谓无以复加了。后来那管事的偏偏亡故，各股东就把他补了这缺。他凡事若能萧规曹随，一生便吃着不尽。无如贪心太重，遇有利益，均饱私囊，不许旁人从而染指。以致怨谤丛集，物议沸腾。不知哪个促狭鬼，又写了一封信给他各股东，说他怎样营私，怎样舞弊。各股东接了这无头信，暗地里派人调查，果然有确实证据，遂借了别的事故，令他自行辞退。他在盐局里混了许多年，约莫也弄到万金之谱。此次虽失意回来，依旧是行所无事。

这一天他在街头闲逛，刚刚遇着云麟，遂拉云麟至天兴酒馆小酌。其时云麟方苦岑寂，也不推却，两人信步同至馆中，拣了座位，要了酒菜，慢慢地浅斟低酌起来。

当下云麟开口问道："乔大哥近来在什么机关得意？"他道："说来话长。我从前在上海《千锤报》馆里当编辑，是老弟所晓得的。后来政府里有一件事违反民意，我就做了一篇论说，预备刊在报纸上，痛痛驳斥他，以尽我编辑的天职。讵料我们的经理畏首畏尾，不敢登载。我那时觉得这样办法，该报永无发达之理，立即愤而辞职。我的好友王自元，听见我这番举动，很为佩服，忙着人请我过去，说道："如今报界中的人，象老兄这样有气节的很少。我们淮北设了一个盐局，要想请老兄前去，代我们整顿整顿。"我当时本不肯允许，哪禁他再三央求，大有不去不休之雅，说到归根，只好答应。我到了局里，首先剔除积弊，重订章程，有功者赏，有过者罚，上上下下，均皆奉公守法，治得井井有条，一丝不乱，我可算对得起我好友了。刻下回来从事休息，已请他另觅替人，他纵竭力挽留，我也不去过问。"

云麟道："能够在家有一碗饭吃，不出去最好。现在是人心险诈，世态炎凉，稍一不慎，便着人的道儿，小则耗其资财，大则戕其生命，这又何苦呢！"他道："老弟所说，倒是很有阅历之言。想你令亲富大哥，若非误认得林雨生，如何能将自家的性命送掉？目下这厮究竟怎样呢？"云麟见他问这话，遂将林雨生在上海如何陷害伍晋芳，如何被真都督捉住枪毙，详细叙述了一番。他登时拍手称快道："天道好还，真个是历验不爽。我因你告诉我这件事，我又想起近来一段新闻来了。"云麟道："究竟是什么新闻呢？"他道："你吃一杯酒，我说给你听。"云麟因要听这段新闻，赶忙干了一杯。

他说："我此次由清江动身，带的什物太多，搭轮殊苦不便，特雇了帆船一只，顺流下驶，反觉得逍遥自在。这天晚上，距离邵伯镇已不多远，那船老板因月色大佳，坐在船头，督率伙计们兼程前进，预备赶到邵伯码头停泊。我在这当儿心里很为害怕，怕的是遇着盗船，前来抢劫，身边虽无甚财帛，究竟受了一场大大的惊吓。这话我也不过暗暗盘算罢咧，谁知那船老板就象我肚里的灵虫一样，急忙向我安慰道：'客官可不必胆怯，先前水面上盗贼如毛，动不动就出来劫掠，如今已是稀少了。'我说：'这是什么缘故？'那船老板道：'两月前这湖里出了一件盗案，不但船上的财帛劫去，而且还伤了几条性命。上头知道了，颇为震怒，立派数十只炮划，分头巡缉。所以水面上的盗贼，一个个躲得杳无踪迹。其实强盗杀人，固然是有干法纪，然而这被杀的船户，也有可死之道'。我说：'其中难道还有果报不成？'他道：'何尝没有果报呢。这船户姓冯，人都叫他做冯大，他家紧靠着我们庄子东边。他娶了一个堂客，姿首倒很不错，听说在上海什么都督府里充当娘姨，最为某姨太太所宠信。

他平时以撑船度日，自从得着他堂客的力，去年就买了一只五官舱大船，专在长江运河一带装载客货。他老老实实做这营业也罢了，不久传闻他夫妻俩用调虎离山之计，把某姨太太的箱笼财物一古拢儿拐骗而逃。某姨太太的性命能保不能保，我虽不得而知，但他既得了这笔财爻，若安分些躲在家中，还可以保全首领；他又恐被人访出，拘至法庭，不如泛宅浮家，仍操旧业，或者他们难寻我的下落。这种计划，他总以为出于万全。讵料天网恢恢，疏而不漏，他主人虽放他过去，却有个不放他过去的强人，狭路相逢，刀头毕命。我想他死在九泉之下，也应懊悔当日不该骗取多金，致结这场恶果，岂不是眼前的报应吗？最奇怪的是，强盗临走时，还留下一张柬帖儿，说：'吾奉玉皇大帝谕旨，冯大夫妇生前卷逃主人财物，罪该万死，特地到此取他们二人首级，以为不忠于主者戒。吾神上天复命去了。'客官，你看这强盗胆大不胆大？'船老板说完了这番话，我毛骨都为之悚然。照这强盗所做的行为，简直与旧时代的侠客无异。在老弟看，可是的吗？”乔家运这话又何尝不是呢？

原来冯大、小冯并不是正式夫妻。冯大也不是善良百姓。冯大自小出身就是匪类，长江水贼是他家世，黑船是他产业。到二十岁时，江中劫案，私盐生意，或在僻静港汊里放生，或在热闹镇市里掉包，这一类的事也不知作了多少。大约替他算起来，也好有二三百件了。因此立练一个匪号：“长江水溜鬼老幺儿”。冯大常常带着伙计，来往长江上下游各码头。上抵芜湖，下至沪江，专门兜揽生意。他的生意上门，客人的晦气星进门了。失些财物，保住性命，总算大幸。

一日，船抵黄浦江，上岸游玩。走完几条热闹街市，天气已黑。是路上电灯通明，与白昼无异。小弄堂里也有几盏小路灯。但是总是忽亮忽暗，半明半灭的。行人走在弄堂里过，闪来闪去好象鬼影一般。胆小的人真不敢走，冯大怕什么呢？马路走完就进了一条小黑弄堂，弄堂里连一盏路灯也没有。他刚进弄堂门口，忽然走来一人，动手就把他抓住。这时冯大吃惊不小，心想：是什么人？同类的吗，也没有这样见面的规矩；莺爪吧，也没有这般巧的。要看也看不清楚。正在拗强的时候，背后又来了四五个人，抱的抱，推的推，拖的拖，搡的搡。冯大这时吃惊不小。闹得性起，恨不得亮家伙打散来人，好自己脱身。一只手正伸到裤腿时，头一低，鼻子里嗅进一种油腻腻的香气，耳朵里只听得“老爷来嘘”“少爷来嘘”“来坐一坐嘘”“来玩一玩嘘”“好姑娘，好白相，弗要走哉”夹七夹八的江北上海话。他才知道，包围他的是五六个油头粉面时式梳妆的女人。他想这些女人拖作什么？灵机一动，被他猛然想起：常听他同类到过上海的伙计说，上海滩上怎样有钱，怎样好玩，无奇不有，最好玩的是拖人的野鸡。当时不懂什么叫拖人的野鸡，还详详细细问了一回，才得明白。心中正想尝试尝试呢。这时遇着一群香喷喷的女人，一猜上是拖人的野鸡，如何不从心里面乐出来。便笑嘻嘻的问道："你们是拖人的野鸡吗？"这一句话不打紧，把一群莺燕笑得格格的，好似百鸟争鸣。有一个尖刻的山梁雉说道："我是你家姑奶奶，乖乖跟着走！"又有一个说道："我是你家好婆，杀千刀快的跟着好婆走罢！"还有些野鸡也跟着骂起来，有的骂"杀头的"，有的骂"小婊子儿的"，都要冯大跟着他去。冯大这时只得由他们摆布。后来因为大家相争不下，冯大也不知所从，大家公决冯大是那位姑奶奶第一拖来的么，就让他姑奶奶接去。到了一间鸽子笼式房子里，实行兽欲。一个是初次试验，一个是乍逢奇遇，倒觉得不忍分离。一连住了几夜，知道这雉行九人，以老九呼之，姓冯。叙起家世来，还是冯大的族姑，真正是他家的姑奶奶了。你看巧不巧呢？后来冯大替老九赎身，同住船中，算是夫妇。人家见冯大弄船又有家小，认是船户。那知实是水贼呢！

后来真都督到了上海，江湖上草莽英雄供奔走的着实不少，冯大也想钻真都督的门路，只是没有机会。恰巧都督府里须用几名仆妇，冯大借此把老九献上去，想作个内线门路，将来可以升官发财。老九既进都督府，凭着颜色，颇得真都督欢心。因为新纳明似珠非常宠爱，便派来服侍。明似珠因为他年轻姓冯，便叫他小冯。这便是明似珠与小冯的结合。后来真都督一死，明似珠卷逃，小冯看在眼里，记在心里，便出府来同冯大商议。冯大也因为都督已死，没有盼望，正想趁乱作一票生意。恰巧小冯回府，明似珠就教他雇船。冯大将机就计，骗明似珠把许多贵重箱笼下在船舱里，渡到焦山。明似珠要游山，正中下怀，把明似珠、柳春送上岸，望得去远了，便高唱凯歌，载得十余万金珠，远遁他方而去。柳春抱怨明似珠不该游山，要知道既然坐了强盗船，便不游山也保不住宝物平安，毫不损失。冯大早就预备，一到瓜州左近芦花港里，就要动手，那时柳春和明似珠的性命，恐怕还有些危险。现在仅仅拐逃了财物，没有伤害两人的性命，还是看着死都督的大面子呢！

这冯大同小冯带着这一船珠宝，正想远遁他方去享福，扯好风帆，把稳后舵，使船直望上水疾行如飞。正走之间，忽然上游来了一只快船，当头一撞。冯大的船重，虽不曾翻，却走不起来了。冯大钻出舱来，大喝一声："什么鸟人的船，敢来撞我！"正待喝第二声时，只见小船上立着一个和尚，说道："四海之内皆兄弟也，你的船就是我的船。"冯大立时吓得说不出话来，半晌，才恭恭敬敬的问道："普师傅何来？"和尚答道："来者是那一家兄弟，知吾法号？"冯大忙跪下报名。这时小船上三个人都跳过船来，一个和尚便是普济，一个是崔老五，一个是长江万太保吴刚。这吴刚便是冯大的师傅。

冯大见三人过来，连忙行礼，引进舱里坐下。普和尚一见舱中堆着百十只朱红描金大箱子，连连说："四海之内皆兄弟也，四海之内皆兄弟也。"崔老五也说："好买卖，好买卖！"这时吴刚告诉冯大说，普济、崔老五在金陵存身不住，同他往瓜州去。"不想在这里遇着你。你作了这票好买卖，是什么货色？为什么不泊瓜州，到这里来呢？我们老远看见这船，就有些差眼，若是遇到江巡船，不要失风吗？"冯大连忙说明原委，说并未伤人，谅缉捕不至十分上紧。又说因为听说师傅在金陵普师傅处，所以赶到金陵。这一篇鬼话居然被他瞒过。普济不等他们师徒两人的话说完了，就嚷："喝酒喝酒！"

冯大急急钻到后舱，教小冯预备酒菜。又低低嘱咐小冯说："今天晦气，遇见了这个'四海之内皆兄弟也'的和尚，又同着师傅，这一船的金珠财宝怕不是我们的了。你可乘着他们吃酒的时候，悄悄拣些细软顶贵重的珠宝，打几个小包袱放在舱板底下，图个日后快乐，到底不致枉费心机一场。"小冯听着点头，不由滴下泪来。冯大搬酒菜出来，大家喝上。

普济喝得半醉，正想心事呢，忽见小冯添酒进来，他便一把搂住，说道："四海之内皆兄弟也。你来和我喝一个皮杯。"正在热闹里，只听船头跳上三个人来。普济推开小冯，连忙迎出去。光头上早受了一弹，跌入江中。崔老五、吴刚抢上对开了几枪。崔老五一个避让不及，弹中前胸，落江而死。吴刚肩上也中了一枪，被人家一脚踢下江去。冯大拿了大刀来助战时，恰好迎个正着。一交手，刀就被人夺去。那人一反手把冯大砍倒。里面一个为首的人喊道："兄弟，不要杀死，留着活口好问口供。"那第三的早到舱后搜出小冯来，仔细一问，问明了原委。把冯大、小冯捆起，开船便走。走到邵伯湖，因为冯大的船太大，易起人疑心，便把全船箱笼打开，金珠收拾收拾，换上几只小船，把冯大夫妇一杀，尸身丢到湖里，人头留在船上，大船留在邵伯湖里，开着小船便走。走了一程，那为首的忽然想起一事，连说："不妥不妥！我们作事，不能教地方官办无头的案件。"便向那两人说道："兄弟们催船在前面等候，愚兄去去就来。"说罢另乘一只小船，赶回大船，取出柬帖儿，写上几句。这几句便是乔家运对云麟说的那几句。写毕，又上小船，赶上他们弟兄一阵去了。这三人是谁？便是有名的骆马湖中三家寨主。今天因为带着喽罗，分乘七八只小船，扮作客商到金陵来采办应用各物，回去时无意中得了这笔大财爻，真意想不到的。既未

破案，又被乔家运称他们与旧时代的侠客无异，这不是顶大的幸运吗？当时乔家运说毕，云麟一面听，一面拍着桌子道："着，着，着！"他这举动不打紧，倒把个乔家运吓了一跳，当即问他何故如此。云麟笑了笑道："你才说的这一大段新闻，就是我那妻舅柳春和他妻子明似珠的故事。"遂将他们在上海的历史原原本本说出来。乔家运这才恍然明白。

两人谈了一会，云麟因记挂着淑仪的事，说道："我们也可散了。"乔家运遂会了钞，彼此分手而别。

欲知后事，且阅下文。

# 第八十二回　详灵签双方工索隐　论医理一味乱吹牛

云麟和乔家运分别之后，心里很惦挂着淑仪的事，头也不掉，一直径回他自家公馆。那时淑仪早已去得好久了，他到了里面，见他母亲和柳氏在场，不便向红珠询问一切，故意对红珠说道：“我有一条手帕，昨晚放在衣袋内，今早出去，忽然寻觅不着，不知可曾丢在家中没有？”红珠微会了意，当即答道：“你的手帕，我却不曾瞧见，既然衣袋内没有此物，一定还丢在家中什么地方，待我到房里去找找看。”说着站起身来便走。这当儿云麟也就跟随在后，跨入卧室，笑嘻嘻靠着窗子坐下道：“我这谎撒的何如？”红珠道：“谎是撒得好极了，但你托我的那件事，我虽向他说得口干舌燥，无如他始终置若罔闻。”遂一五一十，将淑仪的话告诉了云麟一遍。

云麟不听这话犹可，听了这话，登时脊背上如同浇了冷水一般，不由得打了一个寒噤，先前那一团高兴，早不知不觉送入东洋大海去了，闷恹恹地独自躺在沙发上，一言不发。红珠见他这样，又好笑，又可怜，忙劝慰他道：“你也不必如此，凡事总有个定数。譬如我当初认识你的时候，原想把终身付托与你，及至知道你家中境况，娶我这一层，事实上万万不能做到，我也就打消了此念。后来我嫁给姓意的，格外不指望今生同你再聚在一处，那晓得天老爷暗中会替人撮合，无巧不巧，偏偏就把姓意的死去，让你我破镜重圆。这姻缘固然是造化玉成，却也关于前生注定。至于你的仪妹妹，本是官宦人家的小姐，怎能够和我们这些人相提并论？他虽说文君早寡，难道还别抱琵琶？然而你既属意于他，只要他不死，我包管可以圆成其事。若因这时未能如愿，便尔废寝忘餐，把自家身子作践，我也阻挡不住。假使你有个三长两短，上无以对老母，下无以对姐姐，我呢还在其次。”

云麟听着红珠说出这一大套话，赶紧抬起身来笑道：“我又不曾说什么，倒反惹你开了话箱，劈劈啪啪编派我许多不是。罢罢罢，我就依你这办法好了。万一不依你，你心里不但老大不欢，怕的还要波兴醋海哩。”云麟话尚未毕，红珠望了他一眼，冷冷地说道："你真是狗咬吕洞宾，不识好人心了。我为你想出多少法子来同他说，并不曾讨得你嘴里一句好话，还要说不能不依我，就象是我的事一样，岂不令人呕煞！好在你和他是姨姐妹，从小儿又常在一起的，什么话都可以谈得，自今以后，你们的事成也罢，不成也罢，与我毫没相干。"云麟见他话头不大对，连忙作了几个揖，向他赔罪道："怪我不好，不该和你开玩笑，惹你生气。"红珠道："你抚心口想想，究竟是你错呢，还是我错？"云麟道："不谈了，我们出去吃晚膳罢。"两人遂携手往前边而去。

过了几日，云麟终放心不下，特地到他姨娘那里来看淑仪。刚巧走到伍家门首，忽见一乘大轿从里面抬出，轿中坐了一人，约莫有四十来岁，两边留着八字胡须，衣服也很漂亮。轿后边跟着一个俊仆，手拎皮包，仿佛亲随模样。此时云麟心里疑惑是什么贵客来拜，忙向那司阍的问道："这轿中坐的是谁？"那司阍的答道："云少爷不认得他吗？他是城内医士俞大夫。"云麟道："哎唷！他就是住在北门城根的俞大胆吗？"那司阍的答道："云少爷说得不错。"云麟道："你家没有人害病，他到此做甚？"那司阍的道："谁说没有人害病？我家小姐已不好过几天了。"云麟忙不迭地问道："小姐害的什么病呢？我们那边如何一点儿不晓得？"那司阍的道："还是那咳嗽老毛病，目下旧疾复发，病势很重。"云麟听了"病势很重"这四字，那魂灵儿不由得打头顶上飞去，痴立如木偶一般，动也不动。还是那司阍的说道："云少爷为什么站在这里发呆？何不进去看一看小姐的病呢？"这才把云麟提醒，先前两只腿跑得飞快，此刻进去，脚下好象有千斤重量，提也提不起来，那身子更巍颤颤地西晃东摇，比那打疟疾的还要抖得利害。不特诸君莫名其中奥妙，就连我著书的也不知他是什么原因。

云麟走上当阶，伍晋芳迎着说道："老侄来得正好。小女自打尊府回来，夜间便又咳嗽。其初还不打紧，近来一天狠似一天，虽然请了多少名医代他诊治，也不见效。适才所请的俞大夫，在那医界中也是数一数二的有名人物，他所开的脉案，也与别人大同小异。不过药剂子下得太重，你代我斟酌看可吃不可吃？"云麟当即把药方看了一遍，总觉得不大妥当，忙答道："我以为仪妹妹的病，非是药饵所能疗治，须要叫他把心地打开，祛除一切烦恼，自然而然，那病就会好起来。若任性拿药去淘碌他，他身体又瘦弱，如何禁当得起？况扬州的这些医生，越是有名，他的招牌底下冤鬼越发聚集得不少。然则照这说法，人皆不敢请教了。偏生他其门如市，忙碌异常。人即至愚，难道肯把自家的生命当作儿戏？不过因为他有些名望，似乎比较那一班倒霉瞌睆的高得许多,所以一个个才趋之若鹜。其实他一点真本领也没有,单靠那几句汤头读得滚瓜烂熟,便出来为人诊病。遇着伤风头疼的还不打紧,到了疑难的症候,他且不曾见识过,哪里会晓得是什么病源?甚至实当虚,寒当热,胡乱开出几味药,人家将它吃下去,虽不死,也去鬼门关不多远了。然而他架子还摆得很大,什么早门两块四呀,晚门三块六呀,特别四块八呀,普通一块二呀。常言说得好:'得人钱财,与人消灾。'他们心里,完全与所说的大相反背,一天到晚,巴不得人家时时刻刻来请他,他的诊金才可以多弄几个,病之好坏,他全不管。咳!心术之险,比医生再险也不过了。即以俞大夫而论,他在城里,笑话子难道闹得还少?姨父把他请得来,岂不是要仪妹妹的性命吗?"

晋芳道:"我何尝不明白,只因有人将他荐给我,我不请他,对于荐主面子上很难为情。好在他虽看病,吃药不吃药,其权却不操之于他。总而言之,仪儿这条命,硬生生地送在瞎子嘴里,不然嫁给老侄,哪里会生出这岔枝儿来?"一面说,一面也洒了几点老泪。当下云麟反不好启口,停了半晌,才搭讪着说道:"姨父且放宽心,吉人自有天相,倒是劝仪妹妹安心静养,比吃药强似几倍。"晋芳道:"我也是这种见解,但你姨娘和我闹得不得开交,他说我们膝下只有这一个女儿,不幸又青年守寡,现在病到这步田地,你不请医生代他看,难道坐视其死不成?终日价絮絮叨叨,哭闹不住。我被他吵得没法,只得顺着他的毛儿摸,耳根里才清净好些。"云麟道:"这也不怪姨娘着急,大凡做大人的,见着儿女有病,如同自己有病一般,恨不得立时便愈,何况姨娘素来欢喜仪妹妹,焉能不格外关心?此乃人情之常,无足深责。惟我来了好一会,并不曾看见姨娘,莫非在后边有甚事体?"晋芳道:"他吗,大早已出去了。"云麟道:"大早到哪里去呢?"

晋芳道:"他们妇人家所做的事,谈起来真是发笑。你姨娘昨晚同我说:'仪儿这病,既然吃药也没有功效,我想代他到灵土地庙那边求一个仙方,给他吃吃看,或者托神灵保佑,吃下去竟有起色,亦未可知。'其时我听了他的话,心里虽很不赞成,外面却不能反对,只得婉言说道:'仙方果能把仪儿的病治好,我也感谢不尽,怕的那个灵土地,有其名而无其实罢。'他不待我的话说完,没口连声念着阿弥陀佛道:'哎唷!这句话千万不能说呀,万一被他老人家听见,不但代仪儿加罪,而且连我们的阳寿还要因此折掉呀。你不相信,我告诉你一件事,你就相信了。靠着那庙宇东边,有一家杂货铺子,铺主姓王,夫妻俩都有了几岁年纪,跟前仅剩了一个男孩,乳名禄官。这禄官今年也不过六七岁的光景,平时父母对于他非常钟爱。不料上月

间忽然害了一场大病，许多医生皆说他不救。后来还是向他老人家面前焚香祷告，才赐了一服丹方，服之竟霍然而愈。你看这事可奇不奇？'我道：“管他奇也罢，不奇也罢，你去求求就是了。'所以你姨娘今天大早，备了香烛，带着老妈往那里去了。停一会工夫，大约就可回转。”

云麟道：“从前我也听人说，仓巷里有个灵土地，他生前叫做朱二癞子。姨父可知道这朱二癞子是谁呢？”晋芳道：“这朱二癞子是县里一个书吏，他虽然做了这行当，却不肯有敲诈行为，专喜欢济困扶危，修桥补路。公门里象他这样，千百中竟难得一人。他临死之时，自称去做仓巷的土地，因此全城轰动，个个信以为真。”

他两人正在谈话的当儿，三姑娘已打从外边入内。云麟站起来喊道：“姨娘回来了。”三姑娘见是云麟，遂对他说道：“你可知道你仪妹妹病了吗？”云麟道：“我到了这里才晓得。但不知姨娘求的仙方何如？”三姑娘道：“我大早便到那边去，总以为这时还没有多人，谁料那些烧香的比我来得更早，天才微亮，他们就结队而来。也有问病求方的，也有酬神还愿的，神座前无多余地，竟被他们围得水泄不通。我其时只好坐在轿子里休息半天，等大家走得差不多了，才进去虔诚默祷道：‘土地爷如若保佑我仪儿病好，我定然来重塑金身。’随即又跪下去求了一条签和一个仙方。签上却写明‘上上’两个字。至于其中语句，老实说，我却不懂。”说毕，便向手帕内取出两个纸条，递给云麟。

云麟接到手，刚欲和晋芳观看上面签句，忽地朱二小姐从里面走出来。晋芳倒吃了一吓，忙问道：“仪儿这时可好些吗？”朱二小姐道：“他现在已睡着了。你们在这里看什么？”云麟当下也就招呼了一句道：“我们在这里看姨娘代仪妹妹所求的签。”朱二小姐道：“签上说的什么话？我也来帮同你们参详参详。”云麟道：“好极，好极。”三人遂聚拢着看那签句。只见上面写着：“划尽闲愁静养心，此身何虑病魔侵。闭门一任春深浅，莫把朱朱白白寻。”又看那仙方上几味药，是川贝母三钱，陈皮三钱，陈佛手三钱，用河水煎服。云麟道：“药倒无甚关系，惟这签句里面，似乎含着什么隐语一般。上二句分明说仪妹妹这病可不药而愈，不过要把那些烦恼除掉罢了。下二句究竟如何解法呢？”朱二小姐道：“下二句一定是藏春天不宜出行，如出行看见那些花红柳绿，便要惹起无限伤感来。我解得可是不是？”晋芳道：“你们两个人，一个详上二句，一个详下二句，解释得都很有理，倒叫我游夏不能赞一辞了。”一面说，一面命人去配药。

云麟这时候还坐着不走，直等到淑仪将配的药吃下去，停了片刻，才告别回家。

然而他身子虽出了伍府大门，心里终记着那签上的话，恐怕不是吉兆。一头走，一头想，无意中几乎把对面一个人撞倒。幸亏那人闪让得快，不曾倾跌，毕竟吓了一跳。云麟生恐他发话，忙不迭地向他拱手道："得罪，得罪。"那人本来大怒，后因声音很熟，仔细一望，不禁转怒为喜道："你不是云先生吗？"

云麟见他称自己为云先生，想必在哪里会过，一时又记不清楚，只得说道："小弟姓云。不知老兄尊姓？"他道："云先生你不认得我了？我姓朱，和你还有点戚谊。"云麟听了这话，格外诧异，以为既是我的亲戚，我岂有不认得的道理？刚待往下问，他又接着说道："我的表妹就是先生的舅妇。"云麟这一听才恍然大悟，笑问道："你的尊讳可是'成谦'两个字？"他道："不错，不错。"云麟道："老兄现在哪里得意？"他道："我自从跟随舍表妹由沪回来，我仍然还是行我的医道。"云麟道："小弟今天有事，不克陪老兄畅谈，改日再行趋谒罢。"他道："好说，好说。"大家遂分手而去。

诸君阅书至此，又要疑惑在下撒谎了。何以呢？云麟既曾与朱成谦会过，难道这会儿反认不得不成？岂不是前后自相矛盾吗？然而我著书的因为要借重他出场，故意地遗下漏洞，请诸君指摘，才好把我下文许多事实写出来。闲言休叙。

且说朱成谦先前虽在明似珠那里见过云麟好几面，他其时境况却甚艰窘，迥非现在衣服丽都可比，无怪云麟和他遇着，不能认得了。但他怎样就会得意？不阅下文，诸君如何能明白其中原委？原来成谦自受了似珠委托之后，赶回来代他布置一切，满意想多赚几文。讵料似珠行至半途，所有赀财，悉被冯大拐逃而去，他这时且自顾不暇，那成谦的欲望，不由而然的便成了镜花水月了。惟成谦既受了这场打击，非但日后无所依赖，即目前生活，亦且难以支持。可怜他到处奔波，不是今日找张三，就是明天寻李四，总而言之，无非借贷度日罢咧。偏生在这个当儿，遇着一位救星，对于他却大大地帮助，他得了这宗接济，才能够一洗贫寒。这救星是谁？虽上文未曾提及此人，然而在本回书中，倒不能不标明其姓氏。

此人姓朱名六奇，是成谦一个从堂兄弟。他为人倒很机警，可惜不务正业，早年即飘泊江湖，死活存亡，杳无消息。此次忽挟重赀回里，来访成谦。成谦遇这意外遭逢，自然是喜从天降。当下六奇向他问道："成哥我和你多年不见，你为何穷困如斯？"他长长叹了一口气说道："天老爷不肯把日子给我过，教我怎生说法呢？"遂将历年经过的各种情形直言无隐。六奇道："你这话说错了。如今是什么年代？不靠自家的本领去做事，一味地马马虎虎，随遇而安，恐怕就没有饭吃了哇。老实说，象你这样为人，当然在天演淘汰之列。并非我有意责备你，试看今日世界上那一班轰轰烈烈的，谁不是有点作为？即以我而言，凭着赤手空拳，能在外混十几个年头，不是自吹，却也很不容易。然而我尚不敢自大，还要见人说人话，见鬼说鬼话，小心谨慎，生恐得罪他人。何况……你将来果想出头，只须将那些大人先生们拍得舒服非常，不患没有事干。我还有一句话嘱咐你：凡遇着弄钱的机会，切切莫问良心，须知一问良心，那金钱便弄不到手。"成谦道："老弟所言，深得处世秘诀，我当铭诸心版。不过目前之急，怎样救法呢？"六奇道："好在我此次回来，薄有积蓄，你且先拿几十元去，添置些衣服和每日需用的东西。"说着，遂从身边取出钞票若干张，递给成谦手内。

成谦接了那一大沓钞票，如同见着好友一般，先前是苦脸愁眉，到此直心花怒放，忙笑对六奇道："我尚不曾替你洗尘，却反生受你的厚馈，似乎于情理上不合。"六奇道："自家手足，还用那些客套做甚？"成谦道："既承老弟体贴，敢不从命。但是今天晚上拟欲屈留小酌，我也不办什么筵席，只随意买点酒菜。不知老弟可肯赏脸不肯？"六奇道："照这说法，我不扰你，倒象我和你生疏似的。罢罢罢，就在此扰你一顿，看你还有甚话讲？"成谦见六奇许可，也就笑着说道："这样才好。"登时便叫人上街买了好些酒菜，到了夜晚，他两人开怀畅饮，直吃得酩酊大醉，六奇始行回寓。

第二天清早，成谦才起，六奇那边已着人送上二百块洋钱，给他好好度日。他得着这笔巨款，不由得感激涕零。除将那宿债偿还，又重新租了一所房屋，仍然行他的医道。说也奇怪。他先前悬壶于市，药箱里老鼠如同跑马一般。这会儿泰运已交，每天倒有好几家请他去诊病，论他的生意，比从前可算不坏了。谁知他又异想天开，觉得我既想人金钱，焉有不前去俯就之理？所以人家请他看过一次的，他也不等人家再请，第二天便跑上门来，甚至人家拒绝于他，他也毫不为耻。因此风声传出，同业都当做笑谈。然而他遇见医界中人，还正颜厉色说道："我是一片济世心肠，不象你们装模做样。"哈哈，他这一番论调，倒把那些同业的说得哑口无言。其实表面上虽正大光明，肚子里却尽是些蝇营狗苟。偏生他人缘很好，又有六奇代他在外揄扬，不到一年，营业早蒸蒸日上。他处了这般顺境，气派自与往日不同，所以这天路遇云麟，云麟又何从认得他呢？现在且将成谦搁下。

再说云麟回到家中，他母亲秦氏问道："你今天在姨娘那里，想必有甚事体，不然，何以这时才回？"云麟忙说道："母亲有所不知，仪妹妹病了。"秦氏道："哎唷！仪儿那天在我家，不是好好的回去吗，如何他回去就有病？"云麟道："病呢，倒不妨事，谁保得住没有个年灾月晦。无如他这次病得很重，吃了许多先生的药，还是无效。”秦氏道：“先生既然看不好，何不叫你姨娘到那灵土地庙求一个仙方给他吃呢？”云麟道：“这事还要母亲说吗，姨娘适才已将仙方求回来，给仪妹妹吃下去了。不过在我眼光看来，仪妹妹的病，总怕不妙。”秦氏道：“他和你有甚冤仇，你枉口白舌地咒他？”云麟道：“我咒他做甚？只因签条上那首诗，详来详去，都含着什么凶兆似的。”遂从头至尾，念了一遍给大家听。其时柳氏在旁笑着说道：“亏你还是个极聪明的人，难道《孟子》上所说的‘尽信书则不如无书’这一句都不懂得吗？”云麟道：“罢了，罢了！我为仪妹妹的病，正急得要死，你反拿书来打趣我，你这人岂不是全无心肝吗？”红珠见他们你一言，我一语，生恐冲突起来，连忙丢了一个眼色给柳氏，然后向云麟说道：“我看你的仪妹妹，绝不象夭寿样子，包管过几天，他的病就会好。倒是你须要常常去看望他。”云麟道：“原是的，好不好，就看那剂仙方了。”

这一夜，云麟翻来覆去，总睡不着，眼巴巴地等着天亮。好容易那纱窗上面有了亮影，他便披了衣服，跳下床来。红珠这时候被他惊醒，随即问道：“天色尚早，你起来做什么？”云麟道：“我有我的事。”也不盥洗，便匆匆跑到外面，将珍儿喊起，叫他关好大门，一直径往伍府，打探淑仪吉凶。哪知到了伍家门首，大门尚关得铁桶一样，云麟忙用拳头擂了几下。内里有人问道：“是谁？”云麟道：“是我。”那人听出是云麟的声音，不敢怠慢，赶紧出来开门，迎着说道：“云少爷为何来得这般早？我们家里人一个个尚未起身。”云麟道：“我不放心你家小姐的病，特地过来问一问，究竟仙方吃下去，有点效验没有？”那人道：“我也不晓什么效验不效验，但听见内里说，吃下去似乎比平时安静得许多。少爷可到里边去坐坐吗？”云麟道：“我也不坐了，停一会儿再来看望你家小姐罢。”说毕掉头而去。

其时正值初冬时候，人家起身得迟，到了八句钟，街面上尚是冷清清的。他一人独自走着，想道：“我此刻还是回去呢，还是不回去？”刚在这里盘算，忽然后面有人喊道：“跐青，跐青。”他转身一望，不是别人，却是他的那个姐夫田福恩。随即问道：“你大早往哪里去？”田福恩道：“我来找你的，恰巧路遇，省我走这一趟了。”云麟道：“你找我甚事？”田福恩道：“我今早约一个人在教场静乐园去吃茶，请你代我做陪客。”云麟心里本不大愿意他，听见他说这话，赶忙说道：“我有事不能奉陪。”田福恩道：“不行，不行，我是霸王请客。”说着便拉着他走。云麟知道和他没理讲，只得随他前往。

那时茶馆里倒没有什么人，他俩走讲去，拣了一张桌子坐下。云麟便向田福恩问道："你今天请的哪一个？"田福恩道："你试猜猜看。"云麟道："奇极了，你请的，我如何猜得着？"田福恩笑说道："弄个榧子你吃吃。我请的就是那个朱成谦。"云麟道："你说的这个朱成谦，他不是行医吗？你几时认识他的？"田福恩道："我本来同他有一面之交。前天你姐姐身上不爽快，茶也不想吃，饭也不想吃，倒把我吓一跳，赶忙请他去诊视。他说你姐姐不是病，是有了身孕，简直儿不用吃药。我听了他一番话，笑不可仰，遂封了诊金二百文送给他。他见了这二百文，放下脸说道：'田大哥，我和你的交情，难道二百文都不值吗？'我因他动了怒，也就说道：'既这般说法，恭敬不如从命了。'然而过后想想，他吃的是这行饭，我却不能不酬谢他。今天特地请他来茶叙，就是这个原因。"田福恩说到高兴的时候，竖起一个大拇指，哈哈地笑道："老弟，老弟，我别的本领却没有，对于造人这一层，倒是顶刮刮的拿手好戏呢。"他说这话不打紧，直把个云麟羞得面红耳赤，当即呼叱他道："你休要胡说，我是不答应你的。"田福恩知道这话说得大意，连忙站起来向云麟鞠了一躬道："是我不是，下次若再如此，请你重重地打我几个嘴巴。"

他俩正在闹着，不料朱成谦已走至身旁，笑问道："你们二位在这里争论什么事呀？"云麟见成谦来到，不便往下再说，忙掩饰道："没有什么事，不过他在这里闹玩话罢了。成翁且请入座。"成谦当下谦逊了一会，也就坐下说道："云先生昨天往什么地方去？为何匆忙得那样？"云麟道："因有事同人接洽，故不及陪成翁畅谈。适听舍亲说，成翁的医道很高明，早晚当过来领教。"成谦道："兄弟也不过借这医道做个幌子，混一碗饭吃罢了，'高明'二字，哪里配得上？虽说如此，但凡人家请我看，无论什么病，我都是用心切脉，审度病原，然后才肯下药，从不敢忽略一下。却喜人家吃下去，没有一个不药到病除。所以一传十，十传百，人人都要来请我。其实我只是一个人，既不曾学着那孙悟空的分身法术儿，拔下毫毛，变成无数的朱成谦，去代人家看病，只好拣那极难治的症候，前往施治。其余没关紧要的，一概谢绝。饶着这样，由朝至晚，想一点闲工夫儿也没有。此刻到这里，还是却不过田大哥的情谊，兄弟略坐一坐，便要回去的。"

云麟见他过于吹得利害，笑说道："成翁从井救人，固然是一番好意，然而每天象这样忙碌，岂不是和自家身体作对一般？在我看来，还宜节劳为是。"成谦道："云先生说的话，我何尝不想到，无如那些人不肯放我过去。咳！怕的我一息尚存，此责不容脱卸呀。"云麟道："象成翁的为人，简直与耶稣无异，钦佩之极！"话还没完，那堂倌已端上两笼汤包来。（汤包：吴语。即小笼包子。以其一咬即有肉汁溢出，故名。)田福恩道:“我们趁热罢,冷了就不好吃了。”大家遂狼吞虎咽,一扫而尽。成谦当时便要会钞。云麟道:“成翁有事请自便,这会钞一事,轮不到你。”成谦遂告辞而去。

他走了之后,田福恩问道:“趾青究竟到哪里去?”云麟道:“我有我的事,不能奉陪。”田福恩道:“有事也请自便。”随即会了钞,各自分散。

欲知后事如何,且听下回分解。

# 第八十三回 逞谈锋当场演说 辞职务暗地输金

且说云麟和田福恩在静乐园分别，生怕他纠缠不已，不好到淑仪那里去探望，所以他一问，便老老实实回他说有事。其实云麟何尝有甚事，不过想借此脱身罢咧。这当儿时已晌午。云麟别了田福恩，匆匆忙忙径往伍府那条路走去。谁知事有凑巧，刚刚离伍府不远，对面忽来了一人，高声喊着："云生，云生！"他抬头一望，见是他的先生何其甫，自家暗暗发急道："方才撇掉那个冤家，又撞着这个冤家，今天我真倒运，淑仪那里一定是去不成了。"然而他心中虽恨，嘴里却说不出，只得必恭必敬站在旁边，请叫了先生一句。何其甫道："子来前，吾语子。"云麟见他说得文绉绉的，又好笑，又不敢笑，忙说："先生有何吩咐？"何其甫道："子亦知今日文言统一研究会开会选举乎？"云麟道："学生不曾接到此项传单，怎么会晓得？"何其甫道："如其不知，非子之罪也。今者吾明明告子矣，子曷不从我于会场之上，观其光而投其票乎？否则，是放弃选权也，乌乎可？"

何其甫只管滔滔地说个不了，倒把云麟吵得昏天黑地，不知道答应他好，不答应他好。答应他呢，登时就要跟着走，不答应他呢，他发起那古怪脾气来，也不管三七二十一，取出戒方，竟能够在人面前打我手心几十下，那末我岂不讨个没趣？于是沉吟了一会，方才回道："不敢请耳，固所愿也。"何其甫听他说出这两句书，越发得意，遂又点头晃脑，用手指圈而又圈道："圣门高弟，首数颜渊。吾今而后，颜渊子矣。"他任性在那里左一句右一句地咬文嚼字，旁边站闲儿的不知他闹甚把戏，都围着来看热闹。还是云麟说道："天已不早了，我们趁此去罢。"这时才把他的话头打断，带着云麟，一步一步，慢腾腾地向那会场走来。

诸君阅书至此，可知道那文言统一研究会设立在什么地方呢？原来他们这文言统一研究会的机关，其先本附设在何其甫的书房里面，那时不过他的几个同志，什么严大成呀、古慕孔呀、汪圣民呀、龚学礼呀，常常在那里集议，虽说房屋褊狭，尚不觉得拥挤。后来城里的一班私塾先生们也因文言消灭，对于他们将来的饭碗不无有点关系，遂也不招即至，纷纷加入，遇着集会，自然而然那地方就不能容纳了。大家见了这样情形，没有一个不主张将研究会另迁一个宽阔所在。因此征集意见，有的说是史公祠的，有的说是平山堂的。当经公众讨论，都说这两个地方好是再好没有，无如路途太远，城里的人跑到城外去开会，殊苦不便。况且那些秃驴们素以金钱为目的，我们不把租金送给他，他如何就肯允许？现在会里的经费尚无从着落，哪里拿出钱来租房屋呢？

何其甫听了他们的话，也不加可否，出其不意，忽从旁拍案叫道："通！通！通！"并大喊了一声。他这一拍不打紧，反把在座的人吓了一跳，不知道何先生为何如此，都呆呆地望着他，一言不发。只有古慕孔素来和他很有意见，随即结结巴巴地问道："你、你、你敢是发、发、发了什、什么疯、疯、疯病？不、不、不然，你、你、你就是、是、是吃、吃、吃了黄、黄、黄豆、豆、豆下、下、下去了。"何其甫见他越着急，越发故意哼道："小古乎，我岂真发了什么疯病乎哉而喊也。"又接着哼道："我岂真吃了什么黄豆下去了乎哉而喊也。"其时古慕孔见何其甫喊他小古，这一气非同小可，忙卷衣捋袖，摩拳擦掌，要向他用武，幸亏旁人竭力解劝，古慕孔才不至暴动。然而他余怒未息，还自言自语道："你、你、你喊、喊、喊我小、小、小古，难、难、难道你、你、你不、不、不是、是、是个小、小、小何？"

何其甫这时装着听不见，遂用酽茶将自己嗓子打扫了一下，向大家说道："适闻诸君之伟论，不禁令我五体投地矣。何也？夫吾研究会之设立也，何异乎今日之中华民国乎！夫中华民国之行事，非钱不行者也，文言研究会之集会，亦非钱不行者也。然而不言钱则已，若一言钱，则财政之困难，固不仅为吾文言研究会已也，国家且然，而况吾人饱学之士乎。是以今日之开会也，其事务厥维有二。其二维何？一则筹款，一则地点也。筹款之事，有待诸君之共商，姑毋论矣。而地点之寻觅，余固有现成之房屋在焉，不但无需乎租金，且可听我以自由，其事之完善，固无有逾于此者矣。"他话还没有说完，大家就不容他再往下讲，众口同声问道："其翁说的这个地方，究竟在哪里呢？"他此时且不理论，他但徐徐的宣布他的文言演讲道："诸君乎，亦知此地点果何在乎？坐，吾语之。谚有之曰：'踏破铁鞋无觅处，得来全不费工夫。'诸君亦知此为何地乎？以诸君之躁而且急也，将迟迟吾言矣。"

众人见他不肯说，还装出那假斯文的怪样儿，心里好生不悦，然又不敢公然得罪他，都道："何其翁可不必闹了，快点说出来，让我们也喜欢喜欢。"何其甫笑道：

"吾固欲言者也，然而诸君子之性躁且急，不待吾辞毕也，而噪止之，吾尚何言哉？然而吾苟不言者，诸君子亦得毋谓吾太过乎？虽然，此何地也？诸君子犹忆吾辈昔日创立惜字会之都天庙乎？屋虽陋矣，殿颇广也。且开会时，岂特吾二三子也哉，即继起者济济一堂，尚何人满之足患乎？盍言乎租金？彼庵堂庙宇，方恐学界中人之觊觎，正欲求人之保护。吾辈扬州生员也，欲在彼所设一文言研究会，是正得其所焉，虽与之租金，而却之也必矣。虽然，彼也仆者，自不得不稍予润饰矣，是则吾所深为顾虑者也。"

众人尚未开口，严大成就抢着先说道："我倒忘了，亏其翁想得到。果真这地方不坏，除了这个地方，要再找第二处，是恐怕再没有了。"何其甫颠着头，露着得意的脸色道："余岂好言哉，余不得已也。然事之难者，苟以余夺之，而若有谬误者，未之有也。"众人齐声地说道："何先生的计划，理由很充足。既是这样说，我们就把文言研究会设在都天庙里罢。但是地方是有了，既然有了会，就有会的开支，这是财政问题，第一种难解决的事。何先生见解很高明，就请赐教罢。"

何其甫很郑重地说道："诸君欲询鄙人以财政乎？夫财政之难也，实难乎登天，虽有邓石之富，而一文不舍者有之矣。矧吾辈设帐以授徒，原借笔耕而糊口。然而终朝讲授，自知费尽心机，按节馈贻，未卜几多馆谷。手头既乏余钱，囊底何来会费？虽然运由天定，事在人为。吾将于无可设法之中，而设一法焉。夫吾辈固以教授学生为业者也，今以公例言之，不就学生中而设法焉，又将何之？此吾所以于筹款之事，当以学生为目的也。诸君子其以为然乎？"众人道："何先生注重在学生身上，自是高明。但如何着手，还要请教。"

何其甫扬着头说道："诸君子诚愚不可及也。吾扬州私塾中学生，非有一通例乎？遇先师之圣诞，每人必纳贡献之银元；先生与师母每年寿辰，亦得同其例焉。然而此为吾人固有之利权也，若移此款而为会费，则吾辈所失尚多，想诸君子未有赞同者也。于是因此例而再辟一源焉。如每年遇太先生、太师母冥庆之期，亦令学生照例输金，即以此款而为会费焉，谁曰不宜？而吾辈集合之文言研究会，得此款以为补助，何患财政之不足，何患会务之不发达乎？"众人道。"其翁想的方法很妙，是所谓借他人之杯酒，浇自己之块垒。佩服，佩服！"大家议定。

第二天，遂将研究会迁入都天庙内。又因会中各事没有人负责，无头无绪，难以办事，复择了一个日期开会，选举几个干事，担任各部的会务。所以何其甫今天遇着云麟，就是到那会里去开会。他两人走到庙内，严大成、古慕孔那几个人早已在那里恭候。何其甫向众人拱拱手道："吾因途遇云生，欲偕之来，致迟迟吾行，累诸君久候矣。"严大成道："现在离开会时尚早，其翁不妨略为休息，我们再用午膳罢。"云麟当下招呼了众人，随便坐下。

停了半晌，庙祝进来说道："隔壁刘饭店里，已将饭菜送来，先生们就吃罢。"何其甫道："趁热也好。"话没说完，那饭店里的人早端上一碗肉丝豆腐汤、一盘芹菜炒百叶。大家因五脏庙里正闹饥荒，就吩咐一声装饭，不管青红皂白，狼吞虎咽，有如风卷残云一般，吃得飞快。此刻只苦了云麟，他正在嘴里将那饭珠儿一颗一颗地咀嚼，再看那两样菜，被他们完全吃得干干净净，勉强吃了半碗饭，就把筷子放下。何其甫见他放下筷子，忙很关切地问道："菜味果何如乎？吾食之，其味甚美，何子之吃饭仅半碗也？"一面说，一面拿眼睛朝桌上一望，一点菜星儿也没有了，好生无趣，便从身边掏出两个鹅眼线，叫人去买小菜。云麟当即拦住他说道："我实在饱了，不必费事。"

他们在这里说话，那开会的人已纷纷而至。云麟趁这当儿，站起身来各处闲逛。刚走至廊房之下，见窗槅里面黑油油地安放着一口灵椟，白幔低垂，灰尘满桌。陡然触起杨靖当日扶乩那回事，愈觉得无穷感慨，痴立不动。幸喜铃声叮当叮当地送到他耳内，他才大踏步跑入会场来。看那主席，不是别人，就是自己的先生何其甫。这时也就屏声息气入了座位。只听得何其甫在当中站着说道："诸君今日之前来，非为文言统一研究会之成立乎？然而诸君亦知文言研究会果何为而设也？今有人焉，以文化为标榜，以白话为科律，欲推翻吾文言者，是非今之妖孽乎？不但得罪吾先师，即吾人之设帐授徒者，亦将与之势不两立矣。何也？妖孽兴而正气衰，白话之文既盛，则吾人此后尚有立足之地乎？是此妖孽者，即吾人之敌，敌人不去，吾人固无安枕之日矣。此吾文言研究会设立之宗旨也。"

何其甫正说到这里，那四面的掌声拍得轰天价响，几乎把云麟的耳膜震破。无巧不巧，靠着云麟旁边，有一个大胖子姓王的，正在那里手舞足蹈，似乎表示他一片热忱。谁知他自家坐的一只板凳不甚坚固，偏生他又过于用劲，猛不提防，那只板凳忽然折断，一跤跌倒在地。大家莫不哗笑，因此会场上登时鸦飞雀乱。不多一会，仍复安静。何其甫又接着说道："夫吾人固以私塾为性命者也，设不极力与彼妖孽为敌者，不啻吾人之性命悬于彼妖孽之掌中矣。吾人今日誓不能不拥护文言，以图自己之立脚地步。然则文言统一研究会乌乎不设？今日者，选举各部干事之日也，愿诸君各凭良心之主张，勿为众势所侵夺，则予企望之矣。"他的话刚说毕，那掌声又复拍个不住。

掌声停后，何其甫和严大成手内各拿一沓选票，挨次分散。众人接票在手，随即用笔填好当选人姓氏，投入那个票匭。其时管票匭的是汪圣民、古慕孔、龚学礼，他三人等到大家投毕，然后检出各票，唱名记数。末了，何其甫以六十四票当选为总务部干事，云麟以五十二票当选为财政部干事，严大成以四十八票当选为文牍部干事，古慕孔以四十三票当选为讲演部干事，汪圣民以三十六票当选为交际部干事；龚学礼得票次多数，列入候补。

在这唱名的时候，云麟见选出诸人也有自家在内。及至唱到来了，他才知被选为财政部干事，心里扑通扑通地直跳，暗自诧异道："不好了！我上了我先生的当了。他把我诱得来代他们主持财政，莫说我不善主持，即使善于主持，这会里进款，单靠着每人捐助几文，如何能支持长久？万一到了山穷水尽，我岂不要掏出腰包？古语说得好：'天下本无事，庸人自扰之。'我本来是个事外之人，如今被他们拉了入会，掌管出纳，直无异庸人自扰了。与其日后发生纠葛，不如当场辞退，还可以免了一番口舌。"他主意想定，才欲发言，忽见何其甫正色向大家说道："我同人承诸君选为各部干事，自当各尽其职，以副厚望。如有心存畏葸，不肯负责者，非独诸君视为公敌，即余亦誓当扑杀此獠。"云麟不听这话犹可，听了这话，就象先生和他为难一般，舌头伸出来，吓得缩不进去，只好权且默认，停两天再作计较。否则，自家讨了没趣，还辞不掉那个干事，这又何苦呢。他虽在这里打算，但见晚鸦噪树，夕日沉西，会场中人已渐渐纷如星散，也就急不择步，匆匆回转家中。

红珠见他走来，笑问他道："你大早便去问你仪妹妹的病，为何到了傍晚你才回来？想必在他家有甚事耽搁。仪妹妹的病可好点吗？"云麟道："仪妹妹的病，听说是好些了。"红珠道："难道你不曾见着他？"云麟道："我到他那里去，他合家还未起来，这是门房里的人告诉我的。我得着他这信，知道此时进去也没用，遂自折回了原路。谁知我活该晦气，走不上多远，偏生就撞着我那宝贝姐夫田福恩。好容易想法撇掉他，偏生又撞着我那宝贝先生何其甫，一直被他缠到此刻，才可自由。再想前去望一望，已来不及了。"

红珠道："哎唷！你遇见这两人，真是你的魔头星。好在你今天虽不曾去问病，我倒代你打听出来了。"云麟道："你怎生打听出来呢？"红珠道："自从你大早出门之后，我总以为你回来吃午饭，哪晓得等到你两点钟，连影儿也不见一个。还是母亲说：'他一定被姨娘留住了，我们不如吃了罢。'然而吃虽吃，我总放心不下，不愁你被人拐了去，单怕仪妹妹有了什么意外，你才不得分身，所以特地派人去打听。后来打听的人回来报告说：‘少爷清早曾经去过一趟，问了问信，也不曾站住脚，便走了。伍小姐的病，却比昨日减轻许多，饮食也能稍为进一点，叫我们家太太少奶奶放心。’我其时听见他的说话，方知你到了别处，万不料被他们缠住。照这讲法，果然是你运气不好。”云麟道：“被他缠住不算事，现在又把笼头套起来。”红珠道：“你把什么笼头套起来？”云麟遂将何其甫如何约他去开会，如何当选为财政干事，一五一十，详细告诉他。

红珠笑了笑道：“恭喜，人人想不到手的那个财政部长，今番被你做着了。你做了财政部长，就有钱可赚，为甚还不愿意呢？”云麟道：“你当做是内阁里那个财政总长吗？如果是那个财政总长，倒还可以做得一下。这是什么缘故？因为做了那个财长，成大捧银子就有人送得来，带说谎借一种外债，至少也弄个几百万回来。国家再穷些，他且不问。无如这财政部是我们会里设的一种机关，专管银钱出入。而且你想想，象他们那些穷醋大，组织一个会，能有多少钱经费？假使我担负了这个职务，有钱呢，还可以支持得住，到那没钱时候，我向谁去要钱？一定要我拿出钱来赔垫。我好好日子不过，反为他们去想心思，究竟值得不值得？我说这话，你又要驳诘我了：‘当时他们既把你选出，你为何不辞去不干？’然而我也有我的苦衷。你可知我的那个先生，素来是不讲情理，一味地专用压力。他不动气便罢，动起气来，也不问你有面子没面子，照常痛痛地责罚一顿。何况他表面上似乎抬举我，我若冒里冒失地当场辞职，他即不好怎么样，过后也要恨我一个臭死。咳！我真是哑巴吃黄连，有苦说不出。”

红珠道：“你难道没有个方法想吗？”云麟道：“我对于这件事，思来想去，都觉得不妥。”红珠道：“亏你还是个男子汉，倒不如我们穿裙子的了。我代你设想，这事再好解决不过。”云麟被他奚落一顿，冷冷地说道：“事情原不要紧，我就不干，他难道能把我的头砍掉了吗？总因为我当日曾受过他的教育，万一为了这事，反把师生的感情伤尽，即使我有理，人家也要责备我不是，我所以为难的就在这个地方。”红珠道：“你既要顾全师生的感情，任你这么想，那么想，说到归根，你非拿出钱来不能了事。何以呢？你先生的眼光，既然落在你身上，你不满他的意，他还是和你过不去。推开窗子说亮话，老老实实，你写一封信寄给他，就说你的姨父有件事，托你往上海走一趟，后日就要动身，多则耽搁一个月，少则也要二十天，会里的职务，又一刻不能离开，特此提出辞职书，请大家推人接办。至于会中经费，我愿出二十块洋钱补助，一并奉上，望乞哂纳。他得了你的钱，本当不允许你的，自然而然他就允许你了。一来你花了二十块钱，就可和他们脱离关系；二来师生的情谊上，也丝毫无损：岂不是一举而两得吗？"云麟拍手叫绝道："妙妙妙！我不料娘子军竟有此谋略，真叫人不得不投降麾下了。"一宵无话。

第二天午后，云麟便照红珠所教的计划，详细写了一函，向他先生那里辞职，并封上二十块洋钱，命人送去。他这才站起身来，来看淑仪的病。我著书的至此，一支笔不能写两处事，只好权将云麟搁住不提。

再说何其甫的家计，本来不甚充裕，全靠着教几个生徒，养家活口。在那科举时代，他的进款倒也够用，甚至年下还有点盈余。为什么呢？因为当日生活程度尚低，所从他的又无非是富家子弟，每年计算，倒可得二三百金束脩。他除掉这种收入外，按月还有书院里膏火补助补助。厥后学校兴，科举废，他书房里所有大些的学生，均纷纷转入他校，以谋出身之路，仅剩了二三十个小蒙童，由朝至晚，在那里咿唔不辍。论起钱来，尚不及以前一半。加之到了民国，生活程度格外高得可怕。虽说他夫妻俩带着一个女孩，人口不多，试问日用所需，哪一样可以缺得？任他再会节省，难道把嘴扎起来不吃不成？幸喜美娘是个贤德妇人，只要偷下工夫，便代人做些针黹，贴补家用。饶着这样，尚不免有短柴少米之时。

这一天，何其甫由庙中开会回来，觉得一路霜风，砭人肌骨，遂和他妻子计议道："刻下已交冬令，我那件皮袍子还在典内，早晚想设法把他赎出御一御寒气才好。"美娘道："你不提起，我也想到了。皮袍子呢，固然要赎，迟一两天还不妨事。惟目前最要紧问题，米已告罄，大约只够明天粮食。我们先要想个方法，将米买回，有了米，肚子里便不至于闹饥荒了。"何其甫道："设法这一层，倒很不容易。"美娘道："赎皮袍子就能设法，买米就不能设法？你的话真自相矛盾了。我看你还不如找你的学生云麟，和他通融十几元，权为救急。他念师生情谊，谅不见得不肯。"何其甫道："今天我还同他在一起，他的那个财政部干事，就是我叫人举他的。我叫人举他的原因，也为着会里经费不足，他掌了财政，没有款子，他还可以赔垫。若举别人，就不行了。我深恐他不肯干，哪知道他竟无异词，这也是会里的幸福。果真无法可想呢，只好同他说说看。"

到了次日傍午，他把学生的功课做完，放回吃饭，自家才将抽屉里的笺纸拿出来，细细斟酌了一会，然后下笔。他这时因为和云麟借贷，却不敢过于摆出先生架子，措辞还说得委婉动听。写好之后，正预备停一会儿叫人送往云麟那里。恰巧门外走进一个人来，手里拿着一封信，说：“这里是姓何吗？”何其甫道：“是的。”那人道：“何先生可在家吗？”何其甫道：“我就是何先生。你是哪里来的？”那人道：“我是云府上叫我来的。我家少爷说有一封信，请何先生带到会里；另外还有二十块钱。”随即从腰内掏出，放在桌上。何其甫看见那白花花的二十块洋钱，心中却暗自欢喜，但不晓得这钱是做甚用处的。急忙将信拆开一看，不由自主地咧开大嘴笑道：“你家少爷辞职就辞职罢了，又要他出这二十块钱做甚？”当下遂给了一个收条，叫他回去复命。

那时美娘见送信的人已走，才出来向何其甫笑说道：“你还没有向他开口借钱，他便送上二十块洋钱，真个是天无绝人之路。你敲了几世木鱼，这才修到这个好学生呢？”何其甫道：“你不要高兴，他这钱是捐助会里的。”美娘道：“亏你还读了多年书。他如果真捐助会里的经费，为什么要把钱送到你这里来？他送到你这里来，一定是怕你不准他辞职，所以借捐助会费为名，送些洋钱给你用。他这一点儿用意，你难道不明白吗？”何其甫道：“我何尝不明白这个用意，不过他既说是捐助会里经费，我若拿来自己用，万一被会里大家晓得，岂不是一文不值？”美娘道：“你真是食古不化。只要他不说，还有哪个晓得呢？”何其甫道：“这话倒也说得不错。”于是夫妻俩计议一番，遂将那二十块洋钱去买了一担米，赎出一件皮袍，又添置些衣服，欢天喜地把那冬天度过了。

欲知后事如何，且听下回分解。

# 第八十四回　还夙愿酬神旗杆巷　得急电复辟北京城

光阴似箭，日月如梭，眨眨眼又是冬尽春来。那淑仪的病已爽然若失。然而云麟自从那日复望淑仪之后，虽喜他病占勿药，暗地里却不免担忧。殆以为淑仪是个性情中人，动不动就有所感触，万一伤春过度，把旧恙重又勾回，岂不是应了谶语吗？所幸神灵庇佑，一天健壮一天，不独云麟听了放心，就是淑仪自家，亦觉精神如旧了。

这天午后，淑仪闲着没事，遂向案头检出一本《养生镜》，斜倚在沙发上，细细翻阅。说也奇怪，他才将那书看了半页，好象瞌睡虫儿藏到他身上似的，不由自主地神思昏昏，星眸欲闭。

无巧不巧，他刚刚寻那黑甜乡的乐境，偏生他母亲走来喊道："仪儿，你的病才好，怎么吃过饭就困觉了？假使睡在这里扑了一点风，或是停了一点食，岂不又要害病？你难道上次痛苦不曾受得够，还要再吃第二次痛苦吗？我看你们这些少年人，简直儿不晓得人事。"叽里咕噜说了一大套，才把个淑仪喊醒。随即撑起身子笑道："我原是拿本书在这里消遣，讵料不知不觉竟睡着了。幸亏母亲来喊我，不然工夫睡得大，一定要生病了。"他母亲道："你知道这话就好了。大凡病后的人，比较害病的时候还要紧，什么衣服呀，饮食呀，起居呀，自家处处须慎重。设若一个大了意，把病复发了，那时才不可救药呢。何况你这病本来很危险，还亏我到那灵土地庙求了一条仙方吃下去，始能够翻转过来。虽说你应当绝处逢生，然而不是土地菩萨保佑你，你未必就霍然而愈。我所以和你来商酌，等你再结实些，还是你亲自往旗杆巷去还一还愿。"淑仪道："我曾听见母亲说，灵土地庙在那仓巷里，如何又在旗杆巷内？难道扬州还有两个灵土地不成？"他母亲道："你轻易不曾出过门，难怪你不清楚，扬州哪里会有两个灵土地呢？我告诉你，这灵土地的庙址，就在仓巷里面一个巷子口。人因为他有些灵异，凡是还愿的，都送他一对旗杆，年深日久，旗杆愈竖愈多，远远地望着，如同那船桅聚在一起一样，后来人们就把那巷叫做旗杆巷了。”淑仪道：“照这说法，旗杆巷是仓巷里边的一条巷子了。”他母亲道：“不错，不错。”淑仪道：“好在这地方不远，让我再养息几日，我和母亲前去走一遭。”

话还没完，有一个仆妇入内回道：“云少爷来了，老爷不在家，没有人陪他。还是请他进来呢，还是太太出去？”三姑娘听见这句话，遂向那仆妇说道：“你请云少爷坐一坐，我马上就来。”他打发了仆妇走后，又嘱咐了淑仪几句，才慢腾腾地向前厅来见云麟。

这时候云麟巴不得同淑仪见面，无如他姨娘又不曾请他到里面去，只好权且坐下。坐了一会，始见他姨娘从后边出来，当即请叫了他姨娘一声，笑嘻嘻地问道：“仪妹妹近来病体可健些？饭量可好些？我母亲不放心，特地命我到姨娘这里来看看。”三姑娘道：“我家仪儿的病，屡承你母亲关切，真正不当人子的。他素来饭量原有限，现在也能够一顿吃碗把饭。不过他的身体单弱得很，劳了神，就要咳嗽。每天我都叫他静养着，家里无论什么事，一概不许问。他自从依了我的话，逐渐倒有点效验。我等过个十朝半月，还要同他到那灵土地庙酬谢神灵，了我当时许下的夙愿呢？”

云麟道：“神是一定要酬谢的，不亏他老人家赐了这个仙方，仪妹妹的病如何能会好呢？先前我还不大相信这些事，总以为冥冥中虽有鬼神，也未必灵异到这个地步。及至仪妹妹将仙方吃下去，竟能够起死回生，自然而然地也叫我心悦诚服起来。但是那土地既显了这样灵异，姨娘究竟酬谢他些什么呢？”三姑娘道：“我心里打算着，单用猪头三牲和那香花鲜果去供奉他，尚不足以表示我们的敬意，我还预备买一幅绣花的绸幔子挂在神座前，做个纪念。至于旗杆呢，更是不消说的，是要竖的了。”云麟道：“姨娘这办法，未尝不好，在侄儿看来，其中还少了一件东西。”三姑娘道：“少了一件什么东西呢？”云麟道：“少了一副匾对。匾对能够表扬神灵功德，挂起来人人一望便知。”三姑娘道：“做副把匾对，也花不了几个大钱。不过又要叫你姨父呕心剜胆，撰那对上联句，这又何苦来？”云麟道：“姨父如没有工夫撰那上面联句，我还可以代劳。”三姑娘笑道：“那末就请你早几日撰成，好着人送到招牌的店里去做。”

他俩正谈得高兴，伍晋芳已从外面回来。云麟见了他，赶忙起身行礼。伍晋芳一面招呼，一面也就坐下说道：“贤侄何时来的？”三姑娘代答道：“他已来了好一会了。”伍晋芳道：“你们有话尽管讲，不要因我在此便住了口。”三姑娘道：“我和他谈的是仪儿还愿事。”遂将如何布置，一五一十，尽情告诉了晋芳。

晋芳这时且不理会三姑娘，转笑对着云麟说道：“贤侄的见解很不错，还愿这一天，别的东西少了不打紧，惟这匾对是顶着重的，没有它还还什么愿呢？匾上的题额，对上的联句，是非借重大笔不可。象老夫对于笔墨这一层，久已不弹此调，便勉强做出来，也是东拉西扯，空泛无着，哪里能令人称赏？”云麟道：“姨父太谦了，侄儿原恐怕姨父没有闲工夫，所以敢在姨娘跟前做一个毛遂，否则何敢自荐？”晋芳道：“老实说，我的俗事也多，那义务当然是你尽了。但目前时局，岌岌可危，贤侄曾有所闻否？”云麟道：“侄儿昨在报纸上看见一段新闻，说是省垣破获了一个宗社党的机关，拿获了十几个党人，供认是肃亲王那里派来，叫他们在江苏起事的。大约姨父所说，就指的这个了。”晋芳道：“不是，不是。我适才会见由北京下来的一个朋友，他说现在北京城里谣言鼎沸，都说张勋早晚进京，便要复辟。这原是一种空气作用，未见得就成事实。然而风声遍传，商界则银根奇紧，居民则迁徙靡常，爻象很不大对。我想他身处其境，所说的话，绝不会假。贤侄以为何如？”云麟道：“张勋呢，平情而论，自是清室一个忠臣。但他既做了清室忠臣，却不应再做民国官吏。盖棺论定，千载下清议难逃。况乎复辟这件事，何等重大，成则为开国之元勋，败则为人民之公敌，张勋虽愚，恐未必不熟权利害。即使他达了目的，也不过如袁世凯之八十三日皇帝，昙花一现，断断不能持久。何以呢？在前清时代，人民脑筋中尚不知共和为何物，虽受了专制之毒，惟敢怒而不敢言。如今政体既改了共和，忽然又复行专制，人民即无实力与之反抗，我逆料那些爱国的伟人，必有提一旅义师，殄此小丑者。到了那时，‘复辟’二字，怕不是就此烟消火灭吗？”晋芳道：“贤侄的议论，实在是颠扑不破，倒叫老夫不能不佩服你呢。”

三姑娘见他两人你一句，我一句，说得津津有味，又不知道他们谈的什么事，忙笑着说道：“你们已谈了许久，肚子想已谈饿了，也应该休息休息。”随即命仆妇到里面端出两碟茶食，摆在他两人面前。他两人也不客气，一面说，一面吃。彼此约莫谈了好半会，云麟才起身向晋芳夫妇告别。晋芳的意思，还想留他谈谈，云麟道：“我回去预备代仪妹妹撰那匾对，早一天成功，好让他早一天还愿。”其时晋芳因他说这话，也不再留，一直送他到大门之外。

云麟别了晋芳回去，便将淑仪还愿的事，一一说给红珠听。红珠道：“你既夸下大口，代他撰那匾对，就要撰得惊奇出色，压倒元白，才可以自负；若胡乱诌成了一副，姨父讪笑还在其次，怕的被旁人看见，一定说你不知放的什么屁了。”云麟冷笑了笑道："惊奇出色呢，自不敢说，便不好些，也不至于如同放屁一样。好在我还没做出来，等做出来，你再看罢，此刻同你辩白也无益。"

他和红珠赌了这口气，终日坐在书室里苦苦思索，不是有了上句，就没有下句，便是有了下句，就没上句，急得他连饭也不想吃。红珠道："何苦呢，你为了这件事，把自家身体弄坏了，反叫仪妹妹对不住你。"无如他好胜心重，任你怎样说法，他只装着不听见，仍然在那里用他的苦功。其实文字这一道，愈求工愈拙，愈求深愈晦，不问你是个博学通儒，到了文机塞住的当儿，虽下笔也难成一字。

忽然这天晚上他的灵机触动，竟把匾对完全想好了。匾额上用的四个字是"至诚感应"。联句是："土地示威灵，脉脉沉疴能解脱；因缘期遇合，绵绵长恨愿消除。"想好之后，念了一遍给红珠听。红珠道："我虽不大懂，这几句话听到耳朵里，似觉得入情入理。你不要再改了，明天写成，亲自带到姨父那边去罢。常言说得好：'慢工出细货。'你费了几日工夫，才撰就一副好对联来，也不枉你用尽一番心血了。"云麟见红珠如此褒奖，笑问他道："我这一副对联，是放屁呢，还是不放屁？"红珠瞅了他一眼，说道："我说了一句玩话，你还要来补找。我始终说你是放屁，不过这屁有香臭之分罢咧。"两人调笑了一会，也就归寝。一宵无话。

次日早起，云麟却不去做别的事，单用那笺纸工工楷楷，将所撰匾额对联写在上面。喊了一辆黄包车，飞也似地直向晋芳公馆而去。恰巧晋芳尚未出外，见了云麟，忙不迭地招呼他坐下。云麟道："姨父还不曾出去吗？"晋芳道："我今天虽有应酬，此时出去却还嫌早。"云麟道："侄儿已拟了一副匾对，特地送过来呈政，不知道能用不能用？"当下便从衣袋内取出那张笺纸，递给晋芳。

晋芳见他写的是一笔灵飞经字，字如司花美女一样，不由得见了生爱，遂大加赞赏道："我不料贤侄的字，近来写得这样好法。字如此，文更可知。"又望那联句，果然不谬，重新接着说道："似此笔墨，雅俗共赏，恐怕你从的那位何老先生，一世也做不出。"云麟道："谬承奖许，愧不敢当。只要姨父看了无甚疵处，叫人就送去做罢，迟了又须耽搁时日。"晋芳道："这话说得在理。"立即把伍升喊进来，将匾对底稿交他，赶快送往那店里去，限一星期要用。伍升奉了他主人之命，何敢怠慢，即时便去办理。云麟当即向晋芳问道："还愿在什么日期呢？"晋芳道："俗说初一十五不拣好日期，我们就择了下月初一罢。好在尚有十几天，还可以舒舒徐徐地预备。"云麟道："过于局促，却不免丢头落尾，下月初一，再好不过。届期我当来照料。"晋芳道："定然奉请。"一面说，一面便站起来。云麟知他要到人家去应酬，也不多坐，径自回家去了。

且说淑仪还愿的日期既然择定，不无的要买这样，买那样。幸亏伍升还能做点事，所有应用各物，莫不办得齐全。到了还愿这一天，又有云麟帮助他，自不消晋芳夫妇过问。谁料街坊上预先得着这个消息，那些左邻右舍妇女们，早打扮得整整齐齐，出来瞧看热闹。约莫巳初光景，远远地才听见洋鼓洋号的声音，不上一刻工夫，军乐队已打从市面过去。接着又是一班细吹细打。吹打之后，那些执事的始一一走来，有的扛着旗杆，有的捧着匾对，有的挑着盒担。那旗杆和匾对上面，都挂着一幅大红绸子，随风飘展，煞是好看。后面还紧跟着两乘四人抬的大轿，轿中所坐何人，不待在下说明，阅书诸君一定知为三姑娘母女了。其时云麟已先在那灵土地庙守候，等到他们齐至，非特神座前香烛业已点好，而且一万头的鞭炮，早劈劈啪啪地燃放起来，音乐悠扬，香烟缭绕。三姑娘母女始扶着仆妇跨出轿门，慢慢地走至神前，合掌行礼。礼毕，又赏了庙祝两块洋钱，仍复上轿回寓。

他母女刚抵寓所，早见云麟和晋芳在那里闲谈。三姑娘遂向云麟说道："你为何回来这般快？"云麟道："姨娘行礼的时候，我已先走一步呢。"这话没有说完，外面有人进来回道："县里大老爷请我们家老爷即要进署，有要事面议。"晋芳听说有要事面议，忙对云麟道："贤侄可在此午膳，我去去就来。"云麟道："姨父且请自便。"此时晋芳也无暇回答，匆匆坐着轿子，赶向那县署而去。这且按下不表。

单言云麟在他姨娘家里吃过午膳之后，本拟就此告别，但不放心县里请晋芳议的什么事，一直等至下午，晋芳才行回转，气吁吁地说道："你们可知道宣统皇帝已经复辟了？"云麟听了复辟的话，心里吃了一吓，刚欲询问这信息从何而得，不意三姑娘抢先问道："怎样叫做复辟呀？"晋芳道："宣统重新做了皇帝，就叫复辟。"三姑娘道："管他复辟不复辟，只要地方上安然无恙，我们有得吃，有得穿，有得住罢了。"晋芳道："你真吃的灯草灰，放的轻巧屁。个个人象你的心理，那倒没有话讲；无如有帮助他的，即有反对他的，万一反对他的抗命不服，势必诉诸武力，不问谁胜谁负，说到归根，总是我们这一班小百姓吃苦。到那时什么叫做我的身家，我的财产，一古拢儿都付诸浩劫，还谈到吃的穿的住的吗？"晋芳说出这番话不打紧，直把个三姑娘问得哑口无言。

其时云麟趁势从旁问道："姨父所论极是。不过，这不幸的消息，究从何处得来的？"晋芳道："县里适才请我去，就为的接到省里电报，说是张勋带兵入京，驱逐总统，拥戴宣统复辟。目前时局，虽危如累卵，然而我们江苏为保持治安计，各知事仍宜照旧供职，镇慑地方等语。他遂求计于我。我道：'上峰既叫你这样办法，你就这样办法，复辟成功不成功，大约不出十日内便可解决。到了那时，你再看事行事罢了。至于我们地方上，既然得了这个风声，倒不可不非常戒备，一来为的是严防土匪，二来为的是安慰人心。'在贤侄看来，我这计划可使得吗？"云麟道："好个'严防土匪'、'安慰人心'这八字，真抵得贾长沙一篇《治安策》。舍此哪里再有别的妙法？我最可笑的是那个张勋，他也不看看各方面空气何如，糊里糊涂，竟做出复辟这件事。他不失败，可抉我眸子去。所虑者，因这事牵动我们扬州市面，那末地方上顿时就会现出一种不稳气象来了。依我的愚见，现在扬州的绅商学各界，倒要结成团体，在商会里面开一个紧急会议，叫那些商家安居乐业，如同行所无事，不必过于惊慌，致与自家营业有碍，这举动倒是不可少的。"

晋芳笑了笑道："商学界呢，我却不谈。至于我们绅界中，意见也不一致，有的赞成张勋复辟，有的不赞成张勋复辟。不赞成张勋复辟的，以为我国共和尚在幼稚时代，便竭力拥护，犹恐不能巩固，若再从中破坏，岂不是与国家有意做对吗？赞成张勋复辟的，他也另有一种用意，以为我们当日皆是朝廷命官，硬生生地被那革命党将饭碗砸掉，今幸他代我们达了目的，我们虽不在从龙之列，亦可附骥尾而名彰，甚至把自己所有的私财，暗暗助他的军饷。我此时却不必明言其人，贤侄过后自会晓得。"

云麟道："薰莸异器，泾渭殊途，原不足责。然而我为若辈设想，清廷虐政，还受不够吗，一定要望他复辟则甚？这真令我大惑不解。好在大局虽闹得天翻地覆，毕竟离我们扬州还远，我们姑且坐观成败罢咧。侄儿此刻便须回去安慰母亲，怕他老人家得了这信，吓得慌了。"晋芳道："我也想到这里，你母亲终究是个女流，如何会知道深浅，倒是你赶回去安慰他一下，免得叫他们害怕。"云麟道："那末，我就此告辞了。"说着，便分手而去。

这时候扬州城里得着张勋复辟的信息，一传十，十传百，莫不惊惧异常。都道昔日还说是谣言，今竟成为事实了。可怜我们这些百姓们，不曾过了几年安安稳稳好日子，眼睁睁又要受那满人虐待，这不是我们命中注定的吗？常言说得好："宁做太平年间一条狗，不做扰乱年间一个人。"万一他们竟因此打起仗来，究竟叫我们往哪里躲避？我们既无处躲避，岂不是连一条狗都不如吗？

不说那些人心里怨恨张勋不已，单说扬州有一家巨绅，姓程名宗敬，表字云青，是程道周程大人之子。他先前也做过一任汉黄德道，后来在任上弄了几文，也就辞官不干，回家享他的清福。在他手里建筑了一所园林，名叫阙园。阙园里面，又朝北建筑了亭子一座，名叫望阙亭，取其身虽寄迹江湖，心终不忘魏阙的意思。可惜他头脑太旧，对于新学这一层，诋毁不遗余力。曾对他儿子炎晖说道："吾家世代书香，都守着圣贤遗训，以致得有今日。万不可象那些学洋学的少年子弟，只读会了爱皮西提几个字母，他便自命不凡，其实按实下来，毫无一点根底之学。将来若这班人出而治国，我怕的不但不能把国治好，并且还要将大清的一统河山，断送在他们手内呢。"他所以遇着出洋留学生，也不拿正眼去瞧他一下。偏生这年辛亥，留学生纷纷回国，协力党人，在武昌起义。他听见"革命"二字，这气非同小可，登时急得跺着脚骂道："我皇上不知花费了多少的金钱，送他们出洋留学，原想他学成归国，为朝廷效力。谁料到恩将仇报，竟敢造起反来，他们还有点人心吗？"及至清室推翻，宣统逊位，他知大势已去，遂向北叩首，哀哀痛哭地说道："微臣不能报皇上天高地厚之恩，手刃那些叛贼，有何面目见先皇于地下？"从此就绝粒不食，虽经家人百般劝解，坚执弗允，大有南山可移，此身终不可不死之雅。

幸亏他有个得宠的姨太太，叫做毛姨，平时言听计从，不曾违拗过一次，此番见他竟要抗节首阳，以身殉国，却不忍从旁坐视，遂上前劝道："老爷为国捐躯，自属正当办法，旁人何能阻挡？不过冲人尚在，还须想个妙策，把他复位起来，才是做臣子的道理。若说一死便卸其责，知道的固以老爷为忠，不知道的还说是老爷没用。我曾听见老爷讲，死有重于泰山，死有轻于鸿毛。象老爷这样死法，究竟是重于泰山呢，还是轻于鸿毛？在侍妾的愚见，老爷倒要振作精神，联络那一班有实力的同志，预备将来复辟地步，这才算是忠于清室呢。倘死得不明不白，定然要被人笑话呢。"云青这时被他提醒，不禁转忧为喜道："我不料你这小妮子说出话来，句句却有至理。好好好，你们就拿参汤来给我吃罢。如果有人再劝我死，我也不死了。"阖家见他能回心转意，倒也感激毛姨不浅。然而他始终不忘清廷之德，便在那望阙亭上设了一个万岁牌儿，每天五更早起，穿着朝服拜一番，然后退归私室。任外间怎样闹法，他也不管，暗地里却和那张勋常常通信。

这天午后，坐在园中非常烦闷，毛姨知道他又为了什么事体，那脸上才现出不乐之色，忙笑说道："老爷春秋已高，还不寻点快乐，要这样烦闷做甚？即有甚不遂心之处，也宜把他丢开，得过且过。"他道："你们妇人家如何晓得我的心事？我想民国自成立以来，如今已过了数载，什么叫做行政，什么叫做用人，无非全是些自私自利，若与清代两相比较，格外腐败不堪。我皇上深居北海之中，名虽尊崇，实则无异于拘禁。言念及此，怎不为之痛心？”毛姨道：“众擎易举，一木难支。老爷如望清室中兴，还须和张大人那边商酌为是。”他道：“原是的，无如张大人那边倒有好几天没得信来了，我心中烦闷，就是这个原因。”

正在这说话的当儿，忽接到张勋一个密电，说是：“时机已熟，只缺饷糈，尊处即请代筹若干，俾资接济。切盼。勋叩。”他接到这电之后，先前那满脸愁容，顷刻间已消归乌有，笑对毛姨说道：“正说曹操，曹操就到。好了，好了，我的素志可以偿了。”一面着人往银行里托他出一张五万元支票汇去，一面又叫人取酒来，和毛姨痛饮，似乎庆祝凯旋。其实他酒量有限，饮了数杯，便醺然大醉。毛姨当下遂命仆妇们扶着他进了房间，让他和衣而卧。

过了几日，果不其然，外间早哄传张勋复辟那回事。他暗自想着道：“皇上复位，虽然是我辈功劳，说到归根，毕竟还是大清的洪福。不然，近畿军队很多，岂没有人出而反抗？足见人心归顺，天不亡清，才能够不折一兵，不费一矢呢。异日酬庸锡爵，首功却要让张勋，我呢还在其次。”谁知他正在那里洋洋得意，忽有一西装少年，从他面前经过，他看了这种怪相，顿时大声喊道：“畜生站住！畜生站住！”那少年好象不曾听见一般，仍然他走他的。

欲知此人是谁，且听下文分解。

# 第八十五回 遗老拜牌演成趣剧 腐儒说梦志在科名

此时云青见那少年故意的不睬，越发气得暴跳如雷，一迭连声地叫道："快将他老子喊进来，快将他老子喊进来。"众人晓得风头不对，赶忙出去报了信。不多一会，炎晖果然来到里面，柔声怡色地向云青问道："大人呼唤儿子，有何吩咐？"云青板着面孔说道："我请你来没有别事，你养的这个好儿子，连我都不放在眼睛里。"遂一五一十，把刚才的事告诉了炎晖。炎晖道："儿子的儿子不好，就是儿子自家不好。为什么呢？因为做儿子的养了这个小畜生，倒时常带累大人生气，儿子罪该万死。好在他跑不掉，等儿子下去，结结实实地痛责他一场，问他怎敢目无长上？教训过之后，再领他到大人这里来赔罪。"

云青见炎晖说得很委婉，登时就把气平了一半，微叹了叹道："你的儿子，自然应该是你管，我难道还来讨这差使去办不成？不过我家世受国恩，如何能容这小畜生没有辫发？况目下故君复位，一定要搜捕那些革命党人，假使他身着西装，被人指为叛逆，官家把他捉去不打紧，恐怕我们父子俩还要连坐哩。"炎晖道："大人放心，儿子可立刻押着他换了装束。至于辫子呢，他既剪下来了，一时却难以复原，惟赶快叫他将辫发蓄起来，免得受旁人攻讦。儿子想的这办法，大人看可用得吗？"云青道："你照这样办法也罢。"炎晖随即别了云青，一直跑到厅上坐下，忙对家人说道："你们少爷可在家不在？如在家，就说我有话同他讲。"家人去了半日，前来禀复道："少爷已经出去了。"炎晖道："少爷既已出去，等他回来再说罢。"大家遂唯唯而退。

在下著书至此，倒要将炎晖儿子的历史先行叙说一番，阅者方能明白。

原来炎晖只生这一子，名叫稚华。他的性情，与他的乃祖大相反背。平时对于学问上，并不甚注重，专喜欢在外面结交朋友。他有一种癖病，不问什么人，只要谈得来，便成相识，阶级这一层倒可不论。所以他的朋友虽多，流品很杂，他却毫不介意。不过这风声传到云青耳朵里，也曾当面把他责训过几回。稚华总说是："现在世界各国，最重平等，我不懂什么叫做富贵，什么叫做贫贱。今日贫贱，焉知他日不富贵？今日富贵，焉知他日不贫贱？世变靡常，谁能够保得住自己？即以我家而论，目前虽声势煊赫，数传而后，安见不为舆台，为皂隶？到了那时，哼哼！我不但不敢骄人，怕的人将转而骄我了。"

云青听了稚华这番话，觉得他有意抵撞，不由得震怒非常，急忙将家法持在手中，虎也似地跑至稚华跟前，拟欲重重责他几下。幸亏稚华躲闪得快，反把云青跌了一跤。等他慢慢地站起身来，稚华早已去了好久。他这时又好恨，又好气，坐在椅子上，惟有暗自嗟叹道："家门不幸，出了这种不肖子孙，将来又如何能克昌厥后呢？"

不谈云青在那里伤感，且说稚华见他祖父跌倒之后，晓得这事闹大了，一定不得开交，赶紧溜了出去。然而心里终不以祖父为然。何以呢？他以为英雄出自屠沽，豪杰生于微贱，自古以来，史不胜载。难道我结交这班人，就没有益处吗？因此他轻易也不和云青见面，每天除了食宿外，一天到晚，均在他们组织的俱乐部里任意盘桓。恰巧这年扬州光复成功，稚华欣然自喜道："我家那老头儿的气焰可以稍煞了。"一面说，一面使命薙发匠将脑后那条豚尾剪去，一直跑回家来。

其时，云青正替清室抱着不平，忽然见他光头而入，便问他道："你的辫子安在？"稚华道："辫子吗？我已剪去了。"云青道："你为何把他剪去？"稚华道："我们既做了共和国的国民，还要这辫子何用？有辫子的，便是反叛。"云青道："照你所说，我头上也有辫子，岂不是个反叛吗？"稚华道："祖父头上有辫子也好，没有辫子也好，不关我事，我只晓得我剪辫子的自由权，是天赋我的，也不容别人干涉。"云青被他抢白一顿，刚要发话，稚华早又如飞去了。

说也奇怪，他祖孙俩天生得气味不投，碰见一回，便有一回冲突。此次稚华穿着西装，打从云青面前经过，生恐为他看见，又惹出他许多话来，所以头也不抬，匆匆而走。谁料冤家路窄，他早已看得分明，大声喊道站住站住。这当儿稚华知道不妙，仍然用他的惯伎，大踏步望外飞跑，任你喊得舌燥口干，发得誓他也不掉头一下。这又什么缘故呢？他因为云青得着张勋复辟的信，自必得意非常，万一被他叫到跟前，定要受他百般罗唣，不如装着不听见，到那俱乐部里避一避风头，省得自讨其辱。其实稚华素为他父亲所钟爱，对于他从不曾有过一次恶声，虽今番忤逆了祖父云青，便不出户庭，也未必大施鞭扑。然而他提心吊胆，总觉得实逼处此，反叫老父左右为难，是以立刻离开，好让他有转圜余地。一直等到二更时分，他才回转家中。

不料炎晖此际尚未安眠，遂叫来问他道："稚华，你今天为甚又得罪你的祖父？"稚华道："我今天且不曾见着祖父的面，如何会得罪他呢？"炎晖道："以往的事，我也不谈了。总而言之，祖父年高，难免说话不琐碎，你喜听则听，不喜听亦可置若罔闻，若同他驳诘起来，你有理也是没有理。自今以往，你把此话记着，家庭里自可和睦相安。"稚华道："祖父如象父亲这样教训，我也不敢违拗。但他老人家专用压力来对待，叫人好生不服。"炎晖道："大凡上了几岁年纪的人，都有些不合时宜。我遇事尚且忍受，何况你是孙辈，格外要忍受些了。我最后还有两句话嘱咐你：祖父为你穿了西装，没有辫发，着实在那里生气。你可依我劝，明日先换了服式，头上辫发，随后再留不迟。你看究竟是怎样？"稚华道："西装不西装，倒不成问题。至于留辫这件事，尚容我细细考虑。"炎晖道："你呆了，这交涉专为复辟而起，如果复辟取消，你还留什么辫子？"稚华道："父亲既这说法，我一一遵办便了。"炎晖道："祖父那边，你须跟我去一趟，好歹你自家认个不是。"当下便带同他到了云青屋内。

云青看见说道："你们还不曾睡觉吗？"炎晖道："儿子特地领孙儿到大人这里来赔罪。"云青道："有什么赔罪不赔罪，惟我所说的话，你可告诉他不曾？"炎晖道："孙儿件件都答应依着大人行事了。"云青道："这才是个道理。他们这些小孩子，没有大人来管束，还不知胡闹到什么田地。嗣后稚孙如谢绝交游，读书上进，好在小皇又登大宝，不愁科举不能复兴，到那时博得一个功名，也可以荣宗耀祖。"他在这里信嘴乱说，炎晖在那里俯首听令，只有稚华从旁暗暗地发笑，以为我祖父的年纪已是这么大，阅历已是这么深，何以说出话来如同蒙在鼓里一样？莫讲复辟未必长久，就是长久，科举也万无复兴之理。顽固如他，世界上怕没有第二个。后来又听他祖父向他父亲说道："我原打算明早五更，率领你们父子，到望阙亭万岁牌前朝拜。转念想了想，既举行这种大典，万不可草率从事，倒要预先布置一下才好。无如时间匆促，便再快些，当晚总赶不及，只得改为后天罢了。但此地虽非朝堂之上，我们倒不能不把他当作朝堂一般看待。假使随随便便，非特劳而无功，恐怕还要担那亵渎处分哩。我看你将孩儿带回去，教他先演习演习仪节，不要到了临时，又手慌脚乱，反被他人拿作笑柄。"炎晖当即答应了几个"是"，也就偕稚华兴辞而出。

他俩走到前面，稚华向炎晖问道："后天拜牌，祖父自然是身着朝服，不消说了。就是父亲，虽未受朝廷一官半职，少年时也曾撷过芹香，即把朝服加身，名义上还可牵强得过。我呢，自有生以来，与他毫无关系，拜牌时候，究竟穿朝服呢，还是不穿朝服？”炎晖道：“你既到这个地方，无论你与他有关系没关系，朝服一定是要穿的。好在家中箱子里，收藏朝服很多，你可随意拣一件穿着。”稚华道：“穿倒要穿，我头上没有辫发，试问象甚样子？”炎晖道：“哎唷！我倒忘却你没有辫子了，幸亏你提醒我，这却是一个大大的问题，不然穿起来倒也好笑。”稚华道：“不难，不难，等到朝拜当儿，我包管我的脑后也拖了一条长辫。”炎晖道：“你说的话我真不懂。”稚华笑着向炎晖附耳如此如此，这般这般，说了一遍。炎晖听了，也点头笑道：“你这戏法，变得真好。你祖父若看见你有了辫子，还不知他喜欢到什么地步。”他俩议论了一会，然后回房安寝。

次早，炎晖起身，不做别事，先招呼家人往阙园亭子上打扫，并告诉他们各项应如何陈设。家人领命，如飞而去。有事话长，无事话短。

且说那望阙亭要算园中第一个幽雅所在，苍松合抱，翠竹成行，晚花与斜日争妍，画槛和回廊相接。亭子里面四周窗格，全嵌五彩玻璃，两旁安放着几张海梅的椅子和大理石的茶几，当中挂着二幅双门式的杏黄洋绉绸幔，幔子微动，便露出高高一座金字牌位，上头写的是“当今皇帝万岁万万岁”九个字。这亭子自从建筑了之后，轻易也不许人进去一步，除得云青每早入内朝拜外，终日价都是关门上锁。所以风景虽雅，竟无人赏玩。谁知这天夜静，亭子内忽然香烟缭绕，灯烛辉煌，把里里外外照耀得如同白昼。

其时，残星欲坠，晓露犹稀，那甬道上面远远地来了一群人。前头几个，有的手提提炉，有的手提宫灯，静悄悄儿在前引导，连一点声息也不敢出。他们过去，紧跟着三个穿朝服的男子：一个胡须业已全白，花翎红顶，项下还挂着一串翡翠朝珠；一个年纪约莫五十开外；一个年纪还轻。都是朝冠朝服，轻摇慢步，走到品级垫子跟前站下，必恭必敬朝上行那三跪九叩首的大礼。说也好笑，就在行礼的时候，那少年跪下去，刚要站起来，不意自家的辫子竟被自家的脚踩住，一个大意，猛不防那条辫子硬生生和脑后脱离关系。常言说得好：“扯动升子带动斗。”他的辫子掉下不打紧，几乎把他戴的那顶朝冠也掉下来。他这时幸喜来得快，赶忙将那顶冠儿戴正，还装出假恭敬的模样，依旧在那里行他的礼。然而阶下伺候的一班人看他这种怪相，肚肠子都要被他笑断了，不过不敢出声。阅者诸君可知道那少年是谁？可知道那二人又是谁？想诸君不俟说明，早已知是云青祖孙父子了。



他三人行过了礼，云青忽见稚华头上辫子不知去向，心里很为诧异，忙问他道：

"你头上的辫子呢?"稚华道:"我的辫子,因适才磕头磕掉了。"云青道:"胡说!辫子长在头上,难道磕头还会磕掉不成?如果真有这回事,我为什么不曾磕掉过一回?"稚华道:"我的辫子是假的,不是真的。"云青道:"这又奇了,辫子能够装假,我长到老却未听见说过。"稚华道:"我因穿着朝服,没有一条辫子,殊不雅观,特地同父亲商量,弄了一条假辫,拖于脑后,一来为的是祖父见了喜悦,二来为的是行礼可壮观瞻。讵料他命运不长,霎时间便和我告别。"云青道:"辫子是假的,我明白了。但行礼是斯斯文文的事,为何这样鲁莽,磕头把辫子磕掉?下次万不可再象这样。"稚华笑了一笑道:"孙儿下次不敢。"其实他嘴里如此说,心中早暗暗发狠:"你还想我到这里来磕头吗?我果真重新到这里来磕头,除非是民国已消归乌有,否则宁死不愿。"他一面走,一面想,走不上多少路,便出了园门,折回内室。炎晖因天色尚早,当下遂向云青说道:"大人与其在这里清坐,不如仍回房安息。"云青道:"你们父子也可以去睡一睡。"说毕,大家各散。

稚华走入自家房内,原预备稍坐片刻,便往他们俱乐部,同那些朋友闲谈。后来想道:"不对,我是有事,才起得如此早法,他们未必和我一样,此时即便跑到那里,也不见得有个人影。"他想了一会,自然而然地也就和衣躺在床上,鼾呼睡去。约莫申初时分,他才惊醒,揉了揉眼睛,暗自说道:"我记得睡下去没有多大的工夫,何以醒来已是下午?"赶忙起身盥洗。盥洗后,命人端上饭菜,胡乱吃了一顿,也不耽搁,匆匆往那俱乐部去了。

他到了俱乐部里面,那些朋友正在那里快乐,有的弹唱,有的对弈,有的打牌,有的阅报,有的围坐闲话。众人见了他,都笑着说道:"我们盼望稚哥许久,为何到此刻才来?"稚华道:"不谈了,我被我家祖父老头儿头都闹昏了。"众人道:"为什么头都闹昏呢?"稚华道:"他不忘故主,天天在家里亭子上朝拜一次,倒不能说他不是。然而人各有志,万无相强之理。偏生他这几日得着复辟的信,硬行逼我的父亲和我,今早同他一起去朝拜。"遂将半夜里如何起来拜牌,如何把假辫子踩掉,如何睡到这时方起各情形,详细告诉了众人一遍。

众人道:"稚哥这一出把戏,倒也好耍,万一被那些做小说子的听了去,大可以做他们小说材料。"稚华叹了口气道:"象我家祖父这样古怪的脾气,乖僻的行为,可谓独一无偶。"他话还没说完,忽然那边有一人抢着说道:"何以知道没有?我昨天听见我小舅子说,他的先生就和稚哥的令祖无异。"稚华转身将那人一望,见他穿着一套蹩脚的西装,头上癞疤子结了许多疙瘩,令人看了生厌。这还不算,他的鼻涕淌到嘴边，还用舌尖在那里舔来舔去。知是那个新入局的朋友田福恩。看他这种形相，实在不愿意同他答话，但因为他说有人象他的祖父，勉强向他问道："田兄，你说是谁象我的祖父？你的妻舅又是何人？"田福恩道："哎唷！稚哥你在社会上还混了许多年，难道我小舅子的姓名你都不晓得吗？"稚华笑道："奇了，他不是我的妻舅，我如何会晓得他姓名呢？"田福恩打着那半调子的英语答道："也斯，也斯。我告诉你罢，我的小舅子姓云名麟，字趾青，是前清一个秀才。"

他正在高兴地往下讲，稚华拦住他道："你不用说了，我晓得这姓云的，便是当日意海楼的姨太太红珠嫁给他的，你看我说得错也不错？"田福恩伸着大拇指说道："何如？我说我的小舅子提起来你必是晓得的。"稚华道："失敬，失敬，我却不知道他是你的令亲。但你说他的先生究竟怎样呢？"田福恩道："他的先生名叫何其甫，也是前清一个秀才，现充文言统一研究会会长。此人性情迂谬，自命为道学先生。我的小舅子看见他，如同看见鬼一样，动也不敢妄动。"稚华道："可是推翻清室的时候，他曾在明伦堂上过一回吊的？"田福恩道："你看这人何如？"稚华道："可惜他不曾死了，死了倒也算得个愚忠。"

田福恩道："我与他却不甚亲近。昨天听见我的小舅子说，他的先生把他喊了去，叫他赶快将那些八股翻出来，重新读得滚瓜烂熟。我的小舅子道：'八股早已废掉了，读熟了有什么用处？'他的先生正言厉色道：'你说八股没用吗？早晚就有用了。'我的小舅子问道：'先生何以见得？'他的先生道：'皇上现已复位，国事定后，科举当然是要复的。复了科举，我猜准还是用八股取士，仍遵守他的祖宗旧制。你如不信，来来来，我和你拍个手掌如何？'他说这话时，大有诸葛亮、刘伯温的那种神味。我的小舅子尚未及回答，他的师母从旁向他说道：'我这几天被你的先生闹死了。他听见宣统又做了皇帝，说不出来得快活，口口声声都说他优贡已揣在荷包子里面。我说道："你敢是在这里做梦？"他道："我就因为那年做的梦，才敢说出这句话。你可知我当日做梦的当儿，宣统还不曾出世，及至到了宣统即位，又被那些民党推翻。我后来觉得这梦未足为凭，也就不作此想。偏生目前他又登基，我的优贡岂不是大有希望吗？"他对我说个不了，我也不好反驳他。现在他又立了一个什么当今万岁牌，每逢夜晚，读一遍八股，即向那牌位磕一回头，磕了读，读了磕，都要到三更天才睡。他虽不以为苦，然而他的一张嘴、两条腿跟他却苦死了。'他师母歇了歇，又接着说道：'我有时同他讲："你已上了几岁年纪，何必还吃这种辛苦？假使因此损坏了自己的身体，那时才懊悔不及呢。"他道："你们妇人家晓得什么？古语说得好：‘三更灯火五更鸡。’我不痛痛下一番苦读的功夫，未见得人家就肯把优贡送给我。”咳！世间上好名的，我倒看见过，却不曾看见过象你的先生为了一个优贡入了魔道，难道得了优贡就可当饭吃不成？云相公你是一个明白道理的人，当着你的先生面，凭公说一句，我的话究竟有理没有理？’其时我的小舅子听见他师母的话，正在那里为难，说有理呢，先生面子又下不去。刚要想个主意替他们解和，恰好他的先生对他说道：‘云生，你莫要睬你的师母，我们还干我们正经事。你家里可有《大题十万选》、《小题十万选》没有？’我的小舅子说道：‘从前却也有一部，后来因为八股废掉了，不知把他高搁在哪里。先生要这书何用？’他的先生道：‘此书看似无用，一旦复了八股，这书就大大地值钱。这叫做麟角凤毛，物稀为贵。你不要把他过于看轻了。’我的小舅子道：‘既这样说法，回去就将此书寻出来。’其实他心里老大不以为然，然而表面上却不得不敷衍过去。他回转之后。就把他的先生近来一段趣史，做他的话柄。稚哥，你想想这位何老先生一举一动，岂不是与你令祖大人一般无二吗？”

稚华道：“我不笑他别的，单笑他读一遍磕一回头，万一他一晚读上几千遍，他的头一定要磕上几千回，他不嫌烦，我听听也嫌烦了。象他这样人，若和我家老头儿聚在一起，定然谈得入港。即便不聚在一起，听了他这段历史，我逆料我家老头儿必极力赞扬。所谓人以类聚，物以群分。兄弟这番议论，诸位以为然否？”众人道：“稚哥的议论极是。但不知复辟这回事，究竟能永远成为事实吗？”稚华道：“在我看来，好比萤火之光，一瞥即逝，大约不出二十日，必有变动。到了那时，他们才知道枉用心机哩。若事前阻拦他们不许轻动，他们死也不甘。即以我家老头儿而言，他何尝不是其中一分子，现在却洋洋得意，一旦张勋打败，怕他的那团高兴，自然而然地也就付之东洋大海去了。”田福恩笑道：“稚哥的令祖，固然有连带关系。就是我刚才所讲的那个何老先生，他方且希冀什么优贡功名，天天在那里磕头如捣蒜，假使取消复辟，他岂不是做了一场大梦？非但他无面目见着他的学生云麟，恐怕也无面目见着他的家中妻子。我不愁他别事，他为人生性迂拙，倘若因此弄出什么意外事来，才真正犯不着呢。”

他们正在高谈阔论，外面忽送进一份报纸。稚华接了，打开一望，笑着说道：“果不出我所料，业已有人出来反对了。”众人道：“反对他的究竟是什么人呢？”稚华道：“还有哪个，就是那最有名望的段氏了。你不看见北京的那个专电，说是段氏在马厂誓师，预备和张勋开战。无论老张的实力怎样，然而遇见老段，我包管老张就要倒霉。何以呢？老段师出有名，登高一呼，各方必然响应；况他的旧部，充当师长旅长的很多，他既举了义旅，没有个不愿为之尽力。老张呢，他手下全是乌合之众，平素又无甚纪律，临了战阵，要不了几个回合，定然是被那边杀得大败亏输。我先前还说以二十日为期，照此看来，十日之内，大局便可解决。我的话如有一句不灵验，我也不叫个程稚华了。诸位等几天看罢。”说着，便辞别了众人，先自去了。众人见稚华已走，也就不再多坐，一哄而散。

欲知后事如何，且听下回分解。

# 第八十六回 报师恩门生忙后事 助丧费壮士念前情

我常说世界上的事变化万千,从没有可以预定的。今日如此,明日未必不如彼;今日如彼,明日未必不如此。如行云之在空,如流水之在地,令人不能捉摸。我何以说出这句话呢?因为我这部《广陵潮》,其中所记的许多事实,大概都是如此。就以这回书说罢,有因期许过深,后来转忧惭殒命的;有因贫穷已极,后来反暴富起家的:世事无常,在当日何尝意料得到呢?闲言休叙。

且说何其甫送了云麟出去之后,他仍然兴高采烈,笑嘻嘻地和他妻子美娘说道:"你适才同云生讲的一番话,似乎说我近来举动如同发狂。其实我何尝发狂,不过他既有复位之时,我难道就无功名之望?你不预先向我道贺,还要热讽冷嘲。幸亏我当时装做痴聋,若认真与你争论起来,显见得我无容人之量。然而你试想想,究竟我错呢,还是你错?何况妇人家都是些盐酱口,坏话呢,十句倒有九句应,好话却不曾应过一回,假使被你说个正着,他禄位果然不长,我功名也就等诸镜花水月了。常言说得好:'夫荣妻贵。'我揣你的心里,好象与别人不同,宁做秀才婆娘,不做优贡太太,你这人岂不是福薄吗?"

美娘见他把自家好意拂掉了,也冷笑了笑道:"狗咬吕洞宾,不识好人心。我当初原舍不得你过于用功,所以才苦苦地切谏。早知你不听我的话,我何必枉费唇舌?从今以后,你莫说每晚读到三更,就是读到第二天天亮,我也不来管你闲事。好在你有病,是你自家吃苦,难道旁人还能替代不成?"何其甫这时且随他说,却不理会。等他说毕,忽向他咬文嚼字地道:"你可读过《孟子》乎?你可知道《孟子》上'以顺为正者,妾妇之道也'这两句书乎?你如不懂,我岂不可讲给你听乎?"

他说出这一大套"乎"字不打紧,倒把个美娘闹得头昏,心里又好气,又好笑,当即把他抛下,竟自往房里去了。他一人坐在板凳上,倒也不觉得无趣,正想做一篇八股,预先操练操练,省得到考那优贡时,笔底下艰涩。刚要去拈那支笔,忽听门外有人问道："其翁可在家吗？"他开门一望，见是他的好友严大成，赶忙招呼他入内坐下，说："严兄这两天可曾听见北京的信息如何？"严大成道："我原是不晓得信息，特地到其翁处来询问，谁知道其翁也同我一样。在我的愚见，张大帅既做了这惊天动地的事业，他未必没有把握，只要各省一致附和，还怕这一统河山，不仍为大清国所有吗？"何其甫道："严兄所见极是。此次复辟，虽属张大帅功劳，实亦宣统皇帝的洪福。不过我们要打探这些消息，究竟在什么地方才打探得出呢？"严大成道："信息灵通，莫过于报纸，我们总须得天天看一份报，才不愁消息不灵。然而为着他又要花费我们许多钱，殊不值得。"何其甫道："你提到看报，我倒想出一个好法子来了，花钱既不多，报纸又有得看。"严大成道："其翁想出什么好法子呢？"何其甫道："教场茶馆里，不是有卖报的吗，听说看一份报，只花一个铜元，这价钱再便宜不过。我虽不喜上茶馆，明早倒要为这事，和你前去吃碗茶，一来为的是可以借以谈谈心，二来为的是又可借此看看报。你看可使得吗？"严大成道："其翁想的这法子很好，我们明早就一同去罢。"他俩约定后，严大成就回去了。

次日，何其甫早起，先用白水泡了一碗锅巴，狼吞虎咽将肚子混饱。然后慢腾腾地约了严大成，到那茶馆里茶叙。他们入了座，堂倌便泡上茶来。何其甫一面品茶，一面就向那卖报的取过一份报细细地阅看。讵料他不看犹可，看见了那个专电，不由自主地就打个寒噤，直把他吓得舌头伸出来，几乎缩不进去。歇了半会，他才自言自语道："怎样好？怎样好？"严大成见他如此惊慌，知必又有什么变故，忙问道："其翁看了报，为何改变常态？难道张大帅那边业已失败不成？"何其甫道："虽不失败，怕的也不远了。"当下便将报纸递到他手内。

严大成接过一看，原来段将军已在马厂地方起兵讨贼，连日和张勋打了几回仗，张勋均不曾占着优胜。心里也很代张勋着急，遂对何其甫说道："照这情形，似乎有点不妙。"何其甫道："我不懂老段这人是何心肝？论名分呢，他也做过大清的臣子，受过大清的恩德，便没有张勋出来复辟，自家也应该有此主张，何况人既发难于先，他正宜协助于后。偏生他不明大义，视清廷如同仇敌一般，慷慨兴师，大有灭此朝食之概，岂不是恩将仇报吗？"严大成道："可惜老段不曾听见其翁这番议论，如被他听见，恐他也俯首无辞了。"

说着，那肚子里的五脏神已向他宣战，他此时饥不能耐，忙问何其甫道："其翁带甚东西吃？"何其甫道："我在家已吃过了，你请自便罢。"严大成见他已吃过，便命堂倌端了一碗面来，刚刚才吃了一半，何其甫忽然喊道："不好！不好！肚里疼得很，大约要大解了。你且坐一坐，我去去就来。”当下飞也似地跑出了茶馆。严大成等了约有一个钟点，连他影子也不看见一个，这才明白他另有作用。却也没法，幸喜身边还带着钱钞，只得自家将茶资会掉，又取了一个铜元，递给卖报的，他才出了茶馆，步行回来。一路上思前想后，觉得上了何其甫的大当，倒要当面质问他一下，看他有何话讲。主意已定，一直跑到何其甫那里。

何其甫见了他，不待他质问，赶忙笑着说道："适才对不住，倒累严兄久等了。我大解之后，本预备再到茶馆，不想出了厕所，便遇见一个熟人，拉我同他去有事。我说还有人在茶馆里等候我，此刻却不能奉陪。他道好在耽搁时候不多，一会儿再去也不迟。我被他缠得没有法，只好跟着他走。及至办完了事，为时业已不早，要想再往茶馆里来看你，怕的你去得好久了，与其徒劳往返，不如改日再做东道罢。"严大成道："好说，好说，我辈文字之交，不在乎此。惟因其翁去而不返，令我很不放心，所以特地过来探望探望。"其实他面子上虽说得好看，心里早恨他一个臭死，以为他怕会钞，架词屎遁，过后偏要来掩饰，我若明揭其旨，你还有置身余地吗？想毕，也就不辞而别。

过了数日，张勋在北京果然失败，逃往荷兰使馆。扬州得到这信，莫不欣喜非常，大呼民国万岁。其时何其甫刚在那里午膳，忽然耳朵里听着这不幸的事，不由得失惊道："当真吗？当真吗？"顿时那碗饭就吃不下去，躺在床上，放声痛哭，好比死了父母一样。他到底是上了几岁年纪的人，本来经不得什么辛苦，加之着了一回急，胸口间不免觉得有些饱闷。这天连晚膳也不想吃，第二天就爬不起来了。说也可怜，他在那复辟的当儿，何等高高兴兴，一旦取消了复辟，自家的功名固然绝望，还恐被他妻子美娘嘲笑其旁，因此羞忿填膺，竟致一病不起。

美娘觅他忽然病倒，知道为的是那个功名，倒反万般解劝，叫他安心静养。无如末运已临，药难挽救，他的病一天重似一天，虽百计延医服药，毫无效果。这时候，美娘晓得不妙，忧急万分，看来已到临急时候，只得赶紧着人将云麟请来，和他商量他先生身后问题。云麟道："师母放心，先生万一不幸，我当勉为其难。不过此刻还望他病好，尚谈不到后事。依门生的意思，还想请医生来诊视，看他老人家可有救否？"美娘道："云相公究竟请哪一个呢？"云麟道："我想请我那个朋友看一看，他虽没有什么名气，医理却还不错，这人姓朱名成谦。师母曾经听见人说过吗？"美娘道："可是和柳家少奶奶有点戚谊的？"云麟道："师母所说的就是他。"美娘道："云相公既然相信，就烦你请他即刻过来，如能救得转来，方是天不绝人呢。

咳！你家先生，一生来都是为那‘热心功名’四字所害。即如近来，口口声声都说他是宣统优贡。到了今日，宣统依旧不做皇帝了，他的优贡也无望了，可算做了一场大梦，活鲜鲜地把这条命送掉了。我不恨别个，只恨他梦里遇着的那个四夕山人，为甚哄他梦到如此地步?”云麟道：“梦本无凭，安能信以为实？先生病虽至此，师母且不必过于忧急，等我把那朱成谦请来，再行定夺罢。”说毕，便出门而去。

不多一会，云麟果然偕朱成谦来到。美娘见那朱成谦獐头鼠目，一点医生模样也没有，料想不会有什么大本领，心里很瞧他不起。但既把他请得来，只得勉强叫云麟陪他同至病人榻前切脉。其时何其甫正昏昏沉沉睡着，那喉咙里的痰，又不时地响来响去。他切了一会脉，遂出来向云麟说道：“令师的病，是个不治之症，怕的不在今晚，就在明早，一定是痰壅气闭。倒宜乎把后事赶快办成，免得临时措手不及。我和趾翁说的是知己话，便开下方子来，也是没用。”云麟道：“原是请老兄来斟酌的，既这么说法，也只有听天由命了。”随即把朱成谦送了出去。

成谦走后，恰巧何其甫业已醒转过来。云麟站在他床前问道：“先生此刻心里究竟觉得怎样?”何其甫叹了一口气，低低说道：“功名误我，夫复何言。我恨不得立刻便脱离浊世，所不舍的，就是他孤儿寡妇二人，将来如何过活?”一面说着，那扑簌簌的老泪，如雨点般滴将下来。他停了半晌，又接着说道：“我的学生虽多，只有你一人是我所赏识。我死之后，你的师母、师妹，还望你照应他们，我死在黄泉，也当感激。”

云麟听他先生说到这里，忍不住也两泪交流，忙即答道：“先生放心！吉人自有天相！何况先生春秋并不很高，安心调养，何得就至不起。即是功名一层，象先生这样的人，取青紫本如拾芥，黄堂金马，有何难望？只因衰清末运，妖孽横生，提倡开学堂，废八股。学堂一开，就下了革命种子；学堂一盛，革命也就爆发起来。推翻清帝，致使先生高才久屈，无怪愤懑。即是学生，亦代为不平。还幸天未绝清，小皇帝尚在，倘若张勋复辟成功，清帝中兴，开科考八股，当然举行。那时先生感应吉梦，不但优贡，或者还有钦赐老翰林的荣典可邀呢！现在虽有段棋瑞起兵战胜了张勋的消息，但是这种消息，多半从新闻纸上传来的。如今新闻纸，假造电报，乱改通信来稿的很多。这种新闻纸上的话靠得住吗？先生是明哲的人，这点点还看不出来？请先生放下念头，将养身体，把身体调养得硬朗了，准备夺取功名要紧。若先生果有不测，学生对于遗嘱，自当谨记在心。云麟日后倘背师言，必为神人所共殛。”

何其甫见他首肯，微点了点头，遂不复语。然而美娘此时把他师生俩的话听到耳朵里，早已在旁边哭得似泪人一般。还是云麟将他劝住，说道："师母不必哭了，我们须要办我们的大事。我此刻权且回去一下，筹划些银钱，好购买丧中应用各物。"他说完便别了美娘，喊了一辆黄包车，飞也似地转回自家公馆。

云麟走到里面，红珠见他这匆忙样子，当即问道："你回来敢莫有什么要紧事吗？"云麟惨然说道："我的先生，现已病得要死了。"红珠道："你前几天不是在他那里吗？你在他那里，他还精精神神，为何一病就病得要死？"云麟道："天有不测风云，人有旦夕祸福。"遂将他如何得病，如何要死，如何嘱托，如何回来筹款各情形，一一告诉了红珠。红珠道："论你们师生的感情，总算不坏，此次既遭了大故，当然是义无可辞。但你究竟预备筹划多少呢？"云麟道："就目前而论，我想先筹划一百块钱。"红珠道："不够，不够。衣衾棺椁，倒要用去了若干，其余哪样不要钱买？好在我箱子里尚存一百多块钱，你就拿去用罢。"当下检出，递给云麟。

云麟得着这钱，仍旧坐了原车，一直到他先生那里，幸喜他先生尚未咽气，赶忙命人去采办。等到他布置停当，他先生也就呜呼哀哉，伏惟尚飨了。可怜那美娘抱着他女孩儿光孟，哭得一佛出世，二佛涅槃，说不尽许多凄惨。后来还亏云麟再三安慰，他才止住悲啼。

这夜里云麟也不回家，便在此伴灵。天才微亮，他遂招呼人送信给他先生的那一班朋友。约莫已初光景，吊者业已纷来。有的说其翁中道云亡，我们文言研究会里又少了一个领袖。有的说其翁死得其所，将来可免做亡国之奴。议论虽多，却不曾有一个提到他身后之事。他生前所交的这班朋友，也就可想而知了。云麟此时也无暇向他们招待，忙了这里，又要忙到那里，简直没有一刻儿余闲。及至收殓已完，他才偷点工夫，回家休息。

过了几日，他撰了一副挽联，亲自向他先生灵前去张挂。他师母美娘见他说道："云相公来得好极了，我正要着人去请你。因为昨天有人送来一封信，另外还拿着奠仪二百元，说是他主人姓饶的叫他送来的。我问他主人名字叫什么，他道：'我的主人叫做饶凤池。'我问他主人住在什么地方，谁知他头也不回，便自去了。我想你先生在日，并未曾听见说过有这阔朋友。若说是那个饶三，他早已穷得要死，先前还时常来找你的先生，如何会送这一份极厚的奠仪呢？"云麟道："我也是这样想，先生除认得他，却没有第二个姓饶的。然而若说是他送的，怕的告诉人，人也不相信。我们也不管三七二十一，好在他既送得来，无论什么人，总算领他的盛情罢咧。”美娘道：“你可把信拆开看一看，究竟内里说的什么话？”云麟道：“倒也不错。”随即将信拆开来，但见上面只写了几句，说是“顷闻先生作古，令我不胜悲悼。兹特饬价送上二百元，聊佐丧中费用”云云。下款署着“饶风池”三个大字。

云麟看了一遍，知道这人一定是个富翁，又和先生素来认识，否则断无送奠仪之理；即使肯送奠仪，也不见得这样丰富。思来想去，这闷葫芦叫人真难打破呢。当时便对他师母美娘说道：“此人大约住在城内，我日后总可以探访出来。现在且随他去罢。倒是这笔款子，师母须把它收好了，俟将来再凑几文，存在钱庄上生息，就可以敷衍度日了。”美娘道：“云相公代我母女筹划周到，不但我感激万分，恐怕你的先生死在阴间，也保佑你养一个大头大脸的儿子。”云麟道：“师母过于言重，这是门生分内应做的事，当然无可推诿，倘因此加以奖许，转叫我心里不安。”他话说完，又问了问别的事体，然后才兴辞而出。这且按下不表。

且说上文所说的那个饶风池，究竟是何等角色？在我这部《广陵潮》中，却未曾叙过他的历史，也未曾提过他的名字，此次忽然出现，岂不是另起炉灶吗？然而在下敢说句大话，是凡书中所有的人物，没有个不有根据的。即以这饶风池而论，我不说出他来便罢，若把他说出来，还与诸君是个熟人。此人是谁？就是当日曾经敲过何其甫竹杠的那个饶三。他自小虽流落江湖，所作所为，却不象他那两个哥哥的举动。他果托天老爷保佑，何尝不能扬眉吐气，步那孟海华后尘。无如命运多乖，到后来竟流为乞丐。代他设想，怕的永无发迹之期。谁料他绝处逢生，老天予以大大机会。诸君要知道他这机会从何而至，须待在下慢慢叙来，然后自能分晓。

原来饶三落魄穷途之际，正明似珠被冯大拐逃财物之时。他这一天走至街头，恰巧撞着那个倒霉瞌睡的朱成谦，他两个本是熟人，当即问道：“我听见朱大哥和你令表妹同在上海，谅必得意，为什么又跑回来呢？”朱成谦长长叹了一口气道：“人要倒起运来，很好玩的。我那舍表妹自从真都督死后，他打算把平素所有的财物，一古拢儿用船装至扬州。在他未动身之前，便命我先回来代他购买房屋。我满意把房屋购定，多少总可捞摸几文。岂料他因游览焦山，被船户将船开去，他财物既一无所有，我自然更穷得精光了。”饶三道：“这船户可知道叫什么名字？是哪里的人呢？”朱成谦道：“那船户叫做冯大，是淮北人。他有个妻子，叫做小冯，本来是跟舍表妹的。哪晓得他夫妇俩串通一气，席卷而逃，岂不令人恨煞！”饶三道：“难不成令表妹就不报县缉捕吗？”朱成谦道：“舍表妹何尝不向镇江警署里去报告，叵耐警署里置而不问。”饶三道：“这些囚娘养的，吃粮不管事，实在可恶！”朱成谦道：

“三哥多时不见，为何也穷得这样？”饶三道：“无事可做，不穷怎样呢？”他二人谈了许久，也就各自分散。

饶三回转鼓楼之后，心里很代明似珠不服，心里自嚼念道：“我不遇见冯大那厮则已，倘若遇见那厮，一定要生啖其肉，方泄我不平之气。”他想了一会，觉得我不去找寻他，他也未必肯来找我。与其在家坐以待毙，不如出外另觅生机。但是要往淮北这地方，究竟投奔哪一个呢？无巧不巧，忽被他想到那水上飞周二、浪里飞姚三美、独脚湖藤郑大伦这三人。

这周二先前曾与饶三做过几回事，性情倒很爽直的，他在陆路上虽算不得一个英雄，然而水里头却要数他是一个豪杰。他这晚坐在那水寨之内，便有人来报扬州饶三爷过访。他知道饶兰此来必有事故，忙不迭地离座相迎。饶三见着了他，早笑嘻嘻抱拳说道：“周二哥久不会了。”周二道：“彼此彼此。”当即邀入寨内坐下。

饶三道：“小弟到此，一来替二哥请安，二来有件事奉恳。”周二道：“自家弟兄，不妨明说，没有个做不到的。”饶三遂将冯大拐逃明似珠的财物一段情节，细细说给周二听，并道：“此人据闻家住淮北，小弟因他既系船户，淮北又在二哥管辖之下，所以特地过来求二哥帮助，将他缉获，明正其罪。至于财物，倘能原璧归赵，愿分一半，充作二哥寨中经费。”周二道：“老三说哪里话，我们绿林中人，最重义气，既是你出来请我，我若贪图财帛，那就不义了。今晚已来不及，明天我派几个人同你去察访，他如果仍操那弄船的营业，不问他走到天边，我包管可以把他捉住。”一宵无话。

次日早起，周二便选了几个得力的，和饶三坐着七八只小船，前往金陵采办物件，并探询冯大踪迹。一路上询问各船船户，有的说是不认得冯大的，有的说是虽认得冯大，现在却不知道他往哪里去的。好容易这天傍晚，行近邵伯地界，有人报告，冯大的船就在江面停泊。饶三听了这话，乐不可支。等到夜深当儿，带了众人，一齐跳上冯大的那个船头，将他夫妇二人和那些水手全行杀死。然后把他箱笼里所藏财物，悉数运到自己船中。还恐露出破绽来，又留下柬帖一张，故作疑兵之计。结束停当，始行呼啸而去。真可谓鞭敲金镫响，人唱凯歌回了。但他得了这种意外之财，全亏周二的大力，饮水思源，当然要分给若干。然而周二却不受分毫，说至再三，才允提出一份给他手下弟兄们作赏号。其余的仍由饶三暗暗运到一个秘密所在，暂时却不敢露出，生恐为人瞧破，不免就有后灾。

后来探听得此案业已虚悬，方敢取出那些钻石珍珠，带往上海售卖。他将珠宝易了现金之后，觉得扬州虽是家乡之地，人皆知道我的底细，一旦挟赀回里，岂不叫人疑心？因此就在那上海地方，和人合股，开了一个极大旅社。说也好笑，老天看见他有了资本，自然而然地也会势利起来，年复一年，他居然获利无算。不过他先前本无名字，此时既然得意，遂请人代他起了个凤池。刻下有事回扬州，听得何其甫业已作古，心里不禁吃了一吓，当即说道："哎唷！何老先儿竟去世了吗？想我从前困穷时候，也承他屡次帮助过几文。他如今身后萧条，我倒不能不有所补报。若是送少了呢，却不够他家母女过活，最好送他二百块钱奠仪，似乎良心上才过得去。"独自斟酌了一会，始将洋钱取出，另外又写了一封信，着人送往何其甫家中。在饶三拥着多金，区区二百元，原不算事；然而美娘得了这大宗接济，如同天上落下金子一般，每天都向他丈夫灵前说："你若有灵，须保佑姓饶的子孙昌盛。"其实饶三做过这回事，他早已付之九霄云外去了。

不谈美娘在家感激饶三不置，且说云麟因为他先生还不曾安葬，特地过来和他师母商酌日期。美娘道："论死者呢，却宜早早入土为安。但是他系新丧，此刻便把他抬到荒郊，我心里终究老大不忍，依我意思，等过了百日后再议罢。"云麟道："这也说得是……"

正要再往下说，忽有一人飞跑进来问："我家少爷可在这里吗？"云麟见是自己的家人，便道："你为何急得这样？"家人道："少奶奶不好了，太太请少爷赶快回去。"云麟听到"少奶奶不好了"这句话，魂灵儿登时飞上半空，也不再问，踉踉跄跄出了大门，径向自己家中而去。

欲知后事，且阅下文。

# 第八十七回 养娇娃老人托梦兆 排劣货学子散传单

此时云麟因步行很慢，见路旁停了一辆黄包车，也不问青红皂白，跳上去向着车夫说道："快快快！南河下，南河下。"那车夫见他忙得这样，知道必有要事，也就不敢耽搁，飞也似地望前直奔，不多一会，已抵云家门首。

云麟当即付了车价，迈步而入，这当儿总以为家中不知闹了什么乱子。谁料走进去，鸦雀无声，连针尖儿掉在地下，都听得见响，心里好生诧异。及至跨入柳氏房内，红珠望着他摇摇手说："你的脚步放轻些，他好容易此刻才睡着了，莫要又把他惊醒。"

云麟听了红珠这番话，愣了一愣，却不晓得他葫芦儿里卖的什么药。见他母亲和他的岳母龚氏坐在靠柜子的一张长凳上，赶忙过去见礼。见过了礼，便对龚氏说道："岳母几时来的？"龚氏道："我得着信就来了。"云麟道："岳母倒同我一样，听见家人去报告，不但把我吓得魂不附体，而且连腿底下都没有劲，还是坐车子回来的。现在他究竟怎样咧？"红珠道："你在家里，他还好好的。自打你出去之后，约莫隔了十分钟，他就觉得肚子里微微有点疼，大家尚不甚注意。后来越疼越狠，登时便晕了过去。他晕过去不打紧，倒把母亲急得没法想。还是我一面用姜汤来灌救，一面又着人就近请了一位先生来。等那先生到了这里，他已甦醒了一会。先生当下代他切了脉，说他是感受急寒，以致冲动胎气，故而晕厥，照脉象还不妨碍，遂开了几味药，早命人煎好给他吃下去了。"

云麟道："奇得很，他有孕我如何倒不晓得？怪道他这几个月来面黄肌瘦，茶饭也不大想吃。我总猜他是病月的缘故，却未想到有孕这一层。"龚氏道："姑少爷你是年纪轻的人，不曾经验过，病月是病月，有孕是有孕，如何看不出来？我从前怀我家这个姑娘，也是这样，到了两三个月后，便能分别清楚。"他母亲秦氏接着说道："亲家太太的话，说得不错，他们这些少年人，哪里知道这道理？麟儿，我有一句话交代你媳妇，既然有了身孕，古人的胎教，你是要遵守的。”云麟笑道：“娘说话真发笑，我倒有好两个月不进他的房了。”他母亲秦氏道：“这才是个读书人。”云麟道：“守胎教怎样呢？不守胎教又怎样呢？”他母亲秦氏道：“你真个是个书呆子。守胎教，生下小孩子来，都是聪明的；不守胎教，生下小孩子来，都是钝拙的。难道这最浅的学问，你竟不懂吗？”

云麟刚欲回答他母亲的话，忽听得柳氏在帐子里咳嗽，赶忙走近床前，将帐子掀开问道：“你这时可好些吗？”柳氏微点了点头。秦氏见他已醒，便站起身来向龚氏说道：“亲家太太，我们到外边去谈罢，省得病人怕吵。”大家遂一齐出去。

且说柳氏自嫁给云麟，其先并未曾有过身孕，此次有了身孕，不但家中疑他是病月，就连他自己也不知是身孕，若非先生切出是个喜脉来，他们还睡在鼓里呢。过了几日，龚氏见他女儿的病渐渐复原，也就回去了。但是龚氏虽回去，心里却记挂着他的女儿。为什么呢？他因为他女儿是个病后的人，现在又有了身孕，倘不好生调养，将来身体上必大吃其亏。因此瞒着他丈夫柳克堂，常常送些食品给女儿吃。其实他女儿为人很贤淑，倒不在吃上用功，虽说是有孕在身，不象那些好吃的女人家，今天想这样，明天想那样，丈夫忙得来呢还好，万一丈夫忙不来，他就指桑骂槐，暗暗讥诮他丈夫没用；甚至丈夫被他逼迫得没法，典家堂卖祖宗，弄得来把他吃，他还说是应分。诸君切莫谓在下这句话说得过甚，如今世界上却有这种女人，不过居其少数罢咧。咳！人家娶了这种女人进门，总算是他丈夫大大的不幸咧。然而我书中所说的柳氏，却非其类，他只要一家和和气气过日子，比那朝吃鱼，暮吃肉，还强似几倍；不然，你生姜，我皂荚，虽再吃些珍肴美味，也不见得舒服。诸君想，他岂不是云麟的一个贤内助吗？

光阴飞快，眨眨眼又已到了柳氏怀胎足月的时候。这时云麟已将他先生丧葬忙完，坐在那书房中无事。忽然红珠笑嘻嘻走进来向他说道：“姐姐家里着人催生来了，你何不往里面去看一看热闹呢？”云麟听见这信，当下便偕红珠匆匆入内。果见桌上摆了两个朱红漆描金的托盘：一个盘内盛着小孩子的鞋帽和十几套衣服；一个盘内盛着小孩子的几件装饰品，什么金锁金镯呀，金帽子金帽索呀，黄澄澄的在那里放彩。

云麟向来知道柳克堂是悭吝的，哪里肯拿钱出来，这些物品都是龚氏的意思拿出来的。因笑对柳氏说道：“为养一个小孩子，又要你母亲花上许多钱，真叫人不过意。”柳氏道：“我原拦过我母亲的，我母亲说：‘这面子万不能不做，才养头一个外孙儿，外婆若过于省俭，定被亲戚朋友们耻笑。好在我送这一次，下次就可以随随便便了。'我因他既说这样话，也不便再向他阻挡。谁知他送来的礼物，竟如此之厚，这真是富而好礼咧。”云麟道：“未出世的小娃娃，先就预备了金锁金镯，岂不把他的福折煞？假使接二连三地养上好几个，你母亲倒要破费若干。怪道人家都说女儿养不得，大约就是这个原因。”柳氏啐了一口答道：“养小孩子也会接二连三的吗？至于说是女儿养不得，试问你可保得住不养女儿？万一我此回竟养个女儿，你还是把他送掉呢，还是把他抚养？”云麟道：“我闹了一句玩话，倒被你问得理屈词穷。罢罢罢，你如果养下一个女儿来，我准预备多把些银钱在他身上用，想你当没有话讲了。”其时红珠也从旁笑道：“男的要用钱，女的也要用钱，不然老子岂不容易做吗？姐姐是要分娩的人，不可过于辛苦，让他在这里歇一歇，我们到前面去罢。”随即拉了云麟就走。走到红珠房里，两人坐下。小珍子倒了两杯茶送来，云麟同红珠，两人各接一杯，品后放下。红珠笑嘻嘻的开口说道：“你能知道姐姐肚里的，是男是女？”云麟回道：“你能知道吗？”红珠说：“好笑呢！又不是在我的肚里，我能知道他是男是女？”云麟道：“却又来！难道在我肚里？硬问我是男是女。我还不同你一样，隔着肚皮呢！那能知道男女。”红珠用手指划着脸，羞他道：“亏你将来还要作小孩子的父亲，连是男是女，都不知道。难道说这身孕是姐姐和别人养的吗？”云麟见红珠拿他取笑，不由的热烘烘一点红从耳根直漫到两腮，和新搽上的鲜胭脂一样，衬着粉嫩的白脸。真是墙东宋玉，城北徐公，也不过如此。

这时红珠看得非常得意，正想再说几句笑话来笑他，那知云麟已先开口说道：“论理我作父亲的，不知道胎儿是男是女，果然好笑。但是你们作母亲的，是知道胎儿男女的了。将来你有了孕，可要告诉我男女的；那时说不出来，不要怪我笑你呢！”红珠听得，回头“呸”了一声，两道眼波横溜过来，触到云麟的眼光，霎时把头低下，用手帕放在樱唇里，衔来咬去的作态。那蝤蛴一般的白颈，也赤化了。云麟到此，忍不住哈哈大笑道：“那叫你不说正经话的？现在我们来说正经话罢！人都说肚里货识不破，你也猜上一猜，到底他肚里是个什么？”红珠这时头还抬不起来，说：“你这人太不正经，不同你说了！”云麟听了笑得一笑，站得身来走去。

约莫隔了五六日，这天晚上，柳氏觉得微微有点腹痛，虽自家知道要养，却不肯轻易告诉人，生恐告诉人，倘若不是的，反被人笑。到后来越痛越紧，才禀明秦氏。秦氏一面着人去喊稳婆陆老老，一面着人去接他母亲龚氏，又命红珠将那参汤燉好，预备给他吃下。接一接二，不到一刻工夫，陆老老和龚氏早已来到。云麟见柳氏痛得这样，未免吃了一吓，当下坐又不是，站又不是。还是陆老老说道："少爷可往前面去烧烧香，祷祝催生娘娘、送生娘娘保佑少奶奶快生快养。这里却用不着少爷。等到少奶奶生下一个小少爷来，然后再给少爷喜信。"他这时听了老老的话，如同狱囚遇着大赦一般，飞也似地跑至前面去了。

照作者这说法，难道他连一点夫妻情义都没有吗？这就错怪云麟了。云麟本来胆小，又不曾见过人家生育，此次还是破题儿第一遭，焉得不把他吓坏？幸亏有人叫他前面去，他遂借此离开。其实他心里何尝放得下，有时候跪在神前默祷，有时派着人打探情形，好比那热锅里的蚂蚁一般。

一直候至天亮，仍不见里面有甚消息送出。他此刻非常瞌睡，只得伏几而眠。刚在那入梦当儿，似乎见他先生何其甫站在他面前说道："云生，云生，我感激你照应他们母女的大德，特地送一只玉凤给汝。"遂拿着一只白玉小凤凰儿，走进里面。云麟也跟进去，就见他进了房内，将凤凰揣入柳氏怀内，掉头便走。云麟道："且请先生少坐。"他正在那里大喊，忽然有人推他道："少爷醒醒，少奶奶已添了一个小姐了。"他这时把眼睛睁开一望，始知适才所遇都是梦境。急忙问道："少奶奶养过之后，可结实吗？"那人道："结实不结实，我倒不曾听见，但听见说大小均平平安安的。"云麟道："只要大小平平安安就罢了。"便跑至里面。

红珠见了他，向他笑道："恭喜你添了一坛酒了。"云麟道："酒是我最喜欢的，可拿大杯子来给我吃。"红珠道："你不必故意地装着不知，姐姐虽说养了个女孩儿，究竟他是养的头一个呀，你对于亲戚朋友们，送蛋呢，还是不送蛋？"云麟道："当然是要送蛋的。"红珠道："你的话真叫人听了老大不懂，不送蛋，难道还有别的东西可送不成？"云麟道："何尝没有，不送蛋，便送寿桃。"红珠道："过生日送寿桃，我倒看见过，却不曾看见过养小孩子也送这个。"云麟道："你可晓得外面的世情吗？现在生活程度日高，人家养小孩子，没有个不打算盘的。"红珠道："我不相信养小孩子还要打算盘，既要打算盘，他就应该不养。"云麟道："你真呆了，养不养能由他做主吗？他打算盘，也有他的理由。他因为经济上关系，觉得蛋的价值，比较寿桃贵上几倍，与其送蛋，不如改送寿桃。其实省不省并不在乎这一点。即以我而论，家道虽系清贫，也还要敷衍一点门面。"红珠道："我同你的意思一样，当省的要省，至于不当省的，便再没钱，总须设法将门面顾好。"云麟道："原是的，我已命人到蛋行里去备办了。"一面说，一面便欲跨进房内。

他岳母龚氏急忙拦住道："这是暗房，姑少爷可不必进来，我把你家小姐抱来给你看。”云麟听了这话，赶紧将身子缩回，站在门外。果见他岳母手里抱的那个小孩子，如同粉装玉琢一般，遂笑着对他岳母龚氏说道：“这个孩子，我已代他起了个名字，叫做玉凤。”龚氏道：“玉凤两字倒很起得不错。你熬了一夜，可往那边去休息罢，我们也要睡一睡觉。”云麟道：“我此刻倒不瞌睡了。岳母可请自便。”说过之后，他随即回到书房坐下，心里暗自念道：“我刚才睡眼曚昽之际，明明看见我的先生将一只玉凤给我。谁料醒来，他已不见，偏生后面就报这女孩子落地，大约这女孩子总有点来历呢。”

他在那里想了一会，精神也就觉得疲倦，赶忙站起身来，回转红珠房中安歇。他这一睡不打紧，直睡到红日沉西，方才醒转。其时家里的人早七手八脚将蛋染好。云麟便命人分送各处亲友。接二连三地忙了几日，其事始毕。

且说云麟的那一班亲友们，听见他养了一个女孩子，都替他非常欢喜，以为他自从娶了柳氏，多年并未曾生育，此次虽添个女儿，究竟大家也应祝贺。所以到了满月那一天，大家均纷纷送礼，前来道贺。这时候云麟早忙得应接不暇。幸亏他的同学乔家运和他的舅子柳春向他说道：“我们在此替你陪客，你可腾出工夫，到里面照应别的去罢。”云麟道：“好极，好极，我正苦不得分身，既有你们二位代我招待，料想一定周到。今晚我已预备了几桌筵席，屈留大家在这里小酌，奉烦代约一声。”他俩笑道：“我们做陪客的，听见有得吃，格外高兴，就是大家不肯在这里，我们也要死拉活扯地把大家留下；不然，主人看见没有客，怕的连我们这一顿都因此取消了。”云麟当下也笑着说道：“我的心理，居然你们一猜便着。推开窗子说亮话，你们如果没有留客的手段，非特晚间不得给你们吃，而且还要大大罚你们一顿，问你们下次可当心不当心？”他俩道：“如果照这讲法，我们赶快把这个职务辞掉罢。做陪客原想贪图些利益，谁知道利益还不曾到手，你先和我们提出最苛的条件。一个个竟不肯扰你，我们岂不是赔了夫人又折兵吗？”云麟道：“闹也闹够了，我去去就来。等到晚间，多敬二位几杯，算酬劳好不好呢？”说毕便匆匆往后面去了。

他去了片刻，仍旧出来，和那些亲友周旋。其时乔家运向他说：“趾青，你家亲戚之中，还有两个人不曾来到，你可晓得吗？”云麟道：“你说的可是伍老和田福恩？”乔家运道：“不错，不错。”云麟道：“伍老呢，刚才我的姨娘同我说，县里请他去吃午饭，大约晚间才可以前来。至于田福恩，他是个没事的人，应该大早就跑到这里了，到此刻还不见他一个影子，想必又在他们俱乐部里干什么勾当。”乔家运道：“奇怪，你的令姐丈还有个俱乐部，真令我们意想不到。”云麟道：“他哪里还能够组织俱乐部，这俱乐部是程云老的孙子程稚华所组织的，不知道他托什么人介绍，才和那些同志的终日混在一起。”乔家运道：“这句话还象，要说俱乐部是他组织成功，不论告诉谁也不相信。”大家正在那里谈论，一面下人已将酒席排好，遂一同入席。

用过午膳，众客之中，有出去有事的，有在此打牌的，有围坐闲话的，倒比先前清闲好些。不多一会，才见那个田福恩七喘八吼地由外面气吁吁跑进来，他也不招呼众人，忙把手里的一根文明杖向地下一掼，说道：“该死，该死，今天真是晦气，我上了我家那个老杀才的当了。他诓骗我到会里一直饿到此刻，还没有东西下肚，那五脏庙里正掀风作浪，不得开交，你们快快拿点东西给我充一充饥罢。”他说了这一大套，在下可代大家发得誓，一点儿头绪也摸不着，尽呆呆地望着他发笑。还是云麟晓得他们父子又有什么交涉，忙命人往后面端出四个茶食碟，放在他的跟前。他一面吃，一面对着云麟说道：“今早我原打算就到你这里来，刚刚出了门，又被我家那个老杀才喊回去。我问他喊我做什么，他说：‘昨晚接到商会上的传单，准于今天上午开紧急会议，万不能不到。无如我身上不爽快，你代我前去一行，做一做代表。’我道：‘这事可不行呀，马上我要往人家去吃酒。’他说：‘那里既开会，一定有酒吃，何必跑到人家去呢？’我听了他的话，总以为是真的，好在你这里晚上来也不妨，一脚就先到商会。哪料到了商会，大家都枵腹从公，坐在那里议事，好容易等到这个时候，方才各散，岂不是白白地吃了一场辛苦吗？常言说得好：‘有打罪，没有饿罪。’我家那个老杀才，偏生叫我忍饥受饿。我回去定然与他势不两立。”

云麟道：“闲话不谈，今天商会上究竟议的什么要紧事呢？”田福恩道：“就为的那大总统从前和某国订的什么合作条约，与我国大大不利，拟欲把他取消，叵耐某国不肯。因此遂议决实行抵制劣货办法，冀他觉悟。然而在我眼光看来，即便抵制，也未必就生效力。何以呢了？商人要顾商人的血本，难道因为这件事，便把以前所购的劣货一律焚毁不成？看起来也不过随便闹闹罢咧。”柳春道：“这倒不然。我国商人，何尝不是国民一分子，果真以国家为重，不和他买卖，他虽再有实力，也没用处，我倒可以借此致他的死命。”云麟道：“这种计划，再好不过，可惜目下国民的程度没有这样进步，他只晓得保自身，至于国亡与否，就象与他无甚关系一样。其实国亡了，他的身子还能保得住吗？”

大家谈了许久，天色渐渐昏黑下来，云麟便着人将厅舍上面的灯全行点着。停了半晌，忽报伍大老爷已在门外下轿。云麟得着这信，赶忙迎接出去。伍晋芳见了云麟，早拱一拱手道：“恭喜老侄，添了一位千金了。恕我道贺来迟。”云麟道：“区区小事，倒累姨父枉驾，真正令人不安。”随即在前引导，邀入厅舍坐下。其时晋芳四面望了望，众人之中，也有认识的，也有不认识的。略略招呼一下，便向云麟问道：“你舅舅呢?”云麟道：“舅舅大早已来过了。”晋芳道：“他也忙得很。”云麟道：“姨父在此清坐，何不请到里面去玩玩?”晋芳道：“好，你有事不用陪我，我自去罢。”说着遂徐步而入。

这当儿厅上的牌局已散，云麟即命人安排筵席。不到一会工夫，业已摆得齐齐整整。他遂亲自往后将晋芳请出，一同入座。酒过数巡，云麟问晋芳道：“县里今天请姨父有甚事?”晋芳道：“他因各界提倡抵制劣货，生怕闹出别的岔枝儿来，与他的前程有碍，特请我们在署会议，共同维持地方秩序。”云麟道：“大家意思何如?”晋芳道：“凡是在场的人，没有个不赞成的。但是大家嘴里虽则赞成，心里却不免笑他胆小如鼠。何以呢？我们这位县太爷，向来遇事没有决断，张说张好，李说李好。此次见了这种举动，又关系国际交涉，他焉得不害怕起来?”乔家运道：“伍老先生对于此事，究竟以为然否?”晋芳道：“人之爱国，谁不如我？果然举国一致，坚持到底，倒也是个无上的妙策。我只怕这些人只有五分钟热度，热度过去，依旧把国家丢在脑后，那末就要被外人耻笑咧。适才我的轿子打从街面上经过，见有一群人，手里拿一大沓传单，挨门逐户地分散，想必是学校里的那些青年学生了。”

他话还没说完，柳春抢着说道：“老伯所见，一定是的，现在除得学生敢作敢为，其余全是暮气沉沉。终日除得偷偷摸摸，混得两文，养活妻儿以外，国家大事，好象与他们不相干一样。”田福恩冷笑了笑道：“你莫要在这里说嘴，你以为你当过学生，遂夸赞学生有用。老实说，象你们学生的本领，也不见得干出什么惊天动地的事，要干出惊天动地的事，还非商界从旁协助不可。”柳春叹了一口气道：“商界如肯协助学界，中国早早富强了，还能够贫弱到这步田地吗？可恨他们但知金钱为目的，只要自家有利可图，不问什么事也做得出；若想他捐助公益，比剜他身上的肉还觉得疼些。我非敢捏造虚言，实在他们确是如此。即以我家克堂而论，他开了一个小小的商店，天天想盘算他人；倘叫他浪用一文，至死也不认承。”田福恩道：“他店里可有劣货吗?”柳春道：“怎样没有，不过他店里虽有劣货，未必就肯舍得焚烧。”田福恩道：“你何不借这题目，敲他一笔大大竹杠？他允便罢，他如不允，你可代他报告商会，也算是大义灭亲。我只恨我家铺子里全卖的是国货，否则，定要那老杀才的好看。”云麟见他俩越说越不对，忙拦住道：“酒凉了，我们干一杯罢，吃过了还可畅谈。”这时才把二人的话头打断。

大家干了杯之后，只听见隔席桌上有一人说道："听说此番抵制劣货，非常认真，明天学校里就派出检查团，到各铺检查货件。如遇着是劣货，便随时盖章封固，送交商会存储，预备积聚若干，当众付之一炬。这法倒也很好，然而那些奸商，怕的要恨他们彻骨了。"晋芳在这边接着说道："如果真是学生出去检查，他们断不至于逾越常轨。所虑的是地方上一班光棍，假借他们的名义，到处敲诈商家，不闹出乱子来则已，假使闹出乱子来，连他们也难分皂白。诸位记着这句话，将来若验，才相信我料事如神。"

云麟道："适聆姨父伟论，小侄佩服极了。但不解我们扬州光棍，何如许之多？出身微贱的还情有可原，至于缙绅之家子弟，也和他们成群结党，号称青皮少爷，难不成别的营业不好，要干这敲诈营业吗？"晋芳道："这是他家祖宗功德所致，才生出这种不肖子孙。你真以为士之子恒为士，农之子恒为农，官之子就应该做官？那就未免泥古不化了。我活了几十岁，眼睛里不知看见过多少阔老的后人，有的流为匪类，有的流为乞丐，推原其故，总由于当日在庇荫之下，不事生业，一旦势败，叫他不如此又怎样呢？"云麟道："照姨父这样讲法，简直教人不可做官了。"晋芳道："我并不是说官一定不可做。要晓得积善之家，必有余庆；积不善之家，必有余殃。难道这两句书，你都不曾读过吗？"云麟道："'朝闻道，夕死可矣。'孔老二的话，实在说得不错。我从此又添了无限的学问。"

他正在那里心领神会，忽然家人呈上一封信，说是由文言统一研究会那边送来的。当下拆开一看，笑对家人道："我如何有这闲工夫，代他们去做这事呢？你就说严先生的信，我已收到，把一张回片给他回去销差罢。"家人答应着"是"，当即退出。

晋芳见有人送信给云麟，遂问他道："你说的这位严先生是谁？"云麟道："就是文言统一研究会会长严大成。他从前原是总务科干事，后来何先生死去，便推升他为会长。他说目下各团体联合起来，组织了一个国民大会，明早九时在教场演说，举我做他会里的代表。我从前被何先生纠缠没得法，才跟他们胡乱在一起，如今我的先生已不在了，还和他们在一起做什么？何况这国民大会，分子甚多，流品颇杂，万一演说过于激烈，酿成交涉，吃不了还要兜着走呢。在姨父看来，我可是去不去？"晋芳道："去也无妨，你不演说罢了。"云麟道："这倒使得。"

正说着，那壁上时钟已敲了九下。晋芳道："时已不早，我们可以散罢。"云麟道："饭尚未吃。"众人道："无须了，肚里酒菜吃得很饱。"大家遂站起身来，道谢而去。

欲知后事，且阅下文。

# 第八十八回　大示威国民开会　小受罚绅士说情

且说云麟送了众客去后，他因为忙碌了一天，精神上不无觉得有些疲倦，当晚便早早休息。一直睡到第二天天亮，方才醒转。心里终究记挂着国民大会事，也就不敢再睡，一骨碌儿翻身跳下床来，穿好衣服，命人去打水洗脸。洗过了脸，又吃了些点心，始慢慢地走出门外。这当儿街坊上人家门多未开，路上还没有人行走。他晓得出来太早，即便到了教场，也是空等，与其在那里恭候开会，不如先往旷野地方吸吸新鲜空气。主意想定，遂任意地拣那空旷地上闲逛。到附近一个森林最密的所在，流连了许久，然后向教场而来。

到了教场，各茶馆已渐渐上市，他便在汉阳楼楼上拣了一个座位，凭窗远眺，风景倒也很佳。不上一刻工夫，但见那教场里的人愈聚愈众。忙把手表一望，知去开会之时已近，赶紧叫堂倌带了一碗面，狼吞虎咽吃得干干净净。正在那会钞时候，忽然军乐声音，远远地随风送到，也就忙忙地跑下楼梯。说时迟，那时快，他才走到门口，那一队一队学生，如同双龙出水一般，打着各校的校旗，从面前经过，嘴里还唱着什么抵制劣货的歌句儿。一种诚肃之容，令人见了自然而然地顿生敬意。他暗自念道："象这些青年学生，竟肯牺牲莫大光阴，来干这爱国的举动，可谓难得。我不知当政的一班人，对于他们可羞煞否？"

云麟一面想，一面便跟随在后，向前直进。无巧不巧，在旁边忽然有人道："云先生，云先生，你来了吗？好了，各团体已差不多到齐了。"他正走路，不提防有人喊叫，抬头瞧看，原来不是别人，就是那个朱成谦，见他身上还佩着医学公会和国民大会筹备员的徽章。随即也就从人丛里挤出来，跑到他面前招呼道："成翁今天为这事倒很辛苦的。"朱成谦道："说不得要吃这日辛苦，兄弟也是国民一分子，国家被强邻欺侮到极点，我们若再图安逸，不想出法子来和他们周旋，还能算得个国民吗？"后来又低低接着说道："不瞒老哥说，兄弟新近学抽一两口鸦片烟，每夜都要到东方发白才睡。今早因为要赶到这里来有事，连眼皮儿也不曾闭一下。”云麟道：“成翁既晓得有事，何不预先早点睡？就可以早点起了。”朱成谦道：“老哥还是个门外汉，所以不知道吃烟的苦衷。大凡吃烟的人，睡早了睡不着，睡迟呢，怕这时正在好睡。我误了会里事不打紧，难免人家不说我做事荒唐，何况我还想借此出一出头。若担了这荒唐不美的名声，将来如何在社会上混饭吃？”云麟道：“这话不错。成翁吃烟，究竟在外面呢，还是在家里？”朱成谦道：“日间贪图和那些烟朋友谈谈天，大率在外面吃的多。到了夜间，便在家里。老哥如若有工夫，早晚我来约你到一个秘密地方去坐坐。”他正说得高兴，忽然听得铃子叮当叮当地摇个不住。云麟道：“开会了，我们改日再谈罢。”随即和朱成谦同到会场去。

诸君阅书至此，可知道这会场为什么要设在教场这个地方呢？因为教场这个地方系新旧二城适中之所，面积很广，可以容纳若干人众。此次开会，本不着重形式，大家遂拣了这个地点，分班露天讲演，劝人不用劣货，就是消极抵制办法。

云麟这时分开众人，挤了进去，觉得耳朵里所听的，无非是老生常谈，并不曾有什么新鲜的意思。且嫌过于激烈，生恐官厅派人出而干涉，反为不美，因此也就走开了。最后到了一处，那听讲的人好比围墙一般，想一点隙缝儿也没有，掌声格外拍得震天价响。他知这里演说的绝不是无名小辈，遂存了一种好奇的念头，死命地向前钻入，要想瞧一瞧这人丰采，究竟是何等角色。谁料用尽平生气力，仍然扳摇不动。好容易等着一个人挤出来小便，他才补上这缺。然而他虽补了这缺，叵耐距离讲台还远，台上站的人到底不甚看得清楚。幸喜远远地已望见这人是个大鼻子，蓦然一想，笑道：“我猜着了，这人一定是社会上无人不知的孔大鼻子孔小安，怪道个个人都喜欢来听他演说呢。”

不谈云麟在那里私下计议，单讲孔小安站在台口大声喊道：“诸君，诸君，今天开会的宗旨，没有不晓得为的是抵制劣货的。其实在小子看来，‘抵制’二字用得万不确当。”话还没完，大家听了，均个个诧异。这时候独云麟明白他另有一种见解，不然，他不敢下此险语，致犯众怒，只俯首静听他往下讲。果不其然，他又接着说道：“人人都说要抵制，我偏说抵制得不好。这不是违背舆论吗？我既违背了舆论，人不疑惑我做某国的奸细，也要骂我是个凉血动物。然而在我却有一言，愿贡献于诸君之前，请诸君暂时将疑我的心、骂我的话权且搁起，听我慢慢讲来。”他当场夸下了这大口，云麟倒很替他捏一把汗，以为万一理由不充足，岂不当面被人唾骂？后来又见他从容不迫地说道：“诸君可知我们中国为什么贫弱到这步田地呢？我们

中国贫弱到这步田地，皆由于不晓得振兴实业的缘故。假使一个个晓得振兴实业，制造出来的物品又比人家好，不但我国的利权不至外溢，而且外人还要争来购买。那么国何愁不富？兵何愁不强？无如我国人民醉生梦死，财政陷于紊乱而不知整，国势亡于眉睫而不知惧，日惟以争权夺利、互相残杀为能事。照这办法，近则朝鲜，远则埃及，怕的就是我国榜样。幸亏某国不肯取消二十一条密约，警醒我国人民，大家才群起爱国，否则一个个还蒙在鼓里。然则我们当视某国为好友，不当视某国为仇敌。急起直追，挽回利益，尚属未晚。他日国货果能畅销全国，外货即不拒而自绝矣。今日之会，谓之为提倡国货则可，谓之为抵制劣货则不可。诸君其以小子之言为然否？”他才说毕，还未跃身而下，那喊好声，拍掌声，围场中又复四起。

云麟等他下了台后，忙向前握着他手道：“孔先生可认得我吗？适聆伟论，却抵得一篇警世文章，佩服，佩服！”小安当下望了望，也笑着说道：“尊驾敢莫姓云，大号是趾青两字？”云麟道：“在下便是云趾青。”小安道：“我们好象在哪里会过一次，现在已记不清楚。即未会过，我早已听见令亲伍晋翁说足下是个词章家。早晚我们那里又是诗社的社期，届时当裁笺奉约，务恳加入，做个文字知己。一来使我们会中多添一个骚坛健将，二来也让那些同志瞻仰足下的笔墨。”云麟道：“谬承奖许，愧弗敢当。好在我终日不出户庭，倘遇宠召之时，定然趋前领教。”

他们谈了半天，忽听东北角上呼打之声不绝于耳。顿时鸦飞鹊乱，有跑去瞧看热闹的，有畏祸早已先走的。云麟因为同孔小安站在一起，不好露出仓皇形色，强作镇静道：“我不解这些人既然为着爱国而来，为何又彼此发生了冲突？”小安道：“趾青难道不晓得我们中国人的特性吗？私斗则勇，公斗则怯。即以今日在场几千人而论，我敢说热心爱国的没有一两个，他们好比学校里那些顽皮学生，老师尽管在台上苦苦讲，嬉笑的还是嬉笑，皮脸的还是皮脸，也不拿耳朵去听一下。中国不亡，更待何日！然则他们又跑得来干什么呢？他们跑得来，总以为教场里开这国民大会，一定是和玩把戏仿佛，倒不可不前来瞧看。其实他们把这事误会了，及至大家到了会场场内，才觉得有什么趣味？还不是你挤我，我挤你，推推搡搡，顷刻间就吵闹起来。他们既不曾到过会场，又焉知道会场中秩序？趾翁如不相信，可随我往那里调查，便有个水落石出。”云麟道：“我们中国人确有这种心理，先生所说，真不冤枉他们。”当下遂跟在小安后面，到那里调查事实。

走不上一箭路，劈面来了一人，小安见是朱成谦，忙问道：“成谦兄，你可是从打架那地方来的？”成谦道：“何尝不是。”云麟这时也就抢着问道：“他们为甚事要打架呢?”成谦道:“不谈了。今天开的会,虽不见得有甚效果,然而秩序却还不乱。偏生那个王实甫带了几个朋友,虎也似地冲进来,冲出去。知道他的利害的,早已远远离开;不知道他的利害的,竟不许他自由出入,因此始则骂,继则打。无巧不巧,旅部里有一队兵士从此经过,见他们打得头破血出,当即把王实甫一干人带回去了。”云麟道:“王实甫何以这样利害?”小安道:“他本是个世家子弟,自幼儿即不归于正。后来又和那些流氓在一起,常常地在外边惹是生非。我早知他要闯大祸,却不料因为今日这桩事,竟被兵士们捉到旅部。他虽没有枪毙的罪,那苦也够吃了。”成谦道:“现在有了救星了。听说张韶斋、卢子成、黄汉辅预备用报馆名义联名去公保,大约总可以保得出。”小安道:“不行,不行。黄旅长生性梗直,在我们地方上专以锄强扶弱为己任,莫说他们这种的小报馆,就是大总统有信来说项,只要情真罪当,他也未必徇情。我预先放这个屁,你们过后看罢。”成谦和云麟齐说道:“如果保不出,也是他恶贯满盈了。”小安道:“古语说得好:‘天作孽,犹可逭;自作孽,不可活。’我虽同实甫是个熟人,然而他的孽既是自作,又遇见了这个对头,连我也没有法想,他只好怨他自己罢咧。”

说着,运署里已放午炮,大家知道为时不早。再四面一望,那到会的人早已风流云散。云麟当下便向小安告别。小安道:“难得大家今日在此相会,我请趾翁到惜余春去小酌,奉烦成翁作陪,二位务必赏脸。”云麟见他情意恳挚,也就不好推托。其时朱成谦附着小安耳朵说了几句。小安道:“既这样说法,我不留你了。”成谦遂笑嘻嘻地向他二人说道:“改日我做东道,请你们畅叙。此刻恕我不陪你们了。”随即喊了一辆黄包车,拱拱手,跳上车而去。

小安见朱成谦已走,忙对云麟道:“趾翁可知他说的什么话?”云麟道:“想必他要回去过瘾了。”小安道:“不错,不错。当这禁烟法令綦严时代,他还不自检束,在外边大放花灯,我很替他害怕。”

他二人一面说,一面走,不多一会儿,已进了惜余春的门。小安正欲拣个座头坐下,恰巧那边房间里有一人招呼小安道:“小翁何不就在这里坐?”小安见招呼他的是孙淑庵,说道:“淑翁就是一人吗?我还有一个朋友呢。”孙淑庵道:“小弟正苦寂寞,多一人更好谈谈。”小安道:“也好。”随即将云麟邀入,代他二人介绍说:“这是孙淑庵先生,这是云趾青先生。”他俩又谦逊了半会,方才入座。

淑庵见云麟仪表不俗,笑着问道:“趾翁近来在什么地方得意?”云麟刚要回答,小安抢着答道:“你晓得趾翁是谁?就是当日伍晋翁所谈的大词章家。今天在会场上不期而遇，所以拉他到这里来一叙。”淑庵道：“失敬，失敬。跐翁如有兴致，何不请入我们冶春诗社？”小安道：“还要你说吗？我早已约过跐翁了。”说毕，使命堂倌端上了酒菜，三人遂浅斟低酌起来。淑庵道：“听说王实甫已被旅部里的兵士带去，却不知将来怎样发落。”小安道：“他是自讨，还能怨谁？”

他们正在谈话的当儿，云麟一眼瞧见柜台里有个驼子，一手剥虾仁，一手在那里同人对弈，心里很为纳罕，随问小安道：“这驼子是店里什么人？”小安道：“他就是个店东。你不要瞧不起他，他也会做两首歪诗，下两手臭棋。从前因为好风雅，把资本完全耗得干干净净。目下可算在此躲风雨，却仍然不改他的常态。”云麟道：“此人倒也难得，倘遇见做小说子的，把他的所有事实写入小说里面，倒是很好的材料。”小安道：“如果有人代他做小说，他还不是感激涕零吗？三代下惟恐不好名，他偏生因好名而受累。足见‘名’之一字，误人匪浅。我们嗣后倒要与他疏远些才好。”淑庵道：“你又来说疯话了。天下事断没有两全的，有了名就没有利，有了利就没有名。至于名利兼收，我怕的千百个不知可有一个。”云麟道：“二公议论，各有至理，真令我五体投地。”小安道：“此时座客皆散，我们可以端饭吃罢。”当下大家遂饱餐一顿，忙会了账，彼此才分手而别。

过了几日，外边果沸沸扬扬，说黄旅长已勒令国民大会解散，将那肇事的王实甫送往县署监禁。这消息传到云麟耳朵内，不由得长叹了一声道：“官厅抑制民气，是他们的拿手好戏。假使姓王的不授人以隙，他未必敢猛浪下这道命令。千不怪，万不怪，总怪那姓王的是个害群之马。害马不除，终究是地方上心腹之患。我这时倒觉得，报界诸君联名公保，反嫌多事。幸亏旅部里不曾允许，万一允许，将姓王的释放，怕不是依然故态复萌。毕竟小安的见识不差，事前便料到他们要讨没趣。从此以后，不问时局怎样，我惟有教女养亲，与老妻等享着家庭幸福罢了。”

说也奇怪，他抱了这种志愿，真个杜门不出，连淑仪那里也不去一下。偏生这天早起，他的家人忽然拿着一张名刺进来，说是有客要见。云麟见名刺上写的是“朱六奇”三个字，想了一会，不认得此人。当即嘱咐家人道：“你可说我此时有事，没有工夫见客。”家人道：“我何尝不是这样回他的，他说请你家少爷出来谈两句，绝不耽搁多大工夫。我没奈何，才进来通报。”云麟道：“你可请他厅上坐，我立刻出来。”其时红珠在旁说道：“你说不认得他，他或者认得你。”云麟道：“这也难讲，会面就可明白。”说毕，便匆匆跑往前面。

六奇见着云麟，忙站起身来说道：“云先生，我此来很觉得冒昧的。然有一事，要求先生援手，遂不能顾及冒昧两字，尚望原谅。”云麟道：“足下有何事见商，不妨说出，如能够为力，没有个不答应的道理。”六奇道：“此事却与我无涉，我是代我家兄奉求先生的。”云麟道：“令兄是谁?”六奇道：“家兄叫做朱成谦。”云麟道：“令兄和我是熟人，他有事自己为何不来，倒烦足下来做代表?”六奇道：“他能来，倒没有事了。他昨晚在外边已被人捉将官里去了。”云麟惊讶道：“究竟为什么事被人捉去?”六奇道：“听说是为的吃烟。”云麟道：“烟这种东西本来是个违禁物，如何能在外边明张旗鼓地吃？令兄忒也胆大。何况我们扬州这一班打光蛋的，天天专想敲这些竹杠，遇着了花几个钱还好，不然就要经官动府。令兄也是个当地人，难道这些玩意儿都不知道吗？如今生米已煮成了熟饭，足下究竟想打什么主意呢?”六奇道：“这县知事和令亲伍老先生最好，兄弟拟恳先生往令亲那里，求他老人家进去说说情，包管可以没事。”云麟道：“既这样说法，我停一会儿就去。足下且请先回。”六奇见云麟满口应承，方才欣然辞出，临行时还托了又托。隔不上一两天光景，那县署里果然只罚了朱成谦两块钱罚金，此案便已了结。

在下著书至此，倒要绕转这支笔，将成谦如何吃烟，如何被捉的情由，在此补叙一下，免得诸君说我这部书有许多漏洞。

原来朱成谦在那困穷的时候，白饭且常常不得吃，哪里还有钱再去吃这黑饭?自从他得了堂弟六奇接济，一天便好似一天，不但生活上足以支持，而且营业又异常发达。他因此称心满意，把以前所受的窘况一古脑儿付诸东流，不时地偕了知己二三，向那些烟窟中走动走动。其先本只是玩笑，到后来竟刻不能离。好在他手头已不拮据，遂亦安之若素。不过年份愈久，烟瘾愈深，一天纵不吃上两把烟膏，至少也须七八钱方能过瘾。然而他烟虽滥吃，倒也选择地方。在扬州城柳巷西边，有一个秘密所在。论房屋呢，也不过对合两进，其中却陈设得精致非常，大门外还贴了“张公馆”条儿，不知道的绝不敢乱入。这主人系前清秀士，后因失馆，不得已借此谋生。所喜历年来获利恒丰，比较教那穷馆时，大有天地之别。况来往的一班烟客，又是商界居多。如遇生人，则一概谢绝。成谦虽跑了好多处，并不曾觅到这个巢穴。可巧这天在街上闲游，被一个开木行的朋友拉了去。他到了那里，不觉暗自欣喜，以为象这地方，才可坐得。当即托那朋友向主人介绍，主人自然欢迎。由是由疏而亲，由生而熟，每逢傍晚辄来这里狂谈。那些烟客们得他以破寂寥，也很和他亲热。

常言说得好：“要得人不知，除非己莫为。”这当儿烟禁正值森严，一天都有十几起烟案。为成谦设想，大可以暂时裹足，避一避风头，俟风浪稍平，然后再行前往，庶不至于冒险。偏生他自以为是，觉得那地方秘密非常，绝不会发生什么意外，仍旧是我行我素，不曾离过一天。谁料乐极生悲。这晚又到了那个地方，房间里连烟客也看不见一个，忙向主人问道："今天他们何以不来?"主人道："他们听见外面风声很紧，一定是躲在家中。我看朱先生要吃赶快吃几口烟，莫要象平时那样逍遥自在，玩到三更半夜才走。老实说，不闹出岔枝儿来便罢，万一闹出岔枝儿来，大家场面上均不好看。"成谦听了那主人的话，笑对他道："你也过于胆小，这有什么怕头?便是有人到这里来抓烟，充其量无非把你我带往公庭罚几文罢咧。除得这一桩，难道还会枪毙不成？要照迷信讲，'左眼跳财，右眼跳祸'。我右眼打大清早上起，一直跳到此刻，应该我要闯出祸来，如何我还是好好的？足见迷信这件事，完全靠不住。"主人道："你先生倒说得好，抓了去不过罚几文。要晓得我们吃这碗饭的人，天天担惊受怕，兴得起，却歇不起呢。"成谦道："我也是说着玩玩，哪里会到这步田地?"

正说着，早已打了几个呵欠。他知烟瘾已到，忙向那张烟炕上横躺下来，手里拿了一根钢签，将烟烧得有蚕豆大，装在烟斗上，呼噜呼噜地向嘴里吸。吸了有几十口，精神始觉复原，顿时他又高兴起来，遂低低唱了一套黄腔走板的秦琼卖马。他在这里唱着不打紧，倒把主人急得无可如何，只有向他婉商道："你先生做好事，可不必唱了。如若要唱，改一天我请几个人奉陪。目下正闹着烟潮，还禁得起你先生把我这地方当做戏园子看待？假使因此为人注了意，先生岂不是引狼入室吗?"成谦道："你莫着急，我嗣后不唱。"当下又躺在烟炕上吸了十几口烟，这才住了。

那主人好容易见他吃过，赶忙将烟具收好了，便催促他回去。他此时且不理会，走出了房间，笑嘻嘻地掏出一个玻璃小长瓶儿，向主人说道："你猜我这瓶子里盛的什么东西?"那主人道："不是盛的鼻烟，就是盛的五洲大药房里治病药水。"成谦道："不是，不是。我倒下来给你看罢。"讵料不倒犹可，倒下来完全是大大小小百十个烟泡。那主人道："我才把那个违禁物收起，你又拿出这个违禁物来，简直'河'字不如'可'字了。我看你快快把这东西盛到瓶子里去，免得被人看见，惹起交涉。"成谦道："你可晓得我这烟泡好处吗？我这烟泡是用着沉香的末子和多年广土煮出来的，专治气痛的毛病，是凡气疼的吃下去，没有个不立刻止疼的。无论你拿上多少金钱，想买也买不到。我因物稀为贵，所以把它当作宝贝一般，轻易也舍不得吃，然而我吃虽舍不得吃，天天晚上却要取出来赏玩一番，还可以借此过一过瘾。"

他正有天没日头地在里面胡乱讲，忽听得外边噼啪噼啪地有人敲门。那主人知道不妙，急忙向他微示了意，然后才出去把门开了，总以为这时候他已将桌上烟泡收藏净尽。谁想到这班人蜂拥而进，他还从容不迫，一个个盛向瓶中。说时迟，那时快，为首一个穿制服的巡士，早已抢到他的跟前喊道："呔！证据在此，你还收什么？"可怜他听见这句言语，魂灵儿不由得打从头顶上飞去，丝丝抖抖的，站在桌子旁动也不动。众人又到各处搜寻了一会，却未搜到什么违禁之物，遂将朱成谦和那主人押往县署去了。幸喜县署里当夜不曾讯问，一直等到第二天晚上才坐公堂。其时云麟已面恳伍晋芳，切切实实地写了一封信为他说项，县里得着伍晋芳的信，所以堂讯了一次，仅罚了他两块洋钱。那主人既未搜出违禁证据来，当然是一并释放。成谦出了县署后，知此案从轻判断，乃是云麟大力帮忙，心里着实地感激。过了一日，便跑到云麟公馆，预备当面道谢。讵料他乘兴而来，败兴而返，云麟早被人约出去宴会了。

至于云麟被何人所约，在何处宴会，且阅下文，便能分晓。

# 第八十九回　诗社联欢园林雅集　天空照相机械神仙

却说云麟自从托他姨父伍晋芳代朱成谦进去说项后，过了一日，打听得成谦业已由县释放，心里倒很替他欢喜。正想前往慰问，偏生这天大早，接到一封请帖，上边写的是"今日上午十时在孟园候教"，下边是孔小安署名。云麟晓得小安请他没有别的事，一定是约去做诗。若是回他没空呢，非但辜负了人家一番盛意，而且显见得我不敢赴他们这会。无论怎样，今天倒要前去走一遭。当下在家用过早点，赶忙雇了一辆黄包车，飞也似地拉出北门城外，换坐小划，慢慢地向孟园进发。好在云麟在路上还有一会儿耽搁，我且先将孟园详叙一番，诸君才晓得这段历史。

原来孟园去北门城外三四里，系当日孟军长的家属所建。军长生前大有功于吾扬人士，所以落成之后，人遂替他起了这个名字，表示永远不忘军长的意思。园子里面，奇花异草，无不悉备。而况开轩待月，凿穴成池。假山则堆积玲珑，画阁则辉煌金碧。松风入座，抱琴之客常来；湖水当门，打桨之娃时至。每到暮春时候，那碧桃花儿开得如同锦绣一般，衬着那绿叶子的芭蕉，颜色格外显得鲜艳。沿着碧桃树过去，就是一顺五开间的大厅，却摆设得非常精致。这地方专为士绅宴会之所，轻易不许游人进去。其时正是三月天气，小安预先借了这个大厅，做他们的诗会。闲言休表。

且说云麟坐在船头，看那低处垂杨，一丝一丝地随风披拂，倒把浮在水面上的游鱼吓了一跳，顷刻间躲得不知去向，心中却也暗暗发笑。走了一会，已穿过天虹桥畈，孟园房屋早完全瞧得清清楚楚。此刻他坐的那个小划，比先前行得更快，须臾便在孟园门首靠下。他俟小划靠定，这才上岸，一步一步地向园里走来。恰巧小安凭着栏杆远眺，瞥眼看见云麟，不禁大喜道："趾翁果是信人，一约便到，真是我们社里的大大荣幸。诸位候之良久，就请趾翁往厅上坐罢。"说着遂邀云麟入内。

云麟偕小安到了厅上，不免和众人略为周旋，然后坐下。他除得小安、淑庵两人是会过的，其余一概不认识。后来还是小安指着众人告诉他道：“这是季石壶季先生，这是林小午林先生，这是萧味诗萧先生，这是赵绮侯赵先生，这是潘宗诚潘先生，这是郭忍卿郭先生。”他才一一明白，又向众人说了些久仰的话。

大家方提议做诗。当下小安首先说道：“兄弟拟欲请季老先生做我们社里临时的社长，不知诸位以为何如？”众人道：“季老先生年高望重，我们没有个不极端赞成的。”石壶见大家都公举着他，也就不好推却，随即写了题目出来。大家一望，都说：“今天这个题目，很不容易做，能够做得平平稳稳，就是好文字，再想惊奇出色，越发难了。”此时惟有云麟却不开口，以为我虽不做诗，但对于今天所拈的题目，并不见得有甚难处。偏生他们如此说法，以后恐怕没有他们所做的题目了。

不谈云麟私下计议，单讲众人之中，要推那个林小午是做诗的能手，遇着诗会，不是第一，便是第二。他既有这种本领，应该一题到手，立挥而就，无如他是慢工出细货，向不以快见长。此次又听见云麟是一个大词章家，知道遇了诗场劲敌，万一做得不好，竟被压倒，岂不为同人所笑？因此格外呕心剜胆地，在那里苦苦思索。说也奇怪，他思索了好半会，连一个字儿也想不出。正急得没法的当儿，偏偏忍卿向他问道：“小午兄可做成了吗？”他道：“我第一联尚未做成，怎还谈得到做成功呢？”忍卿笑道：“大约你的诗神今天不在家，所以才这样慢。若说不会做，告诉谁谁也不相信。其实在我看起来，做诗与作文无异，愈求深则愈晦，愈求工则愈拙。你果真把好胜的心立刻打消，随随便便写下去，包管你也有几联佳句。”他道：“忍翁说得不错，我怕是就犯了这种毛病。现在只有依你的办法，或者失之东隅，收之桑榆，否则，恐来不及了。”他两人谈了片刻，也就寂然无语。

不多一会，早已有人完卷。诸君试猜猜此人是谁？就是我这部书中所说的主人翁云麟了。云麟素来心思敏捷，笔底下又非常做得快，他也不管三七二十一，拿起笔来一挥而就。写完之后，遂交给社长。这时候众人才做了一二联，见他业已将卷缴过，都称赞他是曹子建第二。

云麟此刻可算置身事外，却不便再在厅上同他们厮混，于是三脚两步，跑到外面，浏览风景。无巧不巧，刚刚走出园门，那小划子上忽然有人喊道：“趾青，趾青，你今天为何如此高兴，独自一人到这里游玩？”云麟听见有人同他说话，远远地一看，才看出是他的姐夫田福恩，随即答道：“我哪里会有兴致到这里游玩，因为朋友约我前来做诗，推又推不掉，所以勉强跑到这个地方。你呢？”田福恩笑嘻嘻地道：“我和乩坛上的一班朋友，在湖上草堂赴那萧盐商家的约。他们这会儿正在谈得兴高采烈，我却不喜欢这件事，特地悄悄地溜出来，坐着小划子向湖中闲逛，不料一头便撞着你。”云麟道：“阔哉，阔哉！你几时认得个萧盐商？你几时又和乩坛上的朋友在一起厮混？我何以不曾听你谈过？”田福恩道：“这是新近的事。我若不和他们常常在一起，固然认不得个萧盐商，怕的就穷得要死。”云麟道：“难道你和他们在一起，便有钱可弄吗？”田福恩道：“不瞒老弟说，我自从同他们打得火热儿，手头便比从前宽裕许多。倘靠我家那个老杀才按月给我几文，还不够我喝水呢。其实他一声咽了气，还能够将钱带到棺材里去吗？到了那时，怕不是仍然为我所有。不过目前却缓不济急，万一阎王再和我做了对，叫他活到一百二十岁，那时就急坏我了。”

云麟道：“闲话不谈。我倒不相信乩坛上还有钱可弄，试问这钱究竟从哪里弄来的？”田福恩道：“乩坛也是营业之一种，不弄钱，还设他做甚？你可记得当日杨蝶卿为什么送命，不是为的扶乩吗？他为什么扶乩，不是为的想弄程大人道周的钱吗？虽则孽由自作，假使他不想弄钱，又何至于扶乩？他不扶乩，又何至于送命？”云麟叹了一口气道：“你提起杨蝶卿，他真死得可惨。然则你们的宗旨，也是同他一样，难道也不怕死吗？”田福恩道：“你是个聪明人，为何说出这种糊涂话？须晓得弄钱的宗旨虽同，我们却不曾做着伤天害理的事，怕谁来索命？”云麟被他这一驳，也笑说道：“不怪你骂我，我却说错了。但是你们乩坛上，弄的什么人的钱呢？”田福恩道：“说来话长，我便告诉你，一时也谈不了。总而言之，不相信我们乩坛的，叫他出一文，他也不愿意；相信我们乩坛的，叫他捧出成千的银子来，他也不敢回个不字。惟扶乩的时候，倒要点手术。”

云麟道：“照这讲法，扶乩简直是假的了？”田福恩道：“谁告诉你是真的？你如果把他当作真的看待，那就呆到极顶。即以我们扬州而论，乩坛倒有十九处，要想真的，一处也没有，不过借此骗钱罢咧。倘若竟有这回事，扶一次，便有一次神仙降坛，我恐怕神仙还没有这些工夫替各处乩坛上做粗活。什么孚佑帝君呀，东岳大帝呀，济颠祖师呀，闹得如火如荼，完全是我们在那里作用。你如不相信，明天还有一出稀奇古怪的把戏给你看，你看了，包管不由自主地也就佩服我们。”云麟道：“什么稀奇古怪的把戏？既叫我看，又不说出在什么地方，难道叫我到葫芦里去瞎摸？你忒也糊涂极了。”田福恩道：“不错，不错，我还未到了那样的岁数，说话竟丢头落尾，自家想想，也真好笑。”

他这时微咳了咳，又接着说道：“这稀奇古怪的把戏，就是把神仙的相，从天空照下。你可曾看见过吗？”云麟道：“我虽长了这般大，岂独不曾眼见，而且耳朵里也从未听过这回事。你说稀奇古怪，果真稀奇古怪得很。”田福恩道：“天空照相这件事，却由我们乩坛上发明。无如我们所设的乩坛，是在旧城头巷王少篯家，地方很为褊狭，所以大家会议过一次，决定就近拣了一个宽阔所在，俾作照相地点，好让合城的人观看。”云麟道：“时间呢？”田福恩道：“约莫下午四点钟光景。大前天，已有传单出去了。”云麟道：“明天午后，无论什么事都不做，偏要去瞧一瞧热闹。”他话还没说完，那园丁早跑近云麟跟前喊道：“云先生，那边已开饭了，快请进去罢。”云麟听见那边已开饭，忙向田福恩道：“我不陪你谈了，明天好在还会。”说罢，掉转身躯，向大厅上来。

他匆匆跑到里面，众人刚才入座，咸说道：“趾翁适往哪里去了？”云麟道：“巧再没有这种巧法，我无意中走出园门，便碰着舍亲，和他谈了一会。”众人道：“趾翁为何不约令亲同来？”云麟道：“他因有人约往湖上草堂去了。据他说，明天他们乩坛上在旧城头巷附近，天空照相，诸位可有所闻否？”季石壶道：“我倒晓得一点，这乩坛可是设在王少篯家中？”云麟道：“一猜便着。”季石壶道：“少篯本与我至好，每天都在茶馆里相见。讵料近两日间，连他影子也不见一个，大约又是他想出这个主意，预备弄各盐商一注大大的财爻，不然，为什么忙得这样？”小安道：“我们明天倒要偷空去看看，究竟天空可有神仙没有？”他三人在这里说话，那些诗未做完的，早已狼吞虎咽吃下去，仍旧呕他们的心血去了。

一直等到下午，大家始将诗做毕。即由石壶拿笔把一首一首的抄下来，让大家评阅。大家评阅了一遍，自然赏识云麟的两联：“琴心诱妇狂司马，北面迎师病伯牛。百年几占千秋席，一雨陶成万木春。”其次是林小午的两联：“杨花落尽刚三月，梧叶飞来又立秋。懒将诗派分唐宋，闲与梅花较瘦肥。”余则均皆落第。

说也好笑，林小午生怕云麟第一，占他面子，偏生第一被云麟所得，这气非同小可。以为众人之中，那潘宗诚、郭忍卿倒可不论，因为向来榜尾，都是他二人买定，无足介意；我此回即做得不好，至于小安、淑庵、味诗、绮侯诸人，难道没有一个比他好的吗？心里虽然气愤不平，脸上却不露出不悦之色，还是笑着对云麟说道：“趾翁大作，今日始得捧读，真个是言言锦绣，字字珠玑，怎不教人五体投地？早晚当趋前领教。”云麟道：“兄弟谬承诸公奖许，实深惭愧。”他俩在那里正闹着客气，其时残阳已尽，暮色沉沉，小安即从旁插言道：“天已不早，我们赶快进城去罢。”一面说，一面便命人雇了两只小划子，大家分坐其上，顺流而下。船抵城外码头，众人始匆匆分手而别。

这时候街面上业已万家灯火。云麟虽独行踽踽，却也愉快非常。他为什么这样愉快呢？因为他姨父从前曾替他夸下大口，今天初次与他们唱和，竟夺了个第一。假使名在孙山之外，自家固然被人瞧不起，怕的姨父面子上也难为情。后来又想到天空照相那新闻，恨不得立刻就到了明天，好前去开一开眼界。

他一路上思来想去，早不知不觉，走进家门。红珠见他笑嘻嘻地回来，急忙问道："你今天在外边有甚得意事？何妨说一遍给我们听听。"云麟道："事体确有一桩。若说得意呢，也不见得怎样得意；若说不得意呢，却也与得意相同。你试猜猜看。"红珠道："这话奇了，你的事，我如何会猜得到？"云麟道："你既猜不到，我索性告诉你罢。"遂将孔小安约他在孟园做诗，怎样取第一，一一告诉了红珠。红珠这才明白其中原委。随又说道："取第一是得意事，你为什么偏说是不见得怎样得意呢？"云麟道："只在诗社里取个把第一，便算得意，要是在科场中取个第一，还不知得意到什么样子哩。不过姨父既代我夸下这大口，此次若不压倒他们，显见得姨父所说的话毫不实在，我所以得意的缘故在此。"红珠道："哎呀！幸亏你将这意思表明，不然，便把我的头闹大了，发得誓我也不知道你的用意。"

云麟道："这话不谈了。我今天还听见一件稀奇古怪的事，非但我们这些年轻的人耳朵里不曾听见过，眼睛里不曾看见过，恐怕母亲上了这么大的年岁，也是同我们一样。"秦氏道："什么事呢？"云麟道："从半空中能把神仙的相照下来，母亲看可稀奇不稀奇？可古怪不古怪？"秦氏道："稀奇也好，古怪也好，但是这不当人子的话，你赶快莫要讲，万一被他神仙老人家晓得了，动起气来，吃不了还要兜着走呢。"秦氏一面说，一面向黄大妈道："老妈妈，你看我说的可是不是？"

黄大妈见他主母问他的话，当下倚老卖老地答道："太太把相公所说的话当作真的吗？他又不晓得和那些三朋四友，在外边没有事体做，故意编派出这个话，来哄家里人。我不怕相公骂，相公现在已养了儿女，难道从前的孩子气，还不曾脱尽？如说是真的，老妇活了七八十岁，何以不曾遇见过一次？"他劈劈啪啪地说个不了。云麟正欲向他发挥几句，转念一想："他是我家所用的几十年老仆，我若得罪了他，觉得过意不去。"只得忍气吞声笑道："我这事也听人说的，并非是我撒谎，妈妈犯不着急得这样。好在假不假，明天就可分晓。"秦氏道："你这话倒也是的。"大家遂用了晚膳，各自归寝。一宵无话。

第二天，云麟起身，也不出去，坐在那书房里面，借书消遣，眼巴巴地盼着午后。好容易盼到吃过午饭，又和红珠谈了一会，这才向那旧城头巷而去。他到了头巷时分，已是三点钟开外，但不知照相地点，究竟设在什么地方。却喜路上行人滔滔不断，晓得都是往那里去看照相，他也不问青红皂白，只拣那人多处走去。走不到数十步，前面忽然露出一片空地。那空地中间，却搭了一座高台，距地约莫四五尺。台之上面，悬挂着一轴吕祖肖像，香烟缭绕，直达重霄。这当儿两旁围观的愈聚愈众，远远地望着，如同蚂蚁一般。

云麟知道照相还有一时，挤了进去也是无用，便掉转身躯，预备觅一个人迹稀少所在，独自站着，似乎比在人丛中还看得清清楚楚。谁料他才将身躯掉转，背后忽有人喊道："趾青，趾青，你为什么来了又走？"他急忙回头一望，见是田福恩同他说话，后面还跟着一个老者，这老者又好生面善，一时偏记忆不起。当即答道："我特地跑来看照相，相还不曾照，岂有便走的道理？然而这地方却非我立足之所。"田福恩道："你跟我来，包管有好地方可看。"云麟道："莫不是你们办事的那里？"田福恩道："然也，然也！"云麟道："那可不行呀，你虽和他们是一气，我却是个局外人，弄个局外人在旁边，他们反有点碍手碍脚。为什么呢？向来乩坛上无论做什么事都要谨守秘密，我与其在旁边讨人厌，不如让我自由地观看罢咧。"田福恩见云麟立意不肯去，也不勉强，但向他说道："我们只等杨竹村那边拍照的人来，就要举行了，你停一会儿便可看见。"说罢遂同那老者分开众人，仍回他办事的处所。

云麟等他们走后，也就向东边角上，觅了个地方站定。然而他心里总想不出那个老者是谁。后来忽然想道："他不是刘祖翼刘四先生吗？我曾经听见我的死鬼何先生说过，他在那洪宪时代，还请我的先生代乞丐团做一篇劝进表文，却被我的先生严词拒绝。照他当日的光景，已差不多与乞丐为伍，何以现在又弄得不坏？这真是人不可貌相，海水不可斗量了。我下次若会见田福恩，定然可以调查得出他的近来历史。"

云麟刚在那里计议着，忽听得许多人说道："大家快看照相呀！大家快看照相呀！"他知人声嘈杂，已到了那时候，随即远远向空地上看了看。果不其然，那拍照的人早将照相的器具摆设得齐整。停了半晌，又取出一面快镜，插在那器具后面，好象等神仙降临似的。其时高台上站着的那些坛下弟子，一个个磕头如捣蒜。磕过了头，大家都是眼观鼻，鼻观心，分立左右。

说也奇怪，那半空中先前本无丝毫云影，此刻忽从西北上飞来一片红光。那拍照的何敢怠慢，便用快镜将他影子摄下。引得两旁瞧看热闹的不由自主也喝了一声彩。都道："谁谓天上没有神仙？这一处红光，便是有神仙的证据。"大家围在围场中纷纷议论。就连云麟见了，也很诧异，觉得红光突从半空中现出，此事真个蹊跷，难道里面果然藏着神仙不成？还是他们用什么幻术？他想了半会，因天色已暮，也不往下追究，当即随着众人，出了围场，匆匆回转家中。

家中人上至秦氏，下至仆妇，都围拢着要听他讲那天空照相的一件奇事。他这时也不便休息，忙将适才所见的一五一十，告诉他们。他们听到忽然飞来一道红光，一个个均皆纳罕，齐说道："照这讲法，岂不是个活神仙吗？"云麟道："神仙有无，我却不敢相信，但红光是我亲目所睹，绝不会假。"秦氏道："你又来说这不当人子的话了，世界上没有神仙，还成个什么世界？就以这红光而论，一定是他神仙老人家驾来的云；如不是他神仙老人家驾来的，何以偏生在拍照时发现？"云麟道："这却是个疑问。好在田福恩知道其中详细，等我早晚会见他，就不难水落石出了。"

过了几日，杨竹村那边已将吕祖相片拍了若干张出来。少镂命人取回，分送各盐商各绅士每家一张。最可笑的是，平素那些盐商们，除得狂嫖浪赌外，一钱也舍不得乱用，即便乩坛上写他们几文捐款，他们有时候还故意推敲，惟独对于少镂所设的这个乩坛，却另眼看待。这又是什么缘故呢？诸君且莫性急，待在下细细讲来。少镂本是个拍马专家，为人又极圆滑，是凡可以笼络他们去处，没有不想出法子来笼络他们。因此坛上只要有了事故发生，他们莫不捐输恐后。何况这天空照相，大家均在当场，万目所瞻，丝毫不容假借，怎不教他们赞不绝口？及至看到那张相片，须眉毕现，奕奕如生，信仰的心越发日深一日。其实此中黑幕，揭穿了不值一文。

原来当那未曾照相之先，少镂早已暗中和杨竹村说好，叫他拍的时候，也用一面快镜做个形式，免得大家疑惑。试问那快镜上面，拍下来可有影子没有？在下敢代他赌得血滴滴的毒誓，莫说没有影子，便连一些儿痕迹毫无。然则吕祖的像又从何处拍来呢？这更易于明了，那相片是竹村另外把个小孩子装做吕祖的模样，嘴边戴着一挂胡须，手里执着一个云帚，在他自家后院里面，用四寸镜将上半截照下，就说是那天空中拍的相片。各盐商哪里会知道他们串通一气，变这戏法，想骗金钱呢？

但照相虽完全是假，难道这红光又是他们捏造不成？我若不将来历说明，恐诸君仍蒙在鼓里。说也好笑，他们正在照相当儿，恰巧那城外柴棚失慎，火威大炽，所以把满天照得通红。大家却不晓得这个原由，都当做是神仙下降。天老爷可算倒成全他们好事了。闲言不表。

且说少镬自从打那天空照相之后，心里早暗暗盘算，想在各盐商身上捐一笔巨款，预备做点慈善事业。不过慈善是个总名，究竟做哪项事业才好？他斟酌了一下，觉得还是设个工艺厂，一来可以安插许多贫民，二来可以位置许多同志，自己也不无得些利益。宗旨既定，立时发了一个通知单，请各盐商第二天晚上在天兴酒馆酒叙。

到了次晚，大家果然齐集，当下少镬便向各盐商提议创办工厂那件事。各盐商道：“我们扬州工厂却是不多，少翁要办，需款几何？”少镬道：“如不建筑屋宇呢，五六千金就可敷衍。但是这样办法，只能暂时，不能持久。不知诸位先生以为何如？”各盐商道：“不办便罢，既办当然要谋长远之计。我们连建筑费，明日先送一万五千金的支票过来，假使尚不够用，日后我们再行设法弥补。至于厂中一切事宜，均托少翁经理，我们却没有工夫前来过问。”少镬道：“用人呢？”各盐商道：“那更是你的主权了。”大家议决，随即吃点酒菜，纷纷而散。

欲知后事，且阅下文。

## 第九十回 轧姘头老年染梅毒 禁私塾暗地起风潮

却说少镬因各盐商允助一万五千金巨款，创办贫民工艺厂，回去之后，心里好生欢喜。第二天早起，独自坐在那平时办事室内，私自想道："我们这个工厂，如果等到购地建筑，才行开办，未免需费时日。不如预先租一处宽大房屋，先行试办起来，候那工程完竣的当儿，然后再一古拢儿迁入，这办法似较妥善。不过厂中各事，各有各的责任，我一人如何能兼管得到？那末用人这一层，却非慎重不可。万一马马虎虎，不闹出岔枝儿便罢，将来倘闹出岔枝儿，我岂但对不住那些盐商，而且外人还要说我不会办事啊。"

他刚在那里盘算着，外边忽然拿进一封信，说是南河下萧盐商着人送来的。急忙拆开一望，见内里放着一张一万五千金的银行支票。立即写了收据，交给来人带转。复行从衣袋里取出一个皮夹，将支票收藏在内。到了午后，他始喊了一辆黄包车，径往银行，兑了一半现款，其余仍旧换了一张支票，以备后来取付。

此事办毕，他又坐着原车，顺便到杨竹村照相馆送了二百金，报酬他帮助之力。竹村当下自然感谢不置。少镬道："常言说得好：'三家寻钱五家用。'我若非老哥从中帮助，他们未必舍得出这笔巨款。饮水思源，似此区区，尚不足补报于万一，何谢之有？"说罢，遂向竹村拱手而别。

他回到寓所，便命人约了他的许多同志，在家中开了一个茶话会，报告自家拟欲创办一个贫民工艺厂，不知大家可否赞成？众人道："事再好没有。中国何以穷到这般田地？就是不讲办实业的缘故。我们扬州得少翁首先提倡，嘉惠贫民非浅。惟是这笔款子筹划很不容易。"少镬道："款子倒也不愁没有，现在所愁的是没有合巧地方，有了合巧地方，即可进行一切。"众人道："这地方还是建筑呢，还是租借？"少镬道："在兄弟的意思，顶好一面同人租借，一面择地兴工。"众人道："庵观寺院的房屋，可用得吗？"少镬道："只要适宜，有什么用不得？"众人道："既这样说法，我们明天拼着不做别的事，第一先代少翁把房子找定。”少镁道：“那更好极。将来该厂成立，还有好些事要借重诸位。”众人道：“少翁为乩坛领袖，既然热心公益，我辈又何敢偷安？只须预先招呼一声，没有个不愿前来效力的。”大家谈了良久，这才各散。

过了几日，他们果然找到一个寺院。这个寺院，名叫做法华寺，内里地方，着实不少。少镁因为暂时借用，只租了两边群房七八间，和后面数进房屋，预备将来再行迁徙。这当儿房屋既然租定，办事却不可无人，因此斟酌再三，遂请刘祖翼担任了会计，田福恩担任了庶务，住在厂中办事。他两人受了少镁委托，那欢喜自不消说的了。不过同志中人也很多，为什么少镁单赏识刘祖翼、田福恩两个呢？难道除得他两个，别的人就没有本领去干吗？然而少镁却也有少镁的用意。他以为刘祖翼当那困穷的时候，穿吃且不周全，多亏我把他拉入乩坛，他才混得这样，叫他专管银钱，再好没有。至于田福恩呢，他平素在我们乩坛上东奔西走，做事倒很可靠，与其将庶务另委别人，不如仍请他担任，以资熟手，我的心也就可以安安稳稳地放下。主意想定，才毅然把重任付托他们。其实他们不但不曾有所营谋，而且做梦也想不到竟有这非常际遇。

他两人就职之后，觉得第一先要将厂中应需物品购好，开办倒不在乎限定哪一天。约莫忙了一个月工夫，始将各事布置得停停当当。少镁当下拣了一个黄道吉日，邀请绅商各界，到他们厂里参观行礼的仪式。其时来宾济济，有说这事办得很好的，有说这事办得虽好，只怕不能长久的，议论纷纭。却非我书中紧要文章，我也无暇代他们细细交代。

单讲那刘祖翼自从做了这工厂的会计，比较先前测字，境遇大不相同，每年虽不能积蓄千金，五六百元却也牢牢靠靠。为他设想，总算是老运亨通了。他果真谨小慎微，即有时偶涉花丛，也无非逢场作戏。叵耐他后来态度渐渐改变，遇着酒盏歌场之地，不由得兴高采烈起来。先花上多少金钱，将那因梅毒腐烂过的小刘祖翼请西医治好，就大嫖起来。咳！人要坏到这般地步，世间的事又从哪里说起呢？

这天傍晚，刘祖翼刚从外面回来，恰巧经过一家门首，那门首站着一个中年妇人，虽属半老徐娘，姿首倒还不错，无缘无故的，忽然望着祖翼一笑。他这一笑不打紧，倒把个刘祖翼笑得骨软筋酥，恨不得立刻就同他成其好事。站在那里，两只腿好象被吸铁石吸住一般，动弹也不能动弹，尽呆呆地瞧着那妇人馋涎欲滴。那妇人见他呆容可掬，知道他年纪虽大，还是个初出茅庐的嫩笋儿，越发卖弄风骚，百般勾引。又恐为人窥破，急忙丢了一个眼色，似乎叫他赶快进来。谁知他是个脓包，任他色胆如天，也不敢公然闯入人家私室。

正在进退为难之际，忽有人拍着他的肩膀说道：“刘先生你站在这里做甚？敢莫是等候什么朋友?”他其时听出这句话是田福恩的口气，也就将计就计，掉转头来答道：“福恩兄，这一卦竟被你打着了。适才有个朋友，要同我到厂里去看看，不料才行至半路，他被一人拉着，絮絮叨叨，谈个不了，我只好站在这里等候。哪晓得等了好一会，仍不见他到来，想必他又有什么事羁绊。我们不如先行回去罢。”说毕，遂同田福恩转回厂内。

说也奇怪，他平时困觉，倒在枕头上便大放呼声，讵意这一夜覆去翻来，眼皮儿竟不肯合拢一下。好容易盼到天亮，才觉得精神有些疲倦。刚欲睡去，蓦然见那妇人掀开帐子，笑嘻嘻地向他说道：“你既想我，为何不到我家里去？难不成我家里有老虎吃你不成？这是我知道你是胆小的原因，所以特地移樽就教。换个别人，随你怎样，怕的他睬也不睬你呢。”他说到“移樽就教”这四字，早将那香躯扑入刘老头儿怀里。刘老头儿活了这么大，生平从未尝过这种滋味。为什么呢？他早年虽曾有个黄脸婆娘，然而琴瑟之间，却行的是周公正理，断非外间偷情的可比。何况那妇人又是他意中所想，偏生就找上门来，如何不叫他情不自禁？他两人将要入港，忽听得门外人声嘈杂，疑惑有人来捕捉他们，不由自主地吃了一吓，顿时惊醒。再看了看，连妇人影儿一个也没有。他心里好生诧异，以为我适才难道是做了一场大梦？歇了半晌，他才勉强起来，从事盥洗。

这当儿外面已有多少人坐在那里同他接洽。他同大家接洽过后，独自躺在沙发上，叹了一口气道：“我好好的日子不过，因为一个妇人，反弄得神魂颠倒。长此以往，我的这条老命，岂不是还要为他送掉吗？我为他把老命送掉，殊不值得。惟有赶快将此念打消，或者还可以安心静养。”无如他嘴里虽是这样说，暗地里仍不免记挂着那个妇人。恰巧这天偷得余闲，招呼薙发匠前来薙发。他遂有意无意地问道：“你们既做这项营业，是凡住在左近的，大约没有个不熟的了?”薙发匠道：“不瞒老先生说，我们吃的这行饭，本来是走千家门，万家户的，如果人头儿不甚熟，小店生意还能做得出去吗？即以这左近人家而论，哪家穷，哪家富，哪家做甚事，哪家多少人，我们肚子里通通记得清清楚楚。你老果真有事问，不妨说出来，知道的，我可详细告诉你。”刘祖翼道：“我问的是一句闲话，却不要紧。就在我们工厂西边，有一小户人家，他门首常站着一个妇人，年纪约莫三十余岁，你可晓得他家姓什么呢?”

薙发匠道:“哦!我晓得了,你老看见的那妇人,可是白白的面皮儿,团团的脸蛋儿,长长的眉毛儿,薄薄的嘴唇儿,纤纤的柳腰儿,小小的莲足儿,望着人辄一味地憨笑?”刘祖翼道:“你说得真对。他可有丈夫没有?”薙发匠道:“他丈夫姓张,数年前业已亡故。幸亏死后还丢下一点财产,让他和儿女们过活。儿子呢,去岁已送到外边去学业,如今只剩下了一个七岁女孩儿,在家同他做伴。他若坚贞自矢,倒也对得起他的丈夫。谁想他不耐孤衾,常诱引一班浪蝶狂蜂,恣其淫欲。你老听见他这一段历史,恐怕也要为他丈夫叹息不止罢?”刘祖翼道:“原是的,我不料他天天站在门首,就为的这个缘故。若在那些新学家看起来,毫不算事,然而名誉上究竟不雅。”他一面说,一面还故作正经,做出那假道学的模样,遮掩旁人耳目,其实他心里早想他入门的方法了。

夜凉如水,月白于银,那屋檐下铁马之声,一阵阵随着西风送来。这时候有一家灯下,坐着男女两人,在那里喁喁私语。只听见那女人说道:“你的年纪已大,也应该积蓄几文,防防后手。”那男子答道:“我只一身,又无家室,寻几文不在你身上用,又在谁身上用呢?”他两人后来的话,越说越低,再听也听不明白。诸君阅书至此,可知这两个男女是谁?想无须在下说明,一定知为刘祖翼和那妇人两个了。

原来刘祖翼自从在薙发匠口中调查出那妇人事实,他早想了一条进身妙计。当天晚上,仍旧打从那妇人家门首经过。果不其然,那妇人已站在那里,身旁还立着一个女孩子。他其时飞了那妇人一眼,这才向前走去。无巧不巧,刚刚走过那妇人的门首,袖子里忽落下一条簇崭新鲜的湖绉手帕儿,自家仿佛不曾看见一样。谁料那妇人本是一个偷情的老手,岂有不晓得他故意弄这玄虚?随即在地下将手帕拾起来,叫他女孩儿赶快交还他的手内。他知道时机已熟,忙不迭地向那妇人连连谢道:“多亏你家小姑娘将我的手帕拾起,不然,便被走路的拿去了。但我要这手帕也没用,意欲转送你家小姑娘,却不知肯赏脸不肯?”

那妇人虽明白他话中有话,当下却不便说破,也就含含糊糊笑着说道:“老先生的手帕,当然是老先生的,小女若把这手帕收下来,倒埋没他送还老先生的初意。”刘祖翼道:“这话太说深了,反叫我不好回答。我因为承你家小姑娘盛情,殷殷地将手帕拾还于我,我即不送给他手帕,早晚也要买点玩物儿给他玩玩。”那妇人道:“老先生既这样说法,我再不叫小女收下,显见得我不懂人事了。”刘祖翼道:“这样才好。我们虽系近邻,朝夕并不常常见面,天幸今日巧遇。好在一面生,二面熟,下次如有兴致,不妨带你家小姑娘到我们厂里去游玩一番,我可以在那里招待。”那妇人道："工厂离我家不多远，等一天定然去游玩。不过老先生出来时，也可绕我家歇歇脚。"他两人因这手帕做媒介，倒谈得很为投机。从此遂双宿双飞，不让巢中之燕；相亲相近，俨同水上之鸥。这也算是天作之合了。

不料孽缘易尽，好事多磨。刘祖翼自从认识那妇人以来，几无夕不拚命地向他报效。人生精力，能有几何？在少年人房事过多，尚且得虚痨之症，何况他业已星星白发呢。

说也好笑，他这天坐在厂内，忽觉那小刘祖翼如同针刺一般，隐隐有些疼痛。情知不妙，又不便告诉他人。当晚遂独自在厂中歇宿，满意休养几日，或可无妨。讵知天老爷偏不肯做情，这一夜便叫他痛得好生难受。孽由自作，却怨谁来？

次日清晨，他勉强坐了一乘肩舆，去请西医诊视。那西医把他小刘祖翼一看，不胜失惊奇怪道："好利害的梅毒！好利害的梅毒！论你这偌大年纪，却不见得还在外边玩笑。然而既不玩笑，这梅毒究从何处得来？医家虽有割股之心，惟你这病却有点难治。何以呢？你若在年轻时候，我还可以想法代你动手剜割；如今你精力已衰，即便动起手来，你也万吃不住。那末不特不能将病治好，恐怕立刻就送你到鬼门关去了。只有一法：我来代你打一两下六零六的药水针。如能打得好呢，是你命不该绝，从此便止疼消毒；万一打不好呢，你已垂死，还用这冤钱做甚？"说罢，遂取出那药水针代他打了一两下。当时似觉患处减轻些疼痛，谁料药性过去，仍旧同先前仿佛。

可怜他千方百计，到处求医，也没一毫儿指望。其初还能够下床行动，到后来竟爬也爬不起来。加之那小刘祖翼烂得腥臭难闻，虽仆役们也不敢近他一步。他此刻惟求速死，省得受这种活罪。偏生他罪孽未满，又挨了两三日，然后才呜呼哀哉，伏惟尚飨了。少钱念他素有微劳，特地在公款中提出一份银钱，为他办了丧葬。

这消息传到云麟耳朵里，很为奇诧。觉得人活到一百岁，终究离不了一个"死"字，他这老头儿年纪比我们大上一大截，死也可以死得。但说他因梅毒送了性命，我始终却不相信，难不成他还有外遇不成？如果竟为这病而亡，这也是他当日做刀笔的报应。好在田福恩和他是同事，我去问一问，便可知悉详情。

刚欲走出门来，忽遇着严大成、古慕孔那许多人前来相访。他当下便邀了大家到里面坐，随即说道："诸位来得巧极了，再迟一下我即出去。"严大成道："大家因有一件要紧事，特来和你商酌。不过我们在这里，又要耽搁你出去的时间。"云麟道："迟出去早出去倒也没甚关系，我横竖是打听一桩新闻罢咧。"严大成道："是哪桩新闻呢？说出来看我们晓得不晓得。”云麟道：“提起这个人，大家都怕的和他相熟。这人是谁？就是那刘祖翼刘四先生。”严大成道：“他不是在工厂里当会计吗？”云麟道：“他不当工厂里的会计，还不至于送死；就因为当了这工厂的会计，竟硬生生地把命丢掉了。”严大成道：“奇谈，奇谈。当了工厂的会计，就会丢掉性命，我虽长了几十岁，却不曾听见说过。”云麟道：“不是这样，我底下还有话。他因为在工厂里积聚了几文，常常向外边寻觅外遇，及至有了外遇，那梅毒一发难收，他岂有不死之理？”严大成道：“照这说法，我们也可危险得很，只好将他当作前车之鉴罢。”

云麟道：“这事确不确尚不知道。诸位同我所商的什么事呢？”大成道：“我们靠着舌耕餬口，非止一日，就事论事，比较做乳妈还要不如，什么撒尿呀，拉屎呀，苟一样照应学生不到，那东翁便诘问前来，似乎说先生不负责任。其实先生哪里该管这些事？要当面和他争论，又恐开罪于他，下次便不把子弟送来就读，只好忍气吞声，笑脸相迎。忙到一节下来，才看见他脩金几文。岂不是可怜到极顶吗？偏生城里的那些牢瘟学校，看不得我们弄这几文，说我们勾引他校里学生，递了一张公呈，请县长取缔我们各家私塾。你看这事可平允吗？”云麟道：“县长可准了没有？”严大成道：“现在告示已贴上墙了。据闻我们如若不遵功令，便叫警察来实行干涉。这不是学校与我们为难，倒变成官厅与我们为难了？”

云麟叹了一口气道：“怪也难怪。以在座诸君而论，都是素通翰墨，学有渊源，便教几个蒙童，还怕不绰有余裕。最可笑的，是那三分不象人，七分不象鬼的，他也皋比坐拥，教授生徒，甚至教了几句《百姓》、《千文》，十个倒有九个别字，不但有玷了师位之尊，而且误尽人家子弟。在我看来，象这些角色倒非取缔不可。否则，诸君反受了他们的影响。”严大成道：“话虽如是，此时尚谈不到。为今之计，想请你托令亲伍晋翁，进署去疏通一下。如能把这功令取消，我们当设一个长生禄位牌儿，天天在家供养。”云麟道：“进去说项，原也不难，但你们不预先表示一种抵抗办法叫县里知道，他也未必允许。你们好好去做，我愿为你们后盾。”当下便叫严大成附耳过来，说如此如此，这般这般，包管能达目的。严大成听了他的话，不禁大喜道：“事不宜迟，我们且先去做，随后再来复命。”于是率领众人而去。

且说大成辞别云麟之后，便到了他们会议所在，又重新研究一番。第二天遂联合了多少私塾先生，各人手执一面小旗，有的写“还我饭碗”四字，有的写“反对取缔”四字，一直向县署进发，不多一会，已抵县署。大家便公举了四个临时代表进署求见，一个是严大成，一个是古慕孔，一个是汪圣民，一个是龚学礼。其余均鹄立门外。他四人既被举为临时代表，立即取出名片请号房进去通报，说："我们是私塾联合会的代表，特来求见县长的。"号房本来势利，他听见他们是私塾联合会的代表，知道都是一班老学究，忙放下脸来说道："我们县长公事很忙，哪里有闲工夫来会诸位？"严大成见他那种不瞅不睬的形相，也就怒道："共和时代，莫说一个县长，就是现在的大总统，我们要见他也不能说个'不'字，何况还有事来同他接洽呢。今天不见大约不行。"那号房晓得遇着了狠角，随即见风转舵地笑道："你先生莫要动气，我说的确系实情。既然一定要会，待我去通报罢了。"当下便转身入内。停了半晌，出来说道："偏生不巧，县长正在里面会客。诸位如有事接洽，可请到收发那里一谈，也是一样。"严大成道："这也使得。"号房遂引了他们走进收发屋内。

那收发见他们进来，便请大家坐下，问道："诸位来见县长是甚意思？不妨说明，兄弟可以转达。"严大成道："我们来求见县长不为别的，就为取缔私塾那件事。县长既不许我们吃这碗饭，我们也不敢违拗，但求县长另外赏我们一个饭碗，好让我们安心度日。此时大家均在外边候县长示下。"那收发道："这事发生，由于各校。他们因为校里学生不甚发达，恐怕公家责问，遂借口你们私塾勾引他们的学生，要求县长严行取缔。在县长本非所愿，无如被各校窘得没得法，才下了这道功令出来。任你说得怎样如火如荼，还不是官样文章，哪里能办得到？诸位且先请回去，我总把大家来意向县长禀明，将来一定有个办法。"严大成道："那就费心了。"一面说，一面便站起来同大家兴辞而出。

他们出了县署，众人都围拢着询问接洽情由。严大成即将适才所谈的一一告诉众人。众人很觉得满意，这才欣然回转。大成将这事办毕后，又写了一封切切实实的信，送给云麟，请他托伍晋芳前往说项。

不曾过了两日，云麟果然向他姨父那边走来。其时伍晋芳正预备坐着轿子往县署，忙笑着说道："我们倒有好几天不见了。"云麟道："原是的，我每次给姨父来请安，姨父总是不在家，所以不能碰见。今天想是我的心虔，才能够见着姨父面。"晋芳道："我的事虽多，你尽管常到我这里来，陪你姨娘消消遣。难道我不在家，你就不能坐一会吗？"云麟道："侄儿常来，恐怕讨厌。"晋芳道："自家亲戚，还闹什么客气？"

云麟道："姨父此时往哪里去？如果往县署，侄儿倒有一事奉求。"晋芳道："所托何事？"云麟道："姨父可认得严大成吗？"晋芳道："他不是和你的先生何其甫最要好？你忽然提他做甚？"云麟道："这件事很与那位严先生有关系。"即将县里怎样取缔，他们怎样要求各情形，重新叙说一遍。晋芳道："县里也太瞎闹了，只凭各学校一面之词，便猛浪下这功令，勒逼他们停业，他们如何肯服？幸亏他们是文明举动，不曾有什么激烈行为；假使有什么激烈行为，岂不是官逼民反？哼哼！到了那时，恐怕县里要受大大的处分。好在县里即刻请我去商办选政，我倒不能不点醒他，叫他赶快地收篷转舵。贤侄回去可对大家说，此事包在老夫身上，请他们但放宽心。"说着径自上轿去了。至于取缔可否实行，选政如何商办，均在十集书中交代。

欲知后事，且阅下文。

# 第九十一回 念前情璇闺生鼠雀 绵后泽深夜续鸾凤

世界上万事万物虽变幻无穷，但细细按起来，总离不了“因果”两字。古人说得好：“善有善报，恶有恶报，因果循环，理无或爽。”读者有疑心在下所说是迷信的话，在下倒也有个比方。譬如种谷，下种的时候将种子细加选择，种后又及时耕耘，到了收获的时候自然是嘉禾穗穗，收成大有。如果下种不加选择，种后不事耕耘，则收获之时势必稗稗夹杂，难期有成。比之人生，作事的时候是下种，修养的时候是耕耘，结果的时候是收获。只须看他种的是什么因，就可知道结的是什么果。就本此理由，还有两句话可以解释读者的疑惑，就是因果循环，实系天演公例，并非人权迷信。

即如这部《广陵潮》，前后所记的多系事实。而因果报应的先例，如杨古愚、杨靖、刘祖翼等，读者当尚能记忆。不过全部书中，这许多人物，欲一一地明示因果，应从何处说起？仔细想来，只得在那林雨生的儿子稳子身上来讨个下落，倒是一个小小头绪。即如林雨生在那穷愁潦倒的时候，着衣不暖，吃饭不饱，全家三口在那照墙背后存身，实在已去死路不远。幸亏遇着一个少年义侠的富玉鸾一手提拔，荐到伍晋芳这边得了职位，不但饱食暖衣，且也得到一点小小权势。在那稍存良心的人，应当如何感激涕零，力图报称！哪知他竟天良丧尽，朋比为奸，初则媒孽小翠子，继则害富玉鸾，欺伍晋芳，奸谋百出，诡计多端。若将这些计划正正经经地在社会上做点事业，何尝不是可造之才，无如他竟倒行逆施起来。及到临头，终离不了触犯刑章，法场枪毙，并连累老妻改嫁，孤子无依。林雨生如若死而有知，虽恸哭流涕，都来不及。照此看来，岂非一段大大因果？

如今且说那林雨生的儿子稳子，自从投奔到伍公馆里，毕竟晋芳宅心忠厚，不念前仇，竟安然地留他住下。从前虽答应他介绍到扬州第六工厂去学点工艺，后因名额不多，一时难以补入，只得仍在伍晋芳公馆里住着，做些零碎杂事。不料林雨生虽作恶万端，这个稳子倒是忠厚老成，安安分分。他也知道他父亲的罪恶，所以对于晋芳极其恭顺。常和伍升说："我每看见仪小姐孤鸾寡鹄，就想起我爹的不是，罪大弥天。所以我这孤苦伶仃，实在是应该受天之虐，又怨谁呢？我若是没有伍大老爷收留，我也不知道流落哪方，死在何处，恐怕连骨殖都要给狗拖完了。如今我活着一天，都是受着伍大老爷的恩典。我只拿着我这颗良心，尽力来巴结伍大老爷，或者可以稍稍赎我爹的罪。"伍升对着他微微地笑道："罢呀，你这孩子好甜的嘴。我记得你爹在这里的时候，何尝不是外貌恭恭顺顺，嘴里说起来真是仁至义尽。哪知他心里怀着一肚皮的诡计，专门葬送人。"稳子哭丧着脸说道："伍老爹，你不要再谈我爹了。你不信我，你只看我日后的行事就知道了，你现声尚还不知道我的心。"说着就哭起来。伍升拍着他的肩膀说："好孩子，你不要哭，我和你玩呢。我也知道你是个好孩子，不象你爹。你只瞧你来的时候和现在我待你的好歹，就知道了。"因此伍升有便的时候，在晋芳面前，常提着稳子的好处。

内中只有一个朱二小姐，因当初和林雨生媒孽小翠子的时候，很有点秘密的交情，所以深恐稳子或有些知道，小孩子口头不紧，对着伍晋芳露些风声，倒不是玩的，常常怀着鬼胎。有一天催着晋芳说："小稳子年纪尚轻，让他常住在我家也不是事，不如另荐他一处地方学习生意，庶不误他的终身。"伍晋芳点头微笑说："你倒真想得周到呢。林雨生在日与你何恩？你替他这样出力。我养着稳子，还是看这孩子忠厚。若想到林雨生那种丧尽天良的行为，我早经赶着他出门了。"

这几句话在晋芳本出于无心，朱二小姐听了却是触耳，心里觉得突突地跳，然面上却不肯露出惊惶的颜色，就瞅了晋芳一眼，薄怒含嗔地说道："你这话从何说起？我难道和林雨生有首尾不成？你今天既然说这话，你应该还我凭据。我是大家人家的闺房小姐，不似那小家子女人会做鬼鬼祟祟的事。我和你这许多年数，你难不成还不相信我吗？"晋芳本因小翠子的自缢，认为终身恨事，又以此事发端于朱二小姐，时常感着不快，不过拿不到他的凭据，认为嫌疑罢了。今见他又说这话，愈加生气，说："你今天的话又含着刺了。他是已经死去的人，与你尚有何憾，处处还要说他的坏话？未免过分了些。"朱二小姐也气着说道："我说的是什么人？只有你时时刻刻心里存着一个小翠子，所以连人家说话都要起着疑心。我也知道你的心思，我和小翠子很该换一个过来：我早死了，留着小翠子永远活着。他又会凑趣，又会侍奉，心思又灵巧，相貌又娇艳，天天伴着你，你才如心如愿地快活着呢。象我这拙口笨腮，自己知道为着你罢咧，你也不知道，不见情，我又何苦多活着呢？"一面说着，那剪水似的秋波，含着一泡眼泪，就如断线珍珠般落下来了。

在平常时候的晋芳，看见心爱的人哭得和泪人似的，自必赶紧去抚慰他。朱二小姐也知道晋芳的脾气，故意用这手段去挟制。哪知这日晋芳先是生了气，后又想起小翠子在日的好处，未免感动离怀，也忍不住老泪横流，就立起身来，背着手在房里打旋。忽地信步望外面走来，正遇着云麟和三姑娘在一处说话。云麟就站起来喊了一声："姨父。"晋芳见了云麟，也不似往日的招呼，便说道："老贤侄，我很羡你有情人终成了眷属。但愿你慧福双修，始终如一，不要学着我和翠姨半道相遗，负了薄幸之名，后悔无及。"言下大有悲愤填膺之概。

云麟见他颜色不好，想是为思念翠姨，断不料到和朱二小姐有这番口角，便说："这是姨父取笑侄儿了，在侄儿的一番遇合，本来是平常的事，不过中间经过许多波折，中途由合而离，由离而合，因此便觉得和别人不同，但是将来又知道如何结果呢？至于翠姨的事，果然出于意外。但是人生修短，自有天命，姨父也只可聊作达观了。"三姑娘道："论翠姨的为人，实在叫人可怜。不过这种过去的事，又何必多伤心呢？我们年纪说大不大，说小倒也不小了，回顾膝下，只有一个仪儿，可怜又成了个单边人，后顾茫茫。我从前只望着小美子长成了，后继有人，可以放了一半心事，哪知半途又遭了变故。我呢，已经是半老的人了，情愿你和他再能养着个一男半女，也就算了，你倒是保养着自己的身体要紧。"

晋芳听了"后顾茫茫"，格外触动他的心事。但是说起朱二小姐，又是气恼，又说不出怎样，只得对三姑娘说："你也该明白过来了，那人是怎样？他是一朵玫瑰花，触手生刺，待人辣辣的。我悔当初鲁莽，不加体察，不然如何又会上他的当呢？"三姑娘又笑指着云麟对晋芳道："你说我不明白，你真睡在鼓里呢。你只问问麟儿，他的丈人上一次吃官司，就有他夹在里面，外面知道的人很多哩。"晋芳叹口气道："我也近来觉悟了好多。自从回到扬州，母亲呢，他是专在佛堂里念佛，你呢，不管事，一切大权都握在他手里。他看我不大出去，偏会拉拢，和县里太太打得火热，连我都不放在眼睛里了。"云麟道："姨父千万不可多心，家庭里的事，也只能得过且过。好在我姨娘也不是揽事的人。"

这时淑仪听得他们讲话，也慢慢地走到中堂来，先叫了一声"父亲"，又和云麟招呼了，坐下来说："听父亲的话，好象是和姨娘淘气来着。姨娘就有三言两语，终究是女流，父亲为着他生气也犯不着呀。"云麟笑道："姨父也不过一时背地里几句话，决不至就此生分的。"

晋芳道："我们还是谈谈别的罢。"云麟道："妹妹这向身体倒还好？"三姑娘代答道："也是三病两痛的，总之心计重，我也只得劝劝罢咧，哪里能医好他的心病呢？"云麟道："妹妹时常忧郁，老住在家里也不是事，何不到我们家散散心？我母亲也很记念着。"淑仪道："多谢姨娘费心。我过一日正要来请姨娘的安，并看看红姐姐。红姐姐近来身体好吗？"云麟道："近来不知怎样，也是病恹恹的。倒是那玉凤儿长得怪俊俏的，过一天我带了他来，姨娘和妹妹见了必是欢喜的。"三姑娘道："红姑娘这样娇怯怯的，怎禁得起病呢？"晋芳道："不要是怀孕罢？我们又可来叨扰你的汤饼筵了。"云麟红着脸说："现在还不大清楚，再过几时就可知道了。"

晋芳虽和云麟谈着，心里总觉闷闷的，和云麟道："今日天气颇好，我们就到公园去吃茶闲散闲散，老侄高兴吗？"云麟正因晋芳生着气，无以解嘲，听晋芳说到公园去，也就满口答应。晋芳道："我也不换衣裳了，就此去罢。"云麟遂辞别了三姑娘淑仪，同晋芳走出门来。云麟问晋芳坐车子不坐？晋芳道："这里离公园不远，我们就安步当车罢。"

扬州地方本来热闹街市不多，不过道路很狭，最讨人厌的就是穷小子拉着一辆破烂人力车，沿路兜揽生意，还有坐着人的车子也往来不绝。所以好好的人行路，只好让着车子去出风头，行人倒有好些不方便了。

二人慢慢地走到公园门口，忽后面飞也似地赶来一辆簇新的黄包车，坐着一个人，到了公园也下了车，赶着云麟喊道："趾青，趾青。"云麟回头一看，见是熟人，也就停住了脚，和那人谈话。晋芳看这人年纪比云麟大些，中等身材，穿着一件洋灰哔叽长衫，不穿马褂，头上戴着草帽，鼻子上架着一副玳瑁大圆眼镜，手里拿着一根司的克，长得甚是漂亮，但是满脸浮滑气象，竟不象是个正人君子。心想："云麟为什么和这种人去打招呼呢？"又见那人一手携着云麟的手说："你们走得慢，我车子快，我看见你狠命地喊你，你不答应，我也只得赶了来了。"云麟道："先前我并没听得，等你下车喊我，我才知道是你呢。"就拉着他的手道："我们进去罢，我还有亲戚在前面等着呢。"那人说："你亲戚是谁？"去麟道："是我的姨父，你也该知道的。"那人说："巧极了，我们同进去罢。"就走到晋芳面前，恭恭敬敬地行了一个鞠躬礼。云麟替他介绍说："这是我从前的同学乔家运。"晋芳也就回了礼说："久慕。我们正苦寂寞，同去吃茶罢。"

三人进来，找到一个荷花池旁边的三间抱厦内，入了座位，就泡了茶。这时旁座也有好多人，内中有和晋芳认识的都招呼了。乔家运却无人不熟，先过去和诸人谈了一回，才过来和云麟坐下。

云麟道："我们好久不见了。你上海去过吗？还是仍在扬州？"乔家运道："说起来话长咧。前时我和你别过之后，我原想安安闲闲在扬州住几时。哪知从前盐店里的一个股东，从上海来找我，要想我去继续从前的事，我再三辞谢。因为他也知道我家境不甚充裕，说：'你既不愿去，何妨在扬州弄点事情做做？我很可以帮你的忙。'我想既承他的美意，若叫我再去费尽心思弄那劳什子的报馆，我可不愿意了。因此商量好久，他拿出几千洋钱，交给我办了三百辆人力车到扬州来。你不看见我坐来的这部车子，多么好，比我们扬州现在的旧车子好多着呢。这就是我公司里的出品。我打算在车子上面整理整理，把旧车子通通淘汰，也可算我的事业呢。"

晋芳笑道："人力车的事业，资本倒尚在其次，只是那些拉车子的人，都是一班江北愚民，讲理是不能的，一旦蛮横起来，实在难以处置。老兄若和这种样子的二三百人打起交道来，岂不要吃亏？"乔家运竖着一个大拇指道："老伯勿怪小侄夸句大口，对于这种人，叫小侄使用起来，不怕他不服从。我有车子给他拉，就是他的衣食父母，他若违拗我，只要夺了他的生计，他的性命就没有了，他还敢倔强吗？古人说得好：'智者役人，愚者役于人。'我就用这个主义，在他们身上取点利息，也不为过。况且无事的时候，他们是拉车子；倘若我遇着不平的时候，要想在扬州闹点小小风潮，不怕他们不当我的护兵哩。"云麟道："原来乔大哥办着人力车公司。我倒看不起这小小的事业，还有大大的作用咧。"乔家运道："这也只是我的一种计划。"

晋芳道："这种事，我却是外行，倒要请教，利息究竟如何呢？"乔家运道："利息要是不厚，小侄也不愿去干这劳什子了。比如说，我在他们身上每人每天取他两角小洋的利息，总计起来，就是几十块钱。这都是他们情情愿愿来租了去的。若遇到他碰坏了车子，我就在修理上面敲他们点竹杠。他们因为饭碗要紧，也不怕他们不来缴纳。"晋芳道："原来有这许多厚利，难怪办车子的人很多了。"

乔家运又对云麟说道："今天真巧极，我本想到你府上找你，请你求老伯一件事，哪知竟会在这里遇着二位，想我的事总有希望了。"晋芳听说有求他的事，心想："我和你素不相识的人，有何事交接？"正在诧异，见云麟问道："你说的是什么事？"乔家运拍着手笑道："趾青，趾青，我看你近来只知躲在家里，对着如夫人享些温柔的艳福，把外面一切重要的事都置之不问了。我倒佩服你是个高士咧。"云麟红着脸说："这可奇了，我也不是你肚子里的蛔虫，我又如何知道你的事呢？"乔家运道："我和你取笑呢，不要急坏了，这是我的不是。你不知道前次选举的省议员已经期满，现在县里正忙着选举？”晋芳道：“不错，我前日也听见这话。县里请的筹备主任，不是许道权吗？这人因孟军长的炸弹案嫌疑，曾经收押过的，现在不知如何又出来谋事干了。”乔家运道：“是的。小侄也知道他和老伯是熟人，所以拟恳趾青求老伯在县里谋一个调查主任。”晋芳道：“若说别人，兄弟尚可担承，这许道权，从前兄弟因一件事和他有些争论，去说是必无效果的，何必多此一举呢？所以对于老兄的事，只可谢绝了。”说着拿两只眼睛望着云麟。云麟知道晋芳说的就是为红珠的事，这时也不便说出，只得对乔家运道：“家姨丈这般说，乔大哥只可另寻别人了。想乔大哥熟识的人很多，谋这事是必成功的。”

乔家运道：“我恳伍老伯的并不是向许道权说话。许道权我同他也是熟人，昨日曾经谈过，据说这事全权都在县里，要请知事委任的。又知道现在县长最相信的就是伍老伯。恳你代我求伍老伯，在县长面前介绍一下，没有不成功的。”晋芳素来也知道乔家运的为人，不过办理选举，在表面上看起来，原是中华民国尊重民意的大典，但是都为一班半绅衿式的人物把持，任你怎样公正的人去办，也不能廓清他们的积弊；况如许道权这种人做了筹备主任，还有什么好结果呢？不妨把他推荐，也算是云麟的一个人情。见云麟想回绝他呢，恐得罪乔家运，不回绝他呢，又不知我的意思，正在为难，就说：“既是这样讲，我明天正因事要到县里去，且和他说着看，成功呢，果然是好，不成功，请老兄不要怪我办事不周。”

乔家运见伍晋芳满口答应，知事有把握，忙站起来向晋芳作了一揖。然后又坐着谈了许多别事。时已不早，晋芳要走了，乔家运不肯，拉着云麟说：“伍老伯和我们是难得遇到的，今日必在这里杏花村吃顿西餐，这是我一点诚心，请你替我留客罢。”晋芳和云麟再三不肯，经不起乔家运死不肯放，也只得随和着吃了夜饭回去。

吃饭的时候，大家谈着选举的事。晋芳笑道：“这选举的事，你要来谋，我要来干，谋的人很多着呢。我虽知道个中不无弊病，但是这弊怎样舞法，做了调查员有什么利益，老兄自当明白，何不见教见教呢？”乔家运道：“在老伯是个公正绅士，自然不明白此中道理。若说一经钻谋着了调查主任，这舞弊的方法多着呢。譬如调查主任的利益，全仗着各处调查员身上。因为当选举的时候，多数人要谋这调查员的位置，如果得着了，他便把自己调查所得的选举票子，一古拢儿背住不放，好让他变卖金钱。此种积弊，各处多是如此。单就我们扬州城区说起来，共计五区，每区又分五段，五区共计二十五段，也有三万多选民。若每段的调查员叫他们报效调查主任五六十张选票，哪个敢说个不字？在各调查员固属惠而不费，在主任就可积少

成多，卖起价来，至少也有几百块钱。假如要想这许多选票通通选举自己，也无不可。他就不费一文，这初选当选的议员也就稳稳到手，岂不是一件最便宜的事吗。”晋芳笑道：“原来有这许多好处，所以老兄要谋干甚力了。”乔家运听到这里，忙站起来，又对着晋芳深深一揖说：“这事全仗老伯的栽培。”

云麟听了，心中很不以为然，但是乔家运那厮不是好惹的，也不愿和他辩论。好在菜已吃到布丁，接着咖啡茶也来了，就催着晋芳说：“时候不早，我们还是走罢。”晋芳也立起身来，向乔家运拱拱手说：“深扰了。见委的事，明后日听信罢。”乔家运因尚要在公园鬼混片时，也不再留。

晋芳和云麟正要走出大门，看见稳子拿着一盏亮晶晶的玻璃灯正候个着。原来三姑娘知道晋芳在公园，特差他来接的。晋芳对云麟道：“我们正想喊车子，现在稳子来了，我就和他走走。老贤侄你先坐着车子回去罢。”云麟遂别过晋芳回去。

晋芳和稳子在街上慢慢地走着，一面问他些幼年的家庭景况。稳子年轻，也不知说话轻重，况且自从到了伍公馆后，并没有和晋芳说话的机会，今见晋芳问他，只有不知道的不答应，知道的通通说出来了。说道：“我爹要害富大少爷的时候，母亲曾和他争论说：‘你害了富大少爷还不要紧，伍大老爷是我们的主人，一衣一食都靠着他。你现在虽则不在他公馆里伺候，那二太太手里的每月三十千文是从哪里来的？如果伍大老爷有了什么不是，我们还靠谁呢？’我爹笑说：‘你是个妇人家，哪里知道这种事情？我若把富大少爷去出首，拿到了人，我的功劳至少也可以得到个大八成知县。伍大老爷若犯了事，我一运动，就可以当得伍大老爷的差使，那二太太说不定还是我的人呢。’伍大老爷想想，这事我爹应该做的吗？”晋芳听到这一段说话，按着小翠子自缢那一天的情形，心里恍然大悟，要想赶回去和朱二小姐大闹一场。仔细一想：“小孩子的话，如何作得凭据？闹起来反而叫人笑话。我只要此后不去理他，他自能知道我的用意。”心里想着，既不再和稳子说话，也不去听他说些什么。走到门口，伍升来开了门进去，一直走到三姑娘房里去了。

这时三姑娘正和淑仪在那里做针黹呢，看见晋芳走来，还疑惑他吃醉了酒，走错路咧。淑仪忙着起身说：“父亲回来了吗？今天在什么地方吃的饭？我们等了好一会才吃饭，就叫稳子来接，父亲看见了没有？”晋芳说：“看见了，同回来的。”三姑娘说：“你吃过酒吗？醉了吗？”晋芳道：“哪里会醉呢？我知道今日你疑心我为什么到你房里来呢，我停一会还要报告你一件事咧。”淑仪见父亲要和母亲谈话，就告辞了回自己房里去。

这里晋芳看三姑娘徐娘丰韵，稳重端庄，比朱二小姐那种娇矜的态度，真有贤不肖之别了。三姑娘见晋芳呆着脸看他，有点不好意思起来，遂说："时候已经不早了，看你醉醺醺的，不如早点过去睡罢，有话明日也好谈的。"晋芳笑道："好人，我今日不出去的了，这里难道不是我睡的地方吗?"三姑娘红着脸说："这是什么意思呢?你出去之后，淑仪去看姨娘，见他象是哭过的样子，但是他也不肯说什么。现在看起来，你们真是有过口角了。你们相处已久，就是有点意见不合，也不可就此生分起来。我是清净惯了的人，年岁又大了，你又何苦再来缠我呢?"晋芳道："理他呢。他做的事，只有他自己肚里明白。只恨我自己从前糊涂，自从和他好了，就和你生疏起来，哪知你竟是个好人，我现在才明白过来。请你不要因为从前的事恨着我呢。"接着就将稳子的话一一和三姑娘说了。

三姑娘道："以往的事情何必再谈？只要以后防着他些就是了。至于你今天要在我房里呢，你是已经十余年不进我的房了，今夜依了你，明日不但自己难为情，就是家人们也多要当作笑话咧。你听我的话，我送你去罢。"晋芳听三姑娘说要送他出房，他就装着少年时候的老脾气，索性连衣服也不脱睡在床里去了。三姑娘终究缠他不过，少不得依从丈夫的意思。这一夜的事情，我不敢学那小说家的老套，说"一宿无话"，只是拿后面的事证明起来，可以拿《红楼梦》的一句话，道是"二五之精，妙合而凝"了。这也是伍家祖德不衰，晋芳为人尚无罪孽，应该不做若敖之鬼。这是后话，暂且不提。

且说云麟别了晋芳之后，坐车回家。到了母亲房里，看见他姐姐绣春正和他母亲说家常呢。柳氏、红珠都在那里伺候。云麟叫过了母亲，就和绣春说："姐姐什么时候回来的？为什么不常到家里走走?"绣春道："我哪里有这么好日子？他们老夫妇现在虽不似从前那般虐待，但是家中上上下下的事，哪一件不要我去做？倘若时常回来，他们又不知要闹到怎样了。我倒还不如不回来，还得个耳根清净。其实我哪里有一刻不想着娘呢。"说着眼圈儿就是一红。云麟道："啊呀！天呀！你为什么专门保佑着恶人？象他们这两老，就应该立刻饬命阎罗王，派两名阴差将他拿了去，那时姐姐就可出头了。"秦氏忙拦着他道："你这话真正没有道理了，幸亏天老爷没有听见，若给老人家听了，怕不先派人来捉你。你要知道天生一个人，就有一个人的寿命，寿命不绝，哪里会死呢？象你这种赤口白舌地咒人，也不象个念书人的口吻。"柳氏道："亏你是个念书的人，连四书上所说的'死生有命，富贵在天'两句书都忘记了?"云麟笑道："好了，好了，我不过说句玩话，母亲责备我也够受用了，你也拉出一车子的书和我讲。罢呀,我向来佩服你是个女博士。母亲从前还叫我拜你做老师呢。”说得众人都笑了。

绣春道:“弟妇的话倒是很有理的,他们虽则待我怎样不堪,我终究是他们的媳妇,也只好顺从他们。如果因为他们待我不好,我就存了另外的心,我又算得什么人?也不象我们秦家教训出来的女儿了。”云麟听了,忙向绣春赔着礼说道:“罢罢,这都是我的不是,刚才引出了一个女博士,如今又引出一个女圣人来了。我很情愿听着你们的教训呢。”说着又走过来向着绣春脸上一望,见他面色黄黄的,憔悴得很,不似从前丰满,忙说道:“姐姐为什么今天脸上气色不好?并且说起话来,也象没有精神似的,不要有了什么病?”红珠在旁边笑道:“我们刚才也问过了,恐怕不久就要请你去做舅舅呢。”云麟拍着手笑道:“巧极了。今天我到姨父那里去,仪妹妹问你好吗?我说你近来是病恹恹的,姨父说不要是有了身孕,将来还要来扰我的汤饼筵咧。现在你说姐姐又怀孕了。我们何妨学那旧小说子上说的指腹为婚的故事呢?并且我愿我们亲戚中的女人,大家都同一个时候怀着孕,那时吃起汤饼筵来才热闹哩。”绣春、红珠都红着脸说道:“凡事到了你嘴里,就有这许多话说的了。”秦氏道:“怎么没有?就是生麟儿的那天,你三姨娘偏偏也生仪妹妹,把个外祖母和舅母,一个身子在那里,心在这里,一个身子在这里,心在那里,真正急煞了。”

云麟道:“姐姐身上有了孕,自然是一件喜事,想我那姐夫待你比从前总要好些了?”绣春道:“他呢,还有什么说的,总是好一阵,歹一阵的。说起来我倒搁着正经事不谈,闹着说玩话。今日我回家,是他逼着我来的,还要求着你一件事呢。”云麟笑道:“罢了,他来找我必定没有好事。请姐姐你去和他说,免劳照顾罢。”

不知田福恩叫绣春来求云麟的是什么事,且听下回分解。

# 第九十二回　黑吃黑乔家运欺人　冤报冤田福恩丧父

却说上回书中，说到田福恩逼着绣春来家，求着云麟一件事，云麟也不问皂白，就满口回绝，说得绣春默默无言，大有嗔怪之意。云麟老大不过意，说："姊姊象是生气了，我不过说着玩呢。其实姊姊的事就是我的事，姊夫既然逼着姊姊，只要我力量做得到的，岂有不帮忙之理？"绣春听了才回嗔作喜，说："你说的话奇了，我何尝怪你来，这是他平常作事太不成人，也难怪人家不信任他。不过这一回托你的，也算是件正经公事，所以我才肯回来和你说呢。"云麟道："姊姊说了许多话，全是空文，究竟他要托我的是什么一回事呢？"绣春道："现在反正是闲着，这里又没有外人，我把今日一番奇形怪状的说话告诉你们，真是又可恼又可笑咧。今日午后，他从厂里回来，没头没脑地向着我道：'你知道我们扬州的乔家运这个人吗？'我还是幼年时候，在家听见你说过乔家运在书房里的笑话，知道不是个好人物，便嗔着他道：'你问的也太稀奇了，我是个女人，哪里会知道外面的事？'他说：'我因为知道他和你兄弟很好，所以我问你一声。你要知道，现在我虽在工厂里办着事，每月收入不多，那外面的用项倒着实不少，已闹下许多亏空来了。我那死人老子，他偏不肯死，白搁着银钱不许我用，我怎样混得过去？好了，现在赚钱的机会来了。你不见我前回忙着选举，那白花花的银元，都望我衣袋里滚进来的时候吗？那时我何等精神，我记得曾经替你做过一件蓝布外褂的呢。'我道：'这些从前的事，又说他做甚？有什么关系呢？'他道：'现在又要办选举了。'我道：'原来你又得着选举的什么职务，所以这样高兴。'他说：'职务虽没有得着，已经有些意思了，但是还要借重你的大驾咧。'我自从去年到今年，这许多时候，从来没有听过他这种客套话，也很奇怪，就说：'你要我替你做什么事？你也该说个明白呀。'他说：'这回办选举，我原想借着前次初选当选人的名义，托着人向县里运动个调查主任，那人去了一趟，竟不成功。今日我听见乔家运正去找你兄弟，请他代求你们贵亲戚姓伍的向县里去说，这事是必成功的。我想他既托着你的兄弟去谋的事，在他面上荐个把调查员，他必定不好推却。所以要叫你赶快回去，向你兄弟去运动，迟了恐怕给人家抢了去。'我前回曾经听见你说议员的权势很大，当他是件正经事，就答应了他。他就逼着我换了衣服，替我叫了一部车子，还向衣袋内拿出十个铜子给我做车钱呢。"

云麟笑道："姊姊今日倒可谓得着异宠了。他们的消息真是灵通，今日下午的事，他预先竟会知道。人家说他们有耳报神，我说他们都藏着个樟柳神呢。好在老乔的事果然是托我的，只要他成功，姊夫的事没有不成功的。姊姊明天回去，就叫他安心等着罢。但是有一句话，姊姊听了不要多心，姊夫的事成功了，也不过做个轿夫。姊姊不要又同那年怪着兄弟，那真是冤枉呢。"说着哈哈大笑。绣春说："好兄弟，你不要刻薄我了，我哪里情愿有你这样一个姊夫呢？"秦氏道："麟儿，你的话愈说愈不象了，姊姊难得托你一件事，你答应也好，不答应也好，又何苦当着你姊姊编派姊夫呢？"云麟道："母亲不要认真，我和姊姊多时不见了，不是这样取笑取笑，叙些天伦乐趣，倒象是生分咧。"说了又和绣春谈些家常。见黄大妈来说："玉姑娘醒了。"柳氏听见也就回房。秦氏见天时已经不早，命红珠也去。云麟先到柳氏房中，和玉凤儿调笑一会，仍回红珠房内安歇。

次日绣春回去，田福恩已在家里等得正不耐烦，见他回来，赶忙问他事情怎样。绣春见他急得什么似的，故意呕他道："这事恐成画饼了。"田福恩急得跳起来道："他是我的小舅子，你是他的姊姊，难道求他这一点事，他都不肯答应吗？若是他不肯帮我的忙，让我自己和他闹去。"绣春道："你又要错怪人了，他哪里会不肯呢。你这件事，第一要姓乔的做了个调查主任，他才可以给你推荐。姓乔的主任，又要姓伍的肯替他去说呀。现在姓伍的不肯到县里去说，叫他有什么法子好想呢？"

几句话说得田福恩默默无言，一面鼓着嘴，一面只顾拿着手搔他的癞头，坐着发呆。绣春见他这种情形，不觉噗哧一笑。田福恩见绣春笑了，就恶狠狠地指着绣春骂道："你这人真麻木呀，我的事情不成功，你也该替我打算打算，我正急着，你倒笑了，你难道不是我的妻子吗？"绣春急忙拦住他道："外面的事，我如何能够替你打算呢？这是你求人的事，你还和我这样凶神恶煞似的，你还想我替你帮忙吗？"田福恩忙笑着说道："好人，你果能代我想法，我就替你倒洗脚水都甘心咧。"说着就爬下去磕头。绣春道："呸！你这种丑相，若给外人看见，岂不闹成笑话？我索性告诉你，免得你悬心。"就将昨夜云麟答应的话一一说了，喜得田福恩连连向绣春作揖，说："我的娘，你原来和我取笑，你何不早说，我也不至于得罪你了。"说着又向绣春作了一个揖。弄得绣春只顾抿着嘴笑。田福恩道："这时我厂里还有事，暂时别过你，夜里我再来赔你的罪。"说毕，头也不回，径自去了。

过了两天，乔家运的调查主任居然到手。云麟就去找他，介绍田福恩做调查员。乔家运听了，心里一动，忙笑道："老哥介绍的人，兄弟敢不遵命？况且田先生又是上一届办过选举的人，自是熟手，我正可以借重着他呢。"云麟听了自是欢喜，忙到绣春那里报告了。后来扬州五段调查员发表出来，田福恩居然也在其内。他就兴高采烈，忙着他的选举，连工厂里也不大有工夫去。后来工厂里因此就出了一种毛病，几乎不把萧盐商几万银钱的捐款化为乌有。这是后话，暂且不提。

且说扬州的办理选举，自从第一届的时候，就发生了许多弊病，以后便牢不可破。虽则上回书中，乔家运曾将各种弊窦略述一二，究竟如何，读者尚不明了。我就趁这时候和读者谈谈，倒也是揭破地方黑幕、灌输常识的一个好法子。

原来扬州这一班办理选举的人，也和在衙门里当差役的收着徒弟一样，正经由县里委任他做调查员的人，本来没有几个，那一种要想替他们做走狗的却不知凡几。不问哪一届选举，都是他们帮着去做，并且成了世袭的职务，十个之中难得有一个生人加入。即便有了生人加入，他们也要来运动着和他们一起；你若不是见机而作，必定给他们排挤而去。这是什么缘故呢？他们认这选举的事，是一种固有的营业，多一个人加入，就少分了一种利益，所以固结团体，不容他人插足。即如我这回书中所说的田福恩，他从前也是调查员之一。讲到调查的手续，除了着他们手下的这班走狗，胡乱拿着查验选举的条子，在各家门首贴着敷衍面子外，其余的名姓职业，都从百家姓里面去翻着造出来的。所以一部选民册上，要想去证明哪个是真的，哪个是假的，无论何人也不能详细考察得出来；就是县里担了选举监督的责任，虽则明知其弊，也不能揭穿其隐。咳！国家视选举为要政，若辈反以选举为生涯，言之岂不可丑？

即以田福恩而论，他上次因为得了一个调查员，就弄着许多选票，后来又弄到一个初选的当选人，不但成全了他一个小绅士的资格，就是他东奔西走，替人抬轿子的轿钱，也不知赚了几百元。利益既厚，自然格外关心。这一次得了选举的消息，他就早已托人在县里打听，才知道委的筹备主任是许道权。赶快托人介绍，要想谋一个调查主任。哪知许道权认定这个差使是金银的窟窿，不肯徇情，回复说："我的目的和别人不同，别人多以选票为目的，我却以金钱为标准。只要他能报效我大银元若干，我就可以承认。"田福恩心想："这件事情就如写个八字，第一撇尚未见面，我就拿着钱去报效，我又不呆，我不会拿这钱去嫖花姑娘去呢？”哪知后来居然会碰到一个乔家运，许道权的目的既不能达，田福恩要想做的事业倒给他成功了。

且说乔家运既然得着了调查主任，那一班调查员都由他一手包办。许道权做人虽则厉害，究竟敌不过他的手段，有权反变做无权了。那调查手续还不是仍照前面所讲的老例，等到册子填写成功，田福恩居然揹住了几百张选举票。他想：“如现在就把这许多票子卖出去，得款既属零星，究竟拿不到大好处。不如仍照从前一样，用点小小本钱，把别人的票子买得来，自己做了当选人，那时我再善价而待，等着好的主顾，不怕他不拿着一千八百来孝敬我。就是做轿夫的时候，跑跑上海，也可出几回风头。”因此就四面拉拢。说也奇怪，在上一次，他要选票，都一说多成。这一次却不然。问问这个，就说：“我的票子，已经有人接洽去了。”问问那个，又说：“我的票子，连自己还不够呢。”接连碰了好几处，都是一样，弄得田福恩急得没法。想了许多时候，居然被他想出个方法来了，暗说：“这件事除非去和乔先生商量。我曾经答应他报效选票的，托他去说合，要他手里的票子让给我，想他也不好意思当面回绝。”就立即坐着一辆车子，到乔家运家里来。事有凑巧，这日乔家运尚未出去，碰个正着。不过尚有许多调查员，在他这里谈得正热闹。田福恩捏着一把汗，暗说：“不好了，这是我的绝计，如果被他们走了先着，我可失败了。”乔家运见他来了，就很和气地招呼他。田福恩也就和众人都招呼了，然后坐下。听他们继续所谈的，都是些赌局。有的说我昨天赢了几多；有的说我昨天输了，只怪我手运不好。田福恩见他们并不谈起选举，以为他这一着尚未给人窥破，自是高兴。

不多时，这班人都散去了。乔家运就和他说道：“田兄难得光降，我们有好些时不会了。”田福恩道：“我是今天专诚来拜访乔先生的。”乔家运道：“我们何必客套，先生先生的怪不好听，你就喊我声哥哥，我就喊你声老弟罢。”又说道：“老弟此来不是为选举票的事和我有接洽罢？”田福恩道：“哥哥猜个正着，莫非你是神仙，预先知道我心里的事？”乔家运道：“不是在老弟面前夸口，你我吃的是什么饭？干的是什么事？如果在我这选举范围里的事，消息不灵通，我还当什么调查主任呢？老弟，我知道你的主义，你想初选当选，是吗？你现在究竟已经弄到了多少票子呢？”田福恩皱着眉头说道：“哥哥既然知道，我也不必瞒了，我只有我自己的几张，另外跑了好几处，费了好几日，简直是没有一点眉目。”

乔家运拍着手道：“老弟，你错了，你虽则和我第一回共事，你难道连你哥哥的鼎鼎大名都不知道吗？放着你哥哥不托，偏去找寻别人，有什么屁用？你看我只要弄点小小手段，不怕你不成功。”田福恩道：“我原是来求哥哥的，这事总求哥哥作成。将来到上海和南京的时候，堂子里的花酒，总是做兄弟的来孝敬咧。”乔家运故意想了一想道：“老弟的事，还怕做哥哥的不帮你的忙？不过仔细算起来，老弟自己也不过一二百张票，我呢，已经有好些票子答应人家了，所剩的有限，情愿奉送老弟，也说不得什么酬谢。倒是要和各调查员去商量让来的票子，他们是和老弟一样有个目的，这倒不得不叫老弟破费着几个小本儿。好在到复选的时候，不但拿得回来，并且总有一笔大大的钱好赚的。”

田福恩道：“这事做兄弟的也想到，必须要花几文。但是仍要请哥哥替我计算计算，要筹划多少款子才能办得到呢？”乔家运掰着手指一五一十地算着道：“啊呀，老弟，你要买的票子多着呢。在别人去接洽，恐怕非五六百金不能买到。好在做哥哥的神通广大，只要说一声儿，不怕他们不把票子来奉送。但茶钱、酒钱是不可少的，至少算起来，也须二百块银元。好在你们宝号里，拿一二百元也不算什么事。我明天听你的信罢。”田福恩起先听见要二百块大洋，不禁吓了一跳。后来想到如若成功，至少也可得到一千八百，除了本儿，还有多数可赚，也不嫌价贵了，说：“款子呢，我准筹二百块钱来交给哥哥，不过限定明天，日期太速。因为我那死人老子不管你什么地方要用钱，他总死掯住不放，我也要另外去筹划，限我三天期限罢。”乔家运故意替他着急道：“老弟，你知道现在是什么时候了？选举的日期已近，外面竞争的人很多，你迟一点不要紧，恐怕人家要卖票子的人等不及呢。你既是这样说，我就等你三天罢。可是过了日期，我就不管了。”

田福恩欢喜非常，就千恩万谢地辞别了乔家运。回到厂里，便盘算这二百块钱从何处设法。“以前刘祖翼当会计的时候，我们同着嫖赌，那二百块钱，只消歪歪嘴，不怕他不挪给我用。现在的会计是个老古板，哪里会成功呢？”在这一夜，左右盘算，愈恨老子不死，现在虽则要想叫老子快死，也怕没有象杨蝶卿这种人替他买砒霜，整整一夜未曾睡着。次日想回家和绣春要些饰物，他也知道绣春的物品，都给他卖的卖，典的典，已弄光了，遂无精打采地在厂里坐了半天。忽然想起来说：“呸！除了死的想活的。我那年要换洋装，狠着向他要，那白花花的洋钱，不是从他钱柜子里飞到我袋里，又从我袋里飞到那成衣铺子里去的吗？”

主意已定，就一口气跑回家中。见店内静悄悄的，只有一个伙计，两个小倌，见了他来，和他点头儿，他也并不理会。一直走到他母亲房里，也没有一个人。原来他母亲周氏到张奶奶家里打麻雀去了。绣春因为刚吃过饭，作了一回呕，便懒懒地睡在床上。田福恩见左右无人，就想下手去开他父亲的钱柜子，哪知扳摇不动，锁得紧紧的。正要去寻钥匙，也是合当有事，走到他母亲床前，见枕头下面露着一张白纸角儿，他就伸着手去一拉，见印着绿花黑字的纸儿一大搭。这一喜非同小可，叫声惭愧，也不管三七二十一，向怀里一塞，掉头就走，仍到他厂中去了。

第二天，就将答应乔家运的二百元送去。乔家运说："老弟，你真运气，我给你各处说过，票子已经足数了。二百块钱，恰恰分派平均，那时可以稳稳到手。不过我倒也有一件事和老弟商量。你的事经我招呼，必定成功。我也要想当一当选，一则将来可以为老弟帮忙，二则我也想出出风头。可是一计算票子，因为替你说得多，我自己反不够了。老弟现在尚有几百票，不如让了我，要多少钱，你就在二百元里头扣除了去也是一样。"田福恩道："兄弟的事都仗着老哥成功了，难道这区区数百票还讲钱吗？我们一言为定，到了时候，我就通通填着老哥的名字罢。"乔家运也向他道了一声谢，田福恩就走了。

乔家运也就邀集了他手下的一班健将，把二百元分配给他们，并且教他们票子上名字的写法。众人一窝蜂地散了，专等投票那一日去做事。田福恩回到厂里，心想："老乔这人也太厉害，我送给他二百元，帮我做了点事，他就要想我的票子。我留着自己用不好，何苦要送给他？我也不得不施点小手段，将来你可就认识我田福恩了。"也就招呼他的一班走狗，嘱咐他们所有票子上都写他田福恩。

到了选举这日，田福恩也去投票，因为他不善写字，勉强写了一张。只见这日会场门口很是热闹，就是人力车，也停了几百部，可见这天来的人很多了。走到里面，人已拥挤不堪。有的还将挽过松髻的曲辫子拖在脑后。有的穿件破烂洋布长衫，身边不知藏着什么，走起路来，叮当叮当地乱响。其余奇形怪状的人，也不知多少。又见自己手下的这班人，也都在那里投票，他就放了心，慢慢地挨进去。许道权、乔家运都在里面，他也就和他们鬼混起来。到了下午四点钟，才将票匦封好，各自散去。

到了第三日，就是开票的日子。田福恩格外高兴，把他从前穿过的一套西装衣服，向当铺里赎得出来，穿在身上，拿着一根司的克，跑到会场里来，想做他初选当选的议员老爷。乔家运见他这种形状，已知其来意，不觉暗自发笑。这时候开票的职员已经派定，二人检票，二人唱名，四人伏在案上写唱出来的名字。那县知事是本县选举的监督，高高坐在上面，和许道权、乔家运讲话。田福恩也不上去招呼，只在检票的地方站着听唱名。站了半天，腿也酸了，口也干了。唱出名来，有的是扬州著名的绅士，有的是许道权，乔家运倒被他占了半数，并没一个姓田的。又等了半天，唱着一个“田”字，停了一会，又说了“祸思”二字。田福恩先听了姓田，暗想：“原来我的票子都在后面呢。”哪知听到名字又不是他，不觉瞪着眼睛向检票员望了一眼说：“我们扬州有‘田祸思’这个人吗？”检票员见是田福恩，也就恍然大悟，忙高声叫道：“田祸思’不是‘祸思’，是‘福恩’。因为‘福’字写不清楚，变成‘祸’字；‘恩’字写不明白，变成‘思’字了。”说得哄堂大笑，有的还喊着“废票，废票”。直等到开票终了，除了他自己写的一票以外，其余并不见田福恩的名字。

是日，乔家运果然当选。其余当选的因不是本书重要人物，不必赘述。直把个田福恩气得眼睛出血，知道上了乔家运的当，就拿着司的克在门口等着。停一会县知事乘轿去了。乔家运也出来了，田福恩就拿起司的克兜头一杖。乔家运却很机灵，老远地看见他恶狠狠地站在门首，已知道他不怀好意，也预先防备，忙将一杖避过。顺手一掌，原想打在田福恩颊上，哪知一偏，正中在他癞头上，癞痂去了，鲜血直流。乔家运趁他不备，一溜烟地跑了。原来乔家运早知道田福恩是个无赖的冤桶，所以在云麟介绍时，心中一动。后来田福恩要买票子，偏去找他，落得拿他二百元来买自己的票子。就是田福恩的那些走狗，也被他所运动。所以开票的时候，田福恩的选票，都变了面孔，投奔乔家运去了。但是田福恩的事情既不成，又白白地丢了二百块大洋，心里如何气得过？就怒冲冲地回到家里。这时周氏正指着绣春大骂，说：“我出去了，你难道死了不成？我房里的钞票会给人偷了去，你还不知道。”田福恩知道二百元的钞票一事已经发作，就把司的克一掼，指着周氏说：“你不要活见鬼，你们藏的洋钱，自己管不周全，失掉了还要来骂别人。”

原来田福恩拿了二百块洋钱去，当时并没有人发觉。隔了好几天，还是田焕想着，问他妻子道：“我前天交给你的二百块钱的钞票，你给我放在哪里？”周氏道：“你不提起，我倒忘却这件事了，好象还放在我枕头边呢。”田焕道：“你也太大意了，这不是三块两块钱，可以随便放着，倘若露了眼，给人偷了去，那时怎么样呢？”周氏道：“你也太过虑，放在枕头边的东西还会不见，外面的物件都要偷光了。”一面说，一面就走进去向枕头边取钞票。哪知把手伸进去一摸，不但钞票没有，连那包皮纸都不见了。连忙将枕头移开，被褥都翻起来，四面找遍了，也没有一些影响。自知出了意外的事，又痛又急，就哇的一声哭起来了。田焕这时正走到店里，听见哭声，知事不妙，赶快跑进来说：“怎的？怎的？”周氏哭着说道：“中了你的话了。我这包洋钱好好地搁在枕头边，不知哪个天杀的恶贼，摸进来拿去用了。”田焕跳着脚喊道：“我的话如何？好容易大前天做了二百块钱的交易，通通拿来交给你，你应该好好地替我收着。现在丢了，你知道我痛心不痛心呢？”周氏自己心虚，又受了田焕的气，回答不出，心里益发闷闷的，想拿绣春来出气。恰巧田福恩回来，帮着绣春。周氏就大哭起来，说：“我到了你田家的门里，我并没有受过一点好处。你个老杀才，你当年没有我，你哪里有这一天？你为了二百块钱，自已闹不够，你还要串着小扣子来和我闹。我今天是不想活了，我抵桩拿着我的性命和你老杀才拚。”田焕既失了钱，又受他妻子一顿骂，心里如何过得去？绣春要想出来劝，偏生被田福恩拦在房里不准他出来。这时已惊动了邻舍及店里的伙计等都来询问情由。田焕遂对众人说明原委。当时劝的劝，说的说，议论纷纷。有的说到城隍庙里去赌咒，有的说请人圆光，闹了半天，仍旧毫无头绪。直等到周氏哭得倦了，田焕也无可奈何了，众人才纷纷散去。

那田焕本是一钱如命的人，今日无缘无故地将二百块钱失去，心里不觉闷闷不乐，茶饭都减少了。过了几天，就病倒在床上，不能起身。周氏劝他请个医生来家诊视，他不但不肯答应，就连他妻子也骂起来。因此一日一日地耽搁下去。田福恩仍旧天天在外面混，哪里还顾他老子的病？田焕虽则病在床上，心里还是记挂着店务，对周氏道：“我一生做牛做马，原是为着这小畜生，如今他竟不来看我。你看店里的人，哪个是靠得住的？如小扣子能料理店务，我就不用操心；他不成器，我的心可是白用了。”周氏劝他道：“你静心养息养息罢。我看店里的人，都还老成可靠，断不至于乘你病中偷偷摸摸。只要你病好了，那几百块钱总也赚得转的。”

田焕听了店里的人都老成可靠这句话，就两眼望上一插，不省人事地昏过去了。周氏狠命地喊了好久，到了夜里才醒转过来，嘴里模模糊糊地说道：“田焕，我却待你不错呀。你初到我店里的时候，你是什么景象？我好意喊得你来，叫你管理店务，并且准你夫妻都住在店里，不多时候，你们就丰衣足食。你也应该感激我。我死之后，儿小女小，我不望你报恩，只是替我照顾照顾，也是你一点良心。哪里知道你是个狼心狗肺，乘我死了，就欺他们孤儿寡妇，吞没我的财产，凌辱我的女儿，你还是个人吗？”周氏听了这话，分明是云锦的口吻。这时田福恩尚未回来，绣春又是病着，半夜里房内只剩着周氏一人，愈觉得阴风惨惨，孤影凄凄，只吓得周氏索索地抖个不住，就跪在床前祷祝道：“我知道你是云老相公了，我们从前确有许多对你老人家不住的地方，但是我总求你老君子不记小人过。我的媳妇就是你老的女儿，我的儿子就是你老的女婿，我们现在譬如替他们做伙计，死了之后，这份家产还不是仍旧归还你老的骨肉？你老暂时饶他罢。若说阴间缺少钱用，我就去买两条锡箔，烧给你老用。”田焕瞪着眼睛说道：“啐！你还想替他求饶，他做的事都是你的主使，他的罪过不可饶，你这人亦何尝可赦？我是禀准阎罗王来的，我且和他到阎王殿上去算账。”周氏还想求情，又见田焕手指着门说：“这不是差人来了，哦，我去，我去，请你们不要动手。啊呀！我去了。”说着又昏晕过去了。

周氏看着田焕神情不象，忙喊起绣春并外面两个伙计进来陪着，一面又差两个小倌拿着灯笼去寻田福恩。那田焕昏晕多时，忽地举着两手，左右开弓地在自家颊上乱打，嘴里杀猪杀羊似地喊起来，说：“阎王爷恕我！”分明是受刑的样子，连陪着的两个伙计都不觉毛发悚然。不一时，看他脸上已经红肿起来。周氏这时也无话可说，只哭丧着脸坐着。

停了一会，田焕又悠悠地醒转来，睁着两眼，四处望着，象是觅人的样子。周氏知道他的意思，忙走过来。田焕拉着他的手，有声无气地说道：“我是不相干的人了，我有一句话告诉你。我们从前做的事，都是个错。从今以后，你也须改改；若照此下去，你的寿也恐不得长。你并须普告众人，一个人做事，总要问心无愧；如若不从良心上做去，都要和我田焕一样，不得好死。”说着又问：“小扣子呢？”这时去寻田福恩的两个小倌还没有回来。田焕等了半日，还不见来，就连连喘着气，大声说道：“咳！既知今日，何必当初！”说毕，那头上的汗珠儿就如雨地下来，一伸腿就去了。呜呼！正所谓蜂酿百花成蜜后，为谁辛苦为谁甜。这就是守财奴的下场。

那两个小倌各处找寻田福恩，最后到了一个赌场里，见他正在兴高采烈地天杠呀、地九呀乱喊。看见小倌进来，一问，说是他老子病重，他就狠狠地望了一眼说：“这有什么要紧？半夜三更也来找我。他就是死了，关我屁事。”说着仍旧念他的天杠、地九去了。直等到天亮，赌场散了，才同小倌回来。那时田焕已经死了好久。周氏也无暇诉说，只得和他商量办理丧事。忽听得外面街上人声鼎沸起来，象是闹了乱子一样。

欲知何事，且阅下文。

# 第九十三回　加车租苦力闹风潮　停工厂贫民绝生计

且说田焕死后，周氏正和田福恩商量办理丧事，外面大闹起来。田福恩忙跑出来一望，只见许多苦力，有的扭着辫子，有的拉着腿裤，着件背心，有的还拖着一辆车子，拥拥挤挤地从他店前经过。旁边看热闹的人，都说自从黄包车发达之后，他这主人时常用着他们向外间生事，什么打店面哩，敲竹杠哩，就是官厅有时也奈何他们不得。今天又不知是谁的晦气哩。

原来这车行主人，就是本回书中主人公乔家运。他不是上回说过要整顿扬州的人力车，是他认为一种大职业，那江北车夫是他认为唯一可用的奴隶吗？不料他照预定的方式做起来，果能如其心愿，不多时，扬州那种旧式的铁轮车子已经淘汰净尽，黄包车却渐渐增多。虽则另外也有人拿出资本来做这事业，但是改良车子是他最早，所有车子又是他的最多，他竟可以在扬州车子事业上执着牛耳了。这次投票他又用着手段，叫那拉车子的人前去投票，居然得着当选。就是另外的当选人，也有些是他经手包办。所以他又进了一层，俨然以未来的省议员自居。在社会上的资格，又不觉高了一层。

但是要想实行做省议员，自非空口说白话可以成功，况且又没有第二个田福恩这种冤桶。那大宗的运动费，究从何处开支呢？他是个鬼精灵儿，与众不同，自会无中生有，想出事情来做，说："我这笔钱，是不能不就本地风光，在那江北车夫身上着想。譬如扬州城里，现在也有人力车二千辆，每人叫他们担任一元经费，也就是二千元了。不过要用什么名义才可以捐他们的钱呢？"想了半天，就喜笑颜开，自言自语地道："乔家运，你真糊涂，这种问题都想不出，还要叫什么乔家运呢？"

他就穿好衣服，慢慢地坐着车子，到公园里来。这时也有他许多同行，都在这里吃茶，看见他来，都起身招呼。坐定之后，起先不过说些空话。忽乔家运向众人说道："我今日来找诸位，是有一件事和诸位发表的，不知诸位可赞成？"内中有一个叫王少鱼的，车行里除出乔家运，要算他了，就接口说道：“你乔先生如有意见，当然是不错的。不过赞成与否，应该将这事发表出来，我们才有个斟酌呀。”乔家运道：“我因为看到各种事业，都有一个总机关，如同公所呀，会馆呀，遇着有什么事情，都在这机关里解决。我们这人力车事业，在现今算是极需要的，车子也有几千辆，单讲那拉车子的人，至少也得有二千多人。对于外面的纠葛，时常是有的，没有一种团体的机关去对付他，吃亏实在不小。我们何妨也组织一个公所做总机关呢？”王少鱼道：“这事是与我们大家有益的，如何不赞成呢？”其余的人也都说甚好。王少鱼道：“不过我们也须得筹备筹备。”众人都说：“这也是应该的。就是将来组织成功，那公所董事，必定要推举乔先生担任的。”

家运听到大家赞成，心中自是欢喜。又想：“王少鱼这人，在车业中也算是个角色，断不可少的人。我不如笼络他，叫他投降在我的麾下。”连忙说道：“这事今天不过闲空提议，过一天我们还要开一个筹备会，那时我们再推举办事的人。王少翁的才干，我是很佩服的，并且这事也不是一二个人可以办得到的，将来还要少翁和诸位帮忙哩。”王少鱼道：“这话也是。只要乔先生拣定了开会的日期和地点，通知我们一声，我们是必到的。”乔家运道：“左右不过我们十几个人，我想也不必另找地方，舍间尚容得起。不过日期我们也须公决一下。”众人道：“我们做事须要爽快。最恨的现在有一班人，今天办这个，明天办那个，嘴里说得天花乱坠，到了临了，终究是一个老不成功。今天既有乔先生发起，我们就定了后天开筹备会，好吗？”

乔家运本想赶快，听了这话，正合他的心意，忙说：“也好，也好。只是今天不在此地的人，也须邀他们到会，现在筹备主任未经举定，一时也未便由个人出面邀请，最好由各位在相识的人里，自己互相招呼格外容易些。未知诸位以为何如？”王少鱼道：“我们就这样罢，准于后天下午到乔先生府上。”家运道：“这时天气已热，若过早了，大家多不方便，不如我们在四时以后开会罢。”于是大家又谈了些筹备的话，各自散去。乔家运这天和他们的谈话，虽则一时尚未成功，也算有了一半把握，心里非常得意。

到了开会的那天，凡是扬州备有车辆出租的人，没有一个不到的。乔家运见人已齐了，就说：“我们可以提议事件了。”王少鱼道：“蛇无头而不行。今天就请乔先生做个主席。”乔家运也就立起来发言道：“我发起这事的意思，那一天公园里已经说过；就是那天未到的，经诸位辗转传说，想已经明白：今天也可不谈。不过我要问诸位一声，这事究竟应办不应办呢？”众人都说：“这事是于各家都有益的，我们自然是赞成要办。不过我们办了之后，首先要定一个名称，还是称公所呢？还是称会馆呢？”当时议论很多，临了说我们还称公所罢。王少鱼道：“既有公所，我们应当先定一个章程出来。不过没有主任的人，也就没有负办事责任的人。所以我们今天的会，最重要的是先举出一个筹备主任，再举几个干事，这事就可依着次序进行了。”乔家运说：“不错，王少翁的话果然是提纲挈领。不过我想主任一个是不够的，不如另外再添设一个副主任，再举几个干事，这事就成了。”

众人就依他所说，乱纷纷地推举着。结果乔家运得了筹备主任，王少鱼得了副主任，其余又推出了四个干事，并且公推乔家运起草这公所的章程。乔家运道：“说到章程，我已预先拟了一份。今既承推举，我就把章程拿出来给诸位商酌可用不可用。”就将章程拿出来读了一遍。在这几个人里面，要算乔家运是个杰出的人才。大家又无讨论的知识。只有经费一项，原定的章程是每车一辆，捐银一元，作为开办基金；此后每月每辆捐银二角，作为长年开支。众人以为要自己拿出来的，譬如有车子一百辆的，就要拿出一百块钱，有二百辆的，就要拿出二百块钱，这事如何办得到呢？不觉面面相觑，默坐了一会。乔家运知道他们有些误会，就说道：“这种捐款，不是出在我们身上的。我们有车子叫他们去赚钱，还要我们捐款子，我哪里来的这种笨想头？这是要叫他们拉车子的拿出来的。诸位请放心，这事只要我费点三寸不烂的舌头，和他们演说一番，包管他们个个情愿从腰包里拿出来咧。”

大家听了才明白过来，原来这钱是车夫们出的，他们又何苦来反对？大家自然都赞成。乔家运说：“这事并须向官厅立案，方能稳固。我已预备好了，一俟县里批准，再开一个成立会，并齐集这些车夫，要他们的车钱，没有做不到的。”这时已经不早，遂即散会。众人都以为乔家运弄这笔捐款，确是为人力车公所内用的，哪里知道他另有作用呢。

乔家运等大家散了之后，提起笔来，做了一份呈县备案的呈文。不多几时，就批了个准予备案，还颁给了一张保护公所的布告。此后扬州市上，忽然发现了一块招牌，就是“扬州人力车公所”。内中的人物，第一个就是总董乔家运。他办了这事，可算心满意足。不过那每辆一元的捐款，尚分文无着。仔细想了一个计划，必须如此如此。

约隔了四五天，就嘱咐一班包收车钱的去通知车夫，说后天大早在教场空地上等候人力车公所的总董乔家运先生演说，你们如果要想吃这碗拉车子饭的，都不能不到。起初，大家听了都不知为什么事，又不知道什么叫做演说。偏偏这几天警察和车夫作对得很厉害，遇着小小事情，不是拿着那根棍子在腿上乱敲，就是用脚向他们乱踢，凶的警察还要硬拉着他们往局子里罚洋钱。他们正苦得叫天不应，无法可想。哪知后头又探听得说人力车公所每人要叫他们缴纳一块钱的捐款，个个就不平起来。到了这一天，大家约齐了，想和乔家运去为难。这天就是田焕死的第二天早上。你想街面上一个大早，凭空成群结队集合了许多苦力，闹热不闹热呢？

这一班人到了教场里空地上，只见乔家运、王少鱼等好多人已经在那里候着，旁边还站着许多警察。并且借了那摆医药摊的几条板凳，又向点心铺子老板借了几扇牌门，搭起一座台来。他们就在这上面一站。那些江北来的车夫虽是粗鲁，倒也懂得规矩，知道这处不是他们上得去的，就在台下面一围，且等他们说些什么。只要说出捐钱的问题，他们就预备闹起来，不管三七二十一，将台上几个人拉下来，打他个稀烂，看他们还能跑了不成。这是车夫里面小铁牛阿三和赛飞腿小六子等几个人商量好的。大众也只等他们号令，一齐动手。

那台上的乔家运，却不慌不忙地说出许多话来。他道："诸位啊，你们虽是一班苦力，拉车度日的人，也是我们同胞的弟兄呀。我瞧你们一天到晚拉着车子，东跑西走，能赚到多少钱？遇着了不知好歹的坐客，价钱上起了交涉；或是遇着那不知退让的老幼，撞在身上；或是走错了路；或是失点了灯；一撞着穿黄衣裳的警察先生们，你们就晦气了。那当头一棒，吃些小痛苦还不算什么，还要拉你到局子里去走一趟，至少也要罚几块钱。这不是我凭空捏造，想你们都是尝着过滋味的。这都是没有一种机关保护你们的原故。你们这穷而无告的人，如何能够敌得过呢？我们所以设立这个公所，是为你们而设。既有了公所，你们有苦处，我们好替你们出头了；你们有事情，我们好替你们帮忙了。这事实在和你们有利益的。不过你们既享了权利，也应该尽点义务。每辆一元的捐款，在现在拿出的时候，固然觉得痛苦；若到了后头，你们就知道利益不小。"

正说到这里，许多人就想动手。那赛飞腿和小铁牛叽叽咕咕说了许多话，忙向他们摆手儿，不叫他们动手。并且立刻向台上说："这点点捐款，我们是应该拿出来的。"回头就对众伙计说："弟兄们，你们须知道，这钱并不是他们白用的，用了我们的钱，他们就应该替我们出力。譬如拿到警察局子里去，这一块二块的钱，少罚几次就得了。"大家见为头的两个人既经答应，自无话可说，一哄而散，各自拉各人的车子去了。

过了几天，居然这二千块钱通通缴来了。每月两角的月捐，亦已答应。乔家运凭空得了这笔巨款,只有和王少鱼鬼鬼祟祟的拢络了些,其余俱暂时搁在他腰里,预备购买选票。

无如天下最不知足的就是人心,做到了第一步,就想做第二步了。乔家运看到第一次捐款这样顺手,以为他真认我为衣食父母,不敢违拗。又想:“公所初次成立,对于各股东也要做点事业出来,显显我乔家运的手段。”因同王少鱼商量说:“我们扬州的车租,实在太便宜了。在我的意思,每月尚可加他们的车租。”王少鱼说:“我们刚刚收了一种捐钱,又要加他们的租价,恐怕不答应罢?”乔家运笑道:“少翁,你胆子过小了。这种事情也不必和他们商量,只须门口出一张布告,每月加租价一元。一面责成收租钱的照收,如有不答应的,先拣几个向警察局里一送,还怕他们说半个不字吗?”王少鱼道:“不是我胆子过小,恐怕这班人不是好弄的,闹点风潮出来倒不是好玩哩。如乔先生一定要做,那布告上请乔先生单独立名罢。”乔家运道:“这个自然,请少翁放心罢。”隔了两天,果然人力车公所出了一张加车租的布告。

那班拉车子的人知道了这个消息,忙去寻那小铁牛、赛飞腿说:“可不是我们前几天依了他们的话,又得步进步了。如若再依了他们,那不是我们的饭都给他们吃了?”小铁牛道:“他们果真没良心,得了我们一笔钱,并没有替我们做过一点事,如今又要加车租了,这还了得!”赛飞腿道:“我都打听出来了,这姓乔的真不是个人,这次加租钱,完全是他一个人的意思。我们擒贼擒王,只须找到姓乔的,和他算帐,把个公所捣毁了他再讲。以后要吃官司,我们大家一伙儿去。”众人因为缴一块钱的捐已经恨极了,这次再加车租,正是切肤之痛,听见赛飞腿的话,也不管事情厉害不厉害,齐打伙地轰雷也似答应一声,一窝蜂地跑到那公所里去。

乔家运合该倒运,这天正独自一人在公所里坐着,预备那加车租的进账。只听得外面叫喊连天,脚步声动地地跑进来,声声口口要姓乔的出来说话。乔家运知事不妙,要想从后门溜之大吉,哪知说时迟,做时快,有几个人先跑进来,看见乔家运的影子,象是跑走似的,就赶快进来一把抓住。接连又是三四个人也跟进来,见了这种情形,就前推后搡地拉将出来。这时人多口杂,哪里禁止得住。后面有人看见了,以为前面的人已经动手,自己哪肯落后,口里喊着:“打!打!”手里就将那公所里的门窗板壁,桌椅凳子,打个稀烂。那乔家运被人拉出来,正遇见了赛飞腿,他原是个江北枭匪,杀人不眨眼的,看见事已闹成,已是收不了了,一只手就拿起一只已经敲断的桌腿,在乔家运头上当头一棒。这一棒不打紧,倒把乔家运满肚皮的诡计和着血液直冒出来。再加旁的人又孝敬了他一顿皮榔头。这个时候儿,就是强健结实的人，也挡不住，何况他究竟是个柔弱书生。这时乔家运真可以叫他乔倒运，虽则未曾打个稀烂，那魂灵也只好挟着他未来省议员的资格去拜访阎罗王，向他算账去了。

当他们闹到公所里去的时候，至少也有几百个人。那区里的警察赶快出去弹压，哪里禁止得住。后来又去报告旅部，派了许多兵来。那时人打的打死了，走的走了。等到警察进去一看，才知道出了人命，连夜拿人。那为首的几个同赛飞腿、小铁牛等早已不知去向。后来也只有胡乱捉了几个送到监里了事。可怜千古英雄，而今安在？乔家运的一生，可谓占着便宜，末了竟不能逃过这场劫数，也可知天意难容了。

如今且说田焕做了半生牛马，自从占据了云家的店产，也不过二十余年，虽有积蓄，究竟不十分富厚。田福恩对于他父亲去世也不在意，倒是以后所有财产，都可由他执掌，心里甚为欢喜。偏偏周氏也是一个吝啬不过的人，所以田焕的丧事也不铺张，只草草了事，吊丧的不过云麟等几家亲戚。哪知周氏自从田焕死的这天晚上，亲耳听到云锦显灵一番说话，心中老大吃了一惊，也就此得了一病，等到田焕丧事了结，周氏也就上床。田福恩依旧天天在外嫖赌，忙得绣春带着病躯，料理一切。不多几天，周氏也就一命呜呼。这个时候，正是乔家运被人打死的日子，田福恩得了这个消息，不觉大笑起来，说："这个死鬼，前日欺我太甚，也有这一日。"

不知过了几天，他自己工厂里接连地派人来找他去，说是经理王先生专等着讲话。这时可巧田福恩尚未出门，听了这话，心里有点发虚，就慢慢地披了一件白夏布长衫，也不坐车，就匆匆地走到厂里。见王少籛和会计都在那里，还有一个不认识的人，也夹在里面，不知说些什么。

王少籛见他进来，略欠了欠身说："田先生请坐，我们正等着你哩。你做的事，你自己心里也应该明白，不过太闹得顾前不顾后了。萧盐商等拿出了一万五千块钱来办这工厂，把大权托付与我。我以为你和从前的刘先生，都是先前同志，所以把银钱和购买材料的权托付你们。刘先生死了，我又把工厂的事郑重托付过你，因为你是一个开办就在里面的人物。哪知这几个月，厂里头完全不见你个影了，弄得各事都糟了。这话暂且不谈。我且问你，前时你划了银子去办材料，那材料究竟办在哪里？现在连工人要求发给出去工作的物品都没有了。我想如果是发过的，也有做好的成绩，如今在哪里呢？你就是未办，那些银子又花到哪里去了呢？"

田福恩起先听了这些话，脸上一红一白地也不好回答。想了半天，已打定了主意，说："王先生，这事呢，我固然有些不是，但是如今想起来也算不得什么，大不过我亏空了几个钱，我拿出来赔补我的亏空也就没事了。我虽穷，我还有一爿铺子，大约折变起来也就够了。你又何必这样着急？"

王少篯道："你倒说得轻描淡写。你可知道工厂里有了工人，没有工作，已经闹了好多天。这消息已经传入萧盐商耳朵里，现在已派了这位周先生来盘查我们的账目，不但我的面子被你丢了，连工厂的本身也很危险哩。"田福恩这时虽有无赖的本领，也吓得向爪哇国里去了，只得红着脸说："王先生，这事全凭你作主。我用钱的时候，哪里知道会闹出这种乱子呢？现在只要你老出个主意，我总依着去办。不然，也得去求乩坛里的祖师给我们转圜转圜。我想菩萨慈悲，他必定会替我们帮个忙儿的。"王少篯见他说出祖师，不觉向他瞪了一眼，正待发作，只见那姓周的说："这也不是二位凭空吵嘴互相推诿的事。我是奉敝东的命来查看账目的，田先生既然是工厂中重要职员，今日应该帮同将账目查清，我也可去复命。至于以后如何办法，只好听敝东的示下再行决定了。"

著书的人说到这里，究竟这事的内容如何发生？若不预先讲明，不免使读者诸君茫无头绪。我自不得不趁这周先生和田福恩查账的时候，将这事情发作原因，详细说明一下，免得诸君说我故意地藏头露尾。

原来萧盐商起初拿出一万五千块钱的时候，原是信仰吕祖，爱屋及乌，连王少篯都受他们信仰，所以王少篯一提着办理工厂，就不费吹灰之力，一张口就得到一宗巨款。但是那天空照相这一件事，究竟是王少篯等串成的黑幕。天下事若要人不知，除非己莫为。无巧不巧地这天萧盐商请客，偏偏请的就是季石壶、孙淑庵、孔小安诸人。席间无事可谈，大家就闲闲说起。

萧盐商尚极口称颂道："吕祖灵验，象是扬州地方，吕祖格外垂青。所以不到别处去，情愿终日地帮着王少篯。"说得季石壶哈哈大笑说："萧先生，你还睡在鼓里呢。难怪人家说有钱的人拿出些钱，如同牛身上拔根毛，我如今真相信了。你知道这天空照相，究竟是怎么一回事？"萧盐商道："季先生，你对于这件事上，还有什么可疑吗？照相那一天，看的人真是成千成万，明明地看见杨竹村拿照相架子搁在空地上，镜头向着天空，明明地见天空忽现一派红光，他就趁此把机关一捺。隔了两天，居然云烟满纸，态度萧然的一位吕祖仙师现在照相纸上，一一分送与人。事后也有人传说那天的红光是城外柴棚失火，但是他的失火，为什么不迟不早，偏偏在照相的时候失起火来？就是果真是火光，说不定还是吕祖爷借着火遁，到此受他们这么一照，可以把他老的真容传布世上。季老先生，你是年届古稀的人，也该修养修养，何苦来轻薄他们呢？”

哪知这位季老先生偏生是生成的牯牛性，吃了人家一两句，必定驳倒他才觉爽快。今见萧盐商说出这样话来，不觉冷笑道：“萧先生，这也难怪你，你老杂事多，如何省得？我曾记前几年浙江温州地方，有一个绅士，叫做什么班远生的，死在普济轮船里，后来托梦出来，说可以魂灵照相，居然成功。那时上海有个《时新报》上，曾将这照片印出来。我也曾经见过这张原照片，但见烟云里面，须眉毕现地影着一个鲜龙活跳的班远生。哪知不到两三天，那《春申报》上的蝴蝶隐士，居然用科学的研究，在常识栏内，登了一段详详细细说明，说这种照相，只要有这人的照相，就可影出来的，并不算什么稀奇的事。所以我在当时已经疑惑，等到照相送来，我就细加研究。萧先生你也想想，吕祖是位仙师，自能返老还童，但也应该鹤发童颜，道貌岸然，方称得起他老人家的尊像。我细看这照相，只见童颜，未见鹤发；这五绺长须的部位，也生得十分勉强。所以我就断定，他分明是用一个小孩子扮成吕祖，用科学方法照出来的。那天空照相这一场，全是哄人。请问你照相那一天，曾看过他那照片不曾？”这几句话说得萧盐商满腹狐疑。

席散之后，他就走到供吕祖的那间屋子里，拿着红烛，向那张吕祖照片细细看了一回，居然有些象季石壶的话。又细细参详了一下，不觉恍然大悟，说：“这还了得！他们竟多数人串通一气，骗了我们一大宗钱财。若到法庭上去告他个欺诈取财，他还跑得了吗？哼哼！你看我饶了哪个！”

第二天，就请了几个共同捐款的人，商酌了一下。萧盐商说：“这事要办不难。想他们既然哄骗我们的银钱，必然地各人分了去了，现在所办的工厂，一定是遮人耳目，有名无实的。我们只须派人到工厂去查账，有了什么弊窦，好在王少籛领款子的时候，给我的收据尚在，只须到县署里去讲一声儿，怕他不拿来治罪。”这就是萧盐商派了周先生来查账的原因。交代清楚，暂且不表。

却说周先生在工厂里查账的结果，田福恩在材料上面亏空的款子，不过一千有零；已死的刘祖翼，也用了二千光景；所有厂内实在开支，共计四千元左右；尚有七八千元都在王少籛手内。查明之后，周先生就连簿子一同带去向萧盐商复命。王少籛见事已不妥，就拉田福恩说：“兄弟，我先前向你发几句话，原是当着姓周的面不得不如此。总之我们有福同享，有祸同当。你这点点亏空都在我身上给你弥补。我今天尚要赶紧去筹备款子，免得他们多说闲话，自讨没趣。不过今天厂里既闹了事,连工人都已知道,若没有一个紧要的人在这里镇压镇压,工人闹起来,我们愈加吃不住了。好兄弟,你不要急。厂里的事,我今天就交给你;款子的事,都交给我,明天午后,准可送到。我们且对付过了这一次,再想别的做也不迟。"田福恩到这分儿,也除了依着王少筱的话外,正无法可想,只得唯唯地答应。王少筱就拍拍屁股走了。

那萧盐商原恨的只有一个王少筱,到了周先生复命,还带着了个田福恩,想起从前请酒的时候,他也在座的。索性一不做,二不休,把这一班无赖棍徒通通葬送了去,免得后来的人再算计我们的钱。原来有钱的人,拿出几个钱来倒不打紧,若是欺骗他们,象是倒了他们的牌面,就恨如切齿。当下见证据已有,就连夜命人办了控告的呈文。第二天早晨,亲去拜会知事,将呈文面递。

扬州的盐商本来很阔,那乾隆皇帝下江南,盐商接驾的时候,连皇帝都羡慕他们,那种势派还当了得。现在势力虽不及从前,但是百足之虫,死而不僵。盐商面托的事,一个县知事哪里敢不承迎恐后。所以等到送客之后,就亲自写了牌票,派江、甘两县差人四名到工厂去拿人。

这时田福恩正吃过午饭,呆呆坐着,专等王少筱的款子送来,可以了事。哪知忽地来了四个差人,碰个正着,就对田福恩说:"田先生正在厂里,事有凑巧,省得我们去找。王先生呢?"田福恩道:"他回家去了,尚未来过。"差人说:"县里来请你呢。"田福恩虽则曾经做过议员的轿夫,见识自然与前不同,但和县知事从未曾打过交道,今日忽来请他,如何肯去?那差人便发话道:"田先生,你也要知道点儿好歹。"说着就拿出牌票出来,在他面前一晃,说:"这是什么东西?今天你去也是如此,不去也是如此。我们来了半天,也不见一点茶水。"

田福恩已经着忙了,见说要茶水,就大声喊人倒茶。哪知这时厂里的人,都已溜之大吉,哪里还来招呼。那差人叽叽咕咕地说着:"看他这么大的年纪,不料尚是雏儿。"又有一个说道:"不是雏儿,倒是个混蛋。他家有铺子开着,我们先捉了他进去,不怕没有油水来孝敬我们。还得赶紧去找姓王的,给他跑了,真是吃不了兜着走呢。"三人都答应着,就不由分说,把田福恩如鹰拿燕雀似地捉了进去。一面又去找王少筱,果不出差人所料,他已经料理料理,卷着包子到上海逍遥去了。可怜这些贫民,好容易得着一碗饭吃,被他们一闹,工厂停了,他们也从此星散。

且说这消息传到绣春耳里,究竟不知何事。可怜他几天中间,翁姑相继逝世,丈夫又被官厅捕去,他又是一个没脚蟹,如何经得起这种风浪?只得坐着一辆街车来寻云麟。秦氏见他来得突兀，又觉形色怆惶，不觉吃了一惊，忙问说："大姑娘，你怎的?"这句话尚未说完，绣春的眼泪就如雨地下来了，呜咽着说不出话。惊得柳氏、红珠都忙来询问。秦氏还疑惑和田福恩有了什么口角，急着说："大姑娘，你就是有了委曲，也不是尽着哭的事。你这样一哭，连我们都被你哭昏了。究竟怎么一回事，且说出来，可使我们明白呀。"绣春才慢慢地住了哭，把田福恩被捕的事说了出来。柳氏等自然替他着急。偏偏云麟又不在家。一面安慰着他说："急事缓办，我们总得替你想法。"一面着黄大妈去找云麟。

等到云麟回来，告知此事，云麟也为之着急说："这事须得先到县里去探听消息，究竟为着什么事。那衙门里边的人，都是要吃油水的，也须打点打点。这是第一着。此外只得看什么事情，求伍姨父去向县里说情，或托人先行保释。这都是以后的事了。"就匆匆地到县署里去探听消息。回来大家才知为的工厂里亏空，并且是欺诈取财的案子。云麟说："今天我就到伍姨父处去说，至迟明天大早准有好消息。只是姐姐一个人，在那里多有不便，不如暂住在家。"绣春说："店里的事，我也须得照应；况且二老尚在供灵，我如何住得下?"秦氏究竟爱女心重，心想："柳氏有玉凤儿，红珠怀着身孕，都不能去。绣春一个人住在那边，如何放心得下？不如自己去暂时伴他几天，能得田福恩无事，也可以放了心。"就将此意和云麟说了。绣春自然感激。秦氏就收拾收拾，当晚陪同绣春到田家住下。

到了次日，云麟果真向伍家去托晋芳求情。哪知刚到门口，见伍升急急忙忙地进来，看见云麟，就站住说："云少爷来了，省得我走这一趟。"可巧伍家昨天夜里，又出了一件大事。

要知如何，且阅下文。

# 第九十四回　捐秋扇闺房惊恶梦　度春风旅馆殉佳期

且说云麟和伍升走到伍宅门首，只见自大门口起，直至内室，均用素纸糊着。小顺子、小稳子等均穿白布长衫，在门房伺候。见云麟进来，小稳子就飞奔地报进去说："云少爷来了。"忽听里面哭声震天动地。只见晋芳含着一泡眼泪，站在中堂。云麟就向他磕了一个头，站起来说："老太太仙游得这么快，我们相离不远，竟会一点消息都不知道呢。"晋芳哭着道："哪里说起？她老人家归天时，极其匆促，一霎时，便撇下我们全家了，连我都是前晚料理的，还未来得及报知戚友呢！"

原来伍卜老太太，自从上海回到扬州，就逼着晋芳把一间小花厅打扫出来作为佛堂，说："我自从到了你们伍家，也没有安闲过日子，以前是因为你们年纪尚轻，诸事要我操心。现在你已成人长大，媳妇等也是和和睦睦的，可以不用我操心了。我也趁此时机，念念佛，修修来世。我也不管你们的闲事，你们也不要来打扰我。"自此就终日在佛堂念佛，所以本书中无事可记，已经有许久没有提到他的事儿了。

这天晋芳出去，在街上看见有上海新到的水蜜桃，就买了些回来，其味甚美。淑仪就亲手剥了一个，送到祖母面前，说："这桃子甜蜜蜜的，很是可口，请祖母尝尝，如觉得好，孙女儿再去剥来。"卜老太太心里欢喜说："我的儿，难得你孝敬我。"说着拿起来就吃，果然觉得异常可口，把一个桃子就吃完了。

淑仪出去之后，他老人家自己也太不留意，又喝了一杯凉茶。到了吃晚饭的时候，就觉着胸口有凉凉的一块积储着不肯消化，夜饭就不吃了。三姑娘等都去问候，老太太说："我觉得并没什么大病，不过多吃点食物或是有的，至明天当可好了。你们也不用伺候我，都去睡罢。"三姑娘因看老太太精神极好，也自放心，就退了出去。哪知到了夜里，就觉腹痛异常，接连起来泻了五六次，精神就不济了，第二天就上了床。

三姑娘知道后，忙来看视，只见老太太眼睛闭着，哼哼不住，忙告诉晋芳，这天就请了扬州著名的医生魏伯成来。晋芳陪着到老太太床前，诊视许久。三姑娘等亦在套房内窥视。魏伯成觉着脉象虚浮，是个不治之症。但当着病人面前，却说："老太太是有洪福的，这病只要服几剂药会好的，倒是静养着要紧。"一面向伍晋芳道："晋翁，我们外面再说罢。"晋芳就陪着出来。三姑娘等听了医生这样说法，自然放心。哪知魏伯成到了外面，就对晋芳说："老太太的病，怕不得好，是个年老气体衰弱，精虚力竭之症，虽有良医，难治此症。且现在脉象已危，神明已绝，只在早晚之间，宜预先办理后事，免得临时仓卒。"不肯再开药方，辞别而去。

晋芳听了医生的话，忧急万分，一面告诉了三姑娘和淑仪，嘱他们小心防范，一面赶紧另请医生。哪知这魏伯成原是和晋芳最要好的朋友，方肯将病情实实在在和盘说出。此外请来的医生，大都开个药方，敷衍了事。后来还请了三个医生，共同开方，吃了一剂，不但不见效验，并且觉得格外沉重。

就这一天，伍宅中已经闹得六神无主，内中朱二小姐尤其着急。第一，因为近来晋芳性情与前大不相同，和他已经象个脱离关系，有老太太在，究竟还有干女儿的名义，仰承垂爱。老太太一死，家中的人，都因为他先前太刻薄，有点瞧他不起了。第二，因为先前晋芳信任朱二小姐，家中各事归他管理，所有银钱亦归他掌管。无如在湖北时，已经私下闹了许多亏空。到了扬州，和县公署里的太太们打得火热，也就暗中耗费得不少。从前靠着伍晋芳宠爱，不曾查过他的账目。到了近来，也时时有点疑心，不过未曾发觉。如今老太太的事出来，那宗现款必定先要提取应用，如何能瞒得过去？故虽也在老太太身边伺候，心里总觉突突地跳个不住。

到了三更时候，看来情形已是不好，大家就忙乱着替老太太净身，更换衣服。老太太到了此时，自己也知道要归去了，勉强提起精神，喊晋芳走近床边。老太太说："你总算是好的，到了这等年纪，也没有违拗过我，现在我也放心得下了。"又瞧着三姑娘道："我的媳妇，你是忠厚人，从前吃亏了半生，现在难得晋芳回过头来，你后半世也可以享点福了。我知道你已有身孕，能够添得一男，祖宗香火有着，我虽死也安心。只是苦了我的仪儿，从前若是依你父母作主，给了麟儿，也就完全了，哪里会闹出这许多风波？如今是青年守志，寡鹄孤鸾。我只恨那天这算命的，与你何仇，故意造出许多言语，破坏这重婚姻。但是都是我过于迷信，遂致如此。仪儿，仪儿，这都是你做祖母的不是，我临死之时已悔悟了，你要原谅我才是。"

说到这里，气已经接不上来。淑仪已哭得和泪人儿相似。三姑娘忙上前说："老太太且静养着罢。"只见老太太又瞧着朱二小姐。究竟朱二小姐机灵，以为老太太或有什么特别话语吩咐，忙走近床前。这时老太太的声息已经低下去了，就断断续续地说道："我儿，你太聪明了，聪明过头的人，容易吃苦的，你须牢记着罢。"朱二小姐听了这几句话，象是刀戳了他的心一般，当时又不敢哭泣，只得点头答应。再看看那声息，渐渐弱了，眼也渐渐地合上了，只剩了喉咙里一口痰，还在那里抽上抽下地不住。顷刻之间，又听痰声咕嘟一响，声息俱无。晋芳忙上前去一摸，方知气已绝了。于是大家举起哀来。

别人犹可，只有那朱二小姐感慨身世，深惧将来，这副眼泪直似银河倒泻，真哭得死去活来。他本来身体娇怯怯的，又因晋芳和三姑娘从新好起，已成了肝疾。今夕这一哭，就引动他的旧病，不觉眼前一黑，口内哇的一声，吐出一口鲜红血来，顿时玉容失色，昏晕过去了。晋芳此时倒也不忍漠视，就和三姑娘等七手八脚，扶他回房。

但是伍晋芳自从那天和朱二小姐口角，又听了稳子的话，一直就在三姑娘房里住宿，已经有好几个月。朱二小姐如何对付，书中并未提及，我知道读者必疑心我此中有一个大大漏洞。其实著书的人，究竟只有一支笔，不能写着两面事。前时既掉头去记载乔家运那回事，现在乘伍老太太归天之后，天尚未明这个空当，就掉转笔来，记他一记，也算补个漏洞。

却说朱二小姐自从那天和晋芳口角之后，以为这种平常言语，断不会发生问题，只要我略略施点挟制手段，不怕不仍旧拜倒在我石榴裙下。万没想到半空中会撞出小稳子的一番言语，竟如火上加了油进去似的。晋芳思前想后，实在觉着朱二小姐的尖刻可怕，愈显得三姑娘的忠厚可敬。又想到小翠子含冤而死，格外可怜。以上种种怨恨，都集于他一人身上。晋芳又是一个呆子脾气，相信了他，可以捧至九天；恨着了他，就恨不得堕之九渊。所以自从进了三姑娘房门之后，连日总在这边，不曾再进朱二小姐的房。那朱二小姐这天晚上不见晋芳进来，心中着实不快，忙着小善子到三姑娘那边打听，谁知去得已迟，他们老实不客气，双双已经入梦。朱二小姐这一气就非同小可，说："我就有千般不是，也有一日的好，今天因为几句说话，就和我使起性来。我早知如此，悔不该……"刚说到此，那泪珠儿已经滚下来，湿透衣襟了。

读者诸君，须知女子之哭，可分为数种：有的因悲伤而哭，有的因冤抑而哭，有的因愤激而哭。那愤激而哭的，内中必含有一种怨毒的性质，以为我今日虽不能胜你，静待机缘，当图报复。朱二小姐的哭，就是这愤激一类，所以哭得愈沉痛，那报复之心愈激烈。到了第二天，仍旧装着无事。出来见了晋芳，晋芳并不和他说话，倒是朱二小姐对着他哧地一笑，笑得三姑娘倒有点讪讪起来。朱二小姐笑道："我今天要替姐姐道喜了。这人倒也是太呆，我先前几次三番劝他到姐姐这边来，他总是不依。昨日居然到姐姐这边来，想已是回过头来。我愿姐姐成双到老罢。"三姑娘知他奚落，也不和他答话。晋芳乘此时机，也便踱到外面去了。

接连过了好几天。在先前几天，朱二小姐还想挽回已经失去的爱情，所以在大家说话的时候，故意和他兜搭。后来见晋芳总是淡淡的，懒得和他说话，他就格外懊丧，就要想实行他的计划了。但是娇花虽好，全凭绿叶扶持；独木再高，终不成林：自是古今公例。朱二小姐虽怀着浑身计划，没有一个人帮他的忙，也就不能施行他的策略。反不如从前在湖北时，内有小善子，外有林雨生，里应外合，就轻轻地送了小翠子的性命。如今身边虽还有一个小善子，究竟跳不了这一出独脚戏。仔细想了半天，只得仗着淑仪，或者能够托他做个调人。

恰巧有一天淑仪到他房里来，他就含着一泡泪眼，对他说道："仪小姐，我至今才佩服你是个真正贤淑的好小姐。但是你尚有父母在堂，富相公的遭遇，谁不怜惜？现在似我这孤零零的人儿，除我自身之外，还有何人可靠呢？"说着就呜呜咽咽地哭起来。

淑仪见了，也觉不忍，就劝慰他道："父亲近来果然和姨娘生分了些，但这也是气头上的事，姨娘也要请暂时容忍一下，待到父亲回心转意，那时姨娘也不至寂寞了。"朱二小姐又低低地说道："从前的事，我固有些不是，到了今日，我也觉悟了，不过自己要想忏悔，已来不及了。如今只有仗着仪小姐在你父亲面前分解分解。"淑仪道："女儿自当遵命。况家庭之间，有了不和睦的事，就是一个不幸，姨娘今天不吩咐，女儿也要劝解的。不过如今正在激烈的时候，也只可待时而动了。"朱二小姐道："那就要仰仗仪小姐了。"这一席话谈过之后，淑仪果然俟晋芳快活的时候，进过好几次言，无如晋芳只是不理。

这一天合当有事，他姨侄女儿明似珠巧巧地来了。朱二小姐从前本来看不起似珠，自从回了扬州，似珠曾向柳克堂敲过一宗竹杠，朱二小姐也曾预闻其事，得着了点好处，因此就结合起来，认为知己。然似珠却因外面事忙，不常到伍府。这天来了，朱二小姐心中暗喜，说："这人倒可以做我一个帮手，我索性一不做，二不休，闹他一场，看晋芳怎样下得去？"因此似珠这一次来，朱二小姐加倍殷勤，接待得十分周到。

似珠到了，和三姑娘、淑仪等谈了一会，就到朱二小姐房内，二人就畅谈起来。朱二小姐竟将近来晋芳待他情形，详详细细告诉了他。说得似珠妙目圆睁，银牙错裂，说："姨母，你既受这样委曲，为什么不早点打发人来告诉我呢？我看他们男子对于女人，原不过当作一种玩物罢咧，什么叫做爱？什么叫作情？他们高兴就和你开开玩笑，不高兴就撇转脚和别个女人寻开心去了。难得姨母好性儿，能够忍耐得住。换了我明似珠，却不能这样使他们安稳。不是在姨母面前说句夸口的话，不要说他曾经做过了芝麻大的一个知县官儿，哪里能够降服住我？就是那堂堂现任的都督，也要让他随我指挥。今天姨母的事，我不知道便罢，我知道了姨母受了委曲，就和我受委曲一样。就着小善子去喊那姓伍的来，我和他评评理看。如若真说不过去，我们尚有离婚的办法呢。放着姨娘年纪尚轻，离了此地，难道怕嫁不得别人吗？"朱二小姐忙捂着他的嘴说："啊呀！小姐，怎么你和爆烈似地说了这一大套？这样事情，我本来还怕什么？只是你须知隔墙有耳，我们没有动手，先给他们知道了去，这又何苦来呢？"似珠低声道："照姨娘的主意，打算怎样办呢？"

当时二人就唧唧哝哝商量了好半天。只听得朱二小姐说："你说先去告他一状，究竟拿什么措词呢？怕的他不比那柳克堂，外面交游不广，可以欺负得的。"似珠道："这真是姨娘聪明一世，懵懂一时了。他娶你的时候，照着现在法律，就是一个重婚罪。你只须告他一个掠诱良女，任情侮辱。这张状子一旦进去，他必定就要亲来投降麾下；不然，还恐怕吃不了兜着走呢。"说得朱二小姐哧的一笑说："姑娘，你真好计较，不愧是个女将军了。但是我虽识得几个字，这状子笔墨，却另有一副手段，不是轻易下得笔的，托谁去做才妥呢？"似珠笑道："不怕姨娘见怪，我近来却新认得了一个人，名叫许道权，他本极有能为，并且和县里亦有往来，只要我回去和他一说，必有个良好计划，姨娘就请听我的信罢。"朱二小姐也十分相信，说："那么这事我就专托你了。"似珠自然没口子答应。又坐了许久，就起身告辞去了。

这里朱二小姐自从明似珠去后，心里终觉不安，想到："晋芳今日待我这种情形，当年我在湖北，林雨生设计拿富玉鸾的时候，我只要和他里应外合起来，富玉鸾既不能逃走，伍晋芳也要入了牢笼。那时我年纪尚轻，就是走一步亦甚容易，为什么我那个时候不做呢？"忽地又想到："晋芳当日待我的情分，也实在不薄，自从去了小翠子之后，哪一件不如心如愿？我还暗地和林雨生做起首尾来。"想到这里，自己也觉得实在对他不住。"就是小翠子，和我本来也没有什么仇恨，只是有点气不过，所以一进门就磨折了许多时候。他在湖北，还劝晋芳来接我们。如果小翠子不出这个乱子，到了现在，我们三个人也是和和气气，不至于闹得这样生分起来。咳！这真是害人反害自己了。倘若似珠回去，果然替我在县衙门里告下状来，那县里太太又是很熟悉的，闹了出来，面子上怎样下得去呢？”想到这里，不禁大大懊悔起来。总之这个时候，真所谓良心与恶念交战，尚不知谁胜谁败。不禁就恹恹地睡在床上，连晚饭也不曾吃得。

到了晚上，只有一盏孤灯，照着凄凄只影，虽有小善子多方解说，哪里能除去他的愁烦？闷了好久，方才朦胧睡去。恍恍惚惚，象身在湖北，这天晋芳在隔江局子里未回，他一个人坐在房里。小翠子走来，朱二小姐心里气他不过似的，也不去理他。小翠子道：“姐姐，我们是别了好久了。姐姐的才貌，可称双绝，那人对待姐姐也算情深义重，所以姐姐这许多年，气也使够了，光也争足了，在眼前看起来，哪一个不羡慕你呢？但是我要劝姐姐一句话：须知花不常开，月不常圆；风篷逞足了，绳子就断；弓太扯满了，弦线要绝。姐姐若不趁早从退步着想，恐将来结局也要和我这苦命人不相上下呢。”朱二小姐听了“苦命人”三个字，不觉心里一寒。忽然想起：“小翠子已经死过的人，今日来寻我，大约是来索命呢。”正要问他，只见小翠子已经飘飘忽忽地走出去了。

朱二小姐就一惊而醒，原来是南柯一梦。加以一盏灯光缩小，颜色变成了绿的，随风欲灭，象是小翠子还站在他面前一样，愈加恐慌，一片芳心突突地跳个不住。忙叫起小善子来，说是要倒点茶吃。小善子正在好睡，被朱二小姐一叫，已惊醒了，勉强走下床来，拖了鞋子，到茶炉子边倒了一盏茶，送到朱二小姐面前。朱二小姐懒懒地起来喝了一口，觉得冰凉的，要想数说小善子几句，想起方才的事，就倒咽了一口冷气。暗想：“小翠子所说的句句都是至理，说到结局，正与现在晋芳待我的情形相同。”就低声叹息道：“玉苹，玉苹，你的结局，难道果真和小翠子一样吗？”心里想着，一面就拿了茶碗呆呆地出神。小善子叫道：“娘，夜深了，喝了茶请仍旧睡罢。”朱二小姐才被他提醒，说：“小善子，你瞧瞧，自鸣钟是什么时候了？”小善子走过去一看，偏偏钟停了，只得走到窗前，拉起帘帏，向天上望去。忽然大声叫着：“不好了！娘，快起来罢。”

朱二小姐本来正在心虚，听见小善子没头没脑地一喊，不知出了什么大事，要想起来，那两只小脚儿已不听他吩咐，两条腿只是索索地战个不住。还是从窗帏里望出去，满天通红，才知道外面失了火。慢慢地抖着走下床来，开出门去，见晋芳等都站在庭中。卜老太太兀地战巍巍地拄着拐杖，嘴里不住地念佛。听见晋芳喊着伍升到外面去问，是什么地方失火。伍升说："我刚才要来请示，外面人都说是南河下。云府上不知要紧不要紧。"晋芳忙说："既是这样，你就赶紧到云府去瞧一瞧。若是他们有搬动的地方，你也替他们帮帮忙。"伍升连忙答应着几个"是"，就飞奔着出去了。

伍升去了之后，伍晋芳等在庭中看看火势渐往下殓，先是红火，后是黑烟，现在是换了白烟。再过一刻，连红光也淡淡的退去了。他们知道火已熄灭，也就分头归房睡觉去了。

朱二小姐回到自己卧房里，见残灯在案，衾枕凄凉，不觉深深的叹了一口气。回想到刚才失火的情形，不知道当灾的人要有多少呢！夜寒风大，这些人在这时不知怎样受苦呢！人生真是苦恼，何不看破些些，与人争竞什么？无事只斗闲气，自寻烦恼，这是何苦来啊！他一人想到这里，心地觉得光明多了，无忧无虑，无牵无挂起来。他就再把残灯剔亮，从多年未曾开过自己随身陪嫁过来的箱子里，取出一个玻璃小龛，里面供着一位白玉观世音，还有一个古铜小香炉，一齐把来放在桌上，又焚些檀香，炉中便氤氤氲氲起来。他就净手捧出一部《多心经》来，坐在观世音旁边"南无密多婆罗密多"的念。念了半晌，东方发白，天已快亮，他才收拾收拾睡下。

这时他心中干净，所以恶梦毫无，非常恬适。这一夜只苦了小善子，熬得极其瞌睡。等他睡下之后，想歇歇也睡一觉，无如天光大亮，自己不是主人，到底不比朱二小姐，只得出来作事。所以小善子熬夜以后，那大红镶边的吊眼更加红紫了。作人婢女的，真是辛苦啊！朱二小姐从这日以后，焚香诵经，又时常不住的念佛，伍家倒安静许多。

那知卜老太太忽然脱离尘世，朱二小姐更觉无人怜爱，孤苦伶仃，所以这夜拚命放声一哭，哭到伤心处，便吐出鲜红的血来。这是以前的话，一言表过不提。

再说失火的事。

原来这天失火的正是南河下，离云麟家不远的一家旅馆里。当伍升走到南河下的时候，见各区水龙上的救火员，已经挤满了一街。好容易挨得进去，只见云府大门关得紧紧的。伍升敲了好久，才有人来开了进去，只见云麟等一家人都呆立在天井内，仰着头呆望。那红珠胆子更小，抖得连话也说不出来。伍升说："我的太太、少爷，你们还这么安静，大门关得紧紧的，我看这边离火场很近呢。"云麟道："你看外面的情形怎样？我先前看来，还不十分要紧，恐怕有种坏人趁火打劫，所以把大门关上，且看看情形再说。现在我正没主意，你来得好，你看这情形，我们家里的东西要不要搬动呢?”伍升道:“我们老爷听见说南河下失火,所以命我来照料的。起先我看这火势正旺,心里也是着急。等到了府上相近,已经看见有许多洋龙到了,正在灌水,火势似乎渐渐地衰下去,现在恐怕不甚妨碍了。”秦氏道:“难得你们老爷关切。我们正在为难,倘若要搬动起来,哪里来的人手呢?”伍升道:“太太请放心,现在天上的红光不是已经减了好些吗?”秦氏等都抬起头来望着,果见红光渐渐地退了下去,想火已烧完快了。那外面的人声,还是鼎沸似的。直等了两个多钟头,方才平静。大家也就放了心,伍升便告辞回去。禀知伍晋芳夫妇,前已提过。

云麟略睡了一会,醒来已是红日东升了。忙忙起来踱出门去,就听人说火场里烧死人了,这两个人却是一男一女,现在还没有人认得他们。云麟也就踱将过去,见颓垣断壁里面,零零落落的瓦砾场内,还有一缕一缕的青烟向上直冒,地下湿淋淋地几难插足。又走了几步,见看的人打了一个大围子,里面遮着几片芦席,横着两个尸首,焦头烂额,好不怕人。大家还笑着说:“这两个人大概先前是个水里鸳鸯,如今却变成了两个火里罪人哩。”云麟听了,甚为不解。仔细一看,见断墙上尚有“文明旅馆”四字,方知这是扬州最著名的野鸳鸯待合所。但是这俩究竟是谁呢?好好一个人,就是要学风流,也要拣个地方,象这种龌龊旅馆,居然也有人来图快活,末了还演了一出火神戏,真正自作孽哩。正在一人呆呆地痴想,忽地背后有人拍着他的肩膀说:“云大哥,你好自在。我们许久不见了。尊嫂好吗?”

云麟转身一看,不是别个,原来就是鲍橘人。云麟因他上一次几乎拆散了他们的姻缘,待理不理地说:“鲍大哥,果然许久不见了,你几时到这里的?”橘人道:“我已来了好久了。我原不住在此地,今日之来,原是为着内人的一件事。”云麟道:“为的尊夫人吗?尊夫人和这里有什么瓜葛呢?”橘人道:“说来话长。闻得云大哥府上离此不远,我拟到尊府一行,一则过来拜望,二则借此可以谈谈。”云麟心欲推却,但觉碍于情面,只得邀他到家。坐下之后,橘人开口便说:“云大哥,你可知道这火场里遭难的人是谁?”云麟道:“我虽到了那边,不过望了一望,就走回来了,虽听见人说起,但是不知主名。莫非鲍兄和他们倒有关系吗?”橘人道:“果然被你猜着。如若没有关系,我倒不来了。不瞒云兄说,兄弟的作事,向来是很旷达的,对于男女的嫌疑,本来不甚关心。况民国以来,男女平权,在社会上交际起来,男子往往逊于女子。所以说到内子,他的交际自由,老哥是知道的。哪知不知不觉地竟会和人发生关系。近来到了扬州,他的性情还是不改。我曾说过几次,他也从来不曾理过。哪知到了临头,终究演成恶果。云大哥,你道死的是谁?一个就是内人,一个就是和

你作过对头的许道权。”

云麟听了，惊得跳起来道：“原来尊夫人在此遭了大劫，老哥伉俪甚笃，何以为情呢？”橘人笑道：“原来老哥还是这等痴情。在兄弟看起来，却与老哥不同。一个人有一个人的主权，就有一个人的主张。这种主张，在旧社会的时代，有一种公共压制性压住，所以无人反抗。现在这种樊篱已经破了。他虽则和我发生过夫妇的关系，但不过起于一时情感，此外则我仍旧是我，他也仍旧是他，他的死活和我有什么关系呢？我今日之来，原不过来看一看真假。既然知道了，我就可以不管了，现放着有地方在，自然有人收埋。难不成我还破费着有用的金钱，去收殓那无意识的尸骸吗？哈哈，我又不呆，我为什么去管他人死后的事呢？”

云麟听了他这一番不新不旧的荒唐说话，心里觉得好笑，暗道：“有其妇，乃有其夫，这一对倒可称为难夫难妇了。”但是嘴里不好直说，只得答道：“这是老兄达观，兄弟万万不及。不过这许道权为什么又同尊夫人打起交道来呢？”鲍橘人听了，脸儿一红，想了一会，说：“象道权这种人，我们还说他怎的？这样大的年纪，见了女色，还是和苍蝇见血似的。只须看从前，一听见了如夫人的名字，他就想吃天鹅肉，再三来央求兄弟从中撮合。但是兄弟知道，这人已为云大哥的禁脔，哪里肯来说？后来又来央求内人，我曾再三劝止，哪知内人不知深浅，只向如夫人露了一句口风，竟招了他的白眼。这真是女人的见识呢。”云麟听了这话，觉着很不入耳，便也一笑说：“这种典故，我们可以不谈罢。”橘人说：“诚然，诚然。我来的时候也久了，过一天再见罢。现在我住在二巷第三家，云大哥如不见弃，我们终究是多年的弟兄，请你常常枉顾我。虽则内人已故，尚有小妾在家，烧点菜倒也是扬州风味，颇可口的。”云麟正恨被他绊住，忙说道：“既是这样，兄弟过一天再来奉候罢。”就送了鲍橘人出去。

云麟被他缠了半日，走到红珠房内，见他正坐在窗前，缝着一件小夹袄儿，笑道：“好呀，儿子还没有落地，要想做娘哩。”红珠瞪了他一眼说：“亏你是个读书人，说起话来怎的不通？譬如玉凤儿的衣服，姐姐没有空闲，不许我替他代做吗？难道必定要娘才做小人衣服吗？”说得云麟笑起来说：“我一句话引出你许多话来，真不愧伶俐女儿哩。我特地进来报告你一件事。你可听得火场上烧死了两个人吗？”红珠道：“我也刚才听得黄大妈说的，说是烧死了一男一女，真正可怜。母亲还替他们念了好几卷往生咒，说是可以超度他们往生西方极乐世界哩。”云麟道：“这话慢说。你可知道死的两个是谁呢？红珠笑道：“我也不曾出门，如何会认识这两人？”云麟叹道："这两个人都是你的旧相识哩。"红珠嗔着道："你也该说个明白，什么新相识呀，旧相识呀的。"云麟道："一个人因果循环，报应真个不爽，天道可是有的。这两个人生在世上，可算坏人，临死之时，果遭了惨劫。一个就是和你要好的女诗人紫罗女士。"红珠惊道："他么？怎么也住在这里？还有一个呢？"云麟道："曾经和我做过情敌的许道权。"红珠笑道："原来是这一对宝货。但不知怎么会死在一起？真奇怪极了。"云麟道："死的地方是个旅馆，又是个台基，两个人合拢来，有什么好事？但竟遭此劫，恐怕他们做梦还想不到呢。"红珠道："这也可谓生有地，死有方了。"

吃了午饭，云麟想着昨天姨父曾着伍升来问，今家中无事，应该去告慰一番。遂穿好衣服，和红珠说了，又到母亲面前讲了一会话，才出门来，叫了一辆车子到伍家去。

到了里面，晋芳有事出去了。三姑娘、淑仪均坐在中堂，陪着一个女客谈话。但见女客衣饰虽不华丽，而面貌却甚冶艳。云麟不知是谁，不敢进去。还是那女客站起身来招呼着说："原来是云先生，我们好久不见了。"说毕满面堆下笑容。三姑娘也说："麟儿进来，这位明小姐，你是见过的。"云麟方始恍然，慢慢地踱进去，忙问淑仪道："妹妹近来身体可好？"淑仪站起身来问了姨娘的好，并问："嫂嫂、红珠姐姐想必身体康健？"云麟也回答了好。只见淑仪面色黄黄的，觉着较前消瘦更甚，便说："妹妹怎么又病起来？脸上格外清减了。"淑仪道："我也不能算是生病了。在起初的时候，请个医生吃两剂药，尚觉有点效验；到了现在，吃药也是这样，不吃药也是这样。但觉着一天到晚，总是懒洋洋的，不知有病，也不知没有病，所以我可以说是没有病了。"

云麟道："妹妹的病，总是因为心情不畅，还望妹妹诸事看开一点，有时外面出去散散心。譬如我家里，自从我们那个……"说着就伸了两个指头，"到了扬州，妹妹只来过一次，何妨常去走走。又如明小姐，他是很旷达的人，能够时常请来谈谈，开怀一点，那病自然渐渐地好了。"似珠道："云先生的话果然不错。但是仪妹妹是个拘谨的人，叫人有何方法可以进言呢？"淑仪道："我也不是拘谨，不过在我看起来，我的一生，如大海中飘着一叶浮萍；又眼看着世事沧桑，不十年间，时局变迁我们不谈，只是我们相识的几个姐姐妹妹里面，年纪长的长了，出阁的出阁了，在从前何等亲密，临了终归一散。这样看来，做人有何乐趣呢？我但愿能稍迟天年，奉侍祖母及父母西归之后，那时生也好，死也好，我也不计较了。"说着不觉眼圈儿一红。三姑娘听了，也觉得惨然，说："好孩子，你一年到头都是含着一泡眼泪过日子，说起话来惨凄凄的，不但你自己伤心，连我的心都被你揉碎了。”云麟道：“姨娘也不必伤心，倒是仪妹妹的病，总要自己调养才好。”

明似珠道：“刚才仪妹妹说先前何等亲密，末了终归一散，这两句话说得很有道理。我今天可以再举出一个例来。昨天晚上不是南河下起火吗？”三姑娘忙向云麟道：“我倒忘了，昨天的火离你们家里不远，你母亲想是受惊了。你姨父命伍升来了，巴巴地等着回来，说道没事，我才放了心。”云麟忙道：“多谢姨娘。我们幸亏没事。”明似珠笑道：“你们府上没事，那边旅馆里却有事了。”云麟道：“原来明小姐也知道这事，不知可有什么新闻报告我们呢？”明似珠道：“云先生，你不要做假，死的两个人并死的原因，还和你现在这位姨太太有大大的关系哩。”云麟道：“不错，我早晨无意中碰见了一个叫鲍橘人的，说死的一个是他的夫人紫罗女士，一个是许道权。我只知这两个人在他未嫁我以前，曾出来生了许多阻力，后来因为发生了炸弹的嫌疑，才算罢休。但是他死的原因为什么又关着我们，倒要乞道其详哩。”

明似珠道：“原来你尚只知其一哩。你可知你们这位姨太太未入门之前，许道权托鲍橘人做媒，他们夫妇就做成圈套，只说是姨太太的身家，骗去了五百块钱，乘许道权入狱的时候，逃回泰州去了。后来许道权保释，知道扬州是站不住了，到了上海。哪知这鲍橘人在泰州不多时候，所有骗去的钱已经用完，也到了上海。偏偏天网恢恢，疏而不漏。有一天，在路上遇见了许道权，那时他就跟鲍橘人要赔偿五百块钱，不然就要在新衙门控告他欺诈取财的罪。橘人没法，回家后就和他夫人商量，用了一个美人计。那许道权爱色心重，就上了他的道儿，不但旧债赖去不还，而且两人在上海吃的用的，都是许道权供给他们。后来许道权回到扬州，他们又在上海游荡许多时候。前晚才到扬州，就登门去拜望许道权，自然要他破钞些金钱。许道权自然应允，但有个条件，须要和他夫人重温旧梦。橘人只知要钱，哪管什么名誉，自然满口答应。许道权安置他们在二巷内，但是许道权不好进去，就约紫罗女士到这文明旅馆。偏偏这天夜里，祝融下降，偏收了他们这对老鸳鸯，作为部下驱遣的神将。”云麟笑道：“明小姐说得如此详尽，真是能道人所不能道。但不知这新闻从何处得来？”明似珠道：“我和许道权也是熟人，昨天去的时候，正见许道权和他们办交涉，所以得知详细。”

原来似珠正和许道权商量朱二小姐的事，许道权满口应承帮忙，哪知连夜出了乱子。所以今天来见朱二小姐，叫他另想别法。朱二小姐自昨天做了一梦，不愿再和晋芳为难，反劝了似珠一番。似珠出来看望淑仪，所以这段新闻，竟被云麟探得十分详细。此外又谈了许多闲话，明似珠先去了。云麟亦告别回家，刚踏进门，看门的就递上一个字柬儿。云麟见了，皱着眉头说：“何苦又来找我？”

不知此柬来自何人？且听下回分解。

# 第九十五回　悬弧设帨三府征祥　进爵添筹一堂集庆

上回书中说到云麟回家，接到一个红柬，很有鄙薄他的意思。可知这红柬上的人物，并且内中定有许多趣闻。但是此回书中写将出来，就要把伍府的丧事如何办理，田福恩的官事如何结果，通通都要搁起。这两件事，读者已经望眼欲穿，所以我又不得不把笔头儿倒转过来，再说一说那伍府的丧事。

且说晋芳等当晚将朱二小姐安置好了，出来就要商量办理老太太的丧事。晋芳此时究竟多了几岁年纪，不比死老子的时候，只知和朱二小姐偷情的不同。但是他究竟是个公子哥儿，如何办得这样大事？想了半天，平日最相信的就是云麟和洛钟等几个人，当时就着了伍升去知照。伍升到了云家之后，又到秦家去了，所以云麟到了伍府之后，不久洛钟也来了。

一切办事尚还容易，只是各种款项，多待现钱开支。晋芳本不在意，以为朱二小姐处自有款项存着，拿出来便是。哪知进去拿钱，只见朱二小姐昏晕虽醒，已经和死人只差了一口气，转身来问着小善子。小善子说："我的爷，娘有钱没钱，爷还不知道吗？我看娘近来手头很是拮据，不似先前阔绰，有时还为了银钱款子的事，时常淌眼抹泪的。"晋芳急道："我这时哪有闲工夫和你讲这种空话？好歹你将你娘的钥匙交出来，待我检查检查，有可用的，就可以拿出去用。"小善子没法，只得轻轻地走到朱二小姐床前，从枕头边一个小拜匣内拿出一串钥匙，交给晋芳。

晋芳忙拿了，他本知道朱二小姐平日藏银钱的地方，就拿钥匙开了箱子。哪知不开犹可，开了之后，那只手竟缩不转来。原来箱内现款已完，只剩了些零星契据，并有几个钱庄折子。打开来一看，谁知十家倒有九家用空的。这一气非同小可，要想和朱二小姐争论几句，无奈他病得实在厉害，也就不忍，只得逼着小善子将朱二小姐平日所有首饰都拿出来，抵桩前去变卖。小善子究系朱二小姐的心腹，看见这种情形，心里自觉气愤不过，但是究竟主人拿去，也只好看着罢了。

等到晋芳出去之后，朱二小姐也渐渐醒来。小善子不知高低，就将晋芳要钥匙拿东西的话，一一告诉了。朱二小姐听了，一则恐事闹破，二则恨晋芳无情，不知不觉复又痛哭起来。晋芳知道了，也不便过于责问，只得另请医生与他调治。一面就将他的首饰变换了来办丧事。在三姑娘的意思，原不肯这样办理，说："他原是可怜见的，又是生病，要变卖，还是我们拿出来，省得他又生气，增加疾病。"晋芳不肯，说："照你这样说来，连他用去的钱，都不用问了？现在是病着，且等他好点，并老太太的事过了，再行查问；就是他病不好，那贴身服侍的小善子，难道不知道吗？只要拿他拷问起来，怕不闹个水落石出。"说罢气冲冲地出去了。

论办丧事，原是趁家之有无，但扬州地方，摆空场面是已经成了习惯。何况伍晋芳是个绅衿人家，更不能够草草办理。因此晋芳对于此事，也要竭力铺张，虽说光复之后，那种繁文缛节省了不少，但也不过少请了一班团祭的老爷们，其余还是要的。所以伍府的事，把洛钟和云麟忙得个不得开交。

那朱二小姐这时只有小善子伴着，有时还帮着骂晋芳无情。朱二小姐有气无力地说："你不要不识时务，他们忙着老太太的大事尚来不及，现在还有人提及请个医生前来看病？如若再闹起来，连医生都没有了。你也知道我的事情，我若不害翠姨，哪里会结识个林雨生？不结识林雨生，哪里会闹亏空？就是到扬州来，时常出去，原想联络些人，一则可以借此自重，一则可以挟制他人，哪知道到了如今，一件也用不着，只落得被人褒贬。我的病也不想好了，老太太疼我一场，我能够和老太太一路去，倒是我的造化。"说着又呜咽起来。

过了一天，已到停灵日期，内外客人倒也来得不少。女眷们如秦氏、何氏等，都来坐夜。此外又有何其甫夫人美娘，还有绣春。绣春正在哭翁姑，痛夫子，累得一身是病，本想不来；又念这是姨母家里的事，并且田福恩现在囹圄，还想求姨父说情，也只得来了。朱二小姐这时身体虽较前稍愈，但想从前何等威风，此时竟成孤独，自觉羞惭，只推病着，也不出来招待客人。一直到了三更多天，因念着老太太待他的好处，并自己一肚皮的牢骚，要想痛哭他一场，就起身来，随便穿好衣服，叫小善子扶着出来。向众人略略招呼，就在灵前拜了几拜，走到棺材边一张大椅子上坐下，放声大哭，那泪珠儿竟和雨点一般，虽经仆妇等绞上几块手巾，大家竭力地劝慰，总不能止住，直哭得一佛出世，二佛涅槃。陪坐的人无不垂涕，连晋芳都被他哭出眼泪来了。大家又防他旧病复发，好容易劝了他进去。这里就分派人口：外面留着洛钟和伍升，里面留着朱二小姐和美娘，看守门户，其余的都去送殡。所有一切

闲文，不必细述。

内中单说绣春自从送殡之后，一天一天，只望着伍公馆里的消息，因为这时晋芳丧事将了，必可设法救田福恩出狱。晋芳初时亦满口子答应，不过在新丧期内断难开口，只须稍待时日，必可办到。哪知天不从人，这位扬州县知事杨大老爷，不知怎的得罪了两个省议员。这两个议员都是姓徐的，平日进出县署，对于词讼上很有势力，所以县知事常趋承恐后。哪知这两只猪，偏偏要想吃羊肉，专门虎视眈眈，吹毛求疵地在后面看着。有一次仙女庙镇遇着一件盗案，失盗的正是徐议员的一位贵本家，杨大老爷久久未获，他们就到省长面前说了许多闲话。那省长也是很重视民意的，不多几天，省长公署发出一道命令，就把杨大老爷撤任，换了一位曹大老爷前来接任。这都是晋芳办理丧事时候的事情。等到事情既了，要想替田福恩求情，外面一经探听了消息，不但县知事换了，而且这位新任的曹大老爷生平正直，嫉恶如仇，晋芳又和他素昧生平，如何容得他进去说话？只可惜了一个田福恩，贪图自己快活，亏空了许多银钱，末了还得了一个三年零六月的徒刑。这事不打紧，被绣春知道了，直哭得死去活来。还是云麟再三劝解，说："姐夫在外面也太闹得不象，不是这一次收监，恐怕还要闹出更大的事。如今就当他在内静养几年，将来出狱，还好望他改过。"绣春知道事已如此，不能再翻，也只索罢了。但是一人住在铺子里不便，索性把各种动用物件收拾收拾，搬到云家同住。店中托了一个老伙友照应，又请着云麟不时稽察。所以生意倒也照旧兴旺，并不减少。此是后话，暂且不表。

如今且说红珠、绣春、三姑娘同时有孕，前文已经谈及。不料柳氏亦在这个时候怀了身孕。所以云府中除云麟是个无事忙外，其余如秦氏和黄大妈，照应这个，照应那个，通通一家人，连绣春共有了四个孕妇，自然忙个不了。

光阴迅速，不知不觉已到了十月满足之期。依着秦氏，仍旧要想送女儿到绣货铺子里去，待生产之后，再行回家。但是一个人在那边，无事的时候尚且不放心，何况他是个身上有事体的人，就是临时要雇一个仆妇，一时也无处去寻觅可信的人。设或如同产麟儿的时候一样，大家同时做起产妇来，有哪一个前去照料呢？心中正在踌躇，却被柳氏、红珠等看出情形。究竟年轻女子，不象老年人专在迷信上面设想，暗道："老太太这又何苦烦心呢？绣姐姐也不是外人，难道眼睁睁地看他孤苦伶仃住到家里去？况且我们那一个也不是专讲迷信的人，住在这里生产，不过多个接产妇，有什么要紧呢？"心里虽如此想，但是做媳妇的对着婆婆，终觉有些碍口，不好说的，只得都来告诉云麟。云麟笑道："这是母亲过虑了。他老人家因为女儿在这里生产，恐怕有什么不祥，就对我们不住。可是要对得住儿子，就要对不住女儿了。这件事情，只要我去和母亲讲，不但绣姐姐不回去，并且包可讨得母亲欢喜哩。”红珠说：“这是应当的事，不是你去说，谁去说呢？”云麟笑道：“我去，我去。”立起身来，就跑到秦氏面前道：“我听见说母亲要送绣姐姐回去，有这话吗？”秦氏道：“他也是就要生产的人了，不回去住怎么办呢？”云麟道：“他一个人住在家里，我们也不放心。要生产大家一起生，照应也便当些。”秦氏道：“这恐怕不能罢？我们扬州风俗是女儿不应该在娘家生产的。”云麟笑道：“母亲又何苦这样操心呢？我们究竟是亲姊妹，只要我不说话，还有谁来多嘴呢？就是姐姐要回去，母亲只说是我的主意，留着他住在家里，多少是好。”秦氏听了，心里自是欢喜，说：“只要你能作主，我又何必硬生生地逼他回去住？”因此绣春仍住在云家。事后绣春知道了，也是感激云麟不止。

四个产妇之中，绣春、红珠都未曾经过生育，红珠又没有娘家，绣春又遭了家难，所以催生、过街种种仪节，都已省去。龚老太那边，因为柳氏第一次生的是女儿，第二次依旧送了许多衣服首饰过来，又要接女儿回家过街。柳氏回去，龚老太自然殷勤接待，还问着：“为什么不同玉凤儿同来？”柳氏回说：“本来就要回去的，把他交给姨娘看管，也是一样。”说起绣春住在家里，龚老太心里很不为然，说：“这是连我们扬州的风俗都变更了。”还是柳氏大方，虽听了娘的说话，倒也不甚介意。柳克堂因为恨柳春夫妇刺骨，又因年纪老了，看看后辈，还是女儿可靠，倒也相待与前不同。这天就和两老谈谈家常，直至深夜方回。

三姑娘自从生了淑仪，已经二十多年了，不料又从新做起产妇来。这时秦老太已经去世，嫂子何氏却和他十分相得，做的催生衣服，应有尽有，比前格外丰富。到了初一这天，仍旧要接三姑娘回去过街。晋芳笑道：“光阴荏苒，匆匆廿年。你今日回去，回想到二十年前此日的情形可觉如何？”三姑娘道：“都是你呢，人已老了，还要生起产来，偏偏嫂嫂又要做作。如今龙儿、银儿已经养得这么大，做过亲了，我今天回去，真有点羞人答答哩。”正在说笑，秦府轿子已经来了。三姑娘就乘轿回去。

何氏笑着迎了出来，说：“好呀，你们真是愈老愈新鲜，年纪轻的时候不生，到了这时，偏偏要生起来。我们龙儿媳妇肚皮不争气，到现在尚未生过。如若早已生了，那表侄的年纪还要比叔叔大了。”说得龙儿媳妇也红着脸笑起来。三姑娘说：“亏你做嫂嫂的，自己取笑我不要紧，还要带着个媳妇。我看我不在这里的时候，还怕你们婆婆媳妇要吵嘴哩。”取笑一回，龙儿媳妇端出点心来。何氏依旧托着一盘蛋，拿了一个递给三姑娘。三姑娘说："我不要吃了，我不生则已，要生总想生个儿子。倘若咬着了针屁股，心里反不如意了。龙儿媳妇你来，我这蛋转请你吃。"龙儿媳妇道："我不！"三姑娘道："你不？我偏要你不不！"说着，就拿蛋塞到龙儿媳妇嘴里。龙儿媳妇只得咬了一口，原来露出了一个针尖儿。三姑娘大笑说："嫂嫂！我这个蛋，给龙儿媳妇吃，原是替他卜一卜，看几时可以有孕。咬着针尖儿是今年，咬着针屁股是明年。现在龙儿媳妇恰恰咬着针尖，我先替嫂嫂贺喜，明年你就要抱孙子哩！"何氏道："难得姑娘想到我，这算龙儿媳妇替你代吃，你这次必定养一个外甥。"三姑娘道："既这样说，龙儿媳妇受起孕来，我来接你，替你过街。可怜见他是个没父母的。"原来龙儿媳妇就是银儿。说着龙儿进来，说："姑母今日过街来了，我曾记得前次生仪妹妹时候，姨娘还骗我从膈肢里生出来。"三姑娘笑道："你不信，只问你媳妇就知道了。"

到了晚上，洛钟也回来了。他们兄妹本甚相合，大家谈谈家常，等到吃了夜饭，伍家已经派人来接，三姑娘也就回去。

过了几时，云家的这些产妇都将要生产了。柳氏先觉着腹痛，他是已经生过玉凤的，知道虽则已经发动，离着孩子下地的时辰尚早，就忍着痛不肯喊出来。到了夜里，晚饭也不曾吃，觉得痛一次递一次的紧起来。这时秦氏已经安寝，就告诉黄大妈，说道且不要惊动老太太，一面通知云麟，好着人去喊接生的王奶奶。一时红珠、绣春都来了，帮着料理。那知他这一胎，生得很快，王奶奶尚未进门，那小娃娃已经产下来了。黄大妈虽则年老，倒也很是机伶。他心想："从前老太太生少爷的时候，原是我接生的。今日小少爷生下来，不用着我用谁呢？"他趁着这个当儿，就揎起两袖，双手去接得下来，就欢欢喜喜的报道："恭喜生了一个小少爷了。"

云麟正在房门口伸着头等候消息，听见了，说不出的欢喜，就飞奔的跑到秦氏房里。秦氏正在睡梦中，听得有人进来，吃了一惊，知道必是那个发动了，忙坐起来，一面披着衣裳，一面问道："怎样了？"云麟忙揭开帐子，双手按着说："娘，你不要起来了，事体已经好了，生了一个男孩子！"秦氏道："是那个生的？"云麟道："是柳家媳妇。"秦氏听了也是欢喜，忙起床来，说："你们男子哪里知道，年纪轻的人产后是要保重的。须得待我起来看他一看，方才放心！"云麟道："一切都是黄大妈照管着。这一次很快，连接生的还没有来就下地了。还是黄大妈接的生！"秦氏道："阿弥陀佛！这是祖宗菩萨有灵！你应该到神堂面前去点对蜡烛，磕几个头，也是一点敬意！还有一层，那黄大妈你们以后也要尊重他些。你生的时候，还是他接生的，如今已经是两代了。”说着，就喜洋洋的走到柳氏房内。

看了一看，见诸事妥帖。柳氏人虽有点疲倦，但身体甚好。又看了小孩子，生得天庭广阔，啼声雄厚，心里格外欢喜，就与红珠、绣春说：“你二人身上也是有事的人，不可过于辛苦，可去安睡一下。这里让黄大妈照看，是很可以放心的。”二人答应了声：“是。”秦氏就和云麟同到外面，洗净了手，然后走到神堂前，磕了几个头。

这时天已亮了，正待进来，只见伍升兴头头的跑来，见了秦氏先请了安，说：“我们太太昨天夜里添了一个小少爷。”秦氏笑道：“可巧我们大少奶奶也是昨天夜里。你们太太产后人平安么？”伍升道：“幸亏舅太太来照应。我们太太因为隔了许多年，此次生产很不容易，现在总算平安无事！我们老爷很是欢喜，连喜蛋都等不及分，就着我到秦府和府上来报喜。如今我回去，转说这里大少奶奶也添了小少爷，他心里不知又怎样的欢喜哩。”秦氏就命云麟赏了伍升四角钱，说：“这是请你吃杯喜酒的。大家欢喜欢喜。你也是伍府的老家人了，你回去说，我们这边人手少，也不过来报喜了。还有两个没有生产，要分喜蛋，等到生齐了一起分哩！”说得伍升也笑起来，一手接了钱，口内谢了一声，径自去了。秦氏、云麟也各自安息。

哪知绣春、红珠两人本来也是足月了，昨晚辛苦了一下，就动了胎气，回房之后，都觉着腹中有些疼痛，起初一阵一阵的，以后就紧起来，不觉哼哼不止。把个云麟惊醒，忙起来摸摸红珠额上，觉着香汗津津，娇喘微微，就问了一声说：“怎样了？难道你也到了时候了吗？”红珠点了点头，一面咬着银牙，要想忍住疼痛，哪知愈忍愈痛得厉害。云麟就命房中仆妇和珍儿伺候着，一面就走出来告诉秦氏。哪知秦氏正被绣春闹着，也在那里哼哼唧唧地疼痛。云麟见了，又是着急，又是好笑，说：“怎么你们约齐了一起来呀？使我们顾了东，顾不了西哩。”秦氏听红珠又要生产，说：“啊呀，怎么好呢？我们这里有年纪有经验的，就是我和黄大妈两个，一个照顾了大媳妇，叫我怎样分身呢？”对云麟道：“你赶快叫人去催接生的老王奶奶去，有他来，也可以多一个人照顾了。”

那个王奶奶却不是从前受过周氏嘱托的王奶奶了，他就住在云家间壁。柳氏生产的时候，他却别处有生意去，所以不及赶来。这时去叫的人尚未出门，他已自己来了。先到绣春这边试了一试脉，说：“还早呢。”又到红珠这边来，珍儿迎着他，王奶奶叫红珠伸出手来，在中指上捺了一下，说：“少奶奶请好好地安睡一下。”红珠因为疼得十分紧急，蹙着双蛾一声一声喊个不绝。王奶奶出来，夹道里面撞着云麟，说：“少爷，我有句话当着小少奶奶不好说。你们府上三位产妇，一位已经平安

了；大小姐呢，时候尚未到；这位小少奶奶倒有点棘手，试试脉看，时候尚早，看他疼痛的样子，已经小孩子要下地了，况他是个娇弱身躯，如何吃得下苦？这倒要小心一二才好。”

云麟为人本来有点婆婆妈妈的，今听了王奶奶一番话，以为他是个有经验的人，既这样说，必定是不好，赶忙过去。适值红珠疼得甚紧，连汗珠儿都和黄豆般大地滴下来。云麟急得心头跳个不住，就拉了红珠的手，哇的一声哭起来了。珍儿忙来劝着说：“我的爷，你怎么没有分晓？现在正是紧要的时候，被你一哭，不但他心里不安，连累我们都要被你哭昏了。”这时秦氏听了王奶奶的话也不放心，赶过来望望，见云麟如此，忙劝了他出去，说：“此地很不用你操劳，等到用得着你时，我自然叫人来招呼你。”云麟不得已，才一个人走到书房里坐下。但心神不定，正如热锅上的蚂蚁，直要等到里边来报“平安”两字，方始罢休。

且说秦氏见红珠虽十分紧要，却没有变象。而一时又有人来说，绣春要临盆了，试了半日水，仍旧杳无消息。秦氏也只得过来照应。正在分身不开，只见有好几个女人进来报道：“舅太太来了。”秦氏听了，忙迎出来说：“舅太太来得正好，我正忙不开交，要着人来请呢。”何氏道：“我刚在那边把三妹妹的事安排妥当了，知道姐姐这边柳少奶奶也生了小少爷了，贺喜来迟，请姐姐恕我。”秦氏道：“且慢说闲话，你可知道我们家里做产妇的还有两个哩。柳家媳妇生了之后，他们也来凑热闹，你也一声哼，我也一声喊，到了现在，已经有三四个时辰了，还没有见个下落，正忙得我和没脚蟹似的。”何氏笑道：“原来你们竟闹了一个满堂红，和做戏文似的，越做越闹忙了。我记得麟儿生的时候，不是你们两家一齐来？今天又是如此，真所谓无巧不成事了。”说得秦氏也笑起来，说：“舅太太，我们闲话少讲。”一面吩咐说：“舅太太来了，你们把点心快些拿来，吃了好办事。”又说道：“我把小媳妇交给舅太太照应照应，我好专顾着女儿，大媳妇自有黄大妈照顾，这样一分派，我们大家都好放心了。”何氏听了，就站起来说：“我们还吃什么点心，待我先去看看他们去。”说着，就当先走到红珠房内。

红珠见了，忙要起床，只是痛得厉害。何氏忙按着他说：“好孩子，你睡着罢，不必过劳了。”说着又低低地说：“现在的情形怎样了？”红珠含羞说道：“起头只是疼痛，现在不知怎样，只是一阵一阵地水下来了。”何氏道：“啊呀！这是胞水下来，就要临盆了，为什么接生的王奶奶还不来呢？”珍儿道：“王奶方才来过，他说时候还早，到大小姐那边去了。”何氏道：“他真老糊涂哩，这个时候还看不出来。珍儿你快去招呼他去，这里有我呢。”珍儿忙忙地赶过去。好在绣春虽则试了几回水，尚不见动静，王奶奶随即赶过来，见过了舅太太。一面就端整脚盆里的水，上面又搁了一块板，和珍儿等扶着红珠坐了下去。停了许多时候，痛得更厉害了，但还不见下来。何氏使人把预备好的热汤，取来给他喝些。哪知这热汤下去，心里一阵大痛，后面一个老妇人抱腰的用力一紧，并嘱咐红珠赶快屏一口气。这时候只听得“呀呀”几声，孩子就落下来了。何氏赶过去一看，原来又是个男孩子。王奶奶一面顾着收胞衣，一面把孩子洗扎起来。云麟先在外面专候信息，等了好久，更站不住，只在房门外旋磨磨，听见孩子哭声，也伸着头进去一望。何氏眼尖，早看见他，说：“恭喜你又是一个男儿，你真是双喜临门哩。”一面又着人飞报与秦氏知道。秦氏自然又放了一头心，只要安心顾着绣春了。

绣春自从怀孕之后，时常受着田老夫妇的蹂躏，福恩的气恼，末了又遭了家难，终日忧愁过日子，心境不宽，胎产自然难上一层。所以自上午起首，一直到了半夜，晕绝了好几次，把个秦氏急得手忙脚乱，方才生下一个女儿。事前虽则吃了些苦头，受了些惊恐，幸喜得生产之后，个个无事。于是伍、秦两家忙着洗三，开汤饼筵。绣春虽则家里没人，秦氏也不得不替他略为筹备。所以这一个月来，三家人家，人来家往，开筵饮酒，说不出个闹热。且人多势利，云麟起先贫的时候，谁来过问？自从红珠进门之后，家道渐兴起来，自有一班凑趣的前来热闹。这且不在话下。

且说这一年冬天，正是秦氏老太太六旬大庆。在从前家境不好，云麟亦未曾做过事业，所以逢着生日，不过点对蜡烛，大家吃吃面。这一年上半年，云麟已和红珠商量，提出一宗款项给娘做生日。又以母亲青年守节抚孤已几十年，特自己撰了一篇缘起，求着晋芳等出名，一面由县知事呈请大总统给奖，一面将文启分发，征求诗文。到了十月间，回文已转，蒙题奖“松筠比节”四字。征求的诗文，倒也收到了不少。加之新任曹县长，他是个科举出身，爱才如命，知道云麟是扬州一个有名的高士，特下聘书，请他入幕。后经人传说，他又知道田福恩是云家娇客，云麟的姊夫，无如案卷已定，田福恩已送监执行，只好想法假释了。到十一月间，又接连生了两个儿子，真是喜气重重，不啻锦上添花。正遇着老太太的正寿，自然与往年不同，应该闹热闹热了。

前两天就把大厅和第二进住宅收拾出来，在第二进里供设了寿堂。大总统题奖的四字，已经制成匾额，悬挂正中。又加上些柏枝鲜花，在匾的四面围着。中间是县知事送来的轴子对联。其余都是亲戚朋友送来的颂词寿屏。因为云麟是个诗文能手，所以收的笔墨确是不少。又因为老太太是大总统题奖过的，扬州尚是破天荒第一人，连旅部、运署各机关，没有一个不送礼来。所以装璜得格外闹热。又将甬道西边六角小门内的书房收拾出来，做了花厅，预备官场绅衿起坐。又因晋芳适在服中，只得请了臧太史、贺孝廉等来做陪宾。宴客的日期，原定两天，第一天是宴来宾，第二天是家宴。

到了这天，扬州各机关，除盐运使不曾亲到外，其余都来恭祝。内中曹县长是个好酒量，最喜人请他吃饭，这天就替云麟应酬得格外周到。等到开了筵席，就闹起酒来。臧太史年纪虽高，兴致甚好。贺孝廉是个情品，不到几盏，就飞笺去召了许多名花，一时丝竹声繁，花枝招展，正应着“寿筵开处风光好”这句话了。直到日色西沉，方才散席。

第二天家宴，来的客人都是各家几个骨肉至亲，男的如晋芳、洛钟、龙儿，女的如何氏、美娘、三姑娘、淑仪等，一齐来了。那淑仪自从红珠用言语打动了他之后，他就一片芳心，几乎揉碎。后来下了一个决心，说：“我是前生冤孽，所以惹下情魔。自己丈夫已经中道分离，我自当如古井不波，深心忏悔，如何还可以自寻烦恼?”因此见了云麟，避之不暇，哪里还肯再来？不过这一次姨母大庆，如若不来，倒觉露了痕迹，所以就勉勉强强地随了母亲同来。云麟见了，自是欢喜，但是和他接近起来，总觉得艳如桃李，冷若冰霜。内中最可怜的是绣春，他自出了娘家之后，没有一天过着好日子。但是他仍旧坦然不露形色，真是难能可贵了。来的人既然都是至好，也不作十分客套，外面就是云麟，里面就是绣春、柳氏、红珠，随便招待。

大家拜寿之后，开筵畅饮。这天晚上是晋芳和洛钟公送一席，专请寿母的，就央美娘、绣春、淑仪作陪，三姑娘作主人。其余何氏等众内眷，共分两席。外面晋芳等也坐了一席。酒至半酣，三姑娘就拿起杯子，斟满了一杯，恭恭敬敬地送到秦氏面前说：“这杯酒要请姐姐干了，祝你寿享千秋。”秦氏道：“妹妹还闹客气，可是我也不能不饮这一杯。”说罢，立起来干了。接连就是淑仪站起来说：“姨娘，我这一杯可是要饮的，姨娘饮了这一杯酒，我还要陪一杯，借这杯儿叨点福气。”秦氏也就干了。美娘说：“我来借花献佛罢。”也斟了一杯过来。秦氏说：“我的酒量有限，你一杯，我一杯，可吃不了呢。”美娘道：“太太不吃，那是我不诚心了。”说着自己先饮干了，重新再斟了一杯过来。秦氏也只得干了。何氏趁这当儿，也过来闹了一阵。外面又进来了晋芳、洛钟、龙儿等，都争着敬酒。秦氏实在吃不下了，由云麟代了几杯。此外则众小辈公敬了一杯。忽见黄大妈抱着玉凤过来，说：“我来的时候，大少爷还没有生哩。现在太太是有福气的，老妇人来敬一杯酒。”说着拿了秦氏的酒杯，斟满了，命玉凤拿着，送到秦氏口边。秦氏道：“多谢妈妈！你斟的酒，我怎可不吃呢。”这天虽则没有什么山珍海味，丰盛筵席，但是家庭之乐，也算舒畅极了。

席散了后，红珠想邀淑仪到房内叙话，哪知淑仪决绝地谢绝，红珠也只索罢了。读者须知，淑仪和红珠，本属知己，前次细说衷曲，回去就生了一场大病。今晚面上虽然决绝回去，心里却含着几许愁肠，这天散了之后，又闹了一个伍府合宅不安。

欲知详细，且阅下文。

# 第九十六回 巧结合新郎被骗 辨是非败子回头

云麟本来是个散淡惯的人，偏偏遇着伍家的丧事，自己又生了两个儿子，接着又是母亲秦老太太的六旬大庆，接二连三忙个不了，把个身体累得困乏已极，虽说不得积劳成疾，但是逢进饮食的时候总是懒懒的，夜间又不十分好睡，身体不觉渐渐消瘦起来。柳氏、红珠均非常着急，屡次劝他去就医诊治。无如云麟只是不肯，说："我本来没甚大病，只须静静地休养几天便会好了。若说请医诊治，现在扬州的医生靠得住的甚少，设或吃错了药，恐怕小病变成大病哩。"因此终日在家上侍慈母，下抚妻儿，十分快乐，但病终不能去身。

秦氏老太太起先倒也不甚觉察，还是黄大妈看出来，说："麟相公为什么瘦得这个样儿？毕竟身体有什么不甚舒畅。"秦氏老太太听了这话，忙喊着："麟儿，麟儿。"云麟忙跑到母亲面前。秦氏老太太拉着他的手，细细对他看了一看，觉得他神情萧索，不似平常活泼，并且面庞儿果然瘦了许多，就说："我的儿，你怎么有了病也不声响？医生也不看一看？倘若弄出大病来怎样好呢？"

云麟笑道："娘，孩儿也没什么大病，不过觉着懒懒的罢哩，断不至有意外的事情，娘放心罢。"秦氏老太太道："你们小孩子家懂得甚事？病的起头自己往往以为不曾觉着，看得很轻，等到自己觉着已经来不及了。就自己也须珍重些，不可胡闹。你也是有孩子的人了，那医生也要看看。你们是已经长成的人，本来我也可以不管，不过我看你和两个媳妇都马马虎虎，所以我也不得不说了。"云麟忙赔笑道："娘，你老人家不要着急，做儿子的格外当心着就是了。"正说着，看门的进来回说："做医生的朱成谦来了。"云麟笑道："娘，你看我不去找医生，医生自会来找我，我的病不会好也要好了。"说得秦氏老太太也笑起来。

云麟出去会晤朱成谦，相见之后，朱成谦说："我们有好多时不见了，今日特来奉约，至朝阳楼小叙。"云麟道："这时候朱先生门诊正忙，如何有这般闲空？"朱成谦道："我现在的事比门诊还重要些。云先生是向来帮过我的忙的，这一次非求云先生帮忙不可。但非一时可以说得清楚，所以我们先到朝阳楼再谈。"云麟道："这事真不巧了，我自从家母庆生日之后，已经病了好几天了，胃口不佳，精神疲倦，所以在家静养，实在不愿出门。"朱成谦笑道："云先生太客气了，医病是兄弟本等，云先生有病，不但说到兄弟医室里来是应该效劳，就是派人来招呼兄弟一声，也是马上就到的。不是兄弟夸句口说，象从前初悬牌的时候，遇着病人来求诊，心里尚虚恐，怕开错了方，医错了病，不免把那'望闻问切'四字临时试验一下；近几年来，看病的人越发多了，我的试验也越发准确了，每逢诊脉，真有手到病除之效。人说医生须重经验，真是不差。云先生，我且给你开个方子试试看，包管你服上一二剂就好了。"云麟也就有意无意地请他开了一个方子。心里要想不出去，无奈朱成谦逼着，只得同他出门，雇了车子到教场朝阳楼。

这时候尚早，吃茶的人不多，两人就拣一张临窗的桌子坐下。泡茶之后，两人谈得入港。云麟先问："朱先生究竟要委我干什么事呢?"朱成谦道："不瞒云先生说，我的厄运真多着哩。我就医生这一事说起来，从前原不过骗人一碗饭吃，那落拓穷途，你云先生是知道的。后来到了上海，因把事丢了，哪知去了几年，一事无成，垂翅归来，依然故我。不得已，仍旧把这块旧招牌挂上，不知不觉，倒也有了好几个年头。近来的逆境已经渐渐有了转机，看病的人也多了，相信我的人也不少，不是我吃一点儿鸦片烟，光景已好了。哪知一波未平，一波又起。现在由省里通知县公署，为慎重卫生起见，要将扬州现在行道的医生严行考试，录取的可以照常营业，如若名落孙山，那就一只饭碗要打破了。兄弟在医学上全靠着些阅历，若讲到书本子上，不但读过的不多，就是偶然读过几本，也早已开着方子，给病人吃了，我的肚里早已空空如也。如若去一经考试，稳稳地把这劳什子饭碗打破。我今天来，要想求云先生给我走一条路，向县里疏通疏通，要求给一张免考证书，我当多备谢仪重酬。"

云麟想了一想说："不行，不行。我的路道，你是知道的，就是我姨父。他平素不大肯替人说话，而且近来更换了曹县长，和他也甚落寞。"朱成谦道："我也知道令亲的脾气，不过他在扬州，最相信的是你，只要是你云先生去和他说合，当然不会推辞的。总求云先生勉为其难，兄弟自然是知恩的。就是云先生，现在也时常在县里出入，曹县长最重文墨的人，知云先生是扬州数一数二的文学士，进去说句话，也不至于不依。这事总要求你成全哩。"说毕就立起身来，向云麟恭恭敬敬地一揖。一面忙招呼堂倌带菜带点心。云麟忙止住道："你方才替我看过病，知道我不吃什么，请你只须拣自己吃的要。至于这事，也须从长计议，那曹县长的为人，若有私事去嘱托他，是很不容易的。"朱成谦道："既是这样，总求云先生替我设法罢，我也不托别的人了。"云麟是很重情面的人，经他这样恳求，也不好不答应了，说："我总留意罢。"

正待要走，忽见孙淑庵和孔大鼻子两人，兴冲冲手拿一卷报纸，走上楼来，拣个座儿坐下。看见云麟，忙过来招呼说："跐翁久违。"云麟也忙站起来招呼二人就座，说："诗社不作，友道顿疏，我正作落日停云之感，不谓无意中得与二位相期，真属幸会。"孔大鼻道："我们是常来，倒是跐翁难得见面。"淑庵和朱成谦谊属同道，本来认识，云麟笑道："二位都是扬州大医家，为何清晨这样空闲，都来吃茶？"孙淑庵道："我是以医为隐，近来已厌烦了，所有门诊，均嘱咐敝徒诊治。好在他们也不至大错，我也落得逍遥自在了。"朱成谦听了这话，想着方才求云麟的事，相形之下，不免惭愧。

这时孔大鼻正拣着一张《扬州日报》看，云麟说："原来孔先生如此留心时事，想近来诗兴之余，还可以编一部现世史出版供献社会哩。"孔大鼻道："不是，不是。跐翁不要取笑我，你才是大著作家呢。我因为看见今天报上，我们扬州出了一件奇事，所以看见跐翁，就拣出来请诸位评判评判，大可以做得小说家的资料哩。"说着就将报纸拣出，指着一节说："诸位请看，这事奇也不奇？"云麟听他说得郑重，就赶忙接过来看，那标题是《新婚中之拐骗案》，再看下文，载着一节记事道：

> 泰兴人鲍橘人，带同妻子，前月来扬，用美人计骗许道权大宗款项。不料天网恢恢，一对活鸳鸯同葬火窟。此事已载前报。近来又异想天开，赘入南门外芮大姑娘家，被骗去天宝楼首饰店货洋二千余元，芮大姑娘并将田房售去，于前夜卷逃。闻鲍橘人已经截获，惟芮大姑娘不知去向，现在正由县饬警追缉云

云麟看了，不觉诧异道："鲍橘人吗？这人虽则不甚正当，也是我们读书一流人物，做这种拐骗卷逃的事情，恐怕未必罢？他赘入的人家，原来就是芮大姑娘，这也是有趣之极，可谓不是姻缘不聚头了。他赘姻的前几天，尚有一个请帖到我这里。我因为他妻子才遭惨劫，居然就去入赘，未免全无心肝，所以不去理他。哪知竟闹出这个乱子来，不知道其中有没有别的作用哩。"孙淑庵道："古人说得好：'人不可以貌相。'又道是：'知人知面不知心。'如今人心堕落，世道衰微，哪里能必定说不是

他做的事？以后我们交友，倒不可不留心哩。”云麟听了，也不觉叹息。

这时朱成谦要的点心已经来了，因为要应酬云麟，极力邀孔、孙二人同坐，一面另外又添了酒菜。孔大鼻等倒也无可不可，就大家畅谈起来。等到各散，已经十一时了。孔大鼻和孙淑庵二人先走。朱成谦又再三嘱托了一番，始各人分别回去。

如今且说鲍橘人和芮大姑娘究竟怎么回事？芮大姑娘在本书中，已久不见面，照年纪论，也不小了，怎么会和鲍橘人打起交道来？原来鲍橘人的为人，诚如云麟所言，不过一个书生中的败类，并没有多大能为。那芮大姑娘曾经上过大战场，一刀一枪地战胜了月航、印灵，战胜了严大成，区区一个鲍橘人，如何敌得他过？所以这一次他的吃亏，竟比严大成厉害百倍，虽则说咎由自取，但也是遇了劲敌的缘故。

鲍橘人自从紫罗女士遭劫之后，当日遇着云麟所说的话，原是一种装腔作势，究竟多年夫妇，一旦分离，哪得不痛？但是恨的是在许道权手头拿的钱不多，虽则第一天交付了些，终还盼望着他后来。及至出事之后，他仔细算计，连那紫罗女士的首饰衣物合算在内，也不过几百元，一经替他收殓，手头即便空空，如何能挨得饭吃？只得忍心看着他罢了。主意已定，就拿他的各种物件，都变了现钱，藏在身边。想扬州也不能存身，不如到镇江去找个朋友。

记得那一天与云麟分手，临了说：“虽则内人已故，尚有小妾，在家烧点菜，倒也是扬州风味，颇可口的。”一番话也是鬼话。他一个紫罗女士尚且不能自享有，那里还有第二个下贱的女子来作他这齐人的妾呢？是他买牛肉吃，看中了一个牛肉店姑娘。这牛肉店姑娘怪模怪样，着实有点风骚，曾经胡砚青、杨蝶卿、沈小雪、周碧芙评定过，在竹西花榜上，取作特等第三名的人。这时那般轻薄少年，死的死了，走的走了，通通没有下梢，我也不用说他们了。

这牛肉店姑娘却嫁了一个开牛肉铺子的马回回，作了牛肉店老板娘子。但是风骚不但未改，还要加甚。一个马回回，那里在他心上？凡是男子可以勾搭上的，他便收到胭脂马下作个小卒。鲍橘人因他风骚特等，便常到他手里去买牛肉。牛肉店姑娘见鲍橘人常来买牛肉，是个有意的，外表是个读书人，面貌还秀，讲话作事斯斯文文的，比卖牛肉的黄泥腿子要好多了，也就放出手段来勾搭鲍橘人。每逢橘人来买牛肉，便买一块送一块的，暗作交情。鲍橘人如何看不出？日子一多，两人言言语语的，暗中成了一种解不开的买卖。每逢紫罗女士出去和别人作交易的时候，牛肉店姑娘就来和鲍橘人作交易，所以鲍橘人认他作妾。对云麟说的“小妾”，就指这牛肉店姑娘而言。这姑娘名字叫做小补子，烧点牛肉，倒确实有扬州风味，颇可口的，鲍橘人倒没有说错。

闲话不提，且讲鲍橘人今天就乘着小火轮渡过了江，就在万全楼住下。茶房见他人物漂亮，举止大方，料是一个阔客，招待得十分周到。

其时间壁房间内又来了一位女客。从鲍橘人眼睛里望过去，大约有三十五六岁年纪，一身雅淡装束。最妙的是裙裤高高吊起，露出了三寸金莲，走起路来咯噔咯噔地非常灵巧。虽属徐娘半老，但风韵天然，自有一种动人姿态。鲍橘人本是色中饿鬼，况且方才丧偶，见面之后，不觉心中一动。无如那位女客进房之后，就将房门紧闭，在内静坐，声息俱无。累得鲍橘人也在房内静坐，眼观鼻，鼻观心，只听隔房的举动，久久毫无消息。忽然听见砰的一声，忙侧着耳朵细听，似乎有一种嘶嘶的声音传来，就想到妙处，益发弄得他神魂颠倒。不得已，才抱着一支水烟袋，踱出房来。走到门口，细看那旅客姓名表，哪知都是男人。好容易寻到一行，见上面写着："芮女士。从扬州来。"又一数房间号子，正在他间壁。他就知道这位女客姓芮。又想："为什么年纪轻轻的女子，出门不带一个男人？很是奇怪。"又探听茶房，知道他来金山进香的。鲍橘人一想："这事就容易了，我明日也去进香，看他如何？"就慢慢地踱进去。然心里总觉一时放他不下，最好令他开着房门，给我细细地望他一下。不觉就在他房门口团团乱转。

那芮大姑娘本来是风月场中老手，听见房门外象有人窥伺，心里兀是好笑，暗说："这班臭男子，看见女人，就如苍蝇见血。从前严秀才上了我的大当，吃亏不小。如今又有人来，我也叫他尝尝手段。"就立起身来，开出房门，喊茶房要点茶水。这时鲍橘人倒不好意思站在外面，就立在自己房门口，两只眼睛只盯在他身上。听到他操着一口扬州话，清脆流利，入耳如莺声婉转。芮大姑娘乘势也瞟了他一眼，恰好四目射个正着，转把鲍橘人弄得不好意思，忙走进房里去了。他自瞟了鲍橘人一眼之后，心想："这人不但严秀才和他有天渊之隔，就是过去的老和尚，也没有象他这样的漂亮，正可以充我面首之一。不过我现在相与的人，都不是好惹的，不知他能否入彀？倒也要踌躇一下哩。"这天因为孽缘相凑，两人均未出门，但是各人有各人的心事，不免故意都有点动作。鲍橘人要想拿话来打动他，故意吟着一首悼亡诗，这种声调，真有涕泪交下的神气。芮大姑娘虽则不懂得什么，但是听他凄凉感慨，也知道他有为而作了。

到了第二天，芮大姑娘果然备了香烛，往金山寺进香。鲍橘人也跟了出去。芮大姑娘坐着轿子，鲍橘人坐着车子。到了庙门口，芮大姑娘下轿进去，地下却遗下一方手帕。鲍橘人拿来一看，觉着香喷喷的，知是女客之物，就趁此机会，赶前一步，笑说："奶奶遗下东西了。"芮大姑娘见是他还帕子来，倒不好意思不理他，待他双手将帕子呈上时，也就拿手来接了，说："谢谢先生。先生不是也住在万全楼客店里吗？"鲍橘人道："正与奶奶比邻。我本想到此随喜，适奶奶也来进香，岂非幸遇？"芮大姑娘说："先生一个人吗？"鲍橘人说："我也一个人。奶奶进香之后，各处随喜，如一人寂寞，小子可以奉陪。"芮大姑娘说："好极，我们同进去罢。"那和尚见了，误为二人是一起来的，拜佛之后，就接进去待茶。鲍橘人将错就错，芮大姑娘也不辩一言，于是二人又接近了些。等到金山寺回来，两人已由生客变为熟客了。

看官到此，必要指摘说，鲍橘人和芮大姑娘，在山门口说了几句话，马上就熟识起来，连和尚在一起招待，也不避一点嫌疑，鲍橘人未免胆子太大，芮大姑娘也不免失了女子身分。但是二人都是风月场中老手，那眉梢眼角，如何看不出一点风头？况芮大姑娘本是个泼辣妇人，"靦覥"二字，只有在初见和尚时有此态度，此后就没有了。他自从大和尚死了，在印灵手里夺了许多款子，本来已经有田有地，可以安闲过日子了。但是饱暖思淫，人之天性，也不止芮大姑娘一个。人家见他有财有色，艳羡他的着实不少，只看严大成尚作妄想，何况其他的人了。那芮大姑娘眼力很高，非有钱有势的不肯交接，哪知竟看中了一个仙女庙的陈监生。

诸位知道这陈监生是谁？在下还记得在本书第五回里出现过的童瑞花的男人陈小剥皮，他自从吃了官司之后，听见县大老爷答应替他捐个监生，做做屁股架子，父子心里很是欢喜。并且知道和县官打交道，空口说白话是不行的，老剥皮想做绅士心热，也不可惜银子了，就拿出钱来求见县官，代捐监生，居然达到目的。于是他的米行也开大了，势力也增加了，在仙女庙巡警署里讲讲公事，颇有点说得话响。他又和马彪等熟悉，光复之后，交结的弟兄却也不少。一天，有一个常在芮大姑娘这里走动的弟兄带他进去，合了芮大姑娘的心意，就和他姘识起来。这是许多年的话了。哪知等到老剥皮死后，他就狂赌起来；在芮大姑娘这边，用的钱也着实不少：因此渐渐空虚，米行也停止了，手头也不济了。芮大姑娘良心尚好，不似妓院中妓女见钱眼红，总想替他想个法子救济救济。这次到镇江，原是进香，寓中看见鲍橘人，疑他是个富家的子弟，要想在他身上弄些钱贴补贴补小剥皮，所以破格垂青。

等到回栈之后，大家就畅谈起来。鲍橘人大吹法螺，说是曾经在湖北江宁当过差使，中年丧偶，访友来扬。转问芮大姑娘家世。芮大姑娘说："我姓芮，住在扬州南门外，丈夫早已去世，现在也是自己支撑门户。"鲍橘人一想："原来也是个寡妇。

不知他家境如何？我先试探试探。"因问道："奶奶孤零零的一个人，如何支撑门户呢？想必有些家业可以过活。但是寂寞太甚，倒也亏奶奶过得下去的。"芮大姑娘一想："你这可走上我的道儿了。"就假装鼻子一酸，凄凄惶惶地说道："一个人哪里情愿做个孤单人儿呢？也是命里所该，以至中途拆散。现在虽则略有家产，足以度日，终嫌命薄，不能和人家一样地鹣鹣鲽鲽。所以只有吃吃素，念念佛，各处进进香，修修来世罢了。"鲍橘人道："奶奶可太惨了。象奶奶这样人物，又当着这文明时代，还说什么守节不守节呢？这种旧道德，如今已不讲了，何不择一相当人物为偶？一则可慰岑寂，二则终身有靠。"

芮大姑娘叹口气道："先生说的话，何尝不是。不过我虽是乡居的人，看着那些乡下人，哪里上得来眼？我头一个丈夫是父母做主，自己常恨着配错了，必定要拣个人物漂亮的。但是城里人，又有哪一个肯娶我这个走过一家的人呢？"鲍橘人道："我有句话，不过我们是萍水相逢，交浅言深，不便说罢？"芮大姑娘笑道："先生，我们没有缘也不聚头了，有话何尝不可说呢？"鲍橘人要开口时，不觉有点忸怩，先咳了一声，说："我也是今年丧偶的，正想寻一个人才，好在我是并无子女，只有一个人。能承不弃否？"芮大姑娘一想："你的脸皮很老，好在我也不是嫩角色。但是我岂能马上答应他呢？"随笑了一笑说："这事也不容易应允，且看后来罢。"

鲍橘人道："奶奶几时回去？我们同着一路走，在船中也不寂寞。"芮大姑娘笑道："多谢先生。一路走，固然是好。至于说到寂寞呢，在轮船上人也多着，我爱和哪个说说笑笑，就和哪个说说笑笑，倒也无拘无束，兴趣无穷。况且我丈夫死去，也有好多年了，这许多年不觉寂寞，难道今天遇到你先生，忽然就寂寞起来？这岂不是你先生故意取笑我罢？"鲍橘人忙笑道："我何敢取笑奶奶，不过大家同伴走，可以说说谈谈，比较一个人独行自然好些。"芮大姑娘说："我倒忘了问你，你回到扬州，究竟住在什么地方呢？"鲍橘人一想："我住在小客栈，他就要看我不起哩，姑且捏他一谎。"于是说道："我住在辕门桥大观楼。如奶奶有意思来找我，准一找便着。"芮大姑娘想了一想，说："你这事，我三日之内给你回信。但是我自己却不能和你当面订约，临时我自有人来和你接洽。"

鲍橘人起初听了芮大姑娘半吞半吐的话，早已冷了半截。忽见他又活动起来，大有希望，也就鼓舞起来。谈了一会就说："奶奶难得过江来，我们何妨出去走走？"芮大姑娘也很老实，马上答应说："你先出去，在你房里等我，我更换衣服之后再来，和你同去。"鲍橘人就依他的话，出来等了一会。当芮大姑娘出来时，鲍橘人已预先嘱茶房雇了一辆马车。两人就坐着马车，在洋场上兜了一回圈子，转到岭南春吃了一回大菜，到夜里才回来。一切费用，自然是鲍橘人负担。倒弄得那栈房里的茶房和住客，都疑心起来，说：“这两人初来的时候，本不认识，在栈房里住了一夜，两人就非常知己，同去吃大餐，坐马车呢。”但是拿不着他们的证据，也不过私下议论几句罢哩。那镇江市面，已经在三十回中详细说过。芮大姑娘虽是扬州乡下人，倒也广见世面，断不会得如周太太的闹出许多把戏，不必再提。

且说芮大姑娘回到扬州之后，陈小剥皮早来伺候，问起情形。芮大姑娘笑说：“我又觅得一个雄鹅来了，他是来替你职的。”陈小剥皮道：“果真有这雄鹅，我倒也情愿让他。恐怕这只雄鹅一落到雌老虎嘴里，连骨髓都吃光了。”芮大姑娘道：“我为什么要吃完他？我偏要留着慢慢地嚼吃哩。”陈小剥皮道：“你不要和我玩笑，我知道你恨我不和你同到镇江去。你不知道前两天和常老二在镇上大输了一场，手头空空的，还欠了许多赌债，叫我如何跟你去呢？”芮大姑娘道：“我劝你不要赌，你总不听，看你手头又不济了。我所有的田地房产都交给你了，再不想点法儿，连我也跟了你做乞婆哩。”陈小剥皮说：“不要紧，等我一翻本，几千几百银子就来了。”芮大姑娘道：“你到得翻着本儿，我已经要饿死了。老实说罢，我这次上镇江去，看上一个人，我想在他身上先弄几百块钱用用。不过你须暂时离开了我，等我得了钱，究竟也脱不了你。但是撮合的时候，你也须帮个忙。”陈小剥皮听见有银钱进项，比芮大姑娘这个半老佳人，自然要好多了，马上就笑嘻嘻地向芮大姑娘说道：“好人，我总依你的主意，你要怎么办，我就怎么办就是了。”芮大姑娘笑了笑，对他如此如此，这般这般一说。引得陈小剥皮大笑起来，说：“我记得古时候有个诸葛亮，帮着刘备打仗，想出计策来，没有不赢的。你今天替我想的法子，简直是个小诸葛哩。”

过了一天，陈小剥皮就跑到大观楼去找鲍橘人。这时鲍橘人正在候芮大姑娘的消息，已经有些不耐烦了。忽见一个不认识的男子找他，问起来，说是芮大姑娘的哥子，知道有信息来了，忙招呼他。只见陈小剥皮虽则是个乡下人，倒也穿得清清爽爽，见面就说：“鲍先生，你和我妹子在镇江的事，妹子已经和我说过了。我妹子做寡妇已经做了好多年，说媒的来说，这个也不肯，那个也不要，偏偏遇着你先生，真是前世有缘。不过这是一宗大事，我要问你先生，究竟愿意不愿意呢？”鲍橘人说：“你妹妹既愿意，我还有什么不愿意？好在我现在扬州只有一个人，如何办理，听凭令妹做主。”陈小剥皮道：“妹子说，如你先生愿意，他却有三个条件：第一，须你入赘过去，他自己不肯嫁人；第二，要先拿过去二百块洋钱作为聘仪；第三，他的行止自由，不能加以干涉。你只要依得他这三件事，随便何日办理喜事，都是可以的。”鲍橘人道：“依依，不要说三件事，就是三十件我也依哩。”随即请陈小剥皮吃了一餐酒饭，就托他赶紧去说，并且约定了日期。陈小剥皮满口答应。鲍橘人还想来请云麟做个证婚人，仔细一想，恐云麟不肯，反失面子，因此只写了一个帖子，来请云麟吃酒。果然云麟不去理他。他们就在一个星期之内，居然结合了临时眷属。

芮大姑娘起先原是看中鲍橘人一表人材，和陈小剥皮比起来，竟有天渊之别；听他说又是在政界上混过的人物，自然有点势力，心里也有要想靠他撵去陈小剥皮的意思。哪知过门之后，鲍橘人只虚有其表，干起实事来，竟是个银样蜡枪头，还不如陈小剥皮的风月，因此不到几日，就有点看他不上眼起来。并且看他的手头，除了二百元聘金之外，也是有限。因此就想了一个恶毒主意，和陈小剥皮商量妥当，拿鲍橘人做了招牌，去诓骗了许多货物。这是鲍橘人做梦也料不到的事。

这天芮大姑娘起个大早，打扮得花枝招展，对鲍橘人笑道：“我今天要到城里去走走，顺便购些首饰，你能和我同去吗？”鲍橘人没口子地答应说：“陪你走走，我有什么不愿意呢？”芮大姑娘就命长工往城内雇了两乘轿子，坐了进城，直到多子街天宝银楼，下轿进去。店伙见他二人来得阔绰，忙招呼进去，问了鲍橘人姓氏，才知女眷是鲍太太了。芮大姑娘这样看看，那样看看，鲍橘人也随着指点，就看定了一副手镯，一只金刚钻戒指，一对金刚钻耳环，光芒闪烁的。鲍橘人想：“你已经这么大的年纪，还要这些饰物何用？就拣定的算起来，也要值到二千洋钱光景呢。”那店伙拿起算盘算了一算，果然要一千九百二十四块钱。芮大姑娘就向身边摸出一个小皮夹，内中满贮着钞票，拿出来在桌上一摆。又在钞票里面拣出一张即日庄票，说：“这是二千块钱，请你找我罢。”店伙接来一看，忙交到帐房里，叫另外一个伙友到钱庄里去照票，一面仍由原招呼的店伙陪着。因为这样的大买主，近来扬州是难得遇到，所以格外奉承，又拿了许多饰物出来给他们看。又被芮大姑娘看中了一枝珠花，粒粒都是滴溜滚圆，好不精彩。

这时去照票的伙友已经转来，帐房里就拿剩余的七十六块钱找出来。芮大姑娘就问：“这枝珠花要几多钱呢？”店伙一看牌子，说：“三百四十八元。如奶奶要买，连前共是二千二百七十二元。”芮大姑娘很从容地又拿出一张二千五百元的票子，说：“你拿那张票子还我，拿这张去，其余的找我罢。”那店伙又交易成功一宗生意，自是欢喜，忙拿票子进去掉换。帐房拿来和前张仔细一对，那笔迹图章一式无二，当然信得过了，也不再去照票，就收了下来，一面将余款找了。

芮大姑娘将银钱首饰都收拾了，就和鲍橘人出来，嘱咐轿夫抬到天兴馆吃饭。这时那陈小剥皮已经在天兴馆等着，象是预先约定的。当时三人聚在一起，芮大姑娘就将买来的首饰，一一拿出来给陈小剥皮看。鲍橘人想：“料不到你居然手头如此阔绰，想必另有余款，将来不怕他不到我手里。”芮大姑娘乘鲍橘人不觉察，把二千块钱的票子向陈小剥皮手里一塞。陈小剥皮说：“我忘了一件事，好在菜没有来，我出去走一走，你们先吃着等罢。”

不多一刻，菜已到了，两人就浅斟低酌，谈谈说说。鲍橘人自和芮大姑娘结婚之后，要算这一天最得意了。忽见陈小剥皮兴冲冲地进来，遂又添了菜。吃完之后，芮大姑娘向鲍橘人说：“你乘着轿先回去罢，我们还要到亲戚家去走一趟哩。”鲍橘人道：“乘轿倒可不必，我还到公园里吃茶哩。”芮大姑娘就将两乘轿子打发回去，三人步行出门，就大家分手。

鲍橘人直到傍晚始行回家，等了一夜，不见他们回来，心中好不气闷。到了第二天大早，就见两名警察和两个公差敲进门来，见着鲍橘人，不问情由，拉了就走。鲍橘人还不知犯着何事。直等到了江都县公署门前的差役公所里，才有人告诉他天宝银楼告他伪造假票，诓骗首饰的事情。

原来芮大姑娘本来在月航手里弄得钱不少，印灵手里也敲了许多竹杠，在乡下放了许多鬼债，手头着实过得去。后来被陈小剥皮一刮，用去不少，连置下的房产都被他押去了。另外还有二千块在钱庄里的存款，尚紧紧地捏住不花。此次陈小剥皮又赌得大输，班里的弟兄们知道陈小剥皮姘着了芮大姑娘，就如肥羊肉一般，天天前来薅恼。芮大姑娘知道此地不可久居，又算了一算，只有二千块钱，够做什么用？因此就和陈小剥皮商量，照钱庄票式样，托人造了一张伪票，用在银楼里。一面就由陈小剥皮把真票子换了现钱，连同鲍橘人的零碎款项衣服，竟卷了五千余金，不知去向。

鲍橘人知道这案子犯得不小，实在上了大当，这时还有哪个给他帮忙？幸亏想起云麟，就详详细细将原因始末，写了一封信给云麟。差人因为想点油水，马上替他送去。其时就是云麟和朱成谦吃茶回来的时候，门上将这封信递进来，云麟拆开一看，始知始末根由。暗想：“鲍橘人虽则人品不十分靠得住，然而也不至于如此不堪。他现在已经到了极危险的地步，我不救他，谁人救他呢？”就和红珠说明，要了几十块钱，着一个家人先去安慰鲍橘人。一面就揣了他的原信，去谒曹县长，证明这人实系自己被骗，并非骗人的拐子。曹县长见这封信写得委婉详明，很爱他的笔墨，就有心要成全他。无如有天宝银楼的对头，正犯既逃，他就不能脱离关系。和云麟商量好久，就提出二点：一，这票子是芮大姑娘亲手交出；二，所有找回银钱首饰，均由芮大姑娘收回，鲍橘人不过同去走了一趟，只是个嫌疑。一面又由云麟邀了就地几个绅士出来，证明鲍橘人并非拐骗一流。所以带去问了一堂，即行开释，另缉正凶。鲍橘人一天风雨，总算消灭，自然感激云麟不置。

云麟替鲍橘人办了这事，心里非常快活。忽然想道："我姐丈田福恩犯了罪，我倒未能为他出力，虽则当时和现在情形不同，想起来终究有些对不住姐姐。"因此心里又有些烦闷起来。忽然门上人来回说："田姑爷来了。"云麟欢喜道："原来他刑期已满出来了，何用我又在这里着急？最好笑的是，说起曹操，曹操就到。但不知他这次出来了，脾气可还和从前一样？"心里想着，忙忙地出来。

原来田福恩自从做了亲，仅来过岳家几趟。这次因为自己在监狱里，一切均由云家招呼，况且绣春也在这里，一则特别来拜谢云麟，二则要与绣春会面。他和从前的情形已经不同：新剃的头皮，癞疮已结了痂脱去了，只有一个一个的疤，不似从前的血肉淋漓；脸上也丰满了许多，含着一团静气。云麟道："大哥，恭喜你孽债满了。但愿你此后一帆风顺。"田福恩道："趾青，我事事都承你照顾，我很感激你。我现在想起来，从前竟和做梦一样。"云麟道："自己至戚，照顾本属应该。至于以前的事，如今可以不谈。不过从今以后，大哥倒要审慎些，不要和从前似的，那就无意外之虞了。"田福恩道："趾青，你道我还是从前的田福恩吗？凡人经过一遭祸患，就长着一遭知识。我从前都是幼小时父母过于溺爱，诸事不知检束，亲近的人都是一种下流人物，所以做了不好的事，自己通通没有觉着，别人好意劝我，我还当他是恶人哩。我自从吃了乔家运的亏，就有些觉得交友是不容易的。这次的官司，其实我用空的钱，还不及王少篯十分之一，王少篯自己逃之夭夭，竟将这事完全委在我身上，我真正是第一个大冤桶了，我心里又觉悟了些。后来到了监狱里，人说犯罪的人都是不好的。我说那真正不好的人倒可以逍遥法外，断不至入那牢笼；唯有那本身实在忠实，受到匪人之愚，一旦有事，连自己救护自己的方法也没有，那才真吃亏呢。和我同在监狱里的，这类人物倒有大半，终日无事，谈将起来，没有一个不懊悔不迭的。我在这几种情形里看起来，就自己知道从前实在不好，听以得此恶果；现在若不洗心革面，我还成个人吗？"

云麟听了他这番说话，和以前的为人大不相同，有觉悟，又有见地，心里很为诧异，暗说："原来不好的人到了监狱里，一历练就好了，那监狱真比学校还要好哩。

但是那些进去过的人，依旧不觉悟的很多，这又是什么缘故呢？”心里一面想着，一面说道：“大哥能这样决心改过，不但家母放心，连家姐将来也有幸福哩。”田福恩含着眼泪，自己打着嘴道：“说起令姐，他苦头已经吃够了，我前此实在非人。此后应当使他享受点幸福，我心里才安。不过，跐青，我还有话和你商量。我那绣货铺子，人人知道是你云家之物，都是我那死过的老子娘使了歹心谋吞过来。在我那老子临终的时候，还有鬼神附在他身上，责备他不应做，这鬼我知道就是这里的岳父。我抵庄把这爿铺子仍旧还了你，请你自己去管。我是没事的人，我也在你店里相帮招呼，拿几个薪水，能够养家活口就得了。如此一来，在我个人可以问心无愧，在先人也可稍消罪孽。请你不要推辞。”

云麟道：“这事却使不得。第一层，我现在家里不似从前窘急，勉强可以敷衍过去；你却根底全无，全靠这铺子上进款过活，我不能夺了你的生计。第二层，我姊姊在你这里，你的就是我姊姊的，姊姊的就是我的，我们何必再分彼此？什么云家铺子周家铺子，这都是先人做的事，我们可以不谈了。”田福恩道：“我心里总觉得负了重罪似的。你既这样说得有理，我也说你不过，且放着再谈罢。我如今且见见岳母去。”

两人同着进来，秦老太太见了，心里自是欢喜不过，久别重逢，从欢喜中自有一种悲惨景象，不觉流了两滴老泪，说：“阿弥陀佛！姑老爷，好了，你出来了，也放了我一点心。可怜自你进去了，我们姑娘又有了孕，受了多少苦楚，但是一心一意，哪里有一个时候忘记你？”这时绣春也出来了，夫妻相对，又有一番悲欢离合的景象。

原来田福恩自出了监狱，因为自己是个不祥人物，不肯直接就到云家，先到店里更换了衣服，剃了头，又向城隍庙里烧了香烛磕了头，才到云家。所以来的时候，已经从从容容，和一出来就到家里的情形不同。

自此之后，田福恩果然改过，两口儿仍旧搬了过去。他终日在店里守着，比老子还精明强干，不到两年，这店里的生意从新整顿起来，比前越发兴旺了。但是到后来终究没有儿子，就依了绣春的主意，和云麟商量，就把云麟第二个儿子桂鸾过继过来。他的女儿，又由云麟作主，给了扬州一个世家。后来田福恩早古，绣春就靠着一对儿女，很享些后福。这绣货铺子，临了仍旧无形之中归了桂鸾管理。可见田焕在世所做的事，竟和做了一场春梦哩。

欲知后事，且听下回分解。

# 第九十七回　柳克堂因财受祸　明似珠失计潜踪

世上万物，唯人心为最坏，他的坏处，就在“不知足”三个字。在金钱上面看得尤其厉害。有整百银子的人，他就要想整千；有整千银子的人，又要想着整万；到了整万，他的希望更大了，不是几十万几百万，也就不能满足他们的欲壑。列位不信，请看那大军阀大政党，一旦登台，谁人不捞得几十万几百万？到了这时，他们又不得不植党争权，谋占地位，因为势力不坚厚，如何能保得住这许多财产？所以不得财产的时候，用尽心机去谋财产；得了之后，又要用尽心机去保全他。按到实在，“财产”二字实在不是个好名词。偏有一班人去迷信他，这又何苦来呢！还有一班商人，从前赚几千块钱已经是不容易，现在的希望动辄又是几十万，还不能满足欲望。试看那在交易所里面占重要位置的，谁又不是最有面子的人物呢？近来又每况愈下了，那类似赌博的奖券，不知有几十种，大街小巷，大店小摊，没有一处没有他的踪迹。每期开奖，除开发奖金外，盈余的总是几万，谁说他不是坐地分赃呢？那购奖票的人，拿着自己血汗赚来的钱，拼命地送进去，不知那中大奖的都要几万个人里头才选一个，比前清中个状元还要难上几倍。就是中了，在现在的时候，土匪蜂起，盗贼横行，也不容你拿着这种银子安稳过日子。这种人是不是又是迷信金钱，自讨苦吃的一类呢？

列位，在下所说的，在表面看起来，原是和本书无关，不过本回书中却有一人因为迷信金钱，险些儿丧了性命。在下乘此机会，就将金钱是一种身外之物，生不带来，死不带去，世上的人何苦要拼着性命去殉那金钱的意思，来普劝世人，也是在下的一番苦心，还要求列位原谅哩。闲言少说，书归正传。

这《广陵潮》全部书中人物，已经归结了一大半了。如今却想起一个人来，就是云麟的岳父柳克堂，他平常的吝啬，真是爱钱如命，从前书中已经表明，不必在下再说。他一世经商，省吃俭用，倒也积储了不少。无如他的心里终究是个不知足，以为这种银子，靠那生意上一笔一笔地拿进来，究属有限，必须要想个方法，使他整千整万，如水似地流进来，才快我的心意。但是这样子的钱，从哪里去赚呢？想做强盗，是要犯法的；想做投机事业，见人失败的很多，如何还敢去做？但是他年纪虽老，雄心仍旧不死。

这一天走出门去，恰巧看见一家奖券店，营业非常热闹，什么慈善券呀，东方券呀，俄侨券呀，都写在大红的漆牌上，不知有几十块。旁边还有一块粘着红纸，写着很大的字道："游民券明天开奖。"柳克堂笑道："买奖券是容易，中奖券可烦难哩。还有一种滑头奖券，那券实在不会卖完，到开奖的时候，把招牌一收，凭你外面怎样吵，他只一溜，你们怎样奈何他？我们扬州，奖券卖的时候许多了，哪一个中过头奖呢？我想买奖券的人真笨哩。"正在想着，哪知眼光望上一转，又见一块牌子上面写着"头奖志喜"。心里一惊，说："果真有中头奖的吗？我的主意真错了。"又见写着："彩衣街朱君得二条，计洋六千元。柳巷李君得二条，计洋六千元。"他又想道："得奖的人连地址都有，一定不会错的。"见一个人从店里走出来，就走过去问道："这游民券要卖几块钱一张？头奖能得几元？"那人回说："是五块钱一张，头奖五万元。"

柳克堂听了，惊得直跳起来，说："这不是一本万利吗？"也不顾那人，就忙忙地回到店里，从衣袋内拿出钥匙来，向钱柜里拿出五块钱，就出去了。店里的伙计私下议论说："我们老板出门，从来不带一文的，今日忽然拿出五块钱去，这真是千古奇事哩。"话未说完，柳克堂又匆匆地走回来，见钥匙尚在桌上，忙再开了钱柜，把刚才所拿的五块钱收了进去，坐下怔怔地出神。等了半天，又开了钱柜，拿了五块钱，又拿了四角小洋，把钥匙收在袋里，向店里各人四下里望了一眼，又兴冲冲地出门去了。这一转回间，柳克堂心里不知起了多少思潮，正如吊桶落在井里，七上八落。

原来柳克堂第一次出门，是为利欲心冲动，一心注意在五万块钱。等到走入奖券店里，要想去买，伸手向袋里一摸，觉得沉沉的。拿将出来，向他一望，觉得这滴溜滚圆、精光雪亮的银元中间，都含有丝丝的血液。心里想着："我若拿这五块钱去送给他，拿着了一张券，如果中呢，果然是一本万利，不中呢，岂不白丢了五块钱？这五块钱，我搁在钱柜子里，有时拿出来叮叮当当地敲着看着，真是好玩哩。"就将五块钱仍旧收入衣袋里，匆匆地走回店里。但是，他虽则有了这番觉悟，那发财的心思终究不死，坐在那里盘算着："如果得着五万块钱，什么做衣裳哩，造房子哩……"一笔一笔地算着。忽然又记起："今年大正月里，曾经花过二十文，叫瞎子先生代我算个命，说是今年准发大财，这不正应在奖券上吗？但是五块钱的出账，究竟非同小可，必须求个人指导指导。从前还有何其甫可以和他商量，现在他已死了，又和谁去商量呢?”忽地自己又拍着掌说:“不好，不好。这买奖券的事，怎样好和他人说出？万一中了头奖，我尚没有知道，别人比我倒先知道哩。还不如去问问菩萨，求个签语，看他怎样说法。我们扬州旗杆巷里的灵土地，很是有名，我何妨先去找他。”

柳克堂定了定神，再拿了钱，购了香烛，赶到灵土地庙，只见烧香的人很多。他也不管三七二十一，挨进身去把香烛点了，然后跪下去磕了几个头，默默地祷告说:“我柳克堂一生安分，只知赚钱进来，不知用钱出去，并不为非作歹。如今没有别的希望，只想发注大财，后半世快活快活。现在要想去购一张奖券，总求神灵默佑，把我奖券上所有的号码的字儿，一个一个从摇筒里漏将出来，恰好是个头奖，我必要来竖旗杆酬谢神明。”说了，又磕了一个头，立起身来，向神龛上取了签筒，又跪在拜垫上，双手持着，摇个不住。哪知摇了半天，这签总躲在筒子里，怕走出来被人捉去，好生纳闷。好容易又摇了半天，才听见嗖的一声，一根签从签筒里出来了半枝，象是灵土地代他抽出来的一般。把柳克堂吓了一跳，格外虔虔诚诚地捧着签筒乱摇。又摇了半天，那抽出了半根的这根签，才从简里跳将出来，不偏不倚，正落在拜垫的当中。

柳克堂就恭恭敬敬地拾了起来，将签筒仍旧搁在神龛上，拿了签走到道士守着的柜台上，身边摸出了两个铜子，连同这根签交在道士手里去购签票。那道士拿了签，向架子上对着号拿了一张，交了出来。柳克堂接了，向签上一看，见上面写着“第六十四签大吉”。又念着诗句道:“福禄凭天赐，财源应手来。”念到这两句，就笑起来说:“土地爷真灵，竟和看见我的心思一样。‘财源应手来’，岂非奖券一购就得吗?”又读下两句道:“分明春渐转，珠玉土中埋。”说:“上一句是说我得了头奖，则时运转好，老福愈增了。只有下一句‘珠玉土中埋’，怎样讲呢?”想了半天，说:“不错，我听见瞎子先生说什么‘土生金’，土里既然会生金子，又拿了金子去买珠玉，这不是‘珠玉土中埋’吗？这签语再灵没有。”

柳克堂收了签诗，别了灵土地，出了旗杆巷，走到辕门桥，踱进奖券店，才看见招牌上写着“大运来”三字。内里有个伙友，象是认识他的，忙上前来招呼。柳克堂就叫他拿出一沓票子来。见是游民券，就拣了一张号码是一万二千六百十七。他就拿这一二六一七的数目加起来，零数是个七，他很欢喜，就拿五块钱出来，交给伙友，拿着票子要走。那店伙问道:“老板你贵姓是柳吗?”柳克堂对他瞪了一眼，说:

"你知道吗？我却姓杨。"店伙听了，对他微微地一笑。原来柳克堂虽则自己不买彩票，却常听人说彩票的号码很有讲究。譬如把号码上的字一个一个加拢来，是个十数，就如打牌九得了个蹩十。怎样会赢？最好是几个号码字凑拢来是七，那就是巧数了，十拿九稳，可以中个大奖。所以柳克堂恰巧拣了一张七数的奖券，就和头奖稳稳地拿在手里一样。

走出奖券店来一想，说："这张奖券，买将来却非同小可。虽得了灵土地的许可，那财神菩萨的道理，我却没有到过。经不起财神菩萨说：'财是我管的，你到灵土地庙里去烧香，却不到我财神殿里来拜佛。'他们俩吃起醋来，只要开奖的时候，在号码子上拨得一拨，那不是仍晦气了我？"不得已，又到香烛店里去买了一对蜡烛和香，回到自己店里，向财神堂前点起香烛，又虔虔诚诚地磕头默祷了一回。趁店里伙友看不见的时候，把那张彩票紧紧地压在财神菩萨神座下面。哪知伙友见他这样古怪情形，暗暗在那里笑哩，等他走了之后，就把这张奖券替他移到财神堂的后面。

这一夜，他却非常快活，吃夜饭的时候，就命学生拿了一百文到酒店里去打高粱，和几个伙计共饮一杯，算是替他预贺中奖的意思，吃得醉醺醺地就去睡了。正睡得安甜适意，忽见有个人走进来，向他拱拱手说："老板，恭喜了。"柳克堂忙立起身来，向那人一看，却并不认识。连忙回礼不迭说："不知老兄从何而来？兄弟的喜事又从何而起？"那人忙说："原来老板尚未得知，所以兄弟特来报喜，就是你老板的洪福。那奖券总局里的主任，和你老板真要好，在千人万人里面，人人看不中意，偏偏看中了你老板，取了一个头奖。"柳克堂听了，跳起来道："果真中了头奖吗？"那人笑说："怎么不真？"身边就摸出一张抄录的号码来给他看，说："这不是头奖吗？"柳克堂一看，果然是一万二千六百十七。心想："我柳克堂果然老运亨通，到晚年来还有这许多银子进项。"只见那人说："老板，这号码果真不错吗？"柳克堂道："不错，不错。"那人道："这是老板天大喜事，我来一趟也是有点功劳，请你老板赐点赏号。"柳克堂听了，嗤的一笑说："老兄，这你就错了，我并不是什么喜事，这奖券也是我命里应该中的，不然我也犯不着去买呀。你老兄若不信，请想想那奖券局子里为什么不取中老兄，偏偏取中我呢？可见得这是我的福分。就是你老兄不来报信，我也是要中的，我又何必要老兄来报喜？又为什么要把钱赏给老兄呢？"那人道："不是这样讲，老板如今是大富的人了。一个人只怕没有钱，累得社会上的人大半都看不起他。如今老板有整千整万的银子捏在手里，那社会上的事，件件都要送到老板手里，人人都要听老板的指挥，老板岂不是富而且贵的人了？谁人不来奉承？我来报你老板的喜信，就是奉承之一，原是要想得点彩头哩。你老板何苦吝惜这区区之数，不拿出些钱来大家欢喜欢喜呢？”柳克堂道：“你说奉承，却是你来奉承我，并不是我叫你来奉承。倘若知道我中了奖券，人人都来奉承我，说是要得点彩头，我都应承他们，一个一个的支发起来，这不是我中头奖，竟是你们中头奖哩。”那人听了柳克堂一片刻薄言语，不觉怒气冲天，顿时放下脸来，圆睁着两眼说：“你真是个癞皮狗！我今天偏要抽你的癞狗筋，看你这头等奖的钱自己用得着用不着。”说罢，一只手挽着一把牛耳尖刀，一只手抓着柳克堂的胸脯，就把刀向他胸口头刺来。柳克堂想逃逃不脱，想挣挣不了，闭了眼睛，口里大叫一声，吓出一身冷汗。醒来睁眼一看，原来是南柯一梦。

龚氏被他惊醒，忙喊着问他，他才将买奖券的事说出来。龚氏笑道：“买奖券的人多着呢，总没有象你这般认真。你说买奖券必定要中头奖，你要知道头奖只有一个呢，既知道是你的，别人又何苦来买奖券？别人不买，你虽则得了头奖，又有什么用处呢？”柳克堂心里怪着龚氏打断他的高兴，但也没有话驳他，也就默默无言。他这一夜再没有好生睡着。

到了天明，照常起来，只盼望光阴走得快些。哪知这光阴偏偏和他作对，按步就班，不肯通融一下。柳克堂这天在店里，两只眼睛只望着那时辰钟上，好容易八下钟、九下钟地过去，直到了午刻，忙催着吃饭。饭毕之后，就匆匆地跑到大运来奖券店门口，专候电报。哪知去的时候太早，又不好走进去问，只在门口数街上的石板。等到三点钟后，看见有个伙友，拿着一支蘸着白粉的笔，到朱红漆板上来书号码，却不是他买的这张券上的号码，心里一急。仔细看过去，原来是五奖。于是接二连三的号码写出来。写到头奖，果然是一万二千六百十七，喜得柳克堂三脚两步奔回店中，爬到财神堂前，伸手去摸那张奖券。哪知一摸一个空，奖券已经不知去向，几乎从凳上跌将下来。幸亏这财神堂是临空的，神堂一动，那张票子落下来了，才得放心。

起先柳克堂原想把这事瞒着众人，闹了这场笑话，就无人不知，和他有一面之缘的，都哄着和他借贷。哪知他老着面皮，一毛不拔，大家都有点气他不过。

这事竟被他的贤媳明似珠所闻，忙赶来和柳春商议。原来柳春在外面租房子住着，与明似珠名虽夫妇，实则已经脱离关系。明似珠恃着自己才色，终日在外游荡。初时还结识些上等人物，到后来大家见他淫荡得不成模样，都远而避之。只是明似珠的下流习惯已成，不能收束，竟至和一般匪人交结起来。柳春虽则明知，但是也无可如何，倒深悔从前过于维新，忤逆了父母，现在弄得有家难归。虽则母亲尚有顾惜的心，总恨前一次回家要钱手段太辣，竟让父亲吃起官司来。正在懊恼，忽见明似珠走将进来，向柳春道："恭喜你哩，你已成了一个小财主了。"柳春哭丧着脸道："你还说谁人做财主呢？"明似珠道："原来你是洞里的鳖。谁不知你父亲得头奖？在旁人尚且要分润分润，何况你是他的儿子，又没有三兄两弟，他死了，遗下来的还不都是你的？你得了消息，也该回到家里去走走。"柳春道："我怕不知道？没有你从前做得这般决绝，我还在这里做什么？"明似珠向柳春脸上重重地啐了一口说："照你这样说，都是我害你的了。我自从嫁了你，你几时丰丰富富地供养我一餐？到东是我提挈你，到西也是我提挈你，近几年来，还拿着我的脸蛋儿和身体赚来的钱，也养着你。亏你是个男子汉，专靠着女人，自己嫡嫡亲亲的父亲已经发了财，还不知道去掏摸掏摸，你还活着做什么来？"

柳春被他一顿臭骂，弄得哑口无言。自思："我一个人走回去求着母亲，总还可以转圜；如带着他同去，必定是闭之门外了，倒反而没趣。"勉强说道："你的话也是。但是一同回去，反多障碍，不如我先回去看看风色。"明似珠道："你放心罢，我再不愿入你家的牢笼了。我要他的钱，不要说三千五千，就是三万五万，他也不敢不答应。我老实和你讲，以后我和你各走各的路，我拿的钱是我的，你赚的钱是你的。好在我和你结婚的时候，也不是一种正式的结合，现在也不必办那正式离婚的手续。不过对于你那老子，我却不容易放过，你和他讲，请他留心点，不要落在我的手里。"柳春笑道："也不过和前回的事一样罢了。"原来明似珠因柳春无用，要弄柳克堂的钱，把他夹在里面，反而碍手碍脚，因此先打发了他去，原是另有一个作用。

且说柳春被明似珠逼着，不能再行勾留，只得转回家来。这次既没有明似珠相助，自然没有象从前那样的威风。到了店里，柳克堂正坐在账桌上，看见柳春回来，已知道他的来意，忙把眼镜取下，说："请问老兄，进来找谁？"倒把柳春的口封住，说不出话来。那店里伙友只哧哧地笑。就听见柳春缓缓地叫了一声"父亲"。

柳克堂忙说："老兄你不要取笑，小弟只有一个女儿，并无儿子，如何有人喊我父亲？想老兄或者记性不佳，遂认他人做了父母。可是我却清清楚楚，从不曾有你这么大一个儿子。别样可以冒名，这儿子如何可以冒认得的？"说着就将两只手伸开，拦住说："老兄或者到别处去认认看，此地却非老兄家里。"说得柳春脸上一红一白，要想软求呢，当着许多伙友，自己也是不能下脸的人，底下倒有些说不下去，只得慢慢地踅出门去。

还是一个老伙友看不过，忙立起来说："老板，现在也要看破些儿，既然小老板回来，也须问个来意。"柳克堂睖着眼，对那伙友道："这是我们家事，请你不必干预。他的来意，我早已知道，无非什么珠哩玉哩指使了来看想我的钱罢哩。"说着又长长地叹了一口气，说："养了一个儿子，不肖倒也罢了，偏偏会碰到这样一个儿媳。怎样对付他？不如弃了干净。"说得那老伙友讨了个没趣，默默无言。

但是柳克堂虽则爱钱如命，如今既得了大宗款项，那天伦之乐，人人心里都要想到的，他自己想已是六十多岁的人了，看看人家都是热烘烘的有儿子，有孙子，独自己和着龚氏，到老还是坐起一对，睡着一双，心里也时常伤感。今见柳春回来，实因忆及那年诬陷他吃官司的事，恨极了，硬着头皮撵他出去。

那柳春走出门来，懊悔已极，说："这真是无家可归哩。"想了半天，只得到云麟家里找柳氏。那柳氏和柳春虽系骨肉，已经有许多年不通音讯，恰巧这天云麟又不在家，自然只得请进来相见。寒暄之后，柳春便将和明似珠脱离及回家出来的话说了一遍。柳氏道："这事你从前确也闹得太不象了，上次吃官司的那件事，大家还可进言，我看这事也难怪他老人家要生气哩。我是一个没脚蟹，实在难以说话。你且在这里等趾青回来，大家商量商量，或者有点计较也未可知。"柳春只得答应。

不一时，云麟回家，见了柳春，知道他无事不来，此来必有原因。大家招呼过了，柳氏就将柳春的话转述一番。云麟笑道："说起这位明小姐，真正太不堪了，自从回到扬州，已不知闹了多少笑话。也亏你还担着这夫妻的名义。如今他愿和你离开，这是再好没有的事。不过你也要得着他一种凭据，方才没有后患。至于岳父那边，暂时不必谈起，须先向岳母那边疏通起来。只要不和明小姐同住，大约还做得成功的。现在第一要着，须先和你那尊夫人办脱离关系的条件。不然，他为什么迟不讲，早不讲，偏偏知道你家里中了头奖，就来和你脱离关系？并不是我先说句不吉利的话，恐怕他还有什么诡计哩。"柳氏道："象这种人，什么事都做得出来，倒不可不防呢。"柳春道："我现在已经明白了，总怪我少年时候一点学问也没有，只学了些新学家的口头禅，才会和这冤家遇合。我没有他，也不至于到这地步。不过今天回去和他交涉，很有点麻烦哩。"云麟道："这也有个说法。我料他竭力劝你回去，并和你脱离关系，一定另有用意。你只说父亲逼着要你和他脱离关系的凭据，拿到了方肯收留，他必不至于十分留难。"柳春道："且这样办去再说。"又坐了一会，就兴辞回去。云麟和柳氏又商量了一会替他到龚氏面前说的话。

且说柳春走将回去，明似珠却还在家里，见他回来，瞪着说："你又到这里做甚？"柳春道："这件事只有你和他去闹哩。"明似珠道："我肯当面去闹，倒便宜这老牛。我也不瞒你，我叫你回去，原是为着你平日对我还恭恭敬敬的，所以不愿害你，哪知你这样没用。"柳春想："果然有这话，可知趾青的见解比我高些。"就说："你还说我没用，我不家去也是为着你，我和你多年，虽则经过许多风浪，也从没有离开。如今老的说我要和你离了婚，他才肯收留我，我如何肯离了你？"明似珠道："我不是和你说来？我已经和你脱离关系了。"柳春道："我何尝不说，他说没有凭据，如何可以相信？"明似珠道："难道还要我的凭据不成？"柳春道："怎的不是？"明似珠道："这很容易。"走近妆台边，拿出一张纸来，写了"明似珠和柳春即日脱离夫妇关系"，下署着姓名、年月日，交与柳春。这一天，柳春仍在似珠那里住了一夜。

第二天早晨，就拿了明似珠写的笔据，跑到云麟家里来。这时云麟等尚未起床，等了好久，才见云麟出来。柳春将昨夜和明似珠的交涉一一说了。云麟道："果不出我所料。你就是回去之后，还该留心着哩。"柳春道："现在我已脱了他的束缚了，如有什么意外事情发生，都是我去抵挡，决不叫老人家吃亏就是了。"云麟道："这也说得是。"并说："你将这张笔据交与你妹妹，让他带回去也可以做个说话的见证。"柳春忙取出来递了过去。云麟说："我着他们拿早点出来，你且在这里，或者我的书房里坐坐，等你妹妹去了回来，看是怎样说法，再定行止。不然，恐怕还要我亲自去走一趟哩。"柳春忙作了一揖，说："全仗大力。"云麟就进去了。等柳氏起来，盥洗好了，吃了早饭，雇了一乘轿子，坐了回家。这里柳春眼巴巴地望着，连午饭也无心吃了。云麟见他这种情形，也觉可怜，就陪着谈谈闲话。

直至傍晚，柳氏才从娘家回来。进去见了秦氏老太太，再出来和柳春相见。云麟笑道："好一个钦赐外交大臣，去了这么一天，害得人家望眼欲穿，如热锅上的蚂蚁，团团转哩。"柳氏道："凡事预则立，欲速则不达。此事岂易言哉！"云麟道："罢罢，不要再搬出一车子的书了，赶快将这事从头至尾说说罢。"柳氏道："父亲面前竟一句话插不进去，口口声声说我没有这个儿子。后来只得疏通母亲，我说，哥哥做人，实在尚无大坏，只因心地过于老实，所以一出来就迷信了什么新学，和父母都是平等。其实在那文化初开通的时候，不仅是他，还有那第一等大名鼎鼎的人物，还逼着他四五十岁的娘上学堂哩，这事也还可恕。不过后头专相信了这姓明的女子，回家要钱，做出不成人的事来，面子上固属可恼，暗地里却仍旧是受人挟制，并不是自己的作为。现在既然和姓明的离了婚，他一个人回家，必定没有什么大碍。好歹是你老人家的儿子，又何苦一定不收留呢？'母亲被我说不过，只得和父亲商量说：'我们已经这么大的年纪了，回顾后头，还是空空的。春儿固然不好，但是我如果不止一个儿子，我也随他去了，无如你我总只有他一个，只管流荡在外也不是事。现在是他自己想到回来，又是一个人了，我们何妨试他一试？如果好呢，就叫他住在这里；倘再不好，仍旧赶他出去也不迟。'父亲听到只有一个儿子几句话，也不觉老泪横流，立起身来把脚一蹬，说：'随你们罢。'就出去了。这事可算已经成功。在我看起来，天下无不是的父母，此后也该收收心了。"柳春道："我知道了，这次回去，不但安分，还要代父亲做些事业哩。"云麟说："今天已经迟了，明天我和你一起回去罢。"柳春见云麟肯和他同去，心里甚是欢喜，就在云家住了一夜。

到了次日，云麟就送他回家去了。从此，柳春就在店里帮同父亲照料。

过了许多时候，忽然邮政局里送了一封信来。拆开一看，只见上面写着："克堂先生大鉴：上期游民券头奖，知系先生得彩，财气临门，恭喜恭喜。现在大本营因缺少军饷，正在筹款，乞借银元三万元，以资应用。一俟本军成功之后，定有重酬。如有顽抗不从，当有相当手段对付，毋贻后悔。款寄上海某某。"下署"民军大本营主任谨启"字样。

柳克堂看了这封信，笑起来说："现在的事，愈闹愈奇了，一面不识的人，都要来借钱，信上还写得硬硬的。任他有什么手段，我只是不睬，看他怎样！"柳春见了，心里暗暗着急，暗想："这必定是明似珠他们的事发作了。"要想说明，又恐他老子惹起疑心，倒反为不美，只得藏在心里，看有什么变动再行设法。

哪知过了七八日后，又接到上海一封信，说："我前回寄你一信，你竟音讯全无。现在限你将三万元于五日以内汇到上海某处，尚可宽宥；倘若逾期，当即派实行委员亲赴扬州，实行处置，并请尝卫生丸滋味了。"柳克堂看了，已将胡子翘得高高的，将信一搁，说："这是怎么说起？他这信竟是强盗写来的，硬和我要钱。我吃把颗卫生丸有什么稀罕？你要想我的钱却万万不能。"

柳春在老子面前说不进话，只得走进来私下和他娘说。龚氏听了，非常着急，说："好儿子，你既知道这事要紧，还有没有法子可想呢？"柳春道："他的信虽则从上海寄来，但是这一班人却随处皆有，正不必由上海派来。别的不打紧，只要他们到来抢劫一次，已经受累不浅，还由得你肯不肯拿出银子来呢？为今之计，只有请父亲把家里所存的现洋，都拿出去存在银行或钱庄里，既可生点利息，又可免了危险。再把店里的货色盘点盘点，父亲只在里面坐坐，不要出去。如若有事，我去抵挡，究竟我年纪轻，手头也还来得，不至白吃了人家的亏。”龚氏听了柳春的话，觉得很是有理，因说：“你且在外面走走，你老子我自来劝他。”

晚上柳克堂进来，龚氏就将柳春的话说了，又劝了一番。柳克堂说：“这都是小孩子见识。象我们住在扬州市面上，虽有强盗，哪个敢到这里来抢劫呢？你放心，我倒要看看这三头六臂的强盗哩。”

过了好多天，一日傍晚，柳克堂、柳春都在店里，只见外面走进五六个人来。为首一人象是和柳克堂认识一般，向他拱一拱手说：“老板借一步说话。”拉着柳克堂就走。柳春见事不象，忙跑上去用手向中间一隔，将这人隔开，意思是叫柳克堂赶紧向后面逃走。这里几个人拿着手枪对着两个伙友，几个向柜台里搜钱，还有几个想要直冲进去。哪知柳春究竟从小学过体操，手头尚有几斤力气，隔开拉他父亲的那人外，一面就站在通向内室里去的总路口挡住。忽听轰的一声，一手枪望里打来。柳春眼快，望下一避，那枪子望头顶上飞过去了。两个强盗又赶上来轰轰的两手枪。柳春左手着了一枪，但是还想和他对敌。

说时迟，那时快，街上的行人听见里面枪声，忙喊起来，一时警笛乱鸣，人声四起，警察哩，警备队哩，一齐赶将拢来。几个强盗哪里敢逗留，纷纷逃避。等到警察进来查问，强盗已不知去向。店里的银钱，因收拾得早，抢去不多。惟打伤柳春一人，当即送往医院救治。柳克堂看见儿子为救着自己受伤，心里已觉不安。龚氏尤其着急，赶到医院去探望。幸亏伤在手臂，弹子取出，倒也不甚要紧。柳春对龚氏道：“我这次出力，虽则吃了点苦，也可稍释前愆，况且杀敌是我们青年应有的责任。母亲请放心罢。”柳氏父子因此倒也亲密了许多。

扬州城里，因为这件案子是破天荒第一遭，曹知事责任攸关，得知此事大为愤怒，连夜严饬警备队、巡警和县署通班侦探、差役，各处严查，务获究办。一面重悬赏格，专待有功。果然重赏之下，自有勇夫，三四日内，城里城外，获到强盗二名。由县严讯，招出了许多同党姓名。随又派人缉捕，居然一网而尽。其中有多年积匪，有江湖水寇，都是犯案累累的人物。那些宵小，经此一番严办，大家都吓得惊心丧胆。哪知细查起来，内中却走了两个重要人物，就是常老二和明似珠。

原来明似珠和匪人交结已经好久，只有常老二和他最为密切。因知柳克堂中了头奖，要想大大地敲他一宗竹杠。无巧不巧的，那饶三已在上海做了党中首领，大家商量好了，嘱饶三先寄函来恐吓。柳克堂一概不应，只得纠众前来抢劫。抢劫时间不定在深夜，是因为白天容易出城。不知这一来，却好了一个柳春，从此骨肉

团圆；却苦了一个明似珠，自此失踪，堕落在匪人之手。正应着灵土地后两句签语："分明春渐转"，是说分离了明似珠，柳春才有回头的日子；"珠玉土中埋"，就是似珠后半世竟埋没在土匪中间。列位想，这土地灵也不灵？

欲知后事，且听下回分解。

# 第九十八回　严取缔庸医侥幸　办清乡劣董倒霉

话说秦氏老太太，年轻时虽则历尽艰难，但是看看一家人，真是子孝孙慈，夫和妻睦，家庭安乐，老境愈甘。不过年龄已高，身体常常多病，云麟不免时常忧惧。加以柳氏自从产后，身体亏弱，又患了失血之症。故家中大小事体，都是红珠料理。唯有请医服药，因扬州好的医生不多，选择颇难。云麟虽也读过几卷医书，但究非专家，何敢出手为母、妻医病？朱成谦虽则和他时常往来，云麟也知道他是个经验有余而学力不足，所以也不时常请教。这天上午，正和红珠商量请医生的事，忽见人传进来说，那个朱成谦又来见访。云麟听说，陡然间想起一件事来，说："啊呀！"话没说完，红珠忙问："怎样，怎样？"云麟笑道："这是他一种患得患失的心思，从前曾托我去代谋一件事，我却不肯替他开口。"红珠道："你的话说得没头没脑。"云麟道："转来再谈罢，客人已等了好久呢。"说着就出来。

朱成谦见了，就向云麟拱手说："我久不来拜望云先生了，实在因为事情太忙。"云麟道："恭喜，恭喜，想必医务发达。"朱成谦道："还讲医务呢，前时曾经和云先生说过，要请你帮忙。我也知道你云先生是个高尚的人，不肯向县长去说，我只得奔走了许多门路，现在总算寻着了。"云麟道："我正自愧无以报命，今朱先生已寻得门路，那是好极了。"朱成谦笑道："如果这样容易，我今天也不来拜你云先生了，我的事情，还只做得一半哩。"云麟道："还有一半呢？"朱成谦道："我的话尚没有说完全，难怪云先生要问。我自和云先生分别之后，又去托人向县里说话。恰好那人声气甚通，知道这事极详，说考试的权柄，不在县里。因为省长为慎重人道起见，深恨那种没有学识的医生草菅人命，特命令全省各县，对于各医生严加取缔。又恐各县知事不知医学者多，必定视为具文，特在省里选择精通医学的人才，驰赴各县考试。云先生，你道派到我们扬州来考试医生的委员是谁？就是从前在真都督衙门里当收发的游老头儿游隆基的儿子。我探听着了，就赶到上海，好容易寻着了游老头，仗着从前的交情，又送了他一百块洋钱，才买到了两个题目。”说着就从衣袋内摸出一张纸来，送给云麟说：“请看，这不是考试医生的题目吗？”

云麟接来看了一遍，也不过是《内经·灵枢》中几个题目，平常也曾读过各书，觉得不甚为难。因说：“这就算考试医生的题目吗？做医生的象这种题目也不能做，果然也难做医生了。”朱成谦听了，也觉脸上一红，说：“请你云先生不要骂人了。你要知道我们做医生的，不知这题目出处的多着呢。我们所读的书，无非是《药性赋》、《汤头歌诀》、《脉诀歌》几种，哪里知道这题目上有这许多讲究呢？好云先生，我很知道你是个多才多艺，无书不读，所以专诚来恳求你云先生，请你替我捉一捉刀罢。”云麟笑道：“我连平常的文字也有许久不做了，昔人所谓许久‘不弹此调，手生荆棘’。何况这医书上的题目，我能读得几种医书，能妄自下笔。倘做得不对，岂不连你现现成成好做的医生，也给我送掉吗？朱先生，我还请你另寻别人，免劳下顾罢。”

朱成谦见云麟推托，忙向袖内拿出一个封套，送给云麟，说：“我素来知道云先生是个很高尚的人，不敢拿这市井俗套来扰云先生。这是九章绸缎局的五十元绸票，送给云先生的世兄妹等，做几件衣裳。这是我朱成谦很诚心的一点敬意，云先生务请不要推却。”云麟道：“这样更不成话了。你当面托我，我不承认，送了我物品之后就答应了，那真是象我希望你的赠品哩。我姓云的若收了你的物品，我还成了什么人呢？你且将这票子仍旧收了回去，我们再商量罢。”

朱成谦见他执意不肯，只得收了回去，说：“你云先生不收，我心里如何得安呢？”云麟道：“送物是送物，做文章是做文章，两件事情不能并为一谈。如今我答应是答应你了，只是我医学上面不甚精深，做起来恐怕没有把握，如果名落孙山，你须怪不得我。”朱成谦道：“这是你云先生太谦虚了，无论如何，只要你云先生肯替我做，总比我自己做起来要高万倍哩。就是不取，也只能怪我的命，哪里敢怪云先生呢？”云麟笑道：“这也罢了。但是这题目果然靠得住吗？”朱成谦道：“这决不会错的，那游老头儿还亲自写过一张一百元的收据给我哩。不过时候已经急促，我刚才去县里探听，据说游委员不日就到，考试的日期约在一星期之后，还请云先生就替我预备罢。”

云麟却不过情面，也只得答应。乘便就问问秦老太太和柳氏的病源。朱成谦经验却很不错，说起来倒也有头有绪，和这病情不相上下。就要替秦老太太和柳氏诊脉。云麟也不客气，就同进去，先诊了老太太的脉。老太太说：“我是年老的人了，有气无力，常觉得胃口不好。这也是老年人常有的病，所以我也不愿多吃药。”朱成谦道："老太太精神甚好，些须小病，要吃药呢，开个方子，不然多进些补品，如燕窝、白木耳之类，再静心颐养起来，病就会好了。"连下去又诊了柳氏的脉，原来是个产后失调血亏之症，若不医治倒很危险。因开了一个方子，递给云麟。云麟谢了。

二人出来后，朱成谦说："尊夫人的病，一时尚不妨。老太太倒须要留意，不可过于操心才是。"云麟道："说起老太太的病，我也很愁烦，屡次劝他静养，不要管事，无如老年人的性情，样样都是不放心，一天到晚，不肯一息安闲，叫我怎样呢？"两人又谈了一会，朱成谦方告辞。

过了几天，果然省里的游委员下来了。就由县里定了日期，饬各区巡警，传知各医来城考试。这时县衙门里前清办县考考童生的一切用具，早已毁坏净尽，就借了县教育会做试场。到了日期，县知事陪着委员，坐了大轿，警备队护卫着，一直到教育会来。这时全县的医生，已都在那里等候；并有许多巡士，拿着棍子弹压，倒也显得威风。不一时由县知事点名给卷。那书记提高了喉咙，一声一声地唱着姓名。见来接卷子的医生，有的穿着很为阔绰，有的极为朴素，还有那乡下来的，身穿一件蓝布旧长衫，一条辫子曲得象蚯蚓似的，也来应试。等到卷子给完，倒也有一百余人。出题考试，笑话百出。朱成谦接题到手，果然与从前抄来的题目无异。幸亏早有预备，云麟已将文字做就交他带在身边，居然一字不易抄在卷子上，早早出了试场。这天扬州街上，茶坊酒肆，到处都是赴考的医生。那上一等的自有朋友相请筵宴，中等以下的只得在茶馆内吃几个火烧卷子。事后调查各店的生意，要增进几百千文哩。

云麟知道这天热闹，正闲着无事，就跑到教场里去闲逛。时将晌午，只见朱成谦兴冲冲地走来，一跟看见云麟，忙跑过来拖住，说："我们到酒馆里去再谈。"云麟正要探询考试的题目如何，也就和他同走，到了醉春园坐下。朱成谦叫了许多菜，极力恭维云麟说："今日的卷子，准是云先生替我做的两篇最好。因为我看见坐在我旁边的一个，外貌非常漂亮，他所做的文字上说：'肾者，生子之要物也，人而无肾，即不能生子。试观上古，凡在皇帝宫中充当太监者，能生子否乎？我知其必不能也。我故曰：人不能无肾，而肾实为生子之要物。昔者吕不韦号称嫪毐，厥生秦始皇。可知肾愈大者，生子愈贵；而子之愈贵者，多为大肾之所生也。'又有一人，云先生想也知道，就是扬州城里陈医生。我因为和他很熟，缴卷之后，他也来缴卷，我顺便望了一眼，他做《说胃》的一篇文字，写着什么：'脾，属土者也，色如黄金之黄，山中之黄土，可以比其颜色也。语曰："土生金。"人之粪便，色如黄金者，莫不由于胃中积食所化耳。'云先生，你听我记得他们这几句文字，你看做得好吗？"

云麟听了第一篇《说肾》，已经笑得喘不过气来。等到听他《说胃》中说什么"黄金"，不觉把嘴里含着的一口酒菜都喷了出来，弄得桌子上淋淋漓漓。口里还不绝地说："妙文，妙文，真正妙文！能够做得这种文章，若再落第，真所谓盲主试了。"朱成谦听了这话，不觉纳罕，说："云先生，你还说他做得好吗？"云麟笑道："这个叫做'仁者见之谓之仁，智者见之谓之智'。"这两句话，说得朱成谦愣愣地摸不着头脑。云麟笑道："你怎么发呆？我不过取笑罢了。这种话还可以算得文字吗？"朱成谦才醒悟过来，知道云麟说的全是反话，把桌子一拍说："愚人，愚人，我真愚极了。云先生，你莫笑我罢。"

正说着，忽听得又有人进来说："可怜，可怜。象这老先生，不做医生也罢了，何苦还要来吃这些辛苦？弄得性命还恐怕不保。"云麟忙问说："老先生怎样呢？"那人道："今日考试医生，内中有个老人，说是从瓜洲镇来的，年纪已经七八十岁，一头白发，老态龙钟，挨进场去，已经精神不济。等到接到题目，一句也做不出。大家都缴卷出场，那老人大约心中一急，坐不住，就望考桌底下躺倒了。监场的忙过去看，伸手一摸，已经没有气了。再看卷子，还是一本白卷。传说这人还是瓜洲有名的医生咧。你看可怜不可怜？"云麟听了，也不觉叹息说："都是金钱害人。这种医生，还要治人的病，难怪招牌底下，都站着许多冤鬼咧。"说得大家都笑起来。云麟和朱成谦又谈了些闲话，分头散去。这天的酒饭钱，自然是朱成谦供应的了。

过了数天，县里将考试的卷子由委员评定甲乙，揭晓出来，朱成谦果然高标第一。朱成谦真喜得心花怒放，忙忙地赶来酬谢云麟。这时云麟正因伍淑仪生病，到伍家去了，所以不曾遇到。这朱成谦自从这一次得了彩头，已成了扬州的名医，门诊、出诊，一时竟有应接不暇之势。说也奇怪，这时来求朱成谦诊治的，竟来一个好一个，有手到病除之妙。古人有句话，说是"趁我十年运，有病早来医"。可见这医生真不在学问，而在命运了。但是命运虽好，那晦气星也跟在后面。他们耳朵极长，探访消息也最灵，知道朱成谦近来进益甚多，积蓄自必不少，就要想伸出手来，在他箱子里拿些到他们腰包里，才觉快活。

这天下午，朱成谦门诊时候已过，忽然来了两人，称是施家桥一家富户来请先生的。原来施家桥离城十多里路，是一个小小市镇，也有几家店面，住户殷实的倒也不少。从扬州去，旱路可行，水路亦好走。照朱成谦的医例，到那边去一趟，轿资不算，须大洋十六元。那两人如数预先付讫。并问："先生还是从水路去，还是从旱路去？如走水路，我们来的便船颇为宽敞，不妨同行。如须有人跟去，酒资亦当照纳。”朱成谦一想：“坐轿出去，要走这许多路，觉着气闷，不如走水路去，沿途可看看风景。”就说：“我乘你们的便船罢，并带轿夫一人。”来人满口答应，又付了一块钱的轿酒钱。等朱成谦先将城里几家请诊的都看过了，然后陪着下船。

在路上走了多时，岸上又跳下两个人来，也不和朱成谦搭话。那船忽地换了方向，不望施家桥去，却专望冷僻地方走去。朱成谦平日倒施家桥也去过几趟，却不是今日走的路，自知不对，要想叫喊。却前后左右并无船只，叫也无用。正在想法脱身，那同去的轿夫小六子却耐不住，大声问道：“你们究竟摇到哪里去？”后来的两个人不问情由，走上前来，就向他面颊上狠狠地击了两掌。后面又有一个人走上来，把他两臂向后一剪，拿绳子就捆。轿夫虽则是有力气的，到了这时，经不住三人服侍一个，有力也无处使了。

那两人回转身来，对着朱成谦拱拱手说：“朱先生，请你不要怪我们鲁莽，我们却不敢难为朱先生。只要朱先生能体谅我们的意思，写封信回去，嘱咐家里人寄五千块钱来，我们就好好地送朱先生回府。我们原是从前拔鲸大王孟海华手下的弟兄，长江一路随处都有。弟兄众多，开支不够，只得在内地各家殷实富户内，向他们借点粮草。”朱成谦说：“原来诸位是这个意思，倒也太费心了。既然称富户，扬州比我富的人家很多，你们如何不去向他要钱？只寻我这破落户出身，岂不找错了？”那人大笑说：“你朱先生这话，却只好关了门自己说话自己相信罢了。我们耳朵长得很呢，扬州城里有钱的人家，我们也曾枉顾过几次，从没有错误的。内中却便宜了一个姓柳的，但是终究得着了他一个媳妇，我们也不算吃亏。”

朱成谦听了，吃了一惊，说：“他的媳妇吗？现在到什么地方去了？还是你们象我一样请来的，还是另有方法使他和你们一路走的呢？”那人笑道：“你朱先生倒要做起侦探来了，我也不必隐讳。这事原是他自己不好，知道他公公柳克堂得了头奖，要去抢他的银钱，先和我们弟兄常老二说通了，约着人去劫。哪知走了水，有好几个人吃拿了。其余的人都和常老二说话，常老二气愤不过，就逼着他下海去了。现在他也甚是快活，男的伴侣，我们兄弟很多，因为他向来主张公妻，现在居然实行他的公妻主义了。那女的伴侣也很多，有一个芮大姑娘，朱先生想来也知道的。”

朱成谦一听，暗想：“这话越发不对了，原来这些坏人，已经都聚成一起，我还有什么方法对付他呢？”就呆呆不说。那人就逼着他说：“朱先生，你又怎么不言语了？你这五千块钱究竟答应不答应呢？”朱成谦想了一想说：“这宗巨款，也要容我考虑考虑。其实我哪里来得这许多钱？你们既知道我，我也不过做了几年医生，逐年的进项出项，都要相抵；就有盈余，也不能有这许多。譬如官府派兵饷，也要分个成数，断不能全要了去。你们作事，也要有个道理啊。”那人听了，忽然冷笑道：“你朱先生真正口齿伶俐，说得婉转可听。须知你人已经落在我们手里，你不出钱，你的身体是不能自由的了，你也要知个好歹。我如不看在这五千块面上，早已象你同来的轿夫一样捆绑起来了，哪里还有这样舒服呢？”朱成谦到了这时，口内不言，心里只是突突地跳，暗想：“究竟他们不知要掳我到什么地方去？如果真要五千，岂不是要了我的命吗？”

这时天色已晚，望那水路上，汊港愈多；那往来的船，除了他自己的坐船外，不见一只。又摇了好一会，到了汊港的中心，一个土墩上盖着一个草棚子。摇船的说：“到了。”那四人就强拉着朱成谦上岸。轿夫仍搁在船里，又给他一块黑布，将两眼蒙着。轿夫喃喃地骂，他们就拳打脚踢了一会。吓得朱成谦禁不住索索地乱抖。走进草棚子，见里面灯烛辉煌，早有五六人在内。为首一人，年岁不大，强壮非常。一时都立起来迎接，说：“朱先生请到了吗？”外面几个人答应了一声，扶朱成谦进来，请他上坐，搬出许多酒食来请他吃。朱成谦原是老于江湖的人，知道这是实行请财神的格局，想事已到此，也无可奈何，落得饱餐一顿。

吃完之后，桌上揩抹干净，为首的人拿出一副笔砚纸张，搁在朱成谦面前，说：“朱先生，我们知道你也是熟悉江湖的好朋友，我们现在要请你捐助大洋五千元，想来必定是慷慨答应我们的。就请亲笔写一封信，我们可以到府取洋，洋到之后，自然护送你回府。至于你暂住在这里，虽则怠慢一点，吃用总不至于缺少，请你放心罢。”

朱成谦见他们要硬逼着他写信，心里好生着慌：“要想不写，眼前就要吃亏；若写了去，我这五千块，岂不都丢了？”想了半天，想出一个计策来。这时几个人见他搁笔不动，都虎视眈眈地看着，象是要说：“你再不动笔，我们可是要动手了。”朱成谦忙对他们说：“承诸位见邀，我自当遵命，不过要我五千块钱，也须估量估量我的家当。但是凭我一人说话，诸位也不相信，我只好写信回去，托一个人和诸位接洽，一面就请诸位顺便调查，公平判断。不知诸位以为可不可行？”那个为首的人说：“你的话说得倒也动听，如今就请你写起信来，我便可派人去。”朱成谦就提起笔来，写了一封信，送与他堂兄朱六奇。那人看了“朱六奇”三字，似乎有些认识，说：“这六奇先生是和朱先生弟兄吗？”朱成谦说：“是的。你把信送去，他自然会来的。但是这是什么地方？也须请你通知我一下，我可以写在信上。”那人说：“这是我们的事，自然有方法和他接洽，不必你再干预我们的事。”说着派了两个人守着朱成谦，其余都向朱成谦喊了一声“聒噪”，一个一个都跳下船去。摇到了冷僻地方，就把那同去的轿夫松了绑，推他上岸，把朱成谦亲笔的一封信交给他，说：“你赶紧给他送去，并和他家里说，如过七天不来，我们就打死他了。”那轿夫就如遇到皇恩大赦一般，急急忙忙赶回扬州城里朱成谦家报告。

朱成谦从前专注意在明似珠身上，后来知道事情不洽，又以半生潦倒，直到医业日盛，才娶一周姓为妻，夫妇十分和睦。这天见朱成谦出诊午夜未回，心中正在忧急，忽见同去的轿夫敲门入内，不待周氏动问，就详详细细地将遭劫情形，说得一字不遗，末后复拿出朱成谦亲笔的那封信来。吓得周氏惊惶万状，一无主意，恨不得即刻天亮，好去找六奇，托他想法。不得已，先命轿夫自去歇息。

好容易等到次日，朱六奇来了，周氏忙告诉了他，就拿信给他看。六奇笑道：“打官司打到自己家里来了。我在江湖上混了多年，倒不曾知道这种小辈。弟妇你不要着急，他还有许多期限，我包在这几天里让他回来。他信中说要五千块钱，这是瞎话。不过江湖上也有规矩，断不可空手，也须预备预备。拿六百块钱给我：五百块钱给他们做赏号，一百块钱交给我的朋友，准可安然无事了。”周氏听了，千恳万托说：“洋钱虽须筹备，六百块钱似也不难，我预备好了送过来。”朱六奇说：“我要出去，也得筹备，我就回去，到后天方得起身，包不误事。”周氏谢了又谢，略觉放心。

那朱成谦住在这水亭子内，倒也安闲，两个小强盗伺候得十分周到。日日盼望朱六奇来，方可脱身。

过了三四天，才见有两个人摇着一只小船来到亭前，说：“周大王有令要人。”两个小强盗听了，不敢怠慢，对朱成谦说：“我们大王来要你去，你须得小心。”一面又问那船里的人说：“要捆吗？”朱成谦听说要捆，心里一急，想是等六奇不来，要撕票吗？只见那人摇手说：“不是，不是，他是大王的朋友的朋友哩。”说着嘱朱成谦赶快下船。朱成谦这时也没有他的主意份了，只得跟着就走。

摇摇荡荡走了许久，只见地方愈冷僻，汊港也愈多，仿佛《水浒》中的梁山泊，究不知这条叫什么路。忽见船从一条最小的港里摇将进去，就有许多房屋。这船就靠在一家门口，一同上岸。这家门口靠湖，门楼高大，仿佛绅富人家。跟了进去，就见有许多家人垂手侍立。忽又见朱六奇出来相接，才把心头一块石头落下。

原来朱六奇和水寨里的总头目周天侠素来颇好，这次想既由水路去的，当然离不了他，特备了款项，亲身去访。周天侠听到朱六奇来，倒也出于意外，忙吩咐开门

迎接。进去之后，握手言别后的事，才谈到朱成谦被绑票一节。周天侠哈哈大笑说："他原来就是老哥的令弟，这是失敬了。兄弟据部下报告，所以特派人去请他来。既你老哥来说，且系令弟，自然不是外人，我就派人取他来和老哥见面。"朱六奇就一拱手说："多承推爱，能看兄弟薄面。不过舍下的事，现已劳动诸位，哪里可以空手?"因就在身边摸出五百块的钞票，说："这是不过聊伸敬意。"周天侠笑道："老兄当我是外人了。若讲到钱，这区区之数，兄弟却不放在眼里。朋友以义气为重，若非看在老兄面上，哪里肯白白地放他过去？老兄已多时不来，我们且痛饮一场，等我去命人将令弟请来，请老兄带去罢了。"朱六奇道："承老兄错爱，感激得很。但究竟是我兄弟的事，况且他也尚能孝敬些须。"因仍把那五百元交给周天侠。周天侠见其意甚诚，也就收下，说："既承厚意，我也只得收下，作为老哥赏给他们弟兄了。"一面摆下酒席和六奇吃酒。不多时候，人报朱成谦已来。六奇走了出来，就和他说明。朱成谦听了，自是欢喜。二人同进去见了周天侠，当时各道歉忱。是日饮酒尽欢。到了次日，周天侠派船送他弟兄二人回去。

这事在朱成谦虽花了六百元，但是一场祸事就此了结，自然感激六奇不置。回家之后，六奇还拿出一百块钱来还，成谦哪里肯受，就作为六奇谢仪。自此之后，朱成谦被绑票之事传遍扬城，医生的名声也因此人人都知，营业也愈加发达。

谁知县里已得了风声，前次有柳克堂被抢之案，此次又有朱成谦被人勒赎之案，就这两种而论，可知扬州四乡盗匪充斥，若不尽早设法消弭，恐遭大患。因即柬邀当地绅董，开一紧急会议，即由曹县长主持，讨论防盗方法。有的说须添设警备，可以到处巡缉。有的说须整顿各乡保卫团，可以自行防卫。究竟都是些肤浅之见。后来还是曹县长提出大纲，说："盗之来源，都在四乡，四乡之盗所以停留者，必定就近有人指引，才能这样放胆横行。我们现在所谈的警备队、保卫团，还是一种治标之策，至于根本办法，莫如清查各乡户口，如有来路不明者，或即送县讯办，或者即行驱逐出境。如是办理，则盗不能存身，自然无形消灭。"当时大众认为此乃治本惟一办法，全体赞成。此会开过之后，就由曹知事拟定办理清乡条陈，电呈省长请示。这时省长因江北一带，萑苻不靖，正想设法严拿，得到曹知事条陈，大为欣喜，即行核准，并通饬各县一律照办。

曹知事得到省长指令之后，又邀同磋商办法。都以为这事全仗官方，终难见效，必须官绅合办，方能妥帖。当日就公同推举本乡绅士担任清乡主任，就公推定伍晋芳。其余各乡，仍由各处自行推举。伍晋芳虽则力辞，然以大众公推，亦属义无可辞，只得勉强担任。一俟各乡绅董推举之后，即行举办。

不多几日，各乡董事，均已推举齐全。曹县长慎重将事特专电省署，请加委伍晋芳为清乡主任。晋芳又邀了几个人帮忙，云麟就被任为文牍主任。成立之日，晋芳又柬邀各乡董事，到城开一谈话会。县知事到场略有演说。晋芳相继发言，说："清乡一事，由县长条陈，呈请省长委任就地绅士办理。这就是人民自治的一种权利。我们既然任此仔肩，自当同舟共济，真诚谨慎，方对上不负委托，对下不愧桑梓。说到清乡一事，看看似乎不甚紧要，其实关系地方治安甚大，人民安危均仗此举。深愿诸公秉公办理，庶可收到指臂之效。倘有借清乡为名，鱼肉乡里，或借重公务，冀雪私仇的，我们应共弃之。在席诸公，均由各乡推举，自得一方信仰，决无以上情事。不过今日趁此共叙一堂的机会，不得不声明这种意旨，还望诸君原谅。"这几句话，不但在席诸人无不赞同，就是著书的人见到这两句话，也觉得言言入耳。

哈哈，如果扬州办理清乡，能依伍老先生的话认真着手进行，何尝不生效力？无如那些乡董，仗着自家势力，平时已经常常地欺压良民，现在叫他办理清乡，真所谓"一朝权在手，便把令来行"。那些乡民受了他们的欺凌，惟有饮恨吞声，哪里敢和他们反抗一下。因此有些劣董，都借着清乡为名，凡有些微缝眼可钻的，不说他是窝家，就指他为匪类。其实他们和这些人民并没有十分大仇，无非想靠着一个名目，敲敲竹杠。可怜这些乡愚们，无知无识，一经恐吓，自然堕他计中。咳！什么叫做匪类？什么叫做乡董？恐怕那些乡下的劣绅，大半是匪类的变相哩。闲话少说。

且说扬州东乡，有个大桥镇，离城约有四五十里路程，地方虽不十分热闹，倒也有好几十家店铺，营业也颇不寂寞。靠那市镇的西面，住着一家乡董，姓钱名万能，表字星仲。乡人因他无钱不要，都称他为"钱心重"。父亲在日，原是个木匠，赚得许多金钱。到星仲手里，因他极会钻营，运动了一个乡董到手，就觉得天高皇帝远，在这大桥镇上，要惟我独尊了。当地无论有什么事情发生，非请他出来判断不可。如果能够秉公调处，倒也人心悦服。偏生他一味徇私，不问谁是谁非，只要得着运动的，不在理的也要说他在理，一言之下，谁敢不遵？因此许多年来，日积月累，虽不能称得富厚，也可算面团团的了。

最奇者，这天早晨接到县里一件公事，他竟一字不识，不知为的是什么事。却亏他身边有个书记，忙将公事接在手里，朗朗地念了一遍，才明白为的是清乡问题。不由得笑嘻嘻说："我当找我办什么事，原来是一张发财票子，又可以借此弄到一笔大大的钱了。"等到晋芳开会演说的这一天，他也赶进城来赴会。听到晋芳一番言语，不觉心里好笑，说："原来你是个迂夫子，也不配做这样事。见了整票的银子不赚，我哪里会和你这样呆。"

当日回来，就在第二天召集他的一班爪牙，借在附近东岳庙内作为办公的地方。他向来出外总是步行，如今做了清乡委员，的的真真是县大老爷正式委任的，已经是官了，如何可以徒步出入呢？因即派人进城，办了一乘簇崭新鲜的大轿。出起门来，派了就近的什么保卫团呀，乡警队呀，前来护卫，前呼后拥，好不威武。若说所办公事，就是每日派人逐户清查，还带着一种搜检的性质。列位请想，乡间人民当着土匪充斥的时候，为自卫起见，买把白铁刀，备支木杆枪，这也是很寻常的事，哪一处没有？谁知这位钱大爷，却专在这种物品上寻由头，每遇到这种物品，就无事生风，小题大做，非得敲他一注钱财到手不肯放松。所以受害的人已经不少了。

这天无巧不巧，查到霍村里时，竟被他在一姓霍的人家搜出了一支土枪，他就认为是一个大问题了，证据昭彰，还怕他有什么抵赖？但面上却一些不露声色，亲自到霍家去访，就说："如今戒严期内，尊处竟放着这件火器，不来报告，实在是太大意了。幸亏兄弟自己亲信的几个人查着，兄弟尚能顾得交情，一切可以作主；万一换了别人，怕的立刻就兴大狱。好在我们局里，现在需用此物，停一会儿我便将他携去。既可使局里多添一防匪器具，又可将尊府的事迹消灭，岂非一举两善？这样办法，老兄以为何如？"钱星仲的这几句说话，可谓四面圆滑，预料姓霍的必定面子上说些感激的话，暗地里送他后手的钱。哪知姓霍的听了，只冷笑道："承你照顾，费心得很。但是支把土枪，就要算是匪类，那不拿土枪，伸手向人家要钱的，比土匪还更厉害了。这一支枪，足下爱带回去就带回去，悉听尊便。"钱星仲听了这话，象是兜头浇了一勺冷水，暗想："你的说话竟比我还硬。"一时也不能翻过脸来，也就冷笑说："既然你这样镇静，是很好的了。但是土枪是个证据，我不能不带回去。"说着命那带来的人携着土枪，自己立起身来就走。姓霍的道："恕不送了，我谨听后命罢。"钱星仲这一次可谓倒栽跟斗，扑了一鼻的灰，心里如何不气？就连夜做了报告到县里，说他家藏土枪，行迹可疑，应请拿办。

哪知这姓霍的本来不是平常人家，名叫其照，号逸民。有一远房堂兄，在南京当省议员。他在前清考小考的时候，又和云麟同案，彼此极为要好。因为他生性孤高，不喜和人接洽，所以情愿乡居，半耕半读，很自暇逸。这次因为钱星仲办理清乡，闹得太不象样，早想出来和他为难。不过事不干己，师出无名，因此故意拿这土枪做个钓鱼的香饵。其实他领枪支的时候，早已领得执照，如何算得私藏？钱星仲糊糊涂涂，哪里得知原委。不向县里报告，犹可隐瞒劣迹，偏偏自己负气，立刻报告上去，就做了一种诬陷平民的证据，也算是钱星仲应该倒霉了。

霍逸民自从钱星仲走后，心里一想："这个恶虫这番回去，如何肯善自罢休？我不如先下手为强，一举将他打倒，也可以替本乡人民出这口恶气。"因此就连夜做了一张状子，预备到县里去告他仗势欺凌、借端诬陷十大罪恶；一面又详详细细地写了一封信给他堂兄，请他在省议会里去质问。预备完毕，方才安寝。次日起来，预备妥当，叫了一挂小车，慢慢地拉进城来。先到邮政局，把南京去的一封信加快寄了。然后打发了车子，望县前街来，径直去递呈子。哪知走不多远，就看见清乡局的招牌，心想："不如先去会会那清乡主任。"就走进去，问了门房，才知伍晋芳已回家，局里只有文牍师爷，可以接洽一切。逸民问："这文牍师爷姓甚名谁？"门房说是云麟。逸民一想："是他的文牍，我何妨先去探访他一下，商个眉目。"就拿了片子，托门房传递进去。

云麟想不到他进城来，多年老友，自是欢喜，忙接出来。相见之后，叙了许多别后想念的话。云麟问起乡间情形，逸民趁势将钱星仲欺压良民的话一一说知，并将控告他的状子交云麟看过。云麟道："我从前曾看见他獐头鼠目，就料他不是好人，今果不其然闹出事来。"一面接了状子细看了一看，说："你的状子做得真结实。如今请你先递进去，这件公事必定到我们这里来，自有我一力主张，不怕那厮不倒。"逸民又将寄南京的信大略也说了一遍。云麟道："这也是一种后盾，用意极好。如今时候尚早，请你先到县里去递呈，午刻我们到天兴馆吃饭，再畅谈一切罢。"逸民正想和他谈谈，也就应允，立刻往县里去了。

不多时，伍晋芳到局，云麟就将这事报告。晋芳说："控状并不要紧。省里有了责问书，那时还要令县里查办，依手续关系，我们不得不亲自下乡调查一下。这个责任，只有奉托老侄的了。"云麟听了，说："这事本来不难，如果要顾全一点钱星仲的面子，那就不容易。"伍晋芳笑道："调查一层，原不过一种手续。至于面子不面子，何必管他呢？"云麟道："也只可碰他的运气，不知这质问书效验如何？"伍晋芳道："大约也不过令江都县查办罢了，也没有什么关系。至于我呢，原是勉强担任，如有不妥，也就辞职。清闲自在不好，倒来做这种麻烦的事。"云麟道："姨父的话不错，这半官半绅的事，本来是难办的。"

又说了一会，伍晋芳走了，云麟就到天兴馆。逸民已先在此等着，两人坐下，畅饮起来。谈到家常，知逸民尚有一女。真是多年知己，无话不谈。云麟又将调查的手续和他商量了一下，就嘱逸民住在他家候信。逸民道："我进城来，向来住在三义阁寄园内，也没有什么不便。我准听消息罢。"于是各自散去。

过了两天，省里果然下了公事，严饬江都县查办。这时曹县长已接到霍逸民的呈子和省令查办的文书，和伍晋芳商量过了，就下了一张委状，托云麟前往调查。云麟一面知照了逸民，一面就亲自下乡，单车简从，并不做出委员的样子，便在镇口一家小小栈房住下。妥当之后，就在小茶馆、小酒店察访。哪知果然众口同声，无不痛骂，都说不办清乡也罢了，如今办了清乡，反多一个土匪头儿。云麟听了，暗说："不料劣绅之害，至于如此。钱星仲倒也口碑载道了。"哪知云麟虽不敢声张，钱星仲竟消息灵通，私下来谒。云麟推托不见，他已进来了，就说了许多办事为难的苦处，并备了筵席，请云麟吃酒，被云麟严词拒绝。钱星仲自觉没趣，只得告辞。这一消息传将出去，都知道镇上来了查办钱星仲的委员，受害的人都来递状子，半日工夫，倒有十余张。云麟本待不收，仔细一想，这也可以算个证据。便说："我是不能判断的，只能替你们带回，交由县知事办理罢。"大家见委员收了呈词，都自相欣幸。云麟恐钱星仲再来缠绕，就星夜进城，果然钱星仲又送了许多物品，云麟已经走了。

到了次日，云麟见过伍晋芳，同去见知事复命，并将各状词当面呈交。曹县长深恨鱼肉乡民的人，遂即下了传单，饬警备队下乡传人备质。云麟忙说："知事雷厉风行，象这种人，自应严办。不过若拘到各乡民对质，那就是乡民又要受一番扰累了。在晚生愚见，不如就将钱星仲传到，和霍其照对质一番，或者拘留，或者罚办，也可省了许多手续。"曹知事忙拱手说："趾翁所见甚是，自当照办。"伍晋芳等退出之后，知事立饬传人。

不到半日，钱星仲已来，他万想不到这公事赶得这样快，虽善钻营，一时也来不及了。当夜开庭讯问，一面传到霍其照，先将钱星仲的报告和霍其照对质。霍其照就在身边拿出一张土枪的执照呈上。承审员即斥钱星仲说："他的枪既有执照，便不是私藏，这不是诬陷吗？"一面就将霍其照告他的状子念给他听。钱星仲虽则抵赖，一经对质，无一不实。那些由云麟带来的呈词，也不必再问，就把钱星仲押将起来。正待定罪，幸亏托人缓颊，除把他差使撤去，永远剥夺公民权外，又定了两千块钱的罚金。这也算劣绅的下场了。

欲知后事，且听下回分解。

# 第九十九回 贤淑仪历劫归太虚 呆云麟忏情入幻境

上回书中，朱成谦来拜谢云麟的时候，曾说云麟已经他出，是因为伍淑仪的病去的。这事因接着钱星仲的案子，一支笔不能兼顾，只得暂时搁起。如今只得用补笔，将前事叙述一回，庶可使读者了然。

伍淑仪自从富玉鸾身死之后，自伤身世，慨叹悲歌，自问已经心如槁木。无如一个人，只要一心，倒也毫无牵缠。无如自幼儿就有个云麟，和他情意缠绵，几乎成了比翼鸳鸯。因误于日者，祖母又极迷信，一对好姻缘，遂致被罡风吹散。后来嫁得富玉鸾，名义所在，又以父母作主，自不得不俯首听命。结婚之后，何尝不得其所，哪知数日之间，遽尔风流云散。从此孤鸾寡鹄，只影单形，青春少妇，如何对此孤凄之境？那一缕芳魂，早已柔肠欲断。当时如没有人能动其心，倒也就可以了结。无如云麟爱心未死，自己之密室幽情，红珠之深闺秘语，均足以引起离情。在那门第不高之家，原可去故从新，琵琶别抱；而晋芳既系世禄之家，淑仪又系贞娴之女，如何肯蹈此辙？不过多遭一次缠绵，即多受一番痛苦。个中人语，难对人言，镜里空花，只悲命薄，轻躯弱骨，何堪受此磋磨！只怨今生遇合不偶。因此由悲生怨，由怨成愁，日积月累，酿而成病。

云麟尚不识其病之由来，每听消息，必亲往慰问。淑仪一见其来，即增其病。幸得其母三姑娘知其原因，对于淑仪，则专心劝慰；对于云麟，不令其相见。但是为病既深，虽时好时作，终不能脱离病根。前时病作，云麟来看视一次，并未见面。后因秦老太太稍有不适，三姑娘知道了，以手足情深，带了淑仪亲来视疾。秦老太太虽则有疾，但系老弱之症，起居尚不改常度。见三姑娘和淑仪同来，心中欢喜，忙同柳氏、红珠接待。三姑娘自和秦老太太谈话，柳氏、红珠等陪着淑仪。云麟因在清乡局办事，不在家中，淑仪闻知，放下了一条心。

那淑仪和红珠未认识之前，已经心心相印。及在龙华见面之后，红珠竟以赠珠

之事相托，可想其知己。不过前几年时，红珠受了云麟之托，常以情话打动，淑仪怕遭魔障，因此不敢亲近，所以不大到云家来了。这次难得到来，自有一番特别感情，所以和柳氏谈了几句之后，红珠就让他到自己房里，细谈衷曲，淑仪也就跟了进去。

红珠见他一病恹恹，面庞消瘦，忧郁神态，天然流露，因说道："妹妹近来比从前益加清减了。常听趾青说，妹妹时有清恙。我们年轻的人，总宜保养身体，不可过于糟蹋了。"淑仪道："我这病呢，在初起时，觉得很有危险。如今已有许多年了，有时候好，有时候歹，不但人家看我以为平常，就是我自己也觉得不过如此。到了今日，也只好听天由命了。"红珠说："身体是要紧的，不得不加意调养。不知近来还吃些什么药？"淑仪道："吃药呢，我也厌烦极了，不过在家严慈的意思，每有不适，必须强令医药。但是服药之后，也不过如水浇石，并没有什么应验。我每在夜静更深的时候想起来，我的病是不能好的了，也只挨挨日子罢哩，何必要吃什么药呢？我的病，姊姊是知道的，哪里用得着药医呢？"红珠道："妹妹的病，由于隐忧，我也素来知道。不过人生在世，犹如白驹过隙，水泡幻影，一刹那间的事情。所以在我看起来，得过一天就算一天。在姐姐的境遇说来，也是可惨。但是就我说起来，现在总算有了结果。回想在前几年，哪里有一事能够使我自由呢？所遭遇的也不过自怨命薄罢了。我常恨老天，为什么一样生人，偏偏要分出男女？既分了男女，又为什么要分轻重，女子和男子为什么要不平等呢？后来仔细一想，这也都是有一定的，有的先苦后甜，有的先甜后苦。天意如此，我们又何必介意呢？如今我劝妹妹，可以放开的地方，总要放开一步着想，那病也就会慢慢地痊愈了。"淑仪听了红珠的话，象是句句打入他的心坎，想从前的事，是错怪红珠了。其实红珠为人极为聪明，自上次谈话，已知淑仪是个具有松筠之操的女子，哪里敢再以浮词戏谑之言，作知己谈心之资料呢。

两人正在畅谈，云麟刚从清乡局回来，知淑仪来家，心里欣慰异常。忙匆匆地走进去，见了三姑娘，说了些闲话。出来见了柳氏，知道淑仪在红珠房内，就赶过去，说："妹妹如今大好了？"淑仪见了云麟，脸上一红，说："承哥哥惦念，近来也不见怎么。"云麟又将他仔细一看，惊起来说："妹妹为什么近日脸色不好？消瘦得很，总要寻寻开心才好。"红珠知道这句话说得过分，难免淑仪恼怒，就说："你此刻从局里来吗？难得淑仪妹妹来，你也该歇歇，让我们姐妹谈谈体已。"云麟笑道："我和仪妹妹幼小时耳鬓厮磨，手足相似，不过等嫁了人，才稍疏远些。今天来此，我们也该谈谈，你忽然撵我出去是什么道理呢？"一面向着淑仪说："仪妹妹你看我的话是不是呢？”淑仪听了云麟说幼小时的事，心里已是难受，又被云麟一问，叫他怎样回答得好呢？其实论到年纪，云麟和淑仪都已不小，这时开诚布公谈谈闲话，有什么要紧？无如各有各的心事。在云麟以淑仪不归己，认为终身憾事，所以谈吐之间，终不免流露着旧时感情。那淑仪心中未始无云麟，不过要保持自己的贞节，所以愈不欲与云麟叙话。因此两人情虽密切，外面却象是生疏了。

红珠笑道：“谁来撵你呢？不过我们谈得正好，你偏偏幼时哩，长大哩，说个不了，显见得你们哥哥妹妹哩。”云麟道：“闲话且慢讲，我要问妹妹一件事：那个人现在怎样？”说着拿两个指头做手势。淑仪道：“他也可怜得很，自从那年和父亲不合之后，直至现在也不十分去睬他，他现在也是一个人，有的时候常和我谈谈。其实这人的病，都在口角锋芒，不肯让人。现在是悉心忏悔，把从前祖母念佛的地方，作为他的经堂，终日在里面看经念佛。据他说，这青灯黄卷，就是伴他终身的良友。你道可怜不可怜呢？”

云麟听了，不觉脱口而出说：“这是红粉飘零，美人薄命罢了。可知一个女子容颜不可生得太好，如果美了，不但自己保持不住，就是老天也不容他。象那人前半世因择婿太苛，以致年过摽梅，一旦把持不定，遂令终身失足。近来姨父复作秋扇之捐，未免也太狠心了。就是妹妹这等年轻……”正要说下去，自知说溜了口，容易惹起他的伤心，就改了口说：“看了他们这前车之鉴，也该旷达些，保养保养身体了。”淑仪听说“红粉飘零，美人薄命”，顿引起身世之感，不觉珠泪盈盈，含睇欲堕。红珠忙说：“妹妹你许多时不来了，你还记得我们后园的月季花吗？现在盛开，我们何妨同去走走。”淑仪正想脱身，就立起身来，携着红珠的手出去。只恼了一个云麟，正想谈几句话，被红珠生生夺去，也只得快快地走了。

红珠和淑仪走到园里，就在金鱼缸边站着谈淡，见月季花果然开得十分茂盛。淑仪道：“姊姊，你看我们也不过和这花一样，在盛开的时候娇艳欲滴，有得几许光阴？转瞬即行枯萎，还有谁人再来赏鉴呢？”红珠见他总是说着伤心人语，就解释道：“我们年龄不大，如今要当作盛开的时候看哩。况且妹妹一生，虽则不能圆满，但有双亲在堂，尚有知心着意的人；如我这父母早逝，并已堕过风尘的人，到如今还觉自惭形秽。妹妹同我一比，还胜于我哩。”淑仪道：“姐姐的话真不错。我现在也只因二老在堂，兄弟犹小，侍奉之责，尚不能脱卸；不然如此世界，尚有何事可恋呢？”说到此，也不觉欷歔欲绝。这时珍儿正来请吃点心，遂同红珠走出园来。

三姑娘、柳氏均在秦老太太房中，见他们来，三姑娘笑道：“你们谈了这半天，显

见得你们亲爱。”又说：“红姑娘近来益发鲜艳了，虽则生了几胎的人，一点看不出。倒是我们柳少奶奶脸黄黄的，神情委顿，象是有病。”红珠笑道：“姨太太又来取笑我了。我虽年轻，也是中年将近的人，哪里还可说鲜艳？倒是柳家姐姐真是常常有病，使我忧心呢。”秦老太太也道：“我是已经年老了，有病倒也不甚希罕。只是柳家媳妇，真使我烦心。”三姑娘又问：“近来吃药吗？”柳氏道：“药呢，倒也常吃，不过仍旧如石投水，我也吃得厌烦了。”三姑娘对秦老太太道：“姊姊，你看柳少奶奶的病，倒不是轻的，应该赶紧请个有名的医生诊治才好。”秦老太太道：“可不是，我曾嘱咐麟儿在外面探听，据说扬州有名的医生甚少，想等我稍好点儿，同到上海去走一趟，一则麟儿可以碰碰机会，二则替柳家媳妇觅个医生诊治。经我催了他们好几次，到现在也没有动身。”三姑娘对柳氏道：“少奶奶自己也须静养，应做的事情，好在有红姑娘，只好偏劳他了。”柳氏道：“现在的事，哪一件不是妹妹当先，不过我心上总觉不安罢咧。”谈了好久，三姑娘等要回去，秦老太太坚留着夜膳，到晚方才回家。

哪知这天夜里，淑仪忽然咳嗽，吐了几口鲜血。他这病已经患得长久，时发时止，那种止血药是家里常备的，所以就起床来拿茶漱了漱口，吃了点药，深恐父母着急，也不肯声张。哪知到了第二天，便觉头重心跳，不能起床。三姑娘知道了，忙来看他。淑仪不过说，稍微受了点风寒。大家也都不介意，不过觉着他咳嗽次数比前加增，就熬了些冰糖燕窝吃吃罢了。到了晚上，三姑娘拿了一碗莲心煮的薄粥给他吃，淑仪喝了两口，觉得心头作呕，连忙停止，已觉容留不住，哇的一声吐将出来。三姑娘看了，叫声“啊呀”，原来吐出来的，连方才吃下去的两口粥都变红了。当着淑仪的面，口里不好说什么，但觉心头突突地跳个不住。淑仪听了三姑娘“啊呀”一声，知道又吐血了，但觉得这一次和从前吐血不同，心里早凉了半截。又觉胸口只是涌上来，接连又吐了好几口。顿时头脑子昏沉沉地似睡非睡，耳中还听得娘的喊声，不过远远的，只是口里要想答应，竟说不出话来了。

等了许久，才觉渐渐醒来，睁开眼睛，见点的灯光是绿阴阴的，微微地叹了一口气。朱二小姐就喊起来说：“好了，回过来了。”淑仪随着朱二小姐的身边望过去，见父亲、母亲均站在床前说话，还带着呜咽的声音。三姑娘就赶紧过去，低声问道；“仪儿，仪儿，你身体觉着怎样呢？”淑仪这时还不能说话，有气无力地哼了一声，点了一点头，似乎表示他已好些的意思。晋芳道：“我看他乏极了，且把那参汤给他送点下去，可以接一接力。”朱二小姐忙拿了一只小碗，倒了半碗参汤，又拿了一只小调羹，递给三姑娘。三姑娘轻轻地望他嘴里送了两调羹。大家就寂静无声地坐着。

等了好一会，才听见微微有点声息，拿灯去照，渐渐地转回了些。三姑娘轻轻地对晋芳说道："光景是不要紧了，你快去睡一下子，到天亮了赶紧去接医生要紧。"晋芳这时也是心神无主，听三姑娘如此说，就慢慢地踱了出去睡了。

原来三姑娘看见淑仪吐血之后忽然晕去，心里非常着急，忙喊："仪儿醒来！仪儿醒来！"这时朱二小姐正在经堂里做功课，听得三姑娘的声音，知道有变，忙赶过来，一面又着人去告知晋芳。等到走进来看看淑仪，已象死过去了，不禁放声大哭。究竟朱二小姐尚有主意，走近前去，用手掌在淑仪口上一按，确已呼吸断绝；复在脉息上切了一切，尚觉丝丝地有些跳动；知道这是晕绝，并非真死。忙劝住晋芳和三姑娘，大家都在床前守着。约有一个钟头，方才悠悠地醒转来。大家虽暂时放心，但看他病情，总觉不安。三姑娘暗暗着急。

到了天亮，晋芳起来，急须请医。但是淑仪病了很久，扬州有名的医生都已诊过，并不见效，此次紧急关头，究竟请哪个医生好呢？忙着伍升去请云麟前来商议。不多一时，云麟来了，说起请医，云麟道："侄儿前日在友人家听说天宁寺里新近来了一个和尚，深知医理。他是浙江萧山竹林寺出身，竹林寺向来妇科医生著名，所以他也专精妇科一门。不过他自来此之后，并不替人治病，必须有熟悉的人去说，方肯施治。姨父如果以为这和尚可以诊治，不妨请来试一试看。"晋芳道："我现在方寸不宁，一时竟想不出个医生来。贤侄既说有这和尚，或者是个有道高僧，仪儿的病应得他来治愈也未可知，就请贤侄去请。"云麟道："我还得去寻这友人，他是一向出仕浙江，所以和他认识，须请他去代邀，方得肯来哩。"说毕就匆匆辞别晋芳，自去找那医生。

这里淑仪到了辰牌时分，精神才渐渐地恢复转来，但是咳嗽依旧不停。看见三姑娘在旁，说："母亲，你白养我了。从前我自己总想病好起来，伏侍两老归天，也是我一点孝心。到了今天，我已自己知道这病是个不起的症候了。好在弟弟虽小，将来寄托有人，女儿虽死，也就瞑目。父亲母亲只当没有生我这个女儿罢了。"说着不觉泪珠儿下来了。三姑娘听了这话格外伤心。朱二小姐虽则不是己生，但有师生之谊，听了也不禁落了许多眼泪，勉强安慰说："好姑娘，且不要思前想后，一人疾病总是不免的。现在你父亲已经去请医生去了，吃几剂药，当然会好的。"淑仪笑了一笑，说："姨娘，你是爱我的话，但这病我也只有自家知道，恐离死期已不远了。"朱二小姐正要再拿话来安慰他，人报请的医僧已经来了。朱二小姐当即回避。三姑娘仍在床前。

晋芳陪着医僧进来，只见他年已七十余岁，精神饱满，须眉皓然，确是一个有道高僧。进来和三姑娘见礼之后，就在床前诊脉，也不待人家报告，就说："这病由于忧愁郁结，久而不散，由肝胃及于心肺，病已好多年了。他这病外面看来，时发时止，但是病发的时候，必有特别感触，并非偶然。"晋芳、三姑娘听了这话，都念声："阿弥陀佛！谁说不是这样呢。老和尚诊察脉象，所说病症，犹如目睹，高明可想。小女的病，遇着大和尚诊治后，当然有救了。"医僧道："岂敢，岂敢。这一次的病，也是因受了刺激，所以复作。照这脉象，未始不可医治，但是必须静养，万不可再有伤感的事，自然服药之后，日有起色。不然虽有神医，也无能为力了。"晋芳连说："老和尚高明得很，说的病源医理，句句都对。"就陪着出外开方。这时云麟正等着信息，见他们出来，忙向老和尚问道："这病如何？尚可救药吗？"老和尚摇着头说："我尽我心，其余只可听他的命了。"就斟酌了好一会，开了一个方子，告辞而去。

若讲这位医僧，原是云麟请来，何以看病的时候，云麟不陪进去呢？读者不无有点疑问。不知云麟既为淑仪知己，淑仪也就是云麟的知己，自小及今，都是心心相印。只因凭空里掉下一个富玉鸾，才将他们的姻缘生生拆散。等到富玉鸾出事之后，又因限于门第，谨守礼法，都是勉强抑制。自从前次到云家，经红珠用话打动回来，生了大病之后，云麟早已看透，所以不敢常常和他见面。这次再到云家，云麟说话虽则步步留心，但情之所钟，不免在无意之中流露出来，使淑仪大受刺激，回来又复大病。云麟深知原委，与其陪着医僧进去使淑仪增病，不如在外等候消息。后来医僧说尚可医治，不觉也放了心。果然服药之后，咳嗽渐渐缓起来，血亦止了，精神亦稍稍振作。

第二天复请医僧，据说受病已深，外面虽似见效，其实尚无把握，总须不受忧郁，方可痊愈。晋芳等因病势和缓，虽则心里仍不放心，总觉比前天安心了许多。只有云麟逐日来仅能问问病状，究竟不敢和淑仪见面，心里总觉不妥，连夜里也睡不着了。想了一个方法，托红珠去走一趟。一则因他二人素来和好，见面之后，只有欢喜，不会忧愁；二则委托红珠去善言开导，他是个伶俐的人，一经红珠的口才说说，必可排除一切魔障。红珠也是义无可辞，并且自己也想去探望，所以这天乘了轿子到伍家去了。

这时离淑仪病剧之时，已经第三天了。晋芳当然回避。三姑娘等接了进去，各问了安。谈起淑仪的病，三姑娘说："虽则好些，但是也只可看他的命罢了。"说着不觉眼圈儿一红。红珠连忙劝慰。不一会，朱二小姐从淑仪卧房内出来，说："红姑娘，今日甚风吹得来的？你是没有来过哩。说也奇怪，仪姑娘也没有得着人的报告，他就知道你已经来了。我还不相信，亲自出来看看，果不其然，你红姑娘真的来了。你和他岂不是前世有缘，所以能够心心相印哩。”红珠听了，忙站起来说：“既是仪妹妹醒了，我就进去看看。”三姑娘恐淑仪劳神，就说：“姑娘进去看看就出来罢，有病的房里是不洁净的。”

红珠应允，和朱二小姐一同进去。见淑仪枕头垫得很高，半身靠在上面，用一只手支着，要想坐起来的样子。红珠忙赶过去说：“妹妹不须劳动。”一面又见他脸上雪白，全无半点血色，两颧高起，双目微凹，和前天见面的时候迥然不同，不禁吃惊道：“两天不见，妹妹怎么病得这个样儿了？”说着觉得鼻子一酸，大有盈盈欲涕之意。

朱二小姐着急，正想支开他的话，又见淑仪伸出一只干枯的手来，握着红珠的手道：“姊姊，我以为我们今生不能见面的了。今天你来看我，我很喜欢，因为我一生除父母之外，知己的人有得几个？你来了，也不枉我们知己一场。你多坐一刻，我们谈谈体己。我有许多话，要想和姊姊谈谈，只是一时想不起来，你坐一会儿，我可想起来了。”红珠道：“妹妹，你在病中，不要劳神罢。”淑仪道：“我倒恐怕姊姊劳神，所以请你坐哩。”一面说，一面望着朱二小姐，象是叫他暂时离开的意思。朱二小姐何等聪明，看见这样情形，就对红珠说：“姑娘来坐了多时，我们连点心也没有预备，我去看看就来。”一面望着红珠丢了一个眼色，象是叫他说话要谨慎的意思。红珠就点了一点头，朱二小姐出去了。

淑仪携着红珠的手，低低地说：“你可知那人听见我病，急得怎样？”红珠忙捏着手说道：“也并不见怎样，不过替妹妹请来的这个医僧，是他介绍来的。据说妹妹亦不过一时之灾，稍服几剂药，当然康复。”淑仪道：“姊姊，我虽则和你面子上不甚亲近，其实我心里当你亲姊妹一样看待。方才我说那人着急，在他人看起来，以为我是逾越范围的话。但是那人的心我知道，姊姊未必不知道，我又何必瞒姊姊呢？在从前大家都是幼小的时候，自然毫无禁忌，我们亲近得什么似的。到了年纪稍长，就渐渐生疏起来。我还怪为什么男女要有分别？并愈到了年长，愈有分别呢？直到富家的事成功，我的名分已定，虽则中道分离，我心自甘我素。然那人之恋恋于我，心仍不死。在他虽属情深，在我何能逾分？这种情形，别人不知，姊姊自当洞悉无遗。所以将我这隐衷向姊姊明白表示，并望姊姊转言，如若我真下世，叫他也不可过于悲伤。人生在世，犹如朝露。譬如父母，尚要分离，何况朋友亲戚呢？我深知那人深于情者，对于我的生死，尤切于心。还望姊姊善言开导，我虽死也瞑目了。”红珠忙安慰道：“妹妹的说话，真如金石，我自当转达。不过妹妹又何至一病不起？你总须自己宽心静养，深愿你极早痊愈。至于他的心事，已与从前不同，视妹妹如同《聊斋志异》上的娇娜咧。妹妹千万不可因此自生感触，致增病症。不但我等亟盼妹妹康复，就是这里老爷太太亦深望你早日痊愈哩。”淑仪听了，不觉点头微叹。

红珠见他说话过多，恐伤病体，不便再谈。适朱二小姐送了一碗雨前茶来，红珠接了，就和朱二小姐闲谈。哪知朱二小姐见红珠和云麟几经患难，居然成了美满姻缘，想到自己忽然竟与晋芳不睦，暗自伤感，暗道：“玉苹，玉苹，你原是个闺门小姐，只因行为不谨，竟连个妓女也不如哩。”因此不禁出神。恰巧三姑娘进来，邀红珠出去午膳。红珠别了淑仪和朱二小姐出来，和三姑娘吃了午膳，辞别回家。

淑仪到了夜里，病势忽然加重，咳嗽之外，又加气喘。不多时候，觉着精神渐渐涣散，呼吸又渐渐微弱。三姑娘等在旁见他颜色不象，急急忙忙替他净身，穿好衣服。忽见他面泛桃花，笑容可掬，喉间咕嘟一声，竟长辞晋芳与三姑娘，赴他的极乐世界去了。晋芳、三姑娘忽然失去了掌上明珠，朱二小姐又自伤身世，故均号啕大哭起来。惊得男女仆人进来，齐齐劝解，方才稍止。看看自鸣钟，短针正指着个“一”字。

且说云麟自嘱红珠去后，专在家里等候消息，秦老太太亦十分惦念，直至午后，才见红珠回来。秦老太太问病情如何？红珠把头摇了一摇，呜咽着说：“在我看起来，恐怕已经不相干罢，今天和他谈了许多话，大概都是说的死后的话。看他的神情，已经衰弱已极，是非药力可以挽回的了。”秦老太太听了，说：“可怜的孩子。”这时柳氏因病在房里睡着，故不在面前。秦老太太又说：“这都是卜老太太害了他了。我看这孩子不但面貌生得极好，就是他平常的一举一动，都是教人可怜可爱的，并没有一点短命的相，何至于只有这点点年纪呢？咳！不嫁富玉鸾，哪里会年纪轻轻的夫妇，拆散得这么快呢？不是夫妇拆散，哪里会生出这样的病来？象这孩子，我想起来岂不可怜！”说着不禁老泪也流下来了。

红珠不敢再哭，忙上前安慰。秦老太太又道：“麟儿呢，在幼年时候，确是刻刻忘不了他。近年稍微好些，但是他的性情，你是深知道的，你看他近日因仪儿有病，急得象失魂落魄似的。你对他应该说得和缓一点，不要叫他急坏了。”红珠连称知道，看秦老太太悲伤好些，也告别了回房换衣服去了。

哪知云麟知道红珠此去，淑仪对于自己必有说话，红珠当着秦老太太的面必不能说，所以预先在房里等着。看见红珠进来，两眼红红的，知道这事不妙，忙问说："怎样？怎样？"红珠道："你且不要着急，我来告诉你。"一面换衣裳，一面说道："你仪妹妹恐怕你过于悲伤，所以嘱我劝解你，须以母亲为重，自己要保重自己。"云麟急道："你这话我真不明白了，仪妹妹既然会说话，自然不曾死，他不死，我又何必悲呢？"红珠道："你不要急。我看他是不久了，他自己也说不久就要死了，所以叫我拿这番话来劝你。"云麟道："你看他果真不相干了吗？"红珠就将淑仪和他谈的话，一一告诉了云麟，急得云麟顿足道："我错了，我从前的妄想真错了。他现在病到如此，才把真心话和你说。恨我这双眼睛瞎了，怎么看不出他的心呢？咳！我悔已迟了。"说罢，不觉哭起来了。虽经红珠劝慰，略略好些，但是终不能解他的愁闷。

到了夜里，云麟虽则就枕，仍一心惦念淑仪，辗转不能成寐。忽然见黄大妈走进来说："云相公，云相公，快点起来，外面有一个外国人来拜望你哩。"云麟道："我从来没有外国人的朋友，你去回他，我不见。"黄大妈道："他一定要见，自己要走进来了，幸亏我拦住他在厅上等着。"云麟有气道："什么事，半夜三更地跑来。"只得勉强忍着气，走下床来，穿好衣服。

黄大妈战战兢兢地替他提着灯，到了外面，果然有一个少年，穿着西装，手里拿着司的克，既不是田福恩，又不是柳春。那少年见云麟出来，忙放下司的克，走过来和云麟握手。云麟仔细一看，说："啊呀！你不是富大哥吗？怎样来的？你为什么不预先给我一个信？"富玉鸾笑道："我若无事，你请我也不来哩。今天我是因为有一件事，来报你一个信，包你可以如愿，你还须感激我哩。"云麟道："这话我却不懂，我现一无所愿的事，又何必如我的愿呢？"富玉鸾道："你不记得我从前订亲之后和你说的话，并敲断那玉狮子的故事吗？这事我如今已与母亲说妥，卜老太太也应允了，我情愿将那人双手捧来送给哥哥，我想你一定是情愿的，怎么说不是如你心愿的事呢？"

云麟听了，忙答道："原来你说的是他。富大哥，你不但不知道我的心，你连他的心都不知道了。我现在已不是二十余年前头的云麟了，我已经明白过来，原来他是一个冰清玉洁、至高无上、神圣不可侵犯的女子。你如何可以拿这话来侮辱他？你从前说我不能逼着你去做狗彘，如今我若依了你的话，我真狗彘都不如哩。"

富玉鸾听了他这话，不觉一呆，说："大哥，你怎么说出这样的话来？这不是仍旧依你的俗见吗？我们男子应该去做他人所不能做的事，才算出人头地。你这话真是妇人女子之见，又何足以登大雅之堂呢？”说得云麟倒无言可对，勉强道：“这事岂是我们两个人可以作得主的，你知道他的意思如何呢？”富玉鸾笑道：“原来大哥你还没有明白我的意思。你说要得那人同意，这个容易，反正那人已经来了，我和你去看来，你就可以相信我的话了。”说着携了云麟的手就走。云麟也脚不点地地跟了出去。

走不多远，但见月在中天，晶莹朗澈，照得大千世界纤毫毕现。前面一片池塘，遍种菡萏，但见翠盖翻飞，清香披拂，个个含苞未放，那花蕊都有碗来大，枝头乱战，象是向着云麟点头。忽见池中放出万道金光，花蕊忽然齐放，万花之中，都有一个美人，笑盈盈地望着云麟站立的地方跳来。转眼间，那花枝花叶，枯萎的枯萎，拗折的拗折，摧残零落，无复完枝。

云麟点头微叹说：“‘好花看到半开时’。这话真不错了。”回头看无数美人，已经合并身体，变成一个，站在面前，真是容颜盖世，仪态万方，向着云麟盈盈而拜。云麟忙还礼不迭。仔细一看，不觉大惊说：“你是仪妹妹，怎么跑到这里来了？姨父不要着急吗？”美人笑道：“谁是你的妹妹？谁是你的姨父？你的话倒也稀奇了。”云麟着急道：“你明明是仪妹妹，为什么自称不是呢？”那美人道：“你这人疯了？人各有缘，缘在则合，缘尽则散。我原以为你有点灵性，自然可以彻悟，哪知你愈说愈不明白了。”

云麟忽然想着：“这是富大哥引我来的，我问他便知端的。”回头一看，富玉鸾已不知到哪里去了，只见站着一个金甲神人，手执钢鞭，对着云麟怒目而视，云麟大惊。又复看那美人，已变了形象，似有四五十岁的人。再仔细一看，竟不是仪妹妹，原来是个七八十岁的一个老婆婆。云麟不觉呆了，说：“一个人老得也没有这么快。照此看来，做一个人还有什么趣味呢？”忽地又看见淑仪在老婆婆背后缓缓地走将过来，说。“哥哥，我来别过你了，你也不要悲伤，须知人生朝露，如幻如电，哪一件是真的呢？”云麟此刻恐其再去，忙说：“仪妹妹，富大哥专诚和我来接你回去的，怎么你说别过我了？”

这句话没有说完，只听见后面金甲神如霹雳似的一声喊嚷说：“哪里来的男女，敢到这里来说这些哥哥妹妹的野话！须知这是清净世界，哪里容得你们混迹在此。”说罢就将钢鞭向池中一指，那池里的水忽然涌起，如银涛雪浪般滚将过来。这时云麟自己要逃已来不及，又见淑仪已被池水卷了过去，不禁惊慌失措，大喊一声。把个红珠从梦中惊醒，忙问云麟说：“怎么了？”

云麟这时觉得出了一身冷汗，忙忙地坐起来穿衣服，听红珠醒来问他，就说："你不知道，仪妹妹已经死了。"红珠道："你怎么知道？"云麟道："我刚才已经见过他了。"红珠道："这是你日有所思，夜有所梦，何苦来枉口白舌地咒人。"正在说话，忽听得外面人来报说伍升来了，说是他们小姐去世，伍老爷、太太哭得悲伤得了不得，要请这里少爷早些过去，可以劝劝。云麟对红珠道："你看我的话灵不灵呢？"红珠也自纳罕。云麟忙忙地整理衣服，喝了口茶，漱了口出去。伍升还在门口等着，就一同到伍家。

晋芳和三姑娘已哭得和泪人儿相似，虽有朱二小姐解劝，如何有效。幸亏云麟到了，竭力劝慰，方才略住悲声，当议办理丧事。怎奈头一层是他为富家的人，不过寄在母家；第二究竟他是一个小辈，不能大举。只得将衣衾棺椁，格外从丰。因晋芳心绪不宁，三姑娘只知哭女，两人均不能办事，外面一切通通托了云麟，里面的事就由朱二小姐主持。

这几天里，虽则无甚外客，但是洛钟夫人、秦老太太、绣春、何师母等一般女眷，均伤淑仪遭逢不偶，齐来痛哭。还有伍晋芳的一班朋友，知道此事前来慰问的，来来往往，倒也络绎不绝。直等出殡之日为止，他内外二人，虽忙个不了，一切也办得井井有条，并未落人褒贬。

事了之后，伍晋芳因为这事多亏朱二小姐，深爱其才，也和他常常谈天，不多几时，也就和好如初，与三姑娘一样看待。在朱二小姐虽则冷淡多年，尚能苦尽甘来，也非初料所及哩。

欲知后事，且阅下文。

# 第一百回　秦太君考终团圆宴　华登云归结广陵潮

且说红珠自从淑仪去世，云麟赶到伍家去后，细想云麟是个情性中人，和淑仪实系密切相关，见他死后不知若何悲痛。继而又想到淑仪的为人，真教人可敬可怜，要想亲自去痛哭他一场，又因自己身体怀孕将届足月，只得暗自伤感。哪知云麟到了那边，不但视淑仪之死象是已经预先知道的，并且也有了觉悟，并不十分痛哭。帮同料理一切，尤复井井有条。不但红珠意料不到，就是朱二小姐也是暗暗纳罕。直到事情办了，云麟回来，红珠见他无事，方才放心。

不过这件事情自始至尾，却少了一个人，未免书中缺漏。此人是谁？就是晋芳的妻舅秦洛钟。曾记得伍家的事，都有他来帮忙，这次却未见面，是何原故？不知此人素在公门中吃饭，百事操心，以致鞠躬尽瘁，也就一病不起。幸亏龙儿能够办事，继了他父亲之业，那银儿也能勤俭持家，所以一家和睦，安安闲闲地过日子。此话前文未曾提及，合于此时敬告读者，免得说我漏笔。

光阴荏苒，不觉又是几天。这日清早起来，红珠觉得腹痛，知是将次临盆。但也不预先说明，只暗暗将各种物品预备妥当。因为这时秦老太太年纪已高，柳氏又复多病，红珠不肯惊动，以为只须到了临期，知照云麟，唤稳婆来收生即可了事。哪知事由天定，断不能够由你红珠自由作主。红珠自己睡了一会，觉得腹中疼痛愈甚。

云麟听了，非常着急，赶忙唤了稳婆到家，试了一试，说时候尚早，就到柳氏房中走走。那时柳氏、秦老太太都已知道，赶到房里看视。只见红珠愁眉双锁，泪珠盈盈，嘴里哼声不绝，觉得痛得很是厉害。柳氏低声问道："妹妹觉得怎样？"红珠摇摇头说："今日觉得不大好。在前次生产的时候，觉得一阵一阵地痛起来，胞水就要破了。现在只觉疼痛异常，并且不是一阵一阵的。"说着，又见他香汗直淋，痛得说不出话。云麟见了，非常着急，催着稳婆，又在红珠中指上面试了一试。稳婆说：

“奇了！依着痛到这样，当然就要临盆；看看指脉，又觉得尚有时期。或者因为什么做事不慎，伤了胎气，所以如此。”说得秦老太太急起来说：“阿弥陀佛！麟儿快去点香烛，求求祖先保佑他快生快养。”云麟未及答应，秦老太又道：“你快到我房里，香篮子里有一道催生符儿，取来给他贴在床上，可以保得平安的。”

云麟听了，不敢违拗，忙去取了来。心想：“此事若不惊动医生，专靠稳婆是不妥当的了。但是请教西医，母亲决计不赞成的，不如请教中医。前日诊治仪妹妹的那个医僧，不知肯不肯来？”也就不告知他人，奔到朋友家里，邀他去请医僧。朋友去了好久，方才回来。他说：“医僧因为年事已高，皈依佛门，产室是不进去的。如尊嫂尚能起床，到外室诊视，方可答应。”云麟心想：“这事没法，只得先骗他到我家里，就是请他进去看视，他也没法回绝了。”忙说：“这事可以办到，请你赶快请他来罢。”朋友答应去了。云麟就赶回家里等候，一面和母亲说知请了医僧的话。秦老太太说：“好在红姑娘这时尚只有腹痛，并未见红，可以搀住他到外房间诊视。若说请人家进房，他是个有道高僧，你骗了他，菩萨也是不依的，还望保全病人吗？”云麟答应了。

不一时，医僧果然到来，云麟陪了到红珠卧室的外房坐定。珍儿等把红珠搀了出来。这时红珠腹痛一阵紧似一阵。医僧诊脉之后，就说：“外面谈谈罢。”就和云麟出来，说：“这是孕后血不养胎，肾水枯竭，以致如此。在他人或者不治，幸遇老僧，尚有些须希望。”因在袖里取出药囊，从瓷瓶里取出一丸红药，交给云麟说：“此丸下去之后，必能止痛，可使安睡。等到瓜熟，自然蒂落，切勿性急。至于服药，似可不必。因为催生之药，服之尚早；安胎之药，服之已迟。不如勿药，听其自然，可保无事。”云麟接了，深深道谢，即送和尚去了。就拿了药，交给柳氏，用开水冲给红珠吃了。果然不到多少时候，腹痛已经停止，静了一会就睡着了。云麟劝秦氏回房，这里留柳氏同着稳婆在此照料。

过了二点多钟，红珠方才醒来，已觉精神稍稍恢复，但腹中仍觉一阵一阵地痛。稳婆又试了一试，说已是时候了，就忙忙地预备热水，搀他起来坐在盆里。坐了一小时之久，还未产出，腹中又格外地痛起来，忙搀到床上睡下。直到晚上，方才产下一女。事前虽稍稍痛苦，幸产下之后母子平安，自是合家欢喜。秦老太太虽然有了两个孙子和一个孙女儿，还想再得一个，以伴寂寞，今乃竟如其愿，格外欢喜。一面预备产后各事，一面即去雇佣乳母。等到洗三、弥月，自有一番热闹。暂且不表。

光阴迅速，不知不觉又过残冬，到了新正十五日。这日天气晴朗，惠风和暖。

秦老太太看着两个媳妇贤孝，孙儿、孙女绕膝盈庭，心里非常愉快，就命云麟当晚预备一席团圆家宴，一叙天伦之乐。云麟自然遵命去办。到了这天晚上，适值皓月当空，晴天一碧。云麟便命人将四面挂的琉璃灯点将起来，一时灯月辉映，格外朗澈。这时柳氏生的玉凤、寿鸾，红珠生的桂鸾，都在膝前承欢取乐。

云麟即命设席庭中，秦老太太中坐，左右寿鸾、桂鸾，下面玉凤、柳氏、红珠又复对坐，云麟坐了主席。这虽然不能称作丰盛筵席，也还有山珍海味，十分可口。秦老太太道："家常酒菜，何必这样，未免太费事了。"云麟笑道："母亲，人生难得几团圆，做儿子的得能常叨福荫，上侍母亲，下训儿女，过此一生，比那政客、官僚、军阀历落终生，受人唾骂，好得多哩。比如今夕，家人团聚一堂，何等清闲自在，虽则多费几文，心中也是快活的。"

秦老太太道："做官吗，我倒也不希罕。换了别人，儿子做了官，娘象有什么风光似的。在我想起来，做了官反多了一番心事。你看那做官的，哪一个不是朝三暮四，临了还要得着一个通缉的处分，只又何苦呢？就是象你在南京的那件事，也使我吓得心胆碎裂。女婿做了议员，以为可以发迹了，哪知临了，倒坐了三年监狱。这真是古人所说'爬得高，跌得重'哩。如今我们一家儿都在眼前，两个媳妇也都和和气气，不似人家乌鸡狗眼似的。看看孙儿们，又个个能够接得香火。我早年虽则受过许多磨折，但到现在能够如此，我虽死也可对得住你父亲了。"云麟道："母亲，我们今日应该尽兴。我们情愿终身伏侍老太太呢。"柳氏道："母亲之训，正是居安思危，言浅意深，我们自当谨记勿忘。"云麟道："这又是女博士的谈吐了。"秦老太太道："我正喜他是个女博士，想你应记得，我从前还命你拜他做老师哩。"云麟道："母亲又要宠他了，不知宠了媳妇，儿子就要做跪地的陈季常了。"说得大家都笑起来。

红珠趁大家说得开心，就立起身敬了老太太一杯酒。寿鸾忙在红珠手内拿了酒壶，说："我敬奶奶一杯。"就在老太太酒杯内斟满了，说："今天灯月双明，就是奶奶寿星高照的预兆，奶奶请饮这杯福寿酒。"说得云麟等都笑了。老太太道："好孩子，你的吉祥语，真说得不错。你须再敬你老子娘一杯，但也要你说一句吉语。"玉凤忙拿了酒壶，把云麟、柳氏、红珠三人面前的酒杯都斟满了，说："今天人月双圆，愿爹娘等共饮这杯团圆酒。"红珠道："好个团圆酒。我还要拿这句话做小姐团圆的预贺哩。"说得玉凤脸上一红，说："我来敬酒，姨娘倒寻起我的开心来了。"寿鸾、桂鸾都笑道："姊姊，姨娘说的是好意呀。"秦老太太道："他是女孩儿家，你们一递一个取笑他，倒好意思。玉凤儿，我要代你打个抱不平哩。"说着，就举起杯来喝了。

云麟忙执壶过来说："这酒冷了，母亲换一杯罢。"这时红珠又趁势敬了一块山鸡翅过来。秦老太太道："这山鸡想还是去年春儿那里送来的，又壮又好看，煮起来味道很好。"一面说，一面用筷子夹起来吃，说："味儿颇好，盐津津的，留点几明早过粥吃倒是可口。"柳氏说："母亲尽着吃，预备多着呢。"秦老太太道："少吃多滋味，多吃害肚皮。我们年老的人格外要小心些，稍不留意就容易生病哩。"

正说着，只见绣春和田福恩从外面进来。云麟笑道："山鸡的主人来了。"忙站起来说："快请入席罢。"绣春笑道："你们好乐呀，这样团圆家宴，我也不是外人，不预先来邀我一声，我来了，你们倒说现成话，你也太便宜了。"柳氏忙走过来拉着绣春说："姐姐且过来坐。"云麟也拉了田福恩坐了下来。原来田福恩如今已和从前两个样儿，竟是非礼不行，非礼不视，非礼不言，故坐下来竟默默无言。反是绣春叽叽嘎嘎地说个不住。

秦老太太道："大姑娘，你们半夜三更尚且出门玩耍，兴致真正不浅哩。"绣春道："原来兄弟没有告诉过母亲吗？今晚何家花园大放花灯，里里外外装满了几千万盏。说富贵，琉璃玛瑙，明珠碧玉，镶嵌得件件皆精。说精致，鱼龙虾蟹，人物花卉，装制得品品出色。说奇怪，有大鲸鱼，有大鳌山，有大葡萄架，上面各有像生人物，各能行动；有凤凰，有孔雀，有各种飞禽，自会飞翔。母亲你看有这许多好看景致，如何不去观看？所以我们走过来的时候，去看灯的人挨人挤，几几乎水泄不通，我们等了好久，才走到这里。吃好了饭，还想请母亲和嫂子去看灯哩。"

秦老太太道："人多的地方去玩，最是危险。"又指着绣春说："曾记得你小的时候，我哩，我妹妹哩，何家师母哩，汪老太太哩，约齐了一班人，去看盂兰盆会。正看得热闹，忽然遇着一班什么胡调的人，扮作什么妖魔鬼怪，手里拿着叉，专望年轻妇女身扑来。那时四面的人，都挤得满满的，要逃也没处逃。正在心慌意乱，幸亏离得你们店里很近，才得走了进去。后来又闹什么小广鸡，跌死了一个人，又吓得索索地抖。自从这次去过之后，就再不敢出门混热闹场了。今日既然有这许多人，我虽年纪老了，也觉害怕。你是我的女儿，两个媳妇倒也不大欢喜出门，决不嫌我阻拦。我们还是家常谈谈，比去看热闹好多着哩。"绣春笑道："我不过说说，大家笑笑的，哪里有什么灯？母亲真相信了，倒费了一车子的话。"

秦老太太道："原来你竟来骗你母亲的。如母亲不去，骗了两个弟媳妇去，你弟弟可不答应。你大弟媳还好，二弟媳是你弟弟的性命，你如何这样狠心想来拐骗他呢？"红珠笑道："太太又来取笑了。我哪里敢和姐姐比肩？哪里敢僭越一步？"绣春

道:"你不要瞎疑心,母亲还拿一个拐骗的罪名加在我身上呢。我们因为今天月色好,两个人就闲着步行来看看母亲,倒反得了一个罪名,你想甘心不甘心呢?"云麟笑道:"姊姊和姊夫同来,我倒猜着了,并不是踏月,实在是踏日,把日子踏实在,就可举办各事了。"绣春笑道:"到底兄弟精明,一猜便着。"

原来绣春女儿紫英,由云麟作伐,嫁一世家子,已在上回书中交代。你道这世家子是谁?就是贺紫苓的儿子。紫苓与云麟年纪相差甚远,因为文字关系,相交甚厚。他的儿子聪颖俊秀,与云麟的儿子寿鸾同学,毕业于师范学堂,成绩极优。云麟久想给紫英甥女物色一个如意郎君,因就替他作合。田福恩和绣春由云麟作主,自然无不依从。紫苓亦因云麟作伐,必无虚假,也就极端赞成。所以订了亲事。原说上一年十月间要结婚,后因事中止,说定本年二月中旬必定办事,不过还没有定准日期。绣春因二月已近,不得不预先筹备。又因云麟正月间应酬匆忙,虽去过一趟,奈时间匆促,不能谈天。今晚就同了田福恩两人步行而来,想夜间无事,可以多谈一刻,所以两人有这一番说话。那座中人都已深知其事,就一面饮酒,一面深谈。

诸君只知现在婚礼,大概效法欧美,崇尚新章,用款主以节俭,形式尚乎简单。不知这种仪式,都指崇尚新学者而说,那旧式人家,自有许多礼节,琐碎事件。如同妆奁哩,饰物银钱哩,都须逐一斟酌。但这些事件,多系女子所主。故这一席话,多说的是应做衣服几件,首饰几种,款式如何,材料如何,金子以哪一家成色高,绸缎以哪一家价格低。这种琐事,在柳氏只知捧读书本,向来不大经心。红珠却于此道中阅历多年,人所不常见的物品,他都见过,何况普通的呢,所以色色在行,事事精明。绣春就托红珠代他办理这事。红珠自然应允。秦老太太年事既高,阅历自富,不过比诸红珠,自然不及,所以每至新旧不相融洽的时候,必经红珠再三声明,方才通过。这一席谈话,比那议会里的各执一见、不相通融的实已超过万倍。

到了后来,困难的事渐渐发生了。因为先前所谈,皆是自己家里的事,第二问题,要到男女双方关系的地步了。在未行聘之前,女家必定要求男家先替新娘制衣服几件,首饰几件,聘金若干。这事立法在女家的主政老太太,执行在媒人,允否实行在男家的主人翁。所以这事全要仗着云麟了。等他姊姊和他母亲商量妥当,托付云麟去执行的时候,云麟笑道:"这你们又是陈腐之见了。在世俗婚姻上,固然有因银钱物品上起争执的,甲要若干,乙只肯若干,如买卖的讲价值,如行主的称货物,各执一是,不肯相让。倘若从此决裂,岂不和婚姻的主要问题大有关系吗?我们万不可与俗派人一样。你们既属结亲,他的儿子就是你的女婿,你的女儿就是他的媳妇，过去了还有什么不肯做衣服给他穿的道理呢？至于聘金，我们是论婚姻，并不是论买卖，哪里可以多少相争呢？据我看来，既然是我做媒人，他也决不至看轻的。你们把衣服尺寸单只管开过去，首饰聘金可以任他发付，你们就看他的来意对付他就是了。”秦老太太道：“我们好好一个孩子送给人家，难道样样都要听别人的主意吗？你做母舅的也应该替他争争体面。”云麟道：“母亲不知外面的情形，实在已与从前不同，大概都是从一种简单办法。我们偏要这样那样地争论，这又何苦呢？”秦老太太笑道：“你们听听他的话，着实可笑。外面情形虽则不同，我这外甥女儿送给人家作媳妇，又和外面情形什么相干？如今我偏要你去争执争执，不然外甥女儿是我的，到了结婚日期，我就留住不放，你难道好带了人来抢不成？”云麟本来专好和人家辩论的，但是母亲所说的话，知道辩也无益，也不敢再驳，就说：“请母亲等商酌好了，我明天去说就是了。”

红珠道：“我们谈谈说说，菜也冷了，酒也凉了，我们再去厨房里热一热来才好下口哩。”秦老太太道：“我们酒也够了，还是吃饭罢。你只吩咐他们弄一碗酸辣辣的汤下饭罢。”红珠应了，一面就吩咐出去。不一时汤饭都来，大家吃了。

正待散席，忽然微风过处，香气袭人，耳畔隐隐闻得有音乐之声。绣春说：“这不是何家花园里灯会中的音乐吗？”忽然见秦老太太两眼微垂，合着掌，不住地念佛。大家便不敢惊动，遂自行盥漱。柳氏绞了一把手巾送过去，红珠泡好了茶送过去，秦老太太只是不理。大家疑心他今天是不是醉了？云麟和绣春过去附着耳朵道：“母亲，外面很凉，不如去安寝罢。”秦老太太只摇摇头。大家不得主意，只在旁边守候。田福恩和绣春一时也不便回去。

候了许久，忽然见他张眉微笑，回头看了一看，说：“你们都来坐着，我和你们说说话儿。”大家就坐了下来，听老太太说：“你们知道世界上有活佛吗？他是丈六金身，慈眉善目，专在冥冥之中普渡众生。刚才香风过处，居然被我见到菩萨，我就合掌念佛。那菩萨就和我说：‘你是如来坐下人物，如今劫尘已满，特来迎你归位哩。’我想我在世上，酸甜苦辣，诸味备尝。再看你们，均能自立。在先我常为绣儿担忧，”就指着田福恩道：“现在他已回过头来了，也就可以放心。所以我在世上既没有留恋，也没有厌恶，多活一天也不愁烦，少活几天也是分内。如今菩萨既有法旨召我归班，我哪得不去？所以你们须给我预备预备，我要清净水洗个浴哩。”这些话吓得众人都摸不着头脑：说他是酒醉，好象并无醉意；说他是病人，又极康健。只得面面相觑，不敢作声。秦老太太着急道：“你们还当我说呓话吗？我活的时间只有

一个时辰了。不过我不死，我是到佛国里去的。我知这一去，一定是很快乐的，你们也不必悲伤。”云麟道：“母亲的话，果然不错。但是做儿子的，正想着孝养母亲到一百岁，才稍安心，就是母亲要去，我也求佛菩萨留母亲的大驾哩。”说着真地命寿鸾向天点起一对蜡烛，磕下头去。秦老太太笑道：“这也是你的孝心。但是天下无不散的筵席，一个人总要死的，不但我要死，就是你们也都有死的一日呢。”说着连催预备热水，自己先进房去了。

云麟等都无主意。绣春道：“这洗浴的事，自然要依从他的，待我去服侍他。不过火炉要烧得旺些，恐怕着了凉。”云麟点头称是，那心里自然是忧郁万分，暗想：“母亲自从自己有知直到如今，没有一时不守着礼节。今日忽然失其常度，他的说话果是真的呢，还是另有别的缘故呢？”柳氏、红珠也都猜疑不定：“如若有病，自可立即去请医生；如今他并不是病，可怎么好呢？”一面忧心，一面只好静候绣春出来再议。

田福恩道：“我在此也无用处，我想今天晚上，你姐姐万不能回去，我趁这时候回去交代一下，看好门户，再赶过来。”云麟道：“甚好，甚好。”田福恩去后，绣春侍浴完毕，也就出来说：“我看母亲并没有病，身体甚是康健，不过他嘴里却口口声声说的是要赴佛国的话。我乘便去摸一摸脉息，母亲道：‘你还疑心我有病吗？我如若生病，卧床不起，受尽痛苦，然后瞑目，那就是平常人的死法了。我早经和你们说过，我是赴佛国去的，一点痛苦没有，哪里会生病呢？”

云麟道：“古人成佛作祖，僧尼坐化，倒也时常有的。不过母亲只有每日早晨念念佛，平常并不十分相信，何以有这赴佛国的话呢？”绣春道：“相信佛的，哪里一定挂在嘴边，开口是佛，闭口是佛呢？一个人只要有根底，有品性，修行起来，他的功程自然比终日念佛的好得多哩。现在事已如此，我们宁可信其有，不可信其无，尽今天夜里守着他，看他有什么变化没有。”云麟道：“净浴之后，衣服换过没有？”绣春道：“已经彻底换过的了，都是新的。”云麟听了，不觉流下泪来，说：“母亲平常穿一件新衣服，尚且千可惜万可惜地不肯常穿，今夕忽然如此，难道刚才所说的话果然是真的吗？”绣春也觉悲伤，但是镇定着说：“好兄弟，这不是哭的时候，我们应该去守着他才是。”

云麟听了，也只得拭干了眼泪，和绣春同到房里去。见母亲已命人把平常坐着念佛的一把大椅子挪进房间摆着，自己端然在上面，闭目趺坐，两掌相合，口里喃喃，象是念佛。柳氏、红珠侍立两旁，仿佛玉女一般，见他两人进来，忙努努嘴，象是叫他们轻些，到下面椅子上坐着。他两人也就轻轻地走了进去。

过了些时，秦老太太睁开眼来，左右一看，见大家都在，只不见玉凤儿，就问道："玉凤儿呢？"玉凤就从他母亲身后走过来。秦老太太握了握玉凤的手。此时寿鸾、桂鸾两人也进来站在他父亲的面前。秦老太太又对红珠道："你把那新生的女儿去抱来给我看。"红珠赶忙去抱来送到面前。秦老太太摸摸他的顶，说："将来也是一个好孩子。"又问："大女婿呢？"这时田福恩正好从家里匆匆赶来。秦老太太一一看过，说："你们都齐了，我看了也乐。"又说："我要睡了。"就站起来走到床上睡下。大家赶将过去，见他睡好之后，微微一笑，声息俱无。绣春走上去在头上一摸，冷冰冰的。云麟一按脉息，已经停止。知道赴佛国的话果然不错，大家就举起哀来。云麟纯孝性成，虽老太太预先交代系赴佛国，并无痛苦，但生离死别，母子天性，如何不悲？

到了天亮，分头报丧。自有一班亲友来吊，并且说起秦老太太的死状，都议论纷纷。临了均被那"生为善人，死为佛祖"的说法所战胜。其实著者叙此一段故事，自觉近于神话，于这文明世界情形不合，不过说到迷信，倒也不然。因为秦老太太生平最信念佛，得自母性的遗传，脑筋中满储着天佛菩萨，到临终的时候，哪得不有这种现象呢？

且说秦老太太逝世之后，云麟朝夕悲痛，饮食不进，几致成疾，虽经多人劝解，不能消减哀思。这天正在痛哭，忽有人拿进一个名片来，见写着"华登云"三个大字，说是来吊丧的。云麟一想，这名字好不生疏。忽地想道："那年我在湖北，翠姨临死的那一天，有个人寄一个包裹来，说是扬州华登云寄来的，莫非就是他吗？但他又与我有什么瓜葛呢？但是人家既盛礼而来，我也不可怠慢。"忙着家人迎接进来。只见来者童颜鹤发，须长过腹，年纪已在八九十岁，但是精神矍铄，步履康健，不是修行的佛祖，就是得道的仙翁。

原来这华登云自从求仙失败回来之后，他的道心终究不死，一直等到张老太死了，重又出去云游，不知几许时光。古人所说"精诚所至，金石为开"。华登云一心求仙，备尝艰苦，到了临了，终究遇到了一个吕大仙翁，授他仙丹大道。华登云专心学习，不上几年，竟有些道气。也曾朝过三山，游过五岳，专在世上云游劝化。

华登云和云麟见面之后，就打一个稽首说："恕贫道冒昧了。"说着又向云麟打了一个稽首。云麟也就还了礼，请他在灵旁椅上坐下。云麟苫次相陪，问道："请问道长何来？仙居何所？"华登云道："贫道原在扬州，后云游各处，今日才回。以天地为逆旅，以四海为家乡。"云麟道："原来是一位世外高人，失敬，失敬。但是小子与道长索无瓜葛，忽承光降，小子愚昧无知，请求指示一二，以开茅塞。"华登云笑道："四海之内，皆兄弟也。只问有缘没缘，不问瓜葛与不瓜葛。"云麟道："请问道长，遇何种人方为有缘？"华登云笑道："缘以情生，凡有情人都得有缘。贫道云游各处，遇有缘人即行点化。"云麟道："道长今日自必有为而来。"华登云道："果然。居士亦知'王道不外乎人情'这句书吗？"云麟道："道长何出此言？"华登云大笑起来说："这事就出在居士府上，开宗明义，我哪得不先说明此语？"云麟觉得这话大有玄妙，但是体会不出他的用意，只呆呆地痴想。华登云复推他道："秦老太太过去了，居士自然悲伤。但府上尚有一个老黄妈，他是府上的一个大大的忠臣，你如何却忘了他？"云麟恍然大悟，愈觉得津津有味。

原来黄大妈自去年起病卧床，至今还没有好。急忙请问说："这是小子愚昧之处。但先慈临终之时，曾说前赴佛国。西方佛国，也曾见过书籍上的记载，但不知在于何地？老黄妈患病至今，时日已久，虽曾请医调治，终究一无效果，不知他的病可能痊愈？道长亦有法术能替他医治吗？"华登云道："情到极处，就归空虚，空虚的境地，不是佛国是甚？所以老太太的遄归佛国，自是终身结果。至于佛国究在何方，连贫道也不清楚，此事还要转问居士。但是贫道所知的也该奉告，就是只问心地，不问其他。至于老黄妈，看他虽是一个女仆，倒也与我有大大的因缘，今天特地到此，有一半为他。"说着就在身边拿出一个小小葫芦，倒出两粒红丸，交给云麟说："这是先天不易之丹，服下之后自然好了。"

云麟站起来代他谢了，然后捧过来供在桌上。遂又坐下说："道长难得光降，小子尚有多事奉求答复。就说扬州伍家小姐，初成大礼，即遇分离，一病恹恹，半途而逝，这种事体也有因果可寻吗？"华登云又笑起来说："这是居士心地中一件大事，终身不忘，今日见问，自当奉告。这人本来与居士有秦晋之好，只因被算命先生误了，所以被卜老太太从中作梗。后来又被一富而不仁者占据了去。你想为富不仁，上天所忌，哪里还有好结果呢？半途有此风波，实是天道至公，只是负了居士。但是扬州三大美人，就是珠、翠、玉，居士已得其魁首，也可心满意足了。其中尚有一事，贫道虽不说明，居士必须问及，不如待我一起说了，免得费事，就是那伍府上玉、翠之争。那翠本来价值连城，因为堕落多年，致失了他的本来面目。虽遇赏识者收罗，磨光拂拭，渐复真形，但与无瑕之玉，如何争得过？不过'争'之一字，究竟不是纯净之物，所以弄到临了，翠既羽化，玉亦玷污，真所谓两败俱伤。死者虽属无知，生者如何忍受？所以阴间不必设有地狱收拾这班人，就他那内疚之心，已比那坐铁窗风味苦多着哩。说到那珠，本不是一件好物事，因为居士探骊而得，所以格外尊贵。因为尊贵，所以龙蛇相争。只因醋海关系，遂生出无限风波，今年一番危险，把居士急得走投无路。哪知暗中另有一番因果，幸得骊龙亲自相救，得庆更生。居士勿谓从此平安，不知此中波折正多哩。”

这一席话，说得云麟半信半疑。知道这华登云果然有些来历，不然何至说得如此清彻呢？若说神仙下降，世上必无此事；若说是方士一类，要想拿了他的法术来骗人，但是我家也不十分富有，他来找到我做什么呢？正在心中疑惑，哪知华登云已经晓得他的心思，说：“居士不必疑心，贫道拿了整千整万的宦海余钱，通通散尽了，哪里还想金钱？在他人看来，金钱象是有用；若在贫道，孑然一身，虽有金钱，实无用处，不过随处施舍，做些功德罢了。”

云麟忙赔礼说：“小子哪有此想？不过刚才道长所说，都是舍间和伍姓两家的事，难道偌大一个扬州城，只有我们云、伍两家的事可记吗？”华登云道：“可记的事，倒怕没有？大的如清朝二百余年天下，断送在几个佞臣之手；小的如江湖上的小寇，贼自害贼；再次如一班老学究，做出事业形形色色；还有穷光蛋，抹着良心无恶不作。哪一件不是可做扬州人说书的材料？贫道现在只和居士略谈有关系的事罢了。此外尚有两个比方。”就掰着两个指头说：“譬如天上的云，若在平时，一片白茫茫地布满天空，有什么好看？一到夏天，那云的变化就多了，有的为奇峰，有的为峻岭，有的为怪兽，有的为飞禽，有的为人物，有的为山水，千形万态，变化无穷。看的人也有兴致了，绘画的丹青家也描写出来了。就可以算做造化的图画，大块的文章。第二样就是水，在池沼小荡，波平浪静，大家看了，不过知道这些是水罢了。必定到了大风激荡，潮流冲动，那水就大大地变化起来，大的如山之高，小的如洼之低，绵长如一线，壁立若千仞，就立刻变成奇观了。又如那高山之上，削壁之中，忽然流出一缕清泉。起初的时候，也不过是个一洼之水。等到汇集起来，由绝壁面上飞将下来，流入万丈深沟，这时远望起来，只见晴空匹练，悬悬不断。所以同是一水，浙江的潮水，四川的瀑布，却能名满天下，诗文记载，古今不绝。居士须知天地亦有一颗心，他的心思就和文人的笔一样，必定要造出许多奇奇怪怪的事实，能够使人远播中外，遗传后世，那时他们才开心哩。”

云麟听了，不觉肃然起敬，说：“原来人世所做的事业，就是天地所造的文章。不经道长说破，小子凡夫肉眼，哪里理会到此？”华登云道：“岂敢，岂敢！贫道云游好久，胸中蕴蓄无限奇离怪诞的事迹，要想一部一部地分给天下的慧心人传扬传扬，也可以消消贫道的块垒。素来知道居士夙具慧根，所以不揣冒昧，特来造访，拟将扬州一部的事实奉托居士，就可了我心愿。”云麟道：“道长所说，小子自领悟得，应将所见新闻，搜集拢来。若说文字宣传，只好等待后人罢。”华登云道：“那就奉托居士，算贫道不虚此行了。”说罢立起身来，打个稽首，飘然而去。从此云游各处，不知去向。

这里云麟自送了华登云去后，就将两粒丸药交了进去，送给黄大妈吃了。果然不到多时，腹内雷鸣，泻出了许多浊物，病已若失。后来直活到九十余岁。

云麟遂即料理秦老太太葬事。完毕之后，教子读书，诗文自娱，与伍、秦诸家时常往还。云麟又介绍何其甫的女儿给晋芳做了媳妇，结为秦晋之好。从此《广陵潮》告一结束，著书的人也就搁笔了。

正是：

世事混如新局棋，全凭笔底写信辞。
燃犀未尽温公测，铸鼎难如夏氏遗。
儿女英雄空记艳，功名屠狗亦搜奇。
因将廿四桥头事，说与闲人一解颐。